SABINE EBERT

1813
KRIEGSFEUER

»Das ist ja eine wahre Völkerschlacht«, soll ein preußischer Offizier während des mörderischen Kampfes im Oktober 1813 bei Leipzig geäußert haben. Der Name hielt sich bis heute. Doch der Offizier irrte. Nicht die Völker kämpften hier gegeneinander. Dies war ein Krieg skrupelloser Herrscher um Macht und Land. Einig waren sie sich nur darin, dass keines der Ideale Wirklichkeit werden durfte, für die ihre Bürger kämpften und starben.
So ist dieser Roman kein Urteil über Nationen. Er soll an die Menschen aus vielen Völkern erinnern, die aus blanker Gier verraten und geopfert wurden.

In memoriam Thomas Friedrich
Wir vermissen dich so.

Fast alle Personen, die in diesem Buch vorkommen, haben tatsächlich gelebt. Und obwohl dies ein Roman ist und kein Sachbuch, hält sich meine Geschichte so genau wie nur möglich an ihre Lebensläufe und Lebenszeugnisse. Auch sämtliche Zeitungsberichte, Proklamationen und Briefe historischer Persönlichkeiten sind Originaltexte.
Ein Personenverzeichnis befindet sich im Anhang.

Prolog

»Blücher überschreiten die Oder?«, brachte Friedrich Wilhelm III., König von Preußen, fassungslos in seiner eigentümlichen Sprechweise heraus.
Sofort begann sein rechtes Lid nervös zu zucken. Schon wieder zwang ihn einer seiner Generäle durch unerhörte Eigenmächtigkeit zum Handeln!
Erst Yorck, der ohne Erlaubnis im Dezember 1812 einfach Neutralität zwischen Russland und Preußen vereinbarte. Was ihn, den König, dazu nötigte, vom erzwungenen Militärbündnis mit Frankreich abzufallen und Napoleon Bonaparte den Krieg zu erklären. Ausgerechnet Bonaparte, der Preußen 1806 fast völlig vernichtet und nahezu ganz Europa unterworfen hatte!
Er hätte diesen Yorck wegen Insubordination in Festungshaft schicken sollen. Wäre nicht das erste Mal für ihn gewesen ...
Und nun gab dieser verrückte alte Blücher die befohlene Wartestellung in Schlesien auf, marschierte mit seiner Armee über die Oder und würde damit auch die Österreicher und Schweden zum Vorrücken bringen!
Jetzt ließ sich die Entscheidungsschlacht um Europa nicht mehr aufhalten. Er musste achtgeben, dass die ganze Sache nicht in einen Volksaufstand mündete. Am Ende gar in eine Republik mit einer Verfassung, wie es vom Stein und noch ein paar Hitzköpfe forderten! Niemals!
Doch wenn er schon Krieg führen musste, konnte er sich wenigstens für die jahrelangen Demütigungen rächen und Preußen wieder zu einer respektierten Macht in Europa werden lassen. Und sich bei der Gelegenheit Sachsen einverleiben. Ein

Stück von Polen sollte auch bei diesem Handel herausspringen – so viel, wie ihm der russische Zar überließ. Milde beruhigt und getröstet durch diesen Gedanken, straffte sich Friedrich Wilhelm und fing an, eine Melodie zu summen. Ja, er würde wohl heute noch einen Marsch komponieren.

»Genug des Wartens, wir schlagen gemeinsam mit den Preußen los!«, befahl der Kaiser von Russland, Zar Alexander. »Wir haben Bonaparte und seine Grande Armée aus Russland verjagt, und wir werden sie noch viel weiter zurücktreiben, bis an die Gestade des Atlantiks.«

Ein triumphierendes Lächeln zog über sein junges Gesicht, als er daran dachte, wie sich die Überreste des napoleonischen Heeres durch die eisigen Weiten Russlands schleppten. Als schon alles verloren schien, hatten *seine* Truppen den Mythos von der Unbesiegbarkeit der Grande Armée zerstört.

Er hatte *sein* Volk zum Vaterländischen Krieg gegen den leibhaftigen Antichristen gerufen. Und der ließ sich täuschen, hielt ihn immer noch für einen verspielten Welpen. Doch jetzt stand ihm der russische Bär gegenüber, die Tatzen zum Angriff erhoben. Wenn er, der Zar, als Sieger in Paris Einzug hielt, würde er nicht nur der mächtigste Herrscher Europas sein, man würde ihn auch als den Retter Europas feiern. Und die schönsten Frauen lägen ihm zu Füßen.

Kutusow war tot, also würde er diesmal selbst seine Truppen anführen. Deshalb schob der Zar den Gedanken an die polnische Geliebte für den Moment beiseite und rief seinen Generalstab zusammen.

»Mein lieber Metternich!«, sagte Kaiser Franz von Österreich mit strahlendem Lächeln und löste den Blick von seinen neuesten Herbarien. »Sie haben mir nun genug Zeit herausdiplomatiert, damit wir weitere Soldaten ausheben und die Kavallerie verstärken konnten. Jetzt sollten wir sie ins Feld führen und

diesem korsischen Emporkömmling Paroli bieten. Aber der Schwarzenberg soll den Oberbefehl über alle drei Armeen haben: unsere, die Schlesische und die Nordarmee. Sonst machen wir nicht mit.«
Ihm selbst war nach der furchtbaren Niederlage von Austerlitz im Dezember 1805 die Lust auf Schlachten vergangen.
Schwarzenberg taugt nicht zum Heerführer, dachte der Graf von Metternich ganz nüchtern. Doch nur mit einem eigenen Mann an der Spitze können wir den Ausgang dieses Krieges bestimmen und dafür sorgen, dass die monarchische Ordnung Europas wiederhergestellt wird. Russland und Preußen dürfen nicht zu stark werden, Frankreich nicht zu schwach, damit es sich gegen beide behaupten kann. Sonst verliert Österreich seinen Einfluss und Europa das Gleichgewicht der Kräfte. Doch er sprach diese Gedanken nicht aus, die dem Kaiser ohnehin vertraut waren, sondern verneigte sich tief.
Franz I. lächelte immer noch. »Meine braven Böhmen und Ungarn schicken wir zuerst in den Angriff.«

»Wir vereinigen uns mit Blüchers Schlesischer Armee!«, befahl Kronprinz Karl Johann von Schweden, mit bürgerlichem Namen Bernadotte, ehemaliger Marschall der Grande Armée.
Nun war Blücher also nicht mehr sein Gegner, sondern sein Verbündeter. Und sein einstiger Freund und Kaiser der Feind. Wie ein Stachel im Fleisch wühlten in Bernadotte immer noch die beleidigenden Worte, mit denen Napoleon ihm die Schuld an den Verlusten in den Schlachten bei Aspern und Wagram im Mai und Juni 1809 gegeben hatte. Und abermals lebte die Erinnerung auf, mit wie viel Sturheit und Stolz der alte Haudegen Blücher noch nach der preußischen Niederlage bei Jena und Auerstedt Widerstand geleistet und für seine Truppen Kapitulationsbedingungen erzwungen hatte. Das nötigte ihm, Bernadotte, damals so viel Respekt ab, dass er dem Besiegten den Degen zurückgab.

Doch als Adoptivsohn des Königs von Schweden hatte er zuallererst schwedische Interessen zu wahren. Also mitzukämpfen, wofür Schweden Norwegen bekommen würde, das noch zum napoleonischen Dänemark gehörte, und dafür zu sorgen, dass möglichst viele seiner Soldaten überlebten. Mit zusammengezogenen Augenbrauen wies er deshalb seinen Stabschef an: »Unsere Truppen sollen nicht zu schnell marschieren. Wir lassen die Preußen, Österreicher und Russen den ersten Angriff führen.«

Napoleon Bonaparte, Kaiser der Franzosen und Herrscher über nahezu ganz Europa, zeigte sich nicht im Geringsten beunruhigt, als ihm sein Generalstab von den Truppenbewegungen der feindlichen Armeen berichtete.
»Der König von Preußen ist ein Holzkopf und Schwächling, selbst seine Luise hatte mehr Schneid!«, rief er und schnaubte verächtlich. »Der Zar ist ein Weiberheld und ein Träumer, dessen einzig tauglicher Marschall begraben liegt, und der Kaiser von Österreich mein Schwiegervater. Der wird nicht gegen mich kämpfen. Und was Bernadotte angeht – der Verräter hat nicht die Courage, gegen mich anzutreten. *Keiner* von denen hat sie. *Niemand* bezwingt Napoleon!«
Wütend hieb er mit der Faust auf den Kartentisch, dann streckte er das Kreuz durch und verschränkte die Hände hinter dem Rücken.
»Wir ziehen alle Truppen zusammen, die wir aufbieten können. Diesmal schicken wir auch die Garden ins Feuer. Und bringt mir umgehend den sächsischen König! Ich muss dem ängstlichen alten Mann noch einmal einschärfen, dass uns der Sieg sicher ist, damit er treu bei Fuß bleibt.«

Ohne zu ahnen, dass die anderen Herrscher gerade Gleiches taten, schritten der Kaiser von Frankreich, der König von Preußen, der Zar von Russland, der Kaiser von Österreich und der

Thronerbe von Schweden an einen Tisch mit ausgebreiteten Karten. Unabhängig voneinander suchte jeder von ihnen den Ort, an dem die entscheidende Schlacht stattfinden würde. Fast zur gleichen Zeit stießen sie mit dem Zeigefinger auf einen Punkt, der die logische Wahl für den Austragungsort dieser Schlacht war – die Tiefebene um Leipzig, flussreich und mit guten Straßen in alle Richtungen.

Unabhängig voneinander berechneten sie auch den wahrscheinlichsten Tag für den Beginn der Schlacht: den 16. Oktober 1813.

Mehr als eine halbe Million Männer würden sich dort gegenüberstehen und kämpfen, mehr als je zuvor in der Geschichte der Menschheit. Diese Schlacht sollte vier Tage andauern und hunderttausend Leben kosten.

Eine neue, schreckliche Dimension des Tötens.

ERSTER TEIL

FRÜHLING DES KRIEGES – ZEIT DER ENTSCHEIDUNGEN

Unerwarteter Besuch

Freiberg, 3. Mai 1813, Haus des Buchdruckers Gerlach am Untermarkt

Das war ein merkwürdiges Klopfen an der Tür. Beharrlich und dennoch viel zu schwach, als dass dort Militärs Einlass fordern könnten. Aber so aufdringlich würde auch kein Bettler klopfen.

Von dem leisen Hämmern mit jäher Sorge erfüllt, entschied die etwas füllige Hausherrin, selbst nachzuschauen, wer dort vor der Tür stand, obwohl sie schon auf halbem Weg nach oben war und ihr die Füße in den zu engen Schuhen schmerzten. Johanna Christiana Charisius, jung verwitwete Barthel und seit zweiundzwanzig Jahren Ehefrau des angesehenen Buchdruckers Friedrich Gerlach, rückte die mit Spitzen verzierte Haube zurecht, raffte den Rock des blau-weiß gestreiften Kleides und hastete die Treppe wieder hinab.

Auch wenn die Sonne noch so strahlte und alles friedlich schien an diesem Montagmorgen – dies waren unruhige, gefährliche Zeiten, Zeiten des Krieges, und man tat gut daran, sich zu vergewissern, wem man die Tür mehr als nur einen Spalt weit öffnete.

Doch als Johanna die Besucher erkannte, ließ sie vor Schreck die Maiglöckchen fallen, die sie von der Nachbarin mitgebracht hatte.

»Jette! Franz! Was macht ihr denn hier?«, rief sie entgeistert. Die siebzehnjährige Nichte und ihr kleiner Bruder sollten jetzt eigentlich hundert Kilometer von hier entfernt in Weißenfels sein, in ihrem Zuhause.

Und wie die beiden aussahen – völlig erschöpft und abgemagert! Henriette wirkte geradezu verzweifelt, der zehnjährige Franz, den sie fest an der Hand hielt, schien vor Müdigkeit fast umzufallen. Jettes Gesicht war staubbedeckt, ihr braunes Haar lugte statt unter einem Hut mit hübscher Schleife zerzaust unter einem Wollschal hervor, ihr blauer Mantel war verschmutzt. Wie überhaupt die Kleidung der Geschwister den Eindruck erweckte, als hätten die beiden seit Tagen unter freiem Himmel kampiert.

»Seid ihr etwa den ganzen Weg von Weißenfels hierhergelaufen?«, begriff Johanna fassungslos. »Allein durch Kriegsgebiet? Bist du denn von allen guten Geistern verlassen?!«

Henriette schob ihren Bruder durch den schmalen Türspalt ins Haus, sah ängstlich nach links und rechts und flüsterte dann: »Es ist etwas Schreckliches geschehen, Tante.«

Sie atmete tief durch und sagte noch leiser: »Ich glaube, ich habe jemanden getötet. Einen französischen Soldaten.«

»Kind! Sag doch nicht so etwas!«, hauchte Johanna entsetzt und schlug die Hände vor den Mund.

»Vielleicht war es auch ein Italiener oder Wallone, ich weiß es nicht ... Ich hab kein Wort verstanden, als er auf mich einschrie«, wehklagte Jette, während ihr Tränen über die Wangen liefen. »Die kamen aus aller Herren Länder, die in Weißenfels einfielen.«

Hastig zog Johanna Gerlach die vollkommen aufgelöste Nichte ins Haus und schaute ebenfalls rasch noch einmal prüfend nach links und rechts.

Auch wenn die Stadt seit kurzem von Russen und Preußen besetzt war und nicht mehr von den Franzosen, so konnte doch überall die Geheime Polizei lauschen. Mit zittrigen Händen klaubte die Hausherrin die Maiglöckchen vom Treppenabsatz und schloss die Tür hinter sich.

In der Diele rief sie nach der Köchin – so dringend, dass Lisbeth Tröger gleich mit ihrem schweren, watschelnden Gang angelaufen kam, Mehlspuren auf der Schürze und Teigreste an den Händen.

»Nehmen Sie den Franz mit in die Küche und geben Sie ihm etwas zu essen!«, wies Johanna die Köchin an. »Er soll sich waschen und dann erst einmal schlafen. Und schauen Sie, dass sich auch für Fräulein Henriette auf die Schnelle etwas Heißes findet. Oder wenigstens ein paar Butterbrote.«

Die resolute Lisbeth war nicht weniger bestürzt über das verwahrloste Aussehen der Besucher als Johanna. Mütterlich legte sie ihren Arm um die Schulter des Jungen und brummte ihm beruhigend zu: »Wir werden schon etwas für den jungen Herrn finden.«

Trotz aller Müdigkeit huschte ein Lächeln über Franz' staubverschmiertes Gesicht. Wenn sie hier zu Besuch gewesen waren, hatte Lisbeth ihn und seine Schwester immer vom Kuchenteig naschen lassen oder sie mit anderen Leckereien verwöhnt.

Doch bevor die Köchin den Jungen in die Küche schob, drehte sie sich noch einmal um.

»Darf ich das Fräulein etwas fragen?«, brachte sie ungewohnt verzagt heraus.

Johanna erriet sofort, was nun kommen würde, und sah Lisbeth voller Mitleid an.

»Es heißt, dass Leipzig wegen der Seuchengefahr seine Lazarette nach Weißenfels verlegt hat und nun dort die Verwundeten gepflegt werden, die aus Russland zurückgekommen sind«, begann Lisbeth, die Augen flehend auf Jette gerichtet. »Haben Sie vielleicht einen meiner Söhne gesehen, Fräulein? Der Fritz, der Paul, der Claus und der Wilhelm ... Die kennen Sie doch von früher. Sie sind alle bei der Reitenden Artillerie, Batterie Hiller ...«

Henriette schüttelte traurig den Kopf. »Nein. Es waren überhaupt keine Sachsen unter denen, die kamen.«

Niedergeschlagen schlurfte die Köchin hinaus.

Johanna führte ihre Nichte in den Salon, auch wenn sie normalerweise niemanden in so staubigen und abgerissenen Sachen auf den guten Möbeln sitzen lassen würde. Sie drückte sie auf das Chaiselongue und gab ihr eine Schale mit Gebäck, eine wahre Kostbarkeit in diesen Zeiten. Doch bevor sie sich selbst hinsetzte, lief sie noch einmal zur Tür und rief dem neuen Dienstmädchen zu: »Nelli, hol den Meister aus dem Kontor, rasch! Sag, es ist ein Notfall.«

Dann schloss sie sorgfältig die Tür, ließ sich neben Henriette sinken, die – nur auf der Sofakante sitzend – ausgehungert Biskuitgebäck in sich hineinstopfte, und drängte: »Nun sag endlich, was ist geschehen? Wo ist dein Vater? Weiß er überhaupt, wo ihr beiden steckt?«

Mit einer energischen Bewegung streifte sie die drückenden Schuhe ab, ließ sie auf den Boden poltern und redete weiter, ohne zwischendurch richtig Luft zu holen. »Euer guter Onkel und ich, wir haben uns solche Sorgen um euch gemacht! Man munkelt, es habe gestern Kämpfe südlich von Leipzig gegeben, in eurer Gegend. Eine riesige Schlacht, Preußen unter General Blücher und Russen gegen Napoleon. Deshalb sind auch die Truppen abgezogen, die wir hier als Einquartierung hatten. Doch es gibt noch keinerlei Nachricht, wie die Sache ausgegangen ist.«

Henriette ließ die Schale mit dem Gebäck in den Schoß sinken. »Die Schlacht hab ich von weitem gehört, den Kanonendonner«, sagte sie mit brüchiger Stimme. »Es war schrecklich. Aber da waren wir schon auf der Flucht, der Franz und ich – seit Freitag.«

»Seit vier Tagen?!« Johanna fiel erneut aus allen Wolken.

»Am Freitag und Samstag wurde schon ganz nah bei Weißenfels gekämpft. Napoleon selbst soll seine Truppen dorthin geführt haben«, berichtete Henriette leise. »Unmengen Soldaten lagerten um die Stadt und mittendrin. Sogar auf dem Marktplatz biwakierten welche.«

Sie holte tief Luft und blickte starr geradeaus, ein paar Tränen wegblinzelnd. »Vater ist tot. Er starb am Dienstag.«

»Das Lazarettfieber?«, rief Johanna erschrocken und rückte instinktiv ein wenig ab, wofür sie sich im nächsten Augenblick schämte. Der Schrecken darüber, die Nichte könnte die gefährliche Krankheit mitgebracht haben, ließ die Nachricht kaum in ihr Bewusstsein eindringen, dass der Schwager gestorben war – ein Buchbinder, dessen Werkstatt in den letzten Jahren gerade das Nötigste für seine Familie einbrachte, weil sich nur noch wenige Kunden die prachtvollen Ausstattungen leisten konnten, auf die er sich so gut verstand.

»Seit wir hörten, dass Leipzig seine Lazarette wegen Überfüllung nach Weißenfels auslagert, fragten wir uns andauernd, wie es euch nun gehen mag«, beteuerte Johanna.

»Es war sein Herz. Der Arzt sagte, es wollte einfach nicht mehr schlagen.« Jette wischte sich die Tränen aus den Augenwinkeln, öffnete den Mund und streckte zum Beweis kurz die Zunge heraus.

»Sieh, keine roten Ränder an der Zunge! Franz und ich, wir wären längst auch krank, wenn es das Lazarettfieber gewesen wäre. Wegen des Krieges und der Seuchen mussten wir Vater schnell beerdigen, ohne euch eine Nachricht schicken zu können. Alles ist anders geworden durch den Krieg. Nichts ist mehr, wie es war.«

Sie stockte, stellte das Gebäck beiseite und senkte den Kopf.

»Da stand ich nun ganz allein und wusste nicht, wie ich den Franz durchkriegen sollte. Ich hatte Angst, ich war verzweifelt. Und dann kam dieser Soldat ins Haus und fing an, alles auf der Suche nach Geld oder irgendetwas Wertvollem zu durchwühlen. Dabei hatten wir gar nichts mehr. Die Stadt ist seit Wochen mit Verwundeten überfüllt – alles Männer, die vom Feldzug aus Russland zurückkehrten. Das waren auch Franzosen, aber wenn man sah, in welch elendem Zustand sie waren, blutete einem das Herz. Wir gaben ihnen von dem wenigen, das wir

noch besaßen, damit sie nicht verhungerten, zerrissen Betttücher zu Verbänden. Doch der, der am Freitag in unser Haus kam, der war gesund und wollte nur plündern. Ich flehte ihn auf Französisch an, so viel mir in meiner Angst einfiel, uns zu verschonen, weil wir Waisen waren. Doch das kümmerte ihn nicht.«
Unwillkürlich legte sie eine Hand an den Hals und schluckte mühsam.»Er riss mir das Medaillon mit dem Bild meiner Mutter ab – das Einzige, was mir von ihr geblieben ist ... Und dann nahm er unser letztes Brot. Er hielt es mir drohend vors Gesicht und verlangte mehr. Er schrie und drückte mich gegen die Wand ... Ich tastete um mich und hielt plötzlich den Schürhaken in der Hand ... und damit habe ich zugeschlagen. Er fiel zu Boden, und Blut lief über sein Gesicht. Das ... hab ich nicht gewollt.«
Sie spreizte ihre Finger ab und betrachtete sie wie einen fremden Gegenstand.»An meinen Händen klebt nun Blut. Wie soll ich damit leben?«, fragte sie und fiel ihrer Tante schluchzend um den Hals.
»Was macht der Krieg nur aus uns allen?«, murmelte Johanna bedrückt, während sie der Nichte den Rücken tätschelte. Aus der Nähe hatte sie die Würgespuren am Hals des Mädchens gesehen. Dass jener Eindringling am Ende mehr als nur Geld und Brot von Jette verlangt haben könnte, schien dieser gar nicht bewusst zu sein.
Doch dann riss sich die Frau des Buchdruckers zusammen.»Denk nicht mehr daran! Vielleicht war er ja auch nur ohnmächtig und lebt noch. Hier bist du in Sicherheit.«
Sie behielt den Gedanken bei sich, dass es Sicherheit in diesen Zeiten nicht gab. Noch wusste niemand in der Stadt, wie die gestrige Schlacht ausgegangen war. Ob die Verbündeten Napoleon zurück über den Rhein treiben konnten, wie die meisten Menschen hofften, damit endlich Frieden wurde, oder ob der Usurpator die Russen und Preußen erneut besiegt hatte.

Doch ihre Worte erreichten Henriette nicht.

»Wenn ihn seine Leute gefunden hätten, dann hätten sie mich und Franz auf der Stelle umgebracht …«, wehklagte das Mädchen. »Also nahm ich meinen Bruder, dieses letzte Brot und das Medaillon, und wir schlichen uns aus der Stadt hinaus. In meiner Angst konnte ich nicht einmal daran denken, noch ein paar Sachen zusammenzupacken, etwas Kleidung. Wir mussten schnellstens fort. So rannten wir los, einfach nur Richtung Süden, weil es hieß, die französische Armee würde nordwärts nach Leipzig ziehen. Es waren viele Leute auf der Flucht, manchmal hat uns jemand aus Barmherzigkeit auf einem Fuhrwerk ein Stück mitgenommen. Die Preußen, wenn wir auf welche gestoßen sind, ließen uns durch die Linien …«

Sie griff nach der Tasse mit heißer Milch, die Lisbeth mit einem aufmunternden Lächeln gebracht hatte, und umklammerte sie, als könnte sie so die innere Kälte aus sich vertreiben. Dann trank sie hastig aus, sonst würde sie noch anfangen, mit den Zähnen zu klappern. Am liebsten wollte sie weinen und schreien, mit den Füßen aufstampfen und in die Welt hinausschreien, was für ein Irrsinn dieser Krieg war, in dem sich Menschen töteten, die einander nicht einmal kannten – um eines Brotes willen!

Noch vor gar nicht langer Zeit schien ihr Leben geordnet. Der Krieg war weit entfernt, ihrem Vater ging es gut, sie hatte Gedichte geschrieben, Bücher gelesen und davon geträumt, dass einmal ein junger Mann ihr Herz erobern würde. Doch nichts würde jemals wieder so sein. Sie hatte durch ihre Bluttat die Unschuld der Seele verloren und würde nie wieder ein unbeschwertes Leben führen. Und statt Gedichte würden jetzt Kriegsproklamationen gedruckt und gelesen.

»Tante«, bat sie leise und sah Johanna ins Gesicht. »Könnt ihr mich und Franz aufnehmen? Ich werde mich in der Werkstatt nützlich machen. In der Buchhandlung. Oder in der Küche … Ich kann Lettern sortieren oder Korrektur lesen. Der Oheim druckt doch noch seine *Gemeinnützigen Nachrichten?*«

Johanna seufzte. Sie vergrub die Hände in ihren braunen Locken, zwischen denen erste graue Strähnen schimmerten, ohne zu bemerken, dass dabei das gerüschte Häubchen verrutschte. Dann tätschelte sie die Hände ihrer Nichte, lächelte ihr mühsam zu und sagte: »Kind, begreifst du, wie viel Glück du hattest, lebend hierhergekommen zu sein? Ihr seid direkt vor dem Krieg hergezogen! Es muss gestern Tausende Tote auf beiden Seiten in dieser Schlacht gegeben haben, von der wir noch nicht einmal wissen, wo genau sie stattfand und wie sie ausgegangen ist. Vielleicht ist euer Haus zerstört. Aber mach dir keine Sorgen! Ihr bleibt natürlich hier.«
Sie stemmte sich hoch, rückte die Haube zurecht und trippelte auf Strümpfen zur Tür. »Wo steckt denn nun der Meister?«, rief sie ungeduldig hinaus.
Nelli, das junge Dienstmädchen mit den leuchtend roten Haaren, kam und knickste. »Er ist immer noch im Rathaus, Meisterin. Beim Zensor, die Seiten für die nächste Ausgabe vorlegen.«
Warum muss das ausgerechnet heute so lange dauern?, dachte die Frau des Buchdruckers voller Ungeduld. Aber jetzt muss ich erst einmal dafür sorgen, dass das Mädchen zur Ruhe und auf andere Gedanken kommt. Was für schreckliche Zeiten, wenn schon solche zarten jungen Dinger mit Schürhaken auf bewaffnete Männer losgehen! Ich hoffe, sie vergisst das Ganze. Und dass sie nicht doch noch das Lazarettfieber ins Haus bringt. Gott steh uns allen bei!
Mit einem gespielt munteren Lächeln forderte sie ihre Nichte auf nachzusehen, was ihr Bruder inzwischen mache und was es noch zu essen gebe.
»Dann kannst du dich erst einmal waschen und ausschlafen. Eure Sachen bringen wir schon wieder in Ordnung. Für Franz finde ich etwas in den Truhen, aus dem mein Eduard herausgewachsen ist. Und dir werde ich eines meiner Kleider passend machen.«
Sie musterte Henriette und lächelte erneut. »Ich werde es kür-

zen müssen. Aber bei deiner schmalen Taille kann ich vermutlich so viel Stoff abnähen, dass wir noch ein Schultertuch herausbekommen.«

In Gedanken versunken und ohne die geringste Ahnung, welch unerwarteter Besuch in seinem Haushalt eingetroffen war, spazierte Friedrich Gerlach nach dem Pflichtbesuch beim königlichen Zensor wieder zu seinem Heim am Untermarkt. Kurz bevor der Buchdrucker die Tür erreichte, entdeckte er den schmächtigen Doktor Bursian, den Aufseher der Freiberger Militärhospitäler, der, heftig mit dem Arm winkend, auf sich aufmerksam machte und mit wehenden Rockschößen quer über den Marktplatz auf ihn zuhastete, mitten durch eine Pfütze hindurch.

Johann Christoph Friedrich Gerlach, ein nicht allzu großer, etwas beleibter Mann von siebenundfünfzig Jahren mit freundlichen Gesichtszügen und schütterem weißem Haar, blieb stehen und blickte dem Arzt entgegen.

Dr. Bursians Kleidung war zerdrückt, sein rechtes Brillenglas zerkratzt, die Halsbinde saß schief, die Augen waren tief umschattet, und angesichts der Bartstoppeln auf den Wangen musste seine letzte Rasur wohl schon zwei Tage zurückliegen.

»Hätten Sie die Güte, dies in Ihrer nächsten Ausgabe zu veröffentlichen?«, fragte er und zog ein zerknittertes, eng beschriebenes Blatt aus seiner Weste.

»Ein Dank an all die Frauen, die uns Leinen und Charpie für die Verwundeten gespendet haben – und der Aufruf, mit ihrer Mildtätigkeit nicht nachzulassen«, erklärte der Lazarettverwalter, während der Buchdrucker die wenigen Zeilen mit der Überschrift »Dank und Bitte« überflog.

»Es kommen immer mehr Verletzte, wir wissen einfach nicht mehr, wie wir sie noch versorgen sollen.«

Bursian räusperte sich verlegen. »Und wenn Sie als Ihren Beitrag diese Annonce ...«

»Natürlich berechne ich Ihnen keine Kosten«, fiel Friedrich Gerlach ihm ins Wort. Sonst hätte Bursian einen Gehilfen geschickt und wäre angesichts der vielen Arbeit, die auf ihn wartete, nicht persönlich gekommen. »In solchen Zeiten muss jeder beitragen, was er kann. Möchten Sie mit mir auf eine Tasse Tee ins Kontor?«

Einladend wies er zur Tür.

Doch der schmächtige Lazarettverwalter winkte ab. »Bin in Eile. Es gibt so viel zu tun! Und uns fehlt es an Personal, nicht nur an Leinen und Medikamenten ...«

Er neigte sich Gerlach ein wenig entgegen und raunte bedeutungsschwer: »In der gestrigen Schlacht soll es so viele Tote und Verwundete gegeben haben, dass wir uns hier auf das Schlimmste gefasst machen müssen.«

»Weiß man denn schon, wo sie stattfand? Und vor allem, wer gesiegt hat, die Franzosen oder die Alliierten?«, fragte der Buchdrucker aufgeregt. »Es ist noch kein offizielles Bulletin eingetroffen.«

»Gekämpft wurde südwestlich von Leipzig, vor allem in Großgörschen, Kleingörschen, Kaja und Rahna«, berichtete Carl Friedrich Bursian und verzog den Mundwinkel zu einem grimmigen Lächeln. »Auf das Bulletin bin ich wirklich gespannt, denn jede Seite behauptet, gewonnen zu haben. Aber es heißt, die Alliierten ziehen sich in großer Eile zurück. Das sieht nicht gerade nach einem Sieg aus, oder? Jedenfalls habe ich Order, alles für die Aufnahme weiterer Verwundeter vorzubereiten.«

Er tippte an die Krempe seines Hutes, machte auf dem Absatz kehrt und lief mit hastigen Schritten Richtung Kreuzgasse davon. Im Dom setzte das anmutige Spiel der Silbermannorgel ein, das jäh abbrach und abermals aufgenommen wurde. Der Organist übte wohl wieder.

Der Buchdrucker sah Bursian kurz nach, bevor er das geräumige Eckhaus an Untermarkt und Bäckergässchen betrat, in dem seine Werkstatt, seine Buchhandlung und seine Wohnung untergebracht waren.

Er wunderte sich, dass ihn seine Frau nicht mit dem üblichen »Wie lief es heute?« empfing, wenn er vom Zensor heimkehrte. Dies waren stets heikle Besuche, aber doppelt schwierig in Kriegszeiten!

Manchmal war er es leid, in seinen *Freiberger gemeinnützigen Nachrichten für das Königlich-Sächsische Erzgebirge*, die er nunmehr im vierzehnten Jahr herausgab, über Belanglosigkeiten zu berichten, während in diesem Krieg die schrecklichsten Dinge geschahen.

Hatten nun gestern die Franzosen oder die Alliierten gesiegt? Und wenn sich die verbündeten Russen und Preußen tatsächlich zurückzogen – wie weit und für wie lange? Waren sie vernichtend geschlagen, oder sammelten sie nur ihre Reserven und neue Munition? Davon hing das Schicksal Sachsens, Deutschlands, Europas ab. Die Menschen sehnten sich nach Frieden und waren es leid, unter französischer Besatzung zu leben. Reformen, eine Ständeverfassung, mehr Rechte für die Bürgerschaft – das war es, wovon er träumte und seine Logenbrüder auch.

Doch er hatte die Konzession nur mit der Auflage erteilt bekommen, keinerlei politische Abhandlungen zu veröffentlichen. Das durfte lediglich die *Leipziger Zeitung*, die neulich sogar einen Aufruf des Universitätsrektors Krug veröffentlicht hatte, das sächsische Volk solle sich bewaffnen und zum Kampf für die Freiheit und ein einiges Vaterland erheben, so wie die Preußen es taten.

Dergleichen war in Freiberg natürlich undenkbar, auch wenn einige Professoren der hiesigen Königlich-Sächsischen Bergakademie durchaus die Ansichten Krugs teilten.

Mittlerweile musste man sich Zeitungen aus Preußen kommen lassen, um zu erfahren, was in deutschen Landen vonstattenging.

Selbst die harmlosesten stadtgeschichtlichen Aufsätze hatte er sich Zeile für Zeile vom Zensor genehmigen zu lassen und musste stets auf der Hut sein. Etwaiges Missfallen würde ihn viel Geld kosten, womöglich sogar die Konzession und im schlimmsten Fall eine Haftstrafe oder den Tod einbringen.

Kein Wort durfte im ganzen Land über die Niederlage und die schrecklichen Verluste der Grande Armée in Russland veröffentlicht werden, bevor das amtliche Bulletin dazu erschien, und das wurde erst herausgegeben, als die Truppen schon wochenlang auf dem Rückzug waren. Dabei betraf das viele Sachsen ganz direkt: Über zweiundzwanzigtausend Mann musste Sachsen Napoleon für diesen Feldzug stellen. Auch Bayern, Westphalen, Preußen, Österreich und Württemberg hatten große Korps zu entsenden.

Von den meisten Sachsen gab es keinerlei Lebenszeichen aus Russland, während ihre Angehörigen immer verzweifelter auf Nachricht warteten. Lisbeth zum Beispiel, seine Köchin, hatte vier von ihren sechs Söhnen dort und wollte einfach die Hoffnung nicht aufgeben, dass sie noch zurückkehrten. Aber es gab keine Listen von Toten, Gefangenen und Verwundeten.

Mitunter fragte er sich, was wohl einst die Nachgeborenen von dieser Zeit denken würden, wenn sie in seinen *Gemeinnützigen Nachrichten* blätterten. Ob sie wohl zwischen den Zeilen herauslasen, was wirklich in der Stadt vor sich ging? Zum Beispiel aus jener Danksagung und Bitte des Hospitalaufsehers, die in der Ausgabe der nächsten Woche stehen würde? Oder aus den amtlichen Bekanntmachungen über die Einquartierungsbedingungen der Militärs? Drei Pfund Brot und ein Pfund Fleisch täglich für jeden Offizier – wie sollten die Familien das nach den langen Kriegen und der katastrophalen Missernte im vergangenen Jahr aufbringen? Zumal es keine Entschädigungen mehr für die Quartierbilletts gab wie früher!

Und würden einst die Nachgeborenen aus den wiederholten Aufrufen an die Rekruten, sich endlich zum Dienst einzufinden, den richtigen Schluss ziehen, dass den jungen Männern die Kriegsbegeisterung abhandengekommen war und sie lieber das Weite suchten, statt sich zu den Truppen zu melden? Wohlweislich hatte er seinen ältesten Sohn, der zwanzig Jahre zählte, schon vor längerer Zeit auf Bildungsreise ins Ausland geschickt. Und sein Zweitgeborener, Eduard, war mit fünfzehn noch zu jung, um ins Feld zu ziehen.

Das alles ging Friedrich Gerlach wieder einmal durch den Kopf, während er das Haus betrat, den grauen Hut auf den Haken hing, den Gehstock ablegte und den Frack gegen einen bequemen Hausrock tauschte – immer noch verwundert, dass ihm weder seine Frau noch das Dienstmädchen entgegenkamen.

Weil es ihm zu albern erschien, nach ihnen zu rufen, räusperte er sich erst, dann trat er noch einmal zur Tür, öffnete sie und ließ sie etwas lauter als gewohnt zuschlagen.

Das endlich zeigte Wirkung. Ein paar Augenblicke später stand Johanna in der Diele, und schon an ihrer Miene erkannte er, dass etwas Außergewöhnliches, Besorgniserregendes geschehen sein musste.

Sein erster Gedanke: Sie hatte noch vor ihm etwas über den Ausgang der gestrigen Schlacht erfahren, obwohl das äußerst unwahrscheinlich war. Kehrten etwa die Franzosen zurück? Doch was er stattdessen zu hören bekam, traf ihn wie ein Blitzschlag aus heiterem Himmel.

In ein viel zu langes Nachthemd ihrer Tante aus rüschenbesetztem Musselin gehüllt, lag Henriette im großen Bett des Gästezimmers, nachdem sie etwas gegessen und sich den Schmutz der Landstraße vom Leib gewaschen hatte. So erschöpft sie auch war, sie konnte nicht schlafen.

Die Erinnerungen an das in den letzten Tagen Durchlittene loderten in ihrem Kopf, der Donner der Kanonen hallte ihr noch in den Ohren ... und dazwischen die Worte, die ihr Bruder irgendwann während ihrer viertägigen Flucht gemurmelt hatte:

»Er lebt noch. Dieser Franzose. Er hat noch geatmet, ich hab's genau gesehen.«
Henriette wusste nicht, ob das stimmte. Aber sie wünschte, es wäre so. Und hier war sie hoffentlich weit genug fort von ihrem Haus in Weißenfels, um nicht gefunden und bestraft zu werden.
Als ihr Vater noch lebte, da hatte sie begeistert die patriotischen Schriften Ernst Moritz Arndts und die Gedichte Theodor Körners gelesen, den sie in jugendlicher Schwärmerei verehrte und der vor drei Jahren, als er noch in Freiberg studierte, gegenüber dem Haus ihres Onkels am Untermarkt wohnte. Alle Mädchen der Stadt hatten dem gutaussehenden jungen Mann mit den dunklen Locken und den schönen Augen nachgeschaut. Doch der Student aus Dresden schien nur Spott für sie übrig zu haben.
Sie hatte etwas tun wollen, so wie die preußischen Frauen ihrem Land halfen, sich gegen den Unterdrücker zu wehren. Oder die Aufständischen in Lübeck und Hamburg. Und sie fand die Vorstellung atemberaubend, dass sich alle Deutschen gemeinsam erheben könnten, um die Besatzer aus dem Land zu jagen und sich zu einer geeinten Nation zusammenzuschließen. Weshalb Preußen oder Württemberger in Sachsen als Ausländer galten, obwohl sie alle eine Sprache sprachen, das war für sie nicht einzusehen.
Doch als sie die verwundeten Franzosen pflegte, die aus Russland heimgekehrt waren, diese ausgemergelten Gestalten mit ihren Erfrierungen und furchtbaren Wunden, da konnte sie nichts anderes als Mitleid mit ihnen empfinden.
Und dann hatte sie vielleicht getötet und war bis ins Mark entsetzt über sich selbst.
Ob jener Fremde wohl freiwillig in den Krieg gezogen war, um andere Menschen umzubringen? Oder hatte er sich nach Hause gesehnt, sich genauso wie sie gefürchtet und wollte einfach nur überleben?

Was wäre geschehen, wenn dieser Mann ihren Angriff abgewehrt hätte? Schaudernd bei der Erinnerung an die Szene starrte sie auf ihren Bruder, der in dem schmaleren Bett unter dem Fenster schlief.

Sie machte sich Gedanken um *einen* Toten, während gestern vermutlich Tausende gestorben waren.

»Scht! Wir reden nicht mehr davon. Schau nach vorn!«, hatte die Tante gesagt.

Wie sollte sie jemals vergessen, was sie getan hatte? Sie würde nie wieder eine Zeile schreiben oder ein Gedicht lesen können. Das Recht dazu hatte sie durch ihre Bluttat verwirkt.

Henriette krümmte sich noch mehr zusammen, zog die Knie an und umschlang sie mit den Armen.

Ihr Bruder murmelte etwas im Schlaf, wurde unruhig und schlug laut stöhnend um sich. Rasch ging sie zu ihm und berührte ihn erst sanft an der Schulter, dann rüttelte sie ihn, bis er die Augen aufschlug und sie verständnislos anstarrte.

»Du hast schlecht geträumt, Franz«, sagte sie, umschloss ihren Bruder mit den Armen und wiegte ihn. Ohne Protest duldete er, was er sonst verwehrte, seit er fünf geworden war.

»Wir sind in Freiberg. In Sicherheit. Du musst keine Angst mehr haben«, flüsterte sie. Wortlos ließ sich Franz wieder auf das Laken sinken, drehte sich zur Seite, zog die Decke über das Gesicht und schien einzuschlafen.

Fröstelnd ging Henriette zurück ins Bett. Die Arme um die Knie geschlungen, lag sie da und dachte nach, bis sie unten die Haustür zuschlagen hörte. Das musste wohl der Onkel sein.

Sie wartete so lange ab, wie Tante Johanna wohl brauchen würde, um ihrem Mann zu erzählen, was vorgefallen war. Dann schlüpfte sie in den viel zu langen und zu weiten cremefarbenen Morgenmantel mit rosa Rüschen, der neben der Tür hing, und ging die Treppe hinab, um den Oheim zu begrüßen. Das gehörte sich wohl, wenn er sie und Franz bei sich aufnehmen sollte.

Gespräche bei Tisch

Freiberg, 3. Mai 1813

Mitfühlend sah Friedrich Gerlach durch die ovalen Brillengläser auf seine Nichte, die barfuß und mit ängstlichem Blick im ihr viel zu großen Morgenmantel seiner Frau auf der Treppe stand. Sie war schon immer zart für ihr Alter gewesen, aber nun wirkte sie auf ihn wie der Inbegriff von Zerbrechlichkeit.

»Jette, Liebes, natürlich seid ihr hier willkommen«, sagte er warmherzig, ging ihr entgegen und schloss sie in seine Arme.

Unendlich erleichtert ließ sich Henriette gegen ihn sinken, und nun schossen ihr die Tränen in die Augen.

»Komm, setz dich!«, forderte der Oheim sie auf und führte sie behutsam zum Tisch.

Johanna tätschelte erneut tröstend den Rücken ihrer Nichte, während ihr Mann wortlos nach einem Taschentuch suchte und es dem Mädchen reichte.

Friedrich Gerlach war ein zutiefst friedliebender Mensch, der mit seinen Druckwerken Bildung und humanistische Ideale verbreiten wollte. Dass das Leben seiner Nichte in den letzten Tagen so gewaltsam aus den Fugen geraten war, schmerzte ihn über alle Maßen und machte ihn hilflos.

Er würde mit ihr reden müssen, damit ihre Seele nicht noch mehr Schaden nahm. Aber nicht jetzt. Er wollte sie nicht bedrängen. Jette kannte ihn gut genug, um zu wissen, dass sie ihn jederzeit um Rat fragen konnte. Sollte sie entscheiden, wann sie dazu bereit war. Im Moment hatte er ja selbst noch keine Antworten, sondern war einfach nur erleichtert, dass sie und Franz überlebt hatten.

Henriette brauchte eine Weile, bis sie sich gesammelt hatte. Dann schneuzte sie sich kräftig und sah mit verquollenen Augen auf.

»Ich weiß, ihr habt es schwer in diesen Zeiten«, schniefte sie. »Aber ich kann mir mein Brot verdienen. Ihr habt jetzt bestimmt nicht mehr genug Leute in der Druckerei. Ich kann dort arbeiten ... oder Bücher verkaufen ...«

»Das kommt überhaupt nicht in Frage!«, protestierte die Tante sofort. »Was sollen denn die Leute von uns denken? Dass wir deine Notlage ausnutzen und dich wie eine Magd hier schuften lassen?«

»Wieso nicht?«, widersprach ihr Mann mit beschwichtigender Stimme. »Vielleicht wird ihr ein bisschen Ablenkung guttun. Du weißt doch, wie gern sie die Zeit in der Setzerei verbracht hat, wenn ihre Familie bei uns zu Besuch war.«

Die Begeisterung, mit der sich seine Nichte schon als Kind immer wieder zeigen ließ, wie aus einzelnen Lettern Wörter, Zeilen und ganze Seiten wurden, ihre Ehrfurcht und Leidenschaft für Bücher hatten ihn schon lange für sie eingenommen. Sie war genauso eine Bücherverrückte wie er, viel mehr als seine Söhne, die einmal das Geschäft übernehmen sollten. Deshalb mochte er sie so.

Sie erinnerte ihn an seine Mutter, die auch Bücher geliebt hatte. Aber ihr Vater hatte sie als Elfjährige von der Schule genommen, weil jener meinte, es gehe zu weit, wenn nun auch noch die Mädchen lesen und schreiben lernten. Henriette sollte es besser haben und lesen und schreiben dürfen, so viel sie wollte! Er wusste, sie besaß Talent dazu, denn mit Freude verfolgte er ihre ersten zaghaften Versuche. Und wenn in den nächsten Tagen – was Gott und Blücher verhindern mögen! – Freiberg wieder in französische Hände fiel, dann waren sicher jede Menge Extrabulletins und Tagesbefehle zu drucken.

Tatsächlich brachten seine Worte ein wenig Hoffnung in die Augen des Mädchens.

»Aber nicht gleich morgen!«, schränkte er ein. »Erst einmal wirst du deiner Tante helfen müssen, ein paar Kleider für

dich umzuarbeiten, damit du nicht darin versinkst wie in diesem.«
Mit einem gutmütigen Lächeln wies er auf das Ungetüm von einem Morgenmantel. »Und du wirst dich nach den Strapazen ein paar Tage ausruhen. Lange schlafen und dich satt essen.«
»Aber ja!«, stimmte Johanna ihrem Mann aus vollstem Herzen zu. »Und einen Hut brauchst du und neue Schuhe!«
Vor allem, so dachte Johanna, sprach es aber nicht aus, brauchten die Kinder jetzt ein bisschen normales Leben nach dem Grauen der letzten Tage. Etwas Schönes, etwas zur Ablenkung. Schon stand sie auf, lief zur Tür und rief mit durchdringender Stimme nach Lisbeth.
»Wir nehmen das gute Service und das Silberbesteck heute Mittag«, beschied sie der Köchin, und beide Frauen dachten dabei in stiller Übereinkunft den Satz schon weiter: Bevor wir es morgen verstecken müssen, weil die nächste Einquartierung kommt. Wenn wirklich die Franzosen zurückkehren, werden sie sich bestimmt dafür rächen wollen, wie wir hier den Preußen und Russen zugejubelt haben. Gott steh uns bei!
»Natürlich«, brummte Lisbeth zustimmend. »Dass das Fräulein und der junge Herr erst einmal richtig aufgepäppelt werden müssen, sieht ja ein Blinder.«
Die zwei lagen ihr ehrlich am Herzen. Was sie durchgemacht haben mussten, die armen Dinger!
»Ich konnte ein Huhn auftreiben, davon koche ich ein feines Ragout, und als Dessert gibt es Grießpudding mit Apfelmus«, stellte sie in Aussicht. »Für ein Parfait, wie es das Fräulein so liebt, habe ich leider nicht die Zutaten. Sie wissen ja, die Handelssperre ...«
Was waren das nur für Zeiten!, dachte die Köchin voller Grimm und zog sich energisch die weiße Haube zurecht. Eher geeignet für Totengräber als für unsereinen. Zuckerersatz aus Stärke und Runkelrüben, Kaffeeersatz aus Kastanien, pfui Teufel! Und jetzt wird auch noch das Salz knapp ...

Lisbeth konnte kaum bis zum ersten Treppenabsatz gekommen sein, als die Gerlachs und ihre Nichte jemanden heraufpoltern hörten. Augenblicke später wurde die Tür aufgerissen. Eduard, der jüngere Sohn des Druckerpaares, mit zerzaustem blondem Haar und Sommersprossen, erschrak ein wenig, als er seinen Vater sah. Er hatte sich bei den Botengängen beeilt, um heimlich noch ein wenig Zeit bei Lisbeths jüngsten Söhnen und den Pferden zu verbringen, denn er träumte davon, hoch zu Ross durch die Stadt zu reiten und von den Mädchen bewundert zu werden. Aber er war der Sohn eines Buchdruckers und würde also auch Buchdrucker werden. Dabei wäre er viel lieber ein stolzer Husar in prächtiger Uniform!

Mit Blick auf seine derangierte Kleidung entschuldigte er sich eiligst für seinen unangemessenen Auftritt und platzte dann heraus: »Jette, ich hab gehört, dass du da bist! Was für eine schöne Überraschung!«

Eduard strahlte seine Cousine mit großen blauen Augen an, und es war nicht zu übersehen, dass er sie am liebsten umarmt hätte. »Ich bin gewachsen, siehst du? Jede Wette, dass ich jetzt größer bin als du. Vielleicht ziehe ich bald in den Krieg!«

»Du ziehst nirgendwohin als in dein Zimmer, um dich zu waschen und die Kleider zu wechseln«, wies ihn die Mutter streng zurecht. »Wo bist du nur wieder herumgestreunt? Wie ein Landstreicher siehst du aus! Wir essen in einer halben Stunde.«

Offensichtlich hatte sich der Junge wieder einmal bei Karl und Anton im Stall herumgetrieben und glaubte, seine Mutter wüsste nichts davon. Als ob ihr so etwas entgehen könnte! Ihr graute schon bei dem Gedanken, was wohl dabei herauskommen würde, wenn die drei auch noch den kleinen Franz in ihre wilde Runde aufnahmen.

Dass er vor seiner Cousine zurechtgewiesen wurde, die er doch beeindrucken wollte, war Eduard höchst peinlich. Verräterische Röte schoss ihm ins Gesicht. Um sich nicht noch mehr zu

blamieren, wollte er rasch verschwinden, aber dann fiel ihm etwas Wichtiges ein.
»Vater, unten wartet der Ludwig. Er sagt, er könne mit dem Setzen beginnen, wenn die Texte vom Zensor genehmigt sind.«
»Die Seiten!« Unwirsch schlug sich Friedrich Gerlach an die Stirn. »Wie konnte ich das vergessen! Die liegen immer noch in der Diele, glaube ich. Ich gehe schon ...«
Auch wenn kriegsähnliche Zustände herrschten – die Zeitung musste erscheinen. Er hatte noch nie eine Ausgabe ausfallen lassen.

In seiner Eile entging Meister Gerlach und auch seiner sonst so scharfäugigen Frau, dass über Jettes Gesicht ein zartes Rot huschte, als sie den Namen des besten Schriftsetzers hörte, den die Gerlachsche Druckerei je hatte. Am liebsten wäre sie unter einem Vorwand hinuntergegangen, um ihn zu sehen. Er war noch jung, sah gut aus mit seinen dunklen Haaren, und er war stets auf eine Art freundlich zu ihr, die ihr das Herz wärmte, weil sie ohne Falschheit und ohne Unterwürfigkeit war. Aber da sie nur einen Morgenmantel trug, noch dazu einen viel zu großen, kam das leider nicht in Frage.

»Komm, Liebes, wir decken inzwischen den Tisch!«, meinte Johanna geschäftig und rückte die Vase mit den Maiglöckchen zurecht. Krieg hin oder her – es war Frühling, das bedeutete immer auch Hoffnung.

Das Eindecken würde sonst natürlich das Dienstmädchen übernehmen, aber Nelli flickte und wusch die arg mitgenommenen Kleider der beiden Neuankömmlinge, damit sie morgen wieder trocken waren. Und außerdem wollte sie Jette ablenken. Etwas Schönes! Etwas Alltägliches! Nur nichts von Krieg und all diesen schlimmen Dingen.

»Hier, schau, diese silberne Schale war ein Geschenk zu meiner ersten Hochzeit, Gott hab meinen guten Barthel selig«, fing sie zu plaudern an, während sie und Henriette die Messer, Gabeln und Löffel auf dem Tisch verteilten. »Wie unglücklich war ich, als er starb. Da stand ich nun da mit meinen jungen Jahren – und was sollte aus der Druckerei werden? Aber dann hat Gott alles so wunderbar gefügt. Ich heiratete deinen Onkel, und jetzt ist Graz und Gerlach nicht nur eine Druckerei und verlegt sogar die Schriften der berühmtesten Freiberger Gelehrten, sondern führt auch eine respektable Buchhandlung. Siehst du, Liebes, man darf nur die Hoffnung nicht verlieren! Ganz gleich, wie schlimm es kommt.«

Wenig später saßen die drei Gerlachs gemeinsam mit Henriette am Tisch. Sie hatten beschlossen, Franz schlafen zu lassen, das sei das Beste für ihn.

»Wenn er aufwacht, ist die Welt wieder in Ordnung«, prophezeite Johanna sehr bestimmt.

»Was ist hier in den letzten Wochen geschehen?«, fragte Jette, während die Familie Hühnerbrühe mit Mehlklößchen löffelte, die es als Vorspeise gab.

Johanna antwortete sofort, um ihren Mann gar nicht erst zu Wort kommen zu lassen. Hier sollte heute nicht vom Krieg geredet werden!

»Stell dir vor, wir hatten am Donnerstag sogar *zwei* Majestäten auf einmal in der Stadt!«, berichtete sie aufgeregt, wobei sie die Augenbrauen hochzog und sich nach vorn über den Tisch beugte, ihrer Nichte entgegen. »Den russischen Kaiser Alexander *und* den preußischen König Friedrich Wilhelm. Unser sächsischer König ist ja in Prag ... des Krieges wegen, weil doch nun die Alliierten in Dresden eingerückt sind ... Gott schütze ihn, auch wenn er ein Katholik ist in diesem lutherischen Land!«

Sie richtete die Augen kurz gen Himmel und fuhr dann im Plauderton fort: »Was für einen Jubel es gab! Und dein Onkel hat schönes Geld verdient an den Bildern der beiden Majestäten, die er drucken ließ. Obwohl die Porträts des Zaren – ich muss schon sagen, ein stattlicher Mann! – deutlich besser gingen als die des preußischen Königs. Der zeigte ja nicht das geringste Lächeln.«

Ein überdeutliches Stirnrunzeln drückte Johannas Missbilligung für solche Unhöflichkeit aus. »Wenn ich dagegen an den Besuch Napoleons in der Stadt denke, letztes Jahr im Mai ... Meine Güte, es goss in Strömen, die Menschenmassen standen trotzdem von Mittag an auf dem Obermarkt und warteten. Hunderte Bergleute zur Parade, die tagelang geprobt hatten – und dann kam der Kaiser erst gegen fünf und blieb nur eine Stunde«, fuhr sie entrüstet fort.

»Außerdem hielt er die Bergleute mit ihrer Parade für die Bürgerwehr, für eine Miliz«, warf Eduard ein und kicherte. »Die Leute sollten die Bilder vom Zaren und vom Preußenkönig lieber abnehmen und verstecken, wenn in ein paar Tagen die Franzosen erneut in der Stadt einrücken«, stichelte er weiter, »und stattdessen das alte Napoleon-Porträt wieder aufhängen.«

Mit einem überdeutlichen Klirren legte Johanna den Löffel auf den Rand des Suppentellers.

»Wie kannst du nur?«, entrüstete sie sich. Erstens wusste der Junge nur zu genau, dass man nicht über die Kundschaft herzog, und außerdem sollte bei Tisch nicht von Krieg und Politik gesprochen werden. Nun hatte dummerweise ihr Nichtsnutz von einem Sohn die Sprache direkt auf das heikle Thema gebracht, das sie so dringend vermeiden wollte.

»Du solltest wie wir alle dankbar sein, dass wir das Geschäft mit solchen Sonderdrucken über Wasser halten können«, rügte sie ihn streng. »Jedermann weiß, wie schwer es geworden ist, Bücher zu drucken – und sie vor allem auch noch zu verkaufen. Wer kann sich heutzutage noch ein Buch leisten? Und wer will eines lesen in dieser schrecklichen Zeit?«

Eduard sah seine Mutter schicksalsergeben an und atmete insgeheim auf, dass die Strafpredigt vorbei war. Zu früh.

»Falls sich tatsächlich die Russen und Preußen weiter zurückziehen und die Franzosen wiederkommen, werden wir das

schon irgendwie überstehen«, fuhr Johanna energisch fort. »Schließlich sind Franzosen und Sachsen Verbündete. Jedenfalls auf dem Papier. Es wird schon nicht so schlimm werden. Bete lieber, dass sie in der Stadt keines dieser Flugblätter mit Spottbildern von Napoleon finden, die überall kursieren! Dann wird man nämlich uns verdächtigen, sie gedruckt zu haben. Denk nur an den armen Buchdrucker Palm!«
Das war ein Nürnberger gewesen, der wegen der Veröffentlichung der franzosenfeindlichen Schrift *Deutschland in seiner tiefen Erniedrigung* zum Tode verurteilt und exekutiert worden war. Jeder – zumindest jeder in diesem Gewerbe – kannte seinen Namen.
Voller Sorge blickte Johanna auf ihren Mann, bevor sie die Suppe betont langsam zu Ende löffelte. Irgendwie hatte es ihr nicht nur den Appetit verschlagen, sondern auch die Sprache, was äußerst selten vorkam.
»Und, *hast* du sie gedruckt?«, fragte Henriette hingegen voller Neugier den Onkel.
»Jedes Wort, jede Zeile aus meiner Druckerei sind vom Zensor genehmigt«, versicherte Friedrich Gerlach. Dann lächelte er. »Aber manchmal, mit etwas Glück, kann ich ihm ein Schnippchen schlagen.«
Begierig auf Einzelheiten, schob Henriette den leeren Teller von sich und sah ihren Onkel an.
»Du kannst dir nicht vorstellen, welcher Aufruhr in Dresden und bis hierher herrschte, als Napoleon vor sechs Wochen die schöne steinerne Augustusbrücke sprengen ließ, die der berühmte Baumeister Pöppelmann zu einem Prachtwerk umgestaltet hatte«, erzählte dieser. »Wenn Sachsen je zu einem Aufstand bereit wäre – das hätte das Fanal werden können! Darüber durfte ich natürlich nichts veröffentlichen, obwohl jedermann es wusste. Aber dass der Künstler Veith ein Bildnis der Ruine zur Erinnerung an die Schönheit des Bauwerkes in Kupfer stechen will und wir dieses Bild sowie eine Abhandlung

über die Geschichte der Brücke drucken werden, das waren natürlich Neuigkeiten aus dem kulturellen Leben, und die habe ich durchbekommen.«
Er lächelte noch etwas breiter und zwinkerte Henriette verschwörerisch zu. »Es gibt jede Menge Vorbestellungen für diesen Sonderdruck.«
»Wir können durchaus einiges tun, um den Menschen zu helfen«, fiel Johanna ein, die gern das Gespräch in harmlosere Bahnen lenken würde. »Beiträge zur Stadtgeschichte dienen der Erbauung und dem patriotischen Gedanken. Und wir bieten den Lesern nicht nur Bildung, sondern auch Ratschläge, die ihr Leben erleichtern. Zum Beispiel die neuesten Erkenntnisse des Herrn Professor Lampadius über die Herstellung von Zucker aus Kartoffelstärke und Kaffeeersatz aus Esskastanien.«
Beides war infolge der von Napoleon verhängten Kontinentalsperre nicht mehr legal zu bekommen, und wie Jette schon von einem früheren Besuch her wusste, hatte der Freiberger Chemiegelehrte Ersatz dafür entwickelt und die Anleitung dazu in den *Gemeinnützigen Nachrichten* veröffentlicht.
»Der Herr Professor veranstaltet jetzt sogar Kurse für die hiesigen Hausfrauen, damit sie selbst Zucker herstellen können«, berichtete Johanna ehrfürchtig. »Und als abzusehen war, dass wir hier russische Einquartierung bekommen, brachte mein kluger Gerlach mehrere Extradrucke heraus, zum Beispiel kleine Sprachführer für Russisch oder Abhandlungen über die Gepflogenheiten der Kosaken, Baschkiren und Kalmücken – sehr hilfreich, um Missverständnisse zu vermeiden.«
»Wie lief es denn hier mit der Einquartierung?«, fragte Henriette beklommen. Das Lächeln verschwand aus ihrem Gesicht.
»Besser als erwartet«, berichtete die Tante überschwenglich. »Vor einem Monat kamen Preußen und Russen in die Stadt, der berühmte Blücher selbst und über eintausend Kosaken unter Oberst Prendel, der ja eigentlich ein Tiroler ist. Was für ein verwegenes Volk, diese Kosaken! Welche Kunststückchen sie im

Sattel fertigbringen, das glaubt man nicht, wenn man es nicht mit eigenen Augen gesehen hat. Sie waren auch gar nicht so wild, wie wir befürchtet hatten; im Gegenteil, sehr höflich. Man hatte sie wohl angewiesen, die Sachsen freundlich und nicht als Feinde zu behandeln.«
»Obwohl Sachsen als Mitglied des Rheinbundes aufseiten Napoleons steht und damit Gegner der preußisch-russischen Alliierten ist«, dozierte Friedrich Gerlach mit erhobenem Löffel. »Es soll vor allem Blücher gewesen sein, der sich dafür einsetzte. Er rief die Sachsen sogar auf, sich mit den Preußen zu vereinen und gemeinsam gegen die fremden Unterdrücker zu kämpfen.«
Henriette stockte der Atem. »Und? Werden sie folgen?«
»Sosehr ich mir das wünschte – ich glaube nicht, dass sie es tun werden. Es gibt zwar auch hier Leute, die den König von Reformen und einem Seitenwechsel überzeugen wollen. Aber deren Stimme besitzt nicht genug Gewicht. Wir haben hier eine gänzlich andere Lage als in Preußen. Du warst damals noch zu klein, um das zu verstehen. Nach den Schlachten bei Jena und Auerstedt war Preußen 1806 beinahe vollständig vernichtet. Der König und seine Königin flüchteten in den hintersten Zipfel ihres Landes, nach Memel, und mussten Schmuck und Tafelsilber versetzen, damit noch etwas zu essen auf den Tisch kam.«
»Es heißt, Königin Luise – Gott hab sie selig! – soll sogar selbst gekocht haben. Erbsensuppe«, warf Johanna rasch ein.
Einen Moment lang versuchte sich Jette vorzustellen, wie die Königin das Herdfeuer schürte, doch dabei versagte ihre sonst oft überbordende Phantasie. Wenn auch Luise von Preußen sicher sehr anders als die meisten Königinnen gewesen war, als »Kochen« ließ man bei ihr vermutlich schon gelten, wenn sie zweimal mit dem Löffel durch den Topf gerührt hatte. Und wie diese lebensprühende junge Frau wohl mit ihrem hölzernen Mann zurechtgekommen war, der so abgehackt sprach und das genaue Gegenteil von ihr zu sein schien?

»Napoleon plünderte Berlin, ließ die Kunstsammlungen leer räumen, die Quadriga vom Brandenburger Tor montieren und nach Paris schaffen, besetzte das Land und forderte gewaltige Kontributionen«, fuhr unterdessen der Onkel fort. »Er säte Wind und erntet nun Sturm, wenn die Preußen sich gegen ihn erheben. Oder die Hamburger, denen Davout, der ›Eiserne Marschall‹, so übel mitspielte. Den Sachsen dagegen, obwohl auch wir zu den Besiegten zählten, bot Napoleon Bonaparte ein Bündnis und die Erhebung zum Königreich an. Und unser Herrscher tat damals gut daran, dies anzunehmen. So blieb das Land erhalten, die Kunstsammlungen in Dresden blieben es auch, und bei den Kriegszahlungen ließ der Kaiser Milde walten.«

»Fast dreihunderttausend Taler Kontributionen allein für Leipzig würde ich nicht gerade milde nennen«, krittelte Johanna spitz.

»Tja, die Franzosen nennen Leipzig eine ›gefährliche Feindin‹ – wegen seines Reichtums und der Handelsverbindungen zu England«, meinte der Buchdrucker. »Jetzt ist die Lage auch hier kaum noch erträglich. Viele hoffen, dass uns ein Bündnis mit Preußen und Russland Frieden und Freiheit bringt. Trotzdem glaube ich nicht, dass es in Sachsen zu einer Volkserhebung kommt, solange der König die Allianz mit Frankreich aufrechterhält. Er hat Bonaparte sein Wort gegeben, und die Sachsen stehen treu zu ihrem König.«

Seine Frau warf einen scharfen Blick auf Eduard, der das Gespräch mit äußerstem Interesse verfolgte.

»Das hier ist eigentlich nichts für deine Ohren«, beanstandete sie. Aber da der Junge noch nicht aufgegessen hatte, konnte sie ihn schlecht hinausschicken. Zum Glück saß nicht auch noch der kleine Franz hier, sondern schlief oben selig!

»Dir ist doch klar, dass wir Ärger mit der Geheimen Polizei bekommen, solltest du draußen davon erzählen?«

»Natürlich, Mutter, was denkst du von mir?«, protestierte der

Fünfzehnjährige gegen die Unterstellung, er könne etwas an falscher Stelle ausplaudern.

Jette wirkte enttäuscht. »In Preußen hat der König an sein Volk appelliert, sich gegen die Unterdrücker zu wehren! Und es heißt, alle kamen, als der König rief. Männer traten in die Landwehr ein oder in die Freikorps, und Frauen opferten ihren Schmuck, damit die Truppen aus dem Erlös bewaffnet werden konnten. Warum nicht auch hier?«

»Der König rief, und alle kamen?«, wiederholte Friedrich Gerlach mit spöttischem Lächeln. »Die Berliner haben das etwas zutreffender umgedichtet in: Alle waren schon da, als der König endlich rief. Friedrich Wilhelm von Preußen musste durch Leute wie Scharnhorst, Gneisenau und vom Stein geradezu genötigt werden, sich mit diesem Aufruf an die Spitze der Erhebung zu stellen, sonst wäre sie über ihn hinweggerollt.«

Verärgert stemmte sich Johanna hoch und begann, den Hauptgang mit der großen Kelle auszuteilen. »Mein lieber Herr Gerlach!«, kritisierte sie ihn, während sie mit etwas zu viel Schwung Ragout auf die Teller klatschte. »Genau genommen ist das schon fast eine Majestätsbeleidigung! Auch wenn der König von Preußen kein sehr umgänglicher Mensch zu sein scheint.«

Sein unfreundlicher Auftritt in Freiberg – ganz das Gegenstück zur leutseligen Haltung des Zaren, der sich mit sichtlicher Genugtuung von den Einheimischen feiern ließ – hatte die Frau des Buchdruckers gegen den Hohenzollernkönig eingenommen.

»Also keine Volkserhebung in Sachsen?«, fragte Jette enttäuscht den Oheim.

»Dazu wird *unser* König nicht aufrufen«, erklärte Friedrich Gerlach, während er seine Brille mit der Serviette zu putzen begann und die Zeichen seiner Frau ignorierte, das Thema zu wechseln. »Deshalb haben sich viele Freiwillige aus Sachsen zu den preußischen Freikorps gemeldet. Der junge Körner, der

Carl Theodor, der einmal gegenüber gewohnt hat, ist zu den Lützower Jägern gegangen.«
Henriettes Herz schien für einen Augenblick stillzustehen, als sie das hörte.
»In Leipzig hat man ihn ja von der Universität geworfen – wegen Raufhändels«, warf die Tante tadelnd ein. »Aber dann bekam er sogar eine Anstellung in Wien, als K. und K. Hofdichter – und gibt so eine Chance auf!«
»Auch ein Sohn des Buchhändlers Göschen aus Leipzig, der Georg, und der Junge vom Buchhändler Anton aus Görlitz meldeten sich zu den Lützowern«, fuhr der Buchdrucker fort, der den Einwurf seiner Frau überging. »Du kennst sie, wir waren einmal während der Messe bei Göschens zum Tee eingeladen. Göschen musste übrigens letztes Jahr Wohnung und Geschäft in Leipzig ganz aufgeben und hat beides nach Grimma verlegt, weil die Geschäfte in Leipzig so schlecht gingen. Und Brockhaus zog nach Altenburg! Es steht nicht gut um die Buchstadt Leipzig.«
Henriette erinnerte sich vage an die beiden jungen Männer. Ihr Onkel nahm sie gern zu den Buchmessen nach Leipzig mit, weil er wusste, wie sehr sie Bücher liebte. Und welch aufregenderen Ort konnte man sich da vorstellen als die Leipziger Messe, wo die neuesten Erscheinungen der literarischen Welt vorgestellt wurden? Jedes Mal waren sie mit Kisten voller spannender Entdeckungen zurückgereist.
Einer von Göschens Söhnen hatte ihr damals ein wenig den Hof gemacht, was sie in große Verlegenheit brachte.
Doch klar stand ihr wieder Theodor Körners Bild vor Augen. Ob er sie jetzt wohl beachten würde, da sie etwas erwachsener und vielleicht auch hübscher geworden war? In Gedanken betete sie darum, dass den jungen Männern nichts geschah, die in den Krieg gezogen waren.
Wie stets, wenn Jette zu Besuch war, schob ihr Friedrich Gerlach sein unangerührtes Dessert hinüber. Sie liebte Süßes. Er

selbst ließ sich noch etwas Kräutertee einschenken. An den Kaffeeersatz aus Kastanien mochte er sich einfach nicht gewöhnen.

»Vor ein paar Wochen sah es schon so aus, als würde sich das Blatt wenden, als würden wir unsere französischen ›Freunde‹ endlich loswerden«, fuhr er fort. »Seit dem Russlandfeldzug ist Napoleons Ruf der Unbesiegbarkeit dahin, seine Grande Armée ist verblutet – und mit ihr die meisten der mehr als zwanzigtausend Mann, die Sachsen für diesen Krieg stellen musste. Die Menschen sind es leid: den Krieg, die Einquartierungen, die Requisitionen. Es gab gewisse Anzeichen, dass auch unser König den Übertritt zu den Alliierten erwägt. Zumindest befürworten das einige Männer in seinem Kabinett und unter den Militärs. Der Oberst von Carlowitz zum Beispiel, der diese riesige Bibliothek zusammengetragen hat, von der ich dir erzählt habe, der Bruder unseres Kreisamtmanns. Sie brachten den König dazu, mit seinem Hofstaat ins Ausland zu gehen, erst nach Regensburg und jetzt nach Prag. In Sicherheit und außer Reichweite des Dämons, der ihn beherrscht, verstehst du? Dort findet er vielleicht den Mut, zu den Alliierten überzutreten und dem allen ein Ende zu bereiten ... Aber mit dieser Schlacht gestern, der du dank Gottes Hilfe entkommen bist, kann nun alles wieder anders geworden sein.«

Er trank einen Schluck und ließ resigniert die Hände in den Schoß sinken.

»Es ist wirklich kaum zu fassen, dass Napoleon in so kurzer Zeit schon wieder eine solch gewaltige Armee auf die Beine stellen konnte. Das sind zumeist blutjunge Kerle, ohne jegliche Ausbildung und ohne Disziplin. Ihre Offiziere lassen sie gewähren. Da die meisten Gegenden schon unvorstellbare Mengen an Proviant aufbringen mussten, ist einfach nichts mehr für reguläre Lieferungen da. Deshalb wird geplündert. C'est la guerre, sagen sie – so ist der Krieg. Die Leute fürchten sich. Und sie haben allen Grund dazu.«

Verbittert zog Friedrich Gerlach die Schultern hoch. »Lasst uns beten, dass die Preußen und Russen gestern gesiegt und dem Ganzen ein Ende bereitet haben.«
»Das reicht jetzt aber!«, platzte Johanna heraus. »Kinder, ihr esst auf, und dann geht ihr hinaus! Was denkst du dir nur, den beiden Angst einzuflößen?«, rügte sie ihren Mann.
Friedrich Gerlach zog leicht die Augenbrauen hoch, bedeutete seiner Nichte mit einem Blick, die Tante gewähren zu lassen, und schwieg.
Als alle aufgegessen hatten, gab er Sohn und Nichte einen Kuss auf die Stirn und kündigte an, sich in die Bibliothek zurückzuziehen, wo er zu arbeiten habe.
Jette wartete, bis ihr Cousin wieder in die Werkstatt gegangen war. Dann bat sie ihre Tante mit einem Blick um Verzeihung und fragte den Oheim: »Zeigst du mir deine neuesten Kostbarkeiten? Bitte!«
Friedrich Gerlach hatte auf diese Frage gehofft und freute sich. Wie er Jette kannte, wollte sie jetzt nicht seine interessantesten neuen Bücher sehen, sondern seine geheimsten Schätze. Sie ließ sich also von den Geschehnissen der letzten Tage nicht unterkriegen!
Mit einem stillen Lächeln führte er sie in die Bibliothek, ging zu dem Sekretär, der in dem dunklen, von Tabakgeruch durchzogenen Raum stand, und öffnete ein Geheimfach.
Noch vor kurzem waren hier zwei geheime Schriften verborgen gewesen, die sie gemeinsam gelesen hatten: die anonym verfasste Abhandlung über den Volksaufstand in Spanien, der seit fünf Jahren loderte, ohne dass die Franzosen Herr der Lage werden konnten, obwohl sie eine Viertelmillion Soldaten dorthin geschickt hatten, und Elgers Bericht über die von den Franzosen angewiesene Verbrennung konfiszierter englischer Waren Ende 1810 in Leipzig. Die war wie eine Hinrichtung inszeniert worden. Zur Strafe für ihren Handel mit Frankreichs Erzfeind mussten die Leipziger eine Woche lang zuse-

hen, wie ein Vermögen – ihr Vermögen! – sinnlos in Flammen aufging.
Der Verfasser des Berichts wurde zu Festungshaft auf den Königstein geschickt. Beide Schriften hatte Gerlach vor ein paar Tagen wegen der befürchteten Rückkehr der Franzosen unter den Dielenbrettern versteckt.
Nun holte er aus dem Fach ein abgegriffenes Blatt Papier heraus. »Hier – Blüchers Proklamation an das sächsische Volk!« Mit triumphierender Miene reichte er Jette das Blatt, das beim Einzug der Russen und Preußen in Freiberg verteilt worden war.
Atemlos vor Spannung las das Mädchen. »Sachsen! Wir betreten Euer Gebiet, Euch die brüderliche Hand bietend … Wir bringen Euch die Morgenröte eines neuen Tages … Ihr seid ein edles, aufgeklärtes Volk! Ihr wisst, dass ohne Unabhängigkeit alle Güter des Lebens für edel gesinnte Gemüter keinen Wert haben, dass Unterjochung die höchste Schmach sei … Auf! Vereinigt Euch mit uns, erhebt die Fahne des Aufstandes gegen die fremden Unterdrücker und seid frei! … Den Freund deutscher Unabhängigkeit werden wir als unseren Bruder betrachten …«
Hingerissen von der Klarheit und Kühnheit dieser Worte sah Henriette ihrem Onkel ins Gesicht.
»Gneisenau soll das verfasst haben«, erklärte dieser.
Erneut sah das Mädchen auf das zerknitterte und sorgfältig wieder glatt gestrichene Blatt.
Fasziniert las Jette die Zeilen. So einfach, so klar, so kühn!
»Ich dachte, ich könnte nie wieder schreiben«, versuchte sie mühsam in Worte zu fassen, was sie bewegte. »Wie sollte ich Verse schmieden im Krieg? In Pathos schwelgen wie Arndt, während ringsum alles in Not und Tod versinkt? Aber das hier … Das kommt aus dem Herzen und geht zu Herzen.«
»Lies weiter!«, forderte der Oheim sie auf.
»Euer Landesherr ist in fremder Gewalt; die Freiheit des Entschlusses ist ihm genommen …«
»Der König ist in Sicherheit in Prag, von seinen Garden

geschützt«, antwortete Friedrich Gerlach, ehe sie fragen konnte.

»Den Freund deutscher Unabhängigkeit werden wir als unsern Bruder betrachten, den irregeleiteten Schwachsinnigen mit Milde auf die rechte Bahn leiten, den ehrlosen, verworfenen Handlanger fremder Tyrannei aber als einen Verräter am Vaterland unerbittlich verfolgen.«

Sie hatte es kaum zu Ende gelesen, als der Onkel ihr ein zweites Blatt reichte. »Und das hat Wittgenstein, der Oberbefehlshaber der russischen Armee, verteilen lassen. Aber es klingt ganz danach, als hätte es Ernst Moritz Arndt geschrieben.«

Schon beim Überfliegen der Zeilen erlosch ihre Begeisterung für Arndt schlagartig. »Wer nicht mit der Freiheit ist, der ist gegen sie. Darum wählt! Meinen brüderlichen Gruß oder mein Schwert!«, las sie den Schluss laut vor. »Sie drohen uns, beleidigen den König ...«

»Ich fürchte auch, dass sie der Sache damit keinen Gefallen getan haben«, meinte der Oheim bedauernd. »Nun hängt alles davon ab, wie der König entscheidet: Ob er sich weiter an den Eid gebunden sieht, mit dem er Napoleon Bündnistreue schwor, oder einen freien Entschluss fasst. Aber angesichts dessen« – er wies auf die zweite Proklamation – »wird er sich durch Wittgenstein genötigt fühlen und sich gerade deshalb verweigern. Die Sachsen sind königstreu durch und durch. Sie werden ihrem König folgen. Ganz gleich, wohin.«

»Jette, Liebes!« Zuckersüß drang Tante Johannas Stimme in das Refugium ihres Mannes, dann stand sie schon in der Tür. »Geh doch in die Stube, damit wir dir eines meiner Kleider abstecken. Nelli wartet dort schon auf dich, ich komme gleich nach ...«

Gehorsam, wenn auch ungern, gab Jette die beiden abgegriffenen Blätter zurück und wollte gehen. Aber der Oheim drückte ihr mit einem Augenzwinkern rasch noch ein schmales Büchlein in die Hand. Sie erkannte den Titel und strahlte: »Don Carlos«.

Henriette liebte Schillers Werke. Sie war zu Tränen gerührt über die unglückliche Liebe von Ferdinand und Luise, begeistert von Karl Moor und Wilhelm Tell. Aber jemanden, dem die Allmacht des Zensors so gegenwärtig war wie ihrem Onkel und damit auch ihr, den trafen die Worte »Sire, geben Sie Gedankenfreiheit!« mitten ins Herz.

Sie bedankte sich mit einem verschwörerischen Lächeln, versteckte den kleinen Band in den zu weiten Ärmeln des Morgenmantels der Tante und lief hinaus.

Friedrich Gerlach bekam noch eine Gnadenfrist, bis Jette die Treppe hinunter war, um die Proklamationen wieder im Geheimfach zu verstauen.

»Mein lieber Mann«, fing Johanna dann wie erwartet an, in vorwurfsvollem Tonfall, die Hände in die Seiten gestemmt. »Was denkst du dir dabei, all das vor den Kindern auszubreiten? Hast du dir überlegt, was das arme Mädchen in den letzten Tagen durchgemacht hat? Sie braucht etwas Abwechslung, Aufheiterung. Wir müssen überlegen, wie wir sie auf andere Gedanken bringen. Tanzstunden, Gesellschaften … Wir sollten vielleicht ein Fest vorbereiten, nur etwas Kleines, ganz bescheiden, und ein paar nette junge Männer dazu einladen … Natürlich keine Militärs! Und kein großes Essen. Wie auch, da alles so knapp ist? Aber selbst in den Salons in Berlin soll es ja durchaus genügen, Butterbrot und Tee zu reichen, weil es schließlich in erster Linie um die Geselligkeit und den Gedankenaustausch geht.«

Sprachlos betrachtete Friedrich Gerlach seine Frau, nahm sogar die Brille ab und putzte sie erneut, diesmal mit dem Zipfel seiner Weste. Mit Vorwürfen hatte er gerechnet. Und sie hatte auch schon mehrfach im Bekanntenkreis ihre Begabung als Kupplerin unter Beweis gestellt. Aber das übertraf nun alles.

»Hier wird in ein paar Tagen vermutlich die Hölle ausbrechen, und du denkst an Tanzstunden und Bälle?!«, fragte er entgeistert. »An junge Männer, die Jette davon ablenken könnten, dass sie vielleicht jemanden getötet hat? Was sie erlebt hat? Du solltest lieber mit ihr in die Kirche gehen. Und aufpassen, dass ihr nichts geschieht, wenn hier noch mehr Truppen durchziehen oder gar bleiben!«

»Ach was!«, widersprach Johanna mit erzwungener Leichtfertigkeit. »Ihr Männer, ihr redet immer nur von Krieg und Politik. Aber auch im Krieg muss geatmet und gegessen werden. Seien wir dem lieben Gott dankbar, dass wir noch etwas zu essen haben und einen Tisch, auf den wir es stellen können, und ein Dach über dem Kopf. Ja!«, gab sie ihm nun beinahe wütend recht, »wir haben gerade Krieg, aber es wird auch wieder einen Waffenstillstand geben!«

Friedrich Gerlach kannte seine Frau gut genug, um zu erkennen, dass sie sich damit selbst beruhigen wollte. Dass auch sie sich davor fürchtete, was noch kommen mochte. Er trat zu Johanna, an der er trotz ihrer Redseligkeit sehr hing, und nahm sie in seine Arme.

»Lass uns erst einmal die nächsten Tage überstehen«, sagte er leise und strich ihr über die Schulter. »Dann sehen wir weiter. Vielleicht hat sich ja alles zum Guten gewendet in dieser Schlacht gestern. Vielleicht haben die Alliierten die Grande Armée endgültig zerschlagen und diesem Irrsinn ein Ende bereitet.«

Doch mit dieser Hoffnung lag Friedrich Gerlach vollkommen falsch.

In Blüchers Hauptquartier

Pegau, 3. Mai 1813, im Gasthaus zum Mohren

»Sieg? Wat is daran Sieg, wenn wir uns zurückziehen?«, schimpfte General Blücher, dem seine siebzig Jahre nichts auszumachen schienen. »Eine Schande! Mich juckt's in alle Finger, gleich wieder loszureiten. Aber vorwärts, immer vorwärts, nich zurück!«

Wütend stopfte er seine geliebte Pfeife und sah auf den Chef seines Generalstabes, der vorsichtig das linke Bein etwas ausstreckte. In der Schlacht gestern hatte ihn eine Kugel unterhalb des Knies getroffen. Sie war entfernt worden, aber die Wunde schmerzte, und in der Nacht hatte er kaum ein Auge zubekommen.

»Zu hohe Verluste und Munitionsmangel«, wiederholte Gerhard von Scharnhorst missmutig die offizielle Begründung für den Rückzugsbefehl, den auch er für einen fatalen Fehler hielt. Er rieb sich über das umschattete Gesicht. Sein dunkles Haar war zerzaust wie fast immer, doch sein Blick klar trotz der Schmerzen und des fehlenden Schlafes. »Die Gegner waren uns zahlenmäßig deutlich überlegen. Mehr als einhundertzwanzigtausend Mann. Aber von denen verloren sie gestern ein Viertel.«

»Eben! Und wat wir für Verluste hatten! Dat tut mich im Herzen weh. So viel Blut – und denn retirieren?«, stimmte der Ältere ihm zu. »Noch ein Linienangriff mit die tüchtigen Kosaken, und ich hätte dat Unjeheuer erwischt!«

Der Rückzugsbefehl war schon gegeben, als Blücher nach Einbruch der Nacht die Reservekavallerie in einen weiteren Angriff geführt hatte, um den Abmarsch der Truppen zu verschleiern. Die Dunkelheit und ungünstige Bodenverhältnisse zwangen zum Abbruch. Der alte Haudegen ahnte nicht, dass er mit dieser letzten Attacke schon auf zweihundert Schritt an seinen Erzfeind herangekommen war und in jenem Karree Napoleon selbst und dessen gesamte Entourage von den Garden geschützt wurden. Sonst wäre er ganz gewiss weitergeritten.

Wütend hieb der sonst so beherrschte Scharnhorst mit der flachen Hand auf den Tisch. »Ja, verdammt noch mal, der Feind war zahlenmäßig klar überlegen! Aber wir hatten mehr Geschütze und viermal so viel Kavallerie! Das alles, dieser ganze Feldzug, hätte gestern schon ein Ende finden können!«

»Man fragt sich schon, wie der Bonaparte so schnell wieder solche Massen aufbieten konnte«, warf Blücher hintersinnig ein, während er hingebungsvoll paffte.

Dabei kannten sie beide die Antwort: Noch von Russland aus hatte Napoleon Truppen aus Spanien zurückberufen, die Pariser Bürgergarde und die Nationalgarde als Reservearmee aktiviert und den Jahrgang 1793 eingezogen, kurz darauf auch noch den gesamten Jahrgang 1794.

»Die meisten waren fast Kinder, kaum ausgebildet. Nur eben mit erfahrenen Offizieren«, sagte Scharnhorst verbittert und hob den Deckel von der Kaffeekanne, um hineinzusehen, ob sie wirklich schon ausgetrunken war. Leer – wie befürchtet. Als Scharnhorst eingetroffen war, hatte Blücher sofort seine Ordonnanz losgeschickt, um frischen Kaffee vom Wirt des Mohren zu holen, der auch die Post betrieb. Aber offenbar ließ sich derzeit nicht einmal für die Generalität ohne Schwierigkeiten Kaffee auftreiben.

Der alte Feldherr schien seinen Generalstabschef nicht gehört zu haben. »Wird wohl so sein, dass den Majestäten jehörig der Schrecken in die Glieder jefahren ist, als ihnen statt ein paar kläglicher Überreste plötzlich einhundertzwanzigtausend Mann gegenüberstanden«, meinte er nicht ohne Häme.

»Wir haben Fehler gemacht«, wiederholte Scharnhorst ruhelos. »Wir hätten schon nach den ersten Gefechten bei Lüneburg und Möckern vor einem Monat nachsetzen sollen, so wie wir beide es wollten. Aber die russische Hauptarmee war zu weit weg.«

Und Zar Alexander ließ sich sehr viel Zeit, sie herzubeordern, während der preußische König wieder einmal keinen Entschluss fassen konnte. Der Zar war sogar vor ein paar Tagen noch nach Teplitz gereist, um seine Schwester zu besuchen. So hatte die russisch-preußische Allianz schon nach dem ersten kleineren Sieg bei Möckern verhängnisvolle Schwäche offenbart.

»Die Truppen marschierten von fünf Uhr an und sollten im Morgengrauen angreifen. Stattdessen ließ man sie eine Parade für den König und den Zaren machen und erst um elf in den Kampf gehen«, fuhr Scharnhorst mit seiner unerbittlichen Analyse fort. »Das war Zeit- und Kraftverschwendung! Und das ganze Durcheinander davor ...«
»Machen Sie sich nix draus!«, sagte Blücher sofort und sehr entschieden. »Den Rüffel des Königs ham nicht Sie verdient. Ich mach mich auch nix aus dem Rüffel wejen die Proklamation.«

Beim Anmarsch hatten sich die Wege der Korps Blücher und Yorck gekreuzt, wodurch ein gewaltiges Durcheinander entstand, was wiederum den preußischen König zu der wütenden Äußerung trieb, dafür gehöre Scharnhorst eigentlich in Festungshaft.

Der Generalstabschef war zutiefst gekränkt. Doch er hatte geschwiegen, wieder einmal um der Sache willen. Er hatte dem König von Preußen das gesamte Militärwesen erneuert, eine moderne und einsatzfreudige Armee auf die Beine gestellt, Landwehr und Freiwilligenverbände. Aber Dank dafür zu erwarten hatte er sich längst abgewöhnt. Er war eben der »Fremdling aus Hannover« und entstammte nicht dem Hochadel. Das ließ man ihn trotz aller Verdienste immer wieder spüren.

Also hatte er in solchen Momenten zu schweigen gelernt, solange er nur seine Reformen durchbekam: keine in den Dienst gepressten Rekruten, sondern Soldaten, die freiwillig diese Pflicht für ihr Land übernahmen, keine entwürdigenden Prügelstrafen mehr in der Armee, Beförderung nach Leistung, nicht nach Stand, Bildung eines Generalstabes ...

Dafür nahm er sogar wortlos hin, dass er auf französischen Druck vom Amt des preußischen Kriegsministers zurücktreten musste. Einen »Meister des Schweigens« nannten ihn deshalb seine Freunde.

Ganz anders als Blücher, der aus seinem leidenschaftlichen Herzen nie eine Mördergrube machte und den die Vorwürfe nicht im Geringsten beeindruckten, seine und Wittgensteins Proklamationen hätten wegen ihrer forschen Sprache am sächsischen Hof für Verärgerung gesorgt. Die Schranzen am Hof in Dresden kümmerten ihn nicht.

»Und der Wittgenstein, wat trieb der eigentlich jestern die ganze Zeit hinter die Linien, statt vorn die russischen Truppen zu kommandieren?«, murrte der Siebzigjährige weiter. »Seit wann führt man eine Armee von hinten? Hat der nix von Bagration gelernt? Der Kerl taugt nicht zum Oberbefehlshaber! Obwohl ...«, nun machte er eine abfällige Handbewegung, »... wenn sogar *zwei* gekrönte Häupter herumstehen und das Kommando in der Schlacht führen wollen, ohne groß etwas davon zu verstehen, kann ja nix herauskommen.«

Ächzend stemmte er sich hoch, strich sich durch das weiße Haar und knöpfte seine Uniformjacke zu. »Erklären wir den Kindern mal, weshalb wir retirieren, obwohl wir angeblich jesiegt haben«, knurrte er. »Nur aus Munitionsmangel – und bloß bis an die Elbe und keinen Schritt weiter!«

Nun konnte sich Scharnhorst ein sarkastisches Lächeln nicht verkneifen.

»Seine Majestät wird sehr erleichtert sein, das zu hören. Als der Zar ihm gestern im Hauptquartier in Groitzsch mitteilte, dass er sich mit seinen russischen Truppen zurückzieht, um die Kräfte zu sammeln, und wir ihm also folgen müssen, wenn wir nicht aufgerieben werden wollen, da lamentierte er, das kenne er schon, und nicht lange, dann würden wir nicht nur die Elbe, sondern auch die Neiße und die Weichsel hinter uns gelassen haben. Das sei ja wie bei Jena und Auerstedt.«

Vor Blücher durfte er sich diese bissige Bemerkung erlauben. Sie hatten viele Kämpfe gemeinsam bestanden und kannten beide aus nächster Betrachtung die Schwächen ihres Königs: seine

Verzagtheit, seine Unfähigkeit, einen Entschluss zu fassen, die durch die lähmende Trauer über den Tod seiner geliebten Luise noch schlimmer geworden waren. Doch Friedrich Wilhelm war uneitel genug, aus diesen Schwächen eine Stärke zu machen – indem er sich mit klugen Ratgebern umgab und unter dem Druck der Ereignisse auch auf sie hörte.

»Dafür begeisterte sich Seine Hoheit sehr für die russischen Choräle beim Zapfenstreich«, spöttelte Blücher. »Wird nich lange dauern, bis er so etwas auch für uns anordnet ...«
Auch Scharnhorst stand auf. Unterhalb des Knies war durch Verband und Uniformhose wieder Blut gesickert. Doch jetzt mussten sie gemeinsam vor die Soldaten treten, um den Rückzug zu erklären. Das war unerlässlich für die Moral der Truppen.

Er hielt es für eine Fehlentscheidung, die in den letzten Wochen glücklich eroberten Positionen in Sachsen wieder aufzugeben. Doch diesmal, das war seine feste Überzeugung, würden sie endlich Preußens und Deutschlands Freiheit und Selbständigkeit erkämpfen. Das Jahr 1813 *musste* die Schicksalswende bringen!

»Werden wohl heute noch jede Menge Orden verteilen, damit's nach 'nem Sieg aussieht«, meinte Gebhard Leberecht von Blücher. Dann griff er nach seiner Tabakdose, pickte etwas heraus und hielt es Scharnhorst mit listigem Lächeln entgegen.

Der glaubte seinen Augen nicht zu trauen – und noch weniger seinen Ohren.

»Die Kugel, die mir jestern in den Rücken traf. Is von selbst rausjefallen. Schick ich meine Frau als Erinnerung«, plauderte Blücher gut gelaunt. Dann deutete er auf Scharnhorsts Verletzung. »Aber Sie sollten sich in Acht nehmen!«
Der alte General wollte es nicht aussprechen. Doch jeder, der in den Kampf zog, hatte gelegentlich dunkle Vorahnungen, die manchmal ihn selbst, manchmal aber auch einen Gefährten be-

trafen. Und die überfielen ihn jetzt beim Anblick seines Stabschefs und Freundes.
»Im Gefecht bin ich ärgerlicherweise vorerst nicht zu gebrauchen«, meinte jener. »Also sprach ich mit Gneisenau, der meinen Platz einnimmt, und breche heute noch zu einer Mission nach Wien auf.«
Baff vor Staunen ließ sich Blücher wieder auf sein Bett fallen. »Mit den Österreichern verhandeln? Damit die endlich auf unsere Seite übertreten?«, meinte er. »Allet jut und schön. Aber schonen Sie sich lieber erst noch ein paar Tage! Sagt doch sicher auch der Arzt.«
»Ja, das sagt er, aber Wien ist wichtiger!«, beharrte Scharnhorst und versuchte, die Sache zu verharmlosen. »Da werden sie wohl Kaffee haben.«
Rasch wurde sein Gesicht wieder ernst. »Hoffen wir, dass Thielmann die Festung Torgau noch so lange neutral hält oder sogar zu uns übertritt. Davon hängt nun alles ab.«
Ein schmales Lächeln huschte über sein müdes Gesicht.
»Wie dieser sächsische General im März Davout die Stirn geboten hat, das war schon tollkühn! Einem Marschall samt zwei Bataillonen, noch dazu dem unerbittlichsten unter Bonapartes Getreuen, dem Sieger von Auerstedt, den Zutritt zur Festung zu verweigern und ihm mit Kanonenfeuer zu drohen – alle Achtung! Ich hätte nicht gedacht, dass ein Sachse so viel Mut aufbringt. Aber ob Thielmann das durchhalten kann nach dem gestern hier ...«
Vage wies er mit dem Kopf in die Richtung, wo sie am Vortag das Schlachtfeld räumen mussten.
Blücher war jedoch in Gedanken ganz woanders: bei seiner Sorge um den Freund, der mit einem durchschossenen Bein auf eine so weite Reise gehen wollte. Bekümmert sah er auf den geschätzten Kampfgefährten.
»Nehm' Se sich in Acht!«, wiederholte er eindringlich. »Lieber noch 'ne Schlacht verlieren als Ihnen!«

»Keine Sorge«, beruhigte ihn Scharnhorst. »Prinz Eugen von Württemberg und die Brigade Steinmetz sollen den Rückzug unserer Truppen auf Dresden und Meißen decken, das sind tüchtige Männer – die besten!«

Das Schlachtfeld

Großgörschen, 3. Mai 1813

In seinem hellgrauen Mantel, die Hände auf dem Rücken verschränkt, stapfte Napoleon Bonaparte über das schlammige Gelände, auf dem gestern noch bis in die Dunkelheit hinein der Kampf getobt hatte.

Die Grande Armée hatte seinem Befehl gemäß direkt auf dem Schlachtfeld übernachtet – hauptsächlich, weil er mit einem erneuten Angriff der Preußen und Russen rechnete, aber auch, um zu demonstrieren, dass seine Streitmacht das hart umkämpfte Gebiet erobert *und* behauptet hatte. Auch wenn es letztlich nur ein paar Dörfer waren, deren Namen sich nicht aussprechen ließen, kaum mehr als ein paar Dutzend Gehöfte, die inzwischen fast alle niedergebrannt waren.

Er selbst hatte in seinem Stabsquartier im nahe gelegenen Lützen übernachtet und war nach dem Frühstück hierhergeritten. Die Preußen hatten ihn überrascht und herausgefordert. *Ihm* eine Schlacht anzubieten, *ihm* Ort und Zeit des Kampfes vorzugeben – das war wirklich dreist! Offensichtlich hatten sie gelernt. Und zwar von ihm. Das waren nicht mehr die hoffnungslos überalterten und schlecht ausgerüsteten Truppen der friderizianischen Armee von 1806, die er bei Jena und Davout bei Auerstedt in Scharen davonrennen sah.

Nein, die Preußen waren nicht wiederzuerkennen und hätten ihn gestern beinahe tatsächlich das Fürchten gelehrt!

Er hatte sich schon auf dem Weg nach Leipzig befunden, wo er seine gesamte Armee vereinigen und gegen die Flanke der Gegner vorstoßen wollte. Der Vorort Markranstädt war fast erreicht, als er plötzlich Kanonendonner weit *hinter* sich hörte – dort, wo die Nachhut stand, das Dritte Korps von Marschall Ney. Also ließ er seine Kolonnen umkehren.

Es wurde eine blutige Schlacht für beide Seiten. Um jedes einzelne Haus wurde erbittert gekämpft, manche Gehöfte wechselten stündlich die Besitzer. Irgendwann im Verlauf des Nachmittags fürchtete er schon, verloren zu haben. Alles verloren zu haben. Die triumphale Auferstehung seiner Armee nach ihrer fast völligen Vernichtung in Russland, seine erste große Schlacht, nachdem er wieder den Main überquert hatte … Die durfte er einfach nicht verlieren! Das wäre das Ende gewesen!

Also ließ er, als alles schon aussichtslos schien, eine gewaltige Batterie aus fast achtzig Geschützen auffahren und alles vor sich zusammenschießen. Dies und seine Garden wendeten das Schicksal doch noch zu seinen Gunsten. Sogar ein nächtlicher Gegenangriff der feindlichen Reiterei, bei dem er beinahe selbst in Bedrängnis geraten wäre, verlief folgenlos.

Und jetzt glaubte er seinen Augen nicht zu trauen.

Das Feld war leer, abgesehen von den Toten, den Pferdekadavern, den Tross- und Geschützwagen und den Biwaks seiner Männer! Und obwohl die Sonne immer höher stieg, war von feindlichen Truppen weder etwas zu sehen noch zu hören.

»Sie sind fort!«, rief er mit ungläubigem Staunen dem Dutzend Männer in goldbetressten Uniformen zu, die ihn begleiteten.

Lachend breitete er die Arme aus. »Alle fort! Offensichtlich hat der preußische König keine Lust, die Partie zu Ende zu spielen! Er ist weggelaufen, der arme Frédéric!«

Seine Stabsoffiziere – die meisten im Range eines Generals –

lachten mit ihm. Dann starrten sie ihn an und warteten, dass er sie etwas fragen oder einen Befehl erteilen würde.

Er stapfte in das Kartenzelt und studierte die sorgsam mit Stecknadeln markierten Positionen der feindlichen Armeen. Hin und wieder trat jemand ein und berichtete vom rasch verlaufenden Rückzug der Alliierten: die Preußen über Colditz, Leisnig, Döbeln Richtung Meißen, die Russen über Rochlitz, Waldheim, Nossen auf Dresden.

Gedankenversunken griff Napoleon nach dem Kaffee, den ihm sein Leibdiener, der berühmte Mameluck Roustam, in einer hauchzarten, vergoldeten Porzellantasse servierte. Es bedurfte heute nicht der anregenden Wirkung des Kaffees, um ihn mit ruheloser Energie zu erfüllen. Der hastige Rückzug der Russen und Preußen erfrischte seine Lebensgeister viel mehr, als es das stärkste Getränk vermochte.

Ein grimmiges Lächeln zog über sein Gesicht.

Ja, mit dieser Schlacht hatte er den Lauf des Schicksals noch einmal zu seinen Gunsten verändert.

Nun würde er die Feinde über die Elbe jagen, über die Neiße, die Memel, und erneut würde er seine Truppen durch Russland führen, um endlich sein wahres Ziel zu erreichen: die Eroberung Ostindiens, der vernichtende Schlag gegen seinen ärgsten Feind England.

Wer wollte es jetzt noch wagen, von den Verlusten in Russland zu reden? Seine Grande Armée dort vernichtet?

Er hatte längst eine neue aus dem Boden gestampft, blutjunge Kerle, die sich gestern genauso begeistert und bereitwillig in den Tod gestürzt hatten wie einst die Männer, deren Knochen nun in den Weiten Russlands moderten. Und morgen würden sie es wieder tun, wenn er vor ihnen nur ein paar anfeuernde Worte sprach.

Sogar vom Tode Gezeichnete hatten ihm gestern noch ein euphorisches »Vive l'Empereur!« zugerufen, bevor sie ihr erbärmliches Leben aushauchten.

Diesem Blücher und dem Zaren, die glaubten, *ihn* zu einer Schlacht herausfordern zu können, hatte er gezeigt, wer der wahre Herrscher über Europa war. Für ihre Dreistigkeit mussten sie mit vielen tausend Toten zahlen. Dass seine eigenen Verluste noch höher waren, er gestern fast ein Viertel seiner Männer eingebüßt hatte, daran verschwendete der Imperator keinen Gedanken.

Natürlich wusste er, dass ihm gefälschte Zahlen über eigene und gegnerische Verluste vorgelegt wurden und jedes Mal, wenn er das Schlachtfeld nach dem Kampf abschritt, seine Adjutanten zuverlässig dafür gesorgt hatten, dass die Toten der eigenen Seite begraben und die Verwundeten fortgeschafft worden waren. So sah er nur tote und verletzte Feinde und konnte sich die Großzügigkeit erlauben, gelegentlich einen blessierten Gegner in eines seiner Lazarette schaffen zu lassen.

Vorgestern, als bei einem Geplänkel in Rippach sein Marschall Bessières fiel, einer seiner engsten Vertrauten, wurde der Leichnam mit einem Tuch umhüllt, damit niemand den hochrangigen Toten erkannte und die Moral der Truppen nicht litt.

Doch gestern hatte er der Welt erneut bewiesen, dass ihm ein Platz unter den größten Feldherren der Geschichte zustand. Die gestrige Schlacht schien ihm heute noch bedeutender als Jena, Austerlitz oder Borodino.

Weil der Kriegsschauplatz – jene vier Dörfer namens Großgörschen, Kleingörschen, Kaja und Rahna – so nah bei Lützen lag, wo einst der große König Gustav Adolf im Kampf gegen Wallenstein fiel, würde auf seinen Befehl auch diese Schlacht als Schlacht von Lützen in die Geschichte eingehen.

Der Kaiser verschränkte die Arme hinter dem Rücken, stapfte zum Eingang des Stabszeltes, warf einen Blick nach draußen, wo unzählige Wachtfeuer loderten, dann drehte er sich jäh um. Sofort nahmen die hochdekorierten Männer Haltung an.

»Briefe! Es sind Depeschen zu schicken!«, verkündete er und

winkte einen jungen Mann ans Schreibpult, der besonders flink dabei war, seine schnell diktierten Anweisungen in Kurzchiffre zu notieren.

»An den sächsischen König. Informieren Sie ihn über unseren großen Sieg bei Lützen. Und er möge sich gefälligst umgehend in Dresden einfinden. Schluss mit der Versteckspielerei! Wenn er nicht mitsamt seiner Familie sofort aus Prag zurückkehrt und sich daran erinnert, wem er zu Treue verpflichtet ist, werde ich andere Saiten aufziehen. Dann erkläre ich ihn zum Verräter und behandle Sachsen wie Feindesland.«

Er warf dem Adjutanten einen scharfen Blick zu. »Formulieren Sie das ein bisschen höflicher, mit dem üblichen ›Mein Herr Bruder‹, aber es darf nichts an Deutlichkeit vermissen lassen!«

»Jawohl, Sire.«

Ungeduldig sah Napoleon zu, wie der Adjutant mit der Feder über das Papier kratzte. Seinen tapferen Marschall Ney, dessen Drittes Korps gestern riesige Verluste erlitten hatte, würde er nach Leipzig schicken; sollten sich dessen Männer dort erholen und neu formieren.

Spätestens in einer Woche würde er vor Dresden stehen. Er brauchte Verstärkung, vor allem Kavallerie, und hatte den sächsischen König schon vor Wochen dringend aufgefordert, ihm zwei neue Regimenter Kürassiere zu stellen. Wo zur Hölle blieben die? Eintausendachthundert Mann zu Pferde waren von einem Verbündeten doch wirklich nicht zu viel verlangt!

Und dann noch diese Ungeheuerlichkeit, dass der Gouverneur von Torgau die Festung geschlossen hielt, in der sich das sächsische Heer sammelte – oder das, was vom sächsischen Heer nach dem Russlandfeldzug noch übrig war. Die Festung war kriegsentscheidend als Brückenkopf über die Elbe, und *er* hatte sie bauen lassen. Sie gehörte *ihm*, wie ganz Sachsen, das ohne ihn nie Königreich geworden wäre!

Mit einem schroffen Wink beorderte Napoleon einen sächsischen Major Mitte dreißig zu sich, der ihm vom König wunsch-

gemäß als landeskundiger Wegführer, Kartograph und Übersetzer geschickt worden war.
»Befehl an den Kommandanten von Torgau!«, wies er ihn an. »Seine Truppen sind ab sofort wieder General Reyniers Siebentem Korps unterstellt. Er soll sich umgehend mit Marschall Ney in Verbindung setzen und ihm alles schicken, was noch kämpfen kann. Lediglich zweitausend Mann bleiben in der Festung. Falls dieser Thielmann sich weiterhin weigert, wird ihm Ney gewaltig Feuer unter dem Hintern machen.«
Der Kaiser fixierte erst den Schreiber, dann den sächsischen Offizier mit strengem Blick. »Es sollen sofort Boten losreiten.«
Nun wandte er sich gut gelaunt an seine Stabsoffiziere. »Treiben wir die Feinde zurück über die Elbe und die Oder, zurück in ihre Mauselöcher! In einer Woche sind wir in Dresden.«
Er lächelte kalt. »Dann können wir ja herausfinden, ob uns die Dresdner immer noch die Sprengung ihrer berühmten Brücke verübeln.«
Pflichtgemäß fiel der Generalstab in sein kurzes Lachen ein.
Nur Ernst Otto von Odeleben, der sächsische Major, lachte nicht mit.

Disput bei Nacht

Freiberg, 3. Mai 1813

»Himmel, Herrgott, Sakrament, komm endlich zur Ruhe, Weib!«, schimpfte der Fuhrmann Josef Tröger mit seiner Frau, der Köchin Lisbeth. »Du wälzt dich hin und her, wie soll ich denn da schlafen? Kein Auge hab ich zugetan, und die halbe Nacht ist schon vorbei!«
Sie wohnten mit ihren beiden jüngsten Söhnen, dem fünfzehnjährigen Karl und dem zwölfjährigen Anton, im Hinterhaus

der Gerlachschen Druckerei. Und während im Schlafzimmer des Haupthauses der Meister und seine Frau noch leise darüber redeten, was wohl die nächsten Tage bringen mochten, würde hier gleich ein handfester Ehekrach beginnen.
»Du hast eben noch so laut geschnarcht, dass man es bis nach Nossen hören konnte«, widersprach Lisbeth. »Ich kriege halt keine Ruhe in meine Gedanken.«
»Was werden das nur wieder für Gedanken sein?«, murrte Josef, der wusste, dass er um diese Frage nicht herumkam, auch wenn er die Antwort ahnte. Dabei hatte er nicht die geringste Lust auf dieses Thema, schon gar nicht mitten in der Nacht. Dass seine Frau nun schwieg, ließ ihn fast hoffen, doch noch zur Nachtruhe zurückzufinden. Die brauchte er dringend, denn bei Tagesanbruch hatte er eine weite Reise vor sich. Er sollte zusammen mit einem jungen Fähnrich Rekruten in die Torgauer Festung bringen und dort gleich noch Leder aus dem Gerberviertel und Stroh abliefern.
Nach einem Moment der Stille sagte Lisbeth ungewohnt leise: »Es ist wegen der Jungen. Das Fräulein hat gesagt, es seien überhaupt keine Sachsen ins Weißenfelser Lazarett geschickt worden. Also *müssen* sie in Torgau sein. Dort sammeln sich alle, die aus Russland zurück sind.«
»Hoffen und Harren hält manchen zum Narren«, hielt Josef ihr schroff entgegen. »Wenn sie zurückgekommen wären, wüssten wir's längst. Find dich endlich damit ab, dass sie tot sind.«
»Sie sind nicht tot!«, widersprach seine Frau heftig und setzte sich mit einem Ruck auf. »Es kommen immer noch Verletzte aus dem Osten. Und auf dem Markt erzählen die Leute, die Russen hätten Gefangene freigelassen, weil sie hoffen, dass Sachsen auf ihre Seite überwechselt.«
»Das wäre ja eine schöne Art, dem Kaiser zu vergelten, dass er unser Land nach dem verlorenen Krieg so gnädig behandelt und sogar zum Königreich erhoben hat!«, empörte sich der Fuhrmann. »Ihm verdanken wir die Freiheit. Ohne ihn wäre es

uns wie Preußen ergangen, das auf die Hälfte zusammengeschrumpft und ausgeplündert ist.«
»Ihm verdanken wir den Krieg und Tausende Tote!«, hielt Lisbeth dagegen, die sich nun ebenfalls in Rage redete.
»Krieg hat es immer gegeben und wird es immer geben!«, schrie Josef wütend über das Gerede seiner Frau. »Unsere Söhne haben ihre Pflicht erfüllt für unseren König, und der Himmel wird es ihnen lohnen. Es gibt keine größere Ehre, als für König und Vaterland zu sterben!«
Diese letzten Worte brüllte er so laut, dass die Enden seines Schnauzbartes zitterten. Da vorerst an Schlaf nicht mehr zu denken war, warf er das Federbett von sich und stapfte hinaus zum Abtritt.
Als er zurückkehrte, hatte seine Frau ein Talglicht angezündet und saß im Nachthemd am Küchentisch, ein Wolltuch um die Schultern geschlungen und den Kopf auf die Hände gestützt.
»Es sind vier – die können doch nicht alle tot sein«, sagte sie bedrückt. »Und so tüchtige Jungs. Den Pferdeverstand, den haben sie von dir. Sie waren doch keine einfachen Linieninfanteristen, die sterben immer zuerst. Sie waren bei der Reitenden Artillerie!«
Ihr Mann brummte etwas, das kaum als Zustimmung gemeint war, trotzdem von seiner Frau sofort als solche gedeutet wurde.
»Wenn du nicht mehr glaubst, dass sie noch leben – ich tue es. Ich *weiß* es!«, behauptete sie. »Vielleicht sollte ich morgen mit dir nach Torgau fahren und sie suchen.«
»Bist du närrisch geworden, Weib? Und deine Arbeit hier, soll die sich von allein erledigen? Außerdem werden sie dich wohl kaum in die Festung lassen.«
»Ich schaff das schon. Und wenn ich mich bis zum Gouverneur durchfragen muss.«
»Als ob der mir dir reden würde, so ein vornehmer Herr!«
Das wurde ja immer wundersamer, was seine Frau da von sich gab. Verlor sie gar vor lauter Kummer langsam den Verstand?

»Bestimmt erinnert er sich noch an mich«, beharrte Lisbeth. »Immerhin habe ich einst im Haus seiner Schwiegereltern gedient, beim Bergrat von Charpentier. Ich kochte sogar für seine Hochzeit mit Fräulein Wilhelmine.« Ihre Augen bekamen einen schwärmerischen Ausdruck. »Was für ein schöner Mann! Wie stattlich er in seiner hellblauen Husarenuniform aussah! Sogar Klavier und Glasharmonika konnte er spielen – als Militär, man stelle sich vor! Wie man hört, soll ihn der König kürzlich für seine Tapferkeit zum Freiherrn erhoben haben. Ich werde ihn jetzt mit ›Euer Hochwohlgeboren‹ anreden müssen ...«

Hilflos griff Josef nach seiner Pfeife, stocherte darin herum und klopfte die kalte Asche auf die blankgescheuerte Holzplatte. Wie sollte er seiner Frau nur diese Flausen ausreden und ihr den Schmerz ersparen, der unausweichlich war, wenn sie endgültig Gewissheit erhielt? Oder noch schlimmer: Wenn sie umsonst suchte? Er hatte sich doch selbst schon umgehört, ohne ihr davon zu erzählen.

Wie es aussah, war von der Batterie Hiller kein einziger Mann wiedergekehrt. Und natürlich würde niemand eine Köchin zum Gouverneur vorlassen. Der hatte wahrlich Wichtigeres zu tun und sprach nur mit Generälen und Offizieren.

Es war ja nicht so, dass er nicht um die vier Jungs trauerte. Manchmal würde er sich auch am liebsten hinsetzen und heulen wie ein Schlosshund. Doch irgendwer musste ja hier den Verstand behalten bei all dem Unglück.

Unbeholfen legte er seine schwielige Hand auf die Schulter seiner Frau.

»Finde dich damit ab und sei stolz darauf, dass sie ihre Pflicht treu erfüllt haben. Und nun komm ins Bett.«

Ohne ein weiteres Wort folgte Lisbeth ihrem Mann in die Schlafkammer. Aber nachdem der Gedanke einmal ausgesprochen war, der schon lange in ihr gebohrt hatte, würde nichts mehr sie davon abhalten.

Gehen und Kommen
Freiberg, 4. Mai 1813

Auch Johanna Gerlach hatte vor dem Einschlafen viele Pläne für den nächsten Tag geschmiedet, ohne allerdings im Geringsten zu ahnen, dass diese alle schon kurz nach dem Aufstehen platzen würden.
Da waren für Jette Kleider umzuarbeiten, damit das arme Ding auch einmal aus dem Haus konnte. Dann würde sie mit ihr zur Putzmacherin gehen und einen Hut für sie aussuchen, etwas Zartes, aus Stroh geflochten und mit einem breiten Satinband, passend zum Kleid. Und außerdem musste sie dringend herausfinden, wann und wo das Mädchen Tanzunterricht nehmen konnte. Es gab einen neuen Tanzlehrer in der Stadt, der dem Vernehmen nach sogar Walzer unterrichtete statt nur Kontratänze und Menuett, das mittlerweile doch als ein wenig altmodisch galt. Wenngleich dem Walzer zweifellos etwas Verruchtes anhaftete, weil sich die Paare die ganze Zeit berührten und die Kleidersäume der Damen durch die schwungvollen Drehungen über die Fußknöchel wirbelten. Walzer wurde nur an den großen Höfen getanzt. Aber – da hatte sie sich gleich gestern noch bei der Nachbarin erkundigt, die drei Töchter in mehr oder weniger heiratsfähigem Alter erzog – es gab sittlich durchaus respektable Zwischenformen. Diese musste Jette unbedingt beherrschen, wenn sie in die Gesellschaft eingeführt wurde. Sie war nun siebzehn, da wurde es höchste Zeit! Ihr Vater, Gott hab ihn selig, hatte das wegen seines Witwerstandes auf unverzeihliche Weise vernachlässigt.
Um Franz machte sich Johanna viel weniger Sorgen. Mit dem sollte Eduard nach der Schule ein paar Schreib- und Rechenübungen machen, dann würden sie ohnehin bei jeder sich bietenden Gelegenheit zu Lisbeths Söhnen gehen oder durch die

Stadt stromern und den letzten verbliebenen Kosaken bei ihren Reiterkunststückchen zusehen.

Falls ihr lieber Mann und Jette darauf bestanden, dann sollte das Mädchen eben in der Buchhandlung den Verkauf übernehmen. Aber erst wenn sie etwas Anständiges zum Anziehen hatte! Und neue Schuhe! Die alten waren ja völlig hinüber. Vielleicht konnte sie gleich noch ein paar weiße Tanzschuhe mit in Auftrag geben.

Zum Glück hatte Johanna sparsam gewirtschaftet. Das Verlegen von Büchern war in den letzten Jahren immer schwieriger geworden, jede einzelne Ausgabe musste in Frankreich genehmigt werden, und schon die dabei anfallenden Gebühren waren exorbitant. Dazu kamen die Kosten für die Zensur der *Gemeinnützigen Nachrichten*, zwei Groschen pro Seite, und die drohenden Strafgelder bei nachträglichem Missfallen durch den Leipziger Zensor. Aber aus dem Erlös der Königsbilder sollten ein paar Ballschuhe für Jette abfallen. Gott segne Zar Alexander für seinen Besuch in Freiberg!, dachte Johanna mit feinem Lächeln im Bett, als sie hinüberlugte, ob ihr Mann schon wach war.

Er schien noch zu schlafen, also nutzte sie die seltene Zeit der Muße, um in Gedanken das viel zu große Nachthemd aus Musselin, das sie Jette gestern gegeben hatte, zu einem Ballkleid für die Nichte umzuarbeiten. Musselin war kostbar geworden, seit wegen der Kontinentalsperre die feinen englischen Garne nicht mehr an die sächsischen Weber geliefert wurden. Ein anderer Schnitt, ein bisschen Tüllstickerei, rosa Satinbänder zur Zierde ... ja, das konnte ganz allerliebst werden! Vorausgesetzt, man unterstellte ihr beim Tragen von englischem Musselin nicht etwa irgendwelche politischen Hintergedanken. Es war schon riskant genug, wenn ihr lieber Friedrich sich bei seinen Logenbrüdern mit dergleichen abgab.

In solche Überlegungen war Johanna noch immer vertieft, als Lisbeth vor dem Frühstück die gesamte Familie Gerlach mit der Bitte überraschte, ihr für ein paar Tage freizugeben, damit sie nach Torgau reisen und dort ihre vermissten Söhne suchen könne.

»Mein Josef bringt heute Rekruten dorthin, zusammen mit einer Lieferung Leder und Lazarettstroh. So muss ich nicht allein reisen. Thea, meine Schwester, wird derweil für Sie sorgen, wenn es Ihnen recht ist«, hatte die Köchin entschlossen erklärt, um dann beinahe verzweifelt anzufügen: »Inzwischen sind doch die meisten aus Russland zurück. Und sie schaffen es einfach nicht, ihrer alten Mutter ein Lebenszeichen zu schicken ...«

Friedrich Gerlach brachte es nicht über sich, diese Bitte abzulehnen, obwohl er die Aussichten für äußerst gering hielt, dass die bemitleidenswerte Lisbeth Tröger in Torgau auch nur einen ihrer Söhne fand. Aber vielleicht bekam sie Gewissheit. Das war in seinen Augen immer noch besser als dieses unbestimmte Warten.

Also gaben er und Johanna der verzweifelten Mutter ihre Segenswünsche mit auf den Weg und versicherten, sie kämen schon zurecht.

»Aus dem bisschen, was wir haben, kann ich für die paar Tage auch mit Jette selbst etwas kochen«, erklärte Johanna großzügig. »Schließlich stellte sich doch einst sogar die Königin von Preußen an den Herd, Gott hab sie selig, die schöne Luise!« Zum Glück sind wenigstens Lisbeths jüngste Söhne vor dem Soldatenlos sicher, dachte sie bedrückt. Karl ist zwar schon fünfzehn Jahre alt, stark und breitschultrig, aber er hinkt, weil nach einem Knochenbruch sein rechtes Bein nicht ordentlich verheilte. Und Anton ist erst zwölf und selbst für dieses Alter ein winziges Bürschlein. Die beiden werden ihr erhalten bleiben, so Gott will.

Karl und Anton wurden von ihren Eltern beauftragt, den Stall auszumisten, Holz zu hacken, das Zaumzeug zu putzen und ihrer Tante Thea beim Feuern und Wasserholen zur Hand zu gehen. Dann brachen Josef und Lisbeth auf, von den guten Wünschen der Gerlachs begleitet.

Johanna hatte diese erste Überraschung kaum verwunden, als kurz nach dem Frühstück die nächste hereinplatzte – in Gestalt ihres Mannes, der jetzt doch eigentlich in der Druckerei sein sollte. Jette stand gerade in einem halb aufgetrennten Kleid auf einem Hocker im Salon, während Johanna und Nelli ihr den Saum und die Ärmellänge absteckten.

Verlegen wandte sich Friedrich Gerlach um und sprach mit verdrehtem Kopf gegen die Türfüllung.

»Es kommen gerade haufenweise preußische Verletzte von der Schlacht am Sonntag in die Stadt. Dr. Bursian und meine Logenbrüder bitten um jede Hand, die hilft!«

»Ich kann gehen«, sagte Henriette sofort und mit vorsichtigem Blick auf ihre Tante, weil diese womöglich widersprechen würde. »Dafür ist mein altes Kleid gut genug. Wenn du noch eine Schürze für mich hast ...«

»Willst du das wirklich auf dich nehmen?«, fragte der Onkel besorgt und zweifelnd. »Du wirst dort schlimme Dinge zu sehen bekommen.«

»Ich habe schon in Weißenfels Verletzte gepflegt«, erwiderte Jette fest.

Sie hatte etwas wiedergutzumachen vor Gott und der Welt; Abbitte dafür zu leisten, dass sie womöglich getötet hatte.

»Die Männer werden nicht lange bleiben, sie müssen schnell transportfähig sein, denn die Preußen ziehen sich rasch zurück, und die Franzosen folgen ihnen auf dem Fuß«, berichtete der Buchdrucker bedrückt. »Johanna, Liebe, schau bitte nach, was wir noch an Leinen entbehren können. Und sie brauchen etwas zu essen.«

Nun endlich nahm Johanna die Nadeln aus dem Mund, die sie für das Abstecken zwischen die Lippen geklemmt hatte. Nur deshalb hatte sie so lange geschwiegen.

»Dann haben also die Franzosen gesiegt am Sonntag, wenn sich die Preußen in solcher Eile zurückziehen«, schlussfolgerte sie nüchtern. »Was bedeutet, sie fallen vielleicht morgen oder übermorgen schon wieder in die Stadt ein. Gott steh uns allen bei!« Hastig schlug sie ein Kreuz.
»Wohin bringen die Preußen ihre Verwundeten?«, fragte Jette.
»In die Hauptwache. Alle Lazarette sind überfüllt.«
»Ob das wohl klug ist, vor aller Augen in der Hauptwache auf dem Obermarkt Preußen zu versorgen, wenn vielleicht schon morgen wieder die Franzosen hier einrücken?«, überlegte Johanna halblaut. »Es wird genug Leute geben, die sich bei ihnen beliebt machen wollen mit ... gewissen Informationen ...«
»Es ist vielleicht nicht klug, aber es ist menschlich!«, wies ihr Mann sie ungewohnt streng zurück.
Entrüstet richtete sich Johanna auf. »Wir werden ihnen ja helfen, natürlich werden wir das, schon aus reiner Christenliebe! Nur behalte im Auge, mein guter Friedrich, dass uns einige Mitbürger vielleicht einen Strick daraus drehen könnten. Deshalb bereite Buchhandlung und Druckerei lieber darauf vor, dass wir bei einer Durchsuchung nichts zu befürchten haben! So, und nun gehe ich und mache Butterbrote für die armen Seelen in der Hauptwache.«
Mit wehenden Röcken verschwand sie in die Küche.
Jette ließ sich von Nelli heraussuchen, was an Leinen noch im Haus entbehrlich war.
Halb mitleidig, halb vorwurfsvoll sah Johanna ihre Nichte an, als sie ihr einen großen Stapel Butterbrote in den Korb legte. Viel mehr war nicht im Haus, und das Pfund Butter kostete nun schon einen Taler.
Tanzstunden für das Mädchen wären ihr weiß Gott lieber gewesen.

Es war nicht weit zur Hauptwache, nur durch ein paar gewundene Gassen bis zum Obermarkt. Auf halbem Weg sah Jette einen vornehm gekleideten Mann an sich vorbeieilen, der sein dichtes, helles Haar entgegen der Mode immer noch zum Zopf zusammengebunden hatte.

Die Menschen, die ihm begegneten, verharrten bei seinem Anblick. Die Männer zogen ehrerbietig den Hut und grüßten: »Guten Morgen, Herr Professor!« Die Frauen knicksten und murmelten ihre Begrüßung deutlich leiser.

Auch Jette brachte vor lauter Ehrfurcht nur ein kaum hörbares »Guten Tag, Professor!« heraus. Aber der offenbar ganz in Gedanken versunkene Mann beachtete sie nicht und stürmte weiter.

Ich habe Werner gesehen, den großen Abraham Gottlob Werner!, dachte sie atemlos. Den Gelehrten, der die Welt der Minerale geordnet hat und zu dem Goethe kommt, um Gesteinsproben zu kaufen!

Ihr Oheim hatte einige von Werners Arbeiten gedruckt und ihr Faszinierendes darüber erzählt. Eine Wunderwelt hatte sich für sie da aufgetan: Steine, die einander ganz ähnlich sahen, konnten doch von der Natur her grundverschieden sein, während sich andererseits Stücke in den verschiedensten Farben und Formen der gleichen Gruppe zuordnen ließen. Und die in Werners Mineralogie Bewanderten erkannten sogar an Form und Farbe, aus welcher Gegend der Welt ein Stein stammte! Das grenzte in Jettes Augen an Zauberei.

Was sie beim Anblick des Gelehrten jedoch am meisten aufwühlte, war der Gedanke, dass Theodor Körner sein Schüler gewesen war. So verlor sie sich in Grübeleien, bis sie den Obermarkt erreichte.

Doch was sie dort erwartete, vertrieb sofort all ihre Schwärmereien und Träumereien.

Vor der Wache gegenüber dem Rathaus standen dicht an dicht Fuhrwerke, von denen einige schon leer waren, von anderen immer noch Verwundete in preußischen Uniformen abgeladen wurden; Männer mit blutigen Verbänden, etlichen waren ein

Arm oder ein Bein amputiert. Manche stöhnten vor Schmerz, andere waren bewusstlos, ein paar standen auf Krücken gestützt gegen die Wand gelehnt und ließen sich von freiwilligen Helfern etwas zu trinken geben.

Zaghaft näherte sich Jette dem Eingang, um Ausschau zu halten, bei wem sie sich mit dem Leinen und den Butterbroten der Tante melden sollte. Im Gebäude selbst konnte man vor lauter Verwundeten kaum gehen.

Hier herrschte der gleiche Gestank nach Blut, Schweiß und Fäulnis, den sie aus dem Weißenfelser Lazarett kannte. So absonderlich es klingen mochte: Das war für sie der *Geruch* von *Schmerz*. Als könnte sie die unsäglichen Schmerzen der Verwundeten nicht nur spüren, sondern auch *riechen*.

Von hinten drangen ein paar energische Kommandos, ohne dass sie in dem Dämmerlicht erkennen konnte, wem sie galten.

Bevor sie sich weiter umschauen konnte, rief ihr von der Seite jemand mit dunkler Stimme zu: »Steh nicht herum, Mädchen, hol Wasser! Die Männer müssen etwas trinken.«

Sie wandte den Kopf und sah zu ihrem Erstaunen den großen Gelehrten Werner, der einem verwundeten Leutnant einen Becher reichte. Rasch stellte sie ihren Korb auf den nächsten Fenstersims, nahm den Krug heraus, den ihr die Tante wohlweislich eingepackt hatte, lief zu dem großen Fass neben der Wache und füllte ihn.

So verbrachte Henriette ihre ersten Tage in Freiberg damit, Seite an Seite mit dem berühmten Abraham Gottlob Werner verletzten preußischen Soldaten und Offizieren Wunden zu verbinden, ihnen etwas zu trinken und zu essen zu geben.

Die weniger schwer Lädierten wurden nur notdürftig versorgt und gleich weiter Richtung Dresden gebracht. Das ließ darauf schließen, dass die russisch-preußischen Alliierten mit dem raschen Nachrücken den Franzosen rechneten.

Doch der größte Teil der Preußen in der Hauptwache, fast

durchweg junge Männer, war zu stark verwundet dafür. Einige rangen mit dem Tod.
Anderen musste der junge Dr. Meuder noch ein Bein oder einen Arm amputieren. Dann flößte Jette ihnen so viel Branntwein ein, wie zur Verfügung stand, meist nicht mehr als zwei Daumenbreit, um wenigstens einen Teil der Schmerzen vorübergehend zu lindern ... oder den Anschein davon zu vermitteln.
Sie hielt ihnen die Hand, wenn sie vor Schmerz und Verzweiflung schrien, obwohl dabei ihre schmalen Finger fast zerquetscht wurden; sie kühlte ihnen die Stirn und flüsterte tröstende Worte. Das Herz quoll ihr über vor Trauer und Mitleid, wenn sie zusehen musste, wie diese jungen Männer verstümmelt wurden, damit sie wenigstens eine geringe Chance hatten weiterzuleben.
Am liebsten wäre sie vor all dem Elend und dem Leid weggerannt. Doch es war für sie nicht nur ein Akt der Nächstenliebe hierzubleiben, sondern eine selbst auferlegte Buße. Die Buße dafür, dass sie ein Leben genommen hatte.
Selbst im Schlaf wurde sie die schrecklichen Bilder nicht los. In ihren Alpträumen mischte sich unter die blutverschmierten Gesichter der Männer, die sie umsorgte, immer wieder der Anblick jenes, den sie in Weißenfels niedergeschlagen hatte.
Da sie jeden Tag kam und bis zum Anbruch der Nacht blieb, sprachen die Verwundeten sie bald mit ihrem Namen an. Auch Professor Werner rief sie nun nicht mehr »Mädchen«, sondern nannte sie freundlich »Fräulein Gerlach«. Der Oheim hatte vorgeschlagen, dass sie diesen Namen annahm, da sie nun schließlich zu seiner Familie zähle und außerdem niemand mit der Nase darauf gestoßen werden sollte, dass sie aus Weißenfels kam. Dort wurde möglicherweise ein Mädchen gesucht, das einen Franzosen erschlagen hatte.
Nachdem der berühmte Gelehrte Werner mit gutem Beispiel vorangegangen war, beteiligte sich auch die Freiberger Bürger-

schaft tatkräftig an der Versorgung der preußischen Verwundeten.
Bis am 6. Mai offiziell der Rückzug der preußisch-russischen Verbündeten bekanntgegeben wurde.
Da brach in der Stadt Panik aus.

Die Festung

Torgau, 6. Mai 1813

»Exzellenz, soll ich nicht doch den Arzt kommen lassen? Sie sind krank!«
Mit einem energischen Nein wies Festungskommandant Johann Adolph von Thielmann die Sorge seines Adjutanten zurück und versuchte, das fiebrige Frösteln und den dumpfen Schmerz zu unterdrücken, die ihn schon seit Tagen plagten.
»Bringen Sie mir etwas von diesem Pulver, das hat geholfen. Aber der Arzt soll mir fernbleiben. Ich will keine Gerüchte und Spekulationen, der Gouverneur könne seinen Pflichten nicht nachkommen. Außerdem haben wir schon viel zu viele Kranke hier.«
Düster wies er auf die Liste der Neuzugänge und Dienstuntauglichen, die er gerade vorgelegt bekommen hatte. Von den elftausendfünfhundert Mann Besatzung waren dreitausend krank; viele litten immer noch an den Folgen des Russlandfeldzuges, die meisten jedoch an dem Nervenfieber, das schon vor Wochen in der hoffnungslos überfüllten Stadt ausgebrochen war.
Es klopfte, und nach Thielmanns Erlaubnis trat ein junger Premierleutnant in der leuchtend rot-gelb-weißen Uniform des Sächsischen Leibgrenadierregiments ein.
»Nachricht von General Reynier aus Eilenburg«, meldete er

und streckte dem Gouverneur einen versiegelten Brief entgegen.
»Lassen Sie sich verproviantieren und halten Sie sich bereit. Sie bekommen in Kürze ein Antwortschreiben«, instruierte ihn Generalleutnant Thielmann.
Franz von Dreßler, mit dreiundzwanzig Jahren schon Leibgrenadier des Königs, salutierte, machte kehrt und ging hinaus. Er hatte auch nicht damit gerechnet, für diesen Tag endgültig aus dem Sattel steigen zu können. Seit seiner Abkommandierung nach Torgau war er ständig mit Sonderaufträgen zwischen der Festungsstadt, dem sächsischen Hof, der sich vorübergehend in Prag befand, und verschiedenen Militäreinheiten unterwegs.
Rasch brach Thielmann das Siegel und überflog den nur aus wenigen Zeilen bestehenden Brief.
»Morgen stehen dreihunderttausend Mann französische Truppen an der Elbe. General Reynier und Marschall Ney marschieren mit ihren Korps auf Torgau. Reynier fordert mich auf, ihm unverzüglich die Festungstore zu öffnen«, informierte er seinen Adjutanten und Vertrauten Ernst Ludwig von Aster.
Die beiden Männer, zwei der fähigsten Militärs Sachsens – Thielmann als Kommandeur und Reitergeneral, Aster als Ingenieur –, tauschten einen düsteren Blick.
»Also morgen«, meinte Aster lakonisch.
Der Befehl kam nicht überraschend, nur sehr unwillkommen. Am Vormittag war schon eine Depesche des Majors von Odeleben eingetroffen, dass Napoleon bei Lützen einen großen Sieg über die Alliierten errungen habe, erneut über eine riesige Armee verfüge und die sofortige Übergabe der Festung und der sächsischen Truppen fordere.
Weder Thielmann noch Aster beabsichtigten, diesem Befehl nachzukommen.
In den letzten Monaten hatten sie gemeinsam dafür gesorgt, dass Torgau als wichtigster Brückenkopf über die Elbe ausgebaut, wehrfähig gemacht und mit Hunderten Kanonen bestückt

worden war und sich hier die sächsische Armee sammelte. Wenn es nach ihnen ginge, sollten diese Festung und diese Armee nicht mehr den Franzosen dienen, sondern sächsischem Befehl unterstehen – nach außen hin neutral und insgeheim bereit für den von sämtlicher Vernunft gebotenen Übertritt zu den russisch-preußischen Alliierten.

Das Schicksal Torgaus könnte diesen ganzen Krieg entscheiden.

Im März hatte Thielmann Napoleons »Eisernen Marschall« Davout noch abweisen können und dessen Befehl verweigert, zwei französische Bataillone und eine Kompanie in der Festung aufzunehmen. Dafür konnte er sich auf eine Order seines Königs berufen. Doch nun war Napoleon offensichtlich entschlossen, Torgau notfalls mit militärischer Gewalt zu erobern. Morgen also, wenn ihm nicht noch ein Wunder glückte.

Der Moment der Stille und der Blick, den die beiden Männer miteinander tauschten, verriet ihre ungeheure Anspannung.

»Schicken Sie Premierleutnant Dreßler mit der Nachricht zu General Reynier, dass ich gemäß den Befehlen meines Königs niemanden in die Festung lassen werde«, wies Thielmann seinen Adjutanten mit Schärfe in der Stimme an. »Ich bin bereit, außerhalb der Stadt mit ihm zu reden. Seine Truppen sollen jedoch nicht auf Kanonenschussweite an Torgau herankommen.« Von Aster nickte, stolz auf die Unnachgiebigkeit des Kommandanten, und wollte kehrtmachen, aber Thielmann gab noch einen weiteren Befehl.

»Ich will morgen auf allen Wällen Kanoniere mit brennenden Lunten an den Geschützen, während ich mit Reynier spreche.«

Als er allein im Zimmer war, lehnte sich Generalleutnant von Thielmann, für seinen herausragenden Mut in der Schlacht von Borodino vom König in den Stand eines Freiherrn erhoben, in seinem Stuhl zurück, um durchzuatmen. Durstig trank er mit einem Zug das Glas Wasser leer, in das er die Medizin des Arztes gerührt hatte, goss noch einmal nach und öffnete den obersten Knopf seiner blauen Uniformjacke. Er war einmal ein gutaussehender Mann gewesen, doch auf dem Russlandfeldzug nicht nur bis auf die Knochen abgemagert, sondern äußerlich um zwanzig Jahre gealtert. Aber vielleicht lag es auch an den Hiobsbotschaften der letzten Tage, dass er sich so elend fühlte. Er hatte keine Furcht vor der morgigen Begegnung mit Napoleons General. Den würde er abweisen wie zuvor Davout oder für seine Überzeugung sterben. Einlassen würde er ihn nicht. Er war entschlossen, nur noch seinem König und seinem Gewissen zu gehorchen.

Doch wenn es ihm morgen nicht gelang, Reynier davon abzuhalten, Stadt und Festung unter Beschuss zu nehmen, würde es nicht nur furchtbare Opfer unter den Soldaten und der Zivilbevölkerung geben, für die er die Verantwortung trug. Dann würde auch der Ruf seines Königs befleckt werden, der angewiesen hatte, die Festung niemandem auszuliefern.

Was Thielmann noch mehr fürchtete: dass sich König Friedrich August von Sachsen nach der unerwarteten Wende in Großgörschen wieder unter die Fuchtel Napoleons stellte und beschloss, die Festung für die französische Armee zu öffnen, womit er ihr den wichtigsten Übergang über die Elbe, elftausendfünfhundert Mann, Hunderte Kanonen und Proviant für mehrere Monate überließ.

Gleich nach seiner Heimkehr aus Russland hatte der neu ernannte Freiherr von Thielmann in Dresden mit seinem Freund, dem Appellationsrat Christian Gottfried Körner, und dem Geheimen Finanzrat von Zezschwitz Pläne geschmiedet, um den König zu überzeugen, Torgau für neutral zu erklären. Zezschwitz seinerseits stand in engem Kontakt mit Minister Senfft von Pilsach und dem jungen Generaladjutanten des Königs, dem Generalmajor von Langenau, die beide für ein Bündnis mit Österreich plädierten.

Thielmann erhielt das Kommando über Torgau und setzte seinen Willen durch, die sächsischen Truppen hier zu sammeln. So konnten die Alliierten Dresden beinahe kampflos einnehmen. Es war ein hartes Stück Arbeit gewesen, den König davon zu überzeugen, und ein radikaler Entschluss für den Regenten, der seit dem Beitritt Sachsens zum Rheinbund vor sieben Jahren widerspruchslos sämtliche Befehle Napoleons ausgeführt hatte.

Dass Bonaparte trotz zweimaliger Proteste des sächsischen Königs die mit ihrer Pracht und einer Länge von achthundert Schritten als Wunderwerk Europas geltende Dresdner Brücke hatte sprengen lassen, hatte sicher dazu beigetragen.

Friedrich August von Sachsen war maßlos entrüstet gewesen – über die Zerstörung des Bauwerkes ebenso wie über das Ignorieren seiner Wünsche. Doch das war im März gewesen. Wie lange würde er noch den Forderungen des Kaisers nach der sächsischen Armee widerstehen? Auch wenn er jetzt weit fort war, mit dem Hof im Exil in Prag, um einer Gefangennahme durch die Alliierten zu entgehen.

Wenn der König jetzt wankt, ist alles verloren – dieser Gedanke hämmerte durch Thielmanns Kopf, wieder und wieder.

Noch einmal trank er einen Schluck Wasser, dann schloss er die Augen und dachte nach. Wenn der König jetzt wankt, dann muss ich entweder einen Verrat begehen, für den ich die Todesstrafe verdiene und für den man mich noch lange nach meinem Tod als Verräter beschimpfen wird. Oder ich trage gegen meine Überzeugung dazu bei, dass dieses endlose Morden weitergeht.

Sprachlos vor Staunen starrte Lisbeth auf die Stadt vor ihren Augen. Der Anblick ließ sie für einen Moment sogar die Strapazen ihrer abenteuerlichen Reise vergessen, die schmerzenden Füße, die geschwollenen Beine und das Stechen in der Brust. Sie war vor vier Jahren schon einmal hier gewesen, zum Begräbnis einer entfernten Verwandten. Aber Torgau war nicht wiederzuerkennen. Ganze Viertel waren abgerissen, sogar zwei Kirchen; stattdessen war die gesamte Stadt in ein einziges Bollwerk verwandelt, wie ein vieleckiger Stern aus dicken Mauern, von dessen bedrohlichen Spitzen den Kommenden Geschütze entgegenstarrten.

Am stark bewachten Tor herrschte Gedränge. Doch da sie Rekruten und Ausrüstung brachten, wurden sie bevorzugt abgefertigt.

Es schienen vier- oder gar fünfmal so viele Leute in der Stadt zu sein wie zu normalen Zeiten, fast alle in den leuchtenden Uniformen der sächsischen Armee: weiß-grün, weiß-blau, weiß-rot oder weiß-gelb die Infanterie, rot-grün-weiß die Artillerie, hellblau die Husaren, grün die Jäger, rot-gelb-weiß die Leibgrenadiere. Durch die überfüllten Straßen mussten sich die Neuankömmlinge mit ihrem Fuhrwerk lautstark den Weg bahnen. Überall standen, liefen, exerzierten Militärs, dazwischen drängten sich Zivilisten, die in Körben oder auf Handkarren Lieferungen brachten: Brot, Eier oder Säcke voll Korn. Ein paar Gassenjungen jagten einem Huhn hinterher, das wer weiß wem ausgerissen war, und im Mittelpunkt des Durcheinanders prügelten sich zwei Frauen und beschimpften sich deftig zur Belustigung der Leute, die ihnen dabei zusahen.

In merkwürdigem Widerspruch zu den klaren Anzeichen einer bevorstehenden militärischen Auseinandersetzung stand, dass etliche Häuser mit Birkenreisern und Bannern geschmückt waren, auf denen die Stadt dem Festungskommandanten zum Geburtstag gratulierte. Das Fest musste angesichts der vor sich hin welkenden Blättergirlanden schon mindestens eine Woche zurückliegen. Aber entweder hatten die Torgauer Wichtigeres zu tun, als den Schmuck zu entfernen, oder sie drückten ihre Sympathie für den Gouverneur aus, indem sie den Zierat hängen ließen. Das würde Lisbeth schnell herausfinden. Aber schon jetzt stärkte es ihre Überzeugung, dass der Kommandeur und Schwiegersohn des verblichenen Bergrates von Charpentier ein feiner Mensch sei und ihr helfen würde.

Zum Glück wusste Josef, wohin, und lenkte das Fuhrwerk Richtung Schlosshof. Auch der war voll von Bewaffneten, nur wurde hier akkurater exerziert.

Der Fähnrich, der sie von Freiberg her begleitet hatte, versammelte seine Rekruten um sich, hielt ihnen eine Ansprache aus wenigen markigen Worten und schickte sie dann in die Kleiderkammer, um sich ausrüsten zu lassen.

»Ich werde mindestens den halben Tag zu tun haben, bis alles ordnungsgemäß abgeliefert und quittiert ist«, sagte der Fuhrmann zu seiner Frau. Er hieß ihr Vorhaben immer noch nicht gut. Aber er hatte es nicht geschafft, sie davon abzubringen. Was wird dabei herauskommen durch ihre Starrsinnigkeit?, dachte er verbittert. Sie stört hier nur die Leute, kriegt am Ende noch Ärger deshalb, und wenn sie die Wahrheit erfährt, die sie mir nicht glauben will, nimmt das Heulen kein Ende.

Doch Lisbeth schien voller Hoffnung. »Dann treffen wir uns heute Abend hier wieder, ja?«, sagte sie, und ihre Augen leuchteten, dass es Josef beinahe das Herz brach.

Gib auf, du wirst hier keinen deiner Söhne finden, Weib!, hätte er am liebsten geschrien. Stattdessen brummte er etwas in seinen Bart und zurrte an einem Strohbündel herum, das sich gelockert hatte.

Lisbeth war kaum gute Worte von ihrem Mann gewohnt. Deshalb erwartete sie auch keine, sondern hielt lieber Ausschau, bei wem sie sich erkundigen könnte. Ihr Herz hämmerte schon vor lauter Vorfreude.

Vielleicht entdeckte sie ja einen der Jungen gleich hier auf dem Schlosshof? Aber dazu war das Gewimmel zu groß.

Sie strich das Haar unter ihrer Haube ordentlich zurück, legte ihr bestes Brusttuch um – jenes, das sie sonst nur beim sonntäglichen Kirchgang trug – und ging auf einen Mann mit grauem Bart zu, der Uniform nach ein Artillerist. Der kannte sich bestimmt hier aus.

»Ich suche die Batterie der Reitenden Artillerie unter Kapitän von Hiller«, sprach sie ihn höflich an.
Er sah sie an und bedeutete ihr, lauter zu reden, da er schlecht höre.
Hätte ich mir denken sollen, ging es ihr durch den Kopf. Die werden ja alle früher oder später taub an ihren Kanonen. Also wiederholte sie ihr Anliegen, so laut sie konnte.
»Reitende Artillerie? Die gibt es hier nicht, gute Frau …«, brüllte der Graubart zurück.
Lisbeth dankte ihm, ließ sich aber nicht von ihrem ersten missglückten Versuch entmutigen.
Sie fragte drei weitere Uniformierte in unteren Dienstgraden. Als ihr keiner Auskunft geben konnte, wartete sie geduldig, bis ein junger Offizier, der an einem Tisch neben dem prachtvollen Wendelstein auf dem Hof saß, in Listen blätterte und Namen von den frisch eingetroffenen Rekruten verglich, einen Moment unbeschäftigt war.
»Mit Verlaub, Herr Oberstleutnant, wo finde ich die Reitende Artillerie, Batterie Hiller?«
Der Mann sah sie verwundert an. »Die gibt es hier nicht, gute Frau. Geh wieder nach Hause! Du siehst doch, was hier los ist, und hast hier nichts verloren.«
»Schicken Sie mich nicht weg, Herr Oberstleutnant!«, bat sie hastig und mit weichen Knien. »Meine Söhne müssten nun endlich aus Russland zurückgekommen sein. Wilhelm, Claus, Fritz und Paul Tröger aus Freiberg … Die stehen da ganz sicher in Ihren Listen!«
Mit zittriger Hand wies sie auf die Papiere.
Ungeduldig blätterte der Oberstleutnant in seinem Verzeichnis, ließ seinen Zeigefinger an den Namen mit dem Anfangsbuchstaben T entlanggleiten.
»Tanner … Täubner … Töpfer … Treiber … Tscheschner … Tut mir leid, hier stehen sie nicht. Wenn sie aus Russland zurückgekommen sind, dann sind sie vielleicht im Lazarett; wir

haben viele Kranke und Verwundete hier. Geh dort hinüber« – er wies auf den anderen Flügel des Schlosses – »und frag nach dem Lazarettaufseher. Womöglich weiß der etwas über sie.«
Er wollte die Frau gern loswerden, aber sie tat ihm auch leid. Vier Söhne – und wahrscheinlich lebte keiner von denen mehr. Sie war nicht die erste Mutter, die von weit her kam, um hier vergeblich zu suchen. Oder einen Toten zu finden.
Höflich bedankte sich Lisbeth.
Das hat nichts zu sagen bei diesem Gewimmel, dass sie die Batterie meiner Jungs nicht kennen, machte sie sich Mut. Die können nicht alles wissen. Ich gehe jetzt zu dem Lazarettaufseher, und wenn das nicht nützt, so wahr mir Gott helfe, dann kämpfe ich mich bis zum Kommandanten durch. Schließlich hab ich für seine Hochzeit gekocht!

Während Lisbeth mit geschwollenen Füßen und immer schwerer werdendem Herzen von einem Haus zum anderen geschickt wurde, wo Kranke und Verwundete untergebracht waren, ging der Festungskommandant in Gedanken mit sich ins Gericht, um die richtige Entscheidung zu treffen.
Der Lärm vom Schlosshof, wo Kommandos gerufen und die neuen Rekruten eingewiesen wurden, schien nicht mehr zu ihm durchzudringen. Er musste mit sich im Reinen sein, bevor er morgen alles auf eine Karte setzte.

Gewissensentscheidung

Torgau, 6. Mai 1813

Bei kritischer Selbstbetrachtung hatte Johann Adolph von Thielmann in seinem Leben mehrere gravierende Fehler begangen. Dabei galt er als Mann von großem Mut und Können auf militärischem Gebiet, als bewunderter Anführer der sächsischen Kavallerie, hochgebildet und mit Kunstverstand. Der erste dieser Fehler war privater Natur. Er hatte die falsche Frau geheiratet.

Bei einer Soiree im Hause des Dresdner Justizrates Christian Gottfried Körner, der zu seinen engsten Freunden zählte und dessen Sohn kürzlich als Freiwilliger zu den Lützower Jägern gegangen war, hatte er Wilhelmine, die damals achtzehnjährige Tochter des Freiberger Bergrates von Charpentier, kennengelernt und sich auf den ersten Blick in sie verliebt. Bald hielt er um ihre Hand an, verbrachte viele Abende bei den Charpentiers.

Das waren glückliche Zeiten, in denen er seine Mußestunden ganz der Liebe zur Literatur widmen konnte. Er hatte durch Körners Vermittlung Schiller getroffen und dessen Prolog zum *Wallenstein* gelesen, bevor er gedruckt worden war; er hatte Freundschaft geschlossen mit anderen kunstinteressierten Militärs wie dem Hitzkopf Dietrich von Miltitz und dem weisen Büchersammler Carl Adolf von Carlowitz. In diesem Kreis hatte er auch den jungen Friedrich von Hardenberg kennengelernt, der sich als Dichter Novalis nannte, und mit Julie von Charpentier bekannt gemacht. Die beiden verliebten sich ineinander, verlobten sich, doch die Hochzeit sollte tragischerweise nicht mehr stattfinden, da der begnadete Dichter vor nun schon zwölf Jahren an einem Lungenfieber starb.

Seine eigene Hochzeit mit Wilhelmine durfte Thielmann vor zweiundzwanzig Jahren feiern. Sie führten eine gute Ehe, auch wenn sie davon überschattet wurde, dass sechs ihrer elf Kinder schon in jüngstem Alter starben. Doch dass seine wahre Seelengefährtin Wilhelmines jüngere Schwester Karoline war, hatte er zu seiner Bestürzung erst nach der Hochzeit begriffen. Ob sie das aus seiner regen Korrespondenz mit ihr wohl je erahnte? Karoline blieb ein Traum, ein unerfülltes Sehnen, das er für immer in seinem Herzen verschloss.

Sein zweiter großer Fehler, dies musste sich der Generalleutnant bei nüchterner Rückschau eingestehen, war weitaus folgenreicher. Als das sächsische Heer 1806 gemeinsam mit den Preußen gegen Napoleon kämpfte und in Jena vernichtend geschlagen worden war, schickte man ihn wegen seiner brillanten Französischkenntnisse als ersten Unterhändler zu Napoleon, um die Kapitulationsbedingungen in Erfahrung zu bringen. Zu seiner großen Verwunderung bot der Kaiser der Franzosen ein Bündnis an: Sachsen sollte nicht wie Preußen als Verlierer behandelt werden, sondern dem Rheinbund beitreten, und würde dafür von ihm zum Königreich erhoben.

Damals war er geblendet von der überwältigenden Ausstrahlung dieses Mannes, seiner militärischen Brillanz und seinem Charme, begeistert von Napoleons Vision eines vereinten, fortschrittlichen Europas ohne Zollschranken und Kleinstaaterei. Er war dem großen Menschenverzauberer verfallen und bereit, ihm blindlings zu folgen.

Bis nach Russland.

Dadurch blieb Sachsen das harte Schicksal Preußens erspart, konnte er sich immerhin sagen. Es bestand weiter, wurde sogar Königreich und bekam das Herzogtum Warschau zugeschlagen. Ein Königreich ließ sich nicht so einfach von der Karte streichen, wie es vielen Kleinst- und Stadtstaaten, aber auch Herzogtümern in den letzten Jahren widerfahren war, als Napoleon mit einem simplen Verwaltungsakt das alte deutsche Kaiserreich für aufgelöst erklärte, das Heilige Römische Reich Deutscher Nation.

Doch was Thielmann auf dem Feldzug nach Russland erlebte, beendete auf drastische Weise seine Loyalität zum Kaiser der Franzosen.

Damals führte er das Kommando über die beiden Kürassierregimenter und die 2. Reitende Batterie Hiller, insgesamt eintausendsechshundertfünfzig Mann.

Schon auf dem Weg nach Moskau musste er hilflos mit ansehen, wie seine Truppen durch Versorgungsmängel und die Ruhr noch vor den ersten Kämpfen um ein Drittel dezimiert wurden. Immer wieder hatte er sich für die ihm Unterstellten eingesetzt, sich dafür mit Vorgesetzten angelegt und sogar das Kriegsgericht riskiert.

Reynier, der morgen hier mit seiner Streitmacht eintreffen würde, kommandierte die sächsischen Verbände innerhalb der Grande Armée; genau genommen war er immer noch Thielmanns Vorgesetzter.

Borodino wurde für den sächsischen Generalleutnant zum Wendepunkt. Als er dort erlebte, wie leichtfertig und ohne die geringsten Skrupel Napoleon die Sachsen, Bayern, Württemberger und Polen voranschickte, sie oft sogar sinnlos opferte, nur um seine Franzosen zu schonen, da erlosch seine Bewunderung für den Imperator restlos.

Starr und steif ließ er es geschehen, dass ihn Murat, der König von Neapel und Schwager Napoleons, nach der Schlacht vor allen begeistert umarmte. Da war sein Inneres schon zu Stein geworden.

Mit verbissener Entschlossenheit führte er die wenigen Überlebenden zurück in die Heimat, durch unendliche Ebenen und heftige Schneetreiben, bei klirrendem Frost und ohne Proviant, immer wieder angegriffen von Kosakenverbänden, gegen die sie anfangs noch in den Kampf ritten, solange sie wenigstens einige Pferde hatten. Einmal in einer verlassenen Bauernkate ein paar Strohbüschel für ein Feuer und eine Kiepe Roter Rüben zu finden war ein Fest. Sie aßen Fleisch von Hunden oder krepierten Pferden, oder sie hungerten. Manchmal gewährten ihnen Juden, die sich nicht als Russen fühlten, für eine Nacht Unterkunft. Währenddessen hatte Napoleon seine Truppen längst verlassen, um in Frankreich eine neue Armee aus dem Boden zu stampfen.

Mit jedem weiteren Mann, der vor seinen Augen starb, da starb auch ein Stück von Johann Adolph von Thielmann. Von den eintausendsechshundertfünfzig Sachsen unter seinem Kommando brachte er kaum dreißig zurück in die Heimat.

Abgemagert und wund an Leib und Seele, traf er wieder in Dresden ein. Und war sprachlos vor Fassungslosigkeit und Zorn, als ihm sein Freund Körner das 29. Bulletin der Grande Armée vorlegte, in dem Napoleon erstmals das Ausmaß seiner Niederlage in Russland eingestand.

»Bis zum 6. November war alles bestens, und dann besiegte uns der strenge Frost?!«, hatte Thielmann geschrien, die Ausgabe des *Westphälischen Moniteur* zusammengeknüllt und zu Boden geworfen. »Lüge! Ich war dabei! Der strenge Winter kam erst im Dezember! Den ganzen November lang sind wir durch feindliche Angriffe und vor Hunger krepiert, trotz der Kälte!«

Nun endlich verstand er diejenigen, die wie sein einstiger Freund Miltitz darauf gedrängt hatten, dass sich Sachsen von Napoleon löse, dass sich die deutschen Staaten gegen ihn zusammenschließen und erheben mussten.

Wie hatten sie darüber gestritten, als Thielmann zum Bewunderer Napoleons geworden war! Miltitz' Begeisterung für die Französische Revolution – er hatte sich sogar als Freiwilliger für die französische Revolutionsarmee gemeldet – war bereits angesichts der blutigen Exzesse während der Tage des Terrors erloschen.

»Erkennen Sie nicht diese Anmaßung? Mit einem Federstrich löste Bonaparte das deutsche Kaiserreich auf, das Heilige Römische Reich Deutscher Nation!«, hatte der Freund ihm leidenschaftlich vorgehalten. »Jetzt ist Sachsen sein Vasallenstaat.«

»Das alte Reich war längst zerfallen, eine Ansammlung kleiner und kleinster Besitztümer, in denen eitle Fürsten versuchten, sich gegenseitig an Prunk zu überbieten, und ihre Länder und Untertanen damit an den Abgrund trieben«, hielt Thielmann dagegen. »Fast jedes Dorf hatte seine eigenen Maße und Gewichte, alle paar Schritte kam ein Schlagbaum, an dem Zollge-

bühren erhoben wurden. Wie sollte das die Wirtschaft und den Handel voranbringen?«
Sein Freund Miltitz wandte sich enttäuscht von ihm ab. »Sie sind verblendet. Ich erkenne Sie nicht wieder. So sinnvoll Gewerbefreiheit, Meter, Kilo und der Code Civil auch sein mögen – wenn einer das deutsche Kaiserreich auflöst, dann möge das bitte sehr ein Deutscher sein und kein Franzose.« Bitter hatte Miltitz aufgelacht. »Immerhin schaffte es Napoleon, wenn auch unfreiwillig, dass wir Deutsche uns endlich zusammenfinden. Denken Sie darüber nach!«
Seitdem waren sie sich aus dem Weg gegangen. Inzwischen war Miltitz dem Korps Wintzingerode der Kaiserlich-Russischen Armee beigetreten und hatte nach allem, was Thielmann wusste, bereits auf deren Seite in Großgörschen gekämpft.
Ich bereue zutiefst, dass ich so blind war, dachte der Festungskommandant. Doch diesen Weg – überzutreten – kann ich nicht gehen. Noch nicht. Ich habe meinem König Treue geschworen und muss hier versuchen, hier, auf diesem Posten, das Schicksal zu wenden. Ich bin bereit zu handeln. Auch wenn ich nicht an den bewaffneten Volksaufstand in Sachsen glaube, wie Miltitz ihn auslösen und dafür schon nach preußischem Vorbild sächsische Kompanien aufstellen will.
Dass Torgau eine Enklave geworden war, in der nicht Napoleon das Sagen hatte, sondern der König von Sachsen, erfüllte den Gouverneur mit Stolz und eröffnete ihm Möglichkeiten des Handelns nach eigenem Gewissen.
Er suchte Kontakt zu Scharnhorst, Gneisenau, Blücher, Yorck, Kleist, vom Stein und Wittgenstein, machte ihnen deutlich, dass es in Sachsen Männer gab, die willens waren, die Seiten zu wechseln und zum Nutzen Deutschlands ein Bündnis mit den Alliierten einzugehen. Das tat er mit Einverständnis seines Königs, dem er ausführlich Bericht erstattete und der ihn für sein Vorgehen lobte.
Sein größtes Geschenk war endlich die schriftliche Order des

Königs, er solle Torgau niemandem übergeben und keine Truppen einlassen, außer auf ausdrücklichen Befehl des Königs von Sachsen oder des Kaisers von Österreich. Darauf konnte er sich berufen, als er Davouts Truppen den Einmarsch verweigerte. Sonst wäre die Sache damals schon blutig ausgegangen.

Ich muss einfach nur Zeit gewinnen, damit unser König endlich zu einem Entschluss kommt, dachte er – ob er zu den Alliierten überwechselt oder sich mit Österreich verbindet, dessen Haltung noch undurchsichtig ist. Offiziell gehört es zu Napoleons Verbündeten, scheint aber auf Abstand gehen zu wollen. Werden sich gar Sachsen *und* Österreich der preußisch-russischen Allianz anschließen?

Nur eines darf nicht geschehen: dass der König zu Napoleon zurückkehrt! Mit wachsender Ungeduld wartete Thielmann deshalb auf die Entscheidung aus Prag.

Mit Einverständnis und im Auftrag seines Königs war er nach Dresden gereist, zu Audienzen bei Kaiser Alexander von Russland und König Friedrich Wilhelm von Preußen. Er hatte ihnen auf Ehrenwort versichert, dass er keinen Franzosen in Torgau einlassen und keinen Angriff gegen preußisch-russische Verbände führen werde. Eine wichtige Zusage für die Alliierten. Doch die bedrängten ihn, sie wollten sofortigen Zutritt zur Festung und schwere Geschütze von ihm, um Wittenberg einzunehmen, die nächste große sächsische Festung an der Elbe. Das aber durfte er nicht, ohne gegen seine Befehle zu verstoßen. Er sei eben kein Yorck, hatte ihm der Freiherr vom Stein verächtlich vorgeworfen, wenn er den Preußen die Festung nicht übergab. Doch der rastlose und oft auch grob unhöfliche vom Stein wollte eines nicht sehen: Yorck hatte *keine* Befehle und konnte nach eigenem Ermessen handeln, als er im Dezember in Tauroggen ohne Wissen des Königs von Preußen das Neutralitätsabkommen mit den Russen schloss. Er, Thielmann, hatte hingegen den *ausdrücklichen* Befehl seines Königs, Torgau *niemandem* auszuliefern.

Auch die Begegnung mit Friedrich Wilhelm von Preußen verlief wenig erfreulich. Der preußische König verübelte den Sachsen immer noch, nach der Niederlage von Jena und Auerstedt die Seiten gewechselt zu haben, ohne ihn vorher davon in Kenntnis zu setzen.

Weil Thielmann dennoch mit dem Herzen aufseiten der Alliierten stand, spielte er ihnen zwei Elbfähren zu, beteuerte immer wieder, die Entscheidung des Königs zum Übertritt sei jeden Tag zu erwarten. Das war schon eine Gratwanderung hart an der Grenze zum Verrat, durch sein Gewissen und seine Hoffnung diktiert.

Von innerer Unruhe getrieben, ging er zum Kabinettschrank und holte daraus Scharnhorsts Brief vom 30. März, um ihn noch einmal zu lesen. Der kluge preußische Generalstabschef verstand offensichtlich seine Lage genau.

»Aus einer in einer Freimaurerloge gehaltenen Rede weiß ich, dass Euer Exzellenz als ein echter Deutscher denken und dass ich mich daher vertrauensvoll an Sie wenden und die Angelegenheiten unseres Vaterlandes Ihnen vortragen darf. Wir wollen mit allen Deutschen, die ihres Vaterlandes wert sind, gemeinschaftliche Sache machen, das Joch, welches uns so hart drückt, abzuwerfen; wir wollen, dass jeder Fürst, jedes Land die ihnen zukommende Rechte genieße, welche durch Unterdrückung entrissen sind. Dies ist die Absicht des russischen Kaisers und des Königs von Preußen. Euer Exzellenz sind von diesem Geist beseelt, und ich hoffe daher keine Fehlbitte zu tun, wenn ich Sie im Namen unseres Vaterlandes ersuche, diesen großen Entwürfen gemäß zu handeln, soweit es Ihre Verhältnisse gestatten. Mein Adjutant, der Kapitän von Röder, überbringt diesen Brief, er ist mein Vertrauter, und ich stehe für seine Verschwiegenheit mit meiner Ehre in Hinsicht der etwaigen mündlichen Eröffnungen. Mit der innigsten Verehrung,
v. Scharnhorst.«

Lange starrte Thielmann auf diese eine Zeile: »Soweit es Ihre Verhältnisse gestatten ...«
Scharnhorst wusste, dass er nicht weiter gehen durfte als bisher, solange keine neue Order aus Prag kam. Und um die Festung im Zuge eines Aufstandes zu übergeben, hätte er die Generalität hinter sich haben müssen.
Nicht aus Unvorsichtigkeit oder weil ihm das Herz überquoll, hatte er auf der von der Stadt pompös ausgerichteten Feier zu seinem achtundvierzigsten Geburtstag vor wenigen Tagen öffentlich die Ansicht bekundet, Sachsen müsse auf die Seite der Alliierten überwechseln. Er wollte in Erfahrung bringen, wie die Offiziere und seine Mannschaft dazu standen.
Das Ergebnis war niederschmetternd. Ein paar junge Offiziere stimmten ihm euphorisch zu, die Generäle von Steindel und Sahrer von Sahr hielten Brandreden, in denen sie unverbrüchliche Treue zu Frankreich forderten, und der Rest der Mannschaft gab zu erkennen, erst einmal abwarten zu wollen, wie sich die Dinge entwickelten. Der Blick des jungen Leibgrenadiers Franz von Dreßler ging ihm nicht aus dem Kopf – erschrocken und bedrückt darüber, dass in der sächsischen Armee offenbar keine Einigkeit mehr herzustellen war.
Und die Immediatkommission, die während der Abwesenheit des Königs das Land verwaltete, hatte die Zahlungen an Torgau trotz seiner Proteste ohne Angabe von Gründen eingestellt.

Ein Klopfen riss den Kommandanten aus dem Grübeln. Sein Adjutant trat ein und brachte ein Glas Wasser mit der Medizin, die der Arzt dem Gouverneur verordnet hatte. Ludwig von Aster stellte es auf dem Schreibtisch ab, blieb jedoch stehen und schien etwas auf dem Herzen zu haben. Seine ungewohnt betretene Miene ließ nichts Gutes vermuten. Ungeduldig forderte ihn Thielmann mit einer Geste auf zu sprechen.
»Da draußen ist wieder eine der Frauen, die ihre in Russland verschollenen Söhne suchen«, sagte er mit gedämpfter Stimme.

»Sie will unbedingt mit Ihnen sprechen. Ich hätte sie längst weggeschickt, aber sie sagt, Sie würden sie kennen; sie sei einmal Köchin bei den Eltern Ihrer Gattin gewesen. Und ihre Söhne, das waren die vier Trögers von der Batterie Hiller.«
Von Aster musste nicht mehr sagen. Wenn eine Mutter vier Söhne auf einmal verloren hatte, dann sollte sich auch ein Generalleutnant Zeit nehmen, ihr sein Beileid auszusprechen.
»Bitten Sie sie herein!«, entschied er.
Erleichtert darüber, dass sich sein Vorgesetzter auf diese ungewöhnliche Vorgehensweise einließ, schritt Aster zur Tür, öffnete sie und forderte Lisbeth auf einzutreten.
Die erstarrte für einen Augenblick. Dann vergewisserte sie sich mit einer Handbewegung, dass ihr Haar ordentlich unter der gestärkten Haube steckte, trat ein und sank zehn Schritte vor dem Generalleutnant auf die Knie, die Finger ineinander verschlungen.
»Euer Hochwohlgeboren … Innigsten, herzlichsten Dank, dass Sie mich empfangen! Vielleicht erkennen Sie mich noch? Ich habe in der Freiberger Burgstraße beim Herrn Bergrat von Charpentier gekocht, damals, als Sie das Fräulein Wilhelmine freiten … Und die Leute in der Stadt hier sprechen von Ihnen wie einem Helden, Euer Hochwohlgeboren, sie verehren Sie, weil Sie sie beschützen … Nur deshalb wage ich es …« Sie räusperte sich, weil ihre Stimme plötzlich zu versagen drohte. »Vier meiner Söhne sind mit Ihnen nach Russland gezogen. Tröger, Reitende Artillerie …«
»… Batterie Hiller, ich weiß«, fiel der Generalleutnant ihr ins Wort. »Ich erinnere mich. Zwillinge die beiden Ältesten, nicht wahr? Und alle vier mit außergewöhnlich guter Hand im Umgang mit Pferden …«
»Ja!«, jubelte Lisbeth. Endlich jemand, der ihre Jungs kannte! Gleich würde er ihr sagen, wo sie die vier fand.
»So stehen Sie doch auf.«
Angesichts der Erschöpfung der Frau deutete der Gouverneur

auf einen Stuhl nahe der Tür. Doch Lisbeth wagte es nicht, sich zu setzen.

Bei aller Freude und Hoffnung, die sie aus den Worten des Festungskommandanten schöpfte – sein Anblick erschütterte sie. Er war einmal ein schöner Mann gewesen. Doch jetzt wirkte er abgemagert, ja krank, das Leuchten in seinen Augen war erloschen, und um den Mund hatte er einen verbitterten Zug.

Thielmann sah ihren fragenden Blick, wusste, dass er gleich die Hoffnung zerstören musste, die in ihrem Gesicht flackerte, und suchte nach Worten.

»In der größten Schlacht – bei Borodino vor Moskau – kämpfte die Batterie Hiller heldenhaft. Unglaubliche sechshundert Schuss gaben die Männer ab. Es grenzt an ein Wunder, dass ihnen das Geschütz zum Schluss nicht um die Ohren geflogen ist. Sie hatten erhebliche Verluste an diesem Tag wie wir alle. Doch von Ihren Söhnen wurde nur einer verletzt, Fritz. Die Zwillinge haben ihn mit sich genommen und den Rest des Weges über versorgt.«

Dass dies eine starrköpfige Aktion der Brüder war und sie alle anderen Verletzten nach dieser Schlacht ohne Pflege und ohne Proviant zurücklassen mussten, verschwieg er der Mutter.

Er würde diesen Tag nie vergessen, diesen 7. September 1812 bei dem Dörfchen Borodino an der Straße von Smolensk nach Moskau.

Morgens um halb sechs hatten die Männer der ihm unterstellten beiden Regimenter sächsischer Kürassiere dem Kaiser noch in Paradeuniform zugejubelt und mit ihrer Disziplin und ihrem Reitergeschick großen Eindruck hinterlassen. Am Abend waren die meisten von ihnen tot.

Den halben Tag lang stürmten sie Seite an Seite mit polnischen Ulanen unter Fürst Poniatowski gegen russische Verschanzungen, vor sich ein brennendes Dorf und eine Batterie russischer Geschütze. Zwei erfolgreiche Angriffe hatten die Kürassierregimenter Garde du Corps und Zastrow unter seinem klugen Kommando geritten, ein heftiges Handgemenge bestanden und mehrere Karrees durchbrochen, obwohl sie immer wieder von russischer Gardeinfanterie und Kavallerie angegriffen wurden. Als sie gegen Mittag in eine Warteposition befohlen wurden, hatten sie bereits die Hälfte der Männer und Pferde verloren. Auch während sie auf den nächsten Einsatzbefehl warteten, standen sie unter Beschuss und erlitten weitere Verluste. Ihm selbst wurde sein bestes Pferd unter dem Leib weggeschossen. Augenblicke später sah er direkt neben sich seinen Adjutanten und Freund von Seydewitz sterben.

Nach einem zweiten Einsatz kam am Nachmittag der Befehl des Kaisers zum erneuten Angriff gegen die größte Schanze, die den ganzen Tag lang schon von der französischen Infanterie ergebnislos bestürmt worden war; ein in Pulverdampf gehüllter Wall auf einem steilen Hügel, von dem ihnen achtzehn gewaltige Geschütze tödliches Feuer entgegenspien. »Rajewski-Schanze« nannten sie die Russen nach dem Befehlshaber der dort eingesetzten Truppen, »Große Redoute« die Franzosen. Nun sollte die sächsische und polnische Kavallerie dagegen anreiten und ohne Feuerdeckung schaffen, was der Infanterie den ganzen Tag lang schon nicht gelungen war.

Und da hatte Thielmann die Beherrschung verloren. Seine verbliebenen Männer saßen seit zwölf Stunden im Sattel, von einst eintausendsechshundertfünfzig waren keine vierhundert mehr am Leben, und die abgekämpften Pferde konnten kaum noch Schritt laufen. Diese Schlacht tobte den ganzen Tag schon unter furchtbarem Blutzoll, aber Napoleons Alte Garde, die das Ganze rasch hätte wenden können, wurde nicht eingesetzt.

»Das ist Wahnsinn! Wir brauchen Deckung durch die Infanterie!«, hatte er den General Latour-Maubourg angebrüllt, der ihm den Befehl des Kaisers überbrachte. »Sonst wird es in einer halben Stunde keine sächsische Kavallerie mehr geben!«

Der General hatte ihn nur eiskalt angesehen. »Sie nehmen auf

91

der Stelle Ihre Männer und reiten dort hinauf!«, befahl er schroff.

Dass sein taktisch richtiger Hinweis, den Angriff von Infanterie begleiten und decken zu lassen, ignoriert und die mehrere zehntausend Mann starke gefürchtete Alte Garde immer noch geschont wurde, hatte Thielmann endgültig bewiesen, wie wenig den Kaiser die Truppen aus den Rheinbundstaaten oder Polen kümmerten. Dies war der Moment, in dem aus seiner Bewunderung für Napoleon Verachtung wurde.

Das Herz in eisigem Zorn erstarrt, kehrte er um und ritt an der Spitze seiner Kürassiere in den Angriff, um zu sterben. Noch nie war ihm der Tod so gleichgültig, so sicher gewesen, ja sogar willkommen.

Die Rajewski-Schanze wurde eingenommen. Wie durch ein Wunder überlebte er. Aber das Manöver war zum Todesritt der sächsischen Kavallerie geworden.

Am Abend, als die Verluste des Tages gezählt wurden, waren von seinen beiden Regimentern keine dreihundert Reiter mehr übrig. Den Gefallenen und Überlebenden wurde nicht einmal die Ehre ihres Sieges zuteil, der wurde den Truppen von General Caulaincourt zugeschrieben.

Als Thielmann am nächsten Tag seinen Bericht an den König verfasste, diente ihm ein Pferdekadaver als Schreibunterlage. Napoleon triumphierte. Doch der blutig erkämpfte und zweifelhafte Sieg von Borodino leitete seine Niederlage in Moskau und Russland ein. Denn das große Sterben sollte erst noch beginnen.

Und nun war es Zeit für die bitteren Wahrheiten, die er jener Freiberger Mutter erzählen musste, die ihn mit banger Hoffnung anstarrte.

»Ihr Sohn bekam Wundbrand; wir begruben ihn in Moskau«, sagte der Generalleutnant mit rauher Stimme. »Später, auf dem Rückzug, als uns nach und nach die letzten Pferde verreckten und immer mehr Männer am Hunger und an Krankheiten eingingen, beschloss die Batterie Hiller, das Geschütz zu vergraben und die Munition zu vernichten. Auch von den Männern selbst ist nicht ein Einziger zurückgekommen. Ich war nicht die ganze Zeit bei ihnen, weil ich als einer der letzten Kavalleristen vorübergehend zur Heiligen Schar des Kaisers abkommandiert worden war. Erst später konnte ich mich wieder um die Überreste meiner sächsischen Truppen kümmern. Die Zwillinge sind beide bei einem Kosakenangriff gefallen, erfuhr ich. Und Ihren Jüngsten sah ich sterben, als er die eiskalte Beresina durchschwimmen wollte. Es war Todesmut aus Verzweiflung. Die Brücke war tagelang verstopft von Fliehenden, wir wurden von mehreren Seiten beschossen. Er geriet zwischen zwei Treibeisschollen und ging unter, ohne dass ihn jemand hätte retten können.«

Thielmann atmete durch und beobachtete die leidgeprüfte Frau. Sie schien zu Stein erstarrt.

»Es tut mir sehr leid, Ihnen das berichten zu müssen. Ihre Söhne waren tapfere, gute und gottesfürchtige junge Männer«, fügte er mit gedämpfter Stimme an. »Der Herr im Himmel wird ihnen gnädig sein.«

Die folgende Stille im Raum dröhnte und schmerzte sogar. Dem Kommandanten wäre es lieber gewesen, die Frau vor ihm würde nun zu weinen oder zu schreien anfangen. Er selbst hatte schon sechs Kinder verloren, wenngleich nicht als junge Männer im Krieg, sondern im zartesten Alter durch Krankheiten. Dadurch wusste er, dass es besonders besorgniserregend war, wenn eine Mutter nicht weinte, sondern erstarrte und schwieg.

»Bringen Sie ihr etwas zu trinken!«, forderte er Aster auf, der sofort reagierte. »Und beschaffen Sie der Frau ein Quartier für die Nacht. Ja, ich weiß, die Stadt ist hoffnungslos überfüllt, aber klären Sie das irgendwie. Damit sie schlafen kann, bevor sie morgen nach Freiberg zurückkehrt.«

Er ging um den Tisch herum und zwei Schritte auf Lisbeth zu.
»Es tut mir sehr leid, nicht mehr für Sie tun zu können, Frau Tröger. Sie bekommen Quartier für die Nacht und einen Proviantschein. Aber morgen müssen Sie so zeitig wie möglich die Stadt verlassen!«, sagte er mit Nachdruck. »Wir erwarten den Feind in gewaltiger Überzahl. Vielleicht ist Torgau morgen um diese Stunde nur noch Schutt und Asche.«
Mit unendlich müdem Blick sah Lisbeth auf den hochgewachsenen Kommandeur. »Sie werden das verhindern. Die Menschen vertrauen Ihnen. Gott schütze Sie!«
Dann nahm sie das letzte bisschen Kraft zusammen und wankte hinaus. Draußen ließ sie sich auf die eiskalte Treppe sinken, riss die Haube vom Kopf und barg das Gesicht darin, um sich die Seele aus dem Leib zu schluchzen.

Der Fall der Stadt

Freiberg, 7. Mai

Obwohl es helllichter Tag war, wirkte Freiberg wie ausgestorben. Niemand ließ sich auf den Straßen blicken. Die Bewohner hatten Türen und Fensterläden fest verschlossen und alles Wertvolle, das sich forttragen ließ, sorgfältig versteckt. So gewappnet, beteten sie, die Rückkehr der französischen Armee möge glimpflich verlaufen.
Einzig auf dem Obermarkt herrschte hektische Betriebsamkeit. Je näher der Kanonendonner der Stadt kam, umso eiliger bemühten sich die wenigen verbliebenen Freiwilligen, die verwundeten Preußen auf Karren zu hieven, damit sie von hier fortgebracht werden konnten, zurück zu ihren Truppen oder wenigstens außer Reichweite des Feindes.
Vor der Hauptwache standen vier Fuhrwerke, die noch beladen

wurden, ein weiteres rumpelte schon Richtung Meißner Tor davon, gezogen von einem Paar träger Ochsen.

Ein junger Offizier in russischer Uniform preschte auf einem Grauschimmel heran und rief in tadellosem Deutsch: »General Lanskoi zieht den Feinden mit der Arrièregarde Richtung Kleinschirma entgegen. Aber länger als eine halbe Stunde werden wir sie nicht aufhalten können. Es sind zu viele. Beeilen Sie sich! Niemand darf dann mehr hier sein!«

Jette rannte zu dem von Eile getriebenen Offizier, um ihm einen Becher Wasser zu reichen. Hastig trank er, dankte ihr und ritt wieder los.

Bedrückt sah Jette ihm nach.

Arrièregarde – das waren die Männer, die blieben und den Rückzug der Truppen deckten, oft um den Preis ihres Lebens. Vielleicht würde dieser elegant wirkende junge Reiter im Verlauf der nächsten halben Stunde fallen oder verstümmelt werden wie die Männer, die sie hier gepflegt hatte. Und für ihn würde niemand sorgen. Wenn ihn eine Kugel traf, würde er qualvoll verbluten, sofern ihm kein schneller Tod vergönnt war.

Weil jeden Augenblick die Truppen der Grande Armée in die Stadt einrücken konnten, waren jetzt außer Jette nur noch drei Helfer an der Hauptwache, um den Verwundeten beizustehen: zwei Studenten Werners und Ludwig, der junge Schriftsetzer aus der Werkstatt ihres Oheims. Jette hegte den Verdacht, dass ihr Onkel seinem tüchtigsten Mann diesen Einsatz erlaubt hatte, damit dieser auf sie achtgab und sie schützte, sollte es nötig werden. In Ludwigs Gegenwart fühlte sie sich tatsächlich behütet: Er war stark und strahlte eine Gelassenheit und Selbstsicherheit aus, die auch auf sie beruhigend wirkte.

Die Studenten waren Freunde, aber unterschiedlicher konnten sie kaum sein. Richard, der Ältere von ihnen, war hochgewachsen und muskulös, mit blonden Haaren und einem sorgfältig gepflegten Schnurrbart. Er führte auch das große Wort: dass er

Preuße sei und seine Landsleute nicht im Stich lasse und seinen Beitrag schon noch leisten werde, um die Franzosen aus dem Land zu jagen.

Sein Kommilitone Felix hingegen, offenbar erst seit kurzem in Freiberg, war schmächtig, trug dunkles, wirr gekräuseltes Haar und eine Brille, die er ständig zurechtschob. Er sagte nur selten einmal ein Wort und stammte aus Anhalt, was seinen Freund andauernd zu Spötteleien trieb wie: »Ich vergaß, Köthen und Magdeburg sind ja jetzt westphälisch, daran kann ich mich einfach nicht gewöhnen! Wieso bist du ins Ausland nach Sachsen gegangen, wenn ihr doch jetzt diese Witzfigur Jérôme als König habt, Napoleons kleinen Bruder?«

Doch nach der Warnung des russischen Offiziers war keine Zeit mehr für Scherze.

So behutsam wie in der Eile möglich trugen die drei jungen Männer die Verwundeten zu den Karren und hoben sie auf die rohen Bretter. Niemand von den Verletzten, die jetzt noch hier waren, konnte aus eigener Kraft laufen.

Jette fragte sich besorgt, ob und wie diese Männer wohl die Fahrt überstehen würden. Aber wenn sie den Franzosen in die Hände fielen, wäre das ihr Tod. Sie bestand darauf, jedem ein Brot mitzugeben, von den Freibergern gespendet, und die Feldflaschen mit frischem Wasser aufzufüllen.

Nun waren nur noch zwei Verwundete in der Hauptwache – die beiden, um die sie sich die meisten Sorgen machte.

Dem Älteren von ihnen, einem Grenadier von vielleicht vierzig oder fünfzig Jahren mit buschigem Schnauzbart, hatte Dr. Meuder gestern das linke Bein bis übers Knie abgenommen. Vor Schmerz gebrüllt und geflucht hatte der Grenadier, und seine Schreie gellten ihr immer noch in den Ohren. Doch jetzt sah er sie an und rang sich trotz seiner Schmerzen ein Lächeln ab.

»Sie werden mir fehlen, kleines Frollein«, sagte er warmherzig.

»So nett, wie Sie sich um unsereins gekümmert haben ... Da kommt man doch eins, zwei, drei wieder auf die Beine!«

Er lachte sogar über das misslungene Wortspiel und deutete auf seinen Stumpf. »Zumindest auf ein Bein! Ich bin ein zäher Bursche.«

Jette riss sich zusammen, lächelte zurück und griff mit beiden Händen nach der Pranke, die er ihr entgegenstreckte.

»Sie überstehen das! Bewegen Sie sich nur möglichst wenig, bis es verheilt ist. Das hier habe ich für Sie.«

Sie holte vom Tisch eine halb volle Flasche – der letzte Branntwein, den sie hier im Notlazarett noch besaßen. Niemand würde ihn dringender brauchen.

Ein Lächeln breitete sich über dem aschgrauen Gesicht des Amputierten aus. Er zog den Korken mit den Zähnen heraus, schnupperte erst am Inhalt der Flasche und trank sie dann auf einen Hieb fast ganz aus. Das war durchaus in Jettes Sinn. Sie hoffte, dass ihm die Betäubung durch den Alkohol wenigstens einen Teil der Qualen ersparte, wenn er mit seiner frischen Wunde über holprige Wege gefahren wurde.

»Sie sind ein wahrer Engel, Frolleinchen. Möge der Herr Sie segnen.«

Er hob die Flasche ein zweites Mal, um sie ganz auszutrinken, hielt aber mitten in der Bewegung inne.

»Machen Sie sich keine Gedanken um mich! Ich hab jetzt ausgesorgt«, versicherte er. »Ich krieg einen Invalidenschein vom Kommandeur, und dann bin ich eine gute Partie. Mannsbilder werden knapp durch den Krieg, und mir steht nun eine Invalidenrente zu. Die Witwen in meinem Dorf werden sich um mich reißen. Oder wie wär's mit Ihnen, Frollein? Schauen Sie nicht so ernst, das war ein Scherz.« Beruhigend tätschelte er ihre Hand. »Sie werden natürlich einen schönen und reichen jungen Herrn heiraten, keinen ausgedienten alten Soldaten.«

Er lachte erneut, dann legte er den Kopf in den Nacken und trank den Rest des Branntweins mit einem Zug. Von einem Moment zum anderen fielen ihm die Augen zu. Jette nahm ihm die leere Flasche ab, bevor sie ihm aus der Hand rutschte, und rief nach Richard und Felix, damit sie den Invaliden möglichst vorsichtig auf einen Karren betteten und seinen blutigen Stumpf hochlegten.

Dann wandte sie sich ihrem letzten Patienten zu, dem schwierigsten. Ein junger preußischer Offizier mit einer hässlichen Wunde; ein Bajonettstich unterhalb des linken Schlüsselbeins, der durch den ganzen Körper gegangen war. Als er gebracht wurde, hatte er viel Blut verloren. Aber er wollte ständig wissen, wer von seinen Männern noch lebte und ob diese auch gut versorgt wurden, bis ihn der Blutverlust und das Fieber niederstreckten.

Die meiste Zeit schlief er, manchmal stöhnte er im Fieberwahn, rief Namen oder schrie etwas Unverständliches. Es klang so, als gäbe er immer noch Kommandos, um seine Männer zu retten.

Dr. Meuder hatte die Wunde gereinigt und frisch verbunden und Jette ein Mittel gegen das Fieber in die Hand gedrückt, das sie ihm stündlich verabreichen sollte.

Meistens musste sie den Offizier dafür wecken; er schien sie kaum wahrzunehmen. Aber die Tinktur und die kühlen Umschläge hatten wohl gewirkt. Heute war sein Schlaf ruhiger, seine Stirn nicht mehr so heiß und sein dunkles Haar nicht verschwitzt. Seine Gesichtszüge wirkten zum ersten Mal friedlich, und nun sah sie, dass er sicher nicht älter als fünfundzwanzig Jahre war.

Jette wollte ihn sanft aufwecken, bevor er zum Fuhrwerk getragen wurde. Wenn er erschrak, machte er womöglich eine unvorsichtige Bewegung, die die Wunde wieder aufbrechen ließ. Aber sie hatte seinen Arm kaum mit den Fingerspitzen berührt, da schlug er schon die Augen auf und drehte den Kopf zu ihr.

»Ich hatte gedacht, Sie seien nur ein Traum ... Aber es gibt Sie wirklich. Sie heißen Henriette, nicht wahr?« Seine Stimme klang rauh und brüchig; dies waren seine ersten klaren Worte nach Tagen.

Sie wollte antworten, doch Kanonendonner und Schüsse nur ein paar hundert Meter entfernt zerrissen den Moment der Stille.

Der junge Offizier hob den Kopf. »Sind das die Unsrigen? Kommen sie zurück?«

»Nein. Lanskois Arrièregarde versucht, die Feinde aufzuhalten. Leutnant, Sie müssen schnellstens fort von hier! Draußen steht ein Fuhrwerk ...«

»Ah, Lanskoi mit seiner gefürchteten Truppe!«, murmelte er zufrieden. »Die werden denen ganz schön einheizen ...«

Jette wollte den Kopf aus der Tür stecken, um herauszufinden, aus welcher Richtung der Kampflärm erscholl. Die Antwort erhielt sie, noch ehe sie dazu kam, als der Student Felix in die Wache stürzte und aufgeregt rief: »Gefechte vor dem Donatstor! Die Letzten müssen sofort los, und zwar durch das Meißner Tor, dort sind noch keine Franzosen!«

Als Felix sah, dass der Verwundete aufstehen wollte, wehrte er erschrocken ab. »Bleiben Sie liegen, wir tragen Sie hinaus!«

»Ich kann gehen«, beharrte der Leutnant. »So schlimm steht es noch nicht, dass ich mich schleppen lasse wie ein Sack Mehl. Ich muss zurück zu meinen Männern.«

Jette ahnte, dass sie ihm dieses Vorhaben nicht ausreden konnte, also stützte sie ihn, als er sich aufrichtete.

»Bleiben Sie einen Moment sitzen, sonst wird Ihnen schwindlig«, ermahnte sie ihn. »Hier, trinken Sie.«

Er musste großen Durst haben, denn er leerte den Becher kühlen Wassers in langen Zügen.

»Sind alle meine Männer durchgekommen, die hier lagen?«, wollte er wissen, als er Jette den Becher zurückgab.

»Die meisten konnten schon am nächsten Tag weiter Richtung Dresden«, antwortete sie leichthin. Sie wollte verhindern, dass er sie nach einzelnen Namen und Schicksalen fragte, denn mehrere waren gestorben. Deshalb suchte sie krampfhaft nach einer Ablenkung.

»Ich habe Ihnen Ihr Hemd gewaschen und geflickt, während Sie schliefen.«

»Dann trage ich wenigstens ein sauberes Hemd, wenn ich exekutiert werde«, entgegnete er mit grimmigem Humor.

Sie zuckte bei seinen Worten zusammen, und er entschuldigte sich für die sarkastische Bemerkung.

»Im Fieber riefen sie oft zwei Namen: Julius und Philipp«, sagte sie, während sie ihm half, das frische Hemd vorsichtig über den Verband zu ziehen, der fast seinen ganzen Oberkörper bedeckte.

»Meine jüngeren Brüder«, murmelte er. »Noch ganz grün hinter den Ohren, aber schon bei der Brigade Steinmetz ...«

»Ja, ich weiß, der Grenadier neben Ihnen hat es mir erzählt. Also fragte ich jeden, der hierherkam, ob er sie kennt. Ein Füsilier namens Jeschke, mittelschwere Kopfwunde, wusste Bescheid. Ich soll Ihnen ausrichten: Machen Sie sich keine Sorgen um die beiden; sie schlagen sich wacker, und er hat sie am Abend der Schlacht noch lebend gesehen.«

»Dem Himmel sei Dank!«, stöhnte der preußische Leutnant. »Und auch Ihnen dafür, dass Sie sich solche Mühe gemacht haben! Das ist ... unfassbar ...«

Er stemmte sich mit zusammengebissenen Zähnen hoch und verlor jede Farbe im Gesicht.

»Legen Sie den Arm um meine Schulter«, schlug Jette besorgt vor.

Der junge Offizier sah sie an und verzog das Gesicht zu einem merkwürdigen Lächeln – es war sehnsüchtig, bitter und spöttisch zugleich.

»Wie gern würde ich das, wenn ich gesund und diese Zeiten friedlich wären«, sagte er leise und lehnte sich gegen die Wand, um Halt zu finden, während er seinen Degen anlegte. »Sie auf einen Ball führen. Mit Ihnen durch die Gärten von Sanssouci spazieren. Ich verdanke Ihnen mein Leben, Fräulein Henriette, das meiner Männer und jetzt auch noch die beruhigende Nach-

richt über meine Brüder. Ich bin sehr froh, dass Sie kein Traumgespinst sind, sondern ein lebendiges Wesen …«
Wieder unterbrach Kanonendonner das Gespräch.
»Das werde ich denen heimzahlen!«, sagte er mit düsterer Stimme. »Jeden einzelnen Toten aus meiner Mannschaft, aus unserer Armee! Wir müssen uns zurückziehen, aber nicht für lange. Ich komme wieder, Fräulein Henriette! Dann werden wir diese Stadt befreien, und ich führe Sie zu einem Ball. Halten Sie so lange durch und warten Sie auf mich!«
Seine Worte machten Jette dermaßen hilflos, dass sie nicht wusste, was sie antworten sollte.
»Entschuldigen Sie, dass ich mich noch nicht einmal richtig vorgestellt habe: Premierleutnant Maximilian Trepte vom Preußischen Garderegiment zu Fuß.«
Sie knickste, als wäre dies eine Begegnung unter ganz normalen Umständen und nicht ihr letzter gemeinsamer Augenblick, bevor die Stadt mit Kanonen und Gewehren eingenommen wurde.
»Henriette Gerlach.« Nach einem Zögern fügte sie noch an: »Ich lebe bei meinem Onkel, dem hiesigen Buchhändler.«
Steckte dahinter die irrwitzige Hoffnung, er könnte genesen, alle noch bevorstehenden Kämpfe lebend überstehen und dann wirklich zurück nach Freiberg kommen, um sie zu suchen? Wie närrisch!
»Ich liebe Bücher und das Theater«, versicherte der Premierleutnant und deklamierte: »Sire, geben Sie Gedankenfreiheit!«
Mit diesem Satz hatte er endgültig ihr Herz berührt.
Doch die Zeit rann unaufhaltsam davon. Ludwig kam herein und legte sich ohne ein weiteres Wort den Arm des verwundeten Leutnants über die Schulter.
»Mein Tschako!«, protestierte Trepte, ließ sich die Kopfbedeckung geben und erst dann hinausführen, während er mühsam versuchte, den dunkelblauen Uniformrock zuzuknöpfen.
Traurig sah Jette ihnen einen Augenblick nach. Dann löste sie

sich aus der Starre, griff nach dem letzten Brot und lief hinterher.

Ludwig half dem Premierleutnant hinauf auf den Karren, wo bereits der schnauzbärtige Grenadier im Branntweinrausch schnarchte.

Henriette drückte dem jungen Preußen den Proviant in die Hand und beugte sich vor, um ihm beim Schließen der Uniformknöpfe zu helfen. Das konnte er ohne Schmerzen noch nicht allein, und sie zwang sich, ihn dabei nicht anzusehen und die Hände nicht zittern zu lassen.

»Ich danke Ihnen für alles, was Sie für meine Männer getan haben«, sagte Trepte und umschloss ihre schmalen Finger sanft. »Doch jetzt bringen Sie sich in Sicherheit!«

Sie sah auf, fühlte sich von seinem Blick gefangen und wurde vor Verlegenheit rot.

Und nun sagte er auch noch: »Im Sonnenlicht sehe ich es zum ersten Mal. Sie haben grüne Augen, Fräulein Henriette! Wer hätte gedacht, dass ich hier im Gebirge auf eine Seejungfrau treffe?«

Er lächelte, doch der Kutscher murrte, es sei keine Zeit für solches Gesäusel, und fuhr an. Jette rannte dem Karren ein paar Schritte hinterher und rief: »Gott schütze Sie!«

Was Maximilian antwortete, das konnte sie nicht verstehen, denn in diesem Augenblick krachte kurz hintereinander Geschützfeuer aus Richtung Donatstor.

»Wir sollten auch schleunigst von hier verschwinden«, drängte Ludwig, der plötzlich neben ihr stand. »Sie können jeden Augenblick in die Stadt eindringen.«

Er und Jette liefen zurück in die Hauptwache und verbrannten dort rasch alle blutigen Überreste von Verbänden und zerrissenen Uniformteilen, um die offensichtlichsten Spuren zu beseitigen, dass hier Verwundete der Alliierten versorgt worden waren.

Der Wind trug den Jubel vom Donatstor bis hierher.

»Habt ihr das gehört? Ich glaube, jetzt sind sie durchgebrochen ...«, rief Felix kreidebleich. »Verschwinden wir!«
»Ich kann den Anblick nicht ertragen, wenn die Franzosen hier wieder einmarschieren«, erklärte sein Studienkollege wütend.
»Das wirst du wohl müssen – oder du meldest dich endlich zu den Freiwilligen und hilfst, sie aus dem Land zu jagen«, hielt Felix ihm missgelaunt entgegen.
»Das ist es! Zu den Lützowern!«, rief Richard. »Dann wird uns auch Fräulein Henriette als Helden bewundern, nicht wahr, Henriette?«
»Meine Eltern schlagen mich tot, wenn sie das hören«, sagte Felix verzweifelt und ließ die Schultern hängen. »Sie haben ihre ganzen Ersparnisse gegeben, damit ich bei Professor Werner lernen darf und einmal eine gute Stelle in der Salinenverwaltung bekomme, die sie und mich ernährt.«
Richard schien den Einwand seines Freundes überhaupt nicht gehört zu haben.
»Bisher konnte man sich in Dresden oder Leipzig bei den Lützowern einschreiben. Das wird nun wohl nichts mehr werden, wenn da gerade die Franzosen Einzug halten«, überlegte er laut. »Keine Ahnung, wo der Major von Lützow gerade steht ... Aber gerüchteweise sollen in Sachsen noch andere Freischaren unterwegs sein und den Franzosen Waffen, Munition und Proviant abjagen. Vielleicht weiß der Professor mehr darüber.«
Mit wachsender Ungeduld hatte Ludwig die Prahlereien Richards verfolgt und ging nun dazwischen. »Fräulein Henriette, wir müssen in die Druckerei! Der Meister wird sich Sorgen machen.«
Jette sah kurz an sich herab, an dem blutverschmierten Kleid und ihren Händen, dann warf sie einen ängstlichen Blick in die Richtung, aus der das Kampfgetöse am lautesten erklang. Im nächsten Augenblick war erneut lauter Jubel zu hören, ein Gebrüll aus vielen hundert Kehlen.

»Schnell weg von hier!«, rief Ludwig, nahm Jette einfach an der Hand und zog sie mit sich. Auch die zwei Studenten rannten los, aber Richtung Waisenhausgasse.

Aus dem Augenwinkel bekam Jette noch mit, wie sich die schwere Tür des Rathauses öffnete und mehrere vornehm gekleidete Männer heraustraten. Bürgermeister Bernhardi und die Ratsherren hatten diesen Moment wohl schon erwartet und gingen nun den Siegern entgegen, um milde Behandlung für die Stadt und ihre Bewohner zu erbitten.

Niemand im Gerlachschen Haus steckte noch den Kopf vor die Tür, nachdem Jette und Ludwig dort zu aller Erleichterung wohlbehalten eingetroffen waren. Jette wusch sich, kämmte sich das Haar, steckte es wieder zu einem Knoten auf und zog eines der Kleider an, die Nelli und Tante Johanna für sie umgearbeitet hatten. Es war trotz seiner Schlichtheit wirklich hübsch geworden, helles Leinen mit schmalen grünen Streifen, was ihre Zartheit betonte und gut mit ihren Augen und dem braunen Haar harmonierte.
Nelli war beauftragt worden, aus dem Fenster zu spähen und zu berichten, sobald sich etwas tat. Eduard und Franz waren auf den obersten Dachboden gestiegen und hielten von dort Ausschau, stolz auf ihren Auftrag. Aber vorerst herrschte Ruhe. Keine Schüsse, keine Soldaten, die über den Untermarkt rannten und Häuser besetzten. Die Abordnung des Rates verhandelte wohl noch immer.
Dann kamen die Jungs die Treppe heruntergepoltert und berichteten atemlos und einander ins Wort fallend, dass Unmengen französischer Soldaten auf den Obermarkt zogen. Die Artillerie mit den Kanonen würde vor dem Donatstor lagern.
Bald darauf begannen sich Trupps auf die einzelnen Straßen zu verteilen. Es geht los, dachte Jette, die die besorgten Blicke von Onkel und Tante sah.

»Am besten, du bleibst im Laden«, entschied Friedrich Gerlach. »Niemand wird heute ein Buch kaufen. Ich empfange die Einquartierung hier im Haus. Im Notfall gehst du durch die Tür in die Druckerei.«
Jette nickte. Auch sie hoffte, dass ihr eine direkte Begegnung mit den Militärs erspart blieb.

In der Buchhandlung musste der Onkel in den letzten Stunden einiges umgeräumt haben, das erkannte Henriette auf den ersten Blick. Natürlich waren die Porträts des Zaren und des preußischen Königs verschwunden, dafür das Bildnis Napoleons gut sichtbar ausgelegt, ebenso kleine Sprachführer für Französisch und ein Merkblatt für Einquartierungen aus dem vergangenen Jahr.

Die Schriften von Kant, Arndt und Fichte waren aus den dunklen Holzregalen entfernt, dafür standen auf den Borden hinter dem Verkaufstisch Voltaires Werke und Stücke von Racine und Molière. Sie wollte gerade eines in die Hand nehmen und ein bisschen darin blättern, als die Tür aufging, die direkt in die Druckerei führte.

Es war Ludwig, was Jette verlegen stimmte. Wie viel hatte er von dem mitbekommen, was der preußische Leutnant zu ihr gesagt hatte? Doch in ihrem Inneren herrschte zu viel Durcheinander und Angst, um darüber lange nachzugrübeln.

»Sie sollen nur wissen, Fräulein Henriette ... Falls jemand hereinkommt: Ich stehe ganz nahe der Tür und kann mich bewaffnen. Sie müssen nur rufen.«

Dankbar nickte sie ihm zu. Ihre Kehle war wie zugeschnürt. Was würde er schon ausrichten können? Und was meinte er mit: sich bewaffnen?

Ludwig lächelte ihr aufmunternd zu, schien noch etwas sagen zu wollen, aber dann drehte er sich um und ging wieder in die Werkstatt. Er war kein Mann großer Worte, ganz im Gegensatz zu Richard.

Von nun an schien die Zeit stillzustehen. Jette trat zum Fenster und lugte vorsichtig hinaus, aber so, dass niemand sie von draußen erkennen konnte.

Als die ersten rot-weiß-blau Uniformierten über den Untermarkt strömten, glaubte sie, ihr Herz würde vor Angst aufhören zu schlagen. Die Schreckensszene aus Weißenfels stand ihr plötzlich in abscheulicher Klarheit wieder vor Augen. Sie fing an zu zittern und legte sich mit klammen Fingern ein Tuch um die Schultern. Ihre Blicke huschten hin und her zwischen dem Geschehen auf dem Markt und der Tür, hinter der Ludwig stand.

Bitte, lieber Gott, lass sie weiterreiten!, flehte sie in Gedanken, als sich eine Gruppe von etwa zwanzig Männern dem Gerlachschen Haus näherte, zwei davon zu Pferde. Ihr Anführer musste nach den goldenen Epauletten und Verzierungen am Tschako einen höheren Rang bekleiden.

Nun hielt er vorm Haus und rief etwas, das Jette nicht deutlich genug verstehen konnte.

Friedrich Gerlach trat heraus, begrüßte die Männer höflich, wurde etwas gefragt, bejahte und wurde daraufhin mit schnell gesprochenen Anweisungen auf Französisch überschüttet.

Johanna Gerlach trat hinzu, ließ sich von ihrem Mann übersetzen, was von ihnen erwartet wurde, und begann zu reden und zu gestikulieren. Offenbar teilte sie ein, wer von den Fremden wo im Haus untergebracht wurde, wo die Pferde eingestellt werden sollten und was sonst noch alles zu regeln war. Ihr Mann übersetzte, so schnell er konnte, und versuchte, in dem Durcheinander dafür zu sorgen, dass Ruhe gewahrt blieb.

Die beiden Berittenen saßen ab. Lisbeths Sohn Karl und sein jüngerer Bruder Anton führten die Pferde in den Stall und schoben zwei Fuhrwerke voller Gepäck in die Remise. Dort war Platz, da ihr Vater mit seinem Gespann noch nicht aus Torgau zurück war. Friedrich Gerlach liebte es nicht, zu reiten, und besaß deshalb keine Pferde; so hatte er den hinteren Bereich des

Grundstücks dem Mann seiner Köchin für dessen kleines Fuhrgeschäft überlassen.

Der Anführer der Gruppe – ein Major, wie Jette glaubte – sah sich kurz um und ging plötzlich direkt auf die Tür der Buchhandlung zu. Ihm folgte ein Jüngerer, der ihm unverkennbar ähnlich sah, ebenso mit dichtem schwarzem Haar, langen Koteletten und einem schmalen, sorgsam gestutzten Bart.

Rasch flüchtete Jette hinter den großen Ladentisch und hielt den Atem an. Weil ihre Hände flatterten, krallte sie die Finger in die Wolle des Schultertuches.

Mit einem hellen Glockenton öffnete sich die Tür.

»Bonjour, Demoiselle«, grüßte der Major und neigte höflich den Kopf. »Dies ist die örtliche Buchhandlung? Lassen Sie mich sehen, welch interessante Werke Sie hier haben. Mir steht der Sinn nach anregender Lektüre.«

Mit Mühe raffte Jette zusammen, was ihr noch an Französisch einfiel; ihr Verstand war vor Furcht wie gelähmt. Doch sie hatte verstanden, was der Offizier gesagt hatte, und mit jedem Wort geriet sie besser in den Fluss der fremden Sprache.

»Oh, Sie sprechen unsere Sprache, wie schön!«, meinte der Franzose. »Warum fürchten Sie sich dann so, Demoiselle? Wir sind keine Barbaren, sondern gebildete Leute, sehr kultiviert. Sie dachten doch nicht etwa, wir würden eine Buchhandlung plündern? Ich bitte Sie!«

Er zog spöttisch die Augenbrauen hoch und lächelte herablassend. »Gestatten, Major Guillaume de Trousteau, 4. Grenadierregiment vom Korps des Marschalls Oudinot, und mein Sohn Étienne, Seconde-Lieutenant.«

Er wies auf seinen Begleiter, der sie ebenfalls mit einem Nicken und einem Lächeln grüßte und interessiert betrachtete. Dabei war er sehr jung für einen Offiziersgrad, vielleicht noch nicht einmal zwanzig Jahre alt.

»Sind Sie die Tochter des hiesigen Druckers?«, erkundigte sich der Major.

»Seine Nichte«, antwortete Jette auf Französisch und versuchte, den irrationalen Gedanken niederzukämpfen, er könnte wissen, dass sie womöglich einen seiner Landsleute niedergeschlagen hatte. »Meine Eltern sind tot.«
»Wie bedauerlich. Immerhin beschert uns das die Freude, die Bekanntschaft mit einer so hübschen jungen Dame zu machen.« Die Worte des Offiziers klangen charmant, er lächelte immer noch, doch dieses Lächeln erreichte seine Augen nicht und ließ Jette frösteln.
Wusste er es?
Das Lächeln war wie weggewischt, als der Major schroff fragte: »Was sind das dort für Bücher?«
»Scientifiques«, brachte Jette hastig heraus. »Wissenschaftliche Werke. Über Mineralienkunde und Chemie, auch vieles über Bergbau ...«
Rasch nahm sie einige Werke von Gelehrten der Freiberger Bergakademie aus dem Regal, breitete sie auf dem Ladentisch aus, öffnete das oberste – Werners *Von den verschiedenen Graden der Festigkeit des Gesteins* – und schob es dem Major hin.
Der blätterte gelangweilt darin herum, auch in den anderen Folianten, betrachtete chemische Formeln und Zeichnungen von Schmelzhütten oder Laborgeräten. Dann ließ er das letzte Buch so geräuschvoll zuklappen, dass Jette zusammenzuckte, zog ein Blatt Papier aus seiner Uniform und hielt es ihr vor die Nase.
»Und was ist *das*? Wurde das hier gedruckt? Übersetzen Sie, was dort steht! Rasch! Ich werde es merken, wenn Sie mich anlügen.«
Jette gab sich alle Mühe, damit ihre Hände nicht zitterten, als sie das Blatt nahm. Sie hatte schon erkannt, was es war, und sollte deshalb eigentlich erleichtert sein.
»Das ist von den städtischen Behörden, eine Anleitung bei Einquartierung«, erklärte sie.

»Übersetzen Sie!«, forderte der Major erneut.

»Im Quartier müssen Reinlichkeit und Ordnung herrschen, der Wirt muss den Soldaten freundlich entgegenkommen, unartige Kinder dürfen ihnen nicht lästig werden, ein Mittagessen laut Regulativ muss bei Ankunft bereitstehen, an Rasttagen soll die Wäsche der Soldaten gewaschen werden, und falls die Wirtsleute kein Französisch verstehen, sollen sie sich alle Mühe geben, die Wünsche der Soldaten aus ihren Gebärden zu verstehen«, fasste sie zusammen. »Sehen Sie, wir haben dafür diese Handzettel gedruckt!«

Mühsam lächelnd reichte sie ihm eines der zweisprachigen Blätter, die ihr Oheim für Situationen wie diese zusammengestellt hatte.

Der Major warf einen Blick auf das Papier und gab es an seinen Sohn weiter, der die Szene aufmerksam beobachtete, auch wenn er zwei Schritte zurückblieb und nichts sagte.

»Wie ich merke, verstehen wir uns doch blendend«, meinte der Major, und nun lächelte er wieder. »Mein Sohn und ich freuen uns, Sie gelegentlich beim Essen zu sehen. Ich wünsche einen schönen Tag, Demoiselle!«

Noch bevor er und der Seconde-Lieutenant die Tür erreichten, traten Friedrich und Johanna Gerlach ein, besorgte Blicke auf Jette richtend.

»Es ist eine Erfrischung für Sie und Ihre Männer vorbereitet, Herr Major«, verkündete der Buchdrucker und wies einladend zur Tür. »Wenn Sie meiner Gattin folgen wollen?«

Der Offizier verabschiedete sich mit einem knappen Nicken von Jette, die tief erst vor ihm knickste, dann vor seinem Sohn.

»Monsieur, halten Sie die Titelseite der nächsten Ausgabe für Tagesbefehle frei!«, wies de Trousteau an, bevor er und der Seconde-Lieutenant sich von Johanna hinausführen ließen.

»Gab es Schwierigkeiten?«, fragte Friedrich Gerlach sofort, als die Tür wieder geschlossen war. »Entschuldige, dass wir dich so lange mit den beiden allein ließen – wir hatten über all dem Durcheinander nicht gleich gesehen, dass sie in die Buchhandlung gegangen waren ...«

Besorgt schob er seiner blass gewordenen Nichte einen Stuhl hin. Jette ließ sich kraftlos daraufsinken.

Der Oheim griff nach ihren eiskalten Händen. »Wir haben Glück im Unglück, Liebes. Der Major und sein Sohn haben uns versichert, dass sie nicht plündern werden. Er und sein Sohn wollen sogar für die Kosten ihrer Tafel aufkommen. Damit sind wir wirklich viel besser dran als die meisten Nachbarn ...«

Nun hörte Jette auch das Geschrei und Gepolter ganz in der Nähe. Es klang, als würden Möbel umgeworfen und zertrümmert.

»Sie haben angeblich aus Liebe zur Literatur bei ihrem Vorgesetzten darauf bestanden, bei uns einquartiert zu werden«, berichtete Friedrich Gerlach. »Aber sie werden wohl eher ausspionieren wollen, was wir hier drucken. Umso besser, wenn ihnen vorerst nichts verdächtig vorkam.«

Wieder putzte er seine Brillengläser mit dem Westenzipfel und fuhr fort: »Deine Tante hat alles so arrangiert, dass wir mit hoffentlich geringstem Schaden davonkommen. Es wird eng im Haus werden, und sie werden unsere letzten Vorräte aufessen ... Aber es wird schon irgendwie weitergehen. Nur ...« Er zögerte, dann sah er Jette ins Gesicht. »Der Major besteht darauf, mit uns im Salon seine Abendmahlzeiten einzunehmen.«

»Also muss die Tante das Silberbesteck aus dem Versteck holen?«, fragte sie, als gäbe es im Augenblick keine anderen Sorgen.

»Ja, das auch, sonst würden sie es als Beleidigung auffassen. Deinen Bruder und Eduard schicken wir zum Essen in die Küche, damit sie sich nicht verplappern. Nelli verstecken

wir am besten auch gleich in der Küche, damit ihr nichts passiert. Aber dich können wir jetzt nicht mehr verbergen. Sie werden darauf bestehen, dass du mit am Tisch sitzt. Jette, Kind, nach allem, was du durchgemacht hast ... Ich bin in Sorge. Wirst du das aushalten? Vielleicht ist es ja nur für ein paar Tage ...«
Jette zuckte hilflos mit den Schultern.
»Ich habe doch keine andere Wahl, wenn wir da alle durchkommen wollen.«

Vor brennenden Lunten

Torgau, 7. Mai 1813

Es war kurz vor drei Uhr nachmittags, als auf den vorderen Festungswerken Torgaus Alarm geblasen wurde.
»Exzellenz, von Westen nähern sich Truppen über den Hügel, weitere stehen zwei Meilen südlich der Stadt«, meldete ein atemloser Sergeant. »An allen unseren Geschützen wie befohlen Kanoniere mit brennenden Lunten.«
»Gut«, konstatierte Generalleutnant von Thielmann grimmig. »Von Aster, Sie haben das Kommando über die Festung, falls ich nicht wiederkehre. Gott steh uns allen bei!«
Die Abteilung Reiter, die ihn begleiten sollte, hatte er bereits ausgewählt. Es war schwierig gewesen, in so kurzer Zeit wieder eine sächsische Kavallerie aufzustellen, aber auch das hatte er geschafft.
Die Menschenmenge auf dem Schlosshof wich zurück, um den Reitern Platz zu machen. Wohl jeder hier wusste, was draußen vor sich ging und was auf dem Spiel stand. Der Gouverneur war ihr Held – ein Held, der sie vor den Franzosen bewahrte und für Sachsens Unabhängigkeit eintrat.

Der Generalleutnant warf noch einmal einen kurzen Blick hinter sich, wusste seine Männer sicher und gelassen im Sattel und ritt an. Segenswünsche wurden ihm zugerufen, aber das nahm er kaum wahr. All seine Gedanken richteten sich auf die bevorstehende Begegnung und deren mögliche Folgen. Vielleicht würde in wenigen Minuten schon ein blutiger Kampf um Torgau entbrennen.

Während die Reiterschar die überfüllte Stadt passierte, schien das sonst hektische Leben in den Gassen zu erstarren und zu verstummen. Hunderte Augenpaare folgten dem Festungskommandanten und seiner Eskorte, unzählige Gebete wurden geflüstert. Wie viele Geschütze die Franzosen wohl mit sich führten?

Zufrieden sah Thielmann seine Artilleristen in straffer Haltung an den Kanonen stehen, passierte das schwer bewachte Leipziger Tor und ritt mit seinen Begleitern hinaus zu einer Wiese südwestlich der zur Festung umgebauten Stadt, zwischen der Bergeltschen Windmühle und dem Entenfang am Großen Teich.

Hier hatte er sich mit General Reynier verabredet. Auf den Anhöhen sah er schon das provisorische Lager der Franzosen entstehen.

Reynier galoppierte ihm entgegen, ebenfalls von einer Reiterabteilung eskortiert. Hinter ihnen waren über die gesamte Breite des Feldes französische Infanteristen in Linie angetreten und legten nun die Gewehre auf die Herannahenden an.

Der sächsische und der französische General ritten aufeinander zu und begrüßten sich kühl. Sie verständigten sich mit einem Blick, stiegen aus dem Sattel und gingen zu einem Platz hundert Schritt von ihren Begleitern entfernt, um unbelauscht reden zu können.

Die französischen Infanteristen hielten weiter ihre Gewehre im Anschlag, die sächsischen Kanoniere ihre Geschütze zum Feuern bereit.

»Stimmt das Gerücht, dass Sie Marschall Davout glattweg verweigerten, seine Truppen in die hiesige Garnison aufzunehmen und ihm die geforderten Geschütze für die Festung Wittenberg zu übergeben? Ihm sogar gedroht haben, mit Kanonenkugeln zu antworten?«, eröffnete Reynier das Gespräch, wobei er die Augenbrauen hochzog und den Mundwinkel zu einem kaum sichtbaren ironischen Lächeln herabzog.
»Das wissen Sie doch«, erwiderte Thielmann knapp.
»Und dass Sie ihm angesichts seines maßlosen Zorns antworteten, sie fürchten nur Gott, sonst niemanden?«
»Auch das trifft zu.«
Nun wurde Reyniers Lächeln deutlicher. »Ausgerechnet Davout, dem ›Eisernen Marschall‹? Glückwunsch, damit haben Sie es geschafft, in die Legenden der Grande Armée einzugehen! In meiner Gegenwart entrüstete er sich, sie sprächen ja wie ein preußischer General.«
»Ich erlaube mir, dies angesichts der Leistungen preußischer Generäle als Kompliment zu werten«, antwortete Thielmann mit undurchdringlicher Miene.
Das Lächeln auf den Zügen seines langjährigen Vorgesetzten erlosch.
»General, Sie waren schon immer recht eigensinnig, wenn auch dem Kaiser bis vor kurzem treu ergeben. Glauben Sie, wir wissen nicht, dass Sie Korrespondenz mit den Russen und Preußen führen, dass Sie letzten Monat die beiden feindlichen Herrscher sogar in Dresden getroffen haben?«
Thielmann war nicht überrascht. Er hatte schon kurz nach Übernahme des Torgauer Kommandos zwei Männer aus der Festung entfernen lassen, die er verdächtigte, geheime Berichte über sein Tun an die Franzosen zu schicken. Und eine Audienz beim Kaiser von Russland und dem König von Preußen ließ sich wohl kaum geheim halten.
»Ich handelte im Auftrag meines Königs«, antwortete er.
»Thielmann, Sie wissen, ich habe mich beim Kaiser immer für

die sächsischen Truppen eingesetzt, auch wenn mir das nur Nachteile brachte«, beschwor ihn Reynier. »Ich will Ihren Hals retten. Lenken Sie ein, sonst wird das für Ihre militärische Laufbahn drastische Folgen haben!«
»Dann muss ich mich dem stellen.«
»Sie setzen auf das falsche Pferd, Thielmann!«, beharrte der Befehlshaber des Siebenten Korps der Grande Armée, der ausgerechnet diesen tapferen General nicht verlieren wollte. »Russen und Preußen rennen vor uns davon, noch schneller, als wir ihnen folgen können – und wir sind *sehr* schnell, wie Sie wissen. Morgen wird der Kaiser wieder in Dresden einziehen. Sie wissen, was das bedeutet.«
Als Thielmann schwieg, musterte Reynier die Gesichtszüge seines Gegenübers und fuhr eindringlich fort: »Dort auf dem Hügel steht mein gesamtes Siebentes Korps, in dem einst auch Sie gekämpft haben und dem Sie auf Befehl des Kaisers ab sofort wieder zugehörig sind. Und ein paar Meilen östlich von uns rückt Marschall Ney mit seinen Männern an. Denken Sie wirklich, Sie könnten sich uns widersetzen?«
Der Festungskommandant Generalleutnant von Thielmann wandte sich zu seinen berittenen Begleitern um, die allesamt zu ihm blickten. Mit dem Kopf wies er in Richtung der Befestigungswerke.
»Wollen Sie es darauf ankommen lassen? Sämtliche Geschütze sind feuerbereit. Ich habe befohlen, das Feuer zu eröffnen, sollten Sie Ihre Truppen auf Torgau in Marsch setzen. Dann werden Sie herausfinden, wie viele Kanonen wir wirklich haben. Die Antwort wird Ihnen nicht gefallen.«
»Auch wir führen Artillerie mit«, entgegnete Reynier schroff.
»Wollen Sie Torgau tatsächlich in Schutt und Asche legen lassen? Vors Kriegsgericht gestellt werden? Ich weiß, dass Sie ein tapferer Mann sind, zu allem entschlossen. Aber bisher waren Sie auch immer ein besonnener Mann, wenn es darum ging, Ihren Untergebenen unnötige Opfer zu ersparen. Sie

haben fünftausend Zivilisten in Torgau, wenn ich exakt informiert bin.«
»Sie *sind* exakt informiert«, entgegnete Thielmann ruhig. »Auch wegen dieser fünftausend Zivilisten werden meine Kanoniere jeden Schuss sorgfältig ausrichten. Torgau bleibt sächsisch, das ist der ausdrückliche Befehl meines Königs. Ich habe Blücher nicht eingelassen, die Russen nicht, und ich werde auch Sie nicht einlassen. Niemanden.«
Einen Augenblick lang herrschte Schweigen zwischen den beiden Generälen. Keiner von ihnen unternahm Anstalten, das Gespräch durch eine versöhnliche Geste oder Miene in freundlichere Bahnen zu lenken.
Dann machte Reynier eine ungeduldige Handbewegung und schüttelte den Kopf. »Thielmann, ich kenne Sie nicht wieder. Was ist aus Ihnen geworden? All die Jahre haben Sie treu dem Kaiser gedient ...«
»Ich diene meinem König.«
Reynier schien das zu überhören.
»Ich habe Sie in Borodino erlebt. Keiner kämpfte mit mehr Mut! Ich habe gesehen, wie Sie an der Spitze Ihrer Männer gegen die Große Schanze stürmten ...«
»Sie hätten Borodino besser nicht erwähnt«, erwiderte der Generalleutnant eisig, und auf seiner bisher steinernen Miene verschärfte sich der bittere Zug.
Da Reynier auch in Russland die meisten sächsischen Regimenter unter seinem Kommando gehabt hatte, erkannte er an Thielmanns Gesicht und Tonfall, was in jenem vorging, und schalt sich in Gedanken für die letzten Worte.
»Ich habe keinerlei Anlass, an Ihrem Mut und Ihrer Entschlossenheit zu zweifeln, alter Freund«, sagte er leise. »Sie bleiben also bei Ihrem Entschluss?«
»Der ausdrückliche Befehl meines Königs lautet, keinerlei Truppen in die Festung zu lassen«, wiederholte Thielmann stur.

Reynier neigte den Kopf leicht zur Seite und fuhr mit einem Finger kurz unter den steifen, goldbetressten Kragen.

»Ich lasse Ihnen das lediglich durchgehen wegen Ihres Heldenmutes in Borodino«, entschied er. »Und weil es, wie Sie genau wissen, lediglich eine Frage von zwei oder drei Tagen ist, bis Ihr König diesen Befehl widerruft. Gott schütze Sie.«

Mit einem knappen Nicken verabschiedeten sich die beiden Männer voneinander und gingen zurück zu ihren Reiterabteilungen.

Ohne sich vom Fleck zu bewegen, sahen die Sachsen zu, wie Reynier und seine Begleiter zum Lager auf dem Hügel ritten.

Keiner der beiden Befehlshaber fühlte sich als Sieger.

Reynier würde umgehend Marschall Ney vom Scheitern der Verhandlungen berichten müssen. Er hatte keinen Zweifel daran, dass Ney von diesem sächsischen Starrkopf eine ähnliche Abfuhr wie Davout und er erteilt bekommen würde.

Und Thielmann wusste, dass Reyniers letzte Andeutung nicht nur so dahingesagt war. Er hatte in den letzten Tagen schon Depeschen an Fürst Wolkonsky, den Chef des russischen Generalstabes, an Hardenberg, Kleist und vom Stein geschickt, den Berater des Zaren, in denen er auf seine verzweifelte Lage hinwies, außerdem Kuriere an den König, die den Ausgang der Schlacht bei Großgörschen und die Lage der Alliierten in günstigem Licht darstellen sollten.

Doch nun war wohl die Zeit vorbei, in der er und seine Verbündeten hoffen durften, der König würde es weiterhin wagen, Napoleon die Stirn zu bieten.

Von dem Jubel, mit dem ihn die Torgauer begrüßten, als er wieder in die Stadt einritt, die er für diesen Tag davor bewahrt hatte, den Franzosen in die Hände zu fallen oder gar zerstört zu werden, bekam Johann Adolph von Thielmann kaum etwas mit.

Wie lange noch? Das war alles, was er jetzt denken konnte.

Appell an den König

Prag, 8. Mai 1813, Exilresidenz des sächsischen Königs im Erzbischöflichen Palais der Prager Burg

Erneut warf der sächsische König Friedrich August I., den man »den Gerechten« nannte, einen Blick auf die goldene Taschenuhr. Er ließ noch drei Minuten verrinnen und nutzte die Zeit, um sich prüfend im Wandspiegel zu betrachten: ein hageres Gesicht mit scharf geschnittenen Zügen und markanter Nase, ein unnachgiebiger Blick, buschige, dunkle Augenbrauen, die stark mit der weißen, straff frisierten Perücke auf seinem Kopf kontrastierten. Die Schärpe saß exakt, die goldenen Fransen an den Epauletten waren aufs genaueste ausgerichtet.

Nach Ablauf der drei Minuten wies er an, den Oberst von Carlowitz einzulassen, den er draußen im Vorsaal sieben Stunden auf seine Audienz hatte warten lassen. Leider blieb die Hoffnung des Königs unerfüllt, der lästige Besucher würde gehen, bevor er ihn nun aus reinem Pflichtgefühl empfing. Er trägt einen Orden, den St.-Heinrichs-Orden für Tapferkeit im Kriege, also muss er ein verdienstvoller Mann sein, sagte sich der Regent, ohne zu bedenken, dass er selbst es war, der diesen Orden verlieh.

Dem Wartenden dürfte schwerlich entgangen sein, dass der Herrscher in dieser Zeit weder irgendwelche wichtigen Besprechungen führte noch Besucher empfing.

Friedrich August von Sachsen war allein bis auf die Dienerschaft, und am liebsten würde er auch allein bleiben.

Fünfzig lange Jahre regierte er nun schon das Land. Oder fünfundvierzig, rechnete man die ersten Jahre nicht mit, als er noch unmündig war und seine Mutter und sein Onkel ihn vormundschaftlich vertraten. Er hatte Sachsen durch schwere Zeiten geführt, mit Sparsamkeit und bedachtem Handeln sogar geschafft, dass das Land die Schäden und harten Kontributionen an Preußen nach dem Siebenjährigen Krieg überwand. Aber diesmal schien die Lage schlichtweg ausweglos.

Sicher, seine Geheime Polizei beteuerte, seine Sachsen stünden treu zu ihrem König. Aber sie waren kriegsmüde und wollten nicht mehr unter französischem Protektorat leben.

Doch was sollte er tun? Er hatte Napoleon Gefolgschaft geschworen, vor Gott einen heiligen Eid darauf geleistet, und sein Wort durfte er nicht brechen.

Das war der Preis dafür, dass Sachsen nach der Niederlage von Jena und Auerstedt vor sieben Jahren nicht wie Feindesland behandelt wurde. Sachsen und die Pracht Dresdens blieben erhalten, während Friedrich Wilhelm von Preußen für lange Zeit seinen Hof an den letzten Winkel des Landes verlegen musste, nach Memel, und später nach Königsberg.

Ohne das geringste äußere Zeichen von Ungeduld trat Oberst von Carlowitz ein, Uniformknöpfe und Stiefel blitzblank, den Zweispitz vorschriftsmäßig unter den Arm geklemmt, und salutierte.

Er war ein Mann Anfang vierzig mit dichtem hellem Haar und wachem Blick. Ein Bücherfreund, wie der König zu seinem großen Misstrauen wusste. Ein Feingeist in Uniform, der sich eine riesige Privatbibliothek zugelegt hatte. So etwas billigte er nicht bei seinen Militärs, abgesehen von Mathematik; es lenkte sie nur von ihren Aufgaben ab. Das Mittelmaß schien ihm bei allem das beste Maß, doch dieser Carlowitz ließ sich einfach nicht auf Mittelmaß zurechtstutzen.

Außerdem war dem König längst klar, was der Offizier vortragen würde. Und er wollte es nicht hören.

»Ich beschwöre Sie, Majestät, befreien Sie das Land aus dem erzwungenen Bündnis mit Frankreich und gehen Sie die Allianz mit Russland und Preußen ein!«, sagte der Oberst eindringlich und hielt sich gerade noch davon ab, einen Schritt vorzutreten. Auch im Exil legte der König von Sachsen höchsten

Wert darauf, dass das strenge spanische Hofzeremoniell bis ins kleinste Detail eingehalten wurde.

»Ihre Landeskinder sind des Krieges müde. Die Wirtschaft liegt nieder durch Krieg und Handelssperre, zu hoher Blutzoll ist auf den Schlachtfeldern gezahlt. Wir brauchen dringend Frieden! Gemeinsam mit Russland und Preußen können wir das Land von den Besatzern befreien. Der Zar reicht Ihnen die Hand zum Bündnis, Majestät. Und Ihre Untertanen werden Ihnen freudig folgen.«

Carl Adolf von Carlowitz gab sich alle Mühe, nichts von seiner Ungeduld zu zeigen, damit sich der König nicht bedrängt fühlte. Es war schon schwer genug gewesen, diese Audienz zu bekommen. Die beleidigend lange Wartezeit ließ nichts Gutes erhoffen. Aber er hatte sie als Prüfung hingenommen.

Er durfte nicht scheitern, um das Schicksal seines Landes willen! Natürlich würde der König diese Angelegenheit nicht mit ihm diskutieren. Er würde entscheiden ... aus Pflichtgefühl heraus ... und ihm seine Entscheidung im besten Falle mitteilen.

Carlowitz merkte es nicht, aber er hielt fast den Atem an, während seine Augen auf die akkurat gefaltete seidene Halsbinde des Regenten starrten und seine Gedanken zu dem verzweifelt wartenden Thielmann nach Torgau flogen.

Friedrich August, König von Sachsen und Herzog von Warschau, hielt sich stocksteif und musterte den Offizier mit strengem Blick.

Noch so einer von denen, die ihm Reformen und Bündnisse aufschwatzen wollten! Genau wie dieser Miltitz und dieser Thielmann und einige seiner Minister ...

Er war nicht so ein Schwächling wie der König von Preußen, der sich durch einen Freiherrn vom Stein beschwatzen und einen General Yorck überrumpeln und in ein Bündnis mit den Russen drängen ließ! Volksbewaffnung, am Ende gar eine Verfassung ... So weit ließe er es in Sachsen nicht kommen. Und er konnte sich auch nicht vorstellen, dass sich der preußische König bei dem Gedanken daran wohl fühlte.

All diese Kindsköpfe und Phantasten, diese Dichter und Büchernarren, diese *Patrioten*, die von einem Bündnis mit Preußen und Russland träumten oder gar von einem einigen deutschen Vaterland – sie wussten nicht, was *er* wusste: dass es dergleichen *niemals* geben würde!

Sie wussten nicht, was nur er wusste und sein bester Spion. Dass Zar Alexander und Friedrich Wilhelm von Preußen bereits im Februar Europa für den Fall ihres Sieges unter sich aufgeteilt hatten. Den Rheinbund wollten sie auflösen, und der Zar hatte sich ohne Zögern damit einverstanden erklärt, dass Preußen Sachsen vollständig annektierte, sofern er das Herzogtum Warschau bekam.

Und deshalb würde es auch kein einiges deutsches Vaterland geben. Schon gar keine Republik. Nie! Kein Fürst würde freiwillig auf seine Macht verzichten oder auf das geringste Stück Land. Und kein deutscher Fürst würde einen preußischen Kaiser akzeptieren.

In der Politik ging es nicht um Wünsche, Träume und Sehnsüchte, sondern nur um kaltes Kalkül. Um Winkelzüge, Täuschung und die Summe unter dem Strich.

Sie alle, auch Carlowitz, Thielmann und seine Minister, hatten geglaubt, er sei *ihrem* Rat folgend mit dem Hof nach Plauen, Regensburg und nun Prag gezogen, um sich dem Einfluss Napoleons zu entziehen.

In Wirklichkeit war er abgereist, um nicht mit den Preußen verhandeln zu müssen, um einem preußisch-russischen Ultimatum zu entgehen.

Und seinen Generalleutnant Thielmann ließ er nur mit den Alliierten verhandeln, um Zeit zu gewinnen. Sollten sie erst einmal beweisen, dass sie in der Lage waren, Bonaparte zu bezwingen! Inzwischen würde er sein Bündnis mit Österreich besiegeln.

Dass der Stern Napoleons in Russland verglüht war, wusste er längst. Das wusste er schon, als in der Dresdner Hofkirche noch Dankesmessen für die Siege des großen Kaisers in Russland gefeiert wurden. Und als ihm Napoleon in einer Dezembernacht in Dresden während seiner schnellen Reise von Moskau nach Paris vorsichtig das Ausmaß seiner Niederlage klarzumachen suchte und versicherte, er würde das Blatt schon bald wieder wenden, da wusste der König viel mehr darüber, als er zu erkennen gab. Sein kluger Gesandter Graf Watzdorf hatte ihm während des gesamten Feldzuges in ausführlichen Rapporten aus dem französischen Hauptquartier in Wilna die ernüchternde Wahrheit berichtet und zu Friedensverhandlungen geraten.

Dass es geboten war, auf Abstand zum Zwangsverbündeten Frankreich zu gehen, wusste auch der Kaiser von Österreich. Und der brillante Metternich hatte eine wahrhaft geniale Idee kreiert: Österreich und Sachsen würden Frankreich eine »bewaffnete Vermittlung« anbieten.

Das klang gut! Das klang nach Frieden und nicht nach Wortbruch, nicht nach dem, was es wirklich bedeutete: die erzwungene Allianz mit Frankreich aufzukündigen und Bonaparte das österreichische und das sächsische Heer zu entziehen. Im Gegenteil, es klang so harmlos, dass der König von Sachsen diese Sache Napoleon sogar in einem Brief schmackhaft zu machen versuchte. So konnte sich jener nicht später beklagen, hintergangen worden zu sein.

Von alldem hatte der idealistische Bücherfreund vor ihm nicht die geringste Ahnung. Und auch Thielmann nicht, der so glücklich darüber war, dass er Torgau nicht den Franzosen ausliefern musste, und immer noch glaubte, bald mit den Russen und Preußen gemeinsame Sache machen zu können.

Der Gouverneur von Torgau wäre nicht einmal im Traum darauf gekommen, dass die gesamte sächsische Armee einschließlich ihm selbst längst Österreich versprochen und unterstellt war!

So lief es in der geheimen Diplomatie, und niemand sollte ihm das je vorwerfen, denn er handelte zum Vorteil seines Landes. Im Gegenzug sicherte Österreich Sachsen den Fortbestand zu, dazu noch Erfurt, Teile Anhalts und Schlesiens im Austausch gegen Warschau, das nach dem Sieg sicher an Russland fiel. Österreich würde die Illyrischen Provinzen bekommen und somit endlich wieder einen Zugang zum Meer.

Deshalb war er durch Vermittlung des jungen Esterházy nach Prag gereist, auf Einladung von Kaiser Franz. Um diese geheime Konvention zu unterzeichnen.

Einer seiner ganz wenigen Vertrauten, der gerade erst dreißigjährige General von Langenau, Teilnehmer an allen Kriegszügen seit seinem dreizehnten Lebensjahr, hatte die diplomatischen Verhandlungen und seine Reise nach Prag vorbereitet.

Der Kaiser von Österreich, sein Staatskanzler Graf Stadion, der Außenminister Metternich und von Watzdorf als sächsischer Gesandter in Wien hatten die *Convention vom 20. April* bereits unterschrieben. Doch das Signum des Königs von Sachsen würde nun wohl nicht mehr unter das Geheimpapier gesetzt werden. Napoleons Sieg bei Lützen hatte die Lage komplett verändert.

Jetzt musste er retten, was noch zu retten war: die Österreicher weiter bei Laune halten, den Kaiser der Franzosen von seiner Bündnistreue überzeugen und zum Lohn dafür von *ihm* die begehrten Gebiete fordern.

Von alldem würden die gewöhnlichen Menschen – der vor ihm stehende Offizier eingeschlossen – nie etwas erfahren.

Am liebsten hätte der König aufgelacht angesichts der Einfalt dieser Träumer von einem einigen deutschen Vaterland.

Ein Bündnis mit Preußen? Niemals! Preußen hatte Sachsen den Krieg erklärt und den im März besetzten Cottbuser Kreis zum ersten Teil seiner Kriegsbeute gemacht. In Windeseile war das sächsische Wappen an Rathaus, Post und Zollstation entfernt

und durch den preußischen Adler ersetzt worden. Das Bündnisangebot der Hohenzollern – eine Farce!
Und wenn dem preußischen König irgendwann die Kontrolle über sein bewaffnetes Volk entglitt, sollte die Pest der Revolution nicht auch noch Sachsen erfassen.
Von Carlowitz wartete reglos darauf, dass sein König das lange Schweigen brach.
»Ist Ihnen nicht bewusst, dass die russisch-preußisch Alliierten geschlagen wurden und sich zurückziehen?«, hielt ihm der Regent vor. Der Tonfall machte deutlich, dass die Audienz beendet war.
»Sie ziehen sich zurück, um sich zu sammeln und neu zu formieren, Sire!«, beschwor ihn Carlowitz, immer hastiger redend. »Sie haben kein einziges Geschütz verloren, sondern etliche erbeutet. Wenn Österreich und Sachsen an ihre Seite treten, wenn wir unsere Kräfte vereinen, können wir der Fremdherrschaft und dem Krieg ein Ende bereiten! Majestät, Ihre Landeskinder lieben Sie, sie nennen Sie den ›Gerechten‹. Wagen Sie diesen Schritt, um ihnen Frieden zu schenken!«
Der verzweifelte Bittsteller tat dem König beinahe leid – immer noch an ein Zusammengehen mit den Alliierten zu glauben!
Ein wichtigtuerisches Klopfen durchbrach die Stille.
Der livrierte Kammerherr schritt zur Tür und meldete kurz darauf den Baron von Serra, den französischen Gesandten am sächsischen Hof, mit einer dringenden Depesche des Kaisers.
Von Carlowitz wusste, dass er nun zu gehen hatte.
Und er wusste auch, was Bonaparte in dieser Depesche fordern würde: dass sich Sachsen wieder eindeutig auf seine Seite stellte. Friedrich August würde keinen Widerstand leisten, das las der Oberst im Gesicht seines Königs.
Mit einer Geste wurde er aus dem Saal entlassen. Er schlug die Hacken zusammen, salutierte und ging. An der Tür hatte er Mühe, nicht mit dem triumphierenden Baron von Serra zusammenzustoßen.

Von düsteren Gedanken beherrscht, stieg Carl Adolf von Carlowitz die Stufen der breiten Treppe hinab, trat an eines der großen Fenster und starrte hinaus, ohne wirklich etwas zu sehen. Die prächtigen Bauten, eleganten Kutschen, eindrucksvollen Ehrengarden – nichts davon nahm er wahr, nicht einmal den atemberaubenden Blick auf Prag.
Er war auf ganzer Linie gescheitert.
Der Usurpator würde den greisen König nicht vom Haken lassen.
Und für sein Scheitern würde das Land einen furchtbaren Blutzoll zahlen. Denn in Sachsen würde nun die Entscheidungsschlacht geschlagen werden.
Er konnte es nicht ertragen, in dieser schicksalhaften Zeit auf der falschen Seite zu stehen. Als Sympathisant der Alliierten war er außerdem von nun an am sächsischen Hof nicht mehr sicher. Er würde seinen Abschied einreichen und den russischen Kaiser bitten, ihn in seine Dienste zu nehmen.
Seine Bücher, die würde er vermissen.

Hastig griff Friedrich August von Sachsen nach der Depesche, erbrach das Siegel und las genau das, was er befürchtet hatte. Ohne es zu merken, sackte er in seiner stocksteifen Haltung um ein Stück zusammen, nur eine Winzigkeit. Die höflichen Formulierungen des Briefes ließen keinen Zweifel daran, dass es sich um eine Drohung handelte.
»Um keinen Zweifel aufkommen zu lassen, Sire, Seine Majestät der Kaiser erwartet eine ausdrückliche Erklärung, dass Sachsen sein Bündnis mit Frankreich erneuert«, verkündete der französische Gesandte mit gerade noch so viel Höflichkeit, um nicht unverschämt zu wirken. »Er wünscht, dass Eure Majestät ihm *schriftlich* erneute Bündnistreue schwört und sämtliche sächsischen Truppen unterstellt. Er könnte Sachsen sonst auch an den Herzog von Sachsen-Weimar geben. Das ist doch auch ein Wettiner, nicht wahr?«

»Ich werde meinem Herrn *Bruder*, dem Kaiser, die gewünschte Erklärung umgehend zu Papier bringen«, erwiderte der bejahrte König schroff mit aller Würde, die er noch aufbringen konnte.

Ihm blieb höchstens, seine Abreise nach Dresden um einen oder zwei Tage hinauszuzögern. Ohne zu lügen, konnte er Beschwerden seines Alters als Grund dafür angeben. Die Kniegicht, die ihn quälte. Doch zum Wohle seines Volkes musste er den Forderungen Napoleons folgen. Dessen erneute Übermacht auf dem Schlachtfeld ließ keine andere Wahl.

Direkt angelogen hatte er den Kaiser nie – abgesehen von den beiden Briefen, mit denen er sich herauswinden musste, weil die geforderten neuen sächsischen Kürassierregimenter nicht der Grande Armée überstellt worden waren. Dass diese Regimenter insgeheim unter dem Befehl des Kaisers von Österreich standen, das konnte er nun wirklich nicht zugeben. Doch Napoleon hatte auch seine zweimalige dringliche Bitte ignoriert, die berühmte Dresdner Brücke nicht zu beschädigen. Wüsste er von Metternichs Plan, hätte er wohl alle Pfeiler sprengen lassen und nicht nur zwei.

Die Einnahme Dresdens

Dresden, 8. Mai 1813

Wie ein rot-weiß-blauer Strom flutete die französische Armee über die Anhöhen vor Dresden, angeführt von Napoleon Bonaparte höchstpersönlich.
Der sonst so idyllische Anblick der sächsischen Residenzstadt wurde zunichtegemacht durch zwei schwarze Rauchwolken, die über der Elbe aufwärtsstiegen und den strahlend blauen Himmel über der Stadt zerschnitten.

Der Kaiser der Franzosen und Herrscher über fast ganz Europa deutete nach vorn. »Sie haben die Holzbrücken beim Abzug in Brand gesteckt, hä?«, fragte er, ohne wirklich eine Antwort von den Männern in seiner Nähe zu erwarten.

Vom rechten Elbufer her klangen noch vereinzelt Schüsse. Aber Napoleon wusste bereits durch seine Kundschafter, dass der russische Kaiser kurz nach Mitternacht die Stadt verlassen hatte, der preußische König ihm am frühen Morgen gefolgt war und jetzt vermutlich gerade die letzten Kosaken das Terrain räumten.

Langsam trieben die brennenden und qualmenden, zu einer Hilfsbrücke zusammengebundenen Boote die Elbe entlang, bis sie sich quer vor die Brücke legten, die Marschall Davout am 19. März hatte sprengen lassen, um den Rückzug der Reste der französischen Armee Richtung Westen zu decken. Als das Vorhaben bekannt wurde, hatte es in Dresden einen Aufruhr gegeben – allerdings ohne Erfolg. Die Sprengladung wurde gezündet, zwei Pfeiler und ein Steinbogen waren zerstört, und die von den Russen erbaute hölzerne Hilfsbrücke stand nun auch in Flammen.

Der Kaiser ließ einen ärmlich gekleideten Bauern zu sich bringen und fragte ihn, wie auf dem Schlachtfeld vor ein paar Tagen angekündigt, ob ihm die Dresdner die Sache mit der Brücke noch verübeln würden.

Der Bauer verneigte sich wieder und wieder, knetete seine Mütze in den Händen und konnte vor Schreck und Staunen kaum fassen, dass der allmächtige Napoleon Bonaparte leibhaftig vor ihm stand.

»Aber nicht doch, Majestät! Wir bauen sie einfach wieder auf«, versicherte er eifrig.

»Sehen Sie!«, rief der Kaiser, nachdem ihm der Major von Odeleben die Worte des Mannes übersetzt hatte, und blickte triumphierend in die Runde seiner Generalstabsoffiziere. »Kein Problem. Sie bauen sie wieder auf. Hä!«

Dieses »Hä!« konnte bei Napoleon vielerlei Bedeutung haben, und diesmal hieß es unverkennbar: So sind sie, diese Sachsen. Überhaupt nicht nachtragend. Und ohne zu murren, bauen sie eben wieder auf, was man ihnen zerstört.

Das zustimmende Nicken und Lächeln seines goldbetressten Gefolges bekräftigte den Kaiser in dieser Meinung, während der Bauer überaus erleichtert davonrannte.

Nur einer aus Napoleons engster Begleitung, der Einzige in der Uniform eines sächsischen Offiziers, dachte: Was soll er denn sonst sagen, dieser arme Mensch? Er fürchtet sich zu Tode!

Doch Freiherr Otto von Odeleben gab sich alle Mühe, nichts von dieser Meinung auf seinen Gesichtszügen erkennen zu lassen. Er leistete hier Dienst im Auftrag seines Königs und vermittelte zwischen dem Imperator und seinen nicht des Französischen mächtigen Landsleuten.

Mein schönes Dresden!, dachte er mit blutendem Herzen angesichts der schwarzen Rauchsäulen und der zerstörten steinernen Brücke.

Begierig auf jede noch so kleine Neuigkeit standen unterdessen viele Dresdner vor ihren Häusern, starrten auf die sich nähernde Streitmacht, warteten und hofften.

Eine Deputation der Stadt sei zum Kaiser befohlen worden. Diese Nachricht machte die Runde, weitergetragen von flinken Gassenjungen, mäßig erleichterten Beamten und eifrigen Hausfrauen, die allesamt nur zu gern ein wenig Hoffnung verbreiten wollten.

Auf der Straße Richtung Freiberg solle die Begegnung stattfinden, und die Ratsherren seien schon auf dem Weg.

»Und? Sind sie freundlich empfangen worden?«, fragten diejenigen sofort, die davon hörten.

Doch einen freundlichen Empfang konnte man das nicht gerade nennen, was der Abordnung der Dresdner Ratsherren auf der Freiberger Straße zuteilwurde.

»Wer sind Sie?«, fuhr der Kaiser der Franzosen die Männer schroff an.

»Mitglieder der Munizipalität«, übersetzte der Major von Odeleben rasch, um jeglichen Versuch der Männer zu unterbinden, ihr Anliegen selbst auf Französisch vorzutragen. Das überließen sie besser ihm; nicht nur wegen seiner ausgezeichneten Sprachkenntnisse, sondern vor allem weil er aus der erzwungenen Nähe auch wusste, wie der Kaiser zu beschwichtigen war. Mit klug gewählten Formulierungen ließen sich manchmal die Wogen etwas glätten. Dafür wich er gelegentlich eine Nuance von der wortgetreuen Übersetzung ab. Niemand von den Begleitern des Kaisers würde das merken; von denen sprachen nur Caulaincourt und Ney Deutsch, und die waren nicht in der Nähe. Die anderen betrachteten dies als eine Barbarensprache und hielten es für unter ihrer Würde, sich damit zu befassen.

Doch die Schroffheit Napoleons gegenüber den Ratsleuten, die er schließlich selbst zu sich befohlen hatte, konnte Odeleben nicht mildern.

Der Imperator beabsichtigte nicht, sich mit langen Reden aufzuhalten, schon gar nicht mit Höflichkeiten. Das Dresdner Verräterpack hatte noch vor ein paar Tagen den Preußen und Russen zugejubelt und die Lützower unterstützt, das Banditengesindel! Dafür sollte es büßen.

»Haben Sie Brot?«, fragte er ebenso grob, wie er die Ratsleute empfangen hatte.

Vergeblich versuchte Otto von Odeleben, so überzeugend wie möglich die Worte der Abordnung wiederzugeben, dass es nach den vielen Lieferungen der letzten Monate an das Heer keine Lebensmittelvorräte in der Stadt gebe, erst recht nicht für eine solch ungeheuer große Zahl von Männern.

Ungeduldig schnitt ihm Napoleon das Wort ab.

»Man muss Brot, Fleisch und Wein herbeischaffen!«, befahl er und wendete sein Pferd, um Richtung Pirnaische Vorstadt zu reiten. Er brauchte dringend einen Weg, um sein Heer über die Elbe zu führen, sonst entkamen ihm die Preußen und Russen noch.

Hilflos starrten die Ratsherren ihm nach.

Brot, Fleisch und Wein herbeischaffen – als ob sich das mit einem Machtwort lösen ließe!, dachte Odeleben verbittert. Es ist ihm wieder einmal gleich, wenn hier Tausende verhungern; Hauptsache, seine Männer haben etwas zu essen.

»Es tut mir leid, meine Herren«, sagte er mit ehrlichem Bedauern und wendete ebenfalls sein Pferd, um dem Kaiser zu folgen. Die einzige Genugtuung bot ihm bei dessen Anblick wieder einmal der schon oft gehegte Gedanke: Er mag wohl ein genialer Feldherr sein, auch wenn ihm das Glück dabei unverschämt häufig zur Seite stand. Aber er ist ein erbärmlicher Reiter. Die Zügel hält er mit der Rechten statt mit links, schief und sorglos hängt er über dem Sattel. Das Pferd muss nur eine falsche Bewegung machen, und er stürzt zu Boden.

Merkwürdige Berichte vom Tun Napoleons machten an diesem Tage noch die Runde unter den besorgten Bewohnern der Residenzstadt Dresden.

»Er ist an der Straße nach Pillnitz!«

»Jetzt geht er zu Fuß dort entlang, wo die Russen ihre Brücke gebaut hatten.«

»Er ist allein mit dem Vizekönig von Italien bis ans Elbufer gelaufen, und ganz nah bei ihnen sind Kanonenkugeln eingeschlagen!«

»Aber erwischt hat ihn wohl keine, was?«, fragte eine spitznasige Krämerin hämisch. »Ist das immer noch die Nachhut der Russen und Preußen?«

»Ja, die ziehen sich zurück …«

»Nun ist er nach Übigau geritten und sucht dort einen Weg über die Elbe. Seine Leute ziehen die Reste der Holzbrücke ans Ufer.«

»Jede Menge Handwerker sind hinbefohlen und sollen eine neue bauen.«

Für seine Armee einen Weg über die Elbe zu finden musste dem Kaiser demnach so wichtig sein, dass er dafür höchstpersönlich den halben Tag lang durch die Stadt ritt und sogar zu Fuß ging!

Trotz seiner intensiven Suche nach einem geeigneten Elbübergang schaffte es Napoleon an diesem Tag auch noch, die Immediatkommission zu sich zu beordern, die Sachsens Regierungsgeschäfte während der Abwesenheit des Königs leitete, und diese vier Herren ähnlich herunterzuputzen wie die Abordnung des Dresdner Rates.

»Meine Herren, sind wir Freunde oder Feinde?«, eröffnete er in scharfem Ton das sehr einseitig verlaufende Gespräch, für das er die Männer noch abends um halb zehn zu sich befohlen hatte. Diesmal musste Odeleben nicht übersetzen. Französisch war Hofsprache in Dresden.

Schroff hielt der Kaiser den Herbeizitierten zwei Schreiben entgegen, die er in seiner Hand knüllte.

»Hier steht, dass sich der Kommandant Torgaus weigert, mir die Festung zu übergeben, ja sogar mit Kanonenfeuer droht. *Und* sich dabei auf einen Befehl des Königs beruft!«, wütete der Kaiser. »Verstehen Sie das unter Bündnistreue? Bewegen Sie diesen Thielmann zur Übergabe! Sofort! Es ist mir egal, ob schon Nacht ist. Auf der Stelle wird einer von Ihnen abreisen und diesen impertinenten Kerl umstimmen! Und sorgen Sie dafür, dass sich der sächsische König mitsamt seiner Familie umgehend hier einfindet und sich seiner Versprechen erinnert! Sonst behandle ich Sachsen als Feindesland.«

Am nächsten Morgen wurden die Dresdner durch Schüsse und Kanonenfeuer aus dem Schlaf gerissen. Die alliierten Streitmächte hatten Truppen geschickt, um die Franzosen beim Brückenbau zu stören, denn ihre sich Richtung Bautzen zurückziehenden Heere brauchten mehr Zeit zum Sammeln.

Napoleon hatte das kommen sehen, schon drei Uhr morgens den Wall am Zwinger inspiziert und persönlich festgelegt, wo dort Geschütze aufzustellen seien.

Bald gab es Tote und Verwundete in der Stadt, Kugeln schlugen nahe dem Schloss und der katholischen Kirche ein.

Da sich unter dem feindlichen Feuer mit den Überresten der Holzbrücken nichts bewerkstelligen ließ, befahl Napoleon schließlich, die gesprengte steinerne Brücke notdürftig wieder herzurichten, was die Dresdner trotz aller Angst mit grimmiger Genugtuung registrierten. Sollten die Franzosen selbst reparieren, was sie zerstört hatten!

Die Frage war nur, ob der Kaiser diesmal die Kunstschätze der Stadt verschonen würde oder Dresden so ausplündern würde wie Berlin.

Ich wünschte, mein König wäre hier und könnte dem Einhalt gebieten, dachte der Major von Odeleben während des Beschusses der prachtvollen Residenzstadt.

Das wünschten sich auch viele Dresdner, die bangten und hofften, Napoleon möge sich daran erinnern, dass Sachsen und Frankreich immer noch Verbündete waren.

In seinem Haus am Kohlmarkt trat Christian Gottfried Körner neben seine Frau Minna, die reglos am Fenster stand und nach draußen starrte. Mit der Rechten hielt sie ein Medaillon umklammert, in dem ein Miniaturbildnis ihres Sohnes Theo verborgen war, der auf preußischer Seite im Lützower Freikorps kämpfte. Emma, ihre Tochter, hatte es gezeichnet. Während Kanonenkugeln mitten in der Stadt einschlugen, vibrierte der Boden und klirrten die Scheiben. Unten wartete die Kutsche, sie hätten die Stadt schon längst verlassen sollen, denn die Franzosen hatten auf ihren Sohn ein hohes Kopfgeld ausgesetzt. Aber sie waren wie gelähmt von dem, was sich ihren Augen darbot.

»Das wird ein Ende haben«, sagte Körner leise zu seiner Frau, fast beschwörend. »Dresden ist nicht Moskau. Es wird nicht brennen. Hauptsache, unser Junge lebt. Er ist gerade zum Leutnant befördert worden, er wird dazu beitragen, dass das ein Ende hat – mit Feder und Schwert ...«

Der Befehl zur Übergabe

Torgau, 10. Mai 1813

Generalleutnant Thielmann aß mit seinen Stabsoffizieren zu Mittag, als der Generalstabschef des Königs, Generalleutnant Carl Friedrich Wilhelm von Gersdorff, mit einem Schreiben in der Hand den Salon betrat. Bei seinem Anblick durchfuhr Thielmann eisige Kälte. Es bestand keinerlei Zweifel daran, welchen Befehl er überbringen würde.

Gestern schon war Freiherr von Friesen als Vertreter der Regierungskommission in Torgau aufgetaucht und hatte ihn aufgefordert, die Festung an Reynier zu übergeben. Das konnte er noch mit dem Verweis darauf ablehnen, dass er einen solchen Befehl nur von seinem König oder dem Kaiser von Österreich entgegennehmen dürfe.

Diesen Befehl würde ihm Gersdorff nun aushändigen.

Er nahm den Brief entgegen, erbrach das Siegel, überflog ihn und steckte ihn, ohne eine Miene zu verziehen, in den rechten Frackschoß seiner Uniform. Dann ließ er noch ein Gedeck für den Gast auflegen, bat ihn zu Tisch und widmete sich weiter seinem Essen, als hätte diese Sache keine Eile.

Dröhnende Stille schwebte im Raum, da der Gouverneur das Gespräch nicht von neuem eröffnete, sondern sich so benahm, als wäre nichts Besonderes geschehen.

Mühsam zwängte sich Thielmann von nun an jeden Bissen unter den argwöhnischen und prüfenden Blicken seiner Generäle hinein. Er hatte zum Mittag für sich ohnehin nur ein leichtes Gericht aus gedünstetem Fisch bestellt. In den letzten anderthalb Tagen hatten ihn so heftige Gallenkoliken befallen, dass er dienstuntauglich gewesen war; Fieberschübe und jähe, krampfartige Schmerzen fesselten ihn ans Bett. Diesen Augenblick erzwungener Tatenlosigkeit nutzten seine beiden Widersacher im Torgauer Kommando, Generalmajor von Steindel und Generalleutnant Sahrer von Sahr, um in einem eigenen Tagesbefehl öffentlich zu verkünden, der Befehl Seiner Majestät des Königs besage ausdrücklich, die Festung niemandem zu übergeben.

So vereitelten sie, dass Thielmann eigenmächtig mit der Besatzung zu den Alliierten übertrat. Die Mannschaft war durch und durch königstreu und nun klar instruiert.

Ein kluges Manöver, das er ihnen nicht einmal vorwerfen konnte, denn der König hatte tatsächlich befohlen, dies öffentlich zu machen, aber er hatte das unterschlagen und sich vor dem König in einem Brief dafür gerechtfertigt.

Wenn Carlowitz jetzt hier wäre, könnten wir gemeinsam noch etwas bewirken?, fragte er sich verzweifelt. Doch die Mission in Prag war wichtiger gewesen.

Thielmann ignorierte die bohrenden Blicke seiner ranghöchsten Offiziere. Nach ein paar Bissen legte er Messer und Gabel beiseite, verzichtete auf den Kaffee und ließ sich stattdessen ein Glas warmes Wasser bringen.

Bald darauf hob er die Tafel auf und ging in sein Zimmer.

»Ich bin für niemanden zu sprechen«, instruierte er von Aster. »Vorhin konnte ich unauffällig ein paar Worte mit dem Generalstabschef wechseln«, sagte der Militäringenieur mit gedämpfter Stimme. »Der König entschied vollkommen allein, ohne sich mit seinen Ministern und Ratgebern zu bereden. Minister Senfft von Pilsach hat sofort um seine Entlassung nachgesucht.«

»Das ändert nichts an der Tragödie«, entgegnete sein Vorgesetzter bitter. »Kommen Sie in einer Stunde zu mir.«
Thielmann trat ans Fenster, sah hinunter auf den Schlosshof, wo nach wie vor Rekruten das Exerzieren übten und gerade eine Ladung neuer Suhler Gewehre ausgepackt wurde. Dabei verspürte er den jähen Impuls, mit der bloßen Faust die Scheibe zu zerschlagen.
Doch er beherrschte sich und ging zum Tisch.
Voller Bitternis wog er das Stück Papier in beiden Händen, das Sachsens Schicksal in diesem Krieg entschied und alle seine Hoffnungen auf eine kühne Wende sterben ließ.
Noch einmal las er die Zeilen, obwohl sie sich bereits bei der ersten flüchtigen Lektüre in sein Hirn eingebrannt hatten. Er sollte Festung und Besatzung Reynier übergeben und jenem sämtliche Mannschaften überlassen, die er zur Eingliederung in sein Siebentes Armeekorps forderte. Die Rekruten auf dem Hof, die neuen Suhler Gewehre, alles würde nun seinen Feinden in die Hände fallen ...
Angewidert warf er den Brief von sich und stützte den Kopf auf die Hände. Was blieb ihm zu tun?
Eines stand fest: Niemals würde er den Franzosen Torgau übergeben, um nichts in der Welt! Lieber als Verräter gebrandmarkt werden!
Doch er hatte seinem König einen Eid geleistet. Es ließ sich nicht mit seiner Auffassung von Ehre vereinen, einem unmissverständlichen Befehl des Königs zuwiderzuhandeln. Bestenfalls konnte er bis zum Abend hinauszögern, die Order bekanntzugeben.
Wenn doch nur General Kleist, der mit seinem russisch-preußischen Korps Torgau am nächsten stand, heute noch eintreffen könnte!
Hastig griff er nach Papier und Feder und schrieb in seinem aufgewühlten Zustand mit wenigen Zeilen an den preußischen Generalleutnant seine ganze Fassungslosigkeit nieder. »Der

König von Sachsen hat auf eigene Faust seinen Frieden mit Frankreich gemacht. Wäre es Zeit, dass Sie binnen weniger Stunden kommen könnten, so würde ich Ihnen noch die Festung zu übergeben imstande sein. Aber man hat mich so gefasst, dass ich nichts mehr tun kann. Können Sie nicht kommen, so ist alles verloren.«

Er warf die Feder von sich und verteilte dabei Tintenspritzer über die Tischplatte. Kleist stand mit seinen Truppen viel zu weit entfernt, um bis heute Abend hier zu sein!

Ruhelos erhob er sich, holte seine Duellpistole aus dem mit Intarsien geschmückten Kasten und legte sie vor sich auf den Tisch. Dann setzte er sich wieder und starrte auf die vertraute Waffe.

Einen Weg gab es immer für einen Militär, selbst in einer ausweglosen Lage seine Ehre zu bewahren.

Die Franzosen würden ihn zweifellos vors Kriegsgericht stellen und hatten seine Todeskugel schon gegossen. Er fürchtete den Tod nicht, nicht mehr. Dafür hatte er ihm zu oft ins Antlitz geblickt. Er würde es als ungeheuerlichen Verrat an Sachsen und dem ganzen deutschen Vaterland betrachten, ihnen die Festung auszuliefern.

Wenn er aber dem ausdrücklichen Befehl des Königs zuwiderhandelte, würde man ihn zu Recht ebenso als Verräter verurteilen.

Konnte er das Unheil wirklich nicht aufhalten?

Wäre es sein bester Dienst für das Land, von eigener Hand zu sterben? Oder vermochte er wenigstens ein Geringes zu bewirken, indem er weiterlebte?

Noch einmal griff er zur Feder und fügte seinem Brief an den preußischen Generalleutnant einen Zusatz an: »Ich verlasse Armee, Vaterland, alles, und flüchte zu Ihnen, um mit Ihnen zu sterben.«

Dann lehnte er sich zurück und schloss die Augen.

Die Würfel waren gefallen.

Es klopfte. Von Aster trat ein, richtete seinen Blick sofort auf die Duellpistole vor Thielmann und erstarrte.

»Rufen Sie für drei viertel sechs die Generäle und Stabsoffiziere zusammen. Ich muss ihnen den Befehl des Königs bekanntgeben«, befahl der Gouverneur. »Doch zuerst senden Sie eiligst dieses Schreiben durch einen schnellen und vertrauenswürdigen Kurier an General von Kleist!«

Rasch, aber mit sicherer Hand faltete er den Brief, erhitzte Siegelwachs und verschloss das Schreiben, während sein Adjutant die Pistole nicht aus den Augen ließ.

»Ich werde das Kommando an Steindel übergeben und die Festung heute noch verlassen. Soll von Steindel den Befehl des Königs ausführen«, erklärte Thielmann. »Ich will und kann diese Schuld nicht auf mich laden.«

»Sie nehmen Ihren Abschied?«, vergewisserte sich Aster.

Als sein Vorgesetzter nickte, sagte er sofort und sehr erleichtert: »Ich gehe mit Ihnen. Zu den Russen oder den Preußen, wie Sie entscheiden. Dort ist jetzt unser Platz, wenn wir etwas für das Vaterland tun wollen.«

Thielmann war ihm dankbar für diese Worte. Aber nun drängte die Zeit. Der Brief an Kleist musste auf den Weg. Und er hatte noch einige Schriftstücke aufzusetzen. Zu packen gab es nichts, denn er würde nichts mit sich nehmen außer seiner persönlichen Ausrüstung und jenem Becher, den ihm die Torgauer zu seinem Geburtstag geschenkt hatten. Das war keine zwei Wochen her, und doch schien seither eine Ewigkeit vergangen zu sein.

Schon wieder hatte er alles verloren. Nach seiner Rückkehr aus Russland musste er den König um zweitausend Taler Vorschuss bitten, um sich neu auszurüsten und dem Juden in der Dresdner Friesenstraße das geliehene Geld zurückzuzahlen. Der aus Tuschkau nach Pogromen geflüchtete Wolf Levy hatte vielen Offizieren beträchtliche Darlehen gegeben, damit sie sich für den Russlandfeldzug ausstatten konnten. Die meisten würden nicht zurückkehren, deshalb wollte wenigstens Thielmann umgehend seine Schulden begleichen. Levy weigerte sich beharrlich und gegen die Meinung seiner recht energischen Frau, von den Familien der in Russland Gefallenen das geliehene Geld zurückzuverlangen. »Sie haben bereits bezahlt. Mit ihrem Leben«, erklärte er. »Ich wurde aus meiner Heimat vertrieben und fand in Sachsen eine neue, ich machte mein Vermögen mit Armeeaufträgen. Da werde ich dieses Opfer bringen, um nicht als undankbar zu gelten.«

Als Aster fort war, schrieb Thielmann an seine Frau. Sie solle die Kinder nehmen, auf der Stelle Dresden verlassen und mit ihnen zu ihrer Schwester nach Teplitz fahren. Womöglich waren sie nun nicht mehr sicher in Dresden. Und so konnten sie den Anfeindungen und Verleumdungen aus dem Weg gehen, die unweigerlich auf seine Entscheidung folgen würden.

Alles in ihm drängte danach, vor seinen König zu treten, um sich zu rechtfertigen. Aber er konnte nun nicht mehr bei seinem Herrscher vorstellig werden, ohne ihn vor den Franzosen zu kompromittieren. Wenn er das Land sofort verließ, konnte der König alle Schuld auf ihn schieben.

Diesen letzten schweren Dienst wollte er aus Treue zu Friedrich August von Sachsen noch leisten. Auch wenn man ihn dadurch wohl auf ewig zum Sündenbock für alles machen würde, was nun an Blutvergießen folgte.

Aber seine Familie sollte so wenig wie möglich darunter leiden. Seine Söhne sollten sich nie vorwerfen lassen müssen, ihr Vater sei ein Verräter oder Feigling gewesen.

Dann nahm er ein weiteres Blatt, auf dem er von Steindel das Kommando über Torgau übertrug, und noch eines, in dem er dem König lakonisch mitteilte: »Die Festung ist übergeben. Eurer Königlichen Majestät lege ich meine zweiunddreißigjährigen Dienste hiermit alleruntertänigst zu Füßen.«

Dann war alles getan, was ihm zu tun blieb.

Er räumte Schreibzeug und Pistole beiseite und wartete ungewohnt ruhig darauf, dass sich sein Generalstab zur befohlenen Zeit einfand.

»Ich sollte Sie unter Arrest stellen!«, brüllte Generalleutnant Sahrer von Sahr, als Thielmann Viertel vor sechs den Stabsoffizieren seine Entscheidung eröffnete.
»Glauben Sie, Sie finden hier jemanden, der sich dazu hergibt?«, erwiderte Thielmann in eisiger Herablassung. Die Mannschaft würde ihm vielleicht nicht zu den Alliierten folgen, aber gegen ihn die Hand erheben würde niemand. Daran ließen auch die Mienen der Versammelten keinen Zweifel.
Von Sahr erkannte, dass ihm eine Blamage drohte, und gab zähneknirschend Ruhe.
»Verlassen Sie uns nicht in dieser schweren Stunde!«, beschwor der Oberleutnant von Dreßler den Kommandanten, so aufgewühlt, dass er darüber vergaß, nicht ohne Aufforderung vor Ranghöheren sprechen zu dürfen. Mehrere junge Offiziere in seiner Nähe stimmten ihm zu.
»Ja, dies ist eine Schicksalsstunde für unser Land!«, antwortete Thielmann ihnen. »Die Regierung steht unter höchstem Druck. Vielleicht wartet sie nur darauf, dass wir hier einen kühnen Entschluss fassen und alles wagen?«
Auffordernd sah er in die Runde ... und erkannte Scham und Verlegenheit auf den meisten Gesichtern.
Er atmete tief durch, sprach in Gedanken ein kurzes Gebet und sagte: »Wenn Sie sich einstimmig dazu bekennen, werde ich das Kommando behalten und Torgau weiter neutral halten, sowohl gegen die Franzosen als gegen die Verbündeten.«
In Voraussicht dieser Lage hatte er größere Vorräte an Proviant und Futter anlegen lassen als vorgeschrieben; wenn Offiziere und Mannschaften hinter ihm standen, konnten sie auch einer längeren Belagerung trotzen – lange genug, bis die Alliierten hier waren.
Er richtete einen auffordernden Blick auf den Gardeleutnant

Franz von Dreßler. »Wir erbitten diesbezüglich eine separate Besprechung unter uns«, erklärte dieser zögernd nach einer wortlosen Verständigung mit den jüngeren Offizieren, die bei ihm standen. Die Armee war sein ganzer Stolz; schon sein Vater hatte als Offizier im Leibgrenadierregiment gedient, sein älterer Bruder Friedrich ebenso. Und jetzt wusste er einfach nicht, was richtig war. Auf keinen Fall wollte er Schande über die Familie bringen.

Die anderen Offiziere signalisierten Zustimmung. Thielmann akzeptierte, und die Männer gingen hinaus bis auf ihn und von Aster. Es dauerte keine zehn Minuten, bis sie zurückkamen und mit betretenen Mienen verkündeten, sie würden es nicht über sich bringen, sich dem Befehl des Königs zu widersetzen.

Thielmann tauschte mit Aster einen Blick.

»Dann übertrage ich hiermit das Kommando an General von Steindel. General von Gersdorff, bringen Sie das dem König.«

Er reichte ihm das kurze Entlassungsgesuch, das er am Nachmittag geschrieben hatte.

Ein weiteres Bündel Papiere hielt er hoch und warf es für alle sichtbar in die Flammen des Kamins. »Dies sind die Verpflichtungserklärungen der Kommandanten der Außenwerke. Sie sind von Ihrem Eid an mich entbunden. Meine Herren, seien Sie mit Gott! Die Zukunft wird zeigen, wer von uns dem Vaterland den wahren Dienst erwiesen hat.«

Ohne ein weiteres Wort verließ er den Raum, von dem aus er mehrere Monate lang die Geschicke Torgaus gelenkt hatte. Ernst Ludwig von Aster folgte ihm.

Die Kunde vom demonstrativen Weggang des Kommandanten und dem drohenden Einzug der Franzosen hatte sich wie ein Lauffeuer in der Stadt verbreitet. Eine riesige Menschenansammlung wartete vor dem Schlosstor, Soldaten wie Zivilisten.

»Bleiben Sie!«

»Lassen Sie uns nicht im Stich, Euer Hochwohlgeboren!«

»Liefern Sie uns nicht den Franzosen aus!«
Solche Rufe vermischten sich zu einer einzigen lärmenden Klage.
»Schauen Sie auf diese Menschen! Jetzt ist genau das eingetreten, was ich seit langem fürchtete – der Bruch zwischen dem König und seinem Volk«, sagte Thielmann zu seinem früheren Adjutanten. »Aber ein Soldat, das ist meine tiefste Überzeugung, sollte immer auch Soldat seines Volkes sein.«
Die Bitternis der Stunde, die aufwühlenden Rufe der Torgauer ließen ihn erneut im Fieber erschauern und jagten eine Welle von Schmerz durch seinen Körper. Doch über Nacht zu bleiben kam nicht in Frage. Er wusste, dass von Steindel trotz der Dunkelheit schon einen Offizier mit der Nachricht zu Reynier geschickt hatte, dieser könne morgen früh die Festung übernehmen.
Das anzusehen vermochte er nicht zu ertragen. Ganz abgesehen davon, dass ihn die Franzosen wahrscheinlich umgehend vor ein Exekutionskommando stellen würden.
»Zu den Russen oder den Preußen?«, fragte von Aster lakonisch.
»Richtung Bautzen«, entschied Thielmann sofort. Der Zar würde ihn vermutlich eher in seine Dienste nehmen als der König von Preußen.
»Dann sind wir in guter Gesellschaft«, meinte der Militäringenieur mit gespielter Leichtigkeit. Ihnen beiden war klar, dass sie im Falle eines Kampfes nun auch der sächsischen Armee gegenüberstehen würden, den Truppen, die Thielmann bis eben noch in Torgau kommandiert hatte, den eigenen Landsleuten. Offizieren, mit denen sie bis eben noch an einem Tisch gesessen hatten.

Als Napoleon vom Übergang Thielmanns erfuhr, schrieb er dem sächsischen König, dieser General sei schuldig und kriminell, und er wünsche umgehend seine Ergreifung.

Eifrig antwortete der König von Sachsen sofort: »Das Verhalten des Generals Thielmann hat mich empört. Ich werde ihm den Prozess machen, und sollte er in meinen Staaten Güter haben, werde ich sie beschlagnahmen lassen.«
Damit musste Thielmann rechnen; es war seine bewusste Entscheidung gewesen, den König zu decken. Aber vielleicht hätte er nicht damit gerechnet, wie bereitwillig und eifrig ihn Friedrich August von Sachsen zum Verräter stempelte.
Dies war der eigentliche Verrat.
Und als Johann Adolph Freiherr von Thielmann in russische Dienste trat, hätte er sich nie träumen lassen, dass Zar Alexander längst der vollständigen Annexion Sachsens durch Preußen zugestimmt hatte. Deshalb hatte auch Freiherr vom Stein den Vorschlag Dietrichs von Miltitz abgelehnt, das sächsische Volk für einen Aufstand zu bewaffnen. Eine feindliche Nation ließ sich viel plausibler vereinnahmen, dachte der Berater des Zaren.

Die Rückkehr des Königs

Dresden, 12. Mai 1813

Für den Empfang des sächsischen Königs nach seiner Rückkehr aus Prag hatte Napoleon Bonaparte präzise Anweisungen gegeben. Das Ganze sollte in großer Festlichkeit vor den Augen der Dresdner erfolgen, um jedermann klarzumachen, dass allein er, Napoleon, entschied, wie er einen beinahe abtrünnig gewordenen deutschen Fürsten wieder aufnahm.
Und dies würde in Gnade, mit Glanz und Gloria geschehen. Aber auch auf eine Art und Weise, die keinen Zweifel daran ließ, dem Herrscher Europas lieber nicht noch einmal den Gehorsam zu verweigern.
Zu Tausenden waren die Dresdner gekommen, um das Schau-

spiel zu sehen. Noch ahnten sie nicht, dass sie gleich eine Lektion erteilt bekommen würden, die nicht nur für ihren König bestimmt war.

Vom Schloss aus paradierten Napoleons Garden, die stets einen imposanten Anblick boten, zum Pirnaischen Tor hinaus. Vor der Stadt waren die besten Kavallerieeinheiten aufgeritten; unter ihnen die polnischen Lanzenreiter, die Elitegendarmerie und auf dem äußersten Flügel die Reitende Artillerie der Garde. Nun waren endlich auch die von Napoleon lange geforderten sächsischen Kürassierregimenter dabei.

Der Kaiser inspizierte seine Truppen, bis alle so standen, wie er es wünschte.

Entsetzt sah der Major von Odeleben, wie Hunderte Pferdehufe das junge Getreide niedertraten, das bis eben noch erfreulich spross. Wir hätten es nach der Hungersnot so dringend gebraucht!, dachte er. Doch den Imperator kümmerte die Saat nicht. Außerdem wollte er zur Erntezeit schon weit fort von hier sein, die Preußen und Russen über Oder und Neiße gejagt haben.

»Ein Offizier soll losreiten und den König holen!«, befahl der Kaiser.

Der reumütig aus Prag zurückgekehrte Friedrich August hatte Anweisung erhalten, mit seiner Familie und engstem Gefolge im Großen Garten zu Pferde zu warten, bis er gerufen würde. In aller Öffentlichkeit, unter Glockenläuten und Kanonendonner sollte Friedrich August von Sachsen vom Kaiser der Franzosen in seiner eigenen Residenzstadt empfangen und mit strengem militärischem Geleit zum Schloss geführt werden. Es würde für den alten Mann kein Entrinnen mehr geben. Das sollte jedermann sehen und sich angesichts der aufmarschierten Truppen besinnen, was ihm lieber sei: Napoleons Freund oder Napoleons Feind zu sein.

Der Kaiser winkte Großmarschall Duroc näher an sich heran, seinen Stellvertreter, Adjutanten und engsten Vertrauten, um mit ihm noch ein bisschen zu spötteln, während die Dresdner in Erwartung ihres Königs in Jubelrufe ausbrachen.

Duroc war ein Gefährte aus alten, längst vergangenen Tagen, einer von nur noch wenigen, nachdem bei Lützen auch noch Bessières gefallen war. Napoleon schätzte ihn nicht nur, weil er fähig und grundehrlich war, sondern weil er es trotz seines Ranges im Gegensatz zu den meisten anderen einfach nicht fertigbrachte, sich mit dem Krieg die Taschen zu füllen. Vor allem aber schätzte er ihn, weil es Duroc als Einziger wagte, ihm zu widersprechen, wenn er dabei war, eine Fehlentscheidung zu treffen. Manchmal wartete Duroc auch einfach nur eine Nacht mit der Übermittlung eines im Zorn erteilten Befehls und gab so seinem Kaiser und Freund eine Gelegenheit, ihn am nächsten Morgen ohne Gesichtsverlust zurückzunehmen.

»Eigentlich mag ich von all den gekrönten Häuptern diesen alten Knaben am meisten«, gestand Napoleon ihm nun mit flegelhaftem Grinsen. »Wenn man einmal von seiner endlosen Beterei absieht und davon, was für ein knöcherner, humorloser Geist er ist. Aber wenigstens ist er ehrlich. Im Gegensatz zu allen anderen hat er mich nie belogen.«

»Warum sollte er auch? Er ist von Ihnen üppig belohnt worden«, meinte Duroc leichthin, obwohl er in Gedanken zustimmte, dass ein grundehrlicher Monarch eine eher seltene Erscheinung war.

»Hä! Dem König von Preußen kann ich kaum verübeln, wenn er mich hintergeht«, räumte Napoleon immer noch grinsend ein. »Doch was mag unseren braven Friedrich August nur zu diesem ganzen österreichischen Gemauschel getrieben haben? Bewaffnete Vermittlung – das kommt doch eindeutig von Metternich.«

»Welcher behauptet, der Besuch der Königlichen Majestät in Prag sei vollkommen unverhofft durch den jungen Grafen Esterházy verabredet worden …«, erinnerte Duroc ironisch.

»Ganz sicher!«, höhnte Bonaparte. »Wenn Metternich die

Hände im Spiel hat, sind nicht einmal Sonne und Regen vom Zufall bestimmt.«

Mittlerweile hatte sich ihnen der sächsische König bis auf ein paar Pferdelängen genähert, deshalb beendeten sie ihre Lästerei und setzten feierliche Mienen auf.

»Und, Sire ... Seien Sie nicht ganz so streng mit dem armen alten König«, mahnte Duroc noch leise. »Er ist doch eigentlich eine anständige Seele ...«

Aber sein Kaiser überhörte das absichtlich und starrte nach vorn.

Unter dem Jubel der versammelten Dresdner ritt der sächsische Monarch auf den Imperator zu, stieg an der befohlenen Stelle vom Pferd und ließ sich vor aller Augen von Napoleon in stocksteifer Haltung umarmen.

Das Volk schrie begeistert »Vivat!« angesichts dieser Szene, die Gnade für Dresden verhieß. Immerhin waren noch vor ein paar Tagen Kanonenkugeln direkt neben dem Zwinger niedergegangen, und auch im Mauerwerk der Hofkirche klafften nun Einschusslöcher von Gewehrkugeln.

Doch Friedrich August, seit fast einem halben Jahrhundert Herrscher über Sachsen, hätte in diesem Augenblick am liebsten die fremde Hand von seiner Schulter geschlagen.

Was erlaubte er sich? *Ihn* zu berühren! Niemand hatte ihn zu berühren außer der Kammerdiener beim Ankleiden!

Auch wenn sich dieser Mann jetzt Kaiser nannte – Napoleon Bonaparte war ein der Gosse entstiegener Korse, während *er* eine Dynastie verkörperte, die seit sechshundert Jahren als Markgrafen und Kurfürsten dieses Land regierte!

Was den sächsischen König in diesem Moment so aufbrachte, konnte er selbst nicht genau benennen. Vielleicht das ungute Gefühl, bei einer Lüge ertappt worden zu sein? Wie viel wusste Napoleon von dem, was zwischen Prag und Wien verhandelt worden war?

Am liebsten hätte er sich die Hände gewaschen, obwohl er

Handschuhe trug und seine Finger also nicht schmutzig geworden sein konnten. Sein ganzer Körper schien auf einmal zu jucken.

»Ich wünsche etwas mehr Freude und Begeisterung auf dem königlichen Antlitz!«, raunte Napoleon bissig während der ausgiebigen Umarmung. »Statt eines glanzvollen Empfangs hätte ich auch Festungshaft für verräterisches Paktieren mit den Österreichern anweisen können. Und Euerm *lieben* Verwandten, dem Herzog von Sachsen-Weimar, die sächsische Krone geben.«

Augenblicklich brach der innere Widerstand des Königs zusammen. Das entging Napoleon nicht.

Er ließ den alten Mann los und befahl laut und feierlich: »Ehrensalut, Glockengeläut und ein dreifaches Vivat für den König von Sachsen und Herzog von Warschau!«

Die Kanoniere der Gardeartillerie schossen eine Salve ab, was die versammelten Damen eiligst dazu brachte, sich die Ohren mit den Fingern zuzustopfen. Als der Lärm der Geschütze verhallt war, begannen Dresdens Glocken zu läuten.

Ein vielstimmiges »Vivat dem König« erscholl, und da dies nicht so einseitig stehenbleiben durfte, brachten die Anhänger Napoleons ein nicht minder feuriges »Vive l'Empereur!« aus.

Beide Herrscher stiegen wieder in den Sattel und ritten nebeneinander unter Jubel und Glockengeläut in die Stadt ein.

»Ich bin sehr enttäuscht von Euer Majestät. Habe ich Euch nicht all die Jahre nur Gutes erwiesen und großzügig beschenkt?«, warf Bonaparte seinem »Bruder König« mit anklagender Stimme vor.

Dann wurde sein Ton schärfer. »Ich erwarte einen detaillierten Bericht über jedes Wort und jede Vereinbarung, die Eure Emissäre mit den Österreichern getroffen haben!«

Friedrich August verlor die letzte Farbe aus dem Gesicht. »Es war ein Versuch, Frieden zu stiften, Sire«, versuchte er sich zu

rechtfertigen. »Ich habe Euer Majestät doch davon geschrieben ...«
Die zynisch-abweisende Miene Bonapartes machte ihm klar, dass dieser *alles* wusste.
Zum Glück war Watzdorf noch in Wien, und sein zweiter Abgesandter, der junge General von Langenau, würde ebenfalls nicht von dort zurückkehren. Er war umgehend in österreichische Dienste getreten, als feststand, dass sich der sächsische König wieder unter Napoleons Herrschaft begeben würde.
Langenau geht zu den Österreichern, Thielmann, Aster, Miltitz und Carlowitz zu den Russen – meine tüchtigsten Militärs lassen mich im Stich, wehklagte Friedrich August in Gedanken. Was hätte ich denn tun sollen? Es geht mir doch nur um das Wohl meines Volkes!
In dem ungewohnten Anfall von Selbstmitleid übersah der König, dass die meisten dieser Männer gezwungen waren zu gehen, um *ihn* zu schützen, damit *er* rein und unschuldig vor dem Kaiser stand. Deshalb musste auch sein Kabinettsminister Senfft von Pilsach vom Posten zurücktreten, was er ohne Widerspruch tat. Aus Loyalität zu ihm.
Hilfesuchend sah er sich nach einem Vertrauten um, jemandem, der ihm beistehen und einen Rat geben konnte, doch vergeblich.
Er ritt an der Seite des Kaisers und war von allen Seiten so dicht von französischen Garden umringt, dass er sich eher als Gefangener denn als gefeierter Herrscher vorkam. Seiner Gemahlin, der Prinzessin und den Prinzen – seinen Brüdern und Neffen – erging es nicht besser. Hastig schlug er ein Kreuz und wünschte sich dringend, endlich in seine Kirche gehen und dort Zwiesprache mit dem Allmächtigen halten zu können. Er musste sein Gewissen reinigen. Denn er hatte einen Eid gebrochen.
Zur Strafe stand ihm nun ein Verhör bevor, vor dem ihm graute. Sein einziger Trost war, dass Napoleon dank seiner Spione sicher ohnehin längst über jedes Wort und jeden Brief im Bilde

war, die er mit den Österreichern gewechselt hatte. Er konnte ihm also nichts Neues verraten.

Vor dem Pirnaischen Tor wartete gemäß Napoleons Befehlen erneut eine Abordnung des Rates.
»Ich weiß sehr wohl, dass ihr undankbaren Dresdner noch vor ein paar Tagen den Feinden laut zugejubelt habt, den Russen und Preußen!«, rief der Imperator streng und erntete dafür betretene Mienen. »Außerdem habt ihr die schwarzen Briganten bewirtet und ausgerüstet, dieses Lützower Räuberpack! Aber mit denen machen wir bald Schluss. Diese Stadt verdankt es ausschließlich der Rückkehr und edlen Gesinnung ihres Königs, wenn ich sie mit Schonung behandle.«
Sofort brachen die Dresdner, die dichtgedrängt die Straße säumten, von Herzen in ein lautstarkes »Lang lebe der König!« aus.
Jemand gab ein Zeichen, und umgehend folgte ein lautstarkes und zackiges dreifaches »Vive l'Empereur!«
Das war nun eine Szene so ganz nach dem Herzen der prunksüchtigen Residenzstädter. Jubelrufe, prächtige Paraden, bunte Uniformen, Musik, ihr geliebter König und der Kaiser voran. Man reckte und streckte sich, um vielleicht als Erster zu erspähen, ob im Gefolge des Kaisers auch die Gräfin von Kielmannsegge reiste – eine außerordentlich schöne, kluge und womöglich auch gefährliche Frau, vielleicht die schönste Frau Dresdens. Sie hatte für Napoleon ihren Mann verlassen, welch ein Skandal! Immerhin war ihre Mutter eine von Hoym wie einst die Gräfin Cosel, Gott hab sie selig. Die war schön *und* gefährlich, was ihr fünfzig Jahre Festungshaft einbrachte, nachdem sie bei August dem Starken in Ungnade gefallen war.
Bei der hinreißenden Auguste Charlotte von Kielmannsegge wusste freilich niemand so genau, ob sie nur eine glühende Bewunderin Napoleons war, seine Spionin oder vielleicht sogar seine Geliebte. Und ob sie tatsächlich ihren ersten Mann Napoleon zuliebe vergiftet hatte. Wer weiß? Den zweiten jedenfalls,

der Gerüchten zufolge aus patriotischer Gesinnung sogar ein Freikorps gegen Napoleon finanzierte, den hatte sie verlassen und die letzten Jahre am französischen Hof verbracht.
Tatsächlich, da saß sie! In einer prachtvollen Equipage, gekleidet in ein tiefrotes Samtkleid mit gewagtem Dekolleté, um den Hals ein schwarzes Samtband mit gleißendem Schmuck, um das unheimliche Gerüchte kursierten, und schöner denn je!
Ein Raunen ging durch die Menge links und rechts der Straße. Mancher dachte angesichts ihrer strahlenden Augen: Dem Bonaparte, dem wird sie wohl kein Gift reichen – so, wie sie ihn anhimmelt.
Die Übrigen rangen mit sich, ob sie die nun doch offensichtlich scheinende Affäre aus patriotischen Gründen verurteilen oder gutheißen sollten.
Es gab da einen stillen Wettbewerb zwischen Polen und Sachsen, welches Land die schönsten Frauen vorweisen konnte. Und wenn die Polen Napoleon schon die zugegebenermaßen umwerfende Maria Walewska zu bieten hatten, war da Sachsen nicht geradezu aufgefordert, eine ebenbürtige …?
Genau an der Stelle verhakelten sich die Gedanken der Vornehmeren unter den Zuschauern oder wurden jäh unterbunden, um nicht ins Frivole zu entgleiten. Immerhin, sie war eine Gräfin! Und derzeit eine Gräfin von nicht zu unterschätzendem Einfluss. Es war wohl klug, sich nicht mit ihr anzulegen.

Ganz anderen, finsteren Gedanken hing der unglückliche König nach, dem der Weg zu seinem Residenzschloss noch nie so lang vorgekommen war. Ich musste so handeln, um meiner braven Untertanen willen, dachte Friedrich August in einem fort.
Den Zuschauern, die das Spalier zu beiden Seiten der Straße bildeten, entging der wenig glückliche Gesichtsausdruck des Regenten nicht.
»Unser guter König wird doch wohl nicht krank sein?«, fragte

eine Putzmacherin, die für den Empfang des Herrscherpaares ihre Aufträge beiseitegelegt und den Laden doppelt abgeschlossen hatte. Hastig schlug sie ein Kreuz und musterte mit Unbehagen die grimmigen Mienen der Männer von Napoleons Alter Garde unter ihren großen Bärenfellmützen.
Doch Augenblicke später war ihre Aufmerksamkeit ganz und gar gefangen vom Hut der Gräfin von Kielmannsegge. So etwas trug man also derzeit in Paris! Sie würde gleich nachher damit beginnen, ein paar ähnliche Stücke zu entwerfen. Jede der feinen Damen würde so einen haben wollen! Krieg oder nicht, in Dresden fand sich immer Kundschaft für edle Roben und Accessoires.
Als der festliche Zug das Königliche Schloss erreichte, entdeckte der König zu seiner großen Erleichterung endlich ein lang ersehntes, vertrautes Gesicht: hager, faltig, mit Adlernase und durchdringendem Blick.
Eifrig drängte sich der dürre alte Graf Marcolini vor die beiden Herrscher und verneigte sich fast bis zur Erde.
War die Kielmannsegge die schönste Frau Dresdens, so war Marcolini vermutlich der reichste Mann Dresdens – nach dem König, versteht sich, obwohl man da nicht sicher sein konnte, denn unter Marcolinis Obhut stand auch die Privatschatulle des Königs.
Dass sein Grafentitel nicht echt war, wusste ganz Dresden, auch wenn es niemand laut auszusprechen wagte.
Der »Graf« war in beider jungen Jahren Page des jetzigen Königs gewesen und hatte sich so geschickt das Vertrauen des noch unsicheren Prinzen erschmeichelt, dass dieser fortan in allen Dingen auf ihn hörte. Er hatte ihn auch gelehrt, dass helle Köpfe an einem Hof nicht dienlich seien. Entsprechend sah es am sächsischen Hof aus. Und er hatte ihm seinen Abscheu vor allen praktischen militärischen Dingen beigebracht, denn Mut zählte gerade nicht zu den herausragenden Eigenschaften des falschen Grafen.

Wie eine Spinne hockte Marcolini im königlichen Palast und hatte es verstanden, mehr Ämter zu ergattern als jemand vor ihm: Hofrat, Wirklicher Geheimer Rat, Kabinettsminister, Generaldirektor der Künste und Kunstakademie und nun auch noch Direktor der Meißner Porzellanmanufaktur. Niemand kam an ihm vorbei, der zum König wollte; niemand drang zum König vor, der Marcolini nicht gefiel. Keine Lieferung an den Hof oder das Militär, die nicht durch seine Finger ging und *seinen* Reichtum mehrte.

So konnte er sich ein Palais in der Friedrichstadt leisten, einen Prachtbau mit pikanter Geschichte: zunächst als Sommersitz für die Fürstin von Teschen gebaut, die Mätresse von August dem Starken, bevor die künftige Gräfin Cosel sie aus dem kurfürstlichen Lotterbett vertrieb, dann Eigentum des allmächtigen Grafen von Brühl und nun im Besitz des durchtriebenen Marcolini, der ebenso wie die Kielmannsegge zu den glühendsten Verehrern Napoleons in Sachsen gehörte.

Friedrich August stieß sich nicht am fragwürdigen Charakter und der noch fragwürdigeren Herkunft seines Vertrauten. Endlich jemand, der ihn nicht im Stich gelassen hatte und der ihn darin bekräftigen würde, dass es richtig sei, wieder auf französische Seite überzuwechseln!

Napoleon hatte seine Verbündeten stets großzügig belohnt. Er musste versuchen, ihm die gleichen Zusagen abzuringen wie zuvor Österreich: die Integrität des Königreichs Sachsen und dazu Erfurt, anhaltische Gebiete und anderes mehr, was einmal wettinisch war, im Ausgleich für Warschau …

Wenn dieses ganze doppelbödige Begrüßungszeremoniell und das sicher noch schlimmere Gespräch unter vier Augen mit Bonaparte vorbei waren, würde er endlich beichten, beten und Vergebung finden für das, was er getan hatte.

Napoleon war rundum zufrieden mit sich und diesem Tag. Den alten Betbruder von einem König würde er sich gleich richtig vornehmen, um gegen weitere Überraschungen von dessen Seite gefeit zu sein.

Doch viel mehr zählte, dass es seine Männer gestern geschafft hatten, die große Steinbrücke wieder passierbar zu machen und zwei Brücken aus Booten zu bauen, so dass vor den Augen der gaffenden und staunenden Dresdner siebzigtausend Mann samt Pferden und Kanonen über die Elbe setzen konnten. So schnell hatte niemand damit gerechnet!

Jetzt wurden die Figuren auf dem Schachbrett neu verteilt, die Schwerter blankgezogen gegen jeden, der sich ihm in den Weg stellte. Seine meistgefürchteten Männer würden ab sofort allen Widerspenstigen das Fürchten lehren.

Davout, der »Eiserne Marschall«, sollte endlich die Aufständischen in Hamburg niederzwingen.

Der ehrgeizige und skrupellose General Arrighi würde dem englandfreundlichen Leipzig eine Lehre erteilen und außerdem diese schwarzen Briganten vernichten, die Freischärler.

Und seinen berühmten Marschall Ney ließ er auf Berlin marschieren, um es erneut zu besetzen. Das würde die Moral der Preußen endgültig zum Erliegen bringen.

Natürlich musste er auch noch dem Kaiser von Österreich, seinem Schwiegervater, für sein windiges Verhalten heimleuchten. Er könnte ja, so überlegte Bonaparte genüsslich, als Strafe für Franz dem Zaren einen Separatfrieden anbieten. Das würde Preußen *und* Österreich gewaltig in die Bredouille bringen. Dann ließe sich die Mark Brandenburg an das Königreich Westphalen angliedern, wo sein Bruder Jérôme regierte, Niederschlesien ginge an Sachsen, und den Rest Preußens würde er mit dem Herzogtum Warschau vereinen und dem Zaren unterstellen. Nach seinem Debakel in Lützen würde Alexander zu solch einem Angebot sicher nicht nein sagen.

Die Koalition zwischen Preußen und Russland bröckelte, dafür gab es klare Anzeichen. Er würde sie entzweibrechen. So viele Länder – und unendliche Möglichkeiten! Es war berauschend.

Während Napoleon die Dresdner die Heimkehr ihres Königs feiern ließ und selbst schon nächste Schlachtpläne entwarf, brannte nur wenige Meilen östlich die Stadt Bischofswerda bis auf drei klägliche Häuser restlos nieder. Vormittags hatte der Freiherr vom Stein noch die Beschlagnahme aller Kassen verfügt, dann zogen sich nach heftigem Kanonenbeschuss die russischen Streitkräfte aus der Stadt zurück und entzündeten einige Scheunen vor dem Bautzener Tor. Doch bei der Eroberung der Stadt durch die französische Armee brachen so viele Feuer aus, dass die Flammen nicht mehr zu bändigen waren. Sämtliche Häuser, Kirchen, Schule, Rathaus und Fabriken brannten bis auf die Grundmauern nieder. Wer von den Einwohnern nicht umkam, flüchtete in die Wälder, um vor den in den Brandstätten noch nach Beute suchenden Franzosen sicher zu sein.
Bürgermeister Klengel und seine Ratsleute brauchten neun Tage, bis sie gefasst genug waren, dem König zu schreiben. Ihn um Hilfe zu bitten und um die Entscheidung, ob Bischofswerda wieder aufgebaut werden solle oder nicht.
Sogar Napoleon zeigte sich betroffen, als er ein paar Tage später auf dem Weg nach Bautzen durch die schwelenden Ruinen der Stadt ritt. Großmütig versprach er Schadensersatz. Doch es verstrichen Monate, bis er wenigstens fünfundzwanzigtausend Taler anwies.

Einquartierung

Freiberg, 12. Mai 1813

Mit zehntausend Mann hatte die französische Armee Freiberg besetzt, und jeden Tag kamen mehr dazu, die durch die Straßen strömten, auf den Plätzen exerzierten, lagerten und jede Menge Lärm veranstalteten. Die sonst so beschauliche

Kleinstadt quoll von ihnen über. Geweckt wurden ihre Bewohner nun morgens nicht mehr allein durch das Häuerglöckchen, sondern durch Trompetensignale, mit denen der Tag der Soldaten begann. Der Rat beraumte Eilsitzungen an und entsandte Transporte, um Proviant von weit her zu holen, weil in der ganzen Umgebung keine Vorräte mehr aufzutreiben waren.
Nicht ein Haus blieb von Einquartierung verschont, und zusätzlich zu den bereits bestehenden Lazaretten richtete der an die Grenzen seiner Kraft getriebene Dr. Bursian auch das Schießhaus und das Laboratorium am Muldenberg zu Krankenlagern ein. Immer noch kamen Verwundete der Schlacht vom 2. Mai, diesmal jedoch französische statt preußischen und zumeist nur leicht blessiert, die bald wieder ins Gefecht konnten. Die Schwerverwundeten und Invaliden wurden zurück nach Frankreich geschickt.
Beinahe zwanzig Mann Einquartierung im Haus unterzubringen, noch dazu zwei anspruchsvolle Offiziere aus dem Adelsstand, hatte selbst Johanna Gerlachs Organisationstalent gewaltig auf die Probe gestellt. Es ging ja nicht nur darum, so viele Männer zu verpflegen – zuerst einmal musste sie für jeden einen Schlafplatz finden. Deshalb war in dem Haus am Untermarkt ein großes Räumen vonstattengegangen.
Nur der Meister und seine Frau behielten ihr Schlafzimmer, alle übrigen Familienmitglieder mussten umziehen.
Der Major bekam den Salon als Quartier, um keinen Anlass zur Beschwerde zu haben. Johanna blutete das Herz, weil ihr bestes Zimmer, mit all den guten Möbeln und den schönen Gläsern in der Anrichte, nun acht- und rücksichtslos mit Gepäcktruhen, Waffen und einem Sattel vollgestopft wurde und dort auch noch Männer ein und aus gingen, die wenig sorgsam mit dem Mobiliar hantierten und an ihren Stiefeln jede Menge Schmutz hereintrugen.
Dem Sohn des Majors hatte sie das Gästezimmer überlassen, in dem zuvor Jette und Franz untergebracht gewesen waren. Und

in dem Knabenzimmer, das Eduard und seinem verreisten älteren Bruder Friedrich gehörte, hausten nun die Ordonnanzen der beiden Offiziere.

Franz und Eduard schliefen deshalb in der Buchhandlung und räumten ihr Bettzeug jeden Abend hinunter und morgens wieder nach oben in das Zimmer ihrer Eltern.

Der Major hatte den Rest seiner Männer in der Buchhandlung einquartieren wollen. Die seien nicht wählerisch; ein wenig Stroh auf dem Boden reiche, meinte er.

Doch Friedrich Gerlach hatte das abgelehnt – nicht nur aus Sorge um die Bücher, sondern auch wegen jener versteckten Werke, die den Franzosen besser nicht unter die Augen kommen sollten. Er könne das Geschäft nicht gänzlich schließen, führte er als Begründung an. Angesichts der Ausnahmesituation in der Stadt und weil die Hausbewohner wegen der Einquartierten alle Hände voll zu tun hatten, fand der Buchverkauf ohnehin nur noch nachmittags statt.

Für die einfachen Dienstgrade hatte Johanna zwei Abstellkammern leer geräumt, weshalb sich allerhand Krimskrams im Kontor und in der Bibliothek türmte. Wer dort nicht mehr unterkam, wurde auf dem Dachboden einquartiert.

Dies war auch der Ort, wo die Mannschaften essen, würfeln oder sich anderweitig gemeinsam die Zeit vertreiben konnten, wobei ihnen Lisbeths Söhne bei jeder nur denkbaren Gelegenheit Gesellschaft leisteten.

Jette hatte ihrer Meinung nach den besten Platz von allen bekommen: Sie übernachtete in der Bibliothek, auf einer dorthin geschobenen Récamiere, die sonst im Salon stand. Das war nicht übermäßig bequem, aber sie war ja zierlich, und ihr genügte es. Sie konnte die Tür abschließen und fühlte sich zwischen all den Büchern geborgen.

Onkel und Tante schliefen nebenan und würden zu Hilfe kommen, sollte jemand den Raum betreten wollen. Doch der Major hatte versichert, dass sie nichts von seinen Männern zu befürchten habe; er würde persönlich dafür sorgen, dass diese das hübsche Fräulein nicht behelligten.

Es hätte die Familie weit schlimmer treffen können. In den meisten Häusern der Nachbarschaft wurde kräftig geplündert und demoliert. Der Major dagegen schien seine Männer bei guter Disziplin zu halten. Keiner von ihnen wagte es, Jette zu belästigen. Sein Sohn Étienne machte ihr dann und wann sogar ein Kompliment, auf das Jette nie mehr als leise »merci« mit gesenkten Lidern antwortete und dabei knickste.

So gut wie möglich ging sie den unerwünschten Gästen aus dem Weg. Vormittags half sie Nelli und Lisbeths Schwester Thea bei der Planung des Essens für so viele Leute, nachmittags wartete sie in der Buchhandlung auf Kunden, und abends verkroch sie sich in der Bibliothek.

Ihre Anwesenheit dort verhinderte, dass einer der unliebsamen Gäste in den Regalen herumschnüffelte, welche Werke der Buchdrucker wohl in seiner privaten Sammlung stehen hatte.

Ich bin die Hüterin der Bücher, war abends ihr letzter Gedanke vor dem Einschlafen, und dieser Gedanke gefiel ihr.

Franz und Eduard fanden es dagegen ungeheuer aufregend, ihr Nachtlager in der Buchhandlung zu haben. Eduard wusste, wo die gefährlichen Schriften versteckt waren, und fühlte sich voller Stolz als Wachposten.

Und endlich konnte er noch mit jemandem vor dem Einschlafen bis in die Nacht sprechen! Zwar war Franz erst zehn, doch immerhin hatte er auf seiner gefährlichen Reise von Weißenfels hierher allerhand gesehen und erlebt. Das wog in Eduards Augen den Mangel auf, dass er noch fast ein Kind war.

Johanna hatte ihnen nicht erlaubt, eine Kerze anzuzünden, und so flüsterten und wisperten sie jeden Abend im Dunkeln, bis ihnen die Augen zufielen, schmiedeten Pläne, wie die Besatzer aus dem Haus und aus dem Land getrieben werden konnten, oder spekulierten darüber, wann die Preußen und

Russen endlich zurückkämen, um dem Spuk ein Ende zu bereiten.

»Das hättest du sehen müssen – die Kosaken, was die für Pferde haben! Und was sie für Kunststückchen im Sattel anstellen, unglaublich!«, schwärmte Eduard dem Cousin vor, als sie am ersten Abend die Unterbetten auf dem Boden ausbreiteten. »Da waren auch Kalmücken bei denen. Keine Ahnung, wo deren Heimat liegt, irgendwo in Asien. Kannst du dir vorstellen, wie lange es wohl dauert, von Asien bis hierher zu reiten?«

Er zog ein ausgebeultes feines Leinentuch aus der Hosentasche, schlug es auseinander und zeigte stolz seine Beute. »Hier, Küchlein! Hab ich aus der Küche stibitzt.«

Begeistert nahm sich Franz die Hälfte der Stücke und stopfte sie sich in den Mund.

»Diese Kalmücken, die schießen noch mit Pfeil und Bogen statt mit Gewehren«, erzählte Eduard, ebenfalls mit vollen Backen kauend. »Aber wie die treffen! Sie schossen um die Wette Tauben vom Lißkirchnerhaus – du weißt schon, das Haus mit dem höchsten Dach am Obermarkt. Jeder Schuss traf! Ungelogen!«

»Was haben die für Uniformen?«, fragte Franz voller Neugier. So etwas war wichtig zu wissen, wenn man sich keinen Ärger einhandeln wollte.

»Das sind keine richtigen Uniformen, denke ich«, meinte Eduard und wischte sich die klebrigen Hände am Hintern ab. »Weite Hosen, darüber einen Kittel und komische Mützen mit Fellbesatz … Sie sehen aus, als kämen sie aus einem Fabelland. Bevor sie hier einrückten, hieß es ja auch, sie seien Fabelwesen und gar keine richtigen Menschen. Kal*mücken*« – er sprach das betont langsam aus –, »darunter stellt man sich doch keine Menschen vor! Aber Vater hat diesen Aufsatz über sie gedruckt, über ihre Sitten und Gebräuche, und darin steht, dass sie Menschen sind wie wir. Jedenfalls haben sie zwei Beine, zwei Arme und so weiter und vermutlich auch eine unsterbliche Seele. Erzähl das bloß keinem von den Franzosen!«

Beinahe bereute er es, dem Cousin etwas von dem Sonderdruck gesagt zu haben. Würde sich Franz verplappern?
»Als ob ich denen was verraten würde!«, meinte der Jüngere verächtlich. Dann setzte er sich noch einmal auf, zögerte kurz und wisperte: »Kannst du ein Geheimnis bewahren?«
»Natürlich, Ehrensache!«, erwiderte Eduard sofort, wenn auch etwas geringschätzig. Was konnte ein Zehnjähriger schon für Geheimnisse haben?
»Schwöre es!«
»Ich schwöre«, sagte Eduard feierlich mit erhobener Hand.
Nun sprach Franz so leise, dass sich Eduard zu ihm beugen musste, um etwas zu verstehen.
»Weißt du, dass meine Schwester einen Franzosen erschlagen hat? Das hat sie, bei Gott, ich hab es gesehen. Aber erzähl es ja niemandem weiter!«
Erschrocken ließ sich Eduard auf das liederlich aufgetürmte Federbett sinken. Das hätte er nie gedacht! Jette, die zarte, süße Jette! Es wollte in seiner Phantasie einfach kein passendes Bild auftauchen.
Eine Weile sagte er gar nichts, sondern überlegte, womit er angesichts solcher Eröffnungen seine Cousine überhaupt noch beeindrucken konnte. Dafür musste er sich wohl eine besondere Heldentat ausdenken.
»Wir müssen mehr Zeit bei Lisbeths Söhnen zubringen«, entschied er schließlich. »Wenn du aus der Schule kommst und ich mit meiner Arbeit in der Druckerei fertig bin, müssen wir jeden freien Augenblick nutzen, um von ihnen das Reiten zu lernen. So können wir Eindruck machen bei den Militärs. Vielleicht nehmen sie uns dann bei den Alliierten … Die brauchen doch nun jeden Mann. Und wir helfen, das Vaterland zu befreien!«
Franz fand diesen Plan großartig. Die Knabenschule, bei der ihn sein Oheim angemeldet hatte, war langweilig, und die Jungen in seiner Klasse die reinsten Kinder.
»Aber wir dürfen Karl und Anton nicht sagen, dass wir zu den

Alliierten wollen«, ermahnte Eduard ihn. »Die Trögers sind alle kaisertreu, bis auf Lisbeth vielleicht. Die haben vier Jungs in Napoleons Armee geschickt und sind noch stolz darauf.«
»Ich merk's mir«, meinte Franz. Daran durfte ihr Plan nicht scheitern. Beim Reiten dagegen fühlte man sich viel älter und stärker. Und *einen* Franzosen hatte er ja schon beinahe erschlagen. Zumindest war er dabei gewesen, als seine Schwester einen erschlug. Das hatte nicht besonders schwierig ausgesehen.

An diesem sonnigen Nachmittag im Mai war es still in der Buchhandlung. Noch hatte nicht ein Besucher den Laden betreten, und Jette kam es so vor, als sei das der einzige stille Ort in der von Militärs wimmelnden Stadt.
Hier, in dieser köstlichen Stille, konnte sie sich ganz ihren Gedanken hingeben. Zwar gab es zwischen diesen vier Wänden nichts außer den Büchern, das sie von ihren Nöten ablenken konnte. Doch wenn sie die Tür schloss, hatte sie wenigstens die Illusion, ihre Sorgen und Ängste draußen auf dem Marktplatz zu lassen.
Das war Jettes liebste Zeit am Tag. Allein inmitten der Bücher fühlte sie sich geborgen. Denn jeder französisch Uniformierte, dem sie begegnete, rief in ihr die Erinnerung an das Schreckliche zurück, das sie getan hatte. War es wirklich Notwehr gewesen?
Ich habe meine Unschuld verloren, dachte sie immer wieder. Zwar nicht im üblichen Wortsinn, sie hatte ja noch nicht einmal einen Mann geküsst in ihrem jungen Leben. Aber sie hatte diese große Schuld auf sich geladen, und nun war sie kein reiner Mensch mehr. Nie würde alles wieder gut werden.
Vorhin hatte sie sich bei einem flüchtigen Blick aus dem Fenster fast zu Tode erschrocken, weil nur ein paar Schritte entfernt ein Soldat mit einer Kopfwunde am Haus vorbeilief und sie dachte, es sei derjenige gewesen, den sie erschlagen hatte. Dabei konnte das nur ein Hirngespinst sein. Verlor sie langsam den Verstand?

Manchmal flogen ihre Gedanken auch zu dem jungen preußischen Premierleutnant, der als Letzter die Stadt verlassen hatte. Maximilian. Maximilian Trepte, flüsterte sie seinen Namen. Ob er noch lebt? Hat er es geschafft, zu seinem Regiment zurückzukehren? Oder ist er den Feinden in die Hände gefallen und in seinem weißen Hemd erschossen worden? In Gedanken sprach sie ein Gebet für ihn.
Ob in seiner Heimat wohl eine hübsche junge Frau auf ihn wartete?
Tanzen wollte er mit ihr. Aber das waren Fieberphantasien. Er war weit fort und vielleicht schon tot. Sie würde nie tanzen können, solange Krieg herrschte.
Wehmütig strich sie über den Einband eines druckfrischen Buches und überlegte, wie ihr Vater ihn gestaltet haben würde. Er hatte es meisterhaft verstanden, jedem Buch das passende Äußere zu verleihen; bei besonders schönen Werken verwendete er feines Leder, arbeitete goldene Ornamente ein, manchmal auch eine kleine Schließe, sogar mit seidenen Tapeten hatte er schon Bücher gebunden. Doch für solche Kostbarkeiten waren die Zeiten zu schlecht.
Du fehlst mir so, Vater, dachte sie. Du und Mutter. Ich hoffe, es geht euch gut dort, wo ihr jetzt seid, und ihr seid wieder vereint.
Der Klang des Ladenglöckchens riss sie aus ihren düsteren Gedanken. Zwei junge Männer traten ein.
Es waren Felix, der schmächtige bebrillte Bergstudent aus Anhalt-Köthen, und sein breitschultriger preußischer Freund Richard. Die zwei Studenten Professor Werners, die zusammen mit Ludwig und ihr noch bis zum Einrücken der Franzosen die preußischen Verwundeten versorgt hatten.
Seitdem waren sie beinahe jeden Tag in die Buchhandlung gekommen, hatten mit ihr geplaudert, nach angekündigten Neuerscheinungen gefragt und die Bücherregale durchstöbert. Jette schien, dass es ihnen weniger um die Bücher ging, auch wenn

sich die Unterhaltung nur darum drehte, und dass der schüchterne Felix immer wieder ein paar Anstöße von seinem großsprecherischen Studiengefährten brauchte, um ihr gegenüber überhaupt ein paar Worte herauszubringen.

Heute war er festlich angezogen; er trug den Bergkittel, die schwarze Paradejacke der Bergstudenten. Unter dem Arm hielt er eine schmale Mappe geklemmt. Die legte er nun wie einen Schatz auf den Ladentisch und räusperte sich.

Wieder gab ihm Richard einen Knuff in den Rücken, und um nicht wie der letzte Tölpel dazustehen, riss sich Felix zusammen, grüßte höflich, wobei er seine Mütze abnahm, und fragte: »Ist der vierte Teil von Agricolas mineralogischen Schriften in der Lehmannschen Übersetzung schon erschienen?«

Jette lächelte ein bisschen in sich hinein, denn danach hatte er schon gestern gefragt und die gleiche Antwort bekommen. »Wir warten immer noch auf die Druckgenehmigung. Aber die müsste nun jeden Tag kommen. Soll ich Sie auf die Liste mit den Reservierungen setzen?«

»Ja, bitte, Fräulein Gerlach, das wäre sehr freundlich«, brachte Felix unter Aufbietung allen Mutes hervor und rückte verlegen seine Brille zurecht. Rasch strich er auch noch durch sein krauses Haar, aber das ordnen zu wollen war ein vergebliches Unterfangen.

»Neu haben wir den ersten Teil von Hoffmanns *Handbuch der Mineralogie*«, sagte sie, ging zur linken Regalwand und holte das druckfrische Exemplar aus dem Regal. »Kostet acht Groschen.«

Als sie den Band auf den Ladentisch legen wollte, sah sie überrascht, dass Felix den Inhalt seiner Mappe dort ausgebreitet hatte – ein Herbarium. Neugierig beugte sie sich darüber und betrachtete die mit Sorgfalt gepressten und säuberlich beschrifteten Blumen.

»Das sind Zeigerpflanzen, wildwachsende Pflanzen, deren Vorkommen auf ausstreichende Gänge oder bestimmte Boden-

schätze schließen lässt«, erklärte er. »Darüber schrieb schon Georgius Agricola vor beinahe dreihundert Jahren, aber jetzt wird das als Wissenschaftsgebiet ganz neu entdeckt.«
Er sah sie mit einem schüchternen Lächeln an. »Wenn Sie möchten, suchen Sie sich die aus, die Ihnen am besten gefällt, Fräulein Henriette.«
Verblüfft starrte Jette erst auf ihn, dann wieder auf die wirklich sehr schön gestalteten Blätter.
»Brauchen Sie die nicht für Ihr Studium?«, fragte sie.
»Was mein Freund eigentlich damit ausdrücken will …«, mischte sich nun breit grinsend Richard ein, der die ganze Zeit beiläufig die Bücherrücken in den Regalen gemustert und dabei die beiden anderen im Raum nicht aus den Augen gelassen hatte. »Er schenkt Ihnen eine Blume – symbolisch sozusagen. Und weil zu dieser Jahreszeit noch keine Rosen blühen und erst recht keine von Novalis' geheimnisvollen blauen Blumen, ist das Schönste, was ein Bergstudent schenken kann, ein Zeigerpflänzchen. Seien Sie unbesorgt; er weiß sie zu finden und wird sich eine neue suchen, ganz gleich, für welche Sie sich entscheiden. Schließlich ist er ein kluger Bursche.«
Verblüfft sah Jette Felix ins Gesicht und erkannte, dass sie ihn verletzen würde, wenn sie dieses Geschenk zurückwies. Also entschied sie sich für ein paar veilchenähnliche gelbe Blüten.
»Galmeiflora«, murmelte Felix glücklich. Für diese Blüten musste er bis in den Harz wandern. Doch für Henriette war ihm kein Weg zu weit.
»Ich werde sie rahmen und hier aufhängen, das macht doch den ganzen Raum noch hübscher, nicht wahr?«, sagte sie. »Vielen Dank!«
Sie knickste und nahm das Blatt, das Felix ihr wortlos, aber mit strahlenden Augen hinüberschob. Die übrigen Blätter raffte er wieder in seiner Mappe zusammen und wollte sie mit einem grünen Band verschließen. Doch dazu sollte er nicht mehr kommen.

Jäh wurde die Tür aufgerissen, der Major stürmte herein, zog nach einem einzigen Blick auf Felix sofort den Degen und richtete die Klinge auf dessen Brust.

»Ergebt euch! Los, Männer, nehmt ihn fest!«, rief er. »Ein schwarzer Brigant! Wir haben einen von dem Lützower Räuberpack erwischt!«

Ein Dutzend Grenadiere, die mit dem Major gekommen und draußen gewartet hatten, drängte in den Raum.

Zu Tode erschrocken, rissen Felix und auch Richard die Hände hoch. Die Tür zur Druckerei ging erneut auf, und Ludwig stürzte herein, Ahle und Winkeleisen in der Hand – typisches Schriftsetzerwerkzeug, aber durchaus als Waffe zu gebrauchen. Doch angesichts der Szene reagierte er auf die einzig richtige Art und verharrte sofort, was ihm und den anderen vermutlich das Leben rettete.

»Non, non!«, schrie Jette und schob sich mit ausgebreiteten Armen zwischen den Degen des Majors und die beiden Studenten. »Das sind keine schwarzen Briganten, keine Lützower Jäger, Monsieur! Diese schwarze Jacke ist die Uniform der Bergstudenten, Studenten der Akademie! Sehen Sie, sie wollen nur Bücher für ihr Studium kaufen! Schauen Sie auf die Knöpfe, darauf sind bergmännische Symbole, keine militärischen, wie hier!«

Hastig zog sie eines der Bücher aus dem nächsten Regal, das als Schmuck ebenfalls Eisen und Schlegel gekreuzt trug, und warf es auf den Ladentisch.

Der Major blätterte mit der Linken in dem Buch, dann breitete er achtlos die Bögen von Felix' Herbarium aus und musterte sie. Schließlich steckte er den Degen wieder in die Scheide und gab seinen Männern das Zeichen, sich zurückzuziehen.

»Studenten, ja?«, fragte er misstrauisch. »Ihr seid Studenten, die Bücher kaufen wollen? Dann nehmt eure Bücher und verschwindet! Und seid künftig etwas klüger in der Wahl eurer Farben, ihr Burschen! Diese Stadt und dieses Land tragen die Trikolore.«

Unendlich erleichtert raffte Felix seine Blätter zusammen, schnappte sich das Handbuch der Mineralogie und zählte Jette mit zittrigen Fingern acht Groschen auf den Ladentisch. Er brauchte das Werk nicht dringend, doch es schien ihm ratsam, es vor den Augen dieses grimmigen Franzosen zu kaufen.

»Und du? Was treibst du dich hier herum?«, fuhr der Major Ludwig an, der immer noch in der Tür zur Druckerei stand und sich nicht rührte.

»Ich hatte Krach gehört und dachte, das Fräulein sei in Gefahr«, erklärte der Drucker ruhig, was Jette rasch übersetzte.

»Sie ist nicht in Gefahr, solange sie nichts Verbotenes tut. Dafür sorge ich schon mit meinen Männern. Also verschwinde wieder an deine Arbeit!«, blaffte der Offizier ihn an.

Ludwig senkte den Blick, weil er wusste, dass von ihm Unterwürfigkeit erwartet wurde, und ging zurück in die Werkstatt.

»Sie hätten uns selbstverständlich informiert, wäre hier einer der schwarzen Briganten aufgetaucht, nicht wahr, Demoiselle?«, fragte der Major Jette in sehr bestimmtem Tonfall.

Da sie unter den Nachwirkungen des Schreckens kein Wort herausbrachte, nickte sie nur.

»So ist es brav«, lobte der Major. »Wir haben mit diesem Gesindel bald aufgeräumt, keine Sorge! Für die wird es keine Gnade geben.«

Er ließ seine Blicke rasch durch den Raum wandern und schaute dann wieder zu Henriette. »Ursprünglich wollte ich etwas ganz anderes mit Ihnen besprechen, bevor mich jemand informierte, dass hier ein Lützower gesichtet worden sei.«

Er sah ihr prüfend in die Augen, und Jette hielt vor Angst den Atem an.

Dieser Militär – so höflich er auch auftrat – ließ ihr jedes Mal einen kalten Schauer über den Rücken rieseln, wenn er in die Nähe kam. In seiner Gegenwart hatte sie stets das Gefühl, er könnte mit seinem scharfen Blick direkt in ihren Kopf sehen und alles lesen, was sie wusste und dachte.

Er lag auf der Lauer, diesen Eindruck wurde sie einfach nicht los. Irgendwann würde er zustoßen wie ein Raubvogel, und was dann aus ihnen allen würde, lag in Gottes Hand.

Und nun sprach er tatsächlich aus, wovor sie sich die ganze Zeit gefürchtet hatte.

»Einer meiner Männer, der wegen einer Kopfverletzung heute erst wieder zu uns gestoßen ist, behauptet, er kenne Sie aus Weißenfels. Was können Sie mir dazu sagen, Demoiselle?«

Ein Gespräch über Preußen

Freiberg, 12. Mai 1813

Ich hätte mir vor Angst fast in die Hosen gemacht, als dieser Kerl mit dem Säbel auf mich losging«, gestand Felix seinem Freund, während sie mit großen Schritten über den Untermarkt liefen. Den Bergkittel hatte er vorsichtshalber ausgezogen und zusammengerollt unter den Arm geklemmt, um nicht bei einer Patrouille ein weiteres Missverständnis zu provozieren. Sie hatten beschlossen, nach diesem Schrecken erst einmal im Schwarzen Ross in der Petersstraße ein oder auch zwei Biere zu trinken. »Mir fiel kein einziges Wort auf Französisch ein, um das Missverständnis aufzuklären, nur noch Altgriechisch und Latein.«

»Degen. Offiziere tragen einen Degen, außer bei der Kavallerie, die haben Säbel oder Pallasche«, korrigierte ihn Richard. »Zum Glück behielt deine Angebetete einen klaren Kopf und rettete damit deinen. Du wirst dir künftig etwas mehr einfallen lassen müssen als nur Zeigerpflänzchen, um sie zu beeindrucken.«

Ein missgelauntes »Hm« war alles, was der Jüngere dazu äußerte.

»Ob wirklich Lützower in der Gegend sind?«, fragte Richard

gedämpft, als sie in eine Gasse einbogen, in der Menschen gingen, standen oder miteinander plauderten.
»Woher soll ich das wissen?«, murmelte sein Freund. »Ich dachte, die operieren in Anhalt. Aber es wäre ja keine Streifschar, wenn jeder wüsste, wo sie stecken.«
»Gestern erzählte mir ein Hausierer, der aus dem Gebirge kam, dass sich dort eine Freischar herumtreibt. Er traf sie in Sayda, sie seien unterwegs Richtung Olbernhau gewesen. An die hundert Mann zu Pferde. Sie hätten zwar behauptetet, reguläre Rheinbündler zu sein, aber er schwor Stein und Bein, dass die meisten von ihnen preußische Uniformen trugen. Husarenuniformen!«
»Husaren sehen doch bei allen Armeen ähnlich aus«, widersprach Felix. »Wir werden nie herausfinden, ob das tatsächlich ein preußisches Freikorps war. Es sei denn, die Franzosen fassen ein paar von ihnen und stellen sie vor ein Exekutionskommando.«
Richard stieß den Studiengefährten ein weiteres Mal in die Rippen, und zwar kräftig. »Ich soll doch morgen zu Vermessungsübungen nach Marienberg. Dort werde ich mich genau umhören. Wenn das wirklich Freischärler sind, wissen sie vielleicht auch, wo die Lützower stehen.«
Da sein Freund nicht reagierte, fuhr er mit lockender Stimme fort: »Das wäre etwas, womit du Fräulein Henriette ganz sicher beeindrucken würdest: Wenn wir zu den Lützowern gingen. Du kommst als Held zurück, und ihr Herz wird dir zu Füßen liegen.«
»Oder ich komme als Leiche zurück, und sie wird nie erfahren, was ich für sie empfinde. Und meine Eltern wissen nicht, wie sie ihre alten Tage bestreiten sollen«, erwiderte Felix schlecht gelaunt. »Meine Familie ist darauf angewiesen, dass ich das Studium ordentlich abschließe.«
Sie hatten inzwischen den Obermarkt erreicht, wo nicht nur französische Infanteristen exerzierten, sondern auch das Mu-

sikkorps dieser Armeeabteilung übte. Etliche Neugierige sahen dabei zu, hauptsächlich Frauen und ein paar Straßenjungen, von denen einige mit stolzgeschwellter Brust die Exerziermanöver nachahmten.

»Wenn du sie heiratest, bringt dich das finanziell auch nicht gerade weiter«, überlegte Richard ungeniert, während sie am Rathaus vorbeiliefen und Richtung Petersstraße abbogen. »Dieser Gerlach wird ihr sicher eine Mitgift geben, aber das Geschäft erben seine Söhne. Ich glaube nicht, dass eine Druckerei und eine Buchhandlung in diesen Zeiten viel abwerfen. Also entschließe dich lieber, einen patriotischen Beitrag zu leisten! Fürs Vaterland! Wenn ich die da herumstolzieren sehe, schwillt mir der Kamm. Ich muss nur noch herausfinden, wo man sich bei den Lützowern melden kann.«

Die Musik war mittlerweile so laut, dass sie ungehindert sprechen konnten, solange sie nur darauf achteten, dass niemand in ihre Nähe kam.

»Und warum hast du es dann nicht schon vor ein paar Wochen getan, als man sich noch in Dresden dafür einschreiben konnte, du großer Held?«, höhnte Felix. »Oder als sie in Leipzig waren? Du prahlst immer damit, wie gut du mit dem Gewehr umgehen kannst. Warum bist du nicht mit Reil und von Klitzing gegangen?« Das waren zwei Freiberger Studenten, die sich gleich im März zu den Lützowern gemeldet hatten.

Was ist denn mit dem los?, dachte Richard erstaunt. So hab ich ihn ja noch nie erlebt!

»Du weißt doch, dass mir Thekla das Messer auf die Brust gesetzt hat: Wenn ich freiwillig in den Krieg ziehe, löst sie die Verlobung. Und meine Eltern sind auf diese einträgliche Verbindung noch viel mehr erpicht als ich. Außerdem dachte ich damals, der ganze französische Spuk sei schon so gut wie vorbei. Hätte ich geahnt, dass die Franzosen doch noch einmal die Russen und Preußen zurückschlagen – ehrlich, ich hätte es getan!«, versicherte er und sah Felix treuherzig an.

Dann grinste er. »Und bevor sich dein lächerlicher König Jérôme daran erinnert, dass Anhalt-Köthen zu seinem Königreich Westphalen gehört, Kleiner, und dich auch zum Militärdienst verpflichtet, solltest du mit mir kommen. Ich pass schon auf dich auf!«

»Jérôme mag zwar wie eine Witzfigur wirken, aber um lächerlich zu sein, hat er zu viel Macht«, widersprach Felix mit finsterer Miene. »Im Gegensatz zu dir großem Helden habe *ich* keinerlei militärische Ausbildung. Ich hab noch nie eine Waffe in der Hand gehalten. Und wie ich reagiere, wenn jemand eine auf mich richtet, das hast du vorhin gesehen«, sagte er kleinlaut.

»Ach, ihr armen Kerle aus Anhalt-Köthen!«, spottete Richard. »Da sind wir Preußen schlauer! Mit unserem Krümpersystem überlisten wir die Franzosen. Wir durften keine große Armee haben, doch jeder diensttaugliche Mann reihum absolviert ein paar Wochen Militärausbildung, so dass wir alle im Kampf was taugen. Und im Tugendverein und im Turnerbund stählen wir unsere Körper.«

Stolz reckte Richard den rechten Arm und wollte seine Muskeln zeigen, doch unter der gefütterten Jacke war davon nur wenig zu erkennen.

»Ich werd dir mal was erzählen über Freiwillige und Preußen, dann denkst du anders darüber!«, meinte Felix ungewohnt schroff und schob sich die Brille am Nasenbügel ein Stück nach oben. »Aber nicht hier und auch nicht, solange ich noch nüchtern bin!«

Die beiden Studenten einigten sich rasch darauf, sich lieber einen großen Krug Bier im Schwarzen Ross in der Petersstraße füllen zu lassen und in ihrem Quartier in der Nonnengasse zu trinken, gleich gegenüber dem Gebäude der Königlich-Sächsischen Bergakademie. Da gab es wenigstens keine Lauscher. Ihre Wirtin, die ansonsten allgegenwärtige Witwe Bernhard mit ihrer spitzen neugierigen Nase, schien außer Haus zu sein. Wahrscheinlich saß sie mit klatschsüchtigen Freundinnen beisammen, trank selbstgemachten Eierlikör und spielte Rommé oder Tarock.

»Ich erzähl dir mal was über Freikorps und Preußen!«, wiederholte Felix, nachdem sie beide schon einiges Bier getrunken hatten.

Richard schenkte sich nach und lehnte sich gelangweilt zurück. Was konnte dieser Hänfling aus Anhalt-Köthen, der noch nie eine Waffe in der Hand gehalten hatte, über Freikorps und Preußen schon wissen?

»Es gab da ein Mädchen in Köthen, sie war wunderschön«, begann Felix, und sein Gesicht nahm einen verträumten Ausdruck an.

Richard machte sich auf ein Lamento über eine unerfüllte Liebe gefasst und trank noch einen kräftigen Schluck. Sein Freund war meistens zwar recht unterhaltsam und vor allem klug, eine große Hilfe angesichts der schwierigen naturwissenschaftlichen Fächer, aber ganz sicher kein Draufgänger, schon gar nicht bei den Mädchen. Er hätte seinen letzten Knopf verwettet, dass dieser Bursche hier noch bei keiner im Bett gelandet war.

»Wir Jungs waren alle in sie verliebt und streunten dauernd am Markt herum, um sie vielleicht einmal aus dem Haus treten zu sehen«, fuhr Felix schwärmerisch fort, ohne die gelangweilte Miene seines Freundes wahrzunehmen. »Philippine von Griesheim ... Sie war natürlich für uns unerreichbar ... die Familie stammte aus Braunschweig, ihr Vater war General. Aber weil ja Braunschweig, Magdeburg und vieles mehr Napoleons Bruder Jérôme und dessen neuem Königreich Westphalen zugeschlagen worden waren, zog die Familie dort weg, und Philippines Vater trat in die Dienste des Herzogs von Anhalt-Köthen. Bald verlobte sie sich mit einem jungen Offizier der herzoglichen Schlossgarde: Albert von Wedell ...«

»Wedell?«, fragte Richard stirnrunzelnd.

»Genau, du kennst den Namen, wenn du ein wahrer Preuße

sein willst!«, gab Felix ungewohnt zornig zurück. »Er und sein Bruder waren Schills Freikorps beigetreten. Und in einer Nacht Anfang Mai 1809 – unser Herzog war feige geflohen – überrumpelte er mit ein paar Gefährten die Stadtwache und eroberte im Handstreich die herzogliche Residenzstadt. Philippine hat ihrem Verlobten dabei geholfen. Am Morgen kam ihr Anführer, Leutnant Leopold von Lützow – ja, noch ein bekannter Name!«, sagte Felix immer noch mit einer Wut, die Richard verwunderte und befremdete. Was war nur in den Kleinen gefahren?

»Er hat sich später im Streit von Schill getrennt, ging erst zu den Österreichern und dann nach Spanien, um den Aufständischen beizustehen. Jedenfalls, an jenem Tag vor fast genau vier Jahren forderten die Schillschen die gesamte militärische Ausrüstung der Stadt und Geld. Sie erbeuteten mehrere Wagen voll Waffen. Geld aus der Schatulle des Herzogs bekamen sie keines, die hatte der Herzog geleert, aber für die sechshundert Taler aus den städtischen Kassen stellten sie eine ordentliche Quittung aus. Die Leute in Köthen jubelten ihnen zu. Dann zog das Korps nach Stralsund, um dort sein elendiges Ende zu finden. Schill fiel, seine Leute wurden gefangen genommen, ein paar nach Losentscheid hingerichtet, und elf Offizieren, darunter auch Philippines Verlobten und seinem Bruder, hat man den Prozess gemacht. Kurzen Prozess. Auf Befehl Bonapartes und seines Bruders Jérôme, den du albern nennst.«

Nun schaute er bitter auf seinen Freund.

»Du kennst die Geschichte so gut wie ich. Das Urteil stand von vornherein fest, der Prozess dauerte keine Stunde, und noch am Mittag wurden sie exekutiert, alle elf.«

»Dieser Wedell war doch derjenige, der nicht schon bei der ersten Salve fiel?«, erinnerte sich Richard beklommen. Die Geschichte hatte nicht nur in Preußen für Aufruhr gesorgt. Zeichnungen von der Erschießung der elf Schillschen Offiziere waren gedruckt und überall verbreitet worden.

»Ja, er ist der, der auf den Bildern noch steht, das Hemd aufreißt und den Füsilieren zeigt, wo sein Herz schlägt, wohin sie schießen sollen. Sechs Schuss ... Er war damals achtzehn oder neunzehn, so alt wie ich heute.«

Nach einem Moment des Schweigens beugte er sich vor und sagte anklagend: »Diese Männer haben ihren König hochleben lassen im Angesicht des Todes. *Deinen* König. Der sie verriet und fallenließ. Aus Furcht vor Napoleon!«

Richard brauchte einen Augenblick, um die Härte dieses Vorwurfs zu erfassen.

Leicht wankend stemmte er sich hoch. »Nennst du gerade meinen König einen Feigling und Verräter? Wenn du nicht so ein erbärmlicher Hänfling wärst, würde ich Satisfaktion von dir fordern!«

»Ja, das tue ich!«, schrie Felix immer noch voller Wut. »Schill hat das Feuer des Aufstandes zum Lodern gebracht. Und als es plötzlich lichterloh brannte, da wurde dem König angst, und er hat ihn fallen gelassen wie eine heiße Kartoffel.«

Sprachlos suchte Richard nach Argumenten, um die Ehre seines Königs zu verteidigen.

»Der König hatte Schill befohlen, die Streifzüge einzustellen und sich mit seinen Leuten wieder in Berlin einzufinden«, widersprach er halbherzig. »Requirieren und Plündern seien der preußischen Armee nicht würdig. Der Major hat also einen königlichen Befehl verweigert.«

Dabei wusste Richard, dass mittlerweile alle Armeen angesichts des Mangels requirierten, auch die preußische.

»Und wie hätte er das anstellen sollen, nachdem ihm von allen Seiten die Leute zujubelten, wohin er auch kam? Er hat das Feuer des Aufstandes zum Lodern gebracht«, wiederholte Felix stur. »Sollte er es da selbst wieder austreten und sich in einem Loch verkriechen? Außerdem hätte Napoleon sowieso seinen Kopf gefordert. Er war tapfer genug, sich der Sache zu stellen, unter Einsatz seines Lebens.«

Eine Weile sprach niemand von beiden ein Wort.
»Mein Bruder schloss sich an diesem Tag den Schillschen an«, sagte Felix endlich leiser, den Kopf gegen die Wand gelehnt. »Wir haben nie wieder eine Nachricht von ihm bekommen.«
»Denkst du, dass er tot ist?« Richard betrachtete den Freund mit einer für ihn selbst unerwarteten Mischung aus Mitgefühl und Respekt. Sein Zorn war verflogen. Über diese Dinge hatte Felix noch nie mit ihm gesprochen.
»Nein, dann wüssten wir es. Ich bin mir sicher, er ist entkommen und nach England übergesetzt, wie es Leopold von Lützow vorgeschlagen hatte. Vielleicht kämpft er jetzt auch in Spanien. Er kann uns nur nicht schreiben, verstehst du? Aber meine Eltern glauben, dass er tot sei, und das brach ihnen das Herz. Dann hat auch noch irgendjemand verraten, dass ihr ältester Sohn Schill gefolgt ist, dafür haben die Franzosen sämtliche Pferde aus unserem Gestüt requiriert. Jetzt leben meine Eltern vom Ersparten und hoffen, dass ich sie einmal ernähren kann, wenn ich in der Salinenverwaltung arbeite. Mein Bernburger Oheim soll mir dort einen Posten beschaffen, wenn ich die Studien abgeschlossen habe. Für einen Neubeginn fehlt ihnen die Kraft. Die Franzosen würden ihnen ja doch wieder alle Pferde wegnehmen. Aber Kupfer und Salz werden auch in Kriegszeiten gebraucht.«
Felix starrte eine Weile vor sich hin, dann beugte er sich ein wenig vor und sagte mit ungewohnt harter Stimme: »Ich hätte längst gelernt, mit einem Gewehr umzugehen, und mich einem preußischen Freikorps angeschlossen, für meinen Bruder und um Philippines willen, die immer noch trauert. Und natürlich um der deutschen Heimat willen. Aber ich traue deinem König nicht. Wer einmal seine Leute dem Feind ans Messer liefert, der wird es wieder tun. Und sag mir nicht, dass Friedrich Wilhelm von Preußen genug Rückgrat hat, Napoleon in die Augen zu sehen und ihm dann seinen Willen zu verweigern!«
Darauf wusste Richard nichts zu entgegnen.

Zum ersten Mal in seinem Leben schämte er sich für seinen König.

Trotzdem würde er sich morgen in Marienberg umhören, ob er etwas über diese geheimnisvolle Gruppe Husaren in Erfahrung bringen konnte.

Schreckmomente

Freiberg, 12. Mai 1813

Jetzt hängen sie mich auf, dachte Henriette schreckensstarr, als der Major von dem Verletzten aus Weißenfels sprach. Frauen werden nicht standrechtlich erschossen. Den Onkel und die Tante werfen sie ins Gefängnis, vielleicht sogar auch Eduard! Und was wird aus Franz?

Wäre ich bloß niemals hierhergekommen!

»Sie sind ja auf einmal so blass, Demoiselle«, meinte de Trousteau scheinbar besorgt, nahm sie mit festem Griff am Arm und führte sie elegant um den Ladentisch herum zu dem Stuhl, der neben dem Lesepult in einer Ecke der Buchhandlung stand.

»Sie haben sich wohl erschrocken angesichts der blanken Waffe. Verzeihen Sie mir. Aber das ist der Krieg.«

Mit einem entschuldigenden Lächeln breitete er die Arme aus. Er öffnete die Tür, die in die Druckerei führte, und rief hinein, jemand solle rasch ein Glas Wasser für die Demoiselle bringen. Weil ihn niemand verstand, zeigte er ungeduldig auf die passende Zeile in Gerlachs zweisprachigem Wortschatz für Einquartierungen, der an der Tür hing.

»Geht es wieder?«, fragte er, nachdem Jette das Glas langsam ausgetrunken hatte. »Einer meiner Männer versicherte mir, er kenne Sie, Demoiselle. Er sagt, Sie hätten ihn in Weißenfels gepflegt. Ist das richtig? Dann sind meine Nation und ich Ihnen zu großem Dank verpflichtet.«

Also war der Mann mit dem Verband am Kopf, den sie vorhin im Vorbeigehen zu erkennen geglaubt hatte, nicht der von ihr Niedergeschlagene, sondern einer von den Verwundeten aus dem Weißenfelser Lazarett?

Aus einem Impuls heraus würde Jette am liebsten abstreiten, dass es eine Verbindung von ihr nach Weißenfels gab. Aber der Major brauchte sich nur bei einem der Nachbarn zu erkundigen, um die Bestätigung dafür zu bekommen, dass die Nichte des Buchdruckers von dort stammte, und dann hätte sie sich durch eine Lüge verdächtig gemacht. Schließlich war sie oft zu Besuch in Freiberg gewesen.

Also brachte sie ein zaghaftes »Ja« hervor, amtete kurz durch und erklärte: »Es wurde eine große Anzahl französischer Verwundeter nach Weißenfels gebracht, in bedauernswertem Zustand. Sie brauchten Pflege, Verbandszeug und Essen. Viele Frauen der Stadt haben ihnen geholfen.«

»Sie müssen ein wahrhaft gütiger Mensch sein«, schmeichelte der Major. Doch schlagartig wurde seine eben noch freundliche Stimme schroff. »Wie ich hörte, ließen Sie ähnlich aufopfernde Pflege noch vor wenigen Tagen den verwundeten Feinden zuteilwerden, den Preußen.«

Jette erstarrte erneut unter seinem durchdringenden Blick.

»Auch das waren junge Männer, die unsägliche Schmerzen litten und ohne Hilfe verblutet wären«, sagte sie, so kraftvoll sie konnte. »Gebietet nicht unser Schöpfer Barmherzigkeit gegenüber allen Leidenden?«

Wer hatte sie verraten? Es könnte jeder in der Stadt gewesen sein. Ob auch Ludwig und die beiden Studenten in Gefahr waren? An den großen Gelehrten Werner würde sich wohl niemand heranwagen.

»Es liegen sehr viele französische Männer in den hiesigen Lazaretten, deren Wunden noch frisch sind. Werden Sie denen ebenso Barmherzigkeit zukommen lassen?«, fragte de Trousteau.

»Selbstverständlich, sofern es mein Oheim erlaubt. Wir haben schon Leinen und Charpie ins Lazarett geschickt. Aber Sie sehen ja selbst, Herr Major, dass meine Tante und ich im Moment alle Hände voll zu tun haben, Sie und Ihre Männer zu versorgen. Wie geht es Ihrem Verletzten aus Weißenfels? Besser, hoffe ich? Natürlich kümmere ich mich um seine Wunde, wenn das nötig ist. Sofort, wenn Sie wünschen. Dann schließe ich den Laden für diesen Tag.«

»Wir werden sehen, Demoiselle, wir werden sehen«, meinte der Offizier vieldeutig. »Heute Abend speisen mein Sohn und ich im Haus Ihres Onkels. Ich erwarte Sie bei Tisch an meiner Seite. Meine Empfehlung!«

Er deutete ein Salutieren an, nickte ihr zu und ging hinaus.

Kraftlos sackte Jette auf dem Stuhl zusammen und fragte sich, was aus alldem noch erwachsen konnte. Etwas im Tonfall des Majors weckte in ihr den dringenden Wunsch, sofort die Stadt zu verlassen.

Ludwig trat ein; er wirkte besorgt. Er musste wohl an der Tür gewartet habe, und dieses Wissen gab Jette ein wenig Zuversicht. Die Befangenheit, die sie sonst bei seinem Anblick empfand, verflog.

»Sind Sie wohlauf, Fräulein Henriette? Kann ich etwas für Sie tun?«

»Es geht schon wieder. Danke!«, fügte sie aus vollem Herzen an und sah ihm zum ersten Mal in die Augen: dunkle Augen über einem kurz geschnittenen Bart, die besorgt auf sie gerichtet waren. Nun lächelte er ihr zu.

»Sie müssen aufpassen, Ludwig!«, platzte Jette heraus. »Kommen Sie nicht noch einmal herein, wenn dieser Major oder sein Sohn hier sind. Er wusste, dass ich auf der Hauptwache war. Wer mich an ihn verraten hat, erzählte bestimmt auch, dass Sie dabei waren.«

Trotz dieser schlechten Neuigkeiten wurde Ludwigs Lächeln breiter. »Machen Sie sich keine Sorgen um mich, Fräulein! Ich passe schon auf mich auf. Und auf Sie!«
Damit er beruhigt wieder in die Werkstatt ging, stand sie auf, überprüfte mit einer Handbewegung, ob ihr Haar noch ordentlich zusammengesteckt war, und nahm den Schlüssel für die Ladentür vom Haken.
»Ich werde für heute schließen«, erklärte sie. »Nochmals vielen Dank!«
Der Schriftsetzer nickte ihr zu und ging zurück in die Druckerei.
Jette räumte mit ein paar Handgriffen auf, verriegelte die Fensterläden, nahm das Abrechnungsblatt und die Kassette mit den spärlichen Einnahmen des Tages. Dann schloss sie die Buchhandlung sorgfältig zu.
Heute würde ohnehin kein Kunde mehr kommen. Und sie musste jetzt dringend mit Onkel und Tante sprechen – über die unheimliche Begegnung mit dem Major und darüber, wie sie den Abend überstehen sollte, ohne alle in Gefahr zu bringen.

Bisher waren den Gerlachs die angekündigten Abendessen mit dem Major und seinem Sohn erspart geblieben, weil die beiden Militärs in den ersten Tagen nach Ankunft der Besatzungstruppen ständig außer Haus waren, zu Besprechungen oder Essen mit anderen Offizieren und dem neu eingesetzten französischen Stadtkommandanten.
Tante Johanna, der Jette als Erster die Nachricht des Majors übermittelte, nahm die Neuigkeit in der ihr eigenen Art auf – und mit den ihr angemessen erscheinenden Maßnahmen.
»Wir müssen etwas mit deinem Haar machen«, entschied sie sofort. »Ein paar Schleifen, ein paar Bänder ... Gegenüber einem hübschen Mädchen, einer Dame, wird sich ein gebildeter Mann wie dieser Trousteau zu benehmen wissen.«

Sie lächelte zufrieden, dann rief sie durchs ganze Haus nach Thea, um mit ihr das Menü zu besprechen.

Auf dem Weg zur Küche, wo nun seit der französischen Einquartierung auch die Familie Gerlach aß, rannten ihr Franz und Eduard über den Weg, die wer weiß woher kamen.

»Ihr Burschen, wo habt ihr euch wieder herumgetrieben?«, schimpfte Johanna. »Geht euch auf der Stelle waschen, und dann räumt euer Bettzeug in den Laden! Und du, Jette, komm endlich, damit wir dich herausputzen. Alles andere würde uns als Unhöflichkeit ausgelegt werden, und das können wir uns wirklich nicht erlauben.«

Gerade als Johanna und Nelli beginnen wollten, Jettes Haar mit der Brennschere zu bearbeiten, kehrten Lisbeth und Josef von ihrer Reise nach Torgau zurück.

Die Ankunft der beiden war schon dringend erwartet worden, weil angesichts der vielen unwillkommenen Gäste jede helfende Hand gebraucht wurde. Aber jeder im Haus machte sich seine eigenen Gedanken und Sorgen, was sie wohl über ihre vermissten Söhne erfahren hatten und wie es ihnen seitdem ging.

Friedrich Gerlach war der Erste, der sie kommen sah, und stieg sofort die Treppe hinab.

Das Gesicht der Köchin war wie versteinert. Rüde schob sie einen der Grenadiere beiseite, um sich den Weg in die Küche zu bahnen, was zu einem Gerangel führte, zu Geschimpfe in zwei Sprachen und beinahe zu einer handgreiflichen Ausschreitung.

»Lasst die Frau in Ruhe!«, ging der zumeist freundliche Buchdrucker und Verleger ungewohnt energisch auf Französisch dazwischen. »Sie ist eine Mutter, die vier Söhne für die Grande Armée geopfert hat.«

Sofort ließen die Soldaten von der Köchin ab, die sich um nichts weiter zu scheren schien und die Tür hinter sich zuschlug.

»Vier Söhne?«, vergewisserte sich ein blutjunger Soldat mit hellblondem Haar, der noch keine sechzehn Jahre alt zu sein schien. »Eine gute Frau!«
»Das ist sie. Und wahrscheinlich sind alle vier tot. Also erweisen Sie ihr den entsprechenden Respekt!«, mahnte Gerlach streng.
So froh er war, die Köchin wieder im Haus zu haben, wenn solche Mengen Arbeit anstanden – Lisbeths Gesichtszüge waren für ihn die Bestätigung dessen, was er befürchtet hatte. Aber ihr jetzt Trost zusprechen zu wollen würde alles nur noch schlimmer machen. Dafür kannte er sie zu genau. Sie würde einen Eimer voll Kartoffeln aus dem Keller holen und sie zu schälen beginnen oder einen schweren Teig kneten, um beschäftigt zu sein und nicht reden zu müssen.
Also ging er zu Josef, der auf dem Hof gerade die Pferde an seine beiden jüngsten Söhne übergab, damit sie die Tiere fütterten und tränkten.
»Tot, alle vier, in Russland gestorben. Es gibt keinen Zweifel«, beantwortete Josef die unausgesprochene Frage brüsk. »Da liegen sie in der kalten russischen Erde verscharrt, falls sie überhaupt jemand begraben hat so weit im Osten. Bitten wir den Allmächtigen, dass mir das Weib nicht verrückt wird darüber!«
Er schneuzte sich geräuschvoll in ein kariertes Taschentuch und ließ hilflos die Schultern hängen. Sogar die Enden seines Schnurrbarts hingen traurig herab. Jetzt waren ihm von all seinen Kindern nur noch der Krüppel und der Zwerg geblieben. Mürrisch wies er mit dem Kopf auf eine Gruppe Grenadiere, die auf dem Untermarkt exerzierten. »Requirieren die Pferde?«
Bisher hatte er mit viel Glück und auch dank Gerlachs Fürsprache seine zwei Pferde und den Karren über die Kriegszeiten retten können, auch wenn er immer wieder zu schlecht oder gar nicht bezahlten Spanndiensten fürs Militär verpflichtet wurde.

Lieber ging er jedes Mal mit, wie jetzt auch, statt das Gespann einfach herzugeben und vielleicht nie wiederzusehen. Aber das konnte sich mit jedem Tag ändern. Die Armeen hatten auf den Märschen und in den Schlachten nicht nur große Verluste an Menschen, sondern auch an Pferden und Fuhrwerken.
»Im Moment nicht, das wurde uns versichert«, sagte Friedrich Gerlach zu Josefs Erleichterung. »Aber der Rat sucht dringend Fuhrwerke, um Proviant heranzuschaffen. Wenn Sie können, Herr Tröger ... Wenn Sie Ihre Frau jetzt allein lassen können, dann gehen Sie ins Rathaus und bieten Sie dort Hilfe an. Wir kümmern uns hier um Ihre Lisbeth, das verspreche ich.«
Josef Tröger brummte etwas, rief seinen beiden verbliebenen Söhnen ein paar Ermahnungen zu und stapfte Richtung Kreuzgasse davon, um zum Rathaus zu gehen.

»Hast du gehört? Unsere Brüder sind alle tot. Die Russen haben sie umgebracht! Das zahlen wir denen heim!«, zischte Karl. Schließlich war er nun der älteste Sohn der Familie, da musste er etwas unternehmen!
»Wie denn? Die Russen sind fort«, erwiderte Anton und ließ die Bürste sinken, mit der er das ausdauerndste Pferd seines Vaters striegelte.
»Auf der Flucht, aber noch nicht geschlagen«, widersprach Karl. »Ich melde mich freiwillig. Jetzt sind sie bestimmt nicht mehr wählerisch mit den Rekruten. Ich werde ihnen schon zeigen, dass ich so schnell sein kann wie jemand mit zwei gesunden Beinen. Russen und Preußen sind unsere Feinde.«
»Mutter schlägt dich tot, wenn du ihr das erzählst!«, wandte der Jüngere ein und biss sich auf die Unterlippe. »Denkst du, sie lässt dich gehen, nachdem schon der Claus, der Wilhelm, der Fritz und der Paul begraben sind?«
Er musste mit den Tränen kämpfen, wenn er sich vorstellte, dass alle seine Brüder außer Karl tot waren. Sie hatten mit ihm als Jüngstem zwar oft derbe Späße getrieben, aber ihm auch

jede Menge beigebracht. Miteinander gelacht hatten sie und gemeinsam Unfug angestellt.

Und wie großartig sie in ihren Uniformen aussahen, wie stolz sie gewesen waren, zur Reitenden Artillerie zu gehören! Es wollte ihm einfach nicht in den Kopf, dass alle vier nicht mehr lebten, nie wieder lachen und mit ihm scherzen würden. Er würde sich von ihnen sogar noch einmal verprügeln lassen, wenn sie nur wiederkämen!

Schniefend fuhr er sich mit dem Ärmel übers Gesicht.

Vielleicht sollten Karl und er jetzt zu ihrer Mutter gehen und sie trösten. Andererseits – Mutter würde bestimmt weinen, und das könnte er nicht ertragen. Ihm war ja selbst ganz elend zumute. Und wer tröstete ihn?

»Das dürfen wir ihr nicht verraten!«, schärfte Karl ihm ein. »Du kannst ruhig mitkommen. Für die Infanterie bist du noch zu klein, aber hast du auf dem Obermarkt die Jungs gesehen, die die Trommeln schlagen? Da waren welche dabei, die sind sicher noch nicht zehn. Ich höre mich in den nächsten Tagen um. Und wir müssen noch mehr Zeit mit den Soldaten auf dem Dachboden verbringen. Statt zu würfeln, sollen sie uns alles beibringen: die Kommandos, die Trommelsignale, wie man ein Gewehr lädt ... Fort können wir erst, wenn die Alma gefohlt hat, dabei kann ich Vater nicht allein lassen. Aber dann melde ich mich zur Reitenden Artillerie, und du wirst Trommler!«

Das klang für Anton weitaus verlockender, als hier herumzuhocken, den Stall auszumisten und seine trauernden und sicher bald wieder streitenden Eltern um sich zu haben. Er wischte sich die Tränen aus den Augenwinkeln und begann, sich sein Leben als Trommler in der Grande Armée auszumalen, mit einer Uniform in leuchtenden Farben ... So wie die Musiker auf dem Markt.

Ja, sein Bruder hatte recht, in Napoleons mächtiger Armee konnten sie es den Russen heimzahlen und seine Brüder rächen!

Kaum war er mit dem Striegeln fertig, rannte er die Treppe hoch in die Küche seiner Familie, kniete sich auf einen Schemel und übte mit zwei Holzlöffeln, Trommelwirbel auf den Tisch zu schlagen.

Ein Gespräch über Frankreich

Freiberg, 12. Mai 1813

Der Major hatte durch seine Ordonnanz ausrichten lassen, er und sein Sohn wünschten um halb acht zu speisen, und zwar in Gesellschaft des Hausherrn und seiner Gattin sowie deren Nichte, der bezaubernden Demoiselle Henriette. Bis dahin habe er auf der Kommandantur zu tun.
Johanna hatte ihr Bestes gegeben, die Tafel im Salon so herzurichten, dass auch ein französischer Offizier von neuem Adel hoffentlich nichts daran auszusetzen fand: das feinste Tischtuch, das gute Geschirr, das silberne Besteck, die geschliffenen Gläser ... Sie hatte ein paar frische Fliederzweige in einer Vase arrangiert, die den ganzen Raum mit ihrem Duft erfüllten, und Kerzen aufgestellt, die sie nun – kurz vor dem erwarteten Eintreffen der beiden französischen Offiziere – andächtig entzündete. Aus der Küche drang köstlicher Bratengeruch; Thea war eine ebenso gute Köchin wie ihre Schwester Lisbeth.
Doch Johannas wichtigste Vorbereitung auf diesen Abend war es, Henriette herauszuputzen, auch wenn die sich dagegen sträubte.
Aus Mangel an Garderobe trug sie nach wie vor das umgearbeitete grün-weiß gestreifte Kleid ihrer Tante, nun jedoch dazu ein schmales schwarzes Samtband mit dem Medaillon ihrer Mutter, von dem sie hoffte, es möge ihr die Kraft geben, den Abend zu überstehen.

Johanna und Nelli hatten eine Stunde lang Jettes Haar mit der Brennschere bearbeitet, ihr Löckchen über der Stirn gezaubert, weitere, die sich elegant an den Seiten herabringelten, und auch das am Hinterkopf aufgesteckte Haar kunstvoll in Schwung gebracht.

Jette konnte sich im Spiegel kaum selbst noch erkennen. Sonst trug sie ihre glatten Haare einfach offen, zum Zopf geflochten oder zu einem schlichten Knoten gedreht.

Blüten als Schmuck hatte sie zum Kummer ihrer Tante strikt abgelehnt – schließlich sei dies kein Ball und auch kein Essen mit Freunden.

»Dann hoffe ich sehr, dass du das keinen einzigen Augenblick lang vergisst, wenn du mit den Herren Offizieren redest«, hatte die Tante schnippisch gemeint. »Lass dich nicht provozieren und sprich bloß nicht von patriotischen Ideen! In einer fremden Sprache kommen noch viel schneller Missverständnisse auf.«

Johanna war doppelt besorgt, weil sie als Einzige in der bevorstehenden Runde kaum Französisch sprach und demzufolge auch nicht rechtzeitig eingreifen konnte, sollten ihr Mann oder die Nichte irgendwie gefährliche Gewässer ansteuern.

Dieser Major, so höflich er auch tat, wollte bestimmt möglichst viel über die Gesinnung seines Gastgebers herausfinden – schließlich war der ein Buchdrucker und Zeitungsherausgeber! Und die lebten gefährlich in solchen Zeiten. Den Palm aus Nürnberg, den hatten sie wegen franzosenfeindlicher Druckwerke erschossen, Gott sei seiner Seele gnädig, und der Becker aus Gotha, der saß nun auch schon bestimmt anderthalb Jahre Festungshaft in Magdeburg ab.

»Das weiß ich doch! Keine patriotischen Reden«, hatte Jette der Tante versprochen. »Ich werde mich am besten ganz dumm stellen und nur lächeln.«

Das meinte sie ernst. Die Schwierigkeiten würden schon beginnen, sollte der Major vor dem Essen einen Trinkspruch auf

Napoleon ausbringen. Aber sie war gezwungen, gute Miene zum bösen Spiel zu machen, wenn alle diese Zeit heil überstehen sollten. Es würde wohl ein Tanz auf glühenden Kohlen werden.

Als die Uhr halb acht schlug, erwarteten Friedrich und Johanna Gerlach die Gäste an der Tür. Die beiden Offiziere kamen pünktlich zum Glockenschlag und gingen die Treppe voran, nachdem sie die Gerlachs begrüßt hatten.
Jette trat aus der Bibliothek, als sie Schritte auf den Stufen und Stimmen hörte. Sie stand ein bisschen hilflos neben der Tür und wartete angespannt.
Als der Major sie sah, ging er lächelnd auf sie zu, nahm ihre Hand, deutete einen Handkuss an und sagte, während er ihr in die Augen schaute: »Demoiselle, ich bin entzückt! Sie sehen hinreißend aus!«
Dann trat er einen Schritt beiseite, um zuzuschauen, wie sein Sohn sich ebenfalls über Jettes Hand beugte, ihr seinen Arm bot, sie zu Tisch führte und ihr den Stuhl zurechtschob.
Erneut fiel Jette auf, wie ähnlich sich Vater und Sohn sahen: beide mit dunklem Haar, leuchtend blauen Augen und schmalem, sorgfältig gestutztem Schnurrbart. Noch dazu trugen sie ähnliche Uniformen. Nur dass der Seconde-Lieutenant schlanker war, sein Haar etwas länger, und seine Gesichtszüge eher jungenhaft verwegen wirkten, nicht so berechnend wie die seines Vaters.
Er ist bestimmt kaum zwanzig, mutmaßte sie. Aber ich darf mich davon nicht täuschen lassen. Er führt Waffen, dient in der französischen Armee und kommt keineswegs als Freund. Ein falsches Wort, eine missverstandene Geste, und wir sind ihnen vollkommen ausgeliefert. Ihr stand noch vor Augen, wie der Major mit dem Degen auf den zu Tode erschrockenen Felix losgegangen war.
De Trousteau hatte für sich den Platz an der Stirnseite des Ti-

sches gewählt. Henriette saß auf seinen Wunsch zwischen ihm und seinem Sohn Étienne.

Johanna wurde von ihm höflich gegenüber ihrer Nichte plaziert und der Hausherr neben seiner Frau – so dass ihn der Major gut im Blick hatte und Jette sich meilenweit von ihrem schützenden Vormund entfernt fühlte.

Schon steckte sie mittendrin in den Schwierigkeiten, und das im direktesten Sinne. Denn zwischen den beiden fremden Offizieren festzusitzen, ohne kaum mehr als eine Handbreit ausweichen zu können, erfüllte sie mit so viel Unbehagen, dass sie es nur mit Mühe schaffte, wenigstens die Andeutung eines Lächelns aufzusetzen.

Durch ihre Unerfahrenheit mit Männern fühlte sie sich bedrängt und eingeschüchtert.

Zu Hause in Weißenfels, als ihr Vater noch lebte, war sie nur selten auf Gesellschaften gewesen, und die Männer, die sie dabei traf, waren gute Freunde der Familie und hatten sie entsprechend väterlich behandelt.

In ihrem alten Leben hatte es niemanden gegeben, der ihr Herz zum Flirren gebracht hätte – abgesehen von den jugendlichen Schwärmereien für Theodor Körner und für Ludwig. Vielleicht war sie ja blind für die Blicke junger Männer. Doch sie glaubte felsenfest, sie sei einfach nicht hübsch genug, um jemanden in sich verliebt zu machen. Sie war zu klein, zu mager … Ihr Haar war auch nicht blond oder von glänzendem Schwarz, sondern ganz gewöhnlich braun und glatt. Nein, sie war gewiss keine Schönheit. Auf die Schmeicheleien des Majors würde sie nicht hereinfallen.

Nach allem, was in den letzten zwei Wochen geschehen war, würde sie sich sowieso niemals verlieben können. Sie hatte das Recht dazu verwirkt.

Doch nun schien dieser junge Seconde-Lieutenant sie mit Blicken zu verschlingen; und auch sein Vater gab sich ihr gegenüber charmant. Sie sind unsere Feinde, auch wenn sie noch so freundlich tun – das darf und werde ich nie vergessen, ermahnte sie sich in Gedanken.

Der Major winkte seinen Adjutanten heran, der vier Flaschen Rotwein auf die Kredenz stellte.

»Sie haben große Unannehmlichkeiten durch die Einquartierung, Madame«, sagte er zu Johanna. »Das bedauere ich. Als kleine Wiedergutmachung erlaube ich mir, zu unserem gemeinsamen Mahl ein paar Flaschen Wein beizusteuern. Französischen natürlich.«

Er gab seiner Ordonnanz das Zeichen, die Gläser zu füllen, und hob dann seines. »Lassen wir den Krieg und die Politik heute draußen. Trinken wir auf den Frieden und auf die Schönheit von Demoiselle Henriette!«

Sie hoben die Gläser, und als Étienne Jette dabei in die Augen sah, senkte sie rasch die Lider und dachte schaudernd: Gütiger Gott, ich darf ihn nicht in meine Seele blicken lassen, sonst bin ich ganz und gar verloren.

»Mein Vater hat recht, Sie sehen wirklich bezaubernd aus!«, sagte der Seconde-Lieutenant halblaut und musterte sie anerkennend. »Ein paar Blüten im Haar, ein Seidenkleid mit Spitze, und Sie würden auf jedem Ball in Paris reihenweise die Herzen der Männer brechen.«

»Ich war noch nie in Paris, doch mit der Schönheit der Frauen dort kann ich mich ganz gewiss nicht messen«, wehrte Jette die Schmeichelei ab. »Und hier in der Stadt wird es keinen Ball geben. Es ist Krieg.«

»Krieg? Was für ein Krieg, Demoiselle?«, fragte der Major verwundert und breitete die Arme aus. »Der Krieg ist vorbei! Wir haben gewonnen. Der Feind ist schon bis hinter Bautzen zurückgetrieben, und dort werden wir in ein paar Tagen seine letzten Überreste vernichten. Sachsen ist lediglich Durchmarschgebiet, kein Kampffeld. Sie haben doch sicher längst das Bulletin gelesen, das Ihr Vormund auf der nächsten Titelseite veröffentlichen wird …«

Natürlich hatte Jette die Ansprache Napoleons schon auf dem Korrekturbogen gelesen, die auf Französisch und Deutsch in der nächsten Ausgabe der *Gemeinnützigen Nachrichten* und in wohl jeder Zeitung Sachsens erscheinen würde. Aber sie schüttelte den Kopf, als wüsste sie nichts davon.

»Sagen Sie es ihr, berichten Sie Ihrer Nichte, welches Versprechen der Kaiser den Sachsen gibt!«, forderte der Major den Zeitungsherausgeber auf.

»Liebt euren König!«, zitierte Friedrich Gerlach aus dem Gedächtnis, der dieses Bulletin oft genug gelesen hatte – und zwar mit ziemlicher Fassungslosigkeit.

»Seht in ihm den Retter Sachsens! Wäre er seinem Worte weniger getreu, wäre er kein so redlicher Bundesgenosse gewesen, hätte er sich in die Meinungen Russlands und Preußens verstricken lassen, so wäre Sachsen verloren gewesen; ich würde es als ein erobertes Land behandelt haben. Meine Armee wird durch Sachsen nur durchmarschieren, und ihr werdet bald von den Beschwerden, die ihr jetzt zu ertragen habt, befreit werden. Ich werde Sachsen gegen seine Feinde verteidigen und beschützen.«

»Da hören Sie es!«, bekräftigte de Trousteau und nickte der Frau seines Gastgebers zu, während ihr Mann rasch für sie übersetzte. »Schon morgen wird ein Großteil der hier stationierten Männer Richtung Osten in Marsch gesetzt, um den Russen und Preußen endgültig den Garaus zu machen. Mein Regiment bleibt jedoch hier, und so dürfen mein Sohn und ich weiter Ihre Gastfreundschaft und bezaubernde Gesellschaft genießen, hoffe ich.«

Er sah Johanna an und wartete, bis deren Mann fertig übersetzt hatte. »Die meisten meiner Grenadiere werde ich ab morgen auf andere Häuser verteilen, dann haben Sie es etwas leichter, Madame. Étienne und ich werden hier dem Stadtkommandanten bei seiner Arbeit behilflich sein.«

Behilflich wobei?, dachte Jette bitter. Die letzten Vorräte zusammenzutreiben? Verräter zu suchen und diejenigen aufzu-

spüren, die ihre Sympathien für die Alliierten offen gezeigt haben? Zu kontrollieren, was in die Druckpressen kam? Sie glaubte ebenso wenig wie ihr Onkel, dass es Zufall oder die Liebe zur Literatur waren, die den Major bewogen hatten, sich ein Quartier beim ortsansässigen Drucker zuweisen zu lassen.
De Trousteau wandte sich nun wieder ihr zu. »Seien Sie also ganz ohne Sorge, Demoiselle! Der Krieg ist vorbei, auch wenn es noch keine offiziellen Friedensverhandlungen gibt. Ich bin sicher, das werden wir bald in Freiberg mit einem Ball feiern.«
Jette neigte den Kopf und lächelte höflich.
»So, nun kein Wort mehr von Politik«, meinte der Major und wedelte mit der Hand. »Es duftet ganz wunderbar. Was haben Sie uns Köstliches zubereiten lassen, Madame?«
»Kaninchenbraten mit Rotkraut, davor eine Frühlingssuppe mit Lauch«, übersetzte Jette die Worte ihrer Tante, die Nelli das Zeichen gab, den Gästen Suppe aufzutragen. Johanna hatte einen umfangreichen Tauschhandel mit mehreren Zwischenstufen abschließen müssen, um den Nachbarn zu bewegen, ihr für diesen wichtigen Abend zwei seiner Kaninchen zu überlassen, die er schon am Vortag geschlachtet und in Beize eingelegt hatte.
Nach einem zweisprachigen »Guten Appetit!« war eine Weile lang nur das verhaltene Klirren der Löffel auf den Tellern zu hören. Jette hoffte schon, dass der Rest des Abends überwiegend schweigsam vonstattengehen würde.
Doch dann richtete Étienne das Wort erneut an sie.
»Spielen Sie Klavier, Demoiselle Henriette?«
Es schien ihm zu gefallen, ihren Namen auszusprechen, es klang bei ihm wie »Angrijett«, und er kostete es geradezu aus.
»Leider nicht, Monsieur. Meine Mutter starb früh, mein Vater heiratete nicht wieder, und so musste ich mich um den Haushalt kümmern.«
»Aber Sie werden doch Muße für die schönen Dinge des Lebens haben? Bestimmt singen Sie, Henriette. Oder Sie zeichnen und sticken?«

»Ich liebe die Malerei, und ich lese gern.«
»Gedichte? Über die Liebe und die Schönheit der Natur?«
»Ist es nicht ... unangemessen, sogar widersinnig, im Krieg Gedichte zu lesen?«, fragte sie zurück. »Gefällige Reime über die Schönheit der Natur, während Menschen qualvoll sterben?«
Étienne sah ihr erneut in die Augen und lächelte hintergründig.
»Ich denke, Sie haben einen zu wachen Verstand, Henriette, um mir zu gestehen, was Sie lesen.«
»Ich liebe Schillers Werke«, sagte sie mit einem Anflug von Trotz.
»Schiller, der Dichter der Revolution!«, rief Étienne begeistert. »Hat man ihn nicht sogar zum Ehrenbürger der Republik ernannt? Aber er war nie in Paris, oder? Weshalb eigentlich nicht?«
»Ich glaube, seine finanzielle Situation erlaubte solch eine Reise nicht«, erklärte Jette vorsichtig.
»Ihr Deutschen lasst eure Dichter verhungern!«, meinte der Seconde-Lieutenant vorwurfsvoll.
»Es lag wohl eher an den Tagen der Schreckensherrschaft, dass er nie nach Paris kam. Schiller verabscheute die Massenhinrichtungen«, warf Friedrich Gerlach ruhig ein, der an diesem Punkt nicht zu diplomatischen Lügen bereit war. Es war ohnehin kein Geheimnis.
»So sind die Künstler – viel zu empfindlich!«, erklärte der Major verächtlich. »Wie dieser Beethoven. Widmet eine Sinfonie Napoleon, und dann zerreißt er das Titelblatt, weil ihm etwas nicht passte. Die Republik war in Gefahr! Da heißt es, lieber tausend Unschuldige auf die Guillotine schicken als einen Schuldigen davonkommen lassen. Und schließlich bekam jeder seinen Prozess.«
Schauprozesse, deren Urteile von vornherein feststanden, dachte Jette wütend; eine einfache Denunziation genügte. Und die Revolution erstickte in Blut.
Der Major schien ihr etwas davon am Gesicht abzulesen,

denn er warf die Serviette beiseite und rief verärgert: »Schon wieder sind wir bei der Politik! Es ist heutzutage eine zweischneidige Sache mit der Literatur. Ich habe mir einmal übersetzen lassen, was dieser Ernst Moritz Arndt schreibt, dem ihr Deutschen so begeistert zujubelt. Sie sehen, Monsieur Gerlach, ich verurteile nicht blind, ich befasse mich damit. Arndt beleidigt uns Franzosen. Er stellt uns als Barbaren hin und ruft dazu auf, uns zu hassen. Finden Sie das in Ordnung, Demoiselle Henriette? Lesen Sie Arndt? Hassen Sie Frankreich?«

»Ich spreche Ihre Sprache – wie könnte ich Frankreich hassen?«, fragte Jette mit einer Gelassenheit zurück, über die sie selbst staunte.

»Eine löbliche Einstellung! Ich wünschte mir wirklich, mehr von Ihren Landsleuten würden sie teilen«, erwiderte der Major streng.

Hektisch gab die besorgte Johanna Nelli das Zeichen, die Suppenteller fortzuräumen und den Hauptgang aufzutragen. Es hatte sich als unmöglich erwiesen, das junge Dienstmädchen mit den roten Haaren vor den vielen Männern verbergen zu wollen. Aber Nelli schien auch keinen großen Wert darauf zu legen. Mit einem frisch gestärkten Häubchen und neugierig hin und her huschenden Augen begann sie, den Gästen die Teller zu füllen.

Genau in diesem Moment setzte im Dom Orgelspiel ein. Jemand begann, Bachs Toccata und Fuge zu spielen.

»Ein wunderbares Instrument, diese Orgel, das hört man selbst durch die Fenster«, lobte der Major. »Ein Meisterwerk. Hat nicht ein Franzose sie erbaut?«

»Nein, ein Sachse namens Silbermann vor beinahe einhundert Jahren«, korrigierte Friedrich Gerlach höflich. »Aber er verbrachte seine Lehrjahre in Strasbourg.«

»Ah, Strasbourg! Eine wunderbare Stadt, die immer Künstler angezogen hat, die Geburtsstadt der Marseillaise«, schwärmte

de Trousteau. »Selbst Ihr Goethe hat dort studiert. Sehen Sie, sogar so weit entfernt von Frankreich finden Sie mit dieser Orgel ein Stück französischer Kultur.«
»Silbermann hat französische Elemente des Orgelbaus übernommen. Doch er fügte Eigenes hinzu und schuf damit etwas völlig Neues. *Das* macht das Besondere seiner Orgeln aus.«
Diese kleine Spitze konnte sich Henriette nicht verkneifen. Um sie zu verharmlosen, ergänzte sie rasch: »Die hier im Freiberger Dom ist die schönste. Andere schätzen die in der Dresdner Frauenkirche besonders, sein letztes Werk. Sobald Sie nach Dresden kommen, sollten Sie sich selbst ein Urteil bilden.«
Es schien ihr ausgeschlossen, dass der Major und sein Sohn *nicht* nach Dresden kommen würden. Wer sollte sie aufhalten, da die Alliierten immer noch auf dem Rückzug waren?
Johanna in ihrem besten Kleid atmete erleichtert auf, dass die Unterhaltung endlich in harmlose Bahnen geriet. Noch nie hatte sie sich für den alten Silbermann, der ganz in der Nähe vierzig Jahre lang seine Werkstatt gehabt hatte, mehr erwärmt als in diesem Moment. Doch sie freute sich zu früh.
Der Major warf einen kurzen Blick auf seinen üppig gefüllten Teller, wedelte sich mit der Hand den köstlichen Duft der Sauce zu, zeigte ein kurzes, genüssliches Lächeln und schnitt ein Stück Fleisch ab. Doch vor dem ersten Bissen legte er Messer und die Gabel mit dem Kaninchenfleisch noch einmal auf dem Tellerrand ab und redete sich in Schwung.
»*Wir* sind es, Frankreich ist es, die Kultur und Fortschritt nach Europa bringen. Den Geist der Revolution: Freiheit, Gleichheit, Brüderlichkeit! Ist es nicht das, wonach Ihre deutschen Dichter und Denker rufen? Alle Staatsbürger sind vor dem Gesetz gleich, die Leibeigenschaft ist aufgehoben, es herrschen Gewerbefreiheit und die Freiheit des Glaubens. Das ist der Fortschritt, das bringt Napoleon seinen eroberten Gebieten, und ihr beklagt euch? Worüber? Wenn hier jemand Grund zur Klage hat, dann ich, denn nun muss auch ich als Adliger allge-

meine Steuern zahlen. Das gefällt mir nicht, es kostet mich eine Menge Geld. Doch Sie sollten es gerecht finden. Und obwohl die Krämer mächtig murren über Meter und Kilo, finden sie insgeheim die einheitlichen Maße ganz praktisch. Wenn in Sachsen auch der Code Napoleon gelten würde, wären sogar Ehescheidungen möglich. Ist *das* nicht Fortschritt?«
Dann erst wandte er sich wieder seinem Braten zu.
Niemand im Salon sagte etwas. Es kam auch niemand dazu, denn schon nach ein paar Bissen meinte der Major, nun deutlich liebenswürdiger, zu Henriette: »Obwohl – wenn Sie meinen Sohn erhören würden, Demoiselle, der offensichtlich ganz bezaubert von Ihnen ist …«
Henriette verschluckte sich an dem Rotwein, obwohl sie nur daran genippt hatte, und musste husten.
»Sie machen sie ganz verlegen, Vater!«, meinte Étienne vorwurfsvoll und wandte sich ebenfalls Henriette zu. »Seien Sie ihm nicht böse! Er liebt diese Art von Späßen. Allerdings hat er recht. Ich *bin* bezaubert von Ihnen.«
Er nahm ihre Hand und beugte sich erneut darüber.
Jette merkte, wie ihr die Röte ins Gesicht schoss. Am liebsten wäre sie aufgesprungen und fortgerannt.
Friedrich Gerlach beschloss, dass es höchste Zeit war einzugreifen. »Meine Nichte ist sehr schüchtern. Lassen Sie Ihren Braten nicht kalt werden, Messieurs. Unsere Köchin hat ihr Bestes gegeben, um Ihre Gaumen zufriedenzustellen.«
»Ja, wirklich köstlich«, bestätigte der Major, ohne sich vom Thema abbringen zu lassen.
»Étienne wird einmal eine Frau sehr glücklich machen. Ich bin so stolz auf meinen Sohn, wie ein Vater nur sein kann. Lützen war seine erste große Schlacht, seine Feuertaufe, und er hat sich tapfer geschlagen. Und als wir Freiberg endgültig zurückeroberten, führte er mit großem Erfolg das Kommando über die Einheit, die die russische Arrièregarde vernichtete.«
Dann hat er vielleicht jenen jungen Reiter getötet, der die Nach-

richt vom Anrücken der Feinde auf den Obermarkt brachte, dachte Henriette schaudernd. Und wer weiß, wie viele noch.
»Wieso schauen Sie auf einmal so finster, Demoiselle?«, bohrte der Major nach, während er sich den nächsten Bissen vom Kaninchenschlegel schnitt. »Ich wüsste gern, was in Ihrem hübschen Köpfchen vor sich geht!«
»Haben Sie denn keine Angst, dass Ihrem Sohn etwas zustößt? Er verwundet wird oder fällt? Ich schlafe nachts kaum, weil ich ständig an die Männer mit ihren schrecklichen Wunden denken muss, die ich in Weißenfels pflegte.«
»Du hast Chancen bei der hübschen Henriette – sie sorgt sich um dich«, meinte der Major vergnügt zu seinem Sohn.
»Das ist nun einmal unsere Arbeit, Demoiselle: der Krieg. Wem die Kugel bestimmt ist, den wird sie treffen. Doch bis dahin tut jeder seine Pflicht. Wer will schon im Bett sterben, wenn das Vaterland ruft? Außerdem haben wir ein vorbildliches Sanitätswesen in der Grande Armée. Chirurgen, die sogar aufs Schlachtfeld kommen und den Männern das Leben retten. Ich selbst bin in Spanien schwer verwundet worden. Aber man hat die Kugel entfernt und mich zurück nach Frankreich geschickt. Nun bin ich genesen und hier.«
Mit einer eleganten Bewegung spießte der Major den letzten Bissen auf die Gabel, kaute und wischte sich den Mund mit der Serviette ab.
»Sie waren in Spanien?«, brachte Jette bewundernd heraus. Die Bewunderung in ihren Worten galt allerdings nicht dem Major. Spanien war ein Leuchtfeuer. Das spanische Volk hatte sich vor fünf Jahren gegen die französischen Besatzer erhoben, die mit Massenerschießungen einen bewaffneten Volksaufstand provozierten, der bis heute anhielt. Gerüchteweise sollten die von England unterstützten Rebellen das Land fast völlig zurückerobert haben. Vielleicht war Spanien inzwischen bereits frei? Es hatte schon lange keine Nachrichten mehr aus diesem Teil Europas gegeben.

»Ja, ich war in Spanien. Noch so ein Fall von Undankbarkeit!«, entrüstete sich der Major. »Wir gaben denen ein Stück von Portugal und schafften die Inquisition ab. Stellen Sie sich vor, dort vollstreckte man Todesurteile noch mit der Garotte! Wie barbarisch!«

Die vierzigtausend Menschen, die ihr während der Schreckensherrschaft auf die Guillotine geschickt habt, werden das sicher als Fortschritt empfunden haben, dachte Jette sarkastisch. Die Spanier wollten vielleicht einfach nur einen eigenen König behalten, statt Joseph Bonaparte auf den Thron gesetzt zu bekommen.

»Unglaublich, mit welchem Gesindel wir dort zu tun hatten«, fuhr der Major fort. »Straßenräuber, die hinterrücks über uns herfielen! In jeder Hütte konnten welche von denen lauern. Und an deren Seite nicht nur die widerlichen Engländer unter diesem Herzog von Wellesley, sondern auch Deutsche. Können Sie sich *das* vorstellen?«

Mit geheuchelter Arglosigkeit verneinte Jette.

»Männer von der Schwarzen Schar des Herzogs von Braunschweig-Oels. Und als sich Valencia endlich nach langer Belagerung ergab, hatte ich das Vergnügen, einen gewissen Baron von Lützow gefangen zu nehmen.«

Nun bekam Jette große Augen.

»Nicht den, der hier sein Unwesen treibt, sondern seinen Bruder namens Leopold«, erklärte der Major. »Der war einst auch mit diesem Schill unterwegs gewesen, hatte sich aber mit ihm zerstritten und ritt davon, bevor der Rest der Bande in Stralsund zur Strecke gebracht wurde. Erst ging er zu den Österreichern, dann zu den Spaniern, und jetzt ist er bei den Russen, wie ich hörte. Er scheint offensichtlich keine Armee auszulassen, in der er gegen uns kämpfen kann. Irgendwann wird er deshalb wohl auch noch die Preußen heimsuchen. Aber nach seiner Gefangennahme in Valencia war er zu ehrlos, sich für seine Missetaten zu verantworten, und floh.«

»Ist es nicht die erste Pflicht eines Gefangenen zu fliehen?«, wagte Jette vorsichtig einzuwenden. »Sie hätten ihn doch bestimmt zum Tode verurteilt nach alldem, was Sie mir über diesen Mann erzählen.«
»Das verstehen Sie nicht, Demoiselle. Sie sind zu jung und auch nur eine Frau. Als Offizier steht man für seine Taten ein und nimmt mutig die Todeskugel entgegen, wenn es sein muss. Aber wir werden diesen Lützow schon noch erwischen. Und seinen Bruder auch, der hier wie ein Held gefeiert wird. Dann sind die Straßen wieder sicher, und Sie können ruhig schlafen, Demoiselle.«
»Wie soll ich ruhig schlafen, wenn überall Menschen gewaltsam sterben, junge Männer zu Krüppeln gemacht werden?«, fragte Jette aufgebracht. »Jetzt herrscht schon so viele Jahre Krieg, in beinahe ganz Europa ... Ich glaube nicht, dass es hier noch einen *Ball* geben wird.«
Bei ihren letzten Worten sah sie zu Étienne, der nun seine Hand über ihre legte. »Mein Wort darauf, es wird schon bald einen Ball in dieser Stadt geben, Demoiselle. Nicht nur einen, sondern sogar zwei. Einen aus Anlass unseres Sieges und einen im August zum Geburtstag des Kaisers. Ganz gleich, welcher davon zuerst stattfindet: Darf ich mich bei Ihnen für die ersten beiden Tänze vormerken lassen?«
Jette blieb nichts anderes übrig, als zu bejahen, sich zu bedanken – und ihre Hand vorsichtig unter seiner hervorzuziehen. Solche Vertraulichkeiten schickten sich nicht.
»Warum glauben Sie mir nicht, Demoiselle Henriette, wenn ich Ihnen sage, dass der Krieg so gut wie vorbei ist?«, beharrte der Major, warf die Serviette erneut beiseite und lehnte sich lässig in seinem Stuhl zurück. »Und wenn Sie beklagen, dass in Europa Krieg herrscht – nun, *wir* haben ihn nicht begonnen. Wir sind schließlich zuerst angegriffen worden. Das Vaterland war in Gefahr, und das Volk griff zu den Waffen. Aber ich will Ihnen etwas über Spanien erzählen.«

Er gab seinem Adjutanten das Zeichen, allen neuen Wein einzuschenken, und trank zuerst, bevor er weitersprach.
»Sie sollten nicht vergessen, dass Spanien eine Kolonialmacht mit beträchtlichen Gebieten in Übersee ist. Die Bevölkerung Lateinamerikas ist von den spanischen Kolonialherren ebenso wenig erbaut, wie die Spanier es von uns sind. Seit Spanien mit seinem Guerillakrieg gegen uns beschäftigt ist, gärt es dort drüben auf dem ganzen Kontinent. Überall erheben sich die Einheimischen gegen die spanische Vorherrschaft. Rebellen in Bogotá haben die Unabhängigkeit vom Mutterland erklärt, in Paraguay ebenso, in Mexiko und Chile gibt es Aufstände. In Venezuela haben Aufständische einen Kongress einberufen, die Unabhängigkeit erklärt und eine Republik ausgerufen. Sie wurden von spanischen Truppen niedergezwungen, und Sie dürfen nicht annehmen, Demoiselle, dass *die* schonend mit den Rebellen umgingen.«
Er legte eine Pause ein, ließ seine Worte wirken und fragte dann: »Sehen Sie die Spanier nun immer noch als Opfer, als Helden? Der Held in dieser Geschichte ist jener Anführer aus Venezuela, kaum dreißig Jahre alt: Simón Bolívar. Merken Sie sich diesen Namen! Ich bin überzeugt, er wird trotz der Niederlage nicht aufgeben und den Spaniern noch viel Ärger bereiten. Er könnte es schaffen, die Nationen Lateinamerikas im Kampf gegen Spanien zu einen. Ich kenne sonst nur einen Mann, der so viel Charisma hat, und das ist unser Kaiser. Wenn Sie ihm gegenüberstehen würden, könnten Sie ihm nicht widerstehen. Und wissen Sie, woher dieser Bolívar seine Ideen und Überzeugungen hat? Aus Paris, wo er seine Bildung genoss und Napoleon kennenlernte, den er sehr bewundert!«
Mit triumphierendem Blick schaute der Major zu Jette, die ihn staunend ansah.
»Dann ist also nicht nur Europa im Umbruch ...«
»Natürlich, das alles geht weit über Europa hinaus. Vergessen Sie nicht: Napoleon Bonaparte war in Ägypten ...«

»Um die Engländer zu ärgern«, warf Friedrich Gerlach mit trockenem Humor ein.
Der Major lächelte amüsiert über diesen Einwurf. »Und bald wird er nach Indien ziehen.«
Jette verschlug es die Sprache angesichts solch absurd klingender Pläne, ihr Onkel dagegen ergänzte erneut: »Um die Engländer zu ärgern.«
»Richtig! Spätestens dort werden wir endlich diesem Wellesley Einhalt gebieten, der uns in Spanien so viel Ärger bereitete. Und da wir gerade von England sprechen – schauen Sie nach Nordamerika, Demoiselle! Haben sich die Vereinigten Staaten nicht unter blutigen Opfern von der *Kolonialmacht* England getrennt, sich eine Verfassung gegeben und eine Republik gegründet? Wir helfen ihnen jetzt, sich noch Florida und Kanada zu holen ... Um die Engländer zu ärgern«, sagte er mit belustigtem Grinsen zu Friedrich Gerlach. »Und natürlich für Freiheit, Gleichheit, Brüderlichkeit. *Napoleon ist der Mann, der die ganze Welt verändert!*«
Jette nahm ihr Glas und trank es langsam aus. Sie musste ihre Züge hinter dem Kristall verstecken, um über all das nachdenken zu können. Dann ist also dieser Krieg – obwohl es das Wort gar nicht gibt – ein *Welt*krieg.
»Sie sehen, jede Medaille hat zwei Seiten«, beendete der Major seinen Exkurs, trank sein Glas ebenfalls leer und ließ sich und den anderen noch einmal nachschenken.
»Ich hoffe, ich habe Sie nicht gelangweilt. Verzeihen Sie mir! Dabei wollte ich gar nicht von Politik reden.«
Das klang nicht sehr glaubwürdig.
»Die Demoiselle soll sich nicht ihr hübsches Köpfchen über Politik zerbrechen«, fuhr er fort.
»Also – wir sind alle satt nach diesem wunderbaren Mahl, gut gelaunt durch diesen wunderbaren Wein, womit können wir uns jetzt ein wenig zerstreuen? Musik? Ein Kartenspiel? Oder Tanz?«

»Wir haben kein Piano im Haus«, entschuldigte sich der Buchdrucker. »Nur eine Glasharmonika, und die ist lädiert.«
»Können Sie singen? Bitte, singen Sie uns etwas vor!«, schlug Étienne vor und sah Henriette bewundernd an.
»Ich bin musikalisch leider ganz unbegabt«, wehrte sie ab.
»Das glaube ich nicht«, widersprach Étienne und lächelte. »Sie wagen es nur nicht. Gut, ich gebe Ihnen Pardon und Aufschub, bis wir uns etwas besser kennengelernt haben.«
Wieder strahlte er sie an, und Jette hoffte inständig, dass der Tag nie kommen würde, an dem sie einander besser kennenlernten.
»Es wird sicher bald eine Abendgesellschaft in der Stadt geben, dort sollen Sie meine Begleiterin sein, ich bitte Sie darum! Ihr Vormund hat doch nichts dagegen, nicht wahr?«
Hilfesuchend sah Jette zu ihrem Onkel. Doch dem blieb nichts anderes übrig, als mit einem knappen Lächeln seine Zustimmung zu geben.
»Tanzen Sie Walzer?«
Endlich sah Johanna sowohl Gelegenheit als auch Notwendigkeit, etwas zur Unterhaltung beizutragen. »Das müssen Sie meiner Nichte nachsehen, Herr Leutnant. Der Walzer hat sich hier bei uns noch nicht durchgesetzt. Er wird zwar an den Höfen getanzt und auf großen Gesellschaften in den Residenzstädten. Aber dies ist eine kleine Stadt, da geht es betulicher und gesitteter zu. Wir tanzen hier Kontratänze und manchmal auch Menuett, selbst wenn Ihnen das etwas altmodisch erscheinen mag.«
Eilig übersetzte ihr Mann.
Amüsiert sah der Major seinen Sohn an. »Die Demoiselle kann keinen Walzer! Dabei ist sie doch wie geschaffen dafür, durch den Saal zu schweben. Dieser unhaltbare Zustand muss umgehend geändert werden.«
Er stand auf, zog seine Uniformjacke zurecht, verneigte sich vor Henriette und streckte ihr auffordernd seine Hand entgegen.

»Wenn Sie erlauben, zeige ich es Ihnen. Es ist ganz leicht, ich führe Sie. Vertrauen Sie sich mir an, und alles wird wie von selbst gehen.«

Jette warf einen bestürzten Blick zu ihrem Onkel, der mit einer zustimmenden Geste antwortete, auch wenn er nicht glücklich dabei wirkte. Der Major hatte eine höfliche Bitte geäußert, und es gab keinen höflichen Weg, sie abzuschlagen.

Vollkommen verunsichert ließ sich Jette hochziehen. Wo sollte sie hier Walzer tanzen? Der Salon war vollgestopft mit dem Gepäck des Majors.

Dieser schien ihre Gedanken zu erraten. »Für den richtigen Walzer mangelt es an Platz. Aber ich zeige Ihnen eine Variation dazu, schon im Dreivierteltakt …«

Er begann, eine Melodie zu singen, und Jette musste zugeben, dass er eine schöne Singstimme besaß, klar und kraftvoll. Aus dem Augenwinkel sah sie zu Étienne, der sich auf seinem Stuhl halb herumgedreht hatte, um nichts zu versäumen.

»Die Paare stehen im Doppelkreis; die Männer innen, die Frauen außen«, erklärte der Major und deutete den Kreis mit einer Armbewegung an. »Stellen Sie sich mit dem Rücken zu mir. Kreuzen Sie Ihre Arme und fassen Sie mit Ihrer linken Hand meine Rechte und umgekehrt.«

Das war eine Position, in der sich Jette sehr unwohl fühlte. Im Rücken spürte sie die Uniformknöpfe der Jacke des Majors, und sie war von ihren eigenen Armen gefangen, weil ihr Tanzpartner sie nicht losließ.

»Und jetzt wiegen … nach links, nach rechts …«

Wieder sang und summte er die Melodie dazu, sehr eingängig und klar.

Doch Jette wurde es immer unbehaglicher. Die unter der Brust gekreuzten Arme schoben ihr Dekolleté nach oben und betonten es viel mehr, als ihr lieb war, und sie hatte das Gefühl, dass die Augen des Majors, der so eng hinter ihr stand und ihre Hände festhielt, genau darauf gerichtet waren.

»Jetzt drehen, nun stehen wir uns gegenüber und schauen uns an, an beiden Händen gefasst, gehen vier kleine Schritte nach rechts im Kreis, vier Schritte nach links ... und eindrehen ...«

Nun stand sie wieder mit dem Rücken an seiner Brust und war von ihren eigenen Armen gefangen.

Hölzern blieb Jette stehen, den Tränen nah vor Scham.

»Es tut mir leid, ich kann das nicht. Und es ist ... nicht die rechte Zeit, um zu tanzen. Verzeihen Sie mir! Ich bin heute so traurig, weil eine gute Frau die Nachricht vom Tod ihrer Söhne erhielt.«

Mit gesenkten Lidern stand sie da und erwartete, dass ein Donnerwetter über sie hereinbrach.

Unerwartet kam ihr Étienne zu Hilfe. »Henriette ist müde. Und Sie bringen sie schon wieder in Verlegenheit, Vater!«

Er stand auf, reichte ihr die Hand und schob ihr den Stuhl zurecht, damit sie sich setzen konnte.

»Nun, wir werden Abhilfe schaffen«, erklärte der Major. »Es wird doch in dieser Stadt einen Tanzlehrer geben?«

Er sah zu Johanna, die gehorsam nickte.

»Ich werde ihn genau instruieren. Die Demoiselle soll auf meine Einladung und meine Kosten Walzer tanzen lernen. Ich dulde kein Nein!«, sagte er in scherzhaftem Ton und hob den Zeigefinger. »Gönnen Sie mir die Freude. Ich möchte Sie mit meinem Sohn im Walzertakt durch den Ballsaal schweben sehen. Und vielleicht hätten Sie die Güte, mir den dritten Tanz zu reservieren.«

Jette zog hilflos die Schultern hoch.

»Es ist spät, beenden wir den Abend. Ich danke Ihnen«, erklärte der Major.

Erleichtert wollte sich Jette von ihrem Platz erheben. Étienne, der schneller aufgestanden war, reichte ihr die Hand und half ihr auf.

»Madam, Monsieur, Demoiselle, ich wünsche Ihnen eine gute

Nacht!«, sagte der Major. Sein Sohn schloss sich diesen Wünschen an.

Die Gerlachs erwiderten den Gruß. Jette dachte schon erleichtert, jetzt sei es überstanden, als der Major plötzlich rief: »Monsieur, beinahe hätte ich es vergessen. Ich habe noch diese Bekanntmachung, die muss in Ihre nächste Ausgabe. Plazieren Sie sie an guter Stelle!«

Er nahm ein Blatt von einem Stapel Papiere auf der Anrichte und übergab es Friedrich Gerlach.

Dazu aufgefordert, las dieser den Text vor.

»Nachricht an alle Deutsche. Als der Kaiser Napoleon am 29. April zu Gotha eintraf, benutzte die Hofrätin Becker diesen glücklichen Augenblick, um sich Seiner Majestät zu Füßen zu werfen und die Befreiung ihres Mannes, der bekanntlich als Staatsgefangener zu Magdeburg sitzt, zu erbitten; der gütige Monarch gewährte auf der Stelle ihr Gesuch.«

»Ein weiterer Beweis unseres guten Willens. Selbst den Feinden gewähren wir Gnade, sofern sie nur Reue zeigen. Bonne nuit!«

Als sie die Tür des Salons hinter sich geschlossen wusste, fragte Jette leise: »Wer ist der Hofrat Becker, und weshalb hat man ihn inhaftiert?«

»Rudolph Zacharias Becker, der unter anderem den *Allgemeinen Anzeiger der Deutschen* herausgibt«, erklärte der Oheim. »Er besitzt eine Buchhandlung in Gotha. Verhaftet wurde er wegen eines Aufsatzes in seiner *Nationalzeitung*.«

Jette war sich völlig sicher, dass der Major diese Meldung keineswegs fast vergessen hätte. Es sollte eine Warnung sein. Sie standen also nach wie vor unter Verdacht.

Und jetzt sollte sie auch noch mit diesen beiden Männern tanzen, dem durchtriebenen, Gefahr verheißenden Major und seinem sich so charmant gebenden Sohn.

Kaum hatte sie die Tür zur Bibliothek hinter sich geschlossen, zerrte sie das Band aus den Haaren, das die Locken zusammenhielt, und fuhr sich mit den Fingern so oft durch die Haare, bis sie wieder beinahe glatt waren.

»Hast du gesehen, wie sie errötet ist?«, fragte der Major seinen Sohn, als sie im Salon unter sich waren. »Ganz bestimmt noch eine Jungfrau. Obwohl man nie sicher sein kann, bevor man sie nicht selbst probiert hat. Sie gefällt dir, nicht wahr? Hol sie dir – sie wird keine Herausforderung für dich sein. Ein paar tiefe Blicke in die Augen, ein paar Komplimente, und schon liegt sie in deinen Armen. Sollte sie sich zieren, kann ich ja ein wenig nachhelfen. Diese Buchdrucker haben immer irgendwo irgendwelche verbotenen Sachen versteckt. Und sie wird doch nicht wollen, dass dem lieben Oheim etwas zustößt, da sie ohnehin schon Waise ist?« Er lachte auf. »Lass dir nicht zu viel Zeit! Sonst hole ich sie mir.«

»Danke für Ihren Rat, aber ich schaffe das allein«, wehrte sein Sohn ab. Das Letzte, was er wollte, war, dass sich sein Vater da einmischte.

Auf der anderen Seite

Kaiserlich-Russisches Hauptquartier in Wurschen, östlich von Bautzen, 12. Mai 1813

»Ohne Torgau und Ihre Truppen sind Sie hier kaum von Nutzen.«
Diese kühle Begrüßung durch den Chef des russischen Generalstabs, Fürst Wolkonsky, traf den aus sächsischen Diensten geschiedenen Freiherrn von Thielmann wie ein Hieb in den Nacken. Zu anderen Zeiten wäre er aufgebraust. Aber nach den Ereignissen der letzten Tage, seinen Selbstzweifeln, Selbstvorwürfen und dem jähen Ende seiner glanzvollen sächsischen Militärlaufbahn hatte er dem nichts entgegenzusetzen.

Er brachte nur ein knappes »Wie Euer Exzellenz meinen« heraus, grüßte und verließ den Empfangsraum des Herrengutes in dem kleinen sorbischen Bauerndorf, wo die Verbündeten vorübergehend ihr Hauptquartier eingerichtet hatten.
Als er die Tür hinter sich geschlossen hatte, verharrte er, statt zur Treppe zu gehen.
Blieb ihm jetzt nichts weiter übrig, als bei den Preußen um Aufnahme zu bitten, nachdem die Russen ihn so eiskalt abgewiesen hatten? Wenn er daran dachte, wie ungünstig die Audienz beim preußischen König vorigen Monat in Dresden verlaufen war, konnte er sich nicht dazu durchringen. Vielleicht hätte er sich doch lieber eine Kugel durch den Kopf jagen sollen.
Der Gedanke war verlockend. Ja, es schien der einzige Ausweg. Er würde sich einen ruhigen Ort suchen, einen Abschiedsbrief an seine Frau schreiben und dann mit eigener Hand und aus eigenem Entschluss tun, was ihm noch blieb. Spätere Generationen würden hoffentlich ein gerechtes Urteil über ihn fällen. Er war kein Verräter.
Jemand kam die Treppe herauf: der Generaladjutant des Zaren, Oberst Ludwig von Wolzogen, der ihn erkannte und aus seiner zivilen Kleidung und seiner Miene sofort die richtigen Schlüsse zog.
»Sie haben Ihren Dienst in Sachsen quittiert. Und Fürst Wolkonsky hat Sie nicht gerade gnädig empfangen?«, meinte er vage lächelnd nach einem kurzen Blick in Thielmanns Gesicht. »Nehmen Sie sich das nicht zu Herzen, Exzellenz. Es geht hier gerade etwas turbulent zu. Ich verschaffe Ihnen eine Audienz bei Seiner Kaiserlichen Hoheit. Der Zar schätzt Sie. Ich versichere Ihnen, er wird Sie im Rang eines Generalleutnants der russischen Armee einstellen und mit ausreichend Geld versehen, damit Sie und Ihre Familie ein standesgemäßes Leben führen können. Gehen Sie in den linken Flügel, dort treffen Sie weitere Landsleute, die nach der Rückkehr Ihres Königs zu Napoleon die sächsische Armee verlassen haben. Es gab da in

den letzten Tagen einen regelrechten Kahlschlag in Generalität und Offizierskorps ...«

Thielmann bedankte sich für das Vermittlungsangebot.

Als er wieder allein auf dem Flur war, schloss er für einen Moment erleichtert die Augen. Doch statt in den linken Flügel des Schlosses ging er hinaus, ein paar Züge frische Luft schnappen. Die Beleidigung des Fürsten Wolkonsky hatte ihn zu schwer getroffen, um sie gleich zu vergessen.

Es dämmerte bereits, ein dichter Nieselregen überzog die gesamte Landschaft mit einem grauen Schleier.

Jemand rief seinen Namen. Er drehte sich um und erkannte seinen Freund von Carlowitz, der auf ihn zutrat, kurz innehielt und ihn dann wortlos an den Schultern packte.

»Haben Sie schon ein Quartier? Nein? Dann schlage ich vor, dass wir uns in meinem gemeinsam gründlich betrinken. Ich habe das dringende Bedürfnis dazu nach allem, was in den letzten Tagen passiert ist. Und das muss man ihnen lassen, das können sie richtig gut, diese Kosaken: reiten und trinken.«

Thielmann war erstaunt. Carlowitz war normalerweise kein Befürworter ausschweifender Gelage. Und er selbst hielt es auch nicht gerade für angebracht, sich dem Branntwein oder Wodka hinzugeben, wenn er bald zu einer Audienz beim Zaren gerufen werden sollte. Ganz zu schweigen von seinem gesundheitlichen Zustand. Aber er wollte unbedingt erfahren, was in den letzten Tagen vorgegangen war. Deshalb folgte er dem Freund ohne Zögern, nachdem er Bescheid gegeben hatte, wo er zu finden sei.

Der Oberst hatte unweit des Herrengutes Quartier in einem Bauernhaus mit zwei gekreuzten Tierköpfen an der Giebelspitze gefunden. Die Bäuerin verbeugte sich wohl ein Dutzend Mal vor ihnen beiden, brachte unaufgefordert warmes Brot und wenig später eine Pfanne voll Rührei mit Kräutern und gebratenem Speck sowie einen Krug Milch. Das schlichte Mahl duftete verführerisch; jetzt erst wurde Thielmann bewusst, wie lange er nichts mehr gegessen hatte.

Von Carlowitz holte zwei Zinnbecher vom Wandbord, eine Flasche mit glasklarer Flüssigkeit aus seinem Gepäck und füllte die Becher.

»Auf den Sieg der Verbündeten!«

Auch Thielmann erhob sich. »Auf den Sieg der Verbündeten und ein freies deutsches Vaterland!«

Beide Männer stießen an und tranken die Becher mit einem Schluck leer.

Dann begannen sie zu essen; zumindest Thielmann ließ es sich schmecken, während Carlowitz kaum einen Happen zu sich nahm und stattdessen fast ununterbrochen erzählte.

»Reynier und Ney befehligen nun Torgau. Gleich nachdem die Franzosen in die Festung einmarschiert sind, soll es ein paar deftige Schlägereien zwischen ihnen und unseren Leuten gegeben haben. Unseren ehemaligen Leuten«, berichtigte er sich mit schmerzlicher Miene. »Das könnte uns nur recht sein, wenn es nicht auch hier so viel unguten Streit gäbe. Streit in der Koalition! Napoleon wird das zu seinen Gunsten nutzen.«

Unruhig strich er sich durch das helle Haar und verzog den Mundwinkel zu einem bitteren Lächeln.

»Jetzt sind wir also auch offiziell auf dem Rückzug. Wenn die Franzosen mehr Kavallerie hätten, würden sie uns schon vor Tagen weggefegt haben. Bonaparte zieht von allen Seiten Verstärkung heran; er scheint über endlose Ressourcen zu verfügen. In weniger als zehn Tagen wird es die nächste große Schlacht geben, aller Voraussicht nach um Bautzen. Und hier will jeder kommandieren und kommandiert am Ende keiner. Der Zar ist beleidigt, weil Wittgenstein als Heerführer seine Armee in Großgörschen schlecht aussehen ließ. Wittgenstein – nicht gerade der klügste Kopf – ist beleidigt, weil Miloradowitsch und Wintzingerode gegen ihn arbeiten, die im Rang älter sind und denken, unter ihrem Kommando wäre die Sache besser gelaufen. Nun ist auch noch General Barclay de Tolly im Anmarsch, der nächste Anwärter auf den Rang des Oberkommandierenden. Er bringt vierzehntausend Mann Reserve mit. Selbst Blücher ist kaum wiederzuerkennen. Seine Wunde heilt nicht gut. Aber ich weiß nicht, ob er nur deshalb den Biss verloren hat.«

Verbittert hob Carlowitz die Hände. »Über unseren König will ich jetzt wirklich nicht sprechen. Die Preußen plündern die Niederlausitz bis auf den letzten Halm – von Schonung und Freundschaft keine Rede mehr. Das ist wohl die Rache des Freiherrn vom Stein dafür, dass sich Sachsens König wieder auf Bonapartes Seite gestellt hat. Wenn nicht endlich die Österreicher zu den Verbündeten übertreten, kann uns nur noch ein Volksaufstand retten. Und den sehe ich nicht kommen. Es haben sich schon in Preußen viel weniger Männer zu den Freiwilligenkorps gemeldet als erhofft. Aber hier scheint fast jedermann nur den Kopf in den Sand zu stecken und zu warten, bis es vorbei ist, ganz gleich, wie.«

Carlowitz schenkte sich erneut nach; Thielmann lehnte mit einer Geste ab.

Bevor der einstige Torgauer Festungskommandant etwas auf diese niederschmetternde Einschätzung der Lage erwidern konnte, trat ein junger russischer Adjutant ein und richtete in bestem Französisch aus, Exzellenz Baron von Thielmann möge sich zu Seiner Kaiserlichen Majestät dem Zaren begeben. Carlowitz wünschte ihm Glück und sah ihm durch das unverglaste Fenster nach, bevor er die Flasche erneut in die Hand nahm, kurz betrachtete und dann kopfschüttelnd wegschob.

Der Oberst von Carlowitz saß immer noch mit finsterer Miene da und starrte vor sich hin, als Thielmann von seiner Audienz beim Zaren zurückkam – mit leuchtenden Augen und voller Pläne.

»Ich bin jetzt Generalleutnant der Kaiserlich-Russischen Ar-

mee«, berichtete er als Erstes, und sein Lächeln verflog. »Das hätte ich mir vor einem Jahr noch nicht vorstellen können ...«
Früher oder später würde er hier auf Rajewski treffen, Generalleutnant der Kavallerie wie er, gegen dessen Schanze und dessen Leute er bei Borodino seine Regimenter in den Tod geführt hatte. Es stand viel Blut zwischen ihnen – und die Erinnerung an einen bitteren Tag. Damals wurde auch Fürst Bagration tödlich verwundet, einer der herausragendsten Befehlshaber der Kaiserlich-Russischen Armee; der einzige Heerführer des Zaren, dem selbst Napoleon Bonaparte Respekt zollte. Wie würden dessen Männer darauf reagieren, dass nun der bisherige Feind Thielmann Seite an Seite mit ihnen kämpfen wollte?
Doch er schob diese Gedanken beiseite, ließ sich von seinem Freund gratulieren, und nun war er es, der redete und redete, während Carlowitz zuhörte.
»Ich habe die Zustimmung des Zaren, dass wir eine Sächsische Division der deutschen Armee bilden!«, berichtete er voller Begeisterung. »Vom Stein, der hinter all den Plänen des Zaren steckt, will die Lausitz bewaffnen. Wir nehmen alle Sachsen zusammen, die übergetreten sind, und auch Kriegsgefangene, die sich freiwillig dazu melden. Vorerst nur Infanterie und Artillerie, aber so könnten wir es auf etliche tausend Mann bringen. Jedes Bataillon bekommt eine eigene Fahne mit einem Symbol, das auf ein einiges Deutschland hinweist.«
Das waren nun Aussichten, die auch den Oberst aus der für ihn untypischen Lethargie rissen.
»General Wintzingerode hat in Leipzig eine Kompanie Studenten in Reserve. Die sollten wir einbeziehen«, schlug er sofort vor.
»Steckt Miltitz irgendwo in der Nähe?«, fragte Thielmann ungeduldig. »Ich muss mich bei ihm entschuldigen. Und ich will ihn bei dieser Sache dabeihaben.«
»Ich bin auch gerade erst angekommen. Aber wo sein Korps steht, finden wir sicher schnell heraus.«

Sie gingen nach draußen und fragten den ersten Stabsoffizier, den sie trafen, wo das Korps Wintzingerode Quartier bezogen hatte, in dem von Miltitz im Rang eines Obersts diente. Es war nicht weit. Sie liefen zu Fuß und trafen den Weggefährten aus jungen Jahren, als er gerade aus dem Sattel stieg.

Verblüfft starrte er auf die beiden Männer, die ihm entgegenkamen, und zog sofort den richtigen Schluss daraus, dass der einstige Torgauer Festungskommandant keine sächsische Uniform mehr trug.

»Sie hatten von Anfang an recht, mein Freund. Ich kann mir meinen Fehler selbst kaum verzeihen. Können Sie es?«, sagte Thielmann, bevor sonst jemand zu Wort kam.

»Was werden Sie tun?«, fragte Dietrich von Miltitz mit skeptischem Blick und strich sich das etwas zu lang gewachsene Haar zurück.

»Mir zuerst die Uniform eines russischen Generalleutnants besorgen. Und dann eine Sächsische Division auf die Beine stellen – gemeinsam mit Ihnen, wenn Sie mir dabei helfen wollen!«

Jetzt leuchtete reine Freude auf Miltitz' Gesicht. Er ging auf Thielmann zu und umarmte erst ihn, dann Carlowitz.

»Und ob ich dabei bin! *Das* würde ich mir nie verzeihen: Wenn das ohne mich vonstattengehen würde!«

Lachend und sich einander ins Wort fallend liefen sie zu Carlowitz' Quartier.

»Wie geht es Sarah?«, erkundigte sich Thielmann. Die Frau seines Freundes war eine Engländerin, eine Bürgerliche von großer Klugheit und Kunstverstand.

»Sie wird glücklich sein, dass Sie Ihre Entscheidung getroffen haben.«

»Unsere Begegnungen auf Siebeneichen habe ich vermisst«, gestand Thielmann wehmütig. »Und den schönen englischen Garten, den Ihre Frau anlegen ließ ...«

Auch durch Sarahs Einfluss war das bei Meißen gelegene Miltitzsche Gut Siebeneichen zum Zentrum der romantischen

Dichtung in Sachsen geworden. Dort hatten sich Dichter und Anhänger der Dichtkunst getroffen: Johann Gottlieb Fichte, Christian Gottfried Körner, die Brüder Carlowitz; einige von ihnen waren inzwischen schon tot wie Heinrich von Kleist, der sich vor zwei Jahren das Leben genommen hatte, und der junge Hardenberg – Novalis, der zusammen mit Miltitz aufgewachsen war. Fast alle, die in Siebeneichen ein und aus gegangen waren, hatten sich insgeheim ein wenig in Sarah verliebt.

»Je schneller wir die Feinde aus dem Land treiben, umso eher können wir die nächste Soirée veranstalten«, meinte Dietrich von Miltitz überschwenglich. Dann wurde er wieder ernst und fragte: »Wie trägt es Ihre Frau?«

Thielmann zögerte mit der Antwort. »Wilhelmine beklagt sich nicht, das tut sie nie. Aber ich weiß nicht, wie lange ihre Kraft noch reicht.«

Viel zu oft hatte er sie wegen dienstlicher Pflichten in schweren Zeiten allein lassen müssen, sogar als einige ihrer Kinder starben. »Ich habe sie und die Kinder nach Teplitz geschickt. Dort wird man sie nicht als Frau eines Landesverräters beschimpfen. Ich bete zu Gott, dass sie sicher ist und Frieden findet.«

Bis tief in die Nacht saßen die drei Freunde zusammen und diskutierten, wie sie die Sächsische Division aufstellen konnten, schnell, effektiv und voller Symbolkraft.

Es waren vor allem Thielmann und Miltitz, die sprachen, beide von ähnlich überschäumendem Temperament, während sich Carl Adolf von Carlowitz immer mehr in sich zurückzog. Ich bin der Jüngste von uns, dachte er; eigentlich sollte ich derjenige sein, der sich schnell begeistern lässt. Warum habe ich so ein ungutes Gefühl dabei, so viel Argwohn? Habe ich die Zuversicht verloren, dass sich alles noch zum Guten wenden kann? Dass wir Deutschen uns zusammenschließen, den Feind vertreiben, den Krieg beenden und uns zu einer blühenden, dem Fortschritt aufgeschlossenen Nation vereinen?

Unzählige Sterne funkelten am Himmel, als Thielmann endlich das Quartier bezog, das ihm auf Weisung des Zaren zugeteilt worden war. Dort angekommen, verharrte der einstige sächsische Reitergeneral einen Augenblick.

Dann schloss er die Tür, setzte sich an den schlichten Holztisch und schrieb einen Brief an seine Frau. Schrieb sich alles von der Seele, was in ihm toste. Alles, was ihm in den letzten Tagen widerfahren war und wie gern er ihr und den Kindern die Sorgen erspart hätte, die sie nun durchleben mussten. Schrieb von seinen neuen, beflügelnden Plänen, die ihn endlich wieder mit Hoffnung erfüllten.

Es kam vollkommen ehrlich aus seinem Inneren, als er endete: »Du bist mein anderes Ich, die Mutter meiner Kinder, die ich mehr liebe als mich selbst. Von ganzer Seele der Deine.«

Johann Adolph von Thielmann hatte viel verloren.

Aber er hatte auch etwas gewonnen – nach Jahren, in seiner größten Not hatte er die Liebe zu der Frau wiedergefunden, die selbst in schlimmsten Zeiten zu ihm hielt.

Da konnte er noch nicht ahnen, dass seine großen Pläne von der Sächsischen Division der deutschen Armee schon in wenigen Tagen durch den Ausgang der Schlacht bei Bautzen zunichtegemacht werden würden.

Ein Abschied und noch einer

Freiberg, 13. Mai 1813

Der Abend mit den beiden französischen Offizieren hatte Jette viel zum Nachdenken gegeben. Und je länger sie grübelte, umso größer wurde ihre Unsicherheit. Was war richtig, was war falsch? Sie wagte es nicht, mit dem Onkel darüber zu reden, denn sie vermochte aus dem Chaos in ihrem Kopf keine Fragen zu formen.

Noch mehr verunsicherten sie die Blicke Étiennes und die Erinnerung an die unfreiwillige körperliche Nähe zu seinem Vater während der improvisierten Tanzstunde. Darüber mit ihrer Tante zu sprechen schien ihr erst recht unmöglich.

Also zog sie sich immer häufiger in die Abgeschiedenheit der Bibliothek zurück, um nachzudenken und jedem aus dem Weg zu gehen. Franz besuchte die Schule und verbrachte die übrige Zeit mit Eduard, was Jette angesichts des Altersunterschieds zwischen den beiden erstaunte und auch ein wenig misstrauisch stimmte. Was trieben sie in ihrer freien Zeit, wenn sie beinahe nie im Haus anzutreffen waren? Aber da vertraute sie auf die scharfen Augen ihrer Tante, der ganz sicher nichts entging, was sie nicht billigte.

Wie vom Major vorausgesagt, zog am nächsten Tag ein Teil der in Freiberg stationierten Truppen der Grande Armée weiter Richtung Osten, so dass das Haus nicht mehr ganz so voll war und Lisbeth, Thea und Nelli es zu dritt schafften, für alle zu kochen und zu waschen.

Niemand drängte sie, etwas zu tun. Also öffnete sie die Buchhandlung auch vormittags.

Warm und sonnig versprach dieser Maitag zu werden.

Henriette hatte bereits mit der Familie gefrühstückt. Jetzt war sie noch einmal in die Bibliothek gegangen, saß gedankenversunken auf der Récamiere und kämmte ihr Haar, das sie heute in Zöpfen um den Kopf legen wollte. Eine halbe Stunde Zeit blieb noch, bis sie hinunter in die Buchhandlung musste.

Nelli erschien in der Tür, klopfte und trat ein. Sie hielt einen versiegelten Brief in den Händen.

»Für Sie, Fräulein Henriette«, sagte sie, knickste und lächelte vielsagend.

Es war nicht zu übersehen, dass das junge Dienstmädchen gern wüsste, von wem der Brief stammte und ob es womöglich ein Liebesbrief war. Deshalb hatte sie auch den Herrschaften nichts davon gesagt, sondern dieses Schreiben aus der Post aussortiert, die gerade eingetroffen war.

Verwundert betrachtete Jette das ordentlich zusammengefaltete Blatt von vorn und hinten. Es war eindeutig an sie adressiert: Fräulein Henriette Gerlach, Buchhandlung Gerlach, Freiberg in Sachsen. Mehr stand nicht darauf. Dem Aussehen nach war dieser Brief eine ganze Weile unterwegs gewesen, denn er war abgegriffen und ein wenig verschmutzt.

Von wem könnte er wohl sein? Auf Anhieb fiel Jette niemand ein, der ihr schreiben würde. Höchstens die Nachbarn aus Weißenfels, die vielleicht mitteilen wollten, ob das Haus ihres Vaters noch stand oder zerstört war. Doch die Nachbarn wussten nicht, wohin sie und Franz verschwunden waren.

Wieder überkam sie die irrationale Angst, jemand könnte von ihrer Bluttat in Weißenfels erfahren haben und drohen, sie zu verraten. Ging Unheil von diesem Stück Papier aus?

Jette nahm allen Mut zusammen, schickte das sichtlich enttäuschte Dienstmädchen mit einem freundlichen Dank hinaus und brach das Siegel erst, als Nelli die Tür hinter sich geschlossen hatte.

Mit bebenden Händen faltete sie das Blatt auseinander und suchte zuerst nach der Unterschrift.

»Ganz der Ihre – Maximilian Trepte«

Überrascht und erleichtert stieß sie einen Seufzer aus. Er lebt!, jubilierte sie innerlich. Und er hatte sie nicht vergessen, schrieb ihr sogar!

Ihr Herz hämmerte auf einmal so laut, dass sie fürchtete, der Klang würde durch das ganze Haus hallen.

Ein Lächeln huschte über Jettes Gesicht, als sie an seine Worte dachte – wie gern er mit ihr auf einen Ball gehen würde. Damals hatte sie das für Fieberphantasien gehalten. Er war schwer verwundet, und ein Ball war wirklich das Abwegigste, woran je-

mand in seiner Lage denken konnte. Er hatte die letzte Schlacht nur knapp überlebt, musste verletzt vor den Feinden fliehen, die schon das Stadttor beschossen, und es bestand keinerlei Aussicht auf ein Ende der Kämpfe.
Aber er lebte noch!
Hastig trat sie ans Fenster, um mehr Licht zu haben. Der Brief war mit Bleistift geschrieben, in engen, dichten Zeilen, einige schlangen sich sogar um das Blatt herum, um selbst das letzte bisschen Platz zu nutzen – vielleicht hatte er nur dieses eine zur Verfügung gehabt.
»Wertes Fräulein Henriette,
wie Sie sehen, halte ich meine Versprechen: Ich lebe noch (dank Ihrer aufopfernden Hilfe!), ich habe Sie nicht vergessen, und eines Tages werde ich Sie auch auf einen Ball führen, selbst wenn das vielleicht noch einige Zeit dauern mag.
Meine Verletzung heilt gut. Ich verrate kein Geheimnis, wenn ich Ihnen schreibe, dass sich unsere Truppen zwischen Spree und Neiße sammeln und wir dort bald die nächste Schlacht gegen den Feind schlagen werden. Ich bin so weit hergestellt, dass ich mich meiner Einheit wieder anschließen und meine Männer ins Gefecht führen werde.«
Erschrocken hob Jette das Blatt näher an die Augen und las die letzte Zeile noch einmal, um sicherzugehen, dass sie sich nicht geirrt hatte. Nach den wenigen Tagen auf dem Krankenlager und dem holprigen Transport konnte es ihm nie und nimmer so gutgehen, dass er kräftig genug dafür war!
Rasch drehte sie das Papier um, ob darauf eine Anschrift zu finden war – natürlich nicht, nur ein dunkler Fleck, als hätte das Papier auf feuchter Erde gelegen.
Bilder stiegen vor ihren Augen auf, die sich einfach nicht verdrängen lassen wollten: der Premierleutnant im Kampfgewühl, erneut den feindlichen Kugeln und Bajonetten ausgesetzt. In einem Nahkampf hatte er mit seiner Verletzung keine Chance!
Hastig las sie weiter.

»Der Grenadier, der zusammen mit mir als Letzter Ihre Stadt verließ, ist unterwegs verblutet. Dabei war er so voller Heiratspläne für die Rückkehr in sein Heimatdorf. Doch abgesehen von ihm sind von den Männern, die Sie mit zarter und doch entschlossener Hand gepflegt haben, nur noch zwei gestorben: die Füsiliere Jonka und Heinrich, Gott sei ihren Seelen gnädig. Ohne Sie und Ihre Helfer wären wir anderen vermutlich auch tot.«
In ihrer Erinnerung suchte Jette vergeblich nach den Gesichtern der beiden. Es waren so schrecklich viele verletzte Männer gewesen, für die sie zu sorgen hatte, und in ihren Alpträumen vermischten sich all die schmerzverzerrten, blutigen Gesichter zu einem.
Doch den Premierleutnant Trepte sah sie ganz klar vor sich: seine dunklen Augen, die ihre nicht losließen, sein verbissener Stolz, jedes Wort, das er in seinen Fieberträumen geschrien hatte. Und vor allem jene, die er ihr am letzten Tag gesagt hatte.
Sie trat noch einen halben Schritt näher ans Fenster und hielt das Blatt mit beiden Händen fest, während sie weiterlas.
»Ich sollte Ihnen von schönen Dingen schreiben, elegant mit einer Feder, und vielleicht noch ein paar Zeichnungen oder gepresste Blüten hineinlegen. Das würde Ihnen sicher gefallen. Wie gern möchte ich Ihnen eine Freude bereiten! Doch habe ich nur dieses eine Blatt und einen Bleistift, eingetauscht gegen meine Tagesration Branntwein, und schreibe auf einer leeren Munitionskiste, wodurch nun auch noch Rußspuren auf die Rückseite des Blattes geraten sind – bitte verzeihen Sie mir! Und je weniger Zeilen zum Schreiben bleiben, umso mehr verlässt mich der Mut zu sagen, was ich Ihnen sagen möchte.
Fräulein Henriette, durch Sie bin ich noch am Leben. Dafür verdienen Sie meine Dankbarkeit und die meiner Familie.«

Wieder ließ sie das Blatt sinken und starrte aus dem Fenster. Natürlich, seine Familie. Sicher hatte er eine nette junge Frau, eine Patriotin, die ihren Schmuck für die Ausrüstung der preußischen Armee geopfert hatte, und vielleicht ein paar süße kleine Kinder. Was hatte sie denn gedacht? Aber wenn diese Kinder immer noch einen Vater hatten – umso besser.
»Meine Eltern wissen inzwischen, dass ich lebe, und sind sehr erleichtert. Auch darüber, dass meine Brüder noch leben, nach denen Sie die Güte hatten, sich zu erkundigen. Sie sind beide wohlauf, obwohl sie ein hartes Rückzugsgefecht bei Gersdorf zu bestehen hatten, während ich verletzt in Freiberg lag.
Fräulein Henriette, ich würde gern mit einem kleinen Porträt oder einer Haarsträhne von Ihnen in den nächsten Kampf gehen. Da ich zu meiner Betrübnis keines habe, lebe ich ganz von dem Bild, das sich mir unauslöschlich eingeprägt hat: Wie Sie dort so tapfer auf dem Marktplatz standen und mir mit Ihren faszinierenden grünen Augen nachsahen. Ich werde es immer in meiner Erinnerung bewahren.
Wenn Sie rasch an die unten angegebene Ziviladresse in Bautzen antworten, besteht Hoffnung, dass mich Ihre Zeilen erreichen. Bis zur nächsten großen Schlacht wird es noch ein paar Tage dauern. Ich würde als glücklicher Mann in den Kampf ziehen, wenn ich wüsste, dass Sie an mich denken. Und ich erneuere mein Versprechen: Wenn dieser Krieg vorbei und das Vaterland befreit ist, führe ich Sie auf einen Ball. Bis dahin bitte ich Sie, mir gewogen zu bleiben.
In inniger Verbundenheit und ganz der Ihre,
Maximilian Trepte«

Jette hatte kaum zu Ende gelesen, als ihr schon die Tränen in die Augen schossen. Halb blind starrte sie auf das Blatt Papier, ohne noch einen Buchstaben erkennen zu können, wankte zur Récamiere und ließ sich daraufsinken.
In ihr tobten die Gefühle. Die Freude darüber, dass er an sie

dachte, ihr sogar geschrieben hatte und sie wiedersehen wollte, wurde sofort ausgelöscht durch die Angst, dass er in ein paar Tagen wieder in eine blutige Schlacht zog. Und bei der letzten, in Großgörschen, hatten die Truppen gerüchteweise jeden vierten Mann verloren.
Er ist doch schon so schwer verwundet worden, er soll nicht auch noch sterben!, dachte sie verzweifelt.
Mit fahrigen Händen holte sie ihre kleine Schere aus dem Nähkorb, schnitt sich eine Strähne ab und knotete ein Stück von dem hellgrünen Band daran, das sie sich in die Haare hatte flechten wollen. Sie musste ihm unbedingt heute noch schreiben, damit er den Brief auch bekam. Nur was sollte sie schreiben?
Die Uhr in der Bibliothek begann zu schlagen. Augenblicke später zeigten auch die Kirchenglocken die volle Stunde an. Es war schon zehn Uhr, sie musste in den Laden!
Rasch drehte Jette die Haare zu einem einfachen Knoten, für mehr blieb nun keine Zeit, legte die Haarsträhne in den Brief des Leutnants und faltete ihn sorgfältig zusammen. Hier konnte sie beides nicht lassen, nicht einmal im Geheimfach ihres Onkels. Denn obwohl sie sich schlecht dabei fühlte, wollte sie weder ihm noch der Tante davon erzählen.
Das alles wird sowieso zu nichts führen, redete sie sich ein, während sie die Tränen aus den Augenwinkeln wischte. Es ist nicht mehr und nicht weniger, als einem dieser vielen jungen Männer ein wenig Freude und Hoffnung zu spenden, die irgendwo dort draußen sind und darauf warten, dass man sie zum Sterben schickt.
Zum Sterben wofür? Für die Freiheit? Das Vaterland? Oder den Ehrgeiz von Kaisern und Königen, denen es auf ein paar zehntausend Tote nicht ankam, wenn sie nur mehr Macht erhielten? Das erschien ihr auf einmal als Quintessenz des Disputes mit dem Major, auch wenn dieser sicher etwas anderes erwartet hatte.

Zu Jettes Erleichterung war an diesem Vormittag wenig Betrieb in der Gerlachschen Buchhandlung. So konnte sie sich wieder etwas beruhigen. Die erste Kundin, die sich nach langem Zögern endlich doch entschloss, den Sprachführer für französische Einquartierung zu kaufen, musterte zwar neugierig Jettes Miene. Aber sie konnte sich trotz ihrer Neugier nicht dazu durchringen, direkt zu fragen, ob denn das Fräulein geweint habe und weshalb.

Erleichtert schloss Jette hinter ihr die Tür und sortierte die Neuerscheinungen ein, die der Buchbinder geliefert hatte. Darunter auch jenes Werk von Georgius Agricola, auf das Felix so dringend wartete. Sicher würde er heute noch kommen und es abholen.

Sie schob in allen Regalen die Bücher so zurecht, dass die Rücken eine Linie bildeten, legte die Neuerscheinungen auf einer Seite des Ladentisches aus, und als auch das getan war, fing sie zu träumen an. Zu überlegen, was sie wohl Maximilian schreiben würde.

Sie hatte noch nie einem jungen Mann einen Brief geschrieben. Und sie wollte nicht kühl oder nur höflich klingen. Wie viel durfte sie von ihren Gedanken verraten, ohne sich bloßzustellen? Dass sie ihn nicht mehr aus ihrem Herzen verbannen konnte und schon fast verzweifelt betete, ihm möge im Kampf nichts zustoßen?

Das konnte sie unmöglich schreiben. Sie kannten doch einander kaum. Und wie die jungen Offiziere so waren... Die machten sich bestimmt einen Scherz daraus, sagten so etwas in jeder Stadt jedem Mädchen, das sie trafen, und prahlten mit ihren Eroberungen...

Sie zog ein Blatt aus der Schublade, legte es vor sich hin und starrte darauf. Zum Schreiben hatte sie hier keine Ruhe, schließlich könnte jederzeit jemand hereinkommen. Aber sie konnte sich schon die Worte zurechtlegen.

Am liebsten würde sie Maximilians Brief noch einmal lesen,

den sie im Ausschnitt ihres Kleides versteckt hatte. Doch das wagte sie nicht. Deshalb rief sie sich Zeile für Zeile wieder in Erinnerung.

Henriette war so in Gedanken versunken, dass sie zusammenzuckte, als die Tür geöffnet wurde und die Ladenklingel schellte.
Jetzt war sie doppelt froh, den Brief des preußischen Leutnants nicht hervorgeholt zu haben. Denn nun betrat kein Käufer die Buchhandlung, sondern Étienne de Trousteau.
»Demoiselle!«
Das Gesicht des französischen Seconde-Lieutenants wirkte ernster und schmaler als sonst. Er griff nicht nach ihrer Hand, um sie zu küssen, wie er es für gewöhnlich tat, sondern stand aufrecht und mit zusammengeschlagenen Hacken vor ihr wie bei einer Parade.
»Henriette, ich bin gekommen, um mich zu verabschieden. Vorhin sind neue Befehle eingetroffen. Ich wurde Richtung Bautzen abkommandiert, wo sich die Truppen zum Kampf sammeln.«
»Hieß es nicht, dass Sie und Ihr Vater beim Stadtkommandanten bleiben werden?«, fragte sie erstaunt.
»Mein Vater bleibt, er ist hier unabkömmlich. Aber fast sämtliche seiner Männer werden nun auch noch abgezogen, und ich gehe mit ihnen. In einer Stunde ist Abmarsch befohlen. Der Kaiser hat beschlossen, alle Kraft in den nächsten Angriff zu legen, um den Feind endgültig zu vernichten.«
Jette brachte auf diese Mitteilung kein Wort heraus.
Ein einziger Gedanke erfüllte sie, ein einziges Bild: dass sich in ein paar Tagen Étienne de Trousteau und Maximilian Trepte als Feinde gegenüberstehen und womöglich einander töten würden.
Ihre bestürzte Miene veranlasste den jungen Franzosen zu einem Lächeln, was Jette verwirrte.

»Sie machen sich wirklich Sorgen um mich«, schlussfolgerte er. »Also darf ich hoffen, dass ich Ihnen nicht gleichgültig bin?«
Nun nahm er doch ihre Hand und beugte sich darüber. Dann sagte er ausgewählt höflich: »Henriette, Sie haben mein Herz erobert. Und Ihre Besorgnis über meinen bevorstehenden Einsatz lässt mich hoffen, dass Sie meine Bitte erhören. Würden Sie mir ein Zeichen Ihrer Gunst schenken, bevor ich in die Schlacht ziehe? Ein Bildnis von Ihnen, das ich mit mir nehmen kann, eine Haarsträhne ... und vielleicht einen Kuss zum Abschied?«
Unwillkürlich wich Jette einen Schritt zurück. Sie legte die Hand auf den Ausschnitt ihres Kleides, dort, wo unter dem Stoff Maximilians Brief versteckt war, der ihr auf einmal wie Feuer auf der Haut zu brennen schien.
»Meine Absichten sind ehrenhaft!«, versicherte Étienne sofort. »Demoiselle, Sie verkennen die Situation. Ich möchte Sie nicht kompromittieren. Dieser Kuss wird Sie schützen ...«
»Wovor denn schützen?«, fragte Jette schroff. Das war die unglaublichste Ausrede, die sie je gehört hatte!
»Vor meinem Vater, der ein weniger ehrenhaftes Interesse an Ihnen hegt als ich, aber sicher die früheren Anrechte seines Sohnes respektieren wird«, erklärte Étienne.
Erneut verschlug es Jette vor Entrüstung die Sprache, wenn auch nur für einen Augenblick.
»*Frühere Anrechte?* Welche *Anrechte* meinen Sie auf mich zu haben?«
»Noch keine – leider«, gestand Étienne mit bedauerndem Lächeln. »Aber wenn ich Ihr Erschrecken von vorhin richtig deute, wenn Sie etwas für mich empfinden ...«
Er nahm ihre Hand, hielt sie fest und sah ihr in die Augen, während er seine Rechte über sein Herz legte.
So jung, dachte sie bedrückt, so furchtbar jung. Und nun soll er auf die Schlachtbank ...

»Henriette, seien Sie versichert, dass ich die zärtlichsten Gefühle für Sie hege. Wenn Sie einverstanden wären, würde ich sofort Ihren Oheim um Ihre Hand bitten und meinen Vater um die Erlaubnis, Sie heiraten zu dürfen.«

Jäh verflog Jettes Mitleid, und wütend entzog sie ihm die Hand. »Das ist absurd! Halten Sie mich für so eitel und dumm, dass ich das glauben würde?«

Sie hatte Mühe, ihre Stimme zu dämpfen, damit Ludwig in der Druckerei nebenan nichts von dieser Unterhaltung mitbekam.

»Henriette, Sie sind das uneitelste hübsche Mädchen, das ich kenne. Und niemand könnte Sie für dumm halten«, widersprach er. »Wie Sie meinem Vater bei einem seiner endlosen politischen Exkurse Paroli geboten haben, das war wirklich bemerkenswert. Auch wenn er es nie zugeben würde – Sie haben ihn beeindruckt! Und mich fasziniert. Ich hätte nie gedacht, außerhalb Frankreichs jemanden mit so viel Grazie und Esprit zu finden. Henriette, ich kann Sie nicht mehr aus meinem Herzen verbannen und lege es Ihnen zu Füßen.«

Er hielt ihr die geöffneten Hände entgegen, als läge darin sein Herz.

»Ihr Vater würde das niemals gestatten!«, brachte Jette heraus, erleichtert darüber, dass ihr dieses Argument einfiel. »Er hat sicher längst eine französische Dame von Adel als Braut für Sie erwählt.«

Nun zeigte Étienne ein schelmisches Lächeln, das ihn noch jünger erscheinen ließ. »In dieser Angelegenheit bin ich bereit, ihm die Stirn zu bieten. Sind nicht auch die Dramen, die Sie so mögen, voller Liebender, die alle Hindernisse zu überwinden bereit sind?«

»Ja, und die meisten von ihnen sterben im fünften Akt«, erwiderte sie brüsk. »Ihr Antrag ehrt mich außerordentlich, Lieutenant ... Aber das ist nicht der Augenblick für so etwas. Sie könnten ... auch im fünften Akt sterben ...«

Und dann rutschte ihr in der Aufregung noch etwas heraus, das sie am liebsten sofort zurückgenommen hätte: »Sie ziehen ins Feld, Sie werden Menschen töten ...«
»Ist es das, was Sie abschreckt? Dass ich Offizier bin? Dass es mein Beruf ist, Feinde zu bezwingen?«, fragte Étienne kühl.
Henriette gab keine Antwort. Schließlich hatte sie selbst getötet.
»Vielleicht habe ich mir dieses Schicksal gar nicht ausgesucht«, meinte der junge Seconde-Lieutenant und begann, im Laden umherzuschlendern, wahllos Bücher aus den Regalen zu ziehen und wieder zurück an ihren Platz zu stellen.
»Vielleicht würde ich ja viel lieber Gedichte schreiben, eine Familie gründen, ein friedliches Leben führen. Ihnen fünfhundert Jahre alte Lieder der Troubadoure in fast vergessener Sprache vortragen. Aber ich weiß nicht einmal, wie Frieden aussehen könnte. Ich wurde drei Jahre nach der Revolution geboren. Seit ich denken kann, gab es immerzu Krieg ... Manchmal muss ich mich erst daran erinnern, wofür wir kämpfen: für den Kaiser, der unserer Familie Adelstitel und Land gegeben hat, für Frankreich, für das Ende des Krieges.«
Er lächelte vage. »Für Sachsens Befreiung von Preußen ...«
Nun trat er wieder auf sie zu. »Wann soll die Zeit dafür sein, wenn nicht jetzt?«, fragte er. »Ich fürchte nicht, dass ich sterbe, Henriette. Nicht dieses Mal. Der Kaiser ruft alle verfügbaren Truppen zusammen und wird den Feind vernichtend schlagen. Es gibt keinen größeren Feldherrn als ihn, keine größere Auszeichnung, als vor seinen Augen in den Kampf zu ziehen. Der Sieg ist uns gewiss. Doch braucht nicht jeder Soldat ein wenig Ermutigung aus dem Hinterland? Nehmen Sie sich Zeit bis zu meiner siegreichen Rückkehr, um über meinen Antrag nachzudenken. Aber den Gefallen mit der Haarsträhne dürfen Sie mir nicht verwehren!«
»Ich glaube nicht, dass wir einander gut genug kennen für eine solch verbindliche Geste«, wehrte sie ab. »Sie bringen mich ins

Gerede! Wir sind jetzt ohnehin schon viel zu lange ohne Zeugen zusammen ...«

Étienne zuckte mit den Schultern und wies mit dem Arm durch den Raum. »Dies ist eine Buchhandlung. Ich könnte ein Käufer sein.«

Dann beugte er sich über den Ladentisch und nahm ihre Hände erneut zwischen seine. Jette erschauderte, als sie sich vorstellte, wie diese Hände mit dem Degen auf jemanden einstachen.

»Ich bin enttäuscht, dass Sie mich so hartnäckig abweisen. Aber ich will Sie weder bedrängen noch Ihren Ruf in Gefahr bringen. Sagen Sie ehrlich, dass Sie nichts für mich empfinden, dann wird es mir nicht viel ausmachen, wenn ich in der nächsten Schlacht sterbe.«

»Ich möchte nicht, dass Sie sterben«, entgegnete sie leise. »Wirklich nicht.«

Sie konnte ihn nicht hassen. Aber sie konnte ihn auch nicht lieben. Sie *durfte* ihn nicht lieben. Das Land sollte frei sein von den Besatzern.

»Kehren Sie gesund zurück! Ich werde für Sie beten.« Das war alles, was sie ihm gewähren konnte.

»Das ist doch schon ein Anfang«, sagte er froh.

Unversehens wurde Étiennes Gesicht wieder ernst.

»Etwas in dieser Art sollten Sie auch sagen, wenn ich mich nachher von meinem Vater verabschiede. Und wenn Sie mir jetzt kein Zeichen Ihrer Gunst erweisen wollen, tun Sie es dann! Erlauben Sie mir einen Kuss auf Ihre Wange, als seien wir viel vertrauter miteinander, als wir tatsächlich sind. Lächeln Sie mich an! Die Leute werden reden, aber sie hören auch wieder auf. Ich schwöre Ihnen bei allem, was mir heilig ist: Ich will Sie nicht belügen, kompromittieren oder ausnutzen. Lassen Sie uns dieses kleine Täuschungsmanöver verabreden, um meinen Vater von Ihnen fernzuhalten.«

Jette überlegte. Der Aufruhr wäre gewaltig, darüber gab sie sich keinen Zweifeln hin. Vielleicht war sie zu arglos, diesem Seconde-Lieutenant glauben zu wollen, der sich so aufrichtig und verliebt gab. Aber ihre Angst vor seinem Vater war größer als die Angst vor dem Skandal.

»Gut«, sagte sie zögernd und versuchte, in seinem Gesicht die Bestätigung zu finden, dass er es ehrlich meinte.

Étienne strahlte. »Dann gibt es jetzt also eine heimliche Alliance zwischen uns«, frohlockte er.

»Wir haben eine Absprache«, stellte sie nüchtern klar.

Als Étienne gegangen war, blickte Jette ihm durchs Fenster nach und kämpfte darum, ihre Gefühle zu ordnen. Doch dazu blieb ihr keine Zeit, denn sie entdeckte Felix und Richard, die über den Untermarkt liefen, genau auf die Buchhandlung zu.

»Gott zum Gruße, Fräulein Henriette«, sagten die beiden gegensätzlichen Freunde beim Eintreten wie aus einem Munde und starrten sie mit einem ganz besonderen Gesichtsausdruck an, den sie nicht zu deuten wusste, beinahe feierlich. Wieder hielt Felix seine Mappe mit den gepressten Blüten unter dem Arm, nur trug heute keiner von ihnen den schwarzen Bergkittel.

»Sie kommen wegen der Neuübersetzung des Agricola? Hier ist sie!«

Mit einem Lächeln schob sie Felix das Buch hinüber, dem noch der frische Leimgeruch aus der Binderei anhaftete.

»Können Sie es mir aufheben, bis ich wiederkomme?«, fragte Felix verlegen und unternahm wieder einmal einen vergeblichen Versuch, sein krauses Haar mit ein paar Handbewegungen zu bändigen.

»Ja, natürlich. Bis heute Nachmittag, wenn Ihr Unterricht beendet ist? Oder bis Ihre Eltern Geld geschickt haben?« Sie sagte das so freundlich und selbstverständlich, dass er sich nicht gekränkt fühlen musste.

»Nein, es wird etwas länger dauern«, erklärte Felix mit ernster Miene. »Und ich möchte Ihnen für diese Zeit auch mein Herbarium überlassen. Ich sehe, Sie haben die Galmeiflora gerahmt und aufgehängt.«

Nun lächelte er ein etwas trauriges Lächeln und deutete auf die gelbe Blüte an der Wand hinter dem Ladentisch. »Das macht den Raum wirklich hübscher. Hier, nehmen Sie sie alle. Falls ich nicht wiederkomme, gehören sie Ihnen. Machen Sie mir die Freude!«

»Das kann ich nicht annehmen. Und was heißt: Falls Sie nicht wiederkommen? Wollen Sie Ihre Studien abbrechen?«, fragte Jette bestürzt.

Sie wusste inzwischen nicht nur, dass Felix' Eltern alle Hoffnungen in die Ausbildung ihres Sohnes steckten, sondern auch, dass er zu Werners begabtesten Schülern zählte.

Verlegen rückte Felix die Brille auf dem Nasenrücken zurecht, und nun endlich übernahm sein sonst so wortgewaltiger Freund das Reden.

»Wir haben uns entschlossen, uns einem Freikorps anzuschließen. Ich musste ein bisschen auf ihn einreden, aber nun ist auch der Kleine mit ganzem Herzen dabei.«

»Und Ihre Eltern …?«, stammelte Jette verblüfft.

»Ich werde es ihnen nicht sagen«, erklärte Felix mit ungewohnt fester Stimme. »Der Professor hat uns zugesichert, dass wir jederzeit unsere Studien wieder aufnehmen können, wenn wir zurückkehren. Falls nicht … dann müssen sie nicht mehr für mich aufkommen. Und Sie, Fräulein Henriette, werden vielleicht ab und zu an mich denken, wenn Sie im Herbarium blättern.«

Er sagt das so, als teile er schon seine Hinterlassenschaft auf, als rechne er fest damit zu sterben, dachte Jette bestürzt. Sie konnte sich nicht vorstellen, was den schüchternen jungen Mann zu diesem Entschluss getrieben haben könnte. Doch er schien vollkommen ruhig und gefasst.

Deshalb sagte sie ebenso fest: »Ich werde es hier für Sie aufbewahren. Bis zu Ihrer Rückkehr.«
Richard begann, ihren Entschluss zu erklären, und diesmal hatten seine Worte nichts von der üblichen Prahlerei.
»Die Lage wird langsam bedrohlich für die preußisch-russischen Alliierten. Marschall Ney marschiert mit einer ganzen Armee gegen Berlin. Und sehen Sie die gewaltigen Ströme von Truppen, die Bonaparte Richtung Bautzen in Bewegung setzt?«, fragte er mit gerunzelter Stirn. »Das ist äußerst beunruhigend! Alles läuft darauf hinaus, dass dort eine große, vernichtende Schlacht geschlagen wird, noch gewaltiger und blutiger als die Anfang des Monats in Großgörschen. Napoleon hält sich für stark genug, gleichzeitig an zwei Fronten zu kämpfen und zu siegen. Es sieht sehr ernst aus für uns. Deshalb ... Wenn wir jetzt nichts unternehmen, ist alles verloren.«
Nun lächelte er fast wieder so frech wie sonst. »Und da der Kleine keine militärische Ausbildung hat, um zu den regulären Truppen zu gehen, schließen wir uns einem Freikorps an.«
»Den Lützowern?«, fragte Jette.
»Das würden wir gern – schon, um Sie zu beeindrucken!«, versicherte Richard großspurig. »Aber die operieren gerüchteweise irgendwo im Harz; niemand hier weiß, wo sie stecken ... Doch ganz in der Nähe Richtung Erzgebirge hat eine Freischar ihre Streifzüge aufgenommen, preußische Husaren unter einem Rittmeister von Colomb. Als ich neulich zu Vermessungsarbeiten nach Marienberg musste, waren sie zwei Tage zuvor dort aufgetaucht und hatten sich zu erkennen gegeben. Für die Stadt muss es ein Fest gewesen sein, so begeistert empfingen die Leute sie. Nun dürften sie unterwegs Richtung Plauen sein. Wir werden sie finden. Mein Freund aus Anhalt-Köthen« – er hieb Felix auf die Schulter – »hatte ja einige Bedenken gegenüber Preußen. Aber dieser Colomb ist hier im Auftrag Blüchers und Gneisenaus. Und Blücher kann man trauen, findet sogar Felix.«

Jette vermochte sich durchaus vorzustellen, dass Richard sich bei solch einem Wagnis wohl fühlen könnte. Für ihn war das ein Abenteuer. Aber Felix?
»Denken Sie wirklich, dies ist der richtige Platz für Sie?«, fragte sie vorsichtig, um ihn nicht zu kränken.
Sie sorgte sich um ihn. Ob er überhaupt mit Waffen umgehen konnte? Und wie würde er damit zurechtkommen, wenn er jemanden töten musste? Welchen Schaden würde seine Seele nehmen?
Noch vor ein paar Wochen hätte sie den beiden gewiss zugejubelt, weil sie bereit waren, zu den Waffen zu greifen, um das Vaterland zu befreien. Doch nachdem sie selbst getötet hatte, erschienen ihr die Dinge nicht mehr so einfach.
Außerdem hielt sie es für wahrscheinlicher, dass Felix getötet wurde, bevor er einem anderen ernstlich etwas antun konnte.
Heute verabschieden sich alle zum Sterben von mir, dachte sie aufgewühlt und konnte die Tränen kaum zurückhalten. Erst Maximilian, dann Étienne, und jetzt auch noch diese beiden. Sie wollte nicht, dass einer von ihnen starb.
Niemand sollte sterben.
Doch Felix wirkte so entschlossen, wie sie ihn noch nie erlebt hatte. »Der Augenblick ist gekommen, in dem jeder seinen Beitrag leisten muss«, sagte er.
Weil er den Kummer auf ihrem Gesicht sah, bemühte er sich darum, sie zu beruhigen. »Wir ziehen ja nicht in eine Schlacht! Wir werden im Hinterland der Franzosen agieren und dort so viel Schaden wie möglich anrichten: Kuriere abfangen, ihnen Proviant und Munitionstransporte abjagen, damit sie Nachschubprobleme bekommen. Nadelstiche nur, doch so helfen wir den regulären Truppen, die sich bei Bautzen sammeln.«
»Ich kann es kaum erwarten!«, versicherte Richard voller Stolz. »Wir brechen heute noch auf. Aber Felix bestand darauf, sich von Ihnen zu verabschieden. Und ehrlich gesagt,

wollte ich mich auch gern ein wenig in Ihrer Bewunderung sonnen …«

»In ganz Sachsen sind Patrouillen unterwegs, die nach Fahnenflüchtigen suchen«, warnte Jette. Ihr Onkel hatte eine entsprechende Bekanntmachung veröffentlichen müssen. »Und die Freikorps sind von den Franzosen für gesetzlos erklärt worden; sie nennen sie Briganten, Räuber, und werden kurzen Prozess mit Ihnen machen.«

»Dazu müssen Sie uns erst einmal kriegen!«, prahlte Richard. »Wir haben die Einheimischen hinter uns, die werden uns nicht verraten. Außerdem soll dieser Husarenrittmeister ziemlich schlau sein.«

Nun beugte er sich über den Ladentisch wie zuvor Étienne und lächelte sie an. »Geben Sie uns Ihren Segen, bevor wir losziehen, um dem deutschen Vaterland zu dienen?«

»Gott schütze Sie! Kehren Sie gesund zurück«, sagte Jette mit schwerem Herzen.

Felix legte einen Stapel von vielleicht fünf oder sechs Briefen auf den Ladentisch und nahm allen Mut zusammen. »Ich habe noch eine Bitte an Sie, Fräulein Henriette. Das sind Briefe an meine Eltern. Würden Sie bitte alle zwei Wochen einen davon an sie abschicken?«

»Sie sagen Ihren Eltern nicht, dass Sie sich freiwillig melden, und lassen sie glauben, Sie studieren hier weiter fleißig bei Professor Werner?«, fragte Jette bestürzt.

»Ja. Ich möchte nicht, dass sie sich um mich sorgen. Sie haben genug Kummer.«

Felix wirkte sehr erleichtert, als Henriette ihm das Versprechen gab, immer am ersten und dritten Montag des Monats einen Brief abzusenden.

»Ich werde jeden Tag an Sie denken!«, versprach er, als er schon an der Tür stand. Sie lächelte ihm mühsam zu und sah den beiden nach, bis sie in die Domgasse einbogen und damit aus ihrem Blickfeld verschwanden.

Vorwürfe und Fragen

Freiberg, 13. Mai 1813

Es war noch nicht viel Zeit nach dem Weggang der Studenten vergangen, als Johanna Gerlach aufgeregt in die Buchhandlung stürzte.

»Jette, Liebes, der Seconde-Lieutenant muss ins Feld, und er und sein Vater bestehen darauf, dass wir uns von ihm verabschieden. Du auch. Also schließ die Tür ab und komm mit. Nur für einen Moment.«

Ein Schrecken durchfuhr Henriette angesichts dessen, was nun vielleicht geschehen würde, und ihre Knie wurden butterweich. Vor dem Haus standen die Männer abmarschbereit, die mit dem jungen Offizier aufbrechen würden; Karl hielt Étiennes gesatteltes Pferd, das wegen des bevorstehenden Aufbruchs schnaubte und stampfte, und redete beruhigend auf es ein.

»Mach mir keine Schande, Junge!«, mahnte der Major, bevor er seinen Sohn kurz umarmte.

»Sorgen Sie sich nicht, Vater. Ich werde treu meine Pflicht erfüllen«, erwiderte Étienne.

Danach verabschiedete er sich mit einem kurzen Dank und einem Nicken von den beiden Gerlachs. Jette wurde mit jedem Augenblick unruhiger. In ihrem Magen schien auf einmal ein riesiger Stein zu liegen, und sie stand starr auf ihrem Platz, unfähig, sich zu rühren oder ein Wort zu sagen.

Doch Étienne übernahm seine Rolle in dem verabredeten Schauspiel mit der größten Leichtigkeit und Selbstverständlichkeit.

»Auf Wiedersehen, Henriette«, sagte er, trat an sie heran und küsste ihr erst die linke, dann die rechte Wange. Aus dem Augenwinkel sah Jette, dass sein Vater überrascht wirkte, dann aber mit einem anerkennend-zynischen Lächeln auf seinen Sohn blickte, unverkennbar stolz.

Ihr wurde glühend heiß im Gesicht, sie glaubte, im Erdboden versinken zu müssen, dennoch brachte sie ein heiseres »Gott schütze Sie!« heraus.

Étienne stieg in den Sattel, gab seinen Männern das Kommando zum Abmarsch und warf ihr noch einmal einen Blick zu. Er winkte sogar kurz in ihre Richtung und lächelte, bevor er dem Schimmel die Sporen gab.

Und mit einer winzigen, kaum wahrnehmbaren Geste erwiderte Jette sein Winken.

Die kleine Gruppe vor dem Gerlachschen Haus schien einen Moment lang wie versteinert. Franz starrte seine Schwester mit offenem Mund an. Eduard, der sich im Hintergrund gehalten hatte, sah Étienne mit hasserfülltem Blick nach.

Sichtlich vergnügt gab dagegen der Major Karl ein Zeichen, ihn zu seinem Pferd zu begleiten.

Kaum waren beide außer Hörweite, fauchte Johanna ihrer Nichte eisig zu: »In die Bibliothek! Sofort!«

In Erwartung heftiger Vorwürfe – aber natürlich nicht hier auf dem Markt, vor allen Leuten – lief Jette mit gesenktem Kopf voraus. Schon das energische Fußstampfen der Tante die Treppe hinauf ließ erahnen, welcher Zorn gleich über sie hereinbrechen würde.

Sie wusste nicht, ob sie erleichtert oder doppelt beschämt darüber sein sollte, dass der Oheim seiner Frau in die Bibliothek folgte, bevor diese die Tür schließen konnte. Friedrich Gerlach blickte so streng und fassungslos, wie sie ihn noch nie erlebt hatte – und sehr enttäuscht.

»Was hatte das eben zu bedeuten?«, platzte die Tante sofort heraus, als sie zu dritt in dem Lesezimmer waren. »Vor aller Augen! Wie weit bist du mit ihm gegangen, dass er sich so etwas herausnehmen kann?«

»Es ist nichts zwischen uns passiert, ich schwöre es«, verteidigte sich Jette.

»Wie soll ich das glauben, wenn du ihm vor aller Welt erlaubst, dich zu küssen? Auf dem Marktplatz! Das wird jetzt schon die Runde durch die ganze Stadt machen. Die Leute werden dich Soldatenliebchen nennen, und das wird noch die freundlichste Bezeichnung sein. Kein anständiger Mann wird jemals um dich anhalten. Wie konntest du nur!«
Johanna schluchzte auf, weil sie all ihre Bemühungen gescheitert sah, Jette gut unter die Haube zu bringen, und weil sie die Auswirkungen dieses Skandals auf das Geschäft fürchtete. Sie hätte in diesem Moment nicht sagen können, was davon sie schlimmer fand.
Es ging um die Existenz der Familie, die nun noch um zwei Häupter angewachsen war!
»Tante, Onkel, ich schwöre es ... Ich habe ihm keinerlei Vertraulichkeiten erlaubt«, wiederholte Jette mit allem Nachdruck.
»Bis auf diese eine eben in aller Öffentlichkeit.«
»Es macht es nicht besser, wenn ihr euer Techtelmechtel nicht heimlich, sondern vor der ganzen Stadt treibt!«, fuhr ihr die Tante wütend dazwischen. »Was um alles in der Welt hat dich dazu gebracht, das zuzulassen?«
Johanna schneuzte kräftig in ein Taschentuch, das ihr Mann ihr wortlos gereicht hatte.
Hilfesuchend sah Jette zu ihrem Oheim. »Er wollte seinen Vater glauben machen, mich erobert zu haben, damit der Major mich in Ruhe lässt.«
»Wie wunderbar, und jetzt glaubt das die ganze Stadt!«, rief Johanna schrill.
»Ist dir der Major etwa zu nahe getreten?«, fragte der Onkel bestürzt.
Und da stieg wieder diese große Wut in Jette auf, so wie damals, als sie den Plünderer niedergeschlagen hatte.
»Ihr habt es doch selbst gesehen!«, platzte sie heraus. »Ihr habt dabeigesessen und zugeschaut, wie er mir mit seinem Walzer auf den Leib rückte und in den Ausschnitt starrte. Herausge-

putzt habt ihr mich noch dafür! Ich kam mir vor ... wie zum Fraß vorgeworfen.«

Erst der Blick auf den bleich gewordenen Oheim ließ sie verstummen. Friedrich Gerlach ließ sich nur selten aus der Ruhe bringen, aber dieser Vorwurf schien ihn bis ins Mark getroffen zu haben. Seine Augen hinter den ovalen Brillengläsern wirkten riesengroß und starr.

»Entschuldigt, das wollte ich nicht sagen«, schluchzte Jette. »Aber ich fühle mich so schrecklich ausgeliefert ...«

Durchdringend blickte der Oheim sie an. »Wir haben dich nicht herausgeputzt, um dich diesen Männern feilzubieten! Wie kannst du nur so etwas von uns denken? Deine Tante tat es, damit sie dich wie eine junge Dame behandeln. Sag mir, wenn er dich bedrängt! Wir sind Verbündete der Franzosen, kein besetztes Land. Und unsere Frauen sind kein Freiwild. Wenn dieser Major sich dir gegenüber ungebührlich benimmt, kann ich mich beim Stadtkommandanten beschweren.«

»Nein, das kannst du nicht! Sonst verlierst du deine Lizenz!«

Stur sah Jette dem Onkel ins Gesicht. Sie sagte die Wahrheit, das wussten sie alle drei.

»Sein Sohn kam heute Morgen in die Buchhandlung. Er wollte ein Liebespfand von mir, aber ich gab ihm keines. Zwischen uns ist nichts passiert. Ich empfinde nichts für ihn«, beteuerte sie und fragte sich, ob das wirklich stimmte. »Da sagte er, sein Vater habe weniger ehrliche Absichten mir gegenüber. Aber der Major würde mich in Ruhe lassen, wenn er glaubte, ich hätte eine Liaison mit seinem Sohn. Es sei ein kleines Schauspiel zu meinem Schutz.«

Einen Augenblick lang sagte niemand etwas. Dann ließ sich Johanna spitz vernehmen: »Ich hab es ja gleich gesagt: Wir können das Mädchen nicht in den Laden stellen, das bringt nur Unglück ...«

»Wäre es dir lieber, das alles hätte hier oben stattgefunden?«, widersprach Jette. »Die Buchhandlung ist für jedermann offen, und wenn es gefährlich wird, kann ich immer noch Ludwig um Hilfe rufen.«

»Du darfst weiter dort arbeiten, wenn du das möchtest«, entschied der Onkel, ließ sich in den breiten Sessel fallen, der am Fenster stand, und rieb sich die Stirn. »Ich glaube, der beste Weg, das Gerede der Leute zu unterdrücken, ist, ganz normal weiterzumachen. Die meisten sind klug genug, um zu erkennen, in welchen Zwängen wir stecken, denn ihnen geht es nicht anders. Genau genommen ist doch nichts vorgefallen.«

»Da bin ich mir gar nicht sicher!«, wütete die unversöhnliche Tante. »Ich fürchte, ihr Ruf ist für alle Zeit dahin, und unserer auch. Das Liebchen des französischen Seconde-Lieutenants ...« Konsterniert schüttelte sie den Kopf und schneuzte sich erneut.

»Was hätte ich denn tun sollen? Hätte ich ihn etwa auch totschlagen sollen?«, schrie Jette ihren Verwandten entgegen, die entsetzt verstummten. »Ist es nicht vollkommen gleichgültig, was die Leute denken? Es ist Krieg, Menschen bringen einander um, die sich überhaupt nicht kennen und einander nichts getan haben! Das Land ist kahl geplündert, und es wird *nie* Frieden werden. Vor kaum zwei Wochen eine große Schlacht, in ein paar Tagen die nächste ... und noch eine und noch eine ... bis sich alle gegenseitig niedergemetzelt haben! Die Welt geht unter in Blut und Schmerz. Wen kümmert da, was die Nachbarn denken?«

Sie barg das Gesicht in den Händen, ließ sich auf die Récamiere sinken und schluchzte hemmungslos.

Eine Weile herrschte Stille im Raum, abgesehen von Jettes Weinen.

Dann räusperte sich Friedrich Gerlach und sagte zu seiner Frau: »Würdest du uns bitte allein lassen?«

Wider Erwarten war Johanna nicht gekränkt. Sie wusste, das nun folgende Gespräch war überfällig und duldete keinen Aufschub. Viel zu lange hatte sich das Mädchen herumgequält mit dem, was sie in Weißenfels und seit der Flucht erlebt hatte. Sie musste darüber sprechen. Und dabei brauchte sie die Ruhe und Weisheit ihres Onkels und nicht die Aufgeregtheit und Impulsivität der Tante.

Johanna hatte keine Ahnung, womit ihr Mann das arme Mädchen nun trösten wollte, welche Antworten er für sie hatte. Aber sie vertraute fest darauf, dass er Antworten finden würde.

»Wie soll man so leben? Ich weiß nicht einmal mehr, wie ich Freund und Feind auseinanderhalten soll«, flüsterte Jette, als der Weinkrampf endlich nachließ. Ihr Oheim war zu ihr getreten und hatte ihr einfach nur eine Hand auf das Haar gelegt. Es war, als würden von dieser Hand Ruhe und Wärme in ihren Körper fließen.

»Die Franzosen sind unsere Verbündeten. Doch sie benehmen sich nicht so«, fuhr sie fort. »In Wahrheit sind sie unsere Feinde. Wir müssen sie aus dem Land vertreiben. Aber Étienne hat mir nichts Böses getan. Oder hat er mich hintergangen? Und was ist mit den Preußen? Sind *die* unsere Freunde? Wenn es in ein paar Tagen die große Schlacht bei Bautzen gibt, von der alle reden, dann schießen vielleicht die Männer, die ich in Weißenfels gesund pflegte, auf diejenigen, denen ich hier auf dem Marktplatz half. Habe ich mit so viel Mühe Leben gerettet, damit am Ende die einen Überlebenden die anderen töten?«

Nun sah sie auf, dem Onkel direkt ins Gesicht, der die Hand von ihrem Kopf nahm und die Brille absetzte, um die Gläser zu putzen, wie so oft, wenn er Zeit zum Überlegen brauchte.

»Ich weiß es nicht«, gestand Friedrich Gerlach schließlich. »Ich weiß nicht, welches Spiel dieser Étienne mit dir treibt. Selbst wenn er Sympathie für dich empfindet, kann aus dieser Sache nichts werden. Deshalb halte dich fern von ihm, so gut es geht, ohne unhöflich zu werden. Halte *dein Herz* fern von ihm! Und was diesen Kuss auf die Wange betrifft ... Du hast recht, es sind

besondere Zeiten, die alten Maßstäbe wollen nicht mehr passen. Obwohl deine Tante da sicher anderer Meinung ist. Aber hüte dich, noch einmal solche Aufmerksamkeit zu erregen! Auch wenn die Leute durch den Krieg im Moment andere Sorgen haben – sie urteilen schnell und vergessen nicht. Irgendwann wird der Krieg vorbei sein. Was dann? Für den Zwischenfall vorhin können wir geltend machen, dass der Lieutenant dich überrumpelt hat, das war nicht zu übersehen. Doch noch so ein Vorfall, und dein Ruf wäre für alle Zeit dahin. Dann werde ich keinen respektablen Mann für dich finden können.«
Nun setzte er seine Brille umständlich wieder auf und zeigte auf die Wände voller Regale. »So viele Bücher – und nicht in einem steht die allein gültige Antwort auf das, was dich zerreißt! Es stimmt tatsächlich, was Trousteau sagte: Napoleon hat Fortschritt über Europa gebracht. Aber er brachte ihn mit Krieg, mit Leid und vieltausendfachem Tod. *Das* darf nicht der Preis für Fortschritt sein. Ein geeintes Europa wird es nur geben, wenn die Völker es auch wollen. Außerdem gibt es in diesem Krieg längst keine klare Unterscheidung mehr zwischen Gut und Böse, Freund und Feind. Bündnisse und Allianzen wechseln ständig, und oft erfahren wir einfachen Bürger nicht einmal davon. Wer eben noch als Retter kam, wird zum Eroberer, wer uns Freiheit verspricht, wird zum Unterdrücker. Noch schlimmer: Deutsche kämpfen gegen Deutsche! Rheinländer, Bayern und Württemberger gegen Preußen, und da die sächsische Armee nun nicht mehr neutral ist, bald auch noch Sachsen gegen Sachsen – gegen jene, die zu den Alliierten übergetreten sind.«
Der Buchdrucker atmete tief durch. »Ich weiß nicht, wie das alles enden wird. Niemand weiß es. Aber es hilft überhaupt nichts, sich in Gedanken schon alles Unglück auszumalen, das uns vielleicht droht, und sich davon lähmen zu lassen. Der einzige Weg, das zu überstehen, ist, jeden einzelnen Tag leben. Und sich dabei seine Menschlichkeit bewahren.«

Schlacht bei Bautzen

*Kreckwitzer Höhen, östlich von Bautzen,
21. Mai 1813*

»Allmächtiger, sie schicken die Garden gegen uns!«, schrie über den Donner der feindlichen Geschütze hinweg Füsilier Hansik, der Jüngste unter dem Kommando des preußischen Premierleutnants Maximilian Trepte.
Die Salve schlug mit infernalischem Krachen hinter ihnen ein. Zum Glück zu weit entfernt, um jemanden von seinen Männern direkt zu treffen, doch im großen Umkreis hagelte es von Felsbrocken abgesprengtes Gestein, Erdbatzen und splitternde Äste, die prasselnd zu Boden schlugen.
Augenblicke später antwortete die am Fuß der Hügelkette aufgestellte preußische Batterie mit einer eigenen machtvollen Salve. Dichter Pulverdampf verhüllte vorübergehend die aufmarschierenden Feinde.
Maximilian Treptes Zug stand mit einem Teil des Korps Blücher im Zentrum des schon den zweiten Tag währenden Kampfes: auf den Kreckwitzer Höhen, der markantesten Erhebung einige Kilometer östlich von Bautzen. Genau hier würde über den Ausgang der Schlacht entschieden werden. Diese Stellung mussten sie um jeden Preis halten.
Seit dem frühen Morgen tobte die Kanonade, war das Donnern der Geschütze aus allen Richtungen weit übers Land zu hören, und immer mehr Rauchsäulen um sie herum kündeten von in Flammen aufgegangenen Gehöften und Dörfern. Irgendwo dort mussten auch seine Brüder sein, und er hatte keine Ahnung, ob sie noch lebten.
Bis zum Mittag konzentrierten sich die gegnerischen Angriffe überraschenderweise nicht auf das Zentrum, sondern auf die nördlichen und südlichen Flanken. Doch seit einer halben Stunde fluteten von Norden und Westen her riesige feindliche

Kolonnen in das von Spreearmen durchzogene Gelände vor ihnen. Treptes Männer mussten tatenlos zusehen, wie ihre Gegner die nahen Hügel besetzten und die Alliierten in blutigen Häuserkämpfen aus einem Dorf nach dem anderen vertrieben. Und jetzt rückten auch noch in endlos scheinenden Linien die Männer mit den hohen Bärenfellmützen der französischen Garden frontal in Reih und Glied auf sie zu.

»Wir sind auch Garde, habt ihr das vergessen? Und zwar preußische!«, schrie Maximilian Trepte voller Wut seinen jungen Füsilier an.

Er wunderte sich, überhaupt noch einen Ton herauszubringen, so ausgedörrt war sein Hals. Sie kämpften seit fünf Uhr morgens, die Sonne sengte, der Wind trieb den Pulverrauch der Kanonen und den Qualm der brennenden Dörfer direkt zu ihnen. Sein Kopf dröhnte von einem Säbelhieb, dessen Wucht der Tschako gerade noch abgefangen hatte, Schweiß rann ihm über den Körper und ließ die nicht auskurierte Verletzung brennen wie Feuer.

»Ich hab doch keine Angst vor denen, Premierleutnant!«, protestierte der junge Fred Hansik lautstark. »Wenn Bonaparte die Garden von der Kette lässt, muss ihm das Wasser bis zum Hals stehen. Das sind doch gute Neuigkeiten, oder?« Er grinste, und seine Nebenmänner taten es ihm gleich, wider besseres Wissen.

Es war allgemein bekannt, dass Napoleon seine gefürchteten Garden nur ins Feuer schickte, wenn er sich ernsthaft Sorgen um den Ausgang einer Schlacht machte – oder wenn er die Schlacht mit einem machtvollen Hieb beenden wollte. Und dieser Moment war nun wohl gekommen. Hier und jetzt, vor den Kreckwitzer Höhen, wurde das Finale der seit gestern tobenden Schlacht bei Bautzen eingeleitet.

Denn nicht Napoleon war in Bedrängnis, die Alliierten waren es. Sie hatten am Vortag Bautzen kampflos aufgeben müssen, der Feind überquerte die Spree ohne größere Schwierigkeiten.

Und jetzt rückten die Gegner in schier unendlicher Zahl immer weiter von Westen und Norden vor, brachte Napoleons Garde ihre Artillerie gegenüber dem Blücherschen Korps in Stellung.
»Schulte, Sie gehen auf der Stelle zum Feldchirurgen! Ich kann hier ab sofort nur voll kampftaugliche Männer gebrauchen«, befahl der Premierleutnant einem graubärtigen Füsilier, dem eine Kugel den rechten Arm durchschossen hatte und dessen Wunde nur notdürftig verbunden war.
Nach einem strafenden Blick Treptes trabte Schulte, der bis eben noch gehofft hatte, sich vor dem Feldchirurgen drücken zu können, Richtung Sanitätsstelle davon.
»Lieber Gott im Himmel, mach, dass er mir nicht den Arm abnehmen will«, betete er dabei mürrisch vor sich hin und stieß im Gehen Kiefernzapfen beiseite. »Ich werd es dir auch danken und nicht mehr so lästerlich fluchen, jedenfalls nicht, wenn es sich vermeiden lässt …«
Er zerrte an dem provisorischen Verband herum, als könnte er damit bewirken, dass er am Abend noch alle Glieder hatte.
»Wenn der Kerl zur Säge greift, ich schwör's, dann mache ich kehrt und erschlag die Bärenmützen mit der linken Hand. Lieber auf die Art sterben als beim Chirurgen. Da nehm ich wenigstens noch ein, zwei Mann mit ins Grab! Oder drei … Die sollte ich schaffen …«
Wieder richtete Trepte den Blick auf das Schlachtfeld vor sich. Im Moment konnte er nichts anderes tun, als hier mit seinen Männern die Stellung zu halten. Keiner der Feinde war schon nah genug für einen Gewehrschuss heran, und sie durften die Munition nicht vergeuden, denn die war knapp geworden.
So bitter es ihn ankam, untätig ausharren zu müssen, während sie beschossen wurden – eine kurze Atempause konnten sie gut brauchen nach dem blutigen Nahkampf, von dem sie gerade erst zurückgekehrt waren.
Vormittags um elf waren auf Blüchers Befehl drei Bataillone der Brigade Röder mit Treptes Einheit abkommandiert wor-

den, um das nordöstlich der Hügelkette gelegene Dorf Preititz um jeden Preis zurückzuerobern, das der russische General Barclay de Tolly an die Übermacht der Franzosen verloren hatte.
Bald erhielten sie noch Verstärkung vom Yorckschen Korps. Die Preußen schlugen mit solcher Wucht zu, dass sie nach zwei Stunden mörderischem Häuserkampf die Übermacht von sechzehn französischen Bataillonen zurückgedrängt hatten.
Ihrer Verbissenheit wurde grenzenlos, als sie den Gegner an den Fahnen erkannten: Sie kämpften gegen Neys Korps, das doch angeblich gegen Berlin marschierte! Napoleon musste es zurückbeordert haben, um den Feind von zwei Seiten anzugreifen; im Süden und Zentrum mit seinen eigenen Truppen, von Norden her durch Ney. Eine Zange, eine tödliche Umklammerung.
Nun begriff auch der letzte Soldat, warum dieser kleine und inzwischen fast vollkommen zerstörte Ort Preititz unbedingt gehalten werden musste. Sonst würden sich die beiden französischen Armeen vereinigen, und für die von ihnen Eingeschlossenen gab es keinen Rückzugsweg mehr.
Das war also Napoleons Plan: die mit Eintreffen von Neys Armee zahlenmäßig fast um die Hälfte unterlegenen Alliierten einzukesseln und zu vernichten.
Um ein Uhr hatte die Brigade Röder unter blutigen Opfern Preititz zurückerobert und erhielt Befehl, das Dorf wieder an Barclay de Tolly zu übergeben und sofort erneut auf den Kreckwitzer Höhen Stellung zu beziehen. Vier von Treptes Männern waren gefallen. Drei Verwundete, die nicht laufen konnten, mussten sie zurücklassen und darauf vertrauen, dass sich dort jemand ihrer annahm.
Die Hälfte der Männer, die er wieder mitgebracht hatte und die nun schweißüberströmt und erschöpft den Höhenzug erklommen hatten, war zumindest leicht verwundet.
Marie, die Frau seines Korporals Beier, die ihren Mann als Mar-

ketenderin auf den Feldzügen begleitete, kam ihnen schwer atmend mit zwei Eimern voll Wasser entgegen.

Sie warf einen Blick auf die feindlichen Truppen, die sich gegenüber in Stellung gebracht hatten, drehte ihnen ungerührt den Rücken zu und meinte zu Trepte: »Ich dachte, es ist gerade noch Zeit, um etwas zu trinken. Quellwasser, eiskalt, ich hab's von sonst wo hergeschleppt für euch.«

Die Männer starrten Marie wie einen Engel an, obwohl sie äußerlich wenig von einem Engel hatte: stämmig, das struppige braune Haar verschwitzt unter der weißen Haube, die blaue Regimentsjacke über dem Rock.

Sie waren alle wie ausgedörrt von der Hitze des Tages, dem Rauch und dem Kampf, und ihre Feldflaschen längst leer.

Nur Werslow, ein hünenhafter Füsilier mit einer immer noch blutenden Wunde über der Schläfe, beschwerte sich. »Sonst kriegen wir von dir Stärkeres als Wasser vor der Schlacht! Ist dein Branntweinfässchen leer? Dann würde ich Kapitulation in Betracht ziehen.«

»Ihr seid gerade *nach* der Schlacht und müsst trinken bei der Hitze, sonst fallt ihr mir um wie die Fliegen«, wies ihn Marie ungerührt zurecht. »Bis *vor* der Schlacht, jedenfalls bis zur nächsten, sind noch ein paar Minuten, schätze ich. Also hab hier nicht die große Klappe, Werslow, und sei dankbar für die Erfrischung! Dann kriegst du von mir auch einen schmucken Verband um deinen angeschlagenen Schädel. Lässt dich sicher etwas hübscher aussehen.«

Die Männer belustigten sich darüber, wie die Marketenderin wieder einmal dem Großmaul Paroli bot, der tatsächlich grinsend verstummte, zumindest für den Moment.

Trepte bekam als Erster einen zerbeulten Becher voll mit klarem, kühlem Quellwasser. Durstig trank er und bedankte sich. Am liebsten hätte er den ganzen Eimer über sich gegossen. Marie Beier tauchte den Becher erneut in den Eimer aus starkem Leinen und füllte Treptes Feldflasche auf. Dann begann sie, die

schubsenden Männer unter Einsatz ihrer beträchtlichen Muskelkraft ein wenig zu ordnen und zur Eile anzutreiben.
»Und nicht mit euern verdreckten Flaschen in mein schönes Quellwasser! Ach, ihr traurigen Helden!«, schimpfte sie. »Triskow, überwach du das Verteilen. Ich kümmere mich derweil um die Wunden von Werslow und Müller. Dachte ich mir schon, dass sich keiner von den Feldchirurgen bei euch blicken lässt …«
»Gott segne dich, du prachtvolles Weib!«, dröhnte der hünenhafte Werslow, der offensichtlich seine Sprache wiedergefunden hatte, während Marie zusammengerollte Leinenstreifen aus ihren ausgebeulten Schürzentaschen holte, ihm die Kopfwunde säuberte und verband.
»Solltest du endlich zu der weisen Erkenntnis kommen, dass du es bei mir besser haben könntest als bei deinem Heinrich – ich würde dich auf Händen tragen!«
Marie warf ihm einen spöttischen Blick zu. »Auf *den* Pranken? Niemals, du Hänfling! Mein Heinrich hat Qualitäten, die ich dir nicht zutraue.«
Doch nach einem Blick auf den Premierleutnant würgte sie die sofort einsetzenden Prahlereien der Männer mit einer ungeduldigen Handbewegung ab. Auch sie hatte gesehen, was gegenüber vor sich ging. »Los, beeilt euch, füllt eure Flaschen!«
»Gehen Sie nach hinten und suchen Sie Deckung, hier wird es gleich sehr heftig zugehen!«, wies Trepte sie an, nachdem sie rasch noch die klaffende Wunde am Kinn des Soldaten Müller verbunden hatte.
Marie nickte, gab unter allgemeinem Johlen ihrem Heinrich einen Kuss und ermahnte ihn: »Lass dir ja nicht einfallen, dich hier von einer französischen Kugel umpusten zu lassen! Sonst geh ich doch zu Werslow!«
»Komm zu mir, Marie!« – »Nimm mich!«, schrie ein halbes Dutzend Männer gleichzeitig.
Trepte beendete das Zwischenspiel mit einem lauten: »Ach-

tung! Herangetreten, marsch!« So gut es war, dass seine Leute in dieser Lage noch Scherze treiben konnten; jetzt war die Zeit dafür vorbei.
Die Männer stellten sich in drei Linien hintereinander auf. Blüchers Artillerie vor ihnen schoss eine ohrenbetäubende Salve ab. Fast im gleichen Moment antwortete die französische Gardeartillerie, die ganze Batterie von sechzig Geschützen, allesamt auf die Anhöhe gerichtet.
Die Wirkung war infernalisch. Unter gewaltigem Lärm schien beim Einschlag der Geschosse der ganze Berg zu beben und zu erzittern. Bäume brachen wie Streichhölzer, stürzten um, zersplitterten in tausend spitze Teile. Gesteinstrümmer flogen in die Luft und entfalteten eine ebenso tödliche Wirkung wie die Geschosse. Pferde wieherten durchdringend in Todesangst, Verwundete brüllten vor Schmerz.
Eine Kugel hatte zwei Männer aus Treptes Zug umgerissen; zwei Brüder, die unter seinem Kommando ihre Dienstzeit beim Preußischen Garderegiment begonnen hatten. Ein Blick sagte ihm, dass er nichts mehr für sie tun konnte. Die am nächsten Stehenden zogen die Leichname beiseite und traten an die leer gewordenen Plätze in der Formation.
Jetzt sind es dreizehn, die ich seit Großgörschen verloren habe, dachte Maximilian bitter. Dreizehn von vierzig. Das hätten meine Brüder sein können. Und Gott steh denen bei, die ich in Preititz zurücklassen musste. Dichter Qualm deutete darauf hin, dass das Dorf erneut umkämpft wurde und angesichts der Kräfteverhältnisse wahrscheinlich gerade wieder den Franzosen in die Hände fiel.
Abermals fragte er sich, ob seine Brüder noch lebten, die Heißsporne. Und ob sie gestern wirklich noch einen Brief nach Hause geschrieben hatten, wie er es ihnen aufgetragen hatte. Vor lauter Draufgängertum vergaßen Julius und Philipp gern, dass die Eltern sich sorgten.
Es kam ihm vollkommen unwirklich vor, fast wie Hohn, dass

er in all dem Chaos von Tod und Leid zum ersten Mal an diesem Tag zwischen Staub und Pulverdampf den Geruch von frisch geschlagenem Holz und würzigem Harz wahrnahm.

Die preußische Artillerie schoss zurück und riss einige Löcher in die dichte Reihe der französischen Garde.

Doch schon kam die nächste Salve. Offenbar waren Bonapartes Truppen fest entschlossen, diesen Höhenzug und alles, was darauf stand, zu Staub zu zermalmen.

Trepte sah, wie ein Stück des Hangs abrutschte, ein Geschütz und mehrere Männer mit sich riss. Genau an dieser Stelle schlug Augenblicke später die nächste Kugel ein und verursachte eine gewaltige Explosion.

Linker Hand von ihm zertrümmerte ein feindliches Geschoss einen der großen Felsbrocken, mit denen die Kuppe des Hügels übersät war. Steinsplitter schwirrten durch die Luft; einer traf ihn schmerzhaft am Wangenknochen; er spürte Blut über sein Gesicht laufen und wischte es mit dem Ärmel ab.

Noch immer näherten sich ihnen die gegnerischen Truppen nicht auf Gewehrschussweite. Sie schienen überzeugt zu sein, den Feind in seiner Unterzahl mit ihren Geschützen aus der Ferne aufreiben zu können, ohne sich selbst ins Gewehrfeuer oder gar in den Nahkampf wagen zu müssen.

Wo preußische Kanonenkugeln ein Loch in die präzisen Reihen der französischen Garden rissen, wurden diese umgehend von neuen Kämpfern aufgefüllt.

Ich hasse es, nichts tun zu können, dachte Trepte.

Die nächste Salve erwischte den schnauzbärtigen Korporal Beier, Maries Mann. Eine Kugel riss ihm beide Beine weg. Wilhelm Beier brüllte vor Schmerz und Entsetzen, doch nach wenigen Atemzügen verstummte er.

Vierzehn. Wie soll ich das nur seiner Frau beibringen?, dachte der Premierleutnant und hielt Ausschau nach Marie. Normalerweise blieb sie auch unter Beschuss bei der Truppe, um sich gleich der Verletzten anzunehmen. Aber er hatte sie ja selbst zu ihrem Schutz in Deckung geschickt. So blieb es ihr wenigstens erspart zu sehen, wie ihr Mann starb. Doch wie er sie kannte, wäre sie in seinen letzten Augenblicken lieber bei ihm gewesen. Und so schrecklich es für Marie auch sein mochte, sie musste umgehend wieder heiraten. Auch wenn sie offiziell als Regimentsangehörige unter dem Schutz seiner Männer stand und die alles tun würden, um die gute Seele der Einheit zu schützen – eine Frau im Feld, im Krieg, unter so vielen Männern, brauchte den besonderen Schutz eines Ehemannes.

»Da, sehen Sie!«, schrie der Gefreite Kleinschmitt, der schon 1806 in Jena dabei gewesen war und sich vor nichts zu fürchten schien. Seine rechte Gesichtshälfte war aufgerissen und blutete. Der Premierleutnant drehte sich um, schaute in die Richtung, in die Kleinschmitt wies, und fluchte leise vor sich hin.

Jetzt hatten sie Bonapartes gefürchtete Garden vor sich, daneben im Westen das Korps Marmont, im Norden das Korps Soult, und gerade zogen von Nordosten weitere feindliche Regimenter auf, vermutlich unter dem Befehl Neys. Sie waren von drei Seiten umzingelt, und die nördlichen Truppen rückten unerbittlich gegen sie vor.

Seine Taschenuhr, ein Geschenk seines Vaters zum Eintritt in die preußische Armee, war beim Kampf um Preititz kaputtgegangen. Dem Stand der Sonne nach musste es etwa drei Uhr sein.

Trepte suchte Blickkontakt zum Kompanieführer, der auch schon den erwarteten Befehl weitergab: »Bataillon soll chargieren – geladen!«

Trepte erteilte das Kommando an seinen Zug. In synchronen, vielfach geübten Bewegungen zog jeder seiner Männer mit der rechten Hand eine Kartusche aus der Kartuschentasche, biss sie ab, schüttete Pulver auf die Pfanne und in den Lauf, drückte mit dem Zeigefinger die Kugel hinein, griff nach dem Ladestock und stieß die Kugel auf den Boden des Laufs.

»Chargiert!«

Die Männer des zweiten Glieds traten jeder einen Schritt nach rechts, um auf Lücke versetzt zur vordersten Linie schießen zu können, das dritte Glied trat einen Schritt zurück.
»Fertig! An! Feuer! Geladen!«
Zufrieden sah Trepte, dass seine Männer schnell und sicher die Kommandos befolgten. Jeder Handgriff saß. Ihnen blieben nur ein paar Schuss, dann mussten sie mit dem Bajonett in den Nahkampf.
Das war es also, dachte Trepte und zog seinen Degen. Sofern nicht binnen weniger Minuten der Rückzugsbefehl kam, würden sie von der Übermacht der Grande Armée eingeschlossen sein.
Wir werden es denen nicht leichtmachen, dachte er grimmig und umklammerte dabei den Griff seines Degens so heftig, dass seine Fingerknöchel weiß wurden. Wir werden ihnen zeigen, wie Preußen kämpfen können. Davon soll man noch lange reden!
Eine kleine Armee, zum größten Teil erst vor ein paar Wochen auf die Beine gestellt, und Russen nach Tausenden Meilen Marsch gegen eine Streitmacht, die sich Bonaparte aus fast ganz Europa zusammengeklaubt und zusammengezwungen hatte: nicht nur Franzosen, sondern auch Italiener, Spanier, Dänen, Polen und – was er als besonders bitter empfand – Deutsche: Württemberger, Westphalen, Badener, Hessen, Bayern und Sachsen.
Zum ersten Mal an diesem Tag, für einen kurzen Moment, musste er wieder an dieses außergewöhnliche sächsische Mädchen denken, das sich im Freiberger Notlazarett auf dem Markt um ihn und seine Männer gekümmert hatte. Sie wagte es, preußische Verwundete zu pflegen, selbst als die Franzosen schon in die Stadt einbrachen, und hatte das mit Mut und Herzenswärme getan. Und sie liebte Bücher; das war fast alles, was er von ihr wusste außer ihrem Namen. Aber er hatte gespürt, dass sie voller Trauer war und an einer Last trug, unter der sie fast zerbrach.

Ob sie seinen Brief erhalten hatte? Ihn vielleicht gerade in diesem Augenblick in den Händen hielt?
Nun würde er sie nie wiedersehen. Das bedauerte er von ganzem Herzen. Ihm blieb nur zu hoffen, dass sie in Sicherheit war, dass niemand von ihren Landsleuten sie an die Franzosen verriet. Dafür sprach er in Gedanken ein Gebet.
Und für seine Eltern, die vielleicht an einem Tag alle drei Söhne verlieren würden.
Doch ganz gleich, wie dieser Tag, wie diese Schlacht hier enden mochte; wenn er fiel, wenn sie alle fielen – für jeden Toten würden neue Männer in die Reihen treten, damit das Land endlich frei wurde. Das war seine feste Überzeugung.

Hundert Schritt von Maximilian Trepte entfernt auf den Kreckwitzer Höhen standen General Blücher und sein Stabschef Neidhardt von Gneisenau, der diesen Posten übernommen hatte, seit Scharnhorst auf die Reise nach Prag gegangen war, um mit den Österreichern über den Seitenwechsel zu den Alliierten zu verhandeln.
Auch sie sahen, dass der Feind sie nun von drei Seiten umschloss, und benötigten nur einen einzigen Blick zur Verständigung.
Der Form halber fragte Gneisenau: »Rückzug?«
»Jawoll, Rückzug! Sofortigen Rückzug anordnen!«, blaffte Blücher ihn mit geballter Faust an.
August Neidhardt von Gneisenau atmete erleichtert auf. Bekanntermaßen hielt der alte General wenig von Rückzug. Außerdem hatten sie dem Zaren in der letzten Stunde schon zweimal Meldereiter mit Lageberichten geschickt und um die Erlaubnis zum Retirieren gebeten. Doch der Zar, der das Oberkommando für die alliierte Streitmacht an sich gerissen hatte, verweigerte diese beharrlich.
»Wir ignorieren den Befehl des Zaren?«, vergewisserte sich Gneisenau zufrieden.

»Der Zar is nich hier und sieht nich, wat wir sehen!« Blücher schnaubte und wies mit dem Kopf Richtung Nordosten. »Ein paar Minuten, und die letzte Abzugsstraße is versperrt, wenn wir nich sofort retirieren.«

Sie mussten *jetzt* handeln, sonst würde die Armee der Alliierten binnen einer Stunde restlos vernichtet sein. Er hatte gestern und heute zusammen schon dreitausend Mann verloren, das war schlimm genug. Nach dem schrecklichen Blutzoll, den sein Korps in Großgörschen zahlen musste, hatte er sich geschworen, so etwas nicht noch einmal zuzulassen. Bei einem Logenbesuch in Bautzen war er deshalb mit sich ins Gewissen gegangen.

Auf den Zaren, der ständig in die militärische Planung hineinregierte, konnte und wollte er jetzt keine Rücksicht nehmen. Alexanders Fehlentscheidungen waren schon 1805 in Austerlitz für die Russen und Österreicher verheerend gewesen. In den letzten zwei Tagen hatte sie das Korps Yorck unzählige Tote gekostet und trotz Gneisenaus Warnung dazu geführt, dass der rechte Flügel von Truppen entblößt wurde. Dabei wussten sie durch ihre Kundschafter schon seit gestern Abend, dass Ney mit fast einhunderttausend Mann nördlich des Schlachtfeldes eingetroffen war und auf den Einsatzbefehl wartete. Deshalb hatten Gneisenau und er darauf bestanden, dass Preititz um jeden Preis gehalten wurde, sonst wäre ihnen allen der Rückzug verwehrt.

Nun war es drei Uhr und Preititz wieder in französischer Hand, weil die Mehrzahl der russischen Verbände vom Zaren nach Süden, zum linken Flügel, geschickt worden war.

»Rückzugsbefehl an alle!«, erteilte Blücher Order an die wartenden Regimentskommandeure. »Retirieren über die Straße nach Wurschen und gleich über die Neiße. Leichte Kavallerie als Deckung für ersten Feindkontakt. Müffling, Sie reiten zum Zaren und zum König. Machen Sie denen klar, dat die jesamte alliierte Streitmacht abziehen muss. Sofort! Reden

Sie mit Knesebeck, der Kerl wird's noch am schnellsten begreifen.«

Zumindest hoffte Blücher auf die Einsicht des königlich-preußischen Generaladjutanten. Normalerweise standen er und der Oberst von Knesebeck nicht in bestem Einvernehmen.

Oberstleutnant von Müffling salutierte und machte kehrt, um unverzüglich loszureiten.

Der alte General befahl dem drei Schritte hinter ihm wartenden Hornisten, das Signal zum Rückzug zu blasen, und die Regimentskommandeure liefen los, um die neue Order an ihre Bataillonskommandanten weiterzugeben.

»Rückzug! Rückzug!« Dieser Befehl erreichte Trepte, als er sich innerlich schon auf einen Nahkampf eingestellt hatte.

Sofort gab er Kommando, das Feuer einzustellen und in Marschformation anzutreten. Seine Männer formierten sich und reihten sich in die Kolonne der Brigade Röder ein.

Zwei Schwerverletzte musste er zurücklassen, die Soldaten Wernke und Neumüller. Wer nicht aus eigener Kraft laufen konnte, musste bleiben, sonst war kein schneller Rückzug möglich. Der Herr steh euch bei!, dachte er mit der Bitte um Vergebung.

»Haben Sie Brot und Wasser?«, fragte er, wartete nicht auf eine Antwort, sondern stellte den halb vollen Eimer in ihre Reichweite, den Marie dagelassen hatte. Das war alles, was er für sie tun konnte.

Ein neuer Eimer für die Marketenderin würde sich finden.

Der Leutnant wunderte sich schon, wo sie blieb, aber jetzt waren seine Gedanken zuallererst bei den Männern, die er hier im Stich lassen musste, damit die anderen überleben konnten. Das wussten auch die beiden.

»Nehm Se 's Brot lieber mit, Premierleutnant«, keuchte unter Qualen Wernke, der mit dem Loch in seiner Brust die nächste halbe Stunde nicht überleben würde. »Is jut jemeint, aber wir

werden's nich brauchen ...« Er bemühte sich um ein Lächeln und schloss die Augen. »Gott schütze den König!«
Neumüller, der die ganze Zeit geprahlt hatte, er sei gegen Kugeln gefeit, war der rechte Fuß bis zum Knie abgerissen worden, aus dem blutenden Stumpf ragten zersplitterte Knochen. Er zitterte am ganzen Leib. »Jetzt hat es mich doch erwischt«, stöhnte er und dann, scheinbar zusammenhanglos: »Zu Hause machen sie gerade Heu ...«
»Gott schütze euch!«
Trepte sah jedem von ihnen ein letztes Mal in die Augen. Dann rannte er zu seinem Zug, um seinen Platz an der rechten Seite einzunehmen.
Doch schon nach wenigen Schritten entdeckte er etwas, das ihn mit noch mehr Bitterkeit erfüllte: den Leichnam der Marketenderin Marie. Sie lag gegen einen Baum gelehnt, ein spitzes, eine Elle langes Stück Holz hatte ihr den Hals durchbohrt. Ihr Gesicht war vor Schmerz verzerrt, die Uniformjacke voller Blut.
Sein letzter Befehl hatte sie nicht schützen können.
Nun brauchte er ihr die Nachricht vom Tod ihres Mannes nicht mehr überbringen; nun waren beide im Tod vereint. Vielleicht waren sie sogar im gleichen Moment gestorben. Der Kuss, den sie ihrem Heinrich vorhin gegeben hatte, war ihr letzter gewesen.
Das wird hart für die Männer, dachte Maximilian Trepte. Jeder von ihnen hatte Marie auf seine Art geschätzt und gemocht. Sie war nicht gerade eine zarte Seele, das war bei ihrer Arbeit auch nicht zu erwarten, aber tüchtig, und hatte ihnen allen das Leben im Feld leichter gemacht. Hinter sich hörte er Werslows dunkle Stimme ein Gebet murmeln und den jungen Fred Hansik aufschluchzen.
Als sie den Hügel hinabmarschiert waren, sah Trepte rechts vom Weg ein Pferd, das sich wälzte und nicht hochkam. Es war ein schönes Tier, ein Schimmel, und wieherte durchdringend

vor Qual und Schmerz. Der Premierleutnant war schon kurz davor, hinzurennen und dem Tier den Gnadenstoß zu geben, weil er das nicht länger ansehen und anhören konnte. Doch ein Husar kam ihm zuvor.

Blitze zuckten vor ihnen zwischen dunklen Wolken. Jetzt erst wurde Maximilian klar, dass das Krachen nicht mehr von den Batterien kam, sondern vom Himmel.

Der besondere Duft eines beginnenden Gewitterregens – eine Mischung aus Staub, Frische und Gras – erfüllte die Luft. Minuten später fielen die ersten Tropfen, bald goss es wie aus Kannen. Trepte hielt sein Gesicht dem Regen entgegen, um ihn auf der Haut zu spüren. Um zu spüren, dass er noch lebte.

Es schüttete so heftig, dass die Regentropfen Blasen in den Pfützen schlugen und Schlamm unter den gleichmäßigen Tritten der Männer aufspritzte. Das wird es den Dreckskerlen schwerer machen, diese gottverdammten Hügel hinaufzuklettern, dachte er zornig.

Während die Korps Blücher und Yorck in straffer Ordnung die letzte verbliebene Straße Richtung Wurschen entlangmarschierten, der Neiße entgegen, sprengten Kosaken an ihnen vorbei Richtung Feind.

Ihr Anblick erfüllte Maximilian mit Genugtuung. Die Kosaken würden dicht vor den feindlichen Verfolgern herumschwirren, sie in kleine Gefechte locken und ihnen den direkten Kontakt zu den abziehenden Truppen verwehren. Seine Männer und die anderen der Brigade Röder würden in Klein-Bautzen den Rückzug so lange decken, bis sich die Korps Blücher und Yorck neu formiert hatten.

Premierleutnant Maximilian Trepte vom Preußischen Garderegiment zu Fuß konnte nicht wissen, dass Napoleon Bonaparte bereits am Vormittag verkündet hatte, er werde die Schlacht um drei Uhr gewonnen haben.

Das war, als sein Marschall Oudinot, dem der Ruf anhing,

feindliche Kugeln geradezu magisch anzuziehen, ihn dringendst um Verstärkung bat. Und wenn der für seinen Todesmut berüchtigte Draufgänger um Verstärkung bat, musste die Lage schon sehr brenzlig sein. Oudinots Korps war im Süden des Schlachtfeldes in tödliche Bedrängnis durch russische Truppen geraten. Der Kaiser lehnte ab. Sein Marschall erhielt von ihm Order, bis drei Uhr durchzuhalten, und verlor in dieser Zeit die Hälfte seiner Männer.

Die ersten Boten mit Siegesmeldungen schickte Bonaparte schon los, als sich Trepte und seine Männer mittags gerade wieder von Preititz aus zu den Kreckwitzer Höhen durchschlugen.

Der Plan des Kaisers war einfach und genial: Elf Uhr sollte Neys Armee von Norden aus auf Preititz vorrücken. Seine beiden vereinten Armeen waren zusammen zweihunderttausend Mann stark und damit dem Feind schlagartig um das Doppelte überlegen. So konnte er ihn in die Zange nehmen und würde spätestens um drei Uhr gewonnen haben, glanzvoll wie immer.

Ob der alte Haudegen Blücher wusste, dass sein Widersacher Bonaparte den heutigen Sieg exakt für die Stunde angekündigt hatte, als er den Rückzug befahl?

War das eine zufällige Übereinstimmung?

Beweis der exakten Planung des genialen Schlachtenlenkers Napoleon?

Oder das Zeichen dafür, dass die erbitterten Gegner einander gut kannten und wussten, wie der andere dachte?

Napoleon Bonaparte hatte sich auf eine Trommel gesetzt und blickte, von seiner Alten Garde umringt, vom Schafberg aus auf ein imposantes Bild: wie seine Truppen ins Tal hinabströmten, wo ganze Dörfer in Flammen standen, und wie seine Artillerie von allen Seiten auf den abziehenden Feind feuerte.

Trotzdem war der Kaiser der Franzosen nicht zufrieden.

Natürlich hatte er gesiegt. Wie immer. Doch der Feind war nicht zerschmettert, nicht restlos zerschlagen, wie er es geplant hatte. Stattdessen in Reih und Glied einfach abmarschiert, unter dem gleichmäßigen Schlag der Trommeln.
Und er, Napoleon, hatte weder Gefangene gemacht noch Geschütze erbeutet! Stattdessen fünfundzwanzigtausend Mann in zwei Tagen eingebüßt!
Allein Oudinot hatte siebentausend Mann verloren, Ney sechstausend, nur für ein paar Meter in einem Wald oder ein winziges Dorf, in dem nun kein Haus mehr stand.
Immerhin, die sechstausend Mann der sächsischen Armee, die nach den Torgauer Querelen endlich wieder seinem Befehl unterstand, hatten ihre Nützlichkeit im Kampf gegen die Preußen unter Beweis gestellt, ebenso die württembergische Division, die eintausendsiebenhundert Mann verlor. Besser Rheinbundblut vergossen als französisches.
Aber der Sieg war nicht vollkommen.
Ney hatte Fehler gemacht und seinen genialen Plan sabotiert; er war zu spät gekommen und dann auch noch in die falsche Richtung geschwenkt, sonst hätten heute kein Preuße und kein Russe das Feld verlassen.
Und nun weigerten sich auch noch seine Generäle, die ihm äußerst selten widersprachen, den abziehenden Gegnern nachzusetzen.
»Hä?«, brüllte er sie an, sah ansonsten furchtlose Männer zusammenzucken und hörte sich mit wachsendem Zorn ihre Litanei an: Die Truppen seien nach zwölf Stunden Kampf vollends erschöpft, die jungen Rekruten größtenteils krank oder unterernährt, die Kavallerie nicht mehr einsatzfähig. Und jetzt ging auch noch ein Gewitter nieder, weshalb man bald die Hand nicht mehr vor den Augen sehen konnte.
Er wusste, dass sie recht hatten. Doch nur dank der stummen Mahnung im Blick seines Großmarschalls und Vertrauten Duroc gab er schließlich knurrend nach.

Morgen, ja morgen, da würde er die Russen und Preußen endgültig das Fürchten lehren ...

Auch Zar Alexander war nicht zufrieden.
Blücher hatte ihn übergangen, als er am helllichten Tag den Rückzug anwies, und damit seine Autorität als oberster Befehlshaber untergraben. Es spielte keine Rolle, dass sich der Rückzug nun als richtig erwies. Das war eine Unverschämtheit von dem alten Starrkopf!
Insgeheim allerdings musste sich Alexander eingestehen, dass er heute mehrere verheerende Fehlentscheidungen getroffen hatte. Dabei wollte er doch als großer Feldherr in die Geschichte eingehen!

Wittgenstein, nominell *noch* Oberbefehlshaber der Kaiserlich-Russischen Armee, war alles andere als zufrieden – er war tödlich beleidigt. Der Zar hatte seine Entscheidungen getroffen, ohne ihn zu konsultieren, hatte ihn demonstrativ ignoriert, bis er, Wittgenstein, ebenso demonstrativ vom Platz gegangen war.
So lief es derzeit im Hauptquartier der Alliierten.

Auch Friedrich Wilhelm, König von Preußen, war ganz und gar nicht zufrieden, als er Seite an Seite mit dem Zaren Richtung Osten ritt.
Er hatte erwartet, nach Ablauf dieser Schlacht endlich wieder gen Westen ziehen zu können. Stattdessen musste er schon wieder über die Neiße!
Und es missfiel ihm äußerst, dass Alexander ständig die Heeresführung an sich reißen wollte. Nur mit Mühe hatte Knesebeck den Zaren von der Richtigkeit des Rückzugs überzeugen können und eiligst die entsprechenden Befehle für sämtliche Korps ausgefertigt. Sonst wären sie jetzt allesamt verloren.
Friedrich Wilhelm konnte die Gegenwart des russischen Monarchen von Tag zu Tag weniger ertragen. Hatten sie nicht einst

am Sarg des Großen Friedrich ewige Freundschaft geschworen? Doch dann schloss Alexander in Tilsit pompös Frieden mit Bonaparte, während er als König von Preußen wie ein dummer Schuljunge abseitsstand und zuschauen musste!
Vor allem aber hatte Alexander *seiner* Luise schöne Augen gemacht, und *das* würde er ihm nie verzeihen. Seine unvergessliche, einzige Liebe war auf diesen Pfau hereingefallen. Ihm zum Hohn hatte Bonaparte Luises schwärmerische Briefe an Alexander auch noch veröffentlichen lassen. So war er, der König von Preußen, vor aller Welt zum Gespött geworden. Und nun fühlte er sich von aller Welt mitleidig belächelt, weil er Seite an Seite mit dem Mann vom Schlachtfeld ritt, der seiner Frau Avancen gemacht hatte.

Nicht gerade zufrieden, doch sehr erleichtert darüber, dass ihre Stadt keinen größeren Schaden genommen hatte, waren die Ratsherren von Bautzen. Schließlich lag es gerade erst zehn Tage zurück, dass das benachbarte Bischofswerda bis auf die Grundmauern niederbrannte.
Doch vom nächsten Morgen an sollte ihre Stadt mit Tausenden Verwundeten überfüllt werden. Der Dom, die Burg und jeder erdenkliche Raum wurden zu Notlazaretten eingerichtet. Bald grassierte das Lazarettfieber in der Stadt. Und von Bautzen aus wurden Ströme von Verletzten mit Leiterwagen und sogar Schubkarren durchs ganze Land gefahren, bis sich irgendwo ein Platz fand, an dem sich jemand um die Verwundeten kümmern konnte – sofern sie nicht vorher starben.

Als Einziger überaus zufrieden schien Gebhard Leberecht von Blücher.
Was ihn traurig stimmte, war die große Zahl der Toten. Doch ansonsten war diese Schlacht ganz nach seiner Absicht verlaufen. Sie hatten keine andere Wahl gehabt, als Bonaparte zum Kampf bei Bautzen zu zwingen. Ein weiterer kampfloser Rück-

zug hätte die Truppen, das ganze Land demoralisiert und die Österreicher abgeschreckt, auf die sie dringend als Verbündete hofften.

Dass diese Schlacht den Alliierten nur dazu diente, aller Welt noch einmal ihren Kampfwillen zu beweisen und dann den geordneten Rückzug anzutreten, hatte für ihn und Gneisenau von vornherein festgestanden. Sie waren zahlenmäßig um die Hälfte unterlegen, es fehlte an Munition, und die Truppen waren erschöpft. Sie brauchten Zeit.

Die hatten sie sich nun erkämpft, um Kräfte zu sammeln, Verstärkung heranzuführen und weitere Verbündete zu gewinnen.

Auch Bonapartes Truppen waren erschöpft. Vielleicht trieb ihn der Ausgang des heutigen Tages dazu, einen Waffenstillstand anzubieten.

Voraussetzung war natürlich ein *geordneter* Abzug. Der fand hier gerade in musterhafter Weise statt, und die weiteren Dispositionen trieben ein fröhliches Grinsen über Blüchers faltenzerfurchtes Gesicht. Der junge Prinz Eugen von Württemberg, ein Cousin des Zaren, sollte morgen die Rückzugsgefechte gegen Bonapartes Armee kommandieren. Und dafür konnte er sich keinen besseren Mann denken.

Der alte preußische General hielt ganz und gar nichts von Hochwohlgeborenen, deren militärischer Rang allein auf Geburtsprivilegien beruhte. Aber Eugen von Württemberg wurde – wie kaum zu übersehen – vom Zaren eher benachteiligt als bevorzugt. Dafür war er ein Bursche so ganz nach Blüchers Geschmack: Militär durch und durch, mutig, kühn und mit außerordentlichem strategischem Geschick. Erst fünfundzwanzig Jahre alt, aber schon mit viel Kriegserfahrung, für seine Tapferkeit auf dem Schlachtfeld von Smolensk zum Generalleutnant befördert. In Großgörschen hatte er den Franzosen die Dörfer Kaja und Rahna wieder abgenommen und damit sogar den strengen Yorck zum Staunen gebracht, heute hatte er mit seinen

Truppen dem tollkühnen Marschall Oudinot die Hölle heißgemacht.
Morgen würde ganz gewiss kein guter Tag für Bonaparte werden.

Rückzugsgefechte

Reichenbach, kurz vor der Neiße, 22. Mai 1813

Napoleon Bonaparte war außerordentlich schlecht gelaunt und seine ohnehin wenig ausgeprägte Geduld erschöpft. Den ganzen Tag lang hatte ihm dieser Prinz Eugen von Württemberg, dieses Bürschlein vom Zarenhof, massive Gefechte auf der Straße nach Görlitz geliefert, um den Rückzug der Alliierten zu decken. Die überquerten vielleicht in diesem Moment schon die Neiße. Noch ein paar Brücken in Brand gesetzt, und ihre schnelle Verfolgung und Vernichtung würde unmöglich sein!
Und jetzt hatte dieser Eugen auch noch eine gewaltige Auffangstellung vor Reichenbach errichtet: Unmengen Artillerie auf dem Töpferberg, dazu schätzungsweise siebentausend Mann Kavallerie, Husaren im Norden und Kürassiere im Süden.
Napoleon Bonaparte fühlte sich verhöhnt angesichts dessen, dass ein Fünfundzwanzigjähriger ein ernsthaftes Hindernis für ihn und seine Armee darstellen sollte. Dieser Farce würde er nun ein Ende bereiten.
»Schickt die sächsischen Reiter vor!«, befahl er unwirsch. Doch deren Angriff erstarb unter dem Kartätschenhagel von Eugens Arrièregarde.
»Die Gardekavallerie – los!
Die Mamelucken!
Die Lanciere der Garde!«

Bonapartes Generalstabsoffiziere starrten ungläubig auf ihren Kaiser.

»Sire, wir können nicht weiter unsere besten Kavallerieeinheiten in das Batteriefeuer schicken! Sie werden niedergemäht durch Geschütze von allen Seiten!«

Doch diesmal war Bonaparte nicht einmal bereit, auf Duroc zu hören.

»Sofort! Haben Sie mich nicht gehört!?«, fuhr er seine Kommandierenden an und wies auf das Kampffeld, wo gerade die nächsten Reiter unter dem russischen Feuer starben.

»Sie sollen die feindlichen Artilleristen ausschalten! Das hier kann unmöglich nur die Arrièregarde sein, sonst hätten wir sie längst vernichtet, und wenn sie sich auf jedem einzelnen Hügel in dieser Gegend einnisten!«, schrie er. »Bei so viel Artillerie und Kavallerie muss das eine größere Heeresabteilung sein.«

Schweigend und mit betretenen Gesichtern wurden die Generäle Augenzeugen, wie eine Abteilung Reiter nach der anderen ins feindliche Feuer galoppierte und niedergeschossen, in die Luft gesprengt, schrecklich dezimiert wurde.

Bald schwieg auch Napoleon und ließ sein Fernrohr sinken. Was hier gerade geschah, sah er auch so deutlicher, als ihm lieb war. Die Kavallerie war ohnehin zahlenmäßig ein Schwachpunkt seiner Armee. Und noch nie hatte er derart viele Pferde in so schrecklich kurzer Zeit sterben sehen.

»Das Korps Lauriston soll gegen die Artillerie auf diesem gottverdammten Berg vorgehen!«, befahl er schließlich mit rauher Stimme.

Dieses Korps und die sächsischen Eliteeinheiten – darunter auch Franz von Dreßler, der junge Gardeoffizier aus Torgau, und sein Bruder Friedrich – drängten schließlich die Gegner zurück bis in den Ort Markersdorf kurz vor Görlitz. Aber das Dorf bot mit gut zu verteidigenden Vierseithöfen und einem Berg Geländevorteile für Prinz Eugens Arrièregarde.

Mit allem Druck ließ Bonaparte nachrücken, drei geschlossene Kolonnen von fünfzigtausend Mann.

Als die Dämmerung hereinbrach, zogen die Russen aus Markersdorf ab. Langsam verebbte der Kanonendonner.

Napoleon atmete auf. Die Demütigung hatte ein Ende. Er war wieder der Herr über das Schlachtfeld.

Von seinem Mamelucken Roustam ließ er sich eine Erfrischung reichen, dann stieg er auf seinen Schimmel, gruppierte seine Entourage um sich und ritt mit ihr über die breite Straße in den Ort ein, der sich durch ein Tal zog. Mit grimmiger Zufriedenheit sah er schon die markantesten Punkte von Görlitz vor sich.

Ungewöhnliche Stille lag über dem Dorf nach dem Kanonengewitter des Tages. Klappernde Hufe, ab und an ein Wiehern und das Klirren der Degen an den Gehängen waren fast die einzigen Geräusche in der Nähe. In der Windstille rauschten nicht einmal die Blätter der Bäume.

Es hatte etwas Alptraumhaftes, als wie aus dem Nichts noch einmal eine Kugel heranzischte und dicht am Kaiser vorbeiflog. Doch sie konnte ihm nichts anhaben und schlug fünfzig Schritt hinter ihm ein.

Zum ersten Mal an diesem Tag lächelte er ein wenig. Dieser Zwischenfall würde den Ruf noch erhärten, den er bei seinen Truppen genoss: dass er unverwundbar sei.

Er befahl den Aufbau des Nachtlagers. Auf einer freien Anhöhe hatte seine komplette Gardeinfanterie ein Karree gebildet, in dessen Mitte wie üblich die fünf kaiserlichen Zelte aufgeschlagen wurden, wenn sie nicht in einem Haus Quartier nahmen.

Immer noch voller Groll nachsinnend, wie ihm wohl ein Fünfundzwanzigjähriger solche Schwierigkeiten bereiten konnte, stieg der Kaiser aus dem Sattel und sah sich um.

Niemand von den Dorfbewohnern ließ sich blicken. Sie waren wohl angesichts der anrückenden Heere längst geflohen.

Zwei seiner Adjutanten näherten sich, und ihre bedrückten, ja beinahe ängstlichen Mienen sagten ihm sofort, dass sie schlechte Nachrichten brachten.

Nun, er konnte Feiglinge um sich herum nicht dulden, deshalb ging er mit entschlossenen Schritten auf sie zu, blickte ihnen streng ins Gesicht und erwartete, dass sie damit herausrückten. Beide salutierten, dann sagte der Ranghöhere: »Sire ... wir bedauern es außerordentlich, Ihnen melden zu müssen ...«

Mit einer ungeduldigen Handbewegung forderte der Kaiser ihn auf, endlich zur Sache zu kommen.

»Die Kanonenkugel, die Sie vorhin beinahe getroffen hat, Sire ...«

Der Mann verstummte, Schweißperlen traten ihm auf die Stirn.

»Sie prallte gegen einen Baum, sprang zurück und erwischte den Generalingenieur Kirchener. Er ist tot«, sprach der zweite mit düsterer Stimme weiter. »Dann traf sie Großmarschall Duroc.«

Fassungslos starrte Napoleon Bonaparte auf die beiden eingeschüchterten Männer vor sich.

Das konnte nicht sein.

Sein alter Freund und Kampfgefährte, sein engster Vertrauter, der war doch ebenso unverwundbar wie er! Oudinot war derjenige unter den Marschällen, der die Kugeln geradezu anzog, der schon mehr als dreißig Verwundungen hatte und trotzdem noch lebte.

»Wir haben ihn in das Gehöft dort drüben gebracht. Der Chirurg ist bei ihm.«

Ah, der Chirurg! Erleichtert atmete Bonaparte auf. Also lebte Duroc. Ein paar Tage, dann würden sie wieder gemeinsam in den Sattel steigen und die Russen und Preußen vor sich hertreiben. Mehr wollte er nicht hören; er war jetzt nicht bereit für weitere schlechte Nachrichten.

Brüsk drehte er sich um, ließ die beiden Überbringer der Unglücksbotschaft stehen und stieg wieder in den Sattel. Ohne ein Wort ritt er über einen Bauernhof, durch ein Feld, starrte auf

den Punkt, von dem aus die Kanonenkugel abgefeuert worden sein musste, und nahm einen großen Umweg über die Gärten des Dorfes, bis er zum Karree seiner Garde zurückkehrte. Es war nun schon dunkel, überall brannten Wachtfeuer.
Niemand wagte es, das Wort an ihn zu richten oder ihm auch nur ins Gesicht zu sehen. Er ließ sich auf seinen Feldstuhl fallen, schief und mit schlaff herabhängenden Armen, und immer noch sprach niemand ein Wort oder trat näher heran.
Das Schweigen schien in Wellen von ihm auszugehen und jedes Geräusch zu ersticken bis auf das Knistern der Flammen.
Über das ganze Biwak waren Feuerstellen verteilt, etwas weiter entfernt loderten in Brand geratene Dörfer und Gehöfte. Aber es war kein Abend wie sonst im Lager der Grande Armée. Die Nachricht von der tödlichen Verletzung Durocs hatte schnell die Runde gemacht. Und nun beteten die Männer für ihn und auch für sich, denn General Géraud Christophe Michel Duroc war nicht nur der engste Vertraute Bonapartes. Er war auch der Einzige, der sogar einen wütenden Napoleon manchmal noch mit ein paar vernünftigen Worten zur Räson bringen konnte.
Schließlich stemmte sich Bonaparte aus seinem Stuhl hoch und stapfte auf das Gehöft zu, in das sein Freund gebracht worden war.
Alexandre Urbain Yvan, der Chirurg, war noch bei Duroc. Aber er tat nichts. Seine Instrumente waren wieder in den dafür bestimmten Kasten geräumt. Ein Blick in sein Gesicht gab Antwort auf die einzig drängende Frage. Doch Napoleon Bonaparte wollte es nicht glauben.
Der Schwerverletzte atmete noch; er schien zu schlafen.
»Es bleiben ihm nur noch ein paar Stunden, Sire. Und die werden qualvoll sein. Sämtliche Organe seines Unterleibes sind irreparabel verletzt.«
Bonaparte starrte den Chirurgen an, als könnte er ihn allein mit einem Blick dazu bringen, seine Meinung zu ändern. Vorsichtig

zog dieser das Tuch zurück, das er über die Wunden gelegt hatte, und der Anblick löschte jeden Zweifel, jede Hoffnung aus.
»Hier ist Laudanum, wenn er von seinen Schmerzen erlöst werden will«, erklärte der Chirurg und stellte ein Fläschchen auf den grob gezimmerten Tisch des Bauernhauses.
Bonapartes Kiefer mahlten.
Endlich brachte er seine ersten Worte zustande.
»Hinaus! Alle raus!«
Der Arzt, das wusste er, würde vor der Tür warten, und die anderen konnten hier sowieso nichts mehr ausrichten.
Er wollte mit dem Sterbenden allein sein.
Als alle anderen fort waren, zog er sich einen Stuhl heran, legte seinen Zweispitz ab, stellte eine Kerze auf den nächsten Fenstersims und setzte sich an das Bett des Todgeweihten.
So viele Männer waren gestorben, und es hatte ihn nicht gekümmert. Warum nun auch Duroc? Der Einzige, dem er noch traute, seit Bessières bei Lützen gefallen war und Ney ihn gestern bei Bautzen so enttäuscht hatte!
Sein einziger Freund, der Einzige, der ihn nie belogen hatte, ihm nie nur seines Vorteils wegen nach dem Mund redete.
Tausenden hatte er militärische Ränge, Adelstitel und Güter verliehen, und sie krochen um ihn herum wie Schmeißfliegen und wollten nur noch mehr und noch mehr, seine eigene Familie am allerschlimmsten.
Duroc hatte nie Reichtum oder Titel von ihm erwartet.
Er hatte ihn zwar immer wieder befördert, verdientermaßen, hatte ihn zu seinem Oberhofmarschall und zum Herzog von Friaul ernannt. Aber wenn er jetzt starb, würden die Witwe und ihre Tochter vermutlich mittellos dastehen. Denn wie Bessières mochte sich auch Duroc im Gegensatz zu allen anderen nicht am Krieg bereichern.
Er hatte ihm nur gedient, treu, klug und mutig.
Nie wieder würde er jemanden wie ihn finden.
Verzweifelt griff er nach der Hand des Freundes.

Duroc schlug die Augen auf. »Sire!«, sagte er und verzog das Gesicht vor Schmerz.

»Nennen Sie mich jetzt nicht bei meinem Titel, ich bitte Sie«, protestierte der Kaiser sanft. »Nennen Sie mich bei meinem Namen!«

Duroc tat ihm den Gefallen.

»Wissen Sie noch? Vor zwanzig Jahren, beim 4. Artillerieregiment?« Ein verklärtes Lächeln trat auf Bonapartes Gesicht. »Wir waren junge, hoffnungsvolle Leutnants! Und was ist aus uns geworden! Wo haben wir überall gemeinsam gekämpft? Bis nach Ägypten sind wir zusammen gezogen!«

»Ja, Ägypten …«, sagte Duroc leise unter Schmerzen. »Doch *was ist* aus uns geworden? Aus unseren Idealen?«

Wieder schloss er die Augen. »Wir werden alle noch in diesem Krieg sterben.«

Stumm saß Napoleon da und ließ keinen Blick von dem Todgeweihten. Er, der brillante Rhetoriker, der Tausende Menschen mit seinen Worten mitreißen konnte, war unfähig, etwas zu sagen.

Endlich öffnete Duroc wieder die Augen und sah ihn an. Er hob die Hand ein wenig und deutete auf das Fläschchen mit dem Opium.

»Sire, bitte! Bereiten Sie meinen Schmerzen ein Ende.«

Bonaparte beugte sich auf seinem Stuhl leicht vor und umklammerte die kalte Hand des Sterbenden.

Nein, er würde ihn keine Minute eher gehen lassen, er konnte ihn nicht gehen lassen, sonst hätte er gar keinen Menschen mehr auf der Welt, dem er trauen durfte!

Alle belogen und betrogen ihn, heuchelten ihm etwas vor, während sie ihn zu vernichten suchten, oder schmeichelten ihm, um sich in seinem Glanz zu sonnen und zu bereichern.

»Nein. Ich lasse Sie nicht gehen, mein Freund!«, sagte er bestimmt und legte seinen Kopf auf die Hand Durocs, die er umklammert hielt.

Der Sterbende stöhnte.

Nach einer Viertelstunde konnte Napoleon Bonaparte, Herr über Leben und Tod von Hunderttausenden Menschen, die Qual dieses einen Mannes nicht länger ertragen.

Er würde den Vorwurf strikt von sich weisen, dass ihn Feigheit vom Sterbelager seines Freundes trieb. Nein! Wenn er ihn nicht sterben sah, durfte er vielleicht noch hoffen, dass ein Wunder geschah.

War sein Leben nicht überreich an wundersamen Wendungen? Ließ sich das Schicksal nicht nur dieses eine Mal noch bezwingen?

Zutiefst erschüttert und bar jeder Vorstellung, wie er ohne den einzigen Vertrauten weiterleben sollte, verließ Napoleon das Hanspachsche Gehöft von Markersdorf. Die Männer, die draußen gewartet hatten, wichen zurück. Niemand wagte es, das Wort an ihn zu richten.

Beim Gehen hörte er hinter sich erneut die Tür knarren. Der Feldchirurg würde nun wohl wieder seinem Patienten Gesellschaft leisten.

Ruhelos schritt der dem Tod gegenüber machtlose Weltenherrscher vor seinem Zelt auf und ab. Er konnte jetzt weder zwischen den Leinwänden allein sein noch die Nähe anderer Menschen ertragen. Seine Haltung, seine Miene waren abweisend genug, um jedermann von sich fernzuhalten. Als die Sterne schon verblassten, unternahmen zwei seiner Adjutanten den vorsichtigen Versuch, sich zu erkundigen, wo bei Tagesanbruch die Gardeartillerie aufgestellt werden sollte.

»Morgen«, wies er sie schroff ab, drehte sich um und setzte seine ruhelose Wanderung fort wie ein Tiger im Käfig.

Vierzehn qualvolle Stunden dauerte der Todeskampf Durocs.

Als der Arzt kam und berichtete, es sei vorbei, nickte Napoleon mit steinerner Miene und starrte auf den weitesten Punkt in der Ferne, den er ausmachen konnte.

Minuten verstrichen tatenlos.
Dann trat er in das Zelt, in dem ihn sein Generalstab und die Marschälle erwarteten. Alle sahen auf ihn, niemand sagte etwas.
»Wir bieten einen Waffenstillstand an«, erklärte Napoleon Bonaparte und ignorierte die fassungslosen Blicke.
»Aber Sire, das wird uns zum Nachteil gereichen! So geben wir ihnen Kraft, sich zu erholen und neue Truppen heranzuziehen«, erlaubte sich Marschall Ney nach einem tiefen Atemzug einzuwenden.
Bonaparte sah ihm einen Augenblick lang kalt ins Gesicht. Dann brüllte er in die ganze Runde: »Habe ich mich nicht verständlich genug ausgedrückt? *Wir bieten einen Waffenstillstand an!*«

ZWEITER TEIL

SOMMER DES FRIEDENS
UND DER LÜGEN

Husarenstreich

Zöllnitz, nahe Jena, 22. Mai 1813

Es war noch sehr früh am Morgen; die Sonne ging gerade erst über dem kleinen thüringischen Dorf auf. Dennoch betrat der Rittmeister von Colomb die Schlafkammer des geräumigsten Bauernhauses im Ort, ohne anzuklopfen. Wegen seiner Größe musste er den Kopf einziehen, um nicht gegen den Türbalken zu stoßen.

Er warf einen belustigten Blick auf den schnarchenden Mann im Bett und die im Raum verstreuten Utensilien, sammelte die Waffen ein und legte sie auf den Tisch, außer Reichweite des Schlafenden.

Dann rief er laut und fröhlich: »Guten Morgen, Monsieur! Würden Sie die Güte haben, sich anzuziehen, mir Ihren Säbel übergeben und mich zu Ihrer von uns gefangen genommenen Einheit begleiten?«

Seine Stimme war kräftig genug, um auf den Überrumpelten die Wirkung eines Trompetensignals zu haben. Der Mann, ein nicht sehr großer, dicklicher Offizier namens Mercier, wie Colomb von seinen Spähern wusste, fuhr auf, versuchte zu erfassen, was vor sich ging, und starrte den hochgewachsenen Husaren mit den scharf geschnittenen Gesichtszügen wütend an.

»Was sind das für geschmacklose Scherze?«, entrüstete er sich. »Skandalös, was ihr Rheinbündler euch neuerdings herausnehmt! Hat man euch nicht beigebracht, wie man sich in einer Großen Armee benimmt?«

»Das hat man durchaus, Leutnant«, bekräftigte Friedrich August Peter von Colomb grinsend. »Allerdings muss ich Sie dar-

auf aufmerksam machen, dass ich kein Rheinbündler bin, sondern *preußischer* Husar.«
Genau genommen war er Ostfriese in preußischen Diensten, aber das ging den Mann nichts an.
Verwirrt blinzelte Mercier. »Seit wann sind hier *Preußen?* Die haben wir doch bis nach Schlesien zurückgetrieben. Hat Preußen etwa die Allianz mit den Russen aufgekündigt und ist auf unsere Seite übergewechselt?«
»Das wird niemals geschehen, versichere ich Ihnen«, widersprach Colomb. »Dies ist eine Streifschar im Hinterland des Feindes unter meinem Kommando. Wir nahmen heute Nacht all Ihre Männer gefangen, beschlagnahmten Pferde und Ausrüstung. Ich fordere Sie also nochmals auf, sich anzukleiden und mir zu folgen. Sie wollen doch nicht, dass wir auf französische Truppen stoßen und es zum blutigen Kampf kommt? Bisher verlief unser Einsatz nämlich für beide Seiten ohne Verluste.«
Er folgte den Blicken des dicken Leutnants und hob warnend eine Hand: »Ihren Burschen werden Sie hier nicht finden, und Ihre Waffen habe ich mir erlaubt, in meine Nähe zu bringen.« Lässig deutete er auf Merciers Pistole und Säbel auf dem Tisch.
»Ich wollte Ihnen nur die Möglichkeit einräumen, sie mir in aller Form und Ehre zu übergeben. Also ziehen Sie sich endlich an! Sonst führe ich Sie im Nachthemd ab.«
Sein aus dem Schlaf gerissener Gefangener konnte so viele unerwartete Enthüllungen auf einmal nicht gleich fassen.
»Preuße?«, wiederholte er ungläubig und musterte sein Gegenüber.
»Mon Dieu, Sie sehen aus ... wie Blücher ... Sind Sie etwa Blüchers Sohn? Oder sein jüngerer Bruder?«
»Sein Schwager«, meinte Colomb trocken, was Mercier für einen geschmacklosen Scherz hielt.
Doch es stimmte. Friedrich August Peter von Colomb war Rittmeister des 3. Preußischen Husarenregiments, Ende dreißig und – wie man es angesichts seiner ostfriesischen Herkunft

erwarten durfte – groß, hellhaarig und blauäugig. Abgesehen von der Haarfarbe hätte er sofort als jüngere Ausgabe Blüchers durchgehen können: der gleiche Schnauzbart, die langen Koteletten, das markante Profil. Aber Blücher war tatsächlich sein Schwager, der dreißig Jahre ältere Ehemann von Colombs Schwester Amalia, von ihrem Mann liebevoll »Malchen« genannt.
Dem Rittmeister würde es allerdings im Leben nicht einfallen, mit seiner verwandtschaftlichen Beziehung zu dem preußischen General zu prahlen. Sie standen sich nicht übermäßig nahe, und es wäre gegen die Ehre des Ostfriesen gegangen, durch Empfehlung statt durch eigene Taten Karriere zu machen.
Nur einmal – vor knapp drei Wochen, im Hauptquartier in Meißen auf dem Rückzug nach der Schlacht von Großgörschen – war er mit einem Vorschlag, einer Bitte, vor seinen Vorgesetzten Blücher getreten.
Weil bei Kriegsbeginn in seinem Regiment kein freies Kommando zu haben war, hatte Peter von Colomb vor der Wahl gestanden, entweder im Hinterland die von der Mobilmachung erfassten Rekruten auszubilden oder eine Eskadron Freiwilliger Jäger zusammenzustellen und in den Kampf zu führen. Sofort entschied er sich für die Eskadron Freiwilliger, stellte in Schlesien binnen weniger Wochen ein Korps aus Husaren und Jägern auf und schaffte es, aus dem zusammengewürfelten Haufen von Militärs und patriotisch gesinnten Zivilisten eine schlagkräftige Truppe zu formen. Sie trafen wenige Stunden zu spät ein, um in der Schlacht von Großgörschen noch etwas zu bewirken. Doch immerhin, die Feuertaufe hatten seine Männer bestanden. Sich gleich danach vor der Grande Armée zurückziehen zu müssen ging ihnen genauso gegen den Strich wie ihrem Anführer.
Deshalb sprach Colomb im vorübergehenden Stabsquartier in Meißen bei seinem Schwager Blücher vor. Er wollte die französischen Eindringlinge zwischen Elbe, Saale und Orla mit seiner Streifschar aufstören und ihnen Munition, Kurierpost, Provi-

ant und Geld abnehmen. Schließlich hatte Blücher zusammen mit seinem Generalstabschef Scharnhorst schon im Frühjahr einen »Insurrektionsplan« für Deutschland entwickelt, der solche Störmanöver durch Streifkorps in verschiedenen Gebieten vorsah, um einen Volksaufstand zu entfachen.
Umso mehr erstaunte es Colomb, dass der Schwager nach der Schlacht von Großgörschen seinen Vorschlag plötzlich ablehnte. »Sind doch allet junge Leute ohne Kampferfahrung. Die darf man nicht sinnlos opfern!«, hatte der alte General erklärt.
Er wirkte müde dabei oder enttäuscht.
Colomb wusste, sein berühmter Schwager legte Wert darauf, dass die Männer gut ausgebildet waren, die er ins Gefecht schickte. Und trotzdem hatte er ein paar Tage zuvor furchtbare Verluste hinnehmen müssen – achttausendfünfhundert Mann unter seinem Kommando!
Doch Peter von Colomb, Husar durch und durch, gab nicht auf. Er ließ sich bei Gneisenau melden, der als junger Offizier in Ansbach-Bayreuther Diensten freiwillig nach Nordamerika gegangen war und dort im Unabhängigkeitskrieg die Partisanentaktik kennengelernt hatte. Ihm erklärte Colomb noch einmal, dass seine Leute mittlerweile bestens ausgebildet seien, allesamt verwegene Reiter, etliche Rittergutsbesitzer unter ihnen, die quasi im Sattel aufgewachsen waren, und seine Jäger gute Scharfschützen.
Zusammen mit Gneisenau entlockte er schließlich Blücher die knurrige Zustimmung zu seinem Vorhaben. Der alte General fasste das in die bemerkenswerten Worte: »Wenn er denn zum Teufel fahren will, so fahre er!«
Colomb hatte nicht vor, zum Teufel zu fahren.
Deshalb hielt er seinen kleinen, nicht einmal einhundert Mann zählenden Trupp ständig in Bewegung und legte Wert auf die Feststellung, eine Streifschar als Teil der regulären Armee im Hinterland des Feindes mit militärischer Disziplin zu führen, kein Freiwilligenkorps. Sie übernachteten nur im Wald oder in

geschlossenen Gehöften, ließen die Pferde die meiste Zeit gesattelt und wogen sorgfältig ab, wann sie eine Aktion wagen konnten und wann sie sich lieber ins Gehölz zurückzogen, weil der Gegner übermächtig war. So agierten sie nun schon zwei Wochen allein im Feindesland ohne eigene Verluste, hatten wichtige Depeschen abgefangen, einiges Geld requiriert und wurden von der sächsischen und thüringischen Bevölkerung geradezu begeistert aufgenommen. Die Überrumpelung einer kompletten französischen Einheit diese Nacht war ihre erste größere militärische Aktion, und zu seiner Befriedigung hatte er dabei keinen einzigen Mann eingebüßt.

Der französische Leutnant Mercier begriff endlich seine missliche Lage. Da er keinen Zweifel daran hegte, dass dieser verrückte preußische Husar ihn andernfalls tatsächlich im Nachthemd durchs Dorf führen würde, stieg er fluchend und schimpfend in seine Hosen, zog sich die Uniformjacke über und fuhr in die Stiefel, während sein Gegenüber ihn nicht aus den Augen ließ und die französischen Schimpftiraden ignorierte.
Nach kurzem Blick aus dem Fenster – tatsächlich war auf dem Hof nicht ein einziger seiner Männer zu sehen! – nahm Mercier mit finsterer Miene den Säbel vom Tisch und überreichte ihn Colomb.
»Monsieur, ich begebe mich in aller Form in Ihre Gefangenschaft und erwarte eine ehrenhafte Behandlung gemäß meinem Rang, obwohl Sie schwarze Briganten sind.«
»Sie irren, wir sind reguläre Truppen.« Colomb nahm den Säbel und auch die Pistole und bedeutete seinem Gefangenen, vor ihm durch die Tür zu treten. Erneut musste er den Kopf einziehen, um nicht gegen die niedrigen Balken zu stoßen.
»Wir gehen jetzt ein Stück durch den Wald, wo Sie Ihr Kommando und Ihre Ausrüstung vorfinden werden«, kündigte er an.
Sie liefen keine Viertelstunde, da sah Mercier mitten im Wald, was aus seiner schönen Kavallerietruppe geworden war: alle

dreißig Mann entwaffnet, Waffen und Kürasse auf einen Haufen geworfen.

Das brachte den kleinen, rundlichen Offizier vollends aus der Fassung. Wütend brach er in eine Schimpftirade über das Raubgesindel von schwarzen Briganten aus, das sich überall herumtreibe, und über das einheimische Verräterpack, das seine Verbündeten an diese Banditen ausliefere.

»Sie vergessen, in welcher Lage Sie sich befinden!«, ermahnte ihn Colomb, der langsam die Nase von diesem kleinen Wichtigtuer voll hatte. »Der Mann, der uns zu Ihnen geführt hat, ist kein Verräter, sondern handelte für sein Vaterland. Wir werden nicht ruhen, bis wir die Grande Armée aus dem Land getrieben haben und die französische Vorherrschaft über Deutschland beendet ist.«

Brüsk drehte er sich von seinem Gefangenen weg.

Sein Adjutant und Stellvertreter, der Leutnant von Eckardt, noch vor kurzem Justizrat in Berlin, trat zu ihm. »Wir haben zwei junge Burschen aufgegriffen«, berichtete er leise. »Sie behaupten, sie seien Studenten aus Freiberg und wollten sich uns anschließen. Ein Preuße und einer aus Anhalt-Köthen, wie sie sagen.«

»Taugen sie was?«, wollte Colomb wissen. Er hatte es zur festen Regel gemacht, nur wirklich gut ausgebildete Leute in seine Streifschar aufzunehmen.

Unter den meisten Militärs war das Vertrauen in die Freiwilligenkorps ohnehin nicht sehr groß. Enthusiasmus wog Kampferfahrung nicht auf. Nicht selten liefen die aus dem Zivilleben kommenden Freiwilligen vor lauter Angst davon, wenn ihnen zum ersten Mal Kugeln um die Ohren flogen.

Freiwilligenkorps waren gut als Symbol, um den Feinden und der Bevölkerung zu demonstrieren, dass das ganze Land in Aufruhr war. Doch dieser Krieg, das hatte der Rittmeister nach dem Ausgang der Schlacht von Großgörschen begriffen – und das erklärte wohl auch die plötzliche Abneigung seines Schwa-

gers gegen Freikorps –, konnte bloß durch reguläre Truppen geführt und gewonnen werden. Die wie aus dem Nichts wiederauferstandene Grande Armée ließ sich nur durch eine große, gut bewaffnete und gut ausgebildete Streitmacht besiegen, durch ein stehendes Heer.
Was er gerade im Hinterland tat, waren lediglich ein paar Nadelstiche. Sobald ein Kommando frei war, würde er wieder seinen Platz in der regulären Armee einnehmen.
»Befragen Sie sie selbst!«, meinte Eckardt und zeigte ein lakonisches Lächeln. »Ursprünglich wollten sie zu den Lützowern, dann suchten sie gezielt nach uns. Sie haben eine vielversprechende Idee, sonst hätte ich sie zum Schweigen verpflichtet und längst weggeschickt. Sie warten in Fröhlicher Wiederkunft.«
Das war der kleine Ort, in dem Colombs Truppen für diesen Tag Quartier hatten.
»Ich schau sie mir an. Wir führen die Gefangenen dorthin. Und sorgen Sie dafür, dass dem Leutnant ein ordentliches Frühstück gebracht wird, damit er endlich Ruhe gibt«, meinte der Husarenrittmeister mit leicht verdrießlicher Miene.

Ein Becher mit heißem Kaffee, frisch gebackenes Brot und ein paar tröstliche Worte des Rittmeisters von Colomb trugen tatsächlich dazu bei, dass sich Leutnant Mercier weitgehend beruhigte und mit seiner Lage abfand.
Ihm und seinen Männern wurde der Eid abgenommen, nicht mehr gegen die Alliierten zu kämpfen, und Colomb und sein Adjutant Eckardt stellten ihnen die dafür üblichen Papiere aus.
Kürasse und Säbel wurden zerschlagen und den dankbaren Bewohnern des Dorfes als Alteisen gegeben, was ihnen einen guten Erlös beim Verkauf bringen würde. Mit den erbeuteten Karabinern, Pistolen und Kugeln ergänzten die Preußen ihr eigenes Waffenlager.
Was gestern noch eine stolze Reiterabteilung der Grande Ar-

mée war, würde nun zu Fuß und ohne Waffen Richtung Rhein laufen müssen.
Dann ließ Colomb die beiden Neuzugänge zu sich bringen.
Mit skeptischem Blick musterte er die jungen Burschen, die sichtlich nervös vor ihm standen und sich alle Mühe gaben, einen guten Eindruck zu hinterlassen.
Sie sollten wirklich lieber zu den Lützowern gehen, dachte er. Da werden sie wenig zu kämpfen haben, können mit ihrem Studentenfreund Körner Reime schmieden und haben eine Chance zu überleben. Vor allem der Kleine – der sieht so schmächtig und hilflos aus mit seiner runden Brille. Junge, geh lieber heim!
Der Ältere nahm Haltung an. »Richard Karlmann aus Berlin, zurzeit Bergstudent an der Königlich-Sächsischen Bergakademie Freiberg. Militärisch ausgebildet in Preußen mit besten Ergebnissen im Scharfschießen, Herr Rittmeister.«
Sein jüngerer Begleiter wollte es ihm nachtun, ließ aber jeglichen militärischen Schwung vermissen. »Felix Zeidler aus Köthen, ebenfalls Bergstudent in Freiberg. Wir würden uns gern Ihrer Einheit anschließen, um unseren Beitrag fürs Vaterland zu leisten.«
Ein wenig mitleidig sah Colomb auf ihn, wenngleich seine Gesichtszüge streng blieben.
»Haben Sie eine militärische Ausbildung?«
»Nein«, gab Felix zu.
Sofort übernahm sein Freund das Wort. »Aber er ist ein brillanter Reiter! Er ist auf einem Gestüt aufgewachsen. Wenn Sie eilige Depeschen zu befördern haben – keiner ist so schnell wie er! Und er kommt auch mit fremden Pferden auf Anhieb zurecht, als wäre er seit Jahren mit ihnen vertraut. Außerdem hätten wir da eine Idee, die Ihnen vielleicht helfen könnte.«
»Ich höre.« Colomb gab sich keine Mühe, seine Skepsis zu verbergen.
»Wir können als Studenten getarnt mit unseren Vermessungs-

geraten in die Ortschaften gehen und sie für Sie auskundschaften«, stellte Richard euphorisch seinen Plan vor. »Die Geräte haben wir mitgebracht, auch ein paar Lehrbücher als Tarnung. Niemand wird uns für Angehörige eines Freikorps halten, wenn wir damit auftauchen.«
Diese Idee fand Colomb recht interessant, doch sie allein überzeugte ihn nicht.
»Ein guter Schütze? Beweisen Sie es!«
Er ließ Richard ein Gewehr bringen und forderte ihn auf, den dritten Ast an einem Baum in dreißig Schritt Entfernung zu treffen. Zufrieden konstatierte er, dass der Bursche sich zumindest beim Laden geschickt anstellte. Und er war schnell dabei. Richard zielte sorgfältig und traf.
Colomb ließ ihn noch einmal laden und das Gewehr seinem Gefährten reichen.
»Das Astloch in Augenhöhe!«
Bereitwillig nahm Felix die Waffe in die Hand, gestand aber, dass er noch nie einen Schuss abgefeuert hatte.
Colomb war drauf und dran, die Geduld zu verlieren. Was wollte der Junge dann hier?
»Wenn Sie in mein Kommando eintreten wollen, werden Sie schießen müssen. Also: Feuer!«, befahl er streng.
Auch Felix zielte sorgfältig; zumindest das musste ihm sein Gefährte schon gezeigt oder erklärt haben. Er feuerte und traf dicht neben die vorgegebene Stelle.
Nicht schlecht für den allerersten Schuss!, dachte Colomb. Wenn er als Reiter wirklich so brauchbar ist, wie sein prahlerischer Freund behauptet, steckt vielleicht mehr in ihm, als der erste Eindruck vermuten lässt. Dennoch wäre es ihm lieber, der Junge würde heim zu seiner Mutter oder zu seinem Professor an der Bergakademie gehen. Er gehörte nicht in den Krieg.
»Ein brillanter Reiter, ja?«, fragte er provozierend, so wie zuvor den ersten Anwärter. »Beweisen Sie es! Eines der Pferde, die wir neulich erbeutet haben, ist derart ungestüm, dass es

meine Ordonnanz aus dem Sattel geworfen hat. Wir mussten den Mann schwer verletzt zurücklassen. Ein schönes Pferd, sehr schnell. Aber wenn es niemand von uns reiten kann, müssen wir es erschießen. Versuchen Sie Ihr Glück!«
Auf sein Zeichen ging einer der Oberjäger, die in der Nähe standen und das Geschehen verfolgten, das Tier holen, eine Schimmelstute mit schlanken Fesseln, elegantem Bau und so hohem Rist, dass mancher Beobachter sich fragte, ob dieser schmächtige Köthener überhaupt ohne Hilfe in den Sattel kam. Sie schnaubte und tänzelte unruhig, schlug sogar aus.
Aufmerksam beobachtete der Rittmeister seinen angehenden Rekruten, der sich verlegen durch das krause Haar strich und die Brille zurechtrückte.
»Niemand wird es Ihnen schlecht anrechnen, wenn Sie zurücktreten«, sagte er ungewohnt milde. »Sie ist so stur, dass sie sich lieber mit der Kandare verletzt, als jemanden von uns in den Sattel zu lassen. Wenn Sie sich also nicht absolut sicher sind, diesen Ritt zu überleben, ohne das Pferd zuschanden zu machen, lassen Sie es lieber bleiben. Ich möchte Ihrer Mutter keine schlechte Nachricht schicken müssen.«
Er hoffte einfach, dass die äußerst waghalsige Mutprobe den Burschen dazu brachte, sich doch lieber seinen Studien zuzuwenden. Die Mahnung Blüchers hallte noch in ihm nach, dass man junge Leute ohne Kampferfahrung nicht sinnlos opfern dürfe. Und die Abschiedsworte seiner Vorgesetzten, die ihn mit einem »Auf Nimmerwiedersehen!« ins Feindesland geschickt hatten.
Zu seiner Überraschung ging der Köthener gelassen, aber ohne Zögern auf die Stute zu, redete mit leiser Stimme auf sie ein und ließ sie an seiner Hand riechen. Er strich über ihre Nüstern, den Hals und sprach weiter auf sie ein, ohne dass jemand von den Männern ein Wort verstand, die nunmehr gebannt auf Mann und Tier starrten.
»Sie darf keine Kandare tragen«, sagte er dann und befreite das

Tier von dem schweren Zaumzeug. »Haben Sie eine Trense für sie?«

»Alle Militärpferde müssen Kandare tragen«, erklärte der Rittmeister ungeduldig. Das sollte der Bursche eigentlich wissen, wenn er auf einem Gestüt aufgewachsen war. Einzig der exzentrische General Yorck verlangte von seinen Offizieren, auf Trense zu reiten, und stand in dem Ruf, selbst mit den wildesten Pferden spielend zurechtzukommen.

»Nur so ist eine schnelle und einheitliche Kommandoführung im Kampf möglich. Davon hängt Ihr Leben ab!«

»Dieses nicht. Irgendwann ist sie damit einmal so grob misshandelt worden, dass sie sich vor lauter Widerwillen lieber den Gaumen oder gar das Genick brechen würde. Sie haben doch diese schlecht verheilte Verletzung auch gesehen«, meinte Felix, während er dem Tier die leichtere Trense anlegte. »Ich verspreche Ihnen, dass ich sie auch so dazu bringe, jeden Befehl zu befolgen, wenn Sie uns etwas Zeit lassen, miteinander vertraut zu werden.«

»Das will ich mit eigenen Augen sehen!«, antwortete der Rittmeister und war gespannt, was nun passieren würde.

Doch sein junger Anwärter wandte sich einfach ab, nachdem er die Stute aufgezäumt hatte, und ging ruhigen Schrittes davon.

Von Colomb sah sich schon in seiner Voraussicht bestätigt und wollte aufatmen, als etwas Unerwartetes geschah.

Die Stute folgte dem jungen Köthener, der offensichtlich damit gerechnet hatte, denn nun drehte er sich wieder um, ging auf sie zu und schwang sich mit einer einzigen schnellen Bewegung in den Sattel.

Das Tier erstarrte für einen Moment, dann fing es an zu bocken, auszuschlagen und zu steigen, um den Reiter abzuwerfen. Doch Felix reagierte so schnell auf jedes seiner Manöver, dass es aussah, als sei er mit Pferd und Sattel verwachsen. Nach zehn auch für die Zuschauer schweißtreibenden Minuten gab die Stute auf und stand still. Felix lächelte, galoppierte zwei Runden mit ihr und kam kurz vor dem Husarenrittmeister zum Stehen. Ruhig, als wäre nichts Besonderes geschehen, stieg er ab und strich dem Pferd erneut über den Hals.

Der Rittmeister von Colomb war für einen Augenblick sprachlos, was nicht sehr oft vorkam. Zumindest beeindruckt. Denn mit Pferden gut umgehen zu können gehörte zu den Grundvoraussetzungen für einen Husaren. Aber mit dieser Schimmelstute hatten sie alle ihre Sorgen gehabt.

Trotzdem hielt er ein paar abschreckende Worte für angebracht, um die Festigkeit der Gesinnung der beiden Bergstudenten zu prüfen.

»Wie haben Sie uns gefunden?«, erkundigte er sich schroff.

Erwartungsgemäß ergriff sofort Richard das Wort. »Ein Bauer brachte das Gerücht nach Freiberg, dass im Gebirge preußische Husaren unterwegs seien. Sie hätten sich zwar als Rheinbündler bezeichnet, doch er schwor Stein und Bein, preußische Uniformen erkannt zu haben.«

Das traf zu; bevor sie weit genug im Hinterland waren, um unerwartet zuschlagen zu können, hatten sie sich als Westphalen ausgegeben.

»Tags darauf musste ich zu Vermessungsarbeiten nach Marienberg, und jedermann dort erzählte uns begeistert vom Auftauchen Ihrer Schar. Deshalb beschloss ich mit meinem Freund hier« – er hieb Felix gönnerhaft auf die Schulter –, »Ihnen zu folgen. Wir mussten ein bisschen suchen, aber schließlich gaben uns Leute aus der Umgebung einen Wink. Patrioten, die würden Sie nie an die Franzosen verraten!«, fügte er schnell noch hinzu.

»Ja, das hörte sich sicher sehr romantisch an, was Ihnen die Marienberger erzählten«, sagte Colomb gewollt barsch. »Wie sie alle in unser Lager kamen, die Frauen für uns kochten und dann mit meinen Jägern bis in die Nacht flanierten, so dass die am nächsten Tag im Sattel eingeschlafen sind.«

Seine amüsanteste Erinnerung an Marienberg war allerdings –

neben dem Staunen darüber, als Preuße in Sachsen so gefeiert zu werden – der gewaltige Eindruck, den die Anwesenheit eines leibhaftigen Justizrates in einer Streifschar auf die Stadtväter gemacht hatte. Gegen Eckardts ordentlich ausgestellte und beglaubigte Bescheinigung hatten sie ihm gern und ruhigen Gewissens vierhundert Taler aus der Stadtkasse ausgehändigt – wie auch die Beamten anderer Städte. Doch das war jetzt nicht wichtig für diese beiden jungen Burschen.

»Wenn Sie sich uns anschließen wollen, dürfen Sie nicht erwarten, dass solch fröhliche Begegnungen wie in Marienberg oder selbst die heutige mit diesem Mercier« – er wies mit dem Kopf in die Richtung, wo der französische Leutnant gerade seine entwaffneten Männer zusammenrief, um mit ihnen das Lager in die vorgegebene Richtung zu verlassen – »künftig Ihr Leben bestimmen werden. Wir sind ein Kommando, das ich auf eigenen Wunsch und nicht auf Befehl meiner Vorgesetzten ins Hinterland des Feindes geführt habe. Uns wurde immerhin so viel Aufmerksamkeit zuteil, im *Moniteur* in einem Atemzug mit den Lützowern als schwarze Briganten genannt zu werden. Das heißt, wenn wir in Gefangenschaft geraten, haben wir keinerlei Milde und auch nicht die normale Verfahrensweise für Gefangene zu erwarten. Überall sind Patrouillen unterwegs, um uns aufzuspüren. Und schon bald stehen uns gefährlichere Einsätze bevor, als nur einen schlafenden französischen Leutnant zu überrumpeln. Das sollten Sie sich vor Augen halten, wenn Sie sich entscheiden.«

»Heißt das, Sie nehmen uns auf?«, fragte Richard begeistert, und auch Felix' Gesichtsausdruck zeigte, dass ihn die Rede des Rittmeisters nicht abgeschreckt hatte.

Colomb winkte seinen Adjutanten Eckardt heran, der als Justizrat für Studenten ebenso eine unerschütterliche Autorität darstellte wie für die städtischen Behörden.

»Drei Tage auf Probe«, entschied er. »Sie müssen sich selbst ausrüsten – aber zu ihrem Glück haben wir heute genug Pferde und

Waffen erbeutet. Leutnant Eckardt, stellen Sie diesen beiden Burschen jemanden zur Seite, der ihnen alles beibringt, was sie wissen müssen. Dann werden wir sehen, ob sie für uns taugen.«
Kopfschüttelnd sah er den zwei Neuen nach, dann gab er das Kommando, dass sich seine Eskadron zum schnellen Abmarsch bereit machen sollte. Nachdem sie die Gefangenen entlassen hatten, mussten sie rasch von diesem Ort verschwinden – trotz seines anheimelnden Namens »Fröhliche Wiederkunft«.
»Wie hast du das gemacht?«, raunte Richard immer noch verblüfft, während sie dem Leutnant folgten. Ihm selbst war trotz seiner großmäuligen Ankündigung nicht wohl gewesen, als er den Freund neben dieser nervösen Stute sah.
Felix zuckte nur mit den Schultern. »Irgendwie weiß ich immer schon einen Augenblick eher, was sie vorhaben. Und zuerst habe ich sie ein wenig neugierig gemacht. Pferde vertrauen mir, sie spüren, dass ich ihnen nichts Böses tun würde.«
Er überlegte einen Augenblick und erklärte dann: »Ich werde sie Joséphine nennen.«
Entrüstet starrte Richard ihn an. »Doch nicht etwa nach der Kaiserin?«
»Es passt genau zu ihr«, meinte Felix mit feinem Lächeln. »Bildschön und ein bisschen kapriziös ...«

Rheinbündler

Auf einer Waldhöhe in Thüringen am linken Ufer der Roda, 25. Mai 1813

Es roch kräftig nach Tannengrün, feuchten Blättern und Harz auf dem Beobachtungsposten des Rittmeisters von Colomb, einer waldigen Anhöhe, von der aus man die Straße von Lobeda zu dem Städtchen Roda gut überschauen konnte.

Der Tag war kaum angebrochen, und der Rittmeister wartete auf seinen Kundschafter aus Richtung Jena. Eine große französische Wagenkolonne sollte diesen Weg entlangkommen – Gerüchten zufolge entweder der Tross des Vizekönigs von Italien, der sich angeblich mit Napoleon zerstritten hatte und abzog, oder aber eine von Mamelucken bewachte Wagenkolonne mit dem kaiserlichen Gepäck.

Es wäre dem Husarenoffizier ein Herzensbedürfnis, die mit seinen Männern zu erobern und einen Teil der Beute an die Einheimischen zu verschenken, die sie so begeistert unterstützten.

Doch vorerst ließ sich weder sein Kundschafter noch eine französische Wagenkolonne blicken, deshalb blieb dem Rittmeister Zeit zum Grübeln.

Natürlich waren sie viel zu wenige, um einen so großen Wagenpark zu überfallen, der von Hunderten Bewaffneten geschützt wurde. Aber bei seinen Streifzügen in den letzten Wochen hatte er die Gegend ausgekundschaftet und auch manchen Hinweis von Einheimischen erhalten, die sich diebisch freuten, wenn Colombs Männer den französischen Militärs das Leben ein wenig schwerer machten.

Er hatte sich den Platz klug ausgesucht, denn irgendwo hier, in dieser Schlucht, würde sich die Kolonne angesichts der engen Straßen des nahen Städtchens sicher teilen. Daraus wollte er seinen Vorteil ziehen. Sie mussten nur schnell sein und den richtigen Moment abpassen.

Dem Rittmeister war vollkommen klar, dass er unweigerlich vor ein Exekutionskommando gestellt würde, sollte er von den Franzosen gefangen genommen werden. Dafür musste er nicht einmal französische Trainkolonnen überfallen, wie er es gerade plante; dafür genügte schon der Umstand, dass er als Ostfriese in preußischen Diensten stand.

Napoleon hatte Ostfriesland und Jever den Niederlanden zugeschlagen und seinen Bruder Louis Bonaparte als Herrscher dieses neu geschaffenen Königreichs Holland eingesetzt. Doch bald beanstandete er, dass Louis holländische Interessen vor französische stellte – was Louis bei den Niederländern recht beliebt machte. Die Sympathie seiner Untertanen sollte ihm allerdings wenig nützen; Napoleon zwang den unbotmäßigen Bruder zum Rücktritt und annektierte Holland einschließlich Ostfriesland.

Colomb verspürte nicht die geringste Neigung, der Grande Armée beizutreten. Also ignorierte er den Befehl an alle, die im eben vereinnahmten Land gebürtig waren, aber in anderen Diensten standen, unverzüglich heimzukehren und sich zur französischen Armee zu melden. Auf Nichtbefolgung standen Beschlagnahme des Vermögens und Tod durch Erschießen.

Der Rittmeister suchte beim abgesetzten König um Audienz nach, erklärte kurz und bündig nach Husarenart, er wolle keinem Monarchen und keinem Staat dienen, dem er nicht aus Überzeugung Treue leisten könne, und bekam Louis' wohlwollenden Abschied.

Das würde ihn nicht vor dem Exekutionskommando retten, fiele er den Franzosen in die Hände, aber dazu mussten sie ihn erst einmal kriegen.

Bonaparte hatte ein hohes Kopfgeld auf ihn ausgesetzt. Das betrachtete Colomb als Anerkennung. Doch es verpflichtete ihn, noch besser auf seine Männer aufzupassen, denn für sie würde es dadurch auch keine Gnade geben.

Dem Stand der Sonne nach musste es mittlerweile sieben Uhr sein. Ein Eichelhäher, der schon eine Weile auf einem Ast in der Nähe saß, flog mit rauschendem Flügelschlag davon. Aufmerksam lauschte der Rittmeister nach Geräuschen, die die erwartete Wagenkolonne ankündigten.

Er hatte sich nicht geirrt. Noch bevor er sie sah, hörte er leise aus der Ferne das Wiehern von Pferden, das Rumpeln schwer beladener Karren und gerufene Kommandos. Die waren für ihn besonders interessant, denn wenn ihn sein Gefühl nicht täuschte, würden sie diesmal auch Rheinbündler als Gegner vor sich haben, Deutsche. Das erforderte ein paar Besonderheiten in der Vorgehensweise.

Beinahe zärtlich sah Richard auf den schlafenden Felix. Sie lagen zusammen mit den anderen Freiwilligen Jägern und Husaren schon die halbe Nacht auf dieser Anhöhe im Wald versteckt und warteten darauf, dass sich etwas auf der Straße unter ihnen rührte. Er selbst war zwischendurch ebenfalls mehrmals eingenickt, aber längst hellwach vor Aufregung, und ihn erfüllte ein kribbelndes Gefühl. Würde er heute in seinen ersten Kampf reiten? Den ersten Ruhm erwerben?
Felix hingegen war nach den Nachtmärschen und Strapazen der Ausbildung sofort eingeschlafen, nachdem er sich auf dem Waldboden einen Platz eingerichtet hatte.
Ich werde nie mehr »Kleiner« zu ihm sagen, schwor sich Richard beim Anblick des schlafenden Freundes. Er hätte nicht gedacht, dass Felix die zurückliegenden drei harten Tage so stoisch ertragen würde, wie er es getan hatte. Sicher, lange Märsche waren die Bergstudenten durch ihre Exkursionen, die Suche nach Mineralien und die Arbeit unter Tage gewohnt. Nur dass sie da nicht nachts marschierten. Und nun, als Anwärter auf den Rang eines Volontärjägers, mussten sie beide auch noch bei jeder Rast Waffenübungen absolvieren.
Es erleichterte Richard sehr, dass sich sein Freund beim Laden und Schießen geschickt anstellte, weder murrte noch klagte, noch irgendeinen Einspruch erhob. Zumal unter Colombs Kommando die eiserne Regel galt, dass bei jeder Rast zuerst die Pferde versorgt wurden, dann die Männer. Aber das schien Felix eher noch für den Rittmeister eingenommen zu haben. Er hatte gestern sogar, ohne mit der Wimper zu zucken, den Treueeid auf den preußischen König abgelegt. Ehrlich gesagt, verwunderte das Richard am meisten angesichts des Streites, den sie noch vor zwei Wochen in ihrem Freiberger Studierzimmer geführt hatten.

Ob Felix an seinen Bruder dachte und deshalb die Zähne zusammenbiss? Oder an diese geheimnisvolle Philippine? Malte er sich in Gedanken schon sein Wiedersehen mit Henriette aus? Oder war er einfach glücklich darüber, diese wunderbare Schimmelstute reiten zu dürfen?
Leise Rufe von den Männern in seiner Nähe rissen ihn aus den Gedanken. Er sah auf die Straße und wurde ganz aufgeregt. Heftig ruckelte er Felix am Arm, der sofort aus dem Schlaf fuhr.
»Wach auf, sieh doch! Sie kommen!«
Unten zog französische Kavallerie die Straßen entlang, zweifelsohne die Vorhut der erwarteten Wagenkolonne. Richard überschlug rasch, wie viele Reiter es waren, kam aber irgendwo zwischen zweihundert und dreihundert durcheinander. So viele – und das ist erst die Vorhut!, dachte er beklommen. Wie kann der Rittmeister glauben, dass wir gegen die eine Chance haben?
Doch nun war es Felix, der ihn aufgeregt am Arm packte.
»Schau nur, Mamelucken!«
Von denen hatten sie noch nie welche gesehen. Deshalb starrten sie von ihrem Versteck auf der Anhöhe aus auf jedes Detail der exotischen Kleidung der Fremden mit den federgeschmückten Turbanen.
»Sie sollen wirklich furchteinflößende Kämpfer sein«, murmelte Richard.
Nun folgte eine nicht enden wollende Zahl Karren, die links und rechts von Infanterie begleitet wurden.
»Das ist bestimmt ein ganzes Bataillon«, sagte Richard leise.
»Ich weiß nicht, was der Rittmeister vorhat, aber gegen diese Überzahl können wir unmöglich …«
Ihm wurde so mulmig zumute, dass ihm mitten im Satz die Worte ausgingen. Wenn Mamelucken dabei waren, musste das ein kaiserlicher Tross sein. Sie sollten eine Wagenkolonne Napoleons überfallen!

Felix dagegen lächelte erstaunlich gelassen. »Warte nur ab. Ich denke, ich weiß, was der Rittmeister plant ...«

Wie kaum anders zu erwarten, musste es in den engen Straßen von Roda zu einem Stau im Tross gekommen sein. Als etwa sechzig Wagen an der Anhöhe vorbeigefahren waren, auf der die Colombsche Schar auf der Lauer lag, teilte sich die Kolonne. Einige Wagen blieben stehen, quasi direkt vor ihrer Nase, die anderen bogen ab und waren bald außer Sichtweite.

Der Rittmeister von Colomb gab leise das Zeichen zum Aufbruch. Vorsichtig führten die Männer ihre Pferde den Berg hinab zu einer Furt, die sich nach Auskunft der Einheimischen an einer Mühle befinden sollte.

Beim Anblick der Furt fluchte Colomb still vor sich hin – sie war ganz schmal. Hier konnte immer nur ein einzelnes Pferd passieren und musste dann auch noch über einen Steig die hohe Böschung erklimmen. Das zwang ihn, seinen Plan zu ändern und etwas zu improvisieren.

Er befahl den Männern, die Säbel wieder einzustecken und einzeln hinaufzureiten. Die beiden neuen Volontärjäger erhielten Order, als Letzte die Furt zu passieren. Nicht, weil er ihnen nicht traute, sondern weil sie statt Uniformen ihre schwarzen Jacken der Bergakademisten trugen. Er wollte die Zugehörigkeit seiner Truppen nicht auf Anhieb zu erkennen geben, und schwarze Jacken signalisierten in diesen Zeiten sofort: Freikorps. Bonaparte hasste die »schwarzen Briganten« über alle Maßen.

Der wartende Teil der Wagenkolonne war nun keine dreihundert Schritt von ihnen entfernt; zwischen Furt und Straße lagen nur eine Wiese und etwas Acker. Schon wurden die schätzungsweise fünfzig Infanteristen, die die Wagen bewachten, aufmerksam auf sie.

Die Wiese war so feucht, dass die Pferde tief einsanken und kaum vorankamen. Damit starb der Plan eines schnellen Angriffs.

Gott steh uns bei!, dachte Richard und hätte am liebsten vor Angst aufgeschrien. Das ist das Ende! Wir stecken hier im Dreck fest, im wahrsten Sinne des Wortes, und die dort drüben werden uns einen nach dem anderen abknallen! Hektisch blickte er um sich auf der Suche nach dem besten Fluchtweg.

Die Infanteristen starrten verwundert auf die Reiter, die sich ihnen so langsam und ohne gezogene Waffen näherten – offenbar unschlüssig, ob es sich dabei um Freund oder Feind handelte. Einige liefen zu den Gewehren, die sie zu Pyramiden zusammengestellt hatten.

Doch da hatten Colomb und die ersten zwanzig seiner Männer endlich festen Boden unter den Füßen.

Der Rittmeister gab sofort Kommando: »Gewehr auf! Marsch, marsch!« Nun preschten die Husaren und Jäger auf die Gegner zu, während Colomb den Feinden mit donnernder Stimme zurief: »Werft die Gewehre weg, dann bekommt ihr alle Pardon!«

Er war nicht auf Blutvergießen aus, nur auf Beute. Es genügte ihm, die Überwältigten zu entwaffnen und nach ihrem Ehrenwort zu entlassen, nie wieder gegen Alliierte zu kämpfen – so wie Mercier und seine Männer.

Und diesmal lag ihm besonders an einem unblutigen Ausgang, denn Einzelheiten der Uniformen verrieten ihm, dass er tatsächlich Rheinbundsoldaten vor sich hatte, Württemberger oder Bayern.

Verblüfft legten die mehr als fünfzig Rheinbündler die Waffen nieder, ohne einen einzigen Schuss abgegeben zu haben. Ein Leutnant wollte zu Pferd fliehen und die Kolonne vom Überfall benachrichtigen, aber einer von Colombs Husaren holte ihn rasch ein und brachte ihn zurück.

»Werfen Sie die Gewehre auf den Wagen und folgen Sie uns!«, befahl der Rittmeister den überrumpelten Gegnern. Sie mussten von der Straße weg, bevor die französische Nachhut kam.

Also führten seine Männer die Gefangenen und die erbeuteten Wagen den Berg hinauf in den Wald. Aus der Deckung der Bäu-

me heraus sahen sie unten auf der Straße ein weiteres Bataillon Infanterie entlangziehen, dessen Männer gelangweilt in die Gegend starrten, ohne sie zu entdecken.
Colomb, anfangs noch beunruhigt, weil diese Überzahl ihnen gefährlich werden könnte, lachte schließlich angesichts der Sorglosigkeit der Kolonne, die wohl erst heute Abend bemerken würde, dass ihr eine ganze Abteilung verlorengegangen war.
Er führte seine Männer, Beute und Gefangene – Württemberger, wie sie inzwischen wussten – in das Dorf Großbockedra, ließ dort halten und stellte sich vor ihnen auf.
»Sie sind meine Gefangenen, aber Sie sind auch Deutsche«, rief er. »Ich bin froh darüber, dass heute kein deutsches Blut zwischen uns vergossen wurde. Sie können Ihr Eigentum behalten; wir werden Ihnen nur das Eigentum Ihres Königs abnehmen. Sofern Sie mir einen Eid schwören, dass Sie nicht wieder gegen die Alliierten kämpfen, entlasse ich Sie aus der Gefangenschaft, und Sie können nach Hause gehen.«
Die Reaktion der entwaffneten Württemberger war ziemlich überraschend.
»Nichts lieber als heim!«
»Wir haben es satt, für Bonaparte zu kämpfen!«
Dutzende solcher Rufe vermischten sich zu einem Tumult.
Der Anführer der Württemberger, ein Leutnant Seifferheld – jener, der noch zu Pferde hatte fliehen wollen –, brachte seine Männer nur mit einem scharfen Befehl zur Ruhe.
»Sie stellen uns die üblichen Papiere aus?«, vergewisserte er sich.
Colomb bestätigte und beorderte erneut seinen Leutnant Eckardt zu sich, den Justizrat, um sich beim Ausfüllen der Revers unterstützen zu lassen.

»Ich kann es kaum glauben – die bedanken sich noch bei uns!«, sagte Richard fassungslos, als sich die entlassenen Gefangenen sichtlich froh für den Abmarsch sammelten. »Na, das nenne ich aber Treue zum Kaiser!«

Er grinste breit und hätte am liebsten laut losgelacht: vor Erleichterung darüber, dass er diesen Tag überlebt hatte, und vor Freude über seinen ersten bestandenen Einsatz, der so großartige Früchte trug.

Felix hingegen lächelte nur ein wenig in sich hinein, während er seiner Stute anerkennend den Hals klopfte, mit der er sich mit jedem Tag besser verstand.

»Das wird sich herumsprechen«, meinte er. »Vermutlich wird uns nun bald jeder Deserteur im Umkreis von fünfzig Meilen heimsuchen und den Rittmeister bitten, ihm einen Schein auszustellen, der seine Gefangennahme bestätigt. Das erspart ihnen das Exekutionskommando, falls sie erwischt werden.«

»Das war so einfach, ein Kinderspiel. Ein richtiger Spaß! Komm, schauen wir mal, was wir für Beute gemacht haben«, schlug Richard vor und schob ihn zu den beschlagnahmten Wagen: zwölf Vierspänner und ein Marketenderkarren.

Die Dorfbewohner hatten sich inzwischen allesamt eingefunden. Schon das Schauspiel mit der Entlassung der gefangenen Rheinbündler wollte sich niemand entgehen lassen. Hemmungslos bejubelten sie den Rittmeister nach seiner Ansprache, und noch lauter jubelten sie, als er acht Wagen mit französischen Uniformteilen in Flammen aufgehen ließ.

Für diesen Jubel gab es nicht nur patriotische, sondern auch praktische Gründe. Das Eisen, das in der Asche liegen würde, ließ sich mit gutem Gewinn verkaufen.

»Sie haben es wirklich satt mit der Grande Armée«, meinte Felix zufrieden und wies mit dem Kopf auf die Dorfbewohner. »Die Frucht ist reif. Es ist Zeit für die Ernte. Vielleicht können wir doch mehr bewirken, als ich anfangs dachte. Der Rittmeister ist ein schlauer Fuchs.«

»Das klingt fast, als hättest du dich mit den Preußen ausgesöhnt«, spottete Richard.

Unsicher zog Felix die Schulter hoch. »Jedenfalls Colomb ist ein guter Mann. Und seine Leute sind es auch. Auch wenn ich hieran noch keinen Anteil habe ... ein wenig stolz bin ich schon, dabei zu sein.«

»Und wenn du Fräulein Henriette *davon* erzählst, wird sie gar nicht anders können, als in dir einen Helden zu sehen.« Er zeigte nach vorn, wo der Rittmeister anwies, den erbeuteten Zwieback und Reis an die Bedürftigen im Dorf zu verteilen. Zwei kleine Mädchen von etwa sechs und acht Jahren kamen zaghaft auf sie zu, schubsten sich gegenseitig an, bis eines sich ein Herz fasste und fragte: »Sind Sie Lützower?«

»Nein, aber so etwas Ähnliches«, antwortete Felix lächelnd. Ehe er mehr erklären konnte, waren die Kinder schon wieder Hand in Hand weggerannt.

»Ich hatte ja auch erwartet, dass uns hier nach so einem Sieg ein paar Schöne entgegenkommen. Aber sie dürfen ruhig in etwas interessanterem Alter sein«, beschwerte sich Richard. »Wozu ist man ein großer Freiheitskämpfer, wenn einen nicht die hübschen jungen Damen umschwärmen?«

»Du bist ein Freiheitskämpfer, um für die *Freiheit* zu *kämpfen*«, konterte Felix streng. »Und nicht, um Mädchen zu bezirzen. Außerdem: Bist du nicht verlobt?«

»Vermutlich nicht mehr«, murmelte sein Freund. »Und hier werde ich wohl kaum etwas Passendes finden ...«

Doch seine nächsten Worte klangen zuversichtlich. »Vielleicht kommen wir bald wieder nach Neustadt an der Orla. Dort hat sich die Eskadron oft aufgehalten, bevor wir uns anschlossen, weil die Neustädter Colombs Männern große Sympathien entgegenbringen. *Große Sympathien,* hörst du? Von hübschen Mädchen. Und schon einige junge Herzen sollen für unsere Männer entflammt sein ...«

»Unverbesserlich!«, stöhnte Felix und verdrehte die Augen. »Du bist einfach unverbesserlich! Wenn du Großmaul in Neustadt auftauchst, wird es wohl rasch ein Ende finden mit den Sympathien der jungen Damen. Aber falls wir jemals dorthin kommen ...« Er warf einen kritischen Blick auf das Äußere sei-

nes Freundes, das nach zwei Nächten im Wald etwas heruntergekommen war. »Rasier dich wenigstens vorher!«
Grinsend strich sich Richard über die Bartstoppeln und meinte: »Mach ich, mach ich. Darauf kannst du dich verlassen.«

Obwohl die Dorfbewohner durchaus zum Feiern aufgelegt waren, gab der Rittmeister bald den Befehl zum Aufbruch. Er wollte so schnell wie möglich ein ganzes Stück weg vom Ort seines Triumphes sein, um nicht aufgespürt zu werden.
Die erbeuteten Gewehre ließ er auf den Marketenderkarren packen, dann ritten er und seine Männer Richtung Breitenhain, übernachteten im Wald, verkauften am nächsten Tag Reis, Wagen und Pferde in Neustadt an der Orla und zogen weiter bis zu einem Lagerplatz im Wald nahe Schleiz.
Dort endlich untersuchten sie den Inhalt des Marketenderwagens genauer, der – wie sich erwies – mit Likör, Wurst, Butter, Speck, Schinken und eintausenddreihundert sorgfältig in Häcksel verpackten Eiern beladen war.
»Heute gibt es Rührei!«, schrie ausgelassen der Jäger Zippelmann. »Wir haben dem Kaiser die Eier geklaut!«
Die Männer johlten, und sofort begannen einige, den Ruf des Spaßvogels lautstark zu skandieren.
Rasch waren Feuer angezündet, wurden erbeutete Feldkessel und Kasserollen vom Wagen geholt und Unmengen von Eiern hineingeschlagen.
»Zwick mich in den Arm!«, japste Richard und starrte nach links. »Träume ich, oder steht da eine wunderschöne Frau im Wald?!« Zu seiner großen Enttäuschung hatte er in Neustadt keine Damenbekanntschaften schließen können.
»Da ist eine wunderschöne Frau. Aber sie geht zu den Leutnants«, beschied ihm sein Freund mit gespieltem Bedauern. Allem Anschein nach bot sie an, die Mahlzeit für die Offiziere zu bereiten.
Doch auch die einfachen Jäger sollten nicht lange allein bleiben.

Etliche Schleizer kamen aus der Stadt, brachten Wein mit und beteiligten sich am Siegesmahl der Freischar. Diesmal waren auch ein paar hübsche Mädchen dabei. Aber Richard war schon nach zwei Bechern Wein zu müde, um sich an eines heranzuwagen und ein wenig Konversation zu beginnen. Was für ein großartiges Leben!, dachte er, bevor ihm die Augen zufielen.
So entging ihm, dass Felix im Feuerschein ein Blatt Papier herausholte und einen Brief an Henriette schrieb. Er überlegte lange, wie viel er wohl sagen durfte. Und er hatte auch keine Ahnung, wann und wo er diesen Brief würde aufgeben können, ohne sie in Gefahr zu bringen oder den Standort seiner Eskadron zu verraten. Aber das würde sich schon finden. Jetzt wollte er ihr einfach nur nahe sein. Wenigstens in Gedanken.

Ein Geständnis und zwei Kleider

Freiberg, 29. Mai 1813

An diesem Morgen wachte Henriette früher auf als sonst. Im ganzen Haus war es still, noch kein Trompetensignal hatte die Soldaten geweckt, und so verschränkte sie die Arme unter dem Kopf, sah auf die holzgetäfelte Decke der Bibliothek und lächelte in sich hinein, während sie dem Zwitschern der Vögel draußen lauschte.
Seit Tagen schon freute sie sich auf diesen Morgen.
Endlich erwartete sie einmal etwas Schönes, etwas, das nichts mit Krieg und all dem zu tun hatte, was noch auf sie zukommen konnte! Etwas, das man im Frieden tat. Sie würde heute ihre neuen Kleider vom Schneider abholen, zwei wunderschöne Kleider ...
Jette hätte nicht gedacht, überhaupt noch so etwas wie Freude empfinden zu können, und beinahe schämte sie sich dafür.

Seit jenem Tag, an dem sie den Brief von Maximilian erhalten hatte, als Richard, Felix und auch Étienne in den Krieg gezogen waren, hatte sie sich in der Buchhandlung geradezu verkrochen. Manchmal strich sie über die Einbände der neuen Bücher und überlegte, wie ihr Vater die wohl gestaltet hätte: jenen in dunklem Leder mit goldener Schrift, jenen mit sattgrün marmoriertem Papier. Manchmal las sie.
Vor allem aber wartete sie auf Nachricht, auf einen weiteren Brief.
Doch Felix und Richard hatten gewiss keine Möglichkeit, Post zu verschicken, wenn sie tatsächlich einem Freiwilligen Jägerkorps beigetreten waren. Étienne würde seinem Vater schreiben und nicht ihr, und dass Maximilian Trepte den Brief mit ihrer Locke erhalten hatte, wagte sie kaum zu hoffen. Wer wusste, wie weit entfernt sein Bataillon jetzt war?
Wer wusste, ob die vier überhaupt noch lebten?
Und sie hatte nur neue Kleider im Kopf!
Aber sie waren so schön geworden: eines in einem zarten Fliederton mit dunkellila Streifen, in dem sie sich schon bei der Anprobe wie verzaubert vorkam, und ein weißes mit winzigen blauen Punkten.
Der Oheim und die Tante hatten vor ein paar Tagen einhellig verkündet, dass – schlechte Geschäfte hin, Einquartierungslasten her – ihre Nichte nicht länger nur in dem verschlissenen Reisekleid und Johannas umgearbeiteter Garderobe herumlaufen konnte.
»Sonst sagen die Leute noch, dass wir dich wie ein Aschenputtel behandeln«, erklärte die Tante kategorisch.
Was Johanna verschwieg und nur gegenüber ihrem Mann ausgesprochen hatte, war der wirkliche Grund. »Das Mädchen versinkt in Trübsal, ich kann es kaum noch mit ansehen. Ein neues Kleid wird sie auf andere Gedanken bringen, du wirst schon sehen. Lass mich nur machen!«
Und Friedrich Gerlach ließ seine Frau in der Hoffnung walten,

dass sie recht behalten würde. Die Einnahmen aus dem Verkauf der Bilder von der Dresdner Brücke und der Napoleonporträts sollten dazu verwendet werden. Denn plötzlich waren die Kaiserbildnisse wieder gefragt; Friedrich Gerlach hatte sogar nachdrucken lassen.

Ein klares Anzeichen dafür, dass die Stimmung in der Stadt erneut umgeschlagen war. Napoleon hatte die Preußen und Russen schon wieder zweimal besiegt und so weit zurückgedrängt, dass mit denen bestimmt nicht mehr so bald zu rechnen war. Wenn jemand diesen Krieg rasch beenden konnte, dann er, davon waren die meisten Freiberger nun überzeugt. Damit musste man sich abfinden und arrangieren. Hauptsache, es kamen endlich ruhigere, friedliche Zeiten!

Johanna hatte noch einige Stoffe auf Vorrat in der Truhe liegen, und so überlegten sie gemeinsam, was sich wohl daraus nähen ließ. Auch Franz und Eduard sollten neue Hosen und Jacken bekommen.

Lächelnd träumte sich Jette in das fliederfarbene Kleid hinein. Es war so schön geworden! Ihr wurde schon ganz kribbelig im Bauch vor lauter Vorfreude, auch wenn ein Teil von ihr über solche Eitelkeit schelten wollte.

Immer noch rührte sich nichts im Haus. Sie stand auf, legte sich ein Tuch um die Schultern, das so groß war, dass es ihr Nachthemd fast vollkommen bedeckte, öffnete vorsichtig die Tür und wollte leise hinunter in die Küche gehen, um ein Glas Milch zu trinken.

Zu ihrem Erschrecken bemerkte sie, wie die Tür des Salons gerade ebenfalls geöffnet wurde. Hastig wollte sie zurück in die Bibliothek flüchten. Doch dann sah sie, dass nicht etwa der Major aus dem Salon kam, sondern Nelli: im Unterkleid, barfuß und auf Zehenspitzen, die Schuhe in der Hand. Das rötliche Haar fiel ihr offen über den Rücken.

Das Dienstmädchen erschrak nicht weniger als Jette, fand aber schneller zu seiner Fassung zurück.

»Bitte verraten Sie mich nicht an die Herrschaften!«, wisperte Nelli. Und dann, fast trotzig: »Nun schauen Sie mich nicht so vorwurfsvoll an! Sie haben gut reden, an ein Fräulein wagt sich nicht gleich jeder heran! Doch unsereins kann dem nicht ewig entrinnen, wenn andauernd Truppen stationiert sind. Deshalb habe ich das Beste daraus gemacht. Der Major ist gut zu mir im Bett. Er schenkt mir Schmuck und Geld. Und solange ich zu ihm gehe, lassen mich die anderen Kerle in Frieden. Also verurteilen Sie mich nicht!«

Jette war sprachlos. In ihr glomm die Frage auf, ob das Interesse des Majors an dem hübschen Dienstmädchen wohl auch damit zu tun hatte, dass er die Nichte seiner Wirtsleute nun in Ruhe ließ, weil er sie für die Affäre seines Sohnes hielt.

»Und wenn er dir ein Kind anhängt?«, flüsterte sie. Niemand durfte etwas von diesem Gespräch mitbekommen, niemand durfte sie beide hier sehen.

Mit gespielter Gleichgültigkeit hob Nelli die Schultern.

»Dann bin ich ganz sicher nicht die Einzige in der Stadt, die in einem halben oder Dreivierteljahr ein Soldatenbalg wirft, ganz gleich, ob nun preußisch, russisch oder französisch. Ich habe vorgesorgt und meinen Verlobten zuerst ins Bett gelassen. So wird er hoffentlich denken, es wäre seins, und keine Fragen stellen.«

Flehend legte sie den Zeigefinger auf den Mund und bat Jette um Schweigen. Die nickte, und schon huschte Nelli, das Nachthemd gerafft und die Schuhe in der Hand, die Treppe hinab.

Nachdenklich kehrte Jette in die Bibliothek zurück. In die Küche hinunter wagte sie sich nun nicht mehr.

»Gleich nach dem Essen holen wir deine neuen Kleider ab«, kündigte Johanna beim Frühstück an und freute sich über Jettes Lächeln.

Sie beide waren an diesem Tag die ersten Kunden der Kleidermacherei in der Burgstraße. Die neuen Hosen und Jacken für

Eduard und Franz waren noch nicht fertig; Johanna hatte den Schneidermeister gebeten, die Kleider für Jette zuallererst und besonders dringlich anzufertigen. Da hingen sie nun zur Begutachtung und letzten Anprobe auf dem Bügel an einem Paravent.

»Vielleicht möchten Sie eines gleich anbehalten?«, schlug der Schneidermeister vor, ein kleiner, kahler und etwas verwachsener Mann. Doch sein treffsicherer Geschmack und Einfallsreichtum beim Entwerfen von Kleidern standen bei den Freiberger Damen in höchstem Ansehen. So konnte er es sich leisten, vier Näherinnen für sich arbeiten zu lassen. Als Johanna und Henriette mit den Stoffbahnen gekommen waren, hatten seine Hände ganz sanft darübergestrichen, dann sah er Jette prüfend an, und Sekunden später nahm er die Stofflagen auseinander, raffte sie vor ihrem Körper und schlug ihr dies und jenes vor, wie er die Kleider wirklich hübsch und passend zu ihrer Zartheit gestalten wollte. Dabei lag ein Leuchten auf seinem Gesicht, das seine Hässlichkeit auf einmal wegzuzaubern schien.

Die dicke Meisterin hielt Henriette das fliederfarbene Kleid entgegen, das nun am Ausschnitt mit weißer Spitze abgesetzt worden war.

Fragend sah Jette zur Tante.

»Selbstverständlich, meine Liebe! Du hast lange genug darauf gewartet. Der Tag ist schön, die Sonne strahlt – die beste Gelegenheit, es auszuführen.«

Keine zwei Minuten später betrachtete sich Henriette vor dem großen Spiegel in dem fliederfarbenen Kleid. Die Meisterin hatte ihr hinter dem Paravent hineingeholfen, die Häkchen auf dem Rücken geschlossen und alles zurechtgezupft. Jette lächelte, drehte sich und ließ den weiten Rock schwingen.

»Wunderschön! Das bringt deine Haare und die Farbe deiner Augen bestens zur Geltung«, schwärmte die Tante. »Und sieh nur hier hinten, dieser wunderbare Faltenwurf. Sie haben sich wieder einmal übertroffen, Meister! Natürlich lässt sie es gleich an; packen Sie das alte Kleid ein und schicken Sie es mit dem anderen in unser Haus.«

Dann zählte sie ihm den Lohn für die Arbeit auf den Ladentisch und kommentierte das mit den Worten: »Es ist doch besser, alles Bare so anzulegen, als es bei der nächsten Plünderung zu verlieren.«

Überschwenglich stimmte die Meisterin ihr zu und zog aus dem kleinen Packen mit Stoffresten einen bereits zurechtgeschnittenen Streifen des fliederfarbenen Leinens. »Als Zierat für Ihren Hut, Fräulein Gerlach? Das würde es perfekt machen!«

Dankbar nahm Jette das Band, probierte ein paar Möglichkeiten aus, damit ihren Strohhut zu dekorieren, bis alle mit dem Ergebnis zufrieden waren.

Begeistert klatschte Johanna in die Hände.

»So, und jetzt führen wir das neue Kleid ein wenig aus«, meinte sie spitzbübisch. »Wir haben eine Menge Besorgungen zu erledigen.«

»Aber ich muss doch um zehn in der Buchhandlung sein!«, erinnerte Jette.

»Ach was, vormittags kommt sowieso kaum Kundschaft! Dein Onkel und ich sind übereingekommen, dass es derzeit vollkommen ausreicht, sie nachmittags zu öffnen.«

Einen Moment lang überlegte Jette, wie sie nun die Vormittage zubringen würde. Aber in so einem großen Haushalt gab es immer genug Arbeit.

Also begleitete sie die Tante bei ihren Besorgungen, wobei sie der Verdacht beschlich, die waren nur ein Vorwand, damit jedermann in der Stadt ihr neues Kleid zu sehen bekam.

Doch im Gegensatz zu Jettes Vermutung wollte Johanna nicht prahlen. Sie wollte einfach nur diesen kleinen Glücksmoment im Leben ihrer Nichte ein bisschen verlängern und freute sich diebisch, dass endlich einmal Glanz in die Augen des Mädchens kam.

Natürlich musste das neue Kleid auch dem Oheim vorgeführt werden, der es in höchsten Tönen lobte – schon um des lieben Friedens willen.
Gemeinsam gingen sie hoch in die Bibliothek. Zu Jettes Überraschung war der Major im Haus, obwohl es helllichter Tag und die Mittagszeit noch nicht heran war. Die Tür zum Salon stand offen; er hatte wohl geschrieben, denn er hielt einen Federkiel in der Hand.
Sofort musste Jette an Nellis Geständnis vom Morgen denken. Das Blut schoss ihr ins Gesicht; mehr denn je verspürte sie Angst vor seiner männlichen Ausstrahlung.
»Er ist gut zu mir im Bett«, hatte Nelli gesagt. Was mochte das bedeuten? Doch darüber sollte sie lieber nicht nachdenken.
Der Major erhob sich und kam ihnen auf dem Flur entgegen.
»Ein neues Kleid? Sie sehen ganz bezaubernd darin aus, Demoiselle, mein Kompliment ...«, sagte er und beugte sich über ihre Hand.
Wieder musste Jette an Nelli denken, und ein eisiger Schauer lief ihr über den Rücken, während de Trousteau sich an den Buchdrucker wandte.
»Ich hielt schon Ausschau nach Ihnen und Demoiselle Henriette, um Ihnen als Erster die gute Nachricht mitzuteilen. Noch ist es nicht offiziell, aber es wird über einen Waffenstillstand verhandelt werden. Und unser Kaiser hat vorgeschlagen, einen Friedenskongress zu veranstalten.«
»Der Herr sei gelobt! Es gibt Frieden!«
Zu Tränen gerührt, schlug Johanna die Hände vor der Brust zusammen und sah den Major wie einen Friedensengel an.
Der hatte seine Gründe, den Optimismus seiner Gastgeberin nicht zu dämpfen. Wie fast alle Militärs hielt er wenig von der Idee des Kaisers zu einem Waffenstillstand, obwohl ihm klar war, dass vor allem die vielen jungen Rekruten der Grande Armée Zeit brauchten, um sich von den Strapazen der Eilmärsche zu erholen und ihre Ausbildung voranzutreiben. Aber auch der

fast geschlagene Gegner würde nun wieder Kraft sammeln und neue Verbündete suchen.

Doch der Kaiser hatte entschieden. Und wenn es ihm beliebte, sich als Befürworter und Hüter des Friedens darzustellen, hatte er sicher seine Gründe dafür. Dass ihm das Sympathien bei der kriegsmüden Bevölkerung eintrug, zeigte die euphorische Reaktion der Frau des Buchdruckers.

»Wie gesagt, es ist noch nicht offiziell, aber die Russen und Preußen können sich kaum dagegen sträuben, sonst würden wir sie in der nächsten Schlacht erledigen. Das wäre für uns ein Kinderspiel.«

Jetzt wandte er sich wieder Henriette zu. »Also wird es ganz gewiss bald ein Fest geben, einen Ball, Demoiselle, wie ich es Ihnen versprochen habe. Nun halten Sie Ihr Versprechen und nehmen Sie Tanzstunden. Lernen Sie Walzer tanzen! Ich bestehe darauf. Und sollte mein Sohn noch nicht zurück sein, darf ich wohl als sein Vater Ansprüche auf die ihm zugesagten ersten beiden Tänze geltend machen?«

Henriette blieb nichts anderes übrig, als zu nicken. Ihr war so mulmig zumute, dass sie dem Major nicht ins Gesicht blicken konnte. Also sah sie an ihm vorbei zum Fenster des Salons, während die Tante erneut das Reden übernahm.

»Sie wird es lernen, Herr Major, das wird sie«, tirilierte Johanna. »Frieden, es wird Frieden! Ich hab es ja immer gewusst, dass alles wieder gut wird.«

Doch Jette hörte das schon nicht mehr. Ihr Blick war von etwas so gefangen, dass sie zum Fenster stürzte, um hinauszusehen. In ihrem Impuls vergaß sie sogar, dass der Salon jetzt das Quartier des Majors war.

Beunruhigt von ihrem Verhalten, folgten ihr de Trousteau und das Ehepaar Gerlach.

»Was ist das?«, fragte sie und wies nach draußen. »Wie können sie den armen Menschen so etwas antun?«

Über den unteren Markt wurden beinahe ein Dutzend Schub-

karren gerollt, auf denen uniformierte Verwundete mit blutigen Verbänden kreuz und quer lagen. Sie wirkten selbst aus dieser Entfernung ausgemergelt, fiebrig und fast verhungert. Manche lagen reglos in so unnatürlich verrenkten Stellungen, dass sie vielleicht schon tot waren. Man hätte die Gefährte für Totenkarren halten können, würde nicht das Stöhnen einiger Männer bis zu ihnen hinauf ins Obergeschoss hallen.
Der Major räusperte sich dicht hinter ihr. »Das sind die Verwundeten von Bautzen.«
»Und man karrt sie tagelang, ja wochenlang durchs ganze Land bis hierher?«, rief die Tante entgeistert. »Findet sich denn niemand, der sich dort um sie kümmert?«
»Überall bis hierher sind die Lazarette überfüllt, oder das Nervenfieber ist in den Städten ausgebrochen. Deshalb fahren sie die Männer so weit, bis sie jemand aufnehmen kann.«
Jette sah schon den schmächtigen Dr. Bursian auf die traurige Kolonne zueilen.
»Das ist ja furchtbar!«, hauchte Johanna.
»Das ist der Krieg«, antwortete der Major.

Gewagtes Manöver

Nahe Zwickau, 29. Mai 1813

An diesem Tag Ende Mai sollte dem Rittmeister von Colomb sein größter Siegeszug gelingen – ein derart tollkühnes und erfolgreiches Husarenstück, dass Napoleon bei der Nachricht darüber einen Wutanfall bekam und brüllte, was denn noch alles vonnöten sei, um dieser Colombschen Räuberbande endlich habhaft zu werden.
Als der preußische König vom Ausgang der Unternehmung erfuhr, beförderte er Colomb zum Major und verlieh ihm das Ei-

serne Kreuz, das er erst im März als Auszeichnung für besondere Tapferkeit gestiftet hatte. Der Zar belohnte seinen Wagemut und den der Leutnants Katte und Eckardt mit dem St.-Annen-Orden.

Viel wichtiger jedoch war, dass sich die Einzelheiten dieses Sieges schnell herumsprachen und bald halb Deutschland über die Blamage der Franzosen lachte. Eine Rheinbund-Fürstin lud sogar den preußischen – also eigentlich »feindlichen« – Husaren zum Tee ein, um ihm ihre Sympathie zu versichern.

Doch es war auch der Tag, an dem Felix Zeidler, der sonst so Stille, der sich erstaunlich gut an sein neues Leben angepasst zu haben schien, vollkommen die Fassung verlor und seinen Kommandeur anbrüllte, wie er noch nie in seinem Leben jemanden angeschrien hatte.

Die Verlockung war einfach zu groß: eine französische Artilleriekolonne von zweiundsiebzig Fahrzeugen – Kanonen, Haubitzen, Munitionswagen, Feldschmieden. Dazu kamen an die vierhundert Pferde. Aber leider auch der Umstand, dass dieser bedeutende Zug von sicherlich drei- bis fünfhundert Mann geschützt sein würde.

Doch der Husarenrittmeister konnte gar nicht anders, als sich einen Plan zu überlegen, um an dieses Arsenal heranzukommen, das ganz in seiner Nähe durch die Gegend zog. So viele Waffen und so viel Ausrüstung durften einfach nicht in der Hand des Feindes bleiben! Es wurde für Colomb zu einer Frage der Ehre, das alles den Franzosen abzujagen.

Er hatte den gewaltigen Train schon seit Tagen beobachten lassen und wusste, dass die Kolonne heute in Zwickau erwartet wurde und dort für einen Tag bleiben sollte. Er wusste auch, dass seine Männer ebenso mit dieser Beute liebäugelten wie er und es ihnen in den Fingern juckte, den Franzosen die Kanonen und die Munition zu entreißen.

Weil es aussichtslos war, einen so starken Verband zu attackieren, wenn er in Gebäuden verschanzt war, entschied Peter von Colomb, während des Marsches anzugreifen; also diesmal am Tage, nicht bei Nacht. Das erschien ihm als das geringere Risiko.

Sein Plan stand fest. Doch um seinen Männern die Lage und die damit verbundenen Gefahren in aller Eindringlichkeit klarzumachen, ließ er sie gleich bei Tagesanbruch antreten.

»Heute steht uns eine sehr ernste und wichtige Unternehmung bevor. Wir werden den Artilleriepark erobern, bevor er Zwickau erreicht«, verkündete er und erntete dafür lauten Jubel. Mit einer Handbewegung brachte er seine Schar wieder zur Ruhe.

»Jeder von Ihnen hat in den letzten Wochen Mut und Umsicht bewiesen. Wir waren bisher stets erfolgreich, und das ohne eigene Verluste. Doch heute haben wir es mit einer drei- bis vierfachen Übermacht zu tun. Also bewahren Sie Ruhe und befolgen Sie unbedingt jeden meiner Befehle! Mit Gott, für König und Vaterland!«

»Mit Gott, für König und Vaterland!«, riefen die Männer wie aus einem Mund.

»Wir greifen im Hohlweg auf der Straße nach Zwickau an«, erläuterte Colomb seinen Plan. »Dort macht die Straße einen Bogen und führt auch noch den Berg hinauf. Das machen wir uns zunutze. Wir werden sozusagen die Enden der Bogensehne sein. Leutnant Katte, Sie gehen mit vierunddreißig Reitern voraus, legen sich in einen Hinterhalt und warten auf die Avantgarde. Wenn die nicht übermäßig stark ist, greifen Sie an und geben Signal, dann attackiere ich von hinten mit den übrigen Männern den Haupttrupp. Ist die Avantgarde zu stark, machen wir es umgekehrt. Dann beginne ich den Angriff und gebe Ihnen mit ein paar Schüssen das Zeichen für Ihren Einsatz. Wir treiben sie von beiden Enden der Kolonne in den Hohlweg. So können sie nicht aneinander vorbei, und es wird ein großes Durcheinander geben. Und Sie« – nun rief er ein paar besonders waghalsige seiner Husaren auf – »reiten auf die Trainsoldaten in der Mitte zu und sorgen dort für noch mehr Verwirrung. Haben das alle verstanden?«

Ein vielfaches »Jawohl, Herr Rittmeister!« erscholl.

»Diesmal wird's wohl blutig zugehen«, flüsterte Richard Felix zu und zog probehalber seinen Säbel schon ein Stück aus der Scheide. Ein bisschen sorgte er sich, ob sein Freund der Sache gewachsen war. Doch der verzog keine Miene. Richard hatte keine Ahnung, was in ihm vorgehen mochte. Dabei hatte er gedacht, ihn gut zu kennen.

Einer der Späher führte inzwischen einen Ochsenkarren zu Colomb.

»Wollen Sie nach Zwickau?«, fragte der Rittmeister den Fuhrmann, welcher mit heiserer Stimme bejahte und die Uniformen der Bewaffneten um sich herum neugierig musterte.

»Dann muss ich Sie auffordern umzukehren. Sie können jetzt nicht dorthin.«

Der Fuhrmann fing an, sich aufzuregen, er müsse seine Lieferung pünktlich abgeben, sonst bekomme er Ärger. Und er müsse auch unbedingt heute noch zurück.

Der Rittmeister hörte sich das Lamento zwei Sätze lang an, dann zog er seine Pistole und richtete sie auf den Kutscher.

»Kehren Sie um! Sonst muss ich Sie erschießen, so leid es mir tut.«

Der Mann erstarrte zur Salzsäule, der Mund blieb ihm offen stehen, bis er nach einigen Momenten der Sammlung hervorbrachte: »Selbstverständlich kehre ich um, Herr General ... Wenn Sie die Güte hätten ...«

Gelassen steckte Colomb seine Pistole wieder ein. Natürlich hätte er den Zivilisten nicht erschossen. Aber sie durften jetzt niemanden mehr die Straße passieren lassen, der sie gesehen hatte.

»Volontärjäger Zeidler, Jäger Hellbig!«

Felix zuckte leicht zusammen und nahm Haltung an.

»Es ist Ihre Aufgabe, jeden aufzuhalten, der diese Straße entlangkommt. Sie bewachen die Passanten und den Fuhrmann, bis Sie Nachricht erhalten, dass die Leute wieder frei gehen können, wohin sie wollen.«

Felix bestätigte den Befehl und wusste nicht, ob er erleichtert darüber sein sollte. Offensichtlich wollte ihn der Rittmeister aus dem Kampfgetümmel heraushalten. Weil er ihm nicht viel zutraute? Dabei hatte er das beste, schnellste Pferd! Und jeder konnte sehen, wie gut er und Joséphine miteinander zurechtkamen, auch ohne Kandare. Der Jäger Hellbig war verletzt und taugte in Colombs Augen wohl gerade noch dazu, einen verängstigten Kutscher und ein paar harmlose Passanten aufzuhalten. Schätzte der Rittmeister ihn auch so ein?

Oder sollte er am Ende froh darüber sein, nicht den Säbel schwingen oder auf Menschen schießen zu müssen?

»Führen Sie diese Leute an den Waldrand und sorgen Sie dort für ein bisschen Bewegung, damit der Feind denkt, der Wald sei von uns besetzt«, instruierte der Kommandeur sie.

Hellbig und Felix bestätigten erneut und ritten zum Kutscher, der nun keinerlei Widerspruch mehr erhob und sein Gespann umlenkte, um ihnen zu folgen.

Richard dagegen wurde der Gruppe zugeteilt, die unter Führung des Rittmeisters den hinteren Teil der Kolonne angreifen sollte.

Wieder einmal lagen sie versteckt im Wald. Es mochte sieben Uhr in der Frühe sein, als sich die Avantgarde näherte und direkt vor ihnen hielt.

Siebenundvierzig Reiter. Das sind zu viele für Katte, dachte Richard besorgt. Müssen wir also den ersten Angriff führen? Er spürte, wie ihm trotz der morgendlichen Kühle der Rücken schweißnass wurde.

Und warum standen die da unten auf der Straße herum, statt weiterzureiten? Das konnte doch kein Zufall sein!

»Denkst du, sie wissen, dass wir hier sind?«, fragte er leise den Jäger neben sich, einen jungen Mann namens Neuendorf, der – wie sich herausgestellt hatte – aus der gleichen Gegend wie Felix kam. Er und der fröhliche Zippelmann hatten ihnen geholfen, sich im Leben der Streifschar zurechtzufinden.

»Mag sein, warten wir's ab«, raunte Neuendorf. Beide sahen sie zu Colomb, der sichtlich ungeduldig die rastenden Gegner beobachtete, die schwatzten, lachten und nicht im Geringsten besorgt wirkten.

Das ging so eine halbe Stunde lang, während die Männer auf dem Hügel immer unruhiger wurden. Ganz besonders Colomb fiel es schwer, sein Temperament zu zügeln, doch zwang er sich dazu.

Wie sich allerdings zeigte, hatte die Avantgarde nur auf den Rest der Kolonne gewartet, die auf der ansteigenden Straße nicht so schnell vorwärtskam. Die Rastenden stiegen wieder in die Sättel, als die Geschütze und Pulverwagen aufgeschlossen hatten, und ritten an.

Richard zählte zweiundsiebzig Wagen, die vor ihren Augen passierten, gefolgt vom Haupttrupp der feindlichen Kavallerie. Je mehr Gegner die Straße entlangzogen, umso deutlicher hatte er das Gefühl, vor lauter Aufregung sein Frühstück gleich wieder herauszubringen.

Diesmal war der Feind in so großer Übermacht! Die hier würden sich nicht einfach ergeben wie die überrumpelten Rheinbündler vor ein paar Tagen. Heute würde Blut fließen. Vielleicht auch seines? In seinem Gedärm rumorte es, und er glaubte, ganz dringend hinter einen Baum verschwinden zu müssen. Aber dann würden die anderen ihn verspotten, weil er sich vor Angst fast in die Hosen schiss.

Er spannte sich an und versuchte, das Pferd seine Unruhe nicht spüren zu lassen. Bestimmt würde der Rittmeister gleich das Zeichen zum Angriff geben.

Zu Richards Überraschung erklangen zuerst Schüsse von vorn.

Also hatte Leutnant Katte mit seinen vierunddreißig Mann die überlegene Avantgarde angegriffen?
Sofort gab Colomb das Zeichen zur Attacke. Sie setzten über den Graben an der Straße, und nach einem kurzen Handgemenge trieben sie die feindlichen Kavalleristen den Berg hinauf, wo ihnen die fliehende Avantgarde entgegengeprescht kam. Die Enge des Hohlweges wurde den Feinden zum Verhängnis. Sie konnten nicht aneinander vorbei, und die Husaren, die jetzt noch von den Seiten angriffen, machten das Chaos komplett. Pferde stürzten, Reiter wurden aus den Sätteln gehauen. Die französischen Infanteristen rannten in ein Kornfeld und feuerten aus dessen Deckung auf die Angreifer.
»Auf die Infanterie!«, rief Colomb seinen Husaren zu, und zu seiner großen Zufriedenheit sammelten sich diese sofort, durchritten in einer Linie das Feld und nahmen alles gefangen, was ihnen in die Quere kam.
Doch inzwischen geschah auf der anderen Seite der Straße etwas, das ihnen zum Verhängnis werden konnte: Mehr als dreißig Mann – Italiener, wie Colomb an ihren Rufen erkannte – stürmten auf ein Gehöft zu, um sich dort zu verschanzen und sie aus sicherer Deckung unter Beschuss zu nehmen. Und ausgerechnet in diesem Augenblick hatte Peter von Colomb nicht genug Männer in seiner Nähe, um es mit ihnen aufzunehmen.
Also musste er wieder einmal improvisieren. Zu seinem Glück war der Oberjäger von Heuthausen dicht hinter ihm, der recht gut Italienisch sprach.
Colomb steckte den Säbel demonstrativ in die Scheide und ritt auf die Italiener zu, wobei er mit seinem weißen Schnupftuch winkte. Ein wenig albern kam er sich schon vor mit dieser provisorischen Parlamentärsflagge, doch er und Heuthausen hatten Glück. Niemand schoss auf sie.
»Übersetzen Sie«, wies er seinen sprachkundigen Oberjäger an und rief: »Ergeben Sie sich lieber uns, sonst geraten Sie unwei-

gerlich in die Hände der Kosaken, die keine Gnade kennen! Und das werden Sie doch nicht wollen, oder?«

Wer von seinen Leuten ihn hörte, musste insgeheim lachen, denn Kosaken waren in dieser Gegend weit und breit keine zu finden. Aber ihr furchteinflößender Ruf war ganz sicher auch in den italienischen Regimentern der Grande Armée bekannt.

»Wir werden Sie gut behandeln, denn wir führen nur Krieg gegen die Franzosen«, fuhr Colomb fort. »Die Italiener mögen wir eigentlich sogar recht gern! Also, warum sollten Sie sich für Napoleon opfern?«

Seine Ansprache zeigte Wirkung. Nach und nach kamen die Südländer heraus und ließen sich entwaffnen; einige zerschlugen noch die Kolben ihrer Gewehre und machten sie dadurch unbrauchbar, bevor sie sie zu Boden warfen.

Der Rittmeister teilte ein paar Männer ein, um die Gefangenen zu bewachen. Kaum war das erledigt, rief jemand von vorn: »Achtung, feindliche Eskadron aus Richtung Zwickau!«

Leutnant Eckardt ließ zum Sammeln blasen, Richard, Neuendorf und Zippelmann folgten dem Signal und stürzten sich ins nächste Reitergefecht, wobei sie die Angreifer in die Enge zwischen den Gräben jagten, dann über die Muldebrücke und bis ins nahe Zwickau verfolgten. In der Stadt fand die Jagd ihr Ende. Die Gefangenen wurden auf dem Marktplatz zusammengetrieben.

Es war vorbei.

Es war geschafft!

Richard konnte kaum glauben, dass er überlebt hatte. Seine Hand zitterte vor Anstrengung, er atmete schwer, Blut troff von seinem Säbel. Hatte er heute einen Menschen getötet? Oder sogar mehrere? Zumindest verletzt offensichtlich. Vor seinen Augen vermischten sich kurz aufflackernde Bilder, blutige Szenen, die sein Verstand sich weigerte wiederzugeben, damit sie irgendeinen Zusammenhang ergaben. Verwirrt starrte er vor sich hin und kam erst wieder zu sich, als sich der Marktplatz mit Zwickauern füllte, die der preußischen Streifschar, deren Ruf in der Gegend bereits legendär war, begeistert zujubelten. Schon schritt eine hübsche junge Frau auf Katte zu, um dem Leutnant den Arm zu verbinden.

Peter von Colomb kam auf den Markt gepprescht und vergewisserte sich mit ein paar Blicken, dass seine Männer alles unter Kontrolle hatten. Dann ritt er vor das Rathaus und rief den Zwickauern zu: »Wir haben vor Ihrer Stadt etliche Kanonen, Haubitzen und Wagen mit Munition erbeutet. Erschrecken Sie nicht, wenn die gleich mit großem Getöse in die Luft fliegen! Diese Geschütze und Kugeln werden keine Deutschen mehr töten!«

Tosender Jubel brandete auf, Colomb salutierte fröhlich vor den Stadtbewohnern und wendete seinen Hengst, um die Zerstörung des Artillerieparks zu überwachen.

Bewundernd sah Richard ihm nach.

Der Rittmeister von Colomb war überaus zufrieden mit dem Ergebnis des heutigen Tages. Zusätzlich zu dem erbeuteten riesigen Waffenarsenal hatten sie sechs Offiziere, einen Arzt und mehr als dreihundertfünfzig Unteroffiziere und Soldaten gefangen genommen und dabei – soweit er es bisher überblickte – selbst nur ein paar leicht Verwundete.

Er gab Befehl, die erbeuteten Wagen neben der Straße nach Zwickau aufzufahren, und dirigierte sein Pferd zu einer Kutsche, um die sich mehrere seiner Männer versammelt hatten und lebhaft auf jemanden einsprachen. Was ging dort vor sich? Zu seiner Überraschung fand er in der Kutsche nicht nur mehrere verwundete Franzosen, sondern auch eine hübsche junge Dame vor, die eine Reisetasche an sich gepresst hielt und ganz aufgeregt immer wieder auf einen der Verwundeten zeigte: »Das ist mein Mann, er ist kein Franzose, er ist Italiener, Italiener, hören Sie! Kein Franzose!«

Wahrscheinlich hatten ihre Begleiter von seiner Ansprache als Parlamentär berichtet.

Er salutierte, stellte sich vor und versicherte: »Madame, seien Sie unbesorgt, sowohl wegen Ihres Mannes als auch wegen des Gepäcks. Sie werden beides behalten dürfen.«

Mit einem französischen Wortschwall dankte ihm die Schöne. Die versprochene Sicherheit ihres Gepäcks scheint sie noch mehr zu erleichtern als die ihres Mannes, registrierte Colomb amüsiert, der ein guter Beobachter war. Er winkte zwei seiner eigenen Verletzten zu sich und wies sie an, die Dame und ihre verwundeten Begleiter ins nächste Dorf, nach Pöhlau, zu bringen und sich dort um sie zu kümmern.

Dann wollte er sich endlich der Zerstörung der feindlichen Waffen zuwenden, doch wütendes Gebrüll hielt ihn davon ab. Ein paar Schritte von ihm entfernt stand unter preußischer Bewachung der französische Trainkommandant und schrie einen feisten Herrn in Frack und Zylinder an.

»Sie haben uns verraten, das werde ich dem Kaiser melden!«, tobte der Capitaine, ein Mann mittlerer Größe und um die fünfzig, normalerweise von überaus gepflegtem Aussehen, wie seine tadellos geschneiderte Uniform sowie sein sorgfältig gestutzter Bart verrieten. Doch nun klebte ihm das verschwitzte Haar an der Stirn, sein Gesicht war staubverschmiert und puterrot.

Nicht minder aufgebracht konterte der vornehm gekleidete, fette Zivilist schnaufend und mit Fistelstimme: »Ich habe Ihnen mitteilen lassen, dass Preußen in der Nähe sind. *Ich* werde *Sie* dem Kaiser melden, weil Sie trotz unserer Warnung in die Falle gelaufen sind!«

Durch sein bloßes Erscheinen brachte Colomb die Streithähne zum Verstummen.

»Hofrat Ferber«, stellte sich der Feiste in Frack und Zylinder dem Rittmeister vor. »Ich bin aus der Stadt gekommen, um mir ein Bild von der Lage zu verschaffen.«

»Dann treten Sie zurück, öffnen Sie den Mund wegen des Luftdrucks, wenn wir sprengen, und genießen Sie den Anblick«, empfahl ihm Peter von Colomb.
»Was werden Sie mit den erbeuteten Wagen machen?«, erkundigte sich der Kommandant der Trainkolonne, immer noch rot vor Zorn, doch deutlich milder im Tonfall.
»Zerstören natürlich«, antwortete der Rittmeister verwundert. Die Miene seines französischen Gegners nahm etwas Bauernschlaues an. »Oh, das sollten Sie lieber bleiben lassen, mon cher capitaine de cavalerie! Sie können gern die Pferde mitnehmen, das ist doch Beute genug. Aber die Geschütze und Munitionswagen lassen Sie besser unangetastet.«
»Und weshalb, Ihrer Meinung nach?«
Nun hob der Capitaine den Zeigefinger wie ein Schulmeister. »So viel Zorn des Kaisers würde ich an Ihrer Stelle nicht auf mich ziehen. Ganz sicher werden Sie bald gefangen genommen. Und dann würde es Ihre Lage erheblich verschlechtern, wenn Sie all das hier zerstören.«
»Glauben Sie wirklich, dass das den Kaiser sehr verdrießen würde?«, fragte Colomb scheinbar besorgt.
Seine Leute, die in der Nähe standen, begannen schon zu grinsen. Auch Felix fragte sich, was nun gleich folgen würde. In den vergangenen Tagen hatte er schon einige Kostproben des trockenen Humors seines Vorgesetzten zu hören bekommen.
Der Capitaine dagegen sah in dieser Frage einen Hoffnungsschimmer, seine mahnenden Worte könnten auf fruchtbaren Boden fallen. Wenn wenigstens die Geschütze und Munition erhalten blieben, wäre seine Niederlage etwas weniger umfassend.
»Aber ja, ganz ohne Zweifel!«, versicherte er deshalb mit einem eifrigen Nicken.
»Dann ist mein Wunsch erfüllt«, antwortete der Rittmeister unter dem Gelächter seiner Männer.
Es fehlte nicht viel, und der Capitaine hätte vor Wut auf den

Boden aufgestampft. Erst diese blamable Niederlage und nun auch noch solcher Spott!

»Ich muss Sie und Ihre Offiziere auffordern, die üblichen Revers zu unterschreiben – dass Sie von mir gefangen genommen wurden und auf Ihr Ehrenwort entlassen werden, nicht wieder gegen die Alliierten zu kämpfen«, erklärte von Colomb ernst, als das Gelächter verstummte.

»Niemals!«, meinte einer der älteren Offiziere verächtlich, während die anderen offenbar nicht abgeneigt schienen.

»Wie Sie wünschen, Lieutenant«, erwiderte der Husarenrittmeister in aller Ruhe. »Da ich keine Gefangenen mitführen kann, müsste ich Sie allerdings in diesem Fall erschießen. Aber das erledigen wir erst, sobald die Zuschauer verschwunden sind.«

Er wies auf die Stadtbewohner, die inzwischen zu Hunderten aus der Stadt gepilgert waren, um sich das Schauspiel nicht entgehen zu lassen.

Hinter der Stirn des französischen Leutnants schien es zu arbeiten. Seine Mitgefangenen mussten ihm nur noch ein wenig zureden, bis er unwirsch nach dem Schreiben griff, das Leutnant Eckardt wie üblich vorbereitet hatte. »Geben Sie schon her!«

Der Capitaine hatte sein Papier ebenfalls durchgelesen und forderte: »In dieser Bescheinigung muss stehen, dass wir einer deutlichen Übermacht unterlegen sind. Dass wir keine Chance hatten.«

»Übermacht? Wo sehen Sie hier eine Übermacht, Capitaine?«, wunderte sich Colomb. »Wir sind drei Offiziere, ein Trompeter und zweiundachtzig Reiter.«

»Das glaube ich nie und nimmer!«, echauffierte sich der französische Kommandant. »Sie kamen von allen Seiten, ich habe mindestens vierhundert Pferde im Gefecht gesehen!«

»Da werden Sie wohl Ihre eigenen mitgerechnet haben«, meinte der Rittmeister gut gelaunt.

»Aber ich sehe natürlich ein, die Blamage wäre zu groß, wenn Sie Ihren Vorgesetzten melden müssten, dass Sie von nicht einmal einhundert Mann besiegt wurden. Ich werde Ihnen ein Attest ausstellen, dessen Sie sich nicht schämen müssen, wenn Sie Bericht erstatten.«

Er ließ sich von Eckardt einen Bleistift reichen und kritzelte etwas auf das Blatt, das ihm der Capitaine zurückgegeben hatte. Gespannt warteten seine Männer, dass er es vorlesen würde. Ihr Anführer tat ihnen den Gefallen.

»Hier steht jetzt der Zusatz: Der Capitaine hat sich erst ergeben, als er der Tapferkeit der preußischen Freiwilligen nicht mehr widerstehen konnte. Das wird sicher bei Ihren Vorgesetzten Verständnis auslösen.«

Die wütende Entgegnung ging völlig im Gelächter der preußischen Freiwilligen unter.

Als die Revers unterzeichnet waren, lief der Kutscher, der vorhin nicht weiterfahren durfte, auf den Rittmeister zu und krächzte begeistert: »Wenn Sie mir das vorhin gesagt hätten, Herr General, wäre ich doch gern zurückgefahren! Da hätten Sie mich nicht erst mit der Pistole bedrohen müssen. Schon der Spaß allein wäre es wert gewesen …«

»Dann bitte ich um Entschuldigung für die Umstände«, antwortete Peter von Colomb. »Suchen Sie sich als Entschädigung ein paar Pferde heraus.«

Er wies auf die erbeuteten Tiere, die immer noch vor die Geschütze und Munitionswagen gespannt waren.

»Ist das Ihr Ernst?«, fragte der Fuhrmann ungläubig. Als Colomb nickte, warf er jubelnd seine Mütze in die Luft.

»Gott schütze Sie, Herr General! Und Gott schütze den König von Preußen!«

Augenblicke später war er schon dabei, ein paar kräftige Zugtiere abzuspannen.

Als der Rittmeister auch noch die Bauern, deren Felder wäh-

rend des Kampfes zertreten worden waren, aufforderte, sich zum Ausgleich ein oder zwei Pferde auszusuchen, kam sofort Bewegung in die große Zahl der Zuschauer. Nicht nur die Bauern, auch etliche der Zwickauer, die nach dem Spektakel auf dem Markt hierhergelaufen waren, griffen sich eines der herrenlosen Pferde, stiegen in den Sattel und ritten davon.
Kurz darauf war die Hälfte der vierhundert erbeuteten Tiere verschwunden und mit ihnen viele der Zuschauer.
Peter von Colomb unternahm nichts dagegen, auch wenn die Franzosen diese Pferde bei nächster Gelegenheit sicher wieder beschlagnahmen würden. Er hatte nicht genügend Männer, um die Pferde *und* die vielen Gefangenen zu bewachen. Und so richtig gefiel ihm ohnehin nicht, was den Pferden bevorstand, die übrig blieben, nachdem seine Männer und die Zwickauer die besten davon herausgesucht hatten. Doch Krieg war Krieg.
»Lasst die Wagen auseinanderfahren und bindet die übrigen Pferde daran fest!«, befahl er seinen Männern.

Ein Streit, ein Segen und eine unerwartete Begegnung

Nahe Zwickau, 29. Mai 1813

Felix begriff erst, was geschehen sollte, als einige der Jäger Lunten zu den Munitionswagen legten.
»Wollen sie etwa die Pferde mit in die Luft sprengen?«, fragte er entsetzt Richard, der aus der Stadt zurückgekommen war, um vor dem Freund mit seinen Heldentaten zu prahlen.
»Sieht ganz so aus«, meinte Richard mit mulmigem Gefühl.
Inzwischen waren die ersten Lunten schon entzündet.
Bevor jemand Felix aufhalten konnte, stürzte der auf den Rittmeister zu und brüllte: »Sie können doch die Pferde nicht in die

Luft sprengen! Die armen Tiere! Die haben niemandem etwas getan!«
Er wollte losrennen, ohne nachzudenken, mitten hinein zu den Wagen, um wenigstens noch ein paar Tiere zu retten, aber Colomb reagierte blitzschnell.
»In Deckung!«, brüllte er und riss Felix mit sich zu Boden.
Sekunden später erschütterte eine gewaltige Detonation das Gelände, brennende Holzstücke, Eisenteile und andere Trümmer flogen durch die Gegend. Der Knall war so laut, dass Felix befürchtete, ertaubt zu sein. In seinen Ohren fiepte es, und die Welt schien plötzlich fast ohne Geräusch zu sein.
Er wollte aufstehen und nachsehen, welchen Schaden die Explosion angerichtet hatte, doch der Rittmeister hielt ihn immer noch auf den Boden gedrückt.
Im Abstand von mehreren Sekunden gingen drei weitere Pulverladungen hoch. Erst nachdem eine Weile lang nichts mehr explodierte, wurde Felix losgelassen und konnte sich aufrichten.
Zu seiner großen Erleichterung waren die meisten Pferde noch am Leben, wenngleich aufgeregt durch Lärm und Feuer.
Umständlich rückte er sich die Brille wieder zurecht, die bei seinem jähen Sturz verrutscht war, und nun sah er, was viele Tiere gerettet hatte: Die Zerstörungskraft der Explosionen war nach oben gegangen und hatte die Deckel von den Pulverfässern gesprengt.
»Volontärjäger Zeidler!«, befahl ihn Colomb streng zu sich, noch bevor er zu den Pferden gehen konnte.
Seine Stimme klang für Felix merkwürdig gedämpft, er war immer noch fast taub von den Explosionen und vernahm die Geräusche um sich herum nur vage. Jetzt stand ihm großer Ärger bevor, weil er gegen einen Befehl seines Vorgesetzten handeln wollte. Und auch noch seinen Vorgesetzten angebrüllt hatte. Doch es war so ungeheuerlich!
Mit gesenkten Lidern nahm er Haltung an, beinahe trotzig, und

wartete darauf, mit Schmach und Schande aus der Truppe verstoßen zu werden.

»Die meisten Pferde haben überlebt, am Ende bin ich selbst ganz froh darüber«, gestand ihm Colomb zu seiner Verblüffung. »Doch wenn Sie nicht verstanden haben, weshalb ich diesen Befehl gab, dann haben Sie auch nichts vom Krieg verstanden.«

Nun wurde seine Stimme härter.

»*Das* ist der Krieg!«, sagte er und wies auf die zerstörten Wagen und verletzten Tiere. »Wir können nicht zweihundert Pferde mit uns nehmen. Aber jedes Pferd, das wir hier zurücklassen, wird früher oder später wieder der Grande Armée zugeführt werden. Sie haben noch nie die vernichtende Kraft eines Kavallerieregimentes erlebt, das im Feld auf den Gegner zureitet. Sie mussten noch nie im Karree stehen und ausharren, bis die Pferde des Feindes Sie niederstampfen. Sonst würden Sie anders darüber denken. Nicht nur die Geschütze und das Pulver, das wir heute vernichtet haben, hätten unsere Landsleute in der nächsten Schlacht Unmengen von Blut und Menschenleben gekostet, sondern auch die Pferde. Ganz zu schweigen von den Unteroffizieren und Soldaten, die wir einfach gegen den Eid entlassen, nicht mehr gegen unsere Armee zu kämpfen. Natürlich werden die meisten von ihnen bei nächster Gelegenheit wieder ihren Truppen zugewiesen. Ich müsste sie eigentlich auch erschießen. Aber was soll ich machen?«

Felix entgegnete nichts. Er hatte jetzt viel nachzudenken.

»Übrigens haben auch wir dafür teuer bezahlt«, fuhr der Rittmeister fort und wies zur Seite, wo Felix erst jetzt einen Körper in blutdurchtränkter Jägeruniform sah, der reglos über einem Sattel hing.

»Der erste Tote. Der Jäger Zippelmann. Ich habe es gerade erst erfahren. Und es hätten heute noch mehr sein können. Auch das ist Krieg. Sie können doch unmöglich geglaubt haben, dass wir auf Dauer immer nur unblutig ein paar Leute überrumpeln und nach Hause schicken?«

Er sah Felix' verstörten Blick, als der Name Zippelmann fiel, und erklärte: »Sie sind freiwillig hier. Wenn Sie das nicht ertragen können, dürfen Sie die Truppe verlassen.«

»Ich bitte um Bedenkzeit«, brachte Felix mühsam heraus.

Colomb nickte zustimmend.

Er hätte diese Rede nicht halten müssen. Aber er würde den jungen Mann nur ungern verlieren, denn in ihm steckte mehr, als der äußere Anschein vermuten ließ. Und es gehörte schon eine ganze Portion Mut dazu, das zu tun, was er getan hatte. Mut – und zugegebenermaßen auch Dummheit.

Nun wandte sich der Rittmeister seinen Männern und den Stadtbewohnern zu und rief: »Wir haben hier noch allerhand Zerstörungswerk vor uns! Nehmt die Wagen auseinander, verbrennt alles, macht die Kanonen unbrauchbar! Das Eisen gehört euch.«

Sogleich stürmte eine Menschenmenge auf alles los, was die Sprengkraft des Pulvers noch übrig gelassen hatte, und übernahm mit wahrer Begeisterung die Vernichtung der Überreste des französischen Artillerieparks.

Felix raffte allen Mut zusammen und sagte: »Wenn Sie erlauben, gehe ich und erlöse die verletzten Tiere von ihrer Qual.«

Peter von Colomb musterte ihn aufmerksam, dann nickte er zustimmend.

Mit Tränen kämpfend, stapfte Felix los und schnitt den Pferden die Kehle durch, die nicht mehr aufkommen würden, einem nach dem anderen. Er hatte das Gefühl, er müsse es selbst tun. Obwohl es nichts besser machte oder irgendwie veränderte. Er hätte sich auch um die durchgegangenen Pferde kümmern können. Aber das war ihm jetzt nicht so wichtig. Und je weiter fort sie galoppierten, desto besser für sie.

Als das bittere Werk getan war, warf er die Briefe, die er an

Henriette geschrieben und immer noch nicht abgeschickt hatte, ins Feuer.
Er würde ihr nicht mehr schreiben.
Denn er hatte das Gefühl, ihrer nicht mehr würdig zu sein.

Es dauerte Stunden, bis alle Wagen auseinandergenommen und verbrannt, sämtliche Kanonen unbrauchbar gemacht waren. Darüber war die halbe Nacht vergangen.
Müde, erschöpft und aufgekratzt zugleich ritt die Streifschar nach Pöhlau, wo die Verwundeten, die Gefangenen und die hübsche Frau des italienischen Offiziers auf sie warteten.
Unterwegs versuchte Richard, seinen vollkommen verstummten Freund aus der Lethargie zu reißen.
»So ist der Krieg eben«, sagte auch er. »Du wirst dich schon noch daran gewöhnen. Sieh mich an – ich habe heute auf so viele Schädel eingeschlagen, dass ich gar nicht mehr weiß, wie viele. Es war wie ein Rausch ...«
»Daran solltest *du* dich besser *nicht* gewöhnen«, entgegnete Felix ungewohnt scharf. Danach war ihm kein Wort mehr zu entlocken.

Am Morgen kam halb Zwickau hinaus nach Pöhlau gewandert und brachte seinen preußischen Helden Frühstück.
Um etwaige Verfolger zu täuschen, beschloss der Rittmeister, mit seiner Mannschaft in eine andere Richtung zu reiten, nach Greiz im Südwesten, dem Zentrum des kleinen rheinbündischen Fürstentums Greiz-Reuß in Thüringen.
Bald durchquerten sie – von einer jubelnden Kinderschar begleitet – ein Dorf, in dem der Geistliche bei ihrem Erscheinen aus dem Pfarrhaus trat und direkt auf sie zuging.
Peter von Colomb brachte seine Schar zum Stehen, gespannt, was nun geschehen würde.
»Sind Sie die Preußen, die dieser Tage den Franzosen solchen Schaden zugefügt haben?«, fragte der Pfarrer.

»Das sind wir.«
Der Pfarrer nahm seine Mütze ab, hob die Hände und sagte: »Gott segne euch! Gott segne euch, meine Kinder!«
Auch die Bauern, die am Straßenrand standen, zogen die Mützen vom Kopf und nickten zustimmend oder murmelten Segenssprüche.
»Wenn du immer noch zweifelst, halte dir das vor Augen!«, raunte Richard trotzig seinem nach wie vor verstummten Freund zu. »Es sind diese Leute, für die wir das tun. Sie und ihre Familien. Die können sich nicht verteidigen.«

In Greiz schlug die Colombsche Schar in der Allee zwischen dem fürstlichem Garten und der Elster ihr Biwak auf. Ein besserer Platz ließ sich nicht finden, und sie brauchten dringend etwas Schlaf nach den anstrengenden Nachtmärschen.
Es dauerte nicht lange, bis ein Livrierter erschien, offensichtlich ein Kammerdiener des Fürsten, und mit starrer Miene den Anführer der Mannschaft zu sprechen wünschte.
Der Rittmeister ging auf ihn zu und erklärte: »Richten Sie Seiner Durchlaucht aus, Peter von Colomb, Rittmeister der Husaren im Dienste Seiner Majestät des Königs von Preußen, bittet um Erlaubnis, die Allee für sich und seine Männer als Biwak nutzen zu dürfen. Seine Durchlaucht möge es nicht missverstehen, wenn ich ihm nicht meine Aufwartung mache. Ich möchte ihn nicht kompromittieren.«
Der Livrierte nahm das ohne irgendeine Regung entgegen und ging. Wenig später kam er wieder und konnte die Verwunderung nicht völlig aus seinen Gesichtszügen verbannen.
»Seine Durchlaucht wird Ihnen und Ihren Männern Proviant und Stroh zum Schlafen schicken. Die Offiziere werden aus der fürstlichen Küche versorgt.«
Colombs Männer warteten gerade noch, bis der Kammerdiener halbwegs außer Hörweite war, ehe sie diese Ankündigung bejubelten.

Tatsächlich wurde wenig später das Versprochene gebracht. Sie konnten sich satt essen, es sich im Stroh bequem machen und einmal eine Nacht durchschlafen – zumindest diejenigen von ihnen, die nicht zur Wache eingeteilt waren. Schließlich waren sie in Feindesland.
Am Morgen erlebten sie wie auch schon in Marienberg, Neustadt an der Orla oder Zwickau, dass die halbe Stadt auf den Beinen war, um sie zu bestaunen und ihnen ein üppiges Frühstück zu bescheren.
Richard war schwer versucht, Felix auf die Reize dieser oder jener jungen Greizer Dame aufmerksam zu machen. Doch dessen abweisende Miene ließ ihn diesen Gedanken verwerfen.
Immerhin: Der Freund war noch dabei, er hatte sich nicht für den Vorschlag des Rittmeisters entschieden, das Korps zu verlassen. Das war mehr, als Richard nach dem Zwischenfall mit den Pferden erwartet hatte.

Kurz bevor die Schar aufbrechen wollte, kam der Kammerherr erneut zu ihrem Biwak.
»Die Fürstin möchte Ihre Bekanntschaft machen und lädt Sie und Ihre Offiziere zum Tee ein«, verkündete er dem Rittmeister.
Aus der Mannschaft kamen ein paar Pfiffe und kecke Bemerkungen, die Colomb mit einem strafenden Blick ahndete und sofort zum Verstummen brachte.
»Sagen Sie Ihrer Durchlaucht, dass ich die Einladung gern annehme, sofern sie mir nachsehen kann, dass unsere Uniformen auf dem Marsch etwas gelitten haben«, erklärte er.
Seine Leutnants Katte und Eckardt saßen bereits zu Pferde; außerdem nahm Colomb noch den Trompeter mit, der vor dem Schloss warten sollte, und ordnete leise verstärkte Wachen an, bevor er in den Sattel stieg.
»Die Hoheiten residieren im Unteren Schloss, das nach dem

verheerenden Stadtbrand vor elf Jahren im klassizistischen Stil neu erbaut wurde«, referierte der Kammerdiener und wies auf das dominante Bauwerk vor der Stadtkirche. »Zuvor hatte das Fürstenhaus Reuß seinen Sitz im Oberen Schloss.« Würdevoll zeigte er auf dieses Bauwerk. »Fürst Heinrich Reuß zu Greiz ist Generalfeldzeugmeister in österreichischen Diensten, Fürstin Luise eine geborene Nassau-Weillburg.«

Mehr bekamen die wartenden Jäger und Husaren nicht mit. Spannung machte sich breit, während sie zusahen, wie ihre Offiziere Richtung Stadt ritten. Vielleicht wurden sie in eine Falle gelockt? Immerhin war dies Rheinbund-Gebiet.

Aber der Rittmeister hätte ganz sicher nicht so offen und am helllichten Tage hier sein Lager aufgeschlagen, wenn er befürchtet hätte, als Feind behandelt zu werden.

Eine geschlagene Stunde verstrich, in der seine Gefolgsleute immer unruhiger wurden. Der Trompeter hatte zwar noch kein Signal geblasen, doch was im Inneren des Schlosses mit dem Rittmeister und den beiden Leutnants geschah, konnte er nicht wissen.

Dann endlich die Erlösung: Gut gelaunt und in lockerem Trab kamen die drei Offiziere mit dem Trompeter zurück.

Peter von Colomb wusste natürlich, was in seinen Männern vor sich gegangen war und was sie erfahren wollten. Er ließ sie noch einen kleinen Augenblick warten und sagte dann mit feinem Lächeln: »Der Fürst und die Fürstin wünschen uns alles Glück für unsere weiteren Unternehmungen.«

Die Männer johlten, und wenig später marschierten sie unter den lautstarken Sympathiebekundungen der Greizer ab.

Die Schar zog weiter Richtung Rudolstadt, wo sich Colomb auf Bitten der Einheimischen einen französischen Statthalter vornahm, der für seine Strenge gefürchtet war.

Ganz höflich, geradezu freundschaftlich gab er ihm zu verstehen, dass überall in Deutschland leichte preußische Truppen und Kosakenverbände unterwegs seien, und mit denen wolle er doch sicher keinen Ärger, weil sich die Bewohner über ihn beklagten. Nur auf Grund der Fürsprache der einheimischen Behörden würde er ihn nicht gleich mitnehmen.

Den angesichts dieser Worte deutlich aufatmenden Statthalter in Rudolstadt zurücklassend, ritt die Colombsche Schar über Langenorla Richtung Jena. Dort berichtete ihnen ein Reisender aus Richtung Leipzig, dass in der Nähe der Messestadt leichte preußische Kavallerie unterwegs sei.

Diese Nachricht sorgte für Aufregung unter den Männern. Hatte vielleicht die Nordarmee bereits die Elbe überschritten? Zu lange schon waren sie ohne sichere Nachricht vom Kriegsverlauf.

Am gleichen Tag erfuhren sie, dass der Kommandant von Erfurt Order erhalten habe, keinen Transport mehr mit weniger als eintausendfünfhundert bis zweitausend Mann Geleitschutz loszuschicken.

Also beschloss der Rittmeister, sich Richtung Leipzig zu wenden, um herauszufinden, was dort im Gange war.

Es war der Morgen des 4. Juni. Seine Männer wollten gerade ihr Lager in einem Waldstück errichten, von dem aus sie die Straße von Weimar nach Jena beobachten konnten, als Colomb beim Einteilen der Feldwachen ein Reiter in schwarzer Uniform entgegenkam.

»Ich bin vom Korps des Majors von Lützow!«, rief er. »Wir lagern auch in diesem Wald.«

Das Auftauchen Napoleons persönlich hätte kaum für mehr Aufsehen sorgen können.

»Dann werden wir den Lützowern einen Besuch abstatten«, erklärte der Rittmeister von Colomb vergnügt.

Richard stand vor Staunen der Mund offen; beinahe hätte er sogar den Eimer fallen lassen, aus dem er gerade sein Pferd tränkte.

Dann stieß er Felix in die Rippen, wie er es oft tat, und aller Streit und alle guten Vorsätze waren für ihn vergessen.
»Siehst du, Kleiner, jetzt kommen wir doch noch zu den Lützowern!«

Der Krieg und die Musen

*Hauptquartier der Alliierten
im schlesischen Reichenbach, 4. Juni 1813*

Der einstige sächsische Generalleutnant von Thielmann, der nun in Diensten der Kaiserlich-Russischen Armee stand, wartete voll innerer Anspannung und Ungeduld auf den Moment, an dem er sich von dem Fest entfernen durfte. Seit die Verbündeten ihr Hauptquartier in Reichenbach eingerichtet hatten, wurde ihm die hohe Ehre zuteil, an der Tafel des Zaren speisen zu dürfen. Heute jedoch wäre er aus mehreren Gründen lieber nicht hier.

Nun war es also offiziell: Eine Waffenruhe sollte ab morgen für sechs Wochen gelten. Die Alliierten hofften, in dieser Zeit England, Schweden und Österreich auf ihre Seite zu ziehen.

Die russischen Generäle feierten ausgiebig, obwohl die meisten von ihnen den Waffenstillstand verabscheuten. Wein, Sekt und Wodka flossen in Strömen.

Thielmann trank so wenig, wie es möglich war, ohne unhöflich zu sein, denn einen der zahllosen Trinksprüche auf den Zaren oder den Sieg der Alliierten auszulassen wäre eine unerhörte Provokation, die sicher zu einem Duell führen würde.

Er wartete die ganze Zeit schon darauf, irgendjemand würde im Sektrausch Streit darüber beginnen, dass er noch vor einem halben Jahr gegen die Männer gekämpft hatte, mit denen er nun an einem Tisch saß.

Gleich bei der ersten Zusammenkunft mit den russischen Generälen war forschen Schrittes General Rajewski auf ihn zugegangen – der Befehlshaber jener Regimenter, die vor Borodino die nach ihm benannte Schanze verteidigten und mit denen sich Thielmann und seine Kürassiere am schicksalhaften 7. September 1812 ein furchtbares, überaus verlustreiches Gemetzel geliefert hatten.

Thielmann zwang sich zu Gelassenheit angesichts dessen, was nun kommen mochte: eine weitere Beleidigung wie die des Fürsten Wolkonsky, eine Herausforderung zum Duell … Die ernsten Gesichtszüge des Generals mit dem pechschwarzen Haar und den breiten Koteletten, der nur wenig jünger war als er, deuteten auf eine Konfrontation.

Und er gab sich keinen Illusionen hin, wie sein Seitenwechsel von den Russen aufgenommen wurde. Hieß es nicht: Man liebt den Verrat, aber nicht den Verräter?

»Sie haben mich viele gute Männer gekostet bei Borodino, Generalleutnant«, begann Nikolai Nikolajewitsch Rajewski, als er vor dem einstigen Gegner stand. »Aber ich habe auch gesehen, wie todesmutig Sie gegen unsere Truppen ritten. Gott der Allmächtige muss an diesem Tag seine Hand über Sie gehalten haben.«

Er legte eine Pause ein und warf einen Blick in die Runde der versammelten Generäle.

Thielmann wartete. Er würde wohl noch mehrere solcher Reden ertragen müssen.

Sein Blick blieb an Prinz Eugen von Württemberg hängen, dem jungen Generalleutnant, der so bravourös den Rückzug der Alliierten nach der Schlacht bei Bautzen gesichert hatte. Sie waren beide Deutsche, doch in Smolensk und Borodino hatten auch sie sich als Feinde gegenübergestanden.

»Wir Russen haben eine Schwäche für Todesmut. Und einen tapferen Mann wissen wir zu schätzen«, sagte Rajewski in das Schweigen hinein. »Noch dazu einen, über den Gott *und* unser Zar die schützende Hand halten.«

Ein Lachen ging durch die Runde, dann reichte ihm sein einstiger Gegner die Hand. »Wir erwarten Großes von Ihnen, Thielmann!«
Dieser wäre auch gern bereit, Großes zu leisten; er konnte es kaum erwarten. Nur mangelte es ihm an Gelegenheit dazu. Unmittelbar nach seinem Übertritt, in Bautzen, bekam er verständlicherweise noch kein eigenes Kommando. Seine Pläne von der Sächsischen Division hatten sich mit dem schnellen Rückzug über Spree und Neiße erst einmal zerschlagen. Und nun galt Waffenruhe.
Von Tag zu Tag wurde er rastloser. Alles hier schien ihm so absurd: die festlichen Tafeln, das vergoldete Geschirr, die fein geschliffenen Kristallgläser, die üppigen Mahle, die nicht enden wollenden Trinksprüche auf das Wohl des Zaren. Sie saßen und dinierten und tranken, als befänden sie sich im prachtvollsten Palast von St. Petersburg. Dabei waren sie in einer Wartestellung zwischen Frieden und Krieg, zwischen Rückzug und Angriff, und alles in ihm brodelte, etwas zu unternehmen.
Der Kontrast der verschwenderisch gedeckten Tafel des Zaren zu den Elendsszenen auf dem Rückweg von Russland, die sich ihm unauslöschlich eingeprägt hatten, machte es ihm unmöglich, die Protektion durch Kaiser Alexander einfach nur zu genießen.
Deshalb trieb ihn auch an diesem Abend die Unruhe des Geistes aus dem Saal, sobald er die Gesellschaft verlassen durfte, ohne gegen die Etikette zu verstoßen.
Er war zu aufgewühlt, um gleich zu Bett zu gehen, hätte jetzt gern mit einem Freund gesprochen. Doch Carlowitz, Miltitz und auch Aster waren anderen Einheiten zugewiesen worden und nicht in der Nähe.
Als er an einer der hohen Flügeltüren vorbeiging, hielt er inne, und dann, aus einer plötzlichen Eingebung heraus, betrat er das leere Zimmer. Er hatte sich richtig erinnert; hier stand ein Pianoforte.

Zögernd ging er auf das Instrument zu, klappte den Deckel hoch und ließ die Finger über die Klaviatur gleiten. Eine saubere Tonfolge perlte heraus.

Er hatte schon jahrelang nicht mehr gespielt; die Zeiten waren einfach nicht danach gewesen. Und als er frierend und hungernd durch Russland gezogen war, während seine Männer vor seinen Augen starben oder deren Glieder erfroren, da hätte er selbst keinen Groschen mehr für sein Leben gegeben. Niemals wäre ihm der Gedanke gekommen, noch einmal mit diesen kälteklammen Fingern ein Musikinstrument zum Klingen zu bringen, überhaupt alle Finger an den Händen zu behalten.

Hatte ihn das Leben am Zarenhof zu weit vom Krieg entfernt, von dem, was eigentlich seine Aufgabe war?

Erst sacht, dann kraftvoller schlug er die ersten Töne des Liedes an, das gerade sein ganzes Denken ausfüllte. Obwohl er lange nicht mehr gespielt hatte, wusste er noch jede Note und vergaß bald alles um sich herum.

Erst als der letzte Ton verklungen war, entdeckte er den Zuhörer an der Tür.

»Ich wollte nicht stören. Von wem ist dieses Stück?«, fragte der junge Prinz Eugen von Württemberg. »Es kommt mir so vertraut vor, obwohl ich meine, es noch nie gehört zu haben.«

Sofort erhob sich Thielmann. »Königliche Hoheit!«

Doch Prinz Eugen bedeutete ihm mit einer Handbewegung, auf Formalitäten zu verzichten, und strich sich mit einer ruhigen Bewegung durch die braunen Locken.

»Setzen Sie sich und tun Sie mir die Freude, es noch einmal zu spielen! Vielleicht erkenne ich es ja diesmal«, meinte er und zog einen der grazilen Stühle zu sich heran, um Thielmann von dem Dilemma zu erlösen, dass er nicht sitzen durfte, während ein Angehöriger eines Königshauses stand.

»Das ist unwahrscheinlich, Hoheit. Die Komposition ist recht unbekannt; das Werk eines guten Freundes aus Dresden, Körner. Auf Schillers Ode *An die Freude*.«

»Körner ... *der* Körner, der Schiller bei sich in Sachsen aufnahm, als dieser in Nöten war?«, fragte Eugen von Württemberg sofort zurück. »Erzählen Sie das meinem Lehrer Wolzogen, und Sie bereiten ihm eine große Freude. Sein Bruder Wilhelm war Schillers Kamerad auf der Stuttgarter Militärakademie, später wurde er sein Schwager. Jetzt weiß ich auch, warum mir das Stück so bekannt vorkam. Es war der Geist, nicht die Noten!«

Thielmann kannte diese Verbindung, und er schätzte den Oberst Ludwig von Wolzogen – nicht nur wegen der Vermittlung nach seiner Ankunft im Hauptquartier der Alliierten, sondern auch für seinen außerordentlichen militärischen Sachverstand.

»Mein Freund Körner betrachtet diese Komposition eher als Provisorium«, erklärte er, nachdem er das Stück noch einmal gespielt hatte. »Er komponiert nur aus Liebhaberei ...«

»Oh, das tat ich auch, als ich jung war«, gestand Prinz Eugen lächelnd. »In einer Nacht habe ich etwas zusammengeschrieben und nannte es auch noch dreist Oper. Aber ich hatte einen wirklich begabten Musiklehrer, kaum älter als ich damals: Carl Maria Weber. Er ist jetzt in Prag, wie ich glaube, und nennt sich *von* Weber ...«

»Körner und ich hoffen immer noch, dass sich einer der großen Komponisten Schillers Ode annimmt«, fuhr Thielmann fort. »Gerüchteweise soll Beethoven daran arbeiten. Es könnte ein Hymnus für ganz Europa werden.«

Mit einer entschlossenen Bewegung klappte er den Klavierdeckel zu. »Aber nicht jetzt. Unter den Waffen schweigen nicht nur die Gesetze, sondern auch die Musen.«

»Wolzogen erzählte mir, dass Ihr erster Empfang durch den Fürsten Wolkonsky recht kühl ausfiel«, meinte Eugen von Württemberg mit ironischem Blick. »Machen Sie sich nichts daraus! Wie Sie sehen, ist beinahe die Hälfte der Generalität deutscher Herkunft. Und die Russen legen verständlicherweise

großen Wert darauf, vor allem die Leistungen der russischen Feldherren zu würdigen.«
Er ging zur Tür und befahl seiner draußen wartenden Ordonnanz, Sekt und Gläser zu bringen.
»Wie Sie den Rückzug des Heeres von Bautzen deckten, war eine Glanzleistung«, sagte Thielmann mit ehrlicher Anerkennung. »Vielleicht nehmen Sie dieses aufrichtige Lob von einem dienstälteren Deutschen entgegen, wenn es Ihnen der Zar nicht zugestehen will.«
Prinz Eugen lächelte verhalten. »Ich bin dem Zaren, meinem Cousin, treu ergeben. Nur fällt es ihm schwer, das zu glauben, da mich sein Vater einst über alle Maßen auszeichnete. Dem Vater unseres Zaren gefiel es, mich mit acht Jahren zum Oberst und mit zehn Jahren zum Generalmajor seiner Armee zu befördern. Damit tat er mir trotz aller Ehre keinen Gefallen, denn ein General von zehn Jahren ist natürlich ein äußerst lächerlicher Anblick. Deshalb fühle ich mich verpflichtet, mir diesen Rang erst auch wirklich zu verdienen.«
»Das haben Sie spätestens in Smolensk!«
»Smolensk ... war aus taktischer Sicht eigentlich nichts anderes als unlängst bei Bautzen«, erwiderte Eugen und füllte schwungvoll die Gläser, ohne die Flasche danach abzustellen. »Wir sind zu dieser Schlacht nur angetreten, um der Welt noch einmal zu zeigen, dass wir kampfbereit und von den Gegnern zu fürchten sind, bevor wir uns geordnet zurückzogen. Einen Rückzug ohne Kampf hätte weder die russische Armeeführung noch das russische Volk akzeptiert. So wie wir jetzt bei Bautzen noch einmal Flagge zeigen mussten, damit die Österreicher nicht an uns zweifeln und am Ende doch zu den Franzosen zurückkehren.«
»Wie später Moskau war Smolensk vollkommen geräumt, wir fanden dort kein Korn und keine Krume Brot«, konstatierte Thielmann nachdenklich. »Beide Städte waren zu schnell und zu gründlich geleert für eine spontane Flucht der Bevölkerung.

Wenn Sie mir die Frage gestatten, Hoheit: Trifft das Gerücht zu, dass Sie und der Oberst von Wolzogen diese Taktik, den Rückzug in die Weiten des Landes, schon Jahre vor Bonapartes Angriff auf Russland empfohlen haben?«
Eugen von Württemberg nickte. »Ja, in unserer Denkschrift *Über Napoleon und die Art, gegen ihn Krieg zu führen.* Ich hatte mit Wolzogen einen ausgezeichneten Lehrer in taktischer Ausbildung, und diese Frage diskutierten wir schon, als ich noch ein Junge war. Den überlegenen Feind, den wir nicht an den Grenzen aufhalten konnten, in die Weite des Landes zu locken, ihm immer wieder auszuweichen und dafür zu sorgen, dass er sich in diesem riesigen Land nicht verpflegen kann – ja, das war unser Plan. Den Feind nicht in einer großen Schlacht, sondern durch den Hunger besiegen, mit Kosakenabteilungen seine Proviantierungskolonnen stören, ihn schwächen und ermüden und dann mit geballter Kraft zuschlagen! Vor drei Jahren reichten wir diese Denkschrift ein, und der Zar war davon sehr angetan. Auch wenn er das nicht offen aussprechen konnte – mit Rücksicht auf seine Generalität, die kämpfen wollte, und auf das Volk, das noch an einen schnellen Sieg glaubte.«
»Haben *Sie* auch empfohlen, Moskau niederzubrennen, falls es eingenommen werden sollte?«, fragte Thielmann, nun noch mehr verwundert und beeindruckt von der Brillanz dieses ungewöhnlichen jungen Generals.
Prinz Eugen trank sein Glas leer, stützte einen Arm auf den Kaminsims und drehte den Stil des kunstvoll geschliffenen Glases gedankenversunken zwischen den Fingern.
»Wir schlugen es vor. Aber diese Entscheidung konnten nur die Russen selbst treffen. Sie taten es mit einer Härte gegen sich selbst, die ganz Europa zum Staunen brachte und Respekt abnötigte. Napoleon sollte sich seines Sieges nicht erfreuen. Der Qualm der brennenden Stadt und der Mangel an Nahrung haben ihn und seine Männer fortgetrieben.«
»Die Strategie ging auf«, konstatierte Thielmann nüchtern. Wie

viel von Moskaus Häusern war wohl inzwischen instand gesetzt oder wiedererbaut worden?
»Ja, nur wird aus den genannten Gründen nie davon die Rede sein, dass dies keine russische Idee war. Soll Kutusow dafür gerühmt werden; er war ein verdienstvoller Mann. Obwohl er bei Annahme des Oberbefehls noch drängte, das ewige Rückziehen müsse ein Ende haben. Das hat uns bei Borodino viel Blut gekostet. Wolzogen und ich plädierten übrigens dafür, Napoleons Streitmacht zu verfolgen und gefangen zu nehmen. Das wurde abgelehnt. Es hätte vielen Männern viel Leid erspart.«
»Ja, das hätte es«, meinte Thielmann bitter und fragte sich, ob er dann wohl noch am Leben wäre. So unbeschreiblich qualvoll, wie viele seiner Männer starben, hätten die meisten von ihnen sicher einen schnellen Tod bevorzugt. Doch dann musste er plötzlich an diese Frau denken, die in Torgau vergeblich nach ihren vier Söhnen gesucht hatte. Lisbeth Tröger.
Wenn er ihr wenigstens einen der Jungen hätte heimbringen können! Sie hätte ihn freudig in die Arme geschlossen, auch wenn ihm ein Bein fehlte oder ihm die Zehen abgefroren wären ...
Doch falls er ihre Söhne unversehrt wieder mit nach Torgau geführt hätte, würden sie in der nächsten Schlacht erneut auf französischer Seite stehen. Und er auf der anderen.
Mit einem Ruck trank er sein Glas aus und erforschte das Gesicht des fünfundzwanzigjährigen Taktikgenies. Eine Frage brannte ihm auf dem Herzen. Nur war er sich nicht sicher, ob und wie er sie vorbringen sollte.
Eugen von Württemberg verstand das Schweigen und forderte sein Gegenüber mit einem Blick auf, offen zu sprechen.
»Gestatten Sie mir noch eine Frage, Hoheit. Sie haben als Württemberger gegen Württemberger gekämpft ...«, begann Thielmann.
»Abgesehen davon, dass ich mich eher als Schlesier fühle, weil ich meine Kindheit in Schlesien verbrachte, bis ich an den Za-

renhof gerufen wurde – ja«, erwiderte Eugen, der sofort begriff, worauf sein Gegenüber hinauswollte. »Wenn Sie eine ehrliche Antwort wollen: Man gewöhnt sich nicht daran. Das ist ein Krieg, der durch die Nationen, die Völker, die Familien geht. Als Angehöriger der Kaiserlich-Russischen Armee kämpfe ich gegen die Truppen meines Onkels, des Königs von Württemberg, der als Regent eines Rheinbundstaates Napoleon Kontingente zu stellen hat. Ich hatte mit meinen Soldaten versucht, verwundete Landsleute zu retten. Aber Sie können selbst ermessen, wie gering die Chancen waren, sie am Leben zu erhalten. In Smolensk sah ich, wie einer unserer Gardeobristen unter den toten Feinden einen polnischen Vetter entdeckte. Es gibt Tausende solcher Schicksale. Wenn der Waffenstillstand abgelaufen ist und dieser Krieg weitergeht – und selbstverständlich wird er weitergehen –, werden Sie auch gegen Deutsche kämpfen. Und was es noch schwerer macht: Sie werden diesmal unter den Gegnern Männer vor sich haben, die Sie selbst ausgebildet haben, mit denen Sie an einem Tisch saßen.«
Er legte eine kurze Pause ein, bevor er weitersprach.
»Aber das haben Sie bei Ihrem Entschluss, zu den Alliierten überzutreten, gründlich abgewogen. Sie sind jetzt hier. Lassen Sie uns darauf trinken, dass sich Sachsen und Württemberg schnell entschließen, die Seiten zu wechseln!«
Schwungvoll goss er sich und Thielmann aus der halb vollen Flasche ein, die er immer noch in der Hand hielt, ohne auch nur einen Tropfen zu vergeuden.
»An meine Männer in Torgau appellierte ich vergeblich, mir zu folgen«, berichtete Thielmann mit finsterer Miene. »Und den Plan mit der Sächsischen Division, den der Zar billigte, kann ich hier auch nicht verwirklichen.«
»Ich wollte schon längst eine Deutsch-Russische Legion aufstellen, aber auch daraus wurde nichts«, entgegnete Prinz Eugen. »Der Zar gab den Auftrag an den Herzog von Oldenburg, aber der ist kein Militär, was die Sache kompliziert macht. Also

habe ich um Urlaub nachgesucht, werde morgen zu meinen Eltern reisen und rechtzeitig zum Ablauf der Waffenruhe wieder hier sein. Was sind Ihre Pläne?«
»Ich bin es leid, hier nur zu warten und nichts zu tun. Ich würde gern eine Streifschar aus Freiwilligen aufstellen.«
»Während des Waffenstillstandes?«, fragte Prinz Eugen mit hochgezogenen Augenbrauen.
»Der Waffenstillstand ist befristet auf sechs Wochen. So lange muss ich hinter der Demarkationslinie bleiben. Aber zusammenstellen und ausbilden könnte ich so ein Korps schon.«
»Sie sind ein tüchtiger Mann, Thielmann, und ein hervorragender Offizier«, meinte Prinz Eugen, den dieser Plan offensichtlich überraschte. »Tun Sie das, sprechen Sie mit dem Zaren darüber! Ich bin überzeugt, wenn die Waffenruhe erst abgelaufen ist, werden Sie den Feinden ordentlich zu schaffen machen.«

Gemeinsame Pläne

In einem Wald zwischen Schwabhausen und Magdala in Thüringen, 4. Juni 1813

Der Rittmeister von Colomb übergab Leutnant Katte das Kommando für die Zeit seiner Abwesenheit und wählte drei Begleiter aus, um die Lützower aufzusuchen: Leutnant Eckardt sowie – zu deren Überraschung – Richard und Felix.
»Sie wollen doch sicher Ihren Kommilitonen einen Besuch abstatten?«, meinte er milde lächelnd.
Es war nur ein kurzer Marsch durch den Wald, bis sie das Lager erreichten, das deutlich größer war als ihres, aber nicht groß genug für dreitausend Mann. Offenbar hatte der Major von Lützow seine Truppen geteilt.

Der schwarz uniformierte Reiter führte sie geradewegs zu seinem Kommandeur, dem Anführer des berühmtesten deutschen Freiwilligenkorps.
Von Colomb salutierte.
»Herr Major, es ist mir eine Ehre, Sie zu sehen! Dies ist mein Adjutant Leutnant Eckardt, Justizrat aus Berlin. Haben Sie Neuigkeiten vom Kriegsverlauf? Wir sind seit Wochen ohne Kontakt zum Hauptquartier, und den Zeitungen darf man nicht glauben.«
Freiherr Ludwig Adolf Wilhelm von Lützow hieß sie willkommen. »Darf ich Ihnen meinen Chef der Kavallerie vorstellen, Rittmeister von Bornstaedt? Machen Sie es sich bequem!«
Die vier Offiziere begrüßten einander und ließen sich im dichten Waldgras nieder. Colomb erlaubte seinen etwas abseits wartenden Freiberger Bergstudenten, sich im Lager nach Bekannten umzuschauen.
Von Lützow stellte in Aussicht, dass das Essen gleich fertig sei, und lud die beiden Anführer des kleinen Streifkorps zur Mahlzeit ein.
»Meinen Glückwunsch zu Ihrem glanzvollen Erfolg in Zwickau!«, sagte er. »Alle Welt redet davon.«
Colomb und Eckardt bedankten sich und kamen gern der Aufforderung nach, die Einzelheiten ihres Husarenstücks zu erzählen.
»Hier habe ich etwas, das Sie interessieren dürfte«, meinte der Major, ließ sich eine Kiste mit Dokumenten bringen, suchte darin, bis er einen bestimmten Brief gefunden hatte, und reichte ihn Colomb mit einem ironischen Lächeln.
»Vom französischen Gesandten am Münchner Hof nach Dresden; es betrifft Sie und Ihre Männer. Wir haben das einem Kurier abgenommen. Eine Liste der Maßnahmen, um mit Ihrer Schar endlich fertigzuwerden. Dazu bitten sie Sachsen um Beistand.«
Colomb lachte. »Zwei Königreiche gegen neunzig Mann? Ich

sollte mich geschmeichelt fühlen. Doch eigentlich ist es schon fast eine Posse.«

Er reichte den Brief an seinen Leutnant Eckardt weiter, der bei der Lektüre ebenfalls amüsiert wirkte.

»Behalten Sie ihn und schicken Sie ihn mit Ihrem nächsten Rapport an General Blücher«, schlug der Major vor.

Colomb bedankte sich und schob das Schreiben in seine Säbeltasche. Doch nun musste er die Fragen loswerden, die ihm die ganze Zeit schon unter den Nägeln brannten.

»Sind die Österreicher endlich auf unsere Seite übergetreten? Dieser Tage erhielten wir Nachricht, dass sich bei Leipzig leichte preußische Kavallerie aufhalten soll. Ist etwa die Nordarmee schon im Vormarsch?«

»Nein, das bei Leipzig waren wir«, erklärte Lützow zur Enttäuschung des Rittmeisters. »Ursprünglich sollte mein Korps nach Hamburg marschieren, um die Aufständischen und General Tettenborn zu unterstützen. Aber wir kamen nicht durch, und dann erhielten wir auch schon die schlimme Nachricht, dass Marschall Davout die Stadt erobert hat und Tettenborn kapitulieren musste. Nach der Schlacht um Bautzen vor zwei Wochen haben sich die Alliierten bis nach Schlesien zurückgezogen.«

»Dann sind wir hier also gänzlich auf uns gestellt«, konstatierte der Rittmeister von Colomb. Das waren sie zwar vom ersten Tag an, doch es veränderte die Situation grundlegend, wenn die eigenen Truppen so weit entfernt standen. Nicht zuletzt auch wegen der Schwierigkeiten, mit dem Hauptquartier in Verbindung zu treten. Nachrichten an seinen Schwager Blücher konnte er in regelmäßigen Abständen übermitteln, dafür hatte er einen Kontaktmann im böhmischen Eger. Doch es war kaum möglich, eilige Post zu empfangen.

»Ja, und ärgerlicherweise ist auch mein Kontakt zu General Scharnhorst abgebrochen, von dem ich meine Befehle erhielt«, gestand der Major ein.

»Scharnhorst wurde bei Großgörschen verwundet, ich war dabei«, berichtete Colomb. »Weil er meinte, für den Kampf vorerst nicht zu taugen, ritt er nach Prag, um Verhandlungen mit den Österreichern zu führen.«

»Die sich offenbar immer noch nicht entschieden haben«, sagte Lützow mit einem Anflug von Ärger. »Ich warte jeden Tag auf diese Nachricht! Wir agierten noch eine Weile in der Altmark, doch mit dreitausend Mann Infanterie waren wir nicht beweglich genug. Also habe ich die Infanterie unter Major von Petersdorff in Havelberg zurückgelassen, die nun General Woronzow unterstellt ist. Sie wird in drei Tagen zusammen mit Woronzows und Tschernitschews Kosaken einen Angriff auf Leipzig führen. Und ich mache inzwischen mit meiner Kavallerie die Gegend hier unsicher. Übermorgen wollen wir Hof angreifen.«

»Wie viele Berittene führen Sie mit sich?«, fragte Colomb nicht ohne Hintergedanken.

»Vierhundertfünfzig«, erklärte der Rittmeister von Bornstaedt. Ein paar Jäger brachten Schüsseln mit Eintopf und reichlich Fleisch und in dicke Scheiben geschnittenes Brot.

Herzhaft langten die Offiziere zu. Doch die Unterhaltung brach darüber nicht ab. Zu vieles war zu bereden, zu froh waren sie, einander getroffen zu haben – zwei Korpsführer der gleichen Armee mit gleichem Auftrag im Hinterland des Feindes.

»Ich hätte da eine interessante Sache in Aussicht«, begann Colomb und sah dem Major erwartungsvoll ins Gesicht. »Aber das kann ich mit meinen kaum neunzig Jägern allein nicht schaffen, seit der Erfurter Kommandant nur noch mindestens eintausendfünfhundert Mann starke Kolonnen ausschickt. Unternehmen wir diesen Angriff gemeinsam? So könnte es gelingen.«

Der Major von Lützow beugte sich gespannt vor. »Ich bin sehr interessiert ...«

»Ein sächsisches Korps soll in fünf Tagen, aus Mähren kommend, über die böhmische Grenze gehen, etwa zweitausend Mann, nach allem, was ich weiß«, berichtete der Rittmeister. »Aber sie müssen während des Marsches durch Böhmen ihre Waffen ablegen und auf Wagen transportieren. Erst nach Überschreiten der Grenze zum Vogtland dürfen sie die Gewehre wieder aufnehmen, und zwar in Adorf.«
Er lächelte ironisch. »Das klingt für mich nach einer freundlichen Einladung, uns die Waffen zu holen, bevor die Sachsen sie wieder tragen.«
»Abgemacht, ich bin dabei!«, entschied Lützow sofort und voller Euphorie.
»Sehr gut! Ich schlage vor, dass wir getrennt marschieren, aber ständig in Verbindung bleiben. Kleine Einheiten sind unauffälliger«, meinte Colomb. Lützow und Bornstaedt stimmten zu, und sofort verabredeten sie die Einzelheiten.

In kleiner Zahl unauffälliger zu sein war allerdings nur einer der Gründe, weshalb Peter von Colomb mit seiner Schar lieber allein weiterziehen und sich erst unmittelbar vor dem gemeinsamen Handstreich wieder mit den Lützower Jägern vereinen wollte.
Schon auf den ersten Blick hatte er bei dem berühmten Freikorps so viele Zeichen von Disziplinlosigkeit und schlechter Ausrüstung gesehen, dass es ihn fassungslos stimmte.
Manche der Waffen, die er sah, waren uralt; sie hätten noch aus der Zeit des Alten Dessauers stammen können. Doch es übte auch niemand mit den Waffen oder pflegte und reinigte sie, was bei einer Rast die wichtigste Beschäftigung der Männer zu sein hatte, sobald die Pferde versorgt waren.
Und der schlechte Zustand der Pferde – die der Offiziere ausgenommen – war es, der ihn als Husaren besonders aufbrachte. Er hatte noch nie so viele dermaßen vernachlässigte Pferde gesehen. Kaum eines trug einen Futtersack, obwohl viele mager

und struppig waren; bei etlichen wiesen wunde Stellen darauf hin, dass die Sättel nicht passten. Vermutlich hatten diejenigen, die sich nicht selbst ausrüsten konnten, englische Sättel bekommen wie sein Kommando anfangs auch, und die waren für die meisten der einheimischen Pferde zu eng. Er hatte seine Leute nicht eher aufbrechen lassen, bevor sie die Sättel in tagelanger Arbeit den Pferden angepasst hatten, damit keines Druckstellen bekam oder gar wundgerieben wurde. Inzwischen hatten sie genug gute Sättel erobert, um sich besser auszustatten. Und seine beiden Freiberger Neuzugänge konnte er auch mit erbeuteten Waffen ausrüsten.

Aber das war noch nicht alles, was ihm an diesem Lager missfiel.

Hier wurde nicht gegrüßt, nicht einmal er und Eckardt als Offiziere; die Freiwilligen liefen schwatzend und rauchend an ihnen vorbei. Die Wachen lehnten lässig an einem Baum und blickten überallhin, nur nicht in die Richtung, aus der ein Feind kommen könnte. Pferde und Gepäck standen kreuz und quer, so dass im Fall eines Angriffs ein heilloses Durcheinander ausbrechen würde, und auch die Kleiderordnung ließ zu wünschen übrig. Nur in Hemd und Hose durchs Biwak zu laufen, im Gehen zu rauchen oder gar zu trinken – das würde es unter seinem Kommando nicht geben.

Dafür hatte sich an einer Stelle eine größere Gruppe zusammengefunden, die lauthals und begeistert zur Gitarre sang, ein Stück weiter wurden Gedichte deklamiert.

Seine Männer sangen und scherzten manchmal auch am Biwakfeuer. Aber erst nachdem alle Arbeit getan war und nur, wenn garantiert kein Feind sie hören konnte.

Peter von Colomb war Militär durch und durch, und es störte ihn sehr, was hier vor seinen Augen ablief.

Sicher, die Männer in diesem Teil des Lagers waren eindeutig alles Freiwillige. Bei den Husaren, Ulanen und Kosaken der Lützowschen Schar würde es *sehr* anders zugehen, und deren

Pferde waren garantiert in tadellosem Zustand. Ihre Besitzer wussten, wie wichtig ein gutes Verhältnis zwischen Reiter und Pferd für das Überleben im Kampf war.
Allerdings fand er bei aller Kritik, es stehe ihm nicht zu, nur nach diesem ersten Eindruck ein Urteil über den Major von Lützow zu fällen.
Er, Colomb, hatte sich seine Mitstreiter sorgfältig auswählen und gründlich vorbereiten können. Lützow dagegen musste vermutlich jeden nehmen, der sich bei ihm meldete, und noch dankbar sein für den Patriotismus der Leute, die ihm zuströmten. Doch die meisten Freiwilligen waren militärisch vollkommen unerfahren, und Lützow hatte weder Zeit gehabt noch ausreichend erfahrene Offiziere bei sich, um die Rekruten richtig auszubilden.
Nun, nach eigener Betrachtung dieses Korps, fand Peter von Colomb auch die Festlegung seines Königs wenig glücklich, dass sich alle Freiwilligen Jäger auf eigene Kosten ausrüsten mussten. Schon die schwarzgefärbten Jacken waren ein Sammelsurium verschiedenster Kleidungsstücke. In etlichen erkannte Colomb einstmals rote englische Uniformjacken wieder. Sicher, auch die Uniformen seiner Männer hatten nach den Wochen auf dem Marsch und den vielen Nächten im Wald gelitten. Doch niemals hätten seine Leute ihre Waffen und ihre Pferde so vernachlässigt.
Die meisten, die ich hier sehe, kamen als Zivilisten und sind Zivilisten geblieben, auch wenn sie jetzt eine schwarze Litewka tragen, dachte er missfällig und enttäuscht. Hier wird gesungen und gedichtet, statt sich auf den Kampf vorzubereiten, herumdiskutiert, statt Befehle zu befolgen.
Das sollte nicht auf seine Truppe abfärben und ihr womöglich zum Verhängnis werden. Deshalb hielt er es für besser, getrennt zu marschieren und sich erst kurz vor der geplanten Unternehmung in Adorf wieder zu vereinen.
Ein einziger Seitenblick auf Eckardt verriet ihm, dass der Leut-

nant das Gleiche dachte wie er, obwohl Eckardt vor ein paar Monaten auch noch Zivilist gewesen war. Sein Gesicht sprach Bände. Wortlos entfernten sie sich vom Lagerplatz des Majors, während unter ihren harten Tritten trockene Äste und Zapfen knackend brachen.

Richard wirkte auf Felix völlig aus dem Häuschen, als sie gemeinsam durch das Lager schlenderten und nach bekannten Gesichtern Ausschau hielten. Es mussten noch mehr Freiberger Bergakademisten bei den Lützowern sein, aber vielleicht waren die bei der Infanterie. Theodor Körner zumindest sollte hier sein. Immerhin war er der Adjutant des Majors.
»Der Major von Lützow! Der Freiheitsheld Deutschlands!«, schwärmte Richard, während sie sich den Weg zwischen Bäumen, unzähligen kleineren Lagerplätzen und hingeworfenen Gepäckstücken bahnten. »Und ich stand nur fünf Schritte von ihm entfernt! Na gut, vielleicht waren es zehn. Trotzdem, das werde ich nie in meinem Leben vergessen. Ich hab ihn mir viel älter vorgestellt. Weil er doch so viele Jahre bei der Armee ist und schon unter Schill als Offizier diente. Ob seine Frau auch hier ist? Sie soll wunderschön sein und ihn im Feld begleiten.«
»Aber bestimmt nicht mit der Kavallerie. Sie wird wohl weiter anwerben«, unterbrach Felix seinen Redeschwall. »Der Major ist Anfang dreißig und als Adliger dreizehnjährig in die preußische Armee eingetreten, das solltest du als Preuße eigentlich wissen. Merkwürdig, ich kann mich an ihn überhaupt nicht mehr erinnern, wenn ich an jenen Tag in Köthen denke – nur an seinen Bruder. Vielleicht war er nicht dabei …«
Auch er fand es aufregend, durch das Lager der berühmten Lützower Jäger zu schlendern. Mit ihren schwarzen Bergkitteln fielen sie gar nicht auf; es war, also ob sie dazugehörten. Da und dort nickte ihnen jemand zu, begrüßte sie mit »Brüder«. Doch nicht nur wegen dieser Anrede hatte Felix den Eindruck, dass das Leben hier sehr anders verlief als unter dem strengen

Kommando des Rittmeisters. Überall saßen Männer um Biwakfeuer, sangen Lieder, deklamierten Gedichte ...
»Wir müssen unbedingt Theo Körner finden und mit ihm reden. Mit dem Dichter der Freiheit! Davon werde ich noch meinen Kindern und Enkeln erzählen«, schwelgte Richard hemmungslos weiter. »Aber bei den Leuten, die dort drüben singen, ist er nicht. So ein Pech ...«
»Zuerst einmal: Du hast gar keine Kinder!«, fuhr ihm Felix in die Parade, den so viel Überschwang zu stören begann. »Oder gibt es da etwas, wovon du mir noch nicht erzählt hast? Und selbst *falls* wir Körner hier entdecken – unter welchem Vorwand willst du ihn ansprechen? Er ist Adjutant des Majors, er wird viele Pflichten haben. Ich kenne ihn ja nicht einmal persönlich. Er war schon nach Leipzig gegangen, bevor ich nach Freiberg kam.«
Doch Richard sah darin überhaupt kein Problem. »Wir können ihm Grüße vom Professor ausrichten, das wäre dem guten alten Werner sicher recht. Der Theo ist bestimmt irgendwo, wo besonders viele Leute versammelt sind und ihm zuhören. Lass uns weiter nach links gehen und dort suchen.«
»Vielleicht hat er sich auch an einen ruhigen Ort zurückgezogen, um zu schreiben«, warf Felix ein. »Oder er schläft.«
Dafür erntete er einen erbosten Blick. »Der Dichter der Freiheit schläft nie! Er schmiedet Vers um Vers, um das geknechtete Volk aufzurütteln.«
Felix verdrehte die Augen hinter den Brillengläsern. »So ein Unfug. Jeder muss irgendwann einmal schlafen.«
Manchmal war die Großsprecherei des Freundes wirklich nicht zu ertragen.
Plötzlich erstarrte er.
Verwundert blieb auch Richard stehen. Dann folgte er Felix' Blickrichtung, und aus dem sich bietenden Bild und der wütenden Miene des Freundes erkannte er, dass sie beide gleich in Schwierigkeiten geraten würden. Aber er schaffte es nicht mehr,

Felix aufzuhalten, denn schon stürmte der auf ein paar kräftige junge Burschen zu, die gerade ihre Pferde absattelten.

»Was habt ihr mit den Pferden gemacht?«, schrie er sie an. »Die sind doch vollkommen zuschanden geritten! Schlecht ernährt und wund geritten. Seht ihr das nicht? Sie brauchen Hafer, und die Sättel sind zu eng. Die Haut ist bis aufs rohe Fleisch durchgescheuert! Wenn ihr sie weiterhin so schindet, könnt ihr sie übermorgen zum Rossschlächter bringen.«

Einer der drei Burschen, einen Kopf größer als Felix, breitschultrig und mit klobigen Händen, drehte sich zu dem aufgebrachten Studenten um.

»Was geht dich das an? Denkst wohl, du bist besonders schlau, nur weil du eine Brille trägst?«

Er wollte dem Kleineren die Gläser vom Gesicht reißen, doch das verhinderte Richard, indem er rasch neben seinen Freund trat und den Arm des anderen wegschob. »Hört lieber auf ihn, er kennt sich mit Pferden aus, ist auf einem Gestüt aufgewachsen.«

»Ja, und? Auch noch ein *feiner Herr* mit Brille«, höhnte der Zweite, dessen Nasenbein nach einem Bruch schief zusammengewachsen war, mit schwankender Stimme. »Der will uns befehlen? Wer seid ihr überhaupt? Was sind das für merkwürdige Kittel, die ihr tragt? Ihr seid doch keine von uns.«

»Wir sind Bergstudenten aus Freiberg und Volontärjäger unter dem Kommando des Rittmeisters von Colomb«, sagte Felix, so bestimmt er konnte. In Gedanken malte er sich schon aus, wie die Bestrafung für alle Beteiligten ausfallen würde, wenn dies hier in eine handfeste Schlägerei umschlug.

Das schien der Größte der drei auch gerade zu überlegen und sah deshalb davon ab, Felix die Brille herunterreißen zu wollen.

»Dann seid ihr keine von uns«, stellte er fest, nahm einen großen Schluck aus der Flasche und reichte sie an den Dritten weiter, der strähniges, rostfarbenes Haar und auffallend schlechte Zähne hatte.

»Hör mir mal gut zu, du Zwerg! Ich weiß nicht, wer du bist

und weshalb du meinst, *mir* etwas vorschreiben zu können. Aber wir haben nun mal nur diese kleinen Sättel von den Engländern, Gott segne ihren König Georg dafür. Das heißt, die Gäule müssen sich damit abfinden.«

»Besorgt euch doch einfach größere!«, schlug Richard mit hintersinnigem Grinsen vor. »Erbeutet ihr Helden des Vaterlandes nicht jeden Tag welche?«

Das hätte er lieber nicht sagen sollen, denn damit war der kurze Waffenstillstand zwischen ihnen aufgehoben.

Die Faust des Wortführers flog auf ihn zu, Richard wehrte den Schlag ab und holte selbst aus, und schon war eine handfeste Prügelei im Gange.

Richard teilte aus, so gut er konnte, doch die drei hatten unverkennbar die Erfahrung zahlloser Schlägereien und noch dazu reichlich getrunken. Aber Wirtshauserfahrung hatte er auch, und er war nüchtern. Deshalb stand er noch, als Felix bereits am Boden lag und der Krummnasige auf ihn einhieb. Dann traf ihn ein Schlag gegen das Kinn, sein ganzer Körper vibrierte, vor seinen Augen platzten Sterne, und ein ausgestreckter Arm riss ihn zu Boden.

Ein donnerndes »Achtung!« brachte die Kämpfenden zum Erstarren.

Mühsam rappelten sie sich auf und klopften sich die Tannennadeln von den Kleidern. Felix kam als Letzter hoch, weil er erst nach seiner Brille suchen musste. Er bog sie wieder zurecht und setzte sie auf. Aber auch ohne etwas sehen zu können, hatte er an der Stimme erkannt, dass das Kommando von Leutnant Eckardt gekommen war. Und erwartungsgemäß stand neben ihm mit finsterer Miene der Rittmeister von Colomb.

Beschämt starrte er auf den Waldboden, während der Rittmeister die Streithähne musterte.

Sie hatten sich nicht nur einfach so geprügelt, sie hatten sich mit den Lützowern geprügelt! Dieser Gedanke erfüllte Felix mit Schrecken, während er sich Blut von der aufgeplatzten Lippe

wischte. Die Schande war unauslöschlich und würde auf die ganze Mannschaft des Rittmeisters zurückfallen. Dem blieb jetzt gar nichts mehr übrig, als sie nach Hause zu schicken.
Richard wollte zu einer Erklärung ausholen, aber da er nicht zum Sprechen aufgefordert wurde, schwieg er, so schwer es auch fiel.
Sein Vorgesetzter brauchte keine Erklärung. Ein Blick auf den Zustand der Pferde genügte ihm, um zu wissen, weshalb sich sein Volontärjäger Zeidler offensichtlich aufgeregt hatte. Und ein Blick auf die fast leere Branntweinflasche auf dem Waldboden erklärte ihm, weshalb die drei Burschen so schnell mit den Fäusten ausholten.
»Volontärjäger Karlmann und Zeidler, Sie begleiten mich zurück in unser Lager!«, befahl der Rittmeister nach längerem Schweigen streng.
Die drei fremden Burschen grinsten und wurden dafür von Colomb sofort angeherrscht: »Nehmen Sie gefälligst Haltung an, wenn ein Offizier zu Ihnen spricht!«
Das zeigte Wirkung. Erschrocken standen die drei in Hemd und Hose stramm, sahen voller Bedauern, wie sich der letzte Inhalt der vom Rittmeister beiseitegestoßenen Flasche glucksend in den Waldboden ergoss, und ließen die nun folgende Philippika über sich ergehen.
»Sie stehen nicht unter meinem Kommando, deshalb liegt es nicht bei mir, Sie zu bestrafen. Dennoch sollten Sie sich meine Worte gut einprägen. Schauen Sie sich Ihre Pferde an! Sie sind eine Schande für die Lützowschen Jäger. Nicht die Pferde, Sie drei meine ich! Kümmern Sie sich darum, dass die Tiere besser verpflegt werden, versorgen Sie deren Wunden und feilen Sie die Sättel zurecht, sonst werden Sie sehr bald zu Fuß gehen müssen!«
»Jawohl, Herr Rittmeister«, antworteten die drei wie aus einem Mund. Wenigstens hatten sie gelernt, den Rang eines höhergestellten Offiziers an der Uniform zu erkennen.

Vorsichtig sah Felix in das Gesicht seines Vorgesetzten, weil er einen strengen Tadel dafür erwartete, dass er schon wieder Streit vom Zaun gebrochen hatte. Aber der Rittmeister von Colomb wirkte eher zufrieden als verärgert; einen Augenblick lang schien es sogar fast so, als ob ein Lächeln über sein Gesicht huschte, während er Felix ansah.

Schlechte Nachrichten

Freiberg, 4. Juni 1813

»Un, deux, trois, quatre«, rief der Tanzmeister in den Saal und klatschte dabei in die Hände. Er ließ sich Maître nennen, Maître Jean Meunier. Dabei wusste jeder hier, dass er eigentlich Hans Müller hieß und seinen Namen nur ins Französische übersetzt hatte.

»Und die Mühle!«, kommandierte er die Tanzeleven, die froh über dieses Element waren, denn hierbei konnte ihnen nicht viel misslingen. Je zwei Paare legten ihre rechten Hände übereinander und gingen vier Takte rechtsherum im Kreis, dann drehten sie sich um und absolvierten die Mühle linksherum.

Die Frau des Maître klimperte sichtlich gelangweilt auf einem Piano die ewig gleiche Melodie, so dass Jette langsam befürchtete, die Tonfolge würde sie noch bis in den Schlaf verfolgen.

»Nun stehen sich die Paare wieder gegenüber, Damen und Herren gehen elegant aufeinander zu und bilden mit den Schultern eine Linie«, rief der Maître, und seine acht Eleven schafften es wirklich, einen Takt lang eine ordentliche Linie zu bilden.

»Zurück, nun noch einmal mit der linken Seite voran. Und zurück. Attention! Dame und Herr berühren sich an den rechten

Handgelenken und drehen sich umeinander ... und jeder wieder an seinen Platz. Nun das Ganze noch einmal linksherum.«
Bis hierher fühlte sich Jette einigermaßen sicher mit den Tanzschritten, auch wenn sie den Maître nicht mochte. Er war affektiert, seine Kleidung war grell, Hemd und Jabot mit Rüschen überladen, er hatte sogar sein Gesicht geschminkt und prahlte dauernd damit, er würde ihnen die neuesten Kontratänze beibringen, die am Dresdner Hof getanzt wurden.
Manchmal hatte sie Spaß am Tanzunterricht, manchmal war er ihr einfach nur lästig. Sie half nun vormittags wieder in den Lazaretten, und der Kontrast zwischen der Düsternis und dem Leid dort und der Lächerlichkeit dieses Maître konnte nicht größer sein. Doch der Major hatte darauf bestanden, da nun die Waffenruhe offiziell bestätigt war.
Und das war es wohl eigentlich, das ihr den Unterricht verleidete: die Aussicht, mit Étiennes Vater tanzen zu müssen.
»Die Hecke der Damen!«, forderte der Maître auf. »Jede von Ihnen läuft eine Acht um die anderen Damen herum, die rechte Schulter voran.«
Spätestens das war der Punkt, wo der Gleichklang zwischen den Tanzenden erstarb, denn mindestens eine lief immer falsch herum, so dass die Mädchen prompt in Gekicher ausbrachen, als Magda, die Hübscheste, mit der kleinen Giselle kollidierte, weil sie den Bogen verkehrt herum eingeschlagen hatte.
»Die Hecke der Herren!«, forderte der Maître, und auch hier kam Durcheinander auf, bis schließlich alle Schüler lachten.
Das Klavierspiel brach jäh ab.
Mit strafendem Blick sah die Frau des Meisters, die im Gegensatz zu ihrem aufgeputzten Mann ein schlichtes dunkles Kleid und eine Brille trug, auf die unkonzentrierten Schüler. Das hier war doch kein Spaß, sondern ein wichtiger Teil standesgemäßen Auftretens! Nur wer im Tanzsaal Eleganz zeigte und jedes Element souverän beherrschte, konnte in der Gesellschaft bestehen und Eindruck hinterlassen. Verstanden diese jungen

Gänse denn nicht, dass sie wohl kaum eine gute Partie machen würden, sofern sie nicht *sehr, sehr* reich waren, wenn sie nicht bei ihrem ersten Ball durch Grazie die Blicke der Herren auf sich zogen? Und das setzte perfekte Beherrschung der Schrittfolgen voraus.

Auch der Tanzmeister zeigte sich ungehalten und ließ seine Schüler so lange üben, bis alle die Hecke beherrschten. »Jetzt den Tanz im Ganzen, aber bitte fehlerfrei!«

Ordentlich stellten sich die Paare gegenüber auf; jeweils Mädchen und Jungs in einer Reihe. Jette hatte das Glück, den einzigen Tanzpartner zu bekommen, der etwas älter war als sie: Sebastian, ein Großneffe des Oberberghauptmanns von Trebra, ein hübscher Bursche mit Locken fast in der gleichen Farbe wie ihr Haar, der bereits so gut tanzen konnte, dass er eigentlich gar nicht hierhergehörte.

Die anderen Jungs – unter ihnen auch Eduard in neuer Hose und neuer Jacke – waren höchstens fünfzehn und noch halbe Kinder.

Nach einem eifersüchtigen Blick auf Sebastian von Trebra schaffte es Eduard, die schöne Magda für sich als Tanzpartnerin zu gewinnen, die Tochter eines der Ratsherren.

Die Burschen verneigten sich, die Mädchen knicksten, und wieder hämmerte die Frau des Maître die Melodie ins Klavier. Diesmal schafften es alle acht, den Tanz in voller Länge im Einklang zu absolvieren.

Erleichtert strahlte Jette Sebastian an, der lächelte zurück – er lächelte sie sowieso die ganze Zeit an – und meinte: »So macht es Spaß, nicht wahr, Fräulein Henriette?«

»Ja«, sagte sie aus ganzem Herzen. Wenn alles harmonierte, die Bewegungen fließend ineinander übergingen, sie den Rock ihres neuen Kleides schwingen lassen konnte und Sebastians Lächeln ihr das Herz wärmte – ja, dann war das Tanzen wunderbar.

»Très bien«, konstatierte der Tanzlehrer. »Repetieren Sie die

Schrittfolgen zu Hause, memorieren Sie! Beim nächsten Mal werden Sie das auf Anhieb beherrschen; ich möchte keine Zeit mehr damit vergeuden! Nun beginnen wir auf ausdrückliche Weisung eines Kenners der Tanzkunst etwas anderes, die neueste Mode von den großen Höfen. Einen Walzer!«
Diese Ankündigung weckte große Neugier auf den Gesichtern der Tanzschüler.
»Ich muss erst meine Mutter fragen, ob ich das darf«, wandte Magda schüchtern ein.
»Sie dürfen, es ist mit Ihrer Frau Mutter abgesprochen«, erklärte der Maître blasiert, und nun strahlte Magda so wie die anderen. Walzer – das war neu, modern … und wohl auch ein bisschen frivol, wenn man den Gerüchten glauben durfte. Zumindest gewagt.
Nur Jette verzog keine Miene. Die verstörende körperliche Nähe des Majors bei jenem Tanz im Gerlachschen Salon war ihr noch immer gegenwärtig. Sie fragte sich, ob sie solche Berührungen wohl von dem netten Sebastian ertragen könnte, der gerade sehr zufrieden wirkte. Denn wie er ihr nun zuflüsterte, hatte er sich nur wegen des Walzers für diese Stunden angemeldet.
»Natürlich werden Sie noch nicht paarweise tanzen; dazu braucht es einige Übung«, stellte der Maître klar. »Aber es gibt auch Tänze im Dreivierteltakt, die fast wie ein Kontratanz beginnen.«
Er führte ihnen die Schrittfolge des Walzers vor, ließ sie das üben, dann die Mühle im Dreivierteltakt.
»Sehr schön, so bekommen Sie schon einmal ein Gefühl für den neuen Rhythmus«, lobte der Maître. »Attention!«
Wieder stellten sich die Paare in zwei Reihen gegenüber auf; die jungen Herren verbeugten sich, die Mädchen knicksten.
Die Frau des Maître begann, eine neue Melodie zu spielen, während die Tanzschüler den Anweisungen ihres Mannes folgten.

»Der Herr ergreift die rechte Hand der Dame, Sie gehen elegant aufeinander zu – un, deux, trois –, wieder zurück – un, deux, trois, wieder aufeinander zu ... und jetzt drehen sich die jungen Damen unter dem Arm der Herren hindurch auf die andere Seite ...«

Der erste Versuch gelang nur Jette und Sebastian, was Jette staunen und Sebastian lachen ließ, denn alle anderen hatten sich verheddert und starrten sie nun bewundernd an. Sie mussten die Bewegungen noch einmal vorführen, dann hatten alle zu üben, bis jeder es beherrschte.

»Darf ich Sie etwas fragen?«, flüsterte Sebastian, als sie eng beieinanderstanden.

Jette zuckte nur mit den Schultern, weil der Moment der Nähe schon wieder vorbei war.

»Der französische Seconde-Lieutenant im Haus Ihres Vormunds ...«, fing von Trebra an, sah ihr forschend ins Gesicht und setzte den Satz nach kurzer Unterbrechung fort: »Gerüchten zufolge soll er Ihnen auf dem Marktplatz einen Kuss gegeben haben ...«

Wieder wurden sie durch die Schrittfolge getrennt, bis er endlich fragte: »Wie viel bedeutet er Ihnen?«

Henriette funkelte ihn wütend an. »Sein Vater kann meinen Oheim um den Broterwerb bringen. *Das* bedeutet er mir! Und es war gar kein richtiger Kuss!«

Sebastian wirkte sehr zufrieden. »Ich verstehe.«

Doch mitten in die nächsten Anweisungen des Maître und das Klavierspiel seiner Frau hinein hämmerte es an der Tür, und schon wurde sie aufgerissen. Zu ihrem Erstaunen sah Jette den Adjutanten des Majors hereinplatzen.

»Demoiselle Gerlachs Gegenwart ist dringend erwünscht. Mein Offizier befiehlt, ich soll sie umgehend zu ihm geleiten«, erklärte er auf Französisch.

Jette wurde blass vor Schreck. Was war geschehen? Was wollte der Major von ihr? Sie warf einen hilflosen Blick auf Eduard, der sofort an ihre Seite tat und erklärte, er werde seine Cousine begleiten.

Der Maître entließ sie mit einer gnädigen Geste. Beklommen nahm sie ihr schwarzes Samtjäckchen entgegen und ließ sich von Sebastian hineinhelfen.

»Haben Sie keine Angst!«, flüsterte er. »Ihnen wird schon nichts passieren. Im Notfall bitte ich meinen Großonkel zu intervenieren.«

Sie setzte ihren Hut auf und schlang mit zittrigen Fingern die Bänder zu einer Schleife.

Der Adjutant ging voraus, die Treppe hinunter auf die Erbische Straße. Noch nie war Jette der Weg bis zum Untermarkt so lang vorgekommen. Sie unternahm einen Versuch, von dem Mann zu erfahren, weshalb sie so dringend gerufen wurde, aber dieser lehnte jede Auskunft ab. Der Herr Major werde ihr das schon mitteilen.

Ob sie doch noch herausgefunden haben, was ich in Weißenfels Schreckliches tat?, fragte sie sich. Welche Strafe steht wohl darauf?

Auch Eduard wirkte besorgt. Anfangs versuchte er, seiner Cousine ein paar harmlose Erklärungen anzubieten, aber als sie nichts darauf antwortete, liefen sie beide schweigend neben dem Adjutanten an der Rückfront des Rathauses vorbei und durch die Weingasse.

Es hat bestimmt mit dem zu tun, was mir Franz gleich nach der Ankunft zugeflüstert hat, argwöhnte er. Mit diesem toten Franzosen.

Ich hätte Eduard nicht mitkommen lassen sollen, dachte Jette voller Reue. Vielleicht nehmen sie ihn auch gleich fest.

Im Haus bedeutete ihr der Adjutant, die Treppe hochzugehen, und folgte ihr. Eduard wollte hinterher, wurde aber weggeschickt und wartete beleidigt unten. Vielleicht bekam er ja von hier aus etwas mit und konnte einspringen, falls Jette in Not geriet. Sein Vater war nicht im Haus, das wusste er. Der legte

dem Zensor die Seiten der nächsten Ausgabe vor, und das konnte dauern.
Sollte er für alle Fälle Lisbeths Söhne als Verstärkung holen? Aber die durften sich nicht ohne triftigen Grund von der Arbeit wegstehlen … Oder ob er sich für den Notfall eines der großen Messer aus der Küche besorgte?

Der Major ging im Salon ruhelos auf und ab, als Jette und der Adjutant eintraten. Seine Hand umklammerte einen Brief, und seine Miene war sehr ernst; sie hatte nichts von seiner sonstigen herablassenden Galanterie ihr gegenüber. De Trousteau schien geradezu erleichtert über ihr Kommen.
»Henriette, ich brauche Sie zum Übersetzen, denn Ihr Vater ist nicht im Hause. Begleiten Sie mich zu dem Fuhrmann, dem Mann Ihrer Köchin!«
Sie musste wohl sehr verblüfft aussehen, deshalb erklärte er ihr mit sorgenvoller Stimme: »Eben kam die Nachricht, dass mein Sohn verwundet wurde. Ich sollte glücklich sein, dass er nicht tot ist. Das Korps Oudinot hat bei Bautzen hart gekämpft und dabei jeden dritten Mann verloren. Aber niemand weiß, wo er steckt. Und die Schlacht von Bautzen liegt nun schon mehr als zwei Wochen zurück. Ich kann den Gedanken nicht ertragen, dass er vielleicht auch auf einem dieser Schubkarren durchs Land geschleift wird und erbärmlich zugrunde geht.«
Getroffen von der Nachricht und den Schreckensbildern, die sofort in ihr aufstiegen, taumelte Henriette und lehnte sich gegen die Wand. »Haben Sie schon in den hiesigen Lazaretten nachgefragt? Er wird sich doch bestimmt hierherbringen lassen …«
»Niemand dort weiß etwas über ihn. Der Lazarettaufseher ist nicht zu finden. Und Sie haben Étienne doch auch nicht gesehen, während Sie die Verwundeten pflegten, oder?«
»Nein. Aber es sind so viele, und ständig kommen neue …«, sagte sie, während sie die Treppe hinabhasteten.

Josef, der Fuhrmann, war mit seinen beiden verbliebenen Söhnen im Stall. Alle drei sahen sie mit verzückten Mienen auf das Fohlen, das in der vergangenen Nacht zur Welt gekommen war.
»Übersetzen Sie!«, wies der Major Jette an. »Monsieur, ich requiriere Ihren Wagen. Ich fordere von Ihnen Spanndienste. Fahren Sie los, auf der Stelle, und suchen Sie nach meinem Sohn!«
Jette erklärte dem verblüfften Fuhrmann die Situation.
De Trousteau reichte Josef drei Franc, das war sehr viel Geld für einen Fuhrmann. »Nehmen Sie das, nehmen Sie, und wenn Sie meinen Sohn finden und mir lebendig hierherbringen, bekommen Sie noch mehr. Nur brechen Sie sofort auf!«
Es brauchte nicht viel Geschäftssinn, um zu erkennen, dass sich hier für Josef eine Gelegenheit bot, wie sie so bald nicht noch einmal kam. Der Major hätte Fuhrwerk und Pferde auch ohne Lohn fordern können.
»Ich spanne sofort an, Herr Offizier«, versprach Lisbeths Mann eiligst. »Wo sollen wir nach dem Seconde-Lieutenant suchen?«
»Ich weiß es auch nicht.« Der Major klang verzweifelt. »In jedem Lazarett zwischen Freiberg und Bautzen! Am besten, Sie fahren erst einmal Richtung Tharandt. Ich stelle Ihnen Papiere aus, damit man Sie passieren lässt und Ihnen bei der Suche behilflich ist.«
»Ich komme mit«, erklärte Karl, ohne erst seinen Vater zu fragen. Das war für ihn *die* Gelegenheit, sich bei dem Major Verdienste zu erwerben und zu beweisen, dass er trotz des krummen Beines ein vollwertiger Soldat sein würde. Denn dass genau in dem Moment, als das Fohlen endlich auf der Welt war und er in den Krieg ziehen wollte, um seine Brüder zu rächen, ein Waffenstillstand in Kraft trat, hatte seine Pläne zunichtegemacht. Vorerst.
»Anton, du kannst dich um das Fohlen kümmern«, instruierte er den Bruder. »Und geh zu Mutter, damit sie uns Proviant

für ein paar Tage zusammenpackt. Ich helfe derweil beim Anspannen.«

Josef staunte über den unerwarteten Arbeitseifer seines Sohnes und ließ ihn erfreut gewähren. Wie es aussah, wurde langsam ein Mann aus dem Burschen!

»Wir sollten dennoch die hiesigen Lazarette gründlich nach ihm absuchen, jetzt gleich«, schlug Henriette vor, während Josef das Kummet von der Wand nahm und den Wallach auf den Hof führte.

»Wenn wir ihn finden, schicken wir durch Anton eine Nachricht. Ich muss nur der Tante Bescheid sagen. Und wir sollten ein paar Kerzen mitnehmen, in den Räumen ist nicht viel Licht.«

»Ich bin Ihnen sehr dankbar, Demoiselle Henriette«, sagte der Major. Noch nie hatte er so ehrlich geklungen.

Gemeinsam gingen sie in die Buchhandlung, wo Johanna während Jettes Tanzstunden hinter dem Ladentisch stand.

»Was für ein Unglück aber auch, der arme Junge!«, sagte sie und verschlang die Hände vor der Brust. »Es tut mir sehr leid, Herr Major. Aber ich kann das Mädchen unmöglich allein mit Ihnen losschicken. Noch dazu, wenn Ihre Suche womöglich länger dauert und es darüber dunkel wird. Was sollen die Leute sagen?«

Sie raffte das Tuch um die Schultern etwas enger und griff nach dem Schlüssel, um das Geschäft zuzusperren.

»Du kannst nicht mit in die Lazarette, Tante; den Anblick erträgst du nicht«, sagte Jette leise.

Sie ertrug es ja selbst kaum. Aber sie hatte eine Schuld zu tilgen. Diesem oder jenem konnte sie vielleicht das Leben retten, der ohne ihre Hilfe einfach nur verdursten wäre.

De Trousteau erkannte an der Mimik, was die beiden Frauen beredeten, und bat Jette zu übersetzen: »Ich versichere Ihnen, Madame, Sie müssen sich keinerlei Sorgen um Ihr Mündel und seinen Ruf machen. Mit steht der Sinn nach nichts anderem, als meinen Sohn zu finden. Das wird jeder erkennen und begreifen, der uns sieht.«

Da Jette zustimmend nickte und ihr kein anderer Ausweg einfiel, erklärte sich Johanna schließlich einverstanden und wünschte ihnen Erfolg bei der Suche.

Unterdessen packte Lisbeth im Hinterhaus wortlos Brot, Bier und ein Töpfchen Schmalz in einen Korb.

Als Anton damit losrannte, um alles seinem Vater zu bringen, folgte ihm Lisbeth mit langsamen Schritten auf den Hof, lehnte sich gegen die Wand und verschränkte die Arme vor der Brust.

»Soll er mal sehen, der Herr Major, wie es ist, wenn einem die Söhne wegsterben!«, sagte sie leise und unbeachtet von allen und spie aus.

Schon vier Stunden lang waren Jette und der Major von einem Freiberger Lazarett zum anderen unterwegs, hatten sich durch die auf dem Stroh liegenden Verwundeten gezwängt, in schmerzverzerrte Gesichter geleuchtet, die Pfleger gefragt, ob sie einen Seconde-Lieutenant de Trousteau gesehen hatten.

Es erleichterte ihre Suche, dass Jette vormittags bei der Krankenpflege half. So wusste sie, wo überall Verletzte untergebracht waren, und die Helfer gaben ihr bereitwillig Auskunft, obwohl sie mit der Arbeit nicht nachkamen. Im Laboratorium am Muldenweg hatten sie schon alles abgesucht, ebenso im Schießhaus. Dort trafen sie endlich auch den vollkommen übermüdeten Dr. Bursian, der eine blutbefleckte Schürze über der Kleidung trug.

»Wir haben keine Zeit, Register zu führen! Sie sehen doch, was hier los ist«, sagte er und deutete auf den Fußboden, wo dicht nebeneinander ausgezehrte, verbundene Gestalten mit allen nur denkbaren Verstümmelungen lagen. »Hunderte Verletzte, die meisten davon in sehr schlechtem Zustand. Wir haben keine Betten, selbst auf dem Fußboden kaum noch Platz, geschweige denn Pfleger. Das gesamte medizinische Personal der Stadt besteht aus zwei Ärzten, einem Geburtshelfer und fünf Hebammen, die ich wegen der Ansteckungsgefahr nicht hierherkommen lassen darf. Einer unserer Ärzte, der gute Dr. Beyer, Gott hab ihn selig, ist uns schon im Frühjahr am Lazarettfieber weggestorben. Deshalb kann ich Fräulein Henriette nur in höchsten Tönen loben. Und auch unsere Ärzte tun es, die Herren Dr. Meuder und Dr. Drechsler. Sie ist sehr tüchtig und lernt schnell. Ehrlich gesagt, ist es mir wichtiger, dass die paar Helfer, die ich habe, den Verwundeten zu essen und zu trinken geben, die Verbände wechseln und waschen, statt sich mit Papierkram zu beschäftigen.«

Er nahm die zerkratzte Brille ab, hauchte sie an und rieb sie an seinem Ärmel, um einen Blutspritzer vom Glas zu wischen. »Seit ein paar Tagen kommen immer neue Kranke, die meisten in furchtbarem Zustand. Manche sind schon tot, wenn sie bei uns eintreffen. Aber was erwarten Sie, wenn sie mit kaum versorgten Wunden tagelang über holprige Wege gekarrt werden?«

Resigniert wies er zur Seite, wo zwei Tische standen. Auf einem amputierte der junge Dr. Meuder gerade einem wild brüllenden Mann ein Bein, auf dem zweiten lag ein regloser Körper; zwei Männer kamen und trugen ihn fort, hinter ein über eine Leine geworfenes Laken. Dorthin, das wusste Jette, wurden die Toten geschafft, bis sich am nächsten Tag jemand um ihr Begräbnis kümmern konnte.

Rechts von ihnen erbrach sich gerade jemand qualvoll ins Stroh, ein paar Schritte weiter flößte eine alte Frau einem Mann mit einem Kopfverband etwas zu trinken ein, während sich der Mann neben ihnen aufbäumte und einen Schwall Blut spie.

Jäh erstarb das Schreien auf dem Tisch; entweder hatte der Amputierte das Bewusstsein verloren oder war tot.

»Sie geben sicher Ihr Bestes«, räumte de Trousteau ungeduldig ein. »Aber haben Sie nicht gesonderte Zimmer für die Offiziere?«

»Über die Offiziere führen wir Listen, die fragen wir nach Na-

men und Regiment. Ihr Sohn ist nicht darunter. Sollte ich etwas erfahren, lasse ich es Sie sofort wissen.«
Dr. Bursian bat darum, sich entfernen zu dürfen, er müsse sich dringend um den Amputierten kümmern.
»Der braucht keine Hilfe mehr«, sagte der Major sarkastisch, nachdem der Arzt gegangen war.
»Wir können morgen noch einmal alles absuchen, bei Tageslicht«, schlug Jette zaghaft vor. »Womöglich kommt er ja auch erst ...«
»Ich danke Ihnen von ganzem Herzen dafür, was Sie für mich getan haben. Für einen Vater, der in Sorge um das Leben seines Sohnes ist«, erwiderte der Major mit versteinerter Miene.
Dann hieb er mit der Faust voller Wut gegen einen Pfeiler. »Ich hatte so sehr gehofft, dass wir ihn hier finden, dass er hierhergebracht wurde!«
Er atmete tief ein und sagte dann milder: »Sie haben Ihr Bestes gegeben. Ich sehe doch, dass Sie sich kaum noch auf den Beinen halten. Und ehrlich gesagt, weiß ich nicht, wie so ein zartes Wesen wie Sie das hier jeden Tag ertragen kann.« Mit einer Handbewegung zeigte er auf das Elend vor ihren Augen.
Das ist der Krieg, hätte Jette ihm am liebsten seine eigenen Worte vorgehalten, doch das brachte sie nicht über sich.
Und außerdem hätte sie dann auch sagen müssen: Das ist meine Buße. Ich habe getötet, und diese Schuld werde ich nie mehr abwerfen können.
Außerdem ließ Étiennes Schicksal sie nicht kalt. Sie hoffte und fürchtete gleichzeitig, ihn unter den Männern zu finden, die sich in Schmerzen wanden, ihre Gliedmaßen verloren, im Fieber brannten. Manchmal fürchtete sie auch, hier Maximilian zu sehen. Bis sie sich in Erinnerung rief, dass der preußische Premierleutnant irgendwo weit im Osten in einem Lazarett liegen würde, falls er in Bautzen verwundet worden war. Hier waren nur Angehörige der französischen Armee.
Erschöpft bahnte sie sich den Weg nach draußen, was nicht

leicht war, wenn sie nicht auf einen der Verwundeten treten wollte. Sie sehnte sich nach frischer Luft in all dem Gestank nach Exkrementen, Fäulnis, Blut und Schweiß. Dem *Geruch von Schmerz.*

Doch plötzlich hielt Jette inne. »Und wenn er nicht reden konnte, als er eingeliefert wurde? Vielleicht war er bewusstlos oder fieberte stark? Es gibt noch einen Ort, wo er sein könnte!«

Der Major packte sie am Arm, so grob, dass es sie schmerzte, aber das schien er gar nicht zu merken. »Wo?«

»Einige der Hochfiebernden liegen abgesondert wegen der Ansteckungsgefahr.«

»Führen Sie mich dorthin. Bitte!«, sagte der Major beinahe flehend und ließ ihren Arm los.

Sie wies in die Richtung, und de Trousteau ging mit der Fackel voran. Dann, die Treppe hinauf, lief sie vorweg, den langen Flur entlang, wo ebenfalls Verwundete lagen, die sie um Wasser oder etwas zu essen anflehten.

Endlich, ganz hinten, stieß sie die Tür auf, und im flackernden Schein ihrer Kerze entdeckte sie ihn, abgemagert und durch den Bart kaum zu erkennen.

Étienne.

Dem Tod ganz nah.

Sie hatte hier schon genug Sterbende gesehen, um das zu wissen. Von ihm ging eine fiebrige Hitze aus, die sie spüren konnte, sein Gesicht war hohlwangig, die Lippen waren ausgetrocknet und aufgesprungen, um den linken Arm trug er einen blutigen Verband.

Henriette ging zu ihm und suchte seinen Puls, der kaum noch zu fühlen war. Seine Stirn glühte. Er schlug die Augen auch bei der Berührung nicht auf, sondern stöhnte nur, als wollte er grässliche Traumgespinste von dem düsteren Ort verscheuchen, an dem sein Geist jetzt weilte.

Doch Jette war nicht bereit, ihn einfach sterben zu lassen.

»Besorgen Sie kaltes Wasser und Tücher!«, wies sie den Major

an, und der wunderte sich nicht einmal, dass sie jetzt die Befehle gab.
Er starrte nur auf seinen todkranken Sohn.
»Holen Sie ihn mir zurück. Bitte!«, flüsterte er.

Waffenstillstand?

Nahe Plauen im Vogtland, 9. Juni 1813

Es war ein heißer Tag. Die Sonne sengte, und die Hufe der Reiter wirbelten zwei immer größer werdende Staubwolken auf, als die Lützower und die Colombsche Streifschar am vereinbarten Treff aufeinander zuritten.
»Ich bringe schlechte Nachrichten«, begrüßte der Rittmeister den Major. »Die Kolonne ist schon bei Zittau über die Grenze gegangen, damit ist uns der Waffentransport entwischt. Aber wir müssen ohnehin alle Operationen einstellen – es ist Waffenstillstand verabredet worden, schon vor fünf Tagen. Heute erhielt ich die Nachricht.«
»Ja, ich auch«, erwiderte der Major von Lützow missgestimmt. »Die städtischen Behörden von Plauen informierten mich.«
»Wissen Sie Einzelheiten? Bis wann müssen wir uns hinter die Demarkationslinie zurückziehen?«
»Keine Einzelheiten. Und ich glaube auch noch nicht an die Geschichte mit dem Waffenstillstand«, meinte der Major. »Wozu sollte der gut sein? Damit Bonaparte noch mehr Truppen aushebt? Jeden Tag können die Österreicher auf unsere Seite überwechseln, dann ändert sich das Kräfteverhältnis grundlegend ... Die wollen uns in die Irre führen, weil sie unser nicht mehr Herr werden. Freiwillig sollen wir die Waffen niederlegen. Das akzeptiere ich nicht, das werde ich niemals tun! Auch meine Männer sind entschlossen weiterzukämpfen.«

»Wir haben doch beide unabhängig voneinander davon erfahren«, widersprach der Rittmeister vehement. »Das dürfen wir nicht auf die leichte Schulter nehmen! Ich hatte mir als nächstes Ziel schon einen Artilleriepark in Augsburg ausgespäht, aber daraus wird nun nichts. Ich ziehe mich umgehend mit meinem Kommando nach Neustadt an der Orla zurück, wo uns die Bevölkerung wohlgesinnt ist, und schicke Eckardt als Parlamentär nach Jena. Er soll beim dortigen Kommandanten Einzelheiten des Abkommens in Erfahrung bringen und zusichern, dass wir uns daran halten werden.«

»Wenn der Waffenstillstand schon seit ein paar Tagen gilt, weshalb habe ich dann keine Nachricht darüber vom Hauptquartier, von unserem König?«, fragte Lützow unwirsch und brachte sein tänzelndes Pferd zur Ruhe. »So schnell strecke ich die Waffen nicht. Ich schicke einen Reiter nach Dresden und lasse mir vom Kriegsministerium bestätigen, ob es einen solchen Waffenstillstand tatsächlich gibt.«

»Bei der Entfernung von hier nach Dresden wird es mindestens fünf Tage dauern, bis Ihr Kurier zurück ist!«, warnte Colomb, der die Haltung des Majors als überaus leichtsinnig empfand. Oft genug hatte im *Moniteur* gestanden, dass es für die schwarzen Briganten, zu denen seine Truppe ebenso wie die Lützower gezählt wurden, keinerlei Gnade gebe und sie als Diebesgesindel zu behandeln seien, nicht als Militärs von Ehre. »Die Zeit rennt uns davon, wenn die Waffenruhe schon seit fünf Tagen gilt. Heute ist der neunte; Sie hätten frühestens am vierzehnten des Monats die Bestätigung. Und ich vermute, dann müssen wir längst hinter der Demarkationslinie sein.«

Der berühmte Freikorpsführer zuckte mit den Schultern. »*Falls* es stimmt, woran ich nach wie vor nicht glaube, sollen sie uns einen Marschkommissar mitschicken. Das entspricht vollkommen den Regeln. Wir können nicht fliegen, und solange wir nicht offiziell von einer Waffenruhe informiert sind, darf niemand erwarten, dass wir Bedingungen einhalten, die wir gar nicht kennen.«

Der Rittmeister von Colomb war anderer Ansicht. Schließlich war Lützow durch die Plauener Behörden in Kenntnis gesetzt worden, und er hatte eine ähnliche Meldung von seinem Verbindungsmann in Eger bekommen. Hatte Lützow nicht schon beim Untergang von Schills Kommando miterlebt, dass der Feind keine Gnade für Freischaren kannte?

»Ich warte, bis ich Nachricht aus Dresden habe«, beharrte der Major. »Eine *offizielle* Nachricht des Kriegsministeriums. Mit dem Marschkommissar als Wegbegleitung sind wir abgesichert. Sofern die Sache mit der Waffenruhe überhaupt stimmt. Warum höre ich nichts darüber von meinen Leuten, die vor zwei Tagen mit den Russen gegen Leipzig ritten? Denen hätte General Arrighi Parlamentäre schicken müssen, und ich wüsste davon.«

Gegen das Sonnenlicht blinzelnd, betrachtete der preußische Husar nachdenklich den Anführer des berühmtesten deutschen Freiwilligenkorps. Er hielt es für eine Fehlentscheidung, so lange zu warten. Eine möglicherweise verhängnisvolle Fehlentscheidung. Aber Lützow hatte den höheren Rang, das größere Kommando und war offensichtlich nicht bereit, einen Rat anzunehmen und seine Meinung zu ändern.

Er hatte triftige Argumente vorgebracht, um ihn umzustimmen – vergebens.

Mit dem Jenaer Kommandanten ließ sich bestimmt eine Absprache treffen. Es war besser, keine Zeit zu verlieren und das Schicksal nicht herauszufordern. Auch wenn es allen militärischen Gepflogenheiten widersprach – nach den Hasstiraden im *Moniteur* konnten sie von Glück reden, wenn sie und ihre Mannschaften überhaupt gemäß den Bestimmungen des Waffenstillstandes behandelt und nicht gleich niedergeschossen wurden.

»Dann trennen sich hier unsere Wege, Herr Major«, entschied der Rittmeister von Colomb. »Ich verhandle mit dem Kommandeur von Jena und ziehe mich mit meinen Leuten hinter die

Demarkationslinie zurück. Viel Glück Ihnen und Ihren Männern!«

Er salutierte, dann ließ er seine Kolonne den kürzesten Weg Richtung Neustadt einschlagen. Der Major von Lützow dagegen beschloss, erst einmal eine Rast einzulegen.

Von nun an ritt die Colombsche Streifschar in streng militärischer Formation: mit doppelter Spitze und Nachhut, je zwei Reiter nebeneinander und Seitenpatrouillen. Ein klares Anzeichen dafür, dass der Kommandeur mit einem Angriff rechnete. Vor dem Aufbruch hatte der Rittmeister seine Gefolgsleute in kurzen Worten von dem Waffenstillstand und den daraus folgenden neuen Marschplänen informiert. Seine Worte lösten keine Freude aus. Die Männer wollten weiterkämpfen, nachdem sie schon so beachtliche Erfolge errungen hatten.

Rasch sprach sich in dem kleinen Kommando herum, dass die Lützower die Waffen vorerst nicht niederlegen wollten.

»Lass uns zu den Lützowern gehen!«, schlug Richard Felix mit aller Begeisterung vor, die er in seine Stimme legen konnte, während sie von Staub umhüllt nebeneinander auf einem nicht enden wollenden Pfad ritten, ohne dass irgendein Dorf in Sicht war. »Oder willst du jetzt etwa ins Niemandsland? Unsere Arbeit ist noch lange nicht erledigt.«

Felix starrte auf den Gefährten, als hätte der den Verstand verloren. »Begreifst du das nicht? Es ist Waffenstillstand! Und wir müssen uns sputen, damit wir rechtzeitig hinter die Linien kommen.«

»Das steht doch gar nicht fest ...«, konterte Richard und erntete dafür heftigen Widerspruch von seinem Freund.

»Ich vertraue dem Rittmeister! Und das noch mehr, seit ich gesehen habe, welche Zustände unter Lützows Kommando herrschen.«

»Als du ihn neulich angeschrien hast, warst du anderer Meinung«, hielt Richard ihm entgegen.

Für einen Augenblick verstummte Felix und schluckte, obwohl sein Mund vor Hitze und Staub so ausgetrocknet war, dass er nichts mehr zu schlucken hatte. Das Gemetzel unter den Pferden war etwas, das schlimm in ihm wühlte und das er nie vergessen würde.

»Wie stellst du dir das vor?«, fragte er ungewohnt bissig. »Sollen wir zu ihm gehen und sagen, dass wir lieber unter einem anderen Kommando dienen möchten? Wir können froh sein, dass er uns nicht längst rausgeworfen hat – erst hab ich ihn angebrüllt, dann waren wir in eine Prügelei mit verbündeten Truppen verwickelt.«

Dass er es außerdem nicht übers Herz bringen würde, sich von seiner Stute zu trennen, verschwieg Felix lieber. Joséphine war ein außergewöhnliches Pferd, wie man nur ein oder zwei Mal im Leben eines fand.

»Ich kann das jetzt nicht alles aufgeben«, meinte Richard und wies mit ausgestrecktem Arm um sich. »Das freie Leben, das Abenteuer, den Wald, diese Männer hier, unsere treuen Kampfgefährten ... Das Gefühl, es den Franzosen heimzuzahlen und etwas fürs Vaterland zu tun. Kannst du dir wirklich vorstellen, jetzt wieder in Freiberg zwischen staubigen Büchern zu sitzen und die Eigenschaften von Rotgüldigerz oder Halsbacher Achaten zu büffeln? Nach all dem, was wir inzwischen erlebt haben? Zurück in das muffige Zimmer der neugierigen alten Witwe Bernhard? Wir dürften ja nicht einmal jemandem von unseren Heldentaten erzählen. Außer du vielleicht deinem Fräulein Henriette.«

»Diese Männer hier, deine *treuen Kampfgefährten*, willst du gerade verlassen«, erinnerte ihn Felix gereizt. »Und *wirklich vorstellen* kann ich mir, dass uns die Franzosen nur allzu gern über die Klinge springen lassen, wenn wir nicht rechtzeitig hinter der Demarkationslinie sind.«

Richard holte tief Luft, sah seinen Freund prüfend an und schwieg eine Weile. Schließlich rückte er damit heraus.

»Es war ja nicht nur wegen des Vaterlandes und der Ideale, dass ich mich als Freiwilliger gemeldet habe ...«

»Sondern?« Felix fragte sich, was nun wohl kommen würde.

»Man kann in Preußen nach dem Studium nur Karriere im Staatsdienst machen, wenn man einem Freiwilligen Jägerkorps beigetreten ist«, gestand sein Freund kleinlaut.

Der Jüngere zuckte mit den Schultern. »Sind wir doch. Hier – sieh dich um!«

»Ich weiß nicht, ob die so eine winzige Einheit gelten lassen. Die kennt doch keiner. Ich denke schon, dass man bei den Lützowern gewesen sein muss. Und schau mich nicht so entrüstet an! Wollen deine Eltern nicht auch, dass du eine Anstellung in der Salinenverwaltung bekommst?«

»Ja.« Jetzt klang Felix wütend wie selten. »Aber dabei wird mir *das* hier« – nun wies er mit dem Arm um sich – »eher hinderlich sein, wenn es herauskommt. Denn Köthen ist nicht Preußen, sondern untersteht Jérôme Bonaparte, wenn ich dich daran erinnern darf. Ich diene also in einer feindlichen Armee und muss froh sein, wenn ich deshalb nicht vors Kriegsgericht komme. Und *meine* Eltern verlangen nicht von mir, dass ich vor meinen Kommandeur trete und ihm sage, dass ich lieber in ein anderes Kommando will, weil das *berühmter* ist! Hast du überhaupt kein bisschen Ehre im Leib?«

Die Schimmelstute zuckte mit den Ohren; sie war es nicht gewohnt, dass ihr sanfter Reiter schrie.

Eine Weile herrschte Schweigen zwischen ihnen.

Felix nahm die Brille ab, wischte die Staubschicht auf den Gläsern am linken Ärmel ab und setzte sie wieder auf. Dann musterte er Richard. Ihm war, als würde er einen Fremden sehen.

»Das war von Anfang an dein Grund, nicht wahr?«, sagte er. »Die ganze Zeit in Freiberg schon, als du auf mich eingeredet und von der Befreiung des deutschen Vaterlandes gefaselt hast! Du hattest nur im Sinn, dass du sonst keinen gutbezahlten Posten bekommst. Dafür hab ich meine Eltern belogen, die glau-

ben, ich würde für ihr letztes Geld immer noch studieren, habe Kopf und Kragen riskiert *und* meine berufliche Laufbahn … Denkst du nicht, als dein Freund hätte ich die Wahrheit verdient, wenn ich mich auf so etwas einlasse? Kannst du dir eigentlich noch vor dem Spiegel in die Augen sehen?«
Erneut herrschte beklemmendes Schweigen zwischen ihnen.
Als die Pferde ungefähr hundert Schritt zurückgelegt hatten, platzte Richard heraus: »Komm mit oder lass es sein! Aber ich frage bei der nächsten Rast, ob ich zu den Lützowern wechseln darf. Meine ganze Zukunft hängt davon ab. Und die meiner Familie.«
Du hast gar keine Zukunft, wenn Lützow seine Männer den Franzosen ins Messer laufen lässt und die dich aus dem Sattel hauen, dachte Felix ungewohnt zynisch. Doch er sprach es nicht aus. Plötzlich hatte er das unbestimmte Gefühl, den Freund nicht allein lassen zu dürfen, wenn der überleben sollte.

Nicht zornig oder enttäuscht sah der Rittmeister von Colomb auf die beiden, die bei der nächsten Rast für die Pferde um Erlaubnis baten, sich den Lützowern anschließen zu dürfen. Sondern eher besorgt.
Über seinen preußischen Volontärjäger Karlmann wunderte er sich nicht allzu sehr. Er wusste von dem Erlass über die Zukunftsaussichten preußischer Studenten und ahnte den Zusammenhang.
Doch von dem klugen kleinen Zeidler hätte er mehr Voraussicht erwartet. Er erforschte das Gesicht des Jungen, und in den Augen hinter den runden Gläsern erkannte er dessen Motiv. Felix Zeidler fürchtete, sein Kamerad würde sterben, wenn er ihn allein ziehen ließ. Er hatte schon viele solcher Blicke gesehen, und er hatte schon viele junge Männer sterben sehen.
»Wollen Sie Ihre Entscheidung nicht noch einmal eine Nacht lang überdenken?«, fragte er ernst.
Als beide ablehnten, sagte er nur: »Dann schütze Sie Gott!«

Schießbefehl

Leipzig, 9. Juni 1813

Am gleichen Tag, zur gleichen Stunde, als Lützow und Colomb getrennte Wege gingen und sich die beiden Freiberger Bergstudenten dem Freikorps des Majors anschlossen, schickte der neue Militärkommandeur von Leipzig vier Marschkolonnen Infanterie und Kavallerie aus, eine in jeder Himmelsrichtung, jede mehrere hundert Mann stark und sogar mit Kanonen ausgerüstet. Ihr Auftrag: die letzten preußischen Streifscharen aufzuspüren und niederzusäbeln oder gefangen zu nehmen. Wer floh, den sollten sie ohne Rücksicht niederschießen.

General Arrighi, Herzog von Padua, hatte für sein neues Kommando in Leipzig klare Order seines Kaisers: Sachsen von den schwarzen Briganten zu säubern – ohne Gnade für das Räuberpack. Dazu waren am Vormittag als Verstärkung noch zwei württembergische Brigaden in Leipzig eingetroffen, eine Brigade Kavallerie und eine Brigade Infanterie, insgesamt fast viereinhalbtausend Mann und mehr als eintausenddreihundert Pferde. Auch sie wurden sofort wieder ausgeschickt.

Arrighi beabsichtigte nicht, die geringste Gnade walten zu lassen. Er war ein ehrgeiziger Mann, erst fünfunddreißig Jahre alt, Korse wie Napoleon und verwandt mit ihm. Außerdem hatte ihn der dreiste Angriff auf *sein* Leipzig vor zwei Tagen bis aufs Blut gereizt. Was für eine unverschämte Provokation! Das war nicht nur ein Geplänkel gewesen, sondern ein richtiges Gefecht, bei dem seine Truppen an den Rand einer Niederlage geraten waren.

Die hatten auch beschämend wenig Kampfgeist gezeigt und mussten geradezu vorwärtsgetrieben werden, während Woronzows exzellente Kavallerie vor Angriffslust glänzte.

Etliche Tote und Verwundete, darunter achtzehn Offiziere,

und fünfhundertfünfzig Gefangene – bis endlich seine Parlamentäre die Gegner vom Waffenstillstand überzeugen konnten. Das schrie nach Rache!
Doch Jean-Toussaint Arrighi de Casanova war umsichtig genug, eine weitere Anweisung seines Kaisers zu befolgen: die Entwaffnung der Feinde nicht in Leipzig vorzunehmen, sondern ein Stück von der Stadt entfernt.
Er wusste, dass viele Leipziger mit den Freikorps sympathisierten, insbesondere mit der Bande von diesem Lützow, und er wollte keinen Aufstand in der Stadt blutig niederschlagen müssen. Natürlich würde er es ohne Erbarmen tun, sollte es nötig sein. Aber das musste er ja nicht provozieren.
Deshalb die Kolonnen. Sie würden das Land durchkämmen, bis auch der Letzte von dem Gesindel tot oder gefangen war. Das konnte nur eine Frage von Tagen sein.

Hoffnung und Schrecken

Freiberg, 9. Juni 1813

Der Major bestand darauf, dass sein Sohn in das Haus der Gerlachs gebracht wurde. Nachdem sie Étienne im Lazarett gefunden hatten, war er nicht von dessen Seite gewichen, während Jette dem Todkranken Wasser einflößte und kalte Umschläge auflegte.
Erst als Hoffnung aufkam, dass sein einziger Sohn nicht binnen der nächsten Stunde sterben würde, verließ er die Kammer, um zunächst ein sehr kurzes, energisches Gespräch mit Dr. Bursian und Dr. Meuder zu führen.
Der Arzt untersuchte die Verletzung am Arm – ein glatter Durchschuss, der schlecht verheilte, aber zumindest nicht eiterte – und bestätigte, dass der Seconde-Lieutenant mehr unter

den Folgen des Transportes bei mangelnder Betreuung und Verpflegung litt als an der Schussverletzung selbst.

»Er muss hier weg. Bei den Gerlachs wird er gute Pflege haben«, forderte de Trousteau. »Ich weiß, Sie fürchten, er könnte das Nervenfieber in die Stadt tragen, aber das könnte jeder Ihrer Pfleger auch, selbst Demoiselle Gerlach. Stellen Sie sie von ihren Einsätzen hier frei, damit sie meinen Sohn gesund pflegt!«

Nach kurzem Überlegen stimmte der Lazarettaufseher zu. Dieser Major würde sowieso keine Ruhe geben. Tatsächlich standen die Chancen besser, dass sein Sohn genesen würde, wenn er unter günstigeren Bedingungen als hier versorgt wurde.

Auf die Hilfe des Fräulein Gerlach verzichtete er nicht gern. Doch was sollte er einwenden? Sie war ohnehin nur freiwillig und für ein paar Stunden hier und hatte mehr geleistet, als er hoffen konnte. Der Major hatte das Sagen, sofern nicht aus ärztlicher Sicht etwas gegen seine Forderung sprach. Im besten Fall ersparte sie ihm den Ärger, den dieser herrische Franzose zweifellos verursachen würde, wenn der junge Offizier hier starb.

Etwas erleichtert kehrte de Trousteau in das Haus am Untermarkt zurück, führte ein ähnliches und sehr beharrliches Gespräch mit Friedrich Gerlach und schickte zwei Soldaten mit einer Trage los, um seinen Sohn hierherbringen zu lassen. Er selbst begleitete sie zu Pferde und ließ den Schwerkranken nicht aus den Augen.

Der kleine Anton wurde ausgesandt, um seinen Vater und seinen Bruder zurückzuholen, und war sehr stolz auf diesen Auftrag. Da sich seine Mutter weigerte, den Zwölfjährigen allein auf diese Reise zu schicken, gab ihm der Major einen seiner Grenadiere mit. Mit solcher Begleitung und dem Bewusstsein, im Auftrag eines Majors der Grande Armée zu handeln, fühlte sich Anton schon fast wie ein Mann, wie ein Soldat.

Unterdessen verwandelten Johanna und Nelli Étiennes Zimmer in ein Krankenlager. Sie hängten Leinen vor die Fenster, damit die Sonne es nicht aufheizte, brachten Eimer mit warmem und kaltem Wasser herein und legten Verbandszeug bereit, während Lisbeth Hühnerbrühe kochte.
Der Adjutant des Majors zog dem Bewusstlosen die schmutzigen, blut- und schweißdurchtränkten Sachen aus, wusch und rasierte ihn und kleidete ihn in sauberes Leinen.
Von da an übernahm Henriette die Pflege des todkranken Seconde-Lieutenants.
Die Tür stand immer offen, damit niemand Anstoß nahm, und solange Jette das Gefühl hatte, den Patienten nicht allein lassen zu können, übernahm Johanna wieder den Buchverkauf. Nachts wachte jeweils einer der Soldaten über den Kranken und hatte Befehl, sofort nach der Demoiselle zu rufen, sollte sich dessen Zustand verschlechtern. Auf Weisung des Majors wurde Jette vom Tanzunterricht freigestellt.

Die ersten drei Tage waren die schlimmsten. Étienne fieberte stark, schrie Unverständliches in seinen Hitzeträumen. Sie musste ihn wecken, wenn sie ihm etwas zu trinken einflößen wollte. Er erkannte sie nicht und schien nichts von dem zu begreifen, das ihn umgab.
Jette hatte viel von den beiden Ärzten gelernt, dem kaum dreißigjährigen Dr. Meuder und dem deutlich älteren Dr. Drechsler. Auch Johanna wusste allerhand über Krankenpflege, doch langsam gingen ihnen die Möglichkeiten aus, eine Wende in Étiennes Zustand herbeizuführen. Manchmal wich das Fieber am dritten Tag. Aber niemand wusste, wie lange er schon in diesem schrecklichen Zustand war.
Immerhin lebte er noch. Dr. Bursian hatte versprochen, einen Arzt vorbeizuschicken, sobald es ihm möglich war.
Doch Jette wusste aus eigener Anschauung, dass diese in den Lazaretten unabkömmlich waren. Nur wenn sich die Schuss-

verletzung entzündete und zu eitern begann, dann sollte sie sofort Nachricht geben, und dann würde Dr. Bursian tatsächlich jemanden schicken.

Zu aller Erleichterung trat diese Komplikation nicht ein, auch wenn die Wunde immer noch nässte und nicht verheilen wollte. So musste sich Jette mit dem letzten kostbaren Rest China-Weidenrinde, die der Arzt ihr mitgegeben hatte, kalten Umschlägen, ein paar Hausmitteln der Tante und dem begnügen, das die nur noch spärlich bevorrateten Apotheken der Stadt zu bieten hatten.

Wenn sie nicht gerade kalte Umschläge auflegte oder Étienne etwas zu trinken einflößte, saß sie auf einem Stuhl neben dem Krankenbett, meistens mit einem Buch in der Hand. Doch statt Schiller oder Lessing zu lesen, las sie in seinem abgezehrten Gesicht, auf dem die Bartstoppeln schon wieder dunkel nachwuchsen.

Sie wartete nicht nur auf ein Anzeichen dafür, dass er genas, dass er die Augen öffnete und sie erkannte. Beim Betrachten seines Gesichtes versuchte sie, die Antwort darauf zu finden, was junge Männer in den Krieg trieb, obwohl sie doch wussten, was ihnen widerfahren konnte.

Das hier könnte auch Maximilian sein, Felix oder Richard. Oder Eduard, der ihr gegenüber manchmal prahlte, dass er viel lieber zu den alliierten Streitkräften gehen und die Besatzer aus dem Land vertreiben würde, als im Buchdruckergewerbe zu arbeiten, wie es sein Vater von ihm erwartete. Sogar ihr Bruder Franz mit seinen zehn Jahren sprach begeistert von einem künftigen Leben beim Militär, obgleich er genug gesehen haben sollte, um den Krieg zu fürchten.

Nelli klopfte leise an die offen stehende Tür und trat auf Zehenspitzen ein. Sofort musste Jette an ihr Eingeständnis vor einigen Tagen denken und zwang sich, das jäh aufflackernde Bild aus ihrem Kopf zu vertreiben, wie der Major das Mädchen in sein Bett zog.

Nelli vergewisserte sich mit einem Blick, dass der Kranke immer noch schlief, dann erst holte sie einen Brief unter ihrer Schürze hervor.

»Der ist eben für Sie abgegeben worden«, sagte sie und knickste, bevor sie mit einem bedeutungsschweren Lächeln anfügte: »Ich soll ihn ausdrücklich nur Ihnen aushändigen.«

Erstaunt, beinahe erschrocken betrachtete Jette den Brief. Ob er von Maximilian kam? Sie hatte seit seinem ersten Gruß nichts mehr von ihm gehört. Aber diese Post wirkte nicht, als hätte sie eine lange, weite Reise hinter sich.

Mit einem Nicken als Dank nahm sie den Brief entgegen und betrachtete ihn von vorn und hinten. Ohne Absender. Wie der erste. Aber auch ohne einen Knick oder die geringste Spur von Schmutz.

Sie wusste, dass das Dienstmädchen vor Neugier platzte. Und Nelli wusste, dass das junge Fräulein dieses Geheimnis leider nicht mit ihr teilen würde. Also knickste sie erneut und ging. Sie würde es schon herausfinden. In so einem Haus blieb nichts verborgen.

Jette warf einen prüfenden Blick auf den Kranken und in Richtung Flur. Als sie Gewissheit hatte, dass niemand sie beobachtete, erbrach sie das Siegel und entfaltete den Brief mit fliegenden Fingern. Ein zweites Blatt, vierfach zusammengefaltet, fiel heraus. Sie hob es auf, legte es sich in den Schoß und überflog den Brief. Entgegen ihren Hoffnungen war er nicht von Maximilian.

»Liebstes Fräulein Henriette,

wenn ich Sie so nennen darf, was Sie mir freundlichst erlauben mögen. Ich vermisse Sie in unseren Tanzstunden! Mit den anderen Mädchen zu tanzen macht nicht halb so viel Freude, und mit ihnen reden zu wollen ist die Mühe nicht wert. Durch Ihren Cousin Eduard, der mich für meine Nachfrage mit so viel Grimm ansah, dass ich diesen Brief lieber selbst in Ihrem Haus abgab, weiß ich, welche Pflichten Sie jetzt binden. Doch ich gebe die Hoffnung nicht auf, dass Sie sich unserer Runde bald wieder anschließen dürfen. Sogar der strenge Maître scheint Sie zu vermissen. Gestern rügte er die anwesenden jungen Damen, dass nicht eine von ihnen solche Anmut in den Bewegungen zeige wie Sie.

Ich werde mit so viel Geduld auf Sie warten, wie ich aufbringen kann angesichts der Leere, die ich ohne Ihre Gegenwart im Tanzsaal empfinde. Sie können mir die Wartezeit erträglicher machen, indem Sie einen Blick aus dem Fenster auf den Marktplatz werfen. Dort warte ich auf ein Lächeln von Ihnen. Natürlich in gebührendem Abstand, um keinen Anlass zu Gerede zu geben. Bitte schauen Sie hinaus, das würde mich sehr glücklich machen!

In der Hoffnung auf ein baldiges Wiedersehen, selbst unter den strengen Blicken des Maître,

ganz der Ihre

Sebastian von Trebra.«

Was für eine Überraschung! Jette musste sich eingestehen, dass sie sich über diese Zeilen freute. Doch sollte sie aus dem Fenster schauen? Wie würde der junge von Trebra das interpretieren? Von ihrem Stuhl aus warf sie einen vorsichtigen Blick auf den Markt. An diesem Tag waren die Fenster nicht verhangen, denn es goss in Strömen und würde wohl auch so bald nicht aufhören zu regnen.

Sie glaubte ihn erkennen zu können. Er stand auf der anderen Seite des Untermarktes, vor jenem Haus, wo Theodor Körner zum Ende seiner Studienzeit in Freiberg gewohnt hatte. Sebastian musste inzwischen vollkommen durchnässt sein.

Mit einem Mal hielt sie es einfach nicht mehr auf ihrem Platz aus. Seit Tagen war sie wie eingesperrt in diesem Zimmer, ohne etwas anderes als die Hausbewohner zu sehen. Also trat sie ans Fenster und öffnete es. Nun war sicher, dass auch Sebastian sie erkennen konnte. Sie lächelte zaghaft, er lächelte zurück und zog seinen Hut. Dabei strahlte er vor lauter Freude.

Jette wollte den Leuten kein Schauspiel bieten, also nickte sie nur ein wenig und schloss das Fenster wieder. Trotz des Regens lief der junge von Trebra beschwingt Richtung Dom.
Jette blieb vor dem geschlossenen Fenster stehen, bis er nicht mehr zu sehen war, und hielt immer noch die beiden Blätter in den Händen, ohne zu wissen, worum es sich bei dem zweiten handelte. Nun erst entdeckte sie den Nachsatz:
»PS: Ich habe diesem Brief etwas beigelegt, von dem ich ganz sicher bin, dass es Sie erfreuen wird. Ich muss Ihnen nicht erst sagen, dass Sie es angesichts der Situation im Haus Ihres Vormunds besser gut verstecken.«
Vorsichtig entfaltete sie das dünne Blatt, und ihr stockte der Atem: Es war ein Gedicht von Theodor Körner, *Mein Vaterland*. Sie kannte es auswendig, es war wie eine Hymne für alle patriotisch Gesinnten, für alle, die ein einiges, befreites Deutschland wollten. Aber die Worte noch einmal gedruckt zu sehen war fast so schön, wie sie zum ersten Mal zu lesen. Zeile um Zeile sog sie in sich auf.
Woraus Sebastian wohl geschlossen hatte, dass sie patriotisch dachte wie Körner? Während ihrer kurzen Wortwechsel beim Tanzen hatte sie sorgfältig darauf geachtet, sich diesbezüglich nicht zu verraten. Sein Großonkel war als Oberberghauptmann der wichtigste Beamte der Stadt, von ihm wurde Treue zum König und damit auch zu Napoleon erwartet.
Doch Sebastian hatte recht, hier durfte sie das Blatt nicht aufbewahren. Auch wenn es schmerzte, sie musste es verbrennen. Nur wo? Mitten im Juni brannte tagsüber im Haus kein Feuer außer in der Küche. Sie musste eine Gelegenheit abpassen, dort allein zu sein; bis dahin musste sie das Blatt sicher verstecken. Also faltete sie es und schob es sich mit dem Brief ins Mieder.
Dann endlich wollte sie sich wieder auf den Stuhl setzen. Doch als sie sich umdrehte, zuckte sie zusammen.
Étienne hatte die Augen geöffnet und sah sie an.

Erst allmählich verwandelte sich Henriettes Erschrecken in Freude. Sie stürzte auf den Kranken zu und fühlte seine Stirn, die sich nicht mehr so glühend heiß anfühlte wie sonst.
»Monsieur«, sagte sie atemlos. »Wie geht es Ihnen? Hier, trinken Sie, Sie müssen viel trinken. Und dann endlich etwas essen!«
Sie rannte zur Tür und rief durch den Flur: »Holt den Major!«
Dann richtete sie Étienne ein wenig auf und gab ihm in kleinen Schlucken einen ganzen Becher Wasser zu trinken.
»Henriette«, brachte er mit Mühe hervor, und wieder klang es wie »Angrijett«. »Ich bin sehr froh, Sie zu sehen.«
Erschöpft ließ er sich auf sein Kissen sinken und schloss die Augen, nur für einen Moment. »Das macht mich sehr glücklich. Ich fürchtete schon, ich würde Sie nie wiedersehen.«
Jette lächelte. Dann kam Johanna angerannt, um zu schauen, was passiert war, und wenig später auch der vom Regen durchnässte Major. Étienne hatte inzwischen etwas Hühnersuppe und helles Brot gegessen, noch mehr Wasser getrunken, und langsam trat wieder Leben in seine Züge.
»Ich stehe tief in Ihrer Schuld, Demoiselle«, sagte der Major zu Henriette und verbeugte sich knapp vor ihr, nachdem er seinem Sohn erleichtert eine Hand auf die Schulter gelegt hatte.
Jette fiel keine Antwort ein. Ihre Gedanken kreisten darum, wie er wohl reagieren würde, wenn er wüsste, dass sie unter ihrem Kleid gefährlichste Konterbande versteckt hatte, ein heimlich in die Stadt geschmuggeltes Gedicht vom Sänger der Freiheit, dem berühmtesten Lützower, den Napoleon persönlich zum Geächteten erklärt hatte.

Die Erleichterung im Haus darüber, dass der Sohn des Majors das Schlimmste überstanden hatte, war allgemein. Doch sie währte nicht länger als einen halben Tag.
Dann kam de Trousteau mit furchteinflößender Miene von der Kommandantur, verlangte Friedrich Gerlach zu sprechen, und streckte ihm ein Bündel dünner Blätter entgegen.

»Diese Machwerke kursieren in der Stadt. Wir haben Dutzende davon beschlagnahmt. Wurde das bei Ihnen gedruckt?«, fragte er drohend.

Der Meister griff nach dem obersten Blatt, rückte seine Brille zurecht und warf einen kurzen Blick darauf. »Natürlich nicht. Bei unseren Publikationen ist jedes Wort vom Zensor genehmigt. Wir verwenden auch andere Lettern und nicht diese Art Papier.«

»Dann werden Sie sicher keine Einwände haben, wenn ich Ihre Räume durchsuche. Beginnen wir in der Druckerei. Schließlich ist Ihre die einzige in der Stadt. Ich kann in dieser Angelegenheit keinerlei Nachsicht walten lassen.«

Jette wurden die Knie weich. Schon aus der Ferne hatte sie die Blätter erkannt – Körners Gedicht. Und sie trug eines unter dem Kleid versteckt!

Wie hatte sie nur so dumm sein können, vorhin nicht gleich daran zu denken, dass verbotene Druckwerke ihren Oheim unter Verdacht geraten ließen? Ob Körners Gedicht wirklich heimlich hier vervielfältigt worden war?

»Das kann überall gedruckt worden sein«, erklärte Friedrich Gerlach ruhig. »Vielleicht hat jemand aus dem Rückzugsgebiet der Alliierten ein ganzes Paket davon geschickt. Ich könnte mir vorstellen, dass die Preußen auf diese Art hier gern ein bisschen Verwirrung stiften wollen.«

»Mag sein. Aber ich muss der Sache nachgehen«, beharrte de Trousteau, und Friedrich Gerlach blieb nichts anderes übrig, als eine auffordernde Geste Richtung Treppe zu machen und ihm zu folgen.

»Bei allem, was wir für ihn getan haben!«, zischte Johanna entrüstet ihrer Nichte zu. »Nur dank dir überlebt sein Sohn!«

Henriette bezweifelte, dass die Dankbarkeit des Majors so weit reichen könnte, ihrem Onkel den Druck verbotener Schriften nachzusehen. Gezielt hatte er dieses Haus als Quartier gewählt, um zu kontrollieren. Er war ein gefährlicher Mann, daran hatte sich nichts geändert. Das durften sie nie vergessen.

Am liebsten hätte sie das Blatt in ihrem Mieder sofort verbrannt. Aber das konnte sie weder in Gegenwart ihrer Tante, die sich zu Tode erschrecken würde, noch in der Küche bei Lisbeth. Vielleicht erzählte Nelli dem Major davon? Wenn sie für Gefälligkeiten mit ihm ins Bett ging, würde sie wohl kaum Gewissensbisse haben, sie an ihn zu verraten, um sich einzuschmeicheln.

»Die sind doch nicht etwa wirklich bei uns gedruckt?«, fragte sie noch leiser.

»Natürlich nicht!«, entrüstete sich die Tante. »Sollen wir unser aller Leben riskieren?«

Andere tun es, dachte Henriette in Erinnerung an Felix, Richard und Theodor Körner. Woher wohl Sebastian das Gedicht hatte?

Ihr nächster Gedanke war, dass der Oheim, falls er tatsächlich Verbotenes druckte, seiner Frau sicher nichts davon sagen würde, weil sie sich zu leicht aufregte und zu viel redete. Mit jäh aufflackernder Angst fragte sie sich, ob de Trousteau unten in der Druckerei einen Beweis finden würde.

»Schauen Sie hier, wir verwenden einen anderen Schrifttyp als auf diesen Blättern«, erklärte Friedrich Gerlach, als er mit dem Major und vier Grenadieren die Druckerei betrat. Er reichte ihm einen Probebogen und wies auf den Stempel des königlichen Zensors. »Mein Schriftsetzer überträgt die Änderungen gerade für die nächste Ausgabe.«

De Trousteau trat zu Ludwig, sah ihn misstrauisch an und hielt ihm den Stapel Flugblätter entgegen. »Wurde das hier gedruckt?«

Auch Ludwig warf nur einen kurzen Blick darauf, nachdem sein Meister die Frage übersetzt hatte, und erklärte: »Nein, Herr Major. Das sind nicht unsere Lettern. Wir verwenden Walbaum, so heißt die Schriftart, und das ist Didot. Außerdem haben wir anderes Papier. Bitte, vergleichen Sie!«

Gerlach übersetzte, und de Trousteau inspizierte zunächst die Bleilettern im Setzkasten, verglich sie mit den Buchstaben auf dem Flugblatt und verlangte dann alle Korrekturbögen für die morgige Ausgabe der *Gemeinnützigen Nachrichten* zu sehen.
Ludwig sortierte die Blätter ordentlich zusammen, übergab sie und fuhr dann fort, Lettern und Spatien in seinem Winkelhaken aufzureihen.
»Übersetzen Sie, Wort für Wort!«, forderte der Major Jettes Oheim auf. »Und Sie, Demoiselle, warten bitte oben, bis ich Sie rufen lasse.«
Ohne sich etwas von ihrer Besorgnis anmerken zu lassen, ging Henriette wieder hinauf. Zuerst huschte sie in die Bibliothek, entzündete eine Kerze und verbrannte das Gedicht. Sie öffnete kurz das Fenster, damit sich der Brandgeruch verzog. Dann ging sie in Étiennes Zimmer, hin- und hergerissen zwischen Erleichterung und Sorge. Er schlief, aber seine Stirn fühlte sich nicht mehr heiß an, und sein Gesicht wies eine etwas gesündere Farbe auf.
Monoton trommelte der Regen gegen das Fenster. Die Zeit schien stillzustehen, bis Jette endlich nach unten in die Druckerei gerufen und ebenfalls aufgefordert wurde, die acht Seiten für die nächste Ausgabe ins Französische zu übertragen.
Und so übersetzte sie, beginnend mit dem königlichen Erlass über eine neue, kriegsbedingte Steuer für Grundstückseigentümer auf der ersten Seite. Dann folgten Möllers Geschichten über alte Freiberger Ratsgeschlechter, Todesnachrichten, ein Lobgesang auf den Kaiser, der sich einer Bittschrift der Roßweiner Bürger angenommen hatte, Meldungen über zu mietende Zimmer und Geschäftsräume und ganz zum Schluss, als ihre Stimme langsam heiser wurde, die fünfzeilige Bekanntmachung des Rates zu Dresden über den Waffenstillstand.
»Wie gesagt, das ist heute erst eingetroffen«, entschuldigte sich Friedrich Gerlach für diese Plazierung.
»Sie werden die exakten Bestimmungen des Waffenstillstandes

noch rechtzeitig bekommen, um sie in Ihrer nächsten Ausgabe im Wortlaut zu veröffentlichen«, kündigte der Major an. »Und zwar auf der Titelseite.«

Er war offensichtlich immer noch nicht überzeugt. Nun begann er, durch die Druckerei zu schlendern, kontrollierte Bögen, Papierstapel, jedes Blatt, das herumlag.

»Oh, l'Empereur!«, sagte er anerkennend. »Ein markantes Porträt! Sehr gut getroffen!«

»Die Nachfrage nach diesen Bildern ist so groß, dass wir immer wieder nachdrucken müssen«, beeilte sich Friedrich Gerlach zu versichern und rückte den Stapel der neuesten Auflage zurecht.

»Es freut mich, dass die Freiberger offenbar so treue Untertanen ihres Königs und Bewunderer unseres Kaisers sind«, lobte der Major, doch das klang ziemlich sarkastisch.

Plötzlich erstarrte er mitten in seinem Rundgang durch die Werkstatt und wies auf eine Kiste, die neben Ludwigs Arbeitsplatz stand.

»Was ist das?«, fragte er drohend, bückte sich und nahm ein zerknittertes Blatt heraus.

Jette stockte der Atem. Es war der aussortierte Fehldruck des Napoleonporträts.

»Majestätsbeleidigung! Nehmt diesen Kerl fest!«, rief er und wies auf Ludwig. Sofort stürzten sich zwei der Grenadiere auf den jungen Setzer, drehten ihm die Arme auf den Rücken und zwangen ihn auf die Knie. Sein mit drei Zeilen gefüllter Winkelhaken fiel zu Boden, Bleilettern prasselten über die Holzdielen.

»Das ist ein Fehldruck!«, rief Gerlach beschwichtigend und zog dem Major das beschädigte Blatt aus der Hand.

»Hier, sehen Sie, hier ist zu viel Farbe aufgetragen, das entstellt die Züge Seiner Kaiserlichen Majestät. So etwas können wir doch nicht in Umlauf bringen! Deshalb wird es aussortiert. Es ist nicht einfach, genau die richtige Menge Schwarz aufzutragen. Für jede Seite gibt es Probedrucke. Das ist ganz normal!«

Er fischte zum Beweis noch mehr Blätter aus der Kiste; Zeitungsseiten, auf denen zu viel oder zu wenig Druckerschwärze war, einen Bogen mit chemischen Formeln, zwei Postkarten, die er als Neuerscheinungen herausgebracht hatte.

Ludwig starrte finster auf den Major, die dunklen Haare hingen ihm in die Stirn, und Jette wünschte sich, der Schriftsetzer würde etwas weniger Grimm zeigen, um die Franzosen nicht noch mehr zu provozieren. Sie erinnerte sich noch genau, mit welch feindseligen Blicken de Trousteau Ludwig angestarrt hatte, als dieser bei Felix' drohender Verhaftung in die Buchhandlung gestürzt war. Auch der Major würde diese Szene bestimmt nicht vergessen haben.

»Es ist sehr wohl ein Unterschied, ob Sie ein paar Annoncen in den Abfall werfen oder ein Porträt des Kaisers«, dozierte de Trousteau kühl. »Auf Majestätsbeleidigung steht Festungshaft, und da kann dieser Kerl noch froh sein, wenn er nicht vor ein Exekutionskommando gestellt wird. Führt ihn ab!«

»Ich bitte Sie, dies ist *kein* politisches Vergehen!«, rief Friedrich Gerlach inständig, während die beiden Grenadiere Ludwig hochzerrten. »Im Gegenteil! Er hat es doch aussortiert, damit nur tadellose Bildnisse des Kaisers in Umlauf kommen. Das ist ein Missverständnis! Mein Schriftsetzer hat lediglich seine Arbeit gemacht.«

»Und *wie* hat er seine Arbeit gemacht? Indem er Seine Majestät den Kaiser beleidigte. Das kann ich nicht tolerieren, schon gar nicht in einer Druckerei. Dort muss man sich auf die Treue eines jeden Mannes verlassen können. Der Kerl kommt in die Erfurter Zitadelle.«

Mit wenigen Worten übersetzte der verzweifelte Friedrich Gerlach Ludwig, was ihm bevorstand. Der verstand genug Französisch, um das bereits zu wissen, schließlich musste er auch häufig Texte auf Französisch setzen. Aber das wollte er lieber nicht zu erkennen geben. Also sagte er weiter kein Wort und starrte nur finster wie bisher.

»Dieser Kerl zeigt ja nicht einmal Reue!«, entrüstete sich de Trousteau. »Jeder treue Untertan Seiner Majestät hätte sich längst zu Füßen geworfen, mir versichert, dass dies ein Versehen war, und hoch und heilig Besserung gelobt.«
Jette fasste sich ein Herz und trat zwei Schritte auf den Major zu.
Jetzt reagierte Ludwig erschrocken. »Nicht! Bringen Sie sich nicht in Schwierigkeiten!«, warnte er sie, noch bevor sie etwas sagen konnte. Er mochte dieses Mädchen – weil sie Lettern und Bücher liebte, weil sie außergewöhnlich war und weil sie ihn an seine erste große und unerfüllte Liebe erinnerte, die Frau seines besten Freundes.
Doch Jette ließ sich nicht aufhalten. »Er versteht Ihre Sprache nicht«, versuchte sie, de Trousteau zu beschwichtigen. »Ich bitte Sie beim Leben Ihres Sohnes: Verschonen Sie ihn! Er ist ein guter Mann!«
Interessiert sah der Major sie an. »Was wissen *Sie* von guten Männern?«, fragte er spitz, und sofort schoss Jette Röte in die Wangen.
»Ich meine ... er ist ... kein Feind Frankreichs ... Das ist ein furchtbares Missverständnis. Er macht hier nur seine Arbeit. Lassen Sie ihn frei, bitte!«
»Ein Missverständnis?« Der Major musterte seinen Gefangenen kalt, der sich weder rührte noch irgendein Wort von sich gab.
»Sie sind auffallend um ihn besorgt, Demoiselle. Das stimmt mich misstrauisch. Doch da heute dank Ihnen ein sehr glücklicher Tag für mich ist, will ich ausnahmsweise Milde walten lassen. Ich sagte Ihnen vorhin, dass ich in Ihrer Schuld stehe, und als Mann von Ehre halte ich mein Wort.«
Jette und ihr Oheim atmeten auf. Doch zu früh.
»Allerdings müssen Sie einsehen, Monsieur Gerlach, dass Sie so nachlässige Arbeiter hier nicht beschäftigen können. Werfen Sie ihn hinaus! Wenn ich ihn noch einmal hier sehe, kann er in

der Festung schmoren, bis er schwarz wird wie seine Druckerfarbe.«

»Er ist mein bester Setzer, er schafft über vierzig Zeilen pro Stunde. Und das fehlerfrei! Wenn ich ihn entlasse, weiß ich nicht mehr, wie wir hier noch jede Woche eine Zeitung fertigbringen sollen, von Büchern ganz zu schweigen«, wandte Friedrich Gerlach verzweifelt ein. »Gerade jetzt, da so viele Bekanntmachungen und Bulletins der Kommandantur zu veröffentlichen sind.«

Vielleicht fruchtete ja dieses Argument?

»Genau deshalb brauchen Sie zuverlässige Mitarbeiter! Natürlich wird man Sie künftig aufmerksamer im Auge behalten, Monsieur, und bei einem nächsten Zwischenfall könnte es auch Ihnen an den Kragen gehen, mein lieber Gerlach. Seien Sie also dankbar, dass ich Sie nicht für die Nachlässigkeit Ihres Arbeiters zur Verantwortung ziehe.«

»Sie gefährden unsere Existenz …«, sagte Friedrich Gerlach leise.

»*Sie* gefährden *Ihre* Existenz, indem Sie es an einem Ort an Kontrolle mangeln lassen, von dem viel Gefährliches ausgehen kann!«, hielt der Major ihm kalt vor. »Strapazieren Sie nicht meine Geduld. Mein Entgegenkommen hat Grenzen.«

Nun schwieg der Buchdrucker.

Dass Johanna zu alldem kein einziges Wort gesagt hatte, zeigte mehr als alles andere, wie sehr sie sich fürchtete. Kreidebleich stand sie in der Tür und hatte sogar eine Hand vor den Mund gepresst, als wollte sie damit verhindern, dass ihr eine verhängnisvolle Äußerung entschlüpfte.

Und sie alle konnten froh sein, dass Eduard gerade beim Buchbinder in der Waisenhausgasse war. Er hätte bestimmt irgendetwas Dummes, Unvorsichtiges angestellt.

De Trousteau drehte sich zu seinen Grenadieren und seinem Gefangenen um. »Bevor ihr ihn freilasst …«

Unversehens holte er aus und schlug Ludwig zweimal so heftig ins Gesicht, dass dessen Nase zu bluten anfing.

»Als Erinnerung und Mahnung! Noch einmal kommst du nicht so leicht davon.«
Er winkte seine Männer zu sich, drehte sich um und ging hinaus.

Nachdem die Tür krachend zugeschlagen war, schienen alle im Raum einen Moment lang erstarrt. Dann rannte Jette los und goss Wasser aus einer Kanne auf ihr Taschentuch, um es Ludwig zum Kühlen zu geben. »Legen Sie sich das in den Nacken, damit das Nasenbluten aufhört.«
»Es tut mir leid, Ihnen Schwierigkeiten bereitet zu haben, Meister«, sagte Ludwig, während Blut auf seine Schürze tropfte.
»Er hat nur eine Gelegenheit gesucht, Ihnen etwas heimzuzahlen … für damals, als er die beiden Studenten für Lützower hielt«, behauptete Jette. Davon war sie ganz und gar überzeugt.
»Was soll nun bloß werden?«, fragte Friedrich Gerlach mutlos. »Ich verliere meinen besten Mann und weiß nicht, wie wir alles schaffen sollen, auch wenn ich selbst wieder setze und Jette Korrektur liest. Und Sie können Ihre Mutter nicht mehr ernähren. Es tut mir so leid … Aber Sie haben ihn gehört, ich darf Sie nicht behalten. Ich werde Ihnen den Lohn für die ganze Woche geben und noch dazu, so viel ich kann, damit Sie eine Weile auskommen. Am besten wird es wohl sein, wenn Sie die Stadt verlassen. Hier finden Sie keine Arbeit. Und dieser Mann wird Sie nicht in Ruhe lassen.«
Ludwig hatte inzwischen sein eigenes Taschentuch ebenfalls in Wasser getränkt und wischte sich damit das Blut aus dem Gesicht, während er Jettes wie aufgefordert in den Nacken hielt.
»Nehmen Sie es sich nicht zu Herzen, Meister«, sagte er. »Ich gehe nach Leipzig, zu Mahlmanns Zeitung. Der Gedanke wühlt schon länger in mir. Ich wollte Sie nur nicht im Stich lassen. Aber ich bin es leid. Wir drucken hier jede Woche neue Bekanntmachungen über Steuererhöhungen und ansonsten nur Geschichten aus vergangener Zeit, während halb Europa in

Flammen steht. Ich weiß, Sie dürfen nichts Politisches veröffentlichen. Aber die Leipziger dürfen. Ich will einen Anteil daran haben, wenn sich das Vaterland erhebt.«

Überrascht starrten die Gerlachs und ihr Mündel ihn an. Damit hatten sie nicht gerechnet. Ihnen gegenüber hatte Ludwig nie politische Ansichten geäußert, sondern stets mit scheinbar unerschöpflicher Geduld alle Änderungen vorgenommen, die der königliche Zensor auf den Korrekturbögen angezeichnet hatte. Johanna überlegte, ob nicht etwa Ludwig die verbotenen Blätter gesetzt und gedruckt hatte.

»Die Zensur muss weg. Jeder soll frei seine Meinung äußern dürfen!«, erklärte dieser leidenschaftlich. »Dann müssen Sie nicht mehr um jedes Wort fürchten und den Zensor auch noch dafür bezahlen, dass er Ihnen selbst die harmlosesten Berichte zusammenstreicht. Nach seinem Ermessen, nach seinen Launen – das ist Willkür. Wir müssen endlich darüber berichten dürfen, was wirklich geschieht.«

»Ich gebe Ihnen ein Empfehlungsschreiben an Hofrat Mahlmann mit«, versprach Friedrich Gerlach, als er sein Staunen überwunden hatte. »Mahlmann und ich, wir kennen uns natürlich, das wird Ihnen helfen. Ich schreibe ihm noch einen zweiten Brief, in dem ich ihn bitte, mir einen guten Setzer zu schicken. In Leipzig findet man noch am ehesten einen. Aber einen so guten wie Sie bekomme ich bestimmt nie wieder.«

»Danke. Danke für alles! Auch an Sie, Fräulein Henriette. Ohne Sie wäre ich jetzt auf dem Weg ins Gefängnis.«

Ludwig warf sein blutiges Tuch in die Kiste mit den Fehldrucken, gab Jette ihres zurück und packte sein Werkzeug zusammen: Ahle, Kolumnenschnur, Winkelhaken und Setzschiff. Dann las er mit Jettes Hilfe die verstreuten Lettern auf.

»Ich sortiere sie ein«, versprach sie. Seit ihrer Kindheit hatte sie genug Zeit in der Druckerei verbracht, um das zu können. Jetzt war sie froh über die Gelegenheit, ihr Gesicht vor den anderen

verbergen zu können, während sie die Buchstaben vom Boden klaubte.
Ludwig band seine Schürze ab, rollte sie zusammen und nahm die Mütze vom Haken.
»Dann gehe ich wohl lieber, ehe es sich dieser Major noch einmal anders überlegt«, erklärte er. »Leben Sie wohl!«
»Leben Sie wohl«, sagte auch Friedrich Gerlach, nahm die Brille ab und putzte sie. »Ich schicke Ihnen heute noch jemanden mit den Empfehlungsschreiben. Möge Gott Sie schützen.«
»Passen Sie gut auf sich auf! Besonders auf Fräulein Henriette«, verabschiedete sich Ludwig, ohne das näher zu erklären.

Der Plan des Kaisers

Dresden, 10. Juni 1813

Dieses Mal würde Napoleon länger als nur für ein paar Tage in Dresden bleiben, und diesmal würde er nicht im Königlichen Schloss Quartier nehmen.
Dafür hatte er mehrere gute Gründe. Das Schloss war ihm zu eng für all die Männer seiner Entourage, er wollte ein Stück weg vom Zentrum der Hauptstadt sein, etwas abseits. Nicht nur, weil durch die Unzahl der Soldaten und Verwundeten die Straßen der Stadt mit Exkrementen bedeckt und Gestank erfüllt waren. Er brauchte Platz für die geplanten Truppenmusterungen. Vor allem aber wollte er nicht, dass irgendjemand seine Nase hineinsteckte und mitbekam, wer bei ihm ein und aus ging.
Der sächsische Adel war ein Wespennest. Die meisten von denen hatten im Frühjahr den Russen und Preußen zugejubelt und paktierten immer noch heimlich oder offen mit ihnen. Nicht einmal dem König konnte er nach dessen Heimlichtuerei mit den Österreichern mehr trauen.

Also hatte sein Großstallmeister Armand de Caulaincourt – der Nachfolger Durocs – das Palais Marcolini vorgeschlagen und mit dem durchtriebenen alten Grafen die finanziellen Einzelheiten des Arrangements ausgehandelt, wobei dieser sich vor Eifer über das lohnende Geschäft geradezu überschlug. Die Lage des Palais mit der pikanten Vorgeschichte war perfekt: für sich abgeschlossen, in der Friedrichstadt, wo die Junge Garde ihre Quartiere hatte, und nicht weit vom Ostragehege, wo Truppenübungen stattfinden konnten.

Da stand der dürre Marcolini auch schon am Tor und verbeugte sich tief.

»Sire, ich hoffe, es ist alles zur Zufriedenheit Eurer Kaiserlichen Majestät«, säuselte er, musste hinnehmen, dass er mehr oder weniger ignoriert wurde und sowohl der Kaiser als auch dessen Begleiter wortlos an ihm vorbeistapften.

»Wenn er Ihnen an den Hacken hängt und mehr Geld will, jagen Sie ihm ein bisschen Angst ein. Er soll's nicht übertreiben, der alte Gauner«, wies Napoleon drinnen Caulaincourt an. Der Großstallmeister verwaltete die Kriegskasse und bezahlte daraus auch die Eigentümer der Häuser, in denen der Kaiser und seine Entourage übernachteten. Er bezahlte sie großzügig für ihre Aufwendungen, aber manchem war *großzügig* immer noch nicht genug.

Marcolini hatte die abfällige Bemerkung zu seinem Glück nicht gehört – er wäre zu Tode erschrocken! – und zog sich gehorsam zurück. Trotzdem starrte er sorgenvoll auf die nicht enden wollende Zahl Uniformierter, die gerade sehr unbekümmert in sein kostbares Palais einzogen.

Ob das Geld am Ende auch wirklich für alle Ausgaben reichen würde? Und den Kaiser musste er natürlich im schönsten Salon unterbringen, im Chinesischen, alles andere wäre ein Affront. Aber Napoleon war ein Mann mit gefürchteten Wutausbrüchen. Ein Choleriker inmitten kostbarer Porzellanvasen! Das konnte einem schon den Schlaf rauben.

Mit kräftigen Schritten folgte der Kaiser seinem Quartiermeister und war mit dessen Arrangements zufrieden: ein großer Raum für das Kartenzimmer, zwei Arbeitszimmer für ihn im rechten Flügel. Das Schlafzimmer ein Stockwerk höher war nicht übermäßig groß, aber da legte er keinen Wert auf Luxus. Einzig wichtig war der große Raum für die Karten, das Topographiebüro.

Immer noch stapfte der Kaiser voller Schwung durch die Flure, begutachtete die Räume, den Blick aus dem Fenster auf den französischen Lustgarten, den großen barocken Neptunbrunnen und die Orangerie, die sich im Sommer für Theateraufführungen nutzen ließ.

»Wunderbar«, sagte er und wandte sich an seinen Adjutanten Berthier: »Wir lassen das Théâtre Français hierherkommen. Es soll hier jeden Abend spielen. Holen Sie Talma, den großen Talma! Und auch diese« – er tat so, als fiele ihm der Name der Schauspielerin nicht ein, die seine inoffizielle Geliebte während seiner Zeit als Erster Konsul der Republik gewesen war, er schnipste sogar kurz mit den Fingern –, »diese Mademoiselle George aus St. Petersburg. Nur die Besten, damit die kunstsinnigen Dresdner etwas geboten bekommen.«

»Welche Werke wünschen Sie aufgeführt, Sire?«, erkundigte sich Berthier.

»Komödien, nur leichte Stücke«, beschied ihm der Kaiser zur allgemeinen Verwunderung. Jedermann wusste, dass Napoleon dramatische Stoffe bevorzugte, wenn er schon eine Theateraufführung besuchte – und das meistens, um seinen hochrangigen Begleitern und Gästen eine moralische Lektion zu erteilen.

»Komödien«, wiederholte Bonaparte, und ein Lächeln spielte um seinen Mundwinkel. »Wir werden Dresden und der Welt zeigen, dass wir uns hier *sehr* entspannen und köstlich amüsieren, dass uns keinerlei Sorgen plagen außer dieser: Dem Friedenskongress möge Erfolg beschieden sein.«

Einige seiner Begleiter verzogen die Mienen ebenfalls zu einem Lächeln. Sie wussten, ihr Kaiser hatte alles andere vor, als sich zu entspannen und zu amüsieren. Er plante jede Menge Reisen durchs Land, um Truppen zu inspizieren, Festungen und andere wichtige Orte zu erkunden, sämtliche Dispositionen für den bevorstehenden Krieg zu treffen. Die Kavallerie musste nach den enormen Verlusten dringend aufgefüllt werden, seine Soldaten mussten sich ausruhen, vor allem die jungen Rekruten, die halb verhungert und immer noch nicht richtig ausgebildet waren.

Doch unterdessen würde ihr Feldherr jeden Tag nutzen, Dresden wehrhaft zu machen, in eine einzige Festung zu verwandeln. Das bedeutete eine Menge Arbeit, denn erst vor ein paar Jahren hatte er befohlen, die Dresdener Festung zu schleifen, um Kämpfe von der sächsischen Hauptstadt fernzuhalten. Er würde Erdwälle, Palisaden und Brücken errichten lassen, strategisch günstige Positionen ausbauen und alle sonstigen Arbeiten anweisen, die ihm nutzen konnten, wenn die Kämpfe nach dem Ablauf des Waffenstillstandes wiederaufgenommen wurden. Die Elbe sollte seine Hauptverteidigungslinie sein, alle Elbübergänge mussten gesichert werden.

Auch interessierten ihn brennend diese Felsen und Festungen an der Elbe bei Pirna, Lilienstein und Königstein, wo Friedrich der Große die sächsische Armee bezwungen hatte. Ganz dringend musste er herausfinden, wie sich das für ihn nutzen ließ.

Weiter ging sein schneller Marsch durch die Flure, während er die nächsten Anweisungen erteilte.

»Weilt die Gräfin von Kielmannsegge derzeit in Dresden?«, erkundigte er sich.

»Nein, Sire, sie ist auf ihren Gütern in Lübbenau, in der Lausitz«, beschied ihm der zuverlässige Berthier.

Der Kaiser winkte einen seiner flinken Sekretäre heran. »Schreiben Sie ihr, dass ich sie bald schon zu einer Audienz einladen werde. Oder nein, ich schreibe ihr persönlich. Aber lassen Sie am sächsischen Hof durchsickern, dass ich meine gute, treueste Freundin in Sachsen, die Gräfin von Kielmannsegge, hier bald empfange.«

Es würde interessant werden zu sehen, wer dann alles aus seinen Rattenlöchern gekrochen kam und bei ihr um Fürsprache bat.

Die schöne Auguste Charlotte von Kielmannsegge war nicht nur die Einzige, der er hier in Sachsen noch traute – und das, obwohl ihr Mann, ein Hannoveraner, mit den Engländern paktierte und ein Freikorps gegen ihn aufgestellt hatte! Sie war auch eine sehr kluge Frau und scharfsinnige Beobachterin. Ihre ausführlichen Berichte von ihren Begegnungen am Hof in Paris waren für ihn stets sehr erhellend gewesen und hatten ihm unter anderem den Beweis dafür geliefert, dass nicht nur Talleyrand wieder einmal gegen ihn intrigierte, sondern auch die Herzogin von Kurland darin verwickelt war.

Vom unzuverlässigen sächsischen Adel, der noch vor ein paar Wochen vor dem Zaren und dem Preußenkönig zu Kreuze gekrochen war und nun sein falsches Herz für Frankreich wiederentdecken würde, hielt sie ebenso wenig wie er. Ganz gewiss würde sie auch ihren Spaß daran haben zu sehen, wer sich nun wieder um ihre Freundschaft mühte, wenn sich die bevorstehende Audienz beim Kaiser herumsprach. Aber sie verdiente es, dass er ihr persönlich schrieb.

Stattdessen gab er andere Briefe in Auftrag.

»Beordern Sie den österreichischen Außenminister nach Dresden!«, wies er an. »Metternich. Le beau Clément verhandelt nämlich heimlich mit dem Zaren, und das kann ich nicht zulassen«, erklärte Napoleon schroff.

Dann erbrach er das Siegel eines weiteren Briefes, überflog ihn und sagte mit hochgezogenen Augenbrauen in gespieltem Staunen: »Der schöne Clemens erbittet selbst ein Treffen mit mir, um als Vermittler der Alliierten deren Angebot für einen Frie-

densschluss zu überbringen. Ich bin verwirrt. Gehört Österreich nicht zu *unseren* Verbündeten?«
Er gab den Brief zurück an Berthier.
»So viel Dreistigkeit imponiert mir schon wieder. Erst versucht er, uns die Sachsen abspenstig zu machen, von Österreich ganz zu schweigen, und nun das! Eigentlich müsste ich ihm für das Fraternisieren mit dem Feind den Prozess machen.«
»Er ist Diplomat, Sire«, wagte Caulaincourt einzuwenden,
»Ja, leider, ich weiß! Und was für ein gerissener. Ich frage mich, wann er über all seinen Intrigen noch die Zeit findet, so viele Frauen zu verführen.«
Das fragte sich der Kaiser wirklich. Dieser Metternich war eindeutig eine Spielernatur. Zu seinen unzähligen Affären gehörten auch eine Schwester Napoleons, wenn nicht gar zwei. Von Caroline wusste er es genau, sie hatte es ihm selbst erzählt, und er sah in dieser Liaison eine gute Gelegenheit, mehr über den Gegner herauszufinden. Außerdem geschah es seinem Schwager Murat nur recht, wenn sie ihm Hörner aufsetzte. Bei Elise war er sich nicht sicher. Doch der Galan aus Wien hatte während seiner Gesandtschaft am Pariser Hof auch noch die Ehefrauen von etlichen seiner Generäle und Adjutanten verführt, und das war nun wirklich mehr als leichtsinnig. Es grenzte an ein Wunder, dass er nicht längst bei einem Duell im Morgengrauen einer präzise ausgerichteten Kugel zum Opfer gefallen war.
»Metternich will also mit mir verhandeln«, wiederholte der Kaiser und verschränkte die Arme hinter dem Rücken. »Im Auftrag der Alliierten. Welche Forderungen die stellen werden, weiß ich jetzt schon, und nichts davon werde ich jemals auch nur in Erwägung ziehen. Ich gebe kein Stückchen Land zurück, das ich mit französischem Blut erobert habe. Aber da wir ja den Frieden wollen, werde ich ihn empfangen ... in zwei Wochen.«
Wieder trat Napoleon an ein Fenster und sah auf die Orangerie. Einen Augenblick lang erwog er, ob er seine Frau hierherkom-

men lassen sollte, verwarf den Gedanken aber rasch wieder. Seinen kleinen Sohn würde er gern sehen, doch der musste als sein Erbe und Nachfolger in Paris bleiben. Und Marie Louise war ihm zwar eine brave und zärtliche Ehefrau, aber in ihrer Naivität manchmal unerträglich. Sie war wie eine Puppe, die tat, was man ihr befahl. Und jetzt musste sie an seiner statt den Thron besetzt halten.
Normalerweise hielt Napoleon nichts von Frauen, die ihren Verstand nutzten und sich in die Politik einmischten, sie waren ihm ein Greuel. Aber die Anwesenheit von Marie Louise würde sein Dresdner Sommertheater nicht vollenden, sondern gefährden. Sie würde sich verplappern.
Erneut musste er daran denken, was ihm die Gräfin von Kielmannsegge über jene Tage im Oktober vorigen Jahres berichtet hatte, als in Paris die Nachricht von seinem Tod kursierte und sich die Aasfresser bereit machten, den Thron zu übernehmen. Eine kurze, schnell und blutig zu Ende gebrachte Revolte hatte es in der Stadt gegeben. Die meisten bei Hofe erklärten dabei die Gelassenheit von Marie Louise zu bewundernswertem Mut. Immerhin war es noch nicht sehr lange her, dass ihre Großtante Marie Antoinette von den aufständischen Parisern auf die Guillotine geschickt worden war.
Nur die zwei schönsten und klügsten Frauen am Hof, Charlotte von Kielmannsegge und Laure Junot, die Herzogin von Abrantès, waren klarsichtig genug, um zu erkennen, wie sich der vermeintliche Mut von Marie Louise erklärte: Sie hatte überhaupt nicht begriffen, in welcher Gefahr sie und ihr Sohn schwebten. Wobei die Kielmannsegge, die stets sehr elegant formulierte, das viel diplomatischer ausdrückte als die scharfzüngige Laure von Abrantès.
Der Kaiser befahl seinem Leibdiener Roustam, ihm ein heißes Bad zu bereiten, dann hakte sich sein Blick erneut an der Orangerie fest. Ja, hier würde es stattfinden. Sein Dresdner Sommertheater.

Gefährlicher Dank

Leipzig, 14. Juni 1813

»Der Gerlach aus Freiberg schickt Sie? Fähiger Mann. Kluger Kopf. Und er scheint ja wirklich große Stücke auf Sie zu halten«, meinte der Redakteur und Pächter der *Leipziger Zeitung* zu dem jungen Schriftsetzer, der bei ihm wegen einer Anstellung vorsprach.
Während sich Siegfried August Mahlmann erneut in das Empfehlungsschreiben vertiefte, zog Ludwig aus seinen Beobachtungen einige Schlüsse über den Mann, der die einzige politische Tageszeitung Sachsens leitete und ihm wieder Lohn und Brot verschaffen konnte.
Mahlmann mochte um die vierzig sein, er hatte scharf geschnittene Gesichtszüge, sein braunes Haar war in die Stirn gekämmt, um den zurückweichenden Haaransatz zu kaschieren. Nicht nur seine nach neuester Mode geschnittene Kleidung aus dunkelbraunem Samt und die goldene Nadel in der schneeweißen seidenen Halsbinde, sondern auch die Ausstattung des Kontors deuteten darauf hin, dass er ein reicher Mann war.
Kein Vergleich zu Friedrich Gerlach; der zählte zwar zu den angesehensten Bürgern Freibergs, doch seinem Haushalt und dem Gang der Geschäfte war anzumerken, dass er von verschwenderischem Reichtum weit entfernt war und bedacht wirtschaften musste.
Mahlmann indes – Dichter, Schriftsteller und Hofrat – war zweifellos reich.
Ludwig wusste, dass die *Leipziger Zeitung* unter seiner Führung enormen Aufschwung genommen hatte; gerüchteweise sollte die Auflage bei unglaublichen fünftausend Exemplaren liegen!
Grund dafür war nicht nur, dass das zahlungsfähige Publikum ebenso wie die Lesegemeinschaften großes Interesse an den

sich überschlagenden Ereignissen in Sachsen, Deutschland und Europa hatten. Mahlmann stand in dem Ruf, sein Blatt so vielseitig, aktuell und interessant zu gestalten, wie es unter den gegebenen Umständen möglich war. Als Hofrat und einstiger Redakteur der *Zeitung für die elegante Welt* genoss er das Vertrauen der höchsten Dresdner Kreise und besaß das nötige Können. Auf ausdrückliche Weisung des Hofes soll er bei der Neuausschreibung des Pachtvertrages den Vorzug vor anderen Bewerbern erhalten haben.

Gerade fragte sich Ludwig, wie sich das wohl mit den scharfzüngigen Beiträgen vereinbaren ließ, die die *Leipziger Zeitung* während des Einzugs der Preußen und Russen im April veröffentlicht hatte. Oder mit seinen satirischen Theaterstücken.

Doch da ließ Mahlmann das Empfehlungsschreiben Friedrich Gerlachs sinken, lehnte sich in seinem üppig verzierten Stuhl zurück, legte die Fingerspitzen beider Hände aneinander und meinte: »Gerlach lobt Sie in höchsten Tönen. Er schreibt, Sie seien schneller als jeder andere Schriftsetzer, würden quasi fehlerfrei arbeiten und besitzen das absolute Gespür für die richtigen Spatien. Wieso lässt er Sie dann gehen? Was treibt Sie nach Leipzig? Hatten Sie Ärger mit den Franzosen?«

Ludwig versuchte gar nicht erst, sich herauszuwinden. Das war nicht seine Art. »Ich möchte an einer politischen Zeitung mitarbeiten. An Ihrer Zeitung«, erklärte er. »Aber zu meinem Weggang aus Freiberg führte ein Zwischenfall, im Grunde genommen ein Missverständnis. Ich wollte meinen Meister nicht in Schwierigkeiten bringen, deshalb verließ ich die Stadt.«

In kurzen Worten berichtete er, was geschehen war.

»Das ist ganz schlecht!«, urteilte der Hofrat und Zeitungspächter und runzelte demonstrativ die Stirn. »Unter diesen Umständen kann ich Sie nicht einstellen. Auch wenn ich dringend jemanden mit Ihren Fähigkeiten brauchen könnte. Wir bekommen so viele Beiträge und Bekanntmachungen von den Franzosen herein, die alle unbedingt und in letzter Minute noch eingerückt werden sollen; man verlangt da Unmögliches von mir. Aber ein verdorbenes Porträt des Kaisers? Im Abfall?«

Missbilligend schüttelte er den Kopf. »Um Himmels willen! Wie konnten Sie nur so unvorsichtig sein?«

»Herr Hofrat, Sie wissen selbst, wie es in einer Druckerei zugeht und dass so etwas nicht als politischer Akt oder Sabotage gewertet werden darf«, beschwor ihn Ludwig. »Entscheidend ist doch, dass Meister Gerlach nicht mehr unter Verdacht steht, wir hätten illegale Schriften gedruckt.«

»Das wäre ja auch nicht auszudenken!«, entrüstete sich Mahlmann.

Völlig überraschend für Ludwig, der in gebührendem Abstand wartete, die Mütze in der Hand, sprang der Zeitungsinhaber auf, stellte sich hinter seinen Stuhl und umklammerte mit beiden Händen die vergoldete Lehne.

»Ich könnte Sie wirklich gut gebrauchen, ganz dringend! Zwei meiner Schriftsetzer sind kürzlich zum Militärdienst verpflichtet worden, und die neuen Leute sind zu langsam und machen zu viele Fehler. Das wiederum wird mir als Sabotage angekreidet. Stellen Sie sich nur vor: ein Bericht aus dem *Moniteur* oder ein königlicher Erlass – und dann ein Druckfehler! Wir tanzen hier alle am Rande des Abgrunds, verstehen Sie? Vor allem seit der Zeit, als die Alliierten sich hier breitmachten.«

Ludwig nickte; eine ausführliche Antwort wurde sicher nicht von ihm erwartet, obwohl er gern wüsste, was genau Mahlmann mit der letzten Bemerkung meinte. Nun fing dieser an, hinter seinem riesigen Schreibtisch aus Mahagoni auf und ab zu gehen, während er sich mit der rechten Hand immer wieder durch die Haare fuhr.

»Ich könnte Sie zur Probe einstellen … für den halben Lohn … Sie erzählen niemandem, woher Sie kommen. Für eine Woche. Dann sehen wir weiter.«

Ungeduldig wartete Mahlmann die Zustimmung seines neuen

Mitarbeiters ab. Ludwig hatte keine Wahl. Er musste schnell in Leipzig eine Anstellung bekommen. Fast das gesamte Geld, mit dem Friedrich Gerlach ihn großzügig ausbezahlt hatte, hatte er seiner kranken Mutter überlassen und nur das Allernötigste mitgenommen. Er besaß noch nicht einmal ein Quartier für die Nacht. Sein erster Weg hatte ihn direkt zur *Leipziger Zeitung* geführt – auf Anraten seines besten Freundes aus der Lehrzeit, der hier als Schriftsetzer arbeitete.

Der halbe Lohn war in seiner Notlage immer noch besser als nichts, außerdem war es ja auch nur für eine Woche. Entweder bekam er dann volles Geld, oder er suchte sich einen anderen Brotgeber.

»Sie müssen begreifen, was hier vor sich geht!«, fuhr Mahlmann ungeduldig fort. »Wir stehen ohnehin schon unter strenger Aufsicht der Franzosen, aber seit dem Intermezzo mit den Alliierten ist alles noch viel schlimmer geworden. Ich kann mir nicht den geringsten Ärger leisten. Und auf Dresden dürfen wir nicht hoffen. Weder auf Neuigkeiten, die bekommen wir immer noch schneller aus Paris, selbst wenn sie sich vor der eigenen Haustür ereignen, noch auf Rat, wie komplizierte Situationen zu handhaben sind.«

Er unterbrach seine ruhelose Wanderung für einen Augenblick und wies mit der Hand auf einen Brief, der wie ein Bild gerahmt an der Wand des Kontors hing, zwischen verschiedenen Zeitungsseiten, deren Inhalt Ludwig auf die Entfernung nicht lesen konnte.

»Das hinterließ mir mein Vorgänger, ein Schreiben aus dem Kabinett in Dresden von 1809. Damals gab es hier Probleme wegen der Freischar des Herzogs von Braunschweig-Oels«, erklärte Mahlmann. »Mein Vorgänger wollte Instruktionen aus Dresden, wie dies zu handhaben sei. Denn einerseits bedrohte der Herzog die Stadt, aber andererseits ist er ein Souverän aus einem der ältesten deutschen Fürstenhäuser, über die wir *grundsätzlich* nicht herabwürdigend berichten. Aber die Fran-

zosen verlangten genau das. Und wissen Sie, was Dresden antwortete?«
Ludwig blieb nichts anderes übrig, als zu verneinen. Er konnte den Brief von seiner Position aus nicht entziffern, und Mahlmann würde seine Frage ohnehin gleich selbst beantworten.
»Man müsse voraussetzen, dass der Unternehmer eines Zeitungsbüros den ganzen Umfang seiner Pflichten kenne und damit *etwas Intelligenz* und *politisches Gefühl* verbinde«, zitierte der höhnisch aus dem Gedächtnis. »Nur unter dieser Voraussetzung habe man ihm die Leitung eines solchen Geschäftes anvertrauen können, und auf solcher Kenntnis und klugen Erfüllung seiner Obliegenheiten beruhe seine Verantwortlichkeit sowie die Erwartung, dass er sich dabei nie in Widerspruch mit dem System seines Hofes befinden werde.«
Mahlmann schlug sich mit der Hand an die Stirn. »Das ist ... weniger als nichts! Wie soll man so eine Zeitung leiten, ohne bei irgendwem Anstoß zu erregen?«
Erneut beantwortete er seine rhetorische Frage umgehend selbst. »Indem wir unverzüglich alle Forderungen der Franzosen erfüllen; jeglichen Text unverändert und sofort einrücken, den sie uns auferlegen, selbst wenn wir deshalb das Haupt schamvoll verhüllen müssten! Sehen Sie dort: als Mahnung zwei Veröffentlichungen, die den absoluten Tiefpunkt in der Herausgeberschaft darstellen, auch noch aus der Zeit meines Vorgängers. Das links ist der Bericht über die Schlacht von Aspern. Sie wissen, was damals passierte?«
»Mai 1809 – die erste verlorene Schlacht Napoleons. Gegen die Österreicher, die bald darauf bei Wagram doch geschlagen wurden«, antwortete Ludwig.
»Exakt. Und wissen Sie, was die *Leipziger Zeitung* darüber zu veröffentlichen gezwungen war? ›Man hat gestern Nachrichten aus dem Hauptquartier des Kaisers Napoleon erhalten. Die sprechen von einer *sehr glänzenden Affäre*, in welcher sich die Franzosen wie gewöhnlich mit Ruhm bedeckt

haben, obgleich ein *ganz unerwarteter Zufall* verhinderte, dass der Erfolg vollkommen entscheidend sein konnte‹«, zitierte Mahlmann erneut zynisch aus dem Gedächtnis und redete sich in Rage.

»Unerwarteter Zufall – so kann man es auch nennen«, höhnte er. »Und rechts daneben, vom 2. Januar 1808: ein erzwungener Nachdruck aus dem *Westphälischen Moniteur* darüber, wie Napoleons Schwager König Murat Neapel beglückt. Nämlich, indem er angesichts leerer öffentlicher Kassen aus eigenem Vermögen beträchtliche Summen vorschießen würde. Eine Posse! Der verschwenderischste Mann Europas, ohne eigene Mittel …! Und solche Absurditäten müssen wir veröffentlichen, auch wenn sich jeder halbwegs gebildete Leser darüber totlachen könnte. Aber das ist nicht lustig. Ursprünglich sollten wir das ganze Blatt sogar auf Französisch drucken. Welcher Irrsinn! Manchmal lasse ich einfach die Zeile ›von französischer Hand eingereicht‹ darüber setzen, dann weiß die Leserschaft sofort, was sie davon zu halten hat. Und im Gegensatz zu anderen Blättern verkneife ich mir jedwede schmeichelnde Kommentierung der uns aufgepressten Texte aus dem *Moniteur*. Aber was, glauben Sie, ist passiert, als die Alliierten nach Leipzig kamen?«

Wieder konnte Ludwig keine Antwort geben, und er fragte sich, weshalb dieser Mann hier seinem neuen Angestellten einen so langen und prekären Vortrag hielt.

»Die waren noch schlimmer!«, rief Mahlmann mit schriller Stimme, beinahe hysterisch. »Am 31. März abends acht Uhr rückten die ersten Russen in die Stadt ein, und in der Ausgabe vom 2. April mussten wir schon seitenlange Ruhmeslieder über die Alliierten bringen! Nach vier Wochen waren sie wieder weg, in die Flucht geschlagen, wir hatten hier abermals französische Verhältnisse, aber ich war vollkommen in Verruf geraten. Die Franzosen hätten mich in Festungshaft stecken können wie Elger oder den Hofrat Becker! Oder an die Wand stellen wie den armen Palm! Nur mit dieser Peinlichkeit dort konnte ich mich und die Zeitung retten!«

Er wies auf eine ebenfalls gerahmte Titelseite gleich neben der Tür, die noch nicht vergilbt war und demzufolge recht frisch sein musste.

»Lesen Sie, lesen Sie!«, forderte Mahlmann seinen neuen Schriftsetzer auf. »Ich suche Ihnen derweil die Texte heraus, die vom Zensor für die morgige Ausgabe genehmigt worden sind. Sie können sofort mit der Arbeit beginnen.«

Wie angewiesen, ging Ludwig Richtung Tür und las, während Mahlmann auf seinem wuchtigen Tisch aus Mahagoni in Papieren wühlte.

Es war die Ausgabe vom 8. Mai. Die Peinlichkeit dieser Veröffentlichung erschloss sich dem jungen Mann sofort, noch bevor er überhaupt zu lesen begann.

Der mit »Erklärung« überschriebene Text stand direkt unter dem Zeitungskopf und füllte die gesamte Titelseite. Entwürdigender konnte man als Redakteur nicht abschwören.

Beim Lesen begriff Ludwig auch, warum Mahlmann ihm diesen unerwarteten Vortrag gehalten hatte: Er war von panischer Angst getrieben, trotz seines Reichtums, trotz seines Titels als Hofrat. Er wollte ganz oben mitspielen in diesem Spiel um Ruhm und Reichtum. Aber die politischen Umschwünge des Frühjahrs hatten ihn anscheinend bis ins Letzte begreifen lassen, über welchen Abgrund er da auf einem dünnen Seil balancierte.

»Seitdem unsere Stadt von russischen und preußischen Truppen besetzt war, sind in dieser Zeitung Aufsätze und Äußerungen erschienen, welche das Gepräge ihres Ursprungs deutlich in sich tragen«, begann der Widerruf. »Der Redakteur und Herausgeber dieser Blätter hatte, durch die fremde Gewalt gezwungen, durchaus keine Wahl, sondern musste dieser Gewalt unbedingt nachgeben, welche über alles verfügte, was gedruckt wurde; daher kann man auch in keiner Hinsicht annehmen, dass er das gebilligt habe, was die fremde Autorität durch diese Zeitung bekanntgemacht hat; vielmehr beweist der früher in derselben herrschende Geist, dass der Herausgeber dem System, welches Seiner Majestät der König von Sachsen, sein allergnädigster Herr, angenommen, überall treu geblieben ist und die Pflichten eines treuen Untertanen auch in dieser Hinsicht auf alle Weise erfüllt hat.«

Frustriert, beinahe wütend, fragte sich Ludwig, wie er auf den absurden Gedanken gekommen war, eine politische Zeitung könnte unter doppelter Zensur etwas zur Befreiung des Vaterlandes beitragen. Vielleicht hätte er sich doch lieber bei einem Buchdrucker vorstellen sollen. Aber von deren Nöten wusste er durch die Gerlachsche Druckerei genug. Auch wenn Leipzig das Zentrum des Buchdrucks in Deutschland war, ging es in diesen Zeiten dem Gewerbe sogar hier schlecht.

Er drehte sich um und wollte die Texte in Empfang nehmen, die er setzen sollte. Sein Handwerkszeug trug er bei sich, so konnte er gleich mit der Arbeit beginnen, ehe es sich Mahlmann anders überlegte. Doch Ludwig war noch keine zwei Schritte weit gekommen, als er von unten ein Krachen und Gebrüll hörte. Unmittelbar darauf polterten Schritte von mindestens einem halben Dutzend Männern die Treppe herauf.

Siegfried August Mahlmann, der Hofrat und Dichter, erbleichte.

Vorsichtshalber trat Ludwig etwas beiseite. Schon wurde die Tür aufgerissen, und zehn Männer in Gendarmerieuniform stürmten herein.

»Mahlmann, Sie sind verhaftet!«, schrie derjenige, der die Truppe anführte, ein Sachse, dessen Körperumfang beinahe die Knöpfe von der Uniformjacke sprengte und dessen Gesicht vor Triumph strotzte. Die Mehrzahl seiner Begleiter waren Franzosen. Entweder hoffte er auf eine Belohnung für sein energisches Vorgehen, oder ihm bot sich hier die Gelegenheit, eine alte Rechnung mit Mahlmann zu begleichen.

»Verhaftet? Wieso?«, fragte dieser schreckensbleich.
»Ist das Ihre heutige Ausgabe? Leugnen Sie nicht!«, schrie der Dicke und schleuderte ein Blätterbündel auf den Schreibtisch. Dann tippte er mit seinen fleischigen Fingern auf eine Stelle und verlangte: »Hier, lesen Sie das vor, laut und deutlich!« Verwundert starrte Mahlmann darauf und las wie aufgefordert vor.
»Dank. Dem Herrn Rittmeister v. Colmb. unsern innigen Dank, dass er uns sein gegebenes Wort so schön gehalten hat. Wir haben von Ihm und Seinen Begleitern gehört!!! Der biedere Mann halte einst auch sein zweites Versprechen und besuche mit dem edelmütigen E. unsere schönen friedlichen Berge. D. W., den 5. Juni 1813. Die Familie S.«
Irritiert sah Mahlmann hoch. »Ja, und? Eine Familienanzeige, eine Danksagung an einen Offizier. So etwas bekommen wir doch andauernd herein ...«
Er breitete seine Arme aus, um seine Unschuld zu unterstreichen.
»Unfug! Lüge!«, tobte der Dicke. »Sie feiern in Ihrem Blatt ganz unverfroren einen dieser preußischen Parteigänger, einen der schwarzen Briganten! Den Rittmeister von Colomb, der im Erzgebirge, im Vogtland und in Thüringen lauter Überfälle auf französische Truppen zu verantworten hat. Und der edelmütige E. – das ist sein Leutnant Eckardt. Leugnen Sie nichts!«
»Ich bin ... fassungslos ...«, stammelte Mahlmann.
»Ich kenne weder den Namen dieses – wie hieß er doch gleich? – noch seine militärische Tätigkeit«, widersprach er vehement, und Ludwig fragte sich, ob das gespielt war oder ihm der wahre Inhalt dieser harmlos erschienenen Anzeige tatsächlich entgangen war.
»Niemand hier in Leipzig kann davon etwas ahnen. Woher denn auch, wenn diese Leute so weit entfernt von hier operieren?«
Das war nun wirklich nicht besonders glaubhaft. Ganz Sachsen

hatte darüber gelacht, wie es Colomb und seinen Männern immer wieder gelungen war, die Franzosen zu überrumpeln und ihnen Munition und Vorräte abzuknöpfen.
»Woher soll ich denn wissen, dass dieser Rittmeister ein Preuße ist?«, fuhr Mahlmann in beleidigtem Tonfall fort. »Der Name stimmt ja nicht einmal überein! Und außerdem ist diese Annonce dem Zensor vorgelegt und von ihm genehmigt worden.«
»Das wird Ihnen alles nicht den Hals retten, Mahlmann«, hielt ihm der Anführer der Gendarmerie höhnisch grinsend entgegen. »Jetzt werden Sie keine Freiheitshymnen mehr verfassen, sondern bestenfalls Gnadengesuche.«
Er winkte vier seiner Männer nach vorn. »Verhaftet ihn und führt ihn zum Stadtkommandanten!«, befahl er. Die anderen wies er an, sämtliche Räume der Zeitung gründlichst zu durchsuchen.
»Ich bin unschuldig! Ich habe Lobgedichte auf Napoleon geschrieben!«, schrie Mahlmann, während ihn die Bewaffneten hinter seinem Schreibtisch hervorzerrten. Und dann schrie er das Gleiche noch einmal auf Französisch, wieder und wieder. Aus dem Büro der Expedienten für das Anzeigengeschäft und der Setzerei waren inzwischen sämtliche Mitarbeiter in den Flur getreten, um zu sehen, was vonstattenging. Mit ängstlichen Mienen verfolgten sie, wie ihr Brotgeber ohne die geringste Rücksicht auf seinen Titel als Hofrat auf die Straße gezerrt wurde, während er immer wieder seine Unschuld beteuerte.
»Seien Sie endlich still! Sparen Sie sich das für das Verhör beim Stadtkommandanten auf«, fuhr ihn der Dicke an. »Inspizient Ockardt!«
Ein Mann mit fahler Gesichtshaut zuckte zusammen und trat ängstlich vor. »Auf Anweisung des Oberpostamtes führen Sie inzwischen die Redaktionsgeschäfte!«
Der Inspizient brachte nur ein Nicken zustande.
Dann wandte sich der dicke Gendarmerieanführer an seine übrigen Männer und befahl: »Kehrt hier überall das Unterste nach

oben und sucht nach jedem Beweis für einen weiteren Verrat am Kaiser!«

Unverkennbar glücklich über diese Anweisung, verteilten sich die Gendarmen auf die einzelnen Räume.

Ludwig folgte ihnen in die Setzerei und stellte sich zu Hermann, seinem alten Freund aus der Lehrzeit.

Erschüttert sahen sie zu, wie auch hier Setzkästen ausgekippt und die Lettern über den Boden verstreut, sorgfältig geschichtete Papierstapel auseinandergerissen und jedes bewegliche Teil zu Boden geworfen wurde. Dagegen erschien Ludwig die Durchsuchung bei Gerlach noch beinahe harmlos.

»Hat Mahlmann dich schon eingestellt?«, fragte Hermann leise.

Ludwig nickte.

»Sehr gut. Wir werden heute bis in die Nacht hinein zu tun haben, um das alles wieder aufzuräumen.«

»Denkst du wirklich, dass sie mich nach alldem noch behalten? Mahlmann hat jetzt andere Sorgen – sofern er überhaupt noch lebt! Vielleicht sollte ich lieber bei Breitkopf & Härtel vorsprechen …«

Das war der größte und bedeutendste Verlag in Leipzig.

»Unsinn!«, widersprach Hermann. »Kein Buchverlag stellt in diesen Zeiten Leute ein, nicht einmal Breitkopf & Härtel. Niemand braucht Bücher im Krieg, höchstens zum Feuermachen. Und dafür kauft er sich kein neues. Aber Zeitungen brauchen die Leute, um zu erfahren, wie es im Krieg steht und wie sie sich über die Notzeit retten können. Mahlmann ist gerissen genug, der wird sich schon aus der Schlinge winden. Und Bertrand, der Stadtkommandant, soll im Gegensatz zu diesem Arrighi ganz vernünftig mit sich reden lassen …«

»Ich muss mir noch ein Quartier für die Nacht besorgen«, fiel Ludwig ein. Das hätte er beinahe vergessen.

»Komm erst einmal mit zu mir! Wir haben ein Bett frei, seit mein Vater gestorben ist. Greta wird sich freuen, dich wiederzusehen.«

»Sieht so aus, als wäre ich geradewegs vom Regen in die Traufe geraten«, meinte Ludwig resigniert, als er etliche Stunden später in Hermanns kleiner Dachwohnung am Neumarkt saß.

»Die Nachricht war sofort in der ganzen Stadt herum, dass sie Mahlmann verhaftet und zum Kommandanten gebracht haben«, berichtete Greta, Hermanns Frau, die ihr drittes Kind erwartete. Ihr erstes, Paul, war sechs Jahre alt und schlief schon angesichts der späten Stunde. Das zweite war kurz nach der Geburt gestorben, und dieses sollte im Herbst zur Welt kommen.

Die Gerüchte über Mahlmanns Verhaftung und den groß angelegten Gendarmerieeinsatz hatten sie schon am Nachmittag voller Sorge in die Setzerei getrieben, um sich zu vergewissern, dass ihrem Mann keine Gefahr drohte. Angesichts des überraschenden Wiedersehens mit Ludwig war sie ohne Zögern einverstanden, ihn für ein paar Tage aufzunehmen. Sie kannten sich aus der Zeit, als sie sich in Hermann verliebt und ihn geheiratet hatte. Ludwig war einer ihrer Trauzeugen gewesen und der Pate ihres ältesten Sohnes.

»Hauptsache, euch ist nichts geschehen«, meinte Greta, während sie den Männern Brot aufschnitt und im Korb auf den blankgescheuerten Küchentisch stellte. »Und sie verbieten die Zeitung nicht! Wir brauchen das Geld dringend ...«

Mit dem Seihlöffel fischte sie zwei oder drei Dutzend gesottene Flusskrebse aus dem Topf. »Die haben Paul und ich heute gesammelt. Hier ist es ein Armeleuteessen, aber in Freiberg gibt es das bestimmt nicht oft!«, meinte sie lächelnd zu Ludwig.

Sie hatte äußerlich kaum noch etwas mit dem zerbrechlichen jungen Mädchen gemein, als das Ludwig sie kennengelernt hatte. Mutterschaft und Schwangerschaft hatten sie auf eine ihn verwirrende Art verändert; ihre Züge waren weicher, aber weniger unbeschwert, ihre Hände rauh. Doch die Selbstverständlichkeit, mit der sie einem Freund in Not half, obwohl sie für ihre Familie sicher jeden Groschen dreimal umdrehen musste, zeigte ihm, dass ihr Herz immer noch auf dem rechten Fleck saß. Er neidete Hermann sein Glück. Aber es war kein böser Neid. Irgendwann würde er auch eine Familie gründen.

»Was meinst du, wusste Mahlmann von der Doppelbödigkeit dieser Annonce?«, fragte er und lehnte dankend Gretas Angebot ab, noch ein Stück Brot zu essen, obwohl sein Magen grimmte. Er wollte der Familie nicht mehr als nötig zur Last fallen.

»Das überlege ich auch schon die ganze Zeit«, meinte sein Freund. »Vielleicht will ich die Antwort gar nicht wissen? Eines jedenfalls steht fest: Diese Ausgabe ist bis auf die letzte Nummer verkauft! Zumindest *das* wird Mahlmann sehr freuen. Diese Geschichte wird ihn wieder einmal in aller Munde bringen. So etwas liebt er. Außerdem ist es gut für sein Geschäft. Die nächsten Ausgaben werden sich ebenfalls gut verkaufen, weil jeder nun etwas über den Fortgang dieser Affäre wissen will.«

»Ob sie ihn wirklich in Festungshaft stecken? Oder gar erschießen wie Palm?«, fragte Greta besorgt. Sie streckte das schmerzende Kreuz durch, dann zog sie ihren Nähkorb heran, um ein paar Kindersachen auszubessern.

»Er ist *Hofrat!*«, meinte Hermann gelassen. »Seine einflussreichen Freunde aus Dresden werden schon dafür sorgen, dass ihm kein Haar gekrümmt wird …«

»Bist du dir da sicher?«, fragte Ludwig.

Hermann grinste nur vielsagend.

»Wenn das so ist, dann ist es eigentlich eine lustige Geschichte …« Ludwig holte das Blatt aus seinem Bündel, das er vor der Beschlagnahme gerettet und heimlich mitgenommen hatte, strich es auf dem Tisch glatt und begann die verhängnisvolle Anzeige noch einmal genüsslich vorzulesen. »Dem Herrn Rittmeister unsern innigen Dank …«

»… dass er die Franzosen so schön hochgenommen hat«, vollendete Greta und ließ vor Fröhlichkeit glucksend die Flick-

arbeit sinken. »Kommen Sie doch bald wieder, Herr Rittmeister! Und nicht nur in unsere friedlichen Berge, sondern auch in unser schönes Leipzig!«
»Und Sie, liebe Familie S., haben uns mit Ihrer Annonce gleichfalls viel Freude bereitet«, fiel Hermann prustend ein. Da mussten alle drei aus vollem Herzen lachen, bis ihnen die Tränen liefen.

Ohne jede Chance

Kitzen, südwestlich von Leipzig, 17. Juni 1813

»Findest du das nicht auch unheimlich? Kein Mensch lässt sich sehen, es schaut nicht einmal jemand aus dem Fenster ...«
Felix lief es kalt über den Rücken, während er an Richards Seite durch das Dorf ritt, in dem sie für diese Nacht ihr Biwak aufschlagen sollten. Die weitere Wegstrecke zur Elbe war am Vortag mit dem französischen Stadtkommandanten in Gera abgesprochen worden.
Sie ritten als Vorhut, in der 2. Eskadron der Freiwilligen Jäger der Lützower. Ihr Trupp umfasste derzeit mehr als vierhundert Reiter und einhundert Infanteristen, dazu kam der Tross ... Es war eigentlich unmöglich, eine Ortschaft zu durchqueren, ohne dass sie Aufmerksamkeit erweckten, die Leute ihnen neugierig nachstarrten oder sie begrüßten. Meistens wurden sie sogar begeistert gefeiert.
Es mochte gegen sechs Uhr abends sein, und Felix' letztes unheimliches Erlebnis lag noch keine Stunde zurück. Das war im nahe gelegenen Großgörschen gewesen, als sie mit Erlaubnis ihrer Offiziere das Schlachtfeld besichtigten – dort, wo Anfang Mai die preußisch-russisch Alliierten den Großangriff auf die Grande Armée eröffnet hatten.

Felix wollte nicht dorthin. »Was erwartest du da zu sehen? Gräber, tote Soldaten und Pferdekadaver?«, hatte er gemurrt.
»Das Feld des Sieges!«, erwiderte Richard triumphierend. »Den Ort, wo der Anfang vom Ende des Usurpators besiegelt wurde.«
Felix wollte nicht schon wieder streiten. Und da es so eine Freude war, auf der wunderbaren Schimmelstute zu reiten, die ihm der Rittmeister von Colomb beim Abschied überlassen hatte, begleitete er ihn.
Der Major von Lützow und sein Adjutant Körner ritten voran, und Richard folgte ihnen wie immer, so dicht er konnte. Es war, als wollte er auf diese Art ein Stück von ihrem Ruhm erhaschen. Links und rechts der Straße lagen unzählige frische Gräber. Felix sah, dass Körner so nah auf eines zuritt, dass sein Pferd mit der Vorderhand im noch lockeren Erdreich versank. Plötzlich blass im Gesicht, ritt er zurück zum Major von Lützow, der auf der Straße gewartet hatte, und sagte etwas offenbar sehr Ernstes. Doch der Major schien ihn mit seiner Antwort auszulachen.
»Was die wohl gerade bereden?«, fragte Richard halblaut.
»Das ist doch klar: Körner hat eine düstere Vorahnung – als ob ihn etwas ins Grab ziehen wollte, du hast es doch selbst gesehen! Und der Major sagt ihm, er solle seine dichterischen Hirngespinste vergessen«, erklärte Felix, der sich wieder einmal über das mangelnde Einfühlungsvermögen seines Freundes ärgerte.
»Das solltest du auch!«, hielt Richard ihm vor. »Wir verhalten uns gemäß den Absprachen mit den Franzosen und dem sächsischen Marschkommissar. Gestern waren unsere Offiziere in Gera sogar zum Mittag beim französischen Kommandanten eingeladen. Also besteht überhaupt kein Grund zur Sorge.«

Seit neun Tagen waren Felix und Richard nun schon mit den Lützowern unterwegs, und entgegen allen Befürchtungen wurde ihnen hier die Prügelei beim ersten Aufeinandertreffen nicht

vorgehalten. Die Brandrede des Rittmeisters hatte sich offenbar herumgesprochen. Und ebenso, dass die Angreifer getrunken hatten, was eigentlich nicht erlaubt war, sofern nicht gerade aus einem besonderen Anlass ein Glas an jeden ausgeschenkt wurde, am Geburtstag des preußischen Königs beispielsweise.
Zu ihrer großen Freude hatte Richard doch noch zwei ehemalige Freiberger Studenten gefunden, die sie begeistert begrüßten: den Thüringer Moritz Ferdinand von Klitzing aus Artern und den Berliner Johann Christian Julian Reil. Der hatte vor dem Studium sogar schon eine Militärlaufbahn begonnen; sein Vater schickte ihn 1807 fünfzehnjährig nach Memel, als das Königspaar in Preußens schlimmster Erniedrigung dorthin flüchten musste. Reil brachte es bis zum Leutnant, entschied sich dann aber für das Studium in Freiberg. Doch als Friedrich Wilhelm von Preußen am 17. März den Aufruf *An mein Volk* veröffentlichte, meldete er sich sofort zum Lützower Freikorps. Er war blond, mit leuchtend blauen Augen, gerade erst zwanzig geworden und von spöttischem Geist.
Auch von Klitzing hatte die Bergakademie schon verlassen, als Felix nach Freiberg kam. Er wechselte ins juristische Fach nach Leipzig und ging wie Julian Reil gleich im Frühjahr zu den Lützowern. Er war groß, breitschultrig, stets sorgfältig rasiert und für einen angehenden Juristen ziemlich wortkarg. Aber wenn er etwas sagte, hatte es Hand und Fuß. Er ritt ebenso gut, wie er den Umgang mit Waffen beherrschte – Ergebnis seiner Erziehung an einer Adelsschule.
Die beiden einstigen Bergstudenten brachten sie auch umgehend zu Theodor Körner, wo Richard endlich die Grüße von Professor Werner ausrichten konnte.
»Geht es ihm gut?«, hatte sich Lützows Adjutant lebhaft erkundigt. Immerhin war sein Lehrer nun schon über die siebzig, und er hatte seinen begabten, aber in Sachen Disziplin recht schwierigen Studiosus Körner sehr gefördert. »Und lebt meine alte Wirtin noch? Die letzte, bei der ich war, am Untermarkt?«

Doch die Antwort darauf schien ihn schon nicht mehr zu interessieren. Freiberg war für Theodor Körner weit weg, viel weiter weg als für die beiden Neuankömmlinge.
Es war nicht Langeweile, was Felix auf seinem Gesicht las, sondern eine Düsternis und Verdrossenheit, die er sich nicht erklären konnte. Denn wenn der gefeierte und umschwärmte Dichter seine Verse vortrug oder zur Gitarre sang, wirkte er vollkommen verändert: Mitreißend vor Schwung und Esprit, seine Augen leuchteten, und er begeisterte jeden, der ihm zuhörte. Dann schien er ein völlig anderer Mensch zu sein.
Allerdings machte auch Körner aus seinem Missmut über den Waffenstillstand kein Hehl. Die meisten Lützower wollten weiterkämpfen. Doch vor drei Tagen hatte ihr nach Dresden gesandter Kurier ein Schreiben des sächsischen Generalstabschefs von Gersdorff gebracht, in dem dieser den Waffenstillstand bestätigte und Einzelheiten mitteilte. Gemäß den Festlegungen müssten sie längst rechts der Elbe sein. Der Stichtag war der 12. Juni gewesen, also vor fünf Tagen.
Doch immer noch hielten sie sich weit von der Demarkationslinie entfernt auf. Nach den Befehlen des sächsischen Marschkommissars zogen sie in einem Tempo durch Sachsen, Richtung Leipzig, als hätten sie keine Eile.
Das kam Felix merkwürdig vor. Sie hätten sich doch nach Böhmen zurückziehen können, das wären nur ein oder zwei Tagesmärsche gewesen!
Diesen Gedanken behielt er für sich. Seine Freundschaft zu Richard hatte einen Riss bekommen. Er nahm es ihm immer noch übel, Colomb verlassen und ihn selbst so belogen zu haben. Aber noch mehr Streit, so fürchtete er, könnte diese Freundschaft zerbrechen. Und dann würde er sich ziemlich verloren fühlen.
Sicher, die Zeit bei Colomb war eine gute Lehre gewesen. Und nun durfte er mit gewissem Stolz von sich sagen, am großen Werk mitgewirkt zu haben. Doch wie er das seinen Eltern bei-

bringen sollte, die von ihrem letzten Geld seine Studien bezahlten und vermutlich schon einen Sohn im Kampf gegen Bonaparte verloren hatten, wusste er nicht. Wenn er endlich jenseits der Elbe war und ohnehin sechs Wochen nicht mehr gekämpft wurde, musste er schleunigst zurück nach Freiberg und den versäumten Lehrstoff nachholen.

»Seht ihr die Staubwolke dahinten? Sieht aus, als ob sich eine Eskadron Reiter nähert!«, sagte Julian Reil ungewohnt ernst, als sie gerade ihre Pferde abzäumen und füttern wollten. Sofort schauten Felix, Richard und auch Moritz von Klitzing in diese Richtung. Die vier einstigen Bergstudenten ritten meistens gemeinsam, wenn es sich einrichten ließ. Reil war zwar eigentlich Leutnant, aber da die Freiwilligen in Lützows Korps ihre Offiziere selbst wählten und ein paar Wortführer ihm vorwarfen, die preußische Armee verlassen zu haben, hatte er hier keine Kommandofunktion. Falls ihn das störte, ließ er es sich nicht anmerken. Er war hier, um Preußen von den Franzosen zu befreien, und wollte dann sein Studium fortsetzen.

»Sind das diese Württemberger, die wir gestern bei Zeitz getroffen haben und die uns den ganzen Tag schon folgen?«, fragte Felix, der trotz seiner Brille auf die Entfernung keine Einzelheiten ausmachen konnte. Es blieb ihm ein Rätsel, wie die Erfahreneren unter ihnen fremde Regimenter und Eskadrons schon von weitem auseinanderhalten konnten.

»Vorhin sagte jemand, von vorn hätte er auch etwas kommen sehen«, meinte von Klitzing bedeutungsschwer.

»Und ich weiß jetzt, warum es in diesem Dorf so gespenstisch still ist, Brüder«, erklärte einer aus der Gruppe der Tiroler, die Andreas Hofers Aufstand mitgemacht und überlebt hatten, während er mit einem Eimer voll Wasser für die Pferde zu ihnen trat. »Der hiesige Amtmann erzählte unserem Leutnant Kropff von der Ulanen-Eskadron, es sei noch keine zwei Stunden her, dass ein paar Franzosen in sein Haus kamen und zwei

schwerverwundete preußische Offiziere im Schlaf erschossen haben.«
»Diese Schweine!«, rief Richard wütend.
»Das ist noch nicht einmal alles«, wusste der Tiroler, der deutlich älter als die Freiberger Studenten war und einen dichten Bart um sein kantiges Gesicht trug. »Die Franzosen haben zwei unserer Ulanen, die zur Proviantbeschaffung losgeschickt waren, gefangen genommen und ihre Pferde requiriert. Der Major will nun den Leutnant als Parlamentär nach Leipzig schicken, zu diesem Arrighi, um die Sache zu klären. Schließlich ist Waffenstillstand.«
Angesichts solcher Neuigkeiten, die rasch die Runde machten, brodelte die Stimmung unter den Freiwilligen Jägern, als der Anführer ihrer Eskadron mit eiligen Schritten von der Offiziersbesprechung kam und sein Detachement zusammenrief.
»Ein Befehl des Rittmeisters von Bornstaedt, und ich bestehe darauf, dass jedermann ihn dringendst befolgt«, verkündete der Premierleutnant von Aschenbach streng. »Unterlassen Sie jegliche feindselige Handlung gegen fremde Truppen, selbst wenn die Feindseligkeit von der anderen Seite ausgehen sollte! Die Sache ist von höchster Wichtigkeit! Zuwiderhandlungen werden mit dem Tode bestraft.«
Entgeistert starrten sich die Lützower an. So etwas hatte es noch nicht gegeben.
»Wenn sich feindliche Truppen nähern, darf auf keinen Fall ein Alarmschuss abgegeben werden«, fuhr Aschenbach fort. »Es wird *nicht* geschossen! Ist das allen klar?«
Er sah seine Jägerabteilung scharf an, als wollte er jedem Einzelnen den Befehl ins Hirn brennen. »Es sind bereits Parlamentäre in beide Richtungen ausgeschickt, um zu versichern, dass wir uns weisungsgemäß verhalten.«
»Dann helfe uns Gott, dass *die* das auch tun«, meinte Julian Reil leise mit dem für ihn typischen Sarkasmus.
Moritz von Klitzing wartete, bis der Premierleutnant weiterge-

gangen war, dann führte er die drei anderen einstigen Bergstudenten ein Stück beiseite, weg von den lautstark und wild diskutierenden Freiwilligen.
»Ihr wisst, was das zu bedeuten hat?«, fragte er mit finsterer Miene.
»Bornstaedt und Lützow befürchten, dass wir uns von den Franzosen provozieren lassen und ihnen einen Vorwand liefern …«, sagte Felix, obwohl die Antwort jedem klar sein musste.
»Sie werden heute angreifen und uns auslöschen«, sagte von Klitzing – ruhig, fest und vollkommen überzeugt von seinen Worten. »Ganz gleich, was wir tun oder nicht tun. Heute ist der Tag. Das hier« – er wies in die Richtungen, aus denen sich feindliche Truppen näherten – »ist kein Zufall. Das ist ein sorgfältig geplantes Manöver. Es werden noch mehr kommen.«
Moritz von Klitzing sah seinen Freunden nacheinander ins Gesicht. »Ich fürchte, für uns endet heute und hier die Geschichte. Bereitet euch vor. Wir wollten etwas fürs Vaterland leisten. Wenn es unser einziger Beitrag ist zu sterben, dann lasst es uns wenigstens mit Würde tun.«
Richard riss die Augen auf und starrte ihn ungläubig an.
Felix und Julian aber nickten nur leicht. Sie waren längst zu dem gleichen Schluss gekommen.

Bevor der Ulanen-Leutnant Kropff nach Leipzig ritt, schickte ihn der Major von Lützow dem württembergischen Offizier entgegen, der mit seinen Truppen den ganzen Tag lang ihrem Zug gefolgt war.
Kurz darauf kam der Leutnant zurück und meldete: »Er will Sie als Kommandeur sprechen.«
Sofort saß Lützow auf, wählte die Leutnants Körner und von Oppeln als Begleiter und ritt dem Württemberger entgegen. Gleichzeitig brach Kropff als Parlamentär nach Leipzig auf, um das vermeintliche Missverständnis aufzuklären … und ohne zu

ahnen, dass man ihn dort auf der Stelle entwaffnen und gefangen nehmen würde.

»Bringen Sie neue Befehle, Herr Oberstleutnant?«, fragte Lützow den württembergischen Offizier scharf. »Oder wie sonst soll ich verstehen, dass uns Ihre Kolonne schon den ganzen Tag lang folgt, obwohl wir uns doch gestern einig darin waren, dass mein Korps in Abstimmung mit den französischen Militärbehörden Richtung Elbe ziehen darf?«

Der Oberstleutnant von Kechler räusperte sich, denn er fühlte sich äußerst unwohl in seiner Haut. Als loyaler Untertan seines Königs diente er nach dessen Willen in der Grande Armée. Die schriftlichen Befehle, die er vor drei Tagen von seinem nunmehrigen Vorgesetzten bekommen hatte, dem französischen General Arrighi, waren eindeutig. Er sollte mit seinen zweihundert Mann Infanterie und einhundert Reitern das Land durchstreifen, um jegliche Freikorps, die er dabei antraf, zu entwaffnen, gefangen zu nehmen und nach Leipzig zu bringen. Wer Widerstand leistete, den sollte er niederschießen lassen. Aber auch noch auf Flüchtende zu feuern, wie die Order ausdrücklich verlangte – das widersprach allen Gepflogenheiten! Dass sich die Lützower ganz in seiner Nähe befanden, wusste er schon durch den Geraer Militärkommandanten. Doch dieser versicherte, das Korps habe einen sächsischen Marschkommissar bei sich, werde sich an den Waffenstillstand halten und sei in bestem Einvernehmen mit den Franzosen friedlich an Gera vorbeimarschiert.

Er brauchte also dringend neue Instruktionen, *schriftliche* Instruktionen, wie er sich in dieser veränderten Situation verhalten sollte.

Also hatte er noch in der Nacht einen Adjutanten nach Leipzig geschickt, um General Arrighi die Anwesenheit der Lützower zu melden und weitere Order zu erbitten. Währenddessen wolle er die berüchtigte Freischar nicht aus den Augen lassen.

Deshalb erklärte er: »Ich erhielt Anweisung, Ihnen mitzuteilen, dass Sie nicht weiterziehen dürfen. Warten Sie hier auf den Marschkommissar, den Ihnen der Herzog von Padua schickt, der General Arrighi.«

Der Freiherr von Lützow musterte sein Gegenüber skeptisch, bestätigte aber, dass er hier Lager beziehen und warten werde.

»Können Sie mir Ihr Wort als Württemberger und Deutscher geben, dass Sie nicht angreifen?«, fragte er.

Von Kechler wand sich. Die schriftliche Order mit dem Schießbefehl, der allseits bekannte Hass Napoleons und Arrighis auf die Lützower und die Mitteilung, dass die Generäle Fournier und Normann am Morgen mit elfhundert Mann Infanterie, mehr als vierhundert Mann Kavallerie und sogar drei Geschützen von Leipzig aus aufgebrochen waren, um die Lützower zu stellen ... das alles ließ ihn nicht glauben, dass man den Major mit seinen Männern friedlich über die Elbe ziehen lassen würde. Doch für ihn galt im Augenblick lediglich die Anweisung, Lützow den Halt in Kitzen zu befehlen. Was danach kam, konnte er schließlich nicht wissen.

»Sollte ich den Befehl dazu bekommen, werde ich Sie vorher informieren«, versprach er.

Lützow war mit dieser Antwort nicht zufrieden. Dennoch gab er Kechler die Hand darauf, in Kitzen ohne Kampfhandlungen auf Arrighis Offizier zu warten.

Sie verabschiedeten sich, doch nachdem der Major seinen Hengst schon gewendet hatte, kehrte er noch einmal um und ritt dicht an Kechler heran, allein.

»Können Sie mir Ihr Ehrenwort geben, dass ich von den Franzosen nichts zu befürchten habe?«

Kechler sah sich in der Zwickmühle. Er durfte keine geheimen Informationen an den Feind weitergeben, aber es tat ihm beinahe weh, mit welcher Leichtgläubigkeit und Naivität dieser Preuße in die Falle getappt war. Wie konnte er nach all den Bannflüchen des Kaisers noch glauben, seine Männer würden wie reguläre Truppen behandelt werden? Lützow hätte sich längst über die Elbe zurückziehen müssen. Jetzt gab es für ihn keinen Ausweg mehr. Noch heute würde sein Korps zerschlagen werden.

Der Württemberger suchte Zuflucht in einer Halbwahrheit: »Wenn ich Befehl hätte, Sie anzugreifen, würden wir hier nicht sprechen. Mein einziger Auftrag an Sie war, Ihnen diese Nachricht zu überbringen.«

Sie verabschiedeten sich und galoppierten in unterschiedliche Richtungen davon.

Kurz darauf erfuhr der Oberstleutnant, dass General Normann mit einer mobilen Kolonne bei Lützen stehe, und wollte ihm entgegenreiten, um ihn vom Stand der Dinge zu informieren. Aber Normann war bereits Richtung Kitzen aufgebrochen.

Von Kechler holte ihn eine halbe Stunde vor Kitzen ein, fand an der Spitze der Truppen neben Normann den französischen General Fournier vor und wurde sofort von diesem angebrüllt: »Greifen Sie die Preußen an! Sie sind mit Ihrem Kopf dafür verantwortlich, dass kein Preuße durchkommt!«

Aufgebracht berichtete der Oberstleutnant von seinem Gespräch mit Lützow und wurde zum Standort seiner Kolonne zurückgeschickt.

Dort setzte er eine Depesche auf. »Herr Major von Lützow! Soeben erhalte ich Marschorder. Unser beiderseits gegebenes Ehrenwort ist hiermit aufgelöst, v. Kechler.«

Doch der Unteroffizier sollte nicht mehr dazu kommen, das Schreiben an Lützow zu übergeben; da war dessen Freikorps schon zerschlagen. Aus der Ferne würde Kechler noch bis tief in die Nacht die Schüsse und den Kampflärm hören – mit einer Mischung aus Bedauern für den leichtgläubigen Gegner und Erleichterung, nicht persönlich an diesem unrühmlichen Gefecht beteiligt zu sein.

Außer durch die Tatsache, Lützows Standort an General Arrighi gemeldet zu haben.

»Herr Major, hier zieht sich ein Ring um uns zusammen! Vergessen Sie die Marschkommissare, lassen Sie uns ohne Rücksicht auf den Waffenstillstand sofort einen Weg zur Elbe bahnen!«, beschwor der Rittmeister von Bornstaedt unterdessen seinen Korpsführer, als dieser von der Unterredung mit Kechler zurückkam.
Doch Lützow schüttelte den Kopf.
»Sie werden uns nicht angreifen, wenn wir uns weisungsgemäß verhalten«, beharrte er. Er weigerte sich, etwas anderes auch nur in Erwägung zu ziehen. Das würde sein ganzes bisheriges Tun in Frage stellen.
Der Leutnant, den er der ersten Staubwolke entgegengeschickt hatte, die sich ihnen näherte, kam in schnellem Trab zurück und meldete: »Der französische General Fournier und der württembergische General Normann wünschen Sie zu sprechen, Herr Major.«
Inzwischen war deutlich zu sehen, dass auf einer Wiese nördlich von ihnen zwei Einheiten Kavallerie vorrückten.
Lützow rief seinen Adjutanten Körner und den Leutnant von Oppeln zu sich und galoppierte mit ihnen den Feinden entgegen.
Unterdessen wies von Bornstaedt den sofortigen Abzug des Korps Richtung Altranstädt an.
»Halt!«, befahl der Rittmeister Augenblicke später. Er hatte sein Pferd herumgerissen und starrte in die Richtung, in die die Parlamentäre gezogen waren.
»Der Major ist gestürzt!«
Hatten die Franzosen etwa ihrem Anführer das Pferd unterm Leib weggeschossen, statt zu verhandeln? Aufgewühlt spähten die Männer in die Dämmerung und versuchten, etwas zu erkennen.
»Ruhe!«, brüllte einer der Offiziere die Freiwilligen an, die immer noch Lieder sangen, wie es bei ihnen auf dem Marsch üblich war. »Schluss mit der Singerei!«

Erleichtert sahen sie, dass Lützow aufstand und erneut in den Sattel stieg. Sein Pferd war wohl nur im Gelände fehlgetreten.

»Sind Sie der ranghöchste Kommandierende?«, fragte der Major von Lützow den General, der an der Spitze der Kavallerieeinheit ritt; ein Württemberger, wie er an der Uniform erkannte, noch relativ jung für seinen Rang, vielleicht um die dreißig, und mit einem dichten Schnurrbart.
»General von Normann-Ehrenfels«, stellte dieser sich vor. »Kommandierender Offizier ist General Fournier, er reitet ganz hinten.«
»Was hat das zu bedeuten? Werden Sie uns angreifen?«, forderte der Major zu erfahren und wies auf die gleichmäßig vorrückenden württembergischen Truppen.
»Ich habe Befehl, in dieses Dorf zu marschieren«, erklärte der General. »Da ich Sie nun hier finde, werde ich bis vor Ihre Linie rücken und die weiteren Befehle abwarten. Sie können zum Divisionskommandeur gehen.« Er deutete nach hinten. »So lange werde ich nicht angreifen.«
»Würden Sie Ihre Einheiten zum Stehen bringen, bis wir mit dem General gesprochen haben?«, fragte Lützow.
»Bedaure. Ich habe Befehl vorzurücken«, wiederholte der Württemberger.
Dem Major von Lützow und seinen Begleitern blieb nichts anderes übrig, als weiterzureiten, während links und rechts die feindliche Kavallerie an ihnen vorbeiströmte. Das war nicht nur sehr ungewöhnlich, sondern auch äußerst beunruhigend. Den Berittenen folgten die Infanterie sowie eine Gruppe Artillerie mit drei Kanonen und der Tross.
»Das gefällt mir nicht«, murmelte Körner.
Der Freiherr von Lützow antwortete nicht. Dieses außergewöhnliche Vorgehen hatte etwas Beklemmendes. War das die unausgesprochene Warnung, dass sie hier mit Gnade nicht zu rechnen hatten?

Doch er wollte sich die Möglichkeit nicht eingestehen, einen gewaltigen Fehler begangen zu haben. Er musste einfach daran festhalten, dass die Bestimmungen des Waffenstillstandes auch für seine Männer galten!
Theodor Körner, der neben ihm ritt, war mit seinen Überlegungen weiter. Ich werde heute sterben, dachte er, durch und durch vom Gefühl des Endgültigen erfüllt. Doch nun, da er so nah schien, hatte der Tod gar nichts Heldenhaftes mehr an sich. Zu seiner eigenen Verwunderung pulsierte jetzt nur noch ein Wort durch sein Gehirn: Mutter!

Erst nachdem die preußischen Parlamentäre das endlos scheinende Spalier der feindlichen Truppen passiert hatten, sahen sie den französischen General auf sich zureiten.
Sie hielten vor ihm und salutierten. Von Lützow stellte sich vor und erklärte forsch: »Wir sind willens, die Bedingungen des Waffenstillstandes einzuhalten. Werden Sie uns das gewähren oder den Waffenstillstand brechen?«
»Wir respektieren den Waffenstillstand«, erwiderte Fournier. »Aber ich fordere Sie auf, mir mit der ganzen Kolonne nach Leipzig zu folgen, wo sich der Herzog von Padua mit Ihnen befassen wird.«
Das ist praktisch eine Gefangennahme! Das kann ich nicht zulassen, dachte der Major von Lützow fassungslos.
»Ich habe die Zusicherung, meine Marschrichtung frei wählen zu können«, beharrte er deshalb. »Wir wollen nicht nach Leipzig, sondern über die Elbe. Wenn es sein muss, kämpfen wir uns den Weg frei.«
General François Fournier, ein Mann mit stolzen Zügen und einem sorgfältig gestutzten Oberlippenbart, reagierte mit eiskaltem Lächeln. Diese Narren spielten ihm perfekt zu!
»So gibt es Waffenstillstand für jedermann, nur nicht für Sie!«, rief er triumphierend.
Lützow riss sein Pferd an der Kandare herum, seine Begleiter

taten es ihm gleich, und in wildem Galopp preschten die Parlamentäre durch das Spalier der feindlichen Truppen zurück, um ihre eigenen Leute zu erreichen.
Fournier lächelte. Er musste ihnen nicht persönlich hinterherreiten. Das würde Normann erledigen.
Doch der tat es nicht, wie Fournier zu seinem großen Ärger sah. Also erteilte der Divisionskommandeur einigen Reitern in seiner unmittelbaren Nähe den Befehl, die Fliehenden zu stellen, und gab seinem Pferd die Sporen.

General Karl von Normann-Ehrenfels hatte seine Truppen nach Kitzen vorrücken, auf zwanzig Schritt Entfernung von den Freiwilligen aufstellen, die Säbel ziehen und die Kanonen von den Wagen holen lassen. Wenn sie jetzt nicht begreifen, was ihnen droht, ist ihnen nicht mehr zu helfen, dachte er.
Im Grunde genommen verspürte er wenig Lust, diesen heruntergekommenen Haufen zusammenzuschießen. Damit war kein Ruhm zu ernten. Im Gegenteil. Aus unerfindlichen Gründen galten diese disziplinlosen Gestalten vielen Deutschen als Helden, und ihm war jetzt schon klar, dass man ihn zum Sündenbock erklären würde, sollte heute und hier das zur Legende gewordene Lützower Freikorps zusammengeschossen werden. Auch wenn ein Franzose das Oberkommando führte.
Aber vielleicht besaßen die Schwarzen Jäger genug Verstand, um sich nicht von der bloßen Präsenz des Gegners provozieren zu lassen! Im Moment sah es noch ganz danach aus. Die vorderen Einheiten hatten das Dorf verlassen und sangen lauthals, was dafür sprach, dass der Abzug friedlich vonstattenging.
Nun galoppierten die preußischen Parlamentäre an ihm vorbei, zurück zu ihren davonmarschierenden Truppen. Normann sah keinen Anlass, sie daran zu hindern.
Doch wenig später ritt ihm ein aufgebrachter Fournier ent-

gegen und brüllte: »Wieso haben Sie die Preußen passieren lassen?«

Ohne dem Württemberger Zeit für eine Antwort zu geben, befahl er: »Sie traben mit zwei Eskadrons an die Spitze der feindlichen Kavallerie und hauen auf die Preußen ein, sollten die sich nicht ergeben!«

Damit war der Vernichtungsangriff befohlen.

Felix, Richard, Julian und Moritz ritten wie üblich in der 2. Jägereskadron. Das Dorf Kitzen hatten sie bereits hinter sich gelassen, rechts standen noch ein paar Gehöfte, während links von hinten feindliche Kavallerie aufrückte und sie begleitete.

Felix wurde immer beklommener zumute. Moritz' Worte hallten durch seinen Kopf, und er fragte sich, ob er wohl im entscheidenden Moment den nötigen Mut aufbringen würde. Wie die Männer vor ihm jetzt noch sorglos singen konnten, das verstand er nicht.

Plötzlich rief jemand mit gellender Stimme: »Der Major! Sie haben Lützow und Körner überfallen!«

Jedermann drehte sich nach hinten, um in der Dämmerung noch etwas zu erkennen. Tatsächlich, noch bevor die Parlamentäre zu ihrer Truppe aufschließen konnten, wurden sie von feindlichen Reitern angegriffen, die versuchten, sie aus den Sätteln zu ziehen.

Sofort scherten die Husaren und Ulanen aus der Reihe und preschten los, um ihren Anführer und seinen Begleiter herauszuhauen.

»Sie schlagen uns alle tot!«, brüllte Richard panisch, als die parallel zu ihnen reitenden feindlichen Dragoner plötzlich mit gezückten Waffen auf sie einschwenkten.

»Zieht keine Waffen! Im Namen des Königs! Lasst euch nicht provozieren!«, schrie einer der Offiziere.

»Wir lassen uns doch nicht einfach von den Franzosen abschlachten!«, brüllte jemand hinter Felix; links und rechts von ihm wurden Schüsse abgefeuert.

Sofort brach die Hölle los: wütende Schreie, noch mehr Schüsse, Gegner, die mit gezücktem Säbel auf sie losgingen.

Kaum einer der Lützower hielt sich jetzt noch an den Befehl, keine Waffen zu ziehen – sie würden sonst unweigerlich niedergesäbelt.

»Ergebt euch!«, schrien die Rheinbündler von mehreren Seiten. Moritz von Klitzing drängte sein Pferd schräg vor Felix' Stute und zog den Säbel. »Wenn ich sterbe, dann mit der Waffe in der Hand«, sagte er, obwohl das in dem Kampflärm niemand hören konnte, und wehrte mit kraftvollen Hieben zwei Gegner nacheinander ab.

Felix war noch nie in ein Reitergefecht verwickelt gewesen; krampfhaft hielt er den Säbel umklammert und hoffte darauf, dass seine Schimmelstute richtig reagierte, die wütend stampfte, biss und um sich schlug. Aus dem Augenwinkel bekam er mit, wie Moritz von Klitzing blutend über dem Sattel zusammensank, von drei berittenen Gegnern umkreist.

Felix sah einen Säbel auf sich niederfahren, wehrte ihn in letzter Sekunde ab und staunte einen winzigen Augenblick lang über sich selbst.

Es gab keinen Platz zum Ausweichen, ein tiefer Graben versperrte ihnen den Fluchtweg, während die Feinde auf sie eindrängten. Nun hielten vier Angreifer gleichzeitig auf Felix, Richard und Julian zu. Aber auf Richards Seite hatte sich eine Lücke gebildet, durch die er vielleicht entkommen konnte.

»Hau ab!«, brüllte Felix in der Hoffnung, dass wenigstens der Freund sich retten konnte. Vielleicht konnte er ihm sogar folgen.

Mit dem hundertfachen Schrei »Vive l'Empereur!« stürmten drei geschlossene Reihen Infanterie auf die Lützower zu. Wer konnte, der rannte oder galoppierte davon.

Mit aller Kraft hieb Felix auf den Reiter ein, der Richard angreifen wollte; dieser brüllte vor Schmerz und ließ seine Waffe fallen. Julian Reil wehrte ebenfalls eine Säbelattacke ab, Felix hörte seinen Wutschrei, dann sah er eine Klinge blitzend auf sich niederfahren, wollte den Hieb abfangen und spürte einen flammenden Schmerz in der Hand. Sterne explodierten vor seinen Augen, die Waffe entglitt ihm, und er sackte über dem Hals seiner Stute zusammen.

Wie durch dichten Nebel hörte er von allen Seiten Rufe: »Ergebt euch! Werft die Waffen weg!«

Grob wurde Felix aus dem Sattel gezerrt. Erst da sah er die klaffende Wunde an seiner Hand; ein Hieb hatte ihm drei Finger abgetrennt. Felix erbrach sich und wurde durch Julian Reil daran gehindert, zu Boden zu sacken.

»Dreh dich um!«, forderte ihn der Bergstudent auf, öffnete rasch Felix' Tornister, holte ein weißes Hemd heraus, zerriss es und band ihm damit die Wunde ab. »Halt die Hand nach oben!« Den Rest des Leinens stopfte er dem Köthener unter die Jacke, damit er bei Bedarf noch mehr Verbandstoff griffbereit hatte.

Felix nickte nur, ihm war eiskalt vor Schock. Nicht nur wegen der Wunde, sondern auch wegen des Anblicks, der sich ihm in der einbrechenden Nacht bot: Mindestens einhundert, vielleicht auch zweihundert seiner Gefährten wurden von den Rheinbündlern zusammengetrieben. Wer noch eine Waffe hatte, übergab sie nun widerstandslos den Siegern oder warf sie zu Boden.

Überall lagen reglose Körper; die meisten davon in den schwarzen Jacken der Lützower.

»Das war's mit euch Gesindel«, frohlockte ein württembergischer Leutnant. »Sollte einer von euch auf die Idee kommen zu fliehen, wird auf ihn das Feuer eröffnet. So!«

Er zielte selbst auf einen Reiter in schwarzer Litewka, der auf ein Wäldchen zuhielt, und gab seinen Männern Feuerbefehl. Von einem halben Dutzend Kugeln in den Rücken getroffen, sank der Reiter über den Sattel, dann stürzte er zu Boden und

wurde von seinem Pferd mit einem Fuß im Steigbügel über den Acker gezerrt, bis das Tier endlich stehen blieb.
»Lasst euch das eine Lehre sein!«, warnte der Leutnant.

Die Gefangenen

Leipzig, 18. Juni 1813

»Meister, Meister, kommen Sie schnell! Sie bringen gefangene Lützower in die Stadt! Hunderte! Tausende!«
Zwei kleine Fäuste hämmerten wild gegen die Wohnungstür des angesehenen Leipziger Bürgers Ludwig Hußel, während der Bote seine Neuigkeiten mit heller Stimme durchs Haus krakeelte.
»Ich komme ja, ich komme ja schon«, rief Hußel, fuhr in seine Pantoffeln und hastete zur Tür.
Atemlos drängte sich sein Besucher herein, ein zerlumpter Straßenjunge von etwa sieben Jahren, den der Kaufmann Hußel beauftragt hatte, ihn sofort zu holen, sollte in der Stadt etwas Aufsehenerregendes geschehen.
Und das lag sozusagen in der Luft.
Schon gestern hatte es beträchtlichen Aufruhr gegeben. Ein Parlamentär der berühmten Lützower war nach Leipzig gekommen, zum Quartier des Herzogs von Padua im Hotel de Prusse am Rossplatz, und schon auf dem Weg dorthin war er von Passanten gefeiert worden, die unzählige Hochrufe auf die Lützower ausbrachten und ihn in immer größer werdender Schar bis zum Rossplatz begleiteten. Davon hatte Hußel gehört, sofort alles stehen und liegen lassen und war ebenfalls dorthin geeilt.
Vor dem Hotel de Prusse warteten Dutzende Menschen, vielleicht sogar Hunderte, doch lange Zeit geschah gar nichts.

Dann wurde Lützows Offizier als Gefangener herausgeführt und unter schwerer Bewachung zur Pleißenburg gebracht. Ein Parlamentär verhaftet – das war ein abscheulicher Rechtsbruch!
Entsprechend empört waren die Rufe der Leipziger Bürger. Beinahe wäre es zu Ausschreitungen gekommen. Der Menschenauflauf zerstreute sich nicht gleich wieder, und bald gab es sichere Anzeichen dafür, dass noch viel Dramatischeres passieren würde.
Alle Stadttore blieben trotz der zunehmenden Dunkelheit geöffnet und schwer bewacht. Ab der zehnten Stunde kamen immer mehr Berittene, die erbeutete Pferde mit sich führten – unverkennbar preußische Pferde, wie die Satteldecken verrieten. Hußel wusste nicht, wer zuerst das Gerücht in die Welt gesetzt hatte, doch es machte in Windeseile die Runde: Irgendwo in der Nähe seien die Lützower von den in Leipzig stationierten Franzosen und Württembergern niedergemetzelt oder zumindest gefangen genommen worden.
Was für eine unglaubliche Nachricht!
Die Wachen trieben die neugierig und aufgeregt wartenden Bürger mit Verweis auf die nächtliche Stunde in ihre Häuser.
Doch Hußel griff sich einen der kleinen Straßenjungen, der oft in der Nähe seines Hauses herumlungerte und schon manchen Auftrag für ihn erledigt hatte, und betraute ihn damit, die Sache zu beobachten. Wenn sich etwas tat, sollte er ihm sofort Bescheid geben. Sie lebten in aufregenden Zeiten!
Und was der Junge jetzt berichtete, klang so unerhört, dass Hußel es unbedingt mit eigenen Augen ansehen musste.
Wegen der Eile schlüpfte er etwas umständlich in seinen Frack und setzte den Hut auf. Doch der gerissene Bengel stellte sich vor die Tür und streckte seine von Dreck verschmierte Hand aus.
Hußel schlug sich vor die Stirn. Natürlich wollte er den Kleinen nicht um seinen Botenlohn prellen. Aber bei solchen unge-

heuerlichen Neuigkeiten geriet man ja ganz durcheinander! Rasch zog er einen Groschen aus seiner Tasche – den ersten Lohn hatte der Bursche gestern schon bekommen –, und als er dem hungrigen Blick des Jungen folgte, überlegte er nicht lange, sondern erlaubte ihm, sich die Äpfel zu nehmen, die in einer Schale auf dem Tisch standen. Hastig, also könnte ihm jemand zuvorkommen, stopfte sich der Junge zwei davon unters Hemd und biss sofort in den dritten.

Mit vollem Mund forderte er seinen Gönner erneut auf, sich zu beeilen, sonst würde er noch alles verpassen.

Und das konnte sich Christoph Heinrich Ludwig Hußel wirklich nicht erlauben.

Er war zwar Kaufmann, aber mit einer Neigung zur Literatur. Sein halbes Leben lang hatte er nach dem richtigen Stoff für das Buch gesucht, das er schreiben und das ihn berühmt machen würde. Jetzt, das spürte er mit allen Fasern seines Herzens, wurde ihm dieser Stoff quasi zu Füßen gelegt! Er war fest entschlossen, der Welt zu bewahren, was in diesen aufwühlenden Tagen in Leipzig vor sich ging.

An der Arbeit als Kaufmann hatte er noch nie rechte Freude empfunden. Schon gar nicht in Zeiten wie jetzt, in denen Handel und Wandel weitgehend brachlagen und nur noch requiriert wurde.

Er würde der Chronist sein, der aufmerksame Augenzeuge am Ort des Geschehens, der alles fein säuberlich in seine Oktavhefte notierte, um es die Welt aus erster Hand wissen zu lassen. Etliche solcher Hefte waren schon mit Notizen gefüllt und zu Berichten verarbeitet. Begonnen hatte er damit beim Einmarsch der Preußen und Russen im Frühjahr, als wilde, fremde Stämme mitten auf dem Leipziger Marktplatz biwakierten: Kosaken, Baschkiren und Kalmücken. Er hatte diese kleinen Abhandlungen schon an einige auswärtige Buchhändler verkauft, in deren Städten der Einmarsch der gefürchteten Fremden noch bevorstand.

Am zweiten Pfingsttag, dem 7. Juni, als der Schreckensruf »Die Russen vor den Stadttoren!« durch Leipzig hallte, da hatte er sogar zu einer List gegriffen, um am Schauplatz des Geschehens zu sein.

Dass die französischen Soldaten wenig Eifer zeigten, sich ins Gefecht mit ein paar tausend kampfentschlossenen Kosaken zu wagen, konnte jeder Leipziger sehen, der sich noch auf die Straße wagte. Aber die Schüsse kamen von nördlich der Stadt. Also musste er hinaus, und weil der Kommandant der Wache ihn nicht durchs Tor lassen wollte, hatte er sich als Spitalarzt von Pfaffendorf ausgegeben und durfte nach einigem Hin und Her passieren.

So konnte er mit eigenen Augen und beträchtlicher Freude sehen, wie die Kosaken und Lützows Infanterie den Franzosen einheizten. Bald sah es aus, als würde das russisch-preußische Korps binnen einer Stunde Leipzig einnehmen und den verhassten Arrighi verhaften. Der hatte sich nicht nur durch seine Härte äußerst unbeliebt gemacht, sondern auch dadurch, dass er sich zu Lasten der Stadtkasse beköstigen ließ. Doch plötzlich erstarb der Kampflärm von Tausenden Männern, Pferden, Gewehren und Kanonen. Parlamentäre überbrachten die Nachricht vom Waffenstillstand, und dann wurden nur noch Einzelheiten des Gefangenenaustauschs abgesprochen.

Für Ludwig Hußel stand außer Frage, dass man hier in Leipzig noch Ereignisse von nationaler Bedeutung erleben würde. Und er würde als Augenzeuge dabei sein!

Deshalb folgte er nun seinem kleinen Führer in einer Hast, die seiner Position und seinem Alter – er hatte die vierzig leicht überschritten – nicht ganz angemessen waren. Aber er durfte nichts verpassen.

Hußel sorgte sich umsonst. Die Kolonne von Gefangenen sowie einer Übermacht von Infanterie und Berittenen, die sie bewachten und zur Pleißenburg trieben, war zu groß, um sie zu verpassen.

Mit ehrlicher Erschütterung sah er die schwarz Uniformierten, von denen etliche verwundet waren. Aber auch diejenigen, die ihre blessierten Kameraden stützten, hielten sich nur mit Mühe auf den Beinen.

Waren es hundert, waren es zweihundert, die hier Richtung Burg getrieben wurden?

»Hoch lebe Lützow!«, schrie jemand neben ihm, und Dutzende Leipziger fielen in den Ruf ein.

Weiter hinten begannen ein paar junge Burschen – der Kleidung nach Studenten –, *Lützows wilde, verwegene Jagd* zu singen. Doch rasch wurden sie auf Befehl eines Offiziers von ein paar Berittenen auseinandergejagt.

Hußel musste sich diesmal gar nichts in sein Oktavheft notieren. Das Bild brannte sich ein, während er in Gedanken schon den Text formulierte: eine Anklage gegen diejenigen, die wider jedes Völkerrecht über die Schwarzen Jäger und Husaren hergefallen waren, noch dazu in gewaltiger Überzahl. Und eine Würdigung des patriotischen Beitrags, den die legendäre Schar für das deutsche Vaterland geleistet hatte.

Er drängelte sich zwischen den anderen Zuschauern hindurch, stellte sich sogar auf die Zehenspitzen und versuchte, unter den Gefangenen ein bekanntes Gesicht auszumachen.

»Sind der Major von Lützow und Körner dabei?«, fragte er eine stämmige Frau mit mehlbestäubter Schürze, die wohl wie er von der Arbeit weggelaufen war, um das hier zu sehen.

»Nee, die ham se nich erwischt«, meinte sie triumphierend und schrie mit rauher Stimme: »Vivat Lützow! Vivat Körner!«

Hußel blickte hastig um sich, ob jetzt auch Bewaffnete gegen die Frau und ihn vorgehen würden, doch seine Befürchtung traf nicht ein.

Von seinem Standpunkt aus entdeckte er nun das Ende der Kolonne, ein besonders trauriger Anblick: Trosskarren voller Ver-

wundeter, die kreuz und quer durcheinanderlagen und von denen einige vielleicht gar nicht mehr lebten. Offenbar war ihnen nicht die geringste Fürsorge zuteilgeworden.
»Diese armen Menschen!«, stöhnte eine junge Frau mit Sommersprossen und einem deutlich gewölbten Bauch in seiner Nähe. »Man muss ihnen doch etwas zu trinken geben! Und ihre Wunden verbinden!«
Zur Verwunderung des Kaufmanns drängelte sie sich von ihm fort. Vielleicht will sie Hilfe holen, überlegte er.
Wieder starrte er auf jeden einzelnen Gefangenen, der an ihm vorbeilief. Im Frühjahr hatten sich etliche Leipziger dem Freikorps angeschlossen, doch er erkannte niemanden.
Drei Schritte rechts von ihm, wo eben noch die Schwangere Mitleid bekundet hatte, stand ein finster dreinblickender junger Mann mit dunklen Haaren und suchte ebenfalls die Gefangenenkolonne nach bestimmten Gesichtern ab. Und da, fast am Ende, entdeckte er, wonach er Ausschau gehalten hatte.

Felix hätte später nicht sagen können, wie er die Nacht der Gefangennahme und den folgenden Tag überlebte. Aber ohne die Hilfe von Julian Reil hätte er es mit Sicherheit nicht geschafft.
Als nach dem kurzen Gefecht feststand, dass keiner der eingekreisten Lützower noch Widerstand leisten würde, mussten die Überwältigten nicht nur ihre Waffen abgeben, sondern auch ihre gesamte Habe. Das war unüblich für den Umgang mit Gefangenen regulärer Truppen. Spätestens hier musste der Letzte begreifen, dass die allgemeingültigen Regeln für sie nicht galten.
Felix' Glück war, dass Julian schnell reagiert und sofort seine Wunde verbunden hatte. Das zerrissene und für die Plünderer nutzlos gewordene Hemd durfte er sogar nach einiger Diskussion behalten – nach Reils Verweis darauf, dass immer noch Blut aus der Wunde sickerte. »Und er muss etwas zu trinken

bekommen, sonst stirbt er!«, forderte der Preuße, der eigentlich aus Halle stammte.

»Noch mehr Wünsche, Räuberpack? Wir sind hier kein Gasthaus!«, höhnte ein dürrer Württemberger, der gerade Felix' Tornister nach Brauchbarem durchsuchte und wütend darüber war, keinen Tabak zu finden.

»Du kriegst Tabak von mir, alles, was ich habe«, bot Reil ihm an. »Aber gib dem Kameraden hier etwas zu trinken, im Namen der Barmherzigkeit! Er hat eine Menge Blut verloren. Schau ihn dir an, er könnte dein jüngerer Bruder sein. Und habt ihr heute nicht schon genug Unheil unter Landsleuten angerichtet?«

Beschwichtigt durch die Aussicht auf Tabak, sah der Rheinbündler, der tatsächlich ähnlich dunkles und widerborstiges Haar hatte wie Felix, nur einen Kopf größer und auch älter war, abwechselnd auf die beiden Gefangenen. Dann gab er sich einen Ruck und warf Julian die Feldflasche zu, die er Felix gerade erst abgenommen hatte und die noch fast voll war. Reil dankte ihm, gab sie weiter und bestand darauf, dass Felix sie austrank. Inzwischen durchwühlte der Württemberger dessen Tornister weiter nach Brauchbarem. Er legte das Nähzeug, Strümpfe und ein Paar Schuhe für sich beiseite; den Brotbeutel samt Inhalt hatte er sich bereits umgehängt.

»Und was soll das hier?«

Mit spitzen Fingern hielt er verächtlich Hoffmanns *Handbuch der Mineralogie* hoch.

Sofort stand Felix der Tag vor Augen, an dem er das Buch bei Henriette gekauft hatte. Der Gedanke an sie versetzte ihm einen schmerzhaften Stich. Er würde sie wahrscheinlich nie wiedersehen. Und falls – er war dann ein Krüppel. Er wusste nicht genau, wie seine Wunde unter dem Verband aussah, aber das wollte er jetzt auch gar nicht wissen.

Mit wundem Herzen sah er zu, wie der Dürre das Buch in hohem Bogen hinüber zu den anderen aus seinem Zug warf, die

ebenfalls eifrig mit Plündern beschäftigt waren. »Hier, gib das der Infanterie, die können Patronenhülsen daraus drehen!«
Der halbe Liter Wasser, den er getrunken hatte, ließ Felix allmählich wieder zu klarerem Verstand kommen. Vorsichtig sah er sich um und versuchte abzuschätzen, wie viele ihrer Leute entkommen waren.
Julian folgte seinen Blicken. »Den Major haben die Ulanen rausgehauen, das hab ich gesehen«, flüsterte er. »Körner ist im besten Falle nur verwundet, er hat seinen Tschako verloren und blutete am Kopf. Aber wenn sie ihn gefunden hätten, wüssten wir es schon. Also hoffen wir das Beste für ihn. Und die neuen Infanteristen haben sich beim ersten Anzeichen von Ärger verdrückt.«
Das überraschte niemanden; es waren vor ein paar Tagen gefangene Rheinbündler, die sich ihnen ohne rechte Überzeugung angeschlossen hatten. Eigentlich waren sie nur ein Hindernis gewesen, denn durch sie verlangsamte sich das Marschtempo des Korps noch mehr. Warum Lützow sie nicht auf Ehrenwort weggeschickt hatte, wie Colomb es immer mit seinen Gefangenen tat, verstand Felix nicht.
Nach seiner groben Schätzung schien die Hälfte ihrer Reiter entkommen zu sein, allen voran die Kosaken, Husaren und Ulanen. Vielleicht würden sich die Versprengten irgendwo in der Nähe sammeln und sie befreien? Aber die Übermacht der Bewacher war wohl zu groß dafür.
Er musste sich zwingen, den Blick von dem Leichnam abzuwenden, der ihnen am nächsten lag: Moritz von Klitzing.
Er kannte ihn erst seit neun Tagen, und doch war ihm zumute, als hätten sie ein ganzes Leben miteinander verbracht. Nun war er tot. Wie würden seine Eltern davon erfahren?
»Ohne deine Hilfe wäre ich auch verblutet«, sagte er mit matter Stimme zu Reil. »Oder die Wunde wäre verdreckt, und nach drei Tagen würde mir die Hand abfaulen.«
Vorsichtig schob er den rechten Arm, den er immer noch in die

Luft reckte und am Ellenbogen abstützte, ein wenig in Julians Richtung. »Woher hast du so schnell gewusst, was du tun musst?«

Johann Christian Julian Reil zuckte mit den Schultern.

»Mein Vater ist Arzt.«

»Arzt?« Felix stutzte. »Etwa *der* Reil, der mit Humboldt die Berliner Universität gegründet hat? Der Hirnforscher? Der eine kostenlose medizinische Versorgung für die Armen fordert?«

»Ja, genau der«, meinte Julian beiläufig.

»Und wieso studierst du dann Bergbau statt Medizin?«

»Ich kann kein Blut sehen.«

Jetzt starrte Felix ihn ungläubig an. Dann schaute er noch einmal um sich, auf die vielen Uniformierten, die Gewehrpyramiden, die Toten nur ein paar Schritte entfernt und seinen blutigen Verband. Dann musste er lachen, obwohl ihm hundeelend war und seine Hand höllisch brannte. Er lachte, bis ihm vor Schmerz Tränen aus den Augenwinkeln liefen.

Julian schien einen Augenblick lang zu befürchten, dass sein Kamerad gerade den Verstand verlor. Aber dann wurde ihm das Bizarre seiner Antwort in dieser Lage bewusst, und er stimmte in Felix' hysterisches Lachen ein.

»Da bist du hier gerade richtig!«, brachte Felix völlig außer Atem heraus, ehe er sich wieder einigermaßen beruhigte.

Ihre Bewacher kamen inzwischen argwöhnisch näher, die Bajonette auf sie gerichtet.

»Schon gut, das hatte nichts mit euch zu tun, Ehrenwort«, versicherte Julian ihnen.

Die französischen Offiziere beschlossen, angesichts der großen Zahl der Gefangenen an Ort und Stelle zu biwakieren.

Die überwältigten Lützower wurden gezwungen, sich Rücken an Rücken auf den Boden zu setzen, und noch einmal gewarnt, dass jeder Fluchtversuch mit einer tödlichen Kugel endete.

Erschöpft, von Schmerzen gequält und in Gedanken bei dem

toten Moritz von Klitzing, dem hoffentlich nur verwundeten Körner, dem Major von Lützow und Richard, dämmerte Felix Rücken an Rücken mit Julian Reil vor sich hin, bis der Tag anbrach.

Ohne etwas zu essen oder zu trinken zu bekommen, wurden die gefangenen Lützower am Morgen hochgetrieben. Einige von ihnen mussten die Verwundeten auf Trosskarren hieven, die nicht aus eigener Kraft laufen konnten. Ein Schwerverletzter wurde von einem der Grenadiere mit einem Schuss in den Kopf getötet.
»Wir haben ihm damit einen Gefallen getan«, erklärte dieser gelassen, während ein gewaltiger Schwarm Krähen laut krächzend aufstieg.
»Jetzt schaffen wir euch Gesindel nach Leipzig, und dann knöpfen wir uns die Räuberbande von diesem Colomb vor.«
Ich muss den Rittmeister warnen, dachte Felix besorgt. Dass er dazu in seiner Lage nicht die geringste Möglichkeit hatte, wollte er einfach nicht akzeptieren.
Mit nur gelegentlicher kurzer Rast wurden die Gefangenen Richtung Leipzig eskortiert.
Nach einem halben Marschtag glaubte Felix, vor Durst und Schwäche zusammenbrechen zu müssen. Aber Julian stützte ihn, zerrte ihn mit sich, redete ihm immer wieder zu, obwohl er selbst wie ausgedörrt war, und ließ dem Jüngeren keine Chance, sich aufzugeben.
Als sie endlich Leipzig erreichten, rief Reil den Freund aus seinem Dämmerzustand und machte ihn auf die vielen Stadtbewohner aufmerksam, die sie voller Mitleid, Stolz oder Entrüstung betrachteten und Hochrufe auf die Lützower ausbrachten.
Trotzig lächelten die beiden Bergstudenten in sich hinein.
Am Tor zur Pleißenburg wurden die Gefangenen aussortiert. Verwundete sollten anderswo untergebracht werden. Doch Fe-

lix blieb bei Julian und den anderen aus seiner Jägereskadron; er wollte nicht von ihnen getrennt werden. Und dass die Franzosen einen Arzt schickten, schien unwahrscheinlich, wenn sie nicht einmal einen Schluck Wasser bekamen.
Sie wurden mit einer Gruppe von beinahe zwanzig Mann in einen dunklen Raum geschafft, und da endlich erlaubte Julian, dass Felix sich auf den Boden sinken ließ, der nur mit modrigem Stroh bedeckt war, und sofort einschlief.

Jemand rüttelte ihn am Arm, eine dunkle Stimme sprach auf ihn ein ...
Felix fuhr aus dem Schlaf, ohne zu wissen, wo er war und was der Fremde von ihm wollte. Erst nach und nach klärte sich sein benommener Verstand.
»Ich bin Dr. Wendler und will mir Ihre Verletzung ansehen«, sagte der Mann zum zweiten Mal.
Reil half dem Verwundeten, sich aufzusetzen, und reichte ihm eine Kanne mit etwas zu trinken. Durstig setzte Felix an, hielt inne, als er die Hälfte ausgetrunken hatte, und erst als er Julians zustimmendes Nicken sah, leerte er die Kanne Bier bis zur Neige.
Der Arzt griff nach Felix' verbundener Hand. Jemand hielt eine hell brennende Öllampe so nah, dass Felix die sengende Hitze spürte.
»Leute aus der Stadt haben uns Verpflegung gebracht, außerdem sind fast alle Leipziger Ärzte hier und kümmern sich um die Verletzten«, erklärte Julian zu Felix' Erstaunen.
»Unsere Leutnants Aschenbach und Helden-Sarnowsky sind inzwischen auch hier, als Gefangene«, fuhr er bitter fort. »Sie kamen als freie Männer, um von Arrighi Gerechtigkeit zu fordern, und wurden sofort entwaffnet und verhaftet. Auch mehrere Leipziger, die ihnen zujubelten, sind festgenommen. Ihnen droht Festungshaft nur für ein Hurra. Trotzdem wagen sich viele Mutige hierher, um uns zu helfen.«

Über seine Zukunft hatte sich Felix überhaupt keine Gedanken mehr gemacht. Aber so viel Fürsorge berührte ihn im Herzen. Bange starrte er darauf, wie Dr. Wendler vorsichtig den verklebten Verband von seiner Hand löste, und stöhnte vor Schmerz.

»Ich muss Ihnen die zerstörten Fingerknochen amputieren«, erklärte dieser, nachdem er die Verletzung begutachtet hatte. »Dank der Hilfe Ihres Freundes können wir vielleicht den Zeigefinger bis auf das vorderste Glied erhalten, das wird Ihnen später bei vielen Handgriffen von Nutzen sein. Sie haben Glück gehabt, mein Freund; viel hätte nicht gefehlt, und ich müsste Ihnen die ganze Hand abnehmen.«

Reil und ein älterer Jäger namens Hallner hielten Felix fest, während der Arzt seine Arbeit tat. Zu den dumpfen, klopfenden Schmerzen kamen nun neue, jäh stechende. Bald wurde alles schwarz um ihn, und dankbar sank er in die Bewusstlosigkeit. Das Letzte, was er mitbekam, waren die leise ausgesprochenen Worte von Dr. Wendler: »Körner lebt ...«

Felix hatte keine Ahnung, wie lange er geschlafen hatte; den Bartstoppeln seiner Mitgefangenen nach mindestens einen ganzen Tag.

Diesmal rüttelte ihn Julian am Arm. »Wach auf, genug gefaulenzt! Iss etwas, trink etwas, wir lassen dich hier nicht verrecken. Und du hast Besuch. Hier, deine Brille!«

Benommen richtete sich Felix auf. Er wollte sich die Augen reiben, aber der jähe Schmerz in der Rechten hielt ihn davon ab und erinnerte ihn an das Geschehene. War der Arzt wieder gekommen, um nach der Wunde zu sehen?

Nein, das war ein anderes Gesicht vor ihm. Nicht viel älter als er, mit zornigen dunklen Augen und dunklen Haaren. Irgendwo hatte er diesen jungen Mann schon einmal gesehen. Nur wo?

»Wir kennen uns aus Freiberg«, erklärte der andere, während

Felix umständlich die Brille aufsetzte, die Julian für ihn aufbewahrt hatte. »Sie waren häufig bei Fräulein Gerlach Bücher kaufen. Ich arbeitete als Schriftsetzer bei Graz und Gerlach. Und als Sie und Ihr Freund nicht mehr kamen, obwohl Ihr Studium noch nicht beendet sein konnte, dachte ich mir schon, wohin Sie gegangen sind, und hielt hier Ausschau nach Ihnen.«
Jetzt erkannte Felix ihn. Aber wieso war er hier und nicht in Freiberg?
»Dieser Major, der damals mit dem Degen auf Sie einstürmte, hat mich aus der Druckerei geworfen«, erklärte Ludwig, der die Frage aus den Gesichtszügen des anderen erriet. »Deshalb ging ich nach Leipzig. Ich erkannte Sie unter den Gefangenen und dachte, es wäre doch eine nette Revanche, Sie herauszuholen.«
»Wie wollen Sie das schaffen? Alles ist voll von Bewaffneten.«
Ludwig zuckte mit den Schultern. »Sie werden nicht der Erste sein, der denen hier verlorengeht. Die Leipziger haben sich allerhand ausgedacht, um den Lützowern zu helfen. Wir dürfen hier relativ frei ein und aus gehen und Sie bestaunen – Arrighi will mit seiner Beute prahlen. Und die meisten der Württemberger, die man gegen Sie geschickt hat, fühlen sich sehr unwohl in ihrer Haut und drücken ein Auge zu.«
Er griff nach einem Bündel an seiner Seite und sagte lächelnd: »Eine gründliche Rasur, und wir machen meine Braut aus Ihnen.«
Nun erkannte Felix, dass das Bündel ein hellblau gestreiftes Kleid und einen Strohhut enthielt.
»Aber die Wunde! Niemand wird sich damit täuschen lassen«, wandte er ein und schwenkte die verbundene Hand unvorsichtigerweise, was den pulsierenden Schmerz jäh aufflammen ließ. »Bringen Sie lieber einen anderen hinaus.«
Er musste an die Ereignisse denken, die seine Jugend in Köthen so geprägt und verändert hatten: die Gefangennahme und Hinrichtung der elf Schillschen Offiziere, darunter Philippines Verlobter, der junge Albert von Wedell.

Sie alle hatten mehrfach die Gelegenheit zur Flucht, das aber aus Offiziersstolz abgelehnt.

Es war nicht Stolz, der Felix dazu brachte, auf die Flucht verzichten zu wollen. Schills Offiziere hofften vielleicht noch auf ein gerechtes Urteil. Doch die Zeit für solche Hoffnungen war längst vorbei. Ein Unverletzter hatte einfach mehr Chancen durchzukommen. Es war Felix nicht bewusst, dass er sich schon aufgegeben hatte.

»Zum Glück hast du lange genug geschlafen, damit wir das inzwischen diskutieren konnten, auch mit unserem neuen Freiberger Freund hier«, meinte Julian in einem Tonfall, der keinen Widerspruch zuließ.

»Tändele ein wenig mit den Wachen!«, riet Hallner zur Belustigung der anderen. »Das lenkt sie ab.«

»*Du* bist derjenige von uns, der fliehen muss«, sagte Reil sehr ernst. »Denn du hast eine Warnung zu überbringen. Du weißt, an wen … Und wenn ihn jemand finden kann, dann du!«

Eine halbe Stunde später schlenderte der immer noch verblüffte Felix als Ludwigs »Braut« an dessen Arm über den Burghof und geradewegs und unbehelligt zum Tor hinaus. Er musste nicht einmal mit den Wachen tändeln, wie Hallner vorgeschlagen hatte – zu so viel Kaltblütigkeit und Verstellung wäre er in diesem Moment auch sicher nicht in der Lage gewesen. Das Kleid hatte er über seine Sachen gezogen, mit dem Strohhut verdeckte er sein kurzes Haar, die dunklen Locken, die unter der Krempe hervorschauten, wirkten wie unbeholfen mit dem Brenneisen gedreht. Er hätte nie gedacht, dass es so einfach sein würde, ganz ohne Schwierigkeiten. Aber Ludwig hatte recht. Die württembergischen Wachen drückten wohl ein Auge oder gar beide zu.

Der einstige Freiberger nahm ihn mit zu seinen Freunden Hermann und Greta, von der Hut und Kleid stammten. Dort konnte sich Felix wieder umziehen und waschen. Im modrigen Stroh hatte er sich allerhand Ungeziefer zugezogen und warnte Greta davor. Sie gab ihm noch saubere Leinenstreifen und ein Päckchen mit Butterbroten mit. Felix war zutiefst gerührt von ihrer Hilfsbereitschaft. Es war nicht zu übersehen, dass die junge Familie Mühe hatte, über die Runden zu kommen und alle Mäuler zu stopfen.

Hermann überließ ihm ein helles Hemd im Tausch gegen die Bergakademistenjacke, dann schmuggelte ihn Ludwig bei Nacht mit dem Kahn aus der Stadt. Das sei der sicherste Weg, meinte er. Durch die verschärften Kontrollen an den Stadttoren würde er mit seiner Verletzung nicht kommen.

»Ich weiß nicht, was ich sagen soll … Ihr alle habt euer Leben für mich riskiert, ohne mich zu kennen«, sagte Felix beklommen, als der Moment kam, in dem sie sich trennen mussten.

»Hast du nicht auch dein Leben für uns gewagt?«, fragte Ludwig zurück. Und dann überraschte er Felix mit dem Satz: »Fräulein Henriette hätte es so gewollt.«

Strafmaßnahmen

Leipzig, 20. Juni 1813

Der auffällige Schwund der gefangenen Lützower auf der Pleißenburg blieb natürlich nicht lange verborgen. Dies und die offenen Sympathiebekundungen der Leipziger für das Freikorps führten dazu, dass der Militärkommandant zu drastischen Maßnahmen griff.

Am 20. Juni, zwei Tage nach Ankunft der Gefangenenschar, ließ Arrighi den Belagerungszustand für Leipzig ausrufen, und in den nächsten Tagen folgten noch ein paar verschärfende Bestimmungen. Ab sofort galten jegliche verdächtige Aktivität und jede franzosenfeindliche Äußerung als Staatsverbrechen und wurden entsprechend streng bestraft. Festungshaft drohte

jedem, der Angehörige feindlicher Truppen versteckte, unterstützte oder auch nur davon wusste. Die Händler und Kaufleute mussten ihre Ware von französischen Beamten peinlichst genau kontrollieren lassen, insbesondere Kolonialwaren, Weine und Branntwein. Die Stadt hatte umgehend fast zweihundert Rekruten für die Armee zu stellen und eine zweitausend Mann starke Bürgergarde aufzubauen. Und unter Androhung der Todesstrafe mussten sämtliche Waffen im Konzertsaal des Gewandhauses abgeliefert werden.
Mit grimmigen Herzen und zittrigen Knien brachten die Leipziger alles dorthin, was auch nur im Entferntesten als Waffe zu interpretieren war: nie benutzte Zierdegen, uralte Flinten und Gewehre, sicherheitshalber schon unbrauchbar gemacht, rostige Schlachtermesser, sogar das Spielzeugschwert eines heulenden Halbwüchsigen und den Satz Wurfmesser eines Gauklers, der vom Prinzipal der fahrenden Truppe dazu gezwungen wurde. Damit würden sie doch niemals die Durchsuchung am Stadttor bestehen! Sie mussten fort von hier, diese verrückte Stadt weit hinter sich lassen. Je eher, je besser. Im Weimarschen Land, da sollte es noch einigermaßen ruhig zugehen …

Für den Zeitungspächter Siegfried Mahlmann brachte der Kriegszustand das Ende des Hausarrestes. Aber nicht so, wie er sich das vorgestellt hatte. Vier Tage nach Arrighis Erlass, am 24. Juni, holten ihn in aller Herrgottsfrühe zwei französische Gendarmen aus dem Haus.
»Wohin bringen Sie mich? Ich bin unschuldig! Ich verlange ein Verfahren! Einen Anwalt! Einen Verteidiger!«, schrie er verzweifelt auf Französisch, während sich seine schwangere Frau im Morgenrock an ihn klammerte und ebenfalls zu schreien begann. »Ich bin vom Stadtkommandanten befragt worden! Er glaubt mir und hat Milde walten lassen!«, fuhr Mahlmann fort, lauthals seine Unschuld zu beteuern.
»Jetzt herrscht Ausnahmezustand. Da hat nicht mehr Bertrand

das Sagen, sondern Arrighi.« Das war alles, was ihm der größere der beiden Gendarmen zuknurrte, während er ihn mit vorgerecktem Bajonett dazu zwang, in das vergitterte Gefährt zu steigen.
Mahlmann rutschte das Herz in die Hose.
Der Zeitungspächter sah sich bereits von einem unbarmherzigen Militärgericht zum Tode verurteilt und mit verbundenen Augen auf dem Leipziger Marktplatz vor dem Erschießungspeloton knien – so wie 1806 der arme Buchdrucker Palm in Braunau. Das Urteil über Palm hatten die Franzosen damals in Tausenden Exemplaren verteilen lassen, und inzwischen gab es sogar ein farbenprächtiges Gemälde von der Hinrichtungsszene. Aber Palm hatte ja auch eine anonyme Protestschrift gedruckt, noch dazu mit dem provozierenden Titel *Deutschland in seiner tiefen Erniedrigung*, während er, Mahlmann, sich genauestens an die Vorgaben der Zensoren hielt. Sogar einen kriecherischen Widerruf hatte er sich abgerungen! Auf der Titelseite! Welche Peinlichkeit! Und jetzt sollte ihm diese dumme, harmlos scheinende Annonce zum Verhängnis werden ...
»Ich bin unschuldig!«, schrie Mahlmann über das verzweifelte Schluchzen seiner Frau hinweg, während die Pferde anzogen und sich das Gefährt in Bewegung setzte. »Ich bin unschuldig! Ich bin *Hofrat*! Ich habe Gedichte zum Ruhme des Kaisers geschrieben! Hören Sie? Das muss ein Irrtum sein!«
Er umklammerte die Gitterstäbe und sah hinaus – vielleicht sein letzter Blick auf diese Straße! Bald merkte er, dass sie nicht zur Burg, sondern aus der Stadt hinausfuhren.
War das gut oder schlecht?
Sollte er gar nicht öffentlich hingerichtet werden, sondern klammheimlich irgendwo abseits der Stadt? Ohne Zuschauer, die ihn bewunderten oder gar zu Hunderten nach Gnade für ihn schrien? Schließlich war er eine überaus bekannte und angesehene Persönlichkeit in Leipzig; nicht nur wegen der Zeitung, sondern auch wegen seiner patriotischen Gedichte. Doch auf die sollte er sich jetzt lieber nicht berufen.

Aber wenn ihn die Franzosen ohne Zeugen erschossen, konnten von seinem Heldentod gar keine Zeichnungen gemacht werden!
Und wer würde seinen Nachruf schreiben? Ockardt, der jetzt offiziell die Redaktion leitete? Der trieb normalerweise Anzeigen auf und brachte von sich aus keine drei zusammenhängenden Sätze zustande. Vielleicht der Bürgermeister? Der war krank. Der Rat? Der war suspendiert wegen des Ausnahmezustands. Der Oberstadtschreiber Werner? Durfte überhaupt ein Nachruf auf ihn in der Zeitung veröffentlicht werden?
Vor seinem geistigen Auge sah Mahlmann die komplette nächste Titelseite mit dem dramatischen Bericht über seinen himmelschreiend ungerechten Tod gefüllt. Seinen Märtyrertod. Wenn ein Redakteur und Zeitungspächter wie er schon dem Vaterland geopfert wurde, dann sollte das nicht weniger als die Titelgeschichte wert sein. Er probierte in Gedanken ein paar Überschriften durch, aber die waren entweder zu lang oder würden nicht die Zensur passieren. Zu dumm!
Wenn schon tot, dann wenigstens in die Unvergänglichkeit des Gedruckten eingehen! Und wenn seine Mitarbeiter schlau waren, brachten sie in mehreren Fortsetzungen Berichte über sein Leben und Wirken, dazu ein paar seiner Gedichte … Das würde die Auflage für eine Weile hochtreiben und seiner armen Witwe über die nächste Zeit helfen.
An diesem Punkt seiner Überlegungen schnappte Mahlmann von seinen Bewachern das Wort »Erfurt« auf.
Sie brachten ihn also in die Erfurter Festung!
Keine Hinrichtung, zumindest nicht heute. Oder doch?
Wie lange würde man ihn in der Festung schmoren lassen? Den Hofrat Becker hatte der Kaiser erst nach anderthalb Jahren begnadigt, nach dem Kniefall der Hofrätin.
Wenn seine Frau in ihrem Zustand bei Napoleon um Nachsicht bat …?
Der Kaiser stand in dem Ruf, bei reumütigen Gegnern gele-

gentlich und öffentlichkeitswirksam Gnade walten zu lassen. Wenn eine Hochschwangere weinend vor ihm auf die Knie sank und um Gnade für den Vater ihrer Kinder flehte, noch dazu für einen bekannten Dichter ...
Aber zuallererst sollten sich seine einflussreichen Freunde und Gönner am Dresdner Hof für ihn einsetzen.
Das würden sie doch tun?
Oder würden sie ihn fallen lassen wie eine heiße Kartoffel?
Er brauchte dringend Papier und Feder, er musste Briefe schreiben, an den Geheimen Rat von Manteuffel, an Senfft von Pilsach – nein, nicht an Senfft, der war geschasst ... An alle, die am Hof noch zu ihm hielten ...
In seiner immer höher lodernden Angst und Verzweiflung schwor sich Mahlmann auf der langen Reise nach Erfurt: Wenn er das überlebte und jemals wieder den blauen Himmel über sich sah, dann würde er nie wieder etwas veröffentlichen, das nicht harmloser als ein Bericht über das Wetter war! Nichts, das ihm irgendwie Ärger bereiten könnte.
Und dann würde er das Elend seiner Gefangenenzeit in die glühendsten und rührendsten Gedichte fassen.
Dieser Gedanke tröstete ihn.
Der Ruhm der Nachwelt war ihm sicher.
Auch wenn er nicht erschossen wurde.

Schlechte Nachrichten

Freiberg, 21. Juni 1813

»Schweben, schweben! Sie müssen schweben, nicht hoppeln!«, rügte der Maître seine Tanzschüler konsterniert. »Und Demoiselle Magda, Sie hoppeln nicht einmal, Sie schlurfen! Walzer ist Leichtigkeit und Harmonie. Un, deux, trois, un, deux, trois ... Nehmen Sie sich ein Beispiel an Monsieur de Trebra und Mademoiselle Gerlach!«

Nun bildeten die anderen einen Kreis und sahen zu, wie Sebastian und Henriette im Walzertakt durch den Saal wirbelten.

Seit es Étienne besserging, durfte – oder musste – Jette wieder die Tanzstunden besuchen. Sebastian strahlte, wenn er sie den Saal betreten sah, und schaffte es jedes Mal, sie als Erster zum Tanz zu bitten. Mittlerweile tanzten die Eleven von Maître Meunier den Walzer auch paarweise, und mit Sebastians Hilfe hatte sich Jette schnell zurechtgefunden, obwohl sie einige Lektionen verpasst hatte.

Sie staunte über sich selbst. Die ungewohnte körperliche Nähe zu einem Mann, die sie beim Tanz mit dem Major mit so viel Unwohlsein erfüllt hatte, empfand sie bei Sebastian als angenehm. Und je sicherer ihre Schritte wurden, umso mehr spürte sie die Wirkung des Tanzes. Die eleganten Drehungen stimmten euphorisch und brachten ihr Gesicht zum Leuchten. Dann dachte sie manchmal: Wenn ich diesen Walzer mit jemandem tanze, der so nett ist wie er, und ihm dabei in die Augen schaue, dann werde ich mich hoffnungslos verlieben, auch wenn ich diesen Menschen gar nicht näher kenne.

Ein überaus beängstigender Gedanke.

Selbst unter den strengen Blicken des Maître konnten sie und Sebastian beim Tanzen ein paar Worte tauschen, auch wenn sie nie die Sprache auf seinen Brief oder den Blickwechsel an jenem Regentag brachten.

Das erleichterte Jette. Sebastian war ein netter Junge, aber da er aus adligem Haus stammte und sie nur eine mittellose Waise war, kam eine ernsthafte Verbindung nicht in Frage, auch wenn die Gerlachs zu den angesehensten Familien der Stadt zählten. Doch seine Freundschaft machte ihr das Herz wenigstens für ein paar Stunden leichter. Vorausgesetzt, sie übersah die eifersüchtigen Blicke Eduards.

Die Frau des Maître spielte den letzten Takt, Sebastian ließ Jette noch einmal eine schwungvolle Pirouette an seiner ausgestreckten Hand drehen, dann verneigte er sich tief vor ihr, sie knickste, und unter dem Beifall der Mitschüler führte er Henriette zum Platz.

»Sehr elegant!«, lobte der Maître. »Nehmen Sie sich ein Beispiel daran! Jetzt noch einmal …«

Er forderte seine Frau auf, eine etwas langsamere Melodie zu spielen, und erneut begaben sich die Paare in die Mitte des Saales.

»Sind Sie glücklich, Henriette?«, flüsterte Sebastian, während er sie an sich zog und seine warme Hand auf ihren Rücken legte. »Ich bin es in diesem Moment.«

»Es ist ein wunderbarer Tanz«, wich sie aus, und schon geriet sie aus dem Takt.

Sebastian blieb kurz stehen und führte sie ein paar Klaviertöne weiter erneut in den Rhythmus hinein.

»Ich wollte Sie nicht in Verlegenheit bringen«, entschuldigte er sich.

Henriette brachte gerade noch ein höfliches Lächeln zustande. Bis eben hatte sie sich in seinen Armen geborgen gefühlt, weil er sie nicht bedrängte und weil sie sicher war, dass dies nichts weiter darstellte als eine unverbindliche Tanzstundenbekanntschaft – trotz der Episode mit dem Brief im Regen. Wenn die Lektionen vorbei waren, würden sie sich aus den Augen verlieren.

Bis zum nächsten Ball? Was sie lange für vollkommen abwegig gehalten hatte, schien nun bedrohlich in die Nähe zu rücken: ihr erster Ball, hier in Freiberg. Die Waffenruhe galt noch ein paar Wochen. Irgendwann in dieser Zeit würde jemand eine Gesellschaft geben und dazu auch die Familie des ortsansässigen Buchdruckers und Zeitungsverlegers einladen. Vielleicht sogar auf Betreiben des Majors. Der wartete sicher nur so lange, bis es seinem Sohn wieder besserging. Und dann würde alles noch komplizierter werden.

Jette war so in diese Gedanken vertieft, dass sie das Ende der

Melodie kaum mitbekam. Doch Sebastian führte sie sicher aus der letzten Drehung heraus zu Verbeugung und Knicks. Seine Enttäuschung über ihre ausweichende Antwort ließ er sich nicht anmerken.
»Beim nächsten Mal möchte ich Sie alle schweben sehen, sonst dürfen Sie meine Stunden nicht mehr besuchen. Es ruiniert meinen Ruf, wenn Sie nicht mehr zustande bringen«, kündigte der Maître pikiert an.
Jette ließ sich von Sebastian in ihr Jäckchen helfen.
»Sie haben noch nicht davon gehört, oder?«, flüsterte er ihr zu, diesmal ohne zu lächeln.
»Wovon?«, fragte sie leise zurück.
»Also nicht ... Es wird einen Aufschrei in ganz Deutschland geben«, sagte er.
Bevor sie weiterreden konnten, stand überraschend Tante Johanna in der Tür. Jette fragte sich, was das wohl bedeuten mochte. Sie und Eduard waren noch nie von Johanna abgeholt worden. Und die Tante blickte so ernst, dass etwas Schlimmes geschehen sein musste.
»Ich fürchte, Sie werden gleich zu Hause davon erfahren«, sagte Sebastian bedauernd, der offensichtlich mehr wusste als sie, und verabschiedete sich mit einer Verbeugung von ihr. »Es lebe das deutsche Vaterland!«, raunte er ihr zu, als sie an ihm vorbeiging.
Jette fragte sich voller Angst, welche schlechten Nachrichten sie erwarteten, während Johanna ihren jüngeren Sohn ungeduldig aus einer Schar kichernder Mädchen zu sich befahl.
Ohne ein weiteres Wort – wann hatte es das je gegeben! – liefen die drei zum Gerlachschen Haus am Untermarkt. Und richtig mulmig zumute wurde Jette und Eduard, als sie direkt in Friedrich Gerlachs Kontor geführt wurden.

Auch der Oheim wirkte ungewöhnlich ernst, nahezu aufgelöst. Seinen Hut hatte er achtlos auf einem Papierstapel abgelegt, statt ihn in der Diele aufzuhängen, er trug immer noch den Gehrock, als wäre er geradewegs von draußen hereingekommen, und er stützte sich auf das Pult, als könnte er sich nicht mehr aus eigener Kraft halten.

Nach seinem Nicken schloss Johanna sorgfältig die Tür, dann sah er nacheinander in die Gesichter seines Sohnes und seiner Nichte, die ihn in Erwartung schlimmer Nachrichten anstarrten.

Der Buchdrucker holte tief Atem und erklärte mit brüchiger Stimme: »Die Lützower Jäger sind vernichtet. Man hat sie südlich von Leipzig überfallen. Fast alle sind tot oder gefangen. Es sollen einhundert oder zweihundert Gefangene nach Leipzig gebracht worden sein. Ein Logenbruder, der gerade von dort zurückgekehrt ist, hat es mir erzählt.«

Felix und Richard!, dachte Jette vor Schreck gelähmt. Sie wollten doch dorthin, sie wollten doch unbedingt zu den Lützowern ...

Das also hatte Sebastian gemeint.

»Wer? *Wer* hat sie niedergemetzelt? Die französische Armee? Diese Verbrecher!«, fuhr Eduard auf und wurde dafür von seiner Mutter niedergezischt. Doch das ignorierte er. »Lebt der Major von Lützow noch? Und Körner?«

»Lützow selbst soll auch gefallen sein. Zumindest haben das die Franzosen bekanntgegeben.«

»Deutschlands Hoffnung ist dahin. Das Symbol des nationalen Widerstandes ...«, murmelte Eduard.

»Es muss nicht stimmen«, sagte sein Vater, nun kraftvoller, beinahe beschwörend. »Wenn sie seinen Leichnam hätten, würden sie ihn der Öffentlichkeit präsentieren – oder wenigstens seinen Kopf, wie sie es mit Schill taten ... Deshalb besteht noch Hoffnung. Auch über Körner hört man nichts – was vermuten lässt, dass er entkommen konnte.«

»Das ist ein Bruch des Rechts!«, entrüstete sich Eduard. »Auch für sie galten die Festlegungen des Waffenstillstandes! Wir haben die Bestimmungen doch gelesen – für *jegliche* Truppen!«

»Warum waren sie dann nicht schon längst hinter der Elbe?«, fragte Johanna.
»Das weiß der Himmel!«, entgegnete ihr Mann. »Aber sie hatten sächsische Marschkommissare, ihre Route war mit den Franzosen abgesprochen, und sie hatten ihr Wort gegeben, sich an die Waffenruhe zu halten.«
Nun sah er jeden einzeln und eindringlich an. »Ich erzähle euch das, damit ihr gewarnt seid und keine Unvorsichtigkeit begeht, solltet ihr durch andere davon hören. In Gegenwart des Majors und seiner Männer dürft ihr euch nichts anmerken lassen! Ihr habt ihn erlebt – er wird keine Gnade kennen. Jette und Eduard, ihr werdet auch morgen wieder zur Tanzstunde gehen, selbst wenn euch nicht danach ist.«
»Das kannst du unmöglich von mir erwarten«, brachte Henriette fassungslos hervor. »Wie soll ich angesichts solcher Nachrichten zu diesem albernen Maître gehen und mich fröhlich im Walzertakt drehen? Das ist ... absurd! Dies ist ein Tag der Trauer für Deutschland!«
»Jawohl! Wir sollten alle schwarzen Flor tragen«, pflichtete Eduard ihr bei.
»Sei nicht kindisch!«, wies sein Vater ihn zurecht. »Welchen verstorbenen Verwandten willst du als Anlass dafür benennen? Die Franzosen sind nicht dumm.«
Dann wandte er sich an Jette. »Diese Trauer musst du in deinem Inneren verbergen, Kind. Du weißt, wir alle werden beobachtet.«
»Sag, ich bin krank«, beharrte das Mädchen trotzig.
»Das wird dir niemand glauben. So bringst du dich und uns in Verdacht. Also geh morgen wieder dorthin und zeige niemandem, was du fühlst. Das ist mein letztes Wort! Mit Franz habe ich vorhin schon gesprochen. Aber vielleicht nimmst du dich seiner noch einmal an, wenn er vom Schulmeister kommt. Und jetzt sei so gut und lies diese Korrekturbögen. Ich muss in die Setzerei. Du, Eduard, ziehst dich um und hilfst mir!«
Er drückte Jette die ersten zwei Seiten der nächsten Ausgabe

der *Gemeinnützigen Nachrichten* in die Hand und ging. Da er immer noch keinen Ersatz für Ludwig hatte, musste die ganze Arbeit im Haus umverteilt werden.
Johanna nahm den Hut ihres Mannes und lief ebenfalls zur Tür. Doch trotz ihres auffordernden Blickes machte Eduard keine Anstalten, das Kontor zu verlassen.
»Ich komme gleich, muss nur noch etwas mit Jette besprechen«, wollte er seine Mutter beschwichtigen.
Aber die ließ nicht mit sich reden. »Beeil dich, dein Vater wartet!«
Eduard gab sich gehorsam und folgte ihr – nicht ohne mit Jette einen vielsagenden Blick getauscht zu haben. Nur Augenblicke später trat er wieder ins Kontor. Er hatte lediglich das seidene Halstuch abgebunden und den guten Rock abgelegt; nun trug er einfach eine Weste über dem Hemd, dessen Kragen offen stand.
»Ich hätte mich auch zu den Lützowern melden sollen«, sagte er leise zu Jette, nachdem er in den leeren Gang gespäht und die Tür sorgfältig geschlossen hatte. »Ich wollte es tun, ehrlich!«
»Rede nicht solchen Unfug! Du bist noch viel zu jung. Und außerdem wärst du dann vielleicht auch tot«, wies ihn seine Cousine zurecht, die bisher nur auf die Bögen gestarrt hatte, ohne ein Wort zu erfassen.
»Ich werde bald sechzehn, das ist nicht *so* jung«, widersprach Eduard beleidigt. »Jeder kann seinen Beitrag fürs Vaterland leisten. Ich hätt's denen schon gezeigt, den Franzosen!«
»Zeigen solltest du lieber etwas mehr Verstand!«, fauchte Jette. »Hast du deinen Vater nicht gehört? Wir werden beobachtet. Also sei still und rede nicht solchen Unfug! Sie sind alle tot oder gefangen ...«
»Und du kollaborierst mit dem Feind! Hättest den Sohn vom Major verrecken lassen sollen und all die anderen Kerle in den Lazaretten! Dann wären es ein paar weniger, die die Preußen erschlagen müssen.«

Mit offenem Mund starrte Henriette den Cousin an. »Begreifst du überhaupt, was du da sagst?«
Eduard gab einen verächtlichen Laut von sich.
»Hat dich dein Vater nicht Menschlichkeit gelehrt?«, hielt sie ihm aufgebracht vor.
»Ich weiß wenigstens, auf welche Seite ich gehöre!«, trumpfte er voller Wut auf, drehte sich auf dem Absatz um und schlug die Tür krachend hinter sich zu.

Jette raffte die Blätter vom Stehpult zusammen und setzte sich an den breiten Tisch aus Eichenholz. Sie stützte den Kopf auf die Fäuste und starrte auf das bedruckte Papier. Die Zeilen verschwammen vor ihren Augen, sie nahm nur noch die Überschrift auf: »Über Einquartierung«. Und dann konnte sie selbst die vor lauter Tränen nicht mehr entziffern.
Eduards Worte hatten sie tief getroffen. Und doch füllte sie jetzt die Angst um Felix und Richard vollkommen aus.
In ihr loderte das schreckliche Gefühl, die beiden könnten in dieses Gemetzel geraten sein. Der Gedanke wurde zu Bildern, zu Schreckensszenen von Blut und Tod, in ihren Ohren gellten Schüsse, Befehle und Schmerzensschreie, und dann glaubte sie, Felix blutend und reglos in der aufgewühlten Erde liegen zu sehen.
Sie fuhr zusammen, als jemand die Tür öffnete.
Es war Johanna, die den Kopf hereinsteckte und etwas pikiert erklärte: »Da möchte jemand mit dir sprechen.«
Verwundert folgte Jette ihr in die Buchhandlung, nachdem sie sich die Tränen abgewischt hatte.
Als sie den Besucher erkannte, fiel ihr ein riesengroßer Stein vom Herzen. Richard! Am liebsten wäre sie ihm um den Hals gefallen vor lauter Freude darüber, dass er lebendig und anscheinend unversehrt vor ihr stand.
»Sie?«, brachte sie erleichtert heraus. Die verwunderten Blicke der Tante bemerkte sie gar nicht. »Ich war so in Sorge …«

»Ja, ich lebe noch, dem Herrn sei's gedankt!«, antwortete der Student. »Sie haben sicher gehört, was geschehen ist ... Wir waren dabei, aber ich konnte entkommen.«
»Und Felix?«
»Das weiß ich nicht«, gestand Richard mit betretener Miene.
Jette erstarrte mitten in der Bewegung.
»*Sie wissen es nicht?* Waren Sie denn nicht an seiner Seite?«, fragte sie entsetzt.
»Doch, natürlich war ich bei ihm. Aber dann ging alles drunter und drüber, wir waren umzingelt, es wurde geschossen, und in dem Durcheinander konnte ich entschlüpfen ...«
»Und Sie ließen Ihren besten Freund im Stich? Wissen Sie wenigstens, was aus ihm geworden ist?«
Nun konnte sie ihren Abscheu kaum noch verbergen.
»Er ist nicht hier. Vielleicht kommt er ja noch. Oder er ist nur gefangen ...«
»Wie können Sie nur?«, schrie Jette Richard an. »Er wollte doch gar nicht dorthin! Sie haben ihn dazu überredet – und ihn dann dem Tod ausgeliefert!«
»Was hätte ich denn tun sollen?«, versuchte sich der Angegriffene zu rechtfertigen. »Es ging alles so schnell in der Dunkelheit ... Sie wissen ja nicht, wie das ist, wenn man attackiert wird und jeden Augenblick sterben kann!«
Sofort musste Jette an jenen Tag in Weißenfels denken, als sie angegriffen wurde, schien die würgende Hand um ihren Hals noch einmal zu spüren, die Todesangst. Doch sie hatte sich und Franz verteidigt.
Sie ging einen Schritt auf Richard zu, der sie erwartungsvoll ansah; vielleicht würde ihm doch Nachsicht zuteil, im besten Falle sogar etwas von der erhofften Bewunderung.
Ehe er sich versah, schlug Jette ihm ins Gesicht. Nicht sehr heftig; es tat kaum weh, aber voller Wut und Verachtung.
»Sie haben Ihren besten Freund im Stich gelassen! Sie sind ein Feigling!«

Beschämt drehte sich Richard um und ging zur Tür.
»Was soll ich denn jetzt tun?«, klagte er, die Hand am Türgriff.
»Gehen Sie nach Leipzig und finden Sie heraus, ob er unter den Gefangenen ist! Und ob Sie irgendetwas unternehmen können, um ihn da rauszuholen!«, sagte Jette ohne das geringste Mitleid.
Unter dem Scheppern der Ladenglocke verließ Richard mit hängenden Schultern die Buchhandlung.
Ohne ein Wort der Erklärung für die Tante rannte Jette die Treppe hinauf in die Bibliothek. Weinend holte sie die schwarze Mappe hervor, die Felix ihr zur Aufbewahrung gegeben hatte. Vorsichtig, damit ihre Tränen nicht über die getrockneten Blüten tropften, betrachtete sie die sorgfältig beschrifteten Blätter.
Sie würde jedes einzelne aufhängen. Zum Gedenken an Felix.

Gejagt

In einem Wald bei Kölme zwischen Eisleben und Halle, 21. Juni 1813

Auch der Rittmeister von Colomb befand sich mit seiner Streifschar noch diesseits der Demarkationslinie. Von dem Überfall auf die Lützower wusste er nichts.
Allerdings war er nicht aus Sorglosigkeit oder Leichtsinn noch in Feindesland. Obwohl die Männer seines Kommandos lieber weiterkämpfen wollten – sie würden sich an die Festlegungen der Waffenruhe halten. Es war ohnehin nur für ein paar Wochen. Dass auf den Waffenstillstand Frieden folgen würde, hielt Colomb für ausgeschlossen. Es war noch nichts entschieden in diesem Krieg und Napoleon viel zu stark, als dass er auf Kapitulationsbedingungen eingehen würde. Die sechs Wochen

Waffenruhe waren für beide Seiten nur eine Atempause, um Truppen und Munitionsvorräte für die nächsten großen Schlachten aufzufüllen.

Wie in seiner Unterredung mit dem Major von Lützow angekündigt, war Peter von Colomb mit seiner Streifschar nach Neustadt an der Orla geritten, wo die Bewohner der Stadt und der Umgebung ihnen viel Sympathie entgegenbrachten – so viel, dass einige seiner Jäger inzwischen zarte Bande mit jungen Neustädter Damen geknüpft hatten.

Unterdessen verhandelte Leutnant Eckardt mit dem Kommandanten von Jena. Einmal mehr war Colomb froh, einen Justizrat als Adjutanten zu haben. Denn bis zu dem Termin, den das Abkommen über den Waffenstillstand vorgab, dem 12. Juni, hätte er unmöglich die Demarkationslinie erreichen können. Doch Eckardts Beredsamkeit und Colombs Ehrenwort, friedlich von dannen zu ziehen, sofern man sie in Frieden ziehen lasse, führten zu einer Übereinkunft.

Der Militärkommandant von Jena hatte sich schon so viel Tadel durch seine Vorgesetzten eingehandelt, weil es ihm nicht gelungen war, der kleinen Schar habhaft zu werden, dass er von ganzem Herzen aufatmete, wenn sie freiwillig Thüringen verließ. Zur Absicherung für beide Seiten informierten sie den Gouverneur von Erfurt, General Doucet.

Nun stand ihrem friedlichen Rückzug nichts mehr im Weg, abgesehen von ein paar herzzerreißenden Abschiedsszenen in Neustadt an der Orla. Der Rittmeister hielt eine begeistert aufgenommene Rede, mit der er den Einheimischen für ihre Unterstützung dankte, gönnte den Verliebten noch eine letzte Umarmung und ließ zum Abmarsch blasen. Die abgesprochene Route sollte sie über Bürgel, Naumburg und Weißenfels Richtung Leipzig führen.

Doch sie waren noch gar nicht weit von Neustadt entfernt, als ihnen kurz hinter Roda eine Kutsche entgegenkam, deren weißhaariger Insasse aus dem Fenster auf sie starrte und sofort mit dem Gehstock ans Dach klopfte, damit der Kutscher die Pferde zum Stehen brachte.

Peter von Colomb ließ seine Schar halten und ritt dem Mann in der Kutsche entgegen, der in feinstes dunkles Tuch gekleidet war und um die sechzig Jahre zählen mochte.

Nun lüpfte dieser seinen Hut. »Kaufmann Frege aus Leipzig. Sie sind doch der Husarenrittmeister von Colomb, wenn ich mich nicht irre?«

Colomb bestätigte und salutierte.

»Herr Offizier, Sie dürfen nicht nach Leipzig!«, warnte der Kaufmann eindringlich und aufgeregt. »Seit kurzem haben wir dort einen neuen Militärkommandanten, Arrighi, den Herzog von Padua. Jung und sehr ehrgeizig, ein Vetter Napoleons, wie es heißt. Erbarmungslos, noch schlimmer als Davout. Stadt und Umgebung sind voller französischer Truppen. Machen Sie lieber einen großen Bogen darum. Denen dürfen Sie nicht trauen!«

Colomb bedankte sich für die Warnung.

»Keine Ursache! Sie bereiten uns in Leipzig viel Freude mit den Blamagen, die Sie den Franzosen erteilen. So zahlen Sie es denen heim, dass wir unsere kostbaren Waren verbrennen mussten. Da werden wir Sie doch nicht in die Falle laufen lassen. Wünsche einen schönen Tag!«

Wieder zog der Kaufmann seinen Hut und gab dann dem Kutscher das Zeichen weiterzufahren.

Der Rittmeister nahm die Warnung ernst und änderte sofort seine Pläne. Er kannte Arrighis Ruf. Wenn es in und um Leipzig von französischen Truppen wimmelte, zog er es vor, für die Feinde unsichtbar zu bleiben und in großem Bogen um Leipzig herum zum Elbufer zu reiten.

Beim nächsten Halt in Bürgel ließ er mehrfach verlauten, dass ihr Weg weiter über Naumburg führe. Doch stattdessen schlug er sich mit seiner Schar durch ein Waldgebiet, durchquerte an einer Furt die Saale und bei Freyburg die Unstrut.

Am Abend errichteten die Männer ihr Lager in einem Wald, von dem aus sie die Straße von Eisleben nach Halle gut überblicken konnten. Sie waren kaum damit fertig, als ihre Kundschafter meldeten, der König von Westphalen, Jérôme Bonaparte, würde gleich mit nur geringer Eskorte diese Straße passieren. Colomb sah die Abenteuerlust auf den Gesichtern, aber er schüttelte den Kopf. »Es ist Waffenstillstand, und wir haben jetzt nur eine Aufgabe: ohne Verluste auf das rechtsseitige Elbufer zu kommen.«
Jemand neben ihm seufzte, deshalb gab er zu: »Ich würde Seine Majestät ja auch gern persönlich kennenlernen, ganz ehrlich! Er soll sehr unterhaltsam sein, dieser König Lustik!«
Seine Männer lachten.
»Doch für heute haben wir andere Pläne. Ruhen Sie sich aus! Morgen steht uns eine schwierige Strecke bevor. Und ich will überall doppelte Wachen.«
Wenn die Wachen eingeteilt waren, würde er sich ein Pfeifchen gönnen und über die durch den Waffenstillstand verpasste Gelegenheit nachsinnen, den König von Westphalen gefangen zu nehmen.
Doch dazu sollte es nicht kommen.
Er war immer noch dabei, die Feldwachen so zu verteilen, dass sie von allen Seiten rechtzeitig gewarnt werden konnten, als eine seiner berittenen Patrouillen schon wieder zurückkam. Und zwar mit einem zweiten Mann vor sich im Sattel. Was hatte das zu bedeuten?
Er rief Katte und Eckardt zu sich und starrte dem Reiter entgegen, um Einzelheiten zu erkennen. Während das Pferd den Hügel erklomm, war es durch das Gebüsch kurz verdeckt, doch als die Patrouille heran war, glaubte Colomb seinen Augen nicht zu trauen.
»Zeidler? Wie kommen Sie hierher? Was ist geschehen?«
Sein einstiger Volontärjäger war verletzt, er hielt die verbundene rechte Hand hoch, dennoch sickerte Blut durch den Ver-

band; der junge Mann war kreidebleich, vollkommen erschöpft und unübersehbar kurz vorm Umfallen. Er wäre trotz seiner Reitfertigkeit aus dem Sattel gestürzt, würde ihn sein Hintermann nicht festhalten.

»Die Lützower ... ein Angriff mit großer Übermacht ... fast alle tot oder gefangen ... Und Sie sollen die Nächsten sein!«

Dann rutschte Felix aus dem Sattel und wurde von seinem Landsmann Neuendorf aufgefangen.

Felix' Worte riefen einen solchen Tumult hervor, dass Colomb mehrfach Ruhe befehlen musste – etwas, das es noch nie gegeben hatte, seit er dieses Kommando führte.

Er ließ Neuendorf den Verletzten auf den Boden betten, rief nach etwas zu trinken und zu essen und nach dem Medizinstudenten, der sich ihnen angeschlossen hatte und für die Versorgung der Verwundeten zuständig war.

Mit Neuendorfs Hilfe setzte sich Felix so auf den Waldboden, dass er an einem Baum lehnte, trank durstig den Becher leer, der ihm gereicht wurde, und begann zu erzählen, was er in Kitzen erlebt hatte und wie er aus der Pleißenburg entkommen war. Dabei umklammerte er mit der linken Hand krampfhaft den rechten Ellenbogen, um die rechte hochzuhalten, damit er nicht noch mehr Blut verlor.

Als der angehende Mediziner den verschmutzten Verband abgenommen hatte, um nach der Wunde zu schauen und sie frisch zu verbinden, konnte jeder sehen, dass Felix Zeidler drei Finger der rechten Hand fehlten und vom Zeigefinger nur die unteren zwei Glieder geblieben waren.

»Was ist mit dem Major?«, fragte Colomb mit versteinerter Miene.

»Entkommen, soweit ich weiß. Die Husaren und Ulanen haben ihn noch rausgehauen, als wir alle schon glaubten, er sei verloren.«

»Sein Adjutant Körner?«

»Ihn sah ich nach einem Säbelhieb auf den Kopf zu Boden gehen. Aber in Leipzig sagte mir jemand, Körner lebt.«

»Die anderen Offiziere?«

»Von Aschenbach und von Sarnowsky sind auf der Pleißenburg gefangen, obwohl sie als Parlamentäre kamen. Von den anderen weiß ich nichts. Es war dunkel, wir waren von Feinden umzingelt, sie haben uns regelrecht zusammengehauen. Am nächsten Morgen, bevor sie uns auf die Pleißenburg brachten, konnte ich mehr als hundert Tote zählen. Und mindestens zweihundert Gefangene …«

Fluchend ging von Colomb drei Schritte zur Seite und schlug mit der Faust gegen einen Baum, ungeachtet des Schmerzes.

Als er sich wieder einigermaßen unter Kontrolle hatte, drehte er sich erneut zu Felix um und fragte nach seinem einstigen Volontärjäger Richard Karlmann.

»Im Dunkeln entkommen, hoffe ich. Wenn sie ihn erwischt hätten, wäre er auch nach Leipzig gebracht worden. Aber falls ihn eine Kugel in den Rücken getroffen hat … Ich weiß es nicht. Sie schossen sogar auf jeden, der aus der Gefangenenkolonne fliehen wollte, während sie uns nach Leipzig führten.«

»Das ist ein unerhörter Verstoß gegen jegliches Recht!«, rief der Leutnant von Eckardt zornig. »Der Waffenstillstand galt auch für ihn und uns! Ich finde keine Worte für solch eine Niedertracht.«

»Hätte ich einen halben Tag eher davon gewusst, bei meiner Ehre, ich würde Jérôme als Geisel genommen haben!«, brachte Colomb grimmig hervor, der sonst fast nie die Beherrschung verlor.

Etwas rauher, als der es verdient hätte, fuhr er den Reiter an, warum er nicht schon längst wieder auf Patrouille war.

Dabei fragte er sich, ob er das Unheil hätte verhüten können. Hatte er es vorausgesehen? Geahnt, ja. Befürchtet, ja. Aber nicht in dieser brutalen, unverhüllten Form. Es war ein so himmelschreiender Rechtsbruch …

Doch Bonaparte hatte stets gesagt, dass für die Streifkorps die

üblichen Regeln nicht galten, dass er sie als Banditen betrachte und dementsprechend behandeln würde.
Und Lützow hatte seine Bedenken ignoriert. Wären sie zusammengeblieben, dann wären seine Männer jetzt wohl auch tot oder gefangen.
Zwischen zusammengebissenen Zähnen hindurch gab Zeidler einen ächzenden Laut von sich, als ihm der Medizinstudent Branntwein über die blutenden Stellen goss.
»Wie geht es Ihnen?«, fragte der Rittmeister.
»Ist sauber amputiert und versorgt worden«, antwortete an seiner statt der angehende Arzt. »Nur die Wunde am Zeigefinger ist wieder aufgebrochen. Ich tu, was ich kann, damit es sauber abheilt und ich ihm das nächste Fingerglied nicht auch noch abnehmen muss.«
Bitte nicht, Herr im Himmel, dachte Felix stumm. Es war so schon schlimm, verkrüppelt worden zu sein, ausgerechnet an der rechten Hand. Nur wenn ihm dieses Glied blieb, vermochte er vielleicht noch die Feder mit dem Daumen zu halten. Sonst würde er nie mehr schreiben können.
Ihm wurde schlecht, und nur mit Mühe schaffte er es, sich hier nicht vor aller Augen und noch dazu vor dem Kommandanten zu erbrechen. Er würgte den Mageninhalt wieder hinunter, schloss die Lider und lehnte den Kopf gegen den Baumstamm.
»Bleiben Sie die Nacht hier, wir kümmern uns um Sie«, beruhigte ihn der Rittmeister, während Felix' Wunde frisch verbunden wurde. »Wenn Sie sich morgen früh kräftig genug fühlen, um in den Sattel zu steigen, reiten Sie ein Stück mit uns. Wir müssen sowieso Richtung Köthen, das ist nicht mehr weit. Dann lassen Sie sich zu Hause bei Ihren Eltern gesund pflegen. Sollte es Ihnen nicht gut genug dafür gehen, bringen wir Sie in der Nähe bei vertrauenswürdigen Leuten unter.«
»Nein!«, widersprach Felix sofort und mit mehr Kraft, als er sich eben noch zugetraut hätte. »Ich komme mit Ihnen. Ich kenne mich in der Gegend aus, ich kann Ihnen helfen, unbe-

merkt den Fluss zu passieren. Sie dürfen mich nirgendwo lassen! Wer jetzt einen entflohenen Lützower aufnimmt, der riskiert sein Leben.«
»Dann entscheiden wir morgen früh«, erklärte der Rittmeister. Er gab dem angehenden Arzt den Wink, seinem Patienten eine ordentliche Dosis Branntwein zu verabreichen, um ihn trotz der Schmerzen erst einmal in tiefen Schlaf zu versetzen.
Dass sein verwundeter Volontärjäger noch andere Gründe hatte, nicht im nahen Elternhaus Zuflucht und Genesung zu suchen, konnte er nicht wissen.
Felix' Eltern glaubten ja immer noch, dass ihr Sohn fleißig bei Professor Werner in Freiberg studierte. Vorerst durften sie nicht erfahren und schon gar nicht mit eigenen Augen sehen, dass er vielleicht nie wieder eine Feder führen konnte.
Vielleicht bleibt mir ja noch dieser halbe Finger, dachte er, bevor ihn die Anstrengungen und der Branntwein in den Schlaf sinken ließen.
Unterdessen beriet Peter von Colomb mit seinen Leutnants Eckardt und Katte und dem ortskundigen Neuendorf, wie sie nach diesen Nachrichten am besten vorgehen sollten. Denn wahrscheinlich waren schon Truppen unterwegs, um auch sie zu vernichten. Sie mussten schnellstens und ungesehen über die Elbe.

Demarkationslinie

Zwischen Wörbzig und Aken,
22. Juni 1813

Tiefer Schlaf, ein kräftiges Frühstück und die beruhigende Gegenwart seiner Gefährten sorgten dafür, dass es Felix am nächsten Morgen besserging. Jetzt schmerzte ihm der Schädel vom ungewohnten Branntwein fast mehr als die Wunde, die zwar noch pochte und hämmerte, aber nicht mehr so heftig wie tags zuvor.

Der Rittmeister hatte den Jäger Neuendorf nach Aken und einen weiteren Jäger Richtung Breitenhagen vorgeschickt, beides kleine Orte an der Elbe, um herauszufinden, wo sie den Fluss überqueren konnten. Das könnte zum Problem werden, und zwar nicht nur, weil ihnen dort womöglich Gegner auflauerten. Seit Kriegsbeginn waren so gut wie alle Fähren und Kähne versenkt oder beschlagnahmt worden.

Nach schnellem, aber gut gesichertem Ritt bis in das Dorf Wörbzig befahl Colomb eine Rast, um auf Nachricht seiner beiden Kundschafter zu warten. In dieser Nacht würden sie die Elbe passieren, wenn das Schicksal ihnen wohlgesinnt blieb.

Bis nach Köthen war es nun nicht einmal mehr eine halbe Stunde zu Pferde. Erneut bot Colomb Felix an, zu seinen Eltern zu reiten und sich dort gesund pflegen zu lassen. Aber der lehnte strikt ab, auch wenn ihm der Gedanke an das nahe Heim fast das Herz zerriss. In diesem Zustand konnte er unmöglich vor seine Eltern treten. Das würde sie vielleicht umbringen.

Er lehnte sich gegen einen Baum und sann nach, wie sein Leben nun verlaufen würde. Ob er eine Arbeit fand, um seine Eltern zu ernähren. Und was Henriette wohl sagen würde. Sie hatte ein mitfühlendes Herz, sie würde mit ihm trauern und ihn trösten wollen. Doch ihr sein Herz zu öffnen und seine Liebe zu gestehen, das kam nun nicht mehr in Frage.

Vielleicht wurden sie ja auch diese Nacht überfallen, und er entkam kein zweites Mal. Oder die Wunde wurde brandig, und er starb daran. Dann brauchte er sich um all diese Dinge keine Sorgen mehr zu machen.

Colomb hatte absatteln lassen, um die Pferde zu schonen, denen noch ein anstrengender Ritt durch die Nacht bevorstand. Seine Männer verteilten sich in den umliegenden Gehöften, um selbst ein wenig Kraft zu sammeln.

Während sie immer noch auf die ausgeschickten Späher warteten, brach der Abend herein, und der Rittmeister ließ wieder satteln.
Die achte Stunde war schon vorbei, als ein Mann aus dem nahen, südlich gelegenen Städtchen Gröbzig auf sie zugerannt kam, völlig außer Atem und hektisch mit beiden Armen winkend.
Alarmiert ging Colomb ihm entgegen.
»Sie müssen fort!«, keuchte der Mann, der kaum noch Luft bekam, der Kleidung nach ein Handwerker. »Hier ganz in der Nähe sind mehrere Eskadrons schwerer Reiterei eingetroffen, westphälische Kürassiere! Und ein Bataillon Infanterie! Die wollen Sie gefangen nehmen, ich hab's selbst gehört. Sie sind doch der Rittmeister von Colomb, nicht wahr? Schnell, fliehen Sie!«
Noch bevor Colomb dem aufgeregten und schweißbedeckten Gröbziger danken konnte, meldete bereits seine Feldwache, dass sich mehrere Eskadrons rasch näherten.
Es geht los!, dachte der Rittmeister, ließ Signal blasen und stieg in den Sattel. Jetzt wollen sie uns abschlachten wie die Lützower. Aber nicht mit mir, so wahr mir Gott helfe!
Er blickte zu Felix, auf dessen Gesicht er kein bisschen Angst sah, sondern den gleichen Zorn, der auch in ihm brodelte. Der Bergstudent spürte in diesem Moment bestimmt nichts von seinen Schmerzen.
»Volontärjäger Zeidler, ich könnte jetzt einen wirklich schnellen Reiter brauchen. Begleiten Sie mich?«, fragte er.
Felix nickte sofort und hievte sich in den Sattel eines Grauschimmels – etwas ungeschickt, weil er die rechte Hand schonen musste, dennoch rasch.

Zu zweit galoppierten sie los, und als sie die Straße erreichten, sahen sie schon die drei Eskadrons Kürassiere auf sich zukommen: eine von vorn, eine von rechts, eine von links. Die Infanterie war noch etwas weiter entfernt und marschierte ihnen im Gleichschritt entgegen.

»Ihre Pferde dampfen. Die werden nicht mehr lange schnell sein, wenn sie uns verfolgen wollen«, sagte Felix leise.

»Genau das ist unsere Chance«, erwiderte Colomb, der das auch gesehen und den gleichen Schluss gezogen hatte. »Volontärjäger Zeidler, Sie warten hier und beobachten, was passiert. Werde ich angegriffen, reiten Sie, so schnell Sie können, zum Lager und richten meinen Befehl zum sofortigen Rückzug aus. Egal, was mit mir passiert! Habe ich Ihr Wort? Ich muss noch etwas Zeit herausschinden, bis sich alle unsere Männer gesammelt haben.«

»Jawohl, Herr Rittmeister«, bestätigte Felix. So hart und entschlossen hatte ihn sein Kommandeur noch nie einen Befehl entgegennehmen gehört.

Er nickte ihm zu, sah noch einmal hinter sich, bedachte in Gedanken seine Männer mit ein paar deftigen Worten, weil die ausgerechnet heute nicht in die Sättel kamen, sondern sich benahmen, als wäre dies ein ganz normaler Aufbruch, und in aller Seelenruhe ihr Gepäck aus den Gehöften holten, in denen sie geschlafen hatten. Sie hielten das Signal wohl für Abmarsch, nicht für Alarm. Wütend schwor er sich, sie zur Strafe auf- und absitzen üben zu lassen, bis sie umfielen, sollten sie alle diese Nacht überleben.

Er ritt der Spitze der ersten Eskadron entgegen und rief, sie möge halten, er habe mit dem ranghöchsten Offizier zu sprechen.

Ein Major löste sich aus der Formation und trabte ihm bis auf ein paar Schritte entgegen.

Colomb salutierte. »Rittmeister von Colomb, 3. Preußisches Husarenregiment. Ich bin mit meinem Kommando auf dem Weg, die Elbe zu überqueren, um die Bedingungen des Waffenstillstandes zu erfüllen.«

»Das hätte schon vor zehn Tagen passieren sollen!«, schnauzte

sein Gegenüber, der sich als Major Schäfer vorgestellt hatte.
»Ergeben Sie sich, oder ich lasse angreifen!«
»Ich habe eine schriftliche Übereinkunft mit dem Kommandanten von Jena und dem Gouverneur von Erfurt«, erklärte der Rittmeister, so ruhig er noch konnte, während sein Blut zu kochen begann. »Wir befanden uns an der Bayreuther Grenze, als wir vom Waffenstillstand erfuhren, und konnten unmöglich den Termin einhalten. Hier, lesen Sie!«
Er wollte das Schreiben aus der Säbeltasche holen, doch Major Schäfer wies es zurück.
»Für diesen Fetzen Papier verschwende ich keine Zeit!«, blaffte er ihn an. »Ich habe meine Befehle. Legen Sie die Waffen nieder!«
Die Beherrschung eines Husarenrittmeisters hat ihre Grenzen, und diese waren hiermit für Colomb eindeutig erreicht.
»Wenn wir verhandeln, dann mit den Säbeln in der Hand!«, entgegnete er wütend.
»Ergeben Sie sich! Sie haben keine Chance«, frohlockte der Major.
Das werden wir ja sehen!, dachte der Rittmeister von Colomb, wendete sein Pferd und gab dem in einiger Entfernung wartenden Felix Zeidler das Zeichen, sich ihm anzuschließen. Gemeinsam preschten sie ins Dorf, wo er seine Männer in aller Eile sammeln und aufsitzen ließ. Es waren immer noch nicht alle aus den Quartieren gekommen, deshalb mussten sie nun Zeit herausschinden, um die letzten Nachzügler nicht zu verlieren.
Also ritten sie mit allen, die schon im Sattel saßen, der vorderen Eskadron entgegen und hielten auf hundert Schritt Entfernung. Die linke Eskadron versperrte ihnen bereits den Weg, als Colomb »Los!« brüllte, nach rechts abschwenkte und mit seinen Jägern und Husaren so lange galoppierte, bis sie genügend Vorsprung vor den Kürassieren auf ihren ermüdeten Pferden herausgeholt hatten.

Ein Dutzend seiner Männer, die nicht rechtzeitig aus ihrem Gehöft gekommen waren, wurden umzingelt und verhaftet. Aber die mussten jetzt selbst zurechtkommen, wenn er nicht alle anderen auch noch verlieren wollte.

Der Rittmeister erteilte kurze, knappe Befehle: Leutnant Katte sollte mit ein paar Scharfschützen zurückbleiben, um die feindlichen Schützen abzuschrecken, die Reiter auf der Straße nach Köthen sollten zu jeweils drei Pferden nebeneinander aufrücken und Leutnant Eckardt an die Spitze gehen, sich aber von ihm das Tempo vorgeben lassen. Er selbst ritt an der Seite, damit er alles genau im Blick behielt.

Etwa zwanzig Gegner näherten sich ihnen zu Pferd, doch Kattes Scharfschützen hielten sie gut in Schach, und so wagten sie es nicht, mit Säbeln anzugreifen.

Wie erhofft, wurden die feindlichen Reiter auf ihren müden Pferden immer langsamer.

Inzwischen war es so dunkel, dass sie ihre Verfolger mit Leichtigkeit abhängen konnten. Colomb ließ Köthen rechts liegen und führte seine Männer Richtung Aken, zum Elbübergang.

Dort warteten einige der entkommenen Gefangenen und der Jäger Neuendorf auf sie, der berichtete, er habe einen Schiffer aufgetrieben, mit dessen Kahn sie Sättel und Gepäck übersetzen konnten. Die Pferde würden schwimmen müssen.

Der Schiffer, ein dürrer, sehniger Mann, erwartete sie nicht weit von der Straße entfernt in der Dunkelheit und führte sie durch Weidengestrüpp zum Ufer.

Doch da angekommen, brach er in großes Jammern aus. »Mein Boot ist weg! Nun haben sie mir das auch noch gestohlen! Verflucht seien diese ganzen Konskribierten aus Westphalen, die sich scharenweise über die Elbe in Sicherheit bringen! Die nehmen jeden Kahn, der ihnen in die Hände fällt.«

»Wo sonst können wir den Fluss überqueren?«, fragte Colomb den Verzweifelten und drückte ihm eine Münze in die Hand, auch in der Hoffnung, damit sein lautes Wehgeschrei etwas zu dämpfen.

»Gehen Sie nach Breitenhagen, da hat mein Schwager eine Fähre«, meinte der Schiffer und verzog das Gesicht. »Jedenfalls hatte er heute Morgen noch eine.«

»Ich weiß, wo«, meldete sich Neuendorf zu Wort.

Sie ritten eine Weile, bis sie in tiefster Dunkelheit ans Fährhaus kamen und dessen Bewohner aus dem Bett trommelten.

»Preußen, was?«, meinte der Fährmann mürrisch, nachdem er in Hose und Stiefel gestiegen war. »Dann wird es aber Zeit, dass Sie über den Fluss kommen. Die kennen kein Pardon, die Franzosen ...«

Am Fluss mussten sie feststellen, dass auch diese Fähre verschwunden war. Und der Fährmann fing nun das gleiche Wehklagen an wie zuvor sein Schwager.

Dann wandte er sich plötzlich ab, ging zu einem Gebüsch und zerrte ein schmales Boot heraus, in das gerade einmal zwei Mann passten.

»Das haben sie nicht gefunden, wenigstens das haben sie mir gelassen, diese Diebe!«, triumphierte er. »Aber es wird Ihnen nicht helfen, Herr Husar, für so viele Leute und Pferde. Sie werden wohl schwimmen müssen. Nicht weit von hier ist neulich eine ganze Gruppe Kosaken mitsamt ihren Pferden durch den Fluss geschwommen.«

»Wo exakt ist die Stelle?«, fragte Peter von Colomb.

Er wusste aus eigener Erfahrung, dass zwar *ein* guter Reiter sein Pferd dazu bringen konnte, mit ihm durch einen Fluss zu schwimmen, aber nie eine ganze Truppe in voller Rüstung.

»Die Pferde müssen Grund gehabt haben«, bestätigte Felix seine Vermutung. »Auch wenn die Kosaken noch so gut mit ihren Pferden umgehen – ich glaube nicht, dass eine gesamte Eskadron da durchschwimmt, bevor ich es gesehen habe.«

»Führen Sie mich an die Stelle!«, forderte Colomb den Fährmann auf. Es wurde schon Tag; sie mussten sich beeilen. Die

Feinde konnten nicht weit weg sein und würden sie suchen, um sie zu vernichten, bevor sie das rettende rechte Ufer der Elbe erreichten. Noch einmal konnten sie einer solchen Übermacht nicht entrinnen.

Er ließ sich von dem Fährmann mit dem schmalen Boot übersetzen und untersuchte dabei die Tiefe des Wassers mit einem Stecken.

»Hier haben wir Grund! Wir können durchreiten!«, rief er seinen Leuten vom Fluss aus zu, damit sie sich bereithielten.

»Und da ist ja auch meine Fähre!«, jubelte der Fährmann. Die Diebe hatten sie am anderen Ufer ins Schilf geschoben.

Jetzt wurde alles leichter. Gemeinsam brachten sie die Fähre zurück. Rasch teilte Colomb seine Männer ein.

Leutnant Eckardt sollte als Erster mit so vielen Pferden wie möglich auf der Fähre über den Fluss und sofort bei Erreichen des rechten Elbufers Wachen aufstellen. Die nahe Stadt Zerbst war voller französischer Militärs, das wusste er, und auf deren Ehrenhaftigkeit vertraute er lieber nicht nach den Ereignissen der letzten Tage.

Katte und die zwanzig besten Schützen sicherten das linksseitige Elbufer für den Fall, dass die westphälischen Kürassiere noch auftauchten.

Doch sie hatten Glück und blieben unbehelligt.

Alle Männer und Pferde der Colombschen Streifschar gelangten sicher über die Elbe. Glücklich über die anständige Bezahlung und das Ausbleiben der Franzosen, rief der Fährmann ihnen alle guten Wünsche nach.

Nach kurzem Ritt und einer Rast trafen sie bei Leitzkau auf die ersten russischen Vorposten und wurden von ihnen jubelnd in Empfang genommen. Nun waren den Männern drei Ruhetage vergönnt, bevor sie weiter Richtung Potsdam marschieren und neue Befehle entgegennehmen sollten.

Dort würde Peter von Colomb auch von seiner Ernennung zum Major und den Auszeichnungen erfahren.

Am zweiten Ruhetag beobachtete der Rittmeister seinen Volontärjäger Zeidler eine ganze Weile, der etwas abseits von den anderen saß und Löcher in die Luft starrte. Dann ging er zu ihm und ließ sich zwanglos an seiner Seite nieder.
»Wir werden sicher Blüchers Armee in Schlesien zugeteilt. Doch was werden Sie tun, Zeidler?«
Er wies auf die verbundene Hand. »Werden Sie Ihre Studien in Freiberg wieder aufnehmen?«
Dass der Junge so nicht vor seinen Eltern auftauchen und sie womöglich noch in Gefahr bringen wollte, konnte er verstehen. Das war typisch Zeidler. Doch beim Militär hatte er jetzt nichts mehr verloren. Er hatte seinen Beitrag geleistet und einen hohen Preis bezahlt.
Felix schob sich die Brille zurecht, sah den Kommandeur an und überlegte.
Er überlegte ungewohnt lange für seine Verhältnisse. Aber der Rittmeister wartete geduldig.
»Vermutlich ja«, sagte Felix dann. »Vermutlich ist dies das Klügste, was ich tun kann. Und auch das Einzige ...«
»Dann ist es trotzdem besser, dass Sie erst einmal mit uns über die Elbe gegangen sind«, meinte sein Kommandeur. »Die Franzosen werden das ganze linksseitige Ufer noch eine Zeitlang nach uns und entkommenen Lützowern absuchen. Angesichts dieser Verletzung könnten Sie sich kaum herausreden, falls Sie auf eine Patrouille stoßen. Ich besorge Ihnen einen Passierschein für Sachsen, damit kommen Sie unbehelligt über die preußische Grenze, vernichten das Papier und sind ab sofort wieder ein sächsischer Bergstudent auf Exkursion durch Sachsen. Haben Sie Ihre Vermessungsgeräte und Bücher noch? Auch wenn wir auf diese Idee nicht zurückgekommen sind – jetzt könnten Sie sich damit legitimieren.«
Felix schüttelte den Kopf. »Die Geräte trug Richard bei sich. Volontärjäger Karlmann, meine ich. Gleich nach der Gefangennahme durchsuchten sie unser ganzes Gepäck, und als sie bei

mir nur Bücher fanden, warfen sie die wütend in den Dreck. Die waren auf Geld oder Schmuck aus. Nur das hier konnte ich retten.«

Er zog ein nicht sehr dickes Buch unter seinem Hemd hervor. Den vierten Teil von Agricolas mineralogischen Schriften.

Es kam ihm vor wie ein Stück aus einem anderen Leben, einem gänzlich fremden Leben. Dabei stand ihm noch das Bild vor Augen, wie Henriette Gerlach das Buch auf den Ladentisch legte, als wäre es erst gestern gewesen.

Er hatte ihr die Galmeiflora geschenkt. Und dann war dieser Major hereingestürzt und hatte ihn mit dem Säbel bedroht. Degen, korrigierte er sich. Inzwischen wusste er, dass die Offiziere Degen trugen. Nur die Kavallerie führte Säbel, wie Colomb und dessen Leute.

Wie würde er heute reagieren, nach den Erfahrungen der letzten Wochen, wenn ihn jemand mit einer Waffe bedrohte?

Gar nicht, sagte er sich bitter. Mit dieser Hand kann ich keine Waffe mehr halten.

Peter von Colomb schien seine Gedanken zu erraten. »Ich habe Sie vorhin beim Essen beobachtet«, sagte er und lächelte ein wenig. »Sie kommen doch schon wieder ganz gut mit dem Löffel zurecht, trotz der Wunde. Sie heilt gut, hörte ich. Vielleicht nutzen Sie die Zeit, bis wir abmarschieren und sich unsere Wege trennen, und üben ein wenig mit Feder und Tinte? Ich lasse Ihnen beides bringen.«

Am liebsten hätte Felix abgelehnt. Doch das wagte er nicht. Und sicher war es besser, es herauszufinden und zu üben, als sich nur den Kopf darüber zu zerbrechen, ob er wieder schreiben konnte.

»Die Stute, die wunderschöne Schimmelstute, die Sie mir überlassen hatten …«, setzte er zu reden an und stockte. Doch wenn sie jetzt schon so etwas wie ein Abschiedsgespräch führten, musste er dieses Geständnis noch ablegen, so schwer es auch fiel.

»Ja?« Der Rittmeister sah ihn an, gespannt, was er nun zu hören bekam.

»Sie stampfte und schlug aus und biss um sich, bis mich jemand aus dem Sattel riss. Einer der Offiziere wollte sie für sich haben. Aber weil sie niemanden an sich heranließ, haben sie sie erschossen.«

Nun stiegen ihm Tränen in die Augen, und hastig wischte er sich mit dem Ärmel übers Gesicht.

»Das war ein Pferd, wie man selten eines findet«, gestand der Rittmeister wehmütig. »Aber sie können einfach nicht mit Pferden umgehen, diese Franzosen. Das sage ich die ganze Zeit schon.«

Er lächelte Felix aufmunternd zu. »Heute Abend begutachte ich Ihre ersten Schreibversuche. Also geben Sie sich Mühe, ich werde streng sein!«

»Ich weiß«, erwiderte Felix.

Dann schlug er unbeholfen mit der verbundenen Hand Agricolas Buch auf und holte mit der anderen ein Blatt heraus, das darin lag. Einen Zeitungsausschnitt.

»Aus der *Leipziger Zeitung* vom 14. Juni. Das hat mir der Freund mitgebracht, der mich aus der Pleißenburg geschleust hat. Es betrifft Sie!«

Verwundert starrte Colomb auf das Stück Papier und las. »Eine Danksagung der Leipziger Bürger an mich? Wofür? Ich war nie in Leipzig.«

»Dafür, was Sie getan haben. Dass Sie es den Franzosen gezeigt haben und sie immer wieder vorgeführt haben. Deutlicher durfte der Verfasser wegen der Zensur nicht werden.«

»Na, das nenn ich doch …« Colomb fing schallend zu lachen an. »Und dann wünschen sie mir eine glückliche Wiederkehr? Die sollen sie haben!«

»Es ist zwar ganz harmlos formuliert, aber in der Zeitung war die Hölle los, nachdem es erschienen war«, erzählte Felix, und dabei huschte sogar ein Lächeln über sein Gesicht. »Es gab Un-

tersuchungen und Hausarrest für den Zeitungsbesitzer. Aber ganz Leipzig hat über diesen Streich gelacht und gejubelt.«
»Würden Sie mir das überlassen?«, fragte Colomb gut gelaunt.
»Eine schöne Erinnerung. Ich nehm's in meine Sammlung. Der *Moniteur* hat mich auch schon bedacht, allerdings nicht gerade lobend …«
»Es ist für Sie«, bestätigte Felix.
»Wissen Sie, Zeidler«, meinte der Rittmeister und hielt seinem verwundeten Volontärjäger den Zeitungsausschnitt entgegen. »Schon deshalb hat es sich gelohnt. Wir haben mit unseren Nadelstichen die Leute aufgerüttelt, ihnen Mut gemacht. Ihr Opfer war nicht umsonst.«
»Der Zeitungsbesitzer kommt vielleicht in Festungshaft.« Colombs Lächeln erlosch. »Mein Wort: Es kommen die Zeiten, in denen jeder frei seine Meinung sagen darf. Doch bis es so weit ist, wird noch viel Blut fließen.«
Er stand auf, weshalb sich auch Felix hochrappelte.
»Bei unserer ersten Begegnung dachte ich, Sie taugen nicht für den Kampf«, sagte der Rittmeister. »Ich wollte Sie nach Hause schicken. Aber ich habe mich geirrt. Vielleicht wünschen Sie sich heute, ich *hätte* Sie damals nach Hause geschickt. Gibt es ein Mädchen, das in Köthen oder Freiberg auf Sie wartet?«
Felix zögerte, dann drückte er das Buch fester an sich und stellte zu seiner eigenen Überraschung fest, dass er darüber sprechen wollte.
»Es gibt eines, in Freiberg. Klug und mit gutem Herzen. Doch sie weiß nicht, was ich für sie empfinde. Und nun kann ich es ihr nicht mehr sagen.«
Ohne eine weitere Erklärung reckte er die verbundene Hand hoch.
»Wenn sie etwas taugt, wird sie das nicht abschrecken«, erklärte der Rittmeister überzeugt. »Dass Sie ein kluger Kopf sind, muss ich Ihnen nicht erst sagen. Aber lassen Sie sich heute von einem altgedienten Husaren sagen: Sie sind auch ein tapferer

Mann, selbst wenn Sie das vielleicht vor ein paar Wochen noch nicht über sich wussten. Ganz gleich, was Sie in Zukunft erwartet, Sie werden es meistern.«

Gute Freunde aus Paris

Schloss Lübbenau, 25. Juni 1813

Auch die Gräfin von Kielmannsegge erwartete Einquartierung – allerdings nicht mit Bangen wie die meisten Sachsen. Für sie waren dies keine plündernden Feinde, sondern gute Freunde aus Paris: Marschall Oudinot und sein Generalstab. Sie hatte sie selbst eingeladen, bei ihr zu logieren, nachdem sie gehört hatte, dass sie ihr Hauptquartier im Königlichen Schloss zu Dahme einrichten sollten. Das war derzeit so gut wie unbewohnbar und eine Zumutung für den tapferen Marschall und Herzog von Reggio. Dort konnten auch keine zweitausend Pferde mit Mannschaft aufgenommen werden. Außerdem war Oudinot verwundet – wieder einmal! – und brauchte Pflege. Hier sollte er genesen, bis er in den nächsten Kampf ritt.

Auguste Charlotte von Kielmannsegge warf einen letzten prüfenden Blick in den großen, goldgerahmten Spiegel. Sie trug ein graues Samtkleid mit Atlasschleifen in der gleichen Farbe, das ihr glänzend schwarzes Haar, ihre dunklen Augen und ihre vollen Lippen bestens zur Wirkung brachte. Sie war nun sechsunddreißig Jahre alt, und der Spiegel bestätigte ihr: Sie war immer noch eine auffallend schöne Frau.

Dieses Kleid hatte sie zu ihrer ersten Audienz bei Napoleon getragen. Ein sehnsüchtiges Lächeln zog über ihr Gesicht, während sie an diesen schicksalhaften Tag vor beinahe vier Jahren in Paris dachte.

Ein Lebenstraum erfüllte sich für sie, als sie die Einladung an den Pariser Hof und zu einer Begegnung mit dem Kaiser erhielt, dessen Brillanz und Kühnheit sie so lange schon aus der Ferne bewunderte. Sie sollte bei Hofe für ihren zweiten Ehemann vorsprechen. Der Graf von Kielmannsegge war verhaftet worden, weil er sich an der Vorbereitung eines Aufstandes gegen Napoleons Bruder König Jérôme beteiligt hatte. Ferdinand von Kielmannsegge war Hannoveraner, dachte preußisch und hatte deutlich gemacht, dass ihn die sächsischen Loyalitäten und Verpflichtungen seiner Frau nichts angingen. Diese hingegen war eine begeisterte Anhängerin Napoleons und als treue Untertanin des sächsischen Königs selbstverständlich Verbündete der Franzosen.

Der Kaiser zeigte sich ihr gegenüber äußerst charmant und großzügig, und von dieser ersten Begegnung an wussten sie beide, dass sie ein Leben lang miteinander verbunden sein würden: sie als seine treue Freundin, als diejenige, die unverbrüchlich zu ihm hielt, er als der bewundernswerte Herrscher, der mit seinen Visionen ganz Europa umgestaltete und trotzdem seinen Feinden gegenüber großzügig Gnade zeigte.

Napoleon wies an, den verhafteten Aufrührer Kielmannsegge freizulassen, und erwartete dessen Eid, sich aus hannoveranischem Gebiet zurückzuziehen und sämtliche Unternehmungen gegen Frankreich einzustellen. Dieses Wort hatte der Graf zum Abscheu seiner Frau gebrochen, nachdem er auf freien Fuß gesetzt worden war.

So blieb Auguste Charlotte auf Einladung des Kaisers am Pariser Hof und genoss dort jeden einzelnen Tag. Sie gehörte zum engsten Kreis um Napoleon, tröstete in seinem Auftrag Joséphine, die wegen ihrer Scheidung von Napoleon zutiefst gekränkt war, und ermutigte seine zweite Ehefrau Marie Louise, die Erzherzogin von Österreich, die viel zu hölzern und schüchtern für eine Kaiserin auftrat.

Alle Gedanken der Gräfin von Kielmannsegge drehten sich um

Napoleon Bonaparte. Was für ein wunderbarer Mann, so charmant, so großzügig, so genial! Sie würde alles tun, was er von ihr verlangte.
Natürlich wusste sie, dass die Sachsen tuschelten und mutmaßten, sie sei Napoleons Geliebte. Was für ein Unsinn! Er war ein verheirateter Mann ... und für sie Gott gleich. Ihre Liebe zu ihm war rein und vollkommen ergeben. Es genügte ihr, in seiner Nähe zu sein, ihn zu sehen und ihm nützlich sein zu dürfen. Aber auch wegen dieses Geredes hatte sie bei der Rückkehr des Königs ein so auffälliges Kleid getragen.
Sollten sich die Leute die Mäuler zerreißen! Die Gerüchte waren hilfreich bei ihrer geheimen Mission. Die Dresdner sollten wissen, dass sie zurück war und beim Kaiser wie auch bei ihrem verehrten König in höchstem Ansehen stand.
Und sofort kamen die Charakterlosen wieder angekrochen, umringten sie, schmeichelten ihr, bewunderten ihre Garderobe und hofften, sich in bestem Licht darzustellen. Sie ließ das über sich ergehen, lächelte freundlich zurück, erwiderte Komplimente und dachte sich ihren Teil, der zumeist noch am gleichen Abend in ausführlichen Briefen niedergeschrieben wurde.
Der Kaiser wollte sie in Paris sogar mit einem seiner Marschälle verheiraten, um sie noch enger an seinen Hof zu binden – ausgerechnet mit dem damals gerade verwitweten Oudinot. Aber da sie noch nicht geschieden war und eine Scheidung bis zu diesem Zeitpunkt abgelehnt hatte, wurde nichts aus jenem Plan. Inzwischen war der Marschall mit einer jungen Dame von altem Adel vermählt.
Sie und Oudinot waren sich in Paris nur selten begegnet. Doch jetzt dafür zu sorgen, dass er genas und sein Stab gut untergebracht war, hielt die Gräfin von Kielmannsegge als Sächsin und Verbündete Frankreichs für ihre patriotische Pflicht.
Ihr Herz jubelte vor Freude, die Gäste zu empfangen ... Es würde fast so sein wie in den unvergesslichen Pariser Zeiten! Aufgeregt wie ein junges Mädchen vor dem ersten Ball trat sie

hinaus auf die Treppe, um die Besucher kommen zu sehen, und rief ihre beiden jüngsten Kinder herbei, die zehnjährige Natalie und den achtjährigen Alfred aus ihrer zweiten Ehe, der mit dem Grafen von Kielmannsegge. Das Personal hatte sich bereits zum Empfang der Gäste vor dem Schloss aufgereiht.

»Sie kommen!«, rief aufgekratzt einer der jüngsten Stallburschen von seinem Aussichtspunkt im Geäst eines Baumes.

Die schöne Auguste Charlotte von Kielmannsegge sah lächelnd auf ihren Sohn aus erster Ehe, den sechzehnjährigen Hermann, und nickte ihm auffordernd zu. Sofort gab der junge Graf zu Lynar seinem Hengst die Sporen und galoppierte den Gästen Richtung Dorfeingang entgegen.

Schloss Lübbenau, das Erbe seines Vaters, lag etwas außerhalb der Stadt.

Da kamen sie! Und der tollkühne Marschall und Herzog von Reggio zeigte einmal mehr, dass er wusste, wie man Eindruck hinterließ.

In gestrecktem Galopp ritten er, seine Offiziere und Garden ihr entgegen, allesamt in Galauniform. Ihr Sohn Hermann ritt sichtlich stolz an der Seite Oudinots, und die beiden schienen sich prächtig zu verstehen. Wie gut ihr Sohn seine Sache als künftiger Schlossherr von Lübben machte! Die Gräfin war bis ins Herz gerührt über das Bild, das sich ihr bot.

Als die eindrucksvolle Kavalkade vor dem Schloss zum Halten kam, ging Charlotte von Kielmannsegge dem Marschall mit ausgestreckten Händen entgegen.

»Mein lieber Herzog von Reggio, wie freue ich mich, Sie wiederzusehen! Willkommen auf Schloss Lübbenau! Fühlen Sie sich hier wie zu Hause. Oder zumindest bei einer guten Freundin.«

Charles-Nicolas Oudinot ließ kaum einen Blick von seiner Gastgeberin, stieg aus dem Sattel, ging ihr entgegen, wobei er ein Bein leicht nachzog, und küsste ihre Hand. Sein sonst meist strenges, verschlossenes Gesicht war wie verwandelt.

»Ich bin überglücklich, Sie bei bester Gesundheit zu sehen, ma chère! Sie sehen wunderbar aus in diesem Kleid. Aber ich bin überzeugt, selbst in schlichtestem Linnen würden Sie noch jedermann bezaubern. Danke für Ihre Gastfreundschaft! So etwas haben wir lange entbehrt. Darf ich Ihnen meine Begleiter vorstellen?«

Einige Mitglieder seiner Entourage kannte sie schon aus Paris, den gutaussehenden Lieutenant Henri Letellier durch seinen Besuch vor ein paar Tagen, als er die Vorbereitungen mit ihr absprach. Alle Männer starrten sie mehr oder weniger bewundernd an.

Sie ließ den Gästen Getränke reichen, dann bat sie alle ins Haus. »In einer Stunde speisen wir zu Mittag«, kündigte sie an. »Wenn Sie Hilfe brauchen – die Dienerschaft wird alles Menschenmögliche tun, damit Sie nichts entbehren müssen.«

Dann wandte sie sich direkt an den Marschall.

»Vermute ich richtig, dass Ihre Wunden nach den Anstrengungen der letzten Wochen in schlechtem Zustand sind? In Ihrem Zimmer wartet eine sehr erfahrene Heilkundige auf Sie; ich habe die höchste Meinung von ihrem Können. Sie wird die Wunden pflegen und frisch verbinden. Aber falls Sie es wünschen, lasse ich selbstverständlich einen Arzt aus Lübbenau holen.«

»Wenn ich daran denke, wie die Ärzte in meiner Wunde herumstocherten und trotzdem die Kugel nicht entfernen konnten, bin ich mit Ihrem Arrangement sehr einverstanden«, versicherte Oudinot. Auf seiner Stirn glänzte Schweiß, sein sonst so gefürchteter Blick wirkte für einen Moment müde und gequält.

»Sie tragen die Kugel noch im Leib?«, fragte die Gräfin entsetzt.

»Eine, ja. Als Erinnerung an den Russlandfeldzug. Die Ärzte versichern, sie könne dort bleiben. Aber in Bautzen haben uns die Russen und Preußen einen harten Kampf geliefert. Und die Niederlage von Luckau hat – ehrlich gesagt – meinen Stolz noch mehr verletzt als meinen Körper. Im Grunde genommen bewahrte nur der Waffenstillstand meine Truppen vor dem Ende.«

Oudinot war mit seinem Zwölften Korps in Luckau noch am letzten Tag vor Beginn der Waffenruhe von General Bülow geschlagen worden. Wie es schien, hatten die Preußen alle verfügbaren Truppen dorthin geworfen, um Berlin zu verteidigen.

»Sie werden sich hier erholen und wieder zu Kräften finden«, versicherte die Gräfin. Er bot ihr elegant den Arm, und gemeinsam stiegen sie die Treppe hinauf.

»Vive l'Empereur!«

Mit diesem donnernd ausgesprochenen Trinkspruch eröffnete der Generalstab des Zwölften Korps der Grande Armée die Mittagstafel im großen Saal von Schloss Lübbenau, und der Gräfin von Kielmannsegge wurde warm ums Herz. Es war wirklich beinahe wie in den unvergesslichen Pariser Tagen. Nun brachten die Männer einer nach dem anderen galante Sprüche auf die schöne Gastgeberin aus, bis die Gräfin den Schmeicheleien mit Hinweis auf den Hunger der Gäste ein Ende bereitete.

»Sie hatten hier auch alliierte Einquartierung, wie ich hörte. Wie ist es Ihnen unter denen ergangen?«, wollte der Marschall wissen, der nach der Behandlung durch die heilkundige Frau deutlich erholter wirkte.

Ein ironisches Lächeln zog über das Gesicht der Charlotte von Kielmannsegge. »Das waren alles Offiziere, und sie verhielten sich ausgesucht höflich mir gegenüber. Aber offensichtlich trauten sie einander nicht über den Weg. An ebendieser Tafel saßen immer auf einer Seite die Preußen, auf der anderen die Russen, ohne Ausnahme. Und ich zwischendrin. Die Mitte des Tisches hatte durchaus etwas von einer Frontlinie.«

Diese spitze Bemerkung brachte die französischen Offiziere zum Lachen.

»Sie gaben sich sogar Ehrenwachen zum Schutz gegen die andere Seite«, ergänzte die Gräfin, was die Heiterkeit noch steigerte.

»Wenn unsere Gegner solche Allianzen bilden, erfüllt uns das mit großer Dankbarkeit«, spottete Oudinots Adjutant Letellier und warf einen glühenden Blick auf die Gräfin, der dem Marschall entging.

»Stimmt es, dass Sie hier einen Sohn des berühmten Kosaken-Hetmans Platow als Gefangenen hatten?«, wollte Letellier wissen.

»Nicht ganz; es war sein Neffe, nicht sein Sohn«, korrigierte ihn die Gräfin, und ihre Augen begannen noch mehr als ohnehin schon zu leuchten.

»Was für ein schöner junger Mann, was für ein begnadeter Reiter und was für ein großartiges, wildes Pferd!«, schwärmte sie.

»An diesem Tag brachten mir Ihre Generäle Beaumont und Wolff die Nachricht vom Waffenstillstand. Wir saßen in der Laube auf dem Hof, als man den jungen Platow als Kriegsgefangenen heranführte. Er saß ab, ging den Generälen mit seinen Bewachern stolz entgegen und erfuhr von ihnen, man werde ihn freilassen, da er nach Abschluss des Waffenstillstandes gefangen genommen worden sei. Sie boten ihm eine Erfrischung an. Es war ein heißer Sommertag, aber er lehnte ab, wandte sich stattdessen an meine Kinder und bat sie um einige der Früchte auf dem Tisch. Dann schwang er sich wieder auf sein Pferd, ritt in gestrecktem Galopp einmal um den ganzen Hof und sprengte davon. Was für ein Mann!«, wiederholte sie hingerissen.

»Sie werden hier genauso tapfere Männer finden«, rügte Oudinot mit einem Anflug von Eifersucht. Sie schenkte ihm ein Lächeln und stimmte ihn damit sofort milder.

»Die Russen spielten uns übel mit an der Beresina. Nicht nur dort; aber dort ganz besonders«, mischte sich der Artilleriekommandeur des Zwölften Korps ein, General de Crasouville.

»Dafür hab ich ihnen beim Rückzug den Kreml in die Luft gesprengt! Zwar nicht den ganzen wie erhofft, weil etliche Zündsätze im Regen nicht hochgegangen sind. Doch ein schönes Stück davon. Wenn wir erst gesiegt haben, wird sich der Zar in einer Bauernkate verkriechen müssen.«

»Unser tollkühner Marschall war es, der der Armee den Weg über die Beresina freikämpfte«, berichtete Letellier.

»Dafür ist die Verwundung kein zu hoher Preis«, konstatierte Oudinot gelassen. »Es war ja nicht die erste.« Was alle Anwesenden mit einem Lächeln quittierten. »Nur dass ich die kämpfende Truppe deshalb verlassen musste, war übel. Ein westphälischer General bewahrte mich vor der Gefangennahme. Er hieß Hammerstein, wenn ich mich recht erinnere …«

»Ein sächsischer General rettete auf dem Rückmarsch aus Russland zweimal General Narbonne das Leben«, wusste Letellier zu berichten.

»Das war Thielmann!«, rief Oudinot verächtlich. »Dieser Kerl hat uns seit dem Frühjahr so viel Ärger bereitet, dass er sich vor dem Kriegsgericht nicht auf Narbonne berufen kann. Aber ist es nicht pikant, dass ausgerechnet Narbonne nun das Kommando über Torgau hat?«

Aufgeregt beugte sich die Gräfin vor. »Ich hörte Gerüchte, Thielmann sei gefangen genommen und exekutiert worden. Ist das wahr?«

»Leider nein. Wir haben ihn noch nicht erwischt. Aber wenn wir ihn kriegen, wird er diesem Schicksal nicht entgehen«, versicherte Crasouville.

»Dann sehen Sie zu, dass Sie seiner bald habhaft werden«, forderte die Gräfin.

»Ich wusste nicht, dass Sie so rachsüchtig sind«, staunte Oudinot. »Ich hielt Sie bisher für ein Muster an Güte und Sanftheit.«

»Thielmann ist eine Schande für Sachsen! Er hat den Kaiser verraten, er hat unseren König verraten. Dabei stand er bei Seiner Majestät in so hoher Gunst. Wie hat er mich in Paris hofiert! Als unseren Wohltäter bezeichnete er den Kaiser. Und dann solch ein Verrat!«

Sie klappte den Fächer auf und wedelte sich Luft zu. »Der Kaiser hat es immer wieder gesagt: Der sächsische Adel ist ein Wespennest. Wie wahr! Dass auch Thielmann auf die Reden der Russen und Preußen hereinfällt, hätte ich nie gedacht. Wer weiß, was sie ihm versprochen haben. Jedenfalls hoffe ich sehr, Marschall, dass Sie ihn bald fassen und vor ein Exekutionskommando stellen! Sonst wird er noch mehr Unheil anrichten.«

Das versprach Oudinot ihr mit feierlichen Worten, und danach wandte sich das Gespräch bei Tisch harmloseren Themen zu.

»Gern würde ich Sie bitten, den Kaffee mit mir im kleinen Salon einzunehmen«, meinte die Gräfin, zu Oudinot gewandt, nachdem der letzte Gang aufgetragen und verspeist worden war. »Leider haben wir keinen Kaffee. Und wäre es nicht illoyal gegenüber Frankreich, Ihnen Schmuggelware aufzutischen? Wir halten uns strikt an die Kontinentalsperre.«

Der für seine Tapferkeit berühmte Marschall lächelte vergnügt. »Dem Mangel kann sofort abgeholfen werden. Ich hatte Ihnen versprochen, dass ich für die Tafel aufkomme, meine Liebe, und dazu gehört auch der Kaffee. Wir haben genug konfiszierte Ware, und es wäre doch eine Vergeudung, die zu verbrennen. Das machen wir nur in Leipzig, um dem Kaufmannspack eine Lehre zu erteilen.«

Er hob die Tafel auf, gab Letellier Order, umgehend aus den Vorräten Kaffee in die Küche zu bringen, und reichte seiner Gastgeberin den Arm, um sie in ein kleineres Zimmer zu begleiten. Es gab einiges, das sie unter vier Augen zu besprechen hatten.

»Nun sagen Sie ehrlich: Wie ist es Ihnen ergangen, seit Sie Paris verlassen haben?«, eröffnete er das Gespräch, nachdem er der Gräfin den Stuhl zurechtgerückt und sich ebenfalls an den ovalen Tisch gesetzt hatte.

»Sie ahnen nicht, wie schwer es mir gefallen ist, nach all der wunderbaren Zeit in *seiner* Nähe Paris zu verlassen. Aber wie könnte ich dem Kaiser eine Bitte abschlagen nach allem, was er für mich getan hat?«

Die Gräfin von Kielmannsegge legte die Hand über ihr Dekolleté und seufzte. Im Februar hatte Napoleon sie gebeten, nach vier Jahren an seinem Hof in ihre Heimat zurückzukehren. Offiziell, um sich um ihre Güter zu kümmern und diese vor drohenden Kriegswirren zu bewahren. Er brauche sie in Sachsen, damit sie dort die Stimmung erkunde, bevor er zum nächsten Kriegszug aufbrach, hatte Napoleon seiner schönen sächsischen Vertrauten zum Trost mit auf den Weg gegeben – und eine Brieftasche aus feinstem rotem Saffianleder zur Aufbewahrung, die sie keinem Menschen zeigen sollte.

»Ich vertraue Ihnen von ganzem Herzen. Ich weiß, dass Sie mir immer treu sein werden.« Mit diesen Worten hatte er sie aus der Privataudienz verabschiedet, und mit gebrochenem Herzen ließ sie packen.

»Natürlich sorgte der Kaiser in seiner Großzügigkeit umfassend dafür, dass ich schnell und ungehindert reisen konnte«, berichtete sie dem Marschall enthusiastisch. »An alles hat er gedacht! Auf seine Order wurde ich auf sämtlichen Poststationen vorrangig behandelt. Ich spürte jeden Tag, wie Seine Majestät die schützende Hand über mich hielt.«

So konnte sie schon während der Reise ihre Nützlichkeit unter Beweis stellen. In Gera erfuhr sie von der Flucht des sächsischen Hofes nach Plauen und war die Erste, die Napoleon darüber informierte, dass der sächsische König und sein Hofstaat Dresden verlassen hatten.

Ein Dienstmädchen klopfte und brachte ein Tablett mit Gebäck und köstlich duftendem Mokka in vergoldetem Porzellan. Nach einem Knicks wurde es von der Gräfin hinausgewunken. Sie hatte sich so viel von der Seele zu reden, das nicht für fremde Ohren bestimmt war!

Deshalb schenkte sie von eigener Hand ein und erzählte dabei: »Der Kaiser stellte auch klar, dass ich als treue Untertanin unseres Königs nach Dresden zurückkehre. Also logierte ich auf Wunsch des Kaisers zunächst in Dresden, im Hotel de Russie auf der Pirnaischen Gasse. Dort musste ich miterleben, wie all die Parteigänger der Preußen schon die Köpfe hoben, noch bevor unsere Truppen die Stadt räumten.«
Sie nippte an ihrer Mokkatasse und genoss das Aroma.
»Dass man Minister Senfft von Pilsach nicht trauen darf, habe ich ja schon immer gesagt. Aber mittendrin unter den Verschwörern, um Kleist von Rammenau und Miltitz: der Graf von Kielmannsegge. Was für eine Schmach!«
Für sie, die scharfsinnige Beobachterin, war es empörend zu sehen, wie viele Menschen, die einst Napoleon Treue schworen und von ihm großzügig belohnt worden waren, nun plötzlich ihre Liebe zu den Preußen und Russen entdeckten. Die Ratten verlassen das sinkende Schiff, dachte sie, und erstattete ihrem Kaiser in ausführlichen Briefen Bericht.
Es war beschämend. Napoleon, dieser großherzige Mensch, hatte Sachsen doch nur Gutes getan!
»Sie hätten vor Jahren in die Scheidung einwilligen und *mich* heiraten sollen, wie es der Kaiser plante.« Oudinot nahm ihre Hand und küsste sie. »Das werde ich Ihnen nie verzeihen. Wir wären ein glückliches Paar geworden.«
Sanft entzog sie ihm die Hand. »Ohne meinen Schutz hätte der Graf früher oder später vor dem Standgericht geendet. Ich war es ihm schuldig. Er ist der Vater meiner Kinder«, entgegnete sie, um dann wie beiläufig zu fragen: »Wie geht es Ihrer schönen jungen Frau? Eugénie heißt sie, nicht wahr? Stimmt das Gerücht, dass sie bis nach Wilna ins Hauptquartier in Russland gereist ist, um Sie nach Ihrer Verletzung gesund zu pflegen?«
»Ja«, räumte der Marschall ein. Unverkennbar kam ihm dieses Thema jetzt sehr ungelegen.
Aber die Gräfin von Kielmannsegge ließ sich davon nicht be-

eindrucken. »Dann muss sie eine wirklich außergewöhnliche Frau sein, wenn sie den Russen *und* unserem geliebten Kaiser die Stirn bot, um Ihnen zu Hilfe zu eilen. Hatte der Kaiser nicht befohlen, dass keine Frau den Njemen überqueren solle? Eine tapfere Frau für einen tapferen Marschall. Sie ist Ihrer würdig. Sie sollten stolz auf Ihre Gemahlin sein!«

Charlotte wartete erst den erwünschten Ausdruck der Zerknirschung auf Oudinots Gesicht ab, ehe sie weitersprach.

»*Jetzt* bin ich bereit, in die Scheidung einzuwilligen, denn Kielmannsegge droht, mir die Kinder wegzunehmen. Ich musste schon den französischen Gesandten in Dresden um Hilfe bitten. Zu meinem Glück kam der Baron von Serra sofort und intervenierte. Dann reiste ich auf meine Güter in der Lausitz, denn in Dresden hätten mich die Alliierten vielleicht verhaftet. Und ich darf wohl nicht damit rechnen, dass mein Mann sich bei *seinen* politischen Freunden so für mich einsetzen würde wie ich mich beim Kaiser für ihn«, meinte sie spitz. »Wissen Sie, was ich feststellen musste, als ich dort ankam? Kielmannsegge hatte sich überall von den Verwaltern sämtliches Geld geben lassen, um *seine* Freischar damit zu bezahlen. Mit dem Ertrag *meiner* Güter!«

»Welch eine Niedertracht!«, entrüstete sich Oudinot. »Ma chère Charlotte, soll ich ihn für Sie erschießen? Soll ich ihn zum Duell fordern?« Er beugte sich weiter vor und sah ihr tief in die Augen. »Dann wären Sie frei …!«

»Aber Sie sind es nicht«, erinnerte sie in einem Tonfall, der ihn eindeutig aufforderte, dieses Thema nicht weiterzuverfolgen.

Ihre Ehe mit Kielmannsegge war nicht glücklich gewesen, ebenso wenig ihre erste mit dem Grafen Lynar. Glück mit Männern war ihr bisher noch nie vergönnt gewesen.

Bei ihrer Einführung in die Dresdner Hofgesellschaft hätte jeder gewettet, dass sie eine glänzenden Partie machen würde – bildhübsch und als geborene von Schönberg, einer der einflussreichsten und ältesten Familien Sachsens entstammend. Doch sie war in eine Falle gelockt und kompromittiert worden. Graf Lynar, der sie später heiratete, beachtete sie nicht und widmete sich nur seinen Pferden. Als er plötzlich starb – er kam erhitzt vom Reiten zurück und trank zu hastig eiskaltes Wasser –, wisperten die Leute, sie habe ihn vergiftet. Ihre zweite Ehe, die mit dem Grafen von Kielmannsegge, scheiterte an den gegensätzlichen moralischen und politischen Ansichten des Paares.

Auguste Charlotte bezweifelte, dass ihr mit dem fraglos sehr tapferen, aber unbeständigen Oudinot das große Glück beschert sein könnte. Außer ihren Söhnen liebte sie nur einen einzigen Mann: Napoleon.

Obwohl ... Zu Oudinots jungem Adjutanten Letellier fühlte sie sich hingezogen. Ihm schien es ebenfalls so zu gehen. Durfte sie ihm trauen? Und wie konnte sie den eifersüchtigen Marschall auf Distanz halten?

»Wir durchlebten hier schwierige Zeiten«, nahm sie das Gespräch wieder auf. »Den Kugelhagel auf Dresden, den Einzug der Alliierten. In den schlimmsten Tagen musste ich mich mit meinen Kindern im Spreewald verstecken. Aber ich konnte meinem König als treue Untertanin noch einen Dienst erweisen. Er bat mich, einige seiner besten Hengste aus dem königlichen Gestüt Graditz in Sicherheit zu bringen. Wir sind verraten worden. Ein preußisches Kavallerieregiment rückte an und forderte die Herausgabe der Pferde. Ich stellte mich vor das Tor und ließ mich so lange von dem Anführer mit Redensarten überhäufen, bis die Stallknechte die Tiere durch den Hinterausgang beiseitegeschafft hatten.«

»Oh, ma chère Charlotte, Sie sind eine wahre Heldin!«, schwärmte Oudinot. »Der Kaiser bedauert zutiefst, dass durch seine Truppen Ihr Gut in Schmochtitz geplündert wurde.«

»Auch das verdanke ich Kielmannsegge«, meinte sie bitter. »Dort waren Italiener einquartiert, und als sie nach Proviant suchten, entdeckten sie das Waffenversteck, das er angelegt hatte.«

»Ich sagte ja, der Kaiser wird Sie großzügig entschädigen. Er wird Ihnen ein Haus in Paris schenken. Und er wird Sie schon bald zu einer Audienz nach Dresden einladen.«

»Dann bin ich für alles entschädigt«, sagte Auguste Charlotte von Kielmannsegge sehnsüchtig.

»Wir werden gemeinsam zu ihm reisen. Schon bald«, versprach nicht minder erwartungsvoll Charles-Nicolas Oudinot.

Der Feldherr und der Diplomat

Dresden, 26. Juni 1813

»Exzellenz, die Kutsche ist vorgefahren«, meldete ein Diener dem österreichischen Außenminister mit bedeutungsschwer bebender Stimme.

Clemens Wenzel Lothar Graf von Metternich warf einen Blick auf die vergoldete Uhr an der Wand seiner Suite in der österreichischen Gesandtschaft in Dresden. Sie zeigte zehn Minuten nach elf am Vormittag an, und so beschloss er, noch zehn Minuten mit dem Aufbruch zu warten.

Punkt elf Uhr hatte er die mit Ungeduld erwartete Nachricht des französischen Außenministers Maret erhalten, dass er zu einer Audienz bei Seiner Majestät, dem Kaiser der Franzosen, erwartet würde. Von der Kreuzgasse 54 nahe dem Dresdner Altmarkt, dem Sitz der österreichischen Gesandtschaft, bis zu Marcolinis Palais in der Friedrichstadt war es eine halbe Stunde zu Fuß, wobei ein Spaziergang für jemanden seines Standes natürlich nicht in Frage kam. Da die Stadt derzeit auf widerwärtigste Art überfüllt war – mit Verwundeten, deren Anblick sich kaum ertragen ließ, und Tausenden Soldaten, die überall ungeniert ihre Notdurft verrichteten –, musste er für die Kutschfahrt etwas mehr Zeit als üblich einplanen.

So würde er drei viertel zwölf im Palais Marcolini eintreffen. Nicht zu spät, um als säumig gemahnt zu werden, aber auch nicht so früh, dass es den Eindruck erweckte, er sei sofort bei Erhalt der Einladung aufgesprungen.
Schließlich war er schon gestern Mittag in der sächsischen Hauptstadt eingetroffen. Aber sein französischer Amtskollege und Herzog von Bassano, Hugues-Bernard Maret, hatte ihn informiert, der Kaiser sei unterwegs, um Befestigungsarbeiten zu überwachen, und kehre erst in der Nacht zurück. Deshalb müsse die Audienz verschoben werden.
Der Graf von Metternich ließ sich noch einmal das letzte Stäubchen von seinem neuen Frack bürsten, ein Prunkstück, grün mit üppiger Goldstickerei. Er zupfte vor dem Spiegel sein lockiges Haar über den kahl werdenden Schläfen zurecht und nippte im Stehen an einer Tasse Kaffee. Dabei wippte er auf den Zehenspitzen leicht vor und zurück, um seine Nervosität zu überspielen.
Der Kaffee war heiß und zu süß für seinen Geschmack, doch diesmal nahm er daran keinen Anstoß. All seine Gedanken richteten sich darauf, was der heutige Tag wohl bringen mochte.
Ganz Europa schien auf ihn zu schauen und zu erwarten, dass er Frieden bewirke. Es war nicht übertrieben zu sagen: Die Hoffnungen Europas ruhten auf seinen Schultern.
Als Vermittler der Alliierten trat er zum Gespräch mit dem Kaiser der Franzosen an. Würde Napoleon den Bedingungen für einen Friedensschluss zustimmen? Würde der für sein diplomatisches Geschick und seine Geschmeidigkeit berühmte Metternich den siegreichen Feldherrn dazu bewegen können?
Immerhin kannten sie sich seit Jahren und respektierten einander auf ganz spezielle Art und Weise.
Metternich hatte Bonaparte über zwanzig Jahre hinweg aufmerksam studiert, schon lange vor ihrer ersten Begegnung. Na-

poleon hatte Metternich persönlich als Gesandten Österreichs in Paris angefordert.

Mit vierzig Jahren war der einstige Botschafter und jetzige Außenminister für sein Amt noch recht jung, aber mit allen Wassern gewaschen. Er trank den Kaffee mit einem Schluck aus, stellte die Tasse mit leisem Klirren ab und ließ sich hinausgeleiten. Devot verneigten sich die Livrierten, rissen die Tür auf und klappten ihm das Treppchen der vierspännigen Kutsche aus.

»Wir fahren am Zwinger vorbei!«, beschied Metternich dem Kutscher.

Das war ein kleiner Umweg, aber wenn er schon wieder einmal in Dresden war, wollte er sich diese Sentimentalität gestatten und einen Blick auf das imposante Ensemble werfen.

Dresden war einst seine erste diplomatische Mission gewesen. Und sosehr ihn die barocke Erhabenheit der Stadt faszinierte, so bizarr fand er den Umstand, dass hier die Zeit ein wenig stehengeblieben war. Am sächsischen Hof trug man immer noch Reifrock und Perücken, obwohl überall sonst das an die antike Mode angelehnte Empirekleid en vogue war. Den sächsischen König Friedrich August hatte er bis zum heutigen Tag noch nie ohne Perücke gesehen.

Dafür war es ihm einst in Dresden gelungen, die faszinierendste Frau der Welt zu erobern, die Gattin des russischen Fürsten Bagration. Sie hatte ihm sogar eine Tochter geboren, und immer häufiger überlegte er, ob er das Mädchen vielleicht zu sich nehmen sollte. Seine Frau Eleonore, die er sehr schätzte, hatte gelernt, sich mit seinen Affären abzufinden.

Auch die Erinnerung an die wunderschöne Katarina Bagration war es, die Sachsens Hauptstadt für ihn zu etwas Besonderem machte.

Der Kontrast zu Dresdens glanzvollsten Zeiten war im ursprünglichen Sinn des Wortes atemberaubend. Die Stadt stank nicht nur wie eine Latrine, sie sah auch so aus. Die Straßen quollen über von menschlichen Exkrementen und Pferdeäpfeln; an einer Stelle glaubte Clemens von Metternich sogar, einen Haufen amputierter menschlicher Gliedmaßen zu sehen. Schaudernd wandte er den Blick ab. Krieg war eine entsetzliche Angelegenheit, eine Barbarei, das war seine tiefste Überzeugung.

Doch wusste niemand besser als er selbst, dass sein heutiges Gespräch mit Bonaparte nicht zum Frieden führen würde. Das war vollkommen ausgeschlossen und auch keineswegs der Zweck des Treffens. Napoleon hatte oft genug deutlich gemacht, dass er die gewaltigen Gebietsrückforderungen der Alliierten nicht akzeptieren würde. Und er, Metternich, hatte die Vollmacht, diese Forderungen in dem bevorstehenden Gespräch sogar noch auszuweiten, sollte der Kaiser den Eindruck erwecken, nachgeben zu wollen.

Nein, entgegen allem, was die Menschen glaubten, ein paar Eingeweihte ausgeschlossen, fuhr er jetzt nicht zu Napoleons Dresdner Hauptquartier in Marcolinis Palais, um dort als Friedensbringer wieder herauszutreten. Seine Mission war eine ganz andere. Und er konnte sie nur gewinnen.

Unvermittelt hielt die Kutsche an. Metternich steckte den Kopf aus dem Fenster, um zu sehen, welche Störung es gab: Ein Knäuel von Soldaten und Stadtbewohnern, die zu Schanzarbeiten verpflichtet worden waren, verstopfte die Straße. Dresden wurde unübersehbar in eine Festung verwandelt. Deutlicher konnte Napoleon nicht zeigen, dass er nach Ablauf des Waffenstillstandes seine Truppen in die nächste Schlacht führen würde und sogar in Kauf nahm, diese Bataille um seine zweite Hauptstadt Dresden zu schlagen.

Überall wurden Gräben ausgehoben und Wälle aufgeschüttet. Die prächtige Residenz an der Elbe war kaum wiederzuerkennen. Doch die Schaufelnden schienen mit Schwung bei der Sache. Sie wurden dafür bezahlt, und natürlich fürchteten die Dresdner, ihre Stadt könnte zum Schauplatz einer mörderischen Schlacht werden. Ganz offensichtlich vertrauten sie lie-

ber auf den sieggewohnten Kaiser der Franzosen, um Angreifer zurückzuschlagen, als auf die Alliierten, die bisher nicht viel mehr als einen geordneten Rückzug zustande gebracht hatten.
Ein überlegenes Lächeln zog über Metternichs Gesicht.
In seinen Augen war Napoleon Bonaparte als Feldherr und Staatsmann durchaus ein Genie. Erst rettete er die Revolution, die ihn aus dem Nichts, aus der Gosse hochgespült hatte, dann würgte er sie ebenso erfolgreich ab. Wie er aus dem Chaos ein effektives, modernes Staatswesen errichtet hatte, dafür bewunderte ihn der Österreicher sogar.
Doch als Diplomat war der Korse in seinen Augen ebenso ein Stümper wie im Umgang mit Frauen. Er begriff einfach nicht, dass es weniger seine Kriege waren, die Europa gegen ihn aufbrachten, sondern seine maßlosen Friedensschlüsse. Würde er die besiegten Feinde nicht so sehr knebeln, würde er nicht alles daransetzen, große Staaten zu vernichten und eine Universalherrschaft über ganz Europa zu errichten, hätte er eine Chance, politisch zu überleben – mit mehr oder weniger befriedeten Vasallenstaaten wie Sachsen oder Bayern. Doch so war seine Niederlage unausweichlich. Die Preußen und Russen würden sich wehren, und sie würden dabei nicht alleinstehen.
»Edler Herr, gefalle ich Euch?« Eine der unzähligen Huren, die sich zwischen den Soldaten herumtrieben, hatte sich an die vornehme schwarze Kutsche herangewagt. Sie war jung und wirklich hübsch, sie hatte sogar noch alle Zähne. Doch der Graf zog mit einer schroffen Bewegung den Vorhang zu. Er brauchte keine Hurendienste. An schönen, klugen Frauen aus angesehensten Kreisen hatte es ihm nie gemangelt. In den verbleibenden Minuten wollte er sich ganz auf seine Mission konzentrieren. Von der Stadt hatte er genug gesehen.
Wieder richtete er seine Gedanken auf diesen einen Satz: Aus dem heutigen Treffen konnte er nur als Sieger hervorgehen. Seine Forderungen – beziehungsweise die der Alliierten, die er überbringen sollte – waren so hoch, dass Bonaparte gar nicht

einwilligen konnte. Trotzdem wäre vor den Augen der Welt der Imperator derjenige, der den Frieden verweigerte. Der Schurke. Der Kriegstreiber.

Herrscher, Diplomaten und Generäle wussten: Mindestens eine große Schlacht musste noch geschlagen werden, um den Korsen zu entmachten, in den Ebenen Sachsens.

Österreich würde dabei das Zünglein an der Waage sein. *Deshalb* war das bevorstehende Gespräch so wichtig. Denn Österreich hatte fatalerweise einen Bündnisvertrag mit Frankreich unterschrieben, aus der Not heraus, nach mehreren verlorenen Kriegen.

Durch geschicktes Lavieren war es ihm, Metternich, gelungen, das Heer seines Landes weitgehend aus dem Krieg gegen Russland und den Kämpfen des Frühjahrsfeldzuges herauszuhalten. Schritt für Schritt manövrierte er Österreich, den offiziellen Bündnispartner Frankreichs, in eine neutrale Position, signalisierte zugleich den Alliierten Verhandlungsbereitschaft und einen möglichen Übertritt. Doch deren Drängen auf eine Entscheidung verärgerte ihn. Begriffen diese Leute denn nicht, allen voran dieser Polterkopf als Berater des Zaren, dieser Freiherr vom Stein, dass er zunächst eine juristische Grundlage schaffen musste, um die Seiten wechseln zu können, ohne sich Verrat vorwerfen lassen zu müssen? *Das* war seine Mission für heute. Ganz zu schweigen davon, dass die Preußen und Russen angesichts ihrer seiner Meinung nach blamablen militärischen Leistungen im Frühjahrsfeldzug Österreich bestenfalls höflich *bitten* konnten, ihnen beizustehen.

Napoleon erkannte ihn als neutralen Vermittler an, das war ein Schritt in die gewünschte Richtung. Er musste Österreich aus dem Pakt entlassen.

Dann konnte sein Land der antifranzösischen Allianz beitreten, wie es England und Schweden inzwischen getan hatten. Es war eine Formalität. Aber eine wichtige.

Dabei konnte eigentlich heute nichts missglücken. Es sei denn,

der in seiner Impulsivität unberechenbare Kaiser beendete die Audienz nach wenigen Minuten. Das durfte nicht geschehen. Dann würde man dem Außenminister Österreichs Versagen als Diplomat und Vermittler vorwerfen. Doch je länger das Gespräch dauerte, umso besser würde er vor der Welt dastehen: als jemand, der stundenlang mit Engelszungen auf den Usurpator eingeredet hatte, um des Friedens willen.
Von seinen Spionen wusste er, dass der sächsische König Friedrich August, der Perückenträger, am Nachmittag ins Palais Marcolini eingeladen war.
Wenn er es also schaffte, die Audienz bis zum Nachmittag hinzuziehen, dann wäre für alle Welt deutlich, dass er sein Bestes getan hatte. Zwei Stunden, vielleicht sogar drei ... Würde er den unsteten Bonaparte so lange in ein Gespräch verwickeln können?
Der Vierspänner bog im rechten Winkel ab, kurz darauf brachte der Kutscher die Pferde zum Stehen. Anstelle des Straßenlärms und des Gestanks waren nun knirschende Schritte auf Kies und der Duft von frisch geschnittenem Gras wahrzunehmen.
Der Graf von Metternich schob den Vorhang zurück.
Das Palais Marcolini. Noch einmal strich er sich über den grünen Frack, während die Treppe am Ausstieg der Kutsche ausgeklappt wurde.
Das Spiel, auf das halb Europa schaute, das Duell der zwei Großen, konnte beginnen.

»Sire, der österreichische Außenminister ist eingetroffen«, gab Napoleons Generalstabschef Berthier die Nachricht weiter, die ihm soeben mitgeteilt worden war.
»Ah, le beau Clément«, entgegnete der Kaiser mit leichtem Spott, während sich sein Blick instinktiv auf die Wanduhr des Kartographiebüros richtete.
Drei viertel zwölf. Wie er vermutet hatte. Der Österreicher kam

also gerade noch rechtzeitig, um nicht unhöflich zu erscheinen, wiederum nicht so eilig, dass sich daraus Ungeduld oder Unterwürfigkeit ableiten ließen. Ganz sicher hatte er das exakt so berechnet, womöglich sogar die Kutsche noch ein wenig warten lassen. Allmählich wurde ein Staatsmann aus dem Bonvivant!
Er wies Berthier an, den Minister aus Wien in sein Arbeitszimmer zu führen, und sah noch einmal kurz aus dem Fenster, leicht auf den Zehenspitzen wippend, bevor er die Treppe hinunterging.
Er war neugierig, mit welchen Winkelzügen ihm Metternich diesmal kommen würde. Obwohl er es eigentlich schon wusste. Und damit konnte er le beau Clément bestimmt aus der Fassung bringen.
Auf eine spezielle Art mochte er diesen Österreicher sogar. Schon deshalb, weil er Französisch sprach wie ein Franzose und nicht so mit der Sprache herumstümperte wie manch anderer, der sich ihm unter die Augen wagte.
Sie waren beide fast gleichaltrig, aber grundverschieden: er Militär durch und durch, wogegen Metternich vom militärischen Leben weder Ahnung noch Verständnis hatte; er ruhelos in seinem Schaffen, während der andere sein halbes Leben mit Affären vergeudete und dabei auch noch allem Anschein nach kluge Frauen bevorzugte. Die waren ihm, dem Kaiser, ein Greuel. Was er nur an denen fand? Und was fanden sie an Metternich? Vielleicht, weil er sie umschmeichelte, Süßholz raspelte, statt sofort zur Sache zu kommen, wie es sich ein viel beschäftigter Mann wie er gar nicht anders leisten konnte?
Dass der Österreicher unbestritten ein Lebemann war, hatte neben seiner Sprachgewandtheit auch zu den Gründen gehört, weshalb er, Bonaparte, ihn als Gesandten in Paris haben wollte. Wer die ganze Zeit mit Affären beschäftigt war, der spann weniger Intrigen. Es sei denn, er nutzte auch Bettgeheimnisse dafür.
Doch der Lebemann hatte ihn überrascht. Er hatte es gewagt,

ihm Paroli zu bieten, und das mit solcher Lässigkeit, dass es ihm imponierte. Er war ein kluger Kopf, und bei Männern wusste Napoleon Klugheit durchaus zu schätzen. Er liebte den intellektuellen Disput und fand einfach zu selten Menschen, die ihm dabei ebenbürtig waren.

Eine Enttäuschung zum Beispiel war dieser Goethe, den die Deutschen für ihren Genius hielten. Ein eitler, alter Mann, der jeglichen Schwung verloren hatte. Es bedurfte nur einer Audienz am Rande des Erfurter Fürstentages, ein wenig Fachsimpelei über den jungen Werther, und schon stolzierte der vielgerühmte Dichterfürst mit geschwellter Brust davon, weil der mächtige Kaiser der Franzosen sein Werk gelesen hatte. Lächerlich!

Sie krochen allesamt vor ihm zu Kreuze. Aber dieser Metternich, der hielt ihm nicht nur stand, der bot ihm nicht nur Paroli. Er hatte es sogar geschafft, ihn zu verblüffen!

Einmal vor reichlich einem Jahr, hier in Dresden, vor seinem Aufbruch nach Russland, als jedermann überzeugt war, er würde das Zarenreich binnen kürzester Zeit in die Knie zwingen. Das riesige Land war so hoffnungslos rückständig, die russische Generalität zutiefst zerstritten und der Zar kein Feldherr, auch wenn er sich für einen hielt. Doch ausgerechnet Metternich hatte ihn gewarnt und vorhergesagt, was tatsächlich eingetroffen war: dass die russische Armee in die Weiten des Landes ausweichen und die Grande Armée an Versorgungsnöten scheitern könnte. Damals hatte er ihn ausgelacht. Doch heute wurde ihm beinahe unheimlich bei der Erinnerung. Wie hatte das ausgerechnet dieser in militärischen Belangen so unbedarfte Österreicher vorhersehen können?

Und dann war da ja noch der Schurkenstreich, ihm im Frühjahr Sachsen abspenstig machen zu wollen. Brillant und beeindruckend in seiner Skrupellosigkeit. Eine unerhörte Frechheit natürlich. Aber mutig. Und Mut war etwas, das Napoleon Bonaparte zu schätzen wusste.

All das ging ihm durch den Kopf, während er die Treppe hinab ins Arbeitszimmer stieg, das mit den chinesischen Tapeten.
Die Tür zum Flur wurde geöffnet, und Berthier kündigte an: »Seine Exzellenz, der Außenminister von Österreich.«
»Schicken Sie ihn herein«, wies der Kaiser an.
Er wusste, welches geheime Spiel Metternich hinter den Kulissen trieb. Und als siegreicher Feldherr sagte er sich: Angriff ist die beste Verteidigung.

Höhere Diplomatie

Dresden, 26. Juni 1813

Metternich verneigte sich so tief, wie es das Protokoll vorschrieb, aber nicht einen Deut mehr.
Dass Berthier ihm auf dem Weg noch »Bonne chance!« gewünscht hatte, also viel Glück, nahm er als gutes Zeichen. Die französischen Generäle waren der nicht enden wollenden Kriege müde; der Tod der Marschälle Bessières und Duroc hatte auch bei ihnen Spuren hinterlassen. Berthiers Äußerung ließ sich in dem Bericht nett ausschmücken, den er nachher an den Kaiser von Österreich schreiben würde.
Doch ein Blick in das mit chinesischen Tapeten ausgekleidete Kabinett sagte ihm, dass Bonaparte dieses Gespräch allein mit ihm führen würde. Das war gar nicht gut. Metternich hatte auf die Gegenwart von Außenminister Maret gehofft. Zu dritt ließ sich ein Gespräch länger aufrechterhalten. Auch das Fehlen von Karaffen, Gläsern und Erfrischungen auf dem Tisch war kein gutes Zeichen, sondern deutete auf ein außerordentlich kurzes Treffen hin, bar jeglicher höflichen Geste.
Und schon eröffnete der Kaiser das Gespräch so schonungslos

hart, dass Metternich fürchtete, sich in wenigen Minuten wieder draußen vor dem Palais zu finden.
»Sie wollen also Krieg, hä? Ich soll alle meine Eroberungen hergeben für einen schmachvollen Frieden? Das werde ich nie und nimmer tun. Ich bin nicht besiegt worden, also gebe ich auch nichts her. Gerade erst habe ich wieder zwei große Schlachten gewonnen. Ich werde keinen Schritt weichen.«
Nach diesen Worten hätte das Gespräch zu Ende sein können, bevor es begann. Doch das durfte nicht sein.
Clemens von Metternich setzte all sein schauspielerisches Geschick ein, um sich ungerührt von dieser brutalen Eröffnung zu zeigen. Und dann wandte er die »russische Taktik« an: ausweichen, ins Leere stoßen lassen, wieder ausweichen …
»Sire, ich bin nicht befugt, Kapitulationsbedingungen oder Forderungen der Alliierten zu überbringen. Ich bin nur hier, um die Vermittlung Österreichs anzubieten.«
Was natürlich ein Widerspruch in sich war. Seine Vermittlung beinhaltete die Kapitulationsbedingungen der Alliierten. Und das wusste Bonaparte genau.
»Österreich als Vermittler, hä? Ihr werdet sehen, was ihr davon habt. Ich habe Österreich schon oft besiegt. Und dann den Kaiser Franz dreimal wieder auf seinen Thron gesetzt, so gnädig war ich mit euch! Ich habe seine Tochter geheiratet. Wird der Kaiser den Thron seines Enkels gefährden, indem er gegen seinen Schwiegersohn Krieg führt?«
»Der Kaiser ist zuallererst dem Wohl seines Landes verpflichtet. Das hat Vorrang vor dem Wohl seiner Tochter«, erwiderte Metternich bestimmt.
»Dann war es wohl ein Fehler von mir, eine Dummheit, seine Tochter zu heiraten!«, hielt Napoleon ihm aufbrausend vor.
»Wie kann es ein Fehler sein, Sire, da Marie Louise Ihnen einen Erben geboren hat? Und ist sie Ihnen nicht eine zärtliche Gemahlin?«, schmeichelte Metternich. »Sonst hätte ich mich nicht so sehr bemüht, diese Ehe zu fördern.«

»Das haben Sie zweifelsohne – um mich in Sicherheit zu wiegen!«, schnaubte der Kaiser. »Und ich habe mich täuschen lassen!«

»Sire, Sie haben nun eine Gemahlin von allerhöchstem Adel, einen Sohn, eine Legitimation für die Thronfolge«, zählte sein Gegenüber auf. »Ist das nicht genug?«

Keineswegs durfte es so weit kommen, dass Bonaparte sich auch von der österreichischen Prinzessin scheiden ließ!

Es war für Metternich ein hartes Stück Arbeit gewesen, diese Ehe anzubahnen. Und es hatte ihm den Hass der Kaiserin und vieler seiner Landsleute eingetragen, die ihn entrüstet an die Hinrichtung der Habsburgerin Marie Antoinette erinnerten. Doch das kümmerte ihn nicht übermäßig. Die vernichtende Niederlage von Wagram vor vier Jahren war die fünfte in Folge gegen den Franzosen! Das zwang Österreich, zu anderen Mitteln als dem Krieg zu greifen, zu sanfteren. Er wusste, dass Napoleon auf Brautschau war, um in den europäischen Hochadel einzuheiraten. Die mangelnde Legitimation in diesen Kreisen war ihm, der aus einfachsten Kreisen stammte und sich selbst gekrönt hatte, stets ein Makel gewesen.

Es liefen bereits Anfragen über eine Allianz Frankreichs mit dem russischen Herrscherhaus Romanow, und die galt es dringend zu verhindern, wollte Österreich nicht zwischen die Mahlsteine zweier Großmächte geraten.

Also überzeugte er Kaiser Franz von der Notwendigkeit dieser Hochzeit. In aristokratischen Kreisen war es seit jeher üblich, auf diese Art Bündnisse zu schließen, wenn keine Aussicht auf militärische Siege bestand. Im Schatten dieses Bündnisses konnte Österreich die Zeit für sich arbeiten lassen und insgeheim seine Vorbereitungen für den Seitenwechsel treffen.

Irgendwann, schon sehr bald, würde Bonaparte genug Feinde haben, um geschlagen zu werden.

Marie Louise in ihrer Einfalt hatte ihn wie ein Ungeheuer angestarrt, als sie hörte, dass sie den heiraten sollte, den sie – getreu

den Worten ihres »liebsten Papas« – selbst »Ungeheuer« nannte. Natürlich hatte der »liebste Papa« ihr zugeredet und sie an ihre Pflicht gemahnt.
Nichts an der Neunzehnjährigen hätte ihn, Metternich, als Mann gereizt. Sie hatte zwar eine gute Figur, aber sie gab keine gute Figur ab. Ihr fehlte jedes bisschen Eleganz und Charme – etwas, worauf die Franzosen großen Wert legten und worin Bonapartes erste Frau Joséphine unübertroffen war.
Deshalb hatte er so viel Zeit in Paris zugebracht statt ihn Wien, wo er als Außenminister hingehört hätte. Um die Garderoben und Frisuren von Marie Louise kümmerten sich in Paris zuverlässig die Besten ihres Fachs. Aber es fehlte der unbedarften Prinzessin so viel an selbstsicherem Auftreten, dass er ihr sogar geraten hatte, Tanzstunden zu nehmen und nicht zu tanzen, bevor sie alle Schrittfolgen sicher beherrschte. Wie blamabel.
Doch Bonaparte sollte sich nicht über diese Hochzeit beschweren!
Er hatte, wie erwünscht, eine Frau aus dem höchsten und ältesten Adel Europas bekommen. Und dann ereignete sich auch noch etwas, womit keiner gerechnet hatte, schon gar nicht diejenigen seiner Landsleute, die diese Heirat als »Opfergang einer österreichischen Jungfrau« deklamierten. Der ungestüme Korse zügelte sich für seine deutlich jüngere Frau edelster Herkunft, machte ihr Geschenke, schrieb ihr romantische Briefe, nahm sogar selbst Tanzstunden, wenngleich er dabei kläglich versagte.
Das alles hinderte ihn nicht daran, wie ein Feldherr ihr Bett zu stürmen, noch bevor sie offiziell vermählt waren. Aber die kindliche Marie Louise schien sich in den verliebt zu haben, der noch vor kurzem für sie »das Ungeheuer« war. Oder hielt es für Liebe, was sie in ihrem schlichten Gemüt empfand.
»Ich habe einen Bauch geheiratet«, wütete Napoleon.
Eine äußerst ungalante Formulierung, wie Metternich fand, die darauf anspielte, dass Bonaparte zusätzlich zu diesem Bauch auch noch eine große Armee wollte.

»Und einen Sohn bekommen, den Sie schon lange sehnlichst wünschten«, hielt ihm der Diplomat deshalb höflich lächelnd entgegen.

Bonaparte überging diese Replik.

»Ich weiß, was Österreich von mir will«, fuhr er ungeduldig fort. »Aber ihr habt mich nicht besiegt, also werde ich euch nichts freiwillig geben. Ganz einfach. So wie ich Preußen nichts geben werde, denn die haben mich belogen. Ihr wollt wieder einen Zugang zum Meer, zur Adria? Die Eroberung der Illyrischen Provinzen hat mich dreihunderttausend Mann gekostet. Gebt mir dreihunderttausend Soldaten, dann bekommt ihr den Zugang zum Meer zurück.«

»Sire, bedeuten Ihnen die Soldaten nicht mehr als Material für den nächsten Feldzug?«, protestierte Metternich. »Die Welt sehnt sich nach Frieden. Ihre Nation sehnt sich nach Frieden. Ihre Soldaten, selbst Ihre Generäle sehnen sich nach Frieden. Bedenken Sie allein das Leid der vielen jungen Männer, die in Russland elend starben!«

»Das waren kaum Franzosen, dafür habe ich die Deutschen und Polen genommen«, korrigierte ihn Bonaparte verächtlich.

Damit hatte er Metternich das Stichwort zu einem großen Auftritt gegeben, mit dem er vielleicht sogar in die Geschichte eingehen konnte.

Der Minister streckte den Rücken noch ein bisschen mehr durch und sah seinem Gegenüber direkt in die Augen.

»Sie vergessen, Sire, dass Sie zu einem Deutschen sprechen!«

Auch wenn Clemens von Metternich all die Redensarten von einem einigen deutschen Vaterland für gefährliche Traumgespinste hielt, so sah er sich ganz in der Tradition des alten deutschen Kaiserreiches. Er fühlte sich als Deutscher, obgleich er wusste, es würde kein neues deutsches Kaiserreich mehr geben. Kein deutscher Fürst oder König würde einen preußischen Kaiser akzeptieren, noch dazu einen, der plante, den Rheinbund nach dem Sieg der Alliierten aufzulösen.

Außerdem sah Metternich mit großer Sorge, wie leichtfertig Friedrich Wilhelm von Preußen mit dem Feuer spielte, indem er sein Volk zu den Waffen rief. Das durfte nicht zum Flächenbrand werden. Clemens von Metternich verabscheute die Revolution fast noch mehr als den Krieg, denn in Straßburg hatte er mit eigenen Augen gesehen, welche Zerstörungen ein enthemmter Pöbel anstellen konnte.

Furchtbar. Abstoßend. Eine weitere Revolution musste ebenso verhindert werden wie ein übermächtiges Preußen und ein übermächtiges Russland.

Balance – das war es, was Europa brauchte! Eine Balance der Kräfte. Nur so konnte es Frieden geben.

Mit seinem überraschenden Bekenntnis hatte er Napoleon für einen Moment zum Schweigen gebracht. Deshalb setzte er nun nach: »Sie haben Ihr ganzes Volk unter Waffen gerufen. All diese blutjungen Burschen – ist das nicht eine vorweggenommene Generation?«

Doch damit hatte er sich zu weit vorgewagt.

»Erzählen Sie mir nichts vom Krieg!«, schrie der Feldherr den Diplomaten an und hieb mit der Faust auf einen zierlichen Tisch, der beim Aufschlag bedenklich wackelte. »Sie wissen nichts von der Seele des Soldaten! Ich bin im Feld aufgewachsen. *Und ein Mann wie ich scheißt auf das Leben einer Million Soldaten!*«

Bleierne Stille.

Metternich fürchtete sich nicht vor Napoleons Wut oder seinem Geschrei. Er war entsetzt über dieses unverhüllte Eingeständnis. Es war von einer Brutalität, dass sich ihm die Nackenhaare sträubten. Und es war so direkt, dass er es seinem Kaiser nicht einmal im Wortlaut wiedergeben konnte.

Hätte er je eines Beweises für den Größenwahn des Mannes bedurft, mit dem er verhandelte – diese Worte waren es.

Wieder zu sich findend, starrte der Kaiser der Franzosen auf den zum ersten Mal sprachlosen Diplomaten. So durfte das Gespräch nicht enden! Metternich sollte keinesfalls das Gefühl gewinnen, ihn überführt zu haben. Diesen Triumph würde er ihm nicht gönnen. Außerdem musste er Zeit schinden, um der Welt den Eindruck zu vermitteln, er wolle ja den Frieden, und die Alliierten in ihrer Maßlosigkeit seien die eigentlichen Kriegstreiber. Er brauchte dringend eine Verlängerung des Waffenstillstandes, um seine Kriegsvorbereitungen abschließen zu können. Und er wollte einen Friedenskongress – nicht, um zu Ergebnissen zu kommen, sondern als Zeichen guten Willens auch für die Nachwelt. Als Teil seines Sommertheaters.
Er musste diesen aalglatten Österreicher noch ein wenig bei sich halten, ihn mürbe machen. Metternich war nie im Feld gewesen, er war gewiss kein ausdauernder Mann. Mal sehen, wie lange er stehen konnte, ohne sich zu rühren, ohne etwas zu essen und zu trinken an diesem heißen Junitag.
Also begann Napoleon, vor ihm auf und ab zu schreiten und dabei lebhaft zu monologisieren, sprunghaft das Thema wechselnd. Von den Gründen seines Scheiterns in Russland über seine Bereitschaft zum nächsten Kampf bis zu dem Eingeständnis, warum er nur vorwärts konnte, nicht zurück. Denn einzig als Sieger würde er anerkannt – im Gegensatz zu denen, die auf dem Thron geboren seien und deren Herrschaftsanspruch deshalb niemand in Frage stellte.
Metternich hörte aufmerksam zu und sagte wenig.
Die Zeit arbeitete für ihn.
Nach seinem Gefühl mochten schon zwei Stunden vergangen sein – genug, um nach außen klarzustellen, dass er sich nach Kräften bemüht hatte. Von Empfängen und Bällen war er langes Stehen gewohnt. Doch die Last, die heute auf seinen Schultern ruhte, drückte.
Und seine neuen Schuhe drückten auch, obwohl sie vom besten Schuhmacher Wiens maßgefertigt waren. In der Hitze des Som-

mertages waren wohl seine Füße geschwollen. Gern hätte er sich für einen Moment gesetzt, doch solange der Kaiser stand, durfte selbst ein Außenminister nicht sitzen.
Napoleon Bonaparte schien seine Gedanken zu erraten. Mitten aus der Bewegung heraus ließ er sich auf einen der vergoldeten Samtstühle fallen, erlaubte Metternich, ebenfalls Platz zu nehmen, doch schon im nächsten Augenblick sprang er wieder auf und setzte sein ruheloses Auf und Ab beim Sprechen fort, was den Gesandten zwang, sich umgehend wieder zu erheben.
Und dieses Spiel wiederholte er noch dreimal.
»Kommen Sie, folgen Sie mir, ich werde Ihnen etwas zeigen!«, sagte er dann und wies zur Treppe.
Der Kaiser ging voran, und Metternich nutzte die Gelegenheit, unauffällig seine Taschenuhr aus der Hose zu ziehen und zu konsultieren. Vier Uhr war schon überschritten, längst hätte jemand den sächsischen König als Besucher melden müssen. Aber offenbar war die gesamte Entourage instruiert, das Gespräch um keinen Preis zu stören, und ließ deshalb lieber den König von Sachsen in seiner eigenen Hauptstadt wie einen Bittsteller draußen in der Kutsche warten.
Ein sensationeller Triumph für Metternich!
Dabei war er sich noch nicht ganz im Klaren darüber, ob diese stundenlangen, sprunghaften Rechtfertigungen Napoleons einfach dessen Drang entsprachen, sich selbst zu inszenieren. Oder ob dahinter die Einsicht keimte, sich verrannt zu haben.

»Ich weiß genau, wie viel Mann Österreich hinter dem böhmischen Gebirge versteckt und wie sie aufgestellt sind«, begann der Kaiser das Gespräch am neuen Ort, der viel größer als sein Arbeitszimmer war.
Eine Eröffnung, die einen General vielleicht erschüttert hätte. Aber Metternich war keiner, er war ein Diplomat, der ein dichtes Netz hervorragender Spione unterhielt – selbst Talleyrand spielte ihm Informationen zu – und davon ausging, dass sein

Gegner das gleichfalls tat. Sollte sich der Schwarzenberg darüber Gedanken machen!

Dies war also die berühmte Karte, die Bonaparte hütete wie seinen Augapfel, die seine engsten Begleiter unterwegs stets griffbereit halten mussten und die in jedem Quartier ausgerollt und nachts mit Dutzenden Kerzen beleuchtet wurde, damit der Feldherr jederzeit die Truppenbewegungen überprüfen und entsprechend disponieren konnte! Das kartographische Werk war über und über mit Stecknadeln gespickt; verschiedenfarbige Köpfe markierten die Positionen der einzelnen Armeen. Auf der Karte lag ein gespreizter Zirkel.

Ungerührt ließ sich der Graf die Truppenstärken der einzelnen österreichischen Korps vorzählen, über die Bonaparte offensichtlich besser Bescheid wusste als er selbst.

»Und ihr glaubt, ihr könnt uns besiegen?«, provozierte der Kaiser. »Wie viele Verbündete meint ihr zu haben? Denkt an Austerlitz, denkt an Wagram! Wer von den Deutschen ist euch zu Hilfe geeilt? Keiner! Sie haben euch im Stich gelassen.«

Touché! Nun kostete es Metternich Mühe, Gelassenheit vorzutäuschen.

»Österreich soll seine Neutralität erklären, und ich werde es in Ruhe lassen!«, forderte Napoleon. »Meinetwegen sogar *bewaffnete* Neutralität. Nur muss mir mein Schwiegervater sein Ehrenwort geben, dass er keinen Krieg gegen mich führt.«

Damit steckte Metternich in einer Zwickmühle. Die Bewilligung einer bewaffneten Neutralität war gut; bewaffnete Neutralität war schon der dritte Schritt in seinem Vier-Punkte-Plan. Doch der vierte war der Beitritt zur Allianz. Und der würde unweigerlich zum bewaffneten Kampf gegen Bonaparte und seine Armee führen. Das geforderte Ehrenwort konnte Kaiser Franz unmöglich geben.

Der Graf war lange genug Diplomat, um geschickt auszuweichen. Die russische Taktik, dachte er bei sich mit unsichtbarem Lächeln.

»Seine Majestät, der Kaiser von Österreich, bot den Alliierten Vermittlung an, nicht Neutralität. Und die Alliierten nahmen Österreichs Vermittlungsangebot an. Jetzt ist es an Ihnen, Sire, dies auch zu tun. Lehnen Sie ab, sieht sich mein Herr und Kaiser frei in seiner Wahl.«

Damit war es heraus. Genau mit diesem Satz hatte er den Punkt erreicht, auf den er so lange hingearbeitet hatte.

Unwillkürlich hielt der Graf den Atem an. Bonaparte *musste* ablehnen! Dann war Österreichs Wechsel vom Bündnis mit Frankreich auf die gegnerische Seite diplomatisch legitimiert. Dann war Österreich geradewegs dazu *gezwungen*, aufseiten der Alliierten in den Krieg einzutreten, um Frieden herzustellen.

Aufs äußerste angespannt, sah er dem Widersacher ins Gesicht, den er so viele Jahre studiert hatte. Würde er sich geschlagen geben?

Doch Napoleon Bonaparte nahm den Fehdehandschuh auf.

»Wie viel haben Ihnen die Engländer gezahlt? Glauben Sie, ich wüsste nichts davon, was in Reichenbach seit zwei Wochen vor sich geht?«

Ein Zucken flackerte über das sonst so gelassene Gesicht des Außenministers, wenn auch nur einen winzigen Moment lang. Der Vorwurf der Bestechlichkeit war schon äußerst unfein. Aber noch schlimmer traf ihn in seiner Ehre, dass der Franzose von dem Reichenbacher Abkommen wusste, das er selbst so unbedingt geheim halten wollte. Im schlesischen Reichenbach hatte sich Österreich schon vor ein paar Tagen eindeutig auf die Seite der Alliierten gestellt, noch *bevor* es aus dem Bündnis mit Frankreich entlassen war.

Diese Stümper! Er hatte alle Konferenzteilnehmer aufs strengste verpflichtet, das um jeden Preis geheim zu halten! Wer hatte geplaudert? Nun war er bloßgestellt, seine ganzen Bemühungen dahin. Nackt und preisgegeben stand er da, Lügen gestraft.

Napoleon missverstand das Zucken im Gesicht des Diplomaten. Dass dieser sich schämte, bei einem doppelten Spiel ertappt zu werden, kam ihm nicht in den Sinn. Er glaubte, mit dem Vorwurf der Bestechlichkeit die Grenze überschritten zu haben. Doch er wollte keinen Eklat, er brauchte dringend die Verlängerung des Waffenstillstandes um ein paar Wochen. Und für sein Ansehen brauchte er diesen gottverdammten Friedenskongress! Also dirigierte er seinen Gast mit einer Geste wieder hinunter ins Arbeitszimmer und fing erneut zu monologisieren an, über dies und jenes, was ihm gerade durch den Kopf ging. Er wollte die Scharte wieder auswetzen, die ehrenrührige Bemerkung in Vergessenheit geraten lassen.

Dabei wusste jedermann, dass die Engländer die großen Finanziers aller Nationen waren, die Waffen gegen Frankreich führten, während sie sicher und wohlgenährt auf ihrer Insel hockten. Abgesehen von den Regimentern, die sie nach Spanien geschickt hatten, unter diesem Sir Arthur Wellesley. Eben erst hatte er die Nachricht erhalten, dass Wellesley seiner Armee vor fünf Tagen im spanischen Vittoria eine erbärmliche Niederlage bereitet hatte. Der Sieg der Briten bei Vittoria könnte das Ende der französischen Herrschaft über Spanien sein!

Das war es wohl, was ihn so verbitterte und zu dieser Unvorsichtigkeit gegenüber le beau Clément getrieben hatte.

Also redete er und redete.

Gelegentlich warf Metternich, der sich wieder beruhigt zu haben schien, eine Bemerkung ein, nicht mehr.

Die Zeit verrann, ohne dass sich der Kaiser dessen bewusst wurde.

Sein Generalstab und seine Bediensteten im Palais Marcolini wurden unruhig. Was geschah dadrinnen im Chinesischen Salon? Doch niemand wagte es zu lauschen, denn jederzeit konnte der Kaiser die Tür aufreißen.

»Ich werde keinen Frieden schließen. Ich habe keinerlei Anlass dazu, denn gerade erst habe ich zwei Schlachten gewonnen. Wenn ich Frieden schließe, wird die Welt mich für schwach halten und nicht mehr fürchten. Das ist das Ende meiner Herrschaft«, wiederholte Napoleon Bonaparte schließlich in einem Tonfall, der das Ende des Gesprächs signalisierte.

»Dann tut es mir für Sie leid, Sire«, verabschiedete sich Clemens von Metternich. »Geben Sie Österreich aus dem Bündnis frei, akzeptieren Sie Österreichs Rolle als Vermittler beim Friedenskongress in Prag?«

»Wir werden sehen«, antwortete der Kaiser beiläufig.

Seine Haltung ließ dem Minister keine andere Möglichkeit, als sich zu verneigen und das Zimmer zu verlassen.

Der Schweiß rann dem Grafen den Rücken herab, und mit einem Mal fühlte er sich doppelt so alt, wie er war, während er mit starrer Haltung und starrer Miene an den Männern vorbeischritt, die die Flure säumten.

Berthier verabschiedete ihn und schien sich nur mit Mühe von Fragen abhalten zu können.

Völlig erschöpft ließ sich der Minister auf den rot gepolsterten Sitz der Kutsche fallen und zerrte sofort die Vorhänge zu. Dann wischte er sich mit dem Taschentuch den Schweiß von der Stirn und aus dem Nacken. Mit der anderen Hand zog er die an einem Band befestigte Uhr aus der Hosentasche, klappte sie auf und starrte ungläubig auf das Zifferblatt.

Halb neun!

Im Verlauf des Gesprächs hatte er jegliches Zeitgefühl verloren, und Ende Juni war es lange hell. Mehr als achteinhalb Stunden hatte seine Unterredung mit dem Kaiser gedauert!

Schon das sollte ihm als Meisterleistung angerechnet werden. Als historische Leistung! Fast neun Stunden hatte er versucht, den Kaiser für den Frieden zu gewinnen – so würde es künftig in den Geschichtsbüchern stehen. Und Napoleon Bonaparte hatte abgelehnt.

Wie demütigend für den sächsischen König, gewartet zu haben und unverrichteter Dinge wieder fortgeschickt worden zu sein!

Während seiner Rückfahrt in die Kreuzstraße formulierte Clemens von Metternich in Gedanken schon die Briefe, die er nun

zu schreiben hatte. Zuallererst natürlich an den Kaiser. Das würde er umgehend tun und sich dabei im besten Licht darstellen. Dann an seine Frau und seine Tochter. Das könnte er noch mit kleinen Episoden ausgestalten ... Zum Beispiel, dass der Kaiser in einem Wutanfall seinen Hut zu Boden geworfen habe. Es war nicht geschehen, sonst hätte er ihn umgehend aufheben müssen, und glücklicherweise blieb ihm diese Demutsgeste erspart. Doch so weit würde sein Kind nicht denken ...
Vor aller Welt würde er als Sieger bei diesem Aufeinandertreffen gelten. Er, der Friedensengel, der vom Kriegstreiber nicht erhört wurde.
Doch abgesehen von der Anspannung jener beinahe neun Stunden bereitete ihm vor allem eines Kopfschmerzen: Es fehlte immer noch die Unterschrift, mit der Napoleon Bonaparte Österreich aus dem Bündnis freigab.

Natürlich wusste der Kaiser der Franzosen ganz genau, was seinem schlauen Gegenspieler die Ruhe raubte. So gönnte er sich wenigstens diesen kleinen Triumph, ihn zappeln zu lassen – schon als Strafe für den schnöden Verrat in Reichenbach. Metternich fragte bei Maret nach, dem französischen Außenminister, und wurde vertröstet. Er wartete noch einen Tag, einen weiteren, ließ seine bevorstehende Abreise bekanntgeben. Endlich, am Mittwoch, wurde er wieder zum Kaiser in Marcolinis Palais bestellt, und diesmal stieg er sofort in die Kutsche. Die erneute Begegnung war außerordentlich kurz und wortkarg. Napoleon unterschrieb die Auflösung des Bündnisses mit Österreich. Metternich sollte im Gegenzug den Alliierten beibringen, dass der Waffenstillstand bis zum 10. August verlängert wird. Bis zum 15. August werde es keine Kampfhandlungen geben. Und zuvor solle ein Friedenskongress in Prag stattfinden.
Endlich konnte Clemens Wenzel Lothar Graf zu Metternich seinen Triumph genießen.

Napoleon war nicht minder zufrieden. Nun hatte er genügend Zeit, alle Vorbereitungen für den Herbstfeldzug zu beenden. Am 11. August würde er seine Korps in Marsch setzen.
Aber vorher, am 10. August, sollte überall in Sachsen und den anderen Vasallenstaaten sein Geburtstag gefeiert werden – mit Paraden, Dankgottesdiensten, Festbeleuchtung und Bällen.
Die Festlichkeiten mussten wegen der bevorstehenden Ereignisse um fünf Tage vorgezogen werden; sein Geburtstag war am 15. August. Aber das machte nichts. Das Volk feiert gern, das hebt die Stimmung. Und es hatte ihm doch wirklich allerhand zu danken.

Der öffentliche Frieden und der heimliche Krieg

Prag und Trachenberg, 12. Juli 1813

Der Prager Friedenskongress, auf den wie Johanna Gerlach viele Menschen in den kriegsgeplagten Ländern ihre Hoffnungen richteten, war eine Farce.
Ein Witz, eine Posse. Eine Nebenbühne von Napoleons Dresdner Sommertheater.
Die hoffnungsfrohen Zivilisten ahnten nicht, dass keine der verhandelnden Seiten wirklich Frieden schließen wollte. Sie mussten alle nur für ihre Kriegsvorbereitungen Zeit gewinnen. Frankreichs Gesandter Narbonne hatte nicht einmal ein Verhandlungsmandat.
Und Bonaparte gab die Hoffnung nicht auf, den Zaren doch noch auf seine Seite ziehen zu können.
Den Alliierten war noch weniger am glücklichen Ausgang des »Friedenskongresses« gelegen als Napoleon, der ihn vorgeschlagen hatte, um sich als Friedensstifter feiern zu lassen. Denn exakt an dem Tag, als die Gesandten Frankreichs, Preu-

ßens, Österreichs und Russlands ihre Verhandlungen in Prag aufnahmen, am 12. Juli 1813, fand im schlesischen Trachenberg ein geheimes Gipfeltreffen mit ganz anderen Zielen statt.
Auf Schloss Trachenberg berieten der König von Preußen, der Zar von Russland, der Kaiser von Österreich und der Kronprinz von Schweden über ihre militärische Herbstoffensive nach Ablauf des Waffenstillstandes am 15. August. Der österreichische Generalstabschef Radetzky hatte die Pläne schon vor Wochen ausgearbeitet.
Drei Armeen sollten gebildet werden. Die Hauptarmee, zweihundertfünfzigtausend Mann stark unter dem Kommando des Fürsten von Schwarzenberg, würde von Böhmen aus marschieren. Bernadotte sollte die halb so große, überwiegend preußisch-schwedische Nordarmee befehligen, und Blücher die russisch-preußische Schlesische Armee mit etwas mehr als einhunderttausend Mann.
Sie würden warten, gegen wen Napoleon den Hauptschlag führen würde, und dann gemeinsam zurückschlagen.
Aufmarschpläne, die Verteilung der Kommandofunktionen, die Zusammenstellung der einzelnen Heeresgruppen – alles lag bereits vor, und vieles sprach dafür, dass die entscheidende Schlacht in den Ebenen um Leipzig ausgetragen wurde.
So blieb in Prag Clemens von Metternich für Österreich, Wilhelm von Humboldt für Preußen und Protasius von Anstett für Russland nicht mehr und nicht weniger zu tun, als rege Geschäftigkeit vorzutäuschen. Eine Ablenkung fürs einfältige Volk.
Metternich schlug gleich zu Beginn vor, die Verhandlungen schriftlich durch den Austausch von Noten zu führen, damit es keine zweiseitigen Vereinbarungen hinter dem Rücken der anderen Verhandlungsführer gab. Das lehnte die französische Delegation ab, womit der Friedenskongress eigentlich schon bei der Eröffnung am Streit über die Formalitäten gescheitert war.
Natürlich wusste Napoleon in Dresden von dem Treffen der

alliierten Herrscher auf Schloss Trachenberg. Und natürlich hatte es sein geschicktester Spion auch geschafft, ihm diese Pläne zu besorgen. Er studierte die Papiere aufmerksam, ohne sich davon beunruhigen zu lassen. Das hier konnte ihm keine Angst machen. Schwarzenberg war überfordert als Oberbefehlshaber einer so großen Armee. Außerdem würde die Gegenwart gleich dreier Herrscher – des Zaren, des preußischen Königs und des Kaisers von Österreich – ganz sicher für jede Menge Durcheinander sorgen. Bernadotte mit seiner Nordarmee würde sich nach Leibeskräften aus bewaffneten Konfrontationen heraushalten. Die Russen waren sogar untereinander durch und durch zerstritten. Und ob sein Schwiegervater Kaiser Franz allen Ernstes gegen ihn kämpfen würde, das bezweifelte er.
Vor Blücher mit seinem Franzosenhass musste er sich in Acht nehmen. Aber der war ein alter Mann, und ohne Gneisenau an seiner Seite würde er Fehler begehen.
Sie alle würden Fehler begehen.
Er musste sich eigentlich nur zurücklehnen und warten, dass sie erneut in Streit gerieten.

Fast einen Monat lang hatten die Gesandten in Prag eifrige Bemühungen vorzutäuschen. Mit einigen Wochen Verzug schickte Bonaparte noch seinen Großstallmeister Caulaincourt als Verhandlungspartner an die Moldau.
Die entscheidende – um nicht zu sagen einzige – Aktivität der Beteiligten am Prager Friedenskongress würde es sein, am 7. August durch Metternich ein Ultimatum an Napoleon zu übersenden. Bis zum 10. August sollte sich der Kaiser der Franzosen bereit erklären, die Bedingungen der Alliierten zu akzeptieren: Auflösung des Rheinbundes, Wiederherstellung der Grenzen Preußens von 1806 und Verzicht auf sämtliche Eroberungen rechts des Rheines und in Norditalien.
Worauf er natürlich nicht eingehen würde. Und falls es Anzeichen dafür geben sollte, ließen sich ja die Bedingungen verschärfen.

Von da an standen den Gesandten in Prag ein paar unruhige Stunden bevor. Würde der Kaiser antworten, bevor das Ultimatum ablief? Doch kein Bote kam. Punkt Mitternacht durften die nervös Wartenden aufatmen. Triumphierend ließ Metternich die bereitgehaltenen Feuersignale von Prag bis an die schlesische Grenze entzünden. Jahre hatte er auf diesen Moment gewartet!
Damit war der Friedenskongress beendet. Frieden hatte er nicht gebracht, nur unzählige Menschen mit dieser Illusion genährt und getäuscht.
Frieden war in den derzeitigen Planungen der Herrscher nicht vorgesehen.
Einen Tag nach Ablauf des Ultimatums würde der Graf von Metternich der französischen Gesandtschaft die offizielle Kriegserklärung Österreichs zustellen lassen. Und am 15. August würden die Kampfhandlungen wieder aufgenommen werden, ganz nach Plan. Sobald die in allen Städten befohlenen Bälle, Feiern und Dankesmessen zu Napoleons Geburtstag vorbei waren.
Doch noch war Juli, der Kongress tagte zu Prag, und die kriegsmüden Menschen wurden in der Illusion gewiegt, es könnte bald Frieden geben.

Auerbachs Keller

Leipzig, 14. Juli 1813

Helle Aufregung herrschte in Leipzig, das sich doch sonst zu Recht rühmte, mit größter Gelassenheit selbst Gäste aus den entferntesten, exotischsten Ländern zu begrüßen, das wegen seiner vierhundertjährigen Universität als Zentrum der Gelehrsamkeit und Weisheit galt.

Und die rätselhafte Euphorie und hektische Betriebsamkeit hatten nur einen Grund: Napoleon Bonaparte.
Der Kaiser kam!
Allein dieser Umstand schien seine jahrelange Fehde mit Leipzig, die Warenverbrennung vor dem Grimmaischen Tor, den Überfall auf die Lützower vor nicht einmal einem Monat und sogar den immer noch herrschenden Ausnahmezustand vollkommen ins Vergessen gedrängt zu haben.
Lag es daran, dass der umtriebige Weltenherrscher bisher nur ein einziges Mal in der berühmten Handelsstadt gewesen war? Und bei näherer Betrachtung konnte man das eigentlich kaum als Besuch zählen.
Damals, 1807, kam Napoleon von den Friedensverhandlungen mit dem Zaren in Tilsit und wurde am Abend des 22. Juli erwartet. Damals, 1807, waren ihm die Leipziger auch noch deutlich wohlgesinnter als jetzt. Man bewunderte ihn und profitierte nicht unbeträchtlich von der Kontinentalsperre. Teils legal, teils durch schlaue Umgehung derselben.
Alles war vorbereitet, die Stadt aufs feinste geschmückt, Honoratioren, Ehrenjungfrauen und Verehrer mit selbstgereimten Lobeshymnen standen in großer Zahl parat. Aus Anlass des Tages sollten sogar ein paar Sterne des Orion in »Napoleonsterne« benannt werden, und als die Dunkelheit anbrach, wurde die Stadt festlich illuminiert.
Wer nicht kam, war Bonaparte. Die Lichter erloschen nach und nach, die Hoffnungen auch, und mit hängenden Köpfen zog das Empfangskomitee spät in der Nacht davon, auf den nächsten Tag vertröstet. Doch da der notorische Frühaufsteher Napoleon schon morgens um fünf eintraf, schrumpfte das groß angelegte Huldigungsritual auf ein paar Salutschüsse im Morgengrauen zusammen – und schon war der Kaiser der Franzosen wieder zum Tor hinaus.
Keines Blickes hatte er die Stadt gewürdigt, die er als gefährliche Feindin erachtete. Nicht einmal frühstücken wollte er hier,

sondern pausierte mit seiner gesamten Entourage lieber ein ganzes Stück weiter in Markranstädt bei einem geschäftstüchtigen Gastwirt.
Diesmal also sollte er wirklich kommen. Die Nachricht war kaum einen Tag vorher eingetroffen; der Kaiser befand sich nach einer Inspektion der Festungen Torgau, Wittenberg und Magdeburg auf der Rückreise Richtung Dresden.
Und die bloße Aussicht auf seine Präsenz schien die Leipziger zumindest für einen Tag mit allem Unheil auszusöhnen, das dieser Mann und seine Armee über ihre Stadt gebracht hatten.
Es war, also ob ein launischer Magier mit bizarrem Sinn für Humor ein Zauberpulver über die Menge gestreut hätte, gemischt aus ein paar Handvoll anerzogener Ehrfurcht vor gekrönten Häuptern, einer kräftigen Portion braven Untertanengeistes, fein gemahlenen, goldglänzenden Körnern der Heldenverehrung und dem Staub des Vergessens.
Tausende von Menschen standen in dichten Reihen an der Straße vom Gerbertor zum Markt und jubelten Napoleon kräftige »Vivats!« und »Hurras!« zu. Selbst die Studenten, die eigentlich gekommen waren, um dem Usurpator ihre Verachtung entgegenzuschmettern und dann schleunigst wieder zu verschwinden, ehe man sie für ihre Aufmüpfigkeit in die Erfurter Zitadelle schleifen konnte, brachten zu ihrer eigenen Verwunderung beim Anblick des Kaisers anstelle von Hohn ein zackiges »Vive l'Empereur!« hervor. Und das gleich mehrfach! Als ob ihnen ein Scherzgeist die Worte verwandelte, bevor sie über ihre Lippen kamen.
Dabei hatte sich in gewisser Weise das Theater von 1807 wiederholt: Eigentlich sollte Napoleon schon gestern kommen. Wieder war die Stadt aufs feinste geschmückt, Honoratioren, Ehrenjungfrauen und Verehrer mit selbstgereimten Lobeshymnen in großer Zahl standen parat, dazu die neu gegründete Bürgergarde – und abermals mussten sie alle nach Stunden vergeblichen Wartens enttäuscht von dannen ziehen.

Wer konnte denn ahnen, dass der Kaiser erst ein Uhr nachts eintreffen und sein Quartier am Markt bereits in aller Herrgottsfrühe verlassen würde, um auf den Feldern bei Mockau westlich der Stadt Arrighis Kavallerie zu inspizieren? Was übrigens sehr zum Missfallen Seiner Kaiserlichen Hoheit verlief. Das war keine Kavallerie, das war ein Desaster! Diese sogenannte Kavallerie, die ihm da zugemutet wurde, schien aus lauter Kerlen zu bestehen, die noch nie zuvor in ihrem Leben im Sattel gesessen hatten.

Schlecht gelaunt und über und über mit Staub bedeckt, kehrte der Kaiser zurück nach Leipzig, um eine weitere große Truppenmusterung auf dem Marktplatz vorzunehmen.

Doch der unerwartet euphorische Jubel der angeblich so feindseligen Leipziger besserte seine Stimmung.

Die Messestädter hätten sich vielleicht etwas mehr Sorgen gemacht, wenn sie wüssten, welch hartes Ultimatum der Kaiser am Vortag der Bürgerschaft im nahe gelegenen Halle gestellt hatte: Falls nicht binnen vier Wochen wenigstens sechs der Männer mit dem Tode bestraft würden, die auf seine Truppen geschossen hatten, drohten fünfzehntausend Mann Strafeinquartierung und vier Millionen Franc Strafgeld. Anderenfalls würde die Stadt niedergebrannt.

Aber von den Sorgen der Hallenser wussten die Leipziger in diesem Augenblick nichts.

Stundenlang hatten sie in der sengenden Sonne gewartet, und als Napoleons Kutsche gegen elf Uhr wieder in die Stadt rollte, zogen sie ehrfürchtig Hüte wie Mützen und jubelten.

Er war da! In Leipzig! Endlich und höchstpersönlich!

In der Beletage des Apelschen Hauses am Markt, dort, wo auch bei jedem ihrer Besuche die sächsischen Regenten residierten, tafelte der Kaiser eine Stunde lang. Nicht einmal eine Stunde lang. Napoleon war eben ein Mann, bei dem alles schnell gehen musste, ungeduldig, ruhelos und vielbeschäftigt.

Währenddessen ordnete und instruierte im prächtigen Rat-

haussaal einer seiner Adjutanten die Schar der Honoratioren, die zur Audienz bei Napoleon zugelassen waren.
Nervös, besorgt oder mit freudig klopfendem Herzen, mancher auch mit wehen Füßen und schmerzendem Kreuz, warteten die Vertreter von Stadt, Geistlichkeit und Universität, bis der Kaiser erschien und ihre Runde abschritt.
Da war seine Laune schon wieder deutlich weniger gut, was ganz besonders die Abordnung der Universität zu spüren bekam.
Regelrecht abgekanzelt wurden die Herren Professoren: Sie sollten sich gefälligst besser um die Disziplin ihrer Studenten kümmern, sonst wäre nicht die Hälfte dieser Burschen zu den Preußen übergelaufen! Deshalb stehe der Universität auch keine eigene Gerichtsbarkeit zu!
Wilhelm Traugott Krug, Rektor und Philosoph, hatte, dem hohen Anlass entsprechend, den Purpur seines Amtes angelegt, obwohl er selbst mit den Preußen sympathisierte. Doch nun war er zutiefst in seiner Würde verletzt und kaum weniger schlecht gelaunt als der Kaiser am Vormittag beim Anblick von Arrighis unfähiger Kavallerie. Dieser Bonaparte hatte keine Ahnung, wie es an einer protestantischen Universität zuging! Er beschnitt nicht nur uralte Privilegien der Alma Mater, er widmete schnöden Kaufleuten mehr Aufmerksamkeit und Höflichkeit als der Professorenschaft!
Die sichtliche Verstimmung des Gelehrten besserte wiederum die Laune des Kaisers so weit, dass er empfänglicher für die Schmeicheleien seiner Bewunderer wurde.
Und die waren nun an der Reihe, eine Gemeinschaft leidenschaftlicher Napoleonverehrer, die auch ohne magisches Pulver im Angesicht ihres Idols vor Begeisterung zerflossen. Neun Männer in feinster Kleidung, darauf begierig, die gleiche Luft zu atmen wie der Unvergleichliche, und sich ihrer Mission höchst bewusst: Sie mussten beim Kaiser einen guten Eindruck hinterlassen, zum Wohle ihrer Stadt.

Das taten sie nach Leibeskräften, schmeichelten, umgarnten, schwelgten in Ergebenheit. Dem Anführer der frisch aufgestellten Bürgergarde gelang es sogar, glaubwürdig darzulegen, wieso dieses Kontingent nur achthundert statt der geforderten zweitausend Männer umfasste. Mehr seien wirklich nicht möglich angesichts einer Bevölkerung von kaum mehr als dreißigtausend, man habe ja schon die älteren Jahrgänge und nicht nur reiche Stadtbürger, sondern auch deren Schutzbefohlene hinzugezogen, und die seien nun eifrigst bereit, sich im Exerzieren zu üben. Da gab sich der Kaiser großzügig und deutete an, die Rücknahme des Ausnahmezustandes zu erwägen.

Sofort legte sich ein uniformes Lächeln über die Gesichter dieser neun, die dadurch wirkten wie neun Brüder.

Nach nicht einmal einer halben Stunde war die Audienz beendet. Während Rektor Krug grollend den Saal verließ, schritten die neun hinaus, jeder für sich noch ganz von der Größe des Augenblicks erfüllt. Sie gingen nicht, nein, sie schwebten förmlich die Treppe hinab, in eine Wolke von Bedeutsamkeit gehüllt. Es fühlte sich für sie an, als ob die glänzende Aura Napoleons sie immer noch umgab.

Die Leute auf der Straße schienen das auch zu spüren, denn unwillkürlich machten sie Platz für die Gruppe der respektablen Männer, die wortlos, mit glückseligem Lächeln aus dem Rathaus traten.

Der Marktplatz war gefüllt mit Kavallerie und berittener Artillerie; die Bataillone der Infanterie bildeten eine dichte Mauer um die unzähligen Zuschauer, die sich drängten, zwängten und schubsten, um einen Blick auf den Kaiser zu erhaschen oder um nur einen Fußbreit näher an ihn heranzukommen.

Wer am Markt wohnte, hatte das Haus voller Zuschauer, die aus den Fenstern starrten.

Ob er tatsächlich so aussieht wie auf den Porträts?

Und er schien guter Stimmung zu sein! Wie prächtig gekleidet die Männer seiner Entourage waren! Und wie eifrig sie sofort jeden seiner Befehle ausführten!

In einem Anfall von Generosität angesichts der euphorisierten Menge befahl der Kaiser den Wachen, die Menschen etwas weniger grob zurückzudrängen. Da war das Eis gebrochen, und es flammte ein vielhundertfaches »Vivat!« und »Vive l'Empereur« auf.

Es schien sie nie gegeben zu haben, die vielen mutigen Leipziger, die unter Einsatz ihres Lebens den Lützowern geholfen hatten.

Leipzig glühte im Napoleon-Fieber.

Kein fremder Magier – nein, Napoleon selbst war es, der die Menschen verzauberte. *Er* besaß diese Gabe.

Er hatte die Stadt, seine gefährliche Feindin, erobert, ohne einen einzigen Schuss abzugeben.

Ich muss mir Arrighi vorknöpfen, dachte der Kaiser mürrisch, während er mit missbilligender Miene die Reihen seiner Kavallerie und berittenen Artillerie abschritt. Erzählt mir Schauermärchen von den widersetzlichen Leipzigern, dabei stehen sie hier und jubeln mir zu. Aber die Männer unter seinem Kommando sind der erbärmlichste Haufen, den ich je gemustert habe. Soll er mit harter Hand bei seinen Truppen durchgreifen, statt sich mit den braven Leipzigern zu bekriegen!

Deshalb war sein Vetter Jean-Toussaint Arrighi de Casanova derjenige, der das nächste Donnerwetter des Kaisers abbekam, während die Leipziger ein Lob des Kaisers empfingen, bevor dieser nach dreistündiger Inspektion der heruntergekommenen Truppe zu aller Überraschung seine Kutsche vorfahren ließ.

»Man hat mich entsetzlich über Leipzig belogen!«, verkündete Napoleon, bevor er in das Gefährt stieg. »Ich finde nirgendwo mehr Ruhe und Ordnung, ich bin vollkommen zufrieden mit Leipzig!«

Während er leutselig nach allen Seiten grüßte, fuhr er zum

Grimmaischen Tor hinaus und wurde dabei erneut mit begeisterten »Vivat!«-Rufen gefeiert.
Der Chronist Ludwig Hußel, der auch dieses Ereignis als aufmerksamer Beobachter verfolgt hatte, schüttelte ungläubig den Kopf, wenn auch nur ein ganz klein wenig. Mit seinen Verehrern wird es von nun an kaum noch auszuhalten sein, dachte er in einem Anfall von Zynismus. Und seine Gegner halten wohl künftig lieber das Maul. Aber in meinem Buch muss ich das etwas vornehmer formulieren.

Als sich die Zuschauermenge verlief, schwenkten die neun wie selbstverständlich und in stillem Einverständnis Richtung Auerbachs Keller, der nur ein paar Schritte entfernt war, gleich neben dem Apelschen Haus.
Diesen großen Tag und vor allem die unvergessliche halbe Stunde in nächster Nähe zum Kaiser mussten sie feiern und nachwirken lassen!
Der Schankraum war bereits brechend voll von Männern, die nur einmal einen Blick auf den Kaiser erhaschen wollten und genug gesehen hatten, um mitreden zu können. Doch der Kellermeister besaß ein untrügliches Gespür für gute Kundschaft, noch dazu für Leute, die von der Aura der Bedeutsamkeit umgeben waren.
Diese hier waren nicht nur angesehene Männer, gut zahlende Gäste, bedeutende Vertreter der städtischen Oberschicht – es hatte sich längst bis zu ihm herumgesprochen, dass sie vom Kaiser empfangen worden waren.
Wortreich begrüßte der Kellermeister die neuen Gäste, scheuchte mit ein paar Worten und schnellen Handbewegungen Kundschaft auf, die schon genug getrunken hatte, und ließ zwei Schankknechte Tische und Stühle zurechtrücken, damit die ehrenwerten Herren beieinandersaßen und sich auch rundum wohl fühlten.
Die besten Plätze bekamen sie, unter einem der beiden uralten

Bilder mit der Geschichte des Doktor Faustus in den Gewölbebögen.

»Was darf es sein? Bordeaux? Oder lieber einen süßen Tokajer? Weine von Rhein oder Mosel?«, fragte der Kellermeister. »Soll Ihnen jemand etwas zu essen aus den Garküchen vom Naschmarkt holen?«

Der lag quasi direkt vorm Haus. Auerbachs Keller war nur ein Weinausschank und durfte keine Speisen anbieten – abgesehen von Austern, was der italienische Wirt eingeführt hatte, aber bei dieser Hitze nicht eben ratsam war.

»Bordeaux!«, bestellte der Schauspieldirektor Seconda sofort. Etwas anderes als französischer Wein kam heute überhaupt nicht in Frage. Auch wenn er eigentlich den Tokajer bevorzugte.

»Für mich nichts zu essen. Für Sie doch auch nicht, Freunde?« Er brachte diese Worte kaum heraus, denn sein ganzes Inneres war noch erfüllt von der Größe und Erhabenheit des Augenblicks, den er erleben durfte. Aber er war ein Mann der Bühnenkunst. Und wenn ihm die Stimme versagen wollte vor lauter Ergriffenheit, konnte er immer noch einen Mann spielen, der sprach!

Kein Essen, darin stimmten die anderen ihm zu.

»Mir ist, als würde ich nie wieder etwas zu essen brauchen«, sagte mit verklärtem Blick der Mediziner Dr. Becker, Dichter aus Leidenschaft und Inhaber eines Bruchbandagengeschäftes. »Als würde mich *sein* Anblick für immer nähren!«

Niemand am Tisch wunderte sich über diese insbesondere für seinen Berufsstand merkwürdige Äußerung. Nicht einmal sein Arztkollege Dr. Burgheim von der Medizinischen Fakultät. Im Gegenteil, die anderen Herren am Tisch nickten zustimmend. Sie empfanden ebenso.

Der Kellermeister füllte ihnen flink die Becher – die guten aus Zinn für besondere Gäste. »Wohl bekomm's!«

Dann verschwand er für den Augenblick. Die Herren hier hatten erst einmal Ernsthaftes unter sich zu besprechen, das war nicht zu übersehen. Sie waren trunken vor Begeisterung, nicht vom Wein. Aber ein paar Becher später würden sie ihre Redseligkeit wiedererlangen und ihm jede Einzelheit erzählen, mit der er seine Kundschaft unterhalten konnte.

Ergriffen saßen die neun um den Tisch und sahen sich an, von einem zum anderen. An einem gewöhnlichen Tag wären sie jetzt aufgestanden, hätten die Becher erhoben und ein kräftiges »Vive l'Empereur!« ausgebracht.

Doch dazu waren sie noch zu aufgewühlt, geradezu überwältigt.

Der Buchhändler Märker seufzte. »Ja ...«, sagte er und überließ es seinem Nachbarn, daraus einen Satz zu machen.

»Ja ... ein großer Mann!«, meinte Morus, Besitzer der Mohrenapotheke.

»Ein Genius!«, korrigierte der Künstler Schulze.

»Ein ...« Dem Schauspieler Haffner fehlten die Worte. Wie hieß doch dieses Fach? »Ein Held!« In Gedanken ging er durch, für welche seiner Rollen er diese oder jene Pose des Kaisers übernehmen konnte. Nein, er würde künftig jeden Helden im Gestus Napoleons spielen. Das Publikum würde ihn dafür feiern.

»Wenn wir ihn wirklich dazu bewegen konnten, den Ausnahmezustand aufzuheben ...«, sagte der Advokat Rabsilber bedeutungsschwer.

»... dann haben wir heute Großes für unsere Stadt vollbracht«, vollendete Lenz den Satz, Kaufmann und Major der neuen Bürgergarde.

Wie von unsichtbarer Hand gelenkt, hoben sie alle ihre Becher und tranken sich zu.

Mehrere Bouteillen später sprachen sie nicht nur viel mehr, viel gelöster und viel lauter, jetzt wurde jede neue Runde mit einem donnernden »Vive l'Empereur« eingeleitet, für das auch die anderen Gäste aufsprangen und einstimmten.

Der Wirt wusste mittlerweile genug Einzelheiten, um seine Kundschaft während der nächsten Tage ausgiebigst informieren zu können. Und die würde noch viel reichlicher strömen, wenn erst dieser vermaledeite Ausnahmezustand mit den strengen Kontrollen der Kolonialwaren- und Weinlager beendet war, die ihn ebenso frustrierten wie die Kaufleute.
»Wenn Sie das heute bewirkt haben, dann hat Leipzig Ihnen wirklich Großes zu verdanken«, schmeichelte er der noblen Runde.
»Leipzig hat *Napoleon* Großes zu verdanken!«, berichtigte ihn lautstark und mit schon etwas schwankender Stimme – die Aufregung, die Hitze, und kein Essen im Magen! – Dr. Becker. Um Zustimmung heischend, blickte er um sich. Dabei blieb sein Bild wieder einmal an dem merkwürdigen schwarzen Hund auf dem Bild vor ihm hängen.
Dr. Faustus und sein Pakt mit dem Teufel. Wieso ausgerechnet ein Hund als Teufel? Darüber musste er sich jedes Mal wundern, wenn er hier saß. Das war so Sitte bei den Galliern, doch nicht in deutschen Landen! Vielleicht sollte er doch einmal lesen, was Goethe zu dieser Geschichte geschrieben hatte …
In der nur durch Kerzen erhellten Dunkelheit des Kellergewölbes ließ sich nicht viel erkennen auf diesem wundersamen Bild. Ein schwarzer Hund vor dem wilden Gelage, dem großen Schlampamp. Plötzlich musste sich Becker die Augen reiben, weil es für einen Moment so ausgesehen hatte, als ob dieser Hund ihn angrinste.
Ein Hund kann nicht grinsen, und schon gar kein gemalter!
Er zwang sich, den Blick davon abzuwenden, ließ sich vom Kellermeister erneut einschenken, stemmte sich schwankend hoch und rief enthusiastisch: »Leipzig wird noch Großes, Gewaltiges durch Napoleon erleben!«
Da hatte der Bruchbandagenexperte recht. Nur würden seine Worte sehr anders in Erfüllung gehen, als er sich das vorstellte.

Frühstück bei Napoleon

Dresden, 17. Juli 1813

Die Gräfin von Kielmannsegge erlebte die ereignisreichen und gewitterschwülen Julitage des Jahres 1813 nach ihren eigenen Worten als »vollkommene Harmonie«. Sie war umgeben und umschwärmt vom Generalstab Oudinots, der Marschall selbst ließ keinen Zweifel an seiner Begeisterung für die schöne Sächsin, sein Adjutant Letellier umwarb sie leidenschaftlich – allerdings ohne das Wissen seines Vorgesetzten.
In Oudinots Stab, das wurde ihr schnell klar, hatte sie Freunde fürs Leben gefunden. Selbst die Mannschaften brachten ihr größten Respekt entgegen. Jedes Mal, wenn sie die Zugbrücke des Schlosses überschritt, präsentierten die Posten das Gewehr, und als sie ihnen dieses Zeremoniell ausreden wollte, bekam sie regelmäßig zur Antwort, es sei den Männern eine Ehre.
Sie taten das nicht nur, weil ihr Marschall das befohlen hatte oder angesichts der Schönheit dieser Frau, sondern auch aus Dankbarkeit. Wann waren sie jemals in Sachsen so herzlich und gastlich empfangen worden wie hier?
Die Gräfin lebte förmlich auf, nachdem sie all die Jahre von ihren Ehemännern, deren Familien und einem beträchtlichen Teil des sächsischen Adels so verächtlich behandelt worden war.
Doch das Schönste, das Erhabenste in dieser Zeit war für Auguste Charlotte von Kielmannsegge, dass der Tag unaufhaltsam näher rückte, an dem sie *ihm* wieder begegnen würde. Endlich, nachdem sie das Glück seiner Nähe fast ein halbes Jahr lang entbehren musste, würde sie Napoleon erneut gegenüberstehen, durfte sie sich am Anblick des Erhabenen sattsehen.
Seit der Ankunft des Kaisers in Dresden hatte sie schon mehrere handschriftliche Briefe von ihm erhalten, die sie immer wieder las, obwohl sie längst jede Zeile auswendig kannte, um sie dann in eine mit tiefrotem Samt ausgekleidete Schatulle in ih-

rem Schlafzimmer zu sortieren. Zuoberst darin lag das Porträt Napoleons auf Emaille, das ihr der Kaiser bei ihrer Abreise aus Paris geschenkt hatte. Sie durfte es sich unter verschiedenen Arbeiten auswählen, und er hatte sie zu dieser Wahl beglückwünscht.

Wie nah war der Tag, an dem sie ihn sehen konnte? Sie wusste, der Kaiser war viel unterwegs, um Vorbereitungen für die nächsten Kämpfe zu treffen. Er kümmerte sich ja stets persönlich um jedes noch so unwichtig erscheinende Detail. Derweil war sie weiterhin fleißig sein Ohr und sein Auge. Denn über die Verlässlichkeit und Treue des sächsischen Adels gaben sie sich beide keinen Illusionen hin.

Am 13. Juli kam das Ende ihres sehnsüchtigen Wartens in Sicht. Ein Kurier des Außenministers Maret brachte die Einladung an die Gräfin von Kielmannsegge ins Lübbenauer Schloss, nach Dresden zu reisen und dem Kaiser ihre Aufwartung zu machen. Der Herzog von Reggio möge sie begleiten und dafür sorgen, dass der Gräfin unterwegs die gleichen Ehren erwiesen würden wie einem Marschall von Frankreich.

Ihr Herz setzte einen Schlag lang vor lauter Rührung und Freude aus.

»Wir werden den Kaiser sehen!«, jubelte sie. »Welch großes Glück uns beschieden ist!«

»Ma chère, wenn Sie von ihm sprechen, leuchten Ihre Augen noch mehr als sonst. Auch wenn es sich nicht gebührt und ich den Kaiser nicht minder liebe als Sie, so bin ich doch ein wenig eifersüchtig …«, monierte Oudinot, der sich in den vergangenen Wochen von seinen zahllosen Verletzungen deutlich erholt hatte. Er nahm ihre Hand, sah ihr tief in die Augen und begann: »Charlotte, in diesem Moment höchsten Glücks … lassen Sie mich Ihnen sagen, ich kann nicht mehr ohne …«

Hastig unterbrach sie ihn, denn die Erklärung, die nun unweigerlich folgen würde, bedeutete Komplikationen, die sie dringend vermeiden wollte.

»Mein lieber Marschall, wann werden wir fahren? Heute? Morgen? Ich werde umgehend packen ...«
In Gedanken schon ganz bei den Roben, die sie tragen würde, wollte sie aufspringen. Das Kleid aus rosa Atlas mit dem passenden, perlenbesetzten Turban? Oder das cremefarbene mit den roten Steinen, das sie bei der Quadrille in Malmaison getragen hatte? Das weiße aus Crêpe mit den diamantenen Agraffen vom Ball in Paris?
Doch Oudinot hielt sie zurück.
»Ich werde Maret schreiben, dass wir am 17. in Dresden eintreffen. Sie nehmen wieder Quartier im Hotel de Russie am Pirnaischen Platz, ma chère, ich am Neumarkt«, erklärte er.
In vier Tagen erst? Charlotte konnte die Enttäuschung nicht verbergen.
Der Marschall lächelte hintergründig. »Wir werden doch Ihren sächsischen Freunden nicht die Gelegenheit verderben, Ihnen die Glückwünsche zu dieser Ehre auszusprechen! Ich bin sicher, der Kaiser hat dafür sorgen lassen, dass jedermann davon erfährt, auch wenn dies hier ein vertrauliches Schreiben ist.«
Er tippte nonchalant auf den Brief, und nun lächelte auch die Gräfin. »Sie haben recht, lieber Herzog. Dieses Schauspiel möchte ich mir auf keinen Fall entgehen lassen.«

Der Aufmarsch der Heuchler ließ nicht lange auf sich warten. Noch im Verlauf des Vormittags trafen die ersten Briefe auf Lübbenau ein, in denen man der Gräfin von Kielmannsegge zu dem großen Glück gratulierte, vom Kaiser empfangen zu werden.
Bald türmten sich diese Briefe zu Stapeln, und wenig später reisten die ersten unangekündigten Besucher an: Adlige aus der Nachbarschaft, die sie ewig gemieden oder mit scheelen Blicken gemustert hatten, die führenden Männer der Niederlausitzer Stände mit ihren Damen, sogar einige Gäste aus den Schlössern und Rittergütern um Dresden.
»Wie wir Sie beneiden, meine Teure!«

»Wie blendend Sie aussehen!«
»Und dieses Kleid! Ich könnte es Ihnen vor Neid auf der Stelle vom Leibe reißen! Ist das le dernier cri aus Paris? Würden Sie es mir leihen, damit ich es meinem Schneider zum Nacharbeiten zeigen kann? Oder gar schenken?«
»Oh, bitte, liebste Gräfin, schenken Sie mir das Kleid, das Sie im Beisein des Kaisers tragen werden! Ich werde es wie eine Reliquie ausstellen und in Ehren halten!«
Gelassen und mit feinem Lächeln nahm Auguste Charlotte von Kielmannsegge all diese Komplimente und sich an Absurdität überbietenden Wünsche entgegen, antwortete mit ein paar unverbindlichen Artigkeiten.
Sie war ebenso angewidert von der Falschheit dieser Heuchler, Kriecher und Schlangen wie von der Trivialität der unzähligen Bittgesuche. Wofür sie sich alles beim Kaiser verwenden sollte, nur weil sie bekanntermaßen in dessen Gunst stand! Eine goldene Uhr für diesen und jenen, eine Tabakdose für die nächsten ... Als ob der Kaiser nichts Wichtigeres zu tun hätte!
Und als ob das Land in seiner Not nichts dringender brauchte als vergoldete Tabakdosen für seinen verräterischen Adel!
Es gab nur eine einzige Sache, um die sie Napoleon bei ihrer Begegnung bitten wollte. Aber das würden diese Parasiten niemals verstehen.
Ja, Parasiten, das war das richtige Wort.

Schon um fünf Uhr morgens am 16. Juli traten die Gräfin und der Marschall ihre Reise nach Dresden an. Charlottes Herz klopfte bei dem Gedanken an die bevorstehende Begegnung wie das eines jungen Mädchens vor dem ersten Ball.
Wie es ihm wohl gehen mochte, dem Ruhelosen?
Schon im vergangenen Frühjahr hatte sie, die feine Beobachterin, Veränderungen an dem von ihr so innig verehrten Kaiser wahrgenommen: eine gesteigerte Reizbarkeit und Argwohn gegen jedermann. Unter dem Siegel der Verschwiegenheit ver-

traute er ihr damals an, dass er entschlossen sei, Krieg gegen Russland zu führen, und diesen Krieg gegen die Meinung seiner Marschälle und Minister führen müsse.

Jetzt, nach der verheerenden Niederlage in Russland ... Und da er den nächsten Feldzug plante ... Standen seine Männer wirklich unerschütterlich zu ihm? In exakt einem Monat würden die Kämpfe wieder aufgenommen, daran gab es nicht den geringsten Zweifel.

Sie reisten mit großem Gefolge. In jeder Stadt, wo die Pferde gewechselt wurden, erschienen Generäle, Offiziere und die Bürgermeister, um sie am Wagen zu begrüßen, in Großenhain war ein Frühstück für sie vorbereitet.

Kaum in Dresden eingetroffen, schrieb die Gräfin einen Brief an Minister Maret und informierte ihn von der einen Tag vorgezogenen Ankunft.

Ihre Hoffnung erfüllte sich; der Außenminister erschien schon kurz darauf und begleitete sie sofort ins Palais Marcolini, zum Kaiser.

Und endlich stand sie *ihm* gegenüber, bebend vor Glück. Ergeben sank sie vor ihm nieder.

»Nicht doch, meine teure Freundin, erheben Sie sich!«, rief Napoleon und half ihr eigenhändig auf. Sein Gesicht zeigte ein strahlendes Lächeln, wie es lange niemand in seinem Umfeld zu sehen bekommen hatte.

»Ihr Anblick und Ihre Treue entschädigen mich für allen Ärger, den ich mit diesen widerspenstigen Sachsen habe.«

Er lud sie ein, es sich bequem zu machen, ließ ihr Kaffee in eine vergoldete Tasse einschenken und entschuldigte sich wortreich dafür, dass eines seiner italienischen Regimenter unter Marschall Marmont ihr Gut Schmochtitz geplündert hatte.

»Marmont wird Sie dafür entschädigen!«, versprach er energisch. »Und Sie bekommen ein Besitztum in Paris. Damit Sie immer bei mir sind.«

Der Gräfin stiegen Tränen in die Augen. Immer bei ihm zu sein! Nichts wünschte sie sich sehnlicher.

»Was die Schwierigkeiten betrifft, die Ihnen der Graf von Kielmannsegge bei Ihrer Rückkehr nach Sachsen bereitete – nun, das wird Folgen haben«, fuhr der Kaiser sehr bestimmt fort. »Und zwar für alle, die dabei an seiner Seite standen.«
Dann senkte er die befehlsgewohnte Stimme und beugte sich ihr ein wenig entgegen. »Sind Sie noch im Besitz dieser Brieftasche, die ich Ihnen bei Ihrem Aufbruch in Paris anvertraute?«
Die Gräfin von Kielmannsegge nestelte das dünne Etui aus rotem Saffianleder mit goldenem, versperrtem Schloss, von dessen Existenz nicht einmal Oudinot etwas ahnte, aus ihrem Réticule und reichte es ihm.
Napoleon lachte und sagte triumphierend zu seinem Außenminister: »Ich wusste es! Diese Frau würde die Tasche lieber verschlucken, als sie falschen Händen auszuliefern.«
Er gab sie ihr zurück und bat sie, die Brieftasche weiterhin aufzubewahren, bis er sie erneut von ihr verlange.
Es klopfte dreimal an der Tür, Generalstabschef Berthier rief seinen Namen durch die halb geöffnete Tür und trat nach Aufforderung ein, einen Stapel Briefe in der Hand.
»Es tut mir leid, meine Liebe. Aber die Geschäfte rufen. Kommen Sie morgen zum Frühstück zu mir.«
Zum Frühstück bei Napoleon! Wenn sich das erst herumspricht – und das wird es in Windeseile –, dann ist auch der Letzte im Lande davon überzeugt, ich sei seine Geliebte, dachte Auguste Charlotte von Kielmannsegge spöttisch. Diese Kleingeister, diese Narren! Als ob der große Napoleon seine kostbare Zeit mit Affären verschwenden könnte!
Aber den Klatsch, den Neid und die heuchlerische Entrüstung würde sie gern in Kauf nehmen. Denn dadurch konnte sie *ihm* noch besser dienen. Außerdem würde es nun niemand mehr wagen, sie mit scheelen Blicken anzusehen.
Von einer Ausnahme abgesehen vermutlich.

Frühstück bei Napoleon Bonaparte – das hieß ein Uhr mittags. Nicht, weil der Kaiser bis in den Tag hinein schlief; seine erste Arbeitsphase begann meistens bereits drei Uhr nachts. Sondern weil er bis dahin schon eine Unmenge Aufgaben bewältigt hatte.

Wie lange wird er das durchhalten?, dachte die Gräfin besorgt, als sie sich seine Züge in Erinnerung rief. Müde sieht er aus, angegriffen, von ungesunder Gesichtsfarbe und aufgeschwemmt. Zwar strahlt er immer noch den Charme und mitreißenden Schwung aus wie früher. Doch wer genau hinschaut und ihn so gut kennt wie ich, der sieht, dass er in den letzten Monaten um Jahre gealtert ist. Sorgen quälen ihn.

Am Morgen des großen Tages war sie zeitig auf den Beinen und schrieb noch vor dem Ankleiden einen Brief an die Oberhofmeisterin der Königin, um nachzufragen, wann sie Ihrer Majestät die Aufwartung machen dürfe.

Die Antwort traf umgehend ein und fiel sehr kühl aus. Die Königin sei sehr beschäftigt, so dass man auf die Aufwartung der Gräfin von Kielmannsegge verzichte.

Auguste Charlotte war trotz der beleidigenden Herablassung eher erstaunt als getroffen. Königin Maria Amalie Auguste, eine mehr als sechzigjährige Frau von erheblichem Körperumfang und mittlerweile unleugbarer Hässlichkeit, hatte die schöne Gräfin noch nie leiden können.

Manchmal empfand die Kielmannsegge Mitleid für sie. Von vier Kindern der Königin waren drei früh gestorben, und ihre einzige überlebende Tochter war so unansehnlich, dass sie mit dreißig immer noch nicht verheiratet war und nun wohl auch nicht mehr heiraten würde.

Aber heute war nicht der Tag für Mitleid.

Und nach dem verräterischen Betragen des Hofes im Frühjahr sollte sich die Königin besser bemühen, selbst *unausgesprochene* Wünsche Napoleons zu erfüllen. Schließlich hatte der Kaiser dem König gegenüber klar zum Ausdruck gebracht, dass die

Gräfin von Kielmannsegge weiter als treue Untertanin der sächsischen Krone zu betrachten sei.
Immerhin, die schroffe Absage ersparte ihr wenigstens eine Begegnung mit der aus dem Hause Zweibrücken-Birkenfeld-Bischweiler stammenden Königin. Und eine weitere unliebsame Begegnung mit den Neidern bei Hofe. Aber sie bestätigte erneut, dass sie der Königin und deren Hofmeisterin nicht trauen durfte.
Wenn das nur der König wüsste, dieser gute, wenn auch im Frühjahr von falschzüngigen Beratern fehlgeleitete Mann!

Auguste Charlotte war die einzige Frau in der kleinen Runde, die Napoleon zum Frühstück eingeladen hatte. Oudinot war natürlich als ihr treuer Begleiter dabei, der Generalstabschef Berthier und Außenminister Maret, der Herzog von Bassano. Heute fand keine lockere Konversation bei Kaffee statt; im Gegenteil, Napoleon diskutierte mit den Männern die Vor- und Nachteile der verlängerten Waffenruhe und des Krieges überhaupt. Dass er das in Gegenwart der Gräfin von Kielmannsegge tat, betrachtete diese als großen Vertrauensbeweis.
Bedrückt erforschte sie die Gesichtszüge des Verehrten, als sich sein todesmutigster Marschall, sein treu ergebener Außenminister und sein unermüdlicher Generalstabschef nacheinander für den Friedensschluss aussprachen, selbst unter Opferung der Rheingrenze.
Würde er aufspringen? Die Männer hinauswerfen, die ihn im Stich ließen?
»Hä? Ich höre wohl nicht recht?! Frieden unter solchen Bedingungen?«, empörte sich der Kaiser und hieb mit der flachen Hand auf den Tisch. Das Porzellan klirrte; es grenzte an ein Wunder, dass nichts zerbrach.
»Ausgeschlossen, vollkommen ausgeschlossen! Wie kommen Sie auf solche Gedanken? Sie enttäuschen mich! Rapp hat recht, eine Armee mit jungen Offizieren und alten Soldaten ist ein

Vielfaches mehr wert als eine Armee mit jungen Soldaten und alten Offizieren. Und Sie, meine Herren, scheinen mir recht alt geworden zu sein!«

Beklommenes Schweigen herrschte unter den Männern, von denen Bonaparte tatsächlich der jüngste war, wenngleich nur Berthier deutlich älter war als er.

»Wir führen also Krieg?«, vergewisserte sich der Kaiser, da niemand ihm mehr widersprach.

»Ja, wir führen Krieg. Weil wir Schlechtes tun«, wagte der furchtlose Oudinot zu sagen.

Ohne ein weiteres Wort stand Napoleon auf, ging zur Tür, riss sie auf und wies den Marschall hinaus.

Oudinot verbeugte sich, lächelte der Gräfin noch einmal zu und ging.

Als wäre nichts geschehen, nahm der Kaiser wieder am Tisch Platz und wandte sich seiner Besucherin zu.

»Ich werde das Vermögen des Grafen von Kielmannsegge unter Zwangsverwaltung stellen – und zwar so, dass Ihre Kinder es bekommen«, verkündete er. »Und jemanden aus der Familie Ihres ersten Mannes, der den Preußen wertvolles Kartenmaterial über Sachsen zugeschanzt hat, muss ich in Festungshaft schicken.«

»Tun Sie das nicht, Majestät, und sei es nur aus Rücksicht auf mich«, bat sie.

»Wenn es um Karten und um Preußen geht, bin ich wenig geneigt, Milde zu zeigen. Nicht einmal Ihretwegen, meine treue Freundin. Weshalb sollte ich ihm Gnade widerfahren lassen?«

Die Gräfin lächelte charmant, wobei sich Grübchen auf ihren Wangen bildeten. »Aber Sire, ganz Sachsen wird die Bedeutung, die man diesem Kerl beimisst, sehr lächerlich finden.«

Da lachte der Kaiser und meinte jovial: »Meinetwegen, mag er laufen.«

»Und wenn Sie einmal dabei sind«, fuhr sie fort, »entlassen Sie doch auch den Sohn des Lübbenauer Oberpfarrers aus der Aufsicht, der in diese Angelegenheit verwickelt war; ein junger Wirrkopf.«

Er lehnte sich zurück und musterte sie, bevor er fragte: »Worum werden Sie mich noch alles bitten? Nur frei heraus! Edle Roben? Schmuck? Titel?«

Ein zynisches Lächeln spielte um den Mundwinkel der schönen Gräfin, als sie an all die Taschenuhren und Tabakdosen dachte, um die man sie angegangen war.

»Nur um eines, Eure Majestät!«

»Ich bin ganz Ohr«, erwiderte er neugierig.

»Sire, lassen Sie ein Getreidemagazin für die in der Lausitz stationierten Truppen anlegen! Das Land ist ausgeblutet, die Vorräte sind erschöpft. Eine Hungersnot bricht aus, wenn wir keine Reserven erhalten.«

Überrascht beugte sich der Kaiser vor.

»Sie verblüffen mich immer wieder, meine Teure«, gestand er. »Berthier soll sich gleich darum kümmern, dass Getreide aus Wittenberg dorthin geliefert wird. Ich sehe Sie heute Abend im Theater!«

Die Gräfin erhob sich, bedankte sich und ging hinaus – bewegt, erschüttert, überglücklich ... aber auch ein wenig in Sorge um Oudinot.

Ihre Bedenken um den Marschall waren unnütz: Sie fand ihn vollkommen gelassen in ihrem Quartier vor, auch wenn er die Uniform gegen einen Frack eingetauscht hatte.

»Keine Sorge, so etwas kommt oft vor«, beruhigte er sie mit schiefem Lächeln. »Der Kaiser braucht mich. Er wird mich morgen noch vor zehn Uhr holen lassen. Wenn nicht, trinke ich meinen Kaffee bei Ihnen. Aber rechnen Sie nicht damit!«

Die Aufführung des Théâtre-Français in der Orangerie von Marcolinis Palais an diesem Abend wurde zuallererst zum großen Auftritt der Gräfin von Kielmannsegge.

Napoleon hielt sich die meiste Zeit in ihrer unmittelbaren Nähe

auf. Auguste Charlotte setzte sich dafür ein, dass sich die Gattin des sächsischen Generalstabschefs von Gersdorff beim Kaiser vorstellen durfte, was der Hof trotz der Verdienste ihres Mannes abgelehnt hatte, da sie nicht von Adel war. In der Pause nach dem zweiten Akt bildete sie den Mittelpunkt einer großen, geselligen Runde. Obwohl sie und der Kaiser von Menschen dicht umringt waren, entgingen ihr nicht die scheelen oder verunsicherten Blicke dieser oder jener Adligen, die etwas abseitsstanden.
Am nächsten Morgen wurde die Gräfin wieder zum Frühstück bei Napoleon eingeladen, was nun selbst dem ignorantesten Dresdner nicht mehr entgehen konnte.
Bei der Theatervorstellung am zweiten Abend, als der Kaiser fortwährend an ihrer Seite war, kam endlich auch das Königspaar zu ihr.
»Ich freue mich, Sie wohlauf zu sehen«, erklärte Friedrich August von Sachsen huldvoll und steif, wie es seine Art war.
»Sind wir nicht alle froh, sie wiederzusehen?«, fragte Napoleon nonchalant seinen »lieben Bruder König« und ließ einen energischen Wortschwall folgen. »Sie ist eine gute Untertanin und Mutter. Ich empfehle Sie Euer Majestät. Sie bittet stets nur für die anderen. Ich habe ihr eine Proviantkammer für die Niederlausitz bewilligt. Die Gräfin ist uns von großem Nutzen, denn sie sorgt für einen unserer Marschälle. Der schwört auf sie. Nach dem Krieg kann Eure Majestät sie an mich abtreten.«
Der so überrumpelte König rang sich ein paar freundliche Worte über den Vater der Gräfin ab, seinen alten Hofmarschall Peter August von Schönberg, als die Königin näher trat, die bisher etwas abseits überaus beschäftigt getan hatte.
Sehr förmlich und mit verkniffener Miene erklärte Amalie von Zweibrücken Napoleons Begleiterin: »Ich habe Sie gestern durch meine Kurzsichtigkeit nicht erkannt und bitte um Entschuldigung, Sie nicht empfangen zu haben. Aber die Anwesenheit des Kaisers beschäftigte mich so sehr.«

Die Gräfin von Kielmannsegge war viel zu klug, um sich etwas von ihren Gedanken anmerken zu lassen. Selbst der aufmerksamste Betrachter hätte nichts als völlige Ergebenheit auf ihrem Gesicht entdecken können, als sie sich vor der Königin verneigte und im Beisein des interessiert lauschenden Napoleon sagte: »Ich wollte meiner Verpflichtung gegen Eure Majestät nachkommen, noch ehe ich am Hofe des Kaisers erschien.«
Bonaparte ließ seinen scharfen Blick zwischen den beiden Frauen wandern und wusste Bescheid. Der Beginn des zweiten Aktes erlöste die Königin aus der peinlichen Lage.

Am Morgen des 19. Juli war Auguste Charlotte von Kielmannsegge noch einmal zum Kaiser eingeladen; diesmal zu einem Gespräch unter vier Augen in seinem Schlafgemach.
Kein einziger Hintergedanke kam ihr, als sie diesen Raum betrat, das Allerheiligste. Sie war nur beinahe erschrocken darüber, wie winzig diese Kammer war, in der doch der mächtigste Herrscher der Welt seine Nachtruhe finden sollte. Er ist so bescheiden!, dachte sie gerührt. Die Arbeit, sein Werk, ist ihm wichtiger als sein persönliches Wohl.
Nebeneinander standen sie am Fenster des Schlafzimmers und starrten hinaus, während der Kaiser seiner treuesten sächsischen Freundin voller Düsternis anvertraute, was er im Grunde seines Herzens von der Zukunft erwartete. Welche Vorsichtsmaßnahmen er traf, zu welchen er ihr riet.
Er übergab ihr ein versiegeltes Paket und bat sie, es so lange aufzubewahren, bis er darüber verfüge.
»Es ist für den Kaiser von Russland«, erklärte er. »Ich verzeihe ihm nicht die Falschheit, mit der er mich in alles verwickelt hat. Der Kaiser von Russland wird in diesem Paket mein Bedauern und meine Gründe finden, uns gegenseitig zu verzeihen, dass wir aufgehört haben, uns recht zu verstehen. Ich überlasse es Gott, mich zu rechtfertigen. Ich vermache dem Kaiser Alexander den Einfluss auf eine einheitliche Religion für die ganze

Welt, als einzig würdiges Ziel für den Eroberer und Herrscher der Welt.«

Erschüttert schwieg die Gräfin.

»Ihnen gebe ich den Rat, den protestantischen Glauben abzulegen. Werden Sie katholisch. Dort finden Sie den reinen Glauben«, fuhr Napoleon fort.

Zögernd wies Charlotte von Kielmannsegge auf das versiegelte Paket. »Wenn man nun aber bei mir eine Haussuchung macht?«

»Dann wird die Vorsehung Sie leiten; ich stelle Sie unter ihren Schutz.«

Er atmete tief durch und sagte dann: »Wenn es Russen sind, händigen Sie ihnen das Paket gegen eine Bescheinigung aus.«

Napoleon verabschiedete die schöne Gräfin aus dem vertraulichen Treffen mit den Worten: »Ich überlasse Sie Jérôme und seiner Frau. Bleiben Sie ihnen treu. Bleiben Sie bei ihnen, selbst wenn niemand mehr etwas von ihnen wissen will ...«

Erschüttert verließ die Gräfin von Kielmannsegge das spartanische Schlafgemach. Es war zwar eine weitere Begegnung vereinbart, aber tief in ihrem Herzen ahnte sie schon, was sich bewahrheiten sollte: dass sie den Menschen, den sie am meisten bewunderte, nie wiedersehen durfte.

Der Preis des Ruhms

Reichenbach in Schlesien, 21. Juli 1813

Der Einzug des Hauptquartiers der Alliierten hatte das beschauliche Reichenbach in eine quirlige Stadt verwandelt. Auch das letzte Quartier war belegt, und auf Schritt und Tritt sah man ordengeschmückte Militärs und diverse Berühmtheiten.

Wer es sich erlauben konnte, unternahm bei jeder sich bietenden Gelegenheit einen Spaziergang zum Markt, um unter dem

Vorwand des Flanierens oder vermeintlicher Besorgungen nach bedeutenden Gesichtern Ausschau zu halten, damit er später im Freundeskreis damit prahlen konnte.

»Mama, Mama, sieh dort!«, wisperte aufgeregt ein Mädchen mit blonden Zöpfen und kniff ihrer Mutter in den Arm. Sie starrte auf einen dünnen Mann mit schmalem Gesicht und in der Mitte gescheitelten Haaren, der in einer Gruppe vornehm gekleideter Herren stand und als einziger von ihnen den Hut abgenommen hatte und auf dem Rücken hielt.

»Ist das nicht Ernst Moritz Arndt?«, flüsterte sie.

Die Mutter sah flüchtig erst auf ihn, dann auf die Männer in seiner Begleitung, lächelte und sagte gelassen: »Da derjenige dort vorn mit dem hellen Frack, der gerade so intensiv ein Papier mitten auf der Straße liest, der Freiherr vom Stein ist, wird der andere wohl tatsächlich sein Sekretär Arndt sein.«

Das Mädchen hielt vor Aufregung den Atem an. Ob sie es wohl über sich bringen würde, zu ihm zu gehen und ihm eines seiner Gedichte vorzutragen? Oder sollten sie einfach ganz dicht an ihm vorbeilaufen? Vielleicht würde er sie ja bemerken? Immerhin war sie hübsch, wie jedermann sagte, wenngleich erst zwölf Jahre alt.

»Und wer sind die anderen?«, fragte sie ihre Mutter, noch unschlüssig, was sie tun sollte. Sicher würde der Dichter sich freuen, wenn sie eines seiner Werke auswendig aufsagen konnte.

»Den Mann direkt neben Stein kenne ich nicht, aber der mit der Dokumententasche dürfte der Freiherr von Humboldt sein.«

Ihre Tochter zog zweifelnd die Stirn kraus. »Ich denke, der ist in Afrika und sucht wilde Tiere?«

»Du verwechselst ihn mit seinem Bruder Alexander. Und der war in Süd*amerika*, nicht in Afrika, Liebes«, korrigierte die Mutter leicht gereizt. »Er erforschte die Tiere und Pflanzen, die dort leben, und vermaß die höchsten Berge im Andengebirge. Aber nun lebt er in Paris, glaube ich. Dieser hier ist sein älterer Bruder Wilhelm, ein preußischer Minister. Der in Berlin die be-

rühmte Universität gegründet hat. Jetzt ist er in diplomatischen Diensten, soviel ich weiß.«
»Wie misst man einen Berg?«, fragte das Mädchen, das kein Interesse für Diplomatie hatte und sich stattdessen die verrücktesten Möglichkeiten ausmalte, die Höhe eines Berges festzustellen.
Ihre Mutter verdrehte die Augen. »Ich habe keine Ahnung, Kind! Aber der Humboldt wird's schon wissen, schließlich ist er ein Gelehrter. Du fragst mir heute wirklich Löcher in den Bauch! Lass uns endlich weitergehen, sonst fallen wir noch auf.«
»Ja, dort hinüber zu den Offizieren, die Uniformen ansehen!«, drängelte das Kind.
»Als ob wir in letzter Zeit nicht mehr als genug Uniformen gesehen hätten!«, wies die Mutter sie zurecht. »Beten wir lieber um ein Ende des Krieges!«
Ihre Tochter starrte immer noch auf den Dichter Arndt, der so durchgeistigt wirkte, als würde er gerade an einem neuen Werk arbeiten. Vielleicht tat er es sogar. Ob sie ihn um eine Zeile von seiner Hand bitten durfte?
Vorbei war die Gelegenheit. Die Mutter führte sie weiter Richtung Rathaus, sonst machten sie sich noch verdächtig. Wenn sich hier die Geistesgrößen, hohen Militärs und Diplomaten mehrerer Länder trafen, mischten sich gewiss auch allerhand Leute unter das Volk, die nicht nur Gesprächsstoff für das nächste Kaffeekränzchen suchten, sondern für weiß wen spionierten.
Die Zwölfjährige richtete den Blick auf die blitzenden Brustpanzer und Helme einer Gruppe Kürassiere, die gerade auf den Marktplatz ritt. Doch plötzlich wurde ihre Aufmerksamkeit durch zwei Männer in schwarzer Uniform abgelenkt, die von links auf sie zukamen. Der jüngere trug einen Verband um die Stirn.
»Mama!«, keuchte sie. »Schau, da sind Lützower! Schwarze Jä-

ger! Und der mit dem Verband, das ist sicher Theodor Körner! Sieh nur die Locken und die dunklen Augen! Er ist es ganz bestimmt! Also lebt er noch!«

Ohne nachzudenken, riss sie sich von ihrer verdutzten Mutter los, zog eine Kornblume aus dem Wildblütenstrauß, den sie unterwegs gepflückt hatte, und rannte auf den verwundeten Lützower zu. Mit knallrotem Gesicht steckte sie ihm die blaue Blüte ins Knopfloch und brachte unter Aufbietung allen Mutes heraus: »Wir lieben Sie! Wir alle lieben Sie, Theodor Körner! Gott schütze Sie!«

Bevor er etwas erwidern konnte, rannte das Mädchen schon wieder fort, hakte sich bei der Mutter unter und zerrte sie eilig in eine der Gassen, die vom Marktplatz wegführten. Im nächsten Augenblick waren sie verschwunden.

»Das nenne ich patriotisch gedacht«, sagte Körners Begleiter Max von Schenkendorf lächelnd. »Da steckt dir eine kleine Schlesierin ausgerechnet die preußisch-blaue Luisen-Blume an! Lass dich beneiden, Freund! Zu so viel Ruhm habe ich es mit meinen Gedichten noch nicht gebracht.«

Doch Theodor Körner verzog keine Miene und sagte kein Wort.

Auch wegen der vielen neugierigen Augen und Ohren in Reichenbach hatte der Freiherr von Thielmann den Sohn seines Freundes Christian Gottfried Körner in sein Privatquartier zum Essen eingeladen, als er erfuhr, dass der junge Mann in der Stadt eingetroffen war. Er wollte sich mit eigenen Augen davon überzeugen, dass seine Genesung voranschritt, und ungestört mit ihm reden. Jeder von ihnen hatte Dinge zu erzählen, die nicht für Fremde bestimmt waren.

Als er den noch nicht einmal Zweiundzwanzigjährigen in der Tür seines Quartiers stehen sah, abgemagert, düster und mit einem Verband um den Kopf, schloss er ihn impulsiv in die Arme.

»Ich bin so froh, dass du lebst!«, sagte er aus vollem Herzen. »Aber wenn deine Mutter dich sehen könnte, würde sie mir sofort in den Ohren liegen und mich dafür verantwortlich machen, dass du etwas mehr auf die Rippen bekommst. Also tritt ein und mach es dir bequem! Das Essen wird gleich aufgetragen.«

Als Militär hätte er den Adjutanten des Majors von Lützow und Leutnant des berühmtesten deutschen Freiwilligenkorps mit seinem Dienstgrad ansprechen und siezen sollen. Aber das brachte er in diesem Augenblick einfach nicht über sich. Er hatte den Jungen aufwachsen sehen, betrachtete ihn beinahe wie einen eigenen Sohn und war einfach nur froh, dass den Eltern die Todesnachricht erspart geblieben war. Vorerst ...

Wenn nach Ablauf des Waffenstillstandes die Kämpfe wiederaufgenommen wurden, lag ihrer aller Leben in Gottes Hand. Thielmann trat einen halben Schritt zurück und betrachtete seinen Gast aufmerksamer. »Eine Luisen-Blume im Knopfloch! Und trägst du immer noch all diese Amulette und Miniaturen bei dir, trotz der Uniform? Damit kämst du unter meinem Kommando nicht durch!«, meinte er in gespielter Strenge und lächelte wehmütig.

»Weißt du, wie sehr du mich an den jungen Hardenberg erinnerst, an Novalis? Der war auch stets mit solch romantischen Spielereien behangen. Ihr Dichter müsst wohl so sein ...«

Ohne die Miene zu verziehen, zupfte Körner die Kornblume von seiner Uniformjacke und legte sie auf den Tisch. »Die hat mir vorhin auf dem Markt ein kleines Mädchen angesteckt.«

»Ich weiß, alle patriotischen Mädchen landauf, landab schwärmen von dir«, versuchte der Ältere, mit leichtem Spott seinen Gast aus der Reserve zu locken. »Sie haben deine Verse unter dem Kopfkissen und reißen sich um ein Bildnis von dir. Ist der Major da nicht eifersüchtig? Das Korps Lützow erwirbt sich seinen legendären Ruhm eher durch deine Gedichte und Proklamationen als durch militärische Erfolge.«

»Das macht es nicht einfacher«, meinte Körner vieldeutig und wenig enthusiastisch. Thielmann wusste, er hatte einen wunden Punkt angesprochen. Aber für den Moment noch wollte er das Thema ruhen lassen.

»Wie heilt die Verletzung?«, erkundigte er sich. »Soll ich vermitteln, dass sich der Leibarzt des Zaren darum kümmert?«

»Das wird nicht nötig sein«, wehrte sein Gast ab. »Es hat mich ziemlich übel erwischt; ich konnte mich gerade noch vom Schlachtfeld retten. In jener Nacht dachte ich, dass ich sterben würde.« Er zögerte einen Moment, ehe er weitersprach. »Waldarbeiter fanden mich und sorgten dafür, dass mich hilfsbereite Leute nach Großzschocher brachten und von dort aus heimlich nach Leipzig, wo sich Dr. Wendler um mich kümmerte.« Der Arzt war ein guter Freund der Familie Körner.

»Sie alle haben ihr Leben für mich riskiert. Wendler schickte mich zur Genesung erst nach Gnandstein, dann nach Karlsbad. Jetzt will ich mich wieder beim Korps melden. Aber die Anstrengungen der Reise haben der Wunde nicht gutgetan.«

»Nimm das nicht auf die leichte Schulter!«, warnte Thielmann den jungen Freund. »Scharnhorst hat seine Wunde auch vernachlässigt, bekam Wundbrand und ist Ende vorigen Monats gestorben. Ich war auf seinem Begräbnis in Prag.«

Der Generalleutnant rieb sich über die Stirn, als könnte er so die Falten dort vertreiben. »Ein schrecklicher Verlust! Nicht nur für Preußen, für das ganze deutsche Volk! So ein kluger Kopf ... und mit seinem Denken so weit der Zeit voraus. Ich weiß nicht, wer die Lücken füllen soll, die er hinterlässt.«

Dieser schmerzliche Gedanke hatte Thielmann schon während des Begräbnisses vollkommen ausgefüllt, und er konnte ihn einfach nicht loslassen.

Im Gegenteil, seit dem Tod von Scharnhorst überkam ihn immer stärker das unheilvolle Gefühl, dass sich viele Hoffnungen der Patrioten nicht erfüllen würden. Zwar war auch Gneisenau, der seinen Platz eingenommen hatte, ein erfahrener Generalstabschef. Aber Scharnhorst war mehr gewesen: ein kühner Vordenker und derjenige, der noch am ehesten den preußischen König zum Handeln bewegen konnte.

Die Ordonnanz kam, trug Essen auf, schenkte Wein ein und ging dann auf ein Zeichen des Generalleutnants wieder hinaus. Dem fiel auf, dass Körner auf seinem Teller nur herumstocherte. Ein junger Mann sollte mehr Appetit haben. Deshalb versuchte er, aus dem Gesicht des Verwundeten abzulesen, ob er vielleicht fieberte. Doch dafür ließen sich keine Anzeichen erkennen.

»Bleib noch ein paar Tage hier, ruh dich aus, werde erst einmal richtig gesund!«, drängte er.

»Ein paar Tage noch, sicher. Der Waffenstillstand wurde ja verlängert. Aber spätestens Ende Juli muss ich wieder los, um mich bei meinem Korps einzufinden.«

Körners Worten fehlte nicht nur jener Überschwang, der sonst typisch für ihn war; Thielmann hörte einen Unterton heraus, der ihn zutiefst beunruhigte.

In dem jungen Leutnant wühlte etwas, worüber er dringend reden musste. Nicht mit seinen Korpskameraden, sondern mit einem Außenstehenden – und jemandem mit militärischem Sachverstand.

Also sagte der General bewusst provozierend: »Hat dich der Tod deiner Kameraden so verändert? Oder das erste richtige Gefecht? Ums Feuer zu sitzen und Freiheitslieder zu singen ist ganz sicher romantisch. Die Waffen auf sich niederfahren zu sehen, die Kameraden neben sich vor Schmerz schreien zu hören und sterben zu sehen, ist es nicht.«

Brüsk nahm Körner die Serviette vom Schoß, warf sie auf den Tisch und erhob sich.

»Ich bin kein Feigling!«, erwiderte er scharf. »Und falls Sie glauben, *General,* dass ich mich in dem lächerlichen Glauben als Freiwilliger gemeldet hätte, nur Lieder zu singen und Verse zu dichten, dann täuschen Sie sich vollkommen in mir!«

Er drehte sich um und wollte zur Tür.

»Setzen Sie sich wieder hin, Leutnant!«, befahl Thielmann schroff und verwendete nun erstmals die offizielle Anrede.

Der Dichter gehorchte dem Befehl des Generals.

»Ich weiß, dass Sie kein Feigling sind. Sie haben eine gezielte Vernichtungsaktion des Feindes überlebt, Sie sind einer vielfachen Übermacht entkommen, die mit dem klaren Befehl ausgeschickt worden war, das Korps Lützow zu vernichten. Sie bewiesen Mut im Angesicht des Feindes und kamen mit Hilfe Gottes und Ihrer Freunde davon. Doch jetzt frage ich Sie, Leutnant, und erwarte eine klare Auskunft: Wie konnte es überhaupt so weit kommen? Ich finde keine Erklärung dafür, weshalb sich der Major von Lützow nicht sofort hinter die Demarkationslinie zurückzog.«

Theodor Körner rang mit sich und suchte nach Worten. Wenn er jetzt aussprach, was schon lange in ihm brodelte, überschritt er unwiderruflich eine unsichtbare Grenze.

»Vertraulich?«, brachte er schließlich heraus.

»Mein Wort darauf«, versprach Thielmann und bekam zu hören, was er befürchtet hatte.

»Das Lützower Freikorps ist eine verwahrloste Truppe, schlecht ausgerüstet, ohne Disziplin und ohne gründliche Ausbildung«, verschaffte sich Körner Luft. Mit jedem Wort wurde seine Anklage härter. »Dabei kamen die meisten von uns aus patriotischem Gefühl, um der Sache willen! Wissen Sie, dass die Leute schon Spottverse aus meinem Lied gemacht haben? Nicht Lützows wilde, verwegene Jagd, sondern Lützows *milde, verlegene* Jagd! Und der Major hat die Truppe nicht im Griff.«

Nun sprudelten die Worte nur so aus ihm heraus. »Unser Untergang war selbstverschuldet. Lützow hielt erst große Reden, dass ihn der Waffenstillstand nichts anginge. Die Warnung des Rittmeisters von Colomb schlug er in den Wind. Als uns bei Kitzen der Feind umzingelte, war alles verloren. Lützow hatte noch verschärfte Befehle ausgegeben, niemand solle sich provozieren lassen, aber da waren hinten schon die ersten Handgemenge im Gange ... Von unserer Seite fielen die ersten Schüsse ... Ich konnte nichts mehr verhindern, es war nicht aufzuhalten ... genau so, wie die Franzosen es geplant hatten! Wir haben ihnen direkt in die Hände gespielt und dafür unser Blut vergossen. Das Blut von Männern, die für ihre Ideale kämpfen wollten. Es war so ... völlig sinnlos.«

Trotz der Ungeheuerlichkeit dieser Worte hatte Thielmann Ähnliches bereits aus dem geschlossen, was er wusste.

Bitterkeit erfüllte ihn, als der Sohn seines Freundes ihm das nun bestätigte.

Das Lützowsche Freikorps war ins Leben gerufen worden, um den Volksaufstand zu entfachen. Doch meldeten sich viel weniger Freiwillige als erhofft, die meisten waren ohne Ausbildung und Kampferfahrung, die Desertationsrate auffallend hoch. Und als sich die Alliierten nach dem glücklosen Verlauf des Frühjahrsfeldzuges hinter Spree und Neiße zurückzogen, hätten sie nach Thielmanns Ansicht ein so großes, unbewegliches und im Kampf kaum erfahrenes Korps niemals im Rücken des Feindes lassen dürfen. Denn damals war bereits klar, es würde keine Volkserhebung im Hannoverschen geben, und die Aufständischen in Hamburg und Lübeck wurden von Davouts Armee niedergerungen.

Über so große Entfernung von den eigenen Truppen abgeschnitten, bestand nur für kleine, bewegliche Einheiten eine Überlebenschance – wie die des Rittmeisters von Colomb. Oder für die Einheit, die er gerade aufstellte und die sehr straff geführt werden würde.

Nach Thielmanns Überzeugung hätte der König von Preußen das Korps Lützow sofort bei Abschluss des Waffenstillstandes zu seinen regulären Truppen beordern müssen. Oder es an den Flanken des sich zurückziehenden Heeres agieren lassen statt so tief in Feindesland.

Warum Friedrich Wilhelm das nicht tat, blieb ihm ein Rätsel. Unentschlossenheit? Ein Versehen? Oder Ränke von Kräften innerhalb der preußischen Regierung, denen die Idee einer Volksbewaffnung unheimlich war? Solch finstere Vermutungen kursierten unter der Hand.
Es gab da eine auffällige Merkwürdigkeit: Ausgerechnet am 17. Juni, an dem Tag, an dem die Lützower in Kitzen zusammengeschossen wurden, traf ein Beauftragter des preußischen Königs in Dresden ein und erkundigte sich nach dem derzeitigen Standort des Freikorps, um dessen Anführer von den Bedingungen des Waffenstillstandes zu informieren, der schon Wochen zuvor vereinbart worden war.
Bittere Ironie der Geschichte oder steckte mehr dahinter?
Das alles wäre nie geschehen, wenn Scharnhorst im Generalstab geblieben wäre, dachte Thielmann bedrückt.
Er sah seinem jungen Schützling in die Augen und las dort das Ende der Geschichte.
»Wenn ich könnte, würde ich sofort zu einer anderen Einheit gehen«, sprach Körner es schon aus. »Aber das kann ich nicht ... deshalb!«
Er nahm die vor sich hin welkende Kornblume vom Tisch, drehte sie zwischen den Fingern und legte sie wieder hin.
Thielmann schloss für einen Moment die Augen.
Jeder Korpsführer hätte den berühmtesten Dichter des Freiheitskrieges sofort bei sich aufgenommen, er selbst zuallererst, schon um der Eltern willen ...
Aber Körner war zu sehr zum Symbol geworden. Sein Name stand für die Lützower wie der Lützows selbst, stand für die Ideale der Patrioten nicht nur in Preußen. Er konnte nirgendwohin sonst gehen, weder zurück nach Wien ans Burgtheater noch ins zivile Leben und auch nicht in ein anderes Korps, ohne seinen Ruf zu verlieren und der Idee schweren Schaden zuzufügen, der er sein Leben widmen wollte.
Wenn der Freund seines Vaters in seiner Sorge ihm jetzt etwas

anderes vorschlagen würde, dann wüssten sie beide, dass dies leere Worte waren. Schlimmer noch als leer: mit dem unterschwelligen Vorwurf von Feigheit.

Und wenn Carl Theodor Körner ein Hitzkopf war und ein Schwärmer, ein Träumer und ein Draufgänger, ein mitreißender Dichter – ein Feigling war er nicht.

»Vielleicht habe ich das ja verdient«, meinte er düster und deutete auf die Wunde an seinem Kopf. »Habe ich nicht selbst geschrieben, dass wir die Feinde niederhauen sollen, bis ihr Hirn an unseren blutigen Schwertern klebt? Jetzt ist mir widerfahren, was ich meinen Feinden wünschte. Vielleicht kehrt so der Fluch zu mir zurück? Nur dass sie mit ihren Säbeln meinen Schädel nicht gleich bis aufs Hirn gespalten haben. Jedenfalls nicht diesmal.«

Johann Adolph von Thielmann fühlte sich hilflos wie lange nicht. Der Schmerz schnürte ihm die Kehle zu, und dass ihm dabei das Bild von Körners Eltern, seinen Freunden, vor Augen stand, machte die Sache noch schlimmer.

Er hatte schon viele junge Männer in die Schlacht ziehen sehen, die wussten, dass sie an diesem Tag sterben würden. Er hatte es in ihren Augen gesehen, wie er es jetzt in den Augen seines Gegenübers sah. Es war das gleiche Gefühl, das ihn ausgefüllt hatte, als er an der Spitze seiner Männer gegen die Große Schanze von Borodino ritt.

Und trotz seines Ranges, seiner guten Verbindungen, seiner Lebenserfahrung konnte er nichts tun, um den Opfergang dieses jungen Mannes zu verhindern.

Vor ein paar Wochen hatte er sich mit seinem ältesten Sohn getroffen, Franz, der nach Ende des Waffenstillstandes auch ins Gefecht ziehen würde. Und obgleich er sich Sorgen um ihn machte wie jeder Vater in dieser Lage – seinen Franz hatte er frohen Mutes verabschieden können. Aber Theodor Körner nach allem, was er nun wusste, zurück zu den Lützowern zu schicken, war beklemmend. Ein Todesurteil.

»Wenn Sie mir helfen wollen ... wenn Sie mir etwas Gutes tun wollen ... als Freund ...«, bat der junge Mann, und Thielmann ahnte, was nun kommen würde, »... dann sagen Sie meinen Eltern und meiner Schwester nichts hiervon. Sagen Sie ihnen, es gehe mir gut und ich sei voller Zuversicht.«
»Das werde ich, Carl«, versprach der Generalleutnant und verwendete dabei bewusst den Vornamen, mit dem die Familie seinen Besucher in dessen Kinder- und Jugendjahren gerufen hatte. Erst als Dichter hatte Carl Theodor Körner seinen zweiten Vornamen vorgezogen.
Thielmann stand auf und schloss den Einundzwanzigjährigen erneut in die Arme, der ging, um zu sterben.
Dann löste er sich von ihm und sagte nur: »Gott schütze Sie, Leutnant!«

Zahltag

Dresden, 9. August 1813

Eine halbe Stunde schon stand der König von Sachsen am Fenster und starrte hinaus, ohne sich zu bewegen und ohne wahrzunehmen, was jenseits der Glasscheibe vor sich ging, in die ein winziges Insekt eingeschmolzen war. Es musste sengend heiß da draußen sein; unter seiner Perücke und dem steifen, mit Rosshaar gefüllten Kragen sammelten sich Schweißtröpfchen, obwohl die dicken Mauern für Kühle im Schloss sorgten.
Morgen würde in seiner Residenzstadt der Geburtstag Napoleon Bonapartes in aller Pracht gefeiert werden: mit einem Gottesdienst, einer großer Truppenparade, Volksbelustigungen und Feuerwerk. Was allein die Festbeleuchtung kostete!
Doch diesen flüchtigen Gedanken verbot sich der König für heute. Es galt jetzt, Dringenderes zu erledigen.

Endlich war der Tag gekommen, auf den er seit sieben Jahren gewartet hatte.

Gewartet hatte, seit er aus der Not des Verlierers heraus die Allianz mit Bonaparte eingehen musste und diesem jeden seiner Wünsche prompt und ohne Widerspruch erfüllt hatte.

Abgesehen von den zwei Kürassierregimentern, jener schrecklichen Affäre im Frühjahr ... Aber auch diese Regimenter waren inzwischen der Grande Armée angegliedert und würden schon in ein paar Tagen, nach Wiederaufnahme des Krieges, erneut ihrem Ruf als Eliteeinheit gerecht werden. Für Gott und ihren König.

Sachsen war ausgeplündert, er als Herrscher gedemütigt worden, seine Armee in Russland verblutet. Doch heute war der Tag, an dem er seine Rechnung aufmachte und seinen Anteil an der Beute beanspruchte.

Heute würde er dafür sorgen, dass sich all das gelohnt hatte.

Heute würde er beweisen, dass er stets nur das Wohl seines Landes im Sinn hatte. Dass er, den man »den Gerechten« nannte, nicht die hilflose Marionette Bonapartes war, als die ihn seine Gegner verunglimpften, sondern dass hinter seinem Handeln ein wohldurchdachter Plan steckte.

Heute war Zahltag.

Bevor die Kämpfe wieder begannen, bevor sein »Herr Bruder« Napoleon, wie er ihn in Briefen nannte, erneut von einem Schlachtfeld zum anderen und von einem Sieg zum anderen eilte, musste er als König handeln, um Sachsens Fortbestehen zu sichern.

Die Alliierten hatten im Februar mit unerhörter Dreistigkeit Europa für den Fall ihres Sieges unter sich aufgeteilt und Sachsens Annexion durch Preußen gebilligt. Er hatte im April versucht, gemeinsam mit Österreich dagegenzuhalten. Die geheime Konvention, die ihm beinahe zum Verhängnis geworden wäre ... Gott sei gedankt, er hatte sie noch nicht unterschrieben!

Aber *jetzt* konnte er seine Ansprüche geltend machen. Schließlich stand er wieder als treuer Verbündeter auf der Seite des Unbesiegbaren.

Der König drehte sich um und befahl den stumm und reglos wartenden Dienern mit schneidender Stimme, den Grafen von Einsiedel zu rufen.

Der war sein neuer Premier- und auch Außenminister. Mit vierzig Jahren eigentlich noch viel zu jung für dieses Amt. Aber zuverlässig, überaus ordnungsliebend, und als Geheimer Finanzrat hatte er das Geld gut zusammengehalten und ein schlaues System neuer Abgaben eingeführt. Sein Vater war Eisenhüttenunternehmer und betrieb die Eisenwerke in Lauchhammer und Gröditz; der wusste, wie man vorteilhaft wirtschaftete. Von Veränderungen unter dem Banner des Fortschritts, wie sie all diese Träumer propagierten, hielt der Graf von Einsiedel gar nichts. *Das* sprach in den Augen des Königs besonders für ihn.

Außerdem war eiligst Ersatz vonnöten gewesen, damals im Mai. Nach dem heimlichen österreichischen Intermezzo musste Graf Senfft von Pilsach seinen Platz als Kabinettsminister räumen – sofort, noch ehe der Monarch wieder in Dresden eintraf. Und Senfft hatte sich auch nicht gesträubt, aus Loyalität zu seinem Monarchen. So konnte er, der König, hinsichtlich der Geheimverhandlungen mit Österreich seine Hände in Unschuld waschen und alles auf den geschassten Minister und auf Watzdorf schieben, seinen Gesandten in Wien.

Es dauerte keine drei Minuten, bis Detlev Graf von Einsiedel das Arbeitszimmer des Königs betrat. Der unverhofft steil aufgestiegene Meißner Kreisamtmann wusste, dass er heute noch gerufen werden würde, und hatte ganz in der Nähe gewartet.

Was Detlev von Einsiedel *nicht* wusste und auch nie erfahren würde: Erst vor ein paar Tagen war er Gegenstand einer recht pikanten Unterhaltung zwischen Napoleon und der Gräfin von

Kielmannsegge gewesen, als diese mit dem Kaiser im Palais Marcolini frühstückte.
»Wer ist dieser Graf Einsiedel? Ein Tropf«, hatte der Kaiser verächtlich in die Runde geworfen.
»Sire, die Dummen wissen meiner Meinung nach selten, was sie sind«, antwortete die Kielmannsegge so diplomatisch, wie es für sie typisch war, wenn sie nichts Gutes über jemanden sagen wollte oder konnte.
Doch diese Antwort ließ der Kaiser nicht gelten. »Sie gehen der Frage aus dem Weg. Heraus damit!«, forderte er seine sächsische Vertraute angriffslustig auf.
Charlotte lächelte kaum sichtbar, in ihren Augen funkelte Spott. »Graf Einsiedel wollte meine Schwester heiraten. Aber ich bin sehr froh, dass sie es nicht getan hat.«
»Welches von beiden ist seltener: ein Gatte, wie er sein soll, oder ein Minister, wie man ihn hier haben müsste?«, konterte Napoleon amüsiert. Die Frage war rhetorischer Natur und blieb unbeantwortet.

Der verhinderte Schwager der Gräfin von Kielmannsegge – er hatte stattdessen eine von Schulenburg geheiratet – grüßte seinen König ergebenst, der das Land schon regierte, bevor sein jetziger Premierminister geboren worden war.
»Eine Note an den französischen Außenminister, den Herzog von Bassano«, befahl Friedrich August von Sachsen und schickte den Grafen mit vorgerecktem Kinn zum Schreibpult.
Auf seinen Blick verließen die Kammerdiener vollkommen geräuschlos den Raum.
Dienstbeflissen eilte der Graf an das Stehpult, tauchte die Feder in das Tintenfass und schrieb nieder, was ihm sein Monarch diktierte, während er im Zimmer auf und ab schritt.
»… hat der König mich beauftragt, Eurer Exzellenz beiliegende Erwartungen zu übermitteln … die Seine Majestät zusammengestellt hat, um sie gnädig Seinem Großen Verbündeten zu

übergeben … *Seinem Großen Verbündeten* alle drei Male großgeschrieben, haben Sie das?«, vergewisserte sich der König.
»Selbstverständlich, Euer Majestät«, versicherte der Graf von Einsiedel, während er mit der Feder eifrig über das Papier kratzte.
Er nahm keinen Anstoß daran, dass er hier zum Schreiber degradiert wurde. Diese Dinge waren derart heikel, dass es keine Zeugen geben durfte. Im Schloss hatten die Wände Augen und Ohren. Und er wusste, was er hier diktiert bekommen würde; der König hatte die Einzelheiten bereits vor Tagen mit dem Kaiser in seinem Beisein erörtert.
»Ausgehend von der *Unversehrtheit Sachsens* einschließlich des Herzogtums Warschau …«, diktierte der König, immer noch auf und ab schreitend.
Die Unversehrtheit Sachsens – das war die grundlegende Bedingung angesichts der preußischen Annexionspläne. Nun folgte die Liste seiner Wünsche.
»… Gebietszuwachs in östlicher und westlicher Richtung … haben Sie das?«
»Ja, Eure Majestät!«
»… dass Preußen einen Teil seines Territoriums von Schlesien zugunsten Sachsens abtritt.«
Detailliert benannte König Friedrich August der Gerechte den erwünschten neuen Grenzverlauf, der Sachsen neben beträchtlichen Gebieten auch weitere zweihunderttausend Einwohner bescheren würde. Möglich sei es jedoch, mit »… der wohlwollenden Fürsprache Seiner Majestät des Kaisers, Sachsen dabei zu unterstützen, an anderer Stelle eine ergänzende Vergrößerung zu erreichen«, diktierte er. Das wären dann dreihundertfünfzigtausend Seelen Zuwachs, fast doppelt so viele.
Ähnliche Pläne hatte er bereits im Juli für den Fall zusammengestellt, dass das sächsische Kabinett in die Lage käme, direkt an den Verhandlungen der Friedenskonferenz in Prag teilzunehmen. Für Friedrich August spielte es keine Rolle, dass die-

ser Kongress eine Farce war. Es ging ums Prinzip. Sachsen war ein Königreich. Zugegebenermaßen erst seit ein paar Jahren und nur dank Napoleon ... Aber dieses Königreich Sachsen sollten weder die Preußen noch die Russen auslöschen dürfen. Schon gar nicht annektieren, wie es preußische Staatsdoktrin seit Friedrich dem Großen war.

Sein Haus, das Haus Wettin, war eines der ältesten Herrscherhäuser Europas und regierte seit Jahrhunderten!

Dummerweise war beim Friedenskongress in Prag niemand auf die Idee gekommen, Sachsen an den Verhandlungstisch zu bitten. Also wandte er sich mit seinen Forderungen direkt an Napoleon Bonaparte, den unweigerlichen Sieger der bevorstehenden Schlachten. Und es waren unmissverständlich *Forderungen*, auch wenn er sie in diesem Schreiben als »Wünsche« oder »Projekte« bezeichnete.

»Ein zweites Projekt wäre das Großherzogtum Würzburg, sehr interessant durch seine industrielle Produktion. Eine Vereinigung Sachsens mit ihm unter einer Regierung wäre als eine mentale und unvergleichliche Wohltat anzusehen«, fuhr der König mit seinem Diktat fort. Schweißtropfen rannen ihm von der Schläfe herab, doch das merkte er nicht. Auch die Wespe, die durch den Raum schwirrte, blieb von ihm unbeachtet, während der Graf nicht wagte, sie mit einer Handbewegung fortzuscheuchen.

»Vielleicht könnte Seine Majestät der Kaiser noch als Zeichen Seiner Großzügigkeit das Fürstentum Erfurt hinzufügen. All diese Zusammenschlüsse erreichen leider nur die Summe von vierhunderttausend Seelen ...«

Erfurt begehrte er ganz besonders, das hatte er Napoleon schon mehrfach wissen lassen, ohne eine feste Zusage zu bekommen. Nun wartete er ungeduldig, bis sein Minister mit dem Schreiben nachkam.

Die Wespe ließ sich auf einer Schale mit Pfirsichen nieder.

»Der König zieht es jedoch vor, sich zu bescheiden«, diktierte

Friedrich August, um zum Kern des Ganzen zu kommen. Das, was er schon immer gewollt hatte und was ihm nach seiner Auffassung zustand: die Besitzungen der Ernestinischen Linie des Hauses Wettin.

Also zählte er im Einzelnen auf, womit Sachsen nach dem letzten, vollständigen Sieg Bonapartes entschädigt und belohnt werden solle, abgesehen von der Landbrücke zum Herzogtum Warschau und Erfurt, das noch Napoleons Privatbesitz war: »Die sächsischen Herzogtümer Weimar, Gotha, Meiningen, Hildburghausen, Coburg-Saalfeld, die anhaltischen Herzogtümer Dessau, Bernburg, Köthen sowie im Thüringischen Schwarzburg mit Sondershausen und Rudolstadt sowie Reuß mit Greiz und Lobenstein ...«

Alles in allem könne Sachsen so seine Bevölkerung von zwei Millionen Seelen um vierhunderttausend erhöhen und sei imstande, der Grande Armée ein zusätzliches Kontingent von viertausend Mann zu stellen.

Summend und brummend nahm die Wespe ihren Rundflug wieder auf.

Zufrieden sah der König zu, wie sein Minister die letzten Worte niederschrieb, die Tinte löschte und sich nach einer tiefen Verbeugung entfernte. Die abschließenden Floskeln konnte der Graf eigenmächtig unter das Dokument setzen.

Von einem Gefühl des Triumphes erfüllt, trat der König erneut ans Fenster und sah, wie draußen in der sengenden Hitze Soldaten exerzierten.

Er würde Sachsen nicht nur erhalten, sondern noch größer und mächtiger machen. Dass dies auf Kosten Preußens, Anhalts, der thüringischen Herzogtümer und auch Polens geschehen sollte, das eigentlich nicht mehr existierte, kümmerte ihn nicht.

Wenn schon die bestehende Ordnung in der Folge des Krieges durcheinandergerüttelt wurde, musste er die Gelegenheit nutzen. Auch darin sah sich Friedrich August der Gerechte ganz in der Tradition alter Herrscherhäuser.

Bereits zwei Tage später, am 11. August, erhielt der Generalstabschef des sächsischen Königs, Generalmajor von Gersdorff, ein Schreiben, in dem Sachsen das gewünschte Gebiet in Niederschlesien bewilligt wurde. So würde es eine Landbrücke zwischen dem noch jungen Königreich und dem ihm zugeschlagenen Herzogtum Warschau geben und Sachsen um eine halbe Million Einwohner vergrößert.

Der König triumphierte. Dies war nur die erste Zusage, dessen war er sich ganz sicher.

Eine Woche später, am 18. August – sämtliche Armeen waren längst in Marsch –, verfasste Friedrich August von Sachsen eigenhändig einen Brief an Napoleon, in dem er sich überschwenglich und untertänigst für die Wohltaten bedankte, die der Kaiser ihm erwiesen habe. Um welche Wohltaten es sich dabei handelte, ließ er unerwähnt. Dem Empfänger musste er sie nicht noch einmal benennen, und der Nachwelt wollte er eine von ihm unterzeichnete so dreiste Liste von Gebietsforderungen auch nicht hinterlassen.

Stattdessen entbot er Napoleon seine »glühendsten Wünsche, dass die Vorsehung Sie beschütze und Sie über Ihre Feinde triumphieren lasse. Euer Kaiserlichen & Königlichen Majestät guter Bruder & treuer Verbündeter F. A.«.

Napoleon Bonaparte konnte wirklich alle guten Wünsche brauchen. Nur sollten sie ihm nicht mehr viel nützen.

Und dass der König von Sachsen nichts vom großen Kuchen abbekommen würde, sondern sein Land bald selbst Teil des Kuchens war, den die Sieger unter sich aufteilten, hätte er sich in diesem Moment des Triumphes nicht träumen lassen. Ebenso wenig wie das skandalöse Schicksal, das ihm persönlich zugedacht war.

Am gleichen Tag, als der König seine Gebietsforderungen an den französischen Außenminister schicken ließ, erschien auf seinen Befehl hin eine Bekanntmachung in der *Leipziger Zei-*

tung. Darin forderte das Königlich-Sächsische General-Kriegsgerichts-Kollegium den Generalleutnant Thielmann, den Oberstleutnant von Aster sowie vier weitere Militärs auf, bis zum 4. Oktober wegen ihres Übertritts zu feindlichen Truppen beziehungsweise unerlaubten Entfernens vor dem Kriegsgericht zu erscheinen.

Als Thielmann davon erfuhr, verbarg er sorgfältig, wie tief ihn das traf. Er, dem seine Ehre als Offizier so wichtig war, wurde nun noch einmal in aller Öffentlichkeit als Verräter gebrandmarkt.

»Werden Sie vor das Kriegsgericht treten?«, fragte sein Adjutant, der den Zeitungsausschnitt gebracht hatte.

Scheinbar gleichgültig zuckte der russische Generalleutnant mit den Schultern.

»Das ist wohl überflüssig«, meinte er. »Am 4. Oktober haben wir die Franzosen besiegt und aus dem Land vertrieben. Oder wir sind alle tot.«

Da irrte Thielmann.

Der erste Ball

Freiberg, 10. August 1813

Das Kinn auf die Fäuste gestützt, saß Henriette vor dem zierlichen Frisiertisch, den die Tante bei Jettes Umzug in die Bibliothek hatte stellen lassen, und starrte auf ihr eigenes Abbild.

Von draußen drang das Lärmen einer Militärkapelle durch das geöffnete Fenster, in regelmäßigen Abständen ertönten begeisterte »Vive l'Empereur«-Rufe, wenngleich sich diese auf Sächsisch etwas merkwürdig anhörten und nur mit viel gutem Willen zu erkennen waren.

Immer wieder erschütterten Kanonensalven die Stadt und ließen die Fensterscheiben klirren – alles zur Feier von Napoleons vierundvierzigstem Geburtstag, die im ganzen Land wegen des heute ablaufenden Waffenstillstandes um fünf Tage vorgezogen wurde.

Die Festlichkeiten hatten diesen Morgen mit einem Gottesdienst im Dom Sankt Marien begonnen, zu dem auch die Familie Gerlach erschien.

Aus Dresden war zur Feier des Tages ein Marschall Napoleons angereist, Gouvion Saint Cyr, ein hochgewachsener Mann mit verschlossener Miene. Er zeigte nicht das geringste Lächeln, zog ein Bein leicht nach und wurde von Dutzenden Generälen und Stabsoffizieren begleitet, zu denen sich auch die beiden de Trousteaus gesellt hatten.

Unter Militärmusik hielten der Marschall und seine Entourage Einzug in den Dom. Ihnen folgten die Vertreter der städtischen Behörden, die Bürger-Grenadier-Compagnie und Hunderte weitere Freiberger; manche aus wiedererwachter Begeisterung für Napoleon, manche aus Neugier und um später vor Nachbarn und Bekannten prahlen zu können, dabei gewesen zu sein. Und manche, weil man ihnen ein Nichterscheinen übel ankreiden würde.

Nach der Rede des Superintendenten läuteten die Glocken, sangen die Menschen im Dom das Tedeum und dröhnte erneut Kanonendonner durch die Stadt.

Ein Lobgesang auf Gott zum Getöse von Kanonen – was würde Gott wohl davon halten?, hatte sich Jette gefragt. Doch natürlich behielt sie diesen Gedanken für sich.

Ihr Onkel war angewiesen, ein Extrablatt über die Feierlichkeiten zu Napoleons Geburtstag herauszubringen, und durch ihn wusste sie, dass es schon unmittelbar nach dem Festgottesdienst Ärger gegeben hatte. Die hohen französischen Militärs beanstandeten, die Rede des Superintendenten von Brause habe die angemessene Euphorie und Dankbarkeit für den Kaiser ver-

missen lassen. Da der Geistliche eine Debatte darüber schlichtweg verweigerte, bemühten sich die Ratsherren nach Kräften, dies als Missverständnis darzustellen, ganz ohne jeden Zweifel durch Unstimmigkeiten in der Übersetzung bedingt.
Mit einem Festzug war der Marschall vom Dom zu seinem Quartier am Obermarkt geleitet worden, immer noch unter Glockengeläut und Kanonendonner, dann marschierten die Berg- und Hüttenleute vor ihm zur Parade auf. Überall in der Stadt hingen Transparente mit Jubelrufen und Bilder Napoleons. Die Freiberger hatten sich geradezu überschlagen, den Kaiser und seinen Marschall hochleben zu lassen.
Sogar aus dem Fenster ihres Zimmers am Untermarkt konnte Henriette mit Girlanden umkränzte Kaiserporträts und Losungen sehen. Einige zeugten mehr von gutem Willen als von guten Französischkenntnissen. Am Morgen, als die Familie die wenigen Schritte zum Dom ging, waren die Gerlachs Augenzeugen geworden, wie unter großem Geschrei der Bürgergendarmerie ein Transparent mit der Aufschrift »Lang lebe Nabboleon!« entfernt werden musste – so geschrieben, wie die Sachsen eben den Namen des Imperators aussprachen.
Franz und Jette hatten sich dabei angeschaut und vor Lachen losgeprustet. Eduard bemühte sich, keine Miene zu verziehen. Sein Streit mit Jette, sie kollaboriere mit dem Feind, war noch nicht beigelegt. Sie sprachen nur das Nötigste miteinander.
Nach der Rückkehr von der Messe bat Jette, dem Mittagessen fernbleiben zu dürfen. Sie habe keinen Hunger und wolle sich lieber auf den Abend vorbereiten.
»Ja, natürlich, Liebes … dein erster Ball!«, hatte die Tante wehmütig lächelnd geseufzt und schien an ihre eigenen Jugendjahre zu denken. »Da ist man schon sehr aufgeregt. Ich verstehe dich ja so gut, Kind! Vielleicht schläfst du noch ein bisschen; es wird sicher spät heute Abend.«
»Dann krieg ich deinen Nachtisch! Aber ich bringe dir später dafür ein paar Butterbrote«, hatte Franz ihr verschwörerisch

zugewispert. »Oder noch Besseres. Lisbeth lässt sich bestimmt überreden.«

Bei der Gelegenheit konnte er auch für sich und Eduard ein paar Süßigkeiten herausschlagen.

Aber Jette hatte das Angebot ihres Bruders abgelehnt. Sie würde heute wohl keinen Bissen mehr herunterbringen. Und ein besorgter Blick ihres Onkels zeigte, dass dieser erriet, was in ihr vorging.

Das euphorische Gehabe der ganzen Stadt anlässlich des Kaisergeburtstags konnte sie kaum ertragen. Sie fragte sich, wie viel davon geheuchelt war und wie viel ehrliche Begeisterung. Angesichts Napoleons klarer Siege im Frühjahr und seiner allerorts verkündeten Rolle als Initiator des Friedenskongresses in Prag waren viele Sachsen gemeinsam mit ihrem König wieder auf seine Seite übergewechselt. Sie hielten Bonaparte für den Mann, der den langen Krieg endlich mit einem machtvollen Schlag beenden konnte.

Von den Russen und Preußen sah und hörte der einfache Bürger nichts. Die waren so weit fort von hier, dass sie für die Geschicke des Landes keine Rolle mehr zu spielen schienen. Die Entrüstung über den Überfall auf die Lützower hatte sich erstaunlich rasch gelegt, und von dem vorübergehend über Leipzig verhängten Ausnahmezustand und der Verhaftung des Zeitungspächters Mahlmann wussten nur Friedrich Gerlach und seine Logenbrüder. Mahlmann war auf Intervention seiner Freunde bei Hofe nach wenigen Tagen wieder freigelassen worden.

Der Oheim, der gute Beziehungen zu Zeitungsverlegern in anderen Städten unterhielt, wusste noch mehr, auch wenn er nur im engsten Familienkreis darüber sprechen durfte: von massiven Truppenaufmärschen an den Demarkationslinien, dass Schweden, England und Österreich nun der Allianz der Russen und Preußen beigetreten waren und dass es nur eine Frage von wenigen Tagen war, bis der Krieg von neuem und mit unverminderter Wucht beginnen würde.

Diesmal ging es um die Entscheidungsschlacht, und die würde zweifellos hier in Sachsen stattfinden. Ab morgen wurden die Truppen dazu in Marsch gesetzt.
Und sie sollte auf einen Ball!
Es war so widersinnig.
Gereizt sprang Jette auf, schloss das Fenster und ließ sich wieder auf den Hocker vor dem Spiegel sinken.
Nun klangen die Militärmusik und die Hochrufe von draußen etwas leiser, aber dafür fiel die rege Geschäftigkeit im ganzen Gerlachschen Haus stärker auf. Schritte lärmten treppauf, treppab, jemand summte ein Lied, Türen schlugen.
Es war schon Nachmittag, und sicher würde bald Nelli kommen, ihr in das Mieder helfen und gemeinsam mit der Tante die Haare aufstecken, zu Locken drehen und mit Blüten schmücken.
Heute Abend würde Henriette auf ihren ersten Ball gehen. Aber es fühlte sich alles verkehrt an.

Ein junges Mädchen, das zum ersten Mal auf einen Ball darf, sollte diesen Tag aufgeregt vor Freude und Erwartungen durchleben: ganz in Gedanken bei dem wunderschönen Kleid, das es tragen würde, der Musik und den festlich gestimmten Menschen in eleganten Roben.
Und wären dies normale Zeiten, so sollte Henriette heute keine anderen Sorgen haben als die, ob wohl jemand sie zum Tanz bitten würde, ob das ein netter junger Mann sein mochte, ob ihr alle Schrittfolgen fehlerfrei gelängen und ob jemandem ihre strahlenden Augen und die vom Maître gelobte Anmut auffallen würden.
Sie sollte keine brennendere Frage haben als die, ob sie an diesem Abend vielleicht sogar jemanden kennenlernte, in den sie sich verlieben könnte.
Doch nichts davon traf zu.
Der Tag war seit Wochen von Streit überlagert, von beklem-

menden Sorgen und berechtigten Ängsten, von dem Gefühl von Verrat und Schande.

Da war zuallererst der Irrsinn, auf einen Ball zu gehen, wenn am nächsten Tag wieder Truppen losmarschierten und in weniger als einer Woche der Krieg von neuem und mit nie gekannter Härte ausbrechen würde.

Dann war da der Umstand, dass sie auf einen Ball zur Feier von *Napoleons Geburtstag* gehen sollte, auf Einladung des französischen Stadtkommandanten und eines französischen Marschalls, dem der Ruf der Unerbittlichkeit vorauseilte.

All die ehrenwerten Männer der Stadt mit ihren Angehörigen wurden erwartet: der Oberberghauptmann von Trebra, der Kreisamtmann von Carlowitz, dessen Bruder gerüchteweise in die russische Armee eingetreten war, der Bürgermeister, die Ratsherren, die Professoren der Königlich-Sächsischen Bergakademie und auch der einzige Freiberger Buchdrucker und Zeitungsherausgeber, Friedrich Gerlach, mit seiner Gattin und seiner jungen Nichte.

Natürlich würden die französischen Militärs das Fest dominieren und jede Menge Hochrufe auf den Kaiser ausbringen.

Es war vollkommen wider Jettes Überzeugung, sich dort zu zeigen. Doch es gab kein Entrinnen, das hatte der Onkel unmissverständlich erklärt.

»Die meisten Leute, die heute Abend im Festsaal erscheinen werden, wissen genau, dass ihnen das angekreidet wird, wenn vielleicht in einer Woche erneut die Alliierten hier Einzug halten. Und ihnen ist nicht wohl dabei. Aber demonstrativ fernzubleiben würde uns *morgen* schon zum Verhängnis werden, nicht erst in einer Woche!«

»Verrat am deutschen Vaterland!«, hatte Eduard gehässig gerufen. Mit fünfzehn war er noch zu jung für einen Ball und nach Ansicht seines Vaters auch viel zu unbesonnen für so heikle Umstände.

»Du bist ja nur neidisch, weil du nicht mitdarfst!«, hatte

Franz gelästert, noch bevor Eduards Eltern etwas entgegnen konnten.

Johanna gab dem vorlauten Neffen einen Klaps und belehrte ihren Sohn mit erhobener Stimme: »Darf ich dich daran erinnern, dass Sachsen *Verbündeter* der Franzosen ist?«

Dass dieses Bündnis Sachsen geradewegs in den Abgrund treiben würde, schien allen in dieser Familie unausweichlich. Doch eine solche Meinung auszusprechen wäre selbstmörderisch angesichts des Zwischenfalls mit Ludwig, der Besatzung im eigenen Haus und der Geheimen Polizei, die eifrig wie nie jedem noch so kleinen Verdacht nachging.

Aus allen diesen Gründen würde Jette am liebsten gar nicht zum Ball gehen. Doch der Major ließ keinen Zweifel daran, dass er sie auf dem Fest zu sehen wünschte. Nicht nur das; er hatte ihrem Vormund vor drei Wochen sogar Stoff für das Ballkleid geschenkt, weiße Seide und zarte Tüllstickerei darüber, wunderschön.

Jette hatte das ablehnen wollen; es schicke sich nicht für sie, von einem Mann dermaßen kostspielige Geschenke anzunehmen. Doch der Major fegte dieses Argument sofort beiseite. Es sei sein Dank dafür, dass sie das Leben seines Sohnes gerettet habe, und herzlich wenig angesichts dessen. Außerdem habe er das Geschenk nicht ihr, sondern ihrem Oheim übergeben.

»Solange Sie keinen Schmuck von mir annehmen, ist Ihr Ruf ungefährdet«, hatte er mit einem sarkastischen Lächeln gesagt, um gleich sehr stolz anzufügen: »Und *wenn* Sie Schmuck von mir annähmen, könnte dies Ihre Reputation nur heben, Demoiselle, nicht schmälern. Ich bin ein Mann von Ehre und Offizier der Grande Armée.«

Der Schneidermeister in der Burgstraße zauberte aus dem Stoff ein atemberaubendes Kleid, obwohl er sich wegen des Balls vor Aufträgen kaum retten konnte. Jette argwöhnte, dass auch hier de Trousteau seine Hände im Spiel hatte. Der Major würde nicht davon ablassen, dass sie die ersten zwei Tänze mit seinem

Sohn und den dritten mit ihm selbst tanzte. Seit jenem ersten gemeinsamen Essen im Hause Gerlach schwebte diese Drohung über ihr, und heute Abend würde sie wahr werden.
All das verleidete ihr den Gedanken an das Fest.
Es würde sich herumsprechen, dass der französische Offizier ihr ein Ballkleid geschenkt hatte; daraus würden unweigerlich Schlüsse gezogen werden. Erneut würden sich die Leute über den Kuss auf die Wange bei Étiennes Abschied und ihre stundenlange Suche nach dem verwundeten Seconde-Lieutenant die Mäuler zerreißen. Und dann sollte sie noch vor aller Augen mit ihm und seinem Vater tanzen!
Sie fürchtete sich davor. Vor der erdrückenden Nähe des Majors und noch mehr, Étienne in die Augen zu schauen. Was sich vermutlich kaum vermeiden ließ.
Vielleicht fand sich im weiteren Verlauf des Abends niemand, der es wagte, sie aufzufordern, nachdem die beiden französischen Offiziere so offensichtlich Anspruch auf sie geltend gemacht hatten?
Was würde geschehen, wenn Étienne den ganzen Abend mit ihr tanzen wollte? Das erschien ihr viel erschreckender als die Aussicht, womöglich auf ihrem ersten Ball abseitszustehen, unbeachtet wie ein Mauerblümchen. Liebend gern würde sie heute unbemerkt und unaufgefordert bleiben. Dann wäre sie wenigstens außer Gefahr.
Bei der letzten Tanzstunde hatte Sebastian ihr zugeraunt, aus Gesinnungsgründen würde er normalerweise dem Ball fernbleiben. Er sei schließlich nur der Großneffe des Oberberghauptmanns und deshalb sein Erscheinen nicht zwingend erforderlich.
»Aber Ihnen zuliebe werde ich kommen, Fräulein Henriette! Ich habe das sichere Gefühl, Sie brauchen einen Retter in der Not. Sagen Sie nur ein Wort, und ich werde mich ständig in Ihrer Nähe bewegen und Sie erlösen, sooft ich es vermag.«
Es muss ja wirklich schlimm um mich stehen, wenn sogar Se-

bastian von Trebra weiß, was mir durch den Kopf geht und wovor ich mich fürchte, hatte sie gedacht.
Doch sie wagte es nicht, ihn mit irgendeinem Wort zu ermutigen oder darin zu bestärken, auf den Ball zu kommen. Das alles war sehr dünnes Eis.
Und sie hatte das Gefühl, keinen Schritt tun zu können, ohne einzubrechen und in die Tiefe gezogen zu werden. Doch sich gar nicht zu rühren war auch unmöglich.

Es klopfte. Verzweifelt sah Jette zur Tür, denn wenn dort Nelli stand, würde gleich das große Herausputzen beginnen. Dann würde sie sich wirklich vorkommen, als sollte sie auf dem Markt verhökert werden, und die letzte Hoffnung flog dahin, sie könnte all dem noch entgehen, was der heutige Abend an Fallstricken bereithielt.
Doch nicht das Dienstmädchen trat herein, sondern der Oheim. Zu Jettes großer Verwunderung brachte *er* ihr ein Glas Milch und eine Schale mit Gebäck – nicht Nelli, nicht Lisbeth, nicht die Tante, nicht Franz. Sie hatte den Onkel noch nie mit Essen durchs Haus gehen sehen.
»Grüble nicht zu viel, Kind. Hier, iss ein wenig!«, ermunterte er sie und stellte Glas und Gebäckschale umständlich ab, denn unter den rechten Arm hatte er eine dünne Mappe geklemmt.
»Ich kann mir gut vorstellen, wie dir zumute ist. Du solltest diesen besonderen Tag ganz anders erleben, mit deinem Vater und deiner Mutter an deiner Seite ...«
Jette durchfuhr ein Anflug von schlechtem Gewissen. Dass sie heute überhaupt noch nicht an ihre toten Eltern gedacht hatte, zeigte ihr viel mehr als alles andere, wie sehr die Furcht vor den beiden französischen Offizieren ihr Denken lähmte.
»Deine Tante und ich werden unser Bestes tun, damit du dich behütet fühlst. Also stärke dich ein bisschen; geschlafen hast du sicher nicht.«
»Ihr könnt mich nicht behüten!«, brachte sie verzweifelt her-

aus. »Nicht vor dem Major und seinem Sohn! Nicht vor dem Gerede der Leute! Das Dilemma beginnt doch schon, wenn dieser Marschall zur Eröffnung einen Trinkspruch auf das Wohl Bonapartes ausbringt! Was sollen wir dann tun?«

»Mit den Wölfen heulen«, erklärte Friedrich Gerlach in einem für ihn ungewöhnlichen Zynismus. »Aber da er das hoffentlich mit einem Toast auf unseren König verbindet, stehen wir doch alle gleich viel besser da mit unserem schlechten Gewissen.«

Jette nippte an der Milch und aß ein Stück Gebäck. Es war von der gleichen Art wie jenes, das sie bei ihrer Ankunft nach der Flucht aus Weißenfels in sich hineingestopft hatte, ausgehungert, wie sie damals nach der Odyssee durch Kriegsgebiet war.

Wieder standen ihr die schrecklichen Tage vor Augen. Was hatte sich alles seitdem ereignet! Doch sie wollte jetzt nicht daran denken. Nicht auch noch daran.

»Jette, selbst wenn du es mir nicht glauben willst: Deine Tante und ich tun alles, um dich heute zu schützen«, versicherte der Oheim ruhig. »Du tanzt die versprochenen ersten drei Tänze mit dem Major und seinem Sohn, und danach werden dich einige meiner Geschäftsfreunde und deren Söhne erlösen. Sollte dir trotzdem alles zu viel werden – nun, heute ist ein heißer Tag, der Saal wird voller Leute sein, alles ist sehr aufregend für dich auf deinem ersten Ball … Du kannst immer noch einen Ohnmachtsanfall vortäuschen. Ich bin sicher, Dr. Bursians wohlwollende Bestätigung dafür bekommst du.«

»Ich bin als Lügnerin nicht sehr geübt«, meinte Jette verblüfft über diesen Vorschlag. »Und ich denke, Dr. Bursian ist wohl der Einzige in der ganzen Stadt, der diesem Ball ungestraft fernbleiben darf. Er wird die Verwundeten nicht alleinlassen.«

»Mach dir bitte nicht zu viele Sorgen! Lass den Abend einfach auf dich zukommen«, riet der Oheim. Nun lächelte er sogar. »Vielleicht willst du nachher gar nicht mehr zeitig gehen? Wie ich von Eduard höre, der sich übrigens sehr darüber entrüstet, hast du bei Maître Meunier eine gewisse Eroberung gemacht?«

»Ganz bestimmt keine Eroberung! Das hatte eher mit dem Mangel an Mädchen im passenden Alter zu tun ...«, murmelte Jette verlegen.

Umständlich zog der Onkel seine Uhr am Band aus der Hosentasche und klappte sie auf.

»Ich denke, eine halbe Stunde lang kann ich meine liebe Johanna und Nelli noch von dir fernhalten, bevor sie wie ein Fliegenschwarm über dich herfallen und dich herausputzen. Ehe du dich weiter in finsteren Grübeleien verlierst – hier, lenk dich ein wenig ab! Könntest du das für mich zur Korrektur lesen?«

Er nahm einen Probedruck aus seiner ansonsten leeren Mappe und reichte ihn Jette.

Die überflog die ersten Zeilen und staunte. »Du hast den Bericht über die heutigen Festivitäten einschließlich des Balls schon geschrieben und gesetzt, obwohl der Tag noch lange nicht vorbei ist?«

»Natürlich. Wie soll ich den Text sonst befehlsgemäß übermorgen in der Ausgabe bringen? Er muss ja auch noch durch die Zensur«, antwortete der Onkel mit einem Schulterzucken.

Nun las Jette aufmerksamer. »Du nennst keine Namen außer dem des Marschalls.«

»Hm.«

»Und zählst nur auf, was der Reihe nach geschehen ist oder noch geschehen wird. Du hast einfach das Tagesprogramm abgeschrieben und in die Vergangenheit gesetzt!«

»Es wird doch auch alles so stattfinden wie geplant«, verteidigte sich Gerlach. »Soll ich das etwa kommentieren? Oder aus der Rede des Superintendenten zitieren? Dass er Napoleon nur Glück wünschen könne, wenn dieser als Friedensbringer und gerechter Herrscher käme? Ich weiß nicht, ob ihn dann sein Amt noch schützt«, meinte Gerlach bitter.

Bei den nächsten Zeilen musste Jette trotz ihrer gedrückten

Stimmung lächeln. »Sinnreiche und geschmackvolle Transparente? Meinst du das aus der Nachbarschaft, das mit Nabboleon?«

Friedrich Gerlach lächelte ein wenig, ohne zu widersprechen.

»Aber hier gehst du zu weit: ›Die Kaiserlich-Königlichen Herren Offiziere erhöhten durch ihre ungemeine Herablassung und Humanität die allgemeine Freude.‹ Die werden sich verhöhnt vorkommen!«, hielt Jette ihrem Onkel vor.

»Das glaube ich kaum. Und wenn, können sie mir diese Formulierung schwerlich vorwerfen«, erwiderte der gelassen.

Er legte ihr kurz die Hand auf die Schulter und ging hinaus, froh darüber, seine Nichte ein wenig aufgemuntert zu haben, bevor sich Johanna und Nelli mit Kamm und Brenneisen auf sie stürzen würden.

Doch diesmal irrte Friedrich Gerlach sich.

Jette überflog die in gesperrten Lettern gesetzte Seite nur und legte sie achtlos beiseite.

Dann trat sie zu den Bücherregalen und holte aus einem der dicken Folianten in der untersten Reihe ein verstecktes einzelnes Blatt heraus, um es noch einmal zu lesen.

Als wäre der heutige Tag nicht schon übervoll an Dingen, die sie zutiefst aufwühlten, hatte sie vorhin auch noch einen Brief von Maximilian Trepte bekommen; sein erstes Lebenszeichen nach einem Vierteljahr, seit jener überraschenden Post vom Mai.

Er lebte, das wusste sie nun zu ihrer großen Erleichterung. Er dachte noch an sie und war voller Zuversicht.

Doch wie konnte der preußische Premierleutnant zuversichtlich sein, wenn er in ein paar Tagen wieder in die Schlacht ziehen musste? Wie lange war ihm noch das Glück vergönnt, in diesem Krieg zu überleben?

Der Gedanke an Maximilian war es, der ihr vor ihrem ersten Ball mehr als alles andere ein schlechtes Gewissen bereitete und sie fast zerriss.

Er wagte sein Leben, um das Land von den Besatzern zu befreien. Genau wie Felix, der vielleicht tot war. Und sie ging mit den Repräsentanten der Macht tanzen, die beinahe den ganzen Kontinent unter ihren Stiefel gezwungen hatte!
Verzweifelt drückte sie das Blatt an ihr Herz, bevor sie es sorgfältig wieder versteckte. Dann ließ sie sich erneut vor dem Frisierspiegel nieder und bedeckte das Gesicht mit den Händen.
Es gab kein Entrinnen. Und gleich würden die Tante und Nelli kommen, um sie für den Ball herauszuputzen.

Totentanz

Freiberg, 10. August 1813

Trotz der abendlichen Stunde war es immer noch drückend heiß, als die Ballgäste aus allen Richtungen zum Städtischen Festsaal am Obermarkt strömten. Die Damen hatten ihre Schleppen elegant gerafft, damit sie nicht schmutzig vom Unrat auf den Straßen wurden. Niemand fuhr mit der Kutsche vor. Die Stadt war zu klein, als dass das Anspannen für die kurze Strecke gelohnt hätte. Und wer von auswärts kam wie der Amtsmann aus Oberschöna, der hatte Quartier in der Stadt bezogen.
So flanierten die Ballgäste zum Obermarkt und konnten dabei die festliche Beleuchtung der Häuser am Platz bewundern. Auf Befehl des Stadtkommandanten hatte jedes Fenster mit Kerzenlicht erleuchtet zu sein. Das dafür benötigte Wachs durften die Hauseigentümer der Städtischen Gassenbeleuchtungsanstalt in Rechnung stellen – wie voriges Jahr beim Besuch Napoleons. Bezahlt wurde aus der Städtischen Kriegsschädenkasse.

Links und rechts des reichverzierten steinernen Portals zum Städtischen Kaufhaus bildeten Bergleute in Paradeuniform mit lodernden Fackeln ein eindrucksvolles Spalier. Über dem Portal prangte ein großes, mit Girlanden umkränztes Porträt Napoleons, und zwanzig Schritt vom Eingang entfernt bildeten brennende Kerzen auf dem Pflaster ein flammendes N.
Friedrich Gerlach, in Frack und Zylinder, führte seine in ein dunkelgrünes Samtkleid gehüllte Frau an den Kerzen vorbei zum Eingang. Henriette trippelte neben ihnen und kam sich dabei vor, als würde jedermann sie anstarren.
Was auch zutraf. Sie sah hinreißend in dem zarten weißen Ballkleid aus. Und die kleinen weißen Blüten, mit denen die Tante ihr Haar geschmückt hatte, unterstrichen ihre Jugend und ihren Liebreiz viel mehr, als es ein funkelndes Diadem vermocht hätte.
Doch das verstand Jette nicht; sie fühlte sich angestarrt, weil sie so vollkommen verunsichert war.
Jeder, den sie unterwegs trafen und der ihre Verwandten begrüßte, schien auch sie zu kennen. Und sie kannte niemanden! Ihr Gesicht war zur Maske erstarrt, sie lächelte gezwungen, nickte und knickste, wenn sie jemandem vorgestellt wurde, und sagte ansonsten kein Wort. Der Magen schien ihr wie zugeschnürt, die Knie butterweich.
Auf ein Zeichen des Oheims ging sie voran, die Treppe hinauf in den großen Kaufhaussaal, wo gelegentlich auch Theatervorstellungen oder Konzerte gegeben wurden. Der Aufgang war von unzähligen Kerzen erleuchtet, die den Schmuck im Haar der Damen zum Funkeln brachten.
Die drei Gerlachs durchquerten das Foyer, wo Henriette aus dem Augenwinkel noch einmal einen verstohlenen Blick in einen der großen Spiegel warf, gingen durch den Vorraum ... und dann verschlug es ihr den Atem.
Einen so prachtvollen Saal hatte sie noch nie gesehen!
Er sah aus wie mit Marmor getäfelt; nur aus der Nähe ließ sich

erkennen, dass dies eine kunstfertige Täuschung war, verblüffend echt mit Farbe aufgemalt.
Hunderte Kerzen brannten in riesigen Kristallleuchtern, und der Saal war voller festlich gekleideter Menschen, die sich alle ihr zuzuwenden schienen.
Am Eingang begrüßte Bürgermeister Bernhardi die Gerlachs, nun schritten sie durch die paarweise oder in Grüppchen zusammenstehenden Gäste.
Auf einem Podest gegenüber dem Eingang, an der Stirnseite des Saales, saßen mehr als ein Dutzend Musiker.
Zu Jettes Verwunderung waren überhaupt keine Militärs anwesend. Dafür hatte sie keine Erklärung.
Zielstrebig dirigierte Friedrich Gerlach seine Frau und seine Nichte zu einer Gruppe, die vor einem der Butzenglasfenster in ein lebhaftes Gespräch vertieft schien. Doch als der ältere der Männer Friedrich Gerlach entdeckte, unterbrach er die Unterhaltung und wandte sich den Neuankömmlingen zu.
»Darf ich Ihnen meine Nichte Henriette vorstellen?«, begrüßte der Onkel sie.
»Bezaubernd, ganz bezaubernd«, meinte der so Angesprochene und küsste Jette elegant die Hand. »Wilhelm August Lampadius, Professor an der Königlich-Sächsischen Bergakademie. Ihr Vormund publiziert diverse meiner Werke.«
»Ich weiß ... über Zuckerersatz ... über Atmosphaerologie ... und Ihren neuen Nervenessig«, rutschte es Jette heraus, bevor sie sich zügeln konnte.
Der Professor zog überrascht die Augenbrauen hoch, beschloss aber dann, dieses Wissen angesichts seines Ruhmes als selbstverständlich hinzunehmen. »Demnächst gedenke ich, ein Handbuch der technischen Chemie herauszubringen ... Und dann eines der Elektrochemie ... alles bei Ihrem Vormund. Nicht wahr, mein guter Gerlach?«
Der Verleger und Buchdrucker bejahte, begrüßte die junge Frau des Professors und nutzte dann die Gelegenheit, seine

Nichte dem Mann neben Lampadius vorzustellen, der nicht viel älter als zwanzig Jahre sein konnte und sie interessiert musterte.

»August Breithaupt. Ich war ein Schüler Professor Werners; jetzt unterrichte ich Mineralogie an der Bergschule und betreue Werners Sammlungen«, stellte er sich vor.

Dann muss er Felix kennen, dachte Jette sofort, während sie höflich knickste. Ob er etwas über seinen Verbleib weiß?

Doch diesmal hielt sie sich mit Äußerungen zurück.

Der junge Breithaupt allerdings forderte sie geradezu heraus. »Sie haben Professor Werner bereits kennengelernt?« Es war mehr eine Feststellung als eine Frage. »Vermute ich richtig, dass Sie diejenige sind, die zusammen mit dem Professor preußische Verwundete in der Hauptwache pflegte?«

Jette zögerte, weil diese Tat nun nichts war, womit man sich *hier* rühmen sollte. Doch dann sagte sie einfach: »Ja.«

Es schien sowieso jeder in der Stadt zu wissen. Der Major wusste es. Was konnte ihr also noch geschehen deshalb?

»Sie müssen ein außergewöhnliches Mädchen sein«, stellte August Breithaupt mit einem respektvollen Lächeln fest. »Sie beherrschen Wörter wie ›Atmosphaerologie‹ und zeigen Mut im Angesicht des Feindes.«

Ich sollte ihn besser nicht fragen, was und wen er mit »im Angesicht des Feindes« meint, dachte Jette und bedankte sich wortlos knicksend für das Kompliment.

Johanna mit ihrem untrüglichen Gespür für heikle Situationen erkannte das Brisante des Augenblicks sofort und mischte sich hastig ein. »Wo sind eigentlich die ganzen Militärs? Und dieser Marschall? Gouvion Saint Cyr, oder wie er nun heißt ...«

Sie reckte sich und stellte sich auf die Zehenspitzen, um mehr sehen zu können.

»Ich glaube, es geht gleich los«, meinte ihr Mann kryptisch.

Jette sah, dass die Musiker auf ein Zeichen des Dirigenten hin die Instrumente zum Spielen ansetzten. Die zweiflüglige Ein-

gangstür wurde geschlossen und nach einem Moment erwartungsvoller Stille auf beiden Seiten gleichzeitig aufgerissen.
Exakt in diesem Augenblick begannen die Musiker, eine laute, feierliche Melodie zu spielen. Gravitätisch schritten in einem üppig goldbetressten Pulk sämtliche französischen Offiziere der Stadt in den Saal; der aus Dresden gesandte Marschall und sein Stab an ihrer Spitze.
Sofort wichen alle Gäste an die Längsseiten zurück, um den Militärs Platz zu machen. Frauen knicksten, Männer verneigten sich vor seiner Exzellenz, dem kaiserlichen Marschall.
Es war unbestritten ein festlicher, beeindruckender Anblick. Zum ersten Mal begriff Henriette in solcher Klarheit, wie sich Macht inszenierte.
Nur die überaus finstere Miene Gouvions Saint Cyr wollte nicht recht ins Bild passen. Ohne den geringsten Ansatz eines Lächelns oder wenigstens höflicher Verbindlichkeit hielt der Marschall eine kurze Rede, deren Inhalt an Jette vorbeirauschte und an die sich ein donnerndes dreifaches »Vive l'Empereur!« anschloss.
Danach hielt der Kreisamtmann Hans Georg von Carlowitz eine Rede ähnlichen Inhalts und ähnlicher Wirkung auf Henriette. Ob sein Bruder tatsächlich in die russische Armee übergewechselt ist?, fragte sie sich und malte sich die daraus entstehenden Komplikationen aus.
Nun gab der Bürgermeister den Musikern das Zeichen, die Polonaise zu spielen.
Das Publikum war einen Augenblick lang irritiert, weil offensichtlich der Marschall den Tanz nicht eröffnen wollte; von dem mehr als siebzigjährigen Oberberghauptmann von Trebra erwartete dies ohnehin niemand. Die Militärs räumten die Mitte des Saales und stellten sich gegenüber den Musikern auf, und nach einigem Zögern eröffnete gezwungenermaßen der Bürgermeister mit seiner fülligen Frau im roten Samtkleid den Reigen.

Jette verkroch sich sofort hinter ihrem Oheim; sie hielt ängstlich Ausschau nach den de Trousteaus, die sie heute den ganzen Tag lang nur von fern gesehen hatte, und entdeckte beide in der Nähe des Marschalls und des Militärkommandanten der Stadt. Sie schienen in ein Gespräch mit auffallend kurzen Wortwechseln verwickelt.

Schon wollte sie aufatmen. Da hörte sie, wie August Breithaupt ihren Oheim um die Erlaubnis bat, das bezaubernde Fräulein Henriette als Erster zum Tanz zu führen.

»Es tut mir sehr leid, der erste Tanz meiner Nichte ist zu unserem großen Bedauern bereits reserviert«, beschied ihm der Buchdrucker und breitete entschuldigend die Arme aus.

Jette hätte sich am liebsten unsichtbar gemacht.

Um nichts in der Welt wollte sie jetzt vor all diesen Menschen über das Parkett geführt und angestarrt werden. Sie bedeckte ihr ungewohnt tiefes Dekolleté mit dem Fächer, weil sie sich halbnackt vorkam, und wünschte, sie könnte sich den Blütenschmuck aus dem kunstvoll aufgesteckten Haar reißen.

Der junge Mineraloge drehte sich enttäuscht um und nahm das Gespräch mit Lampadius wieder auf.

Die Polonaise war vorbei, lächelnde Paare schritten wieder an den Rand des Saales, junge Damen wurden zurück zu ihren Beschützern geführt.

»Der Ball ist eröffnet!«, rief der Bürgermeister und gab den Musikern erneut ein Zeichen.

Diese begannen nun, einen Walzer zu spielen. Das sorgte beim Freiberger Publikum für noch mehr Irritationen, denn die wenigsten Gäste beherrschten diesen Tanz. Und während sich nicht mehr als zwei Paare in der Mitte des Parketts einfanden, sah Jette zu ihrem Entsetzen Étienne zielstrebig auf sie zusteuern.

Ihr war, als ob ihr Herz vor Schreck gleich aufhören würde zu schlagen.

Höflich begrüßte er die Gerlachs, verneigte sich vor Henriette und bat den Oheim um die Ehre, seine Nichte zum Tanz führen zu dürfen.

Friedrich Gerlach gratulierte dem jungen Offizier zu seiner heutigen Beförderung zum Premier-Lieutenant und machte eine zustimmende Handbewegung in Henriettes Richtung.

Auch Jette gratulierte, dann wandte sie ein: »Es tanzt fast niemand. Alle werden uns anstarren!« Nun flehte sie fast. »Wollen wir nicht noch ein wenig warten, bis sich die Tanzfläche füllt?«

Étienne schien das nicht im Geringsten zu bekümmern. »Umso besser! Alle Männer werden mich heute Abend beneiden!«

Er lächelte sie strahlend an, schlug die Hacken zusammen, verneigte sich erneut vor ihr und bot ihr auffordernd seinen Arm. Nach einem hilflosen Blick reichte sie der Tante ihren Fächer und schritt mit zittrigen Knien an Étiennes Arm in die Mitte des Saales. Es waren immer noch bloß zwei weitere Paare auf dem Parkett.

»Nur Mut! Verlassen Sie sich einfach auf mich. Ich werde Sie sicher führen«, sagte der frisch ernannte Premier-Lieutenant aufmunternd.

Er ließ sie an seinem Arm einmal um sich herumwirbeln, dann verbeugte er sich erneut vor ihr, sie knickste.

Étienne legte seine linke Hand auf ihren Rücken, sie die rechte über die goldene Epaulette auf seiner Schulter, mit der Linken raffte sie die Schleppe. Er wiegte sie ein paar kleine Schritte, bis sie im Einklang mit der Musik waren, und dann begannen sie, sich im Dreivierteltakt durch den Saal zu drehen. Rasch fand sie sich in die Schrittfolge ein, immer schneller drehten sie sich miteinander, das weiße Kleid mit der zarten Spitze wogte elegant um ihre Knöchel.

»Sie sehen bezaubernd aus. Und Sie tanzen wunderbar, Henriette«, raunte er ihr zu.

Doch Jette lächelte nur gequält, während sie die Lider gesenkt hielt. Sie war dankbar für jede Übungsstunde beim Maître, den-

noch meinte sie, die Blicke der vielen Gäste wie Dolchspitzen auf der Haut zu spüren.
Und dann war da die beunruhigende Nähe Étiennes.
Als er auf den Tod darniederlag und sie ihn pflegte, war eine körperliche Vertrautheit zwischen ihnen entstanden, jedoch von vollkommen unschuldiger Natur: Er war Patient, sie die Krankenpflegerin.
Nun war er genesen und die Situation eine völlig andere. Nun stand er als junger Mann von blendendem Aussehen vor ihr, in Paradeuniform, soeben befördert, und sein deutliches Interesse für sie konnte niemandem entgehen.
Sie war froh, dass ihre Hand auf der goldenen Epaulette mit dem roten Streifen lag; an der konnte sie sich festhalten, ohne ihn wirklich zu berühren. Doch seine Hand auf ihrem Rücken – warm und stark – verwirrte und verstörte sie.
»Henriette«, flüsterte er ihr werbend ins Ohr. »Wovor fürchten Sie sich? Ich halte Sie, nichts kann Ihnen geschehen. Tun Sie mir die Freude, schenken Sie mir ein Lächeln!«
Sie konnte sich dem nicht entziehen, und doch war es nur ein ganz kurzer Blick, direkt in seine Augen, bevor sie die Lider rasch wieder senkte.
»Alle hier starren uns an«, murmelte sie als Entschuldigung.
»… und werden mir vorwerfen, dass ich auf Ihren zarten Füßen herumtrample, wenn Sie weiter so eine gequälte Miene ziehen«, scherzte er und brachte sie gegen ihren Willen zum Lächeln.
»Sehen Sie, es geht doch!«, triumphierte er. »Und jetzt schauen Sie mich an, ich bitte Sie! Seit Wochen freue ich mich auf diesen Augenblick.«
Da war der Tanz vorbei. Sie knickste, er verneigte sich, und mitten im Saal, angestarrt von allen Ballgästen, warteten sie, dass die Musiker wieder zu spielen anfingen.
Auch der zweite Tanz war ein Walzer, und abermals hatten sie die Tanzfläche fast für sich allein. Dieses Musikstück war etwas schneller als das vorherige, und Étienne ließ Jette in weiten

Kreisen durch den Saal wirbeln. Keiner von ihnen patzte nur ein einziges Mal; es war, als hätten sie schon Ewigkeiten zusammen getanzt und wären vertraut miteinander.

»Sie machen mich sehr glücklich, Henriette«, sagte Étienne. Nun brachte sie ein kurzes Lächeln zustande, das ihn vor Freude strahlen ließ.

Ich darf mich nicht in ihn verlieben!, ermahnte sie sich. Um keinen Preis! Es waren seinesgleichen, die Maximilian und dessen Kameraden fast getötet hätten; vielleicht war er es sogar selbst. Es waren seinesgleichen, die die Lützower niedermetzelten. Und es werden er und seinesgleichen sein, die Sachsen, Deutschland und Europa in Schutt und Asche legen, wenn Blücher sie nicht aufhält!

Sie versuchte krampfhaft, sich Maximilians Bild in Erinnerung zu rufen, Felix' Bild und auch das von Richard, der nicht wieder aufgetaucht war, nachdem sie ihn mit einer Ohrfeige fortgeschickt hatte, damit er seinen Freund suchte.

Dann war auch dieser Tanz zu Ende. Ihr wurde ganz schwindelig, als Étienne sie noch einmal herumwirbeln ließ. Er nahm ihre Hand, beugte sich darüber und reichte ihr den Arm, um sie zurück zu den Verwandten zu führen. Diesmal musste sie ihn berühren, und sie spürte, wie ihre Hand dabei zitterte.

Bei den Gerlachs erwartete der Major sie bereits, der seinem Sohn einen anerkennenden Blick zuwarf und dann höflich darum bat, den versprochenen dritten Tanz der Demoiselle Henriette einlösen zu dürfen.

Sie hatte keine Wahl. Mit einem verkrampften Lächeln ließ sie sich erneut auf die Tanzfläche führen.

»Sie zittern ja!«, warf de Trousteau ihr mit gespielter Verwunderung vor, insgeheim ein wenig genüsslich, wie ihr schien. Oder bildete sie sich das nur ein?

»Wovor fürchten Sie sich?«, fragte er. »Dies ist ein Tanz, kein Kampf. Und solange ich in Ihrer Nähe bin, kann Ihnen niemand etwas anhaben.«

»Ich bin nicht sehr geübt in diesen Schritten«, entschuldigte sie sich. Und schon war es geschehen – sie geriet aus dem Takt.
»Oh, ich bitte Sie, Henriette!«, protestierte der Major und zählte neu an. »Sie sind so elegant mit meinem Sohn durch den Saal geschwebt, dass es mir vor Neid die Sprache verschlug. Sie werden doch seinem Vater nicht etwa die gleiche Freude verwehren?«
»Natürlich nicht, Monsieur«, brachte sie mit Mühe heraus und senkte den Blick.
Der Major amüsierte sich wirklich über sie, auch wenn er das nicht offen zeigte. Sie benahm sich so verängstigt ... ja ... unberührt, dass er sich schon zu fragen begann, ob er nicht voreilig Schlüsse gezogen hatte.
Womöglich hatte es sein Sohn doch noch nicht bis ins Bett dieses Mädchens geschafft? Étienne war ein Narr! Lockerzulassen, obwohl die Frucht doch schon reif war, obwohl es so viele Gelegenheiten und so viel Nähe gegeben hatte! Es grenzte an Peinlichkeit, falls sein Erbe wirklich dermaßen Rücksicht genommen hätte.
Einen Moment lang überlegte er, ob er selbst noch heute einen Angriff wagen sollte. Er würde diese Festung ohne Zweifel sturmreif schießen, wenn er einmal dazu entschlossen war. Aber warum mit einem unerfahrenen jungen Ding Zeit vergeuden, wenn er doch ohne jede Mühe diese üppige, sinnliche Rothaarige haben konnte, die ihm die Nächte versüßte?
Sollte Étienne sich mit der Jungfrau abplagen. Wenn der Bursche an diesem Abend nicht zum Zuge kam, war ihm wirklich nicht zu helfen.
Genau bei dieser Überlegung des Majors endete die Musik. Er lächelte Jette breit zu, amüsiert über ihre Beklommenheit, verneigte sich knapp, sie knickste, und dann reichte er ihr den Arm, um sie zurückzuführen.
Sie ist so süß in ihrer Angst, dachte er, während sie es kaum wagte, den Ärmel seiner Uniformjacke zu berühren. Er spürte

ihre Hand gar nicht, deshalb machte er sich einen Spaß daraus, seine besitzergreifend darüberzulegen.

Jette zuckte zusammen; ihre Finger waren trotz der langen Handschuhe aus Satin klamm und eiskalt.

Belustigt registrierte der Major, dass sie sofort den Fächer von ihrer Tante entgegennahm, ihn aufklappte und damit ihr entzückendes Dekolleté bedeckte, als sie wieder den schützenden Hafen der Familie erreicht hatte.

Da beschloss der Major, dem Liebesglück seines Sohnes doch ein wenig nachzuhelfen, wenn es sein musste. Schließlich konnte noch heute Nacht der Marschbefehl eintreffen, und Étienne sollte nicht dermaßen viel Zeit mit diesem Mädchen verschwendet haben, ohne am Ende in ihrem Bett zu landen.

Die Musiker pausierten.

Aus dem Augenwinkel bekam Jette mit, dass der Bürgermeister den Tanzlehrer zu sich gerufen hatte und mit sorgenumwölkter Miene auf ihn einredete. Der Maître nickte, schritt mit stolzgeschwellter Brust zum Orchester und diskutierte eifrig mit dem Stadtmusikus Siegert.

Henriette ahnte, was da vor sich ging: Das Ausbleiben tanzwilliger Paare auf einem Ball stellte den Glanz des Ereignisses in Frage, und bei diesem Ball konnte das zu verhängnisvollen Interpretationen bei den französischen Gastgebern führen.

»Ein gelungener Abend bisher, nicht wahr?«, wandte sich der Major an Johanna, die überrascht, aber euphorisch bejahte, nachdem ihr Mann die Bemerkung übersetzt hatte.

Der Major beorderte mit energischer Geste einen der Diener zu sich, die Tabletts mit Getränken trugen.

»Auf unseren Sieg!«, sagte er und erhob sein Glas.

Diesem Trinkspruch konnte sich Henriette ohne Zögern anschließen, da »uns« für sie eine andere Bedeutung hatte. Oder spielte der Major erneut mit ihr Katz und Maus? Hatte er diese doppelbödige Formulierung bewusst gewählt, um sie herauszufordern oder sich über sie lustig zu machen?

»Ich würde Sie ja dem Marschall als die junge Dame vorstellen, die meinem Sohn das Leben gerettet hat«, erklärte de Trousteau zu Jette gewandt. »Aber bei Gouvion Saint Cyr hat das keinen Zweck. Ein tapferer und pflichtbewusster Mann«, fügte er sofort hinzu, als sie ihn fragend ansah. »Haben Sie sein Hinken bemerkt? Eine schwere Verwundung, die er sich auf dem Russlandfeldzug zugezogen hat, bei der Schlacht um Polozk. Dennoch hat er drei Tage lang weiter das Kommando geführt!«

»Wie tapfer!«, brachte Johanna pflichtschuldigst nach der Übersetzung heraus.

»Ja, er ist schon aus hartem Holz. Ihn interessieren nicht einmal seine eigenen Leute, geschweige denn wir, die wir unter Marschall Oudinots Kommando stehen. Deshalb hat es wenig Zweck, ihm von Ihrem beispiellosen Einsatz zu erzählen, Demoiselle, den jeder andere französische Kommandeur zu würdigen wüsste; mein Wort darauf! Gouvion Saint Cyr schert das nicht. Er pflegt nach der Schlacht auch nicht zu seinen Mannschaften zu gehen oder zu den Verwundeten, wie es üblich ist, sondern zieht sich an einen einsamen Ort zurück, um *Geige* zu spielen.«

Die leichte Verächtlichkeit in seinem Tonfall rührte weniger von der Wahl des Instrumentes als daher, dass die Marschälle Oudinot und Gouvion Saint Cyr zutiefst verfeindet waren, spätestens seit der Schlacht um Polozk, wo Gouvion den wieder einmal verwundeten Oudinot übel hatte auflaufen lassen.

Nach de Trousteaus Ansicht könnten Gouvion und Yorck, dieser preußische Starrkopf, der ohne Erlaubnis seines Königs einen Waffenstillstand mit den Russen vereinbart hatte, Zwillinge sein – beide stur wie die Ochsen, erhaben über jeden Versuch, sich bei ihren Truppen beliebt zu machen, und jederzeit bereit, vors Kriegsgericht zu treten, wenn sie einen Befehl nicht mit ihrer Auffassung von Pflicht vereinbaren konnten. Man sollte sie beide zur Strafe einmal eine Woche lang gemeinsam in einen Raum sperren, dachte er voller Häme.

»Geige? Wer hätte das gedacht!«, hauchte Johanna indessen.

Auch Jette sah überrascht hinüber zu dem Marschall mit den undurchdringlichen Gesichtszügen, der in wenigen Tagen die Verteidigung Dresdens leiten würde. Ist er so eiskalt, dass ihn das Leid der anderen nicht kümmert? Oder flüchtet er sich in die Musik, weil er sonst nicht ertragen kann, wie viel Leid er in der Schlacht gesehen und zu verantworten hat?

»*Alle* unsere Marschälle sind aus besonderem Holz geschnitzt«, fuhr de Trousteau stolz fort. »Ausnahmslos durch Verdienste im Kampf aufgestiegen, nicht einer adligen Herkunft wegen. Aber wenngleich Gouvion noch drei Tage lang verletzt die Schlacht geleitet hat – der Mann, unter dem mein Sohn und ich die Ehre haben zu dienen, Marschall Oudinot, ist beispiellos in seinem Mut. Und unverwüstlich dazu. Kaum eine Schlacht, in der er nicht verwundet wurde, aber er kommt jedes Mal wieder auf die Beine. Die Kugel, die ihn fällt, ist einfach noch nicht gegossen. Ein gutes Omen, auch für uns Männer unter seinem Kommando.«

Seiner Miene nach erwartete er wohl die besten Wünsche der Gerlachs für die bevorstehenden Kämpfe. Aber genau in diesem Augenblick spielten die Musiker einen Tusch, um die Aufmerksamkeit des lebhaft plaudernden Publikums auf sich zu ziehen.

»Le Double Rond!«, kündigte der Maître den nächsten Tanz an, offenbar mit der Anweisung, Walzer Walzer sein zu lassen und anstelle der neumodischen Errungenschaften lieber zu den altbekannten und bewährten Kontratänzen überzugehen. Le Double Rond war nicht nur einer der beliebtesten am Dresdner Hof, sondern auch der temperamentvollste.

Diesmal füllte sich die Tanzfläche sofort.

Jette erstarrte erneut. Was würde nun geschehen?

Noch bevor einer der beiden Offiziere ein Wort an sie richten konnte, stand plötzlich Sebastian vor ihnen, den sie an diesem Abend noch gar nicht entdeckt hatte. Er sah sehr elegant aus im schwarzen Frack mit weißer Seidenbinde, erwachsener.

Sofort bat er Friedrich Gerlach um die Erlaubnis, mit Fräulein Henriette tanzen zu dürfen, und fuhr sich dafür einen scharfen Rüffel des Majors ein.

»Junger Mann, ich unterhalte mich mit den Damen! Solange ich noch nicht fertig bin, warten Sie gefälligst!«

Doch Sebastian ließ sich nicht im Geringsten einschüchtern. Er setzte ein strahlendes Lächeln auf und stellte sich nach einer Verbeugung dem Major vor, dem der Name von Trebra nicht unbekannt sein konnte.

»Es ist ein Ball, Monsieur. Sind Bälle nicht zuvorderst dazu gedacht, die Damen zu zerstreuen und zum Tanz zu führen?«, fragte er in gespielter Harmlosigkeit.

Ohne eine Antwort abzuwarten, reichte er Jette den Arm und geleitete sie in die Mitte des Saales, wo sich inzwischen mehrere Dutzend Paare gegenüber aufgestellt hatten.

Verneigung, Knicks, und schon konnte sie mit den Figuren brillieren, die sie beim Maître gelernt hatte, und mit Sebastian ein paar Worte wechseln, wenn sie aufeinander zu schritten oder sich umeinander drehten.

Die Stimmung im Saal war vollständig umgeschlagen. Zum Rhythmus der mitreißenden Musik klatschten sogar die Gäste, die nicht tanzten, und der Boden bebte.

»Die Hecke«, rief der Maître. Die Unterhaltung der Tanzenden wurde unterbrochen, während jeder schwungvoll eine Acht um die neben ihm Stehenden lief.

»Handtour nach rechts!«

Die Paare fassten einander an beiden Händen und drehten sich umeinander.

»Sie bekommen jetzt bestimmt Ärger«, meinte Jette besorgt.

Sebastian lächelte verschmitzt. »Mit welcher Begründung?

Und mit Ihnen hier zu tanzen ist mir jeden Ärger wert«, behauptete er.
Jette spürte, wie ihr das Blut in die Wangen schoss.
»Handtour nach links!« Nun wechselten die Tanzpartner über Kreuz. Jette musste sich bis zur nächsten Schrittfolge gedulden, bevor sie wieder mit Sebastian sprechen konnte, und über die Unterbrechung war sie in diesem Moment sehr froh.
Rasch war auch Le Double Rond vorbei. Sofort rief der Maître La Brunswicoise aus, eine Quadrille.
Jette lachte immer noch über einen Scherz von Sebastian, als er sie nach der Quadrille und einer vollendeten Verbeugung zurück zu ihrem Vormund führte.
Dort hatten sich inzwischen zwei weitere Herren zu den Gerlachs und den de Trousteaus gesellt, die sie kannte: die beiden Bücherzensoren, der stellvertretende Bürgermeister Ehrenhauß und der Stadtrat von Busse, Mathematikprofessor an der Bergakademie. Die Zensoren waren mit dem Verleger und dem Major in ein intensives Gespräch vertieft, während Étienne nur Augen für Henriette zu haben schien.
»Sie haben in diesen wenigen Minuten mehr gelächelt als während all der Monate, die wir uns kennen«, hielt er ihr schmollend vor, als Sebastian seine Tanzpartnerin wieder ihrem Vormund übergab. »Das kränkt mich. Dabei ist dieser Bursche fast noch ein Kind! Ich erwarte Wiedergutmachung beim nächsten Tanz.«
Einladend reckte er ihr seinen Arm entgegen.
»Premier-Lieutenant – Sie hatten schon zweimal das Vergnügen«, widersprach der dickliche Ehrenhauß. »Bei allem Respekt und Bewunderung für die tapferen Offiziere der Grande Armée; bitte überlassen Sie mir die junge Dame nur für diesen einen Tanz, bevor mich die Pflichten wieder rufen.«
Großartig!, dachte Jette voller Bitterkeit. Vom Regen in die Traufe. Erst die Offiziere, dann die Zensoren. Ich wette, dass er mich aushorchen will.

Dass der Major seinem Sohn eine kurze Bemerkung ins Ohr flüsterte und Étienne danach Jette an den Rivalen übergab, bekräftigte sie in dieser Vermutung.

Ihr blieb nichts anderes übrig, als mit dem unangenehm schwitzenden Zensor zu tanzen, der bei jeder sich bietenden Gelegenheit – und sei es nur für drei Schritte – überschwengliche Bemerkungen zu dem glanzvollen Ball von sich gab. Das war sicher nicht nur als Konversation gedacht, es hörte sich so an, als diktierte er ihr einen Text. Jette kramte in der Erinnerung, ob der Oheim in seinem vorgefertigten Bericht die Formulierungen verwendete, die Ehrenhauß offensichtlich erwartete.

Verzweifelt hielt sie Ausschau nach August Breithaupt. Der Oheim konnte nicht den Zensor gemeint haben, als er ihr versprach, ein paar Geschäftsfreunde würden sie von Zeit zu Zeit von den französischen Offizieren erlösen.

Dann entdeckte sie ihn und wusste, auf ihn konnte sie nicht zählen. Er stand mit mehreren Männern an einem der Fenster und diskutierte; dabei kritzelten sie sogar etwas mit Bleistift auf ein Blatt Papier, vermutlich die Einladung zum Ball.

Wohl oder übel musste sie ihre Aufmerksamkeit wieder dem Tanz und Theodor Ehrenhauß zuwenden.

Was Henriette dabei entging, war die Auseinandersetzung zwischen dem Major und Sebastian, die begann, kaum dass sie ein paar Schritte entfernt war.

»Die Einladung an Sie ist zurückgezogen. Bitte entfernen Sie sich von hier, oder ich lasse Sie entfernen!«, forderte der Major den jungen Mann auf.

»Ich hörte von der Tapferkeit der Franzosen auf dem Schlachtfeld. Aber dass Sie mit solchen Waffen um die Frauen kämpfen, kann ich nur als erbärmlich bezeichnen«, erwiderte Sebastian mit lässiger Verachtung. »Als Feigheit.«

Der Major geriet in Wut. »Wären Sie nicht noch ein Kind *und* ein Zivilist, würde ich Sie zum Duell herausfordern!«

»Vater, Sie beschämen mich!«, mischte sich Étienne sofort sehr heftig ein. »Es besteht kein Grund, Monsieur de Trebra des Saales zu verweisen. Ich kann meine Interessen sehr gut selbst vertreten.«
Doch Sebastian ignorierte das; er war schon lange voller Zorn über das unverschämte Verhalten der Besatzer.
»Wenn Sie darauf bestehen – ich bin volljährig, bereit und wähle den Degen«, nahm er die Herausforderung des Majors an. »Obwohl ich es angemessener fände, wenn Ihr Sohn gegen mich antritt. Es geht doch hier eigentlich um ihn, nicht wahr?«
»Ich kämpfe nicht gegen Zivilpersonen«, lehnte Étienne ab.
»Und ich muss Sie nicht töten, um Henriette zu gewinnen.«
Viel wahrscheinlicher würde er sie dadurch verlieren, das war ihm vollkommen klar.
»Vielleicht töte ich ja *Sie*?«, erwiderte Sebastian ungerührt. Seit seiner Kindheit hatte er eine hervorragende Ausbildung im Fechten genossen. Das konnten diese beiden Franzosen nicht wissen. Angst würde er sich von ihnen nicht einjagen lassen.
»Es gibt einen guten Platz für heimliche Duelle, bei den Mühlteichen. Sehen wir uns dort bei Sonnenaufgang?«
Nun ging Friedrich Gerlach höchst besorgt dazwischen.
»Von Trebra, selbst falls Sie überleben – Sie kommen vors Militärgericht, weil Sie einen Angehörigen der Grande Armée angegriffen haben!«, beschwor er Sebastian, um ihn von seinem Vorhaben abzubringen. »So nehmen Sie doch bitte alle Vernunft an, meine Herren!« Das ging an die Adresse der beiden Offiziere.
»Vertagen wir die Angelegenheit auf später«, meinte der Major kühl. »Ich erwarte jetzt von Ihnen Stillschweigen darüber.« Er deutete nach vorn, wo Henriette ihnen am Arm des Zensors entgegenkam.
Étienne warf seinem Vater einen vorwurfsvollen Blick zu und verabschiedete Sebastian mit einem überaus knappen Nicken.

Der antwortete mit gleicher Geste und verließ den Saal, während Étienne Henriette auf die Tanzfläche zog.

Friedrich Gerlach war völlig in Aufruhr angesichts der Gefahr, in die sich Sebastian von Trebra stürzte. Er würde den morgigen Tag nicht überleben, falls er sich wirklich mit einem der französischen Offiziere duellierte! Also entschuldigte er sich für einen Augenblick bei dem Major, vertraute ihm für diese Zeit Johanna an, suchte Sebastians Vater und sprach mit ihm ein paar hastige Worte unter vier Augen.

Von Trebra war entsetzt. Sofort drängelten er und seine Frau sich aus dem Saal, fanden ihren Sohn zu ihrer unendlichen Erleichterung im Foyer, wo er gerade einem der Diener eine Nachricht an Henriette übermitteln wollte, und forderten ihn auf, sie auf der Stelle nach Hause zu begleiten.

Dort ließen sie noch in der Nacht seine Sachen packen, und ohne auch nur einen Moment unbeobachtet zu sein, musste er am nächsten Morgen nach Leipzig abreisen, um früher als geplant sein Studium aufzunehmen. Nicht einmal einen Brief konnte er Henriette schreiben, um sein plötzliches Verschwinden zu erklären.

Étienne ließ sich beim Tanzen mit Jette nicht das Geringste davon anmerken, dass er vielleicht am nächsten Morgen zum Duell mit ihrem vor Glück strahlenden Tanzpartner antreten würde. Der morgige Tag kümmerte ihn nicht. Für ihn zählte nur dieser Moment.

»Henriette, seien Sie doch nicht so abweisend mir gegenüber!«, flehte er sie an, während sie sich mit übereinandergelegten Handgelenken umeinander drehten. »Ich empfinde etwas für Sie, sehr viel sogar.«

Es dauerte ein paar Takte, bis sie wieder beieinander waren und er weitersprechen konnte.

»Und falls Sie nichts für mich empfinden, so sollten Sie wenigstens etwas Freundlichkeit an einen Mann verschwenden, der in wenigen Tagen erneut in den Kampf zieht.«

Die Mühle, zu der vier Tänzer die rechten Hände übereinanderlegten und im Kreis schritten, bis sie Hand und Richtung wechselten, verschaffte Jette Zeit, sich eine Antwort zu überlegen.
»Ich kann nicht hier vor aller Augen eine Affäre mit Ihnen beginnen«, sagte sie abweisend, als sie sich wieder paarweise drehten. Étienne wirkte wie mit einem Eimer kalten Wassers übergossen.
Nach einer quälenden Pause sagte er: »Bitte warten Sie hier!«
Er ging zu den Musikern und besprach etwas mit ihnen, dann kam er zurück.
»Einen letzten Tanz werden Sie mir nicht abschlagen, wenn ich Sie inständig darum bitte?«, fragte er kühl und unübersehbar gekränkt. »Den letzten Walzer?«
Wortlos nickte sie, obwohl sich der Tanzboden wieder leerte, weil viele Gäste den Walzer nicht beherrschen. Langsam, fast wehmütig war diese Melodie. Diesmal sagte Étienne kein einziges Wort. Er wirkte ganz so, als ob mit jedem Schritt sein Glück unaufhaltsam verrann wie in einer Sanduhr.
Ich darf mich nicht in ihn verlieben!, ermahnte sich Jette erneut. In ein paar Tagen steht er vielleicht in der Schlacht und schießt auf diejenigen, die das Vaterland befreien wollen.
Das dachte sie auch noch, als sie in ihrem Bett lag, ohne Schlaf zu finden.
Je länger sie über ihren ersten Ball nachgrübelte, umso mehr erschien er ihr wie ein Totentanz.
Sie waren eigentlich alle schon tot. Alle, die dort in kostbaren Roben gefeiert hatten. Der Gedanke verfolgte sie bis in ihre Träume, die immer schrecklicher wurden. Grotesk in Seidenkleider und Uniformen gehüllte Skelette drehten sich im Walzertakt, und sie schritten dabei nicht übers Parkett, sondern über Berge morscher Knochen, die unter ihren Tritten knirschend zerbrachen.

Vorgeplänkel

Luckau, 10. August 1813

Die Gräfin von Kielmannsegge feierte Napoleons Geburtstag in Luckau, gemeinsam mit den dort stationierten französischen Truppen und an einem Ehrenplatz an Marschall Oudinots Tafel. Das hatte der Kaiser höchstpersönlich so angewiesen. Doch den Auftrag, dort in Napoleons Namen auch noch die Gäste zu empfangen und zu begrüßen, lehnte sie entschieden ab. Diese Auszeichnung habe sie nicht verdient.
»Sehr klug, sich nicht noch mehr Neid zuzuziehen«, murmelte Oudinot ihr zu, als die Menschen in ihrer unmittelbaren Nähe abgelenkt waren. Die Blicke, mit denen die zur Feier befohlene einheimische Prominenz die Schlossherrin von Lübbenau musterte, waren auch ihm nicht entgangen. »Der Kaiser wird es verstehen und Ihnen verzeihen.«
Der Marschall wirkte trotz des feierlichen Anlasses so finster, dass sich Auguste Charlotte Sorgen um ihn machte, obgleich sie sich natürlich vor den Leuten davon nichts anmerken ließ.
Auch sie war voller Wehmut, weil die herrliche Zeit in wenigen Tagen ein Ende haben würde – zwei glückliche Monate, die sie mit Oudinot und seinem Stab verbracht hatte, mit Gleichgesinnten, die wie sie Napoleon bewunderten und die sie auf Händen trugen. Die hell erleuchteten Fenster des Schlosses, die von Leben kündeten, die anregenden Abende, die romantischen Spaziergänge an den Ufern der Spree ...
Letellier, in dessen Armen sie zum ersten Mal in ihrem Leben reines Liebesglück erfahren hatte, war bereits abgereist. Dank Oudinots Fürsprache zum Brigadegeneral des Vierzehnten Armeekorps befördert, musste er sich bei seinem neuen Kommando einfinden. Doch sie verbot sich in diesem Moment jeden Gedanken an den Geliebten, sosehr sie ihn und seine Leidenschaft auch vermisste. Den Marschall plagten schlimmere Sor-

gen als nur der nahende Abschied, das spürte sie als kluge Menschenkennerin.

Seit sie Oudinots Liebeserklärung, noch bevor sie richtig ausgesprochen war, so dezent und zugleich entschieden abgewiesen hatte, dass er sich nicht gekränkt fühlen konnte, hatte sich ihr Verhältnis zueinander geändert. Es war wider Erwarten vertrauter geworden, aufrichtiger. Der Marschall schien akzeptiert zu haben, dass sie sich nicht auf eine Affäre mit einem verheirateten Mann einlassen würde, und betrachtete die Gräfin von Kielmannsegge nun als seine Freundin und absolut zuverlässige Vertraute, wie es der Kaiser auch tat. Nur als er von ihrer Liaison mit seinem Adjutanten erfuhr, überkam ihn ein heftiger Anfall von Eifersucht. Doch mit ihrer unnachahmlichen Art, Menschen sanft und doch zielstrebig dorthin zu steuern, wo sie sie haben wollte, hatte die Gräfin Versöhnung bewirkt.

Also musste es etwas anderes, Schwerwiegendes sein, das Oudinot beunruhigte. Und es sah ganz so aus, als ob er mit ihr darüber reden wollte.

Richtig, bei nächster Gelegenheit sorgte der Marschall und Herzog von Reggio dafür, dass sie unter vier Augen waren.

»Meine Leute haben einige Briefe abgefangen, die auch Sie betreffen«, begann er ohne Umschweife und hielt ihr einige Blätter entgegen. »Von und an die Preußen, einige auch von Ihren sächsischen Freunden, von Leuten, für die Sie sich eingesetzt haben.«

Die Gräfin verkniff sich jede Bemerkung dazu und sah ihn nur fragend an.

»Dieser hier ist an den Stab des Bülowschen Korps gerichtet«, fuhr Oudinot fort und tippte nervös auf das oberste Blatt. Der Name Bülow brachte ihn in Rage; dieser preußische Generalleutnant hatte ihm bei Luckau schon einmal den Weg nach Berlin verwehrt, und bald würde er sich wieder mit ihm schlagen müssen, erneut um Berlin. »Sie sollen als Verräterin an der guten Sache behandelt werden, sobald *die erfreulichere Zukunft* eingetreten ist.«

Er verzog das Gesicht zu einem zynischen Lächeln. »Wir wissen, was sich die Preußen unter einer *erfreulicheren Zukunft* vorstellen. In diesem hier« – nun zog er ein weiteres, eng beschriebenes Stück Papier hervor – »beauftragen die Preußen ihre hiesigen Spione, Sie nicht aus den Augen zu lassen. Sie seien eine Gefahr, denn Ihre achttausend Untertanen seien Ihnen bis in den Tod ergeben.«

Die Gräfin von Kielmannsegge lachte trocken auf. »Glauben diese Leute etwa, ich wolle mich an deren Spitze stellen? Und dann? Marschieren wir mit Heugabeln gegen Blüchers Armee?«

»Die Preußen beabsichtigen, in Lübbenau ein Hospital für sechshundert Kranke einzurichten, sobald sie die Gegend erobert haben«, fuhr der Marschall fort, ohne auf ihren Einwurf einzugehen. »Sie, ma chère, sollen von hier entfernt werden, weil Sie zu einflussreich sind, und Ihr ältester Sohn soll zum Dienst in der preußischen Armee gezwungen werden.«

Jetzt hatte seine Gastgeberin doch Mühe, gelassen zu erscheinen.

»Keine Sorge, der junge Graf Lynar geht nach Merseburg aufs Gymnasium. Das ist bereits mit seinem Vormund so abgesprochen. Dann können sie ihn nicht in die Armee des Gegners zwingen.«

»Gut.« Oudinot atmete auf. »Sie selbst sollten Lübbenau ebenfalls verlassen. Dort ist es nun zu gefährlich für Sie. Ich rate Ihnen, bleiben Sie in der Nähe des sächsischen Königs und seiner Armee!«

Am liebsten hätte Auguste Charlotte gespottet, wenn er dieses Gebiet nicht mehr für sicher halte, dann ließe dies ja nur den Schluss zu, dass er nicht an den Sieg der Grande Armée glaube. Doch ihr war nicht nach Spott zumute.

Und das lag keineswegs nur an ihrer wehmütigen Stimmung angesichts des Abschieds und der düsteren Miene des Marschalls.

Oudinot hatte recht; die Gegend um Lübbenau würde vermutlich schon in ein paar Tagen von den Preußen überrannt werden. Ein Teil ihrer Truppen stand ganz in der Nähe und wartete nur auf den Befehl zum Vorrücken.

Oudinot würde unterdessen gegen Berlin marschieren, während Napoleon den Angriff der Hauptarmee unter Schwarzenberg auf das nun wieder befestigte Dresden erwartete. Bis zu seinen nächsten Siegen würden wohl noch mindestens ein oder zwei Wochen vergehen. Und so lange war sie in Lübbenau wirklich nicht mehr sicher. Das hatte die Gräfin bereits erkannt und ihre Vorbereitungen getroffen.

»Ein guter Plan; verlassen Sie Lübbenau sofort nach meiner Abreise«, meinte Marschall Oudinot erleichtert, als sie ihm von ihrem Vorhaben berichtete. »Ich gebe Ihnen ein Schreiben an sämtliche französischen Kommandanten mit, dass man Ihnen in allem Hilfe und Folge zu leisten hat.«

Gerührt dankte ihm die Gräfin.

»Dann ist wenigstens diese Sorge von mir genommen«, gestand der Marschall.

Charlotte von Kielmannsegge wusste, worauf er anspielte – eine weitere, noch größere Sorge Oudinots, von der sie durch ihn selbst wusste. Napoleon hatte ihm das Kommando über die Armee gegeben, die sofort nach Ablauf der Waffenruhe den Angriff gegen Berlin führen sollte. Doch der Mann, der dem Tod so oft unerschrocken ins Gesicht geblickt hatte, zweifelte daran, ob er *diese* Aufgabe übernehmen konnte.

»Ich kann ein Korps leiten, sogar gut, aber keine ganze Armee. Sire, geben Sie einem anderen den Oberbefehl!«, hatte er den Kaiser eindringlich gebeten. Aber der fegte diesen Einwand beiseite und beharrte auf seiner Entscheidung.

»Sie haben neue Instruktionen erhalten?«, fragte sie und neigte den Kopf ein wenig, während sie ihn mit leicht zusammengekniffenen Augen musterte.

»Ja, vom Kaiser persönlich unterzeichnet«, sagte Oudinot nahezu verzweifelt und suchte ein Schreiben aus seiner Schatulle hervor.

»Sehen Sie, er nimmt an, dass ich einhundertzwanzigtausend Mann zur Verfügung habe, aber es sind nicht einmal neunzigtausend. Er tut mich mit Ney zusammen, und wir beide verabscheuen uns! Ganz abgesehen davon, dass ich unmöglich seinen Zeitplan einhalten kann und die Armee inzwischen nur noch aus Männern besteht, die entweder des Krieges müde sind oder vom Krieg noch keine Ahnung haben …«

Die Gräfin kannte pikante Einzelheiten der Rivalität zwischen Oudinot und dem vom Kaiser stets bevorzugten Marschall Ney. Streitigkeiten um Geld spielten darin eine Rolle, verschiedene Ansichten, Neys rücksichtsloser Umgang mit Pferden. Viel Öl ins Feuer dieser Feindschaft hatten die Ereignisse während der Schlacht bei Bautzen gegossen. Weil Ney einen Befehl des Kaisers nicht ausgeführt hatte – ungestraft noch dazu! – und später angriff als angewiesen, musste Oudinot mit seinem Korps allein fast der gesamten russischen Streitmacht standhalten und verlor dabei ein Drittel seiner Männer. Das und die Niederlage ausgerechnet hier in Luckau gegen Bülow hatten wohl so an seiner Selbstsicherheit gezehrt, dass er sich den Oberbefehl über eine Armee nicht zutraute. Obwohl er ein todesmutiger Mann war, fühlte er sich im Grunde seines Herzens immer noch als Grenadier – und als »Vater der Grenadiere«, wie man ihn in der Grande Armée gern nannte.

»Ich habe einfach nicht genug gute Leute«, setzte der Marschall seine Klage fort. »Ich soll mein eigenes Korps führen und noch drei weitere: das Vierte von Bertrand, das Siebente von Reynier und das Dritte Kavalleriekorps unter Arrighi. Reynier hat die Sachsen unter sich, das sind wenigstens zuverlässige Kämpfer. Sahrer von Sahr wird sie anführen.«

»Ein bewährter und entschlossener Mann«, ermutigte ihn die Gräfin überschwenglich. »Er hat im Mai verhindert, dass der Verräter Thielmann die Festung Torgau den Alliierten übergab.«

Ihre Verachtung und ihr Hass für den zu den Russen übergelaufenen Generalleutnant kannten keine Grenzen. Thielmann hatte den Kaiser verraten! Das war unverzeihlich.

»Aber dabei ist auch Duruttes Division – das sind die Strafregimenter, Abschaum!«, fuhr der neu ernannte Armeekommandant fort. »Arrighi hat zwar gute Pferde, aber seine Leute können nicht reiten und haben keinerlei Kriegserfahrung. Und die Kavallerie aus den deutschen Regimentern ist zwar hervorragend, doch das sind viel zu wenige, nicht einmal dreitausend Pferde!«

Von Oudinot ins Vertrauen gezogen, kannte die Kielmannsegge Einzelheiten von Napoleons Plan. Er klang gut durchdacht, war von der üblichen Kühnheit seines Vorgehens: Oudinot sollte von hier aus nach Norden vorstoßen, während Davout von Hamburg und Girard von Magdeburg aus gegen die Nordarmee ziehen sollten. Dann würde Bernadotte, der nun schwedischer Thronfolger war und gegen seinen einstigen Freund und Kaiser kämpfte, seine Kräfte teilen müssen.

Napoleon nahm Bernadotte nicht ernst und glaubte, dass der Abtrünnige eher ausweichen statt kämpfen würde. Deshalb war er der Meinung, Oudinot könne mit ihm fertigwerden. Ernst nahm der Kaiser der Franzosen nur Blücher mit seiner Schlesischen Armee, aber die umfasste kaum mehr als einhunderttausend Mann.

»Wir müssen auf Gott vertrauen und auf das Kampfgeschick des Kaisers«, bemühte sie sich, den Zweifelnden aufzurichten. »Er hat doch bisher jeden Krieg gewonnen. Und Sie haben bisher jeder Kugel getrotzt!«

Sie nahm seinen Arm und lächelte ihn an. »Ich glaube, wir müssen uns allmählich auf den Ball vorbereiten ...«

Am Abend des 14. August erhielt Charles-Nicolas Oudinot in Luckau seinen Abmarschbefehl mit genauer Order Napoleons: Berlin einzunehmen und zu entwaffnen. Binnen einer Woche sollte das erledigt sein. Und falls die Stadt es wagte, Widerstand zu leisten, sollte der neu ernannte Armeeführer ihre Mauern mit schweren Feldgeschossen zertrümmern und Berlin niederbrennen.

Lebewohl

Freiberg, 15. August 1813

Es war ein schwüler Sommerabend. Jedermann wartete auf das Gewitter, das bald losbrechen, die Spannung entladen und in der drückenden Hitze Abkühlung bringen würde.
Jette hatte sich nach dem Abendessen zum Lesen in ihr Zimmer zurückgezogen, die Schuhe abgestreift und es sich auf der Récamiere bequem gemacht, als jemand an die Tür der Bibliothek klopfte.
Sie glaubte, es sei Lisbeth oder Nelli, die sie nach Wünschen für die nächste Mahlzeit oder ein paar Kleidungsstücken für den morgen geplanten Waschtag fragen wollten. In Gedanken noch ganz bei ihrer Lektüre, rief sie gewohnheitsmäßig »Herein!«
Zu ihrem Erstaunen stand Étienne in der Tür, vollständig in Uniform, den Degen an der Seite.
Erschrocken sprang Jette auf und schlüpfte in die achtlos abgestreiften Schuhe. Ihr Herz hämmerte vor Schreck.
»Bitte ängstigen Sie sich nicht, ich will Ihnen nichts tun!«, sagte er sofort und streckte ihr die leeren Handflächen entgegen. Erst als sie sich einigermaßen gesammelt hatte, wich die Besorgnis aus seinem Gesicht. Doch er lächelte nicht wie sonst, sondern blickte sehr ernst.

»Würden Sie mir für einen Augenblick Einlass in Ihr Zimmer gewähren? Sie haben mein Wort; ich werde mich vollkommen ehrenhaft benehmen.«

Das war gegen alle Regeln. Aber alles an ihm deutete darauf hin, dass etwas Außergewöhnliches geschehen war. Zögernd trat Jette einen Schritt vor und bat Étienne mit einer Handbewegung herein. Dieser schloss die Tür hinter sich und blieb stehen, da Henriette ebenfalls stand und ihm keinesfalls einen Platz anbieten würde.

»Ich komme, um mich von Ihnen zu verabschieden, bevor ich in die Schlacht ziehe«, erklärte er. »Mein Marschbefehl sieht vor, dass ich morgen bei Sonnenaufgang aufbreche, zusammen mit meinem Vater und all seinen Männern. Wir werden schon fort sein, wenn Sie aufwachen. Da wir uns aller Wahrscheinlichkeit nach nie wiedersehen, wollte ich Ihnen Lebewohl sagen und für alles danken.«

Obwohl diese Eröffnung angesichts der politischen Lage nicht so unerwartet sein konnte, fühlte sich Henriette getroffen – mehr noch von der ungewohnten Düsternis, die er ausstrahlte, als von seinen Worten.

»Woher wollen Sie wissen, dass wir uns nie wiedersehen?«, fragte sie beklommen und versuchte ein Lächeln.

Étienne erwiderte das Lächeln nicht.

»Ich habe es mehrmals erlebt, dass Männer den Tag voraussehen, an dem sie in der Schlacht fallen«, sagte er stattdessen. »Sie verteilen dann vor dem Kampf ihre Andenken an zu Hause, drücken einem Kameraden einen Brief an die Eltern in die Hand, der im Falle ihres Todes abgeschickt werden soll. Ich will kein Mitleid. Und ich bin auch kein altes Weib, das behauptet, das Schicksal aus den Karten zu lesen. Es ist ein offenes Geheimnis, dass diesmal Armeen aus ganz Europa gegeneinander aufmarschieren, mehr als fünfhunderttausend Mann. Wer vermag sich das noch vorzustellen? Eine halbe Million Gewehre, ein paar tausend Kanonen. Wir stehen vor

der größten Schlacht seit Menschengedenken. Wie viele von uns werden sterben? Hunderttausend? Zweihunderttausend? Es ist also äußerst unwahrscheinlich, dass wir uns noch einmal sehen.«
Er verneigte sich steif und schlug die Hacken zusammen. »Leben Sie wohl, Fräulein Henriette! Möge Gott Sie schützen.«
Er hatte sich bereits zur Tür gewandt und wollte hinaus, als sie seinen Namen rief. Überrascht drehte er sich um, aber seine Miene war immer noch düster.
»Möchten Sie mir diesmal zum Abschied keinen Kuss auf die Wange geben?«
Seine Augen weiteten sich ein wenig, dann räusperte er sich verlegen, trat zu ihr und hauchte ihr einen Kuss auf die rechte Wange.
Jette war von sich selbst überrascht, als sie ihn aus einem Impuls heraus in ihre Arme schloss.
Es war kein Begehren, sondern Mitleid.
Mitleid mit diesem jungen Mann und all den vielen anderen jungen Männern, die sich jetzt sammelten und vielleicht schon in ein paar Tagen verbluteten: von den Geschossen der Kanonen zerfetzt, von Kugeln und Bajonetten durchbohrt. Allein die Vorstellung konnte sie kaum ertragen.
Étienne glaubte zu träumen. Seine innigste Hoffnung wurde wahr – Henriette so nah bei ihm!
Zärtlich nahm er ihre Hände und küsste sie, dann strich er mit seinen Händen über ihren Nacken, und schließlich küsste er ihren Mund.
Immer noch war es kein Begehren, das Jette leitete, nur unendliches Mitleid. Sie erwiderte den Kuss, zog seinen Kopf an sich und streichelte ihn, während sie sanft etwas murmelte, so wie Mütter weinende Kinder in den Schlaf wiegen.
Étienne liebkoste weiter ihren Hals und ihren Nacken. Seine Lippen berührten sanft ihre Schulter, dann suchten sie erneut ihren Mund.

Nun küsste er sie leidenschaftlicher. Zögernd und kaum spürbar strich er über ihre Brüste unter dem leinenen Kleid und fürchtete schon, sie würde ihn abwehren. Aber sein Glück schien unendlich – sie tat es nicht!
Nicht einmal, als sich seine Hände zu den Häkchen am Verschluss ihres Kleides vorarbeiteten und die ersten lösten.
»Liebste, ich bin immer noch bereit, dich in allen Ehren zu heiraten«, flüsterte er. »Das sollst du wissen …«
Jette ging es nicht um Heiraten. Ihr ging es nicht um Begehren, nicht um Liebe im romantischen Sinn. Als er ihr das Kleid abstreifte, sie ihm die Uniformjacke aufknöpfte, da hatte sie einfach nur das Gefühl, zugleich mit ihm all die jungen Männer zu umarmen und zu trösten, die man in ein paar Tagen auf die Schlachtbank schickte.
Ihr war, als würde sie ihr Herz ganz weit öffnen.
Der Gedanke an Moral und Schicklichkeit und die möglichen Folgen ihren Tuns spielten für sie in diesem Augenblick keine Rolle.
Es gab nicht mehr Feind und Freund.
Es gab nur noch Leben und Tod.
Es spielte keine Rolle, ob sie ihre Unschuld verlor, ohne verheiratet zu sein. Sie hatte die Unschuld längst an jenem Tag verloren, als sie mit dem Schüreisen auf den fremden Soldaten einschlug, der ihr letztes Brot wegnehmen wollte.
Auch das hier gehörte zu ihrer Sühne.
Étienne hatte getötet, Maximilian ebenfalls und sogar sie. Niemand kam durch das Grauen dieses Krieges, ohne auf diese oder jene Art Schuld auf sich zu laden.
Als Étienne sie innig küsste, um ihr die Angst und den Schmerz zu nehmen, da zog sie ihn an sich wie eine Mutter ihr Kind. Als hielte sie mit ihm alle in den Armen: Maximilian, Felix und all die vielen tausend Unbekannten, die in den nächsten Tagen für die Eitelkeit von Kaisern und Königen sterben würden.
Als er ihr Jungfernhäutchen durchstieß, flackerten in ihr die ge-

walttätigen Bilder vom Schlachtfeld auf: Bajonette, die sich in Leiber bohrten, vor Schmerz schreiende Männer ...
Die Blutschlieren auf ihrem Laken verwandelten sich in ihrer Vorstellung zu Strömen von Blut, die aus verstümmelten Körpern flossen.
Und als der junge Mensch in ihren Armen einen Laut der Erleichterung ausstieß, erinnerte es sie an das Stöhnen der Verwundeten und Sterbenden in den Lazaretten.
Da zog sie ihn ganz fest an sich und strich über sein Haar, ohne ein einziges Wort zu sagen. Als könnte sie ihn dadurch am Leben halten.
So lagen sie, eng umklammert und aneinandergeschmiegt, bis der Morgen anbrach und sie der Apokalypse wieder einen Tag näher gekommen waren.

DRITTER TEIL

HERBST DER APOKALYPSE

Unterwegs mit der Grande Armée

23. August, südlich vor Berlin

Karl und Anton fühlten sich als die glücklichsten Menschen auf Erden. Seit einer Woche marschierten sie nun schon mit der siegreichen französischen Armee, und nicht einmal ihre Mutter hatte sie daran hindern und aufhalten können!
Zugegeben, das Wetter könnte besser sein, es regnete häufig und heute schon den ganzen Tag. Aber ihre Kameraden zeigten ihnen, wie sie sich trotzdem einen Unterschlupf für die Nacht einrichten konnten. Sie zogen vorwärts, um mit Oudinots Armee Berlin einzunehmen, und waren der preußischen Hauptstadt schon ganz nah.
»Morgen sind wir in Berlin, da gibt es warme Häuser, reichlich Essen und hübsche Mädchen für uns alle!« Dieser immer wieder zu hörende Satz sorgte für gute Stimmung unter den triefnassen Marschierenden.
»Du bringst deiner Mutter als Beute etwas Schönes mit, einen Fuchspelz zum Beispiel, deinem Vater eine Meerschaumpfeife, und schon sind sie versöhnt!«, redete der Grenadier Robert auf den kleinen Anton ein, ein hochgewachsener Kerl mit rotblonden Haaren und Sommersprossen. Dieser fand die Idee sehr gut und auch sehr beruhigend. Ja, so könnte er seiner Mutter nach der glorreichen Rückkehr vor die Augen treten, und sie würde nicht mehr böse auf ihn sein.
Begeistert sah er Robert an, den er für seine Schlauheit bewunderte. Robert wusste, wie man beim Militär überlebte und es sich dabei so angenehm wie möglich einrichtete.
Er stammte aus Koblenz, das war französisches Gebiet und

Hauptstadt des Rhein-Mosel-Departements, und sprach Deutsch so gut wie Französisch. Seit vier Jahren diente er in der Armee und hatte sogar den Russlandfeldzug unverletzt überstanden. Wer konnte das schon von sich sagen?

Karl war zwar ebenso zuversichtlich wie sein jüngerer Bruder und die ganze Armee, was den morgigen Tag betraf. Aber eines bereitete ihm Sorge: ob sie in Berlin auch wirklich auf Russen treffen würden. Denn zuallererst wollte er sich für seine toten Brüder rächen.

»Keine Sorge, wo Preußen sind, da sind auch Russen – sofern wir überhaupt ein paar Gegner zu sehen bekommen«, vertröstete ihn Robert. »Die Sachsen, die mit Reyniers Siebentem Korps ganz vorn marschieren, hatten gerüchteweise gestern schon ein paar ziemlich blutige Raufereien mit den Russen und Preußen. Sie werden dir sicher noch ein paar übrig gelassen haben …«

»Das war gestern. Aber findet ihr das nicht merkwürdig? Da stehen wir nun ganz dicht vor ihrer Hauptstadt, und weit und breit lässt sich niemand sehen, der sie verteidigt!«, wunderte sich Karl.

»So ist das eben, wenn man mit einer Siegerarmee marschiert!«, erklärte der Grenadier Pierre, der ebenfalls aus einem linksrheinischen Gebiet stammte und zweisprachig aufgewachsen war. Er grinste breit. »Alle hauen vor einem ab.«

Tatsächlich waren sie ohne große Hindernisse bis hierher vorgedrungen. Vor zwei Tagen gab es die ersten Kämpfe um eine Stadt namens Trebbin, doch Marschall Oudinot hatte sie mit sechzehn Geschützen beschießen lassen, und kurz darauf gehörte Trebbin ihnen. Gestern hatten die Preußen die anrückenden Feinde von einem endlos scheinenden Sanddamm aus beschossen, aber bald waren sie in die Flucht geschlagen. Und heute hatten Gerüchten zufolge die Württemberger und Italiener in einem Ort namens Blankenfelde allerhand zu tun bekommen. Doch ihre Gegner waren von der Landwehr, die zählten kaum.

Mit einem kräftigen Fluch stellte Pierre fest, dass der Tabak nass geworden war, den er im Tschako aufbewahrte. Suchend blickte er in die Runde, ob ihm jemand aushalf. Auf dem Marsch durften sie jede Stunde nur fünf Minuten Pause einlegen, und die waren fast um.
»Hab selbst nichts mehr, geh zu Madame Jeanne!«, riet Robert.
Das war ihre Cantinière, die Marketenderin des Regiments. Sie verkaufte den Männern Schnaps, Tabak und alles, womit sich sonst noch Geschäfte machen ließen.
Am ersten Abend, den Anton und Karl im Feld verbrachten, bestanden ihre neuen Gefährten darauf, mit den zwei jungen Sachsen in Madame Jeannes improvisiertes Café zu gehen: drei Schemel, ein Klapptisch und ein Fässchen Branntwein inmitten des Biwaks.
»Die Hänflinge vertragen doch noch gar nichts!«, hatte Jeanne gespottet, eine lebens- und geschäftstüchtige Frau mit üppigen dunkelbraunen Locken und einer rauhen Stimme, die viel lachte und ständig von Soldaten umschwärmt war.
Zum Beweis ihrer Männlichkeit mussten die beiden Neulinge jeder einen Becher Branntwein auf einen Zug leeren. Das Gelächter war groß, als Anton sich verschluckte und japsend die brennende Flüssigkeit wieder herausprustete. Zu seiner großen Scham landeten dabei auch ein paar Tropfen auf Madame Jeannes Uniformjacke.
»Eh bien, petit«, hatte Jeanne gutmütig lachend gesagt und ihm kräftig zwischen die Schulterblätter geklopft.
Seitdem nannte jedermann hier Anton nur noch »le petit«. Er war ja tatsächlich der Jüngste und Kleinste im ganzen Regiment.
»Das Regiment ist jetzt dein Vater und deine Mutter!«, bekam er immer wieder zu hören. Das gefiel ihm sehr. Obwohl das Leben mit den langen Märschen und den Nächten unter freiem Himmel anstrengend war, vermisste er sein altes bei Mutter und Vater nicht. Nicht einmal abends vorm Einschlafen. Anfangs

sorgte er sich insgeheim schon, wie es wohl sein würde, wenn zum ersten Mal Kanonenkugeln um ihn herum einschlugen. Aber Pierre hatte recht. Sie waren bei einer Siegerarmee, da lief der Feind von allein weg.

Karls ausgeklügelter Plan hatte reibungslos funktioniert. In Freiberg freundeten sie sich mit den auf dem Dachboden Einquartierten an und verbrachten so viel Zeit bei ihnen wie möglich, ohne dass die misstrauische Mutter sie vermisste. Dass Robert und Pierre Deutsch sprachen, erleichterte die Sache. Außerdem stellte sich heraus, dass Anton eine Begabung dafür besaß, Worte in fremder Sprache aufzuschnappen und sich einzuprägen. Bald fluchte er wie ein Franzose, sehr zur Belustigung der Männer, die darum wetteiferten, ihm neben den Kommandos des französischen Exerzierreglements die phantasievollsten derben Sprüche beizubringen.
Anton drängelte so lange, bis sie ihm auch die verschiedenen Trommelsignale für den Morgenappell, Sammeln, Marsch und Angriff vorführten – als Tamtatatam mit Löffeln auf die Tischplatte geschlagen, wie er es auch schon in der heimischen Küche probiert hatte. Das lernte sich ja wie von selbst!
»Er ist flink, den bringen wir zum Tambourmajor, da kann er das richtig lernen«, lobte Robert.
Der mit allen Wassern gewaschene Grenadier aus Koblenz hatte auch für Karl einen wertvollen Rat. »Wenn du nur halb so gut kochen kannst wie deine Mutter, nimmt dich der Major bestimmt bei uns auf. Vor allem, wenn du noch ein paar Gewürze mitbringst. Manchmal, auf langen Märschen und wenn es bei den Einheimischen nichts mehr zu holen gibt, ist das Essen so fade, dass wir mit Schießpulver würzen, damit es überhaupt nach was schmeckt. Aber das ist kein Ersatz, glaub mir!«
»Nehmen wir ihn lieber in unsere Kochgemeinschaft!«, widersprach Pierre, mit gerade einmal dreiundzwanzig Jahren der Älteste in dieser Gruppe. »Der Major muss sich um Salz und

Pfeffer nicht kümmern, der wird auch so was Gutes zu essen kriegen.«

Karl hatte mit Kochen nichts im Sinn. Aber wenn es ihm zur Aufnahme bei der Truppe verhalf, wollte er sich gern damit befassen. Seine Mutter staunte zwar über sein plötzliches Interesse für ihre Arbeit, doch trotz allen Argwohns erkannte sie nicht die Absicht, die dahintersteckte. Im Gegenteil, sie freute sich sogar darüber.

Bald beteiligten sich fast alle auf dem Dachboden Einquartierten an dem Vorhaben, die beiden unternehmungslustigen Freiberger in ihrer Einheit unterzubringen, obwohl sie noch zu jung waren und sich eigentlich beim sächsischen Rekrutierungsbüro melden müssten. Aber das konnten sie nicht, denn davon würde ihre Mutter Wind bekommen und Himmel und Hölle in Bewegung setzen, um sie bei sich zu behalten.

»Du willst deine Brüder rächen, das versteht doch jeder! Ich rede mit dem Adjutanten des Majors, der regelt das mit eurem Vater, bevor wir losziehen. Und wenn Abmarsch getrommelt wird, kommt ihr einfach mit!«, meinte Pierre siegessicher.

Das klang so einfach. Aber es funktionierte.

Der Major hatte natürlich längst erkannt, dass es diese beiden Burschen zur Armee drängte und sie dort trotz ihrer Jugend und ihrer körperlichen Mängel – der eine zog ein Bein etwas nach, der andere war mager und klein – gute Dienste leisten konnten. Sie kannten sich mit dem militärischen Leben aus, denn ihre vier Brüder waren bei der Reitenden Artillerie gewesen, und sie hatten ein bemerkenswertes Geschick beim Umgang mit Pferden, viel mehr als sein Stallbursche. Natürlich trieb sie Abenteuerlust wie viele andere auch. Aber der Wunsch, die gefallenen Brüder zu rächen, war ein nicht zu unterschätzendes Motiv, selbst größte Anstrengungen zu ertragen. Also beschloss er, die beiden vorerst im Tross mitzunehmen. Sollten sie sich um seine Pferde kümmern, dann würde man weitersehen. Eine Armee brauchte immer Nachschub an Soldaten.

Mit Josef Tröger wurde er am Abend vor dem Aufbruch schnell einig, der war ein guter sächsischer Patriot und treuer Anhänger Napoleons. Und der Köchin ersparte er aus seiner Sicht mit einem kurzen Abschied viel Kummer.

Als ihre Jungs morgens früh um fünf plötzlich mit Sack und Pack bei der abmarschbereiten Einheit de Trousteaus standen, war Lisbeth wie vom Donner gerührt. Ihre Sprachlosigkeit hielt zum Leidwesen aller nur kurz an, dann begann sie ein großes und lautes Gezeter und stürzte los, um ihren Jüngsten aus der Reihe zu zerren.

Doch Josef hielt seine Frau mit festem Griff zurück und erklärte, er habe sich mit der Rekrutierung seiner Jungs einverstanden erklärt.

Was sollte sie tun? Nach dem Gesetz besaß sie kein Mitspracherecht. Wenigstens schaffte sie es, dem Major die Zusage abzuringen, ein Auge auf die beiden zu haben.

Lisbeth starrte ihnen nach, bis sie außer Sichtweite waren. Dann ging sie mit Fäusten und wütenden Worten auf ihren Mann los, weil er ihr nichts davon gesagt hatte.

Wie alle jungen Rekruten wurden auch Anton und Karl auf dem Marsch ausgebildet. Die Befehle auf Französisch kannten sie schon von ihren Brüdern, Karls sichere Hand beim Umgang mit Pferden verschaffte ihm Respekt und viel Arbeit, und Anton bettelte in jeder freien Minute darum, mit dem Tambour Signale üben zu dürfen.

Der war ein Namensvetter – Antoine – und sicher auch noch nicht viel älter als fünfzehn. Mit gebührender Herablassung gegenüber dem Neuling gewährte er ihm ab und an eine kurze Lektion, um dann zu verkünden, dieser kleine Sachse würde noch Jahre brauchen, bis er halbwegs tauglich sei.

»Das ist l'Assemblée – das heißt Sammeln. Und das ist la Générale – das heißt Sammeln an den Alarmplätzen, du Dummkopf! Das darfst du nicht durcheinanderbringen!«

Antoine holte mit den Trommelstöcken aus, um das Signal auf Antons Kopf zu schlagen, doch der duckte sich und huschte weg. Bis zum nächsten Versuch.

Es verstand sich von selbst, dass den beiden Neuen beim abendlichen Kochen im Biwak diese Arbeit übertragen wurde. Diejenigen, die sie aus dem Gerlachschen Haus kannten, prahlten schon in Erwartung einer köstlichen Mahlzeit. Karl hatte Roberts Rat befolgt und sich reichlich mit Salz und diversen anderen Gewürzen und Kräutern aus den Vorräten seiner Mutter eingedeckt, so dass es aus dem Kessel ihrer Kochgemeinschaft bald vielversprechend duftete.

»Dich können wir nicht in die Linie stellen, da gehst du zu leicht verloren!«, meinte Robert grinsend. »Wenn man so einen Koch hat, muss man zusehen, dass er so lange wie möglich am Leben bleibt.«

»Ich will aber in die Linie, ich will kämpfen!«, protestierte Karl.

»Alles zu seiner Zeit, mon ami. Das wird schon noch!«, beruhigte ihn Pierre.

Beim Marsch von Oudinots Armee auf Berlin zog Reyniers Siebentes Korps voran, die Sachsen als Kerntruppe an der Spitze. Diese standen nun unter dem Kommando des Generalleutnants Sahrer von Sahr – Thielmanns Widersacher in Torgau.

Mit der sächsischen Armee ritt auch Friedrich von Dreßler und Scharffenstein vom Sächsischen Leibgrenadierregiment. Er war noch nicht einmal dreißig Jahre alt, aber bereits ein hochdekorierter Capitaine der königlichen Garde. Für seine Tapferkeit in Großgörschen und in Reichenbach, wo ihnen Prinz Eugen von Württemberg ein so hartes Rückzugsgefecht geliefert hatte, war er mit dem Kreuz der Ehrenlegion und dem sächsischen St.-Heinrichs-Orden ausgezeichnet worden. Das erfüllte ihn und auch seinen Bruder Franz, der in Torgau so unglücklich über den Streit innerhalb der sächsischen Armee gewesen war, mit Stolz. Doch der Jüngere ritt jetzt nicht mit ihnen; das Lazarettfieber hatte ihn niedergestreckt.

Friedrich von Dreßler war schlank, hochgewachsen und trug einen schmalen Schnurrbart. Er liebte seinen Beruf, sein Land, seinen König und seine Frau, wobei er sich über die Reihenfolge keine Gedanken machte.

Gerade ihm ging die gleiche Überlegung durch den Kopf wie Karl. Zwischen ihrer derzeitigen Position und Berlin lagen nur noch ein paar Meilen Sandweg. Ohne diesen vermaledeiten Regen könnten sie von dem Windmühlenhügel aus dort drüben die Stadt bestimmt schon fast sehen. So kurz vor Berlin musste hier irgendwo eine große Armee stehen! Undenkbar, dass die Preußen sie widerstandslos in ihre Hauptstadt einmarschieren ließen.

Dreßler hörte, wie einer der sächsischen Offiziere General Reynier darauf aufmerksam machte. Der allerdings sah keine Gefahr. Man habe die Preußen doch bei den Gefechten am Vormittag weggejagt.

Hier, in diesem Ort namens Großbeeren, hatten sie nur ein paar preußische Geschützstellungen als Vorposten vorgefunden und nach kurzem blutigem Kampf vertrieben – mit Bajonetten, da das Pulver nass war und nicht zündete. Mehrere Häuser brannten heftig qualmend nieder, dann schien wieder Ruhe einzukehren.

Es war noch nicht einmal fünf Uhr nachmittags. Aber angesichts des unablässig strömenden Regens begannen Reyniers Truppen, ihr Biwak zu errichten. Sie mussten auf die anderen Korps warten. Oudinot und mit ihm auch Karl und Anton marschierten weit hinter ihnen immer noch auf das westlich gelegene Ahrensdorf zu; auf getrennten Wegen und durch Wälder außer Sicht.

Die Männer des Siebenten Korps richteten sich auf einen ruhigen Abend ein, den letzten vor dem Einzug in Berlin.

Schlag sechs Uhr dröhnten von vorn auf einmal unzählige Trommeln und Hörner. Es war gespenstisch.
Die Preußen kamen – und zwar mit aller Macht, das gesamte Bülowsche Korps! Was der Regen verhüllt hatte, wurde nun sichtbar: eine gewaltige Batterie von mehr als sechzig Geschützen, die sofort das Feuer eröffnete, dahinter große Kolonnen Infanterie. Schon waren die anrückenden Gegner wieder von Pulverdampf verborgen, den der Regen niederdrückte, so dass er sich nur endlos langsam verzog.
Die Männer im Biwak griffen zu den Waffen, und sofort entspann sich ein gewaltiger Kampf, bei dem insbesondere die Sachsen, die an vorderster Front eingesetzt waren, hohe Verluste erlitten.
Friedrich von Dreßler und sein Gardebataillon marschierten in vorderster Linie und wurden von preußischen Husaren hart angegriffen. Ein paar sächsische Ulanen retteten sie und die Geschütze, aber da vor ihnen keine eigenen Truppen mehr waren, mussten sie sich in den Wald zurückziehen.
Nach anderthalb Stunden hatten die Preußen die Gegner in die Flucht geschlagen.
Doch nun griff Marschall Oudinot persönlich ins Geschehen ein, der in Ahrensdorf angekommen war, den Kanonendonner hörte und sofort seine Kavallerie in den Angriff schickte, die Infanterie hinterher.

Anton wurde mulmig, als er das Geschützfeuer aus der Ferne hörte. So viele Kanonen auf einmal!
Da machte sich auch schon die Kavallerie zum Angriff bereit, der Major ließ seine Infanteristen Aufstellung nehmen.
Der Premier-Lieutenant Étienne de Trousteau war längst bei den Männern seines Zuges.
»Los, in die Linie!«, befahl ein Seconde-Lieutenant dem unschlüssig herumstehenden Trossknecht Karl Tröger und drückte ihm ein Gewehr in die Hand. »Nimm das Bajonett!«

Werde ich heute einen abstechen?, fragte sich Karl und verspürte auf einmal das dringende Bedürfnis, kurz in die Büsche zu verschwinden.

Er hielt rasch nach Anton Ausschau, aber der hockte zusammengekauert und mit zugekniffenen Augen unter einem der Trainwagen, hielt sich die Ohren mit beiden Händen zu und hoffte, nicht von einer Kanonenkugel getroffen zu werden. Sollte er da bleiben, le petit, wenn er so viel Angst hatte …

Während Karl mit der Infanterie losmarschierte, sogar in der ersten Linie, versuchte er sich vorzustellen, wie es sich anfühlte, die unterarmlange Klinge in einen menschlichen Körper zu rammen. Glitt die Klinge wirklich leicht durch Uniform und Fleisch? Was, wenn er auf eine Rippe stieß? Ob das Töten so einfach war, wie er es sich in seinen Racheträumen immer vorgestellt hatte? Und was, wenn *ihn* ein Bajonett durchbohrte?

Sie marschierten im Gleichschritt zum monotonen Klang der Trommeln und Pfeifen. Das beruhigte ihn und lenkte ihn von diesen Gedanken ab.

Plötzlich tauchten Reiter vor ihnen auf. Sofort bildeten die Männer aus der Linie ein Karree. Karl betete stumm zu Gott und allen Heiligen, dass nicht eines der Pferde ausgerechnet auf ihn zuhielt.

Die Preußen stürmten in so großer Zahl und solcher Kampfwut auf sie zu, dass jemand panisch »Rückzug!« rief. Da rannten sie, was sie konnten, um nicht überritten, abgestochen oder gefangen genommen zu werden.

Karl lief vorneweg und rannte um sein Leben.

Ein Stein fiel ihm von Herzen, als er das Lager erreichte und dort seinen Bruder entdeckte. Dann erst nahm er Einzelheiten wahr.

Anton kniete mit kreidebleichem Gesicht neben dem Tambour Antoine, auf dessen Uniformjacke über dem Herzen ein roter Fleck prangte. Madame Jeanne stand neben ihm und bedeutete ihm, die Trommel zu nehmen.

Anton richtete sich auf und griff mit eckigen Bewegungen nach der Trommel.

»Du musst ihm auch die Jacke ausziehen, erst dann hast du sie dir verdient!«, forderte die Cantinière ihn auf, als er sich das Instrument umhängen wollte. Sie lächelte. »Sonst tu ich es, aber dann musst du sie von mir kaufen! Keine Sorge, das Blut wäscht der Regen raus. Und das Loch kannst du flicken.«

Anton sah ein letztes Mal auf den toten jungen Trommler, begann, ihm Kreuzbandeliers und Uniformjacke abzunehmen, und legte beides an.

Der Major preschte heran, den Säbel in die Höhe gereckt, abgekämpft und mit Blut bespritzt, und schrie: »Rückzug!«

Da hängte sich Anton Tröger die Trommel um und trommelte la Retraite, das Signal für den Rückzug.

»Mein Korps kann Berlin nicht mehr angreifen, ich habe zu viele Leute verloren«, berichtete Reynier erschöpft, als er und Bertrand kurz vor Mitternacht zur Besprechung mit Oudinot zusammentrafen.

Der Marschall wusste, dass Reynier recht hatte.

»Wir ziehen uns nach Wittenberg zurück«, entschied er.

Dabei dachte er: Ich habe dieses Kommando nie gewollt. Weshalb hat der Kaiser nicht auf mich gehört? Und warum gab er mir so wenige Männer und vor allem so wenig Reiterei? Abgesehen von meinen eigenen, kampferfahrenen Leuten taugten nur die Sachsen, die Bayern und die Württemberger was.

Er winkte einen Trompeter heran und befahl, zum Rückzug zu blasen.

Abermals war er an diesem Bülow gescheitert, wie schon im Mai in Luckau. An diesem kleinen, drahtigen, sturen Kerl, der offensichtlich wild entschlossen war, dem Feind um jeden Preis den Weg nach Berlin zu versperren.

Der Kaiser wird sehr unzufrieden sein, dachte Oudinot niedergedrückt. Er wird mir das Kommando entziehen und nun schon aus reiner Rachsucht seinen Liebling Ney gegen Berlin schicken. Meinetwegen! Soll sich doch Ney an diesem Bülow die Zähne ausbeißen. Dann werden wir ja sehen, wie weit er kommt.

Schlechte Nachrichten für den Kaiser

Stolpen, in der Nacht
vom 25. zum 26. August 1813

Ruhelos ging Napoleon Bonaparte in seinem Quartier am Stolpener Markt auf und ab, im Haus des Amtmanns Oertel. Wann endlich kam sein Ordonnanzoffizier aus Dresden zurück?

Wieder beugte er sich über den Kartentisch und überprüfte noch einmal seine Dispositionen.

Die mehr als zweihunderttausend Mann starke Hauptarmee der Alliierten marschierte von Böhmen aus über das Erzgebirge auf Dresden zu, in vier gewaltigen Heereskolonnen. Er hatte Gouvion Saint Cyr aufgetragen, Dresden mit fünfundzwanzigtausend Mann zu verteidigen, während er selbst beim Königstein die Elbe überschreiten und den Feinden in den Rücken fallen würde. Wenn er der Hauptarmee so den Rückzug nach Böhmen abschnitt und sie zwischen zwei Feuer trieb, konnte er sie in einer offenen Schlacht vernichten. Dann war es nur noch ein Spaziergang nach Prag und Wien.

Rund um Stolpen hatte er einhundertzwanzigtausend Mann zusammengezogen, um sie übermorgen in die Schlacht zu führen. Ein kühner Plan, der diesen Krieg entscheiden konnte. Seiner würdig.

Doch gerade lag ein Tag voller schlechter Neuigkeiten hinter ihm, und dieser Tag war noch nicht zu Ende.

Erst die Nachricht vom Scheitern Oudinots vor Berlin.

Wozu hatte er dem Kerl drei Korps gegeben, wenn er am Ende nur sein eigenes einsetzte und sich dann schon wieder von diesem Bülow besiegen ließ? Zugegeben, die Preußen waren doppelt so viele. Doch was nützte ihm Oudinot in der Festung Wittenberg? Wer hatte ihm überhaupt erlaubt, sich *so weit* zurückzuziehen?
Dabei dürfte es doch wirklich keine große Sache sein, gegen die Nordarmee des Abtrünnigen Bernadotte zu ziehen! Er würde Ney damit betrauen. Der würde ihm Berlin binnen weniger Tage zu Füßen legen.
Die andere schlechte Nachricht war zwar nicht von solch großer Tragweite, empörte ihn im Moment aber fast noch mehr: Vier Eskadrons westphälischer Husaren der Brigade Hammerstein waren zu den Verbündeten übergelaufen. Unzuverlässiges Rheinbundpack! Die musste er allesamt besser im Auge behalten, denen konnte er einfach nicht mehr trauen.
In seiner ersten Wut hatte er angewiesen, dass die gesamte westphälische Kavallerie absitzen und ihre Pferde französischen Reitern übergeben solle. Es kümmerte ihn nicht, dass dieser Befehl für noch mehr böses Blut unter den Rheinbündlern sorgte, er damit die ihm treu gebliebenen Westphalen zutiefst kränkte und seine besten Reiterregimenter neben den sächsischen und württembergischen quasi auflöste, denn diese Männer waren nur für berittenen Kampf ausgebildet.
Unruhig sah er zum Fenster. Der seit Tagen anhaltende Regen trommelte gegen die Scheiben und ließ nichts von dem erkennen, was draußen vor sich gehen mochte. Aber nun hörte er Schritte im Haus, dunkle Stimmen. Der scheinbar unermüdliche Berthier klopfte dreimal an die Tür und meldete den dringend erwarteten Kurier aus Dresden.
Erleichtert atmete Napoleon auf.
Sein völlig durchnässter Ordonnanzoffizier trat ein und salutierte, bevor er mit düsterer Miene die Nachricht des Marschalls Gouvion Saint Cyr überbrachte: Der Feind stehe bereits vor

Dresden. Zwar sei der Angriff noch nicht erfolgt. Aber morgen werde die Stadt den Gegnern in die Hände fallen, wenn der Kaiser nicht zu Hilfe komme.
Wütend hieb Bonaparte mit der Faust gegen die Wand.
Die Preußen! Und die Österreicher, diese Verräter!
Wozu hatte er sich Ende Juli mit Marie Louise in Mainz getroffen? Doch nicht aus romantischen Gefühlen! Das war eine taktische Maßnahme, damit sie ihren »liebsten Papa«, der kurz davor stand, die Seiten zu wechseln, gefälligst daran erinnerte, dass er seinem Schwiegersohn nicht in den Rücken fallen dürfe. Aber nicht einmal das hatte sie fertiggebracht! Der »liebste Papa« hatte sich den Alliierten angeschlossen und ihm den Krieg erklärt. Und nun standen die Truppen des »liebsten Papas« vor Dresden: die Österreicher mit ihren Böhmen und den gefürchteten ungarischen Husaren in schönster Eintracht mit Russen und Preußen.
Und sie waren schneller da, als er dachte. Schneller als die Kolonnen, die er selbst noch in Marsch gesetzt hatte – und die hatten in den letzten vier Tagen bei diesem Sauwetter einhundertfünfzig Kilometer bewältigt!
Gegen eine fast zehnfache Übermacht konnte sich Gouvion Saint Cyr nicht lange halten, auch wenn er in der Stadt saß und damit die bessere Ausgangsposition hatte. Der Marschall hatte acht Kilometer Verteidigungslinie zu besetzen, und dafür reichten seine Männer nicht einmal annähernd.
Doch warum griff Schwarzenberg nicht an, wenn er schon vor Dresden stand? Er an seiner Stelle hätte es sofort getan.
Vermutlich wurde er sich nicht mit Radetzky einig, seinem Generalstabschef. Recht fähiger Mann, dieser Radetzky. Aber er und Schwarzenberg vertrugen sich nicht so gut wie früher Blücher und Scharnhorst und jetzt Blücher und Gneisenau. Vielleicht hatte auch der Zar wieder einmal sinnlos in Schwarzenbergs Schlachtpläne hineinregiert.
Das konnte ihm nur recht sein. Er hatte es ja immer gesagt: Sie

würden Fehler machen. Und einen gravierenden Fehler hatten sie heute begangen: den Angriff auf Dresden nicht sofort zu führen.
Ob sie wohl auf besseres Wetter hofften, diese Schwächlinge? Misstrauisch sah er zu seinem triefnassen Ordonnanzoffizier, Oberst Gourgaud, der starr und stumm auf Antwort wartete.
Er musste überlegen, alles neu berechnen. So ein Krieg, so eine Schlacht, wurde vor allem durch gute Vorbereitung entschieden und nicht, indem man ein paar Haufen Bewaffneter einfach aufeinander loshetzte.
Als er den Oberst nach draußen schicken wollte, räusperte sich dieser und sagte mit betretener Miene: »Sire, ich soll Euer Kaiserlichen Majestät noch etwas ausrichten.«
»Hä?«, fuhr ihn der Kaiser an. »Heraus damit!«
Auf eine schlechte Nachricht mehr oder weniger kam es langsam auch nicht mehr an.
»Die Alliierten haben zwei Abtrünnige in ihrem Stab, als Berater des Zaren.«
»Abtrünnige?!«
Bonaparte beugte sich ein wenig vor und machte eine ausladende Bewegung mit dem Arm. »Was für Abtrünnige denn? Die Welt ist voll von Abtrünnigen! Also wer?«
Der Oberst atmete tief durch, bevor er den ersten Namen nannte. »General Moreau.«
Bonaparte zuckte leicht zusammen.
Das war nun wirklich eine Überraschung.
Jean-Victor Moreau hatte ihm viele Jahre so zuverlässig wie tapfer gedient und als Anführer der französischen Rheinarmee glänzende Siege erkämpft. Aber er war ein unbeirrbarer Republikaner, was nach der Kaiserkrönung das Zerwürfnis unvermeidlich machte. Auf persönliche Anweisung Napoleons wurde er der Verschwörung angeklagt und vor ein Gericht gestellt, das ihn zwar freisprach, doch auf Druck des Kaisers in die Verbannung schickte.

Jetzt war der alte Freund und Feind also aus Amerika zurückgekommen, um gegen ihn zu kämpfen. Moreau war beliebt bei den Truppen, immer noch. Wenn sich seine Ankunft herumsprach ...
»Niemand darf davon erfahren!«, fauchte er den Oberst an.
»Wer es weitererzählt, wird auf der Stelle erschossen. Sorgen Sie dafür!«
Der nickte, doch seine Miene ließ befürchten, dass das Schlimmste noch nicht gesagt war.
»Der andere? Wer ist der andere?«, verlangte Bonaparte ungeduldig zu wissen.
»Brigadegeneral Jomini.« Oberst Gourgaud bereitete sich innerlich auf einen Wutausbruch vor.
Der prompt kam. »Jomini! Jetzt lassen mich also auch noch die Schweizer im Stich!«, brüllte der Kaiser. »War das alles?!«
»Der Zar ernannte ihn zu seinem Generaladjutanten.«
»Der Lohn der Verrats!«, knurrte Bonaparte verächtlich.
Alexander schien es ausgesprochen Freude zu bereiten, sich mit Leuten zu umgeben, die ihm, Napoleon, die Treue gebrochen hatten. Wenn er nur an diesen widerspenstigen Sachsen Thielmann dachte!
Der Ordonnanzoffizier zog erleichtert ab, als ihm ein wütendes »Raus!« befohlen wurde.
Wieder hieb Bonaparte gegen die Wand. Moreau, den hatte er fast vergessen; der fingierte Prozess lag nun neun Jahre zurück. Es war eben ein ereignisreiches Jahr gewesen, das Jahr seiner Kaiserkrönung.
Aber Jomini war erst vor ein paar Tagen übergelaufen, weil er sich nach der Schlacht von Bautzen übergangen fühlte. Zu Recht; da hatte Berthier ein wenig intrigiert. Jominis Name stand auf der Liste derjenigen, die anlässlich des Kaisergeburtstages zum Generalleutnant befördert werden sollten, doch Berthier, der ihn nicht mochte, hatte ihn von der Liste gestrichen und den Schweizer auch noch gemaßregelt.

Dabei war Antoine-Henri Jomini trotz seiner Jugend ein brillanter Taktiker, der beste nach ihm! Er war kaum älter als dreißig, aber analytisch so begabt, dass er als Einziger – neben Metternich, doch der zählte nicht, der war kein Militär – den Feldzug gegen Russland von vornherein als nicht zu gewinnen erklärte. Noch schlimmer: Jomini wusste genau, wie Napoleon dachte, er würde jeden seiner Züge voraussehen. Deshalb also standen die Alliierten so unerwartet schnell vor Dresden!
Das änderte alles. Zwei seiner erfahrensten Männer im Hauptquartier des Feindes. Und beide wussten, wie er seine Schlachten plante, wie er vorging.
Aber wenn die Alliierten nicht schon gestern angegriffen hatten, konnte das nur bedeuten, dass sie nicht auf ihre Ratgeber hörten. Es gab also Streit im Hauptquartier. Wie erwartet.
Unruhig wanderte Napoleon im Kartenraum auf und ab, überlegte gründlich, rechnete, gruppierte seine Truppen um.
Er würde Dresden halten. Persönlich. Und dann sollte sein General Vandamme mit vierzigtausend Mann vom Gebirge aus einsammeln, was nach der Schlacht noch von der Alliierten Hauptarmee übrig war. Leichter konnte er sich den Stab eines Marschalls nicht verdienen.
Mitternacht war längst vorbei, als Napoleon diesen Entschluss fasste und umgehend alle dazu nötigen Maßnahmen befahl. Dafür musste er nicht erst jemanden aus dem Bett holen lassen. Seine Männer waren es gewohnt, dass er in der Nacht arbeitete, Entscheidungen traf und alles sofort umgesetzt wissen wollte – ob nun Depeschen abzuschicken oder ganze Truppenkontingente in Marsch zu setzen waren.
Vor seinem Zimmer warteten wie stets sein Stab und die Dienerschaft; wen die Müdigkeit tief in der Nacht übermannte, der rollte sich auf dem Fußboden in seinen Mantel, wenn das jeweilige Quartier nichts Besseres hergab.
Die Burg Stolpen war dafür wegen ihres verschütteten Brunnens nicht in Frage gekommen. Außerdem war sie auch nicht

komfortabler als das Haus des Amtmanns. Nur größer und berühmt durch die tragische Geschichte der Gräfin Cosel, die dort fast fünfzig Jahre lang als Verbannte leben musste. Doch deren Schicksal rührte den Kaiser nicht. So etwas kam eben dabei heraus, wenn sich machthungrige Weiber in die Politik einmischten und am Ende noch mit dem Feind fraternisierten! Es war nur rechtens, wenn August der Starke da hart durchgegriffen hatte.

Er riss die Tür auf und ließ alle zusammentrommeln, die er brauchte. Der bedauernswerte Ordonnanzoffizier wurde, kaum dass seine Uniform halbwegs getrocknet war, zurück nach Dresden geschickt, um anzukündigen, dass der Kaiser persönlich mit seinen Truppen anrücke. So lange musste Gouvion Saint Cyr die Stadt halten, koste es, was es wolle.

Pünktlich vier Uhr morgens, wie es der Kaiser beschlossen und befohlen hatte, marschierten bei immer noch strömendem Regen sechzig Bataillone Garde und fünfzig Eskadrons Gardekavallerie Richtung Dresden los.

Die Korps Victor und Marmont, die in den nächsten Stunden in Stolpen eintreffen sollten, erhielten Order, ohne Pause und in hohem Tempo sofort weiter nach Dresden vorzurücken.

Fünf Uhr morgens, eine Stunde nach seinen Truppen, brach Napoleon Bonaparte auf. Sein Leibdiener Roustam hatte ihm in der Kutsche die Matratze ausgerollt, damit er nach durchgearbeiteter Nacht wenigstens etwas schlafen konnte. Ganz ohne Schlaf kam selbst ein Napoleon nicht aus, auch wenn das viele glaubten.

Zu seinen berittenen Begleitern gehörte wie stets seit Beginn des Frühjahrsfeldzuges der sächsische Major von Odeleben, den Napoleon als landeskundigen Wegführer vom sächsischen König angefordert hatte.

Odeleben blutete das Herz, als er sich ausmalte, was seinem Dresden heute widerfahren würde. Die kostbaren Gemälde

und anderen Schätze waren bestimmt auf die Festung Königstein gebracht worden und dort gut verwahrt. Aber was würde aus der Stadt und ihren Bewohnern werden?
Kurz vor Dresden ließ sich der Feldherr und Kaiser wecken. Er stieg auf sein Pferd und beobachtete vom Mordgrund aus, wie am linken Elbufer der rechte Flügel der gegnerischen Armeen aufmarschierte, wobei er mit seinem untrüglichen Gespür Truppenstärken und Wegzeiten berechnete.
Als er genauestens darüber im Bilde war, ritt er in gestrecktem Galopp los, die Chaussee entlang, während Kugeln und Granaten in seine Richtung flogen.
Er würde Dresden *retten*.

Napoleon vermutete richtig: Tatsächlich hatte der kluge Taktiker Jomini, der viel von seinem einstigen Feldherrn gelernt hatte, am Vortag gedrängt, Dresden sofort anzugreifen. Die Alliierten hätten die nur provisorisch verschanzten fünfundzwanzigtausend Mann des Marschalls durch ihre Überzahl einfach überrennen können.
Doch der Fürst von Schwarzenberg als Oberbefehlshaber plädierte dafür, die Ankunft der großen Kolonne Österreicher unter General von Klenau abzuwarten, die noch auf dem Weg von Marienberg über Freiberg hierher waren und erst am nächsten Nachmittag eintreffen würden, damit sie auch Anteil am Ruhm hätten.
Jomini war fassungslos.
»Wir sollen hier mit verschränkten Armen herumstehen, weil wir bisher *nur* eine sechsfache Übermacht haben? Gouvion Saint Cyr ist nicht blind, er wird Verstärkung hergeordert haben!«
Moreau, ein Mann mit ebenmäßigen Gesichtszügen und natürlicher Eleganz, stimmte ihm sofort zu.
Am ersten Tag ihrer Begegnung im Hauptquartier des Zaren hatten die beiden einstigen Generäle der Grande Armée einan-

der gemieden: Sie wurden hier von vielen als »die zwei Verräter« betrachtet, doch sie sahen sich nicht als solche.
Außerdem unterschieden sich ihre Beweggründe deutlich: Jomini hatte Ehrgeiz, Moreau Prinzipien.
Jean-Victor Moreau wollte gegen den Diktator kämpfen, der die Republik verraten hatte, nicht gegen sein Volk. Deshalb hatte er auch das ihm vom Zaren angebotene Oberkommando abgelehnt und trug demonstrativ Zivil.
Antoine-Henri Jomini war Schweizer, nicht Franzose, und tief in seiner Ehre gekränkt worden. Dennoch würde er den Alliierten weder Truppenstärken noch Aufmarschpläne – Letztere kannte ohnehin nur Napoleon – preisgeben, sondern lediglich taktische Hinweise erteilen. Aber die wurden gerade mit einer absurden Begründung in den Wind geschlagen.
Voller Bitterkeit dachte er an seinen letzten Streit mit Ney, unmittelbar vor seinem Aufbruch. Marschall Ney hatte sein Korps bei Ablauf des Waffenstillstandes unbewacht am Ufer der Katzbach biwakieren lassen. Von Jominis Rat, das Umfeld durch Kavallerie erkunden und sichern zu lassen, wollte er nichts wissen. So hatte der Schweizer ohne Neys Wissen diesen Befehl selbst erteilt, bevor er in den Sattel stieg und zum russischen Hauptquartier ritt. Ney sollte es ihm danken, denn Blücher würde sicher keinen Tag länger als nötig warten, um anzugreifen.
Diesmal aber blieb Jomini keine Möglichkeit, seinen Vorschlag durchzusetzen. Der Zar sprach ein Machtwort: Es werde heute keinen Angriff geben.
Damit war die Diskussion beendet und die Chance auf einen schnellen und sicheren Sieg vertan. So mussten es die Österreicher, Russen und Preußen am nächsten Tag mit Napoleons Hauptarmee, seinen gefürchteten Garden und Bonaparte selbst aufnehmen, von dem es hieß, allein seine Präsenz auf dem Schlachtfeld sei so viel wert wie vierzigtausend Kämpfer.
Eine verhängnisvolle Entscheidung gleich zu Beginn des

Herbstfeldzuges der neuen Alliierten, zu denen nun neben Russland und Preußen auch Österreich, Schweden und England gehörten. Und weitere verhängnisvolle Entscheidungen sollten folgen, mit fatalen Konsequenzen.

Die Schlacht um die Hauptstadt

Dresden, 26. August 1813

Die Hauptarmee der Alliierten stand in einem Halbkreis um die südliche Hälfte Dresdens.
Fünf Uhr morgens, exakt in der Minute, als Napoleon in Stolpen in die Kutsche stieg, um mit seinen Gardebataillonen nach Dresden zu eilen, eröffnete die preußische Kolonne Kleist den Kampf um die Residenzstadt.
Fünf Bataillone rückten gegen den Großen Garten im Südosten Dresdens vor. Dort, wo Napoleon im Mai die erzwungene Rückkehr des nach Prag geflohenen Königs zelebriert hatte, kämpften sie sich trotz des heftigen Widerstandes der Franzosen voran.
Die Russen unter Wittgenstein, etwa fünfzehntausend Mann, hatten weniger Glück, als sie gegen den Osten der Stadt marschierten. Sie gerieten sofort in starkes Artilleriefeuer. Die Österreicher drangen von Westen und Südwesten vor, und auch sie wurden massiv mit Kanonenkugeln beschossen.
In einem immer enger werdenden Halbkreis näherten sich die Alliierten der Stadtgrenze von Süden. Doch schon beim ersten Angriff zahlten sie einen hohen Blutpreis.

Die erschrockenen Dresdner wurden durch den Donner der Geschütze aus dem Schlaf gerissen und bangten um ihr Leben und ihre Habe.

In der Friesengasse nahe dem Neumarkt zog sich der Jude Wolf Levy, der so vielen sächsischen Offizieren Geld geliehen und nur von wenigen die Darlehen zurückbekommen hatte, sofort ins Gebet zurück, während von allen Seiten Kanonen dröhnten, die Holzböden vibrierten und Fensterscheiben klirrten.

Er legte Gebetsriemen und Gebetsschal um, kniete nieder, bedeckte die Augen mit der Hand und murmelte: »Höre, Jisrael: Gelobt sei der Name der Ehre, auf immer und ewig!« Nach den Morgenlobsprüchen bat er den Allmächtigen inbrünstig um Frieden. Für sich, für sein liebes Weib und seine Kinder, für seine Gemeinde und für seinen guten König Friedrich August. Die meisten Mitglieder der jüdischen Gemeinde Dresdens waren den Franzosen dankbar, weil sie Freiheit, Gleichheit und Brüderlichkeit auch für die Juden verkündeten und ihren Glauben anerkannten. Doch er, Wolf Levy, würde nie einen anderen als den König als seinen Wohltäter betrachten, denn der hatte ihm in größter Not eine neue Heimat geschenkt.

Es klang wie ein Märchen, und doch hatte es sich so zugetragen. Als Levy ein kleiner Junge war, ließ die göttliche Vorsehung ihn und seinen Vater Simon einem Pogrom entkommen, bei dem sein Oheim und viele gute Nachbarn erschlagen wurden. Sie führte ihre Wege auf so wundersame Weise nach Sachsen, dass sie einer Jagdgesellschaft des Königs begegneten, der damals noch Kurfürst war und den Flüchtlingen in seinem Land Schutz- und Heimatrecht gewährte. Mit Bescheidenheit und Fleiß bauten sie sich in Dresden ein neues Leben auf. Wolf Levys Dankbarkeit gegenüber dem König würde niemals enden.

Sein »liebes Weib«, die energische Julie, die in dieser Familie das Regiment führte, traf inzwischen ihre eigenen Vorbereitungen für den Fall, dass die Stadt gestürmt werden sollte. Sie bewaffnete sich mit dem Schürhaken. Weil die Familie trotz ihres Wohlstandes weiter in der kleinen, bescheidenen Wohnung in der Friesengasse wohnte, war sie im Gegensatz zu den meisten

Mitgliedern der jüdischen Gemeinde von einer Einquartierung verschont geblieben. Und irgendwelcher tätlichen Angriffe unzüchtiger Soldaten jedweder Couleur hatte Julie sich bisher energisch erwehren können. Daran sollte sich auch heute nichts ändern.

Krachend zersplitterten zwei Fensterscheiben der Stube. Schicksalsergeben legte sie den Schürhaken beiseite und holte Kehrschaufel und Besen, um die Scherben aufzukehren.

In ihrem Haus am Kohlmarkt saß die Frau des Justizrates Körner zusammengebrochen auf einem Stuhl, mit aufgelöstem Haar, nur mit Nachthemd und Morgenmantel bekleidet. Vergeblich bemühte sich Christian Gottfried Körner, seine schluchzende Frau zu beruhigen.

»Ich hatte furchtbare Träume«, wehklagte sie. »Nicht wegen der Belagerung und all dem, was heute noch geschehen mag. Unser Sohn! Etwas ist mit ihm ... Ich sehe ihn immerzu tot vor mir liegen!«

»Minna, das war nur ein Traum«, sprach ihr Mann auf sie ein und wollte ihr übers Haar streichen. Doch mit flatternden Händen wehrte sie die tröstende Geste ab.

»Es ist doch kein Wunder, Liebes, wenn wir in dieser Situation schlecht träumen. Beruhige dich, bitte, und vertrau auf Gott, dass wir heute Abend noch ein Dach über dem Kopf unser Eigen nennen können. Unserem Sohn geht es gut. Seine Verletzungen sind verheilt.«

Er musste an sein Versprechen vom Mai denken: Dresden würde nicht brennen, Dresden sei nicht Moskau. Doch nun schraubten sich mitten in der Stadt schon dicke Rauchwolken hinauf, schlugen immer mehr Granaten ein. Vielleicht war nur dieser dichte, unablässige Regen ihrer aller Rettung.

Wilhelmine Körner hatte recht mit ihrer düsteren Vorahnung. Genau an diesem Tag, als die Schlacht um Dresden begann, löschte bei einem Gefecht in Mecklenburg eine Kugel das Leben ihres einzigen Sohnes aus, des Dichters der Freiheit, Theodor Körner. Im nächsten Monat wäre er zweiundzwanzig Jahre alt geworden.

In der katholischen Hofkirche kniete mit gesenktem Kopf der König von Sachsen, um dessen Leben Wolf Levy gerade betete. Seit vier Stunden wurde seine Hauptstadt nun schon heiß umkämpft, und er war vollkommen ratlos. Auch wenn er seit beinahe einem halben Jahrhundert das Land regierte – zu dessen Vorteil!, wie er befand –, so war er doch ein durch und durch unmilitärischer Mensch. Nie käme er auf den Gedanken, an der Spitze irgendwelcher Truppen in die Schlacht zu ziehen. Dazu fehlten ihm schon von jungen Jahren an die körperliche Konstitution und jegliches Interesse am militärischen Leben. Der Einfluss seiner rigiden Mutter und des überängstlichen Marcolini hatten das bewirkt.
Doch dass die Lage Dresdens angesichts der feindlichen Übermacht vor der Stadt aussichtslos war, das sah sogar er. Die französische Garnison war viel zu klein, der größte Teil der sächsischen Armee im Russlandfeldzug aufgerieben worden. Und ein beträchtlicher Teil derer, die im Frühjahr und Sommer für den Wiederaufbau der Armee als Rekruten eingezogen worden waren, litten am Lazarettfieber oder waren nach allem, was ihm sein Generalstabschef Gersdorff gerade berichtet hatte, vor drei Tagen vor Berlin verblutet.
War das hier und heute die Strafe für seine Hybris? Für seinen Hochmut? Vor zwei Wochen erst hatte er gedacht, eine Rechnung aufmachen zu können. Und jetzt wurde *ihm* eine Rechnung präsentiert, die blutige Rechnung.
War denn alles falsch, was er getan hatte, um sein Volk zu schützen? Hatte er je eine andere Wahl gehabt, als dem französischen Emporkömmling zu folgen?
Es dauerte lange, bis seine Grübeleien zu der Einsicht führten, der Kardinalfehler sei es wohl gewesen, sich 1806 auf die Seite

der Preußen zu stellen. Ganz stümperhaft hatte Friedrich Wilhelm dem verblüfften Bonaparte ein Ultimatum vorgelegt, das dieser nicht ignorieren konnte. Der Kaiser brauchte mit seiner Grande Armée nur ein paar Tage, um die preußische Streitmacht zu schlagen.
Was hatte ihn nur getrieben, mit dem Hohenzollern in einen Krieg zu ziehen, dessen Ausgang niemanden überraschte außer die Preußen? Es war doch noch nie etwas Gutes von Preußen für Sachsen gekommen!
Und jetzt stand ebendieser Friedrich Wilhelm ganz gewiss auf irgendeinem Hügel bei Dresden und genoss gemeinsam mit dem Zaren das Schauspiel, wie seine Männer das prächtige Elbflorenz in Schutt und Asche legten.
So strafte der allmächtige Herrscher ihn, den König von Sachsen und Herzog von Warschau, für seine Sünden. Und Er antwortete ihm nicht einmal, ob es irgendeine Buße gab, mit der er das Unausweichliche abwenden konnte!
Eilige Schritte näherten sich dem Altar.
Wenn er sogar im Gebet gestört wurde, verhieß das dringende Nachrichten. Und heute konnten das keine guten sein.
Der König von Sachsen bekreuzigte sich, richtete sich unter Schmerzen auf – die leidige Kniegicht! – und erwartete die Hiobsbotschaft.
Der Kammerherr räusperte sich. »Sire, Seine Majestät, der Kaiser der Franzosen, ist in der Stadt eingetroffen und bittet Eure königliche Hoheit um eine kurze Audienz.«
Sprachlos starrte der König auf sein Gegenüber.
Bonaparte hier? Jetzt? Nicht weit fort auf dem Marsch nach Schlesien? Und doch bestimmt mit seiner ganzen Armee?
Das war die Rettung!
Jetzt würde sich das Blatt wenden. Gott hatte ihn erhört.
Vor lauter Erleichterung kam dem König gar nicht der Gedanke, dass es eine merkwürdige Art von Humor war, die Gott da zeigte, wenn er ihm als Retter ausgerechnet den Mann schickte,

in dem er, Friedrich August, bisher eher einen Abgesandten des Teufels vermutet hatte.

Auf seinem schnellen Ritt durch die bedrängte Residenzstadt wurden Napoleon und die mit ihm einmarschierenden französischen Truppen von den Dresdnern jubelnd empfangen. Die Meinung schien einhellig, dass Bonaparte die Angreifer rasch vertreiben würde, bevor großer Schaden entstand.

Der Kaiser galoppierte zum Schloss, stieg aus dem Sattel und ließ sich sofort in das Privatgemach des Königs führen.

Er hatte richtig vermutet, dem alten Knaben und auch der Königin stand die nackte Furcht ins Gesicht geschrieben.

»Wir haben diese Affäre schnell unter Kontrolle. Noch vor Anbruch der Nacht werden die Preußen und Österreicher ihre unausweichliche Niederlage erleben«, sagte er forsch und ohne große Vorrede. Er war ein Mann in Eile, ein Feldherr, der eine Schlacht zu gewinnen hatte.

»Nur Mut!«, forderte er die alte Königin auf, die kreidebleich in ihrem Sessel hockte, ein nassgeweintes Taschentuch in der Hand. Er war nicht ohne Sympathie für sie, trotz ihrer Hässlichkeit, denn sie mischte sich *nie* in die Geschäfte ihres Mannes ein. Sie wusste, was ihre Aufgabe war, und blieb stumm. So etwas schätzte er an Frauen. Doch der Gräfin von Kielmannsegge sollte sie etwas freundlicher begegnen.

Ein »Nur Mut!« richtete er auch an den König, dem die Verzweiflung aus jeder Pore strömte. In aufmunterndem Tonfall versicherte er den Majestäten, sie könnten im Schloss bleiben und müssten keineswegs in die Notquartiere in der Friedrichstadt ausweichen.

Dann empfahl er sich mit Verweis auf seine Pflichten als Feldherr und stürmte wieder hinaus.

Nur von Caulaincourt und einem Pagen statt von seinem ganzen Gefolge begleitet, um unauffälliger zu sein, erkundete Na-

poleon sofort nach der kurzen Begegnung mit dem Königspaar die Lage in und um Dresden, an der Brücke und in den Vorstädten. Seine Stabsoffiziere beobachteten inzwischen vom Turm der Kreuzkirche aus die Angriffslinien und Aufstellungen der Preußen, Russen und Österreicher.
Dann, vollkommen im Bilde über Truppenstärken und Truppenbewegungen, sowohl die feindlichen als auch die eigenen – inzwischen waren weitere seiner Bataillone eingetroffen –, ritt Bonaparte erneut zum Schlossplatz und teilte ein, welche seiner Truppen wo den Gegner niederzwingen sollten. Stundenlang saß er dort auf seinem Schimmel wie ein Fels in der Brandung, lenkte und dirigierte die gewaltigen Menschenströme. Und manchmal, zwischendrin, trommelte er mit den Fingern einen schnellen Takt oder summte ein Lied.
Die Zeit drängte, also gingen die aus Bautzen eintreffenden Bataillone der Korps Victor und Marmont – noch einmal fünfzigtausend Mann – nach stundenlangem Marsch durch den Regen zum Laufschritt über, um in die Stadt zu gelangen. Und dann zogen die Garden am Kaiser vorbei, sangen die Marseillaise und wurden von den Dresdnern begeistert bejubelt.

Etwa zur gleichen Zeit, gegen Mittag, versammelten sich auf den Räcknitzer Höhen südlich von Dresden Zar Alexander, König Friedrich Wilhelm von Preußen, Fürst Karl Philipp zu Schwarzenberg als Oberbefehlshaber der Alliierten Hauptarmee und die Offiziere ihrer Generalstäbe.
Wie zum Hohn drangen die Hochrufe auf Napoleon aus der Stadt bis zu ihnen.
»Ich rate dringend zum Rückzug Richtung Dippoldiswalde«, erklärte der Schweizer Jomini, der Mann mit dem außergewöhnlichen Talent, den Verlauf von militärischen Operationen exakt vorherzusagen. »Der günstige Moment ist verpasst. Nun haben wir Napoleon und seine Hauptarmee vor uns, und garantiert treffen in den nächsten Stunden weitere Regimenter

ein. Unsere Männer werden bereits zurückgedrängt. Das Gelände ist vom Regen völlig aufgeweicht. Pferde und Artillerie haben Mühe, da durchzukommen. Retten wir, was noch zu retten ist!«
Diesmal war es der König von Preußen, der widersprach.
Er werde nicht weichen, nur weil Bonaparte plötzlich aufgetaucht sei, protestierte Friedrich Wilhelm verschnupft.
Doch Antoine-Henri Jomini, nunmehr russischer Generalleutnant, beharrte auf seinem Standpunkt.
Moreau, der nach fast zehn Jahren Verbannung aus Nordamerika zurückgekehrte Republikaner, unterstützte ihn dabei. Er trug als Einziger in der Runde zivile Kleidung, aber als er nun mit eigenen Augen und Ohren sah und hörte, wie dilettantisch im Hauptquartier der Alliierten diskutiert wurde, kam ihm kurzfristig der Gedanke, ob er nicht doch das Kommando übernehmen und diesem Trauerspiel ein Ende bereiten sollte.
Solche Stümperei und Streiterei unter Napoleon? Undenkbar! Bonaparte ließ sich von niemandem hineinreden, er legte jedes Detail höchstpersönlich fest, nach gründlicher Analyse aller Zahlen und geographischen Gegebenheiten, und duldete nicht den geringsten Widerspruch. Seit Durocs Tod gab es auch niemanden mehr, der Widerspruch gewagt hätte.
Aber diese Herren hier entschieden ja nicht einmal auf der Grundlage der Fakten oder kühner Ideen, sondern nur aus dem Bauch heraus.
Als erfahrener General wähnte sich Jean-Victor Moreau in einem Alptraum. Dafür war er über den Atlantik gesegelt? Um hier mit anzusehen, wie die Koalition an kindischem Streit, Eitelkeiten und unkoordiniertem Vorgehen zerbrach?
»Es ist kein Wunder, dass Sie in den letzten zehn Jahren immer wieder geschlagen wurden!«, platzte er heraus und verursachte damit einen Augenblick peinlich berührten Schweigens.
Jomini lächelte hämisch in sich hinein. Genau dieser Satz war ihm auch gerade durch den Kopf gegangen.

Da der König von Preußen seine Meinung nie so rücksichtslos durchsetzte wie Zar Alexander, wurde er schlichtweg überstimmt. Also ritt Schwarzenberg los, um seinen Generalstabschef Radetzky zu suchen und den Rückzugsbefehl zu erteilen.
Merkwürdigerweise fand dieser Rückzug nicht statt – warum nicht, blieb auf ewig ein Rätsel.
Vier Uhr nachmittags feuerte die russische Batterie unter dem Kommando Wittgensteins drei Signalschüsse ab. Das war das in den Angriffsdispositionen vereinbarte Zeichen für die Österreicher, Preußen und Russen, auf Dresden vorzurücken.
Zu dieser Zeit waren sämtliche Verstärkungen für Napoleon eingetroffen und befanden sich bereits auf den Stellungen, die ihr Feldherr für den Großangriff auf die Alliierten festgelegt hatte.

Premierleutnant Maximilian Trepte stand mit seinem Regiment auf der Cottaer Anhöhe westlich von Dresden. Er gehörte nun dem 2. Preußischen Garderegiment an, das während des Waffenstillstandes zusätzlich zu seinem gebildet worden war, zusammengesetzt aus den Besten der preußischen Heeresabteilungen. Es waren auch etliche von der Brigade Steinmetz dabei, doch nicht seine Brüder Julius und Philipp. Deren Brigade war dem Yorckschen Korps der Armee Blüchers zugeteilt. Von seinem alten Zug blieben nur zwei vertraute Gesichter unter seinem Kommando: der hünenhafte Karl Werslow und der junge, stürmische Fred Hansik; alle anderen waren für ihn neue, aber kampfbewährte Männer.
Vorerst stand sein Regiment in Reserve und wartete auf den Einsatzbefehl. Sie waren dem Zweiten Preußischen Korps unter General Kleist zugeteilt und hatten hier ihr Biwak aufgeschlagen – wenn man es noch Biwak nennen konnte. Es goss seit Tagen, ein Feuer anzuzünden war kaum möglich, der Boden quietschte vor Nässe, bei jedem Schritt saugten sich die Schuhe im Morast fest.

Auch der Premierleutnant Trepte hatte keinen trockenen Faden mehr am Leib und schlotterte vor Kälte wie alle seine Männer. Seit gestern waren sie ohne Proviant marschiert. In dem über Monate ausgeplünderten Land war einfach nichts Essbares mehr aufzutreiben.

Einen Moment lang überlegte er, ob wohl die in Wachstuch eingeschlagenen Briefe, die er in seinem Tschako aufbewahrte, trocken geblieben waren. Der letzte Gruß seiner besorgten Eltern und die Zeilen dieses besonderen Mädchens aus Freiberg, das ihm zu seiner großen Freude und Rührung sogar eine Locke geschickt hatte.

»Ich denke in großer Zärtlichkeit an Sie und bete jeden Tag, dass Sie zurückkehren«, hatte sie geschrieben – Worte, die seine Gedanken beflügelten. Von hier aus wäre es nur ein Tagesmarsch bis zu ihr. Doch angesichts dessen, was sich gerade vor seinen Augen abspielte, gab es weniger Aussicht denn je, mit seiner Armee dorthin zu kommen.

Er hätte auch gern ein Lebenszeichen von Julius und Philipp, die mit Blücher, Yorck und der Nordarmee irgendwo südlich von Berlin standen. Vielleicht steckten sie auch gerade mitten in einer Schlacht. Der alte Blücher konnte es doch sicher kaum erwarten anzugreifen.

Von der Anhöhe starrte Maximilian Trepte hinab auf die heftig umkämpfte Stadt in dem Talkessel vor ihm.

Für den Augenblick hatte der Regen etwas nachgelassen – so, als sollte er Gelegenheit bekommen mit anzusehen, wie die Hauptarmee der Alliierten blutig aufgerieben wurde.

Erst Großgörschen, dann Bautzen, jetzt das hier …

Wir sind doch nicht schlechter als sie, wir sind doch nicht weniger mutig und kampfentschlossen!, dachte er voller Zorn. Warum also eine Niederlage nach der anderen?

Stünde er neben Moreau im Hauptquartier, wäre seine Frage beantwortet. Und wären Blücher und Gneisenau hier, würde die Schlacht völlig anders verlaufen.

»Nehmen Sie das, Premierleutnant!«
Werslow kam zu ihm gestapft – humpelnd, weil er nur einen Schuh trug – und reichte ihm ein Fernglas in einem Lederfutteral. Woher der Grenadier das hatte, wollte Trepte lieber nicht wissen, aber der Hüne erzählte es von selbst: »Hat mir einer der Kosaken geschenkt, weil ich ihm mal aus der Klemme half. Nette Kerle, diese Russen! Sehr großzügig!«
Dann humpelte Werslow davon, um weiter nach einem passenden Schuh zu suchen. Viele hatten während des Marsches ihre Schuhe verloren, sie waren im zähen Morast einfach steckengeblieben. Mindestens einen Schuh als Reserve hatte normalerweise jeder im Tornister; sie waren alle über den gleichen Leisten geschlagen, so dass links oder rechts keine Rolle spielten. Doch während der Gewaltmärsche der letzten Tage hatte auch das Schuhwerk sehr gelitten. Vielleicht fanden sie in der Nähe des Lagers Brauchbareres. Nur für Werslow mit seinen riesigen Füßen war das schwierig.
Fröstelnd nahm Maximilian noch einmal das ganze Panorama des heftig umkämpften Dresden auf, ehe er die bitteren Einzelheiten mit dem Fernglas erkundete.
Es war das grandiose und blutige Scheitern der Alliierten Hauptarmee, das er da ansehen musste, ohne etwas dagegen tun zu können. Ein Gefühl, als bohrte sich ihm ein Messer in die Brust.
Noch stand er mit seinen Männern in Reserve. Aber so, wie es da unten aussah, konnte jeden Moment der Einsatzbefehl kommen. Alles wäre besser, als hier untätig zu warten, während da unten ihre Leute zu Tausenden verbluteten!
Napoleons Junge Garde eröffnete den Gegenangriff und stürmte in zwei Kolonnen aus den Stadttoren. Die russischen Bataillone unter Wittgenstein östlich der Stadt gerieten in mörderisches Kanonen- und Gewehrfeuer und wurden reihenweise niedergemäht. Einige von ihnen wollten zurückrennen und wurden von Kosaken wieder ins Feuer getrieben. An manchen

Stellen lagen die Toten und Verwundeten schon zu Haufen übereinander.

Gegeneinandergelehnt, standen Körper immer noch halb aufrecht, in denen längst kein Leben mehr war.

Wittgenstein drängte nun zu dem mit starker russischer Artillerie besetzten Windmühlenhügel bei Striesen. Aber die Junge Garde ging mit solcher Wucht vor, eroberte Haus um Haus und trieb in blutigem Kampf die Russen mit Brandgranaten und Bajonetten weiter vor sich her, bis in der höchsten Not die preußische Brigade Klüx gerade noch den Rückzug der überlebenden Russen sichern konnte. Striesen stand in Flammen.

Im Großen Garten sah es nicht besser aus. Alles, was die Preußen im Verlauf des Tages erobern konnten, verloren sie auf fünfhundert Metern freier Fläche, die sie bis zu einem feindlichen Festungsvorwerk überwinden mussten, der Lünette II. Ein tödlicher Hagel von Geschossen, Kartätschen und Gewehrkugeln ließ sie auf dem freien Feld verbluten. Mit drei Kolonnen rückte das Korps Marschall Marmonts aus dem Pirnaischen Schlag vor und trieb die letzten Preußen aus dem Großen Garten zurück bis nach Strehlen.

Die Österreicher in der Seevorstadt waren fest entschlossen, im blutigen Bajonettkampf die Festungsvorwerke III und IV zu erobern. Lünette III am Dippoldiswalder Schlag war der Schwachpunkt der französischen Verteidigungslinie und wurde von österreichischen Jägern erstürmt.

Doch Bonaparte reagierte sofort. Aus allen Straßen drangen Zehntausende Kämpfer gegen den Feind vor. Rasch eroberten sie die Lünette III zurück und umzingelten die Österreicher.

Gegen den nächsten österreichischen Angriff ritt nun Marschall Murat mit seiner Kavallerie, die sächsischen Kürassiere an der Spitze, unterstützt von seiner gesamten Artillerie. Die Österreicher, zu Fuß, entkräftet und mit Gewehren, die in der Nässe den Dienst versagten, hatten keine Chance. Sie wurden eingekreist und gefangen genommen.

Über mehreren Vorstädten stieg Rauch auf, Fenster zersprangen klirrend, Ziegel prasselten von beschädigten Dächern, Verwundete brüllten vor Schmerz. In den Straßen, Gassen und auf morastigen Feldwegen türmten sich Leichen und Pferdekadaver.
Jetzt wurde der Regen wieder stärker, eiskalt – als wäre es nicht August, sondern Oktober, als wäre dieses harte Trommeln die Begleitmusik zur Niederlage der Alliierten.
Das letzte Flämmchen im Biwak von Treptes Zug flackerte noch einmal auf und erlosch.
»Verstehen das die Sachsen unter Sommer?«, murrte Werslow, nun wieder mit Schuhen an beiden Füßen. Er war wie die meisten aus dem Zug neben seinen Leutnant getreten, um auf das niederschmetternde Panorama zu schauen. »Wie sieht es dann hier im Oktober aus? Geb Gott, dass wir Befehl zu einem Nachtmarsch bekommen!«
»Sonst würde ich ja sagen: Werslow, du großer Dummkopf, sei vorsichtig mit deinen Wünschen!«, spottete Hansik, der sich vor Kälte bibbernd mit beiden Armen um den Körper schlug. »Aber abgesehen davon, dass kein Mensch in Pfützen schlafen kann und einem beim Marschieren warm wird … Mir wäre jetzt wirklich nach einer kleinen Rauferei mit den Franzosen. Das ist das Dumme daran, in der Garde zu sein, auch wenn es eine große Ehre ist: Sie schicken einen immer erst in den Kampf, wenn ihnen alle anderen Ideen ausgegangen sind.«
Dann sollten wir längst dort unten sein, dachte Maximilian Trepte sarkastisch. Mit etwas Glück können wir unseren Leuten wenigstens den Rückzug freikämpfen.

Napoleon Bonaparte war mit sich und diesem Tag höchst zufrieden. Er hatte die Schlacht grandios gewonnen.
Seit dem Nachmittag, als die Verbündeten ihren Angriff forcierten, hatte er von der Brücke am Schloss aus, auf seinem Pferd sitzend, den massiven Gegenangriff seiner Truppen dirigiert.

Als ihm gegen zehn Uhr abends die Junge Garde siebenhundert gefangene Österreicher mit einer Fahne und vier eroberten Geschützen brachte, zog er sofort Schlüsse aus dem Zustand der gefangenen Feinde: Sie waren vollkommen erschöpft, ausgehungert und bis auf die Knochen durchgefroren. Für ihn stand fest, dass die Alliierten nach dieser blutigen Niederlage abziehen würden. Ihnen blieb gar keine Wahl. Deren Männer hatten nichts zu essen und würden heute Nacht vor Nässe und Kälte nicht schlafen können. Wie sollten sie da morgen kämpfen?
Seine Truppen dagegen konnten es sich in der Stadt gutgehen lassen. Wen scherte es, wenn die Straßen voller Toten lagen? Die Toten nicht und die Lebenden auch nicht. Und die Verwundeten würden bald verrecken, da sich niemand um sie kümmerte. Es waren einfach zu viele.
Vandamme, der mit seinen vierzigtausend Mann vom Königstein herkommen und den Besiegten den Rückweg abschneiden sollte, müsste schon ganz in der Nähe sein. Aber eigentlich brauchte er den gar nicht mehr.
»Wenn ich den Alliierten folge, bin ich schneller in Böhmen als sie«, meinte der Kaiser belustigt zum sächsischen Generalstabschef von Gersdorff, der wortlos neben ihm stand.
Trotzdem arbeitete Napoleon die halbe Nacht hindurch, um die Befehle für den nächsten Tag bis ins kleinste Detail festzulegen. Konsequenzen mussten gezogen werden aus dem kurzzeitigen Verlust der Lünette III. Auch dort waren Westphalen eingesetzt, und wieder hatten sie versagt! Jeder Kommandant eines solchen Festungsvorwerkes solle sich lieber töten lassen, als seinen Posten aufzugeben, diktierte er seinen Sekretären.
Im Verlauf der Nacht marschierten die letzten erwarteten Truppen der Grande Armée in Dresden ein. Sollten sich die Alliierten morgen wirklich noch einmal auf einen Kampf einlassen, würden sie es mit einhundertzwanzigtausend Gegnern zu tun haben.

Die anderen waren fünfzigtausend Mann mehr. Aber dafür saß er in einer befestigten Stadt und nicht im Kalten draußen, auf den voll Wasser stehenden Äckern.
Zufrieden gönnte er sich etwas Schlaf. Sein Plan stand fest. Er würde die Alliierten Richtung Süden treiben, ihnen die Rückzugswege nach Pirna im Osten und Freiberg im Westen abschneiden und sie dann ins Erzgebirge jagen. Sollten sie sich über die schmalen Gebirgspässe quälen! Sie würden nicht weit kommen.

Am Abend des ersten Tages der Schlacht um Dresden fand eine erneute Beratung im Hauptquartier der Verbündeten statt. Der Oberbefehlshaber Fürst Schwarzenberg und sein Generalstabschef Josef Wenzel Radetzky von Radetz waren sich diesmal einig: Rückzug!
Dazu riet dringendst nicht nur der abgekämpfte Zustand der Truppen, sondern auch die Nachricht, dass der gefürchtete General Vandamme mit vierzigtausend Mann nahte, um ihnen den Rückzug abzuschneiden.
Doch wieder zeigte sich, dass Schwarzenberg nur nominell das Kommando hatte. Gegen zwei Monarchen im Hauptquartier konnte er sich nicht durchsetzen. Dabei durfte er fast noch von Glück reden, dass Kaiser Franz von Österreich nach Wien abgereist war, sonst wären es drei. Aber Franz hatte spätestens seit der Niederlage von Austerlitz 1805 kein Verlangen mehr danach, eine Schlacht aus der Nähe zu erleben.
Diesmal setzte Friedrich Wilhelm von Preußen seinen Protest gegen den Abmarsch durch, zu seiner eigenen Überraschung unterstützt von Zar Alexander.
So ging Werslows bitterer Wunsch in Erfüllung. Kurz nach zweiundzwanzig Uhr erhielt das 2. Preußische Garderegiment den Befehl zum Nachtmarsch Richtung Südosten, zu einem Ort namens Nickern. Durchnässt, frierend und hungernd zogen Treptes Männer los, in Dunkelheit und eisigem Regen,

ohne Aussicht auf Proviant und Schlaf, bei jedem Schritt bis zu den Knöcheln im Schlamm versinkend.

Ein schwarzer Tag für die Verbündeten

Dresden, 27. August 1813

Der Halbkreis der alliierten Verbände um Dresdens Süden war nun deutlich weiter auseinandergezogen als am Vortag.

Seit Mitternacht strömte der kalte Regen unablässig auf die alliierten Truppen herab, die die Nacht unter freiem Himmel verbringen mussten. Durch die Nässe versagten die Gewehre, selbst die Kanonen zündeten nur mit Mühe.

Gegen sechs Uhr morgens ritt Napoleon zu dem gestern noch so verbissen umkämpften Festungsvorwerk IV und setzte sich neben das große Wachtfeuer.

Der sächsische Major von Odeleben stand in seiner Nähe und starrte darauf, wie der Regen die Gliedmaßen nachlässig verscharrter Toter wieder freispülte.

Die Garden waren links und rechts des Kaisers aufgereiht, die Reiter bei ihren Pferden. Jedermann wartete, wann das Inferno von neuem losbrechen würde.

Um sieben eröffneten die Franzosen nahe dem Großen Garten das Geschützfeuer. Bald brannte der Kampf entlang der gesamten Gefechtslinie. Die französische Artillerie beschoss das Zentrum der gegnerischen Armee und rückte dabei Meter um Meter vor, den Feind unerbittlich nach Süden drückend, in Richtung der unwegsamen Pfade des Erzgebirges.

Gegen elf Uhr beschloss Bonaparte, dem Drama ein Ende zu bereiten. Er gab die Befehle aus, seinen Feinden die Rückzugsstraßen nach Osten und Westen abzuriegeln.

Westlich von Dresden drängten Murat, sein Schwager und König von Neapel, und der Reitergeneral Latour-Maubourg mit massiver Kavallerie Richtung Freiberger Straße, um diesen Weg zu versperren. Im Osten rückten weitere starke Verbände gegen Pirna vor, wo Prinz Eugen von Württemberg mit nur achttausend Mann schon seit dem Vortag verzweifelt darum kämpfte, den Verbündeten die Rückzugsstraße nach Teplitz frei zu halten.

In dieser äußerst kritischen Lage für die Armee der Alliierten unterbreitete Jomini dem Zaren einen Vorschlag, dem auch Moreau zustimmte.

Fünfzigtausend Mann russische und preußische Garden, die bisher vom direkten Kampfeinsatz verschont geblieben waren, sollten umgehend Prinz Eugen von Württemberg zu Hilfe geschickt werden. Dieser brauchte dringend Verstärkung, wenn er Pirna halten sollte, denn zusätzlich zu der Übermacht, gegen die er sich jetzt schon behaupten musste, konnten auch noch jeden Augenblick die vierzigtausend Mann von General Vandamme eintreffen, die gegen ihn im Anmarsch waren.

Das wäre auch der Einsatzbefehl für Maximilian Trepte gewesen.

Doch Schwarzenberg als Oberkommandierender der Hauptarmee sollte von diesem Plan nichts erfahren.

Als Barclay de Tolly davon erfuhr, der vom Zaren ernannte Befehlshaber der russischen Truppen, lehnte er schlichtweg ab und schickte den Boten mit der Begründung zu seinem Monarchen zurück, die Bodenverhältnisse erlaubten kein Vorankommen; außerdem würde er dabei seine gesamte Artillerie verlieren.

Hätte Napoleon davon erfahren, hätte er sofort die Siegesglocken in Dresden läuten lassen. Denn eigentlich war damit für ihn die Schlacht schon gewonnen.

Doch ihm sollte noch ein besonderer, persönlicher Triumph zuteilwerden.

Der Zar mit seinem Stab – dabei auch Jomini, Moreau und zwei englische Beobachter – betrachteten von der Kuppe des Räcknitzer Hügels aus zu Pferde das Desaster der alliierten Truppen. In ihrer Nähe standen österreichische Geschütze, gegen die Bonaparte gerade eine Batterie seiner Reitenden Artillerie in Stellung brachte. Der erste Schuss traf den einstigen General der französischen Republik, Jean-Victor Moreau.

Die Kanonenkugel durchschlug sein linkes Bein, den Leib seines Pferdes und auch noch das rechte Bein. Das Pferd stürzte und begrub seinen Reiter unter sich im Schlamm. Oberst Rapatel, der Adjutant Moreaus und Exilant wie er, sowie ein paar reaktionsschnelle Männer zogen den Schwerverletzten unter dem zerfetzten Pferd hervor, ließen ihn auf einer behelfsmäßigen Trage aus Gewehren und Mänteln ins nächste Bauernhaus bringen und verbanden ihn notdürftig. Doch da dieser Ort – Kleinpestitz – unter Beschuss stand, wurde Moreau ins Herrenhaus von Nöthnitz getragen, mehr als drei Kilometer vom Ort seiner Verwundung entfernt, wo der Zar sein Hauptquartier eingerichtet hatte.

Sofort wurde der Leibarzt des Zaren herbeigerufen, ein Engländer namens James Wylie mit schmalem Gesicht und den schlanken Fingern eines Chirurgen.

»Ich muss Ihnen beide Beine amputieren«, eröffnete er seinem Patienten schonungslos. Es war keine Zeit zu verlieren, und Moreau war lange genug im Krieg gewesen, um selbst zu wissen, wie es um ihn stand.

»Lässt sich hier Kognak oder Branntwein auftreiben?«, fragte dieser nur.

Da die aufgescheuchte und vor Entsetzen kopflose Dienerschaft das nicht zustande brachte, bat der Schwerverletzte um Tabak für den verzweifelten Versuch, den Schmerz wenigstens etwas zu betäuben.

»Ich bin schnell«, versprach Wylie, während er seinem Patienten die zerschmetterten Gliedmaßen abband. »In Borodino habe ich an einem Tag zweihundert Amputationen vorgenommen.«

Moreau sagte kein Wort, während ihm bei vollem Bewusstsein erst am linken Bein, dann am rechten unterhalb des Knies das Muskelfleisch durchtrennt und die Knochen durchsägt wurden. Rapatel hielt seine Hand, die der Malträtierte vor Schmerz so stark presste, dass sein Adjutant am liebsten selbst aufgeschrien hätte.

»Dafür bin ich also von Übersee hierhergesegelt«, brachte Moreau voller Bitterkeit heraus, als der Arzt gegangen war.

Vielleicht hätte er doch lieber in Amerika bleiben, Hunde und Orchideen züchten, sich um Schulen für die Armen kümmern, an der Seite seiner Frau alt werden sollen? Nie wollte er gegen Frankreich kämpfen. Nur den Usurpator aufhalten, der einmal sein Freund gewesen war und dann die Republik verraten hatte, indem er sich zum Alleinherrscher krönte. Den schon so viele Jahre währenden, immer mehr Opfer verschlingenden Krieg beenden.

Rapatel verzichtete auf tröstende Worte. Er wollte nicht heucheln. Sie wussten beide, wie gering die Chancen waren, dass Moreau unter diesen Umständen noch lange lebte.

Der tödlich Verwundete krallte seine Hand um Rapatels Arm und zog ihn näher zu sich, mühsam nach Luft ringend.

»Wenn ich begraben werde … Wenn ich begraben werde, dann in der Uniform eines Generals der französischen *Republik!*«

Rapatel sorgte dafür, als Jean-Victor Moreau am 2. September im böhmischen Laun nach qualvoller Reise starb.

Das Schicksal Moreaus und der Umstand, dass die verhängnisvolle Kanonenkugel den Zaren nur um weniges verfehlte, hatten das russische Hauptquartier vorübergehend in Lähmung versetzt.

So ging auch die Meldung vollkommen unter, dass Barclay de Tolly den Einsatzbefehl der Garden in Pirna ablehnte.

Prinz Eugen von Württemberg musste mit seinen nur achttausend Mann weiterkämpfen, ohne die dringend benötigte Verstärkung.

Wenig später brachte der Oberst von Wolzogen die Nachricht, dass ein weiteres starkes französisches Korps gegen Pirna geschickt worden war und Prinz Eugens Truppen nach Süden zurückgedrängt hatte.

So schien für die Alliierten die Straße nach Teplitz, die Hauptstraße nach Böhmen, schon verloren.

Die Straße nach Freiberg war ihnen bereits versperrt; bei ihrer Verteidigung waren neuntausend Österreicher unter Feldmarschallleutnant von Meszko durch Murats Reiterei umzingelt und gefangen genommen worden, die, zu Fuß, mit unbrauchbaren Gewehren und völlig erschöpft, dem Reiterangriff nichts mehr entgegenzusetzen hatten. Ihnen blieb nur die Kapitulation.

Die preußische Kavallerie ritt noch einige Attacken, aber in dem morastigen Gelände und ohne Futter kamen die Pferde kaum mehr voran.

Das war die Lage um drei Uhr nachmittags, als der Zar, der König von Preußen und Fürst Schwarzenberg als Oberbefehlshaber mit ihren Generalstäben zum Kriegsrat zusammentraten. König Friedrich Wilhelm wollte den Kampf für diesen Tag abbrechen und am nächsten fortsetzen.

Doch mit dieser Meinung stand er allein.

So konnte Schwarzenberg unangefochten entscheiden: Rückzug nach Böhmen!

Es gab weder Proviant noch Futter, es mangelte an Kleidung und Schuhen, an Munition, und die Männer waren so entkräftet, dass sie reihenweise vor Hunger und Kälte umfielen und starben.

Die Schlacht um Dresden war verloren.

»Das vertrete ich auch vor meinem Kaiser in Wien!«, erklärte

Schwarzenberg kategorisch. »Den Truppen einen dritten Gefechtstag zuzumuten würde sie allesamt sinnlos in den Tod treiben. Ich werde die Armee hinter Eger sammeln und wieder zu Kräften kommen lassen.«
Barclay de Tolly und Radetzky arbeiteten die Abmarschbefehle für die Truppen aus. Gegen sechzehn Uhr begann bei immer noch strömendem Regen der Rückzug, für den nun nur die unwegsamen Gebirgspfade über den Erzgebirgskamm blieben. Die Männer konnten kaum noch einen Fuß vor den anderen setzen, viele fielen einfach um und blieben liegen. Oder sie liefen barfuß weiter, wenn ihre Schuhe im Schlamm stecken blieben. Ganze Züge ließen ihre nutzlos gewordenen Gewehre zurück, immer noch zu Pyramiden aneinandergestellt. Die meisten Pferde waren zu entkräftet, um jetzt noch die Wagen mit den Geschützen und der Ausrüstung oder den Verwundeten die schlammigen Wege bergauf zu ziehen. Gespanne brachen im Geschirr zusammen und versperrten den Pfad, manche wurden auf den steilen, schlierigen Pässen von der Last wieder hinabgezerrt und rissen alles mit sich, was hinter ihnen lief.

Nach einem kurzen Ausritt mittags Richtung Pirna, wohin er weitere Truppen beordert hatte, saß Bonaparte nun wieder vollkommen gelassen im Regen am Wachtfeuer neben der Lünette IV, während sich seine geschlagenen Feinde über den Gebirgskamm quälten. Zusammen mit Berthier aß er etwas. Er lud den gefangenen Feldmarschallleutnant von Meszko ein, sich zu ihm zu setzen, und wies an, die Verletzung des Österreichers zu behandeln.
Dann ließ er sich sein Pferd bringen und stieg auf, triefend nass, um zurück ins Dresdner Schloss zu reiten. Das Wasser rann ihm von den Kleidern und aus der Hutkrempe.
So sieht er nun aus, der Held der Schlacht, der Schrecken Verbreitende, dachte Odeleben.
Die Landschaft um ihn herum war von Leichnamen übersät,

viele davon bis zur Unkenntlichkeit verstümmelt, die Dörfer vor allem südlich der Hauptstadt größtenteils zerstört, und welcher Anblick ihn in seinem geliebten Dresden erwartete, daran wollte der sächsische Offizier in diesem Augenblick gar nicht erst denken.
Und dennoch konnte er bei allem Abscheu vor dem Gemetzel dieses Tages ein Stück Bewunderung nicht verweigern, wie entschlossen, kühn und gelassen dieser Feldherr die Schlacht um Dresden für sich entschieden hatte.

Die Freude der Dresdner darüber, dass Napoleon Bonaparte die Angreifer in die Flucht gejagt hatte, währte nicht lange.
Die Stadt glich zur Hälfte einem Leichenacker, zur Hälfte einem riesigen Lazarett.
Wohl um die fünfundzwanzigtausend Männer hatten an nur zwei Tagen das Leben verloren. Die Straßen waren voller Leichen, die meisten vollkommen entkleidet, viele zermalmt, weil Geschütze darübergerollt worden waren, an manchen Stellen zu Haufen übereinandergeworfen. Frauen wagten sich kaum noch auf die Straße und hatten Mühe, ihre Kinder vor diesem grausigen Anblick zu bewahren.
Schaulustige Dresdner spazierten in den Großen Garten, um sich das Feld des Kampfes anzusehen. Genauer gesagt: die totgeschossenen Preußen, Russen, Österreicher und Franzosen.
Barmherzige Menschen gingen dorthin, um den Verwundeten wenigstens etwas Wasser oder Brot zu bringen. Retten konnten sie keinen.
Tagelöhner und Bauern aus den umliegenden Orten wurden nach Dresden befohlen, um Massengräber auszuheben. Sie taten dies eskortiert durch Soldaten, die Befehl hatten, auf jeden zu schießen, der sich davonstehlen wollte.
Und dann waren da noch die vierzehntausend Gefangenen, die in die Kirchen, die Orangerie und das Opernhaus getrieben wurden. Durchnässt, zerlumpt, ausgehungert und entsetzlich

frierend, unzählige von ihnen verwundet, ohne dass sich jemand um ihre Verletzungen kümmerte. Viele starben, und ihre Leichname wurden einfach auf die Straße geworfen.
Wenn die Gefangenen morgens kurz ins Freie gescheucht wurden, steckten ihnen mitleidige Dresdner Brot oder sonst etwas zu essen zu. Als sie endlich Feuer machen durften, verheizten sie jedes Stück Holz, das ihnen in die Hände fiel, die Kirchenstühle eingeschlossen.
Einzig die Frauenkirche war kein Gefangenenlager, sie diente den Franzosen als Depot. Die Stadt starrte vor Schmutz und Gestank, bald brach die Ruhr aus.
Napoleon hingegen äußerte, er sei mit Dresden sehr zufrieden.

Am Tag nach der Schlacht ritt der Kaiser wie üblich noch einmal viele Stellungen ab. Nachdenklich verharrte er an der Stelle, wo sein einstiger Freund Moreau getroffen worden war. Der Regen hatte nun endlich aufgehört, der Himmel klarte auf, so konnte er sehen, wie seine Feinde immer noch über die Berge abzogen.
Die Verfolgung war schon im Gange. Murat war mit seinem Korps Richtung Freiberg unterwegs, Marmont Richtung Dippoldiswalde. Mit Vandamme, Gouvion Saint Cyr und Mortier würde er selbst die Straße nach Teplitz und damit den Ausgang aus dem Gebirge versperren.
Doch zunächst ritt er bis kurz vor Pirna, setzte sich auf einen Feldstuhl und ließ sich von Bewohnern der Gegend erzählen, was sie über die Ereignisse der letzten Tage wussten. Der Prinz von Württemberg habe noch diesen Vormittag mit französischen Truppen gekämpft und sich dann über die Straße nach Peterswalde Richtung Teplitz zurückgezogen, erfuhr er.
Seine Feinde hatten also diesem Burschen, der ihm in Reichenbach so zu schaffen gemacht hatte, wieder einmal die Sicherung ihres Rückzuges überlassen, ihm aber nicht genug Leute dafür gegeben!

Sofort änderte Bonaparte seine Pläne. Um diesen Prinzen musste er sich nun nicht mehr persönlich kümmern. Vandamme konnte allein mit ihm fertigwerden und die linke Flanke des Gegners vernichten, während Murat über Freiberg und Frauenstein zog und den Feinden von Westen her den Weg nach Böhmen versperrte. Es gab kein Entrinnen für die Hauptarmee der Alliierten.

Sein Sieg in Dresden war so überzeugend, dass Metternich, der Wendige und auf alles sofort Reagierende, ihm unter der Hand und sicher ohne Wissen seiner neuen Verbündeten schon wieder eiligst Friedensverhandlungen angeboten hatte.

Mit zufriedenem Lächeln ließ Bonaparte seine Kutsche kommen und fuhr zurück in die Stadt, heiter und gelassen.

Die Schlacht um Dresden war nur ein weiterer Triumph in der endlosen Reihe seiner Siege. Die nächsten würden schon in ein paar Tagen folgen.

Napoleon irrte.

Wenige Stunden nach seiner Rückkehr vom Schlachtfeld erreichte ihn die Nachricht, dass Blücher am 26. August die Katzbach überschritten und dabei die einhunderttausend Mann starke Armee Marschall Macdonalds vernichtend geschlagen hatte.

Das war vor zwei Tagen gewesen, als er nach Dresden eilte, um die Verteidigung der Stadt zu leiten. Und einen Tag später hatte ein Korps unter Divisionsgeneral Girard an einem Ort namens Hagelberg irgendwo zwischen Brandenburg und Wittenberg eine schmähliche Niederlage gegen die preußische Landwehr erlitten – gegen Bauern, die nicht einmal eine richtige militärische Ausbildung hatten und die im Nahkampf ihre Gewehrkolben wie Dreschflegel schwangen.

Auch wenn es an diesem Tag noch niemand ahnte und niemand glauben würde: Die Schlacht um Dresden sollte die letzte sein, die Napoleon Bonaparte auf deutschem Boden gewann.

Der Krieg vor den Toren der Stadt

Freiberg, 28. August 1813

Immer dichter hintereinander hallten die Schüsse vom Peterstor. Aus dem Fenster der Buchhandlung konnte Henriette sehen, wie Offiziere, die erst am Morgen in den Häusern am Untermarkt für ein paar Stunden Quartier genommen hatten, hastig in die Sättel stiegen und lospreschten – einige zum Donatstor, vor dem ihre Truppen biwakierten, andere in die Richtung, aus der Kampflärm zu hören war.
Nahm denn dieser Krieg gar kein Ende? Jetzt hatte er die Stadt erneut erreicht.
Voller Sorge trat sie ans Fenster. Franz war immer noch nicht zurück. Am liebsten wäre sie losgelaufen, um ihn zu suchen. Seit Lisbeths Söhne fortgegangen waren, fürchteten Johanna und sie, dass Eduard und Franz es ihnen gleichtun könnten – nur dass die beiden sich nicht den Franzosen anschließen würden, sondern den Alliierten. Und heute waren österreichische Regimenter in der Stadt. Alliierte.
In diesem Augenblick sah sie ihren Bruder auf das Haus zurennen. Sie war erleichtert und wütend zugleich, denn er kam eindeutig nicht von der Schule, sondern aus Richtung der krachenden Schüsse.
Atemlos riss Franz die Tür auf, stürzte in die Buchhandlung und rief: »Jette, Jette, die Österreicher müssen abrücken! Die Franzosen sind zurück! Ihre Jäger kämpfen sich schon durchs Peterstor.«
»Wann hat euch der Lehrer nach Hause geschickt, damit ihr sicher bei euren Familien seid?«, fragte Henriette streng.
»Gleich, als die Knallerei anfing«, gestand der Junge ohne den geringsten Anflug von schlechtem Gewissen. Natürlich hatte er erst einmal auskundschaften müssen, was überhaupt los war.

»Und, bist du schnurstracks hierhergekommen?«, fragte Jette noch strenger.

»Nein«, gab Franz zu, der es nicht über sich brachte, seine Schwester zu belügen. Immerhin hatte die einen Franzosen erschlagen, um ihn zu beschützen. Aber verstand sie denn nicht, dass er inzwischen ein paar Monate älter war und auch etwas tun wollte, um sie und die Gerlachs zu schützen? Er war doch kein Kind mehr nach allem, was sie seit ihrer Flucht aus Weißenfels durchgemacht hatten!

Henriette packte ihren Bruder mit beiden Händen hart an den Schultern und zwang ihn, ihr in die Augen zu sehen.

»Die Waffenruhe ist vorbei, wir befinden uns wieder im Krieg. Das heißt: Wenn Schüsse in der Stadt fallen, hast du sofort ins Haus zu kommen! Verstehst du?«

Die halbherzige Antwort von Franz überzeugte sie nicht. So blieb ihr nur eines, um ihm die Gefahr zu verdeutlichen, und das hatte sie nie tun wollen.

»Erinnerst du dich an den ersten Tag, als wir aus Weißenfels weggelaufen sind? Was wir dort gesehen haben?«

»Hm.« Der Junge senkte den Kopf und scharrte mit einem Fuß.

»Als ich dir sagte, du sollst die Augen ganz fest schließen und nicht hinschauen?«

»Hm.« Das Scharren wurde lauter.

»Aber natürlich hast du geschummelt und doch hingesehen. Was lag da, neben dem Brunnen?«

»Tote Menschen. Soldaten ...«

»Und bei den Bienenstöcken?«

Franz zögerte, bevor er so leise antwortete, dass es kaum zu hören war. »Tote Kinder.«

»Du solltest das nicht sehen! Oder für immer vergessen«, sagte Henriette heftig. »Aber wenn du so leichtsinnig handelst, dann darfst du es nicht vergessen! Eine Kugel unterscheidet nicht, wen sie trifft – jemanden, der kämpft, oder ein Kind, das im Weg steht. Es können Splitter, Steine oder Kartätschenhagel

durch die Luft fliegen, Ziegel auf die Straße prasseln, Pferde durchgehen ... Hörst du mir zu?«
»Jaa.«
»Dann komm nächstes Mal sofort! Dieses Haus hat dicke Mauern aus Stein. Und sollten die nicht genügen, um uns zu schützen, wird der Oheim entscheiden, was zu tun ist.«
Franz starrte verbissen vor sich hin, ohne ein Wort zu sagen.
»Wenn ich mich nicht darauf verlassen kann, dass du beim ersten Anzeichen von Gefahr sofort hierherkommst, werde ich mit dem Oheim sprechen, dass du künftig Hausunterricht erhältst. Bei mir«, drohte Henriette. »Hast du das verstanden?«
Franz seufzte und nickte. Endlich ließ sie seine Schultern los.
»Jetzt geh dich waschen, und dann frag die Tante, wie du dich nützlich machen kannst.«
Beleidigt stapfte Franz davon. Er hatte Lob dafür erwartet, dass er die Lage ausgekundschaftet hatte. Ständig zogen neue Truppen durch, und in solchen Zeiten musste man doch wissen, ob Freund oder Feind vorm Tor stand!
Wütend stieg er die Treppe hinauf und überlegte, was er nun anstellen könnte. Karl und Anton waren fort, mit den Franzosen losgezogen. Und Eduard verbrachte seit Ludwigs Weggang die meiste Zeit in der Druckerei, deshalb konnten sie kaum noch etwas gemeinsam unternehmen.
Weil Jette wusste, was ihrem Bruder durch den Kopf ging, öffnete sie noch einmal die Tür zum Wohnhaus und rief nach oben: »Franz ist da!«
Johanna stieß einen erleichterten Seufzer aus, dann folgte ein Wortschwall, und Jette zog sich wieder in die Buchhandlung zurück. Die aufmerksame Tante würde den abenteuerlustigen Burschen sicher nicht so leicht aus den Augen lassen.

Auch ohne Franz' stürmischen Bericht wusste Henriette längst, was in der Stadt vor sich ging. Am Morgen waren österreichische Truppen unter General von Klenau in Freiberg eingetroffen, in fürchterlichem Zustand nach der verlorenen Schlacht um Dresden. Drei Tage zuvor waren sie schon einmal durch Freiberg gezogen – auf dem Weg *nach* Dresden.

Damals hatten sie und die ganze Familie Gerlach noch gehofft, mit einem geballten Schlag gegen Napoleon könnte die Alliierte Hauptarmee dem Krieg und dem Schrecken ein Ende bereiten.

Diese Hoffnung war nun erloschen. Jetzt blieb ihnen nur zu beten, dass die überlebenden Österreicher es schafften, ihren Verfolgern zu entkommen und sich übers Gebirge in ihr Lager nach Teplitz zurückzuziehen. Sie führten unzählige Verletzte und Fieberkranke mit sich, es mangelte ihnen an Essen und warmer Kleidung. Einige Offiziere hatten in der Stadt für eine kurze Rast Quartier genommen, doch das Gros der Truppen lagerte vor dem Donatstor.

Auch hier hatte es in den letzten Tagen ununterbrochen geregnet, erst an diesem Morgen klarte der Himmel endlich auf. Sich vorzustellen, dass die Männer unter solchen Bedingungen kämpfen und marschieren mussten, ließ nur jemanden mit einem Herzen aus Stein ungerührt. Wer von den Freibergern etwas entbehren konnte, der brachte einen Kanten Brot oder einen Topf heißer Suppe, die dankbar angenommen wurden.

Auch Jette war zusammen mit ihrem Oheim ins Biwak gegangen, um Essen hinzuschaffen. Dort half der junge Dr. Meuder bereits den österreichischen Feldchirurgen, wenigstens diejenigen Verwundeten zu versorgen, die eine Chance hatten zu überleben. Er wirkte jetzt ebenso erschöpft wie Dr. Bursian die ganze Zeit schon, sein dunkles, lockiges Haar hing ihm in die Stirn. Jette lief sofort zu ihm, um sich eine Arbeit zuweisen zu lassen, während der Oheim Brot verteilte und mit den Männern sprach.

So erfuhr Friedrich Gerlach Einzelheiten der mörderischen

Schlacht bei Dresden und ihrer Folgen: Die Alliierten wurden übers Gebirge Richtung Böhmen gedrängt und sollten aufgerieben werden. Der linke Flügel unter General von Klenau hatte sich über Höckendorf und Pretzschendorf zurückgezogen und wollte Richtung Marienberg entkommen, doch Unmengen französischer Kavallerie waren ihnen auf den Fersen.

Als die ersten Schüsse aus Richtung Peterstor fielen, schickte Dr. Meuder Henriette sofort nach Hause. Jetzt konnte sie hören, dass auch am Donatstor gekämpft wurde. Die letzten österreichischen Offiziere waren vom Untermarkt verschwunden, und sie hoffte, dass ihre erschöpfte Arrièregarde die Franzosen lange genug aufhielt, damit sich die Truppen ins Gebirge zurückziehen konnten.

Es sah nicht gut aus für die Alliierten, wenn sie sogar mit den neuen Verbündeten – Schweden, Österreich und England – schon wieder eine große Schlacht verloren hatten!

War denn Napoleon wirklich nicht zu besiegen? Würden dieser Krieg und die Besatzung nie ein Ende nehmen?

Henriettes Gedanken kreisten um die Männer, die sich in den Kämpfen gegenüberstanden. Wer von denen, die sie kannte, lebte noch?

Sie zuckte zusammen, als die Tür aufging und das Glöckchen über der Ladentür klingelte. Welcher Mensch würde ein Buch kaufen, während zu beiden Seiten der Stadt Schüsse fielen?

Als sie das vertraute Gesicht mit der Brille und den krausen Locken über der Stirn sah, verschlug es ihr den Atem vor Überraschung, Freude und Erschütterung.

»Felix! Sie leben!«

Plötzlich musste sie weinen. Es war, als ob all der Kummer der letzten Wochen aus ihr fließen würde: die Sorge um Felix und um Maximilian, der jähe Abschied von Ludwig, die plötzliche Abreise Sebastians, der sich nicht einmal von ihr verabschieden konnte, die heimliche Nacht mit Étienne und was daraus noch folgen konnte ...

Hastig trat Felix auf sie zu und zog ein Taschentuch aus seiner Weste. »Fräulein Henriette, weinen Sie doch nicht!«
»Ich bin so froh ... Ich dachte, Sie seien auch gefallen«, brachte sie schluchzend heraus. Dann fiel ihr Blick auf die verstümmelte Hand des Bergstudenten.
»Bin ich nicht!«, sagte Felix nachdrücklich. »Ich hatte Glück. Und das hier« – er hob ein wenig die verstümmelte Rechte – »ist gut verheilt. Ich kann die Hand wieder nutzen.«
Dankbar nahm Jette das Taschentuch entgegen, wischte sich die Tränen ab und putzte sich die Nase.
Währenddessen sah sich Felix in der Buchhandlung um. Überall hingen Blätter mit gepressten Zeigerpflanzen aus seinem Herbarium. Das rührte ihn und ließ neue Hoffnung aufflackern. Henriette musste wohl gedacht haben, er sei tot. Und sie schien um ihn getrauert zu haben. Aber jetzt sollte sie wieder lächeln.
»Ich wollte Ihnen guten Tag sagen«, meinte er aufmunternd. »Und Hoffmanns *Handbuch der Mineralogie* nachkaufen. Es ist mir ... verlorengegangen.« Dass die plündernden Rheinbündler in Kitzen Patronenhülsen daraus gedreht hatten, verschwieg er lieber.
»Da kommen Sie *jetzt*, während die Stadt gerade wieder von den Franzosen eingenommen wird?«, schniefte Jette fassungslos.
»Ludwig kann Sie nicht mehr schützen. Aber ich habe gelernt zu kämpfen«, erwiderte er mit der größten Selbstverständlichkeit.
Der einstige Freiwillige Jäger Felix Zeidler bestand darauf, dass sich Henriette auf einen Stuhl setzte. Dann erzählte er ihr von seinen Erlebnissen der letzten Wochen.
Unterdessen erkämpften sich die Österreicher den Abzug Richtung Lichtenberg, Mulda, Großhartmannsdorf und Großwaltersdorf gegen die Vorhut der französischen Kavallerie.

Felix' Geschichte rührte Jette zutiefst. Sie war sprachlos vor Staunen über sein ungewöhnliches Wiedersehen mit Ludwig. Doch nun plagte sie das Gewissen wegen Richard, den sie seit ihrem Streit nicht mehr gesehen hatte.

»Als ich nach Freiberg zurückkam, lag ein Brief auf dem Tisch, dass er nach Ende des Waffenstillstandes zu den Lützowern zurückgekehrt ist«, sagte Felix.

Wenn ihm etwas zustößt, wenn er fällt, bin ich mitschuldig an seinem Tod, dachte sie bestürzt. Noch ein Toter, der mir auf der Seele lastet.

Sie konnte in diesem Moment noch nicht wissen, dass das Lützower Freikorps zwei Tage zuvor nach einem Gefecht in Mecklenburg erneut Tote zu beklagen hatte und die frische Erde noch keinen Tag lang auf Theodor Körners Grab lag.

Eine Weile schwiegen beide und lauschten. Die Salven waren verstummt, stattdessen ertönte lauter Jubel. Eine große Schar Berittener galoppierte über den Untermarkt, prächtig uniformierte Offiziere vorweg. Es sah so aus, als ob die Franzosen hier für mindestens eine Nacht Quartier machen wollten. Gut für die Österreicher, dachte Jette.

Felix spähte aus dem Fenster, Henriette ging wieder hinter den Ladentisch.

»Es kommen Reiter auf Ihr Haus zu. Wenn Sie es wünschen, bleibe ich hier.«

Sie deutete auf seine verletzte Hand. »Jeder wird sofort sehen, dass das eine Kriegswunde ist. Das bringt Sie in Gefahr!«

»Die wissen doch nicht, dass es ein Andenken an den Überfall in Kitzen ist«, erwiderte Felix gelassen. »Sachsen und Köthen sind Verbündete Napoleons. Jeder Franzose wird mich für einen ausgemusterten Kriegskameraden halten, solange er mich nicht zu genau nach Regimentsnummer und Einsatzorten fragt.«

Jette begann, die aufgehängten Seiten seines Herbariums vor-

sichtig von den Wänden und Regalen zu lösen. »Die brauchen Sie jetzt wieder für Ihr Studium«, sagte sie bestimmt.
»Aber die Galmeiflora behalten Sie, ich bitte Sie darum!«
Jette schoss das Blut in die Wangen. Noch einmal bedankte sie sich für das Geschenk. Die anderen Seiten legte sie ordentlich in die Mappe und schob sie Felix entgegen.
Der blätterte nachdenklich darin, als würde er sie zum ersten Mal sehen und gar nicht erkennen, was er da in seinen Händen hielt.
Lag es wirklich nur ein paar Wochen zurück, dass sich sein ganzes Leben um Minerale, ausstreichende Gänge und Zeigerpflanzen gedreht hatte? Er musste an Richards prahlerische Worte denken, dass er sich ein Leben ohne den Kampf nicht mehr vorstellen könne.
Wo wohl gerade der Rittmeister von Colomb steckte? Major von Colomb, verbesserte er sich, sein Kommandeur war ja befördert worden.
Felix würde dem militärischen Leben weniger nachtrauern, hätte er nicht einen so beeindruckenden Anführer gehabt. Colomb sollte sich nach dem Elbübergang bei General Kleist melden, und dessen Korps hatte vor Dresden schreckliche Verluste erlitten, berichteten die Österreicher. Ob wohl der schlaue Husarenführer noch lebte? Und wer sonst von seinen Gefährten aus dieser Zeit? War Julian Reil aus der Gefangenschaft entkommen?
Sofort drängte sich ihm die Erinnerung an den gefallenen Moritz von Klitzing auf. Und ernsthafte Sorge um Richard.
Henriette sagte nichts; sie spürte, dass Felix jetzt mit seinen Gedanken ganz weit weg war.
Plötzlich stürzte die Tante in den Raum und rief: »Kind, stell dir vor, der König ist in der Stadt!«
»Welcher König?«, fragte Jette verwundert. Friedrich August von Sachsen sollte jetzt doch in Dresden sein, oder? Der würde niemals den Truppen ins Gefecht folgen …

»Natürlich nicht *unser* guter König, du Dummchen!«, spottete die Tante. »Murat! Der König von Neapel! Stell dir vor: der berühmte Murat, der Schwager Napoleons!«
Das war nun etwas, das Johannas Phantasie sehr beflügelte, denn Murat galt als ein Mann, der größten Wert auf aufwendige, ausgefallene Kleidung legte. Es hieß, er würde sogar einen Turban tragen! Solch einen König hatte die Stadt wirklich noch nicht gesehen.
»Heute ist wohl keine Chance mehr, einen Blick auf ihn zu erhaschen«, bedauerte Johanna. »Aber er wird sicher morgen früh auf dem Obermarkt die Parade abnehmen. Das müssen wir uns unbedingt anschauen!«
»Wenn Napoleon ausgerechnet Murat mit solchen Mengen schwerer und leichter Kavallerie schickt, will er den linken Flügel der Alliierten Armee vernichten und dann den Rest in die Zange nehmen, der über Peterswalde und den Nollendorfer Pass das Gebirge überquert«, erklärte Felix besorgt.
Natürlich hatte die Tante ihn sofort entdeckt. Aber da er ein Buch in der Hand hielt, war er offenkundig ein Käufer, was ihm zunächst einmal mildes Wohlwollen eintrug. Doch so viel militärisches Wissen machte ihn verdächtig. Überhaupt bekam das Mädchen viel zu viel von solchen Dingen zu hören! Mehr, als für sie gut sein konnte.
»Woher kennen Sie sich damit so gut aus?«, fragte Johanna misstrauisch.
Felix warf einen Blick aus dem Fenster. »Es scheint, Sie bekommen Einquartierung, Frau Gerlach«, sagte er anstelle einer Antwort.
Sofort stürzte Johanna zum Fenster. »Schon wieder!«, stöhnte sie. »Aber die werden wohl bloß eine Nacht bleiben und mögen früh wieder abziehen. Ich muss sofort los, mich um alles kümmern! Kostet acht Groschen, der Hoffmann.«
Mit argwöhnischem Blick auf den Käufer rauschte sie hinaus.
»Ich gehe jetzt auch«, verabschiedete sich Felix von Jette.

»Das sind Sachsen, die bei Ihrem Oheim einquartiert werden, sächsische Kürassiere. Ich denke, von denen haben Sie nichts zu befürchten.«

Landsleute

Freiberg, 28. August 1813

Friedrich Gerlach war auch dieses Mal vors Haus gegangen, um die Reiter zu empfangen. Sie trugen beide die weißen Uniformen mit den gelben Aufschlägen, den schwarzen Brustpanzer mit den verschlungenen Buchstaben FAR für »Fridericus Augustus Rex« und einer Krone aus Messing darüber sowie den typischen, an antike Krieger erinnernden Helm der sächsischen Kürassiere vom Regiment Zastrow mit der schwarzen Wollraupe auf dem Bügel.
Der Ältere von ihnen, wenngleich nur wenig älter als sein blutjunger Begleiter, grüßte höflich als Erster.
»Wachtmeister Johann Gottfried Enge vom Regiment Zastrow«, stellte er sich vor.
Zastrow und Garde du Corps hießen die zwei sächsischen Kürassierregimenter, und ihr Ruf innerhalb der Armee war legendär. Dass seine Einquartierten trotz ihrer Jugend diesem Eliteregiment angehörten, erstaunte Friedrich Gerlach.
»Kürassier Heinrich Franke, Gott zum Gruße«, sagte der andere, der sicher nicht mehr als zwanzig Jahre zählte.
»Wir haben kein Quartierbillett. Aber eine Frau Tröger sagte, Sie würden uns vielleicht aufnehmen ...«
Lisbeth war wieder einmal durch die Reihen der Neuankömmlinge gegangen und hatte Ausschau nach Sachsen gehalten; sie gab einfach die Hoffnung nicht auf. Aus dem Biwak zurückgekehrt, hatte sie Friedrich Gerlach verlegen gefragt, ob er nicht

vielleicht ein paar Landsleute aufnehmen würde, damit die wenigstens für eine Nacht im Trockenen schlafen konnten.
»Willkommen in meinem Haus, auch ohne Quartierbillett!«, begrüßte der Buchdrucker die beiden Reiter.
Früher hätte er mit einem solchen Billett Anspruch auf eine Entschädigung geltend machen können. Doch inzwischen hatte dieser Krieg so viel vernichtet und so viele Kassen geleert, dass er für dieses Billett gar nichts bekommen würde. Meistens wurden gar keine mehr ausgestellt.
Aber da die beiden Reiter Sachsen waren, noch dazu so junge Burschen, beschloss er, ihnen alle Fürsorge zuteilwerden zu lassen, die sein Haus bieten konnte, obwohl sie in Napoleons Armee kämpften. Auch Lisbeth zuliebe.
Sie könnten meine Söhne sein!, dachte er bedrückt.
Die neuen französischen Rekruten, die mittlerweile einen beträchtlichen Teil der Grande Armée ausmachten, waren zwar noch jünger, sechzehn oder siebzehn, aber die wurden einfach als Infanteristen in die Linien gestellt, als Kanonenfutter. Doch das hier waren Kürassiere, gepanzerte Reiter …
Vor Müdigkeit hielten sich die beiden kaum noch im Sattel, ihre Augen waren tief umschattet, die Gesichter grau und hohlwangig, sie waren nass bis auf die Haut und sicher sehr hungrig. Auch falls sie vorletzte Nacht im Gegensatz zu den Österreichern in einem Dresdner Haus schlafen konnten – kämpfen mussten sie bei diesem schrecklichen, nicht enden wollenden kalten Regen. Und in der vergangenen Nacht waren sie sicher kaum aus dem Sattel gekommen.
Josef trat schon heran und erkannte auf den ersten Blick den Zustand der Pferde. Die Selbstverständlichkeit, mit der er auf ihre abgekämpften Tiere zuging und ihnen Hafer und Wasser versprach, schien die jungen Reiter zu beruhigen.
»Seien Sie gut zu ihr, sie ist mit mir in Russland durch die eisige Beresina geschwommen!«, forderte Johann Enge ihn auf und klopfte seiner Stute anerkennend den Hals.

»Für diese Heldentat verdient sie eine extra Portion Hafer«, antwortete Josef sofort und strich ihr über die Nüstern. Tiere konnte er viel besser trösten als Menschen.

Der Buchdrucker hingegen versuchte, im Gesicht des Kürassiers Enge zu erkennen, ob das ein Scherz war. Sollte er wirklich durch diese Hölle gegangen sein? Wenn das stimmte, würde er Lisbeth am liebsten unter einem Vorwand fortschicken, um ihr zu ersparen, dass noch Salz in ihre offene Wunde gestreut wurde. Aber vermutlich wusste sie es längst und hatte die Zastrow-Kürassiere deshalb als Quartiergäste ausgesucht. Sie hatte vier – nein, nun sechs – Söhne an die Armee gegeben. Da kannte sie sich mit Uniformen und Regimentsgeschichten aus.

»Am besten, Sie folgen mir zunächst in die Küche«, schlug der Hausherr vor. »Dort bekommen Sie etwas für den ersten Hunger, man wird Ihnen Wasser heiß machen, damit Sie sich waschen und rasieren können. Ich lade Sie ein, heute Abend mit meiner Familie zu speisen.«

»Danke! Sie sind ein guter Mann und sächsischer Patriot!«, sagte Johann Gottfried Enge sichtlich bewegt. »Es tut wohl, endlich wieder einmal willkommen geheißen zu werden.«

Was müssen diese Burschen erlebt haben?, fragte sich Friedrich Gerlach. Dieser Johann erinnerte ihn zu sehr an seinen ältesten Sohn, den er schon vor Jahren zum Lernen ins Ausland geschickt hatte, damit er nicht zum Militär eingezogen wurde. Jetzt war er darüber wieder einmal sehr froh.

An diesem Abendessen mit Einquartierten durften neben Jette und Johanna auch Eduard und Franz teilnehmen – weil die Gäste Landsleute waren und nach der Ermahnung, sich still zu verhalten.

»Waren Sie beide wirklich auf dem Russlandfeldzug?«, fragte der Buchdrucker immer noch ungläubig, während seine Frau den dampfenden Eintopf selbst auf die Teller verteilte.

»Ich war dort«, bestätigte der Kürassier Enge und griff nach einer dicken Scheibe Brot. »Mein Kamerad hier ist noch ganz neu im Regiment, erst im Frühjahr zu uns gekommen. Aber ich war dabei. Bis nach Moskau und zurück, in Borodino und an der Beresina …«

»Jesus, Maria und Josef!«, hauchte Johanna und ließ sich ganz unelegant auf ihren Stuhl plumpsen. »Das muss schrecklich gewesen sein! Es sind ja kaum Männer wiedergekommen. Unsere Köchin … Wissen Sie vielleicht …?«

»Die gute Frau Tröger hat uns vorhin schon die ganze Zeit nach ihren Söhnen ausgefragt«, fiel Heinrich Franke ihr ins Wort. »Aber niemand hörte je etwas darüber, dass einer von der Batterie Hiller der Reitenden Artillerie zurückgekommen sei.«

»Wir Kürassiere waren die meiste Zeit nicht mit den anderen Sachsen zusammen«, erklärte Johann Enge. »Die gehören normalerweise zum Siebenten Korps unter General Reynier. Aber die beiden Kürassierregimenter wurden dem Korps Latour-Maubourg zugeteilt. Wir ritten unter dem Kommando von General Thielmann.«

»Oh, der war früher oft in Freiberg, er ist mit einer Freibergerin verheiratet«, warf Johanna ein, stolz auf diese vage Bekanntschaft. »Unsere Lisbeth hat früher bei seinen Schwiegereltern gekocht.«

»Sie hätten sehen sollen, wie er in Borodino an unserer Spitze gegen die Große Schanze ritt. Das macht ihm keiner nach!«, schwärmte der Wachtmeister Enge, während er den Löffel füllte. »Zusammen mit den polnischen Ulanen haben wir es den Russen gegeben! Aber die haben uns auch nichts geschenkt. Achtzehn schwere Geschütze standen dort oben auf der Schanze und feuerten auf uns. Am Ende dieses Tages hatten wir kaum mehr einhundert Pferde, die Garde du Corps und Poniatowskis Polen noch weniger. Fürst Poniatowski und unser General Thielmann, das sind die Helden von Borodino! Und natürlich Marschall Murat, unter dessen Kommando wir jetzt reiten. Der

Kaiser hat die beste Kavallerie zusammengenommen, um den Österreichern ihren Verrat heimzuzahlen ...«
Niemand kommentierte diese letzte Äußerung.
»Vor Dresden haben wir zwei Bataillonskarrees der Österreicher zersprengt, die Männer gefangen genommen und die Fahnen erbeutet«, berichtete Johann Enge stolz. Dann widmete er sich wieder seiner Mahlzeit; Johanna hatte ihm eilig den Teller noch einmal gefüllt.
Franz starrte fasziniert darauf, wie schnell die beiden Fremden das Essen in sich hineinschaufelten, das Lisbeth mit so viel Mühe gekocht hatte. Sie hatten Hunger, das war nicht zu übersehen. Obwohl er auf der Flucht von Weißenfels selbst gehungert hatte, war er noch zu jung, um zu verstehen, dass Menschen, die monatelang hungern mussten, nur in den wenigsten Fällen wieder langsam und mit Genuss essen lernten.
Johanna verstand es, und deshalb zog sie nicht einmal die Augenbrauen hoch angesichts der etwas heruntergekommenen Tischsitten der beiden jungen Männer. Sie hatten zweifellos Schreckliches erlebt, besonders dieser junge Wachtmeister nach allem, was man vom Russlandfeldzug hörte. Aber auch die Schlacht um Dresden in den letzten Tagen musste furchtbar getobt haben.
»Ist Ihr General Thielmann nicht inzwischen in die Kaiserlich-Russische Armee übergewechselt?«, fragte Jette beiläufig. »Weil er ein Held ist? Oder obwohl er einer ist?«
Sie durfte sich diese naiv klingende Frage leisten, weil man Mädchen zu dumm für Politik hielt. Gewiss wollte auch der Oheim gern wissen, wie Thielmanns Seitenwechsel von seinen einstigen Untergebenen aufgenommen wurde.
Johann Enge starrte Henriette an und schien sie zum ersten Mal richtig wahrzunehmen. Bisher hatte seine Aufmerksamkeit hauptsächlich dem Essen auf den Tellern und in den Schüsseln gegolten.
»Man kann sich keinen besseren Anführer im Kampf wünschen

als ihn. Halten Sie mich nicht für feige, aber in einem Gefecht möchte ich ihm nicht gegenüberstehen. Ich weiß nicht, ob ich die Waffe gegen ihn ziehen könnte. So groß ist mein Respekt vor diesem Mann. Aber was Sie mich da fragen, Fräulein, das ist Politik, und es geht uns nichts an, was die hohen Herren tun. Wir haben unsere Befehle, und die führen wir aus.«

»Aus welcher Gegend im schönen Sachsen kommen Sie denn?«, erkundigte sich Johanna, die wieder einmal ein Gespräch in harmlosere Bahnen lenken wollte.

»Grimma«, antwortete Franke. »Wo Thielmann als junger Offizier bei der Leichten Kavallerie diente.«

»Rochlitz«, sagte Enge, griff nach einem weiteren Stück Brot und tauchte es in die Suppe. »Aber geboren bin ich in Unterauerswalde. Meine Eltern sind Bauern. Für einen Bauernsohn habe ich es doch weit gebracht und bin herumgekommen in der Welt, oder?«

Zu welchem Preis?, fragte sich Friedrich Gerlach.

»Sind Sie wirklich mit Ihrem Pferd durch die eisige Beresina geschwommen?«

»Bin ich«, bekräftigte Johann Enge und schluckte seinen Bissen hinter. »Haben nicht viele geschafft. Ich weiß von sieben – mit mir. Aber ich war jung und unverletzt und hatte dieses wunderbare Pferd, meinen treuen Kameraden. Sonst säße ich heute nicht bei Ihnen am Tisch. Der einzige Übergang über den Fluss war tagelang verstopft, und die ganze Zeit hagelte es Kugeln. Die meisten hat's erwischt. Kosaken. Das Eis. Der Hunger. Und noch mehr Kosaken.«

Er legte seinen Löffel beiseite und zog etwas Kleines, Glänzendes aus der Westentasche, um es den anderen zu zeigen.

»Wissen Sie, was das ist? Zwei Eichenblätter vom Helm meines Offiziers. Den hat's in Borodino erwischt, als wir zwischen den Angriffen in Reserve stehen mussten und trotzdem voll unter Beschuss gerieten. General Thielmann haben sie dabei das Pferd unterm Sattel weggeschossen. Er stand einfach auf und ließ sich ein neues geben. Mein Offizier hatte weniger Glück. Da schwor ich mir, dass ich wenigstens diese zwei Eichenblätter zurück in die Heimat mitnehme.«

Er steckte die fein gearbeiteten Messingstücke wieder ein. »Die bringen mir Glück.«

Eine Weile sagte niemand etwas.

Dann fragte Friedrich Gerlach: »Hat Dresden unter den Kämpfen der letzten Tage sehr gelitten? Wir konnten den Kanonendonner bis hierher nach Freiberg hören.«

»Ja, sieht schlimm aus«, meinte Heinrich Franke und ließ sich Bier nachschenken. »Die ganze Stadt voller Leichen. Und die Einschüsse ... Es gab einen Haufen Brände ...«

»Schmerzt es Sie nicht, wenn die eigene Heimat zusammengeschossen und zerstört wird?«, bohrte Gerlach nach.

Jette hatte richtig vermutet: Er wollte dringend wissen, wie die Stimmung unter den sächsischen Truppen war. Wie viele dort mit dem Gedanken spielten, die Seiten zu wechseln.

Aber dafür mussten die Alliierten erst einmal beweisen, dass sie siegen konnten. Die sächsische Armee war zahlenmäßig viel zu klein, um diesen Krieg zu entscheiden, kaum noch fünfzehntausend Mann stark. Doch ein Wechsel könnte Signalwirkung haben und vielleicht auch das Leben dieser jungen Burschen retten.

»Ehrlich gesagt, es tut richtig weh«, antwortete Johann Enge nachdenklich. »Das ganze Land ist zerstört. Wohin wir kommen: überall niedergebrannte Dörfer, geplünderte Häuser, verwüstete Felder. Ich bin der Sohn eines Bauern, da blutet mir das Herz bei diesem Anblick. Und eine Hungersnot steht bevor. Es ist nicht mehr genug da, um das Land und all diese Armeen zu ernähren. Sie sind ein guter Mann, Herr Gerlach, das hab ich gleich gemerkt. Wenn Sie könnten, hätten Sie uns heute Braten statt Suppe gegeben. Wir sind Ihnen für die Suppe und den Schlafplatz sehr dankbar.«

»Warum muss das auch alles gerade hier in Sachsen ausgetragen

werden, obwohl wir Verbündete Napoleons sind?«, klagte sein jüngerer Begleiter. »Viele von uns haben es satt, mit ansehen zu müssen, wie unser Heimatland verwüstet wird.«
»Aber wir schworen dem König einen Eid«, wies ihn der Wachtmeister Enge streng zurecht. »Wir sind und bleiben Sachsen und halten unserem König die Treue.«

Der König von Neapel

Freiberg, 29. August 1813

Am nächsten Morgen wurden die Freiberger wieder einmal sehr zeitig durch Trompetensignale geweckt. Aber diesmal beeilten sich die meisten von ihnen, aus den Federn zu kommen, denn sie wollten unbedingt den berühmten König von Neapel beim Truppenappell sehen.
Die Bewohner des Gerlachschen Anwesens am Untermarkt waren sogar noch früher auf. Lisbeth hatte darauf bestanden, dass die Kürassiere ein kräftiges Frühstück bekamen, bevor sie das Haus verließen. So duftete es in der Küche schon in aller Herrgottsfrühe nach gebratenem Speck. Lisbeth schlug Eier in die gusseiserne Pfanne, häufte den Männern große Portionen auf die Teller und wickelte jedem noch ein halbes Brot in Papier ein.
Friedrich Gerlach ließ sie gewähren. Jeder wusste, dass Lisbeth Tröger die beiden Fremden stellvertretend für ihre Söhne bemutterte, für die sie es nicht mehr tun konnte. Und es gehörte zu seinem Verständnis von Menschlichkeit, sein Essen mit jenen zu teilen, die es entbehrten. So wie Jette Verwundete pflegte, ganz gleich, ob französische, preußische oder österreichische.
Die beiden Zastrow-Kürassiere waren noch die halbe Nacht

lang aufgeblieben, um ihre Uniform zu putzen. Für die Parade und für die Schlacht, erklärten sie Nelli, die sich freiwillig gemeldet hatte, ihnen dabei zu helfen. Nun blickte sie stolz auf blinkendes Metall, sauber ausgebürsteten Stoff und gefettetes Leder und hoffte, für ihren Fleiß Johannas Erlaubnis zu bekommen, mit der Familie zum oberen Markt zu gehen, um den König von Neapel zu erleben.

»Wisst ihr was? So eine Gelegenheit darf man sich nicht entgehen lassen«, entschied diese großzügig. »Das ist ein Ereignis für die Stadt! Wir schauen uns das gemeinsam an.«

So standen den ganzen Vormittag Johanna, Jette, Lisbeth und Nelli in einer dichtgedrängten Menge rund um den Obermarkt. Überraschend wühlte sich bald noch Franz zu ihnen durch; der Lehrer hatte seinen Schülern freigegeben, damit sie dem König die Ehre erweisen konnten.

Friedrich und Eduard Gerlach dagegen arbeiteten in der Druckerei. Dort war mehr als genug zu tun. Eduard hielt es für unter seiner Würde, sich wegen dieses herausgeputzten Napoleon-Schwagers stundenlang auf den Marktplatz zu stellen, und sein Vater verließ sich darauf, später von seiner Frau sämtliche Einzelheiten in aller Ausführlichkeit berichtet zu bekommen, ob er nun wollte oder nicht.

Aus jedem Fenster zum Markt, selbst aus dem Rathaus starrten Neugierige und wurden wegen ihrer guten Aussicht von den Schaulustigen beneidet, die sich auf dem Platz drängelten.

Freibergs knapp zehntausend Einwohner würden allesamt mit etwas Mühe auf den Obermarkt passen, aber dort stellte sich nun die Kavallerie auf. Das zog sich eine ganze Weile hin, ohne dass jemand den berühmten Marschall Murat, den König von Neapel, zu sehen bekam. Dafür marschierten nach und nach noch fast dreitausend Mann Infanterie in der Stadt ein.

Jette wurde mulmig zumute, als sie diese Streitmacht sah. Sie war froh um jede Stunde, die verstrich, ohne dass die Reiter-

armee aufbrach, denn das erhöhte die Chancen der Österreicher, den Verfolgern zu entkommen.
Nelli und Lisbeth neben ihr stellten sich immer wieder auf die Zehenspitzen. Henriette wusste genau, nach wem sie Ausschau hielten: Lisbeth, deren Augen vom Weinen gerötet und geschwollen waren, nach den beiden jungen Kürassieren, die sie als Ersatz für ihre Söhne ins Herz geschlossen hatte. Und Nelli schien die Hoffnung nicht aufzugeben, unter den französischen Offizieren den Major zu entdecken. Doch da bestand zu Jettes Erleichterung keine Gefahr; er und sein Sohn waren ja Richtung Berlin abkommandiert ...
Von lautem »Ah!« und »Oh!« aus der Menge kommentiert, brach nun zum ersten Mal seit Tagen wieder die Sonne durch die Wolken – wie eigens dafür, die Pracht der Regimenter zur vollen Wirkung zu bringen. Helme und Knöpfe funkelten, Waffen blitzten, auf Stehkragen, Epauletten und Säbeltaschen gestickte goldene und silberne Metallfäden glitzerten.
»Ach, es geht doch nichts über einen stattlichen Kerl in Uniform«, seufzte neben Jette sehnsüchtig die Frau des Schneidermeisters aus der Weingasse, und ihre Nachbarinnen gaben ihr einhellig recht.
Was stimmt nicht mit mir, fragte sich Jette, dass ich nicht so denke wie alle anderen? Wenn ich diese Männer in ihren prächtigen Uniformen sehe, kann ich nur daran denken, dass sie vielleicht schon in der nächsten Stunde töten und sterben werden. Töten und sterben ... Töten und sterben ...
Jetzt erklangen Trommelwirbel und Kommandos; die Berittenen setzten sich kerzengerade auf, und endlich galoppierte er auf den Marktplatz und zog alle Blicke auf sich: Joachim Murat, König von Neapel und Marschall der Grande Armée, frenetisch gefeiert vom Freiberger Publikum.
Die Gerüchte waren nicht übertrieben. Er trug tatsächlich einen Turban auf dem dunkellockigen Kopf, seine Kleider waren mit phantastischstem Zierat versehen: Verschnürungen wie bei

den Husaren, Spitzen, Perlen, Stickereien, Pelzwerk, Samt, Reiherfedern ...
Der kahle Schneidermeister legte erschüttert die rechte Hand über die Augen, als schmerzte ihn diese Anhäufung von Geschmacklosigkeiten. Aber zweifellos würde ein Teil seiner Kundschaft nun genau so etwas bei ihm bestellen.

Es wurde Mittag, ehe der König von Neapel mit seinen Männern die Stadt Richtung Gebirge verließ, und der Strom der ihm folgenden Truppen schien kein Ende zu nehmen.
Keine Stunde später hallte aus Richtung Süden Geschützdonner bis nach Freiberg. In Lichtenberg, Mulda, Großhartmannsdorf und Großwaltersdorf wurde hart gekämpft, bis in den nächsten Tag hinein.
Jette saß in der Buchhandlung und malte sich unter dem grollenden Artilleriefeuer aus, was dort vor sich ging: Menschen starben, Pferde stürzten zu Tode, Häuser brannten ...
Vor einer Stunde jubelten die Freiberger diesem Murat zu, dachte sie bitter. Sie hatten allen Grund zur Freude. Denn heute ist der Krieg noch einmal von der Stadt weggezogen.
Noch einmal wurden wir verschont.
Noch einmal trifft es die anderen.

Der hohe Einsatz von General Klenaus Arrièregarde vor allem in Lichtenberg ermöglichte es dem Rest seines Korps, in großer Eile bei Lengefeld und Marienberg über das Gebirge zu gehen. Dass Murat fast einen ganzen Tag in Freiberg verbracht hatte, statt den Fliehenden mit seiner starken Kavallerie sofort nachzusetzen, trug zu ihrer Rettung bei.
Auf böhmischer Seite angelangt, konnte sich die abgekämpfte Einheit wieder der Hauptarmee der Alliierten anschließen. Die Verstärkung wurde dringend gebraucht, denn in der Schlacht bei Kulm opferten schon zwei Tage lang die Truppen Prinz Eugens von Württemberg ihr Blut, um zu verhindern, dass Gene-

ral Vandamme mit seinem vierzigtausend Mann starken Korps den Durchbruch auf die Straße nach Teplitz schaffte.

Bitterer Sieg

Kulm nahe Teplitz in Böhmen, 31. August 1813

Prinz Eugen von Württemberg saß in seinem Zelt inmitten des Biwaks auf einem wackligen Stuhl, den irgendwer aus einem der nahen Bauernhäuser geholt hatte. Von draußen tönte der typische Lärm des Feldlagers: Holz wurde geschlagen, Pferde wieherten, Trainwagen und Geschützlafetten wurden lautstark auf den richtigen Platz dirigiert und entladen. Jemand rief nach einem »Fedja … Fedoruschka …«, und da der Betreffende offenbar nicht reagierte, folgte ein donnerndes »Fjodor, scher dich sofort hierher!«

Das alles nahm der russische Generalleutnant und Cousin des Zaren kaum wahr. Reglos starrte er auf ein leeres Blatt Papier. Die Feder hielt er bereits in der Hand, das Tintenfass war geöffnet.

Ihn schmerzte jede Faser seines Körpers. Er war das Leben im Felde und den Kampf gewohnt, für seine fünfundzwanzig Jahre hatte er schon an vielen mörderischen Schlachten teilgenommen: Smolensk, Borodino, Bautzen und mehr. Doch diesmal mussten er und seine Truppen sechs Tage lang beinahe ununterbrochen kämpfen und marschieren, unter widrigstem Wetter, fast ohne Proviant und von einem überlegenen Feind umgeben.

Erst die Strapazen und der niederschmetternde Verlauf der Schlacht um Dresden, dann der schwer erfochtene Rückzug, bei dem er die Hauptstraße nach Böhmen und den Nollendorfer Pass gegen Vandammes Übermacht zu decken hatte. Unterwegs mussten sie immer wieder harte Bajonettkämpfe führen und dann aus dem Marsch heraus sofort in die zwei Tage währende Schlacht bei Kulm, einem Dorf im Böhmischen gleich hinter der Grenze. Dort galt es, um jeden Preis die Stellung zu halten, bis endlich General Kleist mit der Verstärkung eintraf.

Es war von allen Schlachten, die er bisher miterlebt hatte, die blutigste und die härteste. Sie siegten nur, weil Eugen mit seinen Männern so lange standgehalten hatte – und weil Kleist angesichts der verstopften Straßen den kühnen Entschluss fasste, dem Feind in den Rücken zu fallen und sich gewaltsam über den Nollendorfer Pass Bahn zu brechen, sonst wäre er zu spät gekommen.

Mehr als die Hälfte der Männer von Prinz Eugen waren gefallen oder verwundet. Es wären noch mehr gewesen, hätte er nicht in den entscheidenden Augenblicken auf eigene Faust gehandelt, entgegen seinen Befehlen. Sonst wäre jetzt vielleicht die Hauptarmee vernichtet.

Aber sie hatten gesiegt. Vandammes vierzigtausend Mann starkes Korps existierte nicht mehr, der General selbst war gestern gefangen genommen worden.

Kurz darauf hatten sie erfahren, dass Blücher an der Katzbach einen großen Sieg errungen und Bülow den Angriff auf Berlin erfolgreich abgewehrt hatte. Das Blatt schien sich endlich zugunsten der Alliierten zu wenden.

Doch er, Prinz Eugen von Württemberg, trotz seiner Jugend einer der fähigsten Generäle der Kaiserlich-Russischen Armee, der Mann, dem die Oberbefehlshaber ohne Zögern stets die wichtigsten und gefährlichsten Operationen anvertrauten, war dabei, sein Abschiedsgesuch von der Armee zu schreiben.

Er hatte nicht die geringste Ahnung, welches Leben er künftig führen sollte. Aber stärker als die Folgen der körperlichen Strapazen schmerzten ihn die Demütigungen, denen er in den vorangegangenen Tagen ausgesetzt war.

Das Maß war voll. Es war mehr, als ein Mann mit seiner Herkunft und seinen Verdiensten ertragen konnte.

In den letzten Jahren hatte er viel eingesteckt und manche Kränkung geschluckt, aus Treue dem Zaren gegenüber und um der Sache willen. Aber damit war nun Schluss.

Vor dem Zelt bat jemand laut darum, eintreten zu dürfen.
Unwillig sah Eugen von Württemberg auf. Diese Stimme erkannte er schon an den wenigen Worten. Er wollte jetzt keinen Menschen sehen. Doch der Respekt und die Freundschaft verboten ihm, seinen einstigen Lehrer und jetzigen Adjutanten des Zaren zum Teufel zu wünschen, wie er es am liebsten mit jedem anderen getan hätte.
Der Oberst Ludwig von Wolzogen erfasste die Situation mit einem einzigen Blick.
»Hoheit, ich bitte Sie inständig, verfassen Sie dieses Schreiben nicht!«
»Weshalb nicht? Gönnen Sie mir dieses letzte bisschen Selbstachtung. Sie würden an meiner Stelle auch so reagieren. Jeder würde so reagieren, der nur ein Fünkchen Stolz in sich trägt. Sind Sie nicht extra von Teplitz hierhergeritten, weil Sie genau wussten, dass ich nach alldem und nach *dieser Proklamation* gar nicht anders kann, als meinen Abschied einzureichen?«
Er wies auf das Extrablatt vom heutigen Tag aus dem Teplitzer Hauptquartier, in dem der große Sieg der Alliierten ausführlich gewürdigt wurde. Doch weder der Name Eugens von Württemberg noch der seines Zweiten Korps tauchten darin auf. Es war nicht nur, als hätten sie keinen Anteil an dem Sieg, den es ohne sie nicht geben würde – es war so, als wären sie überhaupt nicht dabei gewesen. Und auch heute Vormittag bei der Truppenparade vor dem Zaren wurde jedermann für seinen Beitrag gelobt, nur er und sein Korps blieben ungenannt.
»Die Berichte ans Hauptquartier hat General Jermolow ge-

schrieben, und darin kommt Ihr Name nicht vor«, nahm Wolzogen den Zaren in Schutz.

»Ja, Jermolow war auch Teil des Ärgers!«, brauste Eugen auf. »Vielleicht hätte ich selbst Berichte ans Hauptquartier schreiben sollen? Leider hatte ich keine Zeit für so etwas, denn ich steckte mitten im dicksten Kampfgewühl und musste dafür sorgen, dass nicht *alle* meine Leute draufgehen!«

Ludwig von Wolzogen konnte die zynische Wut seines einstigen Schützlings gut verstehen. Einen beträchtlichen Teil des Dilemmas hatte er als Augenzeuge miterlebt.

Erst dauerte es viel zu lange, bis man im Hauptquartier die strategische Bedeutung der Straße von Pirna übers Gebirge begriff, obwohl die offensichtlich war. Jomini war über so viel Ignoranz ziemlich grob geworden.

In der kritischsten Stunde des ersten Tages der Schlacht um Dresden, als Vandamme Eugens Stellungen anzugreifen begann, traf dann auch noch der krankhaft verwirrte General Ostermann-Tolstoi in Pirna ein und überbrachte ein Schreiben, laut dem er ab sofort das Kommando über den linken Flügel führe.

Eugen, ebenso schwer beschäftigt wie tief gekränkt, entrang ihm die Zusage, sich nicht in die Kämpfe einzumischen, und wehrte mit seinen Truppen alle Angriffe auf das Dorf Krietzschwitz bei Pirna ab, das zum Brennpunkt des Kampfes in diesem Gebiet geworden war.

Am nächsten Tag schickte ihm das Hauptquartier endlich Verstärkung – den bereits erwähnten General Jermolow mit einer Division der Kaiserlichen Garde. Doch auch Jermolow geriet mit Prinz Eugen aneinander, denn er forderte, dass die Garden nicht eingesetzt, sondern *geschützt* wurden.

»Wussten Sie, dass mir Jermolow wirklich an den Kopf warf, es sei mir gleich, ob die Garden des Kaisers erhalten würden, da ich ein Deutscher sei? Meine abgekämpften Männer mussten seine Recken noch schützen, bis die Lage so kritisch war, dass ich sie in den Nahkampf schickte«, entrüstete sich Eugen von Württemberg. »*Trotzdem* sind die Garden fast vollständig im Talkessel von Teplitz angekommen, aber von meinen Leuten kaum mehr als fünftausend!«

Nun warf er die Feder beiseite und stand auf.

»Dann dieser Befehl Barclays, den Weg über Dippoldiswalde zu nehmen! Ist das Hauptquartier ein Tollhaus? Es war das Gebot der Stunde, Vandamme nicht die Straße nach Teplitz zu überlassen, so lautete auch der ausdrückliche Befehl Radetzkys: um jeden Preis die Verbindung nach Böhmen zu halten, damit der linke Flügel der Hauptarmee gedeckt ist!«

Auch das hatte der Oberst von Wolzogen selbst miterlebt. Nur mit einer heftigen Diskussion konnten sie beide Jermolow und Ostermann-Tolstoi überzeugen, sich an Radetzkys und Schwarzenbergs Befehl zu halten statt an den von Barclay de Tolly. Der Oberst verschwieg jetzt lieber, dass Eugens mutiger Entschluss, die Order des russischen Oberkommandierenden zu ignorieren, inzwischen von anderen für sich beansprucht wurde.

»Vorgestern verlor Ostermann-Tolstoi den Arm durch eine Kanonenkugel und musste vom Feld, also führte ich auch nominell wieder das Kommando über meine eigenen Truppen«, fuhr der Generalleutnant leidenschaftlich fort. »Und *er* wird zum Sieger der Schlacht erklärt? Obwohl er gar nicht mehr dabei war? Wir haben gekämpft wie die Löwen, da draußen in der kalten Erde liegen meine toten Männer, dort drüben stöhnen die Verwundeten in den Lazaretten. Und wir werden nicht einmal *erwähnt* in den Berichten?«

Er setzte sich wieder, griff nach der Feder und wartete, dass Wolzogen ging. Doch der dachte nicht daran.

»Schreiben Sie diese Zeilen nicht!«, appellierte er erneut. »Auch wenn ich verstehe, dass Sie gekränkt sind. Denken Sie daran, wofür wir kämpfen! Dies war der erste große Sieg der Hauptarmee, und dem Zaren ist es wichtig zu zeigen, dass Deutsche,

Österreicher und Russen ihn gemeinsam errungen haben. Die Deutschen würdigen ihren Kleist, die Österreicher General Colloredo-Mansfeld. Der Zar braucht für dieses Symbol den Namen Ostermann-Tolstoi.«

Prinz Eugen in seinem Zorn sagte kein Wort und verzog keine Miene.

»Der Zar hat Vandamme übrigens eine ehrenhafte und milde Gefangenschaft angeboten. Doch der Marschall reagierte darauf nicht sehr klug«, erzählte Wolzogen im Plauderton. »Nun wird er nach Sibirien gebracht.«

»Was hat er denn gesagt?«

Es interessierte den jungen General in diesem Moment nicht übermäßig, aber er sah Wolzogen an, dass dieser die Geschichte unbedingt loswerden wollte.

»Er weigerte sich, vor Seiner Kaiserlichen Hoheit den Hut abzunehmen, und war insgesamt sehr unhöflich. Das brachte mich auf, und ich erinnerte den Zaren daran, dass sein Gefangener im Land seines Schwagers, des Herzogs von Oldenburg, ganze Bauernfamilien erschießen ließ, weil sie ihrem Herrn treu blieben.«

Vandamme hatte an allen seinen Einsatzorten mit außergewöhnlicher Härte geherrscht und sich bei der Bevölkerung verhasst gemacht.

Was Wolzogen tunlichst verschwieg und Eugen ohnehin bald erfahren würde: Es kursierte bereits das Gerücht, Vandamme habe auf die angebotene Milde mit den Worten reagiert, er nehme keine Gnadenbeweise von Vatermördern an.

Das war fatal. Der heimliche Vorwurf, von der geplanten Ermordung seines Vaters Paul gewusst und sie vielleicht sogar gebilligt zu haben, klebte immer noch wie Pech an der Zarenkrone Alexanders.

Dies und der Argwohn, sein Vater hätte den jungen deutschen Neffen an seiner Stelle zum Nachfolger bestimmen wollen, waren auch die Gründe dafür, dass Eugen vom nunmehrigen russischen Kaiser immer wieder zurückgesetzt wurde. Zusätzlich zu dem Wunsch, lieber russische als deutsche Namen mit Ruhm bedeckt zu sehen.

Trotz der mahnenden Worte Wolzogens schrieb Prinz Eugen von Württemberg sein Abschiedsgesuch und ritt damit nach Teplitz, ins Hauptquartier.
Aber der Zar reagierte rasch, um den Weggang seines besten Mannes zu verhindern. »Ich weiß, was wir Ihnen verdanken. Selbstverleugnung ist die schönste Tugend«, sagte er mit strahlendem Lächeln.
Eugen wurde verabschiedet, ohne sein Gesuch abgeben zu können. Als er ins Biwak zurückkehrte, lag der Kaiserliche Orden des Heiligen Wladimir I. Klasse auf dem Tisch.
Ein Versöhnungsangebot Alexanders. Das durfte er nicht zurückweisen, ohne einen Eklat heraufzubeschwören.
Prinz Eugen blieb in der Kaiserlich-Russischen Armee.
Der Orden löschte die Kränkung nicht aus. Nur ging es hier nicht zuvorderst um seinen Stolz, das rief er sich immer wieder ins Bewusstsein, sondern darum, Europa von dem Weltenbrenner zu befreien.
Es hätte Prinz Eugen von Württemberg wohl kaum getröstet zu erfahren, dass in der Nordarmee in diesen Tagen eine ähnliche Farce vonstattenging. Obwohl es allein General Bülow war, der in entschlossenem Kampf mit seinen Truppen in Großbeeren und kurz darauf in Dennewitz Berlin zum dritten Mal vor einer Eroberung bewahrte, erhielt der Kronprinz von Schweden als Anführer der Nordarmee die höchsten Auszeichnungen der verbündeten Monarchen und wurde in den Zeitungen als Sieger gefeiert. Dabei hatte Bernadotte zu Großbeeren nichts beigetragen. Und in Dennewitz ließ er sich erst blicken, nachdem alles schon entschieden war.

Kleiner Krieg

Erste Septemberhälfte 1813

Als Napoleon Bonaparte von der Vernichtung des Korps Vandamme bei Kulm erfuhr, befahl er die bereits gegen Berlin in Marsch gesetzten Garden zurück und übertrug Marschall Ney das Kommando über die Berlin-Armee. Doch Ney scheiterte südwestlich von Berlin bei Dennewitz am entschlossenen Widerstand der Preußen unter den Generälen von Bülow, von Tauentzien und von Dobschütz. Zusammen mit Oudinot wurde er am 6. September unter großen Verlusten in die Flucht geschlagen.
Berlin ließ sich nicht einnehmen, der Weg nach Schlesien war der Grande Armée nach Blüchers Sieg an der Katzbach versperrt, außerdem war das für den Nachschub wichtige Luckau verloren.
Also plante Bonaparte, Blücher zu einer Schlacht zu zwingen. Doch der alte Fuchs wich ihm aus. Alle Versuche, mit der Armee übers Gebirge zu gehen und das Lager der Alliierten im Teplitzer Tal anzugreifen, scheiterten an der hartnäckigen Verteidigung des Nollendorfer Passes, der einzigen für große Armeen geeigneten Straße über die Berge.
So folgten in den nächsten Tagen eine Reihe von Truppenbewegungen, auf die sich niemand so recht einen Reim machen konnte. Man schlich umeinander wie Katzen um den heißen Brei.
Das Land quoll über von Verwundeten, und immer mehr kamen dazu. Tausende Kriegsgefangene, Österreicher, Russen und Preußen, wurden von Dresden nach Leipzig gebracht. Die Leipziger Paulinerkirche musste für Gefangene, Verwundete und Flüchtlinge eingerichtet werden. Der Mangel an Verbandszeug war so groß, dass das Leipziger Lazarett-Komitee erneut an die Wohltätigkeit der Stadtbewohner appellierte, wie es auch Dr. Bursian in Freiberg tat. Nur dass die Leipziger dafür bezahlten.

»… für das Pfund Charpie acht Groschen, für das Pfund Leinwand sechs Groschen …«, hieß es in der Bekanntmachung. Schließlich war Leipzig eine Handelsstadt.
Immer größer werdende Trupps von Deserteuren zogen durchs Land, Männer aus vielen Nationen, die der Grande Armée den Rücken gekehrt hatten.
Alles war in Bewegung, doch niemand wusste, wohin …
Freiberg wurde vom Zweiten Korps Marschall Victors besetzt. Bonaparte hatte entschieden, die wichtige Straße zum Gebirge zu kontrollieren, hinter dem die Hauptarmee des Gegners stand. Über den Erzgebirgskamm rückten immer mehr Alliierte in Sachsen ein. Ständig schwirrten neue Gerüchte durch die Stadt, von Scharmützeln um diesen und jenen Ort.
Von der sächsischen Grenze aus veröffentlichte der Generalleutnant von Thielmann eine Proklamation an das sächsische Volk. Friedrich Gerlach gelangte schnell in ihren Besitz und zeigte sie Jette, bevor er sie in seinem Geheimfach versteckte.
»Die russischen und verbündeten Krieger betreten wiederum euer Land. Seht in ihnen keine Feinde, denn wenn auch Tausende von euch jetzt wider uns fechten, so wissen der gütige Alexander und seine hohen Verbündeten, dass eure Herzen daran keinen Anteil haben«, versuchte Thielmann zu vermitteln. »Wir bleiben eure Freunde und die unerschütterlichen Verfechter der deutscher Freiheit … Noch ist der Kampf nicht entschieden, doch so viel ist gewiss: dass wir vollenden werden, was wir glücklich begonnen.«
Er versicherte die Sachsen des Schutzes ihrer Person und ihres Eigentums und endete mit den Worten: »Dieser Krieg wird zeigen, wer Deutschlands wahre Freunde sind.«
Wenig später schickte der schwedische Kronprinz Karl Johann von seinem Hauptquartier in Jüterbog eine ähnliche Proklamation an die Sachsen.
»Wenn doch endlich nur unser König einen Aufruf an sein Volk verfassen würde«, seufzte Jette und dachte dabei an den be-

rühmten Aufruf *An mein Volk!* des preußischen Königs vom 17. März dieses schicksalsschweren Jahres.

Im Hauptquartier der Alliierten in Teplitz war beschlossen worden, den abgekämpften Truppen der Hauptarmee nach den blutigen Schlachten von Dresden und Kulm etwas Erholung zu gönnen. Doch um den Franzosen das Leben nicht allzu leichtzumachen, wurden Anfang September fünf berittene Streifkorps ausgeschickt, um mit einem »kleinen Krieg« die Versorgungswege insbesondere zwischen Erfurt, das Napoleon als Privatdomäne gehörte, und Leipzig zu stören.
Damit konnte der Freiherr Johann Adolph von Thielmann endlich ausführen, was er schon lange plante. Sein Streifkorps als größtes der fünf umfasste zweitausendzweihundert Mann: Preußen, Russen, Österreicher und Schlesier; Jäger, Husaren, Kosaken. Sogar eine kleine Abteilung Reitender Artillerie gehörte dazu. Noch vor dem Aufbruch aus Teplitz hatte er seinen Männern erklärt, dass er außergewöhnliche Leistungen von ihnen erwarte, und sie enttäuschten ihn nicht.
Auch der zum Major beförderte Peter von Colomb, der unter Kleists Kommando in Dresden und Kulm gekämpft hatte, wurde zu seiner großen Freude mit zwei Eskadrons in sein altes Einsatzgebiet geschickt. Während seiner erfolgreichen Operationen im Frühjahr hatte er sich oft ausgemalt, was wohl fünf Streifkorps wie seines im Rücken des Feindes bewirken könnten. Jetzt würden sie es vor aller Welt beweisen!
Thielmann führte seine Truppen Anfang September in Eilmärschen über Karlsbad, Schneeberg und Zwickau Richtung Altenburg. Die Wege waren so sorgfältig ausgekundschaftet, dass sie trotz der Größe des Korps ohne Feindberührung dorthin gelangten. Bei Waldenburg glückte auf Anhieb die erste Unternehmung: Eine seiner Eskadrons nahm sechzig französische Jäger und zwei Offiziere gefangen. Weiter über Altenburg und Zeitz vorrückend, bestritten sie bei Gößnitz

ihr erstes Gefecht und trieben vier Eskadrons feindlicher Kavallerie in die Flucht.

So folgte Schlag auf Schlag. Zwischen Weißenfels und Freyburg überwältigten sie ein Korps von viertausend Infanteristen und fünfhundert Reitern, das Munition und Mehl nach Leipzig bringen sollte. Zuerst trieben die Preußen die feindliche Kavallerie in die Flucht, der Rest des Streifkorps entwaffnete in Weißenfels die Infanterie, die den Transport schützen sollte. Das Kriegsmaterial wurde beschlagnahmt, der gefangene General und die Offiziere wurden auf Ehrenwort entlassen.

Schon am nächsten Tag eroberte einer von Thielmanns Rittmeistern mit seiner Eskadron Naumburg und nahm fünfhundert Mann gefangen. Als der Generalleutnant einen Tag später persönlich in die Stadt einrückte, in der er aus früheren Jahren gut bekannt war, wurde er begeistert gefeiert.

Auch die anderen Korpsführer hatten Erfolge aufzuweisen. Die fünf Streiftrupps bewirkten mit ihrem »kleinen Krieg«, dass keine Munitions- oder Proviantkolonne mehr ungestört ihr Gebiet passieren konnte. Sie fingen wichtige Nachrichten ab und befreiten Tausende Gefangene, die von Leipzig nach Erfurt gebracht werden sollten.

Bonaparte fühlte sie dadurch so gestört und herausgefordert, dass er am 11. September seinem General Lefèbvre-Desnouettes befahl, diesem Treiben mit aller Macht ein Ende zu setzen.

Alte Bekanntschaften

Merseburg, 18. September 1813

Die Gräfin von Kielmannsegge hatte sofort nach Oudinots Abreise Lübbenau mit ihren Kindern verlassen. Dem Rat des Marschalls folgend, fuhr sie nach Torgau. Die zur Festung umgebaute Stadt schien der sicherste Platz für sie zu sein. Dort war die sächsische Armee stationiert, die Armee *ihres* Königs, und General Narbonne, seit Juli Kommandant von Torgau, verschaffte ihr sofort Quartier, obwohl das in der überfüllten Stadt nicht leicht war.

Doch die Festung, in der sich die Gräfin Sicherheit für ihre Kinder erhoffte, war zu einem Ort des Schreckens geworden. Torgau quoll über von Verwundeten, das Lazarettfieber breitete sich so schnell aus, dass bald vor manchen Gebäuden Leichen in Stapeln übereinanderlagen, bis sie endlich jemand unter die Erde brachte.

Sie konnte den beiden jüngeren Kindern nicht ständig die Augen zuhalten, um ihnen diesen Anblick zu ersparen, und die Gefahr einer Ansteckung war zu groß. Bei dem Mangel an Ärzten und Arzneien wären sie der furchtbaren Krankheit ohne Aussicht auf Rettung ausgeliefert.

Als die Gräfin erfuhr, dass Torgau in Belagerungszustand versetzt werden sollte, beschloss sie, mit ihren Söhnen und der Tochter über Leipzig nach Merseburg zu reisen.

Ihre Kutsche erreichte Leipzig am Nachmittag des 27. August und wurde sofort von Menschen umringt, die wissen wollten, wo nun die Österreicher standen. Die ganze Nacht über und am Morgen hatte es vor den Toren Leipzigs ein heftiges Gefecht zwischen Franzosen und Österreichern gegeben. Aber so gut informiert Auguste Charlotte sonst war – diesmal konnte sie keine Auskunft geben.

Das Schreiben Oudinots sorgte dafür, dass man sie auf der Stelle zum Stadtkommandanten Bertrand geleitete, der sie mit großer Freundlichkeit begrüßte und ihr gestand, er sei zehn Uhr morgens kurz davor gewesen, die Stadt räumen zu lassen. Aber in letzter Minute habe sich der Feind doch noch überraschend zurückgezogen. Es waren jene Truppen, die von der Alliierten Hauptarmee vor Dresden sehnsüchtig als Verstärkung erwartet wurden.

Die Gräfin dankte General Bertrand für seine Fürsorge und bestand darauf, am nächsten Morgen nach Merseburg abzureisen. Nicht einmal mehr Leipzig war sicher! Der größte Teil der Garnison stand mit Arrighi und Oudinot vor Berlin, und der Krieg war längst zum Flächenbrand in Sachsen geworden. Selbst wo keine Schüsse abgefeuert wurden, hielt der Tod reiche Ernte unter Kranken und Verwundeten.
Ihr Ziel war nun Merseburg. Dort sollte sich ihr ältester Sohn, der junge Graf Lynar, ins Gymnasium einschreiben.
Hermann zog in die Schulwohnung, seine Mutter und seine jüngeren Halbgeschwister Natalie und Alfred nahmen mit der Kammerfrau und dem Kutscher Quartier im Gasthof.
Nun hatte sie neben dem Empfehlungsschreiben Oudinots auch noch eines des französischen Stadtkommandanten Bertrand, direkt an den korsischen Platzkommandanten von Merseburg gerichtet, der ihr seine Hauswirte empfahl, eine Familie von Holleufer. Aber die Gräfin lehnte höflich dankend ab, dort zu logieren.
»Kommen Sie mit, kommen Sie mit nach Paris!«, schlug Kommandant Morandini eifrig vor. »Wir werden Merseburg nicht mehr lange halten können. Zwischen Naumburg und Weißenfels agiert ein Streifkorps von mehr als zweitausend Mann unter einem russischen General von Thielmann. Die sind anscheinend unbesiegbar. Jeden Tag kann er vor Merseburg auftauchen ...«
»Thielmann?«, fiel ihm Charlotte von Kielmannsegge mit leicht geweiteten Augen ins Wort.
»Kennen Sie ihn?«, fragte Morandini.
»Natürlich!«, fauchte die Gräfin ihn an. Für wie dumm hielt er sie denn?
»Er war einmal ein Sachse«, sagte sie mit einer Mischung aus Stolz und Verachtung. »Aber er hat sein Land verraten.«
»Dann wird er Sie auch kennen. Ein Grund mehr für Sie, Merseburg zu verlassen, bevor er es einnimmt!«, erklärte der Stadt-

kommandant kategorisch. Er schien großen Wert auf die Gesellschaft der schönen Gräfin zu legen, die so hervorragende Verbindungen zur französischen Generalität besaß. »Kommen Sie mit mir nach Paris!«
Erneut lehnte sie ab. Nicht nur wegen ihres Sohnes. Der Kaiser brauchte sie in Sachsen, nicht in Paris. Sie schrieb ihm weiter alles, was sie über die Stimmung im Lande erfuhr. Und so schlecht, wie die Dinge liefen, konnte durchaus die Situation eintreten, in der sie sein geheimes Schreiben an den Zaren übergeben musste.
Außerdem traute sie Morandini nicht. Er riss vor Thielmann aus und überließ das Kommando einfach einem Trainoffizier. Wie verachtenswert! Obendrein fehlte ihm jegliche Menschenkenntnis. Denn die Leute, die er ihr empfohlen hatte, waren preußischer Gesinnung. Auch wenn die Gräfin von Kielmannsegge die letzten Jahre in Paris verbracht hatte, war sie viel zu gut informiert, um von dieser Familie Treue zum Kaiser der Franzosen zu erwarten.

Der Generalleutnant von Thielmann sichtete im Feldlager vor Merseburg die von französischen Kurieren abgefangenen Depeschen, um sie je nach Dringlichkeit ans Hauptquartier weiterzuleiten, als ihm sein Adjutant einen schmalen, versiegelten Brief überbrachte.
»Der ist an Sie, aus Merseburg.«
Thielmann nahm das Schreiben mit einiger Überraschung entgegen. Bot ihm der Stadtkommandant die Kapitulation an? Doch der hatte die Stadt längst verlassen und die Befehlsgewalt einem einfachen Offizier übergeben.
Der Name unter dem Schreiben war ihm flüchtig bekannt.
»Exzellenz, lassen Sie sich nicht täuschen: Die Garnison in Merseburg ist nur noch dreihundert Mann stark. Und im Gasthof werden Sie die Gräfin von Kielmannsegge mit ihren Kindern vorfinden.«

»Wenn das stimmt, können wir die Stadt ohne große Verluste einnehmen!«, frohlockte sein Generalstabschef, der preußische Major von Strantz. »Was hat es mit dieser Gräfin auf sich? Ist das nicht Napoleons sächsische Geliebte?«

Thielmann zögerte mit der Antwort. Er hatte Auguste Charlotte von Kielmannsegge einmal sehr bewundert – wie jeder Mann, der empfänglich für weibliche Schönheit und weiblichen Esprit war. Sie verstanden sich bestens miteinander, solange sie beide Napoleon verehrten. Doch seit er mit Bonaparte gebrochen hatte, hielt sie ihn für einen Verräter am Kaiser und er sie für eine Verräterin am deutschen Vaterland. Sie war eine gefährliche Frau.

»Nicht seine Geliebte, sondern seine Spionin. Und mit Sicherheit führt sie geheime Papiere bei sich.«

»Sollen wir sie verhaften?«

Eine seiner Aufgaben war es, Nachrichtenwege zu blockieren. Da durfte er nicht zulassen, dass sie Lageberichte an Bonaparte schickte. Andererseits konnte sie wohl kaum Erfreuliches mitteilen, und das sollte der Kaiser vielleicht doch aus ihrer Hand erfahren. Ihr würde er jedes Wort glauben.

»Warten wir ab. Falls sie verhaftet wird, achten Sie darauf, dass man sie gut behandelt! Sie reist mit ihren Kindern, für die muss gut gesorgt werden.«

Thielmann wollte Merseburg ohne größere Verluste einnehmen, und er musste es schnell tun. Lefèbvre-Desnouettes war ihnen auf den Fersen. Der war ein nicht zu unterschätzender Gegner, ein zäher und kampferfahrener Mann. Er befehligte schon früh ein Dragonerregiment, diente als Divisionskommandeur in Spanien, geriet in englische Gefangenschaft und konnte entkommen. Im Krieg gegen Österreich 1809 führte er die Gardejäger des Kaisers an, eine Eliteeinheit.

Schon zwei Tage lang hatte ihn Thielmann in die Irre geführt, weil die Übermacht für eine direkte Konfrontation zu groß war. Aber das würde nicht mehr lange gutgehen. Dann stünden sie sechseinhalbtausend Mann Kavallerie sowie etlichen Kanonen gegenüber. Und heute, so meldeten seine Kundschafter, hatte Lefèbvre-Desnouettes noch Mamelucken als Verstärkung nach Leipzig geschickt bekommen.

Am Morgen des 18. September wurden die Merseburger durch eine gewaltige Explosion geweckt. Österreichische Mineure hatten die Brücke gesprengt. Mehrere Scheunen fingen Feuer, Kugeln schlugen in die Wände der Häuser. Die Glocken läuteten Sturm, Menschen rannten panisch durch die Straßen, ein paar Entschlossene versuchten, die Feuer zu löschen.
Derweil wartete Thielmann ungeduldig vor der Stadt auf die Rückkehr seines Parlamentärs.
»Der Kommandant weigert sich, nur vor Kavallerie zu kapitulieren«, berichtete dieser ebenso erstaunt wie ungeduldig. Sie konnten hier nicht viel Zeit vergeuden, denn Lefèbvre-Desnouettes und die Mamelucken des Kaisers waren nicht weit.
Angesichts dieser merkwürdigen Begründung und der drängenden Zeit entschloss sich Thielmann zu einer List.
»Erleichtern wir ihm die Entscheidung! Sorgen Sie dafür, dass die zweitausend französischen Gefangenen, die wir mit uns herumschleppen, ein bisschen auf und ab gehen. So sind sie wenigstens von Nutzen, und dieser Dummkopf von einem Kommandanten wird denken, wir haben auch starke Infanterie.«
Die List funktionierte. Die französische Garnison ergab sich und zog ab.
Thielmann hatte die Kapitulation kaum entgegengenommen, als ihn die Nachricht erreichte, der französische General habe Naumburg und Freyburg wieder besetzt und sei mit nunmehr acht- bis zehntausend Mann im Anmarsch gegen sie. Deshalb befahl er seinen Truppen, sofort Richtung Süden abzuziehen.

So wurde die Gräfin von Kielmannsegge vorerst nicht verhaftet. Trotzdem holte sie in Merseburg nach dem Angriff auf die Stadt alles ein, wovor sie aus Torgau fliehen wollte: Tote, Verletzte, Lazarettfieber. Sie ließ es sich nicht nehmen, selbst französische Verwundete zu pflegen, gab all ihr Geld dafür, ihnen Essen zu besorgen. Als das Verbandsmaterial ausging, behalf sie sich mit Papier. Bald lag sie selbst mit Fieber im Bett.
Erst Ende Oktober – die Alliierten hatten ihren großen Sieg bei Leipzig bereits errungen – würde ein junger, mit Orden geschmückter Kosakengeneral ihr Quartier betreten, es durchsuchen lassen und sie auffordern, ihn zu einer Unterredung mit dem Grafen Woronzow zu begleiten. Und schließlich würde diese Reise sie sogar zu einem alten Bekannten aus Pariser Zeiten führen: zu Bernadotte, nun unter dem Namen Karl Johann Kronprinz von Schweden und damit ein Feind.

Johann Adolph von Thielmann beschloss, sich Lefèbvre-Desnouettes im Kampf zu stellen. Beim ersten Gefecht bei Pettstädt am 19. September musste er sich zurückziehen. Ein weiteres an der Brücke von Kösen verlief zu seinen Gunsten, aber unter hohen Opfern. Weil sie dabei dem überlegenen Feind zweihundert Wagen mit Kavallerieausrüstung und Munition abnahmen, erhielt der Generalleutnant vom Zaren das Großkreuz des Annenordens.
Doch ihm war klar, dass er sich auf Dauer nicht allein gegen dieses starke französische Korps behaupten konnte. Er nahm Kontakt zum Kosaken-Hetman Platow und zum General von Mensdorff auf, die nach ihm die beiden größten Streifkorps führten, um gemeinsam vorzugehen.
Noch bevor deren Antworten eintrafen, erhielt er ein Schreiben aus dem Hauptquartier mit dem Befehl, dass sich sämtliche in Sachsen agierenden Freikorps unverzüglich unter sein Kommando begeben sollten. Sie würden gemeinsam gegen Lefèbvre-Desnouettes antreten.

Unruhige Zeiten

Freiberg, 18. September 1813

Heftiges Donnern mitten in der Nacht riss Jette aus dem Schlaf. Sie fuhr hoch und kauerte sich auf dem Bett zusammen. Ihr Herz hämmerte, während sie schreckensstarr zum Fenster blickte. Der Untermarkt war in tiefes Dunkel gehüllt, nicht einmal der erste Schein der Morgendämmerung ließ sich erahnen.

Im nächsten Augenblick hallte erneut ein Krachen durch die Nacht. Unverkennbar Kanonendonner. Die Stadt wurde beschossen. Nun erklangen Alarmsignale von mehreren Seiten.

Jette hörte Schritte und Rufe aus den anderen Zimmern, mit hastig entzündeten Kerzen in der Hand versammelten sich die bestürzten Hausbewohner auf dem Flur.

Rasch warf sie sich ein großes, warmes Tuch um und trat hinaus.

»Jesus, Maria und Josef, nun hat der Krieg die Stadt erreicht!«, jammerte Tante Johanna und schlang sich bibbernd ihr Wolltuch enger um die Schultern. »Warum sollten auch ausgerechnet wir verschont werden?«

»Klingt wie vom Erbischen oder vom Donatstor«, meinte Eduard, als es erneut krachte. Nun folgten rasche Schusswechsel mit Gewehren.

»Setzt euch in die Küche, bleibt ruhig und wartet ab, was geschieht«, wies Friedrich Gerlach seine Familie an. Er hatte offenbar bis tief in die Nacht gearbeitet, denn er trug immer noch Tageskleidung statt Nachthemd.

»Und betet!«, ergänzte Johanna.

Franz, der hellwach wirkte, faltete die Hände und begann:

»Vater unser, der du bist im Himmel,
beschütze uns vor Kriegsgetümmel …«

Bevor er diese sehr ausführliche und populäre Spottversion des Gebetes weiter aufsagen konnte, bekam er von seiner Tante einen Klaps auf den Hinterkopf.
»Wirst du wohl aufhören, über Gott zu lästern? Und dich über den Krieg lustig zu machen? Herr im Himmel, wer weiß, wer diesmal vor den Toren steht ... Die Österreicher, die Russen, die Preußen, die Schweden, die Böhmen, die Ungarn ... Die Vandalen oder die vier apokalyptischen Reiter! Und wie lange sie noch schießen und ob sie plündern ...«
Die ersten großen Kämpfe nach Ende der Waffenruhe lagen schon mehr als zwei Wochen zurück; seitdem schien dieser Krieg in eine unentschlossene Phase getreten zu sein; man hörte nichts mehr von gewaltigen Schlachten, dafür aber von überall aufflackernden Gefechten und Scharmützeln, mal da, mal dort, Streifkorps waren unterwegs, es gab Truppenbewegungen hin und her, doch es ließ sich kein Muster erkennen.
Mal hieß es, die Franzosen seien auf dem Rückzug, dann wieder, sie würden Richtung Leipzig vordringen. Und derzeit streiften sie verstärkt durchs Gebirge, um zu verhindern, dass die gesamte Hauptarmee aus Böhmen über den Erzgebirgskamm einmarschierte. Kleinere alliierte Einheiten stürmten vor, eroberten Ortschaften für einige Tage und wichen dann wieder zurück.
Nach dem kurzen österreichischen Intermezzo Ende August war Freiberg nun erneut von den Franzosen besetzt, nur mit kleiner Garnison unter dem Kommando eines Generals Bruno. Vor ein paar Tagen ritten dreihundertfünfzig westphälische Husaren in die Stadt ein, die den Franzosen unterstanden, aber sicher nicht lange bleiben würden. Vier von ihnen waren bei den Gerlachs einquartiert, und dem Lärm nach rannten sie schon zu den Pferden, um sich denjenigen entgegenzustellen, die in die Stadt eindringen wollten.
»Wer will, kann wieder ins Bett; wer nicht, der geht in die Küche und wartet. Niemand verlässt das Haus!«, ordnete Fried-

rich Gerlach an, während er sich von seiner Frau in den Gehrock helfen ließ. »Ich versuche inzwischen herauszufinden, was vor sich geht.«

Zuerst wollte er ins Logenhaus in der Waisenhausstraße, dann ins Rathaus. Die Ratsherren würden sich dort gewiss versammeln. Sollte die Stadt erobert werden, standen Übergabeverhandlungen bevor. Der General wohnte nicht in der Stadt, sondern hatte Quartier im Nachbardorf Berthelsdorf genommen und dadurch vermutlich die Chance verpasst, die Verteidigung seiner Garnison gegen die Angreifer vor den Stadttoren zu leiten.

Auch Lisbeth und Nelli fanden sich in der Küche ein. Josef kam Augenblicke später; er war sicher den Husaren bei den Pferden zur Hand gegangen.

Nelli wirkte blass und sagte kein Wort, Lisbeth dagegen entschied, da bei diesem Getöse ohnehin niemand mehr Schlaf finden würde, könnten sie auch gleich frühstücken. Geschickt schichtete sie Holzscheite in den Herd, und die rasch aufflackernden Flammen erwärmten Teewasser und Milch. Unterdessen schnitt sie Brot auf und schickte Nelli los, die Butter aus dem Keller holen.

»Nelli hat 'ne krumme Schürze«, lästerte Franz und fing sich dafür den nächsten Klaps ein.

»Scht, du weißt gar nicht, was du da redest!«, rief Johanna empört. »Außerdem wird Nelli nächsten Monat ihren *Verlobten* heiraten.«

»Vielleicht ist es ja doch die große Offensive der Alliierten«, sagte Jette – weil sie das hoffte und weil sie unbedingt von dem heiklen Thema ablenken wollte, dass Nelli schwanger war. Sie und das rothaarige Dienstmädchen teilten mittlerweile einige Geheimnisse. Nelli hatte die Blutspuren auf Jettes Laken gesehen und wusste also, was in der Nacht vor Étiennes Aufbruch geschehen war. Ohne etwas zu fragen, hatte sie das Laken an sich genommen und versprochen, es beim Waschtag unauffällig unter die übrige Wäsche zu schmuggeln. Ein Skandal im Haus ihrer Brotgeber wäre auch für sie nicht gut. Und irgendwann – eher früher als später – würde der Moment kommen, wo sie Henriettes Fürsprache brauchte.

Zu Jettes Erleichterung ließ sich Johanna sofort auf das neue Thema ein. »Das ist ja das Schreckliche! Wir sitzen hier und wissen nicht, was passiert«, wehklagte sie. »Sicher ist nur eines: Schon bald wird es irgendwo ganz fürchterlich krachen. Und jetzt beschießen fremde Truppen unsere Stadttore und können jeden Moment ins Haus stürmen. Sind eure Bündel griffbereit?«

Seit Ablauf der Waffenruhe hatte jedes Familienmitglied die notwendigsten Sachen für den Fall zusammengepackt, dass sie rasch fliehen mussten.

»Die Alliierten kommen als Freunde«, widersprach Jette eingedenk der Proklamationen, die sie gelesen hatte.

»Kind, selbst wenn sie als Freunde kommen, werden sie *hungrige* Freunde sein«, ermahnte Johanna sie spitz. »Und falls das wirklich Teil der großen Offensive ist, werden Zehntausende Bewaffnete hierherströmen, wird die Stadt ohne Rücksicht zusammengeschossen ... Erinnere dich an Bischofswerda, das brannte im Mai fast bis auf das letzte Haus ab!«

»Vielleicht ist Dresden gestern schon von den Alliierten eingenommen worden.«

»Vielleicht solltest du dich nicht zu sehr nach ihnen sehnen«, mischte sich Eduard gehässig ein. »Es könnte sich herumsprechen, wie *aufopfernd* und *liebevoll* du dich um die Franzosen gekümmert hast.«

Jette zuckte zusammen unter dem Hass, der aus diesen Worten klang. Der Streit zwischen ihnen schwelte immer noch, obwohl Friedrich Gerlach mit seinem Sohn lange und ernsthaft geredet hatte, als er den Grund für das plötzlich so eisige Verhältnis zwischen ihm und Henriette erfuhr.

Seitdem tat Eduard, als sei Jette Luft für ihn. Das schmerzte. Sie

hatte gehofft, der Cousin würde mit der Zeit zur Einsicht kommen. Doch die boshafte Bemerkung eben bewies das Gegenteil. Dafür war es nun Eduard, der sich von seiner Mutter einen Hieb auf den Hinterkopf einfing, deutlich kräftiger als der für Franz. »Hast du nicht zugehört, als dein Vater mit dir sprach?« Nun war Johanna wirklich wütend.
Eduard schwieg trotzig.
Jette sah ihn mit schmalen Augen an und sagte, so gelassen sie konnte: »Du solltest dir wünschen, nie in eine Lage zu kommen, in der du sogar die Hilfe des Feindes herbeisehnst.«
Franz fühlte sich unbehaglich angesichts des Streits; es gefiel ihm nicht, dass der Cousin und seine Schwester neuerdings nicht mehr miteinander auskamen.
»Steigen wir auf den Dachboden und halten Ausschau?«, fragte er Eduard deshalb. »Wenigstens so lange, bis das Frühstück fertig ist?«
Der Ältere nickte, und schon polterten sie die Treppe hinauf.
Johanna sah ihre Nichte mitleidig an. »Nimm Eduards dumme Worte bloß nicht ernst! Mein guter Friedrich wird ihm noch einmal gründlich ins Gewissen reden.«
Doch Henriette wollte nur fort. Niemand sollte sehen, wie tief sie getroffen war.
»Ich gehe wieder ins Bett. Es ist noch mitten in der Nacht ... und mir ist kalt. Ruft mich, wenn der Oheim kommt und Neuigkeiten hat, ja?«
»Du bist aber auch wirklich blass, Kind! Du wirst dir doch kein Fieber in den Lazaretten aufgelesen haben?«, sorgte sich die Tante sofort.
»Ich bin nur müde«, versicherte Jette. Zum Beweis gähnte sie herzzerreißend.
Lisbeth schlug Eier in die große Pfanne, in der sie schon Speck und Zwiebeln ausgelassen hatte.
»Wollen Sie nicht doch lieber etwas essen, Fräulein? Essen und Trinken halten Leib und Seele zusammen!«

»Nein, danke, Frau Tröger, wirklich nicht.« Schon bei dem Geruch drehte sich ihr fast der Magen um. »So tief in der Nacht kann ich nichts essen.«
»Dann nehmen Sie wenigstens etwas heiße Milch mit Honig mit, das tut gut«, beharrte Lisbeth.

Jette nippte auf der Treppe an der warmen, honiggesüßten Milch.
In der Bibliothek setzte sie sich, zog die Beine an den Körper und wickelte das Federbett um sich. Dann trank sie langsam die Tasse leer, schloss die Augen und verlor sich in Gedanken.
Der Kanonendonner vor den Toren hatte aufgehört, jetzt waren nur noch vereinzelte Schüsse zu hören. Wann nur endlich der Oheim zurückkam und berichtete?
Aber so wichtig es war zu erfahren, was draußen vor sich ging, vielleicht sogar lebenswichtig – am liebsten hätte sich Jette vor jedermann versteckt und in einem Mauseloch verkrochen.
Sie stellte die Tasse ab, umschloss die Knie mit ihren Armen und fing an, sich hin- und herzuwiegen.
Noch wusste niemand außer Nelli davon. Sie war nun nicht mehr unberührt, deshalb blieb ihr eine standesgemäße Ehe verwehrt. Und was, wenn sie schwanger war?
Dann musste sie das Haus verlassen. Solch eine Schande konnte sie nicht über ihre Verwandten und ihren Bruder bringen. Sie würde mit diesem Skandal das Geschäft der Familie und die Zukunft ihres Bruders zerstören.
Falls sie schwanger war, blieb ihr gar nichts anderes übrig, als fortzugehen, auch wenn sie nicht die geringste Ahnung hatte, wohin. Sie würde einfach verschwinden. Im Krieg verschwanden viele Leute einfach so, ohne dass man je wieder von ihnen hörte.
Zu ihrer Beruhigung könnte sie noch einmal die drei Schriftstücke lesen, die am Morgen nach Étiennes Aufbruch zu ihrer Überraschung auf dem Schreibpult der Bibliothek lagen. Doch

dafür musste sie nicht aufstehen. Sie kannte jedes Wort auswendig.
Das erste war ein Geleit- und Schutzbrief, vom Major unterzeichnet und auf ihren Namen ausgestellt. Sollte sie in Gefahr geraten und fliehen müssen, sicherte ihr dieses Schreiben freie Passage und Unterstützung durch jedwede französische Truppe. Niemand würde ihr etwas tun. Mit welchen Argumenten Étienne seinen Vater dazu gebracht hatte, das zu unterschreiben, malte sie sich lieber nicht aus.
Vor allem nicht in Zusammenhang mit dem zweiten Blatt: Das enthielt ein formelles Eheversprechen, in dem Étienne sie als seine Verlobte und künftige Ehefrau bezeichnete. Sollte er fallen, sei es sein Wunsch, dass seine Familie sie wie seine Witwe behandelte und ihr alle Hilfe gewährte.
Das dritte Schreiben hatte fast den gleichen Wortlaut, aber eine Ergänzung für den Fall, dass sie schwanger war: Er erkannte das Kind als seines an. Es sei mit einem Eheversprechen gezeugt und sollte zusammen mit ihr von seiner Familie aufgenommen werden.
Als Jette die Schriftstücke fand, war sie sprachlos und gerührt von seiner Vorsorge. Aber natürlich war es vollkommen ausgeschlossen, dass sie einen französischen Adligen heiratete. Ebenso ausgeschlossen, wie mit dem Major unter einem Dach zu leben. Oder dass seine Familie eine Fremde bürgerlicher Herkunft, vielleicht sogar schwanger, anerkennen und bei sich beherbergen würde, sollte Étienne nicht zurückkehren.
Die Papiere waren nutzlos, abgesehen von dem Schutzbrief.
Der Kampflärm von allen Seiten der Stadt wurde lauter und kam näher. Vielleicht war es ja doch der Anfang der großen Offensive in diesem beispiellosen Krieg.
Wenn sie starb, wäre das für alle die beste Lösung.
Vielleicht traf sie ja aus Versehen eine Kugel. Oder sie steckte sich mit dem Lazarettfieber an.

Der Morgen dämmerte. Nun hörte Jette die Haustür zuschlagen; anscheinend war der Oheim zurück. Also zog sie sich an und ging hinunter in die Küche. Alle anderen waren inzwischen ebenfalls für den Tag gekleidet.
»Es sind Österreicher, unter einem General von Scheither der Division Liechtenstein. Sie haben das Erbische Tor gesprengt. Die Westphalen und Franzosen ergaben sich nach kurzem Kampf«, berichtete Friedrich Gerlach und griff hungrig nach einer Scheibe Brot, die ihm seine Frau schon mit Butter bestrichen hatte.
In diesem Moment fingen alle Glocken der Stadt zu läuten an.
»Wir sollen zum Markt kommen. Die neuen Herren der Stadt wollen eine Proklamation verkünden.«
»Na, dann schauen wir sie uns einmal an, die neuen Herren der Stadt«, meinte Johanna skeptisch, stemmte sich ächzend hoch und ließ sich in den Mantel helfen.

Auf dem Marktplatz standen mehrere Abteilungen Infanterie und Kavallerie in den hellen Uniformen der habsburgischen Armee in Reih und Glied; daneben die entwaffneten westphälischen Husaren und die französischen Offiziere.
Als die Gerlachs kamen, begann der General gerade seine Ansprache.
»Wir haben diese Stadt ohne große Verluste eingenommen; Sie sind nun frei von den französischen Besatzern!«, rief er. Noch klang der Jubel der Befreiten verhalten. Abgesehen von ein paar begeisterten Patrioten, warteten die anderen lieber erst einmal ab, welche Forderungen die Sieger des Tages erheben würden. Generalmajor Georg Freiherr von Scheither, ein kampfbewährter Mann von etwa vierzig Jahren, ließ sich davon nicht aus dem Konzept bringen.
»Die westphälischen Husaren sind auf unsere Seite übergewechselt, sie werden nicht mehr gegen Deutsche kämpfen«, fuhr er fort, was ihm und den Westphalen deutlich mehr Jubel

eintrug. »Die Infanterie hat sich ergeben, die Offiziere sind auf Ehrenwort entlassen, der französische General Bruno ist unser Gefangener.«

Er legte eine kurze Pause ein, bevor er verkündete: »Die meisten meiner Männer werden diese Stadt heute noch verlassen. Wir werden nicht plündern.«

Dies war die Stelle, an der die Freiberger in ehrlicher Begeisterung applaudierten.

»Aber wir erwarten Ihre Unterstützung in Form von Proviant für dreitausendfünfhundert Mann.«

Zwei Ratsherren traten vor und sicherten nach kurzer Zwiesprache zu, die entsprechende Menge an Mehl, Graupen und Hirse aus den Vorratslagern der Stadt bereitzustellen.

»Großartig! Die haben ohne eigene Verluste vierhundert Mann überwältigt«, schwärmte Eduard, als die Familie wieder Richtung Untermarkt lief. »Und gleich noch dreihundertfünfzig Husaren dazubekommen. Tüchtiger Mann, dieser Scheither! So etwas in jeder Stadt, und der Krieg ist im Nu gewonnen.«

»Ich kann mir Freiberg gar nicht mehr ohne Garnison vorstellen. Und wir haben keine Einquartierung im Haus, das ist ja kaum zu glauben!«, meinte Johanna.

»Wie werde ich es vermissen, jeden Morgen um fünf von Trompetensignalen geweckt zu werden!«, höhnte Eduard.

»Ja, es ist ganz sicher das größte Übel, wenn du aus deinen süßen Träumen gerissen wirst!« Das konnte sich Jette einfach nicht verkneifen. »Kein Vergleich dazu, dass viele Nachbarn ausgeplündert wurden und jede Vorratskammer in dieser Stadt bis auf das letzte Krümchen leer gefegt ist!«

»Werdet ihr sofort aufhören zu streiten!«, ging Johanna wütend dazwischen. »Was ist nur los mit euch beiden neuerdings? Also, ihr Jungs könnt nun endlich wieder in euer Zimmer und müsst nicht mehr die Betten rauf und runter in die Buchhandlung tragen. Jette ...«

»Ich möchte in der Bibliothek bleiben«, fiel diese der Tante ins

Wort. Nirgendwo konnte sie besser den Stapel Briefe verstecken, die sich inzwischen angesammelt hatten und die niemand sehen durfte. »Außerdem kommt bestimmt bald die nächste Einquartierung.«
»Sie hat recht«, stimmte Friedrich Gerlach resigniert zu. »Spätestens in ein paar Tagen haben wir wieder eine französische Besatzung. Dieser Krieg wird ganz sicher nicht im Nu gewonnen, wie Eduard glaubt. So glänzend auch das heutige Manöver des österreichischen Generals verlaufen ist, es war nur ein Nadelstich, eine kurze Demonstration. Ein Bonaparte lässt sich nicht so schnell besiegen, wie wir es im Frühjahr gehofft hatten.«

Fünf Tage später, am 21. September, wurde Freiberg wieder von Franzosen besetzt, durch Kavallerie unter General Pajol vom Korps des Marschalls Augereau. Die neuen Einquartierten richteten sich im Gerlachschen Haus am Untermarkt gerade ein, als aus der Küche ein gellender Schrei kam.
Jette rannte die Treppe hinab und machte sich auf Schlimmes gefasst.
Lisbeth saß am Tisch, heulte und schluchzte und streckte ihr einen Brief mit krakeliger Schrift entgegen.
»Sie leben! Meine zwei Jüngsten leben!«, brachte sie hervor, zwischen unbändiger Freude und Erschütterung hin- und hergerissen. Dann lachte sie unter Tränen. »Die zwei Tunichtgute haben wirklich ihrer alten Mutter einen Brief geschrieben!«
Sie wischte sich die Augen mit ihren rauhen Händen und ließ Jette das mit Bleistift beschriebene Blatt lesen.
»Uns ged es guhd. Machd euch keene Sorgen und seid uns nich beese. Ich darf in de Linie und Anton hat eine Drommel. Gott schütze euch.«
»Nun ist alles gut!«, schluchzte Lisbeth glücklich.
Bis sie in die nächste Schlacht müssen, dachte Henriette.
Sie konnte einfach nicht anders.

Der Aufruf des Königs

Dresden, 26. September 1813

In der Nacht vom 22. zum 23. September 1813 geschah etwas so Unerhörtes, dass sich der König von Sachsen entschloss, gleich zwei Aufrufe zu verfassen: einen an seine Soldaten und einen an sein Volk. Allerdings fielen diese Proklamationen nicht so aus, wie Henriette es erhoffte.

Der König brauchte nach dem empörenden Anlass auch erst einmal volle drei Tage, bis er sich hinreichend gesammelt hatte, um Worte zu finden. So sehr erschütterte das ungeheuerliche Vorkommnis sein Weltbild.

Es zerbrach den Kokon, in den er sich während seiner fünfundvierzigjährigen Herrschaft eingesponnen hatte: dass sein Volk ihn liebte, dass es ihn vollkommen zu Recht einen guten und gerechten König nannte und ihm freudig Gehorsam erwies – weil es Gottes Ordnung der Welt so gebot und weil er alles zum Besten seines Volkes tat.

Was war geschehen?

In besagter Nacht lagerte Major Heinrich von Bünau, Bataillonsführer des sächsischen Infanterieregimentes König, mit seiner Einheit an der Straße nach Dessau, südlich von Wittenberg, irgendwo zwischen Oranienbaum-Wörlitz und Kemberg. Der abnehmende Mond stand im letzten Viertel und warf kaum noch Licht.

Die Dunkelheit begünstigte sein Vorhaben ebenso wie der Umstand, dass sein Bataillon den äußersten Vorposten des ganzen Korps bildete und dass die sächsischen Soldaten den Anführer der vor ihnen stehenden feindlichen Truppen hochschätzten: Bernadotte, nun unter dem Namen Karl Johann Kronprinz von Schweden. Unter seinem Kommando hatten die Sachsen 1809 gekämpft, als er noch Marschall von Frankreich war.

Die schicksalhafte Entscheidung, mit seinen Truppen die Seiten zu wechseln, hatte der Major von Bünau schon vor einiger Zeit getroffen. Es lag nicht länger im Interesse ihres Landes, an Bonapartes Seite zu kämpfen. Sachsen hatte mehr als genug gelitten.
Jetzt war der Moment gekommen. Eine Gelegenheit wie heute Nacht würde sich so schnell nicht wieder bieten. Wenn schon überlaufen, dann zu Bernadotte; der würde die Sachsen mit offenen Armen empfangen.
So konnte er seiner Mannschaft das Leben bewahren, die ansonsten in den morgigen Kämpfen aufgerieben werden würde. Wenn sie schon starben, dann für ein besseres Ziel als die Allmacht Napoleons.
Tief in der Nacht rief der Bataillonskommandeur seine Offiziere zu sich. »Ich bin bereit, dorthin zu gehen, wo wir für die Freiheit Deutschlands kämpfen können. Werden Sie mir folgen?«
Niemand war überrascht; auch in ihnen wühlte der Gedanke schon länger, die Seiten zu wechseln. Dass sie ihren dem König geschworenen Eid brachen, diese schicksalsschwere Entscheidung über die Köpfe ihrer Mannschaft hinweg trafen, mussten sie in Kauf nehmen und für die Konsequenzen einstehen.
Von Bünau schickte zwei seiner Offiziere los, um den schwedischen Vorposten anzukündigen, dass gleich ein sächsisches Bataillon zu ihnen überlaufen würde. Dann ließ er seine Truppen wecken, Aufstellung nehmen und abmarschieren.
»Qui-vive? La parole!«, riefen die französischen Kavallerievorposten, die um das Lager kreisten.
Von Bünau gab sich zu erkennen. »Rekogniszierung!«, begründete er den Vormarsch seines Bataillons.
Der Reiter zuckte mit den Schultern. Er wusste nichts davon, dass diese Sachsen mitten in der Nacht auf Erkundung geschickt werden sollten. Aber es war typisch, dass solche unan-

genehmen Aufgaben an sie übertragen wurden. Also ließen er und seine Begleiter das Bataillon passieren.

Bald kam den Überläufern ein schwedischer Offizier aus der Nordarmee entgegen, der Oberst Björnstierna.

Major von Bünau salutierte und meldete im Namen der ganzen Mannschaft, dass sein Bataillon – acht Offiziere und dreihundertsechzig Mann – künftig für Deutschlands Freiheit kämpfen wolle.

Die nicht eingeweihten Soldaten und Unteroffiziere waren reichlich verblüfft über diesen Gang der Dinge, manche entsetzt, weil sie ihren König verraten hatten, die Mehrzahl aber erleichtert.

Sie hatten es satt, mit anzusehen, wie ihr Land ausgeplündert wurde, sie hatten es satt, von den französischen Befehlshabern schlecht behandelt, schlecht verpflegt und immer für die unbeliebtesten Aufgaben eingesetzt zu werden. Sie hatten es satt, so viele ihrer Kameraden bei sinnlosen Manövern sterben zu sehen, weil es Bonaparte nicht kümmerte, wenn ein paar hundert Rheinbündler geopfert wurden.

Bei Großbeeren und Dennewitz, während der Schlachten um Berlin, hatten viele Sachsen tapfer gekämpft und erst den geordneten Rückzug von Marschall Neys Armee ermöglicht, sonst wäre sie umzingelt und aufgerieben worden. Mehr als zweitausend von ihnen wurden getötet, verwundet oder gefangen genommen. Dass Ney ihnen dann jedoch Feigheit vorwarf und die Schuld an der Niederlage gab, was schließlich auch noch Napoleon in einem seiner Bulletins aller Welt verkündete, brachte das Fass zum Überlaufen.

Und es brachte das erste sächsische Bataillon zum Überlaufen.

Erst am Morgen wurde das Verschwinden eines ganzen Bataillons bemerkt. Divisionskommandeur General Johann Wilhelm von Zeschau ließ sofort alle verbliebenen Offiziere einen erneuten Treueeid auf den König schwören, um weitere Übertritte zu verhindern.

Napoleon bekam einen Wutanfall, als er erfuhr, dass zusätzlich zu den vielen Deserteuren und dem Übertritt der vier Eskadrons der westphälischen Brigade Hammerstein nun auch noch ein komplettes sächsisches Bataillon die Seiten gewechselt hatte, selbst wenn es nicht einmal vierhundert Mann zählte.

»Ich habe es doch schon immer gesagt: Der Geist der sächsischen Truppen ist schlecht, bei erster Gelegenheit werden sie die Waffen wegwerfen!«, triumphierte Marschall Ney. »Nur durch die Unzuverlässigkeit der Sachsen habe ich Dennewitz verloren! Die allein tragen die Schuld daran.«

Das brachte Reynier maßlos auf, der die Sachsen wie immer verteidigte. »Ohne ihren Mut und ihre hervorragende Disziplin hätte es beim Rückzug noch viel mehr Verluste gegeben!«

Doch davon wollte Napoleon nichts hören.

Der sächsische König war der Nächste, der heftige Vorwürfe über sich ergehen lassen musste, weil er offenbar nicht mehr die Kontrolle über seine Armee hatte.

»Und ausgerechnet das *Regiment König!*«, hielt Bonaparte dem Herrscher vor, der vor Scham und Entsetzen keine Worte fand. »Infam! Welche Blamage! Wenn nicht einmal das *Regiment König* mir die Treue hält, auf welchen Sachsen soll ich mich dann noch verlassen?«

Nach drei Tagen fassungslosen Schweigens erließ Friedrich August am 26. September einen verzweifelten, ja schon fast weinerlichen Appell an die sächsischen Truppen, ihre Pflicht zu erfüllen und ihre Eide zu halten.

Sein Herz sei von bitterstem Kummer erfüllt, weil der Major von Bünau wider seinen Willen und ohne seine Erlaubnis mit dem ganzen Bataillon zum Feinde überlief. Das Kriegsgericht werde über diese Männer urteilen.

Der König berief sich darauf, dass der größte Teil seiner Untertanen noch nicht einmal geboren war, als er seine Regentschaft antrat.
»Ich habe schon dadurch Vaterrechte auf euch!«, behauptete er.
»Bloß euer kindliches Gefühl nehme ich in Anspruch. Ich rechne auf euch. Ich hoffe, dass ihr die späten Jahre eures Landesherrn nicht trüben werdet. Die Liebe meines Volkes war – Europa bezeuge es – mein Stolz bis jetzt, sie begleite auch noch die übrigen Tage meines Lebens.«
Doch viele seiner Soldaten wollten nicht mehr nur folgsame Kinder sein. Sie wollten nicht mehr länger Anteil daran haben, dass ihr Land verwüstet wurde. Und sie wollten leben.
Das Schlachtenglück hatte Napoleon verlassen. Wer schlau war, sah zu, dass er noch rechtzeitig ans rettende Ufer kam.

Einen Tag darauf erließ Friedrich August von Sachsen eine weitere Proklamation, diesmal an sein ganzes Volk.
Doch er rief es nicht auf, sich gegen die Besatzer zu erheben und das Land zu befreien, um für ein einiges deutsches Vaterland zu kämpfen.
Nein, er forderte von seinen Untertanen, sich nicht durch *feindliche Proklamationen* verführen zu lassen – ein klarer Verweis auf die Flugschriften, die von den Preußen, den Russen und auch von dem ehemals sächsischen Generalleutnant Thielmann veröffentlicht worden waren.
»Wir erinnern, dass die Schuldigkeit des Untertanen, seinem Regenten treu zu bleiben, Unterwerfung und Gehorsam unbedingt und durch die heiligsten Gesetze geboten sind!«, rief der König seinen Sachsen ins Gewissen, im strengen Tonfall eines erzürnten Dorfschullehrers.
Um zu verhindern, dass das Beispiel des Majors von Bünau Schule machte, sprach das auf königlichen Befehl eingesetzte Militärgericht ein hartes Urteil über den abtrünnigen Bataillonskommandeur und seine Offiziere. Sie wurden in

Abwesenheit für vogelfrei erklärt und ihr Vermögen eingezogen.

Ob der Vorsitzende des eiligst einberufenen Kriegsgerichtes da schon ahnte, dass er in weniger als drei Wochen selbst mit einem Teil seiner Mannschaften zu den Alliierten überlaufen würde?

Der Feind Nummer 1

Altenburg, 29. September 1813

Der preußische Major Peter von Colomb war der erste der vier Anführer, der mit seiner Schar bei Thielmann eintraf.
»Herr General, es ist mir eine Freude, unter Ihrem Befehl an dieser kleinen Operation teilzunehmen!«, meinte er mit verwegenem Grinsen.
»Sorgen wir dafür, dass sie nicht allzu klein wird«, erwiderte Thielmann ironisch lächelnd. Sie kannten sich aus dem Hauptquartier in Teplitz, und Colombs legendäre Erfolge im Frühjahr nötigten ihm Respekt ab. Inzwischen hatte der preußische Major ostfriesischer Herkunft schon wieder einige aufsehenerregende Operationen angeführt.
Zwei Husaren unter sich, Brüder im Geiste.
Der Österreicher Oberst Emmanuel von Mensdorff-Pouilly kam mit seinen tausend Mann als Nächster; ein Graf mit vielen Jahren Kampferfahrung und strengen, kantigen Gesichtszügen. Er und seine Männer hatten der Grande Armée in den letzten Wochen Unmengen an Kurierpost, Munitionswagen und Vorräten abgenommen und zahlreiche Gefangene gemacht, Soldaten wie Offiziere. Durch eine alte Kriegsverletzung konnte er die rechte Hand nicht nutzen und musste die Waffe mit der Linken führen. Aber das schien ihn nicht zu stören.

Graf Pückler vom 2. Schlesischen Husarenregiment traf kurz darauf bei ihnen ein. Er führte eine Eskadron aus Freiwilligen Jägern und Husaren.
Als Letzter rückte der legendäre Hetman Platow mit seiner eintausend Mann starken Reiterschar an, der älteste unter den fünf Korpsführern. Schon vor mehr als vierzig Jahren hatte er gegen die Türken gekämpft. Nach der Zerstörung Moskaus unterstanden fünfzehn Regimenter Donkosaken, zwei Jägerregimenter und zwei Batterien Reitender Artillerie seinem Kommando. Er befehligte stets die Vor- oder die Nachhut der russischen Armee und war 1812 zum Schrecken der fliehenden Grande Armée geworden.
Auch wenn sie jetzt Seite an Seite kämpfen würden, konnte Thielmann die Erinnerung daran nicht unterdrücken, wie einst dieser Mann unter seinen Truppen gewütet hatte.
Bin ich ein Verräter, wenn ich mit ihm in den Kampf reite? Gegen den Kaiser, dem ich Treue schwor? Dieser Gedanke wühlte von neuem in ihm.
Denn nicht Kutusow, nicht Bagration, nicht der Zar waren für ihn auf dem Russlandfeldzug zum Inbegriff des Feindes geworden, sondern der berühmt-berüchtigte General Platow.
Mit Charles Lefèbvre-Desnouettes hingegen hatte er in Russland Seite an Seite gekämpft. Auf dem Rückweg von Moskau waren sie beide zur »Heiligen Eskadron« zum Schutz des Kaisers abkommandiert worden.
Mein Feind ist jetzt Napoleon, rief sich Thielmann zur Ordnung. Sachsens Feind, nicht Sachsens Verbündeter.
Unser Feind.
Der Feind Deutschlands. Der Feind Europas.
Aus dem Fortschritt, den er den Nationen versprach, wurden verbrannte Erde und Berge von Leichen.
Jetzt ist nicht die Zeit für Zweifel!
Thielmann hatte in seinem Korps selbst fast eintausend Kosaken und verstand sich gut mit ihnen. Er schätzte ihren Mut und

ihr Geschick im Umgang mit Pferden. Auch deshalb ließ er sich von seinen Gedanken nichts anmerken und hieß den legendären Hetman mit dem Respekt willkommen, der ihm zustand.

General Platow bot trotz seiner mehr als sechzig Jahre einen imposanten Anblick, mit dunklen, durchdringenden Augen und in einem Mantel aus Bärenfell. Wenn er auf seinem Pferd saß, schien es, als würde er mit dem Tier zu einem Lebewesen verschmelzen; kraftvoll, willensstark und unüberwindlich.

»Meine Herren!«, begrüßte Thielmann seine Mitstreiter. »Ich habe Nachricht, dass Bonaparte die Truppenstärke von General Lefèbvre-Desnouettes auf mehr als achttausend Mann erhöht hat, vielleicht sogar zehntausend. Zumeist durch Kavallerie, aber auch durch Garde.«

Sie selbst waren etwa halb so stark.

»Greifen wir an?«

»Mit Vergnügen«, erwiderte der Major von Colomb. Er kannte Thielmanns Plan, sie hatten ihn gemeinsam entworfen. »Betrachten wir es als Kompliment, dass er sogar seine Garde gegen uns aufbietet.«

»Ich fürchte seine Garden nicht. Die haben wir schon einmal vor uns hergejagt«, knurrte Hetman Platow mit tiefer Stimme.

»Schicken wir sie endlich nach Hause, nach Frankreich!«, forderte von Mensdorff.

»Ja«, sagte der Oberst von Pückler. Nicht mehr und nicht weniger, vollkommen seiner Sache sicher.

»Gut«, konstatierte Thielmann zufrieden. »Wir gehen wie folgt vor.«

Am 28. September 1813 wurde Charles Lefèbvre-Desnouettes schon morgens um drei durch Kanonenschüsse aus dem Schlaf gerissen. Platow griff bei Altenburg so heftig an, dass sich der französische General gezwungen sah, seine Truppen auf der Straße nach Zeitz zurückzuziehen.

Dort nahm Thielmann sie bei Meuselwitz in Empfang. Mit lautem Hurra trieben seine Husaren und Kosaken die Kaisergarde auseinander.

Ein anderer Teil der französischen Reiter wurde in die Richtung gejagt, in der Thielmann seine Geschütze aufgestellt hatte – auf dem Galgenberg vor Zeitz. In Zeitz leitete der Anführer einer seiner Kavalleriebrigaden, Prinz Biron von Kurland, den Sturm auf ein Fabrikgebäude, in dem sich ein Teil der französischen Streitmacht verschanzt hatte und sich hartnäckig verteidigte. Als der Prinz von einer feindlichen Kugel schwer verletzt wurde, forderten seine Leute die Erschießung all derjenigen, die noch im Gebäude waren. Thielmann musste persönlich eingreifen, um ein so ehrloses Verhalten zu verhindern.

Am Ende dieses Tages hatten die vereinten Streifkorps dreihundert Tote und Verwundete auf eigener Seite, dafür aber einen Gegner von doppelter Stärke überwältigt. Sie machten eintausendfünfhundert Gefangene, erbeuteten vier Kanonen und zwei Haubitzen, vierhundert Pferde und sogar drei Standarten.

Charles Lefèbvre-Desnouettes zog sich eiligst mit den Überresten seiner einst stolzen Truppe Richtung Weißenfels zurück. Als Napoleon vom Ausgang dieser Operation erfuhr, kannte sein Zorn keine Grenzen.

Nachdem er sich wieder gesammelt hatte, diktierte er das offizielle Bulletin über diese Affäre. Und wie es seine Gepflogenheit war, rundete er dabei je nach Bedarf großzügig auf und ab. In diesem Falle ab, um die Angelegenheit als unbedeutend darzustellen. Nun war die Rede von viertausend Reitern der Grande Armée, denen dreitausend Plünderer entgegengetreten seien, leichte Truppen der Preußen, Österreicher sowie Kosaken.

Besonders ausgiebig widmete er sich einer Hasstirade gegen Thielmann. Dieser sei derjenige Sachse, der von seinem König mit Wohltaten überhäuft worden sei. Doch zum Lohn dafür habe er sich als der unversöhnlichste Feind seines Königs und seines Landes erwiesen.

Auch wenn er es nie zugeben würde, Johann Adolph von Thielmann fühlte sich zutiefst getroffen, in aller Öffentlichkeit erneut als Verräter dargestellt zu werden. Schlimmer noch: als der größte Verräter Sachsens. Was wohl seine Frau und seine Kinder deshalb auszustehen hatten?
Außerdem war da ja noch die Aufforderung, sich bis zum 4. Oktober in Dresden dem Kriegsgericht zu stellen. Thielmann war versucht, das zu tun. Er hätte sich allein mit den Briefen des Königs reinwaschen können, der ihn für sein Handeln immer wieder gelobt und seine volle Zustimmung erteilt hatte – bis zu seiner schicksalhaften Entscheidung vom 10. Mai. Doch er brachte es immer noch nicht fertig, seinen König bloßzustellen.
Der Major von Colomb kannte den sächsischen Kampfgefährten gut genug, um zu wissen, was in ihm vorging. Er selbst konnte über solche Dinge spotten. Aber vermutlich würde ihn auch kein anständiger Ostfriese für einen Verräter halten, weil er in der preußischen Armee kämpfte. Und sollte es jemand tun, wäre es ihm gleichgültig.
Thielmann jedoch war nicht so gelassen wie er; der war sehr stolz, manchmal aufbrausend, doch dahinter steckte eine tiefe Verletzlichkeit. Der Sachse hatte sich mit Tüchtigkeit und Mut den Generalsrang erkämpft und war erst vor einem Jahr in den Freiherrenstand erhoben worden. Vor allen seinen Landsleuten als Verräter geschmäht zu werden fraß an seiner Selbstachtung und seinem Ehrgefühl.
Deshalb suchte Colomb den Generalleutnant in seinem Quartier auf und sagte frohgelaunt: »Ich gratuliere! Soeben sind Sie von Bonaparte zum Feind Nummer eins unter allen Sachsen erklärt worden. Eine große Ehre, Sie können stolz auf sich sein!«

Anzeichen

Freiberg, 3. Oktober 1813

Der unruhige September war verstrichen, der Oktober begann kalt, nass und sorgenvoll. Jedermann erwartete, dass etwas geschah. Irgendetwas Schreckliches. Die Plänkeleien zwischen den gewaltigen Armeen im Land würden nicht mehr ewig fortdauern, sie glichen einer brennenden Zündschnur. Jeden Augenblick konnte die große Explosion folgen, der Entscheidungskampf in diesem endlos scheinenden Krieg.

Oft musste Jette an Étiennes Worte denken: an die gewaltige Schlacht, die geschlagen werden würde, mit fünfhunderttausend Mann, die längst gegeneinander aufmarschierten. Welcher menschliche Geist konnte sich so etwas vorstellen? Eine halbe Million Menschen auf einem riesigen Schlachtfeld – so musste Armageddon aussehen!

Was der Bauernsohn und Zastrow-Kürassier Johann Enge vorausgesagt hatte, konnte nun auch niemand mehr ignorieren. Nahrung wurde knapp. Alle hofften, dass die Kartoffelernte noch vor dem großen Krieg eingefahren wurde und gute Erträge brachte. Mit Kartoffeln war schon manche Hungersnot abgewendet worden.

Die Ströme der Fahnenflüchtigen nahmen weiter zu. Und obwohl auf Napoleons Befehl seit Mitte September alle Verletzten, die nicht bald wieder genesen würden, nach Frankreich geschickt wurden, sank die Zahl der Verwundeten und Kranken in den Lazaretten einfach nicht. Täglich kamen neue nach Freiberg, teilweise von weit her.

An einem dieser kalten, nebligen Oktobertage geschah es, dass Henriette bei ihrem vormittäglichen Einsatz im Lazarett am Muldenberg zusammensackte und umfiel.

Die Verwundeten in ihrer Nähe, die sie kannten und für ihre

Hilfsbereitschaft liebten, riefen aufgeregt nach einem Arzt. Ernst Ludwig Meuder kam und erschrak.
Sofort fühlte er ihre Stirn und den Puls und schaute in ihren Mund, ob sich dort schon die Anzeichen für eine Infektion mit dem Lazarettfieber zeigten.
»Es ist nicht das Fieber!«, beruhigte er die bestürzten Patienten, nahm Henriette vorsichtig in seine Arme und trug sie zu einem der Tische, auf denen sonst operiert wurde. Es gab keine freien Betten, und auf den nackten Boden wollte er sie nicht legen.
»Sie sind erschöpft; Sie haben sich überanstrengt«, sagte er, als Jette wieder zu sich kam. Vor lauter Erleichterung darüber, dass sie sich nicht mit dem gefährlichen Lazarettfieber angesteckt hatte, kam er gar nicht auf den Gedanken, andere Gründe für ihren Zusammenbruch zu vermuten.
Er gab Jette ein Glas Wasser, half ihr, sich vorsichtig aufzusetzen, und blieb an ihrer Seite, bis sie erklärte, sie fühle sich stark genug, um weiterzuarbeiten.
»Das kommt überhaupt nicht in Frage!«, widersprach er ganz entschieden. »Ich begleite Sie nach Hause, und Sie ruhen sich ein paar Tage aus. Das ist meine ärztliche Verordnung.« Er milderte die Strenge in seinen Worten mit einem Lächeln.
»Sie können hier nicht weg bei all der vielen Arbeit«, wandte sie ein, weil er sie verlegen machte.
»Auf keinen Fall lasse ich Sie allein gehen«, beharrte der Arzt. »Wir werden hier kein Gespann auftreiben, und der Weg ist zu weit für Sie in diesem Zustand. Fühlen Sie sich kräftig genug, um vor mir im Sattel zu sitzen?«

Es erregte großes Aufsehen, als der junge Stadtarzt mit Jette vor sich auf seinem Braunen zum Gerlachschen Haus geritten kam und von ihrem Zusammenbruch berichtete.
Johanna veranstaltete genau das Spektakel, das Jette befürchtet hatte. Sie rang die Hände vor Sorge und vor Erleichterung, dass es nicht das Lazarettfieber war, und wiederholte in einem fort:

»Ich habe es ja immer gesagt, sie mutet sich zu viel zu, sie ist viel zu zart …«

Jette schaffte es gerade noch, sich von Dr. Meuder zu verabschieden und ihm für seine Freundlichkeit zu danken, bevor die Tante sie wortreich und auf direktem Wege ins Bett dirigierte.

»Schlaf, ruh dich aus, mindestens fünf Tage, hat der Doktor gesagt! Danach sehen wir weiter.«

Lisbeth brachte Milch und Zwieback und schlurfte los, ein Huhn zu schlachten, um eine kräftigende Brühe zu kochen.

Henriette ließ das alles wortlos über sich ergehen und war froh, als sie endlich allein in der Bibliothek war. Dann schloss sie die Augen, zog die Decke ganz über sich, krümmte sich zusammen und dachte nach.

Auch am nächsten Tag hatte sie nicht das Bedürfnis aufzustehen. Die besorgte Tante hätte es ihr ohnehin nicht erlaubt.

Normalerweise hätte sie in so einer Lage ausgiebig gelesen – um sich abzulenken, um Antworten zu finden und Trost, um gute Vertraute aus ihren Lieblingsromanen und -dramen zu treffen und sich durch ihr Handeln Rat geben zu lassen.

Doch selbst wenn sie ein Buch in die Hand nahm, vermochte diesmal keines sie zu fesseln. Ihre Gedanken wanderten fort, sie nahm gar nicht wahr, was sie las, die Zeilen verschwammen ihr vor den Augen.

Sie war wirklich erschöpft, zu Tode erschöpft.

Und vermutlich schwanger.

Noch war es ein Verdacht; jeden Tag konnten sich die Anzeichen dafür einstellen, dass ihre Sorge unbegründet war und sie aufatmen durfte. Aber irgendwo in ihrem Innersten wusste sie, dass sie darauf nicht hoffen durfte.

Sie durfte auf gar nichts mehr hoffen.

Es herrschte ein Krieg, der kein Ende nahm, ihre Eltern waren tot, sie würde nie heiraten und ein normales Leben führen und nun auch noch Schande über die Menschen bringen, die sie großherzig bei sich aufgenommen hatten.

Der Hass Eduards vermittelte ihr einen lebhaften Eindruck davon, wie die Städter reagieren würden, wenn sie unverheiratet ein Kind unterm Herzen trug. Ein Bankert, ein Soldatenkind, ein Franzosenkind ... Genügend Leute hatten sie immer wieder mit Étienne gesehen – beim Tanz, bei dem Kuss auf die Wange ...
Sie empfand es nicht als Sünde, was sie getan hatte. Aber für alle Welt würde es ein Kind der Schande sein.
Was hatte Nelli gesagt, deren Leib sich schon rundete? Es wird nicht das einzige Soldatenbalg sein, das in ein paar Monaten zur Welt kommt – ganz egal, ob nun preußisch, russisch oder französisch!
Dann dachte sie an Maximilian Trepte, stellte sich vor, er würde davon erfahren, und glaubte, vor Scham im Boden zu versinken.
Sie musste fortgehen. Bald. Noch ehe man etwas sah.
Doch wohin?
Sie war unvorsichtig gewesen, leichtsinnig, sie hatte die Regeln gebrochen und damit ihr Leben zerstört. Aber war es nicht schon längst zerstört? Wer konnte sehen, was im Land geschah und was noch geschehen würde, und dann noch hoffen?
Sie bereute es nicht. Sie hatte jemanden getröstet, der zum Sterben fortgegangen war. Vielleicht sah er nun einen Grund, weiterleben zu wollen.

Blutige Ehre

Wartenburg an der Elbe, 3. Oktober 1813

»Hier gehen wir über die Elbe!«, sagte General Blücher.
»Das heißt, uns zur Schlachtbank zu führen«, widersprach General Yorck gallig.
Sie standen im Morgennebel und blickten von dem Dorf Elster auf die wie ein U geformte Biegung des Flusses, die geradewegs zu einem Brückenschlag einzuladen schien.

Doch der Eindruck täuschte.

»Das Gelände ist extrem ungünstig, voller Wasser und Gräben. Die Brücke ist noch nicht fertig, und der Feind erwartet uns hinter sicheren Stellungen«, zählte Yorck seine Einwände auf. »Wir wissen nicht einmal, wie es hinter dem Damm dort aussieht und wie viel Mann da auf uns warten.«

»*Wir gehen hier über die Elbe!*«, beharrte Blücher stur, und damit war die Diskussion beendet. *Er* war der Oberbefehlshaber dieser Armee, sehr zu Yorcks Verdruss, und dieses wochenlange Warten und Ausweichen, die vielen sinnlosen Märsche der Truppen mussten endlich ein Ende haben. Deshalb wollte er unbedingt über die Elbe, die drei alliierten Armeen zusammenführen und Bonaparte in die Enge drängen. Dann konnte sich Bernadotte auch nicht mehr mit Ausreden herauswinden. Nein, der sollte jetzt gefälligst mit ihm über den Fluss!

Johann Ludwig von Yorck schwieg entgegen seiner kompromisslosen Art.

Er und Blücher waren wie Feuer und Eis, obwohl beide verdiente Generäle der gleichen Armee, Seite an Seite kämpfend beim Rückzug der Preußen auf Lübeck 1806, beide von Hass auf die Franzosen getrieben, die ihrem Land so arg mitgespielt hatten. Doch vom Wesen her könnten sie nicht unterschiedlicher sein.

Blücher war impulsiv, vorwärtsdrängend, leutselig und gleichermaßen beliebt bei seinen preußischen Soldaten wie bei den Kosaken unter seinem Kommando, weil er wie sie lebte, fluchte, spielte, trank und seine kauzigen Sprüche machte.

Yorck hingegen war die Inkarnation eiserner Disziplin. Ein Mann, der nie die Miene zu einem Lächeln verzog, um niemandes Sympathien warb und absolut unkäuflich war. Napoleon hatte es versucht, er hatte ihm auf dem Russlandfeldzug sogar den Marschallstab angeboten, um sich die Treue der Preußen zu sichern. Zu seinem grenzenlosen Erstaunen lehnte Yorck ab. Noch nie hatte jemand eine solche Ehre ausgeschlagen!

Aber so war Ludwig von Yorck. Schon am Anfang seiner Militärlaufbahn nahm er lieber mehrere Monate Festungshaft wegen Insubordination in Kauf, als den Diebstahl von Kirchenbesitz durch einen Vorgesetzten stillschweigend zu tolerieren.
Auf dem Russlandfeldzug führte er – inzwischen Generalleutnant – die einundzwanzigtausend Mann preußischer Truppen in den Kampf. Er tat dies zähneknirschend, denn wie viele seinesgleichen empfand er das preußisch-französische »Bündnis« als Schmach, nach dem Preußen diese Truppen zu stellen hatte. Als sein Korpsführer Marschall Macdonald auf Grund von Proviantmangel die Preußen – nur diese, nicht die Franzosen! – auf halbe Ration setzte, brachte sich Yorck mit seiner heftigen Intervention erneut bis kurz vors Kriegsgericht.
Er handelte eisern nach seiner Überzeugung und nichts sonst. Deshalb hatte er im Dezember auf eigene Faust und ohne Zustimmung des Königs in Tauroggen das Neutralitätsabkommen seines Korps mit Russland unterschrieben, um seinem Regenten die Soldaten zu erhalten. Dass ihn der König für diese Eigenmächtigkeit erneut vors Kriegsgericht stellen konnte und er dann nicht bloß mit einem Jahr Festungshaft davonkommen würde, war ihm vollkommen bewusst.
Stattdessen kam durch seine einsame und mutige Entscheidung eine Ereignisfolge in Gang, die das Schicksal Preußens und Deutschlands wenden sollte: der Einzug der Alliierten in Berlin, der Aufruf des preußischen Königs an sein Volk, das antinapoleonische Bündnis mit Russland, der Krieg gegen den scheinbar Unbesiegbaren.
Friedrich Wilhelm von Preußen stellte seinen eigensinnigen General nicht vors Kriegsgericht, aber unter Blüchers Kommando, obwohl beide denselben Rang besaßen. Für Yorck eine besonders demütigende Strafe.
Die letzte große Meinungsverschiedenheit zwischen ihm und dem »Marschall Vorwärts«, wie die Russen Blücher seit dem Sieg an der Katzbach nannten, lag erst wenige Wochen zurück,

und sie schienen dabei die Rollen vertauscht zu haben: Ausgerechnet der eiserne Yorck warf dem sich als Soldatenvater gebenden Blücher vor, die Männer unter seinem Kommando sinnlos zu opfern.
Das war unmittelbar vor dem Angriff an der Katzbach, einem schlesischen Seitenarm der Oder. Yorck forderte einen Ruhetag vor der Schlacht für seine vollkommen erschöpften Truppen. Blücher lehnte das rigoros und mit schroffen Worten ab.
Daraufhin beschuldigte Yorck Blücher im Beisein etlicher russischer Generäle, die Truppen mit sinnlosen Märschen zu schwächen und durch seine verfehlte Kriegsführung viel preußisches Blut unnütz geopfert zu haben.
Blücher blaffte zurück, der Unterschied zwischen ihnen beiden sei, *er* befehle und trage auch die Verantwortung dafür, und Yorck als sein *Untergebener* habe zu gehorchen.
Danach bat Yorck den König, von seiner Stellung entbunden zu werden. Friedrich Wilhelm von Preußen wies das Ersuchen zurück, und so hatte sich Yorck mit seiner demütigenden Lage abzufinden.
An der Katzbach führte er persönlich seine Infanterie in den Kampf und hatte entscheidenden Anteil am Sieg über Macdonald und seine Armee – ausgerechnet jenen Korpsführer, mit dem er in Russland über die Rationen seiner Männer gestritten hatte.
Und nun stand er hier im kalten Morgennebel und sollte sein Korps allein in den Angriff schicken, damit der Feind nicht merkte, dass er die gesamte Schlesische Armee vor sich hatte.
Ich habe noch nie eine so erbärmliche und schlecht durchdachte Schlachtdisposition vorgelegt bekommen wie diese, dachte Yorck, während er das Gelände noch einmal betrachtete, so weit die Sicht reichte. Wie viel Blut wird uns das kosten? Wir werden unter schweres Geschützfeuer geraten, und die Männer müssen in diesem Sumpfland nach dem Regen der letzten Tage wahrscheinlich bis zu den Knien durch den Morast waten.

Vor uns steht das Korps Bertrand in gut geschützten Stellungen, in dem Dorf südöstlich die württembergische Division Franquemont mit eintausendfünfhundert Mann und die italienische Division Fontanelli. Die Italiener ergeben sich vielleicht schnell; das tun sie meistens, weil sie den Krieg satthaben und nach Hause wollen.
Und die Württemberger ... Bitter, wenn wieder einmal wir Deutschen gegeneinander kämpfen müssen.
Wir brauchen eine Ablenkung, damit der Prinz von Mecklenburg-Strelitz mit möglichst geringen Verlusten übersetzen kann.
Er rief den frisch zum Oberst beförderten Brigadekommandeur Karl Friedrich von Steinmetz zu sich, einen Mann von außergewöhnlichem Mut trotz seiner kleinen Statur. Auf ihn und seine Männer konnte er sich unbedingt verlassen. Steinmetz war auch unter Gefechtsbedingungen reaktionsschnell, beherzt und kaltblütig.
»Sie haben mit Ihrer Brigade die Ehre, heute den ersten Angriff zu führen«, informierte er ihn. Der Brigadekommandeur salutierte, und sie wussten beide, das war nicht nur eine Ehre.

Der erste Angriff misslang.
Die Brücken waren immer noch nicht fertig, als Prinz Karl zu Mecklenburg-Strelitz morgens um fünf an der für den Übergang geplanten Stelle eintraf. So mussten seine Männer den Fluss mit Pontons überqueren. Doch sie waren kaum am Ufer eingetroffen, als sie durch den Nebel aus dem dichten Unterholz beschossen wurden. Das unmittelbar darauf einsetzende heftige Feuer von mehreren Seiten bewies, dass der Ort stärker besetzt war als vermutet.
Vom Dorf hinter dem Elbdamm war nichts zu sehen, aber das Gelände dahin war durch Wald, Morast und dichtes Buschwerk kaum zu durchdringen. Der Prinz bat Yorck um Verstärkung und beschloss nach Rat ortskundiger Bauern, den Ort

linksherum zu umgehen, wo er und seine Männer in das Feuer der Württemberger gerieten und sich erneut zurückziehen mussten.

Gegen neun Uhr morgens löste sich der Nebel auf. Die nun klare Sicht auf Sumpfgelände und dicht besetzte Obstwiesen zeigte, dass sie Wartenburg nicht frontal stürmen konnten.

Also änderte Yorck sein Vorgehen. Er ließ die französischen Batterien auf dem Damm durch preußische Artillerie beschießen, während der Prinz von Mecklenburg über das Dorf Bleddin vordringen sollte.

Doch für sein Täuschungsmanöver brauchte er zuverlässige Männer, die die Stellung in der Mitte hielten. Deshalb befahl er der Infanterie der Brigade Steinmetz, dorthin vorzurücken.

»Diese Linie muss gehalten werden!«, instruierte er ihren Kommandeur. »Der ganze Plan beruht darauf. Lassen Sie niemanden durch, halten Sie den Feind hier in der Mitte beschäftigt, während der Prinz und die Brigade Horn die feindlichen Stellungen von beiden Flanken umgehen.«

Brigadekommandeur von Steinmetz ließ seine Männer in Linie antreten und die Scharfschützen wie üblich in Zweiergruppen ausschwärmen.

»Treffen soll der Tirailleur, nicht knallen!«, foppte Philipp Trepte seinen ein Jahr jüngeren Bruder Julius. Ein beliebter Spruch unter den Plänklern, er stammte von Yorck persönlich.

»Guck doch richtig hin, den da links neben dem Geschütz, den hab ich erwischt!«, entrüstete sich der Bruder, während er sein Gewehr neu lud. Derweil zielte und schoss Philipp, Julius Deckung gebend. Der feindliche Kanonier, auf den er angelegt hatte, griff sich an die Brust und schlug zu Boden.

»Neunzehn!«, triumphierte Philipp. »Ich bin dir zwei voraus, Bruderherz.«

»Na warte, der Nächste gehört mir!«, konterte der Jüngere und wischte sich den Schweiß aus dem Nacken. Die meisten in der

Brigade hielten sie für Zwillinge und konnten sie kaum auseinanderhalten.

Die Scharfschützen der Brigade Steinmetz waren nun schon seit sieben Stunden vor ihren eigenen Linientruppen im Einsatz und versuchten, diesen etwas Luft zu verschaffen. Sie hielten zwar immer noch die Stellung frontal zu Wartenburg, waren aber unter Beschuss schwerer französischer Artillerie geraten. Die Schützenketten wurden zunehmend ausgedünnt und mussten immer wieder durch neue Männer verstärkt werden.

Mehrere Gewehrkugeln schlugen dicht vor dem Gebüsch ein, in dem die Brüder Trepte Deckung gesucht hatten.

»Wir wechseln nach links«, entschied Philipp. Nun schossen sie beide gleichzeitig, um die Gegner abzulenken, und rannten zu einer Baumgruppe zwanzig Schritte entfernt. Anfangs verbarg sie noch der Pulverdampf.

»Hast du mal nach hinten geschaut, zu unseren Männern?«, fragte Julius, als sie atemlos wieder halbwegs in Deckung waren.

»Keine Zeit!«, brummte Philipp. »Schwatz nicht, lade!«

Als er seine Kartusche abgebissen hatte und Pulver und Kugel mit dem Ladestock in den Lauf stieß, sagte er: »Nehmen wir uns die Leute am zweiten Geschütz vor. Ich den mit der Lunte, du den, der das Rohr auskratzt.«

Sie wechselten sich ab: Einer schoss, während der andere lud.

Doch zwischendrin sagte Julius: »Schau nur mal kurz nach hinten. Dichte Linien, doch die Hälfte der Leute, die da gegen Baumstämme lehnen, ist tot. Vorhin hat es den Karl erwischt, ich hab es genau gesehen, den Rudi, den Heiner, den Willi ... Und der, der drüben liegt, rechts von uns ... ich glaube, das ist der Fritz.«

»Wenn du nicht gleich diesen Mann niederstreckst, der die Kartätsche in den Lauf stecken will, werden es noch mehr!«, fuhr Philipp ihn an. »Wirst du denn nie erwachsen? Und so was will der beste Schütze der Brigade sein!«

Julius schwieg, zielte und traf sein Ziel. Mann und Kartätsche fielen zu Boden.

Sofort lud er neu, doch während er die Ladung in den Lauf stopfte, sagte er: »Ich bin gespannt, wer von uns Tirailleuren heute Abend noch zum Appell antritt. Mindestens fünf von uns hab ich schon fallen sehen. Die sollen sich mal beeilen, der Prinz und die von Horns Brigade, damit sie endlich über diesen gottverdammten Damm kommen und dort ein bisschen aufräumen. Erst lassen sie uns noch halb in der Nacht durch den Schlamm waten, dann spielen wir hier schon den ganzen Tag Verstecken. Mir knurrt vielleicht der Magen!«

Da sie seit mehr als sieben Stunden die Stellung im Zentrum halten mussten, bekamen die Brüder nichts von dem mit, was außerhalb ihrer Sichtweite geschah. So konnten sie nicht wissen, dass sich General Horn soeben mit Yorck verständigt hatte, zum Sturmangriff überzugehen. Zusammen mit der Schlesischen Landwehr, die sich knietief durch den Morast kämpfte, überrannten sie die feindlichen Stellungen, die Kavallerie sprengte die württembergischen Karrees.

Kurz nach drei am Nachmittag war Wartenburg erobert; so lange hatte die Brigade Steinmetz die Linie unter blutigen Opfern gehalten.

Die Tirailleure wurden zurückgerufen, damit die ganze Brigade – oder das, was von ihr noch übrig war – ins Dorf einrücken sollte, als das Unglück geschah.

Philipp sah die Kugel noch auf sich zukommen, unwirklich langsam, er riss seinen Bruder zu Boden, aber der wollte oder konnte sein Gewehr nicht loslassen, und so zerschmetterte ihm das Geschoss Waffe und Arm.

»Julius!«, schrie Philipp, ohne seinen eigenen Schrei zu hören, er war fast taub für den Moment.

Er sah das schmerzverzerrte Gesicht seines Bruders, einen Knochen, der sich spitz durch das Fleisch gebohrt hatte, das Blut, das aus der Wunde spritzte.

»Mach dir nichts daraus, Kleiner, ich krieg dich schon durch!«, ächzte er. »Das vorhin hab ich nicht so gemeint, ehrlich. Aber du hast Glück, das war eine matte Kugel. Der Arm ist noch dran, sonst hätte es mich gleich mit weggepustet.«
Plötzlich waren sie zwei allein, nur von Toten und Sterbenden umgeben, denn alle anderen stürmten Richtung Damm. Aber Philipp konnte selbst kaum noch gehen, ihm war speiübel. Die Druckwelle der Kanonenkugel hatte seine inneren Organe angegriffen.
Das Feldlazarett konnte nur rechts von ihm sein, also versuchte er, den inzwischen bewusstlosen Julius in diese Richtung zu zerren. Doch nach drei, vier Schritten sank er ebenfalls bewusstlos über seinem Bruder zusammen.

»Neunhundert Tote und Verwundete in meiner Brigade«, meldete Karl Friedrich von Steinmetz seinem Korpschef, nachdem das Dorf eingenommen, der Feind vertrieben oder gefangen genommen war.
Yorck warf einen eisigen Seitenblick auf den freudestrahlenden Blücher, der zehn Schritte weiter mit einigen der Kosakenführer sprach und dabei heftig gestikulierte, und fuhr seinen Brigadeführer an: »Sie hätten Ihre Leute mehr schonen sollen! Sie hätten die Linieninfanterie gegen Mittag ein Stück zurücksetzen sollen!«
Steinmetz verzog keine Miene angesichts des Rüffels. Es war ihm beileibe nicht gleichgültig, so viele Leute verloren zu haben. Aber sein Befehl lautete eindeutig: Linie halten!
Er salutierte und bat um die Erlaubnis, sich zu entfernen, damit er sich um seine Männer kümmern konnte. Doch Yorck hielt ihn zurück.
»In meinem Bericht an den König wird stehen, das Sie auf dem schwersten Posten Außerordentliches geleistet und unseren Sieg erst möglich gemacht haben«, sagte er – immer noch mürrisch, aber für seine Verhältnisse sehr versöhnlich.

Der Brigadekommandeur bedankte sich.
»Ihre Männer sollen kochen und die Toten begraben«, knurrte Yorck. »Begleiten Sie mich zur Bruchwiese? Ich will die Verwundeten besuchen.«

Nach jeder Schlacht der gleiche traurige Anblick: Hunderte Männer, die von Trainsoldaten oder ihren Kameraden in das Behelfslazarett am oder auf dem Schlachtfeld getragen wurden, die meisten blutüberströmt, vor Schmerz stöhnend oder schreiend, mit zerschmetterten Gliedmaßen und jeder nur denkbaren Art von Verstümmelung. Ein paar Feldchirurgen, nicht selten im zivilen Leben Fleischer oder Barbiere, die zerfetzte Arme oder Beine amputierten, ein paar Freiwillige, die den Verwundeten Wasser brachten oder ihnen die Kleider aufschnitten, damit die Ärzte die Wunden begutachten konnten.
»Schau hin, da kommt unser Kommandeur zusammen mit General Yorck!«, raunte Philipp seinem Bruder zu.
Er hatte keine Ahnung, wie sie beide ins Lazarett gelangt waren. Irgendwer musste sie hierhergetragen haben und war so mitfühlend gewesen, sie nebeneinander auf den Erdboden zu legen.
Als Julius nicht antwortete, richtete sich Philipp unter Schmerzen auf und rüttelte ihn vorsichtig. Noch hatte kein Chirurg nach ihm gesehen, die waren alle schwer beschäftigt. Und so machte sich Philipp große Sorgen um seinen Bruder und darum, ob Julius den rechten Arm behalten würde.
»Reiß dich mal ein bisschen zusammen, der General kommt!«, flüsterte er. Vielleicht sagte er es auch laut, aber er war immer noch halb taub.
Als Julius sich nicht rührte, wurde ihm angst und bange.
»He, Kleiner, das kannst du nicht machen! Hör auf mit diesen dummen Späßen. Komm, blinzle wenigstens ein bisschen! Du kannst jetzt noch nicht gehen. Du hast den Eltern nicht geschrieben. Und deiner Claire auch nicht ... Wenn ich das Max erzähle, kriegst du richtig Ärger mit unserem großen Bruder!«

Er merkte nicht, dass ihm Tränen über die Wangen liefen. Doch er sah das winzige Zucken in Julius' Gesicht.
Da lächelte er schniefend. »Wusste ich es doch, dass du mich bloß reinlegen wolltest ...«
Yorck hatte die Szene aus einiger Entfernung betrachtet und trat näher.
»Sind das Brüder?«, fragte er den Brigadekommandeur.
»Ja, und zwei meiner besten Scharfschützen«, bestätigte von Steinmetz.
Philipp wollte sich vor den Vorgesetzten erheben und ordnungsgemäß grüßen, aber sein Körper versagte ihm den Dienst, die Beine sackten ihm einfach weg.
»Bleiben Sie lieber liegen, Trepte, und lassen Sie sich gründlich untersuchen«, riet sein Brigadeführer. »Sieht aus, als hätte die Druckwelle Sie ganz schön durcheinandergewirbelt.«
»Sind Sie beide die einzigen Söhne der Familie?«, erkundigte sich Ludwig von Yorck.
»Nein, Herr General. Unser ältester Bruder, Maximilian Trepte, ist Premierleutnant im 2. Preußischen Garderegiment zu Fuß«, meldete Philipp.
Yorck nickte, lobte beide für ihre Tapferkeit und wünschte ihnen gute Genesung. Dann ging er zu den nächsten Verwundeten.
Heute Abend sollte im Wartenburger Schloss die Siegesfeier veranstaltet werden. Aber dorthin zog es ihn nicht übermäßig.
Bei der Feier hielt Blücher zu später Stunde eine bewegende Gedenkrede auf den toten Scharnhorst, ohne dessen Wirken sie heute alle nicht an diesem Ort wären.
Yorck fragte sich einen Augenblick lang, ob Blücher auch das tat, um ihn zu provozieren, denn er selbst war ein scharfer Gegner der Reformen Scharnhorsts. Aber so viel Berechnung war nicht typisch für den alten General. Wahrscheinlich redete er einfach mal wieder drauflos, wie es ihm gerade durch den Kopf ging.

Julius Trepte wurde noch in der Nacht der rechte Arm amputiert. Philipp blieb an seiner Seite, obwohl er sich selbst kaum auf den Beinen halten konnte, und klemmte ihm einen Stock zwischen die Zähne, bevor der Chirurg zu Werke ging.

Julius erwachte erst wieder aus der gnädigen Bewusstlosigkeit, als er am nächsten Tag zusammen mit den anderen Verwundeten auf einen der Lazarettkarren gelegt wurde. Die Armee zog weiter, obwohl es erneut in Strömen goss. Philipp war von seinem Vorgesetzten mit Verweis auf die Kontusionsverletzung vorübergehend dem Train zugeteilt worden, damit er bei seinem Bruder bleiben konnte. So saß er auf der hinteren Kante des Wagens, ließ die Beine herabbaumeln und redete ununterbrochen auf Julius ein, der immer mehr Farbe verlor. Auf dem Schoß hielt er eine Handvoll Pflaumen, die ihm seine Kameraden in den nahen Obsthainen gepflückt hatten, und bot Julius immer wieder davon an. Doch der wollte nichts essen.

»Du hast heute Vormittag wirklich etwas verpasst, Kleiner! Das kriegt man nicht alle Tage zu sehen. Die haben uns gestern mächtig gerupft, die Franzosen und die Württemberger. War übel. Die Italiener sind weggerannt, so schnell sie nur konnten, aber Morand wollte seine Artillerie unbedingt noch einmal auf einem Hügel in Stellung bringen. Als unsere Brigade endlich ins Dorf kam, ging gerade alles drunter und drüber. Aber Steinmetz sammelte die Truppen, und schon stürmten unsere Leute von allen Seiten auf den Feind ein.

Gab ein schönes Bild. Blücher und seine Russen hatten gar nichts mehr zu tun. Die Schlesische Landwehr hat sich wacker geschlagen – und die wollte Yorck letztes Mal gar nicht anschauen, so kläglich hatten die versagt. Heute soll er sie sehr gelobt haben, erzählte mir jemand. Stell dir vor: Das 2. Bataillon des Leibregiments hat fast die Hälfte der Leute verloren. Als die Überreste heute Morgen zur Parade vorbeimarschierten, zog Yorck seine Mütze! Mit dem ganzen Stab saß er da barhäuptig zu Pferde, bis alle an ihm vorbei waren, obwohl es da auch schon goss wie aus Kannen ...«

Julius rang sich mühsam ein Lächeln ab. »Das hätte ich gern gesehen«, flüsterte er.

»Beim nächsten Mal!«, versprach ihm Philipp mit gespielter Zuversicht.

Jetzt begann sein Bruder, vor Kälte mit den Zähnen zu klappern.

»Ist aber auch ein Scheißwetter!«, beschwerte sich Philipp, warf den letzten Pflaumenkern fort, schälte sich aus seinem Mantel und legte ihn über Julius. »Besser so?«

Die Lippen seines Bruders bewegten sich, aber er konnte die Worte nicht verstehen. Also beugte er sich näher zu ihm.

»Claire«, flüsterte der Sterbende. »Kümmere dich um sie, ja? Ich weiß, du magst sie ...«

»Verteil hier nicht dein Erbe und deine Liebschaften!«, protestierte Philipp verzweifelt. Es könnten auch Regentropfen gewesen sein, die über sein Gesicht rannen. »Wage es ja nicht, jetzt abzukratzen! Sonst kriegst nicht nur du Ärger mit Max, sondern ich auch ... Du kannst mich doch jetzt nicht allein lassen! Was soll ich denn denen zu Hause sagen?«

Aber das hörte Julius Trepte schon nicht mehr.

Sühne

Freiberg, 6. Oktober 1813

Am dritten Tag nach Jettes Zusammenbruch kam Johanna in die Bibliothek und sagte mit merkwürdiger Miene sowie ein wenig ratlos: »Jette, Liebes, da unten in der Buchhandlung, da ist dieser nette junge Mann, dieser Student mit der verletzten Hand. Er hat von dem Zwischenfall im Lazarett gehört und erkundigt sich, wie es dir geht. Er scheint sich wirklich

Sorgen zu machen und weigert sich, den Laden zu verlassen, ohne eine Nachricht über dein Befinden zu erhalten.«

Sie räusperte sich und druckste herum. »Vielleicht fühlst du dich ja erholt genug, hinunterzugehen und kurz mit ihm zu sprechen. Ich kann ihn natürlich nicht hier mit dir allein lassen, das gehört sich nicht. Aber im Laden … das ist ja sozusagen ganz öffentlich.«

Henriette staunte. Wenn Felix die Tante dazu gebracht hatte, das zu erlauben, dann musste er Eindruck hinterlassen haben. Obwohl er noch Student war, außerdem verkrüppelt, Johanna von seinem Einsatz bei den preußischen Freiwilligenkorps nichts wusste und sicher in erster Linie nach einem gutverdienenden Mann Ausschau halten würde, der einmal um die Hand ihrer Nichte anhielt. Weiß die Tante etwa, dass mein Wert auf dem Brautmarkt beschädigt ist und wir über jeden Kandidaten froh sein müssen?, dachte Jette sarkastisch.

Doch sie tat Johanna unrecht. Natürlich hatte diese ständig im Kopf, eine gute Partie für die Nichte zu finden, was leider im Krieg doppelt so schwer war wie in Friedenszeiten. Aber jetzt wollte sie die in Schwermut versinkende Henriette aufmuntern und wenigstens für ein paar Minuten aus dem Bett holen.

Nach drei Tagen wurde das Zeit, auch wenn der Arzt ihr Schonung verordnet hatte! Jette war normalerweise viel zu ruhelos, um so lange im Bett zu bleiben. Deshalb bereitete ihr dumpfes Brüten der Tante ernsthaft Sorgen. Was sie keineswegs daran hinderte zu überlegen, dass der junge und ansehnliche Stadtarzt Dr. Meuder wirklich eine gute Partie für ihre Nichte wäre. Sehr zu Johannas Bedauern war er schon verheiratet. Der Mineraloge Breithaupt, der auf dem Ball einmal mit Jette getanzt hatte, ließ sich seitdem nicht wieder blicken, und der junge von Trebra – es kam ja durchaus vor, dass Adlige aus Liebe eine Bürgerliche heirateten! – studierte nun in Leipzig.

Aber vielleicht ließ sich Jette für den Moment von diesem netten Bergstudenten etwas ablenken.

»Sag ihm, wenn er noch ein paar Minuten warten kann, komme ich gleich«, antwortete Jette zur großen Erleichterung der Tante. Sie wusch sich das Gesicht, zog das fliederfarbene Kleid an, kämmte sich das Haar und drehte es wie immer zum Knoten.

»Sie sehen traurig aus«, waren die ersten Worte, die ihr einfielen, als sie Felix erblickte.
»Ich war in Sorge um Sie. Wie geht es Ihnen?«
»Besser«, antwortete sie mit müdem Lächeln. »Was macht die Hand?«
Sie war nun nicht mehr verbunden, der Schorf abgeheilt, aber die Narben leuchteten feuerrot.
»Nicht mehr schlimm. Ich habe viel geübt, um damit zurechtzukommen.«
Er wirkte plötzlich wieder so schüchtern wie früher. »Ich hätte gern Blumen mitgebracht, um Ihnen eine Freude zu bereiten. Aber derzeit sind keine aufzutreiben. Also dachte ich …«
Nun zog er ein kleines, rundes Päckchen aus seiner Westentasche, das mit Papier umwickelt war, und legte es vor sie auf den Ladentisch.
Nach seinem auffordernden Blick wickelte sie es aus und staunte. Es war eine Geode, ein von außen unscheinbarer Stein, in der Mitte auseinandergeschnitten und mit wunderschönen Amethysten in dem Hohlraum im Inneren.
»Ich dachte, er passt zu Ihnen und zu Ihrem Kleid«, sagte er.
»Er ist wunderschön. Ich danke Ihnen von ganzem Herzen.«
Nach einer verlegenen Pause fragte sie: »Haben Sie etwas von Richard gehört?«
Schlagartig wirkte Felix noch bedrückter.
»Bitte lügen Sie nicht, um mich zu schonen! Ich muss es wissen.«
»Ich weiß nicht, ob Sie stark genug für diese Nachricht sind.«
»Bitte!«
»Gestern erhielt ich einen Brief von Julian Reil, einem unserer Lützower Kameraden. Richard ist gefallen.« Felix schluckte,

seine Stimme zitterte ein wenig, doch dann sprach er hastig weiter.

»Vor drei Wochen bei einem Gefecht an der Göhrde südöstlich von Lüneburg. Vielleicht haben Sie davon gehört. Unter General Wallmoden kämpften viele Feinde Napoleons Seite an Seite: die Lützower, die Hanseatische Legion, die Russisch-Deutsche Legion, Preußen, Russen, Mecklenburger, Hannoveraner, Schweden, sogar die berühmte King's German Legion, das sind hauptsächlich Braunschweiger und Lüneburger in Diensten des englischen Königs …«

Er redete und redete, weil er unbedingt vermeiden wollte, dass Jette etwas sagte. Doch sie fiel ihm einfach ins Wort.

»Ich bin schuld daran. Ich habe ihn dorthin getrieben.«

Felix nahm ihre Hände und hinderte sie daran, sie sich vors Gesicht zu schlagen.

»Nein!«, widersprach er entschieden und zwang sie, ihn anzusehen. »Es war sein freier Wille. Und er hat sich ganz sicher auch schon vor Ihren Worten dafür geschämt, einfach abgehauen zu sein. Dabei nehme ich ihm das nicht einmal übel! Ich hatte ihm doch selbst zugerufen, er soll fliehen. Es ging damals um Leben und Tod, und jeder, der entkommen konnte, war ein überlebender Lützower. Es waren andere Leute da, die mir halfen. Julian, ein Leipziger Arzt und Ludwig, Hermann und Greta.«

Seine Worte erreichten Jette nicht.

»Wissen Sie noch, wie Richard einmal Ludwig Jahn zitierte, der meint, auch Mädchen sollten lernen, wie man ein leichtes Gewehr abschießt? Ich musste das nicht lernen – ich habe ihn mit einem einzigen Satz getötet!«, sagte sie, während ihr Tränen über die Wangen liefen.

»Die Kugel, die ihn traf, kam aus einem französischen Gewehr«, widersprach Felix fest. »Er wollte doch so gern ein Held sein. Sein Leben für Preußen und für das deutsche Vaterland geben.«

»Und? Macht es uns auch nur ein Stückchen freier, dass er nun tot ist?«, platzte sie heraus.

»Ja! Durch den Sieg von General Wallmoden und seinen Truppen ist die Verbindung zwischen Davouts Hauptquartier in Hamburg und Napoleons Hauptarmee in Sachsen unterbrochen. So kommt kein Nachschub mehr von Frankreich über Magdeburg hierher durch. Das ändert die Situation grundlegend. Es verbessert unsere Chancen für die Entscheidungsschlacht ganz erheblich.«

Eine halbe Million Menschen, dachte Jette wieder. Eine halbe Million Gewehre, eine halbe Million Bajonette.

Einen Moment lang schwiegen sie beide.

»Es gab starke Verluste in diesem Kampf«, fuhr Felix schließlich leise fort. »Auch einige, die ich kannte, gute Männer. Der Major von Lützow und mein Eskadronführer von Bornstaedt sind verwundet. Erst die Hannoversche Brigade unter dem englischen General Halkett schaffte es, das Blatt zu unseren Gunsten zu wenden. Reil schreibt, unter den Schwerverletzten war auch jemand, den wir alle als Jäger Renz kannten. Wie sich dann herausstellte, war es ein Mädchen. Eleonore Prochaska aus Potsdam. Ich weiß nicht, wie wir so blind sein konnten, nicht zu erkennen, dass August Renz in Wirklichkeit ein Mädchen war. Jetzt ist sie vermutlich tot.«

Erneut legte sich Stille wie ein bleiernes Tuch über den Raum.

»Glauben Sie auch, dass es schon bald eine gewaltige Schlacht geben wird? Mit einer halben Million Menschen auf einem Feld?«, fragte Henriette dann.

»Ja«, antwortete Felix, ohne zu zögern.

»Hier in und um Freiberg?«

»Nein. So viele Menschen, Pferde und Geschütze brauchen Platz. Alles deutet auf die große Ebene um Leipzig hin. Auch die Truppenbewegungen. Langsam zieht sich der Ring um Napoleons Armee zusammen. Die Wege nach Norden, Süden und Osten sind ihm versperrt. Er kann die Elblinie nicht mehr halten und mit seinen Truppen nur noch Richtung Westen ausweichen.«

Felix sah Jette in die Augen und sagte: »Mein Entschluss steht fest. Ich melde mich wieder zu den Truppen. Ich will mit dabei sein, wenn es zu Ende gebracht wird. Mein früherer Kommandeur nimmt mich bestimmt wieder auf, trotz der Verletzung. Ich muss nur sehen, wie ich ohne Reisepass durch die Linien komme.«

»Dabei kann ich Ihnen vielleicht helfen«, sagte Jette nach einigem Zögern und dachte an den Geleitbrief des Majors. »Ich ... es kann sein, dass ich auch bald fortmuss. Nur sagen Sie es bitte niemandem!«

»Aber weshalb? Wohin wollen Sie gehen?«, fragte Felix bestürzt.

»Wohin? Ich weiß es nicht«, antwortete sie und hätte sagen müssen: dorthin, wo alles enden wird. »Aber ich *muss* gehen. Ich habe zu viel Schuld auf mich geladen.«

»Niemand kommt durch diese Zeiten, ohne auf diese oder jene Weise Schuld auf sich zu laden«, widersprach Felix und dachte dabei an das Massaker unter den Pferden bei Zwickau. »Sie sind ein guter Mensch.«

Du hast ja keine Ahnung!, dachte sie. Ich habe getötet, einmal, jetzt vielleicht sogar zweimal. Und in meinem Leib wächst ein in Sünde gezeugtes Kind heran. Gezeugt mit einem Feind. Was würdest du wohl sagen oder Richard, wenn ihr wüsstet, dass ich einen Feind in mein Bett gelassen habe? Einen von denen, gegen die ihr und Maximilian gekämpft und euer Blut gegeben habt?

»Sie sind ein guter Mensch«, beharrte Felix. »So wie dieser Stein ... von außen unscheinbar, doch im Inneren funkelnd vor Schönheit.«

Jetzt wurde er verlegen wie früher und schob sich mit der verstümmelten Hand die Brille zurecht. »Verzeihen Sie! Sie sind natürlich nicht unscheinbar, sondern sehr hübsch. Sie sind nur nicht eitel, Sie putzen sich nicht heraus, und das brauchen Sie auch nicht. Jeder, der Sie nur ein wenig kennt, sieht, dass Sie ein gutes Herz haben. Ich würde auf der Stelle um Ihre Hand anhalten, wäre ich nicht verkrüppelt und könnte ich eine Familie ernähren.«

Er hielt einen Moment inne und räusperte sich, um weitersprechen zu können. »Aber Sie haben einen Besseren verdient. Keinen Krüppel ohne Position und Einkommen. Dieser Mann wartet sicher irgendwo schon auf Sie, auch wenn Sie ihn noch nicht kennen.«

»Sie wissen nicht, was ich getan habe!«, wehrte sie brüsk ab. »Ich muss fort. Sie sagen, die große Schlacht wird bei Leipzig ausgetragen? Dann muss ich nach Leipzig.«

»Allein und ohne Geld?« Entsetzt riss er die Augen auf und starrte sie durch die Brillengläser an.

»Ich kann meine Schuld nur sühnen, indem ich dorthin gehe, wo Hilfe am dringendsten gebraucht wird. Und der Ort der Apokalypse wird nach Ihren Worten Leipzig sein. Sehen Sie mich an und sagen Sie mir, dass dies nicht das Ende aller Tage ist!«

Felix hätte jetzt antworten sollen, es werde der Ort des Sieges sein, der Anbeginn neuer Zeiten.

Sosehr er sich auch in den letzten Wochen verändert hatte, obwohl er sich nun erneut freiwillig den Truppen anschließen würde, so überzeugt war er davon, dass diese eine große Schlacht unvermeidlich war, um den Usurpator zu besiegen und das Land zu befreien.

Dennoch, er würde nie vergessen, welche Greuel der Krieg mit sich brachte. Und eine Schlacht mit einer halben Million Menschen und hunderttausend Pferden würde für sehr viele Menschen das Ende aller Tage sein. Vielleicht auch für ihn.

Sein Leben war ihm nicht mehr viel wert. Wenn er es für die Freiheit des Vaterlandes gab, erfüllte es wenigstens noch einen Sinn.

Als Felix nicht gleich antwortete, drängte Henriette: »Helfen Sie mir, dorthin zu gelangen, und ich bringe Sie durch die französischen Linien! Aber Sie müssen schwören, niemandem hier ein Wort davon zu sagen.«

Felix schwieg. Er erforschte ihr Gesicht und las darin, dass er ihr das gefährliche Unterfangen nicht ausreden konnte.

»Ich brauche ein paar Tage Zeit zur Vorbereitung. Sie müssen erst wieder richtig bei Kräften sein, und ich muss ein Quartier für Sie besorgen.« Dabei dachte er an Ludwig, Greta und Hermann. Er würde ihnen heute noch schreiben.

»Die Lazarette werden froh über jeden Helfer sein und sicher einen Schlafplatz finden«, wehrte sie ab. Doch Felix beharrte auf diesem Punkt. Er würde all seine Habe verkaufen, damit sie zu barem Geld kamen. Richard hatte ihm vierzig Taler hinterlassen, die konnte er unter diesen Umständen ohne schlechtes Gewissen annehmen.

Von seinen eigenen Dingen, Lehrbücher und Instrumente, brauchte er nichts mehr. Henriette hatte recht. Dies war das Ende aller Tage.

Und Jette dachte: Wer weiß schon, ob die Welt nicht längst untergegangen ist, bevor das Kind geboren wird. Wie sollte ein Kind auch überleben können angesichts dessen, was uns bevorsteht?

Die Entscheidung

Schloss Düben, 13. Oktober 1813

Eine dicke Fliege schwirrte durch den Kartographieraum, die sich irgendwie in die kalte Jahreszeit gerettet hatte. Und jeder der zahlreichen Männer in diesem Raum hätte das Insekt liebend gern erschlagen, zerquetscht, mit dem Degen zerteilt, mit der Pistole erschossen oder mit dem Zirkel vom

Kartentisch aufgespießt, denn sein anhaltend lästiges Brummen war das einzige Geräusch im ansonsten gespenstisch stillen Zimmer.

Doch die Fliege blieb unbehelligt, da sich niemand zu rühren wagte, weil auch der Kaiser sich nicht bewegte. Wie es ihnen vorkam, seit Stunden! Zumindest seit einer halben Stunde.

Und das war es, was die Anwesenden – seinen Geographen d'Albe, die an den Ecktischen bereitsitzenden Stenographen und Schreiber, seine Adjutanten und auch den Major von Odeleben – so beunruhigte.

Napoleons Hauptquartier befand sich nun schon den dritten Tag in Düben, am Rande einer Heide, wo noch letzte Woche der alte Blücher gehockt hatte. Zunächst ordnete der Kaiser auch diverse Truppenbewegungen an.

Doch jetzt saß er – und das hatten sie von dem Rast- und Ruhelosen noch nie erlebt – untätig auf dem Sofa vor dem Tisch, starrte auf ein leeres Blatt Papier und rührte sich nicht.

Wo bleibt Blücher?, fragte sich Bonaparte seit Tagen, dessen Gedanken im Widerspruch zu seiner körperlichen Reglosigkeit höchst schnell und lebendig durch den Kopf tosten. Wo steckte dieser gottverdammte Preuße überhaupt?

Seit drei Tagen erwartete er ihn in der Dübener Heidelandschaft zur Entscheidungsschlacht, aber der Fuchs kam schon wieder nicht aus seinem Bau, nachdem er die Elbe überquert hatte. Statt sich ihm zu stellen, war er Richtung Saale abmarschiert. Und inzwischen wussten sie nicht einmal, wo Blüchers Armee stand – bei Dessau oder Halle? Auch über die aktuelle Position der Nordarmee gab es keine zuverlässigen Nachrichten. Gerüchteweise sollte sie schon Richtung Mulde marschieren.

Die schlechten Neuigkeiten schienen in letzter Zeit sein ständiger Begleiter zu sein. Das Scheitern Oudinots und dann auch Neys vor Berlin, die Frechheit, dass dieser Russe Tschernitschew seinen Bruder Jérôme, den König von Westphalen, aus

Kassel vertrieben hatte ... Nicht zu vergessen die Frechheit, dass Jérôme feige geflohen war!!!
Blüchers Vormarsch und die heranrückende böhmische Armee hatten ihn, Bonaparte, vor einer Woche gezwungen, Dresden zu verlassen – mitsamt der königlichen Familie, die angewiesen war, in aller Heimlichkeit, in aller Herrgottsfrühe und mit nur wenig Gepäck aufzubrechen, damit die Abwesenheit des Königs keine Unruhen in der Stadt hervorrief. Verheimlichen ließ es sich am Ende doch nicht.
Gouvion Saint Cyr blieb in Dresden mit dreißigtausend Mann Besatzung zurück, Narbonne hielt die voll bemannte Festung Torgau, und auch Wittenberg war stark besetzt.
Seitdem zog der Kaiser mit seinen übrigen Truppen durch Sachsen und suchte nach einem Punkt, von dem aus er noch einmal die Geschicke an sich reißen konnte. Die Befehlshaber hatte er angewiesen, in den aufgegebenen sächsischen Gebieten so viel Zerstörung wie möglich anzurichten: Brücken niederzubrennen, Obsthaine abzuholzen; ein Teil der Burg Stolpen war schon Ende September gesprengt worden ...
Doch er hatte es nicht geschafft, die Vereinigung der drei verbündeten Armeen zu verhindern. Das war schlecht. Sollte er die Elblinie aufgeben und sich nach Magdeburg zurückziehen? Seine Truppen ließen sich auch mit Ansprachen und Ordensverleihungen kaum noch motivieren. Und er hockte hier und wartete, dass irgendeiner seiner Stabsoffiziere endlich zuverlässige Nachricht brachte, wo die feindlichen Armeen standen und weshalb sie seiner demonstrativen Einladung zur Schlacht nicht Folge leisteten.
Stattdessen waren nach wie vor ihre Streifkorps unterwegs, um die rückwärtigen Verbindungen zu stören.
Immer wieder die bekannten, verhassten Namen!
Um Thielmann den Garaus zu machen, hatte er ihm jetzt das Korps Augereau auf den Hals gehetzt, fast zehntausend kampferfahrene Männer, direkt aus Spanien zurückbeordert: sonnen-

gebräunt, kriegsgestählt. Augereaus Dragoner gehörten zur Elite der französischen Kavallerie. Wer sie sah, dem verging der Spott über schlechte französische Reiterei. Denen konnte der Verhasste nicht standhalten, er musste sich unter erheblichen Verlusten nach Zeitz zurückziehen.

Aber heute – die Meldung war gerade eingetroffen – hatte dieser Colomb mit seiner lächerlich kleinen Schar bei Schleusingen die Depottruppen der sächsischen Kavallerie überwältigt! Offiziere und Mannschaften durften gehen, Pferde und Waffen wurden unfreiwillige Geschenke an die Preußen.

Was war überhaupt noch von der sächsischen Armee nach diesem Desaster und dem Übergang eines ganzen Bataillons übrig? Ganz zu schweigen von den zwei- oder dreitausend Sachsen, die vor Berlin starben oder verwundet wurden. Zum Glück hatte er deren beste Einheiten, die Kürassiere und das Leibgrenadierregiment, unter sein persönliches Kommando gestellt. Aber die Kürassierregimenter waren inzwischen schon wieder um die Hälfte zusammengeschmolzen!

Und die Bayern wechselten vor ein paar Tagen zu den Alliierten über.

Dann kam gestern noch die wirklich beunruhigende Nachricht seines Schwagers Murat, des Königs von Neapel, dass dieser sich angesichts der nahenden gegnerischen Hauptarmee bis auf eine Meile vor Leipzig zurückziehen musste. Wenn Murat auch seine Schwächen hatte – seine Eitelkeiten, seine Verschwendungssucht, seine Launenhaftigkeit –, er zählte zu den mutigsten seiner Männer, und wenn *er* sich zurückzog, musste die Lage wirklich ernst sein.

Sofort hatte er einen Kurier mit der Anfrage losgeschickt, ob der Schwager die Stellung vor Leipzig noch bis morgen halten konnte, mit Unterstützung von General Lauriston und Fürst Poniatowski. Nun wartete er auf Antwort.

Reglos, scheinbar unendlich gelangweilt. Doch seine Gedanken kreisten um immer wieder die gleichen Fragen, weshalb er als Einziger im Raum das Brummen der Fliege nicht wahrnahm.

Die Sekretäre und Stabsoffiziere atmeten auf, als endlich Oberst Gourgaud erschien und die Antwort Murats brachte.
Bonaparte öffnete den Brief hastig und überflog die Zusicherung seines Schwagers, die Stellung südlich von Leipzig auf der Linie von Markkleeberg–Wachau–Liebertwolkwitz bis morgen halten zu können.
Bis morgen. Für einen Tag.
Damit war die Entscheidung gefallen.
Die Alliierten forderten ihn zur Entscheidungsschlacht heraus. Also sollten sie die in Leipzig haben! Er würde der Welt beweisen, dass er immer noch siegen konnte, wenn er nur die Leitung der Schlacht persönlich in die Hände nahm.
An den Niederlagen der letzten Wochen trugen andere die Schuld: Ney, Oudinot, Vandamme, Macdonald. Aber die Schlacht, die *er* selbst befehligt hatte, die um Dresden, endete mit einem überragenden Sieg.
Er wusste, dass alle im Raum auf ihn starrten und auf seine ersten Worte warteten. Einen Moment lang genoss der Kaiser die angespannten, fragenden Blicke der Anwesenden.
Dann stemmte er sich hoch, lief ein paar Schritte auf und ab, die Hände auf dem Rücken verschränkt, und verkündete: »Es ergeht Befehl an alle Korps an Elbe und Mulde, sich bei Leipzig zu sammeln!«
Erleichtert atmeten seine Stabsoffiziere auf.
Die verstörende Untätigkeit des Imperators war behoben.
Die ganze Nacht lang entwarf und diktierte Napoleon die Dispositionen und Marschstrecken für jedes einzelne Korps. Am Morgen des nächsten Tages, des 14. Oktober 1813, verließ er Düben Richtung Leipzig. Gegen Mittag würde er dort eintreffen.
Die große, entscheidende Schlacht konnte beginnen.

Der Abmarsch des Kaisers aus Düben bedeutete auch die sofortige Abreise des sächsischen Königs nach Leipzig.
Der erst vor wenigen Tagen zum Major und Kommandeur des 1. Leibgrenadierbataillons ernannte Friedrich von Dreßler und Scharffenstein erhielt als Anführer der königlichen Leibgarde die entsprechende Order.
Auch wenn er das aus Respekt vor seinem Regenten nie aussprechen würde: Es empörte ihn, auf welche Art sein Landesherr vom Kaiser durch die Gegend gescheucht wurde.
Seit einer Woche schon, seit Napoleon Dresden überstürzt verlassen hatte, mussten ihm Friedrich August, die Königin und ihre Tochter wie ein lästiges Gepäckstück folgen, ohne überhaupt nach ihrer Meinung gefragt zu werden.
Am Abend des 6. Oktober teilte Napoleon dem König nur mit, er solle sich bereithalten, Dresden am nächsten Morgen in aller Stille zu verlassen. Also eskortierte die Garde das Königspaar am 7. Oktober über holprige Wege nach Meißen. Von da aus ging es einen Tag später nach Oschatz, von Oschatz nach Wurzen. Als der Kaiser in Düben weilte und sein Plan nicht aufging, hier Blücher zur Schlacht zu zwingen, schickte Napoleon »seinen guten Herrn Bruder«, wie er den sächsischen König in Briefen anredete, sogar mitten in der Nacht nach Eilenburg. Nun sollten der Monarch und seine Familie Eilenburg schon wieder verlassen, gleich früh, und Napoleon Bonaparte nach Leipzig folgen.
Doch dorthin würde ihn der Major von Dreßler nicht mehr begleiten. Napoleon hatte die Sächsische Leibgrenadiergarde seiner Alten Garde zugeteilt, und so erhielt Friedrich von Dreßler den Befehl, mit seinem Bataillon unverzüglich nach Liebertwolkwitz südöstlich von Leipzig aufzubrechen.

Während in Düben noch alle auf eine Entscheidung des Kaisers warteten, der sich aus den Truppenbewegungen des Gegners kein Bild machen konnte, gab es ähnliche Unsicherheiten auch bei den Alliierten.

Napoleon sei schon auf dem Marsch nach Magdeburg oder Berlin, befürchtete der Kronprinz von Schweden.

»Der jeht uff Leipzich!«, brummte Blücher ganz entschieden. »Eine Armee, so groß wie die von Murat, die lässt er nich zurück! Leipzich isses. Leipzich wird sein Untergang!«

Das Inferno beginnt

Liebertwolkwitz, 14. Oktober 1813

Es war Wahnwitz, ausgerechnet jetzt nach Leipzig zu wollen!«, flüsterte Felix Jette zu. »Wer von uns beiden kam auf diesen verrückten Einfall?«

Sie lächelte schief. »Hat nicht jeder von uns dort Dringendes zu erledigen?«

Seit mehr als einer Stunde saßen sie schon zusammengekauert und frierend in der Kirche von Liebertwolkwitz, einem kleinen Dorf bei Leipzig – gemeinsam mit fast allen Bewohnern des Ortes, die mit ihrer wertvollsten Habe oder ein paar wahllos gegriffenen Gegenständen hierhergeflüchtet waren, auf den Schutz Gottes und den der starken Kirchenmauern vertrauend.

Henriette und Felix hatten das von Unmengen französischer Infanterie und Kavallerie besetzte Dorf nach einer siebentägigen Odyssee am Morgen erreicht. Sie kauften einer Bäuerin etwas Brot und Milch ab, die jammerte, es sei doch kaum noch etwas da. Dann gab sie ihrem Herzen einen Stoß. »Ach, kommt schon herein, damit ihr im Trockenen seid bei diesem hässlichen Wetter. Und behaltet euer Geld. Was ich noch habe, geb ich lieber euch als der französischen Landplage! Die fressen ei-

nem die Haare vom Kopf und nehmen sich einfach, was sie brauchen. Halbe Häuser reißen sie ab, nur für Feuerholz!«
Sie seihte jedem von ihnen Milch in einen Becher. »Hier, gerade gemolken und noch warm.«
Der Geruch verursachte schlagartig Übelkeit bei Jette. Sie stürzte hinaus und erbrach sich hinter dem Haus.
»Früher wurde den Frauen ja nur schlecht, wenn sie was Kleines unterm Herzen trugen«, hörte sie die Bäuerin sagen. »Aber heutzutage, in dieser Hungerszeit, vertragen sie einfach nichts Gutes mehr.«
Beklommen und kreidebleich kam Henriette zurück und bat um etwas Wasser. Ein Blick auf Felix sagte ihr zu ihrer Erleichterung, dass er keinen Verdacht schöpfte.
»Es ist ohnehin kein Durchkommen, wartet lieber, bis die Franzosen abziehen«, meinte die Frau, während sie den Gästen ein paar dünne Scheiben Brot herunterschnitt. »Das kann nicht mehr lange dauern.«
Felix wollte unbedingt weiter. Alles an den Truppenansammlungen dort draußen deutete auf einen bald beginnenden Kampf hin. Doch Jette wirkte so blass und erschöpft, dass er ihr vor der letzten großen Marschstrecke eine kurze Rast gönnen musste. Von hier waren es zu Fuß noch zwei Wegstunden bis nach Leipzig; ein eisiger Wind fegte über das flache Land, und der Regen der letzten Tage hatte die Wege in Morast verwandelt. Darum nahm er das Angebot der Bäuerin dankbar an.
Das war ein Fehler.
Gerade als sie aufbrechen wollten, erschütterten drei Kanonenschüsse das Dorf und versetzten die Liebertwolkwitzer in Panik.
Die französischen Soldaten und Offiziere, die am Vortag in gewaltiger Zahl in den Ort geflutet waren, sammelten sich sofort, um gegen die Angreifer vorzugehen.
Nun erkannte auch der Letzte der Dorfbewohner, die erschrocken aus ihren Häusern gerannt kamen: Gleich wurde ihr Hei-

matort zum Schauplatz eines mörderischen Kampfes. Die Kanonenkugeln waren ganz aus der Nähe abgeschossen, und sie galten Liebertwolkwitz.

Also rannten sie in die Kirche, die Kinder auf dem Arm oder an der Hand, mit so viel von ihrer Habe beladen, wie sie auf die Schnelle greifen konnten. Nur wenige versteckten sich lieber in den Kellern ihrer Häuser. Niemand wusste, wer da angriff, aber eines war gewiss: Es würde schrecklich werden.

Seitdem saßen die Menschen im Kirchenschiff in kleinen Gruppen verängstigt beieinander. Manche redeten leise miteinander Belangloses, um sich von ihrer Furcht abzulenken, andere hielten die Augen geschlossen und beteten oder wiegten sich hin und her. Ein alter Mann kniete mit gefalteten Händen vorm Altar und flüsterte in monotonem Singsang.

Jette hatte etwas Zwieback gegessen und fühlte sich wieder besser. Die Kinder fanden es bald langweilig, in der Kirche eingesperrt zu sein. Die Kleineren weinten, die Größeren rannten herum, eine Gruppe Mädchen spielte vor einem Fenster mit Murmeln und warf die Kügelchen gegen den steinernen Sockel des Kirchenschiffes. Das metallisch klickende Geräusch verriet: Sie spielten nicht mit Murmeln aus Ton, sondern mit Gewehrkugeln.

Jette stand auf und ging zu ihnen hinüber. »Kommt besser von den Fenstern weg! Hier kann es gefährlich werden.«

Zwei Mädchen mit blonden Zöpfen, vielleicht fünf und sechs Jahre alt, wollten nicht gehorchen. Da setzte draußen heftiges Kanonen- und Gewehrfeuer ein. Die Dorfbewohner schrien angstvoll auf. Jette nahm die Mädchen bei den Armen und schob sie hastig in das Innere der Kirche.

Sie waren kaum fünf Schritte entfernt, als das Fenster krachend in tausend Splitter zerbarst, eine Kanonenkugel hereinflog, auf den Boden schlug und weiterrollte.

»Nicht berühren!«, schrie Felix. »In Deckung!«

Uneingeweihte unterschätzten die Zerstörungskraft, die in

einer noch rollenden Kugel steckte. Sie konnte ohne weiteres einen Fuß oder ein Bein abreißen. Und wenn sie mit Pulver gefüllt war, konnte sie explodieren.
Jette riss die Mädchen zu Boden und warf sich über sie. Auch die Dorfbewohner ließen sich erschrocken fallen. Jedermann hielt ängstlich den Atem an, bis die Kugel endlich stillstand und nichts weiter geschah. Glück im Unglück: Das Geschoss war vollkommen aus Eisen.
Vorsichtig richtete sich Jette auf. Sie schüttelte Glassplitter vom Mantel und fragte: »Seid ihr verletzt?«
Stumm vor Schreck rappelten sich die Mädchen wieder auf. Sie schienen nur ein paar blaue Flecken davongetragen zu haben.
Die Mutter der Kinder – jene Bäuerin, von der sie am Morgen Brot und Milch bekommen hatten – stürzte Henriette entgegen und griff nach ihren Händen.
»Die Engel müssen Sie geschickt haben! Ohne Sie wären meine Mädchen jetzt tot! Gott segne Sie!« Schluchzend und bebend umarmte sie Jette und ihre Töchter, alle drei auf einmal.
Jetzt wurde die Kanonade des Dorfes erst richtig heftig. Die Einschüsse folgten so nah und dicht hintereinander, dass die meisten der Schutzsuchenden zu schreien begannen.
Zwischen dem Aufschlagen der großen Geschosse hörten sie ganz nah heftige Gewehrsalven; in präzisem Gleichklang und aus Hunderten Gewehren gleichzeitig, wie Felix schätzte. Gleich würde der Ort gestürmt werden.
»Alle in die Mitte des Kirchenschiffs, rasch!«, rief er.
Als hätte Felix es geahnt, flogen gleich darauf die nächsten Kanonenkugeln durch die Fenster, zwei weitere zertrümmerten die hölzerne Kirchentür. Auf das Splittern von Glas und Bersten von Holz folgten erneut Angstschreie der Zufluchtsuchenden. Dem alten Mann vorm Altar riss eine Gewehrkugel die Wange blutig. Die Kinder brüllten und kreischten jetzt fast alle, während in der Nähe der Kirche in schneller Folge noch mehr Kugeln einschlugen.

»Ich habe uns genau ins Zentrum der Hölle geführt!«, murmelte Felix verzweifelt aus Sorge um Jette.
»Wollten wir nicht genau dorthin?«, flüsterte sie zurück.

Henriette zog sich zwei Glassplitter aus der linken Hand, sog die Blutstropfen vom Handrücken, stand auf und rief: »Kinder, hört her! Kommt alle zur mir! Wir unternehmen jetzt etwas, damit ihr euch nicht länger fürchtet.«
Ein paar Jüngere rannten sofort vertrauensvoll zu ihr. Schließlich war diese Unbekannte der Engel, der Elfie und Paula das Leben gerettet hatte!
Die anderen wurden von den Eltern geschickt. Das hier war alles schon schrecklich genug, auch ohne dass die Kinder um die Wette heulten. Vielleicht konnte dieses fremde Mädchen sie etwas ablenken.
Rasch sah Jette in die Runde der knapp drei Dutzend Kinder, die sich um sie drängten. Zwei Kleinere hatten sich vor Angst eingenässt. Mit einem strengen Blick brachte sie einen etwa Achtjährigen zum Verstummen, der sie deshalb verspotten wollte.
»Ihr kennt doch alle das Vaterunser?«, fragte sie und erntete ein vielfaches »Ja«. Einen schmerzvollen Augenblick lang musste sie an Franz und seine Spottversion denken, aber diese Erinnerung unterdrückte sie sofort. Das war ihr vergangenes Leben. Franz ging es gut. Punktum!
»Also werden wir es jetzt alle gemeinsam aufsagen. Wenn ihr das ohne Stocken zu Ende bringt, erzähle ich euch ein paar schöne Geschichten.«
Sie faltete die Hände und begann, das Gebet aufzusagen. Gewohnheitsmäßig fielen die Kinder darin ein, sogar viele der Erwachsenen, und wie Jette gehofft hatte, beruhigte das gemeinsame Sprechen der altbekannten Formel die verängstigten Kinder.
»Amen!«

Jette holte tief Luft und lächelte. »Das habt ihr sehr schön gemacht. Der Vater im Himmel hat es gehört und wird euch beistehen.«
Dann forderte sie die Mädchen und Jungen auf, sich im Kreis um sie zu setzen, und fing Geschichten zu erzählen an, die Felix noch nie gehört hatte: von Feen, Zauberern und Einhörnern, von Riesen und Zwergen, Elfen und Nixen, guten und bösen Geistern, von fleißigen Menschen, die alles verloren, aber denen zum Lohn für ihre guten Taten ein Wunder aus der Not half.
Felix war sprachlos. Er wusste nicht, woher sie all das nahm, während draußen Schüsse hallten, beißender Pulverdampf und eisiger Wind durch die zersplitterten Kirchenfenster zogen. Einiges erkannte er wieder aus den romantischen Märchen von Novalis, anderes aus uralten Ritterepen, aus Shakespeares Komödien oder Legenden, die von Generation zu Generation weitererzählt wurden. Aber sie schien von allem etwas zu nehmen und dichtete daraus eine völlig neue Geschichte – genau für diesen einen Moment ersonnen, um diesen Kindern und ihren Eltern in einer schrecklichen Stunde Mut zu machen und sie davon abzulenken, was draußen geschah.
Denn dort ging wirklich Schreckliches vor sich.
Selbst nach seiner kurzen Zeit beim Militär konnte sich Felix anhand des Kampflärms ein ziemlich genaues Bild davon machen. Der Ort wurde von einer gewaltigen Batterie beschossen, das mussten mehr als hundert Geschütze sein. Dann stürmten alliierte Truppen – den Rufen nach Österreicher – in das Dorf, es gab heftige Kämpfe Mann gegen Mann direkt vor der Kirche. Die Österreicher wurden von den Franzosen wieder zurückgedrängt, wagten bald darauf den nächsten Sturmangriff.
Das konnte so noch bis Sonnenuntergang gehen, und niemand wusste, ob nicht auch die Kirche unter massives Geschützfeuer geriet, statt nur dann und wann von einer Kugel getroffen zu werden. Das Schlimmste stand ihnen womöglich noch bevor.

Darum erschien es ihm wie ein Wunder, dass es Jette gelang, nur mit ihrer Stimme und den Geschichten, die gerade erst ihrer Phantasie entsprangen, die Dorfbewohner zu beruhigen, solange sie nichts anderes tun konnten, als zu warten, zu frieren und sich zu fürchten.

Nicht nur die Kinder lauschten mucksmäuschenstill, nur ab und an zwischendurch in ein Jauchzen oder Lachen ausbrechend. Auch viele der Großen schienen von ihrer Erzählung gebannt. Manche wischten sich verstohlen Tränen aus dem Gesicht.

Felix ahnte nicht, dass Jette schon seit langem Geschichten schrieb. Das wusste niemand außer ihrem Vater, der im April gestorben war, und Friedrich Gerlach. Doch seit ihrer Flucht aus Weißenfels hatte sie das Schreiben aufgegeben. Im Krieg schwiegen die Musen. Nach all dem Grauen, das sie erleben musste, hatte sie geglaubt, nie wieder eine Zeile schreiben zu können, keine Worte mehr zu finden.

Doch hier, umgeben von mehr als hundert frierenden, hungernden und um ihr Leben zitternden Dorfbewohnern, da fand sie die richtigen Worte. Um Mut zu machen, inmitten der Verzweiflung ein wenig Hoffnung zu spenden. Nur für diesen Moment. Nicht dazu gedacht, sie einmal niederzuschreiben.

»Die Engel müssen Sie gesandt haben!«

Diese Worte der Bäuerin gingen Felix nicht mehr aus dem Kopf, während er Jette zuhörte und sie beobachtete. Dabei kam ihm der irrationale Gedanke, ob nicht etwa *das* Jettes Mission auf dieser aller Vernunft widersprechenden Reise war: den zwei Mädchen das Leben zu retten, den Verängstigten in der Kirche Trost und Mut zu spenden …

Wer wusste, wohin das Schicksal ihre Schritte lenken würde, was ihr noch als Aufgabe bestimmt war?

Das klang sehr mystisch. *Viel* zu mystisch für einen Studenten der Naturwissenschaften. Deshalb mochte er dieser Erklärung selbst nicht trauen. Wollte er damit nur sein Gewissen reinwaschen, weil er Henriette an diesen gefährlichen Ort geführt hatte, statt ihr die Reise auszureden, damit sie behütet bei ihren Verwandten in Freiberg blieb?

Nach Jettes Geständnis, die Stadt heimlich verlassen zu müssen, hatte Felix eine Nacht lang mit sich gerungen, ob er das wirklich tun sollte: sich mit ihr fortschleichen, sie aus ihrem vertrauten Leben reißen und an den Ort bringen, wo der Krieg am schlimmsten toben würde.
Es war leichtsinnig, verantwortungslos, wahnwitzig. Sie würde ihren guten Ruf, ihre Sicherheit – sofern es Sicherheit in diesen Zeiten gab – und vielleicht sogar ihr Leben verlieren.
Eine Weile erwog er, Friedrich Gerlach in ihr gefährliches Vorhaben einzuweihen, damit der sie davon abhielt. Doch er hatte Jette geschworen, Stillschweigen zu bewahren. Außerdem wusste er tief in seinem Herzen: Sie würde gehen, so oder so, auch wenn er die Gründe dafür nicht verstand. Noch nicht. Immerhin hatte sie es schon einmal unbeschadet durch Kriegsgebiet geschafft, sogar mit ihrem kleinen Bruder.
Jetzt besaß sie einen Geleitbrief, und er würde sie mit seinem Leben verteidigen, falls es nötig war. Er hatte zu kämpfen gelernt, auch wenn er derzeit keine Waffe besaß außer einem gut versteckten Dolch.
Am gleichen Tag noch schrieb er an Hermann, Greta und Ludwig und bat sie, nach Möglichkeit eine Schlafgelegenheit für Henriette zu besorgen. Auf Antwort konnte er nicht hoffen. Wer wusste schon, ob in diesen Tagen überhaupt noch Post bis nach Leipzig befördert wurde? Aber im besten Fall waren die drei auf ihr Kommen vorbereitet.
Er schrieb auch seinen Eltern, sie sollten sich nicht sorgen, falls keine Briefe von ihm kämen, der Postverkehr sei durch die Kriegswirren weitgehend lahmgelegt.
Natürlich fragte sich Felix voller Eifersucht, ob eine heimliche Liebe Jette nach Leipzig zog. Vielleicht Ludwig oder dieser von

Trebra? Andererseits hatte sie gesagt, sie kenne dort keinen Menschen, der sie aufnehmen würde.

Dass die Gerüchte stimmten, die in Freiberg umgingen – eine Liaison zwischen ihr und diesem französischen Lieutenant –, hielt er für vollkommen abwegig. Ausgeschlossen. Sie würde sich doch nicht mit einem Feind einlassen!

Dafür stand ihm noch lebhaft vor Augen, wie der verletzte preußische Premierleutnant sie im Mai in der Hauptwache auf dem Obermarkt umschwärmt hatte. Das war jetzt fast auf den Tag genau fünf Monate her. Hundert Jahre schienen seitdem vergangen. Aber Henriette würde nicht so einfältig sein, einen einzigen Mann unter einer halben Million Kämpfer suchen zu wollen.

Die ganze Nacht lang rang er so mit sich. Am nächsten Morgen suchte er erneut die Gerlachsche Buchhandlung auf.

»Sind Sie immer noch entschlossen fortzugehen?«

»Ja, und vollkommen bereit. Wir können heute noch aufbrechen.«

»Gut«, meinte Felix. »Dann sollten wir auch wirklich heute gehen, sonst kommen wir vielleicht nicht mehr durch. Ich bin vorhin auf den Turm der Petrikirche gestiegen und habe mir die Truppenbewegungen angesehen.«

Dafür hatte er sich sogar ein Fernrohr geliehen. Längst konnte er die Uniformen der einzelnen Armeen auseinanderhalten. »Vielleicht ziehen morgen Mittag schon die Russen in die Stadt ein. Die französische Kavallerie hat Marschorder für morgen früh. Wir sollten vor ihnen aufbrechen, damit es kein Gerede gibt oder man nicht bei den französischen Truppen nach Ihnen forscht. Es ist doch so, dass niemand wissen darf, wohin und mit wem Sie die Stadt verlassen, nicht wahr? Sollte uns Pajols Kavallerie einholen, zeigen wir den Geleitbrief und dürfen im besten Fall sogar auf einen der Trosskarren. Aber losgehen müssen wir zu Fuß.«

Jette erklärte sich mit allem einverstanden.

Auch sie hatte längst geplant, wie sie unbemerkt von hier fortkam. »Ich gehe jeden Tag nach dem Mittagessen ins Lazarett. Warten Sie halb zwei am Muldenweg auf mich, dann schlagen wir uns Richtung Leipzig durch.«

Ohne es zu wissen, waren sie genau an jenem 7. Oktober aufgebrochen, als Napoleon und der sächsische König Dresden verließen und sich ebenfalls auf eine Art Irrfahrt begaben. Einen Tag später besetzten russische Truppen unter einem General Knorring Freiberg. Aber davon erfuhren Henriette und Felix nichts mehr.

Eine ganze Woche waren sie nun schon unterwegs, zu Fuß, immer auf Nebenwegen, um Begegnungen mit dem Militär zu vermeiden. Felix hatte beim Rittmeister von Colomb die Kunst erlernt, sich vor dem Feind zu verbergen. Unbemerkt folgten sie dem Kavalleriekorps des Generals Pajol in der Überzeugung, so oder so nach Leipzig zu gelangen. Manchmal mussten sie große Umwege machen, weil die ganze Gegend von Militär verstopft war.

Nachts baten sie in irgendeinem Bauernhaus um eine bescheidene Schlafstatt. Und das war schon viel verlangt, denn überall in den Dörfern hatten die in gewaltiger Zahl durchziehenden Truppen verheerende Spuren hinterlassen. Sämtliche Vorräte waren geplündert, das Vieh weggeführt oder gleich an Ort und Stelle geschlachtet und verzehrt, die Obstbäume kahl gepflückt, abgeschlagen und verfeuert. Dorfstraßen waren mit Bettfedern übersät, weil Plünderer die Betten aufgeschlitzt hatten, um sich aus dem Leinen Ersatz für ihre auf wochenlangen Märschen verschlissenen Beinkleider zu fertigen.

Felix und Jette gaben sich als Geschwister aus, die nach dem Tod ihrer Eltern zu den einzigen noch lebenden Verwandten in Leipzig wollten, und ernteten viel Kopfschütteln für dieses Vorhaben.

Gestern Abend waren sie auf ihrem Marsch dem Pfarrer des

Nachbarortes Seifertshain begegnet, der mit seiner Tochter Auguste gerade aus Leipzig zurückkam, wo er unaufschiebbare Geschäfte zu erledigen hatte.
Pfarrer Carl Gottlieb Vater schlug die Hände über dem Kopf zusammen, als er von ihrem Reiseziel erfuhr. »Um Himmels willen! Sie können jetzt keinesfalls nach Leipzig! Wir selbst hätten besser auch nicht dorthin gehen sollen, aber das ist uns erst unterwegs bewusst geworden. Kommen Sie mit uns und übernachten Sie im Pfarrhaus! Erzähl ihnen, liebes Kind, was wir unterwegs gesehen haben!«, forderte er seine Tochter auf, die in Jettes Alter war und wie diese das Haar zu einem einfachen Knoten gesteckt trug. Sie hätten Schwestern sein können, nur dass Auguste Vater etwas größer war als die zierliche Jette und ihr Haar heller.
»Ihr dürft nicht über Stötteritz, da ist alles voll von plündernden Soldaten der schlimmsten Sorte!«, warnte die Pfarrerstochter gleich, und auf ihrem schmalen Gesicht stand noch die Erschütterung über das Erlebte. »Kein Huhn, keine Gans ist vor denen sicher, kein Stück Wäsche, das sind wilde Horden! Wir hatten wirklich himmlischen Beistand, ungeschoren an ihnen vorbeizukommen. Die räumten ganze Häuser leer, um sich aus Tischen und Bänken, Gartenzäunen und Schindeln ein Feuer gegen die Kälte zu machen. Sie kannten kein Erbarmen, obwohl die Menschen sie anflehten, ihnen nicht noch die letzte Habe und das Dach überm Kopf zu nehmen.«
»Ich habe noch nie solche Menschenmengen gesehen ... alles voll von Militär«, berichtete der Pfarrer erschöpft und überwältigt, während sie durch die zunehmende Dämmerung hasteten. »Das ganze Land rund um Leipzig ist ein einziges gewaltiges Biwak, Leipzig selbst übervoll von französischen Truppen. Auf den Straßen kommt man kaum durch vor lauter Leuten, und immer mehr Verwundete werden hineingebracht. Der König von Neapel fuhr hinaus, das Korps von Marschall Augereau ritt herein ...«

»Ihr könnt nicht durch das Grimmaische Tor in die Stadt, das ist verbarrikadiert«, erklärte seine Tochter den beiden Gästen. »Nur das Kohlgärtner Tor ist offen, aber keiner weiß, wie lange noch. Der Torwächter sagte, nach Seifertshain würden die Österreicher rücken, nach Zweinaundorf die Kosaken ... und weiter westlich stünden Unmengen Russen, Preußen und Österreicher ...«

Sie hielt einen Augenblick inne, beugte sich leicht vor, die Hände auf die Schenkel gestützt, atmete ein paarmal tief ein und richtete sich wieder auf. »Überall flüchtende Menschen ... Die einen fliehen aus den Dörfern in die Stadt, die anderen aus der Stadt in die Dörfer. Kranke, Wöchnerinnen, Sterbende mit dem Bettzeug auf einem Karren, manche haben ihr letztes Stück Vieh dabei ...«

Nach anstrengendem Marsch erreichten sie das Seifertshainer Pfarrhaus und wurden dort von der Mutter und den übrigen Kindern mit Freudenschreien und Tränen begrüßt.

»Dass ihr heil und gesund wieder hier seid – ich kann es kaum fassen!«, sagte die Pfarrersfrau und schluchzte vor Erleichterung. »Ihr ahnt ja nicht, was hier inzwischen los war!«

Noch bevor ihr Mann seine beiden jungen Begleiter vorstellen konnte, redete Charlotte Wilhelmine Vater aufgeregt weiter: »Das geht ja schon seit Tagen, dass hier Unmengen an Truppen durchziehen. Und jeder verlangt, verpflegt zu werden. Bisher haben sie sich ganz anständig benommen, und wir gaben, was wir konnten.«

Nun wandte sie sich an ihren Mann. »Aber heute kam eine Gruppe französischer Trainsoldaten, die wollten nach Herzenslust plündern. Wenn mir der Nachbar Johlig nicht zu Hilfe geeilt wäre – die hätten alles mitgenommen! Dann kamen die Nächsten, mit einem Bayern an der Spitze, die waren auch nicht besser. Die wussten wohl, dass gerade kein Mann im Haus war. Aber ich hab mir keine Angst einjagen lassen!«, behauptete sie kategorisch, und das glaubte Jette ihr aufs Wort. »Es gab hier schon die ersten Vorpostengefechte. Also versuchte jeder im Dorf, die Kinder, das Vieh und seine Habseligkeiten in Sicherheit zu bringen. Wenigstens seid ihr heil zurück, der Herr sei gepriesen!«

Die Frau des Pfarrers hatte während ihrer Rede einen großen Topf mit Kartoffeln auf den Herd gesetzt und das Feuer darunter kräftig geschürt. Bald sprudelte das Wasser im Topf.

Die jüngeren Mädchen deckten den Tisch. Felix bot an, Holz zu hacken oder irgendeine andere Arbeit zu übernehmen.

Jette setzte sich zu Auguste auf die Ofenbank und half ihr, aus Leinenstreifen Fäden zu ziehen, um daraus Charpie herzustellen.

»Du machst das sehr geschickt!«, lobte die Pfarrerstochter.

»Ich pflege schon seit Monaten Verwundete, und es mangelt uns dabei so sehr an allem …« Jette strich sich mit dem Handrücken eine lose Strähne beiseite.

»Hier wird vermutlich ab morgen überall gekämpft«, sagte Auguste Vater sehr gefasst. »Es wird Tausende Verwundete geben. Wir werden in der Kirche und überall, wo sonst noch Platz ist, Notlazarette einrichten müssen. Willst du nicht bleiben und uns dabei helfen? Du bist in der Krankenpflege erfahren, und hier wird bald jede Hand gebraucht, um den Leidenden ihr Los zu erleichtern.«

»In Leipzig auch«, war alles, was Henriette antwortete.

Kanonendonner ganz in der Nähe unterbrach die Unterredung. Jedermann im Haus bekreuzigte sich und versank in eigenen, düsteren Gedanken.

Nach dem kargen und doch wohltuenden Mahl – Pellkartoffeln mit Salz und ein winziger Klecks Butter, eine Kostbarkeit in diesen Tagen – bat die Pfarrerstochter Jette und Felix vor die Tür.

Es war nun ganz dunkel draußen. Und so konnten sie sehen, dass das ganze Land bis zum Horizont mit Tausenden Wachtfeuern übersät war.

Sich vorzustellen, dass um jedes dieser Feuer ein oder zwei Dutzend Soldaten saßen, die allesamt am nächsten Tag gegeneinander kämpfen würden, jagte Henriette einen Schauer über den Rücken.

»Wollt ihr nun immer noch nach Leipzig?«, fragte Auguste Vater besorgt, fast schroff.

»Ja. Wir müssen«, beharrte Jette.

Also brachen sie am nächsten Morgen in aller Frühe auf und liefen nach Liebertwolkwitz. Von dort aus führte eine Straße direkt nach Leipzig.

Und so waren sie nun ungewollt genau an den Ort geraten, wo die große, alles entscheidende Schlacht eröffnet wurde.

Flucht in die Nacht

Liebertwolkwitz und Leipzig, 14. Oktober 1813

Immer noch drang heftiger Kampflärm durch die offenen Fenster der Kirche. Jette musste lauter und lauter sprechen, damit wenigstens ihre jungen Zuhörer das Interesse nicht auf das Gemetzel jenseits der Mauern richteten, sondern auf ihre Geschichten.

Plötzlich gellte eine Stimme durch das Kirchenschiff: »Das Dorf brennt! Sie brennen unsere Häuser nieder! Die ganze Windmühlengasse steht schon in Flammen!«

Einer der Männer hatte vorsichtig aus einer Turmöffnung gespäht und brüllte die Schreckensnachricht sofort hinaus.

Seine Worte bewirkten entsetzte Schreie und Wehklagen. Einer nach dem anderen erfuhren die Dorfbewohner, dass sie kein Dach über dem Kopf mehr besaßen. Die Kinder rannten zu ihren Eltern, einige mussten mit strengen Worten davon abgehalten werden, aus den Fenstern zu schauen.

Jetzt würde auch die schönste Geschichte niemanden mehr beruhigen. Henriette erhob sich von ihrem Platz und setzte sich ohne ein Wort wieder zu Felix, der ebenfalls schwieg. Aufmerksam hörte er auf jedes Geräusch von draußen, um zu erraten, was dort vor sich ging.

Mit lautem Knarren wurde die halb zersplitterte Kirchentür geöffnet. Schlagartig trat Totenstille ein.
Ein französischer Offizier betrat das Gotteshaus. Der linke Ärmel seiner Uniform war aufgeschlitzt, zwischen den auseinanderklaffenden Stoffrändern klebte verkrustetes Blut.
»Wieso halten Sie sich hier auf, an einem so gefährlichen Ort?«, fragte er streng in gut verständlichem Deutsch.
Niemand antwortete.
»Wir haben die Österreicher schon zweimal aus dem Dorf vertrieben, aber sie lassen nicht locker. Sollte diese Kirche in die Schusslinie kommen, müssen Sie unverzüglich hinaus!«, wies der Offizier sie an. »Ich schicke Ihnen Nachricht, wenn es so weit ist.«
Seine Worte hallten durch das Kirchenschiff.
Ohne Antwort zu erwarten, ging er und schloss ganz unnötigerweise den kaputten Türflügel wieder.
Manche Familien fielen sich weinend in die Arme, andere beteten. Dutzende Augenpaare starrten ängstlich auf die Tür. Wann würde sie sich wieder öffnen?
Wenn sie hinausmussten ... mitten ins feindliche Feuer, in den Kugelhagel ... Und wo sollten sie Schutz finden, nachdem ihre Häuser niedergebrannt waren?

Felix und Henriette saßen immer noch nebeneinander.
Wie der einstige Volontärjäger am Kampflärm erkannte, unternahmen die Österreicher gerade einen weiteren Versuch, Liebertwolkwitz einzunehmen. Eine kurze, auf Französisch gebrüllte Unterredung vor der Kirche verriet ihm, dass dies das

Korps von General Klenau war – genau jenes, das auf dem Weg nach Dresden durch Freiberg kam und dann noch einmal nach der verlorenen Schlacht, auf der Flucht in die Berge.
»Es wird nicht mehr lange dauern«, flüsterte er Jette zu. »Halte dich bereit; wir werden schnell sein müssen, wenn es so weit ist.«
Da sie sich als Geschwister ausgaben, hatten sie sich gleich zu Beginn ihrer Reise darauf geeinigt, einander zu duzen, um keinen Verdacht zu erregen. Inzwischen fühlte es sich für Henriette wirklich fast so an, als wäre Felix ihr großer Bruder. Jemand, auf den sie sich unbedingt verlassen konnte.
Nun musste sie nicht mehr allein über Leben und Tod entscheiden wie damals bei der Flucht mit Franz.
Sie zog den Henkelkorb näher zu sich, der das wenige enthielt, das sie mitgenommen hatte: nichts außer ihrer Kleidung und etwas Zwieback. Kein einziges Buch, denn die in der Bibliothek des Oheims gehörten ihr nicht. Sie würde wohl auch keines mehr brauchen. Auch das hätte sie sich in ihrem früheren Leben nie träumen lassen.
Um zu barem Geld zu kommen, hatte sie vor dem Aufbruch in aller Heimlichkeit das Ballkleid zum Schneidermeister gebracht und ihn gefragt, ob er es ihr abkaufen würde. Der sah sie mitleidig an und strich hingebungsvoll über den kostbaren Stoff. »Ist die Not so groß, dass Sie sich davon trennen wollen?«
»Bitte sagen Sie dem Oheim und der Tante nichts davon!«, hatte sie gefleht.
»Ich kaufe normalerweise nichts zurück. Aber es ist ein so außergewöhnlich schönes Kleid und nur ein einziges Mal getragen. Es stand Ihnen hervorragend! Ich werde es umarbeiten müssen, damit man es nicht gleich wiedererkennt. Wenn morgen die Russen hier Einzug halten, feiern sie hoffentlich auch Freudenfeste und geben Bälle, statt zu plündern!«
Er nannte ihr als Preis den reinen Schneiderlohn, ohne den kostbaren Stoff einzurechnen. Aber sie konnte in ihrer Lage

nicht lange feilschen und nahm das Geld. Bis auf ein paar kleine Münzen nähte sie das meiste davon ins Unterkleid ein.

Ihre einzige sonstige Habe waren jetzt, sorgsam in Wachstuch eingeschlagen und im Korb zwischen den wenigen Kleidungsstücken versteckt, die Briefe, die sie in Freiberg bekommen hatte. Einige davon.

Die meisten hatte sie vor dem Aufbruch verbrannt: Étiennes Hochzeitsversprechen, weil es vollkommen außer Frage stand, sich darauf zu berufen. Ebenso Sebastians Gruß mit der Bitte, aus dem Fenster zu sehen. Das waren Albernheiten, die zu nichts führten. Die Nachricht, die von Trebra ihr aus Leipzig geschrieben hatte, um sein plötzliches Verschwinden zu erklären und ihr seine neue Anschrift mitzuteilen. Sie hatte nicht darauf geantwortet.

Nur den Geleitbrief des Majors, ein Empfehlungsschreiben Dr. Bursians und die zwei Briefe von Maximilian Trepte trug sie noch bei sich, auch wenn ihr selbst unerklärlich blieb, warum sie die Zeilen des preußischen Premierleutnants nicht ebenfalls verbrannt hatte. Sie würde ihn ja doch nie wiedersehen.

Das Schwierigste an ihren Reisevorbereitungen war der Abschiedsbrief an ihren Oheim, die Tante und Franz. Mehrere Entwürfe zerriss sie und warf sie ins Kaminfeuer.

Schließlich schrieb sie: »Sucht nicht nach mir. Sorgt euch nicht. Kümmert euch um Franz. Das ist alles, worum ich euch bitte. Ich liebe euch und gehe dorthin, wo ich Gutes tun und euch nicht schaden kann.«

Daneben hatte sie das Medaillon mit dem Bildnis ihrer Mutter gelegt. Für Franz.

Und während sie in der Liebertwolkwitzer Kirche darauf wartete, dass sie und die Dorfbewohner hinaus ins Gewehrfeuer geschickt wurden, malte sie sich die Szene im Hause Gerlach aus, wie Tante und Oheim diesen Abschiedsbrief und das Medaillon entdeckten.

Die beiden hatten sich gewiss Sorgen gemacht, als sie am Abend nicht vom Lazarett zurückkam. Vielleicht war der Oheim losgegangen, um sie in der Dunkelheit abzuholen, und erfuhr von dem erstaunten Dr. Bursian, dass sie an diesem Tag gar nicht erschienen war.

Die Tante hatte sich bestimmt schrecklich aufgeregt. Jette sah das Bild förmlich vor Augen: Johanna mit dem Brief in der Hand, fassungslos auf das Medaillon zeigend: »Sie wird sich doch nicht etwas angetan haben? Und warum in aller Welt? Um Gottes willen, müssen wir etwa die Schlossteiche nach ihr absuchen lassen?«

Dann würde der Oheim die Kommode öffnen, in der sie ihre Wäsche aufbewahrte. »Dafür braucht sie kein zweites Kleid. Sie ist fortgegangen.«

»Aber wohin denn? Wir müssen sie suchen!«

»Und wo? Sie hat die Stadt anscheinend schon vor einem halben Tag verlassen und alles so geplant, dass wir sie nicht aufspüren können. Ich habe keine Ahnung, was in ihr vorgeht und wohin sie will. Vielleicht zurück nach Weißenfels? Sie kennt doch nirgendwo jemanden außer uns. Hat sie dir etwas gesagt, Franz?«

Hoffentlich gab Franz nicht Eduard die Schuld an ihrem Weggang nach den Streitigkeiten der letzten Zeit!

Und Eduard? Würde er vielleicht manch hartes Wort inzwischen bereuen? Oder aber glauben, sie sei mit einem der Franzosen durchgebrannt?

Früher oder später würde Nelli verraten, vielleicht sogar gleich und mit heimlichem Genuss, dass Henriette schwanger war. Angesichts dieser schockierenden Enthüllung würden die Gerlachs insgeheim sicher sehr erleichtert sein, dass sie fortgegangen war, und nie wieder ein Wort über sie verlieren. Das wäre das Beste für alle.

Wieder wurden die Kirchentüren geöffnet, doch nicht der verwundete Offizier trat herein, sondern ein junger Seconde-

Lieutenant, vielleicht seine Ordonnanz. Ob der Offizier inzwischen gefallen war oder mitten im Gefecht steckte?
»Sie müssen jetzt gehen!«, rief der junge Leutnant.
Doch keiner der Dorfbewohner wollte in den Kugelhagel hinaus. Unter dem Kirchendach fühlten sie sich immer noch geschützt, auch wenn dieser Mann da das Gegenteil behauptete.
»Gehen Sie! Schnell!«, schrie der Franzose und wies mit dem Arm nach draußen. »Gleich wird die Kirche beschossen!«
Felix stand schon, half Henriette auf und wollte vorangehen.
Da rannte die Tochter des Sattlermeisters als Erste Richtung Tür. »Ich halte das nicht mehr aus!«, schrie sie. »Ich will wissen, was da draußen los ist und ob meine Mutter noch lebt!«
Ihre letzten Worte gingen unter, als eine Kanonenkugel pfeifend und krachend in das Mauerwerk der Kirche einschlug.
Das scheuchte auch die letzten Dorfbewohner auf. Nun drängelten sie zur Tür, aber Felix hielt sie mit ausgestreckten Armen auf.
»Lassen Sie mich erst schnell nachsehen, ob draußen Füsiliere stehen!«
Er spähte hinaus, lief die paar Schritte hinab bis zu der hohen Mauer, die die Kirche umgab, sah sich dort um und kam schon nach wenigen Augenblicken zurück.
»Gehen Sie rasch hintereinander, nehmen Sie die Kinder fest an der Hand, die Kleinen auf den Arm! Und dann schnell linksherum zur Straße. Die Kinder sollen die Augen schließen oder nur nach vorn schauen, nicht auf den Boden, nicht auf die Mauer!«
Ohne Widerspruch befolgten die Dorfbewohner seine Anweisungen.
Und sofort erklärte sich, weshalb die Kinder die Augen schließen sollten. Die Erwachsenen wünschten sich, sie könnten es ebenfalls angesichts des grauenvollen Anblicks, den sie nun zu sehen bekamen.

Da waren nicht nur die brennenden Häuser, *ihre* Häuser ...
Sie sahen Tote über Tote, gegen die Kirchhofmauer gelehnt, auf dem Boden ausgestreckt, mit zerfetzten Gliedmaßen, Blutflecken und Einschusslöchern in den Uniformjacken, Bajonetten in den Leibern, die Gesichter im Todeskampf vor Schmerz verzerrt. Etliche der Leichname trugen französische Uniformen, aber noch mehr österreichische.
Hintereinander und geduckt huschten die Dörfler aus dem Kirchhof und rannten nach links, wie Felix gesagt hatte, denn zwanzig Schritte von ihnen entfernt auf der rechten Seite tobten erbitterte Reiterkämpfe.
Auf der Straße kniete die Sattlertochter neben dem Leichnam ihrer Mutter und wehklagte: »Sie haben sie erschossen! Warum ist sie nicht im Haus geblieben?«
Jemand rannte zu ihr, ergriff sie am Arm und zog sie mit sich.
Jette nahm einer Wöchnerin, die sich kaum auf den Beinen halten konnte, ihr Neugeborenes ab und drückte es fest an sich.
Da packte sie etwas am Knöchel. Sie fuhr zusammen und schrie entsetzt auf.
Ein Mann, den sie für tot gehalten hatte, ein einfacher Soldat in heller Uniform, umklammerte ihren Fuß mit blutverschmierter Hand und röchelte: »Helfen Sie mir!«
Instinktiv wollte sie sich zu ihm bücken, aber Felix riss sie wieder hoch.
»Du kannst ihm nicht helfen! Wir müssen mit den Dorfbewohnern fort, wir sind hier mitten im Gefecht!«
Er sollte in beiderlei Hinsicht recht behalten: Dem Österreicher hingen die zerfetzten Gedärme aus dem Leib, nichts konnte ihn retten. Und jetzt geriet die Kirche unter heftigen Beschuss.
So rannten sie weg vom Schauplatz des Kampfes, Richtung Leipzig. Anfangs liefen sie, so schnell sie konnten, bis sie kaum noch Atem hatten. Nicht nur Liebertwolkwitz, sondern auch mehrere andere Ortschaften standen in Flammen.

Ich hätte ihr das ausreden müssen, warf Felix sich vor. Ich hätte sie nie und nimmer hierherbringen dürfen!

Felix musste sich keine Vorwürfe machen. Nicht einmal die Heerführer wussten an diesem 14. Oktober, wo genau der Kampf beginnen würde. Weder Napoleon Bonaparte noch das Hauptquartier der Alliierten besaß exakte Angaben der Positionen des Gegners. Aber alle hatten ihre Truppen auf Leipzig in Bewegung gesetzt, aus sämtlichen Richtungen. Nun sollten Kavallerieeinheiten erkunden, wo der Feind stand.
Der Kampflärm vom Vorabend, den Felix und Henriette in Seifertshain gehört hatten, war ein kurzer, aber denkwürdiger Auftakt.
Zwei schon zu Lebzeiten legendenumwobene Heerführer prallten mit ihren Truppen aufeinander: der berühmte Hetman Platow mit seinen tausend Kosaken und Fürst Józef Poniatowski, Kriegsminister des Herzogtums Warschau, ein Mann von herausragendem Mut und Reitergeschick, der nahezu einhunderttausend Polen auf dem Russlandfeldzug angeführt hatte. In ihm sahen die Polen ihren künftigen König, wenn Napoleon erst ihr Land wiederhergestellt haben würde, das Russland, Preußen und Österreich unter sich aufgeteilt hatten.
Diesmal gab es für Platows Kosaken keine Chance gegen die vielfache Übermacht; sie zogen sich nach kurzem, heftigem Gefecht zurück.
So war es für sämtliche Heeresabteilungen am Morgen des 14. Oktober wie ein Stochern im Nebel, wo man nun auf den Feind treffen würde.
Joachim Murat, der König von Neapel, hatte südlich von Leipzig auf dem Höhenzug zwischen Markkleeberg, Wachau und Liebertwolkwitz zweiundvierzigtausend Mann um sich versammelt. Darunter zehntausend Mann der besten Kavallerieeinheiten der Grande Armée wie General Poniatowskis Polen

und Marschall Augereaus aus Spanien zurückbeorderte Kämpfer. Dort wartete er auf den Feind mit der ausdrücklichen Order seines Schwagers und Kaisers, diese Stellung um jeden Preis zu halten. Nur dann konnte Napoleon Bonaparte seine gesamte Armee in Leipzig vereinen, deren größte Kontingente noch in Eilmärschen unterwegs hierher waren.

Bei den Alliierten hatte Blücher sein Hauptquartier an diesem Morgen noch in Halle, der Zar und Schwarzenberg weilten in Altenburg, der Kronprinz von Schweden in Köthen, der König von Preußen in Freiberg, der Kaiser von Österreich in Marienberg, die böhmische Armee war im Anmarsch auf Leipzig. Eine Vorhut unter dem Kommando des Generals von Wittgenstein sollte die Stellungen des Feindes erkunden.
Während das Korps von General Klenau, dem Freiherrn von Jannowitz, den ersten Angriff gegen Liebertwolkwitz führte, forderte General Pahlen wegen der großen Zahl feindlicher Reiter die preußische Reservekavallerie an. Bald wurden von beiden Seiten immer mehr und mehr Truppen in den Kampf geworfen, die Eugens von Württemberg, die des Prinzen Gortschakow, die Reservekavallerie von General Kleist …
Was ursprünglich nur als Erkundung gedacht war, entwickelte sich im Verlauf des Tages zu einem Reitergefecht mit fünfzehntausend Kämpfern zu Pferde, wie es in diesem Krieg noch keines gegeben hatte.
Napoleon erreichte Leipzig gegen Mittag, verzichtete darauf, die Stadt zu betreten, und zog über die Promenaden gleich wieder durchs äußere Grimmaische Tor hinaus zu einem Aussichtspunkt im Süden, von dem aus er den Einsatz seiner Truppen kommandieren konnte.
Da saß er nahe dem Hochgericht auf seinem Feldstuhl, umgeben von seiner Alten Garde, nahm in rascher Folge Depeschen entgegen, die Berthier ihm reichte, und erteilte ebenso rasch Befehle; auf dem Tisch vor sich die berühmte Karte, wo Nadeln

die Positionen der Gegner markierten, neben sich ein Feuer gegen die Kälte des Herbsttages.

In gar nicht großem Abstand standen etliche Leipziger, unter ihnen der aufmerksame Chronist Ludwig Hußel, und beobachteten ihn dabei.

Mochte es noch so kalt und windig sein – hier sahen sie nicht nur den Kaiser aus nächster Nähe, hier sahen sie ihn aus nächster Nähe *bei der Arbeit!* Den größten Feldherrn seiner Zeit eine Schlacht lenkend!

Was enttäuschend unspektakulär ablief. Kein Vergleich etwa zu Hannibal, der mit Elefanten die Alpen überquert hatte. Was andererseits bei näherer Betrachtung gewiss auch nicht so glorreich ausgesehen haben konnte, wenn man sich die Lebensgewohnheiten der Elefanten und das Klima in den Alpen ins Gedächtnis rief.

Doch der Kaiser ritt nicht einmal auf seinem Schimmel vor seinen Truppen auf und ab und hielt anfeuernde Reden!

Er saß einfach an seinem Kartentisch, sichtlich gut gelaunt, aß ein paar Bissen, nahm ab und an eine Prise aus seiner Schnupftabakdose, bis sie leer war, stand manchmal kurz auf, um sich die Hände am Wachtfeuer zu wärmen – aha, ein Kaiser konnte also auch frieren! Aber er ignorierte die neugierigen Blicke der Leipziger.

Einer der Zuschauer, der Schriftsteller und Musiker Friedrich Rochlitz, bemerkte dabei etwas, das er nie mehr vergessen sollte. Mehrfach passierten erbarmungswürdige Gruppen von schrecklich Verwundeten das Blickfeld des Kaisers, die in die Stadt gebracht wurden. Er *konnte* sie gar nicht übersehen, doch sie waren ihm keines Blickes und keines Wortes wert.

Seine verwundeten Soldaten sind ihm vollkommen gleichgültig, erkannte Rochlitz erschüttert.

Gegen drei Uhr kam Bewegung in die Szenerie. In Begleitung ihrer Garden und polnischer Lanzenreiter traf die königliche Familie aus Eilenburg ein.

Der Kaiser schritt ihnen entgegen, begrüßte die Königin in der Kutsche und den König, der zu Pferd kam, nun absaß und sich umarmen ließ. Ihn ermahnte er erneut streng zur Bündnistreue. Sachsen werde doch nicht dem Beispiel der verräterischen Bayern folgen, die die Seiten gewechselt und ihm ausgerechnet heute den Krieg erklärt hatten?
Friedrich August verneinte entschieden.
Was sollte er auch sonst? Der König von Bayern hatte es gut, sein Land war nicht von hungrigen und plündernden französischen Truppen überflutet, und weder München noch Augsburg oder Regensburg würden morgen oder übermorgen Zentrum einer gewaltigen Schlacht werden!
Nur unerschütterliche Treue zu Napoleon und Vertrauen auf seinen Sieg konnten jetzt noch Leipzig vor der Zerstörung bewahren.
»Wir werden gewinnen!«, versprach Bonaparte der Königin mit siegessicherem Lächeln. Dann zog die Königsfamilie weiter, um wie üblich Logis im Apelschen Haus am Leipziger Markt zu nehmen.
Gegen vier Uhr nachmittags galoppierte ein Stabsadjutant heran, erstattete Bericht, und sofort wurde Alarm geschlagen. Die Garden marschierten ab, der Kaiser folgte ihnen zu Pferde.
Nun sah Ludwig Hußel unendliche Mengen weiterer Gardeabteilungen mit einer gewaltigen Zahl von Geschützen heranrücken. Da glaubte er die Alliierten schon verloren. Doch dann ritt Napoleon mit seinen Garden nicht etwa in die Schlacht, sondern nur die tausend Schritte zum Sommerhaus des Leipziger Bankiers Vetter, das er als Quartier gewählt hatte.
Verwundert sahen sich die durchgefrorenen Zuschauer an. Das war alles?
Die meisten von ihnen, auch Hußel und Rochlitz, hätten darauf gewettet, dass Bonaparte unbedingt heute noch zum großen Schlag ausholen würde. Schließlich war dies kein gewöhnlicher

Tag. Genau vor sieben Jahren, am 14. Oktober 1806, hatte Napoleon in zwei grandiosen Schlachten die Preußen bei Jena und Auerstedt geschlagen, *vernichtend* geschlagen. Genauer gesagt: die Preußen und die Sachsen, die damals noch an deren Seite kämpften.
Der Kaiser liebte Symbolhaftes.
Für Bonaparte war jedoch die Arbeit vorerst getan, sein Ziel erreicht: Seine gesamte Armee war nun im Anmarsch auf Leipzig.

Gegen fünf Uhr befahl der inzwischen in Pegau eingetroffene Fürst Schwarzenberg, den Kampf abzubrechen. Beide Seiten hatten hohe Verluste erlitten, einen wirklichen Sieger gab es nicht.
Murat war es gelungen, ausreichend Zeit herauszuschinden, damit Napoleon seine Hauptstreitmacht heranführen konnte. Dazu hatte er um zwölf Uhr persönlich eine Großattacke in Richtung Güldengossa angeführt, von wo aus man den Standort seiner Truppen nicht einsehen konnte. So kam Murat mit fünftausend Reitern über den Hügel galoppiert – ein furchteinflößender Anblick! Doch er wurde zurückgeschlagen und beinahe sogar gefangen genommen. Also zog er neue Truppen heran, eröffnete einen weiteren Großangriff, wurde durch Kartätschenfeuer bis Probstheida abgedrängt und ließ schließlich die Infanterie die Stellung auf dem wichtigen Höhenzug behaupten.
An diesem einen Tag büßte er bedeutende Teile der ohnehin schwachen französischen Kavallerie ein, darunter ein Drittel der gefürchteten, aus Spanien zurückbeorderten Dragoner.
Doch der Kampf, der als Reitergefecht von Liebertwolkwitz in die Geschichte einging, zeigte jedermann: Napoleon war bereit, die große Schlacht zu schlagen, hier in und um Leipzig.
Und die Alliierten waren bereit, die Herausforderung anzunehmen.

Der Pulk der flüchtenden Dorfbewohner erreichte Leipzig am Abend. Doch das Kohlgärtner Tor war bis auf einen schmalen Durchlass mit Palisaden versperrt, vor dem sich in immer dichter werdendem Gewühl Militärs zu Fuß und zu Pferde samt Geschützen und Karren voller Verwundeter drängten.
Trotz der Dunkelheit herrschte ohrenbetäubender Lärm. Menschen schoben sich gewaltsam aneinander vorbei, Mütter schrien nach ihren verlorengegangenen Kindern, Kinder heulten nach ihren verlorengegangenen Eltern, Offiziere brüllten ihre Soldaten an, Soldaten die Zivilisten, die Verwundeten vor Schmerz, Plünderer rissen dem Nächsten das Hemd vom Leib oder die Last von den Handkarren. Berittene Boten verlangten sofortigen Einlass ohne Rücksicht darauf, ob jemand unter die Hufe ihrer Pferde geriet.
Genauso viele Menschen, wie in die Stadt hineinwollten, drängten hinaus. Es goss inzwischen in Strömen, und nirgendwo gab es einen Unterschlupf.
»Halt dich an mir fest, bleib ja bei mir!«, rief Felix Henriette zu, während er versuchte, sich ein Stück vorzuarbeiten – zwecklos.
»Wie lange soll das hier noch so gehen? Wann können wir endlich in die Stadt?«, rief ein entrüsteter Leipziger in guter, aber völlig durchnässter Kleidung.
»Ja, Meister Hußel, sagen Sie denen, wir können hier nicht die ganze Nacht verbringen! Wir wollen in unsere Häuser!«, pflichtete ihm eine dürre Frau mit einer leeren Kiepe auf dem Rücken aufgebracht zu. Der Inhalt des Korbs hatte vermutlich ohne ihre Zustimmung den Besitzer gewechselt.
Ludwig Hußel bemühte sich, Auskunft von einem Offizier zu bekommen.
»Nicht vor sechs Uhr morgen«, erhielt er zur Antwort, übersetzte es an die mit ihm wartenden Bürger und erntete dafür einen Aufschrei der Entrüstung, der den Offizier jedoch gleichgültig ließ.
Also tauschten die Wartenden Neuigkeiten aus, welche Dörfer

und wessen Häuser abgebrannt waren. Andere erzählten ausgiebig von der Begegnung des Königs mit Napoleon am Hochgericht, worüber ein Bursche unkte, was es wohl zu bedeuten habe, wenn die zwei sich unterm Galgen umarmten.
Ludwig Hußel konnte das ungeheuerliche Gerücht beisteuern, der König sei auf dem Weg von Kosaken angegriffen worden. Der Anführer der Leibgarde habe mit achtzig Reitern gegen sie Front machen müssen.
Dass der König, den sie liebten und verehrten, in solche Gefahr geraten war, entlockte sogar den Menschen einen besorgten Aufschrei, die an diesem Tag ihr Haus und ihre Habe verloren hatten und nun die Nacht bei schlimmstem Wetter unter dem freien Himmel verbringen mussten.
Nur Felix war der sächsische König gleichgültig. Es war nicht *sein* König. Seine ganze Sorge galt Jette. Ihre Zähne klapperten vor Kälte, und sie sah aus, als würde sie jeden Moment umfallen. Jetzt krümmte sie sich mit schmerzverzogenem Gesicht zusammen, die Hände an den Unterleib gepresst.
Rasch überredete er die dürre Frau, ihm die ohnehin leere Kiepe als Sitzgelegenheit für seine Schwester zu borgen. Als Jette sich darauf zusammenkrümmte, legte er ihr seinen Mantel um die Schultern, ohne auf ihre Proteste zu achten, und sagte:
»Lehn dich an mich. Ich wärme dich.«
»Du wirst dich erkälten!«, protestierte sie matt.
Felix lächelte schief. »Wenn ich in den nächsten Tagen sterbe, dann bestimmt nicht am Schnupfen.«
Das ließ Jette verstummen.

Ein entsetzlicher Sturm heulte auf in dieser Nacht über Leipzig, knickte Bäume um, fegte Schornsteine von den Dächern, riss Fensterflügel ab. Sintflutartiger Regen ging über das Land nieder. Es war, als wollten die Naturgewalten das nahende Inferno auf ihre Art ankündigen. Als wollten die entfesselten Ele-

mente die Menschen warnen und von dem Ort wegtreiben, an dem sich so viel Unheil ereignen würde.
Doch die Soldaten ließen sich nicht wegtreiben. Durchnässt bis auf die Haut, frierend, hungernd, viele von Schmerzen gequält, klaubten sie jedes bisschen Holz zusammen, um ihre Wachtfeuer am Brennen zu halten.
Von allen Seiten marschierten Truppen in die Tiefebene um Leipzig; Zehntausende, Hunderttausende, Menschen aus vielen Nationen. Manche kämpften für Sold, andere für eine Idee, für die Freiheit, für ihr Vaterland.
Die meisten von ihnen glaubten noch daran, hier den Sieg für ihr Land und ihre Ideale zu erringen.

Der Tag vor der Schlacht

Leipzig und Pegau, 15. Oktober 1813

Die Leipziger erwarteten, dass an diesem Morgen die große Schlacht beginnen würde, und lauschten ängstlich, wann der Kanonendonner einsetzte. Doch noch blieb es ruhig.
Das wunderte und erleichterte sie ungemein. Aber jeder wusste, das konnte sich schon in der nächsten Minute ändern. So weit man von den Dächern und Türmen aus sehen konnte, lagerten Truppen wie ein schwarzer, tödlicher Ring um die Stadt, der Dutzende Dörfer in sich aufgesogen und zerstört hatte.
Leipzig selbst war befestigt worden: die äußeren Tore mit Palisaden versehen, spanische Reiter davor, in Wände und Tore Schießscharten geschlagen, überall Patrouillen und Bewaffnete.
Die Schlacht um Leipzig war unausweichlich. Es blieb lediglich die Frage, wann sie begann.

Die Entscheidung, ob an diesem Tag – einem Freitag – gekämpft werden würde, lag bei Napoleon.

Die Alliierten waren sich immerhin darin einig, nur zu reagieren, falls er die Initiative ergriff, denn ein beträchtlicher Teil ihrer Truppen würde erst im Verlauf des Tages eintreffen. Blüchers Schlesische Armee sowie die Nordarmee Bernadottes standen noch fast einen Tagesmarsch entfernt, manche Kontingente sogar noch weiter.

Napoleon entschied, und zwar in aller Herrgottsfrühe, die für diesen Tag geplante Schlacht auf morgen zu verschieben, denn auch seine Korps waren längst nicht alle eingetroffen. Deshalb befahl er Eilmärsche für diejenigen, die aus reiner Erschöpfung die Strecke bis Leipzig noch nicht bewältigt hatten.

Am Morgen erstattete ihm Murat im Vetterschen Landhaus in Reudnitz Bericht über den Verlauf des Reitergefechtes vom Vortag.

Dann, gegen zehn, ritten sie gemeinsam hinaus und besichtigten das Kampfgebiet. Der Kaiser erkundete ausgiebig das Gelände und begab sich auf eine Anhöhe westlich von Liebertwolkwitz, den Galgenberg, um von diesem Punkt aus die Schlachtordnung auszuarbeiten. Ein großes Wachtfeuer wurde angezündet, damit es der Kaiser etwas wärmer hatte. Er sprach mit Murat, Berthier und anderen seiner Marschälle und Generäle und teilte ihnen seine Pläne mit.

Wieder einmal befand er sich in der strategisch besten Position. Er besaß Leipzig, er verfügte dank Murats gestrigem Einsatz über diesen Höhenzug, auf dem sich eine riesige Batterie Kanonen aufstellen ließ, er konnte weitere Geländefalten für den gedeckten Anmarsch seiner Reserven nutzen, die dann überraschend über den Feind herfielen.

Die Ebenen um Leipzig eigneten sich vorzüglich für Kavallerieangriffe, auch wenn sein Schwager gestern recht verschwenderisch mit den wertvollen Reiterkontingenten umgegangen war.

Es war immer dasselbe mit ihm: So mutig Murat auch war und sich selbst in jeden Kampf stürzte, so unbesonnen und verschwenderisch setzte er seine Truppen ein. Jeder General mit einer guten Kavallerie sah zu, diese möglichst außer Sicht- und Reichweite des Königs von Neapel zu halten.

Doch das Beste an dem Gelände, das er, Napoleon Bonaparte, zum Schlachtfeld für den entscheidenden Kampf ausgewählt hatte: Drei Flüsse – Pleiße, Elster und Parthe – sicherten die Flanken seiner Armee. Wollte sich der Gegner von Südwesten nähern, geriet er in ein kaum zu durchdringendes Gebiet von Sümpfen, Gräben und durch tagelangen Regen angeschwollenen Wasserläufen.

Einzig beunruhigend war, dass er immer noch nicht genau wusste, welche der gegnerischen Armeen nun von wo im Anmarsch waren. Aber das würde sich bald zeigen. Hatte Murat wirklich schon mit der Hauptarmee gekämpft oder wieder nur einmal maßlos übertrieben? Blüchers Schlesische Armee war mit Sicherheit noch zu weit weg, um morgen schon ins Kampfgeschehen einzugreifen.

Das Problem, bei der derzeitigen Disposition nur eine einzige Rückzugsstraße zu haben, konnte er vernachlässigen. Über Rückzug musste er sich nun wirklich keine Gedanken machen. Er hielt mit seiner Armee alle strategisch günstigen Positionen, er persönlich würde die Schlacht leiten. Also war Rückzug absolut keine erwägenswerte Option.

Deutlich weniger entschlossen ging es in den Kommandostellen der Alliierten zu.

Da die Befehlshaber der einzelnen Armeen und die Monarchen noch an ganz verschiedenen Orten über das Land verteilt logierten, fand die entscheidende Besprechung zum Kriegsplan am Morgen in Pegau statt, wo Zar Alexander und sein Stab sowie der Oberbefehlshaber Fürst von Schwarzenberg wohnten – in getrennten Häusern, versteht sich.

Schwarzenberg hatte zusammen mit dem jungen General von Langenau, der im Mai aus den Diensten des sächsischen Königs geschieden war und seitdem in der österreichischen Armee diente, einen Plan ausgearbeitet. Doch der wurde vom Zaren und dessen Begleitern – Fürst Wolkonsky sowie Barclay de Tolly, Diebitsch und Jomini – energisch zurückgewiesen. Man könne nicht durch ein Gebiet vorrücken, das von Flussläufen zerteilt sei, beanstandeten die russischen Generäle.

»Langenau ist Sachse, er kennt sich hier aus«, hielt Schwarzenberg dagegen.

»Offenbar nicht!«, widersprach Jomini zynisch. »Dort« – er tippte auf das von Elster und Pleiße begrenzte Dreieck südlich von Leipzig – »ist Sumpf, ist Buschwerk, sind vom Regen angeschwollene Flussläufe, dort können Euer Exzellenz nie und nimmer Kavallerie einsetzen!«

Der Schweizer erkannte die Absichten des ehrgeizigen Langenau hinter diesem Plan: Den erfolgversprechendsten Angriff sollten die Österreicher führen, um als die Helden in die Geschichte einzugehen, während an den riskanteren Positionen gemischte Truppen eingesetzt wurden. Von dem Sumpfgebiet wusste Langenau offenbar gar nichts. Doch Jomini kannte es aus eigener Anschauung.

Es ging eine Weile hin und her, erst bemüht höflich, dann immer leidenschaftlicher, bis schließlich Zar Alexander verkündete: Der Herr Feldmarschall könne ja mit seinen österreichischen Truppen machen, was er wolle; er jedenfalls, der Zar, werde die seinigen gegen das rechte Pleißeufer führen.

Das sei doch ein passabler Kompromiss, erklärte der Fürst von Schwarzenberg mit etwas gezwungenem Lächeln und beendete die Besprechung, um eine neue Disposition für den nächsten Tag zu entwerfen, die am Abend aber ebenfalls abgelehnt werden würde.

Unterdessen näherten sich immer mehr alliierte Truppen Leipzig – alle bis auf die Armee des schwedischen Kronprinzen, der erst auf Halle zumarschierte, dann aber zwischen Zörbig und Wettin biwakieren ließ.

Wieder ein Abschied

Leipzig, 15. Oktober 1813

Jette erwachte durch leise Stimmen aus dem vorderen Zimmer, richtete sich auf und wusste im ersten Augenblick nicht, wo sie war. Dann fiel ihr alles wieder ein. Gestern tief in der Nacht hatten sie es doch noch in die Stadt geschafft. Felix führte sie geradewegs zum Neumarkt, wo Greta und Hermann in einer winzigen Dachwohnung lebten. Natürlich war die Haustür angesichts der späten Stunde und der unsicheren Verhältnisse versperrt, und so musste er laut rufen, um sich bemerkbar zu machen, was ihm wütendes Geschrei aus der Nachbarschaft und eine Schüssel voll Schmutzwasser eintrug, die ihn nur knapp verfehlte.
Bevor Greta all die Fragen stellte, die ihr auf der Zunge lagen, kümmerte sie sich erst einmal um Jette, deren erbärmlicher Zustand nicht zu übersehen war.
»Sie müssen aus den nassen Sachen raus, sofort!«, entschied sie und schob sie ins Schlafzimmer. Dort half sie der bibbernden Jette aus der Kleidung, hüllte sie in eine Decke und steckte sie unter ein Federbett. »Ich bringe gleich noch eine Wärmflasche und etwas Heißes zu trinken. Haben Sie Hunger?«, fragte die junge Frau, deren Niederkunft allem Anschein nach bald bevorstand.
»Nein, mir ist nur furchtbar kalt und müde zumute«, brachte Jette zähneklappernd heraus. Sie schloss die Augen und rollte sich zusammen, um das schmerzhafte Ziehen in ihrem Unterleib zu unterdrücken, das eingesetzt hatte, nachdem sie sich in

der Kirche über die beiden Mädchen geworfen hatte, und das seitdem immer schlimmer wurde.

Bekam sie nun mit zweimonatiger Verspätung doch noch die erlösende Gewissheit, *nicht* schwanger zu sein? Oder hatte sie dem Ungeborenen mit der hastigen Flucht aus Liebertwolkwitz zu viel zugemutet?

Sie hörte Greta in der Küche mit den Herdringen klappern, während Felix ihr und Hermann leise etwas erzählte, das sie nicht verstehen konnte. Kurz darauf brachte die junge Frau eine kupferne Wärmflasche und schob sie ihr unter die Decke. Einen Becher mit heißer Milch hatte sie zunächst abgestellt und drückte ihn nun Henriette in die Hand. Die bedankte sich von Herzen und hielt panisch nach einem Gefäß Ausschau, in das sie sich erbrechen konnte, falls ihr von dem Geruch abermals schlecht wurde.

»Ich nehme Ihre Sachen mit und bügele sie trocken«, sagte Greta dann. »Von allein trocknen die nie bis morgen. Es ist noch etwas Eintopf übrig, möchten Sie eine Schüssel voll? Noch haben wir Holz zum Kochen, aber nicht mehr lange ...«

Doch Jette wollte nur schlafen. Sie schaffte es nicht einmal mehr, die Milch auszutrinken. Sie rollte sich noch enger zusammen, überaus dankbar dafür, hier als Fremde ohne Fragen aufgenommen worden zu sein. Das verdankte sie allein Felix und seiner Freundschaft zu dem jungen Paar. Und natürlich Gretas Großherzigkeit sogar in diesen schweren Zeiten.

Dann schloss sie die Augen und fiel in einen tiefen, traumlosen Schlaf.

Nun musste es wohl schon Morgen sein, denn den Geräuschen nach saßen Hermann, Greta und ihr Sohn mit Felix beim Frühstück. Sie hatten offenbar beschlossen, Henriette schlafen zu lassen, solange sie schlafen konnte, damit sie zu Kräften kam. Aber Hermann musste ja zur Arbeit.

Im Halbdunkel des Raumes erkannte Jette, dass an der Tür ihr Kleid hing. Sie könnte jetzt aufstehen, aber sie fühlte sich immer noch zu elend. Und allein der Gedanke an Essen ließ erneut Übelkeit in ihr aufsteigen.
Also zog sie sich die Decke bis unter die Nase und lauschte dem Gespräch draußen.
»Wie ist es dir und Ludwig nach der Verhaftung Mahlmanns ergangen?«, fragte Felix gerade. Etwas über Ludwig zu erfahren, darauf war auch Henriette brennend erpicht.
»Ludwig wohnt ganz in der Nähe. Die Hauseigentümer nehmen lieber noch einen Untermieter auf, als drei Franzosen einquartiert zu bekommen. Es geht ihm gut, er bekommt nun auch vollen Lohn. Und Mahlmann musste nur ein paar Tage in Erfurt absitzen. Seine einflussreichen Dresdner Freunde sorgten schon dafür, dass er bald freikam. Wenn gerade keine Franzosen in der Nähe sind, brüstet er sich damit, an den Wänden des Gefängnisses einige seiner patriotischen Gedichte gefunden zu haben – hingekritzelt von Lützowern, die dort vor ihm eingesperrt waren. Ob das stimmt, weiß ich nicht. Frag doch mal bei deinen Leuten nach, das würde uns hier schon interessieren!«, meinte Hermann scherzhaft.
Eine Tasse klapperte, dann hörte sie ihn seufzen.
»Mit der Zeitung wird es immer schlimmer. Sie haben seit Mahlmanns Rückkehr jemanden zur Beaufsichtigung der Redaktion geschickt, einen Baron Bacher, und seitdem drucken wir eigentlich nur noch, was der hereinreicht. Die Texte lesen sich, als kämen sie direkt aus Napoleons Hauptquartier. Wahrscheinlich ist es sogar so. Ich weiß nicht, wie gut du über das Kriegsgeschehen der letzten Wochen informiert bist, aber ginge es nach dem, was wir drucken, erringt Bonaparte weiter einen Sieg nach dem anderen. Dabei pfeifen die Spatzen von den Dächern, dass es ihm Blücher an der Katzbach und Bülow in Dennewitz und Großbeeren ordentlich gegeben haben ...«

»Was stand bei euch dazu?«, fragte Felix.
»Erst gar nichts. Dann: glänzende Siege! Und nach vier Wochen eine kleine Notiz, an der Katzbach seien die angeschwollenen Flüsse schuld daran, dass des Kaisers Truppen einen Tag lang nicht so erfolgreich wie gewohnt gewesen seien. Nicht so erfolgreich wie gewohnt – ha!«
»Wie in Russland. Nur dass diesmal nicht der Winter daran schuld war, sondern der Sommer«, spottete Greta.
»Ja, und wenn die Schlacht morgen zugunsten der Alliierten ausgeht, was wir alle hoffen und wofür Gott und Blücher sorgen mögen, dann sind nicht Preußen, Russland und Österreich seine Hauptfeinde, sondern Sommer, Herbst und Winter, witzeln die Leute«, meinte Hermann hörbar vergnügt.
»Erzähl von der Schmähschrift gegen Bernadotte!«, forderte Greta ihn auf.
Diesmal klang Hermanns kurzes Lachen bitter. »Die war wirklich schlimm. Ich bin mir nicht sicher, ob diesmal Mahlmanns Widerruf auf der Titelseite als Entschuldigung genügt, wenn die Alliierten gesiegt haben.«
»Und was druckt ihr über die Ereignisse der letzten Tage?«, wollte Felix wissen. »Die Leute sehen doch, was um sie herum vorgeht.«
»Lügen, nur Lügen. Gestern stand im Blatt, dass die Franzosen Dessau erobert haben, aber nicht, dass sie es nach drei Stunden schon wieder verlassen mussten. Solche Dinge, verstehst du? Die Leipziger erzählen sich natürlich ganz andere Geschichten: dass Thielmann im Gebiet zwischen Weißenfels und Naumburg unangefochten das Sagen hat, dass er Augereau heftig eins übergezogen haben soll. Und auch dein Rittmeister machte wieder mit großartigen Streichen von sich reden. Die Leute lieben sie dafür. Es heißt, die Streifkorps haben Tausende von den in Dresden gefangenen Österreichern befreit, die über Leipzig nach Erfurt eskortiert werden sollten. Es seien kaum noch Kriegsgefangene in Erfurt angekommen …«

»Denkst du wirklich, ihr werdet heute noch eine Zeitung setzen?«, fragte Greta skeptisch.
»Das wird sich zeigen. Vielleicht werden wir auch alle zu Schanzarbeiten geschickt. Ich bin gespannt, ob und was wir zu den Kämpfen gestern hereinbekommen. Aber es widert einen schon an ...«
»Wir brauchen das Geld!«, mahnte Greta.
»Ich weiß.«
Jette hörte Stühle rücken, dann Hermann sagen: »Ich muss jetzt los. Pass auf dich auf, Liebes, und auf unser Kleines. Und du, Paul, machst deiner Mutter keinen Ärger, sind wir uns darin einig?«
»Ja, Vater«, erklang eine helle Stimme.
»Felix, lass dich zum Abschied umarmen. Gott möge dich behüten. Komm gesund wieder! Wir kümmern uns derweil um dein Mädel.«
»Sie ist nicht mein Mädel«, vernahm Jette Felix' leisen Einspruch.
Eine Tür ging knarrend auf und zu, eine Weile herrschte Stille, dann war das Klappern von Geschirr zu hören.
»Ich sollte wohl auch aufbrechen«, sagte Felix. »Gern hätte ich mich noch von Henriette verabschiedet. Aber soll sie schlafen und sich ausruhen. Vielleicht ist es besser, so zu gehen ...«
Er sprach den Satz nicht zu Ende.
Doch da warf Henriette schon die Bettdecke beiseite und rief zur Tür: »Warte! Geh noch nicht! Ich bin wach!«
So schnell sie konnte, schlüpfte sie in Strümpfe, Unterkleid und Kleid, schloss mit zittrigen Händen die Häkchen auf dem Rücken, strich sich mit den Fingern durch die Haare und trank einen Schluck von der kalt gewordenen Milch, um den trockenen Geschmack im Mund loszuwerden.
Dann öffnete sie mit wild klopfendem Herzen die Tür und stand in der winzigen, aber gemütlichen Küche der jungen Leipziger Familie.

»Guten Morgen!«, sagte sie verlegen.
Der kleine Paul sprang vom Stuhl auf. »Guten Morgen, Fräulein, haben Sie gut geschlafen?«, fragte er ausgesucht höflich und verneigte sich sogar.
Jette musste lächeln. »Ich heiße Henriette, Jette für meine Freunde. Und ich würde mich freuen, wenn alle hier du zu mir sagen, wenn ich schon so gastfreundlich aufgenommen werde.«
Nun lächelte auch Greta. »Du bist richtig. Sonst hätte Felix dich nicht mitgebracht. Komm, setz dich, iss etwas Haferbrei.« Sie füllte ihr eine Schüssel und stellte sie auf den Tisch.
Mit einem Seitenblick auf Felix setzte sich Jette, bedankte sich und fing vorsichtig zu essen an. Nein, er unternahm noch keine Anstalten zu gehen. Und ihr wurde auch nicht schlecht; den Brei schien sie im Magen behalten zu können.
Nur in ihrem Leib wühlten nach wie vor diese krampfartigen Schmerzen, und sie fragte sich erneut, ob sie darüber beruhigt oder besorgt sein sollte.
»Fühlst du dich besser?«, erkundigte sich Felix besorgt.
»Ja«, versicherte sie ihm, ohne ihn anzusehen. Er sollte nicht gehen!
Brav aß sie Löffel für Löffel und trank den heißen Kräutertee, den Greta ihr einschenkte.
Eine Weile herrschte Stille in der kleinen Küche.
Als Jette aufgegessen hatte, erhob sich Felix.
»Ich werde jetzt aufbrechen und mich bei meiner Eskadron zurückmelden. Gott schütze euch! Danke für eure Hilfe, Greta. Und du, Jette ... gib auf dich acht! Greta und Hermann werden dir helfen. Lebe wohl!«
Mit zittrigen Knien stand Henriette auf. »Ich sage *nicht* Lebewohl! Das ist so ... endgültig. Das bringt Unglück. Passen Sie auf sich auf, Felix!«
Überrascht und gekränkt sah er sie an. »*Sie?*« Er schnappte nach Luft. »Das Du unterwegs war also immer nur zur Täu-

schung für die anderen, und jetzt stehen wir einander wieder als Fremde gegenüber? Werde ich mit einem *Sie* weggeschickt?«
»Nein, so ist das nicht gemeint!«, rief Henriette verzweifelt. »Doch wenn ich Sie mit einem Du wegschicke, dann müsste ich Sie auch umarmen wie einen Bruder, und dann würde ich weinen ... und das macht alles nur noch schwerer ...«
Felix lächelte. Traurig, doch ein wenig versöhnt. Er trat einen Schritt auf sie zu und wischte ihr mit dem Daumen seiner verstümmelten Hand sanft die Tränen aus den Augenwinkeln. Zu seiner unendlichen Freude und Erleichterung wich sie nicht zurück.
»Noch lebe ich. Und falls du nicht hierbleiben kannst, hinterlass mir unbedingt eine Nachricht, wo ich dich finde, wenn alles vorbei ist!«
Er verabschiedete sich von Greta, strich Paul übers Haar, dann schloss er die Tür hinter sich.
Es würde nicht schwer sein, auf preußische Truppen zu stoßen. Entweder würde man ihn dort zu seinem Kommandeur schicken oder einer anderen Einheit zuweisen. Hauptsache, er konnte etwas tun.
Henriette sollte nicht um ihn weinen. Aber dass sie es eben schon fast getan hatte, stimmte ihn geradezu fröhlich.

Als Felix fort war, fiel Jette Greta um den Hals und fing erbärmlich an zu schluchzen.
Das Kind in Gretas Leib beschwerte sich gegen den sanften Druck des fremden Körpers und stieß mit einem Bein kräftig gegen die Bauchdecke seiner Mutter, so stark, dass Jette es auch spürte. Verblüfft trat sie einen halben Schritt zurück, starrte die werdende Mutter an, und dann mussten beide Frauen lachen, Jette unter Tränen.
»Hier, willst du mal fühlen?«, ermunterte Greta sie, nahm Jettes Hand und legte sie auf ihren kugelrunden Bauch.
Staunend und ehrfürchtig nahm Jette die Lebenszeichen des

noch Ungeborenen wahr.« »Was denkst du: Junge oder Mädchen?«

»Geb Gott, dass es ein Mädchen wird!«, sagte Greta ganz entschieden. »Ich will es nicht auch einmal in den Krieg schicken müssen.«

Schon flossen von neuem Tränen bei Jette.

»Felix ist ein guter Kerl. Vielleicht kommt er ja durch«, sagte Hermanns Frau leise. »Sie können doch nicht alle sterben, wenn morgen die große Schlacht beginnt …«

Es klopfte. »Ich bin es, die alte Wächtlerin«, klang eine rauhe Frauenstimme.

»Es ist offen, kommen Sie herein!«, rief Greta, die noch nicht dazu gekommen war, die Tür nach Felix' Fortgang abzuschließen.

Eine stämmige Frau mit grauem Haar unter der Haube und einem großen Henkelkorb trat ein und richtete den Blick sofort auf Gretas Bauch.

»Ich will zu den Anschützens nebenan, weil ihr Kleiner kränkelt, und bei der Gelegenheit dachte ich mir, kurz bei dir vorbeizuschauen. Aber wie ich sehe, bleibt dir noch Zeit. Das Kind hat sich ja noch nicht einmal richtig gesenkt …«

»Möchten Sie etwas Tee, Frau Wächtler? Minze und Fenchel, haben Paul und ich selbst gesammelt.«

»Gern, mein Kind.« Die Alte ließ sich auf einen Stuhl sinken, der dabei bedenklich knarrte. Dann musterte sie Jette aufmerksam. »Und was ist mit dir? Da ist wohl auch was unterwegs? Na ja, geht mich ja nichts an«, sagte sie, als Jette betroffen schwieg.

»Der Herr Anschütz ist Musiklehrer und komponiert wunderbare Lieder«, sprang Greta ein, ohne sich etwas von ihrer Überraschung anmerken zu lassen. Die alte Wehfrau hatte einen Blick für so etwas, sie irrte sich nie. Aber darüber würde sie nachher mit Henriette allein sprechen. Sofern die dazu bereit war. Deshalb plauderte sie weiter: »Seine Frau Amalie – er

nennt sie nur Molly, sie lieben sich wirklich sehr – hat ihm vor zwei Wochen einen kleinen Jungen geboren. Frau Wächtler holte ihn auf die Welt, wie damals auch meinen Paul.«
»Stellt euch vor, Anschütz will den Knaben Kutusow Bernadotte Wellesley nennen!«, meinte die Alte grinsend. »Das nenne ich patriotisch gedacht!«
Greta lachte. »Patriotisch wäre Blücher noch dazu! Der arme Junge, wie werden ihn später einmal seine Spielgefährten rufen? Aber Hauptsache, sein Vater nennt ihn nicht Napoleon …«
»Das wäre ja noch schöner! Zum Teufel mit dem Pack, das uns nur Krieg und Not beschert!«, schimpfte die Alte. »Kein Korn mehr in der ganzen Stadt aufzutreiben, kein Strohhalm, kein Stück Leinen, kein Gramm Butter. Ich habe gerade noch drei Scheite Holz. Ab morgen kann ich weder kochen noch heizen. Auf den Straßen überall Soldaten. Und wie die sich aufführen, die Einquartierten! Fordern nur vom Allerfeinsten, als ob wir hier noch etwas hätten, und hausen wie die Vandalen! In der Reichsstraße hat vorgestern ein Franzose eine Frau über den Haufen geritten, das ganze Pflaster war voller Blut. In unseren schönen Promenaden ist jeder Baum abgesägt und zu Feuerholz für ihre Biwaks zerhackt worden. Und habt ihr gehört, was gestern vorm Kohlgärtner Tor los war?«
»Ich war dort«, sagte Henriette. »Und zuvor in Liebertwolkwitz, mitten in den Kämpfen. Das halbe Dorf ist abgebrannt, sie beschossen sogar die Kirche mit Kanonen, während die Dorfbewohner dort Schutz suchten.«
»Da kann man schon einmal ein bisschen blass um die Nase aussehen«, lenkte die Wehfrau ein. Sie trank ihren Tee aus und stemmte sich ächzend hoch.
»Ich geh dann wieder. Mal sehen, ob heute noch ein Kind auf diese Welt geholt werden will.«
»Es ist nicht die Zeit, um Kinder zu gebären, mitten im Krieg …«, sagte Jette bedrückt.
»Keines wird deshalb drinbleiben«, widersprach ihr die Alte

sarkastisch. »Es werden zu jeder Zeit Kinder geboren werden. Das Leben setzt sich immer durch.«

Henriette hob den Kopf. »Wenn ich sehe, was sich da draußen zusammenbraut ... Wie soll ich noch glauben, dass das Leben den Tod besiegt?«

»Wir Frauen gebären die Kinder, und wenn sie groß geworden sind, holt der Krieg sie uns weg. Deshalb müssen neue Kinder her«, sagte die Wehfrau kategorisch. »Männer nehmen Leben, Frauen schenken Leben. So ist es seit Anbeginn der Zeit.«

Prüfend blickte sie noch einmal auf Gretas Leib. »Ich denke, dein Wunsch geht in Erfüllung. Diesmal wird es ein Mädchen.«

Die junge Frau strahlte. »Ein Schwesterchen für dich, Paul! Was meinst du?«, fragte sie ihren Sohn. Der zuckte nur mit den Schultern.

Die Alte verabschiedete sich und schlurfte hinaus.

»Und du, was hast du nun vor?«, fragte Greta.

»Ich will in den Lazaretten helfen.«

»Lazarette findest du hier auf Schritt und Tritt. Jedes nur erdenkliche Haus ist jetzt Lazarett, sogar das Gewandhaus. Und fast jede Kirche. Aber denkst du, dass du das aushältst?«

Dieses Mädchen sah nicht so aus, als wäre sie harte Arbeit gewohnt. Ganz abgesehen von dem furchtbaren Anblick, den die Verwundeten boten.

»Ich habe das schon zu Hause getan. Und wenn ich mir ausmale, was morgen geschieht ...«

»Es wird schlimm genug, wenn sie sich da draußen auf den Feldern totschlagen!«, meinte Greta wütend. »Aber falls sie den Krieg auch noch in die Stadt tragen ... Es war leichtsinnig von dir hierherzukommen.«

Sie zögerte einen Moment. »Ist es wegen Felix?«

»Nein«, gab Jette mit gesenkten Lidern zu.

Da fuhr ein so stechender Schmerz durch ihren Leib, dass sie sich zusammenkrümmte und kaum noch Luft bekam. »Ich

glaube, ich blute …«, stöhnte sie. »Wo ist bei euch der Abtritt? Die halbe Treppe tiefer?«
»Geh auf das Nachtgeschirr!«, rief Greta. Falls es eine Fehlgeburt war, musste die alte Wehfrau begutachten können, was der Körper abstieß. Das wusste sie aus eigener trauriger Erfahrung.
Schmerzgekrümmt stürzte Jette in das Zimmer, in dem sie geschlafen hatte, und zog das Nachtgeschirr unter dem Bett hervor.
Greta ließ ihren Sohn zur Familie des Musiklehrers rennen, um die Frau Wächtler höflich zu bitten, noch einmal zu kommen, wenn sie das Neugeborene versorgt hatte.
Bald kehrten die beiden zurück. Paul wurde zum Spielen hinausgeschickt, die alte Wehfrau inspizierte den Inhalt des Nachtgeschirrs und konstatierte: »Es ist alles heraus, das ist das Gute am Schlechten. Schone dich ein bisschen, wenn du kannst, dann bist du morgen wieder auf den Beinen. Und trauere nicht zu sehr. Was so früh abgeht, wäre meistens nichts geworden. Da hilft die Natur sich selbst.«
Jette lag auf dem Sofa und starrte an die Decke. Es war wohl die Art der Alten, mit diesen unverblümten Worten zu trösten. Wer weiß, wie viele solche Momente sie in ihrem Beruf schon erlebt hatte.
»War das Kind von Felix?«, fragte Greta leise, als sie mit Henriette allein war.
Jette schüttelte den Kopf.
Das erklärt einiges, dachte Greta. Und wirft noch mehr Fragen auf.
»Darf ich noch bis morgen bei euch bleiben?«, flüsterte Henriette. Dann musste sie auch dieses Haus für immer verlassen. Wenn Felix erfuhr, dass sie schwanger gewesen war, würde er sie verabscheuen. Das könnte sie nicht ertragen.
Aber jetzt fühlte sie sich zu elend, um sich noch um andere kümmern zu können.

Vorbereitungen

*Leipzig, 15. Oktober 1813,
französische Kommandantur im
Hotel de Prusse am Rossplatz*

Ratlos sah der junge Adjutant des französischen Stadtkommandanten auf den dunkelhaarigen Mann, der in unbequemer Haltung im Sessel eingenickt war und weder auf Hüsteln noch auf halblautes Rufen reagierte. Nach einem erneuten verzweifelten Blick zur Uhr auf dem Kaminsims fasste er sich ein Herz und berührte den Schlafenden sacht am Arm, der sofort aufschreckte.
Der Adjutant sprang einen Schritt zurück und sagte verlegen: »Monsieur Larrey, die Herren vom Leipziger Lazarett-Komitee sind da.«
Dominique Jean Larrey, Erster Heereschirurg der Grande Armée und Leibarzt Napoleons, rieb sich über das Gesicht, strich sich die dunklen Haare zurück und streckte seinen Rücken durch. Die ganze Nacht bis zum Vormittag hatte er operiert und war jetzt offenbar sofort eingenickt, ohne es zu wollen.
»Ja. Ja, es ist gut. Danke!«
»Ich bringe Ihnen Kaffee, doppelt stark!«, versprach der junge Mann beflissen und mit leuchtenden Augen. Die Soldaten verehrten Larrey. Er hatte durchgesetzt, dass Wundärzte und Chirurgen sogar während des Kampfes aufs Schlachtfeld fuhren und sich um die Verletzten kümmerten. Larrey ging selbst mit gutem Beispiel voran. Er hatte »fliegende Ambulanzen« bauen lassen, mit starkem Holz umgebene Wagen, in denen er auf dem Schlachtfeld operierte, nicht selten sogar unter Beschuss. Kompromisslos kämpfte er um seine Verwundeten; wenn es sein musste, ging er sogar bis zum Kaiser, um alles an Vorräten und Leuten zu bekommen, was er für sie brauchte.
Aus Verehrung und weil er schon vermutet hatte, dass der Arzt

nach den blutigen Reiterkämpfen des Vortages kaum zum Schlafen gekommen war, hatte der Adjutant bereits einen starken Kaffee in Auftrag gegeben und brachte ihn herein, noch bevor die Besucher eintreten konnten.

Genüsslich kostete Larrey von dem bitteren, belebenden Getränk und dankte dem eifrigen jungen Mann. Der ging freudestrahlend hinaus und riss beim Hinausgehen die Tür für die drei Herren auf, die nun das Zimmer betraten.

»Monsieur Larrey. Multon, Erster Wundarzt von Leipzig«, stellte sich der Größte von ihnen vor, nachdem er sich respektvoll verneigt hatte. Er wirkte genauso erschöpft und übernächtigt wie der französische Arzt. Auf einem seiner Hosenbeine waren Blutspritzer, die er vermutlich nicht bemerkt hatte, als er entschied, nur den Kittel abzulegen und den Gehrock überzustreifen.

»Herr Kollege«, begrüßte Larrey ihn höflich und stand auf. Dies würde eine kurze Unterredung werden.

Vorzustellen brauchte er sich nicht, schließlich hatte er das Treffen einberufen. Außerdem galt er als der angesehenste Mann seines Berufsstandes in Europa, nicht nur wegen seiner chirurgischen Fähigkeiten und seiner Untersuchungen über den Typhus, den schlimmsten Feind der Grande Armée seit Austerlitz, sondern auch wegen seiner bahnbrechenden Umgestaltung des Sanitätswesens beim Militär.

Der Erste Leipziger Wundarzt wies auf den weißhaarigen Mann neben ihm, der in auffallend gutes dunkles Tuch, aber ohne jeden Prunk gekleidet war. Einziges Schmuckstück war eine silberne Brosche am Jabot.

»Der Kaufmann und Geheime Rat Frege, der die städtischen Lazarette verwaltet und sich sehr für die Armen und das Spitalwesen in dieser Stadt engagiert. Es ist sein Verdienst, dass das Lazarett am Petersschießgraben zu einer Musteranstalt für fünftausend Verwundete eingerichtet wurde. Und dies ist Herr Münchow, einer unserer Stadtschreiber.«

Der Schreiber trug ebenfalls graue Hosen und einen grauen Reitmantel, doch von deutlich geringerer Qualität als Frege.
»Ich habe Sie hierher in die Kommandantur gebeten, statt Sie in einem der Lazarette zu treffen, damit wir ungestört reden können«, eröffnete Larrey das Gespräch. »Auch wenn ich weiß, dass Sie in diesen Tagen alle sehr beschäftigt sind. Auf Sie, Monsieur Multon, warten die Verwundeten ebenso wie auf mich, und Sie, Monsieur Frege, sollten jetzt wohl eigentlich auf der Messe Handel treiben …«
»Messe kann man es diesmal kaum nennen«, erklärte der Bankier und Kaufmann finster. »Des Krieges wegen sind nur Händler von sehr weit her angereist, die nicht wussten, welche Zustände sie hier erwarten. Jetzt müssen wir dafür sorgen, dass ihre wertvollen Waren nicht noch geplündert werden, sonst ist der Ruf unserer Messe ruiniert. Meine wichtigste Aufgabe sehe ich angesichts der Lage derzeit als Lazarettverwalter.«
Larrey nickte zustimmend und sah kurz von einem zum anderen.
»Sind Sie drauf vorbereitet, in den nächsten Tagen hunderttausend Verwundete aufzunehmen?«
Hätte er plötzlich eine Pistole gezogen und im Raum abgefeuert, die Wirkung wäre nicht größer gewesen.
»Hunderttausend!«, ächzte Multon.
Frege wurde blass, der Schreiber Münchow riss die Augen auf.
Dominique Jean Larrey breitete die Hände aus. »Haben Sie gesehen, wie viele Bataillone schon um Leipzig stehen? Und wissen Sie, wie viele noch auf dem Weg hierher sind? Rechnen Sie mit fünfhunderttausend Kombattanten, halten Sie sich vor Augen, dass dies eine Entscheidungsschlacht sein wird, und dann ist es noch eine *optimistische* Schätzung, dass lediglich jeder Fünfte verwundet wird. Selbstverständlich spreche ich nicht nur von französischen Soldaten. Sie werden hier Angehörige *jedweder* Nation aufnehmen müssen.«

Den letzten Satz hatte er mit einiger Schärfe gesprochen – unnötigerweise.

»Monsieur Larrey, lassen Sie mich versichern, dass wir hier unser Bestes tun. Doch es mangelt an allem!«, erwiderte Multon geradezu verzweifelt. »Wir haben das Nervenfieber und die Ruhr in der Stadt und sind vollkommen überfüllt! Allein nach den beiden Schlachten vor Berlin sind neuntausend Verwundete in der Stadt eingetroffen – zusätzlich zu denen, die bereits hier lagen. Mittlerweile sind neben den Hospitälern auch noch fast alle Kirchen als Notlazarette eingerichtet ...«

»Ich habe mich heute Nachmittag in Ihren Lazaretten umgeschaut«, unterbrach ihn Larrey. »Ich sah, dass Sie tun, was Sie können, und ich sah, woran es mangelt. Ich weiß auch, dass Leipziger Ärzte im Mai nach der Schlacht von Lützen aufs Schlachtfeld gezogen sind und sich um unsere Verwundeten gekümmert haben. Dafür sind wir Ihnen sehr dankbar.«

»Hunderttausend können wir nie und nimmer versorgen! Diese Stadt hat zweiunddreißigtausend Einwohner!«, klagte Multon. »Ich weiß nicht mehr, woher ich noch Helfer nehmen soll, geschweige denn medizinisch ausgebildetes Personal. Wir hatten im Frühjahr vier zusätzliche Hospitäler eingerichtet, im Place de repos, im Ranstädter Schießgraben, hinter der Angermühle und in der alten Ziegelscheune. Doch die reichen längst nicht mehr. Das Sankt-Georgen-Armenhaus, Kirchen und Schulen, selbst das Gewandhaus sind jetzt schon voll von Verwundeten ... Ich werde noch das Kornhaus räumen lassen, dort können etwa sechstausend Mann unterkommen.«

»Es nützt nichts zu jammern«, mahnte Larrey unnachgiebig. »Halten Sie sich an folgende Regel: Schicken Sie jeden transportfähigen Operierten, so schnell es geht, auf direktem Weg in sein Heimatland. Das entlastet die Lazarette, und es verhindert, dass sich die erfolgreich Operierten mit Typhus anstecken und daran sterben. Was können Sie Ihrerseits tun, damit die Seuche nicht die ganze Stadt ergreift?«

»Wir veröffentlichen mehrfach Aufrufe über den Umgang mit ansteckenden Krankheiten«, erklärte der Erste Wundarzt der Stadt.
»Was empfehlen Sie?«
»Mineralsaure Räucherungen ...«
»Sind denn noch die Ausgangsstoffe dafür vorrätig?«, fragte Larrey fast ironisch, und Multon verneinte erwartungsgemäß.
»Ansonsten Essig, allgemeine Sauberkeit und leichte Kost«, zählte der Wundarzt auf.
Der französische Arzt nickte zustimmend.
»Gestern erst erging ein erneuter Aufruf an die Bevölkerung, Leinen und Charpie zu spenden«, fuhr Multon fort.
»Mit Erfolg?«
»Jeder gab schon, was er entbehren kann. Wir zahlen den Leuten Geld dafür. Wer es nicht braucht, soll es für die Armenstiftung spenden ...«
»Lazarettstroh!«, warf plötzlich der Kaufmann Frege zusammenhangslos, aber sehr nachdrücklich ein. »Wir brauchen dringend welches. Ich schickte in den vergangenen Tagen ein halbes Dutzend Fuhrleute mit ihren Gespannen in die umliegenden Dörfer, um in meinem Auftrag alles verfügbare Stroh aufzukaufen. Kein einziges Fuhrwerk ist zurückgekehrt.«
Ungehalten wies er aus dem Fenster. »Das wird wohl alles letzte Nacht in den Wachtfeuern Ihrer Soldaten verbrannt worden sein, samt den Karren. Ich weiß nicht, wie vielen Familien ich damit die Existenz geraubt habe. Und wir haben nur noch bis morgen Brot für die Lazarette! Sämtliche Reserven sind erschöpft, obwohl wir reichlich Korn angekauft und gelagert hatten, trotz der hohen Preise nach der katastrophalen Missernte voriges Jahr.«
»Was Mehl, Korn und Branntwein betrifft, so wurden gestern schon alle Stadtbewohner verpflichtet, ihre Vorräte zu melden«, ergänzte Multon.
»Für so viele Verwundete brauchen wir Tausende Schüsseln,

Becher, Löffel ...«, überlegte Münchow laut, immer noch fassungslos über die Zahl, die Larrey genannt hatte – obwohl es ihm eine durchaus realistische Schätzung zu sein schien. Schrecklich, aber realistisch. Es starben mehr Soldaten in den Lazaretten als auf dem Schlachtfeld.

»Dann erlassen Sie einen Aufruf an die Bevölkerung, alles entbehrliche Tonzeug, Holzschalen und dergleichen zu spenden!«, erklärte der französische Chirurg. »Außerdem Bettgestelle, Strohsäcke ...«

»Es ist einfach nichts mehr da!«, insistierte Frege.

Er war voller Zorn, obwohl er wusste, dass der französische Chirurg nicht der richtige Adressat für diesen Zorn war.

Christian Gottlob Frege gehörte zu den einflussreichsten Finanziers Europas und hatte nach der Niederlage 1806 auch die Vermittlung der sächsischen Kontributionszahlungen an Frankreich übernommen. Deshalb wusste er genau, wie schwer es Sachsen und selbst Leipzig gefallen war, diese hohen Summen aufzubringen. Aus moralischer Verpflichtung gegenüber seiner Stadt hatte er beträchtliche Teile seines Vermögens dafür eingesetzt, die Armenanstalt und die Lazarette in einen ordentlichen Zustand zu bringen, Konzerte im Gewandhaus zu ermöglichen und die Nikolaikirche zu einem einzigartigen klassizistischen Sakralbau umgestalten zu lassen. Und jetzt verkamen nicht nur Gewandhaus, Armenhaus und Lazarette, jetzt drohten Hunger und Seuchen seine Heimatstadt in einem Ausmaß heimzusuchen, dass sie Jahre brauchen würde, sich davon zu erholen.

»Wir sind hier in einer Notlage, in der nicht einmal Geld Abhilfe schaffen kann!«, konstatierte er erregt. »Weder Brot noch Stroh, noch Betten lassen sich dafür auftreiben. Die Stadt und ihre Bewohner sind an der Grenze ihrer Leidensfähigkeit.«

Der Erste Heereschirurg Larrey sah dem aufgebrachten Kaufmann und Lazarettverwalter direkt in die Augen. »Heute Abend gibt es im Leipziger Schauspielhaus eine Premierenvorstellung, trifft das zu? Ich bedaure wirklich sehr, das zu sagen, Monsieur. Aber diese Stadt und ihre Bewohner werden ab morgen erst schmerzvoll erfahren müssen, was Leid ist.«

Truppenrevue

Leipzig und Umgebung, 15. Oktober 1813

Bis zum Nachmittag hatte Napoleon die Biwaks seiner Truppen südlich von Leipzig besichtigt und für drei Uhr eine Inspektion der Korps seines Schwagers angekündigt. Während Murats Reiter sich in geschlossener Linie zwischen Markkleeberg und Liebertwolkwitz formierten, ritt der Kaiser zum Gutshaus Dölitz, um mit dem Fürsten Poniatowski dessen besondere Aufgaben am morgigen Tag auf dem äußersten rechten Flügel der Grande Armée zu besprechen.

Es würde schwierig und verlustreich werden. Aber auf Poniatowski und seine Polen konnte er sich verlassen. Tapfere Männer, die wussten, wofür sie kämpften. Auch wenn sie noch nicht wussten, ob sie es auch wirklich von ihm bekommen würden: ein wiederhergestelltes Polen.

Wenn Poniatowski morgen tatsächlich Markkleeberg hält, sollte ich ihn vielleicht zum Marschall ernennen, überlegte Napoleon. Zum Marschall *Frankreichs,* damit allen klar ist: Er kämpft für mich und nicht für Polen.

Die Inspektion von Murats Truppen durch den Kaiser beobachteten auf der Höhe von Güldengossa auch mehrere Generäle der Alliierten, unter ihnen Prinz Eugen von Württemberg. Der Wind trug den Nachhall des tausendfachen »Vive l'Empereur!« zu ihnen hinüber.

Danach verlieh Napoleon mit höchst feierlichem Zeremoniell Adler an drei Regimenter des Korps Augereau und besichtigte weitere Truppen. In Holzhausen südöstlich von Leipzig, wo seine 2. Division der Alten Garde stand, ritt er auch das Bataillon der sächsischen Königsgarde unter dem Kommando des jungen Majors Friedrich von Dreßler ab und fragte ihn, an welchen Kämpfen er teilgenommen habe. Stolz notierte der Gardekommandeur in sein Tagebuch, ein paar Worte mit dem Kaiser höchstpersönlich gewechselt zu haben.

Bei Einbruch der Dunkelheit ritt der Kaiser zurück in sein Hauptquartier, das Vettersche Gut in Reudnitz, zufrieden mit sich und seinen Truppen, die er nun alle in Stellung gebracht hatte.

Jeder der Männer in den Biwaks in und um Leipzig traf am Abend vor dem Kampf seine eigenen Vorbereitungen für den Tag der Schlacht, den Festtag des Soldaten. Waffen wurden gereinigt, Uniformen geputzt, Briefe geschrieben, Schulden eingelöst, Gebete gesprochen und Neulinge ermahnt, die Spielkarten wegzuwerfen, weil die sonst Unglück brächten.

Felix war auf der Suche nach den nächstgelegenen preußischen Truppen Richtung Halle marschiert und dort auf Vorposten des Korps Yorck gestoßen.

»Volontärjäger Zeidler meldet sich nach Verwundung zum Dienst zurück!«

»Sind Sie sicher, dass Sie nicht lieber zur Landwehr wollen?«, fragte der Offizier mitleidig und deutete auf Felix' verkrüppelte Hand.

»Ich kann sehr gut bei den Scharfschützen eingesetzt werden«, widersprach der einstige Bergstudent. »Wo stehen die Eskadrons des Majors von Colomb? Er ist mein Kommandeur.«

»Colomb? Wir haben noch keine Nachricht, ob der Kurier ihn angetroffen und die neuen Marschbefehle übergeben hat. Kann sein, er streift weiter in Thüringen umher. Wenn Sie bei ihm waren, wissen Sie doch, wie schwer er aufzuspüren ist.«

Trotz der Ernsthaftigkeit der Lage musste Felix lächeln. »Dann teilen Sie mich einem anderen Kommando zu!«, beharrte er.
»Sie wollen mit dieser Hand schnell laden und schießen? Beweisen Sie es!«, forderte der Leutnant ihn auf.
Felix fühlte sich an seinen ersten Tag im Streifkorps des Rittmeisters erinnert.
Er verlangte eine Büchse mit gezogenem Lauf, als ihm auf Befehl des Leutnants jemand ein einfaches Gewehr reichte. Waffen mit gezogenem Lauf waren deutlich treffsicherer.
Umgehend bekam er eine in die Linke gedrückt und war nachträglich froh, mit der verletzten Hand viel geübt zu haben. Ohne zu zittern oder Pulver zu verschütten, lud er so rasch, als wäre die Hand noch heil, legte an und traf das vorgegebene Ziel.
Das schien den Leutnant ebenso zu verblüffen wie zu beeindrucken.
»Gehen Sie etwa zweitausend Schritt vor und melden Sie sich bei der Brigade Steinmetz«, wurde er angewiesen. »Die hatten hohe Verluste. Lassen Sie sich dort den Tirailleuren zuweisen und eine Uniform geben!«
So bezog Felix mit dem Korps Yorck von Blüchers Schlesischer Armee Biwak bei Schkeuditz nordwestlich von Leipzig und wurde bei den Tirailleuren zu einem jungen Burschen geschickt, der sich ihm als Philipp Trepte vorstellte.
Nachdenklich betrachtete er dessen Gesichtszüge.
»Ich kannte flüchtig einen preußischen Premierleutnant Trepte. Der war in Großgörschen verwundet worden und wurde zu uns nach Freiberg gebracht, wo wir ihn im Lazarett wieder zusammenflickten.«
»Das ist mein Bruder!«, strahlte ihn der andere an. »Mein älterer Bruder, Maximilian Trepte. So klein ist die Welt! Und jetzt nimmst du den Platz meines *jüngeren* Bruders bei den Schützen ein … Ihn hat es vor zwei Wochen in Wartenburg erwischt, Gott hab ihn selig. Aber wir haben es den Franzosen schon

gezeigt, als wir über die Elbe gegangen sind! Und morgen zeigen *wir zwei* es ihnen wieder!«

Maximilian Trepte stand zu diesem Zeitpunkt noch ein nächtlicher Marsch mit dem 2. Preußischen Garderegiment Richtung Magdeborn südlich von Leipzig bevor. Deshalb nutzte er die Zeit, seinen Eltern zu schreiben. Julius' Tod lastete sicher schwer auf ihnen. Seitdem hatte er keinen Brief mehr von ihnen bekommen. Deshalb sorgte er sich, auch wenn er sich dadurch zu beruhigen suchte, dass es mittlerweile fast unmöglich war, den Postverkehr aufrechtzuerhalten.

Dass morgen die entscheidende Schlacht beginnen würde, daran hegte er nicht den geringsten Zweifel. »Wir kämpfen für Preußen, für unser Vaterland, und diesmal werden wir den Krieg beenden. Seid also voller Hoffnung! Wir sind es auch. Euer euch liebender Sohn Maximilian.«

Nachdem er den Brief beim Feldpostmeister abgegeben hatte, holte er seinen größten Schatz aus dem Tschako. Er trug Jettes Brief mit der von einem hellgrünen Band zusammengehaltenen Haarsträhne immer noch bei sich und fragte sich, wie es ihr wohl ging – ohne zu ahnen, dass sie ihm gerade viel näher war, als er glaubte. In seiner Vorstellung lebte sie immer noch inmitten der vielen Bücher bei ihrem Oheim in Freiberg und dachte vielleicht an ihn, wenn sie Schiller las. Er hatte ihr Gesicht noch genau vor Augen, erinnerte sich sogar an ihre Stimme.

Wohl zum hundertsten Mal las er ihre Worte, aus denen er Hoffnung schöpfte: »Ich denke in großer Zärtlichkeit an Sie und bete jeden Tag, dass Sie zurückkehren.«

Du bringst mir Glück!, sagte er sich, während er das schon etwas brüchig gewordene Papier vorsichtig wieder zusammenfaltete und die Haarsträhne hineinlegte.

Wenn wir gesiegt haben, werde ich mein Versprechen einlösen und dich zum Tanz führen. Schon deshalb kann mir morgen nichts passieren.

An Henriette dachte auch Étienne de Trousteau, der seit der Auflösung von Oudinots Korps dem Vierten Korps von Bertrand zugewiesen war und dort das Kommando über einen Zug der jüngsten Rekruten führte. »Marie-Louisen« wurden sie genannt, weil die Kaiserin sie eingezogen hatte, obwohl sie eigentlich erst nächstes oder übernächstes Jahr wehrpflichtig wurden. Im Vergleich zu ihnen kam er sich mit seinen fast zweiundzwanzig Lebensjahren geradezu alt vor. Wie unerfahren sie waren, obwohl er keine Minute verstreichen ließ, ohne sie auszubilden! Und völlig erschöpft, weil sie so lange, schnelle Märsche und das Biwakieren unter freiem Himmel nicht gewohnt waren.
In Wiederitzsch im Norden Leipzigs lagerte er mit seinem Zug und war in Gedanken ganz bei Henriette.
Mit all seinem Werben, selbst auf dem Ball hatte er sie nicht für sich gewinnen können. Und dann hatte sie sich ihm beim Abschied plötzlich hingegeben, sich ihm geschenkt, obwohl sie noch unberührt gewesen war. Er verstand immer noch nicht ganz, wie ihm dieses Wunder widerfahren konnte. Wie weich sie war, wie sanft, wie zärtlich …
Wenn er das hier überlebte, würde er sie auf der Stelle heiraten und mit nach Frankreich nehmen.
Vielleicht hielt sie ja gerade jetzt sein Eheversprechen in Händen und malte sich ihre gemeinsame Zukunft aus? Falls sie schwanger war, konnte auch sein Vater nichts dagegen einwenden, dass er die Verantwortung dafür übernahm. Bei seiner Mutter, die ganz andere Hochzeitspläne für ihn hatte, würde Henriette vermutlich einen schweren Stand haben. Aber wenn erst ein Kind da war …
Er warf einen Blick auf die jungen Burschen seines Zuges, die ums Feuer saßen und in irgendeinem Essen rührten, das merkwürdig roch – wahrscheinlich nur ein paar Kohlstrünke, die sie ausgegraben hatten. Er hörte sie reden, manche leise, wortkarg, andere prahlerisch, und er sah die Furcht in ihren Gesichtern.

Einer von ihnen kostete von dem Eintopf und spie ihn angewidert aus. Da konnte etwas nicht stimmen. Sie waren so hungrig, dass sie nahezu alles essen würden.

»Der will uns vergiften!«, kreischte ein dürrer Rotschopf mit Sommersprossen. »Seht euch doch mal an, was hier im Eimer schwimmt!«

Étienne de Trousteau stand auf, wies seine Infanteristen an, vorerst nicht zu essen, und ließ sich von dem Koch die Wasserstelle zeigen. Der Junge war nicht weit gelaufen und hatte nicht gesehen oder nicht sehen wollen, dass nur ein paar Schritte entfernt ein aufgeblähter Pferdekadaver im Wasser lag.

Der Premier-Lieutenant befahl ihm, alles Wasser und das daraus zubereitete Essen wegzuschütten, nach einer sauberen Wasserstelle zu suchen und alle Utensilien zu reinigen.

An die anderen ließ er die letzte Ration Zwieback austeilen. Damit Mutlosigkeit und Angst sie nicht wieder überwältigten, befahl er ihnen nach dem kargen Mahl, in Linie anzutreten, und ließ sie bis zum Beginn der Nachtruhe exerzieren. Die Kommandos und Handgriffe beim Laden mussten so in Fleisch und Blut übergehen, dass sie damit vollkommen beschäftigt waren und gar nicht erst zum Nachdenken über ihre Angst und den Tod kamen.

Einen nach dem anderen betrachtete er dabei und fragte sich, wie viele von ihnen morgen um diese Zeit wohl noch leben würden.

Erst als das Signal zur Nachtruhe ertönte und seine »Marie-Louisen« um den besten Platz am Feuer stritten, ehe sie sich auf dem kalten Erdboden niederlegten, konnten seine Gedanken wieder zu Henriette fliegen.

Nach seiner Frau sehnte sich an diesem Abend auch Lucien Junot, Lieutenant de vaisseau der französischen Marinegarde. Das war Napoleons bewährte und gefürchtete Elitetruppe zu Wasser und zu Land. In den letzten Wochen hatte sie von Dresden, Meißen und Torgau aus Proviant, Ausrüstung und Munition auf der Elbe herangeschafft, jetzt war sie dem Sechsten Korps von Marschall Marmont zugewiesen und biwakierte in Schönefeld nordöstlich von Leipzig, recht nah bei der Stadt.

Lucien – groß, dunkelhaarig, wettergegerbt – entstammte einer Seemannsfamilie aus Boulogne. Sein Vater war einst auf einem Handelsschiff gefahren. Aber es war Luciens ganzer Stolz, der berühmten Marinegarde anzugehören. Und selbstverständlich würden die beiden Söhne, die ihm seine Juliette schon geschenkt hatte, einmal auch der Marinegarde beitreten.

Bald würde sein drittes Kind zur Welt kommen. Er rechnete in Gedanken nach; in zwei oder drei Wochen könnte es so weit sein. Ob ihm Juliette diesmal ein Töchterchen oder wieder einen Sohn gebar? Wie mochte es ihr gehen?

Vielleicht war das Kind sogar schon auf der Welt. Es könnte Wochen dauern, bis er davon erfuhr. Die Feldpost kam nicht mehr so zuverlässig wie früher. Das war das Einzige, das ihn an der derzeitigen Lage störte.

Morgen würde die große, entscheidende Schlacht geschlagen. Die beste Gelegenheit für Heldentaten. Vielleicht gelang es ihm ja morgen, etwas so Außergewöhnliches zu vollbringen, dass er dafür das Kreuz der Ehrenlegion erhielt.

Das war sein großer Traum. Chancen dazu würden sich morgen bestimmt zuhauf bieten, sofern die Marinegarde nicht nur in Reserve stehen musste.

Wie stolz würde Juliette auf ihn sein! Und seine Söhne erst! Von der jährlichen Gratifikation könnten sie sich ihr Leben noch ein bisschen schöner einrichten.

Morgen, das war seine feste Überzeugung, war ein Tag für Helden.

Ebenfalls dem Korps Marmont zugehörig, aber alles andere als eine Eliteeinheit war das Spanische Strafbataillon, und dessen anerkannt größte Plage ein fünfundzwanzigjähriger Voltigeur

namens Pícaro, Schelm. Gerade rannte er durch das Biwak und schwenkte etwas Pelziges wie eine Trophäe über dem Kopf – vielleicht ein Eichhörnchen oder irgendein anderer kleiner Nager. Am Feuer seiner Kochgemeinschaft hielt er an und schrie seinen abgehängten Verfolgern lachend »Cabrones!« hinterher.
»Mit wem hast du dich nun schon wieder angelegt?«, wollte sein Kamerad Pepe wissen. »Doch nicht etwa mit der Marinegarde?«
Pícaro grinste. »Frage nichts, was du nicht wissen musst!«
So dumm war er nicht, um sich mit der Marinegarde anzulegen. Es gab genug Tölpel in der französischen Armee, die leichtere Beute waren. Aber sollten die anderen nur staunen, was er sich alles traute. Er gab das erbeutete Eichhörnchen Pepe, damit der es häutete, und holte aus seinem Tornister eine Handvoll Kartoffeln und ein schon zur Hälfte gerupftes Huhn hervor, das er am Nachmittag erbeutet hatte. »Das gibt eine schöne Suppe. Weil es ja vielleicht unsere Henkersmahlzeit ist. Bin ich nicht großartig?«
»Pícaro, alle Sünden seien dir auf ewig verziehen, weil wir hier dank dir besser essen als die Offiziere«, meinte lachend Paco, sein bester Freund. »Aber irgendwann wird es noch ein schlimmes Ende mit dir nehmen!«
»Ist das hier nicht schon schlimm genug?«, brummte Pícaro, der eigentlich Nicolás Sastre hieß, was kaum jemand wusste. Er war ein Dieb und aus dem Gefängnis für das spanische Regiment namens Joseph Napoleon rekrutiert worden. Als Napoleons Truppen in Spanien einmarschierten, befand sich dieses Regiment in Dänemark. Die spanischen Soldaten wurden entwaffnet und eingesperrt, als Gefangene nach Frankreich gebracht und vor die Wahl gestellt: Regiment oder Galeere.
Der Krieg bedeutete Pícaro nicht mehr als eine Gelegenheit, Beute zu machen. Und es den Franzosen mit vielen kleinen Racheakten heimzuzahlen, dass er für sie kämpfen musste. Sein Bataillon galt hier als Abschaum. Da sollte sich keiner

wundern, wenn morgen in der Schlacht einen der Offiziere, die sie am meisten schikanierten, eine Kugel von hinten traf.

Von Stötteritz nach Schönefeld abkommandiert wurden an diesem 15. Oktober auch die sächsischen Kürassiere unter dem Kommando des Generals Latour-Maubourg. Sobald sie ihr Biwak erreicht, die Koppeln eingerichtet und die Pferde versorgt hatten, brachten sie Helme und Brustpanzer auf Hochglanz, wie es sich vor der Schlacht gehörte.

Als es langsam dunkelte, holte der Zastrow-Kürassier Johann Gottfried Enge aus Unterauerswalde noch einmal die zwei Eichenlaubblätter aus Messing vom Helm seines in Russland gefallenen Offiziers hervor und rieb sie vorsichtig blank. Dann wickelte er sie wieder ein, schloss die Augen und sprach ein Gebet für diesen Toten und alle seine Kameraden, die in Russland gestorben waren: im Kugelhagel gefallen, verhungert, erfroren, in der eisigen Beresina ertrunken.

Er dankte Gott dafür, ihn am Leben gelassen zu haben, und bat ihn inbrünstig, auch am morgigen Tag Seine schützende Hand über ihn zu halten.

Es war ein weiter Weg von Moskau bis hierher, sinnierte der einstmals sächsische und nun russische Generalleutnant Johann Adolph von Thielmann. Sein Streiftrupp und auch der des Grafen Mensdorff waren dem österreichischen Korps Gyulai zugeordnet worden, um an der Entscheidungsschlacht teilzunehmen, und gegen Abend vor Leipzig eingetroffen.

Thielmann hatte seiner Frau schon am Vortag geschrieben. Bevor er mit seinem Korps zum »Kleinen Krieg« aufbrach, hatten er und Wilhelmine in Teplitz endlich wieder etwas Zeit miteinander verbringen können. Und dabei erkannte er mit Sorge, wie sehr die Ereignisse der letzten Monate und die ständige Angst um ihn und ihren ältesten Sohn Franz, der nun auch in der russischen Armee diente, seine Frau zermürbt hatten. Damit sie nicht vollkommen in Schwermut versank, schrieb er ihr, sooft er konnte. Er hoffte, dass diese Zeilen sie ein wenig aufrichteten: »Das Glück ist mir sehr günstig gewesen, ich habe mich immer glücklich geschlagen und bin von meinem Kaiser und dem König mit Gnaden überhäuft.«

Vom preußischen König wohlgemerkt, der sächsische hatte ihn ja verstoßen. Für die gewagten und erfolgreichen Streifzüge im September erhielt er von Friedrich Wilhelm von Preußen den Roten Adlerorden 1. Klasse, Zar Alexander zeichnete ihn mit dem Orden des Heiligen Georg für Tapferkeit im Krieg aus.

»Das arme Sachsen leidet unendlich«, schrieb er weiter. »Gott wird helfen. Alle unsere Armeen sind nun vereinigt, und bald muss der letzte Schlag geschehen, der Deutschland die Freiheit und der Welt Ruhe geben wird.«

Während er über den kommenden Tag nachsann, setzte vor seiner Unterkunft eine lautstarke Diskussion ein.

Das störte ihn. Normalerweise hielt sein Adjutant zuverlässig jedwede Behelligung von ihm fern. Also trat er hinaus, um zu erfahren, was dort vor sich ging.

»Exzellenz, hier ist jemand, der sich nicht abweisen lassen will. Ein freigelassener Kriegsgefangener, der sich zur Deutsch-Russischen Legion gemeldet hat. Aber er besteht darauf, unter Ihrem Kommando zu dienen«, meldete der Adjutant.

Thielmann musterte den mageren jungen Mann.

Der nahm sofort Haltung an und salutierte.

»General, Euer Exzellenz! Wilhelm Tröger von der Reitenden Artillerie, Batterie Hiller. Wenn ich schon auf russischer Seite und gegen meine eigenen Landsleute in diese Schlacht ziehe, dann nur unter Ihrem Kommando.«

Nun erkannte Thielmann das Gesicht, das um zwanzig Jahre gealtert schien. »Es gibt also doch einen Überlebenden der Batterie Hiller!«, stellte er freudig überrascht fest.

Dann befahl er: »Kanonier Tröger, Sie melden sich bei meinem

Kapitän der Artillerie. Und hören Sie auf diesen Rat: Sie sollten heute noch einen Brief an Ihre Mutter schreiben.«
Darüber staunte nun Wilhelm Tröger.

Wilhelms jüngere Brüder Karl und Anton waren inzwischen der sächsischen Armee in Reyniers Siebentem Korps zugewiesen worden und noch auf dem Marsch von Düben nach Leipzig.
»Morgen, Kleiner, morgen werden wir es den Russen zeigen«, sagte Karl hasserfüllt in einer der kurzen Pausen. »Morgen werden wir uns an ihnen dafür rächen, dass sie unsere Brüder totgeschlagen haben. Ich bete dafür, dass sie uns dahin schicken, wo wir Russen vor uns haben.«
Anton sagte nichts, sondern schlug nur einen kurzen Trommelwirbel.

Auch Charles-Nicolas Oudinot, Herzog von Reggio und Marschall von Frankreich, konnte die bevorstehende Schlacht kaum erwarten. Endlich bot sich die Gelegenheit, die Schmach abzuschütteln und zu zeigen, was er wert war!
Es hatte ihn schwer gekränkt, von Napoleon die Schuld an der Niederlage von Großbeeren vor Berlin zugewiesen zu bekommen. Und noch tiefer kränkte es ihn, den Oberbefehl über die Berlin-Armee, den er gar nicht hatte haben wollen, an Ney abgeben zu müssen und dem Verhassten unterstellt zu werden. Der Kaiser glaubte natürlich, dass sein Liebling Ney Berlin mit Leichtigkeit einnehmen würde. Doch der versagte in noch viel größerem Maße, ohne dafür öffentlich gerügt zu werden. Dabei hatten sie es nicht einmal mit Bernadottes Armee zu tun bekommen, sondern nur mit den Preußen unter Bülow, Tauentzien und Dobschütz. Sie hatten die Wut und Verbissenheit unterschätzt, mit der die Preußen ihre Hauptstadt verteidigten. Und die inzwischen ernstzunehmende Kampfkraft der Landwehr.
Vor allem aber hatte Ney – Ney, nicht er! – Fehler begangen

und schlecht durchdachte Marschordnungen herausgegeben. Oudinots Zwölftes Korps sollte hinter Reyniers Siebentem marschieren, doch die kamen nicht voran, und so wartete er mit seinen Männern stundenlang auf die Gelegenheit vorzurücken. Reyniers Rheinbündler – Sachsen, Württemberger und Bayern – zahlten furchtbaren Blutzoll. Die württembergischen Bataillone wurden fast völlig aufgerieben. Aber als sie im schlimmsten Feuer standen und Deckung nur durch die gesamte Artillerie des Zwölften Korps bekamen, befahl Ney ihm, Oudinot, seine zwölftausend Mann und die Geschütze nach Norden abzuziehen. Das war der größte Fehler dieses Tages. Neys Fehler.

Oudinot wusste, dass Reynier dadurch in eine hoffnungslose Lage geriet. Ohne die in eiserner Disziplin erfolgte Deckung des Rückzugs durch die Sachsen und Polen würde sein Korps nicht mehr existieren. Aber da er Ney nun unterstellt war, befolgte er aus reinem Trotz dessen falschen Befehl.

Dass Unmengen von Rheinbundblut vergossen wurden, würde den Kaiser nicht stören. Aber dass sich seine Berlin-Armee fluchtartig zurückziehen musste, statt die Hauptstadt zu überrennen, versetzte ihn in Wut. Und wem gab er die Schuld an dem Desaster?

Nicht Ney, sondern Bertrand und ihm, Oudinot, dessen Korps er zur Strafe auflöste. Und den Sachsen, wie dem Kaiser sein arroganter Liebling einflüsterte, was der Wahrheit Hohn sprach und für viel böses Blut unter den Rheinbündlern sorgte. Es sollte niemanden wundern, wenn noch mehr von ihnen zum Feind überliefen.

Doch nun, vor der Entscheidungsschlacht, hatte der Kaiser ihm wieder ein Kommando gegeben: über zwei Divisionen der Jungen Garde. Kampfesfreudige, ja todesmutige Männer, deren Erscheinen allein den Feind schon in Angst und Schrecken versetzte. Mit ihnen würde er seinen Ruf wiederherstellen.

Was Ney morgen glückte, würde man ja sehen.

Zufrieden rief Oudinot nach seinem neuen Mann im Stab, um sich von ihm zu einem Rundgang bei den Gardegrenadieren begleiten zu lassen: den zum Oberstleutnant beförderten Guillaume de Trousteau.

Der Oberbefehlshaber der alliierten Armeen, Karl Philipp Fürst zu Schwarzenberg, hatte am Abend die von seinen Verbündeten geforderte dritte Fassung der Dispositionen für den morgigen Kampf verfasst. Dann legte er sie beiseite und schrieb einen Brief an seine Frau Marie Anna, die er zärtlich »Nani« nannte.
»... die Ebenen von Leipzig werden abermals eine fürchterliche Schlacht erleben ... Diese Schlacht wird mehrere Tage dauern, denn die Lage ist einzigartig und die Entscheidung von unendlichen Folgen.«
Er schrieb ihr von seinen Plänen, nicht von dem Streit, den es darum gab, und schon gar nicht von seinen Zweifeln.
Er stand dem größten militärischen Genie ihrer Epoche gegenüber. Wer könnte Bonaparte besiegen?
Vorsicht war geboten, sonst würde man allein ihm die Schuld an der Niederlage und Tausenden Toten geben.
Dabei sollte er ein Heer zum Sieg führen, dessen Generalität so zerstritten war, dass es zum Verhängnis werden konnte. Und er besaß ja nicht einmal wirklich das Oberkommando, sondern musste sich von drei Monarchen hineinreden lassen. So blieb ihm nicht viel mehr, als ständig zu vermitteln, damit sie sich nicht wie streitende Kinder aufführten.
Doch mit alldem wollte er seiner Frau das Herz nicht beschweren und endete deshalb:
»... mir ist so wohl, mit Dir ein paar Minuten gelebt zu haben. Nun denn, meine Nani, an Dich will ich denken, emporblicken gegen den Himmel, um seinen mächtigen Schutz zu erbitten, und dort wird mein Gebet das Deinige finden. Wie liebt Dich Dein Karl.«

Gegen acht Uhr abends sahen die Leipziger Leuchtsignale aufsteigen: drei weiße Raketen aus Richtung Pegau, woher sich die Hauptarmee näherte, wenig später vier rote Raketen aus Richtung Halle, wo Blüchers Schlesische Armee schon ganz dicht heran war.

»Die Verbündeten geben sich Zeichen …«, flüsterte Greta Jette zu – als würde es etwas ändern, wenn sie es laut aussprächen.

Kurz darauf erteilte Schwarzenberg die neuen Dispositionen für den nächsten Morgen. Sie würden angreifen, obwohl der Thronfolger von Schweden mit seiner Armee, die russische Reservearmee und ein beträchtlicher Teil der Österreicher noch zu weit entfernt waren, um mitzukämpfen.

Gegen elf Uhr nachts erließ auch Napoleon den Befehl an alle Truppen, mit Anbruch des Tages zu den Waffen zu greifen.

Tödlicher Fehler

Im Süden von Leipzig, 16. Oktober 1813

An diesem kalten, nebelverhangenen Morgen kam Prinz Eugen von Württemberg die »Ehre des ersten Angriffs« zu. Nach Entgegennahme des Befehls war er mit seinen Männern die halbe Nacht durch marschiert, um von Güldengossa aus Wachau anzugreifen, das Zentrum der südlichen Verteidigungslinie der Franzosen zwischen Markkleeberg und Liebertwolkwitz. Er selbst führte knapp zehntausend Mann, links und rechts von ihm standen weitere Kolonnen preußischer und russischer Truppen unter dem Kommando General Wittgensteins.

Seine Artillerie eröffnete das Feuer. Fünf Bataillone der Division Püschnitzki und der Brigade Klüx eroberten das Dorf Wachau, während ein Stück weiter westlich die Truppen von

Fürst Poniatowski und General Kleist gegeneinander um Markkleeberg kämpften.
Die Alliierten drangen schnell vor.
Das geht zu leicht, dachte Eugen von Württemberg. Hier stimmt etwas nicht. Sein Verdacht sollte sich bald bestätigen.
Napoleon war kurz zuvor auf seinem Beobachtungsposten zwischen Wachau und Liebertwolkwitz eingetroffen und zeigte sich äußerst ungehalten darüber, dass seine Truppen noch nicht rechtzeitig in voller Stärke standen. Also orderte er eiligst Verstärkung heran, Nachschub für Marschall Victors Zweites Korps, das schon in den Kampf verwickelt war: das gefürchtete Korps Augereau, die Alte Garde, vier Divisionen der Jungen Garde, womit auch Oudinot seine Chance bekam …
Artilleriegeneral Drouot hatte zur Zufriedenheit des Kaisers seine Vorbereitungen schon getroffen.
Als der Morgennebel zerriss, wurde auf dem Höhenzug von Liebertwolkwitz eine Batterie aus hundert Geschützen sichtbar und vertrieb mit ihrem tödlichen Feuer die Alliierten aus Wachau. Poniatowski eroberte Markkleeberg zurück, das er am Morgen an Kleist verloren hatte.
Während Kanonenkugeln um ihn herum einschlugen, die meisten seiner Geschütze zertrümmerten, Pulverwagen in die Luft jagten und klaffende Lücken in die Reihen seiner Männer rissen, durchfuhr Eugen von Württemberg wie ein eisiger Schauer die Erkenntnis: Sie standen hier nicht – wie von Schwarzenberg erwartet – einer Teilstreitmacht gegenüber. Oder nur der Nachhut, wie Wittgenstein eben noch frohlockte.
Sie kämpften hier gegen die zahlenmäßig haushoch überlegene Hauptarmee des Gegners, kommandiert von Napoleon persönlich. Und sie waren viel zu wenige, um standzuhalten.
Doch sie mussten standhalten. Auf keinen Fall durften Napoleons Truppen die dünne Verteidigungslinie der Alliierten nach Süden durchbrechen. Also ritt er die gelichteten Reihen seiner Männer mit gezogenem Säbel ab und schrie: »Bleibt stehen!

Rührt euch nicht von der Stelle! Lasst niemanden durch eure Reihen!«

Kurz darauf nahm auch Zar Alexander samt Gefolge seinen Beobachterposten auf dem Wachtberg bei Güldengossa ein und blickte äußerst besorgt auf die gewaltigen Massen heranrückender französischer Truppen, gegen die sich die eigenen verschwindend gering ausnahmen. Und unter dem Feuer der großen Batterie auf dem Hügel wurden es immer weniger.
Zum ersten Mal, seit sie den Njemen überschritten hatten, geriet die Siegessicherheit des Zaren ins Wanken. Auf der Suche nach Bestätigung wandte er sich an seinen Adjutanten Wolzogen. »Der Angriff der unsrigen wird doch gelingen?«
Ludwig von Wolzogen sah keinerlei Grund, die Situation zu beschönigen. »Eure Kaiserliche Majestät, der Feind wird unsere Kolonnen zersprengen, wenn wir nicht sofort und massiv Verstärkung heranziehen.«
Alexander erbleichte. »Aber meine und die preußischen Garden sind noch drei Stunden südlich von hier, in Rötha! Und die österreichische Armee steht zwischen Pleiße und Elster ...«
»In diesem Fall werden wir aufgerieben!«, rief der Oberst von Wolzogen entsetzt, der die Schwarzenbergschen Aufmarschpläne nicht im Detail kannte. Niemand hatte es für nötig befunden, ihn diesbezüglich um seine Meinung zu fragen. Und seine Fassungslosigkeit steigerte sich noch, als er hörte, dass der Oberbefehlshaber ein Manöver über Connewitz ausführen wollte, was bei näherer Ortskenntnis völlig unmöglich war.
»Sire, alles, was uns jetzt noch retten kann, ist der schnellste Abmarsch der österreichischen Reserven hierher! Wenn es nicht schon zu spät ist. Es wird Stunden dauern, bis sie hier sind – und schauen Sie selbst, Majestät!«
Er wies auf Prinz Eugens Zweites Korps, das sich südlich von Wachau erneut aufgestellt und schon mindestens die Hälfte der Leute verloren hatte.

Mit einem Fernrohr hielt er Ausschau nach seinem einstigen Schützling; der ritt die Reihe entlang und schien seine Männer aufzufordern standzuhalten.

Jetzt flog eine Kanonenkugel direkt auf ihn zu – Wolzogen durchfuhr es eiskalt – und riss Eugens Pferd zu Boden. Der Prinz stürzte und wurde unter dem Pferdekadaver begraben. Doch dann atmete der kaiserliche Adjutant auf; zwei Männer halfen dem Generalleutnant unter dem toten Pferd hervor. Er schien unversehrt.

Die Stimme des Zaren riss seine Aufmerksamkeit von der Szene los.

»Wolzogen, Sie reiten sofort zu Schwarzenberg und reden ihm diesen Unfug aus! Ich will seine österreichischen Reserven *hier*! Und zwar so schnell es geht! Ihnen gebe ich ein Detachement meiner Leibkosaken mit; Sie werden mir durch diese ständig Nachricht über die Lage zwischen Pleiße und Elster sowie über Blüchers Armee zukommen lassen. Bleiben Sie zwischen den Flüssen!«

Wolzogen salutierte und trat ab, nachdem er einen letzten Blick auf seinen früheren Schüler geworfen hatte. Er lebte. Noch.

Durch die Schwierigkeiten des sumpfigen Geländes, in dem die Pferde nur mühsam vorwärtskamen, und die Notwendigkeit, eine Furt durch die Pleiße zu finden, da sämtliche Brücken zerstört waren, erreichte Ludwig von Wolzogen den Oberbefehlshaber und dessen Generalstabschef Radetzky erst gegen halb elf. In drastischen Worten schilderte er die Lage bei Wachau und richtete die Befehle des Zaren aus.

»Das hier ist nur ein Gefecht, die wahre Schlacht findet im Süden statt!«, beschwor er den Feldmarschall.

Merveldt habe bei Connewitz schon viertausend Mann und zwei Generäle verloren, gestand Schwarzenberg zögernd ein. Man werde dort wohl kaum durchdringen.

Langenau sei noch der Einzige, der an dieser Idee festhält,

schnaubte Radetzky verärgert. Die habe ihm schon von Anfang an nicht gefallen.
Als der Oberbefehlshaber zögerte, schlug ihm der immer ungeduldiger werdende Jomini vor, er möge sich doch von einem Kirchturm aus von der Lage überzeugen.
Dann endlich, eine ganze Stunde nach Wolzogens Ankunft, befahl Schwarzenberg den sofortigen Abmarsch der Reservekorps: der Kavalleriedivision Nostitz, der Grenadierdivision Weißenwolf und der ungarischen Infanteriedivision Bianchi. Allerdings würden sie mindestens drei Stunden brauchen, bis sie zugunsten von Prinz Eugen und General Kleist ins Kampfgeschehen eingreifen konnten.

Halb zwölf war die Lage der Alliierten im Süden nahezu hoffnungslos. Eugen von Württemberg hatte über die Hälfte seines Korps verloren, das Gros seiner Offiziere war gefallen, und er wunderte sich, dass er selbst noch lebte.
Napoleon ließ immer mehr und mehr Truppen und Kanonen gegen sie auffahren. Bald feuerte eine hundertfünfzig Geschütze starke Batterie auf sie. Seine Männer standen im Feuer, ohne sich verteidigen zu können.
Da preschte zu ihrer Überraschung und Erleichterung Hetman Platow heran und überbrachte die Nachricht, dass die russische Reservearmee unter Benningsen im Anmarsch sei. Seine Kosaken stürzten sich derweil schon mit Wutgeschrei auf die Flanken des Gegners.
»Wie lange?«, schrie Eugen über den Lärm hinweg.
»Bei dem Gelände wenigstens drei Stunden«, beschied ihm der Kosakengeneral, der kurz zuvor noch bei der Pfarrersfamilie Vater in Seifertshain bewirtet und von den Kindern ob seines Bärenfellmantels bestaunt worden war. Doch die Nachricht von der Notlage im Süden Leipzigs hatte ihn sofort aufbrechen lassen.
Drei Stunden waren eine Ewigkeit unter diesen Umständen.

Also konzentrierte Eugen seine gefährlich ausgedünnten Truppen bei Güldengossa und schärfte ihnen ein, diesen Platz um jeden Preis zu halten. Er ließ neue Geschütze von der Reserveartillerie anfahren, um das feindliche Feuer erwidern zu können, und sandte Boten mit der dringenden Bitte um Verstärkung aus.
Inzwischen war General Rajewski Kleist zu Hilfe geeilt, der Markkleeberg ein weiteres Mal an Poniatowski verlor. Klenau und Pahlen besetzten mit ihren Truppen das Gelände südlich von Güldengossa und Seifertshain, verloren es aber bald wieder an die Franzosen.

Kurz darauf bezog Napoleon Posten in Liebertwolkwitz, ließ Drouot noch mehr Geschütze auffahren und auf das Zentrum der Alliierten feuern – genau auf die letzten Reste des zweiten Korps Eugens von Württemberg, die sich nun doch ein Stück zurückziehen mussten.
Von seinem nahen Triumph überzeugt, schickte Bonaparte eine Nachricht an den sächsischen König, dass die Dinge gut stünden, und befahl, in Leipzig die Siegesglocken zu läuten. Wachau, Liebertwolkwitz und der Kolmberg waren erobert, und gleich würde er mit einem gewaltigen Reiterangriff, ähnlich dem vor zwei Tagen, den Gegner vollkommen vernichten.

Siegesgeläut

Leipzig, 16. Oktober 1813

Henriette saß am Samstagmorgen noch mit Greta am Tisch, beide mit Flickarbeiten beschäftigt. Greta stopfte Löcher in Kinderhosen und Strümpfen, und Jette besserte ihre Kleidung aus, die auf der anstrengenden Reise gelitten hatte.

Als die ersten Kanonensalven von Süden her zu hören waren und die Fensterscheiben klirren ließen, vernähte sie den letzten Faden, legte Nadel und Garn auf den Tisch und stand auf.
»Es beginnt. Ich muss jetzt los«, sagte sie, während sie in langsamen, bedächtigen Bewegungen den Mantel anzog und sich ein warmes Tuch um Kopf und Schultern schlang.
»Musst du das wirklich? Felix wollte, dass wir für dich sorgen«, wandte Greta voller Sorge ein. »Bleib bei uns! Hier hast du einen Schlafplatz, auch wenn es nur eine winzige Kammer ist. Ich könnte Hilfe brauchen, wenn das Kind kommt. Und du selbst solltest dich nach dem gestrigen Unglück lieber schonen.«
»Gerade deshalb darf ich Felix nie mehr sehen«, erwiderte Jette leise und bedrückt. »Ich will ihm die Enttäuschung und mir die Schande ersparen.«
»In den Lazaretten haben sie weder Brot noch Medikamente, erzählen die Leute«, sagte Greta.
»Wasser werden sie wohl haben. Dann kann man den Männern immer noch etwas zu trinken geben und ihnen die Stirn kühlen.« Sie legte den größten Teil des Geldes auf den Tisch, das sie in ihrem Unterkleid versteckt hatte. »Für euch, ihr werdet es brauchen. Danke für alles.«
Entschieden schob Greta die Taler zurück.
»Das kann ich nicht annehmen. Wovon willst du denn leben?«
»Ich werde nicht viel brauchen. Du sagst doch selbst, es gibt bald für alles Geld der Welt kein Brot mehr in Leipzig.«
»Die Leute laufen bis nach Großzschocher, um sich dort welches zu holen.«
»Das konnten sie noch gestern. Aber nicht mehr heute.«
Sie griff nach ihrem Korb, aber Greta ließ sie nicht ziehen, ohne sie umarmt zu haben und einen letzten Versuch zu unternehmen, sie umzustimmen. »Komm wieder, schlaf wenigstens bei uns! Du brauchst doch ein Bett für die Nacht. Ich schwöre, ich werde weder Hermann noch Felix verraten, was gestern geschah …«

Kein Sonnenstrahl drang durch die grauen Wolken. Der Kanonendonner wurde immer lauter und stärker. Durch die Stadt strömten gewaltige Truppenkontingente. Doch Henriette hatte nicht weit zu gehen: in die Börse am Naschmarkt, wo das Lazarett-Komitee seinen Sitz eingerichtet hatte. Das war ein überaus prächtiges Bauwerk, doch nun drängten sich davor unzählige Verwundete, wütend oder erschöpft. Wer nicht mehr stehen konnte, lag oder saß auf der kalten Straße, gegen eine Wand gelehnt.

Wie Jette den Rufen der Aufgebrachten entnahm, hatten diese an den Stadttoren Billetts für das Lazarett im Kornhaus erhalten. Doch das war hoffnungslos überfüllt.

»Bitte lassen Sie mich durch, ich werde helfen!«, rief sie. Wider Erwarten schob ein kräftiger Grenadier die Männer beiseite, damit sie hineingehen konnte.

Sie fragte sich zum diensthabenden Lazarettverwalter durch, einem älteren Mann mit dichtem grauem Backenbart. Der musterte sie unwirsch, als sie erklärte, sich freiwillig als Krankenpflegerin zu melden.

»Trauen Sie sich das wirklich zu, Fräulein?«, knurrte er. »Wir können zwar weiß Gott jede Hand brauchen, aber wenn Sie beim ersten Anblick von Blut ohnmächtig werden, ist niemandem geholfen.«

»Ich habe bereits seit Monaten in den Freiberger Lazaretten geholfen. Hier ist ein Empfehlungsschreiben von Dr. Bursian.«

Sie holte aus ihrem Korb das Papier hervor, das sie Bursian unter dem Vorwand abgerungen hatte, sich später vielleicht einmal eine Anstellung als Pflegerin zu suchen.

Mit hochgezogenen Augenbrauen las der grimmige Verwalter die Zeilen. »Wirklich ausgezeichnete Referenzen. Er lobt Sie in höchstem Maße. Sie seien sogar den Ärzten bei Operationen zur Hand gegangen …«

Anscheinend war das junge Mädchen vor ihm doch nicht so zartbesaitet, wie es wirkte.

»Gehen Sie in die Thomaskirche und melden Sie sich beim leitenden Chirurgen!«, wies er sie an.
»Gibt es da einen Schlafplatz für mich? Ich habe kein Quartier in Leipzig ...«
Der Mann seufzte. »Auch das noch! Ich kann Sie weder hier noch dort zwischen all den Männern schlafen lassen. Aber bei so beeindruckenden Referenzen sollte ich wohl nicht auf Ihre Hilfe verzichten. Es sind außergewöhnliche Zeiten ...«
Er nahm ein Blatt Papier, kritzelte etwas darauf und reichte es ihr. »Gehen Sie zu meiner Schwester. Sie ist Witwe, wohnt in der Nikolaistraße und vermietet an Studenten, nur an junge Männer aus allerbesten Familien. Dort wird wohl jetzt etwas frei geworden sein. Gewiss nimmt sie lieber Sie umsonst auf als ein halbes Dutzend Franzosen, die auch noch beköstigt werden wollen. Stellen Sie sich bei ihr vor, bevor Sie sich im Hauptlazarett melden, und richten Sie ihr die herzlichsten Empfehlungen von ihrem Bruder aus.«

Die Zimmerwirtin entpuppte sich als eine würdevolle und wortgewaltige Dame in einem schwarzen Kleid mit breiten Spitzen und aufgetürmten eisgrauen Locken. Sie las den Brief durch ein Lorgnon und musterte Henriette von oben nach unten. »Mein Bruder irrt, ich *habe* Einquartierung. Einen *General!* Sehr anspruchsvoll, der Herr«, sagte sie gereizt. »Ich kann Ihnen höchstens ein Bett in der Dachkammer anbieten. Dort schlief mein Dienstmädchen, aber das ist mit einem französischen Korporal durchgebrannt.«
Als Henriette sich damit einverstanden erklärte, gönnte sie ihr ein wohlwollendes Lächeln und einen Haufen gutgemeinter Ermahnungen.
Beim Betreten des Marktplatzes verharrte Jette erschrocken. Hunderte Menschen drängten sich um einen Wagen mit Brot, schrien, schubsten und prügelten sich, Männer und Frauen gleichermaßen. Manche von denen, die weiter hinter standen,

boten lauthals schreiend den doppelten Preis für einen Laib. Ein Stück abseits schlugen sich zwei Frauen um ein Brot, das dabei auf die Erde fiel und sofort von einem Straßenjungen weggeschnappt wurde, der frohlockend mit seiner Beute davonrannte.

»Das ist der letzte Wagen Brot, der aus den Dörfern nach Leipzig durchgekommen ist«, wehklagte neben ihr eine Frau, die einen Säugling auf dem Arm hielt und an der Hand mehrere kleine Kinder. »Wie soll ich die nur alle satt kriegen, und meinen kleinen Richard dazu?«

Kummervoll drückte sie den Säugling an sich.

»Das hätten Sie wohl nie gedacht, Frau Wagner, als Tochter eines Bäckers einmal kein Brot zu haben, was?«, meinte verbittert eine magere Alte, die sich zu ihnen gesellte.

»Haben Sie nicht davon gehört? In jede Leipziger Bäckerei sind doppelte Wachen geschickt worden und sorgen dafür, dass die Leipziger Bäcker nur noch für die französische Armee backen«, erwiderte Johanna Rosine Wagner.

Ein Mann in schmutziger Kleidung und mit durchtriebenem Gesichtsausdruck kam auf die kleine Gruppe zu. Mit beiden Händen hielt er einen Brotlaib umklammert und zeigte ihn den Frauen wie eine Kostbarkeit.

»Wollen Sie Brot? Aber es kostet heute das Dreifache.« Er grinste, wobei er ein paar schwarze Zahnstummel entblößte.

Rasch wandte sich Jette ab und ging weiter. Sie wollte nicht wissen, ob die Frauen in ihrer Notlage auf diesen Wucher eingingen.

Bis zur Thomaskirche waren es nur noch etwa dreihundert Schritte. Henriette atmete tief durch. Dann gab sie sich einen Ruck und öffnete die hölzerne Tür.

Schon auf den ersten Blick sah sie, dass die Not und das Elend hier alles überstiegen, was sie in den Lazaretten von Weißenfels und Freiberg erlebt hatte. Das Gestühl war schon herausgeräumt worden, als die Franzosen die Kirche als Lager zweck-

entfremdeten. Jetzt war das gesamte Kirchenschiff mit Verwundeten und Fiebernden gefüllt, aber die lagen auf dem nackten Boden und hatten nicht einmal etwas Stroh, um die Kälte von unten abzuhalten.
Und da war er wieder, der *Geruch von Schmerz*.
Entsetzte Schreie gellten von rechts: »Nicht mein Bein! Weg mit euch! Ich will mein Bein behalten!«
Also ging sie dorthin, um sich eine Arbeit zuteilen zu lassen.

Das Donnern der Kanonen war auch in der Kirche zu hören, trotz des Stöhnens und der Schmerzensschreie der Verwundeten. Irgendwann, Mittag musste wohl schon vorbei sein, begannen die Glocken zu läuten, und zwar im Vielklang, von mehreren Kirchen.
Henriette, die gerade einem alten Grenadier etwas zu trinken einflößte, wandte den Kopf zur Tür in der Hoffnung, jemand würde dort auftauchen und ihnen sagen, was geschehen war.
Der Grenadier sah nach oben zur Decke. Tränen rannen über seine runzligen Wangen. Dann packte er ihren Arm und sagte freudestrahlend: »L'Empereur! Victoire! Wir haben gesiegt!«
Kraftlos fiel er zurück; das Lächeln blieb auf seinem Gesicht, als der letzte Rest Leben aus ihm schied.
Einer der Chirurgen rief vom Operationstisch zu ihr herüber: »Gehen Sie auf den Turm, rasch! Finden Sie heraus, was geschehen ist und wer gesiegt hat!«
So schnell sie konnte, stieg Henriette die Stufen hinauf.
Würde die schreckliche Zeit der Besatzung weitergehen? Oder hatten die Alliierten gesiegt? Und falls ja, wie würden sie mit der Stadt verfahren? Hier hielten sich noch Tausende französischer Soldaten auf, die zahllosen Verwundeten nicht mitgezählt, und die ganze Stadt war verschanzt.
Auf dem Turm blies ein eisiger Wind und zerrte an Jettes Kleidern. Es standen noch andere Menschen dort und hielten Aus-

schau: ein alter polnischer Offizier, der wahrscheinlich den Franzosen regelmäßig Bericht erstatten sollte, ein Offizier in sächsischer Uniform, sicher im Auftrag des Königs hier, ein Herr in sehr vornehmer Kleidung, vielleicht einer der Ratsleute, und ein Mann, der gar nicht damit aufhörte, Notizen in ein Oktavheft zu schreiben.

Doch als Henriette noch einen Schritt vortrat und auf die Stadt und ihre Umgebung sah, zuckte sie vor Entsetzen zurück. Es fühlte sich an, als würde eine Hand aus Eis ihr das Herz mitten in der Brust abdrücken.

Der Ausblick vom Turm war alptraumhaft und niederschmetternd. Rund um Leipzig, so weit das Auge reichte, war alles schwarz von Menschen und Pferden.

An vielen Stellen stiegen Rauchsäulen empor. Häuser und Gehöfte standen in Flammen. Kanonenfeuer blitzten auf, bis Pulverdampf vorübergehend die feuerspeienden Schlünde verhüllte. Doch wie sie Krater in die Erde und verheerende Lücken in die gegnerischen Reihen rissen, konnte Henriette erkennen. Wie es von hier oben aussah, wurden überall die Alliierten zurückgedrängt. Und eine Leipziger Kirche nach der anderen fiel in das Geläut ein.

»Weshalb läuten die Glocken?«, fragte sie den Mann mit dem Oktavheft, da sie es nicht wagte, die anderen anzusprechen.

»Zu Napoleons Sieg!«, antwortete Ludwig Hußel. »Ich weiß es vom Türmer, der erhielt den Befehl vom Stadtkommandanten. Und der wiederum von Marschall Ney. Steigen Sie mit mir wieder hinunter, Fräulein, Sie frieren sich ja fast zu Tode! Sehen wir mal, was wir auf dem Markt noch herausfinden. Vor dem Quartier des Königs scheint etwas im Gange zu sein …«

Widerspruchslos folgte Jette ihm.

Unzählige Menschen waren zum Marktplatz geströmt, um den Grund des Glockenläutens in Erfahrung zu bringen.

»Sieg, Sieg!«, schrien einige.

»Wer hat denn gesiegt, ihr Tölpel? Napoleon oder die Alliierten?«
»Ist Napoleon vielleicht tot?«

Vor dem Haus, in dem der König logierte, standen Dutzende Offiziere. Die Leipziger Bürgergarde unter dem Kommando ihres Anführers Lenz paradierte gemeinsam mit der Leibgrenadiergarde, eine Militärkapelle spielte trotz des Kanonendonners von allen Seiten einen schnellen Marsch.
Eine Siegesfeier für die Franzosen?
In Jettes Nähe lagen sich mehrere Menschen in den Armen und weinten. Andere überboten sich mit Gerüchten.
Ein preußischer Prinz habe einen Arm verloren, behauptete eine rundliche Frau mit einer großen Haube.
»Nein, ein französischer General ein Bein«, widersprach ein geckenhaft gekleideter Mann.
»Aber deshalb läuten sie doch nicht die Glocken!«
»Achtzehntausend Österreicher sind gefangen genommen. Und General Thielmann!«, rief jemand in der Uniform der Leipziger Bürgergarde.
»Der Torgauer, der zu den Russen übergetreten ist?«, fragte eine junge Frau mit einem Kind auf dem Arm. »Schade um den tapferen Mann! Den werden sie wohl gleich exekutieren …«
»Aber hört doch auf den Kanonendonner!«, rief einer der Schankgehilfen aus Auerbachs Keller. »Sie kämpfen immer noch! Also ist noch gar nichts entschieden!«
Aus Richtung Lindenau im Westen, Markkleeberg im Süden und Möckern im Norden dröhnte der Gefechtslärm bis zum Markt. Rund um die ganze Stadt war das Schlachten im Gange.
»Die Schlacht ist für die Verbündeten vollkommen verloren!«, mischte sich nun Ludwig Hußel ein, immer noch schwer atmend nach dem Abstieg vom Turm. »Das lässt Marschall Ney melden, und ein Siegesfest soll vorbereitet werden.«
»Was wollen sie denn essen auf ihrem Siegesfest, wenn keine

Krume Brot mehr aufzutreiben ist?«, höhnte die Frau mit der großen Haube.

Nun galoppierten Reiter auf den Markt und brüllten lauthals die Nachricht vom Sieg Napoleons heraus. Die Militärs und die Bürgergarde vor dem Quartier des Königs riefen ein dreifach donnerndes »Vive l'Empereur!«.

Henriette hatte genug gehört. Sie ertrug es nicht länger.

Die Schlacht war verloren.

Die Alliierten vernichtend geschlagen.

Maximilian und Felix vermutlich tot, und wenn nicht, dann verwundet oder gefangen. Sie konnte nur hoffen, dass die Sieger genug Milde zeigten, um den Unterlegenen Fürsorge zuteilwerden zu lassen.

Ob jetzt in die Kirche auch preußische und russische Verwundete gebracht werden würden? Wohl kaum, da sie nicht einmal genügend Proviant und Wundärzte für ihre eigenen Leute hatten.

Mit hängenden Schultern und müden Schritten ging Henriette zurück in die Kirche. Es gab zu tun. Die vertrauten Handgriffe.

Und um sie herum die vielen Verwundeten, von denen die meisten so wenig Hoffnung hatten zu überleben wie sie.

Die letzte Reserve

Wachau, 16. Oktober 1813

Napoleon Bonaparte wartete noch auf Verstärkung vor dem entscheidenden Gegenschlag. Auf Ney und Marmont, die nicht kamen. Zu diesem Zeitpunkt wusste der Kaiser noch nicht, dass beide in Möckern durch das Korps Yorck schwer beschäftigt gehalten wurden. Blücher und Gneisenau hatten entschieden, Kampfhandlungen im Norden Leipzigs aufzu-

nehmen, um französische Truppen aus dem Süden abzuziehen und dort zu binden.
Auf dem Wachtberg bei Güldengossa hatten sich unterdessen die drei Monarchen der Alliierten versammelt und beobachteten die Vorbereitungen für den Reiterangriff der Grande Armée.
Besorgt riet Jomini dem nur von einigen Gardekosaken geschützten Zaren, auf sein Pferd zu steigen. Denn bald werde es hier ein großes Durcheinander geben.
Diese Bemerkung entrüstete den König von Preußen außerordentlich. Es gebe kein Durcheinander bei braven Soldaten!, rügte er den General aus der Schweiz harsch.
Und es gebe keine Kavallerieattacke ohne Durcheinander, wagte der aufgebrachte Berater entgegenzuhalten.
Auf Drängen ihrer Ratgeber und Garden zogen sich Zar Alexander, Friedrich Wilhelm von Preußen und der Kaiser von Österreich ein Stück zurück – gerade noch rechtzeitig.

Gegen vierzehn Uhr befahl Napoleon den Angriff der Kavallerie auf Wachau und Güldengossa. Brachial wie eine Sturmflut galoppierten Tausende Reiter auf die Stellungen der Verbündeten zu. Einige sächsische Kürassiere schafften es sogar, bis an die russischen Geschütze heranzukommen. Hastig verließen die drei Monarchen ihren Beobachtungsposten, und die Gardekosaken unter dem Kommando des Grafen und Generals Wassili Orlow-Denissow stürzten sich den Angreifern entgegen.
Bei Güldengossa kamen russische und finnische Garderegimenter den Preußen zu Hilfe.
In Wachau rückten nun auch die russischen Dragoner Ducas, die neumärkischen Dragoner und von Pahlens schlesisches Kürassierregiment an, mit noch frischen Pferden, während die des Gegners nach langem Anritt schon ermüdeten.
So gelang es Murats Reitern zwar, die mittlere Verteidigungslinie der Alliierten zu durchbrechen, doch dann erlahmte ihr

Angriff, löste sich auf, und die Männer ritten zurück hinter den Schutz von Drouots Batterien.

Der Großangriff war abgewehrt. Napoleon musste Wachau und Güldengossa aufgeben.

Eugen von Württemberg und sein Zweites Korps hatten mit ihrem stoischen Mut die vollständige Katastrophe verhindert. Doch dafür lebte nur noch jeder fünfte Mann.

Mit versteinerter Miene schritt Prinz Eugen das Feld ab, auf dem die Toten lagen, all die vielen Wassjas, Petjas und Aljonuschkas …

Russische Soldaten waren zumeist Leibeigene, von ihren Grundherren in die Armee geschickt, und rechneten nicht damit, jemals wieder in die Heimat zurückzukehren.

Doch ob ihre Mütter nicht glücklicher wären zu wissen, dass die Söhne noch lebten?

Im Angesicht der Opfer fragte sich Eugen von Württemberg, ob man in ihm den Retter der südlichen Verteidigungslinie sehen würde oder den General, der fast alle seine Männer verloren hatte.

Am Ende dieses Tages war nicht eine der Dispositionen Schwarzenbergs aufgegangen.

Langenaus geplanter großer Schlag gegen den Süden Leipzigs versackte im Sumpfgelände. Ohne Wolzogens Eingreifen wären die Truppen zwischen Markkleeberg und Liebertwolkwitz vernichtend geschlagen worden.

Markkleeberg und Dölitz waren unter hohem Blutzoll für beide Seiten von Fürst Poniatowski zurückerobert worden.

Der Angriff auf Lindenau im Westen, wo Gyulai demonstrativ die wichtigste Rückzugslinie für den Gegner abschneiden sollte, scheiterte.

Dort behauptete sich das Korps von General Henri Gratien Bertrand, mit ihm auch der Premier-Lieutenant Étienne de Trousteau und seine »Marie-Louisen«. Zumindest die meisten

von ihnen. Zwei waren auf dem Marsch einfach liegen geblieben, zu Tode erschöpft. Einer der jungen Rekruten hatte bei Beginn des Gefechts vor Angst zitternd geschrien, er rühre sich keinen Schritt von der Stelle, und ließ sich nur mit vorgehaltenem Degen zum Aufstehen zwingen. Und einer hatte beim Herannahen des Feindes wie befohlen geladen, dann brüllte er: »Ich halte das nicht mehr aus!«, stellte den Kolben auf den Boden und schoss sich durch das Kinn in den Kopf.
Bei den anderen zeigte seine strenge Ausbildung Erfolg. Sie schlugen sich besser als erwartet. Bis Generalleutnant Thielmann – der nicht in Gefangenschaft geraten war, wie Ney hatte verbreiten lassen – mit seiner zweitausend Mann starken Kavallerie auftauchte und wie im Sturmwind Leutzsch, Plagwitz und Kleinzschocher eroberte. Gegen diese geballte Macht hatten die kampfunerfahrenen Rekruten und ihr junger Premier-Lieutenant keine Chance.

Die einzige Schlacht, aus der die Alliierten an diesem Tag als Sieger hervorgingen, war die von Blücher befohlene um Möckern. Doch dafür hatten sie einen hohen Preis zu zahlen.

Preußen vor Möckern

Möckern nördlich von Leipzig, 16. Oktober 1813

So verzweifelt und hartnäckig, wie im Süden gekämpft wurde, so verbissen verlief im Norden Leipzigs seit dem Mittag die Schlacht um das Dorf Möckern zwischen dem Korps Yorck und dem eiligst dorthin beorderten Korps Marmont. Marschall Marmont stand in dem Ruf, noch nie eine Schlacht verloren zu haben. Die Franzosen hatten den Ort in eine Festung verwandelt, begünstigt durch die geographische Lage und den

schmalen, gut zu verteidigenden Eingang am Rittergut. Hinter jeder Lehmmauer, in jedem der inzwischen größtenteils zerstörten Häuser hatten sie sich verschanzt. Und auf der Anhöhe am Ende des Dorfes, wo die Ziegelei stand, ließ Marmont eine Batterie von vierzig Geschützen aufstellen. Mit tödlichem Feuer riss diese verheerende Lücken bei den in Linie anrückenden Preußen, noch bevor sie einen Fuß in das Dorf setzen konnten.
Schon sieben Angriffe hatten Yorcks Truppen geführt, aber sie waren immer wieder nach blutigen Bajonettgefechten hinausgedrängt worden.
Keine Handbreit Boden für die Preußen!, dachte verbissen der Lieutenant de vaisseau der Marinegarde, Lucien Junot. Hier konnten seine Männer zeigen, was sie wert waren. Haus um Haus trieben sie die ebenso verbissen kämpfenden Gegner zurück, mit Gewehren und Bajonetten, bis sie erneut nach vorn drängten.
Jede Faser seines Körpers schmerzte, doch das kümmerte ihn nicht. Ein Drittel der Männer seiner Escouade war seit dem Mittag gefallen oder verletzt, doch jeder von ihnen hatte mindestens einen Preußen mit in den Tod gerissen. Heute war der Tag, Ruhm zu ernten. Und er würde die Gelegenheit nicht verstreichen lassen. Pardon wurde heute nicht gegeben, von keiner Seite.

Erheblich weniger Einsatz zeigte Pícaro vom spanischen Strafbataillon. Er war in ein Haus gerannt, das nur noch zur Hälfte stand, durchsuchte die Tornister der herumliegenden Toten nach Brauchbarem, vor allem nach Tabak, lugte um die Ecke, ob ihn jemand sah, und schlang einen Kanten Brot hinunter, den er in der noch halbwegs unversehrten Küche gefunden hatte.
Sollten die Offiziere vorangehen und ihren Kopf riskieren! Dies war nicht sein Land, dies war nicht sein Kampf. Er musste nur zusehen, wie er den Tag lebend überstand. Ohne aufgespießt zu werden und ohne zu verhungern. Aber vorerst schie-

nen die Preußen erneut zu weichen, mindestens fünfzig Schritt zurück, was verdammt viel war in diesem vermaledeiten Dorf, das sie nun schon ein halbes Dutzend Mal verloren und von neuem erobert hatten.

Was war das für ein Krieg, in dem man nicht einmal richtig Beute machen konnte? Was war das für ein Land, in dem es ständig regnete und in dem die Sommer kälter waren als die Winter Andalusiens?

Ächzend wälzte er einen Toten auf den Rücken und zog ihm Hemd und Weste aus. Er fror, und es störte ihn nicht im Geringsten, eine preußische Weste unter seiner zu tragen, solange er dadurch weniger fror. Langsam wurde es Zeit, dass er hier wegkam. Nach Hause, zurück in sein Land, in dem einem wenigstens die Sonne die Knochen wärmte.

Die seit dem Elbübergang bei Wartenburg schlimm dezimierte Brigade Steinmetz stand als letzte Reserve hinter den preußischen Linien und wartete auf ihren Einsatzbefehl.

Dort wartete auch Felix Zeidler, am rechten Flügel der ersten Linie.

»Jetzt schicken sie uns bestimmt gleich los«, redete Philipp Trepte auf ihn ein, während in vielleicht zweihundert Meter Entfernung Gewehrsalven und einzelne Schüsse krachten, Kampfgebrüll und Schmerzensschreie bis zu ihnen drangen.

»Das Dumme daran, in Reserve zu stehen, ist das Warten, obwohl man sich längst mit den anderen ins Gefecht stürzen will. Aber das *Schlimmste* ist es, *letzte* Reserve zu sein. Denn das heißt, wenn sie uns schicken, gibt es niemanden mehr sonst, der es schaffen könnte. Das ist der siebente Angriff. Hast du gesehen, wie viele Verwundete herausgetragen werden? Angeblich sind fast alle Offiziere gefallen oder verwundet. Und Prinz Karl zu Mecklenburg schwer getroffen. Da will ich gar nicht wissen, wer von unseren Leuten noch als Toter zwischen den Ruinen liegt. Wir *müssen* es einfach schaffen!«

Philipp redete ununterbrochen, ohne dass Felix etwas entgegnete.

Ihn fror, seine Uniform war durchnässt, sein Magen krampfte, denn sie hatten an diesem Tag noch nichts zu essen bekommen. Doch vor allem musste er jetzt seinen Geist wappnen für das, was ihm bevorstand.

Von vorn drang ein donnerndes »Vive l'Empereur!« zu ihnen.

»Marinegarde«, fuhr Philipp Trepte lakonisch fort. »Zähe Burschen, gnadenlos. Wenn dir einer von denen über den Weg läuft – dunkelblaue Uniformen, leuchtend orange Verschnürung, die übersieht man nicht –, mach dich auf was gefasst. Dann bete, dass du schnell genug bist mit dem Laden oder mit dem Bajonett!«

Philipp sah völlig überflüssigerweise noch einmal in seiner Kartuschentasche nach, ob wirklich alle dreißig Schuss darin waren, während er weitersprach. »Marmont hat in diesem Krieg noch keine einzige Niederlage einstecken müssen. Aber die machen mir keine Angst, nicht einmal die Marinegarde! Das Korps Yorck hat die Gegner schon ein paarmal in die Knie gezwungen, und die Brigade Steinmetz war immer mittendrin im dicksten Kampfgetümmel. Von Anfang an in diesem Feldzug! Bei Halle, in Großgörschen, Colditz und Gersdorff, Bautzen oder an der Elbe.« Er streckte das Kinn nach vorn. »Übrigens, die Kavallerie, mit der sie heute Mittag die Russen verjagt haben – das sind alte Bekannte von dir. Fournier und württembergische Reiter unter diesem General Normann. Der Verräter am deutschen Vaterland, der euch Lützower in Kitzen zusammengehauen hat.«

»Wenn ich noch einen Grund bräuchte ... das wäre es«, meinte Felix, der sofort an Moritz von Klitzing dachte.

»Dein erster Satz seit mindestens einer Stunde«, hielt ihm Philipp Trepte vor. »Bist wohl eher einer von den Stillen? Jeder versucht auf seine Art, vor der Schlacht mit sich ins Reine zu kommen. Die einen beten, die anderen würden etwas trinken, wenn wir Branntwein hätten, aber es gibt nicht mal einen Fingerhut

voll. Und ich rede wahrscheinlich zu viel. Stört es dich? Früher war es mein Bruder, der immer so viel geredet hat. Nicht der Max, den kennst du ja. Sondern Julius, der ...«
Jäh verstummte Philipp.
Felix zögerte, ehe er sagte: »Ich würde gern ein paar Dinge in Ruhe zu Ende denken.«
Philipp war nicht gekränkt, sondern zuckte nur mit den Schultern. Er wusste schließlich, wie es vor einer Schlacht zuging. Eine Weile schwieg er und vertiefte sich dann in ein Gespräch mit seinem Nebenmann zur Linken.
Felix musste angesichts des Gemetzels, das nur zweihundert Meter von ihm entfernt stattfand und in das man ihn bald schicken würde, noch mit ein paar Dingen ins Reine kommen.
Vielleicht war dies der letzte Tag in seinem Leben. Wahrscheinlich sogar.
Er dachte daran, wie seine Eltern die Nachricht verkraften würden. Aber womöglich kehrte sein Bruder ja doch heim. Die Hoffnung gab er nicht auf.
Noch vor einem halben Jahr hatte er gedacht, fürs militärische Leben nicht zu taugen. Jetzt konnte er sich eine ruhige Laufbahn in der Salinenverwaltung beim besten Willen nicht mehr vorstellen. Was kümmerte ihn totes Gestein, wenn es um ihrer aller Leben, die Zukunft seines Landes ging?
Die Zeit beim Rittmeister von Colomb war nicht nur lehrreich gewesen, sie hatte ihn verändert. Unter dem Kommando des Rittmeisters konnte er etwas bewirken.
Er hatte Schießen gelernt. Aber er hatte noch nie wissentlich jemanden getötet. Heute würde er töten müssen, vermutlich nicht nur auf Distanz, sondern im Nahkampf. Würde er es über sich bringen, einen Menschen zu töten, dem er dabei in die Augen sehen konnte? Er wusste es nicht. Und er verabscheute allein den Gedanken.
Doch dieser endlose Krieg musste ein Ende nehmen. Deutschland musste frei werden.

An ihnen liefen immer wieder Trainsoldaten vorbei, die Schwerverwundete aus dem Schlachtgetümmel trugen.
Würde es ihm vergönnt sein, schnell zu sterben, statt das durchzumachen, was ihnen jetzt bevorstand?
Vielleicht hätte er Henriette beim Abschied sagen sollen, dass er sie liebte. Viel gab es dabei doch für ihn nicht zu verlieren. Andererseits war es wahrscheinlich besser so. Sie sollte nicht zu sehr um ihn trauern.

Um vier Uhr nachmittags entschied General Yorck, seine letzte Reserve in den Kampf zu schicken, die Brigade Steinmetz mit acht Bataillonen Infanterie und Landwehr.
Er eröffnete den Großangriff durch gezieltes Feuer seiner gesamten Artillerie, bis die letzte Munition verschossen war. Dann ließ er drei Bataillone in geschlossener Linie gegen das von Franzosen besetzte Dorf vorrücken, die fünf anderen mit gefälltem Bajonett gegen den Hügel stürmen, auf dem Marschall Marmont seine Artillerie postiert hatte.
Felix rannte mit, trotz seiner Angst.
Sie waren auf hundert Schritt heran, als mit Höllenlärm Kanonenkugeln und Kartätschen um ihn einschlugen. Erdbatzen flogen auf, links und rechts von ihm stürzten tödlich Getroffene zu Boden, Verwundete brüllten vor Schmerz, ein Blutschwall traf ihn von der Seite. Ein Tschako fiel ihm vor die Füße, in dem noch der Kopf eines Getöteten steckte. Jeder vernünftige Reflex sagte ihm, sich umzudrehen und so schnell wie möglich wegzulaufen. Doch er rannte weiter nach vorn.
Halb taub und halb blind sah er reihenweise Männer niederstürzen, die berittenen Offiziere zuerst.
Den zweiten Angriff führte der Brigadekommandeur persönlich an. Augenblicke später wurde Karl Friedrich von Steinmetz, dem Mann, der Musik liebte, Geige und Flöte spielte, der linke Arm zerschmettert.
»Der Kommandeur ist verletzt«, schrie jemand und winkte

hektisch zwei Männer heran, die Steinmetz aus der Schusslinie trugen.

Felix ließ allen Mut sinken. Trotzdem rannte er weiter vorwärts, durch das brennende Dorf und den Franzosen entgegen, die in unerschütterlichem Sturmschritt auf sie zuhielten.

Das ist das Ende, dachte er, und versuchte, einem feindlichen Bajonettstoß auszuweichen. Er stürzte, sein Angreifer fiel über ihn. Felix mühte sich, seine Waffe so fest zu packen, dass er den anderen damit durchbohren konnte, doch nur mit einer halben Hand schaffte er es nicht.

»Stich ihn ab!«, brüllte Philipp und rammte im nächsten Augenblick dem Franzosen selbst die Klinge in den Leib.

Felix wälzte den reglosen Körper von sich, rappelte sich auf und sah entsetzt, wie Knäuel von Menschen wütend und blindlings aufeinander einstachen. Er würgte bitteren Gallensaft heraus und wurde dabei von einem Gewehrkolben erneut zu Boden geschlagen.

Mit ohrenbetäubendem Lärm flogen kurz hintereinander mehrere französische Munitionswagen in die Luft.

Und genau in diesem Moment größter Verwirrung ritten drei Schwadronen Brandenburgischer Husaren heran und sprengten die Karrees der Franzosen.

Sie brachten die Wende, sie und die Brandenburgischen Ulanen, Litauischen und Westpreußischen Dragoner, die Mecklenburg-Strelitzschen Husaren und Reiter der Schlesischen Landwehr – die gesamte Reservekavallerie …

Unter den Hufen ihrer Pferde und von ihren Waffen wurde jeder zermalmt, der es nicht schaffte davonzurennen.

Die Einzigen vom Korps Marmont, die sich noch geordnet zurückzogen, waren die Männer der Marinegarde.

»Das war klar, dass die nur im Karree zurückgehen – wenn überhaupt«, meinte Philipp keuchend. »Aber wir haben sie dazu gebracht! Gott schütze den König und die Brandenburgischen Husaren! Die Landwehr und die Litauischen Dragoner!«

Ich lebe noch, dachte Felix, während er auf das Gemetzel vor seinen Augen starrte.

»Du blutest!«, sagte Philipp besorgt und deutete auf Felix' linken Oberarm.

Irritiert sah der auf den zerfetzten Ärmel. Wie konnte man *nicht* merken, dass einen eine Klinge getroffen hatte?

»Wird wohl nicht so schlimm sein«, murmelte er. »Du hast mir das Leben gerettet …«

»Trotzdem, lass das im Lazarett verbinden, sonst entzündet es sich, und dir fault der Arm ab! Glaub mir, das hab ich schon oft genug gesehen, bei Leuten, die ich noch gern um mich hätte.«

Bevor sie den Verbandsplatz erreicht hatten, war die Nachricht schon herum, dass ihrem Brigadekommandeur der linke Arm amputiert worden war. Das beendete schlagartig die Siegesstimmung seiner eingeschworenen Truppe.

Am Lazarettplatz warteten so viele Männer darauf, verbunden zu werden, die viel schwerer verletzt waren als er, dass sich Felix nur ein paar Leinenstreifen geben lassen wollte.

Einer der Feldapotheker rief ihn zu sich. »Zeidler, Sie dienten doch auch in Colombs legendärer Streifschar!«

Verwundert bejahte Felix.

»Dann müssten Sie den Offizier hier kennen. Sagen Sie ihm etwas Aufrüttelndes, damit er uns nicht verreckt!«

Erschrocken starrte Felix auf den brandenburgischen Reiter, den eine Kugel in die Brust getroffen hatte: Leutnant Eckardt, der einstige Justizrat aus Berlin! Wieso war er hier und nicht bei Colomb? Oder war Colomb etwa gerade eingetroffen?

Eckardt blinzelte mit schmerzverzerrtem Gesicht.

»Zeidler …«, ächzte er, »bringen Sie das hier ordentlich zu Ende! Zeigen Sie denen, was in Ihnen steckt … und jagen Sie sie zurück nach Paris!«

Dann sank sein Kopf leblos zur Seite.

Felix musste an die Streifzüge im Mai denken, die vergnüglichen Momente, wenn Eckardt ängstlichen Behördenvertretern

mit fröhlichen Plädoyers versicherte, es sei vollkommen in Ordnung, die Preußen mit Geld und Proviant zu unterstützen.
Er wollte nicht glauben, dass dieser kluge, tapfere und humorvolle Mann nie wieder die Augen öffnen und ein Wort sagen würde. Dass sein Leichnam heute noch in einem Massengrab mit Erde bedeckt wurde.
Morgen oder übermorgen konnte ihm das Gleiche passieren.
Die Schlacht um Möckern war zwar gewonnen. Doch die große Entscheidungsschlacht, die Schlacht um Leipzig, die Schlacht um Deutschland stand noch bevor.

Diese Nacht verbrachten Yorcks Männer auf dem Kampffeld. Sie durften kein Feuer anzünden, damit der Feind nicht auf sie aufmerksam wurde. Also stapelten sie Leichname, von denen es Tausende gab, als Windfang übereinander, um wenigstens etwas vor der Kälte geschützt zu sein.
Schaudernd sah Felix dabei zu, der wegen seiner Verwundung von dieser Arbeit freigestellt war.
Jetzt bin ich wirklich im Krieg angekommen, dachte er.
Und der Krieg frisst meine Seele auf.

Geheime Mission

Markkleeberg, 16. Oktober 1813

An diesem 16. Oktober 1813 starben in und um Leipzig so viele Männer wie am schicksalhaften 7. September 1812 bei Borodino in Russland.
Der Erste Heereschirurg der Grande Armée, Dominique Jean Larrey, hatte sein Hauptlazarett im Süden bei Meusdorf eingerichtet und dort fünftausendfünfhundert Verwundete aufgenommen, die oft unter Beschuss vom Schlachtfeld geholt wor-

den waren. Doch es gab viel mehr Verletzte, als er und seine Kollegen behandeln konnten. Wer nicht ins Hauptlazarett kam, wurde nach Leipzig gefahren, getragen oder schleppte sich dorthin.

In vielen Dörfern um Leipzig waren die Häuser zerstört oder standen in Flammen: Möckern, Liebertwolkwitz, Gröbern, Güldengossa, Wachau, Seifertshain, Lindenau, Eutritzsch, Connewitz ...

Hunderttausende Soldaten vieler Nationen errichteten ihre notdürftigen Biwaks auf den Feldern oder in den verwüsteten Orten. Sie froren, sie waren zu Tode erschöpft, viele verwundet, die wenigsten hatten noch etwas zu essen.

Also drangen Hunderttausende Bewaffnete sämtlicher am Kampf beteiligter Nationen in die bisher noch verschonten Dörfer um Leipzig ein, holten alles Essbare heraus, schlachteten das letzte Vieh, zerhackten Möbel, Zäune, Dächer, Balken, Bäume, um ihre Wachtfeuer in Nässe und Kälte am Brennen zu halten.

Jedes Gutshaus wurde in ein Lazarett verwandelt.

Der Kampf dieses blutigen Tages brachte ein Unentschieden, was Schwarzenberg schon als Sieg betrachtete. Er hatte *nicht verloren* gegen den großen Feldherrn Bonaparte! Und morgen, nach Eintreffen weiterer Truppen der Alliierten, würde das Kräfteverhältnis ein ganz anderes sein.

Doch an diesem Abend ereignete sich bei Markkleeberg ein Zwischenfall, der mit seinem weiteren, höchst geheimen Verlauf dem Schlachtgeschehen noch einige Überraschungen bescheren sollte.

Auch für die Bewohner des Dorfes Markkleeberg hatte der Tag Angst und Schrecken gebracht. Das Dorf war bereits in den Vortagen von Polen besetzt worden, aber an diesem Sonnabend drangen Österreicher erfolgreich dagegen vor. Doch kaum wähnten die verängstigten Dörfler die Franzosen vertrieben, marschierten diese in geschlossenen Linien erneut gegen den Ort vor, um ihn zurückzuerobern. In Todesangst rief der Schulmeister Schumann seine verschreckten Schüler und Familienangehörigen zusammen und verkroch sich mit ihnen unter Tischen und Bänken. Ein sinnloses Unterfangen, denn von allen Seiten flogen Gewehrkugeln durch Fenster und Fensterläden. Die Türen wurden mit Äxten zerschlagen, und ein Österreicher forderte die in Todesfurcht harrenden Dorfbewohner auf, schleunigst zu verschwinden, wenn sie überleben wollten. Durch den Kugelhagel huschten die Verzweifelten hinaus, und auch sie sahen ihre Häuser in Flammen aufgehen, als sie noch einmal zurückblickten.

Polen unter Fürst Józef Poniatowski und Österreicher unter dem General der Kavallerie Maximilian von Merveldt lieferten sich blutige Kämpfe um das für die südliche Verteidigungslinie wichtige Markkleeberger Schloss und das nahe gelegene Gut Dölitz. Dessen Torhaus war nur über eine Brücke zu erreichen und besaß somit eine besondere strategische Bedeutung.

Nach mehrmaligem Verlust, Rückeroberung und erneutem Verlust hatten die Österreicher am Abend Markkleeberg wieder für sich gewonnen.

Hartnäckig versuchten Poniatowskis Soldaten, in Torhaus und Gut Dölitz einzudringen, aber die Österreicher bewachten beides und vereitelten unter großen Opfern jeden Übergang über den Fluss, die Pleiße.

Inzwischen war für Poniatowski Verstärkung eingetroffen: General Kellermanns Kavallerie, die Junge Garde unter Oudinot und auch Friedrich von Dreßlers Gardegrenadierbataillon in seinen hellen Uniformen.

Mit deren Auftauchen bot sich General Merveldt die Gelegenheit, auf die er den ganzen Tag mit wachsender Sorge gewartet hatte.

»Das sind unsere, die Division Bianchi!«, rief er und gab seinem

Pferd die Sporen, um den provisorischen Steg zum dortigen Torhaus zu überqueren – die einzige Verbindung, denn sämtliche Brücken waren zerstört. Sein Ordonnanzoffizier, ein Kürassier, folgte ihm, ohne zu überlegen.

»Nicht, das sind Gegner!«, riefen der Oberst von Wolzogen und der Fürst von Liechtenstein wie aus einem Munde. Aber der General ignorierte ihre Warnung, schrie noch, niemand solle ihm folgen, und ritt, wie von Hunden gehetzt.

Der Fürst von Liechtenstein ritt an, um ihn zurückzuholen, doch sein Pferd brach durch den provisorischen Steg, den Pioniere nur aus ein paar Brettern gelegt hatten. Pferd und Reiter konnten nur mit Mühe gerettet werden.

Wolzogen, der immer noch für den Zaren Nachrichten sammeln und übermitteln sollte, sah Merveldt noch gegen eine Anhöhe reiten, wo ihn eine Linie französischer Truppen mit einer Salve empfing. Er stürzte vom Pferd in einen Graben, Sekunden später auch seine Ordonnanz.

Betroffen sahen sich die Offiziere an. Wie konnte ein General, der noch dazu bekanntermaßen kurzsichtig war, so unüberlegt handeln und dem Feind geradewegs in die Hände laufen?

Bald kam zu aller Überraschung der Kürassier zurück, verletzt, vollkommen entkräftet, und brachte die Nachricht: »Der General ist tot.«

Wolzogen hielt das für so wichtig, dass er beschloss, sie dem Kaiser und auch Schwarzenberg persönlich zu überbringen. Merveldt war einer ihrer erfahrensten Generäle und ein enger Freund Schwarzenbergs.

Vier Stunden war er unter Führung der Kosaken unterwegs, bis er endlich den Ort Rötha südlich von Leipzig und Markkleeberg erreichte, in dessen Schloss beide Kaiser Quartier genommen hatten, wobei jeder einen Flügel für sich beanspruchte. Auch Fürst Repnin-Wolkonski, ein Mann, der sich in Austerlitz 1805 durch besondere Tapferkeit ausgezeichnet hatte, wohnte im »russischen Flügel«, die Fürsten Wolkonsky – der

Generalstabschef des Zaren – und Woronzow in der Gartenstube.

Der König von Preußen logierte mit seinen Söhnen im Nachbarort Gruna. Schwarzenberg war im Haus des Röthaer Bürgermeisters Schirmer untergekommen, Graf Orlow-Denissow beim Schneider Mädler, Hetman Platow im Haus des Lehrers, Barclay de Tolly beim Glaser Schlenzig.

Das vom Zaren als Hauptquartier erwählte Röthaer Schloss war ein ungewöhnliches Bauwerk mit vier quadratischen Türmen an den Ecken und einem Friedensengel auf dem Hauptturm in der Mitte. Es gehörte jenem königstreuen Freiherrn von Friesen, der als Mitglied der Immediatkommission im Mai mitten in der Nacht den Torgauer Festungsgouverneur Thielmann aufsuchen musste, um ihn im Auftrag Napoleons zur Übergabe der Festung zu bewegen.

Manchmal steckte eine gewisse Ironie des Schicksals hinter der Wahl der ständig wechselnden Quartiere für die Anführer der kriegführenden Parteien. Im September übernachtete Napoleon einmal auf Schloss Kuckuckstein, dem Besitz Carls Adolf von Carlowitz, der in die russische Armee eingetreten war. Es war Bonaparte durchaus bewusst, auf wessen Schloss er sich aufhielt und welcher Gesinnung der Hausherr war. Aber um seine Großzügigkeit und Kultiviertheit zu zeigen, wies er an, die riesige Bibliothek des nunmehr russischen Offiziers unangetastet zu lassen.

Und es war schon nicht mehr Ironie, sondern ein zynisches Spiel des Schicksals, dass an genau jenem Tag, dem 9. September, die Herrscher der alliierten Länder in strengster Geheimhaltung Europa bereits unter sich aufgeteilt hatten – für die Zeit nach ihrem Sieg.

Seine Majestät der Zar habe sich bereits zur Ruhe begeben, erfuhr Wolzogen in Rötha und fand Unterkunft bei dem Diplomaten von Anstett. Die Unglücksnachricht konnte er also erst morgen früh überbringen.

Hätte er ruhiger geschlafen, wenn er wüsste, dass von Merveldt noch lebte, durch den Sturz seines Pferdes lediglich leicht am Arm verletzt?

Ich muss unbedingt lebend dort drüben ankommen, dachte der österreichische General wieder und wieder, während er den Polen und Sachsen am Torhaus entgegenpreschte und ihnen mit Handzeichen bedeutete, das Feuer einzustellen.
»Ich bin General von Merveldt!«, schrie er. Am liebsten hätte er noch angefügt: »… und muss dringend zum Kaiser«.
Doch das verbot die Vertraulichkeit seiner Mission.
So konnte er nur hoffen, dass die Männer, die auf ihn und sein Pferd schossen, einen gegnerischen General lieber lebend gefangen nahmen. Man konnte ihn befragen und gegen hochrangige Gefangene austauschen.
Die Salve traf nur sein Pferd, zusammen mit dem Reiter stürzte es in einen Graben. Mühsam kam er wieder zu sich. Er sah einen französischen Gardeoffizier auf sich zureiten, rappelte sich auf und rief seinen Namen.
»Lambert de Stuers!«, stellte sich der Gardeoffizier vor. »Sie sind mein Gefangener. Übergeben Sie mir Ihren Säbel!«
Diese demütigende Geste blieb Merveldt nicht erspart.
Es kam noch schlimmer: Er wurde zu General Poniatowski geführt. Sie beide waren sich zutiefst verhasst aus den Zeiten, als sie noch gemeinsam in der Grande Armée gekämpft hatten.
Aber natürlich war Józef Poniatowski – der Schrecken seiner Feinde, der Schwarm der Frauen und die Hoffnung seiner polnischen Landsleute – von viel zu ritterlicher Gesinnung, um sich das anmerken zu lassen. Trotz der harten Kämpfe des Tages, an denen er persönlich großen Anteil hatte und bei denen er verwundet worden war, wirkte er elegant, gelassen, würdevoll. Durch und durch ein künftiger König.
Soeben hatte er erfahren, dass ihn Napoleon in den Rang eines Marschalls erhoben hatte. Eines *Marschalls von Frankreich,* ob-

wohl er kein Franzose sei, betonte der Überbringer des Schreibens und wollte das als Lob verstanden wissen. Poniatowski bedankte sich mit höflichen Worten für die Auszeichnung und betonte, es gebe für ihn keine größere Ehre als die, Befehlshaber des polnischen Heeres zu sein.

Der Fürst befahl, den Gefangenen gut bewacht und umgehend zum Kaiser zu eskortieren. Poniatowski war viel zu klug, um zu glauben, dass dieser auf Grund eines Sehfehlers hier aufgetaucht war.

Erleichtert atmete Merveldt auf. Jetzt konnte er seine Mission ausführen.

Napoleon Bonaparte empfing den Gefangenen am Wachtfeuer in seinem Biwak bei Meusdorf, wie immer umgeben von seiner Alten Garde.

»Mein Schwiegervater schickt mir also ein Verhandlungsangebot, hä?«

Es war mehr eine Feststellung als eine Frage. Bonaparte hatte fest damit gerechnet, dass Kaiser Franz ihm einen geheimen Emissär entsandte, ohne Wissen der Russen und Preußen. Von den Schweden war ja ohnehin noch weit und breit nichts zu sehen.

Er hatte sich nicht damit getäuscht. Die Wahl verriet schon eine Menge, denn Merveldt war nicht nur ein verdienstvoller Militär, der bereits in jungen Jahren rasch Karriere gemacht hatte; er war einige Zeit auch als Gesandter im Einsatz gewesen und hatte mehrfach mit Napoleon über Waffenstillstände verhandelt.

Für diplomatisches Heranpirschen an das Thema hatte Napoleon allerdings weder Zeit noch Geduld. Deshalb fragte er geradezu: »Sie wollen mir also eine Schlacht liefern? Aber Sie irren sich, was meine Stärke angeht. Für wie groß halten Sie meine Streitkräfte?«

»Höchstens einhundertzwanzigtausend Mann, Sire!«

»Ich habe zweihunderttausend!«, triumphierte Bonaparte.
»Und Sie?«
»Mehr als dreihundertfünfzigtausend, Sire.«
Einen Moment lang herrschte Stille.
»Greifen Sie morgen an?«
»Es liegt bei Ihnen, Frieden zu schließen, wie in Prag«, erklärte Merveldt salbungsvoll.
Das war nun etwas, worüber sich Napoleon heftig echauffierte. In Prag habe doch niemand wirklich Frieden schließen wollen!
Nach einigem Hin und Her fragte er den Geheimgesandten seines Schwiegervaters: »Ohne Ausflüchte – wie lauten die Forderungen für einen Friedensschluss?«
»Ziehen Sie sich hinter den Rhein zurück und verzichten Sie auf das Protektorat über den Rheinbund ...«
»Niemals! Ich gebe England Hannover zurück, wenn England mir meine Inseln wiedergibt.«
»Warschau?«
»Darauf könnte ich verzichten. Sogar auf die Illyrischen Provinzen, damit bekäme Österreich wieder einen Zugang zum Meer.«
»Spanien?«
»Nein! Spanien ist eine dynastische Angelegenheit!«
»Die Wiederherstellung Hollands?«
»Niemals! Und Italien bleibt, wie ich es eingerichtet habe.«
Wieder trat ein beklemmendes Schweigen ein.
»Richten Sie den Alliierten folgendes Angebot aus«, sagte Napoleon dann und deklamierte, während er auf und ab ging: »Wir ziehen uns aus Leipzig bis an die Saale zurück. Vorausgesetzt, die Hauptarmee kehrt nach Böhmen zurück und die Russen und Preußen begeben sich auf das rechte Elbufer. Das Königreich Sachsen wird von allen Kriegsparteien geräumt und neutral erklärt. Das ist sowieso durch den Krieg zerstört und hinüber, hier ist nichts mehr zu holen. Ich verzichte auf Polen,

Hannover, Holland. Ja, sogar auf Holland! Auf Spanien und Illyrien. Aber ich behalte das Protektorat über den Rheinbund und Norditalien!«

Bonaparte gab seine ruhelose Wanderung auf, trat näher an den General heran und fragte: »Sie werden nicht darauf eingehen, nicht wahr?«

Merveldt zögerte, bevor er schließlich eingestand: »Nein, Sire. Sofern Sie sich nicht hinter den Rhein zurückziehen und auf alle Eroberungen verzichten ...«

»Das ist vollkommen ausgeschlossen! Ich gebe nicht kampflos auf, was ich in all den Jahren in blutigen Schlachten gewonnen habe!«

Abermals zögerte Merveldt, dann räusperte er sich und sagte noch leiser: »Ich werde den Alliierten Ihr Angebot überbringen, sofern Sie mich zu ihnen schicken. Aber rechnen Sie nicht mit einer Antwort. Und für diesen Fall ...«

Er räusperte sich noch einmal. Und endlich sprach er aus, was der eigentliche Zweck seines abenteuerlichen Ausflugs war, den er bei seiner Rückkehr mit einer Verwechslung der Truppen aus Kurzsichtigkeit begründen musste.

»Der Kaiser von Österreich lässt Ihnen ganz privat mitteilen ... für den äußersten Notfall ... für den Fall, dass Sie Ihre Truppen zurückziehen müssen ...«

»Nun kommen Sie schon zur Sache, Merveldt!«, drängelte Bonaparte.

»Er wird dafür Sorge tragen, dass die Straße nach Weißenfels für den Rückzug Ihrer Armee frei gehalten wird. Sie werden dort auf keine nennenswerten Hindernisse stoßen. Das garantiert Ihnen Seine Kaiserliche Hoheit.«

Merveldt spürte, wie ihm trotz der Kälte Schweiß den Rücken hinablief.

Bonaparte lächelte triumphierend. Franz würde ihn nicht im Stich lassen. Noch war nichts verloren. Bis auf Leipzig vielleicht. Aber dessen Schicksal war ohnehin besiegelt.

Leipzig, 17. Oktober 1813

Es war ein Sonntag; kalt, nass und trüb. Sämtliche Armeen um Leipzig standen unter Waffen und erwarteten im strömenden Regen den Großangriff des Feindes. Doch der blieb aus.

Ein sehr nachdenklicher General Yorck begann diesen Tag mit einem Feldgottesdienst, bevor er sein Korps neu formierte. Von seinen einundzwanzigtausend Mann standen nur noch dreizehntausend, fast alle seine Offiziere waren gestern gefallen oder verwundet worden.

Ein sehr ungeduldiger General Blücher begann den Tag mit einem Angriff auf den Norden Leipzigs und eroberte Eutritzsch und Gohlis. Die Order Schwarzenbergs, dass man heute nicht angreifen werde, sofern der Feind es nicht tat, hatte ihn nicht erreicht, und er wollte unbedingt den direkten Kontakt seiner Armee mit der Hauptarmee herstellen. Durch die Einnahme der beiden Ortschaften hielt er das rechte Ufer der Parthe bis kurz vor die Stadt besetzt und schuf sich so eine gute Ausgangsposition für den Angriff auf Leipzig, fast direkt vor dem Halleschen Tor.

Ludwig von Wolzogen begann den Tag damit, dem Zaren vom vermeintlichen Tod General Merveldts zu berichten.
Zar Alexander beförderte seinen Adjutanten für die am Vortag erworbenen Verdienste außer der Reihe zum Generalmajor. Durch seine Korrektur des Aufmarschplanes hatte Wolzogen faktisch noch in letzter Minute eine schreckliche Niederlage der Alliierten im Süden verhindert.
Im Auftrag des Zaren sollte er nun mit dem Einholen und Übermitteln von Nachrichten fortfahren. Bevor der Freiherr von Wolzogen auf seinen Posten zurückkehrte, informierte er

Fürst Schwarzenberg vom Tod seines Freundes Merveldt und löste mit dieser Nachricht große Bestürzung aus.

Auch wenn sie es schwerlich eingestanden hätten: Beide Seiten waren erleichtert, dass der Gegner an diesem Sonntag auf einen Großangriff verzichtete.
Gestern hatte Napoleon wieder einmal seine Überlegenheit als Feldherr bewiesen. Den Alliierten schien es also besser, erst einmal zu verharren und zu sehen, was er unternahm, um dann darauf zu reagieren. Vor allem aber erwarteten sie noch weit über einhunderttausend Mann Verstärkung, womit sich das Kräfteverhältnis grundlegend ändern würde. Die Korps Benningsen, Colloredo-Mansfeld und Bubna waren im Anmarsch, außerdem stand dreißig Kilometer nordöstlich bei Landsberg die gesamte Nordarmee unter dem Befehl des Kronprinzen von Schweden, des einstigen Marschalls von Frankreich, Bernadotte. Dass diese sich immer noch nicht von der Stelle rührte, veranlasste vor allem Blücher zu höchst verärgerten Äußerungen über die Unzuverlässigkeit von Gascognern.

Napoleon besprach sich am Morgen mit seinem Schwager Murat bei Meusdorf im Süden zwischen Probstheida und Güldengossa. Dort hatte er in der Nacht sein Biwak aufschlagen lassen. Eine halbe Stunde lang gingen sie ungeachtet des grässlichen Wetters auf einem alten Teichdamm auf und ab und redeten.
Wir hatten immer wieder unsere Streitigkeiten, und in Russland versagte er kläglich, statt meine Armee zurück nach Frankreich zu führen, dachte Napoleon, als sich sein wie stets prächtig herausgeputzter Schwager verabschiedete. Aber gestern und vor drei Tagen bewies er, dass er immer noch der gefürchtete Reiterführer ist, der jeden Feind mit seinen Kavallerieattacken zum Wanken bringt. Mit seiner Hilfe werde ich es schaffen.

Vergessen wir seine heimlichen Liebäugeleien mit den Österreichern und Engländern! Dahinter steckt doch sowieso nur meine Schwester Caroline, sein intrigantes Weib.
Er wird mit seiner Sturheit wieder alles verderben, noch schlimmer als in Russland, dachte Murat, während er nach Wachau ritt. Wenn wir uns nicht heute noch zurückziehen, wird das unser Untergang. Caroline hat recht, wir müssen mit den Gegnern verhandeln, um wenigstens unser Königreich Neapel zu behalten!
Angesichts der Lage hätte der Kaiser den geordneten Rückzug auf die Saale anordnen müssen. Gestern noch waren beide Heere zahlenmäßig fast gleich stark gewesen, jedes etwa zweihunderttausend Mann. Die geringe Überzahl der Alliierten konnte Bonaparte durch Geländevorteile ausgleichen, und außerdem hatten sie ihm mit ihrer zerfahrenen, ihm unbegreiflich dilettantischen Planung in die Hände gespielt. Doch wenn ihre Reservetruppen im Verlauf des Tages eintreffen würden, wäre sein Gegner zahlenmäßig fast doppelt überlegen.
Die einzige Verstärkung, mit der er noch rechnen konnte, war das Siebente Korps Reyniers mit der Division Durutte und den Sachsen. Aber das waren nicht mehr viele, und verlassen durfte er sich auch nicht mehr auf sie. In Dresden, Torgau, Wittenberg und anderen Festungen entlang der Elbe standen noch einhundertfünfzigtausend Mann französischer Besatzung. Aber die waren verloren; entweder umzingelt oder ohne die geringste Chance, sich zu ihm durchzuschlagen.
Jetzt den Rückzug anzuordnen – würde das nicht alles in Frage stellen, was er bisher erreicht hatte? Militärisch und politisch?
Doch da war ja noch eine besondere Karte im Spiel. Deshalb wartete er im Zelt, umgeben von seinen Garden, auf die Antwort der Alliierten zu seinem Unterhandlungsangebot.
Sollten sie nicht antworten, würde ihm sein Schwiegervater trotzdem aus der Patsche helfen. Darauf konnte er sich nun

wieder voll und ganz verlassen, nachdem Merveldt gestern Abend aufgetaucht und heute mit der Offerte und einem streng vertraulichen Brief an Kaiser Franz von Österreich fortgeritten war.

Das Staunen im Röthaer Schloss, dem Hauptquartier der Alliierten, war groß, als der totgeglaubte General sehr lebendig dort auftauchte und verkündete, er bringe ein Angebot Napoleons zum Waffenstillstand.
»Warten Sie!«, unterbrach ihn sofort theatralisch Kaiser Franz. »Hier soll kein Wort darüber fallen, ohne dass die anderen Hohen Alliierten zugegen sind!« Der Zar, der König von Preußen und Fürst Schwarzenberg sollten unverzüglich herbeigebeten werden.
Der Herrscher Österreichs war überaus erleichtert, dass Merveldt seine gefährliche Mission doch hatte ausführen können. Es konnte nicht leicht gewesen sein, sich von den Franzosen gefangen nehmen zu lassen, ohne erschossen und ohne von den eigenen Leuten für einen Überläufer gehalten zu werden.
Die Friedensangebote seines Schwiegersohnes waren nicht das Wichtigste an dieser Sache; auf weniger als bedingungslose Kapitulation würden Alexander von Russland und Friedrich Wilhelm von Preußen ohnehin nicht mehr eingehen. Und die würde Napoleon niemals akzeptieren.
Wirklich *entscheidend* war etwas anderes, auch wenn das nur er, Bonaparte und Merveldt wussten.
Ganz gleich, was morgen geschah: Napoleon wusste unter der Hand, die Rückzugsstraße würde ihm frei gehalten. Und das machte ihn weniger gefährlich. Den genialsten Feldherrn seiner Zeit wie einen Tiger im Käfig in die Ecke zu drängen, in eine ausweglose Lage, würde ihn nur zu einem Verzweiflungskampf mit unberechenbaren Folgen provozieren.
Außerdem hatte Metternich recht: Frankreich durfte nicht vollkommen vernichtet werden. Sonst würden Preußen und

Russland zu mächtig, und Österreich hätte dann das Nachsehen. Er würde Frankreich einen »milden Frieden« offerieren. Der zurückgekehrte General Merveldt trug das Angebot des Kaisers der Franzosen den Monarchen vor. Doch die waren sich ungewöhnlich schnell und diskussionslos darin einig, es keiner Antwort zu würdigen. Wenn die weiteren Truppenverstärkungen erst da waren, konnte nichts mehr ihren Sieg aufhalten.

Angst beherrschte Leipzig.
Wer von den Bewohnern einen Ausblick aus der Höhe hatte, sah die gewaltigen Mengen Soldaten, Kanonen und Pferde rund um die Stadt; jenes erschütternde Panorama, das Henriette sprachlos gemacht und mit Entsetzen erfüllt hatte.
Als am Morgen das Kanonengewitter ausblieb, flackerte Hoffnung auf, wenigstens für einen Moment. Vielleicht respektierten ja beide Seiten den Sonntag?
Doch wer sich zum Gottesdienst auf die Straße wagte, verlor alle Hoffnung. Jede Kirche dieser Stadt war zum Lazarett geworden. Nur in Sankt Nikolai wurde noch die Sonntagsmesse gelesen, und dort drängten sich die Menschen um einen Platz auf der Suche nach Trost.
Nach einer schrecklichen Nacht voller Alpträume ging auch Henriette zum Gottesdienst in die Nikolaikirche.
Hier wollte sie um Frieden bitten, bevor sie sich wieder um die Leidenden im Lazarett in Sankt Thomas kümmerte. Darum, dass das Morden ein Ende nahm. Um das Kind trauern, das sie verloren hatte. Und sie wollte ein Gebet für alle sprechen, die ihr am Herzen lagen, ehe sie sich wieder dem Grauen zuwandte, das sie für den Rest des Tages im Lazarett erwartete.
Doch das Grauen lauerte bereits auf den Straßen der Stadt.
Jette beging den Fehler, nach der Messe über die Grimmaische Straße zur Thomaskirche gehen zu wollen. Die ganze Straße lag voll von Verwundeten, die in den Lazaretten keinen Platz mehr

gefunden hatten – vom Neumarkt, wo das Kornhaus stand, zum Naschmarkt und von der Börse bis zum Rathaus.
Sie stöhnten, sie schrien, sie baten um Hilfe oder um Wasser, versuchten, sich vorwärtszuschieben, über Leichname in blutigen Lachen und ohne jede Rücksicht über die zerschmetterten Gliedmaßen ihrer vor Schmerz brüllenden Kameraden hinweg.
Es war mehr, als Jette ertragen konnte, obwohl sie schon viel Leid gesehen hatte. Am liebsten hätte sie die Augen geschlossen. Vorsichtig setzte sie einen Fuß vor den anderen, zwischen den Leidenden balancierend und immer in ängstlicher Erwartung, es würde sie wieder jemand am Knöchel packen, für den sie nichts tun konnte.
Das war ihre Wirklichkeit gewordene Vorstellung vom Purgatorium, vom Fegefeuer.
Herr, wie kannst du so etwas zulassen?, dachte sie schaudernd. Wie können Menschen sich so etwas antun?
Nun grollte Geschützdonner von Norden her – Blüchers Angriff. Henriette war noch nicht einmal am Markt angekommen, als die ersten Kanonenkugeln in die Stadt fielen; auf einen Erker in der Nikolaistraße, auf das Weiße Ross ... Ziegel splitterten und fielen krachend zu Boden.
Schreiend liefen die Menschen durch die Straßen, duckten sich ängstlich oder schlugen die Hände über den Kopf, als könnte sie das retten.
Vor der Thomaskirche stand ein Karren, auf den Leichen gehoben wurden, um sie aus der Stadt zu schaffen.
»Schon die dritte Fuhre heute«, sagte der Kärrner, der sie auf irgendeine Art an Josef Tröger erinnerte. »Und das wird nicht die letzte sein.«
»Sind denn so viele in der Nacht gestorben?«, fragte sie einen der beiden Männer, die die Toten auf den Wagen hievten. »Und wer kümmert sich um all die Verwundeten dort auf den Straßen?«

»Was weiß denn ich?«, erwiderte dieser und zuckte mit den Schultern. »Jeder, der sich noch auf zwei Beinen hält, ist zu Schanzarbeiten oder zu dem hier verpflichtet. Und schauen Sie dort!«
Er wies auf die gegenüberstehenden Häuser, aus denen französische Soldaten gerade alles heraustrugen, was sich heraustragen ließ: Proviant, Geschirr, Bettgestelle, Decken ...
Das Klagegeschrei der Hausbewohner kümmerte sie nicht. »So geht es überall in der Stadt zu. Können Sie sich vorstellen, Fräulein, wie den armen Leuten hier zumute ist?« Er spie aus. »Das ist dabei herausgekommen, mit diesem Bonaparte! Warum müssen ausgerechnet wir dafür herhalten?«
Wütend wies er Richtung Kirchentür. »Haben Sie dadrinnen nicht schon genug zu tun? Statt sich noch Sorgen um die hier draußen zu machen? Irgendwann schicken die Ratsherren schon jemanden, der *das* da wegräumt.«
Seine Worte gingen Jette durch und durch. Hastig wandte sie sich ab und betrat die Kirche. Das Elend hier drinnen schien ihr auf einmal nicht ganz so unerträglich wie das unter freiem Himmel. Vielleicht, weil weniger Licht darauf fiel, weil hier kein eisiger Wind blies. Vielleicht aber auch, weil es durch die starken Mauern, die es umgaben, abgeschlossen und damit nicht *unendlich* schien.
Sie meldete sich beim verantwortlichen Wundarzt und ließ sich erneut eine Arbeit zuteilen.
Den Leidenden und Sterbenden, die auf dem nackten Boden lagen, etwas Wasser zu bringen. Viel mehr konnte sie nicht tun. Es gab kein Brot. Es gab kein Stroh. Es gab kein Leinen für Verbände. Von Medikamenten ganz zu schweigen.
Alles ist vergebens, dachte sie verzweifelt. Wir sind alle verloren.
Bis der erste Fiebernde, dem sie Wasser brachte, sagte: »Gott segne Sie ... petit ange ... kleiner Engel ...«
Da zwang sie sich ein Lächeln ins Gesicht.

Stunden schienen seitdem vergangen; von dem Kanonendonner war jedenfalls nichts mehr zu hören. Als Henriette zum Brunnen auf dem Thomaskirchhof ging, um den Eimer mit frischem Wasser zu füllen, hörte sie jemanden ihren Namen rufen.
Erstaunt drehte sie sich um und ließ den Eimer vor Schreck fallen. Eiskaltes Wasser schwappte heraus und durchnässte ihre Füße.
»Was machst du denn hier?«, fauchte sie ihren Cousin Eduard an.
Der ließ sich nicht abschrecken, sondern lächelte, um Versöhnung bittend. Er sah erschöpft aus, müde, seine Kleidung mitgenommen, und doch blitzte ein Fünkchen Triumph in seinen Augen auf.
»Ich wusste, dass ich dich hier finden werde! Alle waren so verzweifelt. Vater schrieb Briefe an sämtliche Bekannte, um dich aufzuspüren. Aber ich wusste, du würdest dorthin gehen, wo es am schlimmsten ist, und das tun, was du immer getan hast: Verwundete pflegen.«
»Und das trieb dich dann hierher?«
Eduard schob mit der Fußspitze ein paar nasse Herbstblätter beiseite. »Ich wollte mich bei dir entschuldigen.«
Nun sah er ihr in die Augen. »In Freiberg hab ich einige hässliche Dinge zu dir gesagt. Das tut mir leid. Du hattest recht. Wenn man all das Elend hier sieht – so etwas wünscht man niemandem.«
Er wies mit dem Arm auf die Verwundeten, die auf der Straße lagen. »Egal, wofür oder wogegen sie gekämpft haben. Niemand sollte so elendig sterben.«
»Dann kannst du mir ja helfen!«, sagte sie ein wenig schroffer als beabsichtigt. Mit seinem Erscheinen hatte sie am allerwenigsten gerechnet. Sie wollte aus dem Leben der Gerlachs verschwinden. »Wie bist du überhaupt hierhergekommen? Und wo wohnst du?«
»Bei den Reclams.« Das war die Familie eines Buchhändlers

und Verlegers, der sein Geschäft in der Grimmaischen Straße hatte. »Da ist Franz gut aufgehoben, er kann bei dem kleinen Philipp bleiben, Reclam junior. Der ist etwa in seinem Alter.«
Jettes Gesichtszüge erstarrten.
»Du hast *Franz* mitgebracht? Hierher? Hast du denn vollkommen den Verstand verloren? Schlimm genug, dass du hier auftauchst! Dein Vater und deine Mutter werden sich zu Tode sorgen ...«
»Das musst du mir gerade vorwerfen!«, hielt er ihr hart vor.
»Weißt du, was zu Hause los war, nachdem du plötzlich verschwunden warst? Mutter dachte, du seist ins Wasser gegangen, und wollte schon die Schlossteiche nach dir absuchen lassen. Und Vater grämt sich fast zu Tode! Er gibt sich die Schuld, dich nicht genug behütet zu haben, und wagt kaum zu hoffen, dass du noch lebst ... *Das* hast *du* angerichtet! Denk einmal darüber nach!«
Er zog Jette ein Stück weg von Brunnen und Kirche, damit niemand ihren Streit verfolgen konnte. »Und was Franz betrifft: Der ist mir nachgeschlichen. Als ich ihn entdeckte, konnte ich ihn nicht mehr fortschicken. Aber er ist ein schlaues Bürschchen und hat sich wacker mit mir durchgeschlagen, ohne auch nur einmal zu jammern. Du kannst stolz auf ihn sein!«
»Stolz? Auf euch zwei Narren?«
Jette wurde immer wütender. »Ich sage dir jetzt, was du tun wirst: Du gehst sofort zu Reclams in die Grimmaische Straße, von der hoffentlich die Toten inzwischen aufgelesen sind, nimmst meinen Bruder, und dann verlasst ihr auf der Stelle diese Stadt! Heute herrscht Waffenruhe, heute könnt ihr noch durchkommen. Morgen bricht hier die Hölle aus, und da will ich euch weit weg wissen. Hast du mich verstanden?«
In ihrer Verzweiflung packte sie ihn mit beiden Händen am Revers.
Gekränkt wehrte Eduard sie ab. »Du behandelst mich immer noch, als wäre ich ein Kind!«

Gerade noch hielt er die gehässige Bemerkung zurück, die ihm auf der Zunge lag und sich auf sie und diesen Seconde-Lieutenant bezog. Oder Premier-Lieutenant.
»Ihr seid hier einfach nicht sicher!«, sagte sie beinahe flehend.
»Und du?«
Jette zuckte mit den Schultern. »Ist doch egal, was mit mir geschieht.«
Ein eisiger Windstoß fuhr ihr durchs Haar, durch die Kleider und ließ sie vor Kälte zittern.
»Ist es nicht!«, widersprach Eduard heftig. »Mir nicht, Franz nicht, meinen Eltern nicht! Bei uns zu Hause ist die Stimmung wie auf einem Friedhof. Bei den Trögers auch. Kurz nachdem du fortgegangen bist, haben die Franzosen das Fuhrwerk und alle Pferde requiriert, sogar das Fohlen. Alle Kinder tot oder fort, der Broterwerb verloren ... Lisbeth hat ja kaum noch was zu kochen. Um dich sorgt sie sich auch, das sieht jeder.«
Bibbernd schlang Jette die Arme um den Körper. Nun fing es auch noch zu regnen an. Ihre Füße in den durchnässten Schuhen und Strümpfen schienen zu Eisklumpen zu erstarren.
»Und jetzt sorgen sich *deine* Eltern noch um dich und Franz!«, hielt sie Eduard vor, während ihre Stimme vor Kälte zitterte. »Ihr habt hier nichts zu suchen. Überall ist es besser als hier. Also tu mir den Gefallen und bring meinen Bruder wieder heim, in Sicherheit. Und dich!«
Ihr Cousin verschränkte störrisch die Arme und schwieg.
»Außerdem: Verrate weder den Reclams noch deinen Eltern, wo du mich gefunden hast!«, forderte sie. »Das musst du mir schwören!«
»Willst du sie denn nicht wenigstens wissen lassen, dass du noch lebst?«, fragte Eduard eindringlich. Jetzt klang seine Stimme flehend.
»Wenn dir wirklich etwas an mir liegt, dann vergesst mich, so schnell ihr könnt! Streicht mich aus eurem Leben, als hätte es mich nie gegeben.«

Als er schwieg, sagte sie leise und mit gesenktem Kopf: »Du weißt, was geschehen ist. Es würde euer Geschäft ruinieren.«
»Wen kümmert das Geschäft!«, schrie Eduard. »Es ruiniert *sie:* Mutter, Vater und deinen Bruder. Mich!« Nun war es heraus.
Henriette hielt den Kopf immer noch gesenkt. »Geh jetzt einfach.«
Als er sich nicht rührte, stieß sie ihn vor die Brust. »Geh! Los, geh!«
Aber Eduard ließ sich nicht von ihr wegschubsen. »Du kümmerst dich um all diese Fremden hier!«, rief er und schwenkte den Arm über den Platz. »Aber die, die dich lieben, deinen Nächsten, denen brichst du das Herz! Findest du das barmherzig? Dass deine Familie nicht wissen darf, ob du noch lebst?«
... *brichst du das Herz* ...
Vielleicht waren es diese Worte, die die Mauern einstürzen ließen, die Henriette um sich aufgebaut hatte.
Von Kummer überwältigt, fiel sie ihrem überraschten Cousin um den Hals und barg ihr Gesicht an seiner Schulter.
»Ich wollte euch nicht weh tun«, stieß sie hervor. »Sag deinen Eltern, dass ich lebe und sie sich nicht sorgen sollen. Vielleicht, wenn das hier alles vorbei ist ... Wer weiß, wie das Leben dann aussieht ...«
Eduard schlang seine Arme um Henriette, wärmte sie und genoss es, sie zu halten. Seit beinahe einem halben Jahr hatte er diesen Moment ersehnt! Nur nicht unter solchen Umständen. Nach einer unendlich scheinenden Zeitspanne löste sich Henriette von ihm.
»Und nun geh! Bring dich und Franz in Sicherheit, bitte! Ihr könnt hier nichts ausrichten. Ihr seid jetzt beide meine Brüder. Ich will euch beide nicht verlieren.«
Jäh drehte sie sich um, griff nach dem Eimer und ging wieder in die Kirche, zu den Sterbenden.

An diesem Sonntag um zwei Uhr mittags trat im Speisezimmer des Röthaer Schlosses der Große Kriegsrat der Alliierten zusammen, mit allen höheren Heerführern und Gesandten.
Leipzig war umschlossen. Sämtliche Truppen sollten laut Disposition des Oberbefehlshabers am nächsten Morgen um acht Uhr mit dem Angriff beginnen.
Als der Abend anbrach und damit feststand, dass die Alliierten auf sein Angebot nicht antworten würden, traf Napoleon Bonaparte gleichfalls seine Vorbereitungen für den nächsten Tag. Er verstärkte die Truppen im Süden, auch wenn er den Norden damit ein Stück entblößte. Es war wichtig zu zeigen, dass seine Armee hier die Stellung hielt.

Aufmarschpläne

Rund um Leipzig, 18. Oktober 1813

Auch dieser Tag war nebelverhangen und regnerisch. Und er begann für Blücher mit einer bitteren Pille: Um den müßigen Karl Johann von Schweden endlich dazu zu bringen, mit seiner Nordarmee zu den Truppenverbänden der Alliierten zu stoßen, ritt er selbst in aller Frühe zu dessen Hauptquartier in Breitenfeld, ein ganzes Stück nördlich von Leipzig gelegen.
Nur mit der Zusage, dem Kronprinzen noch dreißigtausend Mann von seinen eigenen Truppen entgegenzuschicken, rang Blücher ihm das Einverständnis ab, seine Armee endlich Richtung Leipzig in Marsch zu setzen.
Dafür bekam der Kronprinz sozusagen als Geleitschutz Blüchers Korps Langeron und St. Priest, kampfbewährte russische Truppen. Bernadotte fürchtete, Napoleon könnte mit seiner gesamten Armee den Vorstoß auf Magdeburg wagen und dabei

die Nordarmee überrennen, statt sich einer aussichtslosen Schlacht um Leipzig zu stellen. Die Möglichkeit war nicht von der Hand zu weisen.

Doch weniger diese Einsicht trieb Blücher zum Einlenken, sondern seine Ungeduld, den Gascogner nun endlich bei Leipzig auf dem Schlachtfeld sehen zu wollen.

Er hatte gedrängelt, wieder und wieder, auch der englische Gesandte und Militärbevollmächtigte Sir Charles Stewart hatte gedrängelt und sogar mit dem Entzug der finanziellen Unterstützung durch Großbritannien gedroht, ohne dass sich Bernadotte davon beeindrucken ließ. Nun also, verstärkt durch dreißigtausend Mann der Schlesischen Armee, die Blücher im Verlauf des Tages noch bitter vermissen sollte, war Karl Johann von Schweden bereit, mit der Nordarmee zu den Alliierten zu stoßen. Dabei ließ er sich allerdings sehr viel Zeit.

Napoleon hatte mit seinen Vorbereitungen für den nächsten Kampftag schon zwei Uhr morgens begonnen.

Im Dunkel der Nacht ließ er seine südlichen Truppen an Leipzig heranrücken. Doch die Wachtfeuer an den verlassenen Biwakplätzen sollten weiterhin brennen, um den Rückzug zu verschleiern.

Dann ging er wie immer vor einer Schlacht auf Rundreise, inspizierte die Stellungen seiner Truppen und strategisch wichtige Punkte, besprach sich im Probstheidaer Gasthof mit Marschall Ney. In Lindenau erteilte er General Bertrand den Befehl, mit seinem Vierten Korps Richtung Weißenfels zu marschieren, die Straße für den Rückzug frei zu halten und Brücken über Unstrut und Saale zu schlagen.

Dann ließ er sein Biwak bei der Quandtschen Tabakmühle errichten, wieder im Süden.

An diesem Tag würde rund um die ganze Stadt gekämpft werden, und überall hatte er Truppen aufgestellt. Für Bonaparte gab es allerdings zwei besonders heikle Punkte. Einer war

Schönefeld im Nordosten, wo das Korps Marmont, das in Möckern so hart gekämpft hatte, unbedingt den Einfall der Alliierten in die Stadt verhindern musste.
Und der zweite war Probstheida im Südosten, ein größeres Dorf, das ein wenig aus seiner südlichen Verteidigungslinie hervorsprang. An dieser Linie hatte er mit Murat, Poniatowski, Augereau, Oudinot seine besten Korpsführer und härtesten Kämpfer in Stellung gebracht. Bei Probstheida würde er selbst stehen, mit der Alten Garde. Im Verlauf der Nacht hatten sich seine Männer bereits in jedem Haus und hinter jeder Mauer verschanzt. Und anders als bei Borodino war er diesmal auch bereit, seine Garden ins Feuer zu schicken.

Als die drei Monarchen der Alliierten und ihr Heerführer Schwarzenberg am Morgen ihren Beobachterposten auf einem Hügel bei Probstheida einnahmen, verwehrte ihnen Nebel noch die Sicht auf den Feind. Doch als der Frühnebel zerriss, sahen sie vor sich das besetzte Dorf, Napoleon mit seiner Hauptstreitmacht, gebildet aus seinen meistgefürchteten Korps, und dahinter eine endlos scheinende Reihe Geschütze unter dem Kommando des erfahrenen Artilleriegenerals Drouot.
Sie selbst hatten für diesen Frontabschnitt nur fünfzigtausend Mann eingeplant.

Am Ende

*Vorwerk Heiterer Blick nahe Paunsdorf,
nordöstlich von Leipzig, 18. Oktober 1813, morgens*

»Ich will nicht mehr!«
Trotzig ließ sich Anton Tröger in den Morast plumpsen und hieb mit den Stöcken auf seine Trommel ein – nicht laut auf das

Trommelfell, sondern ganz leicht auf die Kante. Und dennoch unverkennbar: la Retraite, das Signal zum Rückzug.
»Bist du verrückt?«, zischte sein Bruder Karl und riss ihm die Stöcke aus der Hand. »Willst du vors Kriegsgericht, weil du Rückzug trommelst, ohne dass der Befehl dazu gegeben wurde?«
»Ist doch scheißegal!«, schrie Anton mit ungewöhnlicher Wut. »Ob sie mich nun gleich abknallen oder in zwei Stunden. Wir gehen heute doch sowieso alle drauf! Wenn wir nicht vorher verhungern.«
Jetzt fing er auch noch an zu heulen. Rotz und Wasser liefen über sein dreckverschmiertes Gesicht, und dass er mit dem Ärmel darüberfuhr, machte die Sache nicht besser.
Hilflos starrte Karl auf seinen Bruder, und ihm war dabei zumute, als sähe er ihn nach langem zum ersten Mal wieder. Anton war immer klein gewesen für sein Alter, doch jetzt war er bis auf die Knochen abgemagert. Kein Wunder! Sie waren nun dem Bataillon Prinz Anton der sächsischen Armee zugeteilt, hatten seit sieben Tagen kaum noch Proviant bekommen, mussten in Nässe und Kälte biwakieren und durften zumeist nicht einmal ein Feuer entzünden. Sie marschierten den ganzen Tag und manchmal sogar die Nacht hindurch.
»Komm schon, reiß dich zusammen!«, versuchte er, seinen Bruder aufzumuntern. Gleich war Inspektion, der Leutnant sah schon zu ihnen herüber. Alle wussten, dass sie hier bei diesem Vorwerk namens Heiterer Blick den Anführer des Siebenten Korps erwarten sollten, General Reynier. Und es würde nicht auszumalenden Ärger geben, wenn sie bis dahin ihre schlammverschmierten Uniformen nicht in Ordnung gebracht hatten und stramm in Reih und Glied standen.
Weil Karl erkannte, dass sein kleiner Bruder wirklich am Ende war, versuchte er es mit einer Schmeichelei.
»Du bist doch ein ganzer Kerl, ein Tambour der Grande Armée! Noch dazu in einem Bataillon, das wie du heißt: Anton.

Und wenn es das nächste Mal etwas zu essen gibt, kriegst du meine Ration, versprochen. Bis auf den letzten Happen.«
»Ich will kein ganzer Kerl sein, ich bin erst zwölf!«, schrie Anton. »Ich will weg von hier, nach Hause, wo es warm ist, wo ich ein Bett hab und nicht verhungern muss. Wo sie nicht jeden Tag ein paar meiner Freunde totschießen!«
Er sah seinem Bruder direkt ins Gesicht und betonte jedes Wort überdeutlich: »Und ich scheiße auf die Grande Armée.«
»Bist du …«, fuhr Karl auf, aber Anton ließ ihn nicht zu Wort kommen.
»Die scheißen ja auch auf uns! Wir kriegen kein Essen, müssen sinnlos in der Gegend herumlaufen und uns abknallen lassen. Und am Ende sind wir noch schuld daran, wenn die Preußen ihnen eine in die Fresse hauen! Als wir noch beim Major im Zwölften Korps waren, da gab es wenigstens richtiges Essen …«
Karl verzog das Gesicht. »Stimmt. Aber für eine Schüssel Suppe lass ich mich nicht als Feigling beschimpfen!«
Sie waren nicht nur hier gelandet, weil Oudinots Korps nach der Niederlage von Dennewitz aufgelöst wurde. Seit Marschall Ney und dann auch der Kaiser verkündet hatten, die Schlacht um Berlin sei nur durch Schuld der Sachsen verlorengegangen, war es im Bataillon des Majors de Trousteau plötzlich sehr schwer für sie geworden. In der ganzen Grande Armée ging das Wort von den feigen Sachsen um – zu Unrecht, denn die hatten nicht nur tapfer gekämpft und dabei viele Männer verloren, sondern unter hohem Einsatz den Rückzug der Franzosen auf Wittenberg erst ermöglicht.
Die im Sommer geschlossenen Freundschaften zählten plötzlich nicht mehr. Obwohl Karl seinen Posten in der Linie nicht verlassen hatte und Anton sich nie wieder unter einem Trainwagen versteckte, sondern an seinem Platz marschierte und inzwischen alle Signale fehlerfrei schlug.
Da ein Teil von Oudinots Korps ohnehin bei Reyniers Sieben-

tem landete, dem auch die Mehrheit der sächsischen Armee unterstellt war, hatte de Trousteau sie dorthin geschickt, ehe ihretwegen noch eine blutige Schlägerei ausbrach. Es hätte ihm zwar nicht unbedingt den Schlaf geraubt, doch dieser Tambour war wirklich noch sehr jung. Der sollte ihm nicht die Truppe verderben. Als Kanonenfutter waren er und sein Bruder schließlich brauchbar.

»Du hast ja recht, es ist eine Schweinerei, dass sie uns die Schuld an allem geben …«, lenkte Karl ein. »Aber davon lassen wir uns nicht unterkriegen!«

Er zog und zerrte an seinem Bruder herum, um ihn wieder auf die Beine zu bekommen.

Doch Anton stellte sich stur. Er starrte über Karls Schulter hinweg und sagte verträumt: »Weißt du noch, wie es in der Küche duftete, wenn Mutter Pflaumenkuchen buk? Oder wenn sie Linsen mit Räucherspeck kochte? Rotkraut mit Äpfeln … ausgelassenes Schmalz mit viel Zwiebeln und Majoran …«

Ihm liefen die Tränen vor lauter Heimweh und Hunger.

»Hör sofort auf, von Essen zu reden, sonst hau ich dich!«, knurrte Karl.

Mattes, ein junger Füsilier aus Frauenstein, ließ sich neben Anton in den Schlamm fallen.

»Hau ihn nicht. Wir haben es doch alle satt«, meinte er und stieß einen deftigen Fluch aus. »Uns Sachsen behandeln sie wie den Abschaum der Armee, schlimmer als die Strafregimenter. Aber wer ist denn am schnellsten kurz vor Berlin weggerannt?«

»Wir bestimmt nicht«, mischte sich mit höhnischem Grinsen Friedhelm ein, Korporal und der Älteste und Erfahrenste in ihrem Zug. Er war schon in Auerstedt dabei gewesen und sogar in Russland. Dort hatte er sich mehrere Zehen abgefroren, was ihm einen etwas eigentümlichen Gang verlieh.

»Aber Männer, sprecht gefälligst ein bisschen leiser. Das grenzt nämlich an Meuterei, was ihr da redet. Der Leutnant sieht schon zu uns herüber, und ihr wollt doch keinen Ärger bekommen, oder?«

Die Stimmung in der ganzen Truppe war hundsmiserabel; nicht nur wegen der Strapazen, des Hungers und der vielen Toten. Es war vor allem der Vorwurf der Feigheit, der für Aufruhr unter den Sachsen sorgte. Daran hatte nicht einmal etwas geändert, als Napoleon vor ein paar Tagen an mehrere Dutzend Sachsen das Kreuz der Ehrenlegion verlieh und eine anfeuernde Rede hielt. In das obligatorische »Vive l'Empereur« stimmten nur noch ein paar Offiziere ein.

»Ich an deiner Stelle, Kleiner, wäre mir außerdem nicht so sicher, dass du zu Hause noch ein Bett und ein Dach überm Kopf hast!«, sagte Friedhelm bedeutungsschwer zu Anton. Der und auch sein Bruder starrten ihn an.

»Ich stamme aus Bischofswerda, das ist schon im Mai bis auf drei Häuser vollständig niedergebrannt«, erklärte der Korporal scheinbar gelassen. »Habt ihr mal mitgezählt, durch wie viele verwüstete oder abgebrannte Dörfer wir in den letzten Tagen marschiert sind? Und wollen wir wetten, dass der Heitere Blick heute auch noch in Flammen steht? Wieso sollte es ausgerechnet dort besser sein, wo ihr herkommt?«

Er schaute von einem zum anderen in der Gruppe, die sich mittlerweile eingefunden hatte, und es war den Gesichtern der Männer anzumerken, dass sie überlegten, wie es wohl in ihren Heimatorten aussah.

»Jetzt zieht nicht solche Leichenbittermienen! Ich bin doch nicht bis nach Moskau und wieder zurück gelaufen, um mich dann vor der eigenen Haustür abknallen zu lassen!«

Der alte Korporal streckte Anton auffordernd die Hand entgegen.

»Komm, Kleiner, rappel dich auf! Putzen wir uns für den General heraus. Der Leutnant sieht nämlich schon wieder zu uns herüber.«

Nun zog ein verschlagenes Lächeln über Friedhelms runzliges

Gesicht. »Vielleicht geschieht ja ein Wunder! Reynier hat immer zu uns Sachsen gehalten. Der weiß doch, wie es um uns bestellt ist ...«

Eine knappe halbe Stunde später näherte sich eine Gruppe Reiter mit goldbestickten Uniformen.
»Das ist er, der General, das ist Reynier!«, flüsterte Friedhelm Karl zu, der neben ihm in der Linie stand. »Mir kribbelt's in den abgefrorenen Zehen. Das bedeutet, heute wird irgendwas passieren. Was Bedeutendes ...«
General Reynier ritt die Reihen ab, sah die ausgemergelten Gestalten, die Hoffnungslosigkeit in vielen Gesichtern und das Aufflackern von Hoffnung in einigen.
Er führte ein kurzes Gespräch mit dem Kommandierenden General der Sächsischen Division, Heinrich Wilhelm von Zeschau, und galoppierte dann mit einigen Begleitern auf eine nahe gelegene Kirche zu.
»Seit wann gehen französische Generäle beten, bevor sie einen Befehl erteilen?«, fragte Karl verwundert. Die französischen Besatzer nutzten Kirchen bevorzugt als Lager, Pferdestall oder Lazarett, nicht für die Messe.
»Er wird wohl auf den Kirchturm steigen wollen, um die Gegend zu erkunden. Um rauszufinden, wie nah die Russen schon sind«, erklärte Friedhelm und schüttelte den Kopf über die Ahnungslosigkeit des jungen Rekruten.
Den Soldaten wurde erlaubt, es sich wieder bequem zu machen.
»Fehlt nur noch, dass sie Frühstück austeilen!«, sagte der schlaksige Werner in bitterem Hohn, der erst im Frühjahr in die Armee eingezogen worden war und sich seitdem jeden einzelnen Tag fragte, warum er stattdessen nicht auch lieber das Weite gesucht hatte wie viele andere Konskribierte.
»Wir würden ein Frühstück ja nicht einmal mehr erkennen, weil wir so lange keines mehr gesehen haben!«, spöttelte Mattes und erntete dafür ein paar dürftige Lacher.

Er kramte aus seinem Tornister eine Blechschachtel mit ein paar Krumen Tabak hervor. »Hier, mein letzter, den teilen wir«, sagte er. »Ich hab so ein Gefühl in der Nasenspitze, dass wir morgen keinen mehr brauchen.«
»Hör mit der Unkerei auf, das bringt Pech!«, fuhr Friedhelm ihn streng an.
Statt von dem Tabak zu nehmen, erklärte er mit harmloser Miene: »Ich vertrete mir mal die Beine. Und hör mich dabei ein wenig um …«
Neugierig starrten ihm seine Kameraden nach.

Sie hatten den letzten Rest Tabak kaum aufgeraucht, als Friedhelm mit langen, leicht humpelnden Schritten und triumphierender Miene zurückkam.
»Wir sollen nach Torgau geschickt werden, in die Festung! Wir gehen fort von hier! Wir müssen uns heute nicht mehr mit den Russen schlagen! Damit ist der Krieg für uns so gut wie vorbei.«
»Woher willst du das wissen?«, fragte einer der Jüngeren skeptisch.
»Es geht euch Bürschlein überhaupt nichts an, woher ein alter Hase seine Informationen bezieht.« Friedhelm grinste. »Reynier rekognosziert jetzt nur noch, ob die Straße nach Torgau auch tatsächlich frei ist.«
»Ist das wirklich wahr?«, fragte Anton. Er konnte sein Glück kaum fassen. Sie kamen weg von hier! Zwar nicht nach Hause, aber immerhin nach Torgau, wo sie nicht mehr kämpfen mussten. Und Torgau hatte ein riesiges Magazin für Proviant.
»Glaubt mir einfach! Ich versteh genug Französisch nach all den Jahren unter französischem Kommando …«
Die Linieninfanteristen sahen sich an, sprangen auf, hieben sich lachend auf die Schultern und fingen an, Pläne zu schmieden.
»Passt auf, da kommen sie zurück!«, meinte Friedhelm und wies auf die Gruppe Reiter, die nun wieder auf sie zuritt.

»Gleich verkünden sie die gute Nachricht. Und dann ist der Krieg für uns erst mal vorbei.«

Sie mussten erneut antreten und warteten aufgeregt, was ihr Divisionskommandeur, der Generalleutnant von Zeschau, bekanntgeben würde. In Gedanken sah sich jeder von ihnen schon in Torgau, weit weg von diesem blutigen Schlachtfeld und gut versorgt mit Brot und Bier, vielleicht sogar einer heißen Suppe mit ein paar Brocken Fleisch.

»Die Königlich-Sächsische Division war zum Abmarsch und zur Neuformierung nach Torgau vorgesehen«, begann der General seine Ansprache. »Da die Straße nach Torgau jedoch von Russen versperrt ist, marschieren wir zurück nach Paunsdorf und beziehen dort Stellung zu beiden Seiten der Wurzener Straße.«

Da fiel Anton einfach um, mitsamt der Trommel, die auf seinen knochigen Körper prallte.

Als der Divisionskommandeur fort war, versuchten Karl und Mattes verzweifelt, Anton wieder zu Bewusstsein und auf die Beine zu bringen.

»Ich rühre mich nicht mehr vom Fleck. Ich mach jetzt die Augen zu und sterbe!«, stieß Anton in einem Tonfall hervor, der zeigte, dass ihm alles gleichgültig geworden war.

So hilflos hatte sich sein Bruder nur einmal in seinem Leben gefühlt: Als seine Eltern nach Hause kamen und sagten, dass seine älteren Brüder allesamt tot waren. Da konnte er doch nicht zusehen, wie der Jüngste auch noch verreckte! Aber gutes Zureden half jetzt nicht mehr. Also kniete er sich neben den Jüngeren und packte ihn an den Aufschlägen seiner Uniformjacke.

»Du reißt dich zusammen, sonst bringe ich dich eigenhändig um! Steh auf und sei kein Schlappschwanz! Vergiss nicht: Wir sind losgezogen, um den Tod unserer Brüder an den Russen zu

rächen, und heute bekommen wir die Gelegenheit dazu. Also los!«
»Lass ihn in Ruhe, der ist doch wirklich fast verhungert, der Kleine«, mischte sich Friedhelm verärgert ein. »Und sei etwas vorsichtiger mit deinen Wünschen, was die Russen angeht! Es könnten ein paar tausend mehr sein, als wir hier verkraften.«
Verständnislos schüttelte der kriegserfahrene Korporal den Kopf. »Mit euch Neulingen hat man wirklich nur Ärger. Bevor wir abmarschieren, sollten wir lieber zusehen, ob wir noch was zu essen auftreiben. Ein Hamsterloch ausgraben oder noch ein paar Rüben oder Kartoffeln. Für jemanden in unserer Lage gibt es nämlich nur zwei Fragen: Wie kommen wir hier heil raus? Und woher kriegen wir etwas zu beißen?«

Die Stimmung der sächsischen Truppen war am Boden, das wusste auch General Reynier. Von den Sachsen waren kaum noch fünftausend Mann einsatzfähig, die konnten hier nichts bewirken, schon gar nicht gegen die Übermacht der Russen, der sie gegenüberstanden und von der sie noch nichts wussten. Blüchers Korps Langeron war nämlich ganz in der Nähe.
Trotz aller Benachteiligungen hatten die Sachsen tapfer gekämpft. Jetzt war ihre Lage aussichtslos. Und sie wollten nicht länger bei der Zerstörung ihrer Heimat mitwirken. Es lag auf der Hand, dass sie früher oder später überlaufen würden. Deshalb hätte er sie gern aus dem Geschehen dieses und des nächsten Tages herausgehalten. Sollten sie nach Torgau gehen und Kräfte sammeln! Doch nun war der Weg dorthin versperrt.
Weshalb – um alles in der Welt! – war ihr König nicht schon gestern auf sein Angebot eingegangen, die sächsischen Truppen nach Torgau abzukommandieren? Dann hätten diese Männer eine Chance, den Krieg zu überleben.

Abgesehen von seiner Sympathie für die Sachsen, verspürte Jean-Louis Ebenezer Reynier auch wenig Lust, sich von Napoleon noch einmal anbrüllen zu lassen, weil ihm unterstellte Regimenter die Seiten gewechselt hatten. Und wie würde erst Ney triumphieren! Das gönnte er ihm nicht.

»Wir können diese Männer nicht mehr in den Kampf schicken, sie sind am Ende ihrer Kräfte. Und so dicht, wie die Russen hier stehen, haben wir keine Chance«, erklärte Generalmajor Anton Friedrich Karl von Ryssel wenig später in der Runde der ranghöchsten Offiziere der Sächsischen Division. »Das hieße, sie alle zu opfern. Wenn wir sie retten wollen, müssen wir überlaufen.«

Nun war es heraus, das schreckliche Wort. Angespannt sah Ryssel von einem zum anderen.

»Kommt überhaupt nicht in Frage!«, fuhr ihm der Generalleutnant von Zeschau sofort in die Parade. »Wir halten den Eid, den wir dem König geschworen haben.«

»Wenn Sie gestatten, General, vielleicht ist es dem König ja lieber, seine Armee zu erhalten. Genauer gesagt das, was davon noch übrig ist?«, wandte der Oberst von Brause ein, der hagere Kommandeur der 1. Sächsischen Infanteriebrigade und ein Schwager Zeschaus.

»Ihre Zusammenarbeit mit dem Abtrünnigen Thielmann hat wohl auf Sie abgefärbt?!«, brüllte der Divisionskommandeur.

Die Feindschaft zwischen Zeschau und Thielmann rührte spätestens von jenem Februartag 1813 her, als Zeschau Thielmann das Kommando über die Festung Torgau übertragen musste, deren Gouverneur er bis dahin gewesen war.

»Das ist Verrat am König! Und gerade Sie sollten am besten wissen, welche Strafe darauf steht. Schließlich haben Sie das Kriegsgerichtsverfahren gegen Bünau geleitet!«, höhnte Zeschau.

»Ich übernehme die volle Verantwortung für die Folgen meines Handelns, vor Gott und dem König«, erklärte der Oberst von Brause mit fester Stimme. »Aber ich werde nicht alle meine Männer in den sicheren Tod schicken, wenn ich es verhindern kann.«

Zeschau schnappte nach Luft. An den Reaktionen der anderen Befehlshaber erkannte er, dass sie ebenso dachten wie Brause und Ryssel.

»Ich werde nichts dergleichen dulden, solange ich nicht die entsprechenden Befehle Seiner Majestät des Königs habe«, erwiderte er aufgebracht und wandte sich an den Adjutanten seines Generalstabs, den Kapitän von Nostitz. »Sie reiten nach Leipzig, erklären Seiner Majestät die Lage und bitten um klare Instruktionen.«

Damit schien ihm die Krise erst einmal abgewendet. Für ein paar Stunden. Solange sie auf den Befehl des Königs warteten, würde es niemand wagen, zum Feind überzulaufen.

Nostitz salutierte und lief los, um sich sein Pferd bringen zu lassen. Doch bevor er aufbrach, suchte der Kapitän die Gelegenheit zu einem kurzen Gespräch unter vier Augen mit seinem General.

»Es wird mehrere Stunden dauern, bis ich zurück bin. Wer weiß, ob ich überhaupt durchkomme. Und ob mich Seine Majestät oder Generalstabschef Gersdorff empfangen«, zählte er vorsichtig seine Bedenken auf.

»Es ist mir egal, wie Sie es anstellen. Und ob Sie es bis Leipzig schaffen oder nicht!«, fauchte Zeschau ihn an. »Begreifen Sie nicht, was hier los ist? Ich will Sie spätestens zwei Uhr nachmittags wieder hier sehen, und zwar mit einer königlichen Order. Egal, wie Sie an diese kommen! Lassen Sie sich etwas einfallen. Notfalls schreiben Sie sie selbst!«

Dann befahl er dem entgeisterten Nostitz, endlich seinem Pferd die Sporen zu geben.

Petit ange
Leipzig, 18. Oktober 1813

Als Henriette an diesem Morgen von ihrer winzigen Dachkammer herunterstieg, um zu ihrer Arbeit zu gehen, tönte eine befehlsgewohnte Stimme durch das Haus. Der bei der Witwe einquartierte General beschwerte sich lauthals über das Frühstück und den miserablen Wein, der ihm gestern Abend zugemutet geworden sei.

Jette vertraute darauf, dass seine resolute Gastgeberin schon die rechten Worte für ihn finden würde; die hatte Haare auf den Zähnen. Schon konterte sie lautstark, sie könne schließlich nicht zaubern, sie habe ihm das Beste und Letzte aufgetafelt, was Keller und Speisekammer noch hergaben, und sie esse nicht einmal halb so gut wie er. Wenn das Angebotene dem verwöhnten Gaumen des Herrn Generals nicht genüge, müsse er sich eben in der Kommandantur bewirten lassen.

Jette hoffte, unbemerkt von allen aus dem Haus zu kommen. Doch eine der Ordonnanzen des Generals stellte sich ihr auf der Treppe entgegen und versperrte ihr den Weg.

»Warum so eilig, Demoiselle? Wollen Sie den siegreichen Männern der Grande Armée nicht ein wenig Entgegenkommen zeigen?«

Er sah sie mit einem Lächeln an, das ihr Angst einflößte.

So fest sie konnte, antwortete sie: »Es tut mir leid, Monsieur, ich muss ins Lazarett, da warten andere Männer der Grande Armée auf mich: die Verwundeten!«

»Das eilt nicht«, meinte der Adjutant gleichgültig. »Die meisten von denen sind sowieso schon tot. Oder werden es in einer Stunde sein.« Er legte eine Hand in ihren Nacken und zog sie an sich.

»Lassen Sie mich gehen!«, forderte Henriette panisch und versuchte, sich ihm zu entwinden.

Doch er umklammerte ihr Handgelenk mit eisernem Griff und wollte sie zu einem Kuss zwingen.

Wütend schlug sie ihm mit der Rechten auf die Wange und schrie: »Wagen Sie es ja nicht, mir etwas anzutun! Sonst werde ich in alle Welt hinausrufen, dass ein Mädchen Sie geschlagen hat! Es kümmert mich nicht, was dann mit mir passiert! Sie werden der Blamierte sein!«

Als er sie immer noch nicht losließ, aber offensichtlich vor Überraschung einen Moment nicht recht wusste, was er tun wollte, rief sie: »Monsieur le général, Monsieur le général! Man hindert mich daran, Ihren Verwundeten in den Lazaretten zu helfen!«

Nun ließ der Adjutant sie los, und in einem Anfall von Wut und Todesverachtung stürmte sie in das Zimmer, in dem der General sein Frühstück einnahm.

Erstaunt und äußerst ungehalten starrte er auf sie, wobei Eigelb von seiner Gabel troff.

»Was erdreisten Sie sich?«, fauchte er.

»Ihr Adjutant benahm sich soeben unziemlich mir gegenüber.«

»Und deshalb stören Sie mich beim Essen? Nachdem ich mich eben schon mit der Zimmerwirtin und ihrem respektlosen Mundwerk herumärgern musste? Die sächsischen Verbündeten sind wirklich sehr ungastlich uns gegenüber. Männer wollen nun einmal ein wenig Zerstreuung vor der Schlacht.«

Die sächsischen Verbündeten wären gastlicher, wenn ihr ihnen nicht alle Vorräte gestohlen und das Land verwüstet hättet, dachte Henriette wütend.

Stattdessen sagte sie: »Zerstreuung sollen sie bei den Frauenzimmern suchen, die sie freiwillig gewähren. Davon gibt es genug in dieser Stadt. Die *Gastlichkeit,* die *ich* Ihren Männern gewähre, besteht darin, ihre Wunden zu verbinden und an ihrer Seite zu sein, wenn sie qualvoll sterben.«

Wütend und immer noch erstaunt über sich selbst, holte sie den Schutzbrief des Majors und das auf Deutsch und Französisch abgefasste Empfehlungsschreiben Dr. Bursians auf ihrem Korb und streckte beides dem General entgegen.

Gereizt legte dieser das Besteck beiseite, ließ sein Spiegelei kalt werden und überflog die Schreiben.

»Nur deshalb, Demoiselle, sei Ihnen Ihre Dreistigkeit verziehen! Und nun verschwinden Sie, bevor ich mir es anders überlege und Sie für Ihre Frechheit verhaften lasse.«

Jetzt sollte Henriette wohl schleunigst gehen, statt ihr Schicksal noch einmal herauszufordern. Aber sie konnte nicht anders, als sie den üppig gedeckten Frühstückstisch des Generals sah.

»Es gibt für Ihre verwundeten Männer nichts mehr zu essen im Lazarett. Haben Sie ein Herz, geben Sie mir wenigstens das Brot für sie mit! Ich bitte Sie! Es ist für Ihre Soldaten ...«

Der General starrte sie wie ein sonderbares Wesen aus einer fremden Welt an. Dann ließ er den Blick über die Tafel schweifen, auf der Käse, Wurst, Schinken und Eier standen, ein paar Äpfel dazu, Honig, Marmelade und sogar ein Rührkuchen. Mürrisch wies er auf den Korb, in dem ein rundes, in Scheiben geschnittenes Brot lag. Die größte aus der Mitte lag auf seinem Teller; er hatte kaum davon abgebissen.

Rasch nahm Jette das Brot samt der Serviette aus dem Korb und schlug das bestickte Leinentuch um das kostbare Geschenk; sie würde es der Wirtin heute Abend zurückgeben. Höflich bedankte sie sich, knickste tief und huschte davon.

Brot, sie hatte Brot!

So trat sie in den kalten, verhangenen Oktobermorgen hinaus. Kein Sonnenstrahl drang durch die graue Wolkenschicht. Das Donnergrollen der Kanonen rund um die Stadt hatte längst begonnen. Erneut waren die Straßen voller Verwundeter, die frierend oder erfrierend auf den nackten Pflastersteinen lagen oder an den Hauswänden lehnten. Wer von ihnen Glück im Unglück hatte oder sich diesen Platz rücksichtslos erkämpfte, drängte sich zusammen mit den Leidensgefährten unter den Rathauskolonnaden, die wenigstens Schutz vor dem Regen boten.

Ein Stück vor ihr prügelten sich zwei Männer in zerlumpter Kleidung um den starren Körper einer toten Katze, die sie vermutlich als nächste Mahlzeit auserkoren hatten.
Zivilisten, die zur Verteidigung der Stadt abkommandiert worden waren, überquerten den Marktplatz mit finsteren Mienen.
Einige Frauen standen in der Nähe des Rathauses und sahen mitleidlos auf die verwundeten Franzosen, ehe sie den Blick demonstrativ von ihnen abwandten.
»Es ist eine Vereinbarung über die Stadt abgeschlossen worden«, sagte die eine so laut, dass Jette es hören konnte. »Bis heute zwölf bleibt die Stadt verschont!«
»Dann lasst uns beten, dass die Rathausuhr nie mehr zwölf anzeigt«, entgegnete die andere.
»Ist das sicher?«, fragte die Dritte und winkte einen Mann in grauem Reitmantel und grauem Hut herbei, der einen Zettel am Eingang des Rathauses befestigte.
»He, Sie da, Sie sind doch einer der Rathausschreiber?«, schrie sie ungeniert zu ihm hinüber.
Als dieser nickte, schritt sie ihm entgegen, sorgfältig bemüht, weder auf einen Verletzten noch in eine der vielen Blutlachen zu treten. Die beiden anderen Frauen folgten ihr.
»Stadtschreiber Münchow«, stellte sich der hochgewachsene Mann vor und lüpfte kurz seinen Zylinder. »Lesen Sie gleich die neueste Bekanntmachung!«
Auch Jette trat näher.
»Wir sollen Geschirr und Betten abgeben. So eine Frechheit, die haben sich doch schon alles geholt!«, regte sich eine der Frauen auf.
»Wisst ihr noch? Genau auf den Tag vor sieben Jahren sind die Franzosen bei uns in Leipzig eingerückt, und was haben sie seitdem für Unglück über uns gebracht!«
»Stimmt es, dass die Alliierten die Stadt bis heute Mittag verschonen werden?«, fragte die Dritte.
Artur Reinhold Münchow bestätigte.

»Und dann?«
»Dann sind wir alle in Gottes Hand«, sagte der Stadtschreiber. Er liebte seine Stadt, er hätte alles gegeben, um ihr Unheil zu ersparen. Doch durch seine Arbeit im Rathaus und in der Kommandantur wusste er zu viel, um diese verängstigten Frauen noch mit ein paar zuversichtlichen Worten anlügen zu können. Er brachte es einfach nicht über sich. Er würde es aufschreiben, alles, was er sah und hörte, damit den Nachfahren nichts davon entging, was seiner Stadt widerfahren war und noch widerfahren würde.
»Unser guter König hat uns nicht verlassen, er ist in der Stadt. Das wird doch Blücher und die Russen davon abhalten, Leipzig niederzubrennen?«, fragte die Jüngste verzweifelt und sah voller Hoffnung zum Apelschen Haus, in dessen erster Etage der König residierte.
»Er ist doch noch hier, nicht wahr? Er hat die Stadt nicht verlassen?« Tränen rannen über ihr Gesicht.
»Der König ist noch in der Stadt«, bekräftigte der Stadtschreiber und ging, um die Bekanntmachung des Rates an weiteren Stellen auszuhängen.
Überall, wo er einen seiner Anschlagzettel anbrachte, bildete sich eine Menschentraube, die las und dann in Wutgeschrei ausbrach. Diese Wut bekamen auch die Verwundeten zu spüren – mit Flüchen, bösen Blicken und der Verweigerung jedweder Hilfe trotz ihres elenden Zustandes.

Henriette hatte genug gesehen.
All diese Verzweiflung, all dieses unbeschreibliche Elend ...
So viel Schmerz und Hass und Tod ...
Wie sollte sie die Leere und Hoffnungslosigkeit vertreiben, die ihr Herz angesichts dessen erfüllte? Nur mit Liebe, mit Güte, schien ihr eine Stimme ins Ohr zu flüstern.
Und so ging sie von einem der Verletzten zum anderen, gab ihnen zu trinken, verteilte dieses eine letzte Brot und versprach

ihnen, dafür zu sorgen, dass sich jemand um sie kümmern werde. Sie tröstete einen kleinen Jungen, der vor Hunger weinte, und gab auch ihm von dem Brot, dann einer verzweifelten jungen Frau mit einen Kind auf dem Arm, bis keine Krume mehr übrig war.

In Sankt Thomas wandte sich Henriette an den ersten Arzt, den sie traf.

»Sie kommen spät!«, rügte er sie. »Auch wenn Ihre Arbeit hier freiwillig ist, wir zählen fest auf Sie.«

»Ich habe nach den Verwundeten gesehen, die immer noch draußen in der Kälte liegen«, entschuldigte sie sich. »Können wir sie nicht hereinholen? Hier ist es nicht ganz so eisig, und vielleicht retten wir so wenigstens einige von ihnen.«

»Es sind genug gestorben, um Platz für neue zu schaffen«, erklärte der Arzt nach einem Blick durch das Kirchenschiff bitter, in dem nach wie vor Verwundete und Sterbende dicht an dicht lagen. »Doch es werden bald viele neue Verwundete kommen. Hören Sie nicht den Kampflärm? Warten Sie, bis die Kärrner wieder zurück sind, die die Leichen fortbringen. Dann gehen Sie mit ihnen nach draußen und schauen Sie, wen es noch lohnt hierherzubringen. Doch bis dahin nehmen Sie hier wieder Ihre Arbeit auf!«

Nun sah er sie etwas milder an und lächelte sogar ein wenig.

»Die Verwundeten hier vermissen Sie schon. Sie sorgen sich um Sie. Um ihren *petit ange.*«

Also ging Henriette wieder von einem zum anderen, verteilte Wasser, ein wenig von der dünnen Suppe und tröstende Worte.

»Ich habe eine kleine Schwester, die sieht aus wie Sie«, sagte ein fiebernder Soldat, dem sie einen kühlenden Umschlag auf die Stirn legte.

»Sie haben die Augen meiner Mutter«, flüsterte ein junger Mann in Jägeruniform, der die Stichwunde in der Brust nicht mehr lange überleben würde.

»Zu Hause wartet meine Braut auf mich, die lächelt wie Sie«, brachte mühevoll ein junger Offizier heraus, dem sie Wasser auf die Lippen tupfte, weil er mit seiner Bauchwunde nichts trinken durfte. Auch er würde bis zum Abend qualvoll sterben.

Für all diese Männer schien sie zu einer einzigen Frau geworden zu sein – oder zugleich zu allen Frauen dieser Welt: Mutter, Schwester, Braut.

Ein blutjunger Füsilier, dem am Vortag ein Bein amputiert worden war und der dabei viel Blut verloren hatte, ließ sie die ganze Zeit nicht aus den Augen. Also ging sie mit einem Becher voll Wasser zu ihm, kniete neben ihm nieder und wollte ihm beim Trinken helfen.

Ängstlich wehrte er ab.

»Diejenigen sterben, zu denen Sie gehen!«

Henriette lächelte wehmütig. »Nein. Es ist genau anders herum. Ich gehe zu denen, die sterben.«

»Werde ich auch sterben?«

Sie antwortete nicht.

»Ich will nicht sterben! Ich fürchte mich. Mir ist so kalt …«

»Dann geben Sie mir Ihre Hand!«, sagte sie leise.

Sie stellte den Becher beiseite, den er nur zur Hälfte leer getrunken hatte, nahm seine Hand zwischen ihre und hielt sie fest.

»So ist es besser …«, flüsterte er. »Petit ange!«

Er lächelte, schloss die Augen und flüsterte: »Ich komme heim …«

Schicksalsstunden

Rund um Leipzig, 18. Oktober 1813

Um vierzehn Uhr befahl Zar Alexander den Angriff auf Probstheida. Güldengossa und Liebertwolkwitz waren von den Franzosen längst geräumt und ohne Gegenwehr eingenommen worden. Nun wollte der russische Kaiser gegen Napoleons Hauptstellung vorgehen – ohne sie vorher gründlich von Artillerie beschießen zu lassen.

In der Nähe der Monarchen standen die russischen und preußischen Garden, unter ihnen Maximilian Trepte.

Fassungslos sah der Premierleutnant zu, wie das 9. Schlesische Landwehrregiment, die Brigade Prinz Anton und die letzten eintausendachthundert Überlebenden der russischen Regimenter Eugens von Württemberg in das zur Festung verwandelte Dorf stürmten und von feindlicher Infanterie, Kavallerie und Artillerie niedergemetzelt wurden.

Warum schicken sie uns nicht dorthin?, dachte er verzweifelt und hielt es kaum noch an seinem Platz aus. Wir sind fünfzigtausend bestens ausgebildete Kämpfer, wir könnten es herumreißen …

Als die Russen und Preußen trotz horrender Verluste in das Dorf einzudringen begannen, führte Napoleon Bonaparte persönlich seine Alte Garde ins Gefecht.

Es dauerte nicht lange, bis die Alliierten den Kampf um Probstheida aufgeben mussten. Das 9. Schlesische Landwehrregiment hatte die Hälfte seiner Männer verloren, etliche der Überlebenden waren verletzt, von den Russen unter Prinz Eugens Kommando lebten kaum mehr tausend.

Und die russischen und preußischen Garden hatten tatenlos zusehen müssen, weil ihre Könige nicht bereit waren, sie in den Kampf zu schicken.

Generalleutnant Thielmann war mit seinem Korps – ebenso wie Graf Mensdorff – der 6. Kolonne unter dem Befehl von Ignaz Graf von Gyulai unterstellt und sollte die Straße nach Lindenau sichern, um dem Feind den Rückzug nach Westen zu versperren.

In hohem Tempo näherte sich ein Kurier, salutierte und übergab ihm ein Schreiben mit der Bemerkung, es sei von höchster

Dringlichkeit. General Thielmann las zunehmend überrascht und betrachtete noch einmal die Siegel, bevor er mit nunmehr wieder vollkommen beherrschten Gesichtszügen seine Stabsoffiziere zu sich beorderte.

»Wir haben neue Befehle. Wir sollen hier nur beobachten und uns Richtung Pegau zurückziehen.«

Ungläubig sahen die Offiziere ihren Anführer an. Sie sollten Napoleon den Fluchtweg frei halten?

»Die Order ist unmissverständlich und kommt von Schwarzenberg persönlich«, erklärte Thielmann. »Wir sollen wohl später von der linken Flanke die Fliehenden angreifen.«

Dabei war er so fassungslos, dass er sich versucht fühlte, erneut den Dienst zu quittieren.

Das alles könnte heute und hier ein Ende haben! Gerüchteweise sollte Blücher schon überlegen, ob er Napoleon gleich exekutieren ließ oder ihn erst vor ein Kriegsgericht stellte. Stattdessen wichen sie zurück. Das Blutvergießen würde weitergehen.

Und er konnte nichts dagegen tun. Er war nicht Blücher, der mit seiner Armee auf eigene Faust handeln durfte; er hatte nur zweitausend Mann unter seinem Kommando.

Voller Argwohn fragte er sich, ob dieser Befehl nicht in Wirklichkeit vom österreichischen Kaiser kam.

Das Korps Yorck war an diesem Tag angesichts der hohen Verluste beim Kampf um Möckern als Reserve eingeteilt.

Da Blücher zwei Korps an Bernadotte abtreten musste, verfügte er vorübergehend nur noch über das des Generals von Sacken. Doch dessen Angriff auf den Norden Leipzigs scheiterte, also schickte er Yorck in das hart umkämpfte Gohlis.

Nun mussten auch Felix und Julius gegen die französischen Garden antreten. Russen und Preußen schafften es endlich, Gohlis einzunehmen, und drangen nach Pfaffendorf vor.

Felix glaubte, den schlimmsten Moment seines Lebens zu erleiden, als hundert Schritte vor ihm ein Gehöft voller Verwundeter in Brand geschossen wurde, die sich nicht retten konnten und bei lebendigem Leib verbrannten. Ihre Schmerzensschreie würden ihm ewig in den Ohren gellen.

»Hast du gehört, das waren unsere *und* Franzosen«, sagte Philipp wütend, der schon viel mehr schreckliche Dinge im Krieg gesehen hatte als Felix. »Es ist das Grauenhaf...«

Er kam nicht mehr dazu, den Satz zu Ende zu sprechen. Eine Kugel durchbohrte seinen Hals und riss ihn zu Boden.

»Nein!«, schrie Felix, ließ sein Gewehr fallen und versuchte, mit beiden Händen das Blut aufzuhalten, das dem Freund aus der Kehle sprudelte. Vergeblich.

Schönefeld im Nordosten Leipzigs erging es derweil wie zwei Tage zuvor Möckern: Verbissen verteidigte Marmonts Korps das Dorf, das mehrfach von russischen Truppen unter Blüchers Kommando erobert und wieder verloren worden war. Der ungeduldige preußische General war es leid, länger auf den Kronprinzen von Schweden zu warten, und wies Langeron an, Schönefeld zu besetzen, koste es, was es wolle.

Marmont erlitt hohe Verluste. Der Marinegardist Lucien Junot sah seine beiden besten Freunde fallen und verlor mehr als die Hälfte der Männer seines Zuges. Vom spanischen Strafbataillon überlebten kaum einhundertfünfzig Mann. Pícaro hätte es um Haaresbreite auch erwischt – eine Kugel durchschoss seinen Tschako. Er fiel hintenüber und stieß ein paar Flüche aus, die ihm der Pastor seines Heimatdorfes nie vergeben würde.

Marmonts Korps musste sich zurückziehen. Doch dann schickte Marschall Ney noch einmal siebentausend Mann und vierzig Geschütze, gegen die Langerons Artillerie keine Munition mehr hatte. Da erst, der Tag war schon fast zu Ende, ließ Karl Johann von Schweden seine Artillerie ins Kampfgeschehen eingreifen. Nur die Artillerie.

Gar nicht weit von Schönefeld entfernt war auch die Sächsische Division in heftige Kämpfe verwickelt.

Auf dem Marsch nach Paunsdorf gerieten die Sachsen in dichtes Feuer durch russische Reitende Artillerie.

Französische Dragoner kamen als Verstärkung zu ihnen; dann nahm österreichische Artillerie sie mehr als eine Stunde lang unter Beschuss. Österreichische Jäger drangen in das brennende Paunsdorf ein, wurden aber von Sachsen und Franzosen wieder hinausgedrängt.

Doch dann marschierte das Korps Bülow auf Paunsdorf. Eine gewaltige Heeresabteilung eröffnete das Feuer mit Reitenden Batterien und ging zum Sturmangriff über. Reynier musste den Ort unter hohen Verlusten aufgeben und die Frontlinie begradigen.

Die französischen Dragoner kehrten zu ihren Regimentern zurück, die Sachsen sammelten sich westlich von Paunsdorf.

Und hier erfuhren sie Neuigkeiten, von denen Napoleon Bonaparte später fälschlich behauptete, sie seien kriegsentscheidend gewesen. Entscheidend waren sie nur für die Sachsen.

Etwa zu der Stunde, als Zar Alexander im Süden den unglücklichen Angriff auf Probstheida befahl, traf vollkommen unverhofft die sächsische Reitende Batterie unter Hauptmann Birnbaum bei den aus Paunsdorf vertriebenen Infanteristen ein. Und deren Männer berichteten, dass am Vormittag die leichte sächsische Reiterbrigade unter Oberst Lindenau – Husaren und Ulanen – zum Feind übergelaufen war. Die Kavallerie hatte einen sechsfach überlegenen Feind angegriffen, doch sie wurde von feindlicher Artillerie so weit zurückgedrängt, dass weder die Infanterie noch ihre eigene Reitende Artillerie sie decken konnte.

Nun standen sie allein gegen die Kosaken Platows und russische Dragoner. Widerstand war zwecklos. Also besprachen sie sich kurz, dann trabten sie den Gegnern mit eingesteckten

Säbeln entgegen, hielten und riefen: »Hurra!« Die Russen jubelten ihnen zu und empfingen sie mit offenen Armen.
Brigadekommandeur Oberst von Lindenau blieb auf französischer Seite; er und zwei seiner Offiziere waren bereit, vor dem König die Verantwortung für diese Tat der ihnen Unterstellten zu übernehmen.
Kurz darauf kapitulierte auch das leichte Infanteriebataillon Sahr, das ansonsten nicht die geringste Chance gehabt hätte, sich lebend zurückzuziehen. Sie standen auf freiem Feld, von feindlicher Kavallerie umzingelt. Also ergaben sie sich.
Die Artilleristen wussten außerdem, dass am Morgen vor Taucha, zehn Kilometer von Leipzig und gar nicht weit von ihnen entfernt, auch württembergische Truppen übergelaufen waren: beinahe sechshundert Reiter unter General Normann.
Dessen Korps war schon vor zwei Tagen zersprengt worden. An diesem Morgen waren die württembergischen Reiter von einem erbarmungslos überlegenen Feind umringt und abgeschnitten von allen Truppen, die ihnen zu Hilfe hätten kommen können. Wollten sie nicht binnen einer halben Stunde bis auf den letzten Mann vernichtet werden, gab es nur eine Möglichkeit. General Normann verständigte sich mit seinen beiden Regimentskommandeuren und befahl seiner Brigade, ihm zu folgen, ohne die Waffen zu ziehen. Sein König, Friedrich von Württemberg, hatte ihn angewiesen, die württembergischen Truppen nach Kräften zu schonen. Dies war der einzige Weg dazu.
Dass er persönlich weder bei seinem launenhaften König noch bei den Alliierten Gnade finden würde, sondern froh sein musste, wenn ihn die Preußen wegen des Überfalls auf die Lützower in Kitzen nicht sofort exekutierten, war General Karl Graf von Normann-Ehrenfels durchaus bewusst. Aber er wollte in einer ausweglosen Lage nicht noch seine letzten knapp sechshundert Mann dem sicheren Tod preisgeben.
Auch die Württemberger wurden mit Jubel von den Russen

empfangen, der General umgehend zum Kaiser von Österreich und dem russischen Zaren geführt. Sie gestatteten den Überläufern, bewaffnet hinter den Reihen zu bleiben, ohne noch ins Kriegsgeschehen eingreifen zu müssen.

Überläufer

Bei Paunsdorf, 18. Oktober 1813, nachmittags

Diese Neuigkeiten brachten Birnbaums Artilleristen mit, und das machte sofort unter den anderen Sachsen die Runde.

Nur wenige Soldaten entrüsteten sich darüber, dass die Überläufer den Treueeid für den König gebrochen hatten. Die meisten beneideten diejenigen, die es lebend auf die andere Seite geschafft hatten, nun voraussichtlich nicht mehr kämpfen mussten und sicher etwas zu essen bekamen.

»Das ist noch nicht einmal alles«, erklärte einer der Kanoniere mit gewichtiger Miene, ein Dresdner von etwa fünfundzwanzig Jahren. Er hielt inne und sah zu seinen Gefährten, die mit zynischem Tonfall Äußerungen von sich gaben wie: »Jetzt hört schön zu!« Oder: »Gleich kommt der ganz dicke Hund!«

Der Kanonier kostete den Moment der Spannung unter den kriegsmüden Sachsen aus, dann sagte er: »Die Franzosen bereiten ihren Rückzug vor. Sie haben schon Bertrands Viertes Korps nach Weißenfels geschickt, um dort die Saaleübergänge zu errichten. Und seit dieser Nacht fahren Trainwagen aus Leipzig hinaus, einer nach dem anderen, mit den kostbaren Besitztümern der Generäle und Marschälle!«

»Und uns lassen sie hier verrecken!«, rief Mattes; die anderen fielen in sein Wutgeschrei ein.

»Das wird wieder wie in Russland«, murrte der Korporal

Friedhelm. »Da mussten wir auch den Rückzug decken, ständig unter feindlichem Feuer. Fast alle von uns sind krepiert. Dann macht euch auf was gefasst ... Und übt schon mal euer letztes Gebet!«

»General, wir haben die Lage nicht mehr unter Kontrolle! Wir müssen uns von den Franzosen lossagen«, appellierte General von Ryssel an den Divisionskommandeur.
Doch General von Zeschau blieb hart. »Nur auf Befehl Seiner Majestät!«, sagte er in einem Tonfall, der jegliche weitere Debatte abwürgte.
Dabei fragte er sich, wann Nostitz endlich mit einer Antwort zurückkam. Oder mit *irgendeinem* Schriftstück, denn lange würde er eine Meuterei nicht mehr aufhalten können. Es sei denn, er ließ ein paar Mann zur Abschreckung hinrichten. Aber er hatte Zweifel, ob eine derart drastische Maßnahme jetzt noch den gewünschten Effekt bringen würde. Seine Offiziere hatten recht, die Lage geriet außer Kontrolle.
Und dass Marschall Ney hier aufgetaucht war und sich mit Reynier darüber stritt, ob Paunsdorf zurückerobert werden solle, trug nicht gerade dazu bei, sie zu entschärfen.
Ney bestand darauf, setzte sich als Ranghöherer durch, ließ seine Franzosen aber abmarschieren – was bedeutete, die Sachsen standen dem Feind mit einer ungeschützten Flanke gegenüber und liefen Gefahr, umzingelt zu werden.
Ungeduldig ließ Zeschau drei Reiter ausschwärmen, um nach dem Kapitän von Nostitz Ausschau zu halten.
Eine Viertelstunde später tauchte der Gesuchte auf.
»Haben Sie die Antwort des Königs?«, herrschte Zeschau ihn an.
Von Nostitz nickte. General von Zeschau ließ Generalstab und Offiziere zusammenrufen.
»Dies ist die Antwort des Königs!«, rief er. »Seine Majestät erwartet, dass wir weiterhin treu unsere Pflicht erfüllen, und empfiehlt uns dabei Gottes heiligem Schutz.«

»Das lässt sich so oder so deuten«, wagte der Oberst von Brause einzuwenden. »Was ist unsere Pflicht? Wir haben auch Pflichten hinsichtlich des Lebens der uns unterstellten Soldaten. Die Pflicht, dem König seine Armee zu erhalten.«
Auf diese Diskussion wollte Zeschau sich nicht einlassen, denn er wusste nicht und wollte auch nicht wissen, ob Nostitz tatsächlich beim Monarchen vorgesprochen hatte. Sie mussten hier einfach weitermachen, bis irgendeine klare Order eintraf. So lange würde er keine Fahnenflucht dulden.
»Der König erwartet von uns Treue. Gemäß dem Eid, den wir ihm geschworen haben. Und wenn es sein muss, Treue bis in den Tod!«, brüllte Zeschau seinen Schwager Brause an. »Für Gott, König und Vaterland!«
»Wir sollten nach Leipzig gehen, um unseren König zu schützen«, schlug General von Ryssel vor. Ein geschickter Ausweg, wie ihm schien, der bei den Offizieren Zustimmung fand. Doch diese Idee scheiterte daran, dass die Straße mit französischen Truppen verstopft war.
Die Sachsen mussten also hierbleiben, kurz vor Sellerhausen, von einem übermächtigen Feind umgeben.

»Da ist etwas im Gange«, sagte Mattes leise zu Karl und Anton. »Die Offiziere diskutieren … Was General Ryssel wohl dauernd vom Oberstleutnant Raabe will? Der scheint nicht sehr glücklich, der Chef der Reitenden Artillerie …«
»Vielleicht laufen wir ja doch über«, flüsterte Anton hoffnungsvoll seinem Bruder zu.
»Zu den Russen? Niemals! Denk an Paul, Claus, Wilhelm und Fritz!«, protestierte der.
»Da darfst du nicht so wählerisch sein«, wies ihn Friedhelm streng zurecht, der wie aus dem Nichts aufgetaucht war. »Zu den Preußen überzulaufen ist ein ganz schlechter Plan. Da kommen wir nie auf der anderen Seite an, sondern werden niedergemäht. Die würden das als Angriff werten.«

Er senkte seine Stimme. »Wollt ihr wissen, was Ryssel und Raabe dauernd diskutieren? Ob die Artillerie der Infanterie folgt oder die Geschütze den Franzosen überlässt ...«

»Dann geht es also gleich los. Halten wir uns bereit!«, sagte Mattes erleichtert.

»Wir verraten unseren König?!« Karl war der Einzige, den dieser Gedanke noch aufzuregen schien.

»Junge, als Leiche nutzt du dem König auch nichts«, brummte Friedhelm. »Hast du dich schon mal umgeschaut? Wir stehen hier so ziemlich allein auf weiter Flur – abgesehen davon, dass wir auf drei Seiten von Russen, Preußen und Österreichern umgeben sind. Hinter uns nur die Division Durutte, auf die kannst du nicht zählen, das ist wirklich das allerletzte Lumpenpack aus ganz Europa, alles Strafregimenter ...«

Er hatte den Satz kaum ausgesprochen, als erneut massives Artilleriefeuer auf die Sächsische Division begann. Die Bataillone formierten sich, die Artilleristen richteten ihre Geschütze aus. General von Ryssel ließ seine Brigade vorrücken, das Gewehr geschultert.

»Halt! Sie bewegen sich nicht von der Stelle!«, schrie General Zeschau.

Von Ryssel ignorierte ihn und befahl das Vorwärts im Geschwindschritt. Sofort rannten seine Leute los, den fassungslosen Brigadegeneral hinter sich lassend.

»Sie sind Ihres Kommandos enthoben, begeben Sie sich zu General Reynier!«, rief von Zeschau dem Abtrünnigen nach, doch der gab seinem Pferd die Sporen und ritt – sein Taschentuch schwenkend – zu den Verbündeten über.

Augenblicklich folgten ihm die Brigade des Obersts von Brause und die Artillerie mit neunzehn Geschützen.

»Hiergeblieben, alle Mann halt!«, brüllte Zeschau außer sich.

Er und seine Getreuen verhinderten den Übergang der letzten verbliebenen siebenhundert Sachsen. Darunter das Bataillon Prinz Anton mit den beiden jungen Trögers.

Als Napoleon der Übergang von mehr als dreitausend Sachsen gemeldet wurde, war er außer sich vor Wut und schimpfte lautstark über diesen Treuebruch und Verrat. Doch da wagte es der Major von Odeleben, der sich bisher stets nur still seinen Teil gedacht hatte, zum ersten Mal laut zu widersprechen.
Er wolle das Benehmen seiner Landsleute nicht im Geringsten entschuldigen, begann er. »Aber die französischen Soldaten haben sich fast ohne Ausnahme so betragen, dass die ganze Nation ihnen feindlich gesinnt war. Der Soldat, der das Unglück seiner Landsleute vor Augen hat, lässt sich nicht immer von der Vernunft leiten. Nun hat er sich den Gefühlen der Rache gegen Ihre Armee hingegeben.«
Vor Staunen über diese aufmüpfigen Worte des ansonsten so ruhigen sächsischen Offiziers verschlug es Napoleon Bonaparte die Sprache. Zumindest einen Augenblick lang.

»Vorbei. Wir sind erledigt!«, stöhnte Mattes. Sie konnten sehen, dass die Überläufer von den Kosaken mit Hurra empfangen und sofort hinter die Linien geführt wurden. Vier der Geschütze wurden umgedreht und geladen.
»Jetzt beschießen sie uns mit unseren eigenen Kanonen!«, sagte Anton kreidebleich.
Aber die ersten Geschosse kamen von hinten, von den Franzosen, die die letzten Sachsen daran hindern wollten, auch noch überzulaufen.
»Ihr Tölpel, wir sind doch noch hier!«, schrie Karl ihnen entgegen. »Wir bleiben unserem König treu!«
Nun brach die Hölle aus: Kanonenkugeln von allen Seiten, Kartätschenfeuer ... und dann noch etwas, das Anton einen Heidenschrecken einjagte: merkwürdige Geschosse, die mit großem Getöse hoch in den Himmel stiegen und sich dann pfeifend, zischend und qualmend auf sie niedersenkten, Feuer und Eisen speiend.
»Bei allen Heiligen, was ist das?«, japste er.

»Eine neumodische Erfindung der Engländer, sie nennen sie Raketen«, erklärte ihm Friedhelm. »Aber lass dir davon keine Angst einjagen, Kleiner, die können überhaupt nicht zielen mit den Dingern …«

Die letzten Sachsen erhielten Befehl, sich für den Rückzug nach Sellerhausen zu formieren. Anton schaffte es kaum noch, die Trommelstöcke zu halten, geschweige denn Signal zu geben.

Ob die anderen von den Russen was zu essen kriegen?, dachte er niedergeschmettert.

Er versuchte gerade, sich an den Duft von frischem Brot zu erinnern, als eine flach aufschlagende Kartätsche vor ihm zerplatzte und Eisenstücke seine Brust und die Trommel durchschlugen.

Sein Bruder Karl schrie auf wie ein waidwundes Tier. Er rannte los, sank neben Antons blutüberströmtem Leichnam auf die Knie und umklammerte den mageren, reglosen Körper.

Den Befehl des Leutnants, sofort wieder seinen Platz in der Linie einzunehmen, ignorierte er.

»Das kannst du doch nicht machen, Kleiner«, schluchzte er. »Du kannst doch jetzt nicht einfach schlappmachen … Komm schon, steh auf! Was soll ich denn sonst Mutter sagen?«

Des Königs Schlaf

Leipzig, 18. Oktober 1813

Nacht lag über der Stadt. Furcht lag über der Stadt. Furcht *beherrschte* die Stadt.

Wer von ihren verängstigten Bewohnern aus einem der Dachfenster blickte, der sah, wie sich der glutrote Schein der Wachtfeuer und brennenden Dörfer rund um Leipzig gegen den schwarzen Himmel erhob, den der dünne Mond nicht zu erhellen vermochte.

Auch König Friedrich August von Sachsen stand am Fenster seines Quartiers im Apelschen Haus und starrte hinaus. Doch sein Blick war auf den Markt gerichtet, wo der rote Feuerschein nicht zu sehen war, nur hektisches Hin und Her, das den Abzug der französischen Truppen bezeugte: galoppierende Reiterabteilungen, marschierende Kolonnen, Verwundetentransporte, schwer beladene Trainwagen, ob nun mit Munition oder Kriegsbeute.

Aber auch das nahm der König von Sachsen nur beiläufig wahr. Seine Gedanken waren ganz auf sich und den kommenden Tag gerichtet. Darauf, wie er sein Königreich, diese Stadt und sein Volk retten würde.

Draußen auf den Feldern froren und hungerten Soldaten ungezählter Nationen. Tausende Verwundete schrien vor Schmerz oder verbluteten stumm. Unzählige seiner Untertanen waren ohne Obdach, hatten den Sohn, den Vater oder den Mann im Krieg verloren.

Doch König Friedrich August von Sachsen, Herzog von Warschau, war die Ruhe selbst und mit Gott, sich und der Welt vollkommen im Reinen.

Er hatte wie jeden Tag zwei Stunden gebetet, gebeichtet und Absolution erteilt bekommen. Somit war er von allen Sünden und Fehlern freigesprochen.

Rein und unschuldig stand er vor Gott und der Welt da.

Er war nicht der hilflose, ahnungslose alte Mann, für den ihn viele hielten.

Er war *der König*. König von *Gottes* Gnaden, nicht von Napoleons, wie seine Feinde schmähten. Er war der rechtmäßige Erbe einer Dynastie, die seit sechshundert Jahren über dieses Land und noch viel größere Gebiete herrschte.

Mit der ihm von Gott verliehenen Macht und Gottes Segen würde er das Schicksal von seinem Land abwenden, vor dem die einfachen Menschen sich fürchteten.

Sie waren verzagt, das hatte er schon bei seiner Ankunft in

Leipzig zu spüren bekommen. Wie war er sonst umjubelt worden, wenn er die Stadt besuchte! Stundenlang hatten die Menschen selbst bei Regen dicht gedrängt gewartet, nur um ihn zu sehen und ihm ihre Verehrung zu bezeugen. Die Liebe seiner Untertanen, seiner Kinder.

Wie anders verlief es diesmal! Schon die Umstände seiner Reise waren erniedrigend: von Napoleon dazu genötigt zu werden!

Doch er würde nie an der Vorsehung zweifeln. Dank seiner Festigkeit im Glauben würde er auch diesmal nicht enttäuscht werden. In allem Schlechten steckte auch der Keim zu etwas Gutem. Wäre er in Dresden geblieben, das mitsamt den dreißigtausend Mann Garnison unter Marschall Gouvion Saint Cyr von Russen und Preußen umschlossen war, dann wäre er jetzt ein Gefangener der Alliierten. Natürlich nicht wirklich ein Gefangener – kein König würde einen anderen gefangen nehmen. So etwas *tat man einfach nicht!*

Aber er hätte eine deutlich schlechtere Ausgangsposition für Verhandlungen.

Stattdessen war er hier in Leipzig, und allein seine Gegenwart schützte die Stadt und ihre Bewohner.

Manchmal lauschte er vom Fenster aus den Gesprächen der Leipziger Bürger. Eines hatte ihn wirklich entrüstet. Da standen drei Männer am Eingang dieses Hauses und monierten lautstark, den König jetzt so wenig bejubelt und in französischer Gewalt in Leipzig zu wissen. In Prag hätte er bleiben sollen! Erst der vierte, ein braver Bürger, rief ihnen entrüstet in Erinnerung, dass die Präsenz des Königs für die Stadt Sicherheit bedeute und man dem Monarchen für seinen Mut dankbar sein müsse, in dieser schweren Zeit sein Schicksal mit den Leipzigern zu teilen, ganz gleich, was da kommen möge.

Er würde das Unheil abwenden. Dank der ihm von Gott verliehenen Stellung.

Vorhin hatte ihm Napoleon einen Boten gesandt und ausrich-

ten lassen, die Dinge stünden gut, der Sieg sei greifbar nah. Friedrich August hatte sich höflich bedankt und Grüße an seinen »guten Bruder«, den Kaiser, ausrichten lassen.
Glaubten sie wirklich, er wisse nicht Bescheid, wie es stand? Auch wenn er kein Militär war, schon gar kein genialer Heerführer, so besaß er doch genug Männer in seinem Geheimen Kabinett, die ihn ins Bild setzten. Sein Generalstabschef von Gersdorff erfuhr vieles aus eigener Betrachtung und informierte ihn umgehend. Außerdem hatte er erfahrene Offiziere auf dem Turm der Thomaskirche und seinen Generaladjutanten von Bose auf dem Turm der Pleißenburg postiert, die ihm halbstündlich über den Ablauf der Kämpfe Bericht erstatteten.
Schon im Dezember konnte ihn Napoleons vorsichtiges Eingeständnis nicht im Geringsten überraschen, der Feldzug in Russland sei ganz nicht so günstig verlaufen wie erwartet. Natürlich ließ er sich das nicht anmerken und spielte den Ahnungslosen. Sein Gesandter Watzdorf hatte ihm seit dem Sommer in Dutzenden Depeschen aus Wilna ausgiebig und mit vielen haarsträubenden Einzelheiten von der Niederlage der Grande Armée berichtet.
Da würde er sich jetzt doch nicht von Bonapartes Lügen täuschen lassen! Schließlich konnte er mit eigenen Augen sehen, wie die zahlenmäßig nun deutlich überlegenen Alliierten den Ring immer dichter um Leipzig schlossen und nur noch die Straße nach Westen frei ließen. Und schon in der vergangenen Nacht hatte der Abzug der ersten französischen Kontingente und Trainkolonnen begonnen.
Nein, jetzt musste er *seine* Vorbereitungen treffen, um sich, Leipzig und Sachsen über den nächsten Tag zu retten.
Morgen würden die Alliierten siegen, das war unausweichlich. Von da an würde Zar Alexander der neue mächtigste Mann Europas sein.
Mit ihm musste er sich ins Einvernehmen setzen.
Besser verstand er sich allerdings mit Kaiser Franz von Öster-

reich. Mit dem hätte er ja im Frühjahr um Haaresbreite eine Allianz gebildet. Österreich konnte Sachsen unter seinen Schutz stellen, wie es das mit Bayern getan hatte, nachdem es aus dem französischen Protektorat ausgeschert war.

Mit der im April geplanten sächsisch-österreichischen Allianz könnte er übrigens auch vor dem Zaren argumentieren. Schließlich hatte er seine Truppen insgeheim österreichischem Kommando unterstellt und damit genau betrachtet den Alliierten geholfen!

Ja, so würde er argumentieren. Alexander konnte sich dem nicht verschließen.

Er musste Sachsens territorialen Erhalt als Königreich sichern, entgegen den Absichten Preußens, die ihre Annexionspläne gewiss nicht aufgeben würden.

Selbst der heutige Übergang von dreitausendzweihundert sächsischen Soldaten zu den Alliierten – ein maßloser Verrat an ihm, ein unerhörter Bruch des Eides, den sie ihrem König geschworen hatten! – ließ sich trotz seiner maßlosen Enttäuschung darüber zu seinen Gunsten nutzen.

Die sächsische Armee war damit de facto zu den Alliierten übergetreten. Gewiss, nicht die ganze, aber viel mehr als diese dreitausendzweihundert gab es ja nicht mehr, abgesehen von den siebenhundert, die sein General Zeschau gerade noch von ihrem schändlichen Tun abhalten konnte. Ansonsten waren ihm nur noch seine Leibgrenadiere und die letzten paar Überlebenden seiner zwei Kürassierregimenter geblieben.

Bei wohlwollender Betrachtung könnte man somit Sachsen eigentlich ab heute zu den Alliierten zählen.

Deshalb sollte er morgen bei der Siegesfeier neben Alexander, Franz von Österreich und Friedrich Wilhelm von Preußen auf den Marktplatz reiten. Ja, und mit Bernadotte, aber den nahm niemand so wichtig, der war ja noch kein König.

Bei der Neuaufteilung Europas nach dem Sieg über Bonaparte würde er fraglos Warschau verlieren; das würden die Preu-

ßen und die Russen unter sich aushandeln. Aber als Entschädigung könnte er Erfurt fordern – heute noch Privatdomäne Napoleons, morgen würden sicher die Preußen wieder Anspruch darauf erheben, die es 1802 zugesprochen bekommen hatten. Und Erfurt begehrte er sehr. Außerdem hatte er einen berechtigten Anspruch darauf, es war seit Jahrhunderten wettinisch!
Sollte Gefahr bestehen, dass Leipzig gewaltsam gestürmt wurde, konnte er immer noch einen königlichen Parlamentär entsenden. Die dringliche Bitte eines *Königs,* die Stadt zu verschonen, ließ sich nicht einfach beiseitewischen.
Zufrieden mit sich am Ende dieses Gedankengangs, begab sich der König von Sachsen in sein Schlafgemach und fiel in einen ruhigen, tiefen Schlaf wie jede Nacht.

Sieger und Verlierer

Leipzig, 19. Oktober 1813

Um zehn Uhr begann der Sturm auf die Stadt, mittags um zwölf war Leipzig von den Alliierten eingenommen.
Da hatte Napoleon die Stadtgrenze längst hinter sich gelassen, saß in sicherer Entfernung in der Lindenauer Mühle und hörte mit Zufriedenheit den Lärm der gewaltigen Sprengung, die er angeordnet hatte. Wenn er das Feld schon räumte, dann nicht still und leise, sondern mit einem großen Knall. Noch hundert Jahre später sollte man davon sprechen!
Dass er so noch einmal dreißigtausend seiner Männer opferte, die nach Sprengung der einzigen Brücke in der Stadt eingeschlossen waren, war ein notwendiges Übel. Es waren sowieso zumeist Rheinbündler und Polen, die er als Nachhut eingeteilt hatte, also halb so schlimm. Und was die Leipziger betraf – die

trugen selbst die Schuld an dem Unglück! Warum hatten sie ihm bei den Alliierten nicht mehr Zeit für den Abzug verschafft?

Um drei Uhr nachts hatte General Arrighi, der Herzog von Padua, im Auftrag des Kaisers den gesamten Magistrat von Leipzig in das prächtige Rathaus der Messestadt befohlen. Die meisten der Ratsleute konnten kaum auf eine Stunde Schlaf zurückblicken, denn auch in der ersten Hälfte der Nacht hatten sie noch lange zusammengesessen und über die jüngsten Befehle Napoleons diskutiert. Insbesondere über seine Forderung nach etlichen Zentnern Pech zum Sprengen. Sollten sie ihm etwa noch die Mittel dazu liefern, ihre Stadt zu zerstören? Sie mussten, wie sich zeigte.
Arrighi eröffnete ihnen, dass der Magistrat drei Tage Waffenstillstand von den Alliierten für die Räumung der Stadt aushandeln sollte, dies sei in ihrem eigenen Interesse. So weit konnten die Ratsherren ihm noch beipflichten, aber was Arrighi dann verkündete, jagte den meisten von ihnen einen Schauer über den Rücken: Werde das abgelehnt, müssten sie ihre Stadt verteidigen, solange auch nur noch ein Stein über dem anderen stehe.
Die Ratsherren seufzten innerlich oder auch laut und holten die Genehmigung des Königs ein, entsprechende Schriftstücke an Blücher und Schwarzenberg zu verfassen.
Der Handlungsdeputierte Dufour und der Senator Dr. Groß wurden beauftragt, die Bittschrift des Bürgermeisters an Fürst Schwarzenberg zu überbringen. Allerdings kamen beide nicht weit, denn als sie aufbrachen, fielen die Kugeln schon an den inneren Toren so dicht, dass kein Weiterkommen mit Pferd und Wagen mehr möglich war.
Nun fragte der Rat nach Freiwilligen, die bereit seien, sich auf anderen Wegen durch die kämpfenden Parteien hindurchzuwagen.

Münchow wollte sich schon melden und seinen Vorgesetzten, den Oberschreiber Gottlob Wilhelm Werner, um die Erlaubnis bitten. Schließlich ging es um den Erhalt seiner Stadt. Aber da meldete sich der Ratsdiener Müller freiwillig. Und als zweiter Mann wurde wegen seiner guten Sprachkenntnisse August Wilhelm Wichmann ausgewählt, Landsteuereintreiber mit Hang zur Schauspielerei.

Würden sie Erfolg haben? Oder wurde Leipzig im Sturm genommen?

Mit bangen Blicken sahen die Ratsherren den beiden nach.

»Es gibt noch etwas Beunruhigendes zu melden«, berichtete Artur Münchow. Er war viel in der Stadt unterwegs, nicht nur, um Aushänge zu verteilen. Dabei hatte er einige Dinge in Erfahrung gebracht, die der Magistrat wissen musste.

»Die Franzosen requirierten vorhin viel mehr als die geforderte Menge Pech, dazu Reisig und anderes mehr. Sie können damit nicht nur die Elsterbrücke sprengen, sondern jedes einzelne Haus am gesamten Ranstädter Weg in Brand stecken.«

»Der Herr steh uns bei! Und was ist mit der Sprengladung am Grimmaischen Tor? Ist sie inzwischen unauffällig beseitigt?«, fragte Bürgermeister Friedrich Huldreich Carl Siegmann entsetzt. Er war krank, so krank, dass er das ganze Jahr über sein Amt kaum hatte ausüben können. Aber in diesen furchtbaren Tagen durfte er darauf keine Rücksicht nehmen.

»Ja«, bestätigte der Schreiber, und der Bürgermeister wischte sich erleichtert den Schweiß von der Stirn.

Ein Polizeileutnant hatte bemerkt, dass große Mengen Patronen und Pulver unter der Brücke am Grimmaischen Tor lagen. Deshalb beauftragte der Magistrat ein paar Sänftenträger, das explosive Material klammheimlich wegzuschaffen und in den Wassergraben zu werfen.

»Wir können sicher die Fuhrleute dazu bringen, den Transport des Pechs zu sabotieren und die Wagen in dem Gedränge, das unweigerlich am Ranstädter Weg herrschen wird, umkippen zu

lassen«, schlug Artur Reinhold Münchow vor. »Soll ich das unauffällig arrangieren?«
»Tun Sie das, tun Sie das!«, meinte der Jurist und Bürgermeister Siegmann sofort und atmete deutlich hörbar auf. »Und lassen Sie uns alle beten, dass die Alliierten dem Kaiser die drei Tage für den Abzug gewähren!«
Alle im Saal Versammelten nickten. Doch niemand glaubte daran.

Die Pferde Napoleons und seiner Begleiter wurden schon seit zwei Uhr morgens zum Aufbruch bereitgehalten. Doch der Kaiser hatte bis tief in die Nacht zusammen mit Berthier, Caulaincourt und Außenminister Maret im Hotel de Russie am Rossplatz gearbeitet und Befehle bis ins kleinste Detail diktiert: sämtliche Festlegungen für den weiteren Rückzug, Anweisungen für Dresden und Torgau, Hamburg, Erfurt, Fulda, zur Proviant- und Munitionsbeschaffung …
Dies hier war noch lange nicht das Ende. Er würde sich wieder erheben!
Und wenn sich Leipzig auch zu einer Niederlage wandelte – durch Schuld der Sachsen, nur durch Schuld der abtrünnigen Rheinbündler, die ihm in den Rücken gefallen waren! –, so wollte er sich nicht noch zusätzlich dadurch demütigen, die Stadt bei Nacht und Nebel oder in würdeloser Hast zu verlassen.
Seine Equipagen und die Trainwagen mit seiner Ausrüstung wusste er bereits sicher in Lindenau, und die Straße dorthin, weg von Leipzig in Richtung Weißenfels, hielt ihm sein Schwiegervater frei, der Kaiser Franz.
Morgens halb neun klangen schon Schüsse von der Grimmaischen Vorstadt her.
Doch ein Napoleon Bonaparte ließ sich davon nicht zur Eile treiben.
Kurz vor neun Uhr bestieg der Kaiser sein Pferd und ließ sich

durch das Grimmaische Tor zum Quartier des sächsischen Königs geleiten.

Dieser erwartete den Besuch schon; sie hatten an diesem Tag bereits Briefe ausgetauscht. Der Kaiser schickte die Mitteilung, er habe dem König sein Sächsisches Gardebataillon zurückgesandt, damit es für den Schutz der königlichen Familie sorge. Und Friedrich August bedankte sich unterwürfigst dafür. Er unterzeichnete mit »Euer guter Bruder«, obwohl er wusste, dass dies sein letzter Brief an den schon so gut wie besiegten Kaiser sein würde.

Jetzt gebot die Stunde, Verbindung mit dem Zaren, Kaiser Franz und notgedrungenermaßen auch mit Friedrich Wilhelm von Preußen aufzunehmen.

Doch diesen Gedanken behielt Friedrich August von Sachsen wohlweislich für sich, als er Bonaparte ehrerbietig und in voller Uniform auf der prachtvollen Treppe des Apelschen Hauses entgegenging.

Die beiden Herrscher – der besiegte Kaiser und der König, der noch nicht begriff, dass auch er zu den Besiegten zählte – umarmten sich protokollgemäß und gingen hinauf in die Beletage. Alle anderen mussten im Vorzimmer bleiben. Diesmal nahm sich Napoleon keine Zeit dafür, mit der Königin und der Prinzessin ein paar galante Worte auszutauschen. Er dirigierte den König sofort ans Fenster, damit sie dort leise und unter vier Augen sprechen konnten.

»Wollen Eure Majestät mich wirklich nicht begleiten?«, erneuerte der Kaiser seine Offerte, den König mit sich zu nehmen, seinen vermeintlich treuen Vasallen. »In Sicherheit, bevor die Stadt von den Alliierten gestürmt wird?«

Friedrich August von Sachsen bedankte sich höflich für dieses Angebot vermeintlicher Rettung. Darauf konnte er gern verzichten. Napoleons Ära war vorbei.

»Mein Platz ist bei meinem Volke!«, erklärte er feierlich und streckte die Brust heraus.

Er war ein König, was sollte ihm geschehen? Nirgendwo wurde er heute dringender gebraucht als in Leipzig, auf dem Feld des Sieges, um sofort die Verhandlungen mit den Alliierten aufzunehmen. Um Sachsens Zukunft willen! Um seine Annexion zu verhindern und im besten Falle sogar Gebietserweiterungen auszuhandeln.

Außerdem dürfte die Anwesenheit eines Königs die Russen und Preußen davon abhalten, die Stadt in Trümmer zu schießen oder in Brand zu stecken. Was übrigens die Franzosen ungeheuerlicherweise planten! Auch das war ihm nicht entgangen.

»Wie Euer Majestät es für angemessen halten«, erwiderte Bonaparte.

Dann senkte er die Stimme noch ein wenig und beschwor den König: »Ich brauche Zeit für einen geordneten Abzug meiner Truppen. Sollte die Deputation des Rates an die alliierten Herrscher ohne Erfolg bleiben, dann schicken Sie Gersdorff! Verschaffen Sie mir wenigstens vier Stunden! Ihren Generalstabschef werden die Monarchen wohl nicht so einfach wegschicken wie ein paar verängstigte Ratsherren.«

Friedrich August versprach dies mit bestem Gewissen. Sobald Napoleon endlich aus der Stadt fort war, würde er Gersdorff ohnehin als Unterhändler zu den Alliierten entsenden.

Die »guten Brüder« verabschiedeten sich voneinander. Für immer, wie zumindest einer von ihnen wusste.

Vor dem Apelschen Haus waren die Sächsischen Leibgrenadiere des Königs angetreten, auch Friedrich von Dreßlers Gardebataillon, das vor Tagesanbruch den Befehl erhalten hatte, nach Leipzig einzurücken und den Schutz des Königs zu übernehmen.

Die gestrigen Kämpfe hatten sie in unmittelbarer Nähe Napoleons zugebracht. Dabei sah Friedrich von Dreßler mit eigenen Augen und größtem Erstaunen, dass sich Napoleon mitten im Schlachtgetümmel auf den Boden legte, sich ein Lederkissen bringen ließ und ein Weilchen schlief. Keiner der Offiziere, die ihn sprechen wollten, wagte es, ihn zu stören. Erst Murat, der in größter Eile angeritten kam, durfte ihn wecken.

Als dem Kaiser gemeldet wurde, dass der größte Teil der sächsischen Armee übergegangen war, verpflichtete er Dreßler und die anderen Leibgrenadiere zu Stillschweigen darüber und schickte sie allesamt nach Leipzig. Damit war die Gefahr gebannt, dass auch noch Rheinbundtruppen aus seiner unmittelbaren Umgebung zum Feind überwechselten.

Nun, vor dem Apelschen Haus am Markt, stellte der Kaiser dem Major von Dreßler als Bataillonsführer und Flügelmann ein paar Fragen über Verluste und Teilnahmen an Schlachten, wie er es immer tat, wenn er Paraden abnahm. Nicht, weil ihn die Antworten interessierten, sondern weil es die Soldaten motivierte und sie noch lange davon reden würden.

Dann hob er lässig die Hand und rief dem Major von Dreßler und seinen Männern zu: »Beschützt euern König gut!«

Die Leibgrenadiere antworteten mit einem kräftigen »Vive l'Empereur!«.

Das ist der größte Augenblick in meinem Leben!, dachte Friedrich von Dreßler.

Schon ritt der Kaiser mit seiner Suite Richtung Hainstraße los, um Leipzig zu verlassen.

Sein Gefolge war nicht groß für einen Imperator und Herrscher über beinahe ganz Europa: Murat, der König von Neapel, sein Generalstabschef Berthier, Ney, Großstallmeister Caulaincourt und Artilleriegeneral Drouot.

Doch selbst für diese wenigen und in den prachtvollen Uniformen auffallenden Männer – sah man einmal von Bonaparte ab, der wie üblich in seinen schlichten grauen Mantel über der Jägeruniform gekleidet war – erwies es sich als äußerst schwierig, aus der hoffnungslos überfüllten Stadt zu kommen. Auf die feierliche Szene mit der Königsgarde vor dem Apelschen Haus sollte eine bizarre Odyssee folgen, über die sich die Leipziger noch hundert Jahre später Anekdoten erzählten.

Ein Laib Brot

Leipzig, 19. Oktober 1813

Als Henriette erwachte, dämmerte es bereits. Erschrocken fuhr sie hoch. Wie spät mochte es sein? Sie war erst tief in der Nacht und vollkommen erschöpft ins Bett gekommen.

Rasch zog sie sich an, wusch sich das Gesicht, drehte sich die Haare zusammen und ging hinunter zu ihrer Zimmerwirtin. Die hatte eine Uhr auf dem Kaminsims, das wusste sie genau.

Fast acht Uhr, o Schreck! Nun würde sie bestimmt wieder gerügt werden!

»So lasse ich Sie aber nicht aus dem Haus, Kind!«, erklärte zu Jettes Überraschung die Witwe sehr entschieden.

Was meinte sie damit?

»Dieser General und seine Männer, denen ja nichts gut genug war, haben in der Nacht die Stadt verlassen«, sagte die Wirtin naserümpfend. »Sie bringen sich in Sicherheit, und ihre Soldaten lassen sie zurück. Aber« – nun zog ein verschmitztes Lächeln über das faltenzerfurchte Gesicht – »das ermöglicht uns ein gutes Frühstück. Jedenfalls ein nach *derzeitigen* Maßstäben gutes Frühstück.«

Sie nötigte Henriette, sich in den Salon zu setzen, bot ihr heißen Kaffee an – wie lange hatte sie keinen mehr getrunken! – und Zwieback, Pflaumenmus und ein gekochtes Ei.

»Ich weiß, die Pflicht ruft. Aber Sie müssen essen!«, redete die Witwe ihr zu. Wie immer trug sie ein schwarzes Kleid, diesmal aber eines mit weißen Spitzen.

Sie setzte sich Henriette gegenüber, nippte am eigenen Kaffee und fragte nach einem Hüsteln mit ungewohnt gedämpfter Stimme: »Dort in Sankt Thomas sind Sie doch dauernd mit den Franzosen zusammen. Da hören Sie sicher so manches. Meinen

Sie, wir werden verschont, wenn die Stadt heute gestürmt wird?«

»Die Franzosen, mit denen ich zu tun habe, liegen im Sterben.«

»Dann sei Gott ihnen gnädig!«, murmelte die Witwe sichtlich enttäuscht.

Sie schien sich erst ein bisschen überwinden zu müssen, doch dann gab sie zu: »Man schämt sich ja selbst, mitleidlos an diesen armen Gestalten vorbeizugehen, die trotz ihrer schrecklichen Wunden die Nacht auf dem kalten Straßenpflaster zubringen müssen. Der Anblick ist einfach zu grauenvoll! Aber sie haben es einfach zu toll getrieben in Leipzig, dieser Bonaparte und seine Armee. Und jetzt wird vielleicht sogar noch die ganze Stadt ihretwegen zerstört. Gott steh uns allen bei!«

Sie strich sich über die Augen. »Was wird aus all den Verwundeten, wenn die Alliierten erst hier einmarschiert sind?«

»Ich weiß es nicht«, antwortete Henriette mit hilflosem Schulterzucken. »Die meisten von ihnen haben ohnehin keine Chance zu überleben.«

Sie stellte ihre Tasse ab und erhob sich. »Ich muss gehen. In ein paar Stunden werden sicher viele preußische und russische Verwundete gebracht. Vielleicht können wir wenigstens einige retten.«

Die Witwe sah überrascht auf. »Sie kümmern sich also nicht nur um die Franzosen?«

»Was denken Sie von mir! Natürlich sorge ich mich um jeden, der ins Lazarett gebracht wird und Hilfe braucht. Es sind Leidende, Sterbende, da spielt es keine Rolle, woher sie stammen. Nur, leider können wir kaum helfen – ohne Leinen, ohne Medikamente, ohne Essen …«

»Warten Sie!«, forderte die Witwe sie auf, ging aus dem Salon und kam mit etwas Rundem in der Hand zurück, das in Leinen eingeschlagen war.

»Ein Brot, das letzte. Es ist schon vier Tage alt und etwas hart. Aber geben Sie es ruhig denen, die es am dringendsten benötigen.«
Jette widersprach lächelnd. »Mein Vater sagte immer: Altes Brot ist nicht hart. Kein Brot – das ist hart!«
Glücklich drückte sie den runden Laib an sich. »Ich weiß nicht, wie ich Ihnen danken soll. Aber ich verspreche Ihnen, ich werde es an die verteilen, die es am nötigsten brauchen.«
»Nun machen Sie keine große Affäre daraus«, meinte die Witwe verlegen. »Vielleicht kann ich altes Weib auf diese Art mein schlechtes Gewissen ein wenig beruhigen, weil ich so herzlos über die armen Kreaturen hinweggestiegen bin …«
Kanonendonner setzte ein, ließ den Fußboden beben und die Fensterscheiben klirren.
»Mein Gott, es geht los!«, rief die Witwe bestürzt und verknotete die Hände vor der Brust. »Heute wird die Stadt gestürmt. Nur der Allmächtige weiß, was uns bevorsteht.«
Nun lief eine Träne aus ihrem Augenwinkel, und ihre Stimme zitterte, als sie sagte: »Kommen Sie gesund und lebendig heute Abend hierher zurück! Vielleicht, so Gott will und dieses Haus dann noch steht, zünden wir eine Kerze an auf die friedlichen Zeiten, die dann beginnen mögen.«
Von einer plötzlichen Anwandlung ergriffen, nahm Henriette die Hände der Frau im schwarzen Kleid und drückte sie.

Auf den Straßen herrschten ein solcher Lärm und ein unvorstellbares Gedränge und Geschiebe, dass kaum ein Durchkommen möglich war. Von den Äußeren Stadttoren klangen Schüsse, Kugeln schwirrten durch die Straßen, alles war mit französischen Militärs verstopft, die einen Weg aus der Stadt suchten, ohne zu wissen, in welche Richtung sie gehen sollten. Jemand brüllte, sämtliche Stadttore seien verschlossen, ein anderer brüllte zurück, sie müssten alle zum Ranstädter Steinweg, das sei der einzige Ausgang.

Einige der Soldaten trieben auch noch Kühe, Ziegen oder anderes Vieh vor sich her.

Zivilisten versuchten, aus der Stadt zu flüchten, die bald gestürmt werden würde. Furcht und Verzweiflung standen in ihren Gesichtern. Manche trugen ein Bündel in der Hand, andere schoben einen Karren, der unversehens den Besitzer wechselte. Geschrei um dreisten Diebstahl kam auf, lautstarke Drohungen bewaffneter Gardisten … Kurz hintereinander dröhnten mehrere Explosionen; die Franzosen sprengten Munitionswagen, die sie nicht mitnehmen konnten.

Das gab den Gerüchten Nahrung, die Franzosen planten, die ganze Stadt zu zerstören, ehe sie den Alliierten in die Hände fiel. Immer wieder lief Henriette an ratlosen Stadtbewohnern vorbei, die darüber stritten, ob es wohl besser sei, zu bleiben und seinen Besitz zu verteidigen oder den Kriegsschauplatz zu verlassen und wenigstens das nackte Leben zu retten.

Verängstigt schob sie sich an den Wänden entlang, um nicht von der kopflosen Menschenmenge zu Boden getrampelt zu werden. Den Henkelkorb mit dem kostbaren Brot presste sie an sich. Breitschultrige Männer rempelten sie an oder drückten sie rücksichtslos beiseite. Doch Schritt für Schritt kämpfte sie sich voran.

Als sie den Markt erreichte, glaubte sie, ihr Herz müsse vor Entsetzen gefrieren. Es waren über Nacht noch so viele Verwundete dazugekommen, dass nicht nur unter den Kolonnaden jeder Platz bis in die kleinste Ecke besetzt war. Die ganze Wegstrecke bis zur Thomaskirche war voll von Menschen mit schrecklichen Wunden und in blutdurchtränkten Uniformen. Sie krümmten sich zwischen Toten oder hatten sich über die Toten geschoben, um nicht in der Oktoberkälte auf den Pflastersteinen liegen zu müssen; sie flehten die Passanten an, ihnen zu helfen. Einer bot sogar Geld, versprach jedem Reichtum, der ihn bei sich aufnehmen und ihm einen Arzt holen würde. Doch

die meisten – ob nun Bürger, Soldaten oder Offiziere – schritten nicht nur ungerührt an ihnen vorbei, sondern manchmal sogar über sie hinweg. Schlimmer noch: Trainwagen mit prächtigen Wappen, Geschütze und voll beladene Marketenderkarren wurden über den Markt gezogen und gezerrt, und es kümmerte niemanden, ob unter ihren Rädern Leichname oder noch Lebende zermalmt wurden.
Die apokalyptischen Reiter, dachte Henriette schaudernd. Hunger, Krieg, Tod und Tyrannei ...
Auch die Thomaskirche war überfüllt mit Verwundeten. Doch hier lagen, abgesehen von ein paar frisch Amputierten, überwiegend Männer, die an schwerem Lazarettfieber oder am Starrkrampf litten. Schon in der Nähe des Eingangs sah Henriette zwei solcher Kranken, deren Rücken in beängstigendem Winkel nach hinten durchgebogen waren. Sie würden sich die Wirbel brechen. Oder ersticken. Es gab keine Hilfe für sie.
Für wen gab es hier überhaupt noch Hilfe?
Sie flößte denjenigen Wasser ein, die noch bei Bewusstsein waren. Dann ging sie zum Wundarzt und fragte, ob sie nach den Verwundeten schauen durfte, die auf dem Markt und vor der Kirche lagen. Vielleicht ließe sich mancher noch retten.
Der Arzt sah sie mitleidig an und warf einen kurzen Blick auf die beiden Kärrner, die schon wieder Tote aus der Kirche trugen, obwohl ihnen klar sein müsste, das jetzt niemand mehr aus der Stadt herauskam. Aber Hauptsache, sie waren die Toten hier los.
»Gehen Sie, Fräulein, wenn Sie meinen, dort etwas ausrichten zu können«, erlaubte er ihr scheinbar gleichgültig. Er war so übermüdet, wie sie es von Dr. Bursian und Dr. Meuder kannte. Sein Tonfall und seine Augen sagten ihr, dass er keine Hoffnung mehr besaß.
Aber woher sollte jemand auch noch Hoffnung nehmen, der gesehen hatte, was sie hier sahen?

Die Flucht

Leipzig, 19. Oktober 1813

Die Mission der beiden städtischen Parlamentäre verlief nicht nach den Wünschen Napoleons.
Der Landsteuereintreiber August Wichmann war halb neun ins Rathaus geholt worden und erfuhr zu seinem Entsetzen, dass ausgerechnet er aufs Schlachtfeld hinausreiten und den Fürsten von Schwarzenberg um Schonung für die Stadt bitten solle.
Also forderte er Begleitpapiere, einen Offizier und einen Trompeter und machte sich mit weichen Knien auf den Weg.
Nach einem langen, nicht ungefährlichen Ritt und über viele Zwischenstationen wurde er schließlich zu den alliierten Herrschern und zum Oberbefehlshaber Schwarzenberg geführt.
Als Erstes musste er sich von dem recht ungehaltenen preußischen König Vorwürfe anhören, weil die Sachsen aufseiten der Franzosen kämpften. Wichmanns Argument, fast die gesamte sächsische Armee sei doch gestern übergelaufen, ließ Friedrich Wilhelm nicht gelten.
»Haben sich viel Zeit gelassen«, monierte der Monarch von oben herab. Der sächsische König habe sich auf die falsche Seite gestellt und so sein Land in das Unglück gestürzt. Und die Notlage Leipzigs sei leicht zu beheben, wenn die Leipziger den Alliierten nur ihre Tore weit öffneten.
»Sire, es sind noch Zehntausende bewaffnete Franzosen in der Stadt!«, rief der Steuereintreiber verzweifelt und log in seiner Not, der König von Sachsen warte schon ungeduldig darauf, die Alliierten als Befreier zu begrüßen.
Das glaubte ihm auch der Zar keine Sekunde lang und lehnte deshalb eine Waffenruhe ab. Dies sei nur ein Täuschungsmanöver Bonapartes. Aber er garantiere den Leipzigern, kein russischer Soldat werde ein Haus betreten, bevor nicht er, der Kaiser, in der Stadt sei.

Mit dieser nur wenig beruhigenden Nachricht kehrte Wichmann ins Rathaus zurück.

Der Ratsdiener Müller als zweiter Parlamentär hatte sich inzwischen bis zu Blücher durchgeschlagen und überbrachte dessen Zusicherung, die Leipziger hätten keine Plünderung zu befürchten. Dafür sollten sich aber die Franzosen umso mehr in Acht nehmen!

Die Ratsherren meldeten den ungünstigen Verlauf beider Missionen dem König, und so wusste Friedrich August von Sachsen, dass er nun selbst eingreifen musste. Er schickte seinen Generalstabschef von Gersdorff zum Kaiser von Russland. Zu dem Mann, der künftig in Europa das Sagen haben würde, wie der König sich immer wieder vor Augen hielt.

Der General von Gersdorff verneigte sich tief vor dem Zaren, schmeichelte ihm – und wurde eiskalt abgefertigt: Er, der Zar, habe keinerlei Veranlassung, dem König von Sachsen zu glauben oder irgendwelche Vorschläge anzunehmen. Vor gerade einmal zwei Monaten habe dieser mit dem Kaiser von Österreich und ihm selbst eine Verbindung gegen die französische Regierung geschlossen und schon nach drei Tagen sein Wort gebrochen. Keine vier Stunden Zeit werde er zugestehen, nicht einmal eine Minute.

»Was die Einwohner und die deutschen Truppen betrifft, so können Sie in meinem Namen versichern, dass man alle diejenigen schonen wird, die sich nicht verteidigen«, ließ sich Zar Alexander gerade noch herab. »Ich habe Ihnen nun alles gesagt. Sie können zurückkehren!«

Von Gersdorff befand sich kaum außer Sichtweite, als der russische Kaiser seine Adjutanten losschickte, um seinen Truppen den Befehl zum Sturm auf die Stadt zu erteilen.

Während Henriette aus der Kirche trat, um zu sehen, wem sie noch helfen konnte, irrte Napoleon Bonaparte immer noch durch die überfüllten Straßen Leipzigs. Genau genommen irrte er nicht, er hatte schließlich einen wegkundigen Führer, den Postillion Gabler, der jeden Weg und jeden Steg kannte. Doch sie scheiterten erst einmal am Gedränge in den Straßen und an der übertriebenen Befehlstreue einiger Rheinbündler.

Bonaparte wollte zum Ranstädter Tor hinaus – dem Hauptfluchtweg seiner Armee – und musste erkennen, dass dort derzeit nicht einmal für ihn ein Durchkommen war. Der Weg war verstopft mit Munitionswagen, Trainkolonnen, Viehherden, Verwundetentransporten und einer unübersehbaren Menschenmenge, die sich rücksichtslos durchzudrängen suchte, um aus der Stadt zu entkommen, bevor der Sturm der Alliierten begann.

Also befahl der Kaiser dem Postillion, ihn nach Süden zu führen, Richtung Peterstor. Dort traf er seine Marschälle Poniatowski und Macdonald und verlangte von ihnen noch einmal in aller Schärfe, die Stellung um jeden Preis zu halten.

Poniatowski, in den letzten Tagen zweifach verwundet, nahm die Order entgegen, ohne eine Miene zu verziehen. Wenn er mit der Deckung des Rückzugs zur Wiedergeburt Polens beitragen konnte, würde er es tun. Falls nötig, auch unter Einsatz seines Lebens.

Macdonald hingegen dachte: Wie immer! Die ausweglosen Kommandos gehen an die Polen, die Rheinbündler und mich, weil er mich nicht leiden kann. Und zur Strafe für die Niederlage an der Katzbach.

Nun führte der ortskundige Postillion seine hochrangige Gefolgschaft zum Barfüßertor, das von Badener Soldaten bewacht wurde. Welche sich stramm darauf beriefen, das Tor dürfe niemandem geöffnet werden, es sei denn, der Kaiser befehle es.

»Reißt ihr Tölpel mal gefälligst eure Augen auf und schaut, wen ihr vor euch habt?«, spottete Gabler in recht scharfem Tonfall. Die Badener rissen weisungsgemäß die Augen auf, erstarrten vor Schreck und brachten es nicht fertig, den Kommandanten mit dem Schlüssel aufzutreiben.

Mit solchen Truppen kann man wirklich keinen Krieg gewinnen, dachte Bonaparte zynisch. Da sieht man es wieder!
In Gedanken hatte er das Bulletin schon fertig formuliert, mit dem er die Niederlage von Leipzig erklärte:
Eigentlich sei die Schlacht siegreich für die Franzosen ausgegangen. Doch dann sei die *gesamte* sächsische Armee übergegangen, mit *sechzig* Geschützen! Und diese sechzig Geschütze seien dann samt und sonders auf die eben noch verbündeten Franzosen gerichtet worden! Ein derart unerhörter Verrat musste ja den Ruin des Heeres bringen. Nur dadurch sei den Alliierten der Sieg *geschenkt* und er zum planmäßigen Rückzug gezwungen worden.
So würde er es der Welt begründen, und die Welt würde es glauben. Dass nur dreitausendzweihundert Sachsen übergegangen und lediglich vier Geschütze umgedreht worden waren, wusste keiner außer den Beteiligten. Und die konnten sich nicht wehren. Außerdem war das ja schon fast die gesamte sächsische Armee. Viel mehr als die verbliebenen siebenhundert Infanteristen, ein paar überlebende Küraßiere und die zwei Leibgrenadierbataillone gab es nicht mehr.
Als sich der Schlüssel zum Barfüßertor auch nach längerer hektischer Suche nicht auftreiben ließ, verlor der bis dahin mit stoischer Miene im Sattel sitzende Kaiser die Geduld. »Allez! Allez!«, rief er Gabler zu, um die Sache zu beschleunigen. Es war deutlich zu hören, dass die Alliierten schon zum Sturm auf das Hallesche Tor ansetzten. Bald würden Blüchers Truppen durchbrechen.
Immer mehr versprengte Offiziere schlossen sich dem Zug an. Vom Peterstor brauchte der illustre Zug beinahe ein Stunde zum Äußeren Ranstädter Tor. Durch die Menschenmenge, die immer noch schubste und drängelte, um über die Elsterbrücke zu kommen, den einzigen Ausweg aus der Stadt, mussten seine Garden dem Kaiser Platz verschaffen.
Als er die Brücke endlich passiert hatte, ritt Napoleon mit sei-

nen Begleitern nach Lindenau und richtete in der dortigen Mühle für ein paar Stunden sein Hauptquartier ein.
Leipzig war damit für ihn schon Geschichte. Ein abgeschlossenes Kapitel.
Nur eines blieb noch zu tun: den letzten Flussübergang aus der Stadt zerstören, um Verfolger fernzuhalten. Da Gersdorff keinen Aufschub erreicht hatte, mussten es sich alle selbst zuschreiben, die dadurch verreckten.

Barmherzigkeit

Leipzig, 19. Oktober 1813

Für den ersten Moment hilflos stand Henriette vor der Thomaskirche. Große und kleine Kugeln krachten in die Stadt, rissen Ziegel von den Dächern, zersplitterten Fenster und durchschlugen Hauswände. Menschen schrien vor Angst und rannten wild durcheinander. Vom Brühl her, dem Zentrum des Pelzhandels in der Welt, stieg Rauch auf. Dort standen wohl mehrere Häuser in Flammen.
Henriette gab sich alle Mühe, sich nicht von Chaos, Angst und Verzweiflung überwältigen zu lassen. Irgendetwas musste sie doch dagegen tun können, und sei es die winzigste Tat!
Links der Kirche wurde unter freiem Himmel einem Mann auf einem Karren ein Bein amputiert. Der Chirurg hatte einen Helfer, sein Patient war bewusstlos – hier wurde sie also nicht gebraucht. Ein paar Schritte weiter wurden Verwundete auf einen Karren gehievt, die hofften, es doch noch aus der Stadt hinaus zu schaffen. Ein Soldat führte einen kleinen Jungen aus dem Gedränge; vielleicht ließ er sich aber auch von ihm den Weg zeigen.
Vor dem königlichen Amtshaus stritten sich Soldaten in hellen Uniformen mit grünen Aufschlägen und ein Dragoner um ei-

nen lebenden Hammel. Der größte Raufbold und Wortführer der Soldaten war Pícaro vom Spanischen Strafbataillon, was Henriette nicht wissen konnte. Er und seine Kameraden hatten es endgültig satt, in der Grande Armée zu kämpfen, nachdem fast alle ihre Freunde gefallen waren. Und von einem gottverdammten französischen Dragoner würden sie sich ihre Beute nicht wegnehmen lassen!

Ein paar Schritte weiter sah sie einen völlig abgekämpften Soldaten auf der Straße sitzen, einen Rheinbündler. Mit müder Stimme forderte er den hilflos neben ihm stehenden Gefährten auf: »Geh allahn weidda!«

Henriette hockte sich vor ihn. »Hier, trinken Sie etwas. Ich habe auch Brot.« Bedächtig schlug sie das Tuch um den Laib auseinander und gab ihm ein Stück. »Sind Sie verletzt?«

Der Mann schüttelte den Kopf. »Nee. Isch kann net mehr. Fünf Daach ohne was zu fresse …«

»Trinken Sie! Und essen Sie ein wenig Brot. Sie müssen fort aus der Stadt.«

Vergeblich versuchte sie, in dem jäh anschwellenden Lärm etwas vom Kampfgeschehen auszumachen.

»Isch glaab, jetz breche se dorsch«, murmelte der Stehende, der erklärte, sie kämen aus Hessen-Darmstadt. Henriette drückte auch ihm einen Kanten Brot in die Hand und drängte: »Gehen Sie, rasch! Über den Ranstädter Steinweg kommen Sie noch hinaus.«

Es würde heute viele Tote geben, auch ohne diese beiden fast verhungerten Hessen.

Ein paar Schritte links von sich sah sie einen sächsischen Offizier, der zwei versprengte Husaren aufforderte, sich vor dem Haus des Königs zu dessen Schutz einzufinden.

Die Spanier hatten inzwischen ihren Hammel siegreich gegen den Dragoner verteidigt und zerrten ihn mit sich weg.

Ein paar Schritte weiter brachte eine Marketenderin mit lautem Geschimpfe ihr Pferd dazu, den Karren zu ziehen.

Als der Wagen fortrollte, entdeckte Henriette dahinter zwei Kürassiere, sächsische Kürassiere. Einer von beiden saß totenbleich im Sattel, den linken Fuß nicht im Steigbügel, sondern das Bein hochgelagert und mit einem blutdurchtränkten Verband umwickelt.

Erst den anderen, der das Pferd am Zügel führte, erkannte sie und begriff: Das waren jene beiden, die für eine Nacht bei den Gerlachs in Freiberg einquartiert waren. Sie rief sie beim Namen und lief ihnen entgegen. Der verletzte Wachtmeister erkannte sie nicht.

Doch sein jüngerer Gefährte staunte. »Sie in Leipzig, Fräulein Gerlach?«

»Trinken Sie, Sie müssen jetzt viel trinken!«, ermutigte sie den Verwundeten und reichte ihm einen Becher voll Wasser. Dann gab sie beiden von dem Brot.

»Jetzt erkenne ich Sie«, sagte Johann Enge mit kraftloser Stimme. »Gott hat Sie wohl geschickt, damit Sie uns helfen?«

Verbittert deutete er auf sein durchschossenes Bein. »Nach Moskau und zurück habe ich es geschafft, durch die eisige Beresina und alle Schlachten. Und jetzt, fast am letzten Tag, erwischt es mich … Noch dazu die eigenen Leute! Die hielten uns für Österreicher, diese französischen Tölpel!« Nun stiegen ihm Tränen in die Augen.

Die Eichenblätter vom Helm seines Offiziers brachten ihm also doch kein Glück, dachte Jette bedrückt.

»In den letzten drei Tagen hat es uns fast alle erwischt. Von den sächsischen Kürassieren, dem Stolz des Vaterlandes, ist kaum noch einer übrig«, klagte Heinrich Franke.

»Aber Sie leben!« Henriette legte alle Überzeugungskraft in ihre Worte, die sie noch aufbringen konnte, um den beiden Mut zuzusprechen. »Heute irgendwann wird der Krieg vorbei sein, und dann können Sie sich zu Hause gesund pflegen lassen.«

»Der Krieg ist nie vorbei, Fräulein! Dies hier wird heute viel-

leicht das Ende für Leipzig, aber nicht das Ende des Krieges«, widersprach Enge bestimmt.
Nun lauschte auch er, um an den Kampfgeräuschen etwas erkennen zu können.
»Wir reiten jetzt wohl besser auch vor das Haus des Königs. Da sammelt sich alles, was von unserer Armee noch übrig ist. Gott schütze Sie, kleines Fräulein! Sie und unseren König.«
Der Krieg endet heute immer noch nicht?, dachte Henriette bestürzt, während sie weiter durch die Gassen in der Nähe der Thomaskirche streifte. Sie gab einem weinenden Jungen mit blondem Haar etwas Brot, der es hungrig in sich hineinstopfte und ihr erzählte, er habe seinen Hund in dem Gedränge verloren.
»Geh nach Hause, hier wird es sonst zu gefährlich für dich!«, mahnte sie. »Dein Hund kennt den Weg und findet sich schon wieder ein.« Dabei hoffte sie, dass das Tier nicht längst in irgendeinem Kochkessel gelandet war.
Neben ihnen begann ein Laternenanzünder eine gefährlich aussehende Rangelei mit einem Sappeur, der eine Laterne beschädigt hatte, auf der anderen Seite stand eine französische Militärkapelle, deren Tambour laut brüllte: »Die Musik ist aus! Finissez! Hauen wir ab!«
Sie gab einem Dragoner etwas zu trinken, der sich vor Erschöpfung schon aufgegeben hatte und lethargisch an einer Wand lehnte. »Verlassen Sie die Stadt!«, mahnte sie. »Dann werden Sie leben.«
In einem Dachfenster sah sie einen Mann stehen, der sich zum Schutz vor Kugeln und Trümmern eine Matratze über den Kopf gelegt hatte und fieberhaft etwas auf Papier kritzelte.
»Ja, mal das auf, Geißler!«, schrie ihm eine Frau mit kräftiger Stimme zu. »Damit auch später jeder sehen kann, was sich hier abgespielt hat!«
Ein Maler, begriff Henriette verblüfft.
Auf dem Weg zurück zur Kirche sah sie einen Anschlag des

Magistrats an einer Wand. Sie blieb kurz stehen und las: Die erneute Aufforderung, Bürger sollten für die Verwundeten Tongeschirr, Suppenschalen, Decken und Bettgestelle spenden. Ein Mann in einem grauen Mantel und mit grauem Zylinder gesellte sich zu ihr; der Stadtschreiber, der gestern von den drei aufgebrachten Frauen ausgefragt worden war. »Sie gehen herum und helfen, das ist sehr löblich«, sagte er. Offenbar hatte er sie beobachtet.

»Ich helfe im Lazarett. Aber was sollen wir mit Schüsseln, wenn wir kein Essen haben? Zuallererst brauchen wir Decken und Leinen zum Verbinden.«

Sie sah, dass er sich etwas notierte.

»Wenn es kein Leinen gibt, können wir uns auch mit Papier behelfen. Das ist immer noch besser als nichts.«

Artur Reinhard Münchow sah sie zweifelnd an. »Ich bin Stadtschreiber, wir müssen für die Nachfahren alles schriftlich festhalten, was in dieser Stadt geschieht!«, sagte er voller Überzeugung. Er konnte doch die Ratsunterlagen nicht als Verbandsmaterial herausgeben!

»Werden Sie jemals vergessen, was Sie heute sehen?«, fragte Henriette ihn provozierend. »Und wann sonst haben Sie Gelegenheit, mit Papier Leben zu retten?«

Sie ließ den nachdenklichen Stadtschreiber stehen und ging zum Brunnen, um ihre Flasche mit frischem Wasser zu füllen. Die Schüsse und die Schreie waren nun ganz nah – die Alliierten mussten die Tore durchbrochen haben. Aus jedem Fenster starrten die Bewohner und verfolgten das Geschehen auf den Straßen in der Hoffnung, in ihren Häusern seien sie geschützt. Sie sollte jetzt besser zurück in die Kirche gehen. Bald würden wohl die ersten preußischen, russischen und österreichischen Verwundeten gebracht.

Aber es lagen noch so viele Blutüberströmte hier draußen! Zögernd ging sie ein paar Schritte auf sie zu, um zu schauen, wer vielleicht eine Überlebenschance hatte.

Und da hörte sie jemanden ihren Namen rufen.
Heiser, verzweifelt, mit brüchiger Stimme.
»Angrijett!«

Jette fuhr herum und schrie vor Entsetzen auf. Eine der halb toten Gestalten auf der Straße war Étienne. Ein großer Blutfleck auf der Brust hatte seine Uniformjacke verfärbt, sein Gesicht war hohlwangig, grau und durch die dunklen Bartstoppeln kaum wiederzuerkennen.
Sie rannte zu ihm und fühlte besorgt seinen Puls. Dann richtete sie ihn vorsichtig auf, während sie beruhigend auf ihn einsprach, und flößte ihm etwas zu trinken ein. Er musste viel Blut verloren haben.
»Ich bringe Sie zum Chirurgen, gleich wird alles gut«, flüsterte sie wieder und wieder und gab sich alle Mühe, nichts von ihrer Verzweiflung durchklingen zu lassen. Suchend blickte sie um sich. Allein konnte sie ihn nicht tragen, aber sie durfte jetzt auch nicht von ihm weggehen, sonst würde er vielleicht gerade in diesem Moment sterben.
»He, Sie da!«, fuhr sie die ersten beiden französischen Soldaten an, die in der Nähe standen. »Helfen Sie Ihrem Offizier ins Lazarett, sofort!«
Die Soldaten zeigten wenig Neigung, aber Jette schrie sie so energisch an, dass sie wider Erwarten gehorchten.
»Vorsichtig!«, mahnte sie und sprach in Gedanken ein Gebet, dass einer der Operationstische frei war.
»Bringen Sie ihn dorthin!« Die Soldaten legten den verwundeten Premier-Lieutenant ab und verschwanden eiligst, ehe man sie mit noch mehr Arbeit eindeckte.
»Seit wann?«, fragte sie Étienne und konnte die Tränen kaum zurückhalten.
»Gestern. Die mich nach Leipzig brachten, machten sich aus dem Staub. Es waren blutjunge Burschen ... Sie hatten wohl genug vom Krieg ...« Er atmete röchelnd und unter Qualen.

»Dich noch einmal zu sehen ... bevor ich sterbe ... war alles, was ich mir wünschte ...«

Ihn über seinen Tod reden zu hören brach Henriette das Herz. »Nicht sterben!«, widersprach sie unter Tränen. »Nicht sterben! Ich hole einen Chirurgen ...«

Verzweifelt sah sie sich um. Dr. Multon, der Erste Wundarzt, kam auf sie zu.

»Was gibt es hier?«, fragte er sachlich.

»Die Kugel steckt noch in der Brust. Bitte tun Sie, was Sie können«, flehte Henriette. »Er ist ein guter Freund meiner Familie!«

Ohne ein weiteres Wort öffnete Multon die Uniform und löste das angeklebte Unterhemd von der Wunde.

Henriette reichte ihm die Sonde, mit der er die Kugel entfernen konnte. Zwei kräftige Helfer drückten Étiennes Körper fest auf die Tischplatte. Er stöhnte vor Schmerz, während der Arzt in der Wunde nach der Kugel suchte. Als Multon sie endlich herausgeholt hatte, löste er damit einen Blutschwall aus.

Henriette presste ihre Hand auf die Wunde, um zu verhindern, dass mit dem sprudelnden Blut das Leben aus Étienne floss. Sein Hemd hatte sie schon zerrissen, doch der daraus gewonnene provisorische Verband war sofort rot durchtränkt. Also riss sie in der Not Streifen von ihrem Unterkleid.

»Hier, nehmen Sie das!« Überrascht sah sie den Stadtschreiber Münchow vor sich stehen, der – noch ein wenig zögernd – ein paar weiße Seiten aus seinem Oktavheft löste. Dankbar drückte Henriette die Blätter auf die Wunde und band sie mit den Fetzen ihres Unterkleides fest.

Der Schreiber half auf ihre Bitte einem der Krankenpfleger, Étienne zu einem freien Platz gegenüber der Tür zu tragen. Derweil rannte Henriette los und zerrte den Mantel unter einem toten Offizier der Marinegarde hervor. Gestern waren besonders viele schwerverwundete Offiziere gebracht worden, und dieser hier trug einen guten Mantel, der ihm jetzt nichts mehr nützte. Ein Bajonettstich hatte seinen Bauch aufgerissen.

Es grenzte an ein Wunder, dass er überhaupt noch bis zum Morgen gelebt hatte – und dass sich niemand von den anderen Verwundeten den Mantel geholt hatte.
Sie breitete das Kleidungsstück auf dem Boden aus, wartete, bis der Sterbende gebracht wurde, und umhüllte ihn, so gut es ging, mit dem wärmenden Tuch.
Étienne zitterte vor Kälte, Schmerz und Blutverlust.
Also kniete sie sich auf den Boden und legte seinen Kopf auf ihren Schoß, um ihm etwas von ihrer Körperwärme abzugeben.
»Bleib bei mir!«, raunte sie. »Bitte!«
Immer noch quoll Blut aus der Wunde, und sie konnte es mit ihren bloßen Händen nicht aufhalten.
Schweren Herzens reichte ihr Artur Reinhold Münchow den Rest seines Heftes samt Einband – all die vollgeschriebenen Seiten. Manchmal gab es Wichtigeres als Ratsprotokolle. Und das Mädchen hatte recht: Er würde nie vergessen, was er heute gesehen hatte. Auch ohne es aufgeschrieben bei sich zu tragen.
»Siehst du, es hört schon auf zu bluten«, redete Henriette auf Étienne ein und rang sich ein Lächeln ab. Obwohl ihr vor Schmerz kein Wort aus der Kehle kommen wollte, musste sie jetzt sprechen, mit ihm sprechen, denn sie fürchtete, er würde vielleicht nie wieder erwachen, wenn er erst einmal in die Bewusstlosigkeit hinübergedämmert war. »Halte durch, kämpfe! Ich hab dich schon einmal gerettet. Und dir gesagt, dass wir uns wiedersehen ... Weißt du noch?«
Sie summte die Melodie des ersten Walzers, den sie gemeinsam getanzt hatten.
Nun zog ein schwaches Lächeln über Étiennes aschgraues Gesicht.
»Der glücklichste Moment meines Lebens«, sagte er qualvoll und so leise, dass nur sie es verstehen konnte. »Abgesehen von jener Nacht ...«
Sie lächelte unter Tränen, umfasste sein Gesicht sanft mit beiden Händen und küsste seine Stirn.

»So gern ... hätte ich noch einmal die Sonne gesehen ... den Duft von Lavendel gerochen ... mit dir getanzt ... dich berührt ... dich lachen gehört ...« Étiennes Stimme erstarb.
»Das wirst du«, versprach sie ihm wider besseres Wissen.
»Werden wir ein Kind haben?«, flüsterte er voller Hoffnung.
»Ja«, log Henriette, weil sie sah, dass ihn diese Vorstellung glücklich machte.
Gott würde ihr die barmherzige Lüge verzeihen.
»Ja, Liebster. Wir werden ein Kind haben ... Mit ihm werden wir durch die Lavendelfelder gehen, wenn es erst laufen kann. Über Sommerwiesen voller Blumen, mit Schmetterlingen, die im Sonnenlicht tanzen. Du wirst ihm französische Lieder vorsingen und ich deutsche ... Wir werden duftendes Brot essen. Und wir werden tanzen, die halbe Nacht ...«
Étienne lächelte glücklich und schloss die Augen.

Die Brücke über die Elster

Leipzig, 19. Oktober 1813

Das Gedränge vor der einzigen Brücke, die hinaus auf die Straße nach Westen führte, war so groß, dass Pícaro und seine Freunde widerwillig den erbeuteten Hammel freilassen mussten. Seit einer Stunde schon versuchten sie unter Gebrauch von Ellenbogen, Waffen und wilden Flüchen, sich zwischen den fliehenden Menschen hindurchzuquetschen, bevor sie den Alliierten in die Hände fielen. Es wäre alles halb so schlimm, würden nicht Dutzende ineinander verkeilte Wagen den Weg versperren, die in wilder Hast auf den rettenden Steg zugerast waren und nun das größte Chaos verursachten.
Auch viele Reiter mussten einsehen, dass es für sie so kein

Durchkommen gab, und stiegen von ihren Pferden ab. Es waren Tausende, die sich am Ranstädter Weg drängelten, um aus der Stadt zu entkommen, während die ersten Kolonnen der Feinde vielleicht schon durchgebrochen waren.

Rücksichtslos arbeitete sich Pícaro voran, wobei ihm sein Geschick als Dieb gute Dienste leistete. Doch jetzt standen vor ihm zwei von der Marinegarde, beide einen halben Kopf größer als er, und an denen gab es kein Vorbeikommen. In Gedanken verfluchte er sie. Diese Wichtigtuer, sollten die doch rüberschwimmen!

Auf diese Idee wären sicher viele gekommen, hätte sich die Elster nicht durch den unablässigen Regen der letzten Tage in einen reißenden Fluss verwandelt und wäre die Böschung nicht so steil.

Pícaro hatte es satt. Obwohl es gefährlich war in diesem Gewühl, schwang er sich über das Geländer und hangelte sich daran hinüber. Beinahe hätten ihn ein paar wütende Grenadiere ins Wasser gestoßen. Doch er fing sich gerade noch ab und sprang ans rettende Ufer.

Vor Erleichterung lachend, sah er auf die Menschen, die weiter um die Wette schubsten und schoben, ohne voranzukommen, und dabei lautstark fluchten.

Er hatte gerade noch den letzten Moment erwischt. In einem der Fenster am Ranstädter Steinweg erschien ein Kosak und legte sein Gewehr an. Schon bekam er Gesellschaft, und nun schwirrten auch noch feindliche Kugeln in die dicht gedrängte Menschenmenge.

Pícaro rannte los. Er war noch nicht weit gekommen, als mit einer gewaltigen Explosion die steinerne Brücke in die Luft flog. Alles und jeder, der sich darauf befand, wurde emporgeschleudert und landete im Fluss oder in Stücke zerfetzt am Ufer; selbst Menschen in beträchtlicher Entfernung wurden noch vom Druck der Explosion umgerissen. Steinquader zermalmten Körper und zertrümmerten Teile der kleinen Funken-

burg, sämtliche Fensterscheiben der Häuser im Umkreis von Dutzenden Metern zerbarsten laut klirrend.
Als Pícaro wieder zu sich kam, schüttelte es ihn vor Entsetzen. Dabei hatte er schon viele schreckliche Dinge in seinem Leben gesehen und ließ sich nicht so leicht aus der Fassung bringen.
Der Hochwasser führende Fluss war voll von Leichen und zerfetzten Körperteilen. Zwischen ihnen kämpften sich Männer durch die eisigen Fluten, bis sie an der steilen und schlüpfrigen Böschung scheiterten und immer wieder zurück ins Wasser rutschten, ohne Halt zu finden.
Er sah, wie ein Mann in Generalsuniform aus dem Fluss gezogen wurde, und hörte Ertrinkende ihm nachrufen: »Helfen Sie uns, Monsieur le maréchal! Retten Sie Ihre Soldaten, retten Sie Ihre Kinder!«
Das war mehr, als er ertragen konnte. Irgendein Trümmerstück hatte seinen Kopf getroffen, Blut rann ihm von der Schläfe, und beim Aufsetzen hatte er sich wohl zu schnell bewegt, denn jäh wurde ihm übel, und er erbrach seine letzte karge Mahlzeit.

Auch Lucien Junot starrte fassungslos auf das Bild vor seinen Augen. Er war noch nicht auf der Brücke gewesen, als die Explosion gezündet wurde, und beschloss angesichts der nahenden Feinde, den reißenden Fluss zu durchschwimmen. Es kostete ihn eine halbe Stunde verzweifelten Kampfes, bis er die Böschung hinaufkam. Dann half er so vielen heraus, wie er konnte, bis er sich völlig entkräftet auf den Rücken fallen ließ. Bis eben noch hatten wenigstens zwei Mann aus seinem Kommando überlebt. Doch den einen sah er mit zerschmettertem Kopf im Wasser treiben, den anderen mit verrenkten Gliedern zwischen Trümmern ein paar Schritte neben sich liegen.
Er war nun der einzige Überlebende seiner Escouade.
Von weitem hörte er zwischen all den verzweifelten Hilferufen einen Streit. Jemand brüllte einen anderen an, wie er nur die Sprengladung habe zünden können, als die Brücke voller Men-

schen und noch drei komplette Armeekorps in der Stadt waren.
»Ich hatte Befehl«, antwortete der andere weinerlich. »Was sollte ich denn tun?«
Lucien Junot stand auf, vor Kälte und Wut zitternd in seiner triefend nassen dunkelblauen Uniform, als er begriff: Diese Katastrophe hier war kein Versehen, kein Zufall.
Und dann dachte er nur noch: Zum Teufel mit dem Kreuz der Ehrenlegion! Es gibt nichts, womit das hier belohnt werden sollte.
Ich will nach Hause, zu meiner Frau und meinen Kindern. Dann wird sich zeigen, ob ich das hier jemals vergessen kann.

Der vor Pícaros Augen aus dem Wasser gezogene Marschall war Jacques Étienne Joseph Alexandre Macdonald, Herzog von Tarent, ein Mann aus schottischem Adel, was ihm unter Napoleon zum Nachteil gereichte – seine Herkunft und seine offene Freundschaft zu Moreau, dem entschiedenen Anhänger der Republik.
Deshalb betrachtete er es nicht zu Unrecht als Strafkommando, die Nachhut der Grande Armée befehligen zu müssen. Die verhängnisvolle Explosion hatte er im Kampflärm nicht gehört, doch wie ein Lauffeuer ging die Nachricht durch die Stadt, die einzige Brücke über die Elster sei schon gesprengt worden. Also ritt er dorthin, von den Kugeln preußischer Schützen verfolgt, und war entsetzt von dem Anblick, der sich hier bot.
Der ganze Fluss voller Leichen! Und nun gab es kein Entkommen mehr für die dreißigtausend Soldaten der Grande Armée, die sich noch in der Stadt befanden!
Wie hatte der große Heerführer Napoleon, das Genie, das stets noch an die kleinste Nebensächlichkeit dachte und für alles sorgte, vergessen können, ausreichend weitere Flussübergänge vorzubereiten? Er verfügte doch über genug Ingenieurkorps, die Pontonbrücken legen konnten!

Ein Adjutant kam dem Marschall entgegen und teilte ihm mit, dass Fürst Poniatowski tot sei.
»Ist das sicher?«, fragte Macdonald bestürzt.
»Wir haben seinen Leichnam noch nicht gefunden. Die Strömung trieb ihn fort. Er sprang mit dem Pferd in die Elster, dabei traf ihn ein Schuss, eindeutig tödlich, und er sank in die Fluten. Ein tapferer Mann, so wahr mir Gott helfe! Er hatte noch den Säbel gezogen und seine Männer aufgefordert, ehrenvoll zu sterben, bevor er in den Fluss ritt …«
Der Adjutant berichtete, in der Nähe sei der Kommandant seines Ingenieurkorps dabei, einen behelfsmäßigen Übergang über die reißenden Fluten zu bauen. Dorthin führte er den Marschall.
Der entschlossene Oberst Marion von Macdonalds Genietruppen hatte bereits ein Provisorium errichtet: zwei lange Baumstämme von Ufer zu Ufer geworfen, darüber Türen, Bretter, Fensterläden gelegt.
Doch als Macdonald dort ankam und bevor er sich erneut durch eine dichte Menschentraube gewühlt hatte, war die provisorische Brücke schon wieder unbrauchbar. Die Marschälle Augereau und Victor hatten darauf bestanden, darüberzureiten, bevor die Bretter festgenagelt waren, und dabei rutschte der Belag ins Wasser.
Nun auch noch wütend auf diese beiden, unternahm Macdonald den Versuch, über die nassen, glatten und sich im schäumenden Wasser drehenden Stämme ans andere Ufer zu gelangen. Lieber tot als gefangen, dachte er, und arbeitete sich Schritt für Schritt vor. Doch als er die Hälfte der Strecke bewältigt hatte, begannen andere, seinem Beispiel zu folgen, und Macdonald stürzte ins Wasser.
Er hatte Glück, jemand zog ihn heraus. Nun kam ihm sogar noch Marschall Marmont entgegen, der hartnäckige Verteidiger von Möckern und Schönefeld, der es ebenfalls gerade noch aus der Stadt heraus geschafft hatte. Marmont gab ihm ein Pferd,

und Macdonald ritt los, mit eiskalter Wut im Bauch und im Herzen, um dem Kaiser Bericht zu erstatten.

»Sie leben!«, begrüßte ihn Oudinot erstaunt und erleichtert, als Macdonald in Lindenau eintraf. »Hier kursiert schon das Gerücht, Sie seien ertrunken.«
»Und ich hörte, Sie seien gefallen!«, erwiderte der Schotte nicht minder erleichtert. Doch bevor er Einzelheiten seiner Rettung erzählen konnte, wurde er zum Kaiser befohlen.
Er stieg hinauf ins Obergeschoss der Mühle und begann seinen Bericht, aufgebracht und erschüttert, weil ihm immer noch das »Retten Sie Ihre Soldaten, Ihre Kinder, Monsieur le maréchal!« in den Ohren gellte.
»Die Verluste an Menschen und Material sind ungeheuer. Sie müssen sich bis hinter den Rhein zurückziehen!«, appellierte er, der seine ganze Barschaft verloren hatte und nur noch das besaß, was er auf dem Leibe trug. Doch der Kaiser verzog keine Miene. Als sich Macdonald immer mehr in Rage redete, starrte der Kaiser ihn kalt an und schickte ihn hinaus.
Was erlaubte dieser Schotte sich? Was glaubte er? Meinte er etwa, er, Napoleon, hätte so etwas Wichtiges wie Flussübergänge vergessen, wenn welche zu errichten seien? Genauso wenig, wie er es je vergessen hatte, Brücken zu zerstören, um die Feinde an der Verfolgung zu hindern!
Die Sprengung der Brücke über die Elster war genau zu dem Zeitpunkt erfolgt, den er befohlen hatte: als der erste Feind sich zeigte.
Was interessierte ihn Macdonalds Gejammer, was interessierte Macdonalds Geld?
Im Krieg musste man Opfer bringen und als Feldherr auch harte Entscheidungen treffen.
Mit dem Opfer jener dreißigtausend Mann, die in Leipzig feststeckten und nun den Alliierten in die Hände fallen würden, hatte er soeben den Rest der Grande Armée gerettet.

Es war noch lange nicht vorbei. Seine Feinde irrten sich, wenn sie glaubten, ihn schon besiegt zu haben.

Siegesparade

Leipzig, 19. Oktober 1813

Ludwig Hußel, der aufmerksame und gründliche Beobachter der Ereignisse in seiner Stadt, erlebte den Sturm auf Leipzig an einem überraschenden Ort und in einer für ihn überraschenden Gesellschaft. Er war wie immer auf den Straßen unterwegs gewesen, um ja nichts zu verpassen, obwohl Kugeln umherzischten, Trümmer und Ziegel herabstürzten und Menschen durcheinanderrannten: französische Soldaten und Rheinbündler, Zivilisten in panischer Angst, ob es nun besser sei, in ihren Häusern oder unter freiem Himmel zu bleiben.

Doch als tosender Lärm und Jubel davon kündeten, dass die ersten alliierten Verbände das Grimmaische Tor gestürmt hatten, sprach ihn der wie immer in feines Tuch gekleidete Kaufmann Frege an, der in Begleitung eines weiteren Mannes auf dem Weg zu seinem Haus in der Katharinenstraße war.

»Ich weiß, dass Sie als Augenzeugen dabei sein wollen, um für die Nachwelt zu berichten. Aber Sie sollten jetzt beide von den Straßen fort. Kommen Sie in mein Haus und schauen Sie vom Fenster aus zu, das ist sicherer.«

Hußel fühlte sich einerseits sehr geschmeichelt, andererseits nicht ganz wohl in seiner Haut. Er war ein Kaufmann und Schriftsteller, mehr oder weniger. Ein kleiner Kaufmann und ein Schriftsteller, dessen große Veröffentlichung erst bevorstand. Frege hingegen war einer der bedeutendsten Kaufleute des Landes, und sein Begleiter Friedrich Rochlitz ein richtiger

Schriftsteller, der sogar mit Goethe korrespondierte! Und Hofräte waren die beiden auch noch!
Christian Gottlob Frege ließ ihm allerdings keine Zeit für Bedenken und Ausflüchte, sondern öffnete einfach die Tür seines Hauses und wies das Dienstpersonal an, die Gäste in den Salon zu führen. Er selbst hatte die Nacht in der Lazarettverwaltung zugebracht und wollte sich erfrischen und die Kleidung wechseln. In Kürze würden sicher auch die Alliierten mit ihm über die Lage in den Lazaretten sprechen wollen.
Vom Fenster aus beobachteten Ludwig Hußel und Friedrich Rochlitz den Sturm der Alliierten auf die Stadt. Und nachträglich waren sie beide froh, wenigstens ein Minimum Distanz zu dem zu haben, was sich auf den Straßen abspielte. Die Stadtbewohner waren inzwischen allesamt in ihre Häuser geflüchtet, hatten weiße Tücher in die Fenster gehängt und jubelten den Alliierten zu.
Jetzt kämpften Soldaten und Offiziere zu Fuß und zu Pferde mit Schusswaffen, Säbeln, Degen, Bajonetten. Blut floss in Strömen, Schmerzensschreie gellten, Menschen stürzten zu Boden, zerfetzt, verstümmelt, in Stücke gehauen. Bis die Franzosen die Waffen streckten.
»Wie kann man darüber jemandem berichten, der es nicht gesehen hat, ohne dass es unerträglich wird?«, fragte Hußel erschüttert.
»Es *ist* unerträglich«, antwortete Rochlitz düster.
»Muss man nicht wenigstens irgendwo einen Funken Menschlichkeit aufglimmen lassen, damit wir nicht ganz an uns und der Menschheit verzweifeln?«, sinnierte Ludwig Hußel. »Irgendeine herzerwärmende Episode ... von Menschen aus gegnerischen Lagern, die sich wiedersehen, nachdem sie sich schon einmal das Leben gerettet haben? Ein ... Pawel Andrejewitsch oder Boris Petrowitsch, der in Russland aus Mitleid einen braven Sachsen bei sich aufnahm, einen ... Feldscher, der ... seine Tochter kurierte. Nun stoßen sie hier zufällig aufeinander,

Petrowitsch rettet den braven Sachsen, und glücklich umarmen sie sich?«

Friedrich Rochlitz blickte skeptisch drein. Das schien ihm doch zu dick aufgetragen. Aber nach einiger Überlegung gab er seinem Kollegen recht. Es war zu schlimm, was hier vor ihren Augen ablief. Das konnte niemand ertragen. Nicht einmal, wenn er davon nur las.

Kurz nach ein Uhr mittags ritten die Monarchen der alliierten Länder zur Siegesparade auf dem Markt. In Teilen der Stadt wurde noch gekämpft, aber die Leipziger bejubelten sie euphorisch.

Wen kümmerten in diesem Moment die Schreckenstage, die Toten und das Blut auf den Straßen, der Hunger, die Not, die ihnen unweigerlich bevorstand?

Bonaparte war besiegt, die Schlacht vorbei, und ihre Stadt existierte noch. Alles würde nun gut werden.

Frieden. Freiheit. Brüderlichkeit.

Ein befreites, einiges Vaterland.

Niemand von den jubelnden Menschen auf dem Leipziger Marktplatz kam auf den Gedanken, dass es das alles nicht geben würde. Dass sie vielleicht nur ein Übel gegen das andere eingetauscht hatten. Und dass Hunger und Typhus bald noch viel schlimmer in ihrer Stadt wüten würden.

In Erwartung eines herzlichen Willkommens war der sächsische König vor die Tür des Apelschen Hauses getreten und winkte den Monarchen huldvoll zu. Doch die starrten einmütig an ihm vorbei. Nicht einer würdigte ihn auch nur eines Blickes. Irritiert trat August von Sachsen einen halben Schritt zurück. Wann würden sie ihn zu sich bitten?

Sie taten nichts dergleichen.

Stattdessen erschien der ursprünglich sächsische, nun in österreichischen Diensten stehende Rittmeister Graf von Schulenberg, Adjutant des Fürsten von Schwarzenberg, im Apelschen

Haus und bat den fassungslosen Friedrich August um seinen Degen. Der Kaiser von Österreich richte aus, Seine Majestät habe sich fortan als Gefangener der Alliierten zu betrachten. Peinlich berührt durch die außergewöhnliche Situation, entschuldigte sich der Graf bei seinem einstigen Herrscher: »Zur Ausführung dieses betrüblichen Auftrags bin ich erwählt worden, um Euer Majestät die Kränkung zu ersparen, sich einem Russen oder Preußen ergeben zu müssen.«

Das muss ein Irrtum sein! Ein Alptraum, dachte Friedrich August, während sein Frau und seine Tochter in Tränen ausbrachen. Ich bin ein *König!* Einen König nimmt man nicht gefangen!

Den ganzen Nachmittag wartete er darauf, dass jemand kam, den Irrtum aufklärte, eine untertänigste Entschuldigung vortrug und ihn zur Siegesfeier einlud. Erst als ihm am Abend der russische Gesandte ein Schreiben des Zaren überbrachte, er habe sich auf seine Abreise nach Berlin vorzubereiten, begriff Friedrich August von Sachsen, dass er wahrhaftig ein Kriegsgefangener war.

Die alliierten Herrscher hatten sich längst geeinigt, den König von Sachsen zum Gefangenen zu erklären und nach Berlin zu bringen. Fürst Repnin-Wolkonski würde Gouverneur für Sachsen werden. Dem alten Wettinerfürsten – so der Plan des preußischen Staatsministers von Hardenberg – könnte man vielleicht nach einiger Zeit ein kleines, weit abgelegenes Fürstentum antragen, und wenn er starb, war der Titel des Königs von Sachsen auch formell erloschen. Spätestens dann ließe sich Sachsen problemlos an Preußen anschließen.

Aber davon ahnten die Leipziger noch nichts, die den siegreichen Monarchen so begeistert zujubelten. Auch wenn mancher von ihnen seinen König vermisste.

Henriette hörte den Jubel vom Marktplatz und malte sich die Bilder aus, die sich dort abspielten. Doch sie brachte es einfach nicht fertig, jetzt aufzustehen und zu gehen. Sie konnte sich

nicht einmal rühren, so erstarrt war sie vor Kälte im Herzen und im Leib.
Die Kirchentür wurde aufgestoßen. Benommen blinzelte sie gegen das hereinströmende Licht, um etwas zu erkennen. Dort standen zwei Preußen in Uniform; einer stützte den anderen, dem Blut aus einer Wunde am Bein rann.
Er setzte ihn auf dem Boden ab, blickte sich um und fragte in sehr offiziellem Tonfall: »Wie viele Verwundete können Sie hier aufnehmen?«
Erst an der Stimme erkannte Henriette ihn und war wie vom Schlag getroffen. Vor ihr stand Maximilian Trepte.
Nun erkannte er sie auch und versuchte zu begreifen, was er sah. Inmitten sterbender Franzosen kniete Henriette Gerlach, das Mädchen, von dem er seit einem halben Jahr träumte. Dessen Gesicht er sich in Erinnerung gerufen hatte, um sich in den dunkelsten Momenten dieses Krieges Mut zu machen.
Die Eine, der sein Herz gehörte.
Sie kniete dort mit tränenüberströmtem Gesicht, und in ihren Armen hielt sie einen toten französischen Leutnant.

Die Sonne strahlte über der Siegesparade auf dem Leipziger Marktplatz. Sie schien auf jubelnde Kämpfer, die für diesen Moment all die Strapazen und blutigen Opfer vergaßen. Sie schien auf jubelnde Leipziger, die überglücklich waren, dass ihre Stadt noch stand und sie lebten. Gemeinsam feierten sie den Sieg und das Ende des Krieges.
Doch der Krieg war nicht zu Ende.
Napoleon und der größte Teil seiner Armee waren Richtung Westen entkommen, ungehindert dank der Intervention des Kaisers von Österreich. Der unerbittliche General Blücher hatte das Korps Yorck – und mit ihm Felix – bereits nach Halle geschickt, wo sie begeistert empfangen wurden, um den Gegner aufzuhalten und zu vernichten. Die übrigen Truppen der Alliierten würden folgen.

Leipzig stand das größte Elend erst noch bevor. Hunger, Seuchen, Zehntausende Verwundete, die niemand versorgen oder auch nur ernähren konnte. Zehntausende Tote, die niemand begraben konnte.

In den verwüsteten Dörfern rund um Leipzig würden noch wochenlang Berge von Leichen und Pferdekadavern liegen; ein Festmahl für die Totenvögel.

Und auf den Knochen dieser Toten und jener, die noch sterben würden, begann nun für die Herrscher der Siegermächte und ihre gewieftesten Diplomaten das große Feilschen und Schachern um Ländergrenzen, Königreiche, Herzogtümer.

Die Karte Europas würde sich grundlegend ändern.

Nachwort

An dieser Stelle erwarten Sie einige überraschende Enthüllungen.
Nein, nun folgt keine lange Liste der Details, wo ich zugunsten einer packenden Romanhandlung die historischen Ereignisse abgewandelt habe.
Ganz im Gegenteil!
Wer es vielleicht für einen geschickten dramaturgischen Kniff von mir hält, die Wege des Rittmeisters von Colomb und des Lützowers Freikorps sich kreuzen zu lassen, die Begegnung zwischen Thielmann und Körner in Reichenbach zu arrangieren oder Thielmann und Colomb bei Altenburg gemeinsam gegen den Feind zu schicken, der irrt. Das alles habe ich nicht erfunden. Es hat sich wirklich zugetragen! Und noch viel mehr, als Sie ahnen, von dem, was Sie gerade gelesen haben. Ich komme gleich zu den Einzelheiten.
Bei meinen bisherigen historischen Romanen, die alle im deutschen Hochmittelalter spielen, hatte ich es mir zur Aufgabe gemacht, so nah wie möglich an den tatsächlichen Ereignissen zu bleiben. Schließlich wollte ich nicht primär eine Liebesgeschichte oder ein Rachedrama vor historischer Kulisse erzählen, sondern ein Stück deutscher Geschichte. Deshalb mussten sich alle fiktiven Figuren und Handlungen auch stets der Historie unterordnen und agierten alle historischen Persönlichkeiten stets an den Orten und auf die Weise, wie es belegt ist.
Allerdings hat man im Hochmittelalter auf Grund der spärlichen Quellenlage als Romanautor immer noch beträchtliche Freiräume.
Bei diesem Buch, das einem so epochalen Ereignis gewidmet

ist, das nur zweihundert Jahre zurückliegt und über das uns unzählige Augenzeugenberichte, Korrespondenzen, Zeitungsjahrgänge, Tagebücher, Biographien und militärische Abhandlungen überliefert sind, wollte ich anders vorgehen.
Diesmal war es für mich die große Herausforderung und selbstgestellte Aufgabe, möglichst viel authentisches Material zu verarbeiten und möglichst viele Leute zu Wort kommen zu lassen, die tatsächlich an jenen Ereignissen beteiligt waren. Nicht nur Könige und Generäle, sondern auch Diplomaten, Männer in verschiedensten militärischen Rängen und vor allem Zivilisten, denn auf deren Rücken wurde alles ausgetragen.
Ich wollte nicht nur den Schlachtverlauf schildern – dazu gibt es unzählige Fachbücher, die viel mehr ins Detail gehen können als ein Roman –, sondern das Gesamtbild zeigen: Militärisches, die Geheimdiplomatie im Hintergrund und das zivile Leben.
Also habe ich ganz tief in den Quellen gebohrt, um Persönlichkeiten zu finden, mit denen ich diese Geschichte erzählen kann. Fast alle Personen in diesem Roman haben tatsächlich gelebt und so gewirkt, wie Sie es eben gelesen haben.
Die Kunst lag diesmal also nicht im *Er*finden, sondern im *Finden*. Ich folge mit meiner Romanhandlung Tag für Tag den tatsächlichen Ereignissen, wenn auch von wechselnden Standpunkten aus. Aus Unmengen an Fachliteratur habe ich mir Puzzlestücke herausgefiltert und zu einem Bild zusammengefügt.
Ich war dadurch nicht frei im Erzählen. Ich musste mich auf den Tag und oft sogar auf die Stunde genau daran halten, wo sich die Akteure aufhielten und was sie taten. Wer zum Beispiel einem bestimmten Regiment angehörte oder ein Korps führte, den konnte ich auch nur dahin schicken, wo dieses Regiment oder Korps tatsächlich eingesetzt war, musste sehen, wer ihm dort gegenüberstand und was sich daraus für die Romanhandlung entwickeln ließ.
Dann musste ich »nur noch« alles miteinander verweben und

den Figuren Seele einhauchen, ihnen emotionale Tiefe geben. Schließlich sollte es ja kein Sachbuch werden.

Das ist sicher eine ungewöhnliche Art, vielleicht sogar einmalig, einen historischen Roman zu schreiben. Es legt einem viele Zwänge auf und erfordert ein Unmaß an Recherchen. Ich habe in dieser Zeit zwischen zwanzig- bis dreißigtausend Seiten Fachliteratur gelesen, um wirklich ganz nah an der Geschichte und den Fakten zu bleiben, und denke immer noch, dass ich vieles nicht weiß. Eigens für dieses Buch habe ich meinen Wohnsitz von Freiberg nach Leipzig verlegt und lernte die Stadt inzwischen lieben.

Doch ich hätte dieses gewaltige, vielschichtige und bedeutende Thema nicht anders anpacken können. Zu groß sind mein Respekt vor der Geschichte und der Wunsch, so genau wie nur möglich zu erzählen, was damals wirklich geschah. Denn all die vielen Bulletins und sonstigen offiziellen Berichte sagen uns nicht die Wahrheit. Darauf werde ich noch zu sprechen kommen.

Der Lohn der Mühe war für mich, Stück für Stück zu entdecken, dass ich die Protagonisten gar nicht künstlich verknüpfen muss, sondern viele von ihnen tatsächlich in Verbindung miteinander standen.

Dass der Rittmeister von Colomb, der mit seinem erfolgreichen und klug durchdachten Wirken ein Gegenstück zum Lützower Freikorps bildete, tatsächlich am 4. Juni 1813 auf die Truppe des Majors von Lützow traf, dass sie sich ausgerechnet am 9. Juni wiederbegegneten und ihre unterschiedlichen Positionen zu den Fragen des Waffenstillstandes diskutierten, war ein Geschenk des Schicksals an mich und die Leser. Ebenso die Verbindung zwischen Thielmann und Körner, ihre Begegnung in Reichenbach sowie das von Thielmann, Colomb und dem legendären Hetman Platow gemeinsam bestrittene Gefecht bei Altenburg und vieles andere mehr.

Auch die spektakuläre Szene, in der Festungskommandant

Thielmann vor den Mauern Torgaus mit General Reynier verhandelt, während auf seinen Befehl hin an allen Geschützen Kanoniere mit brennenden Lunten stehen, hat tatsächlich stattgefunden. Die Dramatik dieser Stunde und der Mut dieses sächsischen Generals haben mich so beeindruckt, dass ich dafür das Gesamtkonzept für den Roman änderte und die Handlung nun Anfang Mai beginnt, was eine gute Entscheidung war.
Worüber Thielmann und Reynier vor geladenen Kanonen und angelegten Gewehren gesprochen haben, weiß natürlich niemand. Aber es wird sicher so ähnlich vonstattengegangen sein, wie ich es beschreibe.
Thielmanns Briefe von Scharnhorst, an Kleist und an seine Frau existieren; ich habe sie nur ganz behutsam etwas an die heutige Schreibweise angeglichen. Ebenso die Proklamationen Blüchers und Wittgensteins an die Sachsen, Napoleons unverblümte Warnung »Liebt euern König! …« sowie sämtliche zitierte Berichte der *Leipziger Zeitung* und der *Freyberger Gemeinnützigen Nachrichten*. Den Skandal um die verschlüsselte Danksagung an den Rittmeister von Colomb in einer Annonce vom 14. Juni 1813, der zur Verhaftung des Zeitungspächters Mahlmann führte, hat es tatsächlich gegeben.
Frei erfunden sind in diesem Roman von den wichtigen Figuren nur Henriette, Maximilian, Felix, Richard, die beiden de Trousteaus und die Familie Tröger. Wobei es sicher Hunderte ähnlicher Schicksale gab.
Friedrich Gerlach wirkte in Freiberg als Buchdrucker und Zeitungsverleger, wie ich es beschrieben habe. Seine Mutter wurde tatsächlich mit elf von der Schule genommen, weil ihr Vater das Lesen und Schreiben für Mädchen überflüssig hielt. Alle Zeitungstexte, über die er spricht oder die Henriette liest, einschließlich der Anzeigen über das Bild von der gesprengten Dresdner Pöppelmannbrücke, der Danksagung Dr. Bursians, des Sprachführers für Russisch und des Extrablattes über die Feierlichkeiten zu Napoleons Geburtstag werden Sie im Origi-

naljahrgang 1813 seiner *Freyberger Gemeinnützigen Nachrichten* finden.

Professor Lampadius veranstaltete wirklich Kurse für die Hausfrauen zur Herstellung von Zuckerersatz, und von dem Vater der wissenschaftlichen Mineralogie, Abraham Gottlob Werner, ist überliefert, dass er preußische Verwundete in Freiberg pflegte.

Julian Reil und Moritz von Klitzing stehen im Matrikelbuch der Freiberger Bergakademie, daneben die Notiz, sie hätten sich zu den Lützowern gemeldet und dass von Klitzing gefallen sei. Julian Reils Vater, der angesehene Mediziner Johann Christian Reil, wurde nach der Völkerschlacht beauftragt, einen Bericht über die Lage in den Lazaretten zu verfassen, und was er über die Lage in Leipzig schreibt, ist haarsträubend. Wenig später starb er an Typhus, mit dem er sich während seiner Arbeit infiziert hatte – wie viele Ärzte jener Zeit, Ende 1813 auch der Freiberger Dr. Meuder.

Larrey ging am 15. Oktober 1813 mit Multon durch die Leipziger Lazarette, und so ließe sich das beliebig für den ganzen Roman fortsetzen, bis hin zu den Berichten über das Wetter.

Selbst die zwei Eichenlaubblätter aus Messing, die der sächsische Kürassier Enge aus Borodino mitbrachte, existieren noch in Privatbesitz seines Nachfahren. Ich habe sie gesehen.

Bei allem, was den Rittmeister von Colomb angeht, folge ich sehr genau seinem Tagebuch. All die beschriebenen militärischen Operationen unter seinem Kommando fanden statt; sein Adjutant Eckardt fiel wirklich am 16. Oktober 1813 in der Schlacht bei Möckern. Ich habe seiner Schar nur Felix und Richard hinzugefügt und lasse die Leser das Geschehen aus ihrer Perspektive erleben. Ebenso lasse ich Felix und Jette auf den Seifertshainer Pfarrer Vater und seine Tochter Auguste treffen, die ihre Erinnerungen an jene Tage Jahrzehnte später niedergeschrieben hat.

Auch bei den Erlebnissen der Gräfin von Kielmannsegge, die

eine sehr scharfsinnige Beobachterin war, halte ich mich an ihre Memoiren. Ihre Begegnungen mit Oudinot, die Szene beim Frühstück mit Napoleon – einschließlich des Hinauswurfs von Marschall Oudinot – beschrieb sie ausführlich, und viele ihrer Zitate habe ich beinahe wörtlich übernommen. Wo findet man sonst noch einmal eine genaue Beschreibung aus dem engsten Umfeld Napoleons? Außer bei Odeleben natürlich. Aber der war nie zum Frühstück mit Napoleon in intimstem Kreise eingeladen.

Ludwig Hußel veröffentlichte später tatsächlich seinen großen Augenzeugenbericht über die Völkerschlacht, und so lasse ich ihn das Geschehen als »Kriegsberichterstatter« miterleben, Friedrich Rochlitz schrieb tagebuchartig Briefe darüber.

Ich habe Einzelheiten aus Berichten von Zeitzeugen in die Handlung eingeflochten, um sie nicht in Vergessenheit geraten zu lassen und ganz nah an der Wirklichkeit zu sein – zum Beispiel die Episode, wo eine junge Frau einen französischen Offizier ohrfeigt, der ihr zu nahe getreten ist, oder das Gespräch der vier Leipziger vor dem Königshaus.

All die geschilderten Kriegsgreuel sind von Augenzeugen überliefert. Bei Verlauf der Schlachten und Gefechte folge ich den Fakten, so genau sie sich rekonstruieren lassen.

Der Vollständigkeit halber sei auch vermerkt, dass die Korps der Grande Armée üblicherweise mit römischen Zahlen beziffert werden, die Einheiten der Alliierten auf Kartenmaterial zu Schlachtpositionen mit arabischen Ziffern. Zugunsten einer besseren Lesbarkeit schreibe ich die Nummern der Korps aus.

An manchen Stellen weiche ich etwas von überlieferten Berichten ab – aber ganz bewusst *zugunsten* der Wirklichkeit. In jener dramatischen Situation am 17. Juni 1813 bei Kitzen, als die Lützower vernichtet werden sollten, ist sicher nicht so ausführlich und geschwollen geredet worden, wie es nachträglich verfasste Rechtfertigungen glauben machen wollen. Ohnehin ist es schwierig, wenn nicht gar unmöglich, herauszufinden, was damals genau stattfand. Die vielen Augenzeugenberichte sind nicht logisch in Übereinstimmung zu bringen.

Von der beinahe neunstündigen Unterredung zwischen Napoleon und Metternich in Dresden existieren vier schriftliche Varianten, die in vielen Punkten erheblich voneinander abweichen. Ich habe aus diesen vier Fassungen meine eigene Version gemacht. Der Kernsatz – Napoleons drastisches Eingeständnis »Ein Mann wie ich scheißt auf das Leben von einer Million Menschen!« – ist von Metternich nur verschlüsselt wiedergegeben und von Professor Wolfram Siemann in seiner Metternich-Biographie jüngst erstmals in Klartext gebracht worden.

Und in einem Fall begebe ich mich ganz bewusst auf das Feld der Spekulation, weil es berechtigte Zweifel an der offiziellen Darstellung gibt: in der Affäre Merveldt.

Sagen Sie selbst: Wie wahrscheinlich ist es, dass ein General, noch dazu ein fast blinder, im Krieg allein durch das Kampfgebiet reitet, ganz ohne Entourage? Nicht besonders, oder? Der weitere Verlauf des Geschehens, die Öffnung des Fluchtweges für die Grande Armée aus Leipzig durch die Österreicher, legt den dringenden Verdacht nahe, dass er die Mission hatte, Napoleon eine Nachricht zu überbringen. Natürlich würde das nie jemand zugeben. Der Inhalt des Schreibens, das Bonaparte Merveldt an seinen Schwiegervater Kaiser Franz mitgab, ist übrigens bis heute nicht bekannt. Wie anders wäre die Geschichte verlaufen, wäre alles nach Blüchers Wünschen gegangen und Napoleon nicht aus Leipzig entkommen?

Zur Freude der Leser – so hoffe ich es – habe ich in diesem Roman auch einigen Personen einen Kurzauftritt gegönnt, die erst in späteren Jahren zu Ruhm kommen sollten. August Breithaupt wurde ein angesehener Mineraloge und entdeckte und beschrieb mehr als vierzig neue Minerale. Der junge Musiklehrer Anschütz, der am Leipziger Neumarkt als Nachbar der erfundenen Figuren Greta und Hermann wohnt, wurde später als Komponist so volkstümlicher Lieder wie *O Tannenbaum*,

Fuchs, du hast die Gans gestohlen und *Wenn ich ein Vögelein wär* bekannt. Und der zur Zeit der Romanhandlung erst sechsjährige Anton Philipp Reclam sollte einmal einer der bedeutendsten Verleger seiner Zeit werden.
Wenn Sie aufmerksam lesen, finden Sie noch mehrere solcher Anspielungen. Zum Beispiel die Frau Wagner mit ihrem kleinen Richard. Vielleicht wurden seine späteren Kompositionen so schwermütig, weil er in dem vom Krieg noch für Jahre gezeichneten Sachsen eine schwere Kindheit verlebte?

Trotz meiner Zusicherung, mich so genau wie möglich an die Historie zu halten, werden einige von Ihnen protestieren: Im Geschichtsunterricht haben wir das alles ganz anders gelernt! Stimmt.
Wer sich ernsthaft mit dem Jahr 1813 und der napoleonischen Ära insgesamt beschäftigt, wird bald feststellen, wie sehr dieses Thema bis heute von Mythen und Lügen bevölkert ist.
Das beginnt bei den Berichten über Schlachten noch am gleichen Tage, wo Zahlen gefälscht wurden, um die eigene Seite besser darzustellen. Gerade Napoleon war ein Meister der Manipulation. Als erster Herrscher nutzte er auch die Medien – insbesondere seinen *Moniteur* – so umfassend, um Propaganda zu betreiben und die Menschen in seinem Sinne zu manipulieren. Es funktioniert bis heute. Die Legende vom »General Winter«, der ihn in Russland besiegt habe, und auch die vom »kriegsentscheidenden Verrat« der paar übergelaufenen Sachsen halten sich hartnäckig.
Doch da die Geschichte immer von den Siegern geschrieben wird, blieben ihm die Preußen nichts schuldig. Das Bild der siegreichen Preußen überstrahlte fortan alles andere; was aus Sachsen wurde, fiel unter den Tisch.
Und der Mythos Lützower! Sie waren wirklich nicht gerade eine Elitetruppe, das wissen alle, die sich ernsthaft mit diesem Thema befassen. Aber aus Propagandazwecken wurden sie von

Anfang an dazu erklärt und noch Generationen später immer wieder missbraucht – stets so, wie es gerade in die Zeit passte. Wie insgesamt das ganze Thema.

Historiker stellen heute die Bezeichnung »Befreiungskriege« oder »Freiheitskrieg« für diese Epoche grundsätzlich in Frage. Trotz aller patriotischen Verbrämung, trotz des Engagements der Reformer: Seitens der Herrscher waren durchgreifende Reformen des Systems nie vorgesehen. Es war von Anfang an ein reiner Landverteilungskrieg, der durch stehende Heere entschieden wurde.

Volkserhebungen gab es nur ansatzweise in Tirol, Hamburg, Lübeck und Lüneburg, und die wurden gewaltsam abgewürgt. Aber da wäre jede ein Thema für sich, das konnte ich hier nur streifen.

Durch neuere Forschung hinfällig geworden ist auch das Bild vom armen, hilflosen sächsischen König, der doch gar keine Handlungsmöglichkeiten hatte. Trotz seines Beinamens »der Gerechte« und seiner Popularität bei den Sachsen – insbesondere nach der hervorragend inszenierten Rückkehr aus preußischer Gefangenschaft – war Friedrich August I. weder gutmütig noch hilflos. Er beherrschte das Spiel um Macht genauso wie alle anderen Herrscher und ließ nichts unversucht, um sein Land nicht nur zu erhalten, sondern nach Möglichkeit auch auf Kosten anderer zu vergrößern. Die Liste seiner Gebietsforderungen, die er im Roman dem Grafen von Einsiedel diktiert, spricht Bände – und die ist nicht erfunden, sondern nach der Originalakte aus dem Sächsischen Hauptstaatsarchiv zitiert, publiziert von Professor Rudolf Jenak aus Dresden. Ebenso wie die Briefe des sächsischen Königs an Napoleon und der Bericht General Gersdorffs über seine Verhandlungen mit dem Zaren.

Vieles finden Sie in diesem Buch neu bewertet, wobei ich mich auf solide Quellen und neueste Forschungen stütze. Manchen muss ich vom Denkmal schubsen, der keines verdient. Andere kann ich rehabilitieren.

Zum Beispiel Thielmann, der heute noch von manchen Sachsen, die sich mit dem Thema 1813 befassen, als Verräter betrachtet wird. Er war ein integrer und tapferer Mann, ein herausragender Reitergeneral, dessen Gewissensentscheidung vom Mai 1813 Respekt abnötigt. Die Briefe des Königs belegen seine Ehrbarkeit – bis der König ihn verriet. Der König war der Verräter!
Auch der französische General Moreau gilt manchem noch als Verräter. Dabei stand er treu zu seiner republikanischen Gesinnung. Sein einbalsamierter Körper wurde auf Geheiß des Zaren nach St. Petersburg zur Ruhe gebettet. Seine Füße jedoch wurden auf den Räcknitzer Höhen bei Dresden feierlich beigesetzt und ein Denkmal darüber errichtet. Ludwig XVIII. ernannte ihn posthum zum Marschall von Frankreich. Ob der überzeugte Republikaner wohl diese Auszeichnung zu Lebzeiten von einem Kaiser angenommen hätte?
Endlich seinem Wirken entsprechend gewürdigt werden soll Eugen von Württemberg. Unter Militärhistorikern hat sich inzwischen durchgesetzt, dass er der wahre Sieger von Kulm ist. Doch die zuversichtlichen Worte seines Freundes und Ratgebers Wolzogen erfüllten sich nicht. Zu beider Lebzeiten und auch noch lange danach wurden stets nur Kleist und Ostermann-Tolstoi als Sieger von Kulm genannt. Als in seiner Gegenwart der Grundstein für das russische Siegesdenkmal gelegt wurde, blieb Eugen von Württemberg erneut unerwähnt, was er nicht verwinden konnte. Nur die Bewohner des Dorfes Krietzschwitz bei Pirna widmeten dem jungen und entschlossenen russischen General deutscher Herkunft hundert Jahre später ein bescheidenes Denkmal. Nahe Güldengossa südlich von Leipzig erinnert eine Stele daran, dass er hier am 16. Oktober 1813 mit zehntausend Mann die Schlacht bei Wachau eröffnete.
Lediglich in vier Punkten bin ich aus dramaturgischen Gründen ein wenig von der Wirklichkeit abgewichen. Keiner davon ist entscheidend für das Gesamtbild.

Nicht der Leibgrenadier Franz von Dreßler, sondern ein Major von Cerrini überbrachte das Schreiben Reyniers an Thielmann. Der Oberst von Carlowitz hatte seine Audienz beim König in Prag nicht am 8. Mai, sondern schon einige Tage zuvor. Napoleon unterbreitete sein Angebot zum Waffenstillstand am 1. Juni 1813 und nicht – wie hier geschrieben – unmittelbar nach Durocs Tod, auch wenn es sicher einen Zusammenhang zwischen beiden Ereignissen gibt. Und das Gespräch zwischen Hußel und Rochlitz im Frege-Haus hat nie stattgefunden.
Rochlitz erlebte die Einnahme der Stadt in seinem Haus nahe der Barfüßerpforte. Ich schrieb diese Szene, weil Friedrich Rochlitz in seinen Briefen später eine ähnliche Episode wie die schildert, die bei mir Hußel erfindet und die einfach zu schön klingt, um wahr zu sein. Nicht zuletzt wollte ich damit auch meine eigenen Zweifel zum Ausdruck bringen: Wie kann man all das Grauen dieser Tage aus den Augenzeugenberichten wiedergeben, ohne zu beschönigen, aber auch, ohne dass die Leser sich vor Entsetzen abwenden?
Zweihundert Jahre nach der schrecklichen Schlacht, die eine neue Dimension des Tötens einleitete, ist es an der Zeit, zu erzählen, wie es dazu kam, worum es wirklich ging und was dabei geschah.
Frei von falschem Pathos, Heldenverehrung, überzogenem Nationalismus und Propagandalügen. Aus sächsischer Perspektive, denn hier hat es sich zugetragen.
Viele Menschen kommen in meinem Roman zu Wort, die fast vergessen sind und deren Schicksale es wert sind, bewahrt und beschrieben zu werden, wie zum Beispiel der Rittmeister von Colomb. Ich bin sehr glücklich über die Möglichkeit, sie wenigstens in der Phantasie der Leser wieder zum Leben zu erwecken.
Natürlich endet diese Geschichte noch lange nicht am 19. Oktober 1813. Deshalb ist die Fortsetzung schon in Arbeit, wenn Sie dieses Buch in Händen halten.

Doch zweihundert Jahre nach dieser mörderischen Schlacht ist es Zeit, der zahllosen Opfer zu gedenken und an das Elend zu erinnern, das sie über die Menschen brachte.

Im Oktober 2013 wird es in Leipzig zahlreiche Großveranstaltungen geben, die an die Völkerschlacht erinnern (mehr unter www.leipzig1813.com). Beim Biwak in Markkleeberg bei Leipzig werden sich vom 17. bis 20. Oktober 2013 Tausende Aktive aus vielen Nationen treffen. Dann sitzen die Nachfahren derer, die vor zwei Jahrhunderten aufeinander schossen, gemeinsam am Lagerfeuer und schließen Freundschaften. Ein schöner Gedanke!

Bis dahin wird Leipzig um eine wichtige Sehenswürdigkeit reicher sein: das dreitausendfünfhundert Quadratmeter große Panoramabild von Yadegar Asisi zur Völkerschlacht, das am 3. August 2013 im Panometer eröffnet wird (mehr unter www.asisi.de). Wenn Sie genau hinschauen und sich in das Bild vertiefen, werden Sie dort Henriette entdecken. Und vieles wiedererkennen, was ihr am 19. Oktober auf dem Weg durch die Stadt begegnet.

Danksagung

Viele Menschen haben Anteil daran, dass Sie dieses Buch nun in der Hand halten können. Und ich hoffe sehr, an dieser Stelle niemanden zu vergessen.

Mein erster Dank geht an den Verband Jahrfeier Völkerschlacht bei Leipzig 1813, der vor drei Jahren an mich mit der Frage herantrat, ob ich nicht vielleicht Interesse hätte, einen Roman zur Völkerschlacht zu schreiben. So etwas gebe es noch nicht, und es stehe der 200. Jahrestag der Wiederkehr des Ereignisses an.

Ehrlich gesagt, steckte ich damals gedanklich so tief im deutschen Hochmittelalter, dass mir diese Idee nicht von allein gekommen wäre. Aber schon ein kurzer Blick in die Geschichtsbücher sagte mir, dass hier ein außerordentlich spannendes Thema auf mich wartete. Schwierig, komplex, mit unvorstellbaren Mengen an Recherche. Doch Brachland und gerade deshalb eine Herausforderung.

Also sagte ich zu, ohne lange zu zögern.

Ich möchte dem Verband und insbesondere dem Vater dieser Idee, Gert Pasemann, sowie dem Vereinsvorsitzenden Michél Kothe auch für ihren unerschütterlichen Optimismus danken, dass ich diese schwierige Aufgabe bewältigen würde. Abgesehen von vielen fachlichen Hinweisen und Demonstrationen, sei es nun das Laden eines Steinschlossgewehres, das preußische Exerzierreglement oder die unüberschaubaren Details zu den Uniformen der einzelnen Armeen und Dienstränge.

Dem Verlag Droemer Knaur danke ich dafür, sich sofort auf dieses Thema eingelassen zu haben, obwohl es etliche Unwägbarkeiten in sich barg. Nicht zuletzt auch die, ob ich mit diesem gewaltigen Stoff bis zum unverrückbaren Andrucktermin fertig werde. Ich weiß, ich habe vielen damit Stress bereitet und bitte um Entschuldigung.

Das gilt besonders für Christine Steffen-Reimann, die das Werden des Buches von der ersten Seite an mitverfolgt hatte und sich ungeachtet ihrer vielen sonstigen Aufgaben sofort auf jedes neue Kapitel stürzte, um mit mir bestimmte Entwicklungen durchzudiskutieren und mir Ratschläge zu geben, und für meine Lektorin Kerstin von Dobschütz für ihr sorgfältiges Lektorat.

Danken möchte ich dem Verlagschef Dr. Hans-Peter Übleis für sein Vertrauen in mich und die Bereitschaft, für dieses Buch auch einmal einige ungewöhnliche Wege zu beschreiten.

Meinem Agenten Roman Hocke danke ich dafür, dass er mir den Rücken für den enormen Kraftakt frei hielt, den dieses Buch erforderte, für die Ermutigung, wann immer sie nottat, und so manchen guten Hinweis zum Manuskript.

Und ich danke dem Vorstand der Leipziger Nikolaikirche für die große Ehre, die Buchpremiere an diesem ganz besonderen Ort gestalten zu dürfen.

Besonderer Dank geht an die drei Fachgutachter, die mich bei den Recherchen geduldig und überaus kompetent berieten und aus dem Manuskript inhaltliche Fehler herausfilterten. Sollte jetzt noch etwas nicht stimmen, geht das auf meine Kappe.

Das sind:
– Prof. Rudolf Jenak aus Dresden, der mir unter anderem eine Unzahl kaum bekannter und recht brisanter Dokumente über die Geheimverhandlungen des sächsischen Hofes zugänglich machte,
– Dr. Frank Bauer aus Potsdam, inzwischen Altenburg, der mich insbesondere an seinem immensen Detailwissen zum Ablauf der einzelnen Schlachten teilhaben ließ, und

- Harald Fugger, Brigadegeneral a. D. aus Leipzig, der mir vieles zur militärischen Herangehensweise erörterte und mit mir mehrfach die Orte des Geschehens besuchte.

Bei Helmut Henkensiefken und seinem Team bedanke ich mich von Herzen für ihre Geduld und ihr Können bei der Erarbeitung des Covers.

Ein großes Dankeschön geht an Angela Kugler-Kießling im Wissenschaftlichen Altbestand der TU Bergakademie Freiberg, die für mich viele Quellen ausfindig machte, die ich allein nie gefunden hätte, sowie an
- Prof. Wolfram Siemann für die Erlaubnis, den von ihm entschlüsselten drastischen Satz Napoleons im Gespräch mit Metternich zu verwenden;
- Thomas Bielig für Hinweise zur Französischen Marinegarde und das französische Exerzierreglement;
- Dirk Heinze für praktische Vorführungen zum Lazarettwesen 1813;
- Dr. Reinhard Münch für seine Hinweise zu den Leibgrenadieren Franz und Friedrich von Dreßler;
- Helmut Börner für sein enzyklopädisches Wissen zum Leipziger Stadtbild 1813 sowie zu den sächsischen Kürassieren;
- Hendrik Lohse für Details zum Alltag in der Grande Armée und die Trommelsignale;
- Jürgen Rolle vom Husarenverein Grimma e. V. für einige spannende Vorführungen und die Befehle der Kavallerie;
- Gert Pfeifer für eine Führung zu wichtigen Orten der Schlacht;
- Dr. Volker Rodekamp, Direktor des Stadthistorischen Museums Leipzig, für die angebotene Unterstützung;
- Steffen Poser vom Stadthistorischen Museum Leipzig für sachkundige Antwort auf ein paar ausgefallene Fragen zum Thema;
- Bernhard Rothenberger für eine Sonderführung durch Auerbachs Keller;

- Bernd Weinkauf für unschätzbare Literaturempfehlungen und Einzelheiten zur Geschichte von Auerbachs Keller;
- Dr. Michael Düsing für die Biographie des Dresdner Juden Wolf Levy;
- Roland Volkmer vom Archiv der TU Bergakademie Freiberg für die Angaben über die Freiberger Studenten, die sich zu den Lützower Jägern meldeten;
- Gabriele Meißner für einen Stadtrundgang durch Teplitz auf den Spuren des Jahres 1813;
- Bolislaw Richter für Details zu Dresdner Brücken und die Memoiren der Gräfin von Kielmannsegge;
- Jan Seidel von der Historiengruppe Hochmuot, der für die Historienspiele unserer Gruppe sehr spannende Biographien von Akteuren des Jahres 1813 aufstöberte, von denen sich einige in diesem Buch wiederfinden;
- Stefanie Bollin für die vergnüglichen Lehrstunden in Kontratänzen;
- Dr. Uwe Niedersen vom Schloss Hartenfels in Torgau für eine interessante Tagung und die genaue Lokalisierung des Treffens zwischen Thielmann und Reynier;
- André Wiegand für Einzelheiten, woran man eine disziplinlose Truppe erkennt;
- die Geschichtsvereine in Groitzsch, Pegau und Rötha für die Sonderführungen durch ihre Orte und das umfangreiche Material;
- Gertraud Matthes vom Verein »Königlich Sächsisches Chevauleger-Regiment Prinz Clemens« für Interessantes zum Thema Marketenderie;
- Patrick Künzel für gute Hinweise als »Testleser« während der Entstehung des Manuskriptes;
- Peter Ruprecht für das fachgerechte Lösen verspannter Muskeln nach nicht enden wollenden Tagen vorm Computer;
- Alexander Rabe für die Hilfestellung bei einer etwas ungewöhnlichen Spurensuche

und Dr. Christiane Meine, die großartigste Nachbarin, die man sich wünschen kann, die stets mit Rat und Tat zur Seite war, wenn die Last doch einmal zu groß für meine Schultern wurde. Sicher habe ich manchen nicht genannt. Zum Beispiel die vielen Menschen aus Leipzig und Umgebung, die mir Literatur oder spezielle Auskünfte anboten. Es tat gut, schon vor Beginn der gewaltigen Arbeit zu wissen, dass dieses Buch von den Lesern erwartet wird!

Zum Schluss, aber nicht zuletzt, danke ich Yadegar Asisi für das kollegiale künstlerische Miteinander, mit dem wir Panoramabild und Roman miteinander verwoben haben. Ich bin schon sehr gespannt darauf, Henriette in seinem Bild wiederzufinden.

Leipzig, im Januar 2013

Kleine Auswahl weiterführender Literaturempfehlungen

- die Reihe *Edition König und Vaterland* von Dr. Frank Bauer, Potsdam 2003–2012
- *Napoleon und die Sachsen – ein Stimmungsbild* von Roman Töppel, Köln 2008
- *Zeugen des Schreckens – Erlebnisberichte aus der Völkerschlachtzeit,* herausgegeben von Thomas Nabert, Leipzig 2012
- *Vive l'Empereur – Napoleon in Leipzig* von Dr. Reinhard Münch, Leipzig 2009
- *Mein Herr Bruder – Napoleon und Friedrich August I.,* herausgegeben von Rudolf Jenak, Beucha 2010
- *Metternich – Staatsmann zwischen Restauration und Moderne* von Wolfram Siemann, München 2010
- *Geschichte Sachsens im Zeitalter Napoleons* (Tagungsband), Beucha 2008
- *Zensur und Öffentlichkeit in Leipzig 1806 bis 1813* von Helge Buttkereit, Berlin 2009
- *Herzog Eugen von Württemberg* von Meinrad Freiherr von Ow, Berg am Starnberger See / Potsdam 2000
- *Kontratänze am Dresdner Hof,* Buch und CD erhältlich über das Studio für Historischen Tanz Berlin e. V.; Berlin 2009
- *Fashion in the Time of Jane Austen* von Sarah Jane Downing, Oxford, Großbritannien, 2012
- *Geschichte des Kostüms* von Erika Thiel, Leipzig 2010

Für alle, die einmal auf den Spuren des Geschehens wandeln wollen:
- *Denkmale zur Völkerschlacht* von Steffen Poser, Leipzig o. J.

Und als Reprint oder antiquarisch erhältlich:
- *Napoleons Feldzug in Sachsen im Jahr 1813* von Ernst Otto von Odeleben, Dresden 1816
- *Vor Leipzig 1813 – Die Völkerschlacht in Augenzeugenberichten,* herausgegeben von Karl-Heinz Börner, Berlin 1988
- *Aus dem Tagebuch des Rittmeisters von Colomb,* Berlin 1854
- *Tabellarische Zusammenstellung: Kriegsereignisse bei Leipzig im Oktober 1813* von Theodor Apel, Leipzig 1866
- *Leipzigs Schreckenstage während der Völkerschlacht nach eigenen Erlebnissen und Anschauungen dargestellt* von Ludwig Hußel, Leipzig 1863
- *Geschichte der Leipziger Zeitung* von Caesar Dietrich von Witzleben, Leipzig 1860
- *Die Leipziger Schlacht* von Ernst Anschütz, Leipzig 1924
- *Tage der Gefahr* von Friedrich Rochlitz, Leipzig 1988

Dramatis Personae

Aufstellung der wichtigsten handelnden Personen

Historische Persönlichkeiten
sind mit einem * gekennzeichnet

Grande Armée

Napoleon I. Bonaparte*, Kaiser der Franzosen

Joachim Murat*, König von Neapel, Marschall, Schwager Napoleons

Géraud Christophe Michele Duroc*, Herzog von Friaul, Großmarschall des Palastes, Adjutant und Vertrauter Napoleons

Armand Augustin Louis, Marquis de Caulaincourt*, Herzog von Vicenza, Großstallmeister, persönlicher Adjutant Napoleons, Divisionsgeneral und Diplomat

Louis Alexander Berthier*, Marschall, Fürst von Neuchâtel und Valengin, Fürst von Wagram, Generalstabschef

Michel Ney*, Herzog von Elchingen, Fürst von der Moskwa, Marschall

Charles-Nicolas Oudinot*, Herzog von Reggio, Marschall

Louis-Nicolas Davout*, Marschall, Herzog von Auerstedt

Laurent de Gouvion Saint Cyr*, Marschall, Marquis, Kommandierender General in Dresden

Dominique Jean Larrey*, Erster Heereschirurg der Grande Armée, persönlicher Leibarzt Napoleons

Józef Antoni Poniatowski*, polnischer Fürst, Kriegsminister des Großherzogtums Warschau, General und Marschall der Grande Armée

Jean-Louis Ebenezer Reynier*, Divisionsgeneral, Befehlshaber des Siebenten Korps

Jean-Toussaint Arrighi de Casanova*, Divisionsgeneral, Herzog von Padua, Militärgouverneur von Leipzig, Kommandeur des Dritten Kavalleriekorps

Henri Gratien Bertrand*, Graf, Divisionsgeneral, Großmarschall des Palastes, Stadtkommandant von Leipzig

Roustam Raza*, armenisch-georgischer Mameluck, persönlicher Leibwächter Napoleons

Ernst Otto Innocenz Freiherr von Odeleben*, königlich-sächsischer Offizier und Generaladjutant, sächsischer Verbindungsoffizier in Napoleons Stab

Karl Friedrich Leberecht Graf von Normann-Ehrenfels*, württembergischer Generalmajor in Napoleons Diensten

François Fournier-Sarlovèse*, Divisionsgeneral, Führer der hessisch-badischen Kavallerieregimenter bei Napoleon

Major Guillaume de Trousteau, Offizier im 4. Grenadierregiment vom Korps Marschall Oudinots

Étienne de Trousteau, sein Sohn, Seconde-Lieutenant

Lucien Junot, Lieutenant de vaisseau der französischen Marinegarde

Pícaro, eigentlich Nicolás Sastre, Infanterist im Spanischen Strafbataillon

Sachsen

(Dresden und Armee)

Friedrich August I.*, genannt der Gerechte, König von Sachsen und Herzog von Warschau

Johann Adolph Freiherr von Thielmann*, sächsischer und später russischer Generalleutnant, bis Mai 1813 Gouverneur von Torgau

Oberstleutnant Ernst Ludwig von Aster*, sächsischer Oberstleutnant und in Torgau Generalstabschef bei Thielmann, Militäringenieur

Carl Friedrich Wilhelm von Gersdorff*, Generalleutnant, Generaladjutant des sächsischen Königs, Chef des sächsischen Generalstabes

Auguste Charlotte Gräfin von Kielmannsegge*, glühende Napoleonverehrerin

Camillo Graf Marcolini-Ferretti*, sächsischer Kabinettsminister und Generaldirektor der Künste, Vertrauter des Königs

Christian Gottfried Körner*, Jurist und Schriftsteller

Wolf Levy*, Geldverleiher

Friedrich Christian Ludwig Graf Senfft von Pilsach*, sächsischer Diplomat und Politiker

Detlev Graf von Einsiedel*, sächsischer Kabinettsminister

Karl Friedrich Ludwig von Watzdorf*, Generalmajor, sächsischer Gesandter am Wiener Hof

Franz von Dreßler und Scharffenstein*, Premierleutnant im sächsischen Leibgrenadierregiment

Friedrich von Dreßler und Scharffenstein*, sein Bruder, Kommandeur des sächsischen Leibgrenadierbataillons

Carl Adolf von Carlowitz*, sächsischer Oberst, später russischer Generalmajor

General Heinrich Wilhelm von Zeschau*, sächsischer Wirklicher Geheimer Rat, Generalleutnant und Divisionskommandeur, Oberkommandierender aller sächsischen Truppen bei Leipzig

Anton Friedrich Karl von Ryssel*, sächsischer General

Friedrich August Wilhelm von Brause*, Oberst, Kommandeur der 1. Sächsischen Infanteriebrigade bei Leipzig

Wachtmeister Johann Gottfried Enge*, sächsisches Kürassierregiment Zastrow

Heinrich Franke, Kürassier im Regiment Zastrow

(Freiberg)

Johann Christoph Friedrich Gerlach*, Buchdrucker, Buchhändler und Zeitungsherausgeber

Johanna Christiana Gerlach*, seine Frau

Eduard Gerlach*, sein Sohn

Henriette Gerlach, Friedrich Gerlachs Nichte

Franz, ihr Bruder

Dr. Carl Friedrich Bursian*, Aufseher der Freiberger Militärhospitäler

Dr. Ernst Ludwig Meuder*, Stadtarzt

Josef Tröger, Fuhrmann

Lisbeth Tröger, seine Frau, Köchin bei den Gerlachs

Fritz, Paul, Claus, Wilhelm, Karl und Anton, ihre Söhne

Nelli, Dienstmädchen

Felix Zeidler, Bergstudent aus Anhalt-Köthen

Richard Karlmann, Bergstudent aus Preußen

Ludwig, Schriftsetzer in der Gerlachschen Druckerei

Friedrich Wilhelm Heinrich von Trebra*, Oberberghauptmann

Sebastian von Trebra, sein Großneffe

Abraham Gottlob Werner*, Professor an der Königlich-Sächsischen Bergakademie, Mineraloge

August Breithaupt*, Mineraloge

Wilhelm August Lampadius*, Professor an der Königlich-Sächsischen Bergakademie, Hüttentechniker und Chemiker

(Leipzig und Umgebung)

Siegfried August Mahlmann*, Hofrat, Dichter, Redakteur und Pächter der *Leipziger Zeitung*

Wilhelm Traugott Krug*, Philosoph und Rektor der Leipziger Universität

Christian Gottlob Frege*, Kaufmann, Bankier, Oberaufseher der Leipziger Lazarette

Christoph Heinrich Ludwig Hußel*, Kaufmann mit Neigung zur Literatur

Friedrich Huldreich Carl Siegmann*, Bürgermeister

Dr. Wendler*, Arzt

Hermann, Schriftsetzer

Greta, seine Frau

Carl Gottlieb Vater*, Pfarrer von Seifertshain

Auguste*, seine Tochter

Friedrich Rochlitz*, Schriftsteller und Musiker

Gottlob Wilhelm Werner*, Oberstadtschreiber

Artur Reinhold Münchow, Stadtschreiber

Preußen

Friedrich Wilhelm III.*, König von Preußen

Gerhard von Scharnhorst*, Generalleutnant, Generalstabschef

Gerhard Leberecht von Blücher*, General der Kavallerie, Befehlshaber der Schlesischen Armee

Johann David Ludwig von Yorck*, Generalleutnant, Korpsführer

Friedrich Wilhelm Freiherr von Bülow*, Generalleutnant, Korpsführer

Ludwig Adolf Wilhelm von Lützow*, Major, Freikorpsführer

Carl Theodor Körner*, Dichter und Leutnant im Lützowschen Freikorps, Adjutant Lützows

Julian Reil*, Freiberger Student, Freiwilliger im Lützowschen Freikorps

Moritz von Klitzing*, Freiberger Student, Freiwilliger im Lützowschen Freikorps

Karl Friedrich Franciscus von Steinmetz*, Oberst, Brigadekommandeur

Friedrich August Peter von Colomb*, Rittmeister des 3. Preußischen Husarenregiments, Freikorpsführer

von Eckardt*, Leutnant, Adjutant und Stellvertreter Colombs, Justizrat aus Berlin

Maximilian Trepte, Premierleutnant, 1. Preußisches Garderegiment zu Fuß

Philipp und Julius Trepte, seine Brüder, Tirailleure in der Brigade Steinmetz

Russland

Zar Alexander I.*, Kaiser von Russland

Peter Michailowitsch Wolkonsky*, Fürst, Generalstabschef des Zaren

Justus Philipp Adolf Wilhelm Ludwig Freiherr von Wolzogen*, württembergischer Offizier in russischen Diensten, Adjutant des Zaren, bei Leipzig zum Generalmajor ernannt

Eugen Friedrich Karl Paul Ludwig von Württemberg*, Prinz von Württemberg, kaiserlich-russischer Generalleutnant

Antoine-Henri Jomini*, Schweizer Offizier, Brigadegeneral in der Grande Armée, ab Juli 1813 als russischer Generalleutnant Adjutant und Militärberater des Zaren

Jean-Victor-Marie Moreau*, im Sommer 1813 zum Generaladjutanten des Zaren ernannt, ehemals General der Französischen Republik

Heinrich Friedrich Karl Reichsfreiherr vom und zum Stein*, Minister und Reformer, Frühjahr 1812 bis März 1813 Berater des Zaren

Matwej Iwanowitzsch Platow*, Graf, Generalleutnant und Hetman der Don-Kosaken

Sergei Nikolajewitsch Lanskoi*, Generalleutnant

Dietrich von Miltitz*, ehemals kursächsischer Oberstleutnant

Michael Andreas Barclay de Tolly*, Prinz, Kriegsminister, nach der Schlacht von Bautzen Oberbefehlshaber der russischen Truppen

Österreich

Kaiser Franz I. von Österreich*

Clemens Wenzel Lothar Fürst von Metternich*, Außenminister

Karl Philipp Fürst von Schwarzenberg*, Oberbefehlshaber der Alliierten Armee

Johann Josef Wenzel Graf Radetzky von Radetz*, Feldmarschallleutnant, sein Generalstabschef

Maximilian Friedrich Graf von Merveldt*, General der Kavallerie

Johann Graf Klenau, Freiherr von Jannowitz*, Feldmarschallleutnant

Hieronymus von Colloredo-Mansfeld*, Feldzeugmeister

Friedrich Karl Gustav Freiherr von Langenau*, sächsischer Generalmajor und Generaladjutant Friedrichs Augusts I., Ende Juli 1813 Generalmajor in österreichischen Diensten und Generalquartiermeister

Emmanuel von Mensdorff-Pouilly*, Oberst, Anführer eines Streifkorps

Georg Freiherr von Scheither*, Generalmajor

Schweden

Kronprinz Karl Johann von Schweden*, als Jean-Baptiste Jules Bernadotte, ehemaliger Marschall der Grande Armée, Oberbefehlshaber der Alliierten Nordarmee

Glossar

Abprotzen: Geschütz von seinem Vorderwagen, der Protze, trennen, um Stellung zum Feuern zu nehmen; Aufprotzen umgekehrt zum Abfahren

Adler (Aigle de drapeau – Fahnenadler): Als sich Napoleon 1804 zum Kaiser der Franzosen ernannt hatte, führte er nach antikem römischem Vorbild die Aquila, den Reichsadler, an der Spitze der Truppenfahnen ein. Ihr Verlust bedeutete für die Einheit eine besondere Schande, da die Adler von Napoleon persönlich gestiftet wurden. Der Aigle de drapeau war ein Feldzeichen, das jedes Regiment der Grande Armée neben der Truppenfahne besaß. Es war den römischen Legionsadlern nachempfunden und bestand aus einem 1,85 kg schweren Adler aus Bronze auf einer blauen Stange. Unter dem Adler war ein Schild angebracht, auf dem die Nummer des Regiments stand bzw. bei der Kaiserlichen Garde »Garde Impériale«.

Agraffe: spangenartiges Schmuckstück

Arrièregarde: Nachhut

Avantgarde: Vorhut

Batterie: militärische Einheit der Artillerie mit vier bis acht Geschützen

Capitaine de cavalerie (franz.): Rittmeister (Hauptmann) bei der Kavallerie

Charpie (auch: Scharpie): zur Zeit der Romanhandlung gebräuchliches Wundverbandmaterial aus Fasern, die durch

Zerzupfen von Baumwoll- oder Leinenstoffen gewonnen wurden

Code Civil: von Napoleon 1804 eingeführtes bedeutendes modernes französisches Zivilgesetzbuch, zeitweise auch Code Napoleon genannt. Es wurde – z. T. in abgewandelter Form – auch in den von Napoleon beherrschten Gebieten gültig. In Frankreich gilt es in wesentlichen Teilen immer noch.

Detachement: für besondere Aufgaben eingesetzte militärische Abteilung

Dragoner: ursprünglich berittene Infanterie, entwickelte sich aber im 18./19. Jahrhundert immer mehr zur Schlachtenkavallerie

Epaulette: Schulterstück auf Uniformen, gibt Auskunft über den militärischen Rang

Eskadron: kleinste taktische Einheit der Kavallerie, in der Regel einhundertfünfzig Männer zu Pferde umfassend

Füsilier: mit Steinschlossgewehr ausgerüstete Soldaten der leichten Infanterie, führten kein zerstreutes Gefecht

Grenadier: Elitesoldat der Infanterie

Hetman (russ. Ataman): ursprünglich Führer der Kosakengemeinde, später Befehlshaber eines Kosakenheeres

Husar: Angehöriger der leichten Kavallerie, zumeist als Vorposten, für die Aufklärung oder Störung der Versorgungslinien des Feindes eingesetzt, ab 18. Jahrhundert auch als Schlachtenkavallerie; typisch in der Uniformierung die aufwendig verschnürten Jacken (Dolmans), die auf die ungarische Tradition der Husaren verweisen

Jabot: Volant aus Batist oder Spitze, der an beiden Seiten des

Brustschlitzes eines Männerhemdes angenäht wurde und zwischen den Vorderkanten der Weste hervorsah

Jäger (milit.): Angehörige der leichten Infanterie, die als Aufklärer, Scharfschützen und Plänkler eingesetzt wurden und im Gefecht verstreut kämpften, nicht in Linien; infanteristischer Kampf im bedeckten und durchschnittenen Gelände sowie im Orts- und Häuserkampf

Karree (franz. Carré): Gefechtsformation der Infanterie mit nach vier Seiten hin geschlossener Front zur Abwehr von Kavallerie; auch zur Aufnahme von Kavallerie und Fahrzeugen sowie von Kommandeuren, Spielleuten, Ärzten etc. Die Karrees wurden meist bataillonsweise formiert und gaben ihr Feuer gliedweise in Salven ab.

Kartätsche: Schrotladung der Artillerie, vorwiegend aus gehacktem Blei, Eisen oder Nägeln

Konskribierte: zum Wehrdienst nach Altersklassen Verpflichtete. Bei der Konskription bestand die Möglichkeit, sich vom Wehrdienst freizukaufen oder einen Stellvertreter zu schicken.

Konterbande: Schmuggelware

Kontinentalsperre: von Napoleon im November 1806 verhängte Wirtschaftsblockade gegen Großbritannien, die bis 1814 in Kraft blieb

Kontratanz: Gesellschaftstanz, bei dem sich die Paare in Reihen gegenüberstehen und verschiedene Schrittkombinationen ausführen; kein reiner Paartanz

Kreuzbandelier: über die Schulter gelegte, schräg über den Oberkörper getragene breite Lederriemen, an denen militärische Ausrüstungsgegenstände befestigt waren, schon seit Anfang des 18. Jahrhunderts üblich

Krümpersystem: von Gerhard Johann David von Scharnhorst entwickeltes System, mit dem die im Frieden von Tilsit durch Napoleon vorgeschriebene Limitierung des preußischen Heeres auf zweiundvierzigtausend Mann umgangen wurde. Aus jeder Kompanie wurden monatlich drei bis fünf oder mehr Soldaten beurlaubt und dafür ebenso viele Rekruten eingezogen, ausgebildet und nach vier Wochen, später nach zwei Monaten, wieder entlassen. Diese kurz ausgebildeten Soldaten hießen Krümper.

Kürassier: Angehöriger der schweren Kavallerie, mit Brustpanzer und Metallhelm ausgestattet, bewaffnet mit dem Pallasch, einer schweren Hieb- und Stichwaffe, und ein bis zwei Pistolen

Lafette: Gestell, auf dem ein Geschützrohr montiert und transportiert werden kann

Lancier (auch: Ulan): mit Lanze bewaffneter Kavallerist

Litewka: blusenförmiger Uniformrock mit langen Schößen; wurde in Preußen vor allem von Freikorps und der Landwehr getragen

Lorgnon: an einem Stiel vor die Augen gehaltene Lesegläser

Lünette: vorgeschobenes keilförmiges Festungswerk mit zwei Flanken und zwei Facen

Mamelucken: ursprünglich Sklavensoldaten, Söldner mit lebenslänglichem Kontrakt, in ganz Vorderasien verbreitet, bildeten in Ägypten eigenen Staat. Napoleon besiegte sie während seines Ägyptenfeldzuges, nahm etliche mit nach Frankreich und 1804 eine Formation Mamelucken in die Kaiserliche Garde auf, die auf fast allen Kriegsschauplätzen kämpften.

Nervenfieber: zur Zeit der Romanhandlung verbreitete Bezeichnung für Typhus

Parlamentär: Unterhändler zwischen feindlichen Truppen

Peloton: Schützenzug, auch: Erschießungskommando

Ponton: hier: Element zum Bau von Behelfsbrücken

Récamiere: Sitz- und Liegemöbel

Redoute: geschlossene Schanze

Reitende Artillerie: mit kleineren Geschützen ausgerüstete Artillerieeinheit, deren Kanoniere zur besseren Beweglichkeit im Gefecht und auf dem Marsch auf Pferden ritten

Rekognoszierung: Erkundung, militärische Aufklärung

Réticule (franz.): Accessoire der Damen, runder Stoffbeutel

retirieren: sich zurückziehen

Revers: in diesem Zusammenhang: Entpflichtungspapiere

Rittmeister: Dienstgrad für Offiziere der Kavallerie, entspricht dem Rang eines Hauptmanns

Sappeur: Belagerungspionier, Truppenhandwerker

Spatien: in der Typographie Blindmaterial für die Zwischenräume im Bleisatz

Tambour: Trommler

Tedeum: feierlicher Lob-, Dank- und Bittgesang der christlichen Kirche

Tirailleur (auch: Plänkler): in aufgelöster Ordnung kämpfender Soldat der Infanterie, gehört zur leichten Infanterie

Train: Bezeichnung für das militärische Transportwesen (Tross)

Tschako: militärische Kopfbedeckung in zylindrischer oder konischer Form mit Augen- oder Nackenschirm, aus dem ungarischen Husarenhelm abgeleitet; zur Zeit der Romanhandlung oft aus Leder gefertigt, aber häufig auch aus Filz, teilweise mit metallenem Kinnriemen, um den Kopf vor Säbelhieben zu schützen

Ulanen: Lanzenreiter, mit Lanze und Säbel bewaffnete Gattung der Kavallerie

Volontär (milit.): Freiwilliger

Voltigeur: Truppengattung der leichten Infanterie, die Napoleon im März 1804 aus kleinen Leuten als Elitetruppe aufstellte. Jedes Bataillon der französischen Infanterie besaß auf ihrem linken Flügel eine solche Kompanie, die als Scharfschützen zum zerstreuten Gefecht bestimmt waren.

Weitere Bestsellerromane von Sabine Ebert:

Das Geheimnis der Hebamme
Roman

Die Spur der Hebamme
Roman

Die Entscheidung der Hebamme
Roman

Der Fluch der Hebamme
Roman

Der Traum der Hebamme
Roman

Blut und Silber
Roman

»Mit den Hebammen-Bänden hat sie [Sabine Ebert] ein sorgfältig recherchiertes Stück deutscher Geschichte Ende des zwölften Jahrhunderts beleuchtet und dabei den Mut der kleinen Leute und deren Hoffnung auf ein besseres Leben beschrieben.«
dpa

KNAUR TASCHENBUCH VERLAG